安徽师范大学中国诗学研究中心学术专刊
安徽师范大学文学院高峰学科建设经费资助项目

唐诗选注评鉴

（二）

劉學鍇文集

第九卷

安徽师范大学出版社
ANHUI NORMAL UNIVERSITY PRESS
·芜湖·

目　录

李　白

李　白

李白（701—762），字太白，号青莲居士，祖籍陇西成纪（今甘肃天水附近）。先世窜于中亚碎叶（今吉尔吉斯斯坦托克马克）。五岁随父迁居绵州昌隆县（今四川江油）。二十四岁以前，在蜀中读书、任侠，“五岁诵六甲，十岁观百家”“十五观奇书，作赋凌相如”，曾跟“任侠有气，善为纵横术”的赵蕤学习，少任侠，好神仙。开元十二年（724），出蜀漫游，历江汉、洞庭、金陵、扬州等地，后于安陆（今属湖北）入赘故相许圉师家，娶其孙女，“酒隐安陆，蹉跎十年”。约开元十八年初入长安，结交张垍等人，后失意归。开元二十四年寓居东鲁任城，与孔巢父等游，号竹溪六逸。天宝元年（742），由玉真公主推荐，应诏入京，供奉翰林。三载春，因遭谗毁，被“赐金还山”。后漫游梁宋，与杜甫、高适同游。复游齐鲁、吴越。十一载，北游幽蓟。翌年秋，又南游宣城，后至金陵、广陵。安史乱起时在梁园，后隐于庐山。永王璘经略南方军事，召李白入幕。至德二载（757），李璘被杀，李白系浔阳狱，后定罪长流夜郎（今贵州桐梓）。乾元二年（759）三月，于流放途中遇赦。东归江夏，游洞庭，下金陵，至当涂依族叔李阳冰。上元二年（761），闻李光弼自临淮率军平叛，曾请缨从军，半道病还。代宗宝应元年（762）病卒于当涂。李阳冰受托编其集为《草堂集》，并作序。李白为盛唐诗歌最杰出的代表，中国文学史上继屈原之后最伟大的浪漫主义诗人。儒、道、纵横诸家及任侠精神对他均有显著影响，而极为强烈的用世要求、建功立业的宏伟抱负与不屈己、不干人、蔑视权贵、蔑视礼法、追求自由解放的精神则是其思想性格的基本方面。其诗歌创作举凡对日趋腐朽的统治集团的强烈抨击与批判，对自己高昂热烈的爱国感情的抒写，对理想与现实的尖锐矛盾和蔑视权贵、反抗封建束缚精神的表现，对祖国壮伟秀丽山川的描绘和对盛唐时代生活美的反映，都贯串着他的思想性格。其诗歌风格兼有豪放与飘逸、壮丽与明秀之美，而统一于“清水出芙蓉，天然去雕饰”的自然真率。想象丰富奇特，瞬息万变，极具浪漫色彩。诸体中除七律现仅存八首外，各种体裁均有佳作，七言古诗、五七言绝句尤称圣手。历代注本中以清王琦《李太白集辑注》较善。近人注本有瞿蜕园、朱金城合编之《李白集校注》，安旗主编之《李白全集编年注释》，詹锳主编之《李白全集校注汇释集评》，郁贤皓《李太白全集校注》等。

古风五十九首（其一）[一]

大雅久不作[二]，吾衰竟谁陈[三]？王风委蔓草[四]，战国多荆榛[五]。龙虎相啖食[六]，兵戈逮狂秦[七]。正声何微茫[八]，哀怨起骚人[九]。扬马激颓波[一〇]，开流荡无垠[一一]。废兴虽万变，宪章亦已沦[一二]。自从建安来[一三]，绮丽不足珍。圣代复元古[一四]，垂衣贵清真[一五]。群才属休明[一六]，乘运共跃鳞[一七]。文质相炳焕[一八]，众星罗秋旻[一九]。我志在删述[二〇]，垂辉映千春。希圣如有立[二一]，绝笔于获麟[二二]。

校注

〔一〕《古风五十九首》，内容涉及政治、社会、历史、人生、文艺等诸多方面，非一时一地之作。多用比兴寄托、咏史讽时、游仙寓怀等手法，间用赋体直陈。是继承诗骚、阮籍《咏怀》、陈子昂《感遇》讽时伤世、抒发人生感慨传统的重要作品。本篇是第一首。从"吾衰竟谁陈"之语看，有可能是晚年之作。

〔二〕大雅，《诗经》由风、雅、颂三部分组成，雅分《大雅》《小雅》。《诗大序》云："雅者，正也。言王政之所由废兴也。政有大小，故有《小雅》焉，有《大雅》焉。"《大雅》共三十一篇，多为西周时期的作品，内容多讽慨时政。作，兴起。

〔三〕《论语·述而》："子曰：'甚矣吾衰也！久矣吾不复梦见周公。'"陈，陈诗。《礼记·王制》："命大师陈诗，以观民风。"郑玄注："陈诗，谓采其诗以视之。"孔颖达疏："此谓王巡守见诸侯毕，乃命其方诸侯大师是掌乐之官，各陈其国风之诗，以观其政令之善恶。"陈诗，指采集删选并进献能观民风和政之善恶的诗歌。

〔四〕王风，《诗经》十五国风之一，为周平王东迁后，东都洛邑一带的民歌。委蔓草，委弃于野草之中。形容其衰颓。此言春秋时期诗歌已经衰落。平王东迁，周王室之尊与诸侯无异，其诗不能复雅，故贬之，谓之王国之变风，见郑玄《诗谱》。此句"王风"实系平王东迁或春秋时期的代称。

〔五〕荆榛，泛指丛生灌木，形容荒芜情景。此言战国时代诗坛荒芜。

〔六〕龙虎，喻指战国七雄。班固《答宾戏》："曩者王涂芜秽，周失其驭，侯伯方轨，战国横骛。于是七雄虓阚，分裂诸夏，龙战虎争。"相啖食，互相吞并。

〔七〕兵戈，指战争。逮，及。句意谓七雄之间互相争斗的战争局面，一直到狂暴的秦国统一天下方才止息。

〔八〕正声，雅正之声，即《大雅》的优秀传统。

〔九〕骚人，指屈原。《史记·屈原贾生列传》："屈平之作《离骚》，盖自怨生也。"《礼记·乐记》："治世之音安，以乐其政和；乱世之音怨，以怒其政乖；亡国之音哀，以思其民困。声音之道，与政通矣。"此谓骚人之作所抒发的是乱世的哀怨之音。"起"字指"哀怨"之音言，不指骚人之"起"。

〔一〇〕扬马，指汉代赋家扬雄、司马相如。激颓波，进一步激发推动诗赋衰颓的趋势。

〔一一〕开流，扩大颓波之流，扩大颓势。荡无垠，激荡冲决，浩无际涯。

〔一二〕宪章，指诗赋的法度，即雅正之道。沦，沦丧。

〔一三〕建安，指建安（汉献帝年号，196—220）时期以曹氏父子和建安七子为代表的诗歌。

〔一四〕圣代，圣明之朝，指唐代。元古，上古，远古。

〔一五〕垂衣，本谓定衣服之制，示天下以礼。后用作称颂帝王无为而治。《易·系辞下》："黄帝、尧、舜垂衣裳而天下治，盖取诸乾坤。"韩康伯注："垂衣裳以辨贵贱，乾尊坤卑之义也。"王充《论衡·自然》："垂衣裳者，垂拱无为也。"清真，纯真朴素，与上"绮丽"相对。

〔一六〕属，正好遇上。休明，美好清明的盛世。

〔一七〕乘运，乘美好的时运。跃鳞，指鱼之腾跃，喻指才人各自施展自己的才能。

〔一八〕文质，指诗歌的形式与内容、词采与思想感情。《论语·雍也》："质胜文则野，文胜质则史。文质彬彬，然后君子。"

〔一九〕秋旻（mín），秋空。

〔二〇〕删述，孔安国《尚书序》："先君孔子……删《诗》为三百篇，约《史记》而修《春秋》，赞《易》道以黜《八索》，述职方以除《九丘》。"

《史记·孔子世家》："古者《诗》三千余篇，及至孔子，去其重，取可施于礼义……三百五篇，孔子皆弦歌之。"《论语·述而》："子曰：'述而不作，信而好古，窃比我于老彭。'"句意谓自己的志向在效法孔子之删《诗》著述。

〔二一〕希圣，仰慕追踪圣人孔子。立，建树。

〔二二〕获麟，《春秋·哀公十四年》："西狩获麟，孔子曰：'吾道穷矣。'"杜预《春秋左传集解序》："麟凤五灵，王者之嘉瑞也。今麟出非其时，虚其应而失其归，此圣人所以为感也。绝笔于'获麟'之一句者，所感而起，因所以为终也。"传孔子修《春秋》，至"西狩获麟"一句即搁笔。此句只取效法孔子之修《春秋》，成传世之经典之意。

朱熹曰：李太白诗不专是豪放，亦有雍容和缓底，如首篇"大雅久不作"，多少和缓！（《朱子语类》卷四十）

杨齐贤曰：《诗·大雅》凡三十六篇。《诗序》云："雅者，正也。言王政之所由废兴也。"《大雅》不作，则斯文衰矣。平王东迁，《黍离》降于《国风》，终春秋之世，不能复振。战国迭兴，王道榛塞，干戈相侵，以迄于祖龙，风俗薄，人心浇，中正之声，月追日微。一变而为《离骚》。《史记》曰："《离骚》之作，盖自怨生也。"适汉司马相如、扬雄，激扬其颓波，疏导其下流，遂使闳肆，注乎无穷，而世降愈下，宪章乖离。建安诸子，夸尚绮靡，摘章绣句，竞为新奇，而雄健之气，由此萎薾。至于唐，八代极矣。扫魏晋之陋，起骚人之废，太白盖以身任乎？览其著述，笔力翩翩，如行云流水，出乎自然，非由思索而得，岂欺我哉！（《分类补注李太白诗》）

葛立方曰：李太白、杜子美诗皆掣鲸手也。余观太白《古风》、子美《偶题》之篇，然后知二子之源流远矣。李云："《大雅》久不作，吾衰竟谁陈……"则知李之所得在《雅》。（《韵语阳秋》卷十一）

萧士赟曰：观此诗则太白之志可见矣，斯其所以为有唐诗人之称首者欤！（《分类补注李太白诗》）

刘克庄曰：此古今诗人之断案也。（《唐诗品汇》卷四引）

严评（？）曰：初声所噫，便悲慨欲绝。又曰："秋旻"有眼，若读

《尔雅》太熟，便认作有来历，非知诗者矣。（严羽评《李太白诗集》）按：学者多以为此评系明人伪托。下均用“严评曰”。

范德机曰：观太白历叙雅道之意，则韩公所称李、杜文章者，岂无为哉！然非韩公则亦未足以知二公之深也。又曰：此《古风》为集首。杜用《龙门寺》《望岳》等篇，编唐诗者之识趣，与编宋风者，已有大径庭矣。（《批选李翰林诗》）

刘履曰：愚按此篇：“自从建安来”五字浅俚，而“跃鳞”“秋旻”及“映千春”等语，尚多点缀，似未得为纯全。特以其居《古风》之首，有志复古，姑存之。且太白所论夸大，殊过其实。其亦孔子所谓狂简者欤？（《风雅翼》卷十一）

徐祯卿曰：此篇白自言其志也。（郭云鹏刊本《分类补注李太白集》引）

朱谏曰：（“大雅”八句）谓夫《大雅》之诗，乃成周盛时，言王者之事。自王者之迹熄，而《大雅》之不作，亦已久矣。今欲陈其大义，而继其绪馀，舍我其谁欤？又恐老之日侵，而力所不及也。周既东迁，王室同于诸侯。《黍离》之诗，本言王者之事，而乃降为《国风》，而《雅》亡矣。逮夫战国，而多荆榛，王道沦丧，强弱相吞，而至于狂秦。战斗日兴，上无一王之法，下无乐官之陈。《大雅》正声，遂泯然而无闻矣。夫治世之声和以平，乱世之声哀以怨，故王风既微，骚辞继作，而多哀怨之声矣。（“扬马”六句）言自秦而汉，屈原以下工辞赋者，则有司马相如，继相如者则有蜀之扬雄，皆能激扬骚人之颓波，开导其下流，使之浩荡无涯，茫然而宏肆也。然自秦汉以来，其间有废有兴，或绝成继，而万有不齐，虽变态不同，要之皆非《大雅》之正声。先王之宪章，至是沦没而无闻矣。及夫东汉之季，去古愈远，士子之作，不过绮丽而已，何足贵乎！是则文章之衰，日趋于陋，古作不可复见矣。（“圣代”十句）迨至我朝，始复古作，无为而治，贵尚清真。适属休明，而群才并出，文章际嘉会之期，多士沐作人之效，文质彬彬，昭若众星列于秋旻之上，光辉发越，而人皆仰之。我亦得荷于陶钧，将欲垂芳于后世，如孔子之作《春秋》，绝笔获麟，成一代之典，垂百王之法，吾之素志也。若夫秦汉以来，徒绮丽于文辞者，夫岂吾志之所有乎！（《李诗选注》）

梅鼎祚选辑、屠隆集评《李杜二家诗钞评林》：此诗自负，良亦不浅。

胡震亨曰：统论前古诗源，志在删订垂后。以此发端，自负不浅。（《李诗通》）

唐汝询曰：此太白以文章自任，而有复古之思也。言《大雅》既绝，而宣尼又衰，时以无复陈诗者。王风则随蔓草消亡，世路则皆荆榛蔽塞。当七雄相啖之际，正声已微，即骚人哀怨之作，不足以追风雅。而扬、马广骚之末流，又恶足法乎！是以宪章日就沦没。至建安已后，绚丽极矣。惟我圣朝，倡复古道，变六朝之习而尚清真，于是群才并兴，如鳞之跃文，文质相杂，如星之罗。我亦欲乘时删述，垂光辉于千秋，以续获麟之统耳。夫太白以辞章之学而欲空千古而绍素王，亦夸矣哉！（《唐诗解》卷三）

《李诗直解》曰：此太白志复七道，而以作述自任也。……仲尼曰："文王既没，文不在兹乎？"将复古道，舍我其谁？我故师之，如《春秋》之绝笔于获麟也。有所感而起，固有所为终也。太白盖以自任矣。（卷一）

丁谷云曰：此八代诗评，又自述立言意也。（《李诗纬》卷一引）

应时曰：措辞简洁，矜贵，且转换无痕。（《李诗纬》）

周珽曰：杠魏晋之陋，起骚人之废，太白盖以自任矣。览其著述，笔力翩翩，如行云流水之出乎自然，非思索而得，岂欺我哉！（《删补唐诗选脉笺释会通评林·盛五古四》）

周敬曰：朱子谓太白诗不专是豪放，如"大雅久不作"多少和缓。今诵之，和缓中实多感慨激切，发一番议论，开一番局面，真古韵绝品。结二句有胆有志。（同上）

吴乔曰："大雅久不作"诸诗，非太白断不能作，子美亦未有此体。（《围炉诗话》）

吴昌祺曰：此诗起手音节悲壮，而晦翁又以为和缓。（《删订唐诗解》）

王琦曰："吾衰竟谁陈"，是太白自叹吾之年力已衰，竟无能陈其诗于朝廷之上也。杨氏以斯文衰萎为释，殊混。唐仲言《诗解》引孔子"吾衰"之说，更非。徐昌谷谓首二句为一篇大旨，"绮丽不足珍"以上是申第一句意，"圣代复元古"以下申第二句意，其说极为明了。学者试一玩味，前之二解，不待辩而确知其误矣。（《李太白全集》卷二）

沈德潜曰：昌黎云："齐梁及陈隋，众等作蝉噪。"太白则云："自从建安来，绮丽不足珍。"是从来作豪杰语。"不足珍"，谓建安以后也。《谢朓楼饯别》云："蓬莱文章建安骨"一语可证。（《重订唐诗别裁集》卷二）

《唐宋诗醇》曰：《古风》诗多比兴，此篇全用赋体，括风雅之源流，明著作之意旨。一起一结，有山立波回之势。昔刘勰《明诗》篇略云："两汉之作，结体散文，直而不野，为五言之冠冕。"又云："建安之初，五言腾踊，不求纤密之巧，惟取昭晰之能。何晏之徒，率多浮浅，惟嵇志清峻，阮旨遥深，故能标焉。晋世群才，稍入轻绮，采缛于正始，力柔于建安。"观白此篇，即刘氏之意。指归《大雅》，志在删述，上溯风骚，俯视六代，以绮丽为贱，清真为贵。论诗之意，昭然明矣。举笔直书所见，气体实足以副之。阳冰称其驰驱屈宋，鞭挞扬马，千载独步，唯公一人，洵非阿好。其纂《草堂集》，以《古风》列于卷首，又以此篇弁之，可谓有卓见者。枕上授简，同不朽矣。（卷一）

宋宗元曰："正声"六句，识高论卓。"建安来"，指建安以后言。末二句志在夫子删述以垂教也。（《网师园唐诗笺》）

赵翼曰：青莲一生本领，即在五十九首《古风》之第一首。开口便说，《大雅》不作，骚人斯起，然词多哀怨，已非正声；至扬、马益流宕，建安以后，更绮丽不足为法。迨有唐文运肇兴，而己适当其时，将以删述继获麟之后。是其眼光所注，早已前无古人，后无来者，直欲于千载后上接《风》《雅》。盖自信其才分之高，趋向之正，足以起八代之衰，而以身任之，非徒大言欺人也。（《瓯北诗话》卷一）

宋大樽曰：李仙、杜圣固已。李则曰："我志在删述，垂辉映千春。"杜则曰："别裁伪体亲《风》《雅》。"遐哉邈矣！学语仙、圣语，当思仙、圣何所有。有仙、圣胸中所有，称心而言，不已足乎！（《茗香诗论》）

方东树曰：此专主文体文运。（《昭昧詹言·小谢附李白》）又曰：李太白诗，不专是豪放，亦有雍容和缓底。如《古风》首篇"大雅久不作"，多少和缓。（又《附论诸家诗话》。按：此录朱熹之评）

延君寿曰：才不足以雄一代者，不能代兴。太白之"大雅久不作"一首，是以一代作者自期也。人生读书，一面要埋头苦攻，一面要放开眼孔，方有出息。（《老生常谈》）

陈仅曰：首章以说诗起，若无与于治乱之数者。而以《王风》起，以《春秋》终，已隐自寓诗、史。自后数十章，或比或兴，无非《国风》《小雅》之遗。（《竹林答问》）

近藤元粹编《李太白诗醇》：严沧浪曰：初声所噫，便悲慨欲绝。又云："王风"以下，是申前语，是递起语；"正声"二句，又是一慨。又云：当郑重炫赫处，着“清真”二字，妙。又云：“秋旻”具眼，若读《尔雅》太熟，但认作有来历，非知诗者。

王闿运曰：李纯学刘公干，非其至者。侠艳诗则佳。《古风》数十首，皆能成章，则陈、张、杜或不逮也。宜其以五言自负。（《手批唐诗选》卷一）

周中孚曰：太白云：“自从建安来，绮丽不足珍。”昌黎云：“齐梁及陈隋，众等作蝉噪。”二公俱有鄙弃六朝之意。严久能注云：鄙意谓太白、昌黎诗亦自六朝出。此云云者，英雄欺人语耳。少陵云：“李侯有佳句，往往似阴铿。”亦以六朝评之。（《郑堂札记》）

俞平伯曰：本篇大意，只是《孟子》上的两句话：“王者之迹熄而《诗》亡，《诗》亡然后《春秋》作。”（《李白〈古风〉第一首解析》）

王运熙曰：“自从建安来，绮丽不足珍”，亦包括建安诗歌在内。“我志在删述”之意是删述、编选诗歌，而非俞平伯所云通过作史以显褒贬。（《李白〈古风其一〉篇中的两个问题》，载《天府诗论》1988年第1期）又曰：李白推崇《诗经》的风雅正声，主要是重视《诗经》的风雅比兴传统，他表示仰慕孔子作《春秋》的事业，实际上还是要继承《诗经》的美刺和褒贬传统。（《略谈李白的文学思想》，载王运熙《中国古代文论管窥》）

裴斐曰：这是一首论诗诗，又是一首言志诗……诗中对《诗经》以后历代制作之贬抑，与平时言论亦多不相合，窃疑此诗当属早期“大言”之作。（《李白与历史人物》，载《文学遗产》1990年第3期）

鉴赏

本篇向列《古风五十九首》首篇。五十九首《古风》虽非同时同地之作，但编集时将这首诗冠首，显然有其用意。有学者认为：这是一首论诗诗，又是一首言志诗。但李白之志，是“申管、晏之谈，谋帝王之术，奋其智能，愿为辅弼，使寰区大定，海县清一。事君之道成，荣亲之义毕，然后与陶朱、留侯浮五湖、戏沧洲”（《代寿山答孟少府移文书》），即辅佐君主建立安邦定国的不世功业，然后效仿范蠡、张良之功成身退。并不把文学创作上的成就当作自己的人生追求。和这首诗所抒写的志仅限在文学创作的范围内，显然有很大的区别。从诗中“吾衰竟谁陈”的口吻看，这很可能是李白晚年衰病时期的作品。大约自上元二年（761）秋因病未能从李光弼出征之后，诗人才彻底断了实现上述志愿的念头，而将自己的“志”缩小为效孔子删《诗》著述以“垂辉映千春”上来，正如他在《临终歌》中所慨叹的那样，“大鹏飞兮振八裔，中天摧兮力不济”，只能退而求其次，变“立功”为“立言”了。如果这个推断大体符合实际，则这首诗很有可能是上元二年秋病还居当涂依李阳冰期间，打算编辑自己的诗文集时，通过对诗歌史的回顾与评论，表达自己对诗歌创作的见解，抒写自己晚年之志——效仲尼作删述的一首诗，论诗的目的是为了引出删述之志。

开头两句，开宗明义，揭出全篇主旨。《大雅》，或引《古风》三十五“《大雅》思文王，颂声久崩沦”之句，谓实兼指《雅》《颂》。此解有据。尽管无论是就《古风五十九首》来看，或是就李白全部诗歌创作来看，都看不出有多少继承《诗经》颂的传统的地方，正如唐人每倡美刺兴比之义，实际上对“美”的一面并不感兴趣，但《大雅》本身，也是美刺兼而有之，并不单纯是刺时伤世。当然，说单指《大雅》也好，说兼包《大雅》与《颂》也好，诗人的主意在强调《大雅》中伤世刺时的一面，应该是没有问题的。“吾衰”句或谓指孔子，恐非。此承上句“大雅久不作”而言，与下边“王风委蔓草”“正声何微茫”“扬马激颓波”“绮丽不足珍”等句一意贯串，自指诗人自身而言。两句盖叹《大雅》之正声久已不兴起于诗坛，我今年迈力衰，究竟还有谁能采集删选诗歌进献朝廷呢！“吾衰”是自慨，“竟谁陈”则是在自慨中有自负，有“舍我其谁”的意味。孟棨《本事诗·高逸》云：“白才逸气高，与陈拾遗齐名，先后合德。其论诗云：‘梁陈以来，艳薄斯极，沈休文又尚以声律，将复古道，非我而谁与！’”主攻的对象为梁、陈以来绮艳的诗歌，与此诗批评的范围扩大到东周以来的所有诗赋，虽有不同，但复古的主旨与舍我而谁能担此重任的口吻完全一致。两句起势高远，在慨叹中蕴含宏大的抱负和气势，“意”与“势”均足以笼盖全篇。

从“王风”句以下十句，均紧承首句“大雅久不作”加以阐述发挥。《王风》是周代东迁后、王室衰微时期东都洛邑一带的诗歌，诗人认为这一时期的诗歌已经衰微，诗坛上荒芜如蔓草丛生，实际上这一句也可理解为对整个春秋时期诗歌衰颓情况的一种形容。及至战国时期，诗坛更是荆榛丛生，与“龙虎相啖食，兵戈逮狂秦”的互相杀伐吞并的战乱现实相终始。在论及战国诗歌时，诗人特意标举楚骚来加以评论。“正声何微茫”是对整个春秋战国时期以《大雅》为代表的和平雅正之声隐没的一种概括，“哀怨起骚人”是对屈宋骚体诗歌内容风格的一种评论。对骚人的“哀怨”，诗人用“起”字来形容，似乎对其内容风格上的创新有所肯定，但“哀怨”本身既与战乱之世紧密关联，也与和平雅正的《大雅》正声有本质区别，故从总体上说，诗人对骚人的哀怨之辞仍持批评的态度。

“扬马”二句，是对汉代以司马相如、扬雄为代表的辞赋家的创作的批判与否定。“激颓波”，是说他们进一步激发推动了诗赋业已衰颓的趋势，扩大其颓波洪流，至于荡决无涯的地步。如果说对“骚人”的“哀怨”在内容与风格上的新变多少还有所肯定，则对扬、马为代表的袭楚骚之辞貌而铺张扬厉的汉代辞赋则采取全盘否定的态度。汉代是大一统的繁荣昌盛时代，但李白对这个时期的文学创作评价很低，说明他并不单纯以时代的治乱来评论诗赋的兴衰，与儒家的诗学观并不完全相同。

“废兴”二句，对以上八句作一小结，认为自春秋战国迄于两汉，诗赋创作虽内容、形式与风格，此废彼兴，变化多端，但就总体上看，文学创作的“宪章”已经沦没。所谓“宪章”，指文学创作的根本法则，联系上下文，当指寓含美刺兴比的和平雅正之音，其典型就是《大雅》。扬、马所擅为赋，与《诗》《骚》并论，这是因为古人认为“赋者，古诗之流也”（班固《两都赋序》）。

“自从”二句，是对魏晋南北朝诗歌的评论。对这一历史时期诗歌的特征，用“绮丽”二字概括，应该说是抓住了总的发展趋势的，即此前的古诗，比较质朴，不追求文辞的华美，而自建安以来，则有意识地追求“绮丽”，这在建安文学的代表人物曹植的诗歌创作中就体现得相当明显，其后如太康之陆机，刘宋之谢灵运、鲍照，齐之谢朓，至于梁陈宫体，追求绮丽的趋向更臻于极致。这与文学走向自觉以后的自然发展趋势是相符的。但李白用“不足珍”三字一笔否定，则显然偏激，也并不符合他的创作实际和他在其他场合对这一时期诗歌的看法。李白之所以发此偏激之论，是因为照他看来，这些诗歌都不符合《大雅》的和平雅正之音，不符合“清真”的标准。这两句是在上两句小结之后进一步推衍出的余论。这也说明，建安以来的诗歌，是“宪章亦已沦”后的产物。

以上是诗的前段，对西周以后，迄于陈隋的诗歌，从总体上作了否定性的评论。评论的标尺，就是认为它们均非和平雅正的《大雅》之音。

“圣代”以下六句，总论唐代建国以来的诗歌，认为唐代建国以来，政治上追求无为而治，文学上提倡“清真”，迎来了群星璀璨、文质彬彬的繁荣局面。所谓“清真”，指真淳朴素之美，与上“绮丽”相对而言。实际上，“清真”与“绮丽”并不矛盾，正如李白所说的“文质相炳焕”一样，“文”与“质”是可以和谐统一的，盛唐诗歌就是这种“文质相炳焕”的最佳体现，李白本人的诗歌，也是“清水出芙蓉”的自然真率之美和文采纷披的词采之美的统一。这几句形容“圣代”诗歌之盛，形象鲜明，“乘运共跃鳞”“众星罗秋旻”的比喻更极生动而贴切地表现了盛唐诗坛人才之盛和诗歌之盛。而在李白看来，这一切的根源在于“复元古”所致，即恢复了《大雅》的和平雅正的诗歌传统。

“我志”四句，是全诗的结穴，李白纵论自东周以来直至当代的诗歌，无论是批判否定，还是称扬肯定，其目的就在引出对自己志向的抒发。这四句表明的意思很清楚：自己的志向就是效法圣人孔子，对古往今来的诗歌发展进行“删述”，并希望自己能有所建树，像孔子作《春秋》那样，绝笔于获麟，留下“垂辉映千春”的“删述”之作。问题的关键在于对“删述”二字的正确理解。孔子删《诗》，其去取标准是“思无邪”和“可施于礼义”；李白效法孔子删《诗》，则是要对东周以来直至唐代的诗歌，按照《大雅》这块样板，和平雅正和“清真”这个标准进行一番严格的删选。联系盛唐时期选诗之风甚盛，《国秀》《河岳英灵》诸选纷出的情况，李白可能在晚年打算选一部自东周至唐代的通代诗歌选本来表明自己的文学观点。而所谓“述”，则很可能是根据上述观点和标准来编一部诗歌发展史。这首诗不妨说就是这部诗歌发展史的提纲。

作为一论诗诗，李白对东周以来直到陈隋的诗歌的总体评价显然过于偏颇。陈子昂的《修竹篇序》，推崇汉魏风骨，批判齐梁以来“彩丽竞繁”“风雅不作”的颓靡诗风，对建安诗歌不但高度肯定，而且悬为标准；李白则连建安诗歌亦一概否定，其彻底与大胆远超前辈。如果从论诗的角度去评价这首诗，它不但不符合诗歌发展史的实际，也不符合李白自己的思想实际和其他有关诗论。但作为一首述志诗，则反映了李白晚年的一个重要志向，就是要用雅正的标准对东周以来的诗歌进行一番总清理和总阐述。而且以当代的孔子自命，自信这是一项可以“垂辉映千春”的事业。尽管由于不久去世而未能竟此事业，但仍表现了诗人晚年在政治上已经绝望的情况下将志向移于删述、立言的宏伟抱负。以垂暮之年、卧病之身而有此宏大志向，正表现出诗人的强大生命活力和壮盛气势。从这一点看，这首诗同样闪烁着人性的光辉而可“垂辉映千春”。

以复古为革新，是唐代诗文革新的共同趋向，陈子昂、李白、韩愈乃至白居易无不如此。只不过李白的复古比起陈子昂、韩愈、白居易都走得更远，对前代文学的批判和否定也更彻底，以致使人觉得他有些大言欺人。实则对他的这种偏激言论，根本不必当作严肃的文学评论来对待，而只需理解他所要达到的革新目的。孟棨所引述的李白对梁陈艳薄诗风的批判，可能更接近李白的思想实际。

古风五十九首（其十）

齐有倜傥生〔一〕，鲁连特高妙〔二〕。明月出海底〔三〕，一朝开光曜。却秦振英声，后世仰末照〔四〕。意轻千金赠，顾向平原笑〔五〕。吾亦澹荡人〔六〕，拂衣可同调〔七〕。

校注

〔一〕倜傥，卓越超异，不同寻常。司马迁《报任安书》："古者富贵而名摩灭，不可胜纪，惟倜傥非常之人称焉。"或解为洒脱不为世羁，疑非。参注〔二〕引《史记·鲁仲连邹阳列传》。

〔二〕鲁连，即鲁仲连，战国时齐国著名策士。《史记·鲁仲连邹阳列传》："鲁仲连者，齐人也。好奇伟俶傥之画策，而不肯仕宦任职，好持高节，游于赵……会秦围赵，闻魏将欲令赵尊秦为帝，乃见平原君曰：'事将奈何？'平原君曰：'胜也何敢言事。前亡四十万之众于外，今又内围邯郸而不能去。魏王使客将军新垣衍令赵帝秦，胜也何敢言事！'鲁仲连……见新垣衍……曰：'彼秦者，弃礼义而上首功之国也，权使其士，虏使其民，彼则肆然而为帝，过而为政于天下，则连有蹈东海而死耳，吾不忍为之民也。所为见将军者，欲助赵也。'新垣衍曰：'先生助之将奈何？'鲁连曰：'吾将使梁（按：即魏）及燕助之，齐、楚则固助之矣。'新垣衍曰：'燕则吾请以从矣。若乃梁，则吾乃梁人也，先生恶能使梁助之？'鲁仲连曰：'梁未睹秦称帝之害故也……今秦万乘之国也，梁亦万乘之国也，俱据万乘之国，各有称王之名，睹其一战而胜，欲从而帝之，是使三晋之大臣不如邹、鲁之仆妾也。且秦无已称帝，则且变易诸侯之大臣。彼将夺其所不肖而与其所贤，夺其所憎而与其所爱，彼又将使其子女谗妾为诸侯妃姬，处梁之宫，梁王安得晏然而已乎？而将军又何以得故宠乎？'于是新垣衍起，再拜谢曰：'始以先生为庸人，吾乃今日知先生为天下之士也。吾请出，不敢复言帝秦。'秦将闻之，为却军五十里。适会魏公子无忌夺晋鄙军以救赵，击秦军，秦军遂引而去。"高妙，美善之至。唐苏鹗《苏氏演义》卷上："汉朝又悬四科取士：一曰德行高妙，二曰通经学，三曰法令，四曰刚毅多略。"按：《史记·鲁仲连传》谓其"好奇伟俶傥之画策"，司马贞索隐引《广雅》云："俶傥，卓异也。"俶傥，义同"倜傥"，皆卓异不凡之义，可证"齐有倜傥生"即齐有卓异之士，亦即新垣衍所称"天下之士"。指品德才能言，不指风采个性。

〔三〕明月，指明月珠，即夜光珠。《楚辞·九章·涉江》："被明月兮佩宝璐。"王逸注："言己背被明月之珠。"李斯《谏逐客书》："有随和之宝，垂明月之珠。"因其出于海蚌之中，故云"出海底"。但"明月出海底"之句亦可双关明月出于海底，升起于海上之意，故下句云"一朝开光曜"，既可指明月珠之光耀一朝为世人所识，又可指海底升起之明月光照人间。

〔四〕却秦，使秦军退去，见注〔二〕。末，余光。

〔五〕顾，回首。平原，指平原君赵胜，战国时四公子之一。《史记·鲁仲连邹阳列传》："于是平原君欲封鲁连，鲁连辞让者三，终不肯受。平原君乃置酒，酒酣起前，以千金为鲁连寿。鲁连笑曰：'所贵于天下之士者，为人排患释难解纷乱而无取也。即有取者，是商贾之事也，而连不忍为也。'遂辞平原君而去，终身不复见。"

〔六〕澹荡，放达。

〔七〕拂衣，振衣而去，指不恋荣禄而决然归隐。《后汉书·杨震列传》："融曰：'……孔融鲁国男子，明日便当拂衣而去，不复朝矣。'"晋殷仲堪《解尚书表》："进不能见危授命，忘身殉国；退不能辞粟首阳，拂衣高谢。"南朝宋谢灵运《述祖德》诗："高揖七州外，拂衣五湖里。"同调，指志趣相投。谢灵运《七里濑》诗："谁谓古今殊，异代可同调。"

笺评

杨齐贤曰：此篇盖慕鲁仲连之为人，排难解纷，功成无取也。（《分类补注李太白诗》）

严评曰：倜傥与澹荡，绝不相类，而看作一致。始知有意倜傥者，非

真倜傥人，惟澹荡人乃可与同耳。（严评《李太白诗集》）

萧士赟曰：太白平生豪迈，藐视权臣，浮云富贵，此诗盖有慕于仲连之为人也。（同上）

朱谏曰：（“齐有”四句）言齐国有一士倜傥不羁者，鲁仲连也，为人特然高妙，出于稠人之上，固非势利之所能拘者，譬如明月之珠，出于海底，一朝开发其光辉，则有昭然而不可掩者矣。（“却秦”四句）言仲连之倜傥高妙者，以不苟仕而苟取也。却秦解围，而有芳声，馀光照乎后世，而人皆仰之。轻千金而不受，顾平原而一笑，虽有救人之功，不肯受人之赏，此所以振英声而有馀光也。所谓倜傥高妙者，岂易及乎！（“吾亦”二句）我亦澹荡之人，于势利无所嗜好，闻仲连之风，即欲拂衣以相从，期与异世而同调。惜乎！时不我知，徒托空言已矣。（《李诗选注》）

唐汝询曰：此慕鲁连之为人也。言鲁连立谈而名显，犹明珠乍出而扬光。彼却秦之英声，既为后世所仰，又能轻千金，藐卿相，以成其高，故我慕其风而愿与其同调也。（《唐诗解》卷三）

《唐宋诗醇》卷一：曹植诗：“大国多良材，譬海出明珠”，即“明月出海底”意。白姿性超迈，故感兴于鲁连，后篇子陵、君平，亦此志也。

赵翼曰：青莲少好学仙，故登真度世之志，十诗而九，盖出于性之所嗜，非矫托也。然又慕功名，所企羡者，鲁仲连、侯嬴、郦食其、张良、韩信、东方朔等。总欲有所建立，垂名于世，然后拂衣还山，学仙以求长生。（《瓯北诗话》卷一）

方东树曰：此托鲁连起兴以自比。（《昭昧詹言》卷七）

吴昌祺曰：以“澹荡”目鲁连，最妙。（《删订唐诗解》）

瞿蜕园、朱金城曰：以鲁连功成不受赏自比，为李诗中常用之调。例如：《在水军宴幕府诸侍御》：“所冀旄头灭，功成追鲁连。”《留别王司马》：“愿一佐明主，功成返旧林。”《五月东鲁行》：“我以一箭书，能取聊城功。”皆是。此盖受左思《咏史诗》之影响，即以下第十二、十三首亦不出左诗之范围。（《李白集校注》）

这是一首借咏史以抒怀的古风。左思《咏史八首》（其三）云：“吾希段干木，偃息藩魏君。吾慕鲁仲连，谈笑却秦军。当世贵不羁，遭难能解纷。

功成耻受赏，高节卓不群。临组不肯绁，对珪宁肯分？连玺耀前庭，比之犹浮云。”李诗在取材、立意上显然受到左诗的影响，但李诗无论在思想或艺术上，较之左诗，又有明显的超越，特别是在咏史抒怀之中既塑造了鲁仲连的鲜明形象，又凸显了李白自己的鲜明个性。篇幅虽短，却疏宕明快，潇洒俊逸，极具神采。

作为一个历史人物，鲁仲连身上集合了策士、纵横家、游侠、高士等多种类型人物的特征。这些特征，在李白身上，也有鲜明的表现。因此，他将鲁仲连作为自己的偶像加以崇拜，就是十分自然的了。毋宁说，是在鲁仲连身上看到了自己的影子。但这首仅有十句的短章，却没有（实际上也不大可能）去表现鲁仲连诸多方面的特征，而是集中笔墨突出其功成不受赏的高士风标，以寄托自己的人生理想。

开头两句是对鲁仲连的热情赞颂。“倜傥”是卓越超异之意，这已经是对其非凡品格才能的极赞，但诗人觉得仍不足尽其意，又加上“特高妙”三字作加倍的渲染。“高妙”是至美至善之意，从汉代设“德行高妙”一科可知它主要指人物的德行。这就为全诗对鲁仲连的赞颂定下了主调，即突出其高士的品格。

接下来四句，用一个鲜明生动的比喻进一步赞颂其品格才能的显露，就像沉埋于海底的明月宝珠，一朝闪烁出耀眼的光辉。“海底”“一朝”之语，强调的是其品格才能本不为人所知，却因其突然显露而名扬天下。这一点在《史记·鲁仲连传》中并没有明确记载，李白这样写，正反映了他自己的人生理想。他在许多诗中描绘过类似的情景，如《驾去温泉馆后赠杨山人》：“少年落魄楚汉间，风尘萧瑟多苦颜。自言管葛竟谁许，长吁莫错还闭关。一朝君王垂拂拭，剖心输丹雪胸臆。忽蒙白日回景光，直上青云生羽翼。”正可移作“明月”二句的注脚，值得玩味的是，“明月”二句，从字面上还不妨理解为：一轮明月，从海底升起，顿时清光照耀，天地增辉。这情景也许更能生动地表现鲁仲连的光明皎洁品格，以及他的出现所带来的巨大影响。文学作品中这种可以相容的诠释，不仅不会引起理解上的紊乱，而且可以进一步丰富它的意蕴内涵。

以上四句，均从虚处着笔，极力赞叹，至五、六二句，势必转叙实事，否则诗就会显得空泛。诗人却以高度概括之笔出之：“却秦振英声，后世仰末照。”十个字中，其主要的事迹（鲁连一生大事唯“却秦”与一箭书解聊城之围二件），以及在当世和后代的影响，均囊括无遗，“后世仰末照”中也自然包含了诗人自己对鲁连品格才能的敬仰。“仰末照”之语，又切第三句之“明月”，照应自然入妙。

如果说五、六两句主要是突出鲁连的事功，那么七、八两句便着重描写并赞颂其品格的高尚：“意轻千金赠，顾向平原笑。”虽同样极简约，却有鲜明生动的形象，特别是下面的那个“顾”字，更是画龙点睛式地写出了人物不慕荣利的品格和潇洒脱俗的风神。“轻千金赠”之“意”，正是通过“顾向平原笑”的神情意态得到传神的表达。之所以如此，鲁仲连自己的话已经作了最明确的解答：“吾与富贵而诎于人，宁贫贱而轻世肆志焉。”与其富贵而受制于人，宁愿贫贱而轻视世俗、肆意适志。这里包含了重视个人自由甚于名利荣华的思想。这正是鲁连思想性格中最具人性光辉，也最为李白所钦慕的一面，也是诗人与他所歌颂的历史人物精神上高度契合之处。

末二句乃就势结出全诗的主旨。“澹荡”，意即放达不受拘束，亦即鲁连所谓“肆志”，正因为彼此都是重视个人意志、个人自由甚于名位荣利的“澹荡人”，因此虽相隔千载，却异代同心，在功成拂衣而归隐的行动上，正可引为知音同调。这里，既交代了借咏古以抒怀的写作动机，又点明了诗的主旨。李白一生的最高人生理想，就是功成身退，具体地说，就是“申管晏之谈，谋帝王之术，奋其智能，愿为辅弼，使寰区大定，海县清一。事君之道成，荣亲之义毕，然后与陶朱、留侯，浮五湖、戏沧洲”，而鲁仲连正是“功成不受赏”而身退的完美典型。李白将鲁连作为完美典型来赞颂，正是为了表达自己最高的人生理想。

这首诗歌咏自己所钦慕的历史人物，重点凸显歌咏对象与诗人自己精神性格的高度契合的方面，即既建不世之功，又不慕荣利，保持个人自由的“澹荡”性格。因此，歌咏对象与诗人自己融为一体，正是这首诗的突出特点，从鲁仲连身上能鲜明看到诗人自己的影子，寄托着诗人自己的人格理想和人生理想。在表现手法上，不取详尽的叙述，而是用赞叹的笔调和生动的比喻对其品格才能进行渲染形容。于其事功，仅以极概括的笔墨稍加点染；于其精神风貌，则用画龙点睛式的笔法加以表现。最后将自己与歌咏对象合而为一。整首诗既疏宕明快，又潇洒俊逸，体现出诗人一贯的风格。

古风五十九首（其三十四）

李白

羽檄如流星〔一〕，虎符合专城〔二〕。喧呼救边急，群鸟皆夜鸣〔三〕。白日曜紫微〔四〕，三公运权衡〔五〕。天地皆得一，澹然四海清〔六〕。借问此何为，答言楚征兵〔七〕。渡泸及五月〔八〕，将赴云南征〔九〕。怯卒非战士，炎方难远行〔一〇〕。长号别严亲〔一一〕，日月惨光晶〔一二〕。泣尽继以血，心摧两无声〔一三〕。困兽当猛虎〔一四〕，穷鱼饵奔鲸〔一五〕。千去不一回，投躯岂全生〔一六〕？如何舞干戚，一使有苗平〔一七〕。

校注

〔一〕羽檄，插鸟羽以示紧急的军事文书。《史记·韩信卢绾列传》："吾以羽檄征天下兵。"裴骃曰："以鸟羽插檄书，谓之羽檄，取其急速若飞鸟也。"如流星，极言其迅疾，转瞬即逝。

〔二〕虎符，古代征调军队的凭证，铜制，刻为虎形，剖作两半，右半留中央，左半付将帅或州郡长官。调发军队时，朝廷使臣须持符验对，符合始能发兵。唐代已改用鱼符。专城，指州郡长官。《文选·潘岳〈马汧督诔〉》："剖符专城。"张铣注："专，擅也，谓擅一城也。谓守宰之属。"

〔三〕《庄子·在宥》："鸿蒙曰：乱天之经，逆物之情，玄天弗成，解兽之群而鸟皆夜鸣，灾及草木，祸及昆虫。""群鸟"句用典，正示此次征兵赴边的军事行动是"乱天之经，逆物之情"的不义之战。

〔四〕白日，象征皇帝。紫微，即紫微垣，星官名。《晋书·天文志上》："紫宫垣十五星，其西蕃七，东蕃八，在北斗北。一曰紫微，大帝之座也，天子之常居也。"

〔五〕三公，古代中央政府三种最高官衔的合称。周以太师、太傅、太保为三公（一说以司马、司徒、司空为三公）；西汉以丞相、大尉、御史大夫为三公；东汉以太尉、司徒、司空为三公，但已非实职。此处实泛指宰相。运权衡，运用权力。《晋书·潘岳传》："虽居高位，飨重禄，执权衡，握机秘，功盖当时，势侔人主，不得与之比逸。"权、衡，原指秤锤、秤杆，用以称量物体轻重，转喻权力。

〔六〕《老子》："昔之得一者，天得一以清，地得一以宁。"一指道。澹然，安定貌。《文选·扬雄〈长杨赋〉》："使海内澹然，永忘边城之灾。"李善注："澹，安也。"

〔七〕楚征兵，一作"征楚兵"。查慎行《初白诗评》："当天宝之世，忽开边畔，驱无罪之人，置之必死之地，谁为当国运权衡者？'白日'以下四句，国忠之蒙蔽殃民，二罪可并案矣。"沈德潜《唐诗别裁》注："言天下清平，不应有用兵之事，故问之。"按："楚征兵"，指为讨南诏而征发楚地之兵。《通鉴·天宝十载》："四月……剑南节度使鲜于仲通讨南诏蛮，大败于泸南。时仲通将兵八万，分二道出戎、巂州，至曲州、靖州。南诏王阁罗凤遣使谢罪，请还所俘掠，城云南而去，且曰：'今吐蕃大兵压境，若不许我，我将归命吐蕃，云南非唐有也。'仲通不许，囚其使。进军至西洱河，与阁罗凤战，军大败，士卒死者六万人，仲通仅以身免。杨国忠掩其败状，仍叙其战功。……制大募两京及河南北兵以击南诏，人闻云南多瘴疠，未战，士卒死者什八九，莫肯应募。杨国忠遣御史分道捕人，连枷送诣军所……于是行者愁怨，父母妻子送之，所在哭声振野。"《旧唐书·杨国忠传》："南蛮质子阁罗凤亡归不获，帝怒甚，欲讨之。国忠荐阆州人鲜于仲通为益州长史，令率精兵八万讨南蛮，与罗凤战于泸南，全军陷没。国忠掩其败状，仍叙其战功，仍令仲通上表请国忠兼领益部。十载，国忠权知蜀郡都督府长史，充剑南节度副大使，知节度事……国忠又使司马李宓率师七万再讨南蛮。宓渡泸水，为蛮所诱，至和城，不战而败，李宓死于阵。国忠又隐其败，以捷书上闻。自仲通、李宓再举讨蛮之军，其征发皆中国利兵，然于土风不便，沮洳之所陷，瘴疫之所伤，馈饷之所乏，物故者十八九。凡举二十万众，弃之死地，只轮不还，人衔冤毒，无敢言者。"此诗所反映的当是天宝十载（751）征兵讨云南事。

〔八〕泸，即泸水，即今雅砻江下游及金沙江会合雅砻江以后的一段江流。《水经注·若水》："泸峰最为杰秀，孤高三千丈，是山于晋太康中崩，震动郡邑。水之左右，马步之径裁通，而时有瘴气，三月、四月有迳之必死，非此时犹令人闷吐。五月以后，行者差得无害。故诸葛亮表言：五月渡泸，并日而食，臣非不自惜也，顾王业不可偏安于蜀故也。《益州记》曰：泸水源出曲罗巂下三百里，曰泸水。两峰有杂气，暑月旧不行，故武侯以夏渡为艰。"及，趁。

〔九〕据《新唐书·南蛮传上》，开元末，皮逻阁并六诏为一，破吐蕃，浸骄大，以破弥蛮功，驰遣中人册为云南王。云南征，即征南诏。以地处云岭之南，故曰云南。

〔一〇〕炎方，炎热的南方地区，此指南诏所在的云南地区。

〔一一〕长号，大声号哭。严亲，指父母。参注〔七〕引《通鉴》。

〔一二〕惨光晶，日月惨淡无光。晶，光亮。

〔一三〕摧，悲痛、哀伤。两无声，指出征者和送行的父母均悲痛失声。

〔一四〕当，值，遇上。

〔一五〕饵，饲。

〔一六〕投躯，舍身、献身。

〔一七〕《书·大禹谟》："三旬，苗民逆命……帝乃诞敷文德，舞干羽于两阶。七旬，有苗格。"孔传："干，楯；羽，翳也。皆舞者所执。修阐文教，舞文舞于宾主阶间，抑武事。"《帝王世纪》："有苗民负固不服，禹请征之。舜曰：'我德不厚而行武，非道也。吾前教由未也。'乃修教三年，执干戚而舞之，有苗请服。"干，盾牌；戚，大斧。

笺评

刘辰翁曰：（"群鸟皆夜鸣"）非蹊涉是境，不知其妙，若模写及此，则入神矣。（《唐诗品汇》卷四引）

萧士赟曰：此诗盖讨云南时作也。首四句，即见征兵时景象而言。五句至八句，是设难谓当时君明臣良，天清地宁，海内澹然，四郊无警之时，而忽有此举，果何为哉！九句至十二句，乃白问之于人，始知征兵者讨云南质子亡去之罪也。十三句至二十二句，乃白逆知当时所谓之兵，不甚受甲，如以困兽当虎，穷鱼饵鲸，吾见师之出不见师之入也。末二句则比南诏为有苗，而深叹当国之大臣不能如益之赞禹，禹之佐舜，敷文德以来远人，致有覆车杀将之耻也。（《分类补注李太白诗》卷二）

朱谏曰：（"羽檄"四句）言朝廷以羽檄而征兵者，如流星之速；虎符之调发者，有专城之威。急则不容于少缓，专则独擅于一人。敕令救边之急，哄然传递而惊呼，群栖之鸟尽皆夜鸣，兆之先见者，其不宁也若此。（"白日"八句）言朝廷以羽檄、虎符征兵，而骚扰边方，是观兵而不耀德也。夫君相以道化人，则天下自服。若天子垂拱于九五之上，则白日耀于紫微，三公运筹于台辅之间，以佐乎天子，君相各尽其职，则天地清宁，而四海无危矣，何必以耀兵为哉！今而羽檄虎符，喧呼救边，欲何为乎！乃为楚而征兵也。以阁罗凤据云南而叛于楚地，朝廷命师以讨之，及此五月暑毒之时，渡于泸水，深入瘴疠之乡。夫远人之不服，则当修文德以来之，何至穷兵黩武之若是？（“怯卒”十句）言此南征之人，虽曰中国之师旅，其实怯弱之懦夫，不能受甲，非战士也。临岐恸哭，以别父母，日月为之而无光，泣尽而继之以血，彼此心摧，呜咽而不能言也。夫驱市人而使之战，是弃之也。譬如困兽之当于猛虎，穷鱼之饵乎奔鲸，乃投身殒躯于馋吻之中，适足以恣其一饱而已，岂所以全其生乎！（“如何”二句）上言用兵以征云南，师行无功，是君相失于自修，所以不能致远人之服也。当如大舜之战有苗，一舞干戚，而有苗自格。盖君德耀乎紫微，三公运乎权衡，四海自清矣。又何必勤兵于远方，以至于丧师辱国若是乎！（《李诗选注》）

唐汝询曰：此刺明皇之征南也。言发卒救边，骚及鸟兽，我始闻而疑之，以为明主当阳，大臣奉职，海内澹然，曷为有此？既而与人问答，乃知楚地征兵，以讨云南也。我想五月非出师之时，云南乃苦热之地，且以怯卒而可当战士乎！观其别亲之际，涕泣流连有足悲者，以此御敌，正犹困兽穷鱼而当猛虎奔鲸也，必无生还之理矣。然此皆因庙堂之臣，不能如禹、益之佐舜，敷文德以来远人，卒至疲弊中国而莫之惜也，悲夫！按：南诏丧师，皆国忠之罪，太白乃以有苗讽之，亦可谓怨而不怒矣。（《唐诗解》卷三）

胡震亨曰：此篇咏讨南诏事，责三公非人，黩武丧师，有慕禹、益之佐舜。（《李诗通》）

周珽曰：穷兵黩武原非国家之福，况无事生事，而驱失练之卒以殉战；又师出非其时，则丧师辱国，理必致也。太白此诗，与刘湾《云南曲》俱得感讽之体。按：南诏丧败，皆由杨国忠。刘以既败北言，李以方发兵言，使当时明皇闻此两诗，宁无恻然动心乎！（《删补唐诗选脉笺释会通评林·盛五古四》）

查慎行曰：当天宝之世，忽开边衅，驱无罪之人，置之必死之地，谁为当国运权衡者？“白日”以下四句，国忠之蒙蔽、殃民，二罪可并案矣。（《初白庵诗评》）

吴昌祺曰：用意自佳，尚欠深婉之致。（《删订唐诗解》）

沈德潜曰：时征兵讨云南而大败，杨国忠掩败为功，诗应作于是时。“借问此何为？”言天下清平，不应有用兵之事，故因问之。“渡泸及五月，将赴云南征”，炎月出师，而又当炎方，能无败乎！“如何舞干戚”，“如何”作“何如”解，古人每有之。“干羽”改“干戚”，本渊明“刑天舜干戚”句。（《重订唐诗别裁集》卷二）

《唐宋诗醇》卷一：“群鸟夜鸣”，写出骚然之状。“白日”四句，形容黩武之非。至于征夫之凄惨，军势之怯弱，色色显豁，字字沉痛。结归德化，自是至论。此等诗殊有关系，体近《风》《雅》。杜甫《兵车行》《出塞》等作，工力悉敌，不可轩轾。宋人罗大经作《鹤林玉露》，乃谓：白作为歌诗，不过狂醉于花月之间，社稷苍生，曾不系其心膂，视甫之忧国忧民，不可同年语。此种识见，真“蚍蜉撼大树”，多见其不知量也。

陈沆曰：《唐书》：南诏本乌蛮别种，天宝中册为云南王。因云南太守张虔陀激变，剑南节度使鲜于仲通讨之，以兵八万人败没于泸川。杨国忠掩其败，不以实闻，更使以十万兵讨之，复败没。先后丧师二十万人。集中《书怀赠常赞府》诗云：“云南五月中，频丧渡泸师。毒草杀汉马，张兵夺云旗。至今西洱河，流血拥僵尸。将无七擒略，鲁女惜园葵。咸阳天下枢，累岁人不足。虽有数斗玉，不如一盘粟。”与此同旨。（《诗比兴笺》卷三）

《李太白诗醇》引严云：“长号”一段，写得惨动。

方东树曰：言穷边之事。（《昭昧詹言·小谢附李白》）

曾国藩曰：此首似讽天宝末征兵讨阁罗凤，即白太傅《新丰折臂翁》之诗意。（《求阙斋读书录》卷七）

唐王朝为了牵制吐蕃，力助南诏统一了六诏。但统一后的南诏却与唐王朝产生矛盾。天宝九载（750），宰相杨国忠荐鲜于仲通为剑南节度使。仲通性褊急，少方略，“失蛮夷心。故事：南诏帝与妻子俱谒都督，过云南。云南太守张虔陀皆私之。又多所征求，南诏王阁罗凤不应。虔陀遣人詈辱之，仍密奏其罪，阁罗凤忿怨，是岁发兵反，攻陷云南，杀虔陀，取夷州三十二”（《通鉴》卷二百十六），故有天宝十载鲜于仲通将兵八万讨南诏之举（见注〔七〕引《通鉴》）。其时南诏王阁罗凤曾谢罪，请还所俘掠，城云南而去，唐朝如趁此机会与南诏和好，可以免去这场战争。鲜于仲通却拒绝南诏之请求，囚其使者，至有丧师六万于西洱河的败绩。而杨国忠掩其败绩，仍叙其战功，进一步扩大对南诏的战争，此诗就是在这一背景下写作的，它鲜明地表现出对唐王朝决策者发动这场带有黩武性质的战争的愤激之情，对被驱使进行战争、无辜遭受痛苦牺牲的人民表达了深切的同情。

诗的开头四句，是对朝廷紧急向地方征调军队情景的描写。告急的军事文书像流星一样疾速驰送，朝廷调集地方军队的虎符立即发往州郡长官手中；送羽书的使者、握虎符的使臣一面驱马疾驰，一面喧呼着边境上有紧急军情，急需前往救援，弄得沿途夜宿的鸟都惊恐不安，发出尖厉的鸣叫声。前三句用“如流星”“喧呼”“救”“急”等词语反复渲染，意在突出一种紧急的气氛。光看这几句，可能会认为这是一场外敌入侵，边境告急的自卫性军事行动，但“群鸟”句却通过用典，暗示这原是一场“乱天之经，逆物之情”的违背广大人民意愿的不义之战。李白的诗，常有这种虽用典却自然天成，宛若信口而出的句子。不了解典故出处的读者，虽也能从中品味出这种紧急调兵军事行动对百姓的骚扰，但了解其典故出处，则可深刻领会诗人反对这场黩武战争殃民的用意。

紧接着开头四句的“急”，“白日”四句所描绘的却是完全相反的另一种景象。“白日曜紫微”，用天象喻示皇帝安居京城皇宫，光辉照耀；“三公运权衡”，谓秉政的大臣在有效地运转国家机器，行使自己的权力。正因为如此，故天地广宇、四海之内都呈现出既统一又清平的局面。“澹然”和“清”是这四句的核心。实际上也就是李白自己所说的“寰区大定，海县清一”。这样来形容当时的政局，虽是为了反跌出上四句所写情况的反常，但也大体上符合天宝年间表面上繁荣安定的局势。

“借问”四句，由“得一”“澹然”逼出诗人的反问，揭出紧急征调军队的原因与目的：原来羽檄星驰、虎符急征、喧呼救边，弄得禽鸟夜惊的原因就是为了“将赴云南征”。“楚征兵”，指在楚地征调军队。楚地离云南较近，故征调这一带的军队救边比较迅疾。相传渡泸水五月比较适宜，故用“及”字，以显示朝廷赶在这个季节讨南诏，实际上还是为了突出军事行动的紧急。“及”字正透露出朝廷的军队赶时间、抢速度的意图。

“怯卒”六句，写被迫征调去讨伐云南的士兵与家人离别时的惨痛情景。史载其时“人闻云南多瘴疠，未战，士卒死者什八九，莫肯应募。杨国忠遣御史分道捕人，连枷送诣军所……于是行者愁怨，父母妻子送之，所在哭声振野”。将史籍记载与李白此诗对读，可以看出诗中所写完全是生活的真实反映。用“怯卒”来形容被强征的士卒，不仅透露出他们是在毫无训练的情况下被绑送战场，而且反映出战争的违背人民意愿。人民不愿为黩武战争卖命，故心存畏怯，更何况炎方远行，路途险阻，作战之地又多瘴疠，更使他们毫无斗志。一“怯”字蕴含着多重意涵，可称精练而富于表现力。“长号”四句所描绘的惨状，则可与杜甫《兵车行》“耶娘妻子走相送，尘埃不见咸阳桥。牵衣顿足拦道哭，哭声直上干云霄”相对照，而杜诗主于叙事，偏于客观写实；李诗主要抒情，偏于主观感情的抒发，带有更强烈的感情色彩。而“泣尽继以血，心摧两无声”的惨状，则可与杜诗“眼枯即见骨，天地终无情”比美，诗人的人道主义同情和对当权决策者的愤慨溢于言表。

“困兽”四句，通过形象、生动的比喻，显示被驱使去征讨云南的士卒，犹如陷入绝境的野兽正遇上凶猛的老虎，无路可逃的鱼儿投饲横暴奔突的巨鲸，此去万无生理。用“千去不一回”的夸张笔墨来形容“投躯岂全生”的必然后果，给人以触目惊心的感受，却完全符合征云南之师全军覆没的事实。高度的夸张与高度的真实在这里得到和谐的统一。至此，对当权者穷兵黩武、驱民死地的愤激之情达于极致。

末二句忽作转折，收归正意：“如何舞干戚，一使有苗平。”“如何”即“何如”之意。与其穷兵黩武、丧师辱国，使无辜的百姓遭受无谓的巨大牺牲，何如效舜之敷文德、修政教，使远人心悦诚服地归附呢？这是因批判黩武战争自然引出的主意，其中也自然包含了对当权决策者不能修明政治，只知滥用武力的尖锐批判。

唐代的三位大诗人李白、杜甫、白居易都针对唐王朝征南诏，给人民造成巨大的牺牲和痛苦的事件写过充满人道主义精神的杰出诗篇。白居易是事后追溯，痛定思痛的反省；李、杜则是直接针对眼前正发生的事实。其政治责任感与对人民的同情尤为突出。而由于三位诗人艺术个性的不同，三首诗又各具鲜明的特色。白作系叙事诗，主要通过新丰折臂翁的独特经历反映黩武战争的罪恶；杜作则虽偏于叙事，却触及黩武战争所造成的动摇国本的严重危害，思致更为深刻；李诗则将批判的矛头指向当权决策者，揭露其黩武战争给人民造成的巨大牺牲，感情更为愤激。

蜀道难〔一〕

噫吁嚱〔二〕！危乎高哉！蜀道之难，难于上青天。蚕丛及鱼凫〔三〕，开国何茫然〔四〕！尔来四万八千岁〔五〕，不与秦塞通人烟〔六〕。西当太白有鸟道〔七〕，可以横绝峨眉巅〔八〕。地崩山摧壮士死〔九〕，然后天梯石栈相钩连〔一〇〕。上有六龙回日之高标〔一一〕，下有冲波逆折之回川〔一二〕。黄鹤之飞尚不得过〔一三〕，猿猱欲度愁攀援〔一四〕。青泥何盘盘〔一五〕！百步九折萦岩峦〔一六〕。扪参历井仰胁息〔一七〕，以手抚膺坐长叹〔一八〕。问君西游何时还，畏途巉岩不可攀〔一九〕。但见悲鸟号古木〔二〇〕，雄飞雌从绕林间。又闻子规啼夜月〔二一〕，愁空山。蜀道之难，难于上青天！使人听此凋朱颜〔二二〕。连峰去天不盈尺〔二三〕，枯松倒挂倚绝壁。飞湍瀑流争喧豗〔二四〕，砯崖转石万壑雷〔二五〕。其险也如此，嗟尔远道之人胡为乎来哉？剑阁峥嵘而崔嵬〔二六〕，一夫当关，万夫莫开。所守或匪亲〔二七〕，化为狼与豺〔二八〕。朝避猛虎，夕避长蛇。磨牙吮血，杀人如麻〔二九〕。锦城虽云乐〔三〇〕，不如早还家。蜀道之难，难于上青天，侧身西望长咨嗟〔三一〕。

校注

〔一〕《蜀道难》，乐府旧题，《乐府诗集》卷四十相和歌辞瑟调曲载梁文帝《蜀道难二首》，题解云："《古今乐录》曰：'王僧虔《技录》有《蜀道难行》，今不歌。'《乐府解题》曰：'《蜀道难》备言铜梁、玉垒之阻，与《蜀国弦》同。'《尚书谈录》曰：李白作《蜀道难》，以罪严武。后陆畅谒韦南康皋于蜀郡，感韦之遇，遂反其词作《蜀道易》云：'蜀道易，易于履平地。'按铜梁、玉垒在蜀郡西南，今永康是也。非入蜀道，失之远矣。"《乐府诗集》于梁简文帝之作后又录刘孝威、阴铿及唐张文琮之作，内容均言蜀道之险阻，刘作即有"玉垒高无极，铜梁不可攀"之句，可证《乐府解题》谓"《蜀道难》备言铜梁、玉垒之阻"之言不虚。李白此作，亦极言蜀道之险阻。据诗中“问君西游何时还”“其险也如此，嗟尔远道之人胡为乎来哉”“锦城虽云乐，不如早还家”等句，当为在长安送人入蜀而作。作者另有《送友人入蜀》五律云：“见说蚕丛路，崎岖不易行。山从人面起，云傍马头生。芳树笼秦栈，春流绕蜀城。升沉应已定，不必问君平。”与《蜀道难》或为同时之作。此诗收入殷璠选编之《河岳英灵集》，此集收诗终于天宝十二载癸巳（753），则《蜀道难》当作于此前。今之学者或系此诗于开元十八九年（730、731）李白初游长安期间，亦有主张作于天宝初年者，当以后者为是。

〔二〕宋庠《宋景文公笔记》卷上：“蜀人见物惊异，辄曰：‘噫吁嚱。’李白作《蜀道难》，因用之。”按：噫、吁、嚱均为叹词，可单独用，此则连用表强烈的惊叹。宋庠谓是蜀方言，可参。相当于今之“啊唷嗨”。

〔三〕蚕丛、鱼凫，传说中古蜀王名。《文选·左思〈三都赋〉》注引扬雄《蜀王本纪》曰：“蜀王之先名蚕丛、柏濩、鱼凫、蒲泽、开明。是时人萌，椎髻左言，不晓文字，未有礼乐。从开明上到蚕丛，积三万四千岁。”

〔四〕茫然，模糊不清的样子。此处形容年代久远。

〔五〕尔来，从那时以来。四万八千岁，极言年代久远，与《蜀王本纪》所谓“三万四千岁”，同为传说中的数字，不必拘实。

〔六〕秦塞，犹秦地。秦地四面皆有险阻关隘，为四塞之国，故称。通人烟，指人烟相接，相互往来交通。

〔七〕太白，山名，秦岭主峰，在今陕西眉县南。鸟道，只有飞鸟可以度越的通道。“有鸟道”，谓无人可行走的道路。

〔八〕横绝，横度，飞越。峨眉，山名，在四川峨眉山市的西南。

〔九〕《华阳国志·蜀志》：“秦惠王知蜀王好色，许嫁五女于蜀。蜀遣五丁迎之。还到梓潼，见一大蛇入穴中。一人揽其尾，掣之，不禁，至五人相助，大呼拽蛇，山崩时压杀五人及秦五女并将从，而山分为五岭。”

〔一〇〕天梯，喻高峻的山路如登天的梯。石栈，在悬崖峭壁上凿洞架木铺板而成的栈道。钩连，连接。

〔一一〕六龙回日之高标，极言山之高峻。古代神话传说，日神乘六龙为驾、羲和为御的车。《初学记》卷一天部三：“《淮南子》云：‘爰止羲和，爰息六螭，是谓悬车。’注曰：‘日乘车，驾以六龙。羲和御之。日至此而薄于虞渊，羲和至此而回六螭。’”螭即龙。高标，指高峻的山峰可以作为标志者，犹诸峰中之最高峰。句谓仰视则有连六龙所驾的日车也不能不为之回转的高峰。

〔一二〕冲波逆折，激浪撞击崖壁，形成倒流漩涡。回川，曲折的河流。

〔一三〕黄鹤，即黄鹄。善于高飞远举的鸟。古“鹤”“鹄”二字通。《商君书·画策》：“黄鹄之飞，一举千里。”

〔一四〕猱：猕猴。善攀援。

〔一五〕青泥，岭名，在今甘肃徽县南，陕西略阳县北。《元和郡县图志·山南道·兴州》：长举县：“青泥岭，在县西北五十三里，接溪山东，即今通路也。悬崖万仞，山多云雨，行者屡逢泥淖，故号青泥岭。”盘，形容山路曲折盘绕。

〔一六〕萦，绕。岩峦，山峰。

〔一七〕扪，摸。历，经。参（shēn）、井，星宿名。古天文学将天上星宿的位置与地上的区域相对应，以测该对应地区的吉凶灾变，称分野。参为蜀之分野，井为秦之分野。胁息，屏住呼吸，形容因紧张而屏息。

〔一八〕膺，胸。

〔一九〕巉岩，险峻的山岩。宋玉《高唐赋》：“登巉岩而下望兮。”李白《北上行》：“磴道盘且峻，巉岩凌穹苍。”

〔二〇〕悲鸟，叫声凄厉的鸟。号，号叫。

〔二一〕子规，即杜鹃鸟，蜀中多杜鹃。《文选·左思〈蜀都赋〉》：“鸟生杜宇之魄。”刘渊林注：“《蜀记》曰：‘昔有人姓杜，名宇，王蜀，号曰望帝。宇死，俗说云，宇化为子规。子规，鸟名也。蜀人闻子规鸣，皆曰望帝也。’”

〔二二〕凋朱颜，红润的容颜为之憔悴失色。

〔二三〕去，距离。

〔二四〕湍，急流。瀑流，瀑布。喧豗（huī），水石相击发出的喧闹声。

〔二五〕砯（pīng）：本指水冲击山崖发出的声音，这里用作动词“冲击”之意。转，转动，翻转。

〔二六〕剑阁，此指险峻的剑阁道。《华阳国志》卷二：“梓潼郡有剑阁道三十里，至险。”《水经注·漾水》：“白水又东南迳小剑戍北，西去大剑三十里，连山绝险，飞阁通衢，故谓之剑阁也。”剑阁道在今四川剑阁县东北大小剑山之间。峥嵘，险峻貌。崔嵬，高峻貌。

〔二七〕匪亲，不是亲信可靠的人。

〔二八〕狼与豺，指凶恶的叛乱者。以上四句，本左思《蜀都赋》：“一人守隘，万夫莫向。”张载《剑阁铭》：“一夫荷戟，万夫趑趄，形胜之地，匪亲勿居。”

〔二九〕猛虎、长蛇，喻凶恶的叛乱者。吮，吸。杀人如麻，极言杀人之多。《旧唐书·刑法志》：“遂至杀人如麻，流血成泽。”

〔三〇〕锦城，指成都。成都旧有大城、少城，少城古为掌织锦官员之官署，因称锦官城。后遂用作成都之别称。唐时成都为全国除长安、洛阳两都及扬州以外的繁华都会，有“扬一益二”之称，故云“锦城虽云乐”。

〔三一〕咨嗟，叹息。

笺评

殷璠曰：白性嗜酒，志不拘检，常林栖十数载，故其为文章，率皆纵逸。至如《蜀道难》等篇，可谓奇之又奇，然自骚人以还，鲜有此体调也。（《河岳英灵集》卷上）

姚合《送李馀及第归蜀》：李白《蜀道难》，羞为无成归。尔今称意行，所历安觉危。（《全唐诗》卷四百九十六）

孟棨曰：李太白初自蜀至京师，舍于逆旅，贺监知章闻其名，首访之。既奇其姿，复请所为文。出《蜀道难》以示之。读未竟，称叹者数四，号为谪仙。解金龟换酒，与倾尽醉。期不间日，由是称誉光赫。（《本事诗·高逸》）

李绰曰：陆畅尚为韦南康作《蜀道易》，首句曰：“蜀道易，易于履平地。”南康大喜，赠罗八百匹……《蜀道难》，李白罪严武也。畅感韦之遇，遂反其词焉。（《尚书故实》）

范摅曰：（严武）拥旄西蜀，累于饮筵，对客骋其笔札。杜甫拾遗乘醉而言曰：“不谓严挺之乃有此儿也。”武恚目久之……房太尉琯亦微有所忤，忧怖成疾……李太白为《蜀道难》，乃为房、杜之危也……李翰林作此歌，朝右闻之，疑严武有刘焉之志。（《云溪友议》卷上）

王定保曰：李太白始自西蜀至京，名未甚振。因以所业贽费谒贺知章。知章览《蜀道难》一篇，扬眉谓之曰：“公非人世之人，可不是太白星精邪？”（《唐摭言》卷七）

《新唐书·韦皋传》：天宝时，李白为《蜀道难》以斥严武，（陆）畅更为《蜀道易》以美皋焉。

沈括曰：前史称严武为剑南节度使，放肆不法，李白为之作《蜀道难》。按孟棨所记，白初至京……时乃天宝初也，此时李白已作《蜀道难》。严武为剑南乃在至德以后肃宗时，年代甚远。盖小说所记各得于一时见闻，本末不相知，率多舛误，皆此文之类。李白集中称刺章仇兼琼，与《唐书》所载不同，此《唐书》误也。（《梦溪笔谈》卷四）

洪驹父曰：《新唐书·严武传》云："武在蜀放肆，房琯以故宰相为部内刺史，武踞慢不为礼；最厚杜甫，然欲杀甫数矣。李白作《蜀道难》乃为房与杜危之矣。"《新唐书》据范摅《云溪友议》言之耳。按《唐书》《摭言》载李白始自西蜀至京，道未甚振，因以所业贽谒贺知章，知章览《蜀道难》一篇，曰："子谪仙人也。"案白本传："天宝初，因吴筠被召，亦至长安，时往见贺知章。"则与严武帅蜀岁月悬远。尝见李集一本于《蜀道难》题下注："讽章仇兼琼也。"考其年月，近之矣。谓危房、杜者非也。《新唐书》第弗深考耳。（《洪驹父诗话》）

严评曰：（"噫吁嚱"三句）提"蜀道难"，篇中三致意。用"噫吁嚱"三字起，非无谓，后人学袭，便成恶道。（"地崩"二句）天工人力，四语尽之。（"又闻"至"难于上青天"）此中着二语，本《阳关三叠》。（"连峰"句）有"扪参历井"，白此不必。（"枯松"句）一幅好画。（"磨牙"二句）雄语说难佳。（"锦城"二句）只此十个字，是一篇之主。（结尾三句）言尽意无尽。（严羽评本《李太白诗集》）又严评《李太白诗集》载明人批：蜀道本险，此只是就题直赋，更不必曲为解说。磊落豪肆，真前此所未有。然所以佳处，则正缘构法严密，此乃所谓真太白，不然便恐汗漫无收拾。又曰：起三句，陡然狂呼，振起一篇精神。喑哑叱咤，千山皆靡，非太白力量，后面如何应得转。又曰：（"西当"四句）大概以文入诗是太白偏技，然要不可为常物说。（"连峰去天"四句）一说高、一木、一水、一石，更不乱下语。（"锦城"二句）两语小收。（结尾三句）三重语是篇法，大概相顾盼处最跌荡有态。

刘辰翁曰：妙在起伏。其才放肆，语次崛奇，自不待言。（《唐诗品汇》卷二十六引）

萧士赟曰：洪驹父《诗话》云……沈存中《笔谈》云……予曰：以臆断之，其说皆非也。史不足征，小说、传记反足信乎？所谓尝见李集一本于《蜀道难》题下注"讽章仇兼琼"者，黄鲁直尝于宜州用三钱买鸡毛笔，为周维深作草书《蜀道难》，并于题下注云："讽章仇兼琼也。"然天宝初天下乂安，四郊无警，剑阁乃长安入蜀之道，太白乃拳拳然欲严剑阁之守，不知将何所拒乎？以此知其不为章仇兼琼也。尝以全篇诗意与唐史参考之，盖太白初闻禄山乱华，天子幸蜀时作也。若曰为房琯、杜甫、章仇兼琼而作，何至始引蚕丛开国，终言剑阁之险，复及所守匪亲，化为豺狼等语哉！引喻非伦，是以知其不为章与房、杜也。唐史：哥舒翰兵败，潼关不守，杨国忠首倡幸蜀之策，当时臣庶皆非之。马嵬父老谏曰：宫阙，陛下家居；陵寝，陛下坟墓。今舍此欲何之？又告太子曰：若殿下与至尊皆入蜀，中原百姓谁为主？建宁王倓亦曰：今殿下从至尊入蜀，若贼兵烧绝栈道，则中原之地拱手授贼。既上至扶风，士卒潜怀去就，往往流言不逊。比至成都，从官及六军至者千三百人而已。太白深知幸蜀之非计，欲言则不在其位，不言其爱君忧国之情不能自已，故作诗以达意也。（《分类补注李太白诗》）

胡震亨曰：兼琼在蜀御吐蕃著绩，无据险跋扈迹可当此诗；而严武出镇在至德后，玄宗幸蜀在天宝末，与此诗见赏贺监在天宝入都初者年岁亦皆不合。则此数说似并属揣摩。愚谓《蜀道难》自是古相和歌曲，梁、陈间拟作者不乏，讵必尽有为始作？自蜀人，自为蜀咏耳。言其险更著其戒，如云“所守或非亲，化为狼与豺”，风人之义远矣。必求一时一人事实之，不几失之细乎！何以穿凿为也？（《李诗通》）又曰：《蜀道难》自是古曲，梁、陈作者，止言其险，而不及其他。白则兼采张载《剑阁铭》“一人荷戟，万夫趑趄，形胜之地，匪亲弗居”等语用之，为恃险割据与羁留佐逆者著戒。惟其海说事理，故苞括大，而有合乐府讽世立教本旨。若第取一时一人事实之，反失之细而不足味矣。诸解者恶足语此！（《唐音癸签·诂笺六》）

朱谏曰：起四句此白用乐府《蜀道难》之题而敷其义。先之以发叹曰“噫吁嚱”者，不一叹而足也。曰“危”曰“高”者，不一辞而止也。此二句总序以发。（“蚕丛”八句）此言蜀国自有国以来，至秦时乃得通道于中国也。夫天之生民，必立之君。蚕丛、鱼凫，蜀之先君开国者也。开国以来，以迄于今，则有四万八千余岁，虽与秦而接壤，然山川修阻，绝不往来，各国其国，人烟未尝得相通也。秦塞之外，有太白之山，鸟道四百余里，横绝于峨眉之颠，盖鸟可度，而人不得以度也。秦惠王之时，则以金牛欺蜀王，蜀使五丁凿山开道以迎牛，地崩山摧，而五丁死矣，然后路得稍通，架天梯，连石栈，钩索贯引，夤缘跻拔，乃可以与中国相往来也。（"上有"八句）承上言蜀虽有金牛之迹，可通中国，然其险峻总是畏人。山标之特起者，上碍日车，六龙以之而回辔；回川之旋逆者，倒折反冲，波流盘桓而不去。峰峦之高者，黄鹤飞而不能度；岩崖之险者，猿猱欲度而难援。青泥之岭，屈曲而上；百步之间，而有九折。左萦右绕，出于岩峦之下，何峻险也！仰逼象纬，以手抚膺，坐而长叹。蜀道之难，有如此哉！（"问君"十五句）此设为问之之词，言蜀道之险如此，君游于此，何时还乎？盖畏途之巉岩不可以跻拔，游者宜暂时而不宜久。但见悲鸟之鸣于古木，子规之啼于空山。蜀道难行，鸟声悲怨，闻者多愁而易老矣。其山之高也，连峰去天不盈一尺，枯松依崖而倒挂，湍瀑交流而乱鸣。近人亦且畏之，况远道之人乎？嗟尔远人胡为来此，自取辛苦恐惧也！（"剑阁"十一句）承上言蜀地之险如此，剑阁之间尤为要害。若使一人荷戟，当关而立，虽有万人亦不敢进。是剑阁乃全蜀之门户，得失安危所由系也。使守关者苟非朝廷素所亲信之人，或一旦怀不轨之心，据险以叛，呼吸之间，变为虎狼，皆敌国也。故至险之地当择守地之官，不可不慎。且至险之中又有至毒之物，长蛇猛虎，吮血杀人，尤所当避。是锦城之地，殷富繁华，虽云可乐，然倚险则易于为乱，毒物又多而伤人，宜暂处而不宜久居，不如还家之为乐也。嗟尔远道之人来游此者，胡不及早而言旋乎！又曰：首二句以难辞而发其端，末二句以叹辞而结其意，首尾相应，而关键之密也。白此诗极其雄壮，而铺叙有条，起止有法，唐诗之绝唱者。杜子美谓其长句之好，盖亦意醉而心服之者欤！（《李诗选注》卷二）

谢榛曰：江淹有《古离别》，梁简文、刘孝威皆有《蜀道难》。及太白作《古离别》《蜀道难》，乃讽时事。虽用古题，体格变化。若疾雷破山，颠风簸海，非神于诗者不能道也。（《四溟诗话》卷一）又曰：九言体……惟太白长篇突出两句，殊不可及，若"上有六龙回日之高标，下有冲波逆折之回川"是也。（同上卷二）

胡应麟曰：乐府则太白擅奇古今……《蜀道难》《远别离》等篇，出鬼入神，惝恍莫测。（《诗薮·内编》卷二）又曰：太白《蜀道难》……无首无尾，变幻错综，窈冥昏默，非其才力学之，立见颠踣。（同上卷三）

陆时雍曰：《蜀道难》近赋体，魁梧奇谲，知是伟人。（《唐诗镜》卷十八）

唐汝询曰：按天宝十五载，禄山临潼关，玄宗惧，用杨国忠计幸蜀，太白闻而忧之，故作是诗。首称蜀道之难，非天子所宜幸。次述中途之险，为己所深忧。末言蜀中险恶，非王者所宜居，盖欲乘舆速返耳。言危哉此蜀道也，非所谓难于上天者！自蚕丛等开国以来，历年多矣，未尝与秦塞通，独太白之西有鸟道，可以横绝而度峨眉之表。于是蜀王使五丁力士开山，山崩压，力士死，而栈道竟以此通。然上有碍日之高山，下有逆折之湍险，以猿鹤之狡健，尚不能逾，况行者经青泥之九折，扪星而度，其劳悴之状可想矣。今君西游，当以何时返国乎？我恐巉岩难越，民人又稀，所见者，悲鸟；所闻者，怨鸟，天子畴能堪此哉！故我一闻是举，颜色为之凋谢也。夫山行则有连峰林木之阻，水行则有飞湍奔壑之患，彼远道之人，孰肯相随而来耶？则从行者又寡矣。天子所以欲幸蜀者，为可以避兵也。今居剑阁之中，亲臣既寡，倘一夫作难，外不能救，所守之人皆豺狼也。不惟民俗暴悍，即猛虎长蛇，亦是可虞，天子居此，安乎？我以为锦城虽乐，不如疾还旧都耳。每念及此，未尝不侧身西望而兴叹也。是篇三称蜀道之难，慨叹弥切，虽三闾系心怀王，亦不过此。青莲可不谓忠乎！然世称老杜一饭不忘君，而不及李者，正以其诗托兴高远，非俗辈所能窥。今余闻其旨，不惟辞义粲然，即孤忠愤激之意，庶可暴扬天地间矣。令逝者有知，亦千秋一快哉！（《唐诗解》卷十二）

桂天祥曰：辞旨深远，雄浑飘逸，杜子美所不可到。欧阳子以《庐山高》方之，殊为哂。（《批点唐诗正声》）

李沂曰：太白创体，空前绝后。诸说纷纷不一。然细观此诗，定为明皇幸蜀而作。萧说是。（《唐诗援》）

郝敬曰：太白长歌，森秀飞扬，疾于风雨，本其才性独诣，非由人力。人所不及在此，诗教大坏亦在此。后生学步，奋猛亢厉之音作，而温柔敦厚之意尽。露才扬已，长傲负气，辞人所以多轻薄，由来远已。嗟乎！西日东流，又岂人力哉！但可谓之唐体而已矣。（《批选唐诗》）

许学夷曰：屈原《离骚》本千古辞赋之宗，而后人摹仿盗袭，不胜厌饫……至《远别离》《蜀道难》《天姥吟》，则变幻恍惚，脱尽蹊径，实与屈原互相照映。（《诗源辩体》）

邢昉曰：变幻神奇，仙而不鬼，长吉魔语，视之何如？亘百代元能仿象，才涉意即入长吉魔中矣，通篇奇险，不涉旁意，不参平调，其胜《天姥》《鸣皋》以此。（《唐风定》）

顾炎武曰：李白作《蜀道难》，乃为房与杜危之也，此宋人穿凿之论。

李白《蜀道难》之作，当在开元、天宝间，时人共言锦城之乐，而不知畏途之险，异地之虞，即事成篇，别无寓意。及玄宗西幸，升为南京，则又为诗曰："谁道君王行路难，六龙西幸万人欢。地转锦江成渭水，天回玉垒作长安。"一人之作，前后不同如此，亦时为之矣。（《日知录》卷二十六）

应时曰：（首四句）此唤法。（"西当"四句）好形胜！天工人力，四语尽之。（"扪参"句）奇语。（"其险也"二句）文章中顿挫之法。（"剑阁"三句）上言险难行，此言险不足恃，意不相蒙，此文章家断续之法。（"锦城"二句）二语为篇中之主。总评：才气挥霍，顿宕不休，如南海明珠，随地倾出万斛也。（《李诗纬》卷一）

沈寅、朱崑补辑《李诗直解》卷三：此太白初见禄山乱华，杨国忠首倡幸蜀之策，当时臣庶皆非之，公亦深知幸蜀非计，欲言则不在其位，不言则爱君忧国之情不能自已，故作《蜀道难》以达意也。（按：此数语全袭萧士赟）是以开口即作叹声，而曰"噫吁嚱！危乎高哉！"蜀道极险，当时从君于难者，至蜀之难，甚于上青天也。且蕞尔之蜀，僻在一隅，自蚕丛以及鱼凫，开国茫然。尔来四万八千岁，声教所不暨，虽秦塞之近且不相通，非可为中国帝王之都矣。五丁未开道之先，惟长安在西太白有一线鸟道，可以横绝峨眉之巅，而人迹岂易往来哉！五丁壮士开道之后，身死然后梯栈相连，始与秦通。今若安处于蜀，倘烧绝栈道，则中原非吾有矣。况其险峻，上际于天，而有六龙回日之高标；下极于地，而有冲波逆折之回川。黄鹤之飞尚不得过，猿猱欲度亦愁攀援，是鸟兽犹惮而人可知也。青泥高岭盘行于烟雨之中，百步而九折，以萦绕岩峦之所。又以天星言之，参与井为蜀分野，扪参历井，环蜀之境，道路险难，到处皆然，令人胁敛屏气而息，惟有抚膺长叹而已。今玄宗西幸，何时可还中原而为生灵之主也？且忠臣义士，虽欲从君于难，奈道路巉岩，不可以猝为攀附。但见悲鸟子规飞鸣于空山丛林，则人迹之稀少可知，故复申之曰："蜀道之难，难于上青天。"一言之不足，而再言之，使人听此，即少壮之朱颜亦为之凋谢矣。连峰去天，不盈一尺，枯松飞湍，水石喧击，而成万壑之雷声，其险也如此哉，嗟尔远道之人，胡为乎能来也？今日之幸蜀，不过依剑阁之险耳。虽一夫当关，万夫莫开，然守关者任非其人，恐化为豺狼反噬，为可危也。夫蜀与羌夷杂处，如虎与蛇，朝夕皆当避之，或变生不测，杀人如麻，是又可忧之大者。帝在锦城，虽云可乐，又不如早还长安之家为可乐也。故复申之曰："蜀道之难，难于上青天。"再言之不足，复三言之。令我侧身西望，长为咨嗟叹息，以致眷恋之意云尔。诗意亦微而显矣。

贺裳曰：《蜀道难》一篇，真与河岳并垂不朽。即起句"噫吁嚱！危乎高哉！"七字，如累棋架卵，谁敢并于一处？至其造句之妙，"连峰去天不盈尺，枯松倒挂倚绝壁。飞湍瀑流争喧豗，砯崖转石万壑雷"。每读之，剑阁、阴平，如在目前。又如"一夫当关，万夫莫开。所守或匪亲，化为狼与豺"。不惟刘璋、李势恨事如见，即孟知祥一辈，亦逆揭其肺肝。此真诗之有关系者，岂特文词之雄！纷纷为明皇、为房杜，讥严武、讥章仇兼琼，俱无烦聚讼。（《载酒园诗话又编》）

田雯曰：太白以纵横之才，俯视一切。《蜀道难》等篇，长短句奇而又奇，可谓极才人之致。然亦惟青莲自为之，他人不敢学，亦不能学也。沧溟谓"太白往往于强弩之末，间杂长语，英雄欺人耳"。此言论诗极当，而以之诋太白，无乃太过耶！（《古欢堂集杂著》）

徐增曰：王者所宜居，劝其速归，其忠于君有如此。不然，太白蜀人，何故不为桑梓之邦存地步一至此，噫，伤痛声；吁，负重物以出气；嚱，长叹也。"危乎高哉"，口中未说蜀出，而先痛嗟其高危。高，故危。此二字，为一篇之骨。"蜀道之难，难于上青天"，上青天，是形容其难。"蚕丛及鱼凫，开国何茫然！尔来四万八千岁，不与秦塞通人烟。"蜀为西戎之极边，自周以前，不通于中国，见古圣王之所弃置。通自秦始。初秦伐蜀，不知道，遂作五石牛，以金置尾下，言能粪金，欲以遣蜀，蜀王负力而贪，乃令五丁开道引之。秦惠王九年，因使张仪、司马错引兵寻路灭蜀，谓之石牛道。扬雄《蜀王本纪》："蜀王之先，名蚕丛、柏濩、鱼凫、蒲泽、开明，是时，人民椎髻哤言，不晓文字，未有礼乐。从开明上到蚕丛，积三万四千岁。""开国何茫然"，言其不可考。蜀至秦始通，何从知其开国及岁数哉！扬雄云"三万四千"，此云"四万八千"总非实据也。人言文人无实语，而不知文章家妙在跌顿，故每说到已甚，太白加出一万四千岁来，此正跌顿法也。"西当太白有鸟道，可以横绝峨眉颠。"独西有太白山之鸟道，一线可通，亦止望峨眉之颠。峨眉山，蜀山之最高者。鸟道，空中鸟飞之迹，是极高人所不到，犹云除是飞鸟得过也。太白山，在洋州真符县，山面隶凤翔府，山背属真符。大峨山，峨眉县南百里，两山相对如峨眉。"地崩山摧壮士死，然后天梯石栈相钩连。"自五丁开道后，人始为栈道以相往来……“上有六龙回日之高标，下有冲波逆折之回川。黄鹤之飞尚不得过，猿猱欲度愁攀援。”蜀虽可通，去来毕竟不易。《春秋命历序》：“皇伯登出扶桑日之阳，驾六龙以下上。”回日，日不能过而回。高标，如插竿为标，远可望见……冲波，冲即横，逆是倒，折是曲。川之回转有如此。黄鹤遐举，尚未能过；猿猱矫捷，善于攀援，欲度还愁。此栈道不通之处。“青泥何盘盘，百步九折萦岩峦。”青泥岭乃入蜀所必由之路，在勉州长举县西北五十里，悬崖万仞，上多云雨，行者多逢泥淖。盘盘，路只在此盘转，不能径去，行一百步，却有九个折，萦绕于岩峦之间。“扪参历井仰胁息，以手抚膺坐长叹。”蜀分野星，参十星，王井四座，在参左足下。扪，摸也；历，经历也；仰，以手向上扪历；胁，敛也，屏气而息；膺，胸也。以手在胸前抚摩，坐而长叹，言其怯力。过去有如此之难。“问君西游何时还”，君已在蜀，尚不要他去，故特问其还，问得妙。“畏途巉岩不可攀”，畏途巉岩，言无立脚之处，必须手着力，而又不可攀援。一似少去得一步为便宜者。“但见悲鸟号古木，雄飞雌从绕林间。又闻子规啼夜月，愁空山。”并无有人迹，空山古木间，日之所见者，但是悲鸟雌雄成群而起；夜之所闻者，但是子规月下啼血，最苦。“蜀道之难，难于上青天”，再一提此句，妙有关锁。上来笔气纵横逸宕，不如此则散无统束矣。“使人听此凋朱颜”，人听去尚凋朱颜，而况身历其境者哉！“连峰去天不盈尺”，申言“危乎高哉”四字。“枯松倒挂倚绝壁”，绝壁之间，乃路仄之处，无人樵采，枯松横塞，所行多碍。“飞湍瀑流争喧豗”，湍是水下激而上飞，瀑自上而下垂，上下相迫谓之争。豗，击也。木华《海赋》：“磊匒匌而相豗。”“砯崖转石万壑雷”，砯，水击岩之声。郭璞《江赋》：“砯崖鼓作。”岩为之砯，不为之转，万壑相应，轰若雷霆。“其险也如此”，又作一顿，妙。上来青泥岭，只是难行，所闻所见，只是子规悲鸟；此则耳目炫乱，惊心动魄，险至此极矣。“嗟尔远道之人胡为乎来哉?”人生长此处，出于无奈，远道之人，乃冒险而来。夫居蜀者，习惯成自然，尚畏其险，不知远道人，的是何心！此一宕更妙。人不畏险而至蜀也，得无以“剑阁峥嵘而崔嵬，一夫当关，万夫莫开”，可凭险以自守耶！峥嵘，高峻也；崔嵬，高不平也，又石山带土也。郦道元《水经注》：“小剑去大剑三十里，连山绝险，飞阁相通，故谓之剑阁。”左思《蜀都赋》云：“一夫守隘，万夫莫向。”“所守或匪亲，化为狼与豺。”张载《剑阁铭》云：“形胜之地，匪亲勿居。”剑阁虽可守，而所守之人，亦须要择，必我之亲方可。《史记·韩安国传》："语云：虽有亲父，安知其不为虎；虽有亲兄，安知其不为狼。"至亲且然，而况匪亲，须虑其化为豺狼，反为害，以见人心难测，险不足恃。"朝避猛虎，夕避长蛇。磨牙吮血，杀人如麻。"所守之人，即不可恃，其中又多猛虎长蛇，日夕思食人须刻刻防它。"锦城虽云乐"，上面说蜀，如此可惊可畏，而忽下一"乐"字，妙极。譬如恶人，亦有一二端好处，若说他恶到底，而抹杀其好处，则其人不心服，今论蜀亦然。蜀道虽可惊可畏，而成都却使人乐，名为锦城。《广舆记》云："成都沃野千里，天府之国。玄宗西幸，定为南京。"入蜀何等艰险，见锦城风土，定然欢喜。"不如早还家"，此虽是乐，然不可久居，不如早还家之尤乐也。文势至此甚紧，必须一放，方得宽转，所谓"一张一弛，文武之道也"。"蜀道之难，难于上青天"，复提此句为结束，妙。篇中凡三见，与《庄子·逍遥游》叙鲲鹏同。吾尝谓作长篇古诗，须读《庄子》《史记》。子美歌行，纯学《史记》；太白歌行，纯学《庄子》。故两先生为歌行之双绝，不诬也。三言"蜀道之难"，叮咛告诫至矣。"侧身西望长咨嗟"，太白蜀人，说着蜀犹有戒心焉，蜀之不可去也如是夫！蜀之不可居也如是夫！一片纯是忠君报国至性语。（《而庵说唐诗》卷五）

朱之荆曰：倏起倏落，忽虚忽实，真如烟水杳渺，绝世奇文也。（《增订唐诗摘抄》）

钱良择曰：篇中三言蜀道之难，所谓一唱三叹也。突然以嗟叹起，嗟叹结，创格也。（《唐音审体》）

焦袁熹曰：《蜀道难》，旧题也。太白为之，加奇肆耳。此千古绝调也。后人妄意学步，何其不知量也。"噫吁嚱！危乎高哉！"七字二句。是"连峰去天不盈尺"，无理之极。俗本作"连峰入烟几千尺"，有理之极。无理之妙，妙不可言。有理之不妙，其不妙亦不可胜言。举此一隅，即是学诗家万金良药也。（《此木轩论诗汇编》）

沈德潜曰："其险也如此，嗟尔远道之人胡为乎来哉！"总束三语，千钧笔力。"锦城虽云乐，不如早还家。"恐蜀地有发难之人，则乘舆危也，故望其早还帝都也。通篇结穴……笔阵纵横，如虬飞蠖动，起雷霆于指顾之间。任华、卢仝辈仿之，适得其怪耳。太白所以为仙才也。"锦城虽云乐，不如早还家"是其主意。（《重订唐诗别裁集》卷六）

《唐宋诗醇》卷二：解此诗者，几如聚讼，惟萧士赟谓为禄山乱华，天子幸蜀而作者得之。盖其诗笔势奇崛，诗旨隐跃，往往求之不得，则妄为之说……“蚕丛及鱼凫”至“以手抚膺坐长叹”，极言山川道途之险，以还题意，而其非寻常游幸之地已见言外。“问君西游何时还”，正指幸蜀事，当日仓皇西幸，扈从萧条，栈道崎岖，霖铃愁感，鸟号鹃啼，写出凄凉之状，故曰“使人听此凋朱颜”，此为明皇悲也。以下重写“难”字，而以“其险也若此”三句束之。“远道之人”盖指从者而言，故承以“剑阁峥嵘”六句。楚芀贾云：“我能往，寇亦能往。”蜀之险必不可恃，故为危之之词，以致其忠爱之意。若如诸说所云，为守蜀者发，于义为不伦矣。“猛虎”六句，直言避乱，而祝其早还，通篇结穴在此……若徒赏其文章之奇，而不审其深情远意，未为知白者也。胡震亨谓其泛说事理，故包括大而有合乐府讽世立教本旨，盖亦穷于解矣。

乔亿曰：太白诗“蜀道之难，难于上青天”句凡三叠。管子曰：“使海于有蔽，渠弥于有渚，纲山于有牢。”穀梁氏曰：“梁山崩，壅遏河三日不流。”一篇之中，三番叙述，愈见其妙，所谓“闭户造车，出门合辙”者也。（《剑溪说诗》卷上）

宋宗元曰：（“地崩”二句）造语奇险。（“问君”句）玩此，为明皇幸蜀作无疑。（“其险”句）兜来何等力量。（“磨牙”二句）高文险语，动魄惊心。（“不如”句下）主意在此。（《网师园唐诗笺》）

方东树曰：“朝避猛虎”四句，同屈原《招魂》。收句主意。（《昭昧詹言》卷十二）

陈沆曰：按萧氏此说迥出诸家之上。彼《唐摭言》谓贺知章曾见此诗者，亦犹陈子昂《感遇诗》刺武后时事，见于杜陵忠义之褒，而《旧唐书》顾谓其少作，见许于王适，皆道听途说，未尝真读其诗者也。至胡震亨谓此题本乐府古曲，太白蜀人，自为蜀咏，不必实有所指，此则以明七子无病之呻，体古人失声横涕之什。殆聋夫闻弹《寡鹄》，谓抚枯枝者已。（《诗比兴笺》卷三）

曾国藩曰：按《乐府题解》曰：“《蜀道难》备言铜梁、玉垒之阻，与《蜀国弦》颇同尚。”《书谈录》曰：“李白作《蜀道难》以罪严武，后陆畅作《蜀道易》以颂韦皋。”而公自注则曰：“讽章仇兼琼”，或故乱其辞邪？（《求阙斋读书录》卷七）

王闿运曰：入蜀既险，居蜀又危，此与明皇情事不合，只是照题作文，未顾前后照应耳。格调仍是本色。（《手批唐诗选》卷八）

詹锳曰：综上诸家之说，可得四种：一、罪严武；二、讽玄宗幸蜀；三、讽章仇兼琼；四、即事成篇别无寓意。其间一、二两说与《本事诗》及《唐摭言》所载相抵牾，而三、四说则否。按此诗与《远别离》并见于《河岳英灵集》，集序云："……诗二百三十四首，分为上下卷。起甲寅，终癸巳。"……癸巳年为天宝十二载……是《蜀道难》与《远别离》二诗至晚亦当作于天宝十二载之前，而一、二两说之不可信无庸置辨矣。……兼琼为人……殊无拔扈之迹可寻，太白《答杜秀才五松山见赠》诗云："闻君往年游锦城，章仇尚书倒屣迎。飞笺络绎奏明主，天书降问回恩荣。"是太白亦断不致以兼琼比诸豺狼也。讽章仇兼琼之说，疑自《云溪友议》误传……而诿之为"即事成篇，无所取意"，亦不尽然。《蜀道难》，敦煌唐写本诗选残卷作《古蜀道难》，则其本为规模古调当可想见。阴铿《蜀道难》云："蜀道难如此，功名讵可要！"……今诗中称"其险也如此，嗟尔远道之人胡为乎来哉"，即取阴铿"蜀道难如此，功名讵可要"之意也……安旗……与郁贤皓……同引姚合《送李馀及第归蜀》"李白《蜀道难》，羞为无成归"之说，以为此诗寄寓功名无成之意，近年来亦未得读者首肯。……吴庚舜谓："《蜀道难》可能写于友人赴蜀之后，李白期待他的归来，所以篇末除了咏叹'蜀道之难难于上青天'之外，还说自己'侧身西望长咨嗟'"，这个意思可以考虑，从李白与贺知章的关系来看，《蜀道难》的写作时间，还是应在天宝元年。把它的写作时间上推到开元十八九年是没有根据的。（《李白全集校注汇释集评》）

鉴赏

关于《蜀道难》的写作年代，有两条时间底线。一是根据《河岳英灵集》载李白此诗及集序，可断定此诗最晚的写作时间不会超过天宝十二载(753)；二是根据《本事诗》及《唐摭言》的记载，可进一步断定其写作时间在初入长安时。李白初入长安，有天宝元年及今人所倡开元十八年（730）两说。从李阳冰《草堂集序》、魏颢《李翰林集序》等白之同时代人叙及李白与贺知章的交往情形看，当在天宝元年。杜甫《寄李十二白二十韵》亦云："昔年有狂客，号尔谪仙人。笔落惊风雨，诗成泣鬼神。声名从此大，汩没一朝伸。"所谓"汩没一朝伸"，当指其供奉翰林事。写作年代既定，则举凡诸穿凿之旧说（忧房、杜，讽严武，讽玄宗幸蜀）均可不攻自破。讽章仇之说在时间上虽与诗之写作时间并无矛盾（章仇镇剑南西川，在开元二十七年至天宝五载），但其人并无跋扈割据之任何迹象，故此说亦可排除。

今人所倡功名无成说，其依据仅为姚合诗中“李白《蜀道难》，羞为无成归”之语及阴铿《蜀道难》中“蜀道难如此，功名讵可要”之句。然前者仅为姚合对李白《蜀道难》主题之理解，或当时诗坛上曾流传此种说法，这种理解和说法是否正确，还要依据李白作品本身进行检验并作出判断。至于后者，更仅属阴铿个人一时的感触的联想，并不能得出《蜀道难》古题有此传统的寓意。实际上梁简文帝、刘孝威及张文琮诸人之作即仅言蜀道之难而无阴铿式的感触。自然更不能证明李白之《蜀道难》有功名难成的寓意。从李白《蜀道难》本身的内容看，诗中用主要篇幅描绘渲染了蜀道的险阻高峻，难以攀登度越。同时又因蜀道的险阻而联想到其地易于割据，如所守非人，将酿成祸患。其中没有任何地方提到或暗示仕途艰险、功名难成。这一点，只要将《蜀道难》和《行路难三首》对读，就能判断出《蜀道难》并无“欲渡黄河冰塞川，将登太行雪满山”“行路难，行路难，多歧路，今安在”“大道如青天，我独不得出”式的寓意。

《蜀道难》是乐府古题，古辞“备言铜梁、玉垒之阻”，可见写蜀道山川的险阻并非李白的新创造，李白的创造在于将这险阻的蜀道描绘渲染得十分雄奇壮美、神秘幽深，具有巨大的能量，令人惊心动魄。一开头，就如风雨骤至，连用三个充满强烈感情色彩的叹词将诗人对蜀道险峻的惊奇感受突出强调出来，接着又用“危乎高哉”四个字，概括对蜀道的总体印象。正是这“危”而“高”的蜀道造成了蜀道之“难”。为了强调蜀道之难，又糅合夸张和比喻，发出了“难于上青天”的慨叹。可以说，开头三句，就为全诗定下了基调。

“蚕丛”以下八句，写蜀道的开辟。却从追溯茫昧的远古开始，说自古蜀先王开国以来，经历了漫长的历史年代，蜀地与秦塞之间始终隔绝不通；直到五丁力士开山，秦蜀之间才出现了一条由险峻如天梯的山路和凿石架木而成的栈道勾连起来的道路。这里用了历史传说、神话故事来分别渲染上古时代蜀地与中原的隔绝和战国时代蜀道的开通，前者既见蜀地的险阻，又增添了古蜀地的神秘色彩，后者则渲染了蜀道开辟的神奇和蜀道的险峻。中间又插入“西当太白有鸟道，可以横绝峨眉巅”二句，以反衬蜀道开辟之前，秦蜀之间唯有飞鸟可以度越，而人迹所不能至。从“不与秦塞通人烟”到“天梯石栈相钩连”，写蜀道的从不通到通，神秘与神奇、雄奇与艰险兼而有之。“地崩”二句，更将蜀地先民开山辟道的壮举伟功神话化，写得气势磅礴，惊心动魄。

“上有”以下八句，极写蜀道之高峻险阻。“上有六龙回日之高标”，运用神话传说作夸张之渲染，系虚写其“高”；“下有冲波逆折之回川”，则实写其“危”。上句仰视，下句俯瞰。“黄鹄”二句分承，用善高飞的黄鹄、善攀越的猿猱反衬山高、水险难以度越。“青泥”二句，则以“百步九折”形容道路的盘纡曲折难行。“扪参”二句又用高度夸张的笔法渲染登上高峰之顶时的真切感受。登高峰者感到天上星辰仿佛伸手可触，“扪参历井”正传达出这种真切的错觉；而“仰胁息”则是登峰顶时下视万丈深谷，魂惊魄动、屏息凝气的真实写照；“以手抚膺坐长叹”则正是对这“高”而“危”的蜀道履历的深长叹息。

“问君”以下六句，是对蜀道之难的另一侧面的描写。“问君”句说明这首诗的写作可能和送人入蜀有关，因蜀道艰险、畏途巉岩难以攀越而有“西游何时还”的发问。所送之人不必深考，因为在这首诗中，送人只是描绘渲染蜀道之难的契机，诗的主题与送人并无实质性的联系。“但见”四句，描绘了蜀道上所见所闻的幽深凄厉的境界：叫声凄厉的鸟在古树上哀鸣，雌雄相随，在密林中飞翔；杜鹃鸟在月夜悲啼，使空旷的深山更显得凄清。蜀道由于险阻高峻，故人烟稀少，空旷凄寂，它的“高”“危”正与空旷萧森有着密切的联系。

“蜀道之难，难于上青天！使人听此凋朱颜”三句，遥承篇首，开启下一节对蜀道之“险”的描写。“连峰”四句，融高度的夸张与真切的写实于一体，展现出连峰插天，直与天接，枯树倒挂，斜倚绝壁，激湍飞瀑，争相喧闹，撞崖转石，犹如万壑雷鸣。和“扪参历井”的夸张形容相似，说“连峰去天不盈尺”同样是极度的夸张，但行人仰视高峰插天时又确有“不盈尺”的真切感受。前人或赞“枯松”句逼真如画，其实这四句都形象鲜明，极富画意。但这画却是蕴含着大自然生机律动，释放出巨大能量，响彻万壑雷鸣般的声音的元气淋漓的画。在这种图画面前，王维的《辋川集》中所描绘的境界便不免显得渺小了。在尽情描绘渲染之后，又用“其险也如此，嗟尔远道之人胡为乎来哉”作一收束，以回应前面的“问君西游何时还”，用一“险”字概括以上的描绘渲染给人的奇险感受。

“剑阁”以下直至篇末，由蜀道的奇险引出另一层意蕴：形胜之地易于割据的隐忧。“剑阁”五句，虽本左思《蜀都赋》与张载《剑阁铭》，但浑化无痕，且出新意。张载只说“形胜之地，匪亲勿居”，李白则改为“所守或匪亲，化为狼与豺”，理性的告诫化为感性直观的形象，用“豺狼”喻割据叛乱者，正形象地显示出其贪婪与残暴的野心家本性。接着，又连用四个四字句，以“猛虎”“长蛇”重叠设喻，揭露其“磨牙吮血，杀人如麻”的凶残本质和百姓遭受残害的悲惨局面。“锦城”二句，乃顺势就送客西游回应前面的“问君西游何时还”和“嗟尔远道之人胡为乎来哉”，逼出“不如早还家”的劝诫。最后，再提“蜀道之难，难于上青天”，以“侧身西望长咨嗟”的感叹作结。

正如杜诗所形容的那样，这首诗的确给人以“笔落惊风雨”之感。题名“蜀道难”，但诗人用笔的重点显然放在对蜀道雄奇险峻的描绘渲染上。无论是“地崩山摧壮士死，然后天梯石栈相钩连”的蜀道开辟之神奇，还是“上有六龙回日之高标，下有冲波逆折之回川”，以及“飞湍瀑流争喧豗，砯崖转石万壑雷”的巨大能量的显现；无论是“扪参历井仰胁息”，还是“连峰去天不盈尺”的描写，都给人一种魂悸魄动的强烈感受。诗中一再用惊叹的口吻表达对蜀道高危奇险的种种感受，正传达出诗人在奇险壮美的蜀道山川面前心灵上所受到的强烈震撼。所谓“蜀道难”，在李白笔下，实际上成了对蜀道充满惊奇感的赞叹。自然界的美多种多样，从大的类别来说，有阳刚之美和阴柔之美。阳刚之美中又包含各种不同的类型。同属五岳之一的泰山和华山，就一则偏于雄伟，一则偏于奇险。而蜀道山川，则兼具雄壮奇险之美。它高危险峻，令人“仰胁息”“凋朱颜”“愁攀援”，但它那特有的雄奇险峻之美就寓于这种惊心动魄的感受之中。人们从这雄奇险峻的蜀道山川中感受到大自然的神奇、壮丽和生命力，享受着一种心惊魄动的快感和美感。总之，它的特有的壮美就寓于奇险之中。

美感是主客观的统一，是和人们的社会实践分不开的。对于蜀道，在相当长一段时间里，人们很可能只是单纯惊畏于它的险阻高峻，难以度越，而没有感受、发现它的美。李白之所以能将蜀道描绘得如此奇险壮丽，具有惊心动魄的美感，是和他所处的盛唐时代生产发展、交通发达，人们征服自然的力量增强，视野进一步扩大，因而美感观念也有了相应的变化发展等情况密切相关的。惊险的自然界在人们眼中不再仅仅是畏途，而是一种观赏的对象，并在观赏的同时感到一种精神上的满足。爱奇务险，以艰险为美，在盛唐诗中具有相当大的普遍性，边塞诗中对塞漠奇丽风光的欣赏赞美同样是这种变化了的美感观念的反映，李白的《蜀道难》正典型地反映了这种美感观念。殷璠用“奇之又奇”称赞《蜀道难》，同样是具有时代特征的审美观念在诗歌批评上的反映。

但描绘赞美蜀道山川的奇险壮丽，虽是这首诗内容的主要方面，却非它的全部。诗的末段，由蜀道的险阻联及形胜之地，匪亲勿居，明显地表现了对恃险割据局势的忧虑。赞美与忧虑，都统一于诗人的爱国感情。正因为热爱祖国奇险壮丽的山川，因而不愿意看到它为野心家所占据，造成国家分裂、生灵涂炭的局面。这两方面的内容完全可以统一，而且可以在一首诗中同时出现，不妨看杜甫歌咏相似题材的《剑门》:

唯天有设险，剑门天下壮。连山抱西南，石角皆北向……并吞与割据，极力不相让。吾将罪真宰，意欲铲叠嶂。

对“剑门天下壮”，杜甫是赞美的。但想到历史上经常发生恃险割据的事，因此又责备“设险”的天帝，要铲除剑门天险，以免“并吞与割据，极力不相让”的战争局面发生，祸害百姓。尽管李白在诗中没有说要“铲叠嶂”，但由杜诗可以说明，一个怀有爱国感情的人，在面对奇险壮丽的山川时，既热爱它，赞美它，又担心它为野心家所利用，所窃据，是非常自然的。李、杜都是爱国诗人，因此在面对剑门天险时，都同样想到了割据叛乱的问题，可谓“心有灵犀一点通”。但在李白诗中，这方面的内容是次要的，这不仅从篇幅上可以看出，而且从诗的基调也可看出。这是因为，李白写这首诗的天宝初年，封建割据叛乱还仅仅是一种隐患（开元末沿边设节度使，掌握军政大权，逐步造成尾大不掉的局面），处在萌芽状态之中。李白的可贵之处，正在于当割据势力初萌时就比较敏锐地觉察到了它的危险性，并且在这样一首描绘山川景物的诗里把这个问题鲜明地提了出来，引起人们对它的注意。但也正因为这个问题在当时还只是隐患，因此在诗里就没有将它作为重点。而杜甫的《剑门》，写于安史之乱正在继续的时代，蜀中的形势也很不平静，军阀徐知道正在酝酿一场叛乱。因此，《剑门》诗中就明显地将反对恃险割据作为主要内容，而对剑门天险的描绘则退居次要地位。

自然的性格化（或者说主观化、写意化），是这首诗的突出特点。这首诗从它的描写对象来说，应该属于山水诗。但它又和一般的山水诗侧重描绘山水的形貌、情状不同，而是着重显示蜀道山川的“神”，着重抒写自己的主观感受。诗人借助高度的艺术概括力，抓住蜀道山川最突出的特点——雄奇险峻，充满原始的神秘、神奇色彩，充满巨大的生命活力，予以集中、反复的描绘渲染，并在描绘中渗透自己那种强烈的惊奇感、那种惊心动魄的感受。读这样的诗，也许对入蜀道路上的具体胜迹风景并无图经式的了解，但对蜀道山川之“神”，它那雄奇险峻的特征，它那“冲波逆折之回川”，那壁立千仞，可以扪参历井的高峰，那砯崖转石、万壑雷鸣的声响，却印象极为鲜明深刻，使我们感受到这是一个充满生命活力的自然界。而在传蜀道山川之神的同时，这首诗也展现了诗人自己的精神性格、神采个性，他那豪迈不羁的气概、磊落不平的胸襟、爱奇务险的性格、热爱祖国山川的感情也都隐现于字里行间。正是由于诗人的精神性格与蜀道山川的自然性格完全契合，他才能在诗中既传蜀道山川之神，又传诗人自己的神采个性。李白的这种山水诗，既和谢灵运那种专工客观描摹、细致刻画的山水诗显著有别，也和王维那种以情景交融的意境为特色的山水诗不同，而杜甫入蜀途中创作的那些图经式的山水诗史与此迥异。主要的区别，就在于李白的这类山水诗，主观色彩要浓得多，他着重抒写自己的主观印象、感受，他笔下的山水，是一种性格化了的山水。

为了充分表现蜀道山川雄奇险峻的特点，淋漓尽致地抒写自己的主观感受，诗人将丰富的想象、高度的夸张和运用神话传说等一系列浪漫主义手法熔为一炉。“蚕丛”四句，通过对渺茫无稽的历史传说的追溯，展现出远古时代秦蜀之间群山莽莽、高入云天、飞鸟难度、人烟断迹的原始面貌，为现实的蜀道提供了深远的历史背景。紧接着，又运用了一个极富浪漫色彩的五丁开山的神话传说，有声有色地展现了蜀道的诞生，如同霹雳一声巨响，一个神奇的不平凡的景象突然涌现于眼前，使现实的蜀道带上了浓厚的传奇色彩。写山的高峻奇险，或用高度的夸张与反衬，如“黄鹄”二句；或将高度的夸张与奇特的想象结合起来，如“扪参”二句。而且这种夸张与想象又和“仰胁息”和“以手抚膺坐长叹”的细节描写结合，从而极真切地传达出登上险峰之巅时上顶青天、下临深渊的那种惊心动魄的感受，达到了幻与真的辩证统一。值得注意的是，在突出蜀道雄奇险峻的同时，诗中还插入了一段悲鸟号鸣、子规啼月的描写，展现了雄奇险峻的蜀道在月夜中所显示的另一种境界：幽深、凄清，带有某种神秘朦胧的色彩，使全诗的情调、色彩更加丰富。而在奇异这一点上又和全诗的基调和谐地统一。这一节也暗用了有关杜鹃的神话传说。

回环往复的抒情和参差变化的句式韵律，也是这首诗的突出特点。“蜀道之难，难于上青天”的诗句，在诗中三次出现，像一条贯串的纽带，将全诗连贯在一起，给人以波澜起伏之感。围绕着这个主旋律，诗一个波峰接一个波峰，回环往复中将诗的内容情感不断推向前进。诗一开头就将诗人对蜀道的种种强烈的主观感受凝聚成两声长叹和一句诗，拔地而起，破空而来，给人以神奇突兀之感，就像一场威武雄壮的戏开场前，突然响起的震撼人心的开场锣鼓，营造出紧张热烈的气氛，定下豪迈雄放的基调。第二次出场，是在一大段淋漓尽致的描绘渲染之后，起着承上启下的作用。既是对上一段描写的小结，又是一个暂时的间歇与停顿，好让读者紧张的神经松弛片刻，回味一下刚刚经历的惊心动魄的情景，准备迎接下面新的高潮。第三次出现，是在全诗的结尾处，为全诗作了总结，也留下了深长的回味。三次出现，都不是简单的重复和单纯的加深印象，而是和内容的发展紧密联系。它就像一部五音繁会的大型交响乐中的主旋律，将全诗的内容、感情和强烈的感染力都凝聚起来了。这种在回环往复中层层递进的抒情手法，是李白对《诗经》中民歌抒情手法的创造性运用和发展，使全诗在雄奇奔放中别具一种一唱三叹的韵味。

为了充分表现描写对象雄奇险峻的特点，自由抒写自己豪放不羁的情怀，诗人对传统的诗体也作了前所未有的大胆改造。传统诗歌，从《诗经》到楚辞，从五言到七言，从古体到新体、近体，一直是以齐言为主要特征。少数乐府诗句或长短参差不一，是由于音乐的需要。按照过去的诗体分类，这首诗仍归入七古一体，但说它是杂言，也许更准确。除二十一句七言这一基本句式外，有三言、四言、五言、九言，最长的句子达十一言。长短错综，极尽变化之能事。为了造成纵横驰骤的气势，诗中又大量运用散文化的句法，用了许多语助词、叹词。全诗的韵律也随着内容的变化而不断变化。这一切艺术因素的综合，造成了这首诗雄奇豪放、淋漓恣肆、跌宕多姿的风格，这种诗体，除了押韵这一点之外，可以说就是古代的自由诗。这是李白诗体解放的成功尝试，这种诗体，不但与初唐张若虚的《春江花月夜》、盛唐高适的《燕歌行》齐言体七古不同，与岑参的破偶为奇的《走马川行》也显有差别，李白豪放不羁的性格和“笔落惊风雨”的创作风貌，在诗体的改造与解放上也充分体现出来了。

梁甫吟〔一〕

长啸梁甫吟，何时见阳春〔二〕？君不见，朝歌屠叟辞棘津，八十西来钓渭滨〔三〕。宁羞白发照清水〔四〕，逢时吐气思经纶〔五〕。广张三千六百钓〔六〕，风期暗与文王亲〔七〕。大贤虎变愚不测〔八〕，当年颇似寻常人。君不见，高阳酒徒起草中，长揖山东隆准公。入门不拜逞雄辩，两女辍洗来趋风〔九〕。东下齐城七十二，指挥楚汉如旋蓬〔一〇〕。狂客落魄尚如此〔一一〕，何况壮士当群雄〔一二〕！我欲攀龙见明主〔一三〕，雷公砰訇震天鼓〔一四〕。帝旁投壶多玉女〔一五〕，三时大笑开电光〔一六〕，倏烁晦冥起风雨〔一七〕。阊阖九门不可通，以额扣关阍者怒〔一八〕。白日不照吾精诚〔一九〕，杞国无事忧天倾〔二〇〕。猰貐磨牙竞人肉〔二一〕，驺虞不折生草茎〔二二〕。手接飞猱搏雕虎〔二三〕，侧足焦原未言苦〔二四〕。智者可卷愚者豪〔二五〕，世人见我轻鸿毛〔二六〕。力排南山三壮士，齐相杀之费二桃〔二七〕。吴楚弄兵无剧孟，亚夫咍尔为徒劳〔二八〕。梁甫吟，声正悲。张公两龙剑，神物合有时〔二九〕。风云感会起屠钓，大人岘屼当安之〔三〇〕。

校注

〔一〕《梁甫吟》，古乐府相和歌辞楚调曲名。《乐府诗集》卷四十一诸葛亮《梁甫吟》解题："《古今乐录》曰：王僧虔《技录》有《梁甫吟行》，今不歌。谢希逸《琴论》曰：诸葛亮作《梁甫吟》。《陈武别传》曰：武常骑驴牧羊，诸家牧竖十数人，或有知歌谣者，武遂学《泰山梁甫吟》《幽州马客吟》及《行路难》之属。《蜀志》曰：诸葛亮好为《梁甫吟》。然则不起于亮矣。李勉《琴说》曰：《梁甫吟》，曾子撰。《琴操》曰：曾子耕泰山之下，天雨雪冻，旬月不得归，思其父母，作《梁山歌》。蔡邕《琴颂》曰：梁甫悲吟，周公越裳。按梁甫，山名，在泰山下。《梁甫吟》，盖言人死葬此山，亦葬歌也。又有《泰山梁甫吟》，与此颇同。"诸葛亮所撰《梁甫吟》，系咏齐相晏婴二桃杀三士之事。《乐府诗集》所录陆机、沈约、陆琼之《梁甫吟》，或咏“年命时相逝，庆云鲜克乘”之慨，或抒“怀仁每多意，履顺孰能禁”之感，或写名倡歌尘绕梁之美，内容各不相同，均非古辞之义。《文选·张衡〈四愁诗〉》：“我所思兮在太山，欲往从之梁父艰。”李善注：“太山以喻时君，梁父以喻小人也。”刘良注：“太山，东岳也，愿辅佐君王致于有德而为小人谗邪之所阻难也。”李白此篇，当即取此义。詹锳《李白诗文系年》系此诗于天宝九载（750），谓：“《冬夜醉宿龙门觉起言志》诗云：‘富贵未可期，殷忧向谁写。去去泪满襟，举声《梁甫吟》。青云当自致，何必求知音?’此诗寓意亦多与上首相合，疑是同时之作。”瞿蜕园、朱金城《李白集校注》则谓：“此诗有‘张公两龙剑’之语，与《古风》第十六首‘雌雄终不隔，神物会当逢’语意不能无关……詹氏所引《龙门言志》诗有‘傅说板筑臣，李斯鹰犬人’之语，与此诗以太公郦生为喻，皆是未遇时口吻。若已被召入京，即使遭谗被放，亦与未遇者不同。”郁贤皓《李白集选注》谓：“按瞿、朱说甚是。《梁甫吟》相传为诸葛亮出山前所吟，本诗入手即以阳春喻明主，知其时未遇君主。所用吕望、郦食其事亦为渴望君臣遇合，末以张公神剑遇合为喻，深信君臣际遇必有时日。则此诗必未见君主前所作无疑。前人因诗中有‘雷公’‘玉女’‘阍者’喻奸佞，以为被谗去朝后作，殊不知开元年间初入长安求取功业，亦为张垍等奸佞阻碍而无成，此诗正切合当时情事，与待诏翰林被放还山时事不侔……诗当作于开元二十一年即初入长安被张垍所阻而未见明主之后。”詹、郁二说不同，各有所据。然谓“未见君主”，则与诗中“白日不照吾精诚”之语似未合。诗中所写政局昏暗景象，亦与开元之时情况不符。

〔二〕阳春，阳光明媚的春天。语本宋玉《九辩》：“食不偷而为饱兮，衣不苟而为温。窃慕诗人之遗风兮，愿托志乎素餐。蹇充倔而无端兮，泊莽莽而无垠。无衣裘以御冬兮，恐溘死不得见乎阳春。”李白以“阳春”象喻政治上得到遇合之时。

〔三〕朝歌屠叟，指吕望（即姜太公吕尚）。《韩诗外传》卷七：“吕望行年五十，卖食棘津，年七十，屠于朝歌；九十，乃为天子师，则遇文王也。”又卷八：“太公望少为人婿，老而见去，屠牛朝歌，赁于棘津，钓于磻溪，文王举而用之，封于齐。”朝歌，殷商都城，今河南淇县；棘津，在今河南延津县东北。渭滨，渭水边。指钓于磻溪（今陕西宝鸡市东南）事。《史记·范雎蔡泽列传》：“臣闻始时吕尚之遇文王也，身为渔父而钓于渭滨耳。”

〔四〕宁，岂。清，《全唐诗》校："一作绿。"

〔五〕吐，李集诸本，《文苑英华》《乐府诗集》《全唐诗》均同，《乐府诗集》校云："一作壮。"经纶，喻治理国家。《易·屯》："君子以经纶。"

〔六〕三千六百钓，旧注谓指吕望钓于渭滨几十年。然"广"字无解。此但泛言其广设钓而志在天下。吴昌祺《删订唐诗解》："予思地有三千六百轴，言太公会天下而钓之也。"瞿蜕园、朱金城《李白集校注》引黄本骥《痴学》："太白《梁甫吟》：'广张三千六百钓，风期暗与文王亲'，言渭水之钓，志在天下，非一丘之壑之比，即《鞠歌行》'虎变磻溪中，一举钓六合'之意。三千六百，偶举其数，无所取义。历来诠释皆近于凿。"

〔七〕风期，风度品格。《晋书·习凿齿传》："其风期俊迈如此。"《世说新语·言语》"贫道重其神骏"刘孝标注引《高逸沙门传》："（支道林）少而任心独往，风期高亮。"

〔八〕《易·革》："大人虎变。象曰：其文炳也。"孔颖达疏："损益前王，创制立法，有文章之美，焕然可观，有似虎变，其文彪炳。"虎变，指虎皮上的花纹变化，以喻大人物的行为经历变化莫测。愚不测，为愚人所难以测度。

〔九〕高阳酒徒，指西汉初郦食其。《史记·郦生陆贾列传》："郦生食其者，陈留高阳人也。好读书，家贫落魄，无以为衣食也，为里监门吏。然县中贤豪不敢役，县中皆谓之狂生……沛公（刘邦）至高阳传舍，使人召郦生。郦生至，入谒。沛公方倨床使两女子洗足，而见郦生。郦生入，则长揖不拜，曰：'足下欲助秦攻诸侯乎？且欲率诸侯破秦也？'沛公骂曰：'竖儒！夫天下同苦秦久矣，故诸侯相率而攻秦，何谓助秦攻诸侯乎？'郦生曰：'必聚徒合义兵诛无道秦，不宜倨见长者。'于是沛公辍洗，起摄衣，延郦生上坐，谢之……初，沛公引兵过陈留，郦生踵军门上谒曰：'高阳贱民郦食其，窃闻沛公暴露，将兵助楚讨不义，敬劳从者，愿得望见，口画天下便事。'使者入通，沛公方洗，问使者曰：'何如人也？'使者对曰：'状貌类大儒，衣儒衣，冠侧注。'沛公曰：'为我谢之，言我方以为天下为事，未暇见儒人也。'使者出谢……郦生瞋目按剑叱使者曰：'走！复入言沛公，吾高阳酒徒也，非儒人也。'……沛公遽雪足杖矛曰：'延客入！'"草中，草泽之中，犹民间。长揖，指拱手高举，自上而下行礼而不拜。山东隆准公，指刘邦。《史记·高祖本纪》："高祖，沛丰邑中阳里人……高祖为人，隆准而龙颜。"古以太行山以东地区为山东，沛县地处太行山之东，故云。隆准，高鼻。趋风，疾行至下风，以示恭敬。《左传·成公十六年》："郤至三遇楚子之卒，见楚子，必下，免胄而趋风。"刘向《新序·善谋一》："是故虞卿一言，而秦之震惧趋风，驰指而请备。"或解"趋风"为疾行如风，亦通。

〔一〇〕《史记·郦生陆贾列传》："汉三年秋，项羽击汉，拔荥阳，汉兵遁保巩、洛……郦生因曰：'……方今燕、赵已定，唯齐未下……臣请得奉明诏说齐王，使为汉而称东藩。'上……使郦生说齐王……田广以为然，乃听郦生，罢历下兵守战备，与郦生日纵酒。淮阴侯闻郦生伏轼下齐七十余城，乃夜度兵平原袭齐。"如旋蓬，如蓬草随风飞旋。此状其轻而易举。

〔一一〕狂客，指郦食其。郦食其被称为狂生。

〔一二〕壮士，李白自指。当群雄，对着群雄。

〔一三〕扬雄《法言·渊骞》："攀龙鳞，随凤翼，巽以扬之，勃勃乎其不可及也。"《汉书·叙传下》："舞阳鼓刀，滕公厩驺，颍阳商贩，曲周庸夫，攀龙附凤，并乘天衢。"攀龙，喻依附帝王以成就功业，亦喻指依附显贵而实现自己的志向。此处似指后者。

〔一四〕雷公，司雷之神。砰訇，状宏大之声响。天鼓，指雷声。《初学记》卷一天部引《抱朴子》："雷，天之鼓也。雷神曰雷公。"

〔一五〕《神异经·东荒经》："东王公……恒与一玉女投壶，每投千二百矫，设有入不出者，天为之嘘唏。矫出而脱误不接者，天为之笑。"张华注："言笑者，天口流火炤灼，今天不下雨而有电火，是天笑也。"

〔一六〕三时，指早、中、晚三时。

〔一七〕倏烁，电光迅速闪烁的样子。《楚辞·九思·悯上》："云蒙蒙兮电倏烁。"晦冥，昏暗。

〔一八〕阊阖，天门。《楚辞·离骚》："吾令帝阍开关兮，倚阊阖而望予。"王逸注："阍，王门者也。阊门，天门也。"九门，天宫中的九重门。

〔一九〕白日，喻皇帝。精诚，至诚，忠诚之心。

〔二〇〕《列子·天瑞》："杞国有人，忧天地崩坠，身亡（无）所寄，废寝食者。"此谓自己深怀对国事的忧虑，如杞人之忧天地崩坠。

〔二一〕猰㺄，传说中吃人的凶恶野兽。《尔雅·释兽》："猰㺄类貙，虎爪，食人，迅走。"竞人肉，争食人肉。

〔二二〕驺虞，传说中不吃生物、不踏生草的仁兽。《诗·召南·驺虞》："于嗟乎驺虞。"毛传："驺虞，义兽也。白虎，黑文，不食生物，有至信之德则应之。"

〔二三〕《文选·曹植〈白马篇〉》："仰手接飞猱。"李善注："凡物飞迎前射之曰接。猱，猿属也。"《尸子》卷下："中黄伯曰：'余左执太行之獶，而右搏雕虎……夫贫穷，太行之獶也，疏贱，义之雕虎也，而每日遇之，亦足以试矣。'"獶或作猱。雕虎，虎身上有斑纹，似雕画而成，故曰雕虎。

〔二四〕张衡《思玄赋》："执雕虎而试象兮，阽焦原而跟趾。"《尸子》卷下："莒国有石焦原者，广长五十步，临百切之谿，莒国莫敢近也。有以勇见莒子者，犹却行剂踵焉。此所以服莒国也。夫义之为焦原也，亦高矣，贤者之于义，必有剂踵，此所以服一世也。"焦原，山名，在今山东莒县南。

〔二五〕《论语·卫灵公》："蘧伯玉邦有道则仕，邦无道则卷而怀之。"智者可卷，指清醒的才士遇上邦无道之时，则深藏不露，待时而动。愚者豪，愚蠢的人则逞强好胜。

〔二六〕轻鸿毛，轻如鸿毛。言自己为世人所轻。李白《上李邕》："时人见我恒殊调，见余大言皆冷笑。"

〔二七〕排，推开。诸葛亮《梁父吟》："步出齐城门，遥望荡阴里。里中有三坟，累累正相似。问是谁家冢？田疆古冶子。力能排南山，文能绝地纪。一朝被谗言，二桃杀三士。谁能为此谋？国相齐晏子。"二桃杀三士事，详《晏子春秋·内篇谏下二》。春秋时，公孙接、田开疆、古冶子事齐景公，以勇力搏虎闻。晏子过而趋，三子不起，晏子见景公，谓此三人上无君臣之义，下无长率之伦，不若去之。因使景公以二桃赐三人，令其论功而食。公孙接、田开疆先各叙己功而取二桃，古冶子叙己功最大，让二人还桃，二人羞愧自杀，古冶子也认为自己不仁不义无勇而自杀。

〔二八〕《史记·游侠列传》："吴、楚反时，条侯（周亚夫）为太尉，乘传车将至河南，得剧孟，喜曰：'吴、楚举大事而不求孟，吾知其无能为已矣。'天下骚动，宰相得之，若得一敌国云。"吴楚弄兵，指汉景帝三年（前154），以吴王刘濞为首的吴、楚等七国叛乱。剧孟，西汉洛阳人。《史记·游侠列传》："田仲已死，而洛阳有剧孟。周人以商贾为资，而剧孟以任侠显诸侯……剧孟行大类朱家，而好博，多少年之戏。然剧孟母死，自远方送丧盖千乘。及剧孟死，家无舍十金之财。"亚夫，周亚夫，西汉景帝时名将，曾奉命平七国之乱。事详《史记·绛侯周勃世家》。咍（hāi），讥笑。尔，指吴、楚七国叛乱者。二句意谓，吴、楚七国叛乱没有罗致剧孟这样的人物，周亚夫讥笑他们根本不可能成事。此盖以剧孟自比，谓朝廷用己，则可在事关国家存亡的时候发挥巨大作用。

〔二九〕《晋书·张华传》："初，吴之未灭也，斗牛之间常有紫气……及吴平之后，紫气愈明。华闻豫章人雷焕妙达纬象，乃要焕宿……焕曰：'宝剑之精，上彻于天耳。'……即补焕为丰城令。焕到县，掘狱屋基，入地四丈余，得一石函，光气非常，中有双剑，并刻题，一曰龙泉，一曰太阿……遣使送一剑并土与华，留一自佩……华得剑，宝爱之……报焕书曰：'详观剑文，乃干将也，莫邪何复不至？虽然，天生神物，终当合耳。'……华诛，失剑所在。焕卒，子华为州从事。持剑行经延平津，剑忽于腰间跃出堕水，使人没水取之，不见剑，但见两龙各长数丈，蟠萦有文章。没者惧而反。须臾光彩照水，波浪惊沸……华叹曰：'先君化去之言，张公终合之论，此其验乎！'"此以龙剑自喻，谓己遇合终当有时。着意处在"神物合有时"。

〔三〇〕风云感会，指风与云感应相会，喻君臣遇合，亦称风云际会、风云会。《后汉书·朱景王杜马刘傅坚马列传·附二十八将论》："咸能感会风云，奋其智勇。"起屠钓，指起于屠夫渔钓之草野民间，用吕望事，详注〔三〕。大人，犹君子，自指。峣屼，不安貌。当安之，应当安守以待时，不必因暂时未遇而不安。

笺评

葛立方曰：尝观其所作《梁父吟》，首言钓叟遇文王，又言酒徒遇高祖，卒自叹己之不遇。有云："我欲攀龙见明主，雷公砰訇震天鼓。帝旁投壶多玉女，三时大笑开电光，倏烁晦冥起风雨。阊阖九门不可通，以额扣关阍者怒。"人间门户尚不可入，则太清倒景，岂易凌蹑乎！太白忤杨妃而去国，所谓玉女起风雨者，乃怨怼妃子之词也。（《韵语阳秋》卷十一）

萧士赟曰：此篇意思转折甚多，盖太白借取此以言志也。"长啸梁甫吟，何时见阳春"，是叹三士之不可复生，亦以喻有志之士何时而遇主也。"君不见"两段乃太白聊自慰解之辞，谓太公之志，食其之狂，当时视为寻常落魄之人犹遇合如此，则为士者终有遇合之时也。"我欲攀龙见明主"，于时事有所见而欲告于君也。"雷公砰訇震天鼓。帝旁投壶多玉女，三时大笑开电光，倏烁晦冥起风雨。"以喻权奸女谒用事而政令无常也。"阊阖九门不可通，以额扣关阍者怒"，以喻言路壅塞，下情不得以上达，而言者往往获罪于权近也。"白日不照我精诚，杞国无事忧天倾"，太白灼见当时贵妃、国忠、林甫、禄山窃弄权柄等事，祸已胎而未形，欲谏则言无证而不信，倘使其君不鉴吾之诚，则正所谓杞人忧天之类耳。“猰貐磨牙竞人肉，驺虞不折生草茎”，此乃深叹当时小人在位，为政害民，有如猰貐磨牙，竞食人肉。使有道之朝，则当仁如驺虞，虽生草不履，况肯以人肉为食哉！况肯轻杀一士哉！“手接飞猱搏雕虎，侧足焦原未言苦。智者可卷愚者豪，世人见我轻鸿毛。力排南山三壮士，齐相杀之费二桃。”白意盖谓当有道之朝，得君佐之，为国出力，刺奸击邪，不惮勤劳，如接搏猱虎，虽侧足焦原未足言苦耳。今时事若此，则唯当卷其智而为愚，乃为人豪。世不我知，谓为真愚，而轻我如鸿毛，然白亦卒不改行者，思古来三壮士，勇力如此，一忤齐相，用计杀之，特费二桃，殊不劳力。白也倘不卷其智而怀之，适足使权近得以甘心焉耳。又何补哉！“吴楚弄兵无剧孟，亚夫咍尔为徒劳”，此又白深自慰解之词，当国者终须得人为用，必有遇合之时也。“梁甫吟，声正悲。张公两龙剑，神物合有时。风云感会起屠钓，大人岘屼当安之。”此乃申言有志之士终当如太公、食其之感会风云，犹神剑之会合有时也。则夫大人君子遭时屯否，岘屼不安者，且当安时以俟命可也。（《分类补注李太白诗》卷三）

郝敬曰：感叹呜咽，豪雄之气勃勃。（《批选唐诗》）

陆时雍曰：气魄驰骤，如风云凭陵，惊起四座。（《唐诗镜》）

严评曰：（首二句）此一呼，下二应。（“狂客落魄”二句）缴起是二应，仍是一应，看结句更知用意之妙。（《严评李太白诗》）

严评本载明人批：篇法不甚稳密，句亦多直多俗，不为佳。此题竟不知义何取。旧解谓亦系葬歌，则是就三坟生感。但邓州去齐远，梁父亦不在齐门外，孔明何为忽悲三士？三士与梁父有何干涉，终未明快。

朱谏曰：按《梁甫吟》辞意错乱而无序，用事或涉于妖妄，如吕望、郦食其等事，方言贫贱而遇明主，即继以雷公天鼓、玉女投壶，非惟上下文义之不相蒙，而又鄙俗无稽之可笑。杞国、驺虞、齐相、吴楚，纷纭并见，意未有归，而又继之以张公之神剑、屠钓之大人，如不善于治馈者，徒夸饤饾之多，不调适合之味，甘苦或失其中，人亦不欲食之矣。易牙岂为之乎？……此等繁乱错杂之辞，稍知文理者将羞道之。白之雄才高论，宁有是乎！或又疑为李益尚书、李赤厕鬼之所作。曰：益非病狂，安得为是？是必厕鬼为之也。曰：然则厕鬼亦能知古今乎？曰：唐人云：赤能诗辞，想赤未遇厕鬼之先，亦尝学诗矣。所得虽浅，非全然一白丁也。及至

神衰气乱，乃若是耳。（《李诗辨疑》卷上）

唐汝询曰：此伤不遇时，赋以见志也。言我长啸而为此吟者，以良时难值也。彼太公之隐屠钓，郦生之溷酒徒，当时人莫之识，及一遇贤君，皆得奋其智勇，我岂不能效狂客所为耶？欲见明主而患其威灵不测，且有投壶之嬖在傍，能为电光风雨，是以遏言路而不通，强欲求见则为阍者所怒。此盖指杨妃、力士也。因言君虽不鉴我之忠诚，然我不能无杞人之忧者，正以忠逆无分也。彼邪臣之肆虐如猰貐之啖人，贤者之爱才如驺虞之惜草，君苟能择用之，则我当剪除奸暴，不避险难，如接飞猱、搏雕虎、履焦原而不辞矣。如其君之不用邪，则如韬藏其智为愚中之豪耳。世人见我行藏落落，遂真以为愚，因忽之如鸿毛而谋陷之。以二桃杀三士，计亦巧矣。然独不念朝无贤人将何以为国，徒为亚夫所笑耳。于是吟成而声益凄楚，则又自慰曰：龙剑尚有合，君臣岂无遇。观太公起屠钓而树勋，则我当安于困厄可也。（《唐诗解》卷十二）

王夫之曰：长篇不失古意，此极难。将诸葛旧词二桃三士搀入夹点，局阵奇绝。苏子瞻取此法作“燕子楼空”三句，便自托独得。（《唐诗评选》卷一）

沈寅、朱崑补辑《李诗直解》：此篇太白为《梁甫吟》，屡借古人以言其志也。言长啸《梁甫吟》，以叹三士之不可复生也，以喻有志之士，何时遇主而见阳春乎？君不见太公之志，食其之狂，当未遇时众人视为寻常落魄之人，后犹遇合如此，则为士者岂无得志时哉！今见时事可议，而欲攀龙以见唐主，奈权奸女谒用事，如雷公振鼓，玉女投壶，开电光，起风雨，以致政令之无常也。此时使言语得达，犹可救药，何天门不通，门者见怒，而言者往往获罪于权近矣。有识者，灼见贵妃、国忠、林甫、禄山窃弄国柄，祸胎已萌，我欲谏诤，则无征不信，倘君不鉴吾之精诚，正所谓杞人忧天之类矣，况唐小人在位，剥民脂膏，有若猰貐磨牙竞食人肉，使有道之朝，则当仁如驺虞，虽生草不履，乃肯食人肉而轻杀一人哉！使得君而佐之，为国击奸，不惮勤劳，如接搏猱虎，虽侧足焦原，未云苦耳。今唐事如此，则当卷其智而为愚，即世不我知，而轻我如鸿毛，然我亦卒不改素行者，因思古来三壮士之功力不少，一忤齐相，用计杀之，时费二桃，不劳馀力。白也倘以智自豪，适足使权近甘心焉，又何补哉！吴楚弄兵，不求剧孟，亚夫得之，嗤笑为徒劳者，见当国者须得人以为用也。今为《梁甫吟》而声正悲者，乃申言有志之士，终当如太公、食其之感遇风云，犹神剑之会合有时也。维彼大人君子，遭时屯否，峞屼不安者，自当安时以俟命可矣。（卷三）按：此解多袭萧士赟而稍加改动。

吴昌祺曰：此诗虽雄豪而不为佳。又曰：此诗以梁甫起，而又以晏子、剧孟并说，前以太公、郦生并说，而又结屠钓，皆不可为法。（《删订唐诗解》卷七）

沈德潜曰：始言吕尚之耋年，郦食其之狂士，犹乘时遇合，为壮士者，正当自奋。然欲以忠言寤主，而权奸当道，言路壅塞。非不愿剪除之，而人主不听，恐为匪人戕害也。究之论其常理，终当以贤辅国，惟安命以俟有为而已。后半拉杂使事，而不见其迹，以气胜也。若无太白本领，不易追逐。（《重订唐诗别裁集》卷六）又曰：（"广张"二句）地有三千六百轴，太公合而天下钓之，得与文王相遇也。（"何况壮士当群雄"句）自谓。（"吾欲攀龙"至"阊阖九天"一段）见朝之权贵女子小人，拥遏主听，忠言不得上陈也。（"杞国"句）忧时之将乱。（"猰貐磨牙"至"世人见我"一段）见君子小人并列，而人主不知。我欲起而除去邪恶，犹接飞猱、搏雕虎，不自言苦也。以愚自谓。（"力排南山"二句）言众人害己之易。（"吴楚弄兵"二句）言朝无贤人，何以为国？仍望世之用己也。（"梁甫吟"至末）言己安于困厄以俟时。（同上旁批）

《唐宋诗醇》曰：此诗当亦遭谗被放后作，与屈平睠睠楚国，同一精诚。"三千六百钓"，迄无定论。按《说苑》云：吕年七十，钓于渭滨。《孔丛子》云：太公勤身苦志，八十而遇文王。以百年三万六千场计之，七十至八十，约三千六百钓也。或又以八十始钓，九十始遇为十年，殆未知《楚辞》所云"太公九十乃显荣"，盖指封国时言也。（卷二）

赵翼曰：《梁甫吟》专咏吕尚、郦生，以见士未遇时为人所轻，及成功而后见。（《瓯北诗话》）

余成教曰：太白《梁父》《玉壶》两吟，隐寓当时受知明主、见愠群小之事于其内，读之者但赏其神骏，未觉其自为写照也。（《石园诗话》卷一）

方东树曰：此是大诗。意脉明白，而段落迷离莫辨。二句冒起。"朝歌"八句为一段，"大贤"二句总太公。"高阳"八句为一段，"狂客"二句总郦生。"我欲"句入己。以下奇横，用《骚》意。"帝旁"句，指群邪也。"三时"二句，言喜怒莫测。"阊阖"句归宿，如屈子意，承上一束；"以额"句奇气横肆，承上一束。"白日"二句转。"猰貐"句断，言性如此耳。“驺虞”句再束上顿住。“手接”句续。“力排”二句，解上“手接”二句。“吴楚”二句，解上“智者”二句。以上十九句，为一大段。“梁甫吟”以下为一段，自慰作收。（《昭昧詹言》卷十二）

曾国藩曰：诸葛武侯之《梁甫吟》，似吊贤士之冤死。太白此诗，则抱才而专俟际会之时。（《求阙斋读书录》卷七）

吴闿生曰：雄奇俊伟，韩公所谓光焰万丈者也。通体设喻，所以错落雄深。（《古今诗范》卷九）

王闿运曰：既未见明主，何以欲卷又欲杀耶？此亦泛言，非自赋，所谓就京腔下笔，不能自休，学其开合承接而已，不必论理也。（《手批唐诗选》卷八）

王运熙、杨明曰：《梁甫吟》《远别离》此二诗迷离惝恍，多惊心骇目之语……当是天宝五六载间或稍后因李林甫弄权而作……“雷公砰訇震天鼓……倏烁晦冥起风雨”之句，应即是影射李林甫专政，朝政黑暗；而“猰貐磨牙竞人肉”“力排南山三壮士，齐相杀之费二桃”，则是写酷史肆虐和李林甫手段之恶毒。篇末“大人岘屼当安之”句中“岘屼”一词，系危而不安之意……《梁甫吟》用此语，也正是指政治局势之动荡险恶。（《李白研究论丛·关于李白〈蜀道难〉〈将进酒〉〈梁甫吟〉〈远别离〉的写作年代》）

鉴赏

《梁甫吟》是李白七古和乐府歌行有代表性的名篇。它的突出特点，是感情愤慨激越，充满对政治现实的猛烈抨击，而又始终保持着对理想的执着和对前途的自信。

开头两句，破空而来，声情激越。“长啸”是形容感情激愤抑郁，不吐不快，唯借此方能一抒积愤的状态。而诗人之所以“长啸梁甫吟”，原因即在“何时见阳春”。“阳春”本指自然界中美好明媚的春天，这里作为政治象喻，象征着政治上清明美好的时代，也象征着自己政治上的美好遇合，与下面的“倏烁晦冥起风雨”的昏暗政局正成鲜明对照，和篇末的“神物合有时”则正相吻合。“阳春”的这两层象征含义，是统一的。诗人所期盼的就是政治上清明美好、自己政治上获得遇合的“阳春”之时。或谓“阳春”指明主，恐非，诗中用以喻指君主的意象是“白日”。如果说，首句是点题，则次句便是对全诗内容旨意的揭示。因此这个开头起着提挈统领全篇的作用。

紧接着篇首，下十六句，用两个“君不见”分别领起。通过对吕望、郦食其两个历史人物经历遭际的叙写，来说明有杰出才能的人终能遇合明主，施展抱负。吕望的特点是地位微贱、老而未遇，年八十方遇文王而得重用，成为周代的开国功臣。诗人用笔的重点便放在他年虽老而志弥笃，“宁羞白发照清水，逢时吐气思经纶”，不以“白发”照清水为羞，而是因“逢时”而经纶之志弥增。诗人用“广张三千六百钓，风期暗与文王亲”来形容他虽身隐渔钓，却志存天下，虽身处微贱，风度品格却暗与文王相亲，说明他所钓的是整个天下。历史的传说通过诗人生花妙笔的点染，将吕望的形象塑得充满积极用世的精神和蓬勃的朝气。“大贤虎变愚不测，当年颇似寻常人”二句，是对吕望经历的总结，意在强调，有杰出才能的人在未遇时虽“颇似寻常人”而为愚者所不识，但一旦逢时而施展经纶之才略，则如虎变而显荣于世。这既是对自己安心待时的一种鼓励，对自己终能得遇的一种自信，也是对世俗之世不识自己才能的一种嘲笑。而郦食其的特点则是“狂”而“雄辩”。这二者实际上又都是对自己才能谋略高度自信的一种表现。诗人抓住这两个特点，不仅生动地展现了他谒见刘邦时长揖不拜、高驰雄辩、自称“高阳酒徒”的狂傲不羁风度和刘邦前倨后恭的态度变化，而且赞颂了他“东下齐城七十二，指挥楚汉如旋蓬”的杰出才能事功。在郦食其身上，显然有李白自己的影子。“狂客落魄尚如此，何况壮士当群雄”，是对郦食其经历的总结，也是对自己强烈自信心的抒发。一个被视为“狂客”，落拓不遇的人物尚且能建立不朽事功，何况是像我这样的“壮士”，又何况是壮士而面对群雄，更加壮怀激烈呢！以上两层一大段，都是通过对历史人物经历的歌咏来抒发自己的政治自信心的。感情昂扬乐观，语调潇洒豪爽，节奏跌宕起伏。叙郦食其一节，描写尤见生动，郦食其的风采个性被描绘得虎虎有生气，可以体味出诗人在其中所贯注的感情。如果说，司马迁通过细节的描写将郦食其见沛公的场面小说化了，那么李白则进一步将它诗化了。

“我欲”以下十九句，转入对污浊黑暗政治现实的揭露抨击，感情也由上段的昂扬乐观，转为愤慨激越。十九句也分为前后两节。第一节七句，仿效《离骚》上天求女一段笔意，运用神话和象征手法，对自己在“攀龙见明主”的过程中受阻的情形作了淋漓尽致的描绘：雷公擂响了震天的鼓声，天帝旁围绕着以投壶为戏的玉女，从早到晚，电光闪烁，风雨晦冥，天宫的门户闭塞不通，自己愤而用额头去打门，却遭到守门的阍人的怒喝。“雷公”“玉女”不必寻究其具体所喻，但显指围绕在皇帝身旁的邪恶势力。而电闪雷鸣、风雨晦冥的景象，则无疑是昏暗险恶政治局面的象征。“白日”以下十二句，则分别运用神话、寓言、历史传说进一步渲染政治环境之险恶和自己面对这种环境时的感情反应。“白日”二句，说皇帝根本不鉴察自己的忠诚，反而认为自己所陈述的政治忧患是杞人忧天、危言耸听。然则，所谓“明主”，在群小的包围下已经成了“昏主”。在这种主昏臣邪的政局中，一些凶恶的小人就像吃人的野兽一样，张开血盆大口，磨牙竞食人内。力排南山的勇武之士，为齐相的阴谋伎俩所杀害，显得轻而易举。自己虽像神话中的仁兽，连生草茎也不忍践踩，却根本不被信任，尽管有手接飞猿、搏猛虎的本领，有“侧足焦原未言苦”的心志，却无从施展。自己原是真正的智者，却因政治形势而不得不“卷而怀之”，被那班逞豪于时的患者看得轻如鸿毛。可是国家一旦遇上吴楚七国弄兵那样的危急局面，又怎能没有自己这种剧孟式的人才呢？这十二句，叙述不大讲究次第，旁见杂出，无一定的章法，可以看出诗人在下笔时纯任自己感情的激流，随处横溢奔迸。这种不加修饰近乎感情原始状态的倾泻，正说明诗人写作时感情已到极为激愤而不加控制的程度。拉杂错乱，诚或有之，不必为之讳饰，但这正是诗人感情状态的真实反映。沈德潜说：“后半拉杂使事，而不见其迹，以气胜也。”这个评语，倒是说明了一个事实，在“拉杂”的使事和叙事抒情中潜藏着一股贯通一切的气（诗人的思想感情凝聚而成的精神力量），从而使它在散乱中呈现出内在的统一。

最后一段，紧承上段，先点明这首《梁甫吟》所抒写的是诗人政治上忧愤悲慨之情。“声正悲”三字是对“我欲攀龙见明主”以下一大段的内容和思想感情的概括。然后却遥承篇首，突作转折，将自己比作神剑，坚信自己的政治遇合终当有时，就像出身于屠钓的吕望一样，总能在时代的风云感会中得遇明君，施展才能，实现抱负，不必为一时的挫折而惴惴不安。从而不但为“君不见”以下一大段作了精练的概括，而且回答了一开头提出的“何时见阳春”的问题。尽管诗人也难以明确指出具体的时间，但坚信必有遇合之时。看来，诗人对当时的政局虽充满愤激、深感忧虑，却未失去对时代的信心。

这首诗的写作年代，或有主张作于开元十八年（730）初入长安无成而归之后者。但从诗中“我欲攀龙见明主”一大段所描绘的政治局面看，无疑更像在天宝六载（747）以后，奸相李林甫专权，打击陷害一大批忠良贤能之士时期所呈现的景象。像“倏烁晦冥起风雨”的昏暗局面，“猰貐磨牙竞人肉”“力排南山三壮士，齐相杀之费二桃”的黑暗危险景象，以及诗人“忧天倾”的强烈政治忧患感，都不大可能出现在开元中期那样一个政治上仍然比较清明的时期。李白对时代的感受和认识，或有过于乐观之时，而这样愤慨激越、充满忧患的感情，似乎只能出现在天宝中期那个危机逐渐显露的时代。

乌栖曲〔一〕

姑苏台上乌栖时〔二〕，吴王宫里醉西施〔三〕。吴歌楚舞欢未毕，青山欲衔半边日〔四〕。银箭金壶漏水多〔五〕，起看秋月坠江波。东方渐高奈乐何〔六〕！

校注

〔一〕《乌栖曲》，乐府《清商曲辞·西曲歌》旧题。《乐府诗集》卷四十七《乌夜啼八曲》解题引《唐书·乐志》曰：“《乌夜啼》者，宋临川王义庆所作也。”又引《乐府解题》曰：“亦有《乌栖曲》，不知与此同否？”按：《乌夜啼八曲》及梁简文帝、刘孝绰、庾信所作《乌夜啼》，又梁简文帝、梁元帝、萧子显、徐陵所作《乌栖曲》，内容多咏男女爱情，背景则多为夜间。李白此首亦然，诗中男女主角为吴王夫差及宠姬西施。萧士赟注：“《乐录》：‘《乌栖曲》者，乌兽二十一曲之一也。’”胡震亨注：“梁人辞云：‘芳树归飞聚俦匹，犹有残光半山日，金壶夜水岂能多，莫持奢用比悬河。’又徐陵云：‘绣帐罗帏隐灯烛，一夜千年犹不足。惟憎无赖汝南鸡，天河未落犹争啼。’皆白诗所本也。但六朝用两韵，韵各二句。此用三韵，前二韵各二句，后一韵三句，为稍异。无调。”

〔二〕姑苏台，亦作姑胥台，相传为吴王夫差所筑。《墨子·非攻中》：“（夫差）遂作姑苏之台，七年不成。”孙诒让间诂：“按《国语》以筑姑苏为夫差事，与此书正合……《越绝》以姑苏为阖闾所筑，疑误。”袁康《越绝书·外记传吴地传》：“胥门外有九曲路，阖闾造以游姑胥之台，以望太湖。”《述异记》卷上：“吴王夫差筑姑苏之台，三年乃成。周旋诘屈，横亘百里，崇饰土木，殚耗人力，宫妓数千人。上别立春宵宫，为长夜之饮，造千石酒钟。夫差作天池，池中造青龙舟，舟中盛陈妓乐，日与西施为水嬉。”据《吴郡志》，姑苏台在姑苏山上，故址在今江苏苏州市西南。

〔三〕西施，春秋时越国美女。公元前494年，越王勾践兵败于会稽，向吴王夫差求和。范蠡取西施献夫差，使其迷惑荒政。后越终亡吴。事见《吴越春秋·勾践阴谋外传》。《越绝书·越绝内经九术》则云：“越乃饰美女西施、郑旦，使大夫种献之于吴王。”

〔四〕青山欲衔半边日，指太阳将要落山。

〔五〕银箭金壶，古代计时器。以铜为壶，底穿孔，壶中立一有刻度之箭形浮标，壶中水滴漏渐少，箭上度数即渐次显露，视之可知时刻。箭与壶均用金属制成，故云“银箭金壶”。漏水多，谓夜已深。

〔六〕汉乐府《有所思》：“东方须臾高知之。”东方渐高，指东方日出渐高。或谓“高”通“皜”（hào），白。奈乐何，谓寻欢作乐之事又能怎么办。有乐难久长的感叹。汉武帝《秋风辞》：“少壮几时兮奈老何！”

笺评

范传正曰：在长安时，秘书监贺知章号公为谪仙人，吟公《乌栖曲》云：“此诗可以哭鬼神矣。”（《唐左拾遗翰林学士李公新墓碑并序》）

孟棨曰：李太白初自蜀至京师，舍于逆旅。贺监知章闻其名，首访之。既奇其姿，复请所为文，出《蜀道难》以示之……贺又见其《乌栖曲》，叹赏苦吟曰：“此诗可以泣鬼神矣。”故杜子美赠诗及焉。（《本事诗·高逸第三》）

胡仔曰：此诗与《乌夜啼》之作当在太白入京之前。此诗起句云：“姑苏台上乌栖时，吴王宫里醉西施。”或太白游姑苏时怀古而作，《苏台览古》诗可以为证。是时白方求功名之未遑，刺晏朝之说恐不可信。（《苕溪渔隐丛话·前集》卷五）

萧士赟曰：盛言其乐，而乐不可长之意自见，深得《国风》刺诗之体。（《分类补注李太白诗》）

范德机曰：汉魏诗多不可点，所以为好者，盖其气象自不同耳。李诗妙处亦复难点，点之则全篇有所不可择焉。若此二咏（按：指《乌夜啼》及

《乌栖曲》），则实精金粹玉耳。（范氏批。又见《唐诗品汇》卷二十六引）

朱谏曰：（首四句）此《乌栖曲》也，以吴王、西施之事言之。言吴王筑姑苏之台，立春宵之宫，与西施嬉宴于其中。日晚乌栖之时，而王正在宫中乐西施之歌舞，饮酒而醉也。吴歌楚舞，欢娱未毕，日薄西山，而又晚矣。是言其为乐之无厌也。（次三句）言吴王与西施醉于姑苏台之上，乌栖而日晚矣。自晚至夜，银箭传更，金壶滴漏，漏水多下，而夜深矣。起看明月，月亦坠于江波矣。月既落而日将升，东方明矣，其奈此乐何哉！盖自昼至夜，自夜达旦，其乐之荒淫无厌足也。赋也，按白为此诗，无有讥刺之辞，旧说以为盛言其美而不美者自见，正所以刺之也。意或得之。（《李诗选注》卷二）

严评本载明人批：上云“乌栖”，则已是黄昏，乃复云“欲衔半边日”，亦是倒插。又曰：未暮领起，直至天明，乃叙得如此从容自在。“未毕”“欲衔”“起看”“渐高”，是节奏。

钟惺曰：哀乐含情，妙在都不说破。“东方渐高奈乐何”，缀此一语，便成哀响。（《唐诗归》卷十六）

唐汝询曰：此因明皇与贵妃为长夜饮，故借吴宫事以讽之。言台上乌栖而酣饮方始，时歌舞未终，西山尚有馀照，及漏水浸多，则秋月沉江矣。东方渐高，奈此欢乐何哉！按李、杜乐府皆有所托意而发，非若今人无病而强呻吟者。但子美直赋时事，太白则援古以讽今，读者鲜识其旨。若谓此诗无关世主而追刺吴王，何异痴人说梦邪！（《唐诗解》卷十二）

陆时雍曰：从容高雅。（《唐诗镜》卷十八）

桂天祥曰：风格音调，万世之祖。“吴歌”以下，便觉吴有败亡之祸。至“起看秋月”二句，意思委婉，反复讽诵，为之泪下。（《批点唐诗正声》）

周珽曰：此借吴宫事以讽明皇与贵妃为长夜饮。熔炼缔构，变化自成，便可掷斤置削。（《删补唐诗选脉笺释会通评林·盛七古》）

邢昉曰：情思亦诸家所有，吐辞缥缈，语带云霞，则俱不及。（《唐风定》）

王夫之曰：艳诗有述欢好者，有述怨情者，《三百篇》亦所不废，顾皆流览而达其定情，非沉迷不反，以身为妖冶之媒也。嗣是作者，如“荷叶罗裙一色裁”“昨夜风开露井桃”，皆艳极而有所止。至如太白《乌栖曲》诸篇，则又寓意高远，尤为雅奏。（《姜斋诗话》）又曰：虿尾钩，结构

特妙。总上数语，由人卜度，正使后人误解，方见圈馈之大。“青山”句天授，非人力。（《唐诗评选》）

应时曰：摹写荒乐，风致天然，真可泣鬼神。（《李诗纬》卷一）

王尧衢曰：此太白借吴王以讽明皇之于贵妃也。夫山衔日而欢未毕，月坠波而乐无极，吴王得此日月，浸淫乎歌舞之场，以至亡国，世主可不以为戒哉！太白特于前后用“欢”字、“日”字、“乐”字、“月”字作章法，以寓微意为讽，人鲜识其意也。此篇七句三韵转，而以首二句为根。（《古唐诗合解》卷三）

沈寅、朱崑补辑《李诗直解》：此诗因玄宗之嬖贵妃，而极言吴王之乐以讽警也。言姑苏台上，天将暮而乌欲栖矣。吴王宫里肆筵设席，正醉西施之时也。其筵前歌舞未毕，而青山欲衔日之半边。方其乐之未已，夜以继日。听更漏之多，而起看秋月落于江波之间，彼吴王溺爱西施婉媚，正欢娱以嫌夜短也。东方白而日渐高矣，奈乐何哉！此诗极言其美，而不美者自见矣。（卷三）

沈德潜曰：末句为乐难久也，缀一单句，格奇。（《重订唐诗别裁集》卷六）

《唐宋诗醇》曰：乐极悲生之意写得微婉，未几而麋鹿游于姑苏矣。全不说破，可谓寄兴深微者。胡应麟以杜之《七哀》隽永深厚，法律森然，谓此篇斤两稍轻，咏叹不足。真意为谤伤，未足与议也。末缀一单句，有不尽之妙。（卷二）

袁枚曰：刺明皇与贵妃为长夜饮，借古以慨今也。此七言七句三韵短古风。（《诗学全书》卷一）

宋宗元曰：音节寥亮，摇摇曳曳，言简味长。（《网师园唐诗笺》）

吴敬夫曰：杜甫气悲，李白调爽，体裁虽异，而悯时忌俗之意则同。读《乌栖曲》而卜唐祚之衰，殆不减于吴宫秋矣。（《唐诗归折衷》引）

陈沆曰：《诗·鸡鸣》“东方明矣”，刺晏朝也。反言若正，《国风》之流。（《诗比兴笺》卷三）

方东树曰：太白层次插韵，此最迷人，真太史公文法矣。玩《乌栖曲》可悟。（《昭昧詹言》卷十二）

陈仅曰：鲍照《代白纻舞歌》、李太白《乌栖曲》、郎士元《塞下曲》结体用韵各异，可以为法。（《竹林答问》）

吴汝纶曰：此喻明皇荒淫。（《唐宋诗举要》卷二引）

詹锳《李白诗文系年》系此诗于天宝二年（743），略云："按本诗已见于《河岳英灵集》，必为天宝十二载以前所作。范传正《唐翰林李公新墓碑》：'在长安时，贺知章号公为谪仙人，吟公《乌栖曲》云：此诗可以哭鬼神矣。'《本事诗·高逸第三》：'李白初自蜀至京师……贺知章……又见其《乌栖曲》，叹赏苦吟曰：此诗可以泣鬼神矣！'……或言是《乌夜啼》，二篇未知孰是。……是此诗与《乌夜啼》之作当在太白入京之前。此诗起句云：'姑苏台上乌栖时，吴王宫里醉西施。'或太白游姑苏时怀古而作，《苏台览古》诗可以为证。是时白方求功名之未遑，刺晏朝之说恐不可信。"郁贤皓《李白选集》则谓："此诗作年无考，疑亦为初次游姑苏时作。"系开元十五年（727）由越州回苏州时，与《苏台览古》同编。按：《越中览古》《苏台览古》乃漫游吴越时览古迹咏叹之作，而《乌栖曲》所写景象全为凭虚想象之景，未必为游览苏台时所作。据范传正《唐左拾遗翰林学士李公新墓碑》，此诗当是李白天宝初入长安时贺知章叹赏之作，很有可能即是李白之近作。

《乌栖曲》为乐府《清商曲辞·西曲歌》旧题。现存南朝梁简文帝、徐陵等人的古题，内容大都比较靡艳，形式则均为七言四句，两句换韵。李白此篇，不但内容从旧题的歌咏艳情转为讽刺宫廷淫靡生活，形式上也作了大胆的创新。

相传吴王夫差耗费大量人力物力，用三年时间，筑成横亘五里的姑苏台，上建春宵宫，与宠妃西施在宫中为长夜之饮。诗的开头两句，不去具体描绘吴宫的豪华和宫廷生活的淫靡，而是以洗练而富于含蕴的笔法，勾画出日落乌栖时分姑苏台上吴宫的轮廓和宫中美人西施醉眼蒙眬的剪影。"乌栖时"，照应题面，又点明时间。诗人将吴宫设置在昏林暮鸦的背景中，无形中使"乌栖时"带上某种象征色彩，使人们隐约感受到包围着吴宫的幽暗气氛，联想到吴国日暮黄昏的没落趋势。而这种环境气氛，又正与"吴王宫里醉西施"的纵情享乐情景形成鲜明对照，暗含乐极生悲的意蕴。这层象外之意，贯串全篇，但表现得非常隐微含蓄。

"吴歌楚舞欢未毕，青山欲衔半边日。"对吴宫歌舞，只虚提一笔，着重写宴乐过程中时间的流逝。沉醉在狂欢极乐中的人，往往意识不到这一点。轻歌曼舞，朱颜微酡，享乐还正处在高潮之中，却忽然意外地发现，西边的山峰已经吞没了半轮红日，暮色就要降临了。"未"字"欲"字，紧相呼应，微妙而传神地表现出吴王那种惋惜、遗憾的心理。而落日衔山的景象，又和第一句中的“乌栖时”一样，隐约透出时代没落的面影，使得“欢未毕”而时已暮的描写，带上了为乐难久的不祥暗示。

“银箭金壶漏水多，起看秋月坠江波。”续写吴宫荒淫之夜。宫体诗的作者往往热衷于展现豪华颓靡的生活，李白却巧妙地从侧面淡淡着笔。“银箭金壶”，指宫中计时的铜壶滴漏。铜壶漏水越来越多，银箭的刻度也随之越来越上升，暗示着漫长的秋夜渐次消逝，而这一夜间吴王、西施寻欢作乐的情景便统统隐入幕后。一轮秋月，在时间的默默流逝中越过长空，此刻已经逐渐黯淡，坠入江波，天色已近黎明。这里在景物描写中夹入“起看”二字，不但点醒景物所组成的环境后面有人的活动，暗示静谧皎洁的秋夜中隐藏着淫秽丑恶，而且揭示出享乐者的心理。他们总是感到享乐的时间太短，昼则望长绳系日，夜则盼月驻中天，因此当他们“起看秋月坠江波”时，内心不免浮动着难以名状的怅恨和无可奈何的悲哀。这正是末代统治者所特具的颓废心理。“秋月坠江波”的悲凉寂寥景象，又与上面的日落乌栖景象相应，使渗透在全诗中的悲凉气氛在回环往复中变得越来越浓重了。

诗人讽刺的笔锋并不就此停住，他有意突破《乌栖曲》旧题偶句收结的格式，变偶为奇，给这首诗安上了一个意味深长的结尾：“东方渐高奈乐何！”东方日出渐高，寻欢作乐难道还能再继续下去吗？这孤零零的一句，既像是恨长夜之短的吴王所发出的欢乐难继、好梦不长的喟叹，又像是诗人对沉溺不醒的吴王敲响的警钟。诗就在这冷冷的一问中陡然收煞，特别引人注目，发人深省。

这首诗在构思上的显著特点，是以时间的推移为线索，写出吴宫淫逸生活中自旦至暮，又自暮达旦的过程。诗人对这一过程中的种种场景，并不作具体描绘渲染，而是紧扣时间的推移、景物的变换，来暗示吴宫荒淫的昼夜相继，来揭示吴王的醉生梦死，并通过寒林栖鸦、落日衔山、秋月坠江等富于象征暗示色彩的景物隐寓荒淫纵欲者的悲剧结局。通篇纯用客观叙写，不下一句贬辞，而讽刺的笔锋却尖锐、冷峻，深深刺入对象的精神与灵魂。《唐宋诗醇》评此诗说：“乐极生悲之意写得微婉，未几而麋鹿游于姑苏矣。全不说破，可谓寄兴深微者。……末缀一单句，有不尽之妙。”王尧衢说：“太白特于前后用‘欢’字、‘日’字、‘乐’字、‘月’字作章法，以寓微意为讽，人鲜识其意也。”对本篇的寄兴深微的特点作了相当中肯的评价。

李白的七言古诗和歌行，一般都写得雄奇奔放，恣肆淋漓，这首《乌栖曲》却偏于收敛含蓄，深婉隐微，成为他七古中的别调。前人或以为它是借吴宫荒淫来托讽唐玄宗的沉湎声色，迷恋杨妃，这是可能的。玄宗早期励精图治，后期荒淫废政，和夫差先发愤图强，振吴败越，后沉湎声色，反致覆亡有相似之处。据范传正《唐左拾遗翰林学士李公新墓碑并序》载："在长安时，秘书监贺知章号公为谪仙人，吟公《乌栖曲》云：'此诗可以哭鬼神矣！'"看来贺知章的"哭鬼神"之评，也不单纯是从艺术角度着眼的。杨玉环虽然直至天宝四载方被正式册立为贵妃，但自开元二十八年度为女道士，居太真宫以来，实际上已是玄宗的宠妃，李白天宝初入京时，正是杨玉环备受玄宗宠幸之时。

将进酒〔一〕

君不见黄河之水天上来，奔流到海不复回。君不见高堂明镜悲白发，朝如青丝暮成雪。人生得意须尽欢〔二〕，莫使金樽空对月。天生我材必有用，千金散尽还复来。烹羊宰牛且为乐，会须一饮三百杯〔三〕。岑夫子〔四〕，丹丘生〔五〕，将进酒，君莫停〔六〕。与君歌一曲〔七〕，请君为我倾耳听〔八〕。钟鼓馔玉不足贵〔九〕，但愿长醉不愿醒〔一〇〕。古来圣贤皆寂寞，惟有饮者留其名。陈王昔时宴平乐，斗酒十千恣欢谑〔一一〕。主人何为言少钱，径须沽取对君酌〔一二〕。五花马〔一三〕，千金裘，呼儿将出换美酒〔一四〕，与尔同销万古愁。

校注

〔一〕《将进酒》，乐府旧题。《乐府诗集》卷十六《鼓吹曲辞·汉铙歌》解题云："《古今乐录》曰：'汉鼓吹铙歌十八曲，字多讹误……九曰《将进酒》。'"又《将进酒》古辞解题曰："古词曰：'将进酒，乘大白。'大略以饮酒放歌为言。宋何承天《将进酒篇》曰：'将进酒，庆三朝。备繁礼，荐嘉肴。'则言朝会进酒，且以濡首荒志为戒。若梁昭明太子云'洛阳轻薄子'，但叙游乐饮酒而已。"将（qiāng），请。

〔二〕得意，称心。

〔三〕会须，应当。

〔四〕岑夫子，岑勋。詹锳《李白诗文系年》系此诗于《酬岑勋见寻就元丹丘对酒相待以诗见招》之下，谓系同时之作。《文苑英华》卷八百五十七有岑勋撰《西京千福寺多宝感应碑》。

〔五〕丹丘生，元丹丘，李白之友。李白《上安州裴长史书》云："故交元丹，亲接斯议。"《冬夜随州紫阳先生多霞楼送烟子元演隐仙城山序》云："吾与霞子元丹、烟子元演气激道交，结神仙友。"魏颢《李翰林集序》："与丹丘因持盈法师达，白亦因之入翰林。"持盈法师即玉真公主。李白集中酬赠元丹丘诗甚多，郁贤皓《李白丛考》有《李白与元丹丘交游考》。

〔六〕将进酒，君莫停，《河岳英灵集》无此六字。宋蜀本作"进酒君莫停"。《文苑英华》《乐府诗集》作"将进酒，杯莫停"。

〔七〕与君，敦煌写本《唐人选唐诗》作"为君"。

〔八〕倾耳，《河岳英灵集》无此二字。

〔九〕此句《河岳英灵集》作"钟鼎玉帛不足贵"，《文苑英华》作"钟鼎玉帛岂足贵"，敦煌残卷作"钟鼓玉帛岂足贵"。瞿蜕园、朱金城《李白集校注》云："按钟鼓馔玉不成对文，疑当作鼓钟馔玉，即钟鸣鼎食之意。"钟鼓，指古代豪贵之家进膳时奏乐鸣钟。馔玉，珍美的食物。馔，食。玉，形容食物之珍奇。梁戴暠《煌煌京洛行》："挥金留客坐，馔玉待钟鸣。"

〔一〇〕不愿醒，《文苑英华》《乐府诗集》作"不复醒"，宋蜀本作"不用醒"。

〔一一〕陈王，指曹植。《三国志·魏书·曹植传》："陈思王植，字子建，太和六年，封植为陈王。"《文选·曹植〈名都篇〉》："我归宴平乐，美酒斗十千。"李善注："平乐，观名。"恣欢谑，肆意欢乐戏谑。

〔一二〕沽取，买来。

〔一三〕五花马，唐人喜将骏马鬃毛修剪成瓣以为饰。分为五瓣者，称五花马。杜甫《高都护骢马行》："五花散作云满身，万里方看汗流血。"仇兆鳌注引郭若虚曰："五花者，剪鬃为瓣，或三花，或五花。"然从杜诗"五花散作云满身"之语看，五花似指马身上有五色花纹。此泛称骏马。

〔一四〕儿，僮儿。将，取、持。

严评曰：一往豪情，使人不能句字赏摘。盖他人作诗用笔想，太白但用胸口一喷即是。此其所长。（严评《李太白集》）

谢枋得曰：此篇可与子美《曲江》高兴并驰，虽似放达，亦以不遇而自慰之意。（近藤元粹《李太白诗醇》卷一引）

萧士赟曰：此篇虽似任达放浪，然李白素抱用世之才而不遇合，亦自慰解之词耳。（《分类补注李太白诗》卷三）

朱谏曰：兴也……按《将进酒》之曲，古人皆以颂武功、美君德，白借题以言目前燕饮之乐，用其名而不述其义，时出新意，如化工生物于枯根朽株而发鲜葩，白之材，殆所谓天授者欤！又曰：（起六句）言黄河之水自天而来，奔流到海，无有回波，岂为河水为然哉？人生岁月之云迈，一去而不可回者，亦犹是也。故镜中之发朝如青丝而暮如白雪，既白而不复青者，与彼河水何以异哉！人生易老如此，安可不及时而为欢乎！当得意之时，或遇良朋而逢美景，须饮酒以相乐，不可使金樽之空对乎明月也。（"天生"十四句）承上言人生易老，须当饮酒，以尽其欢。天生我材，岂无用乎！千金之产，散而复来，是天以财而养我也。天既以财而养我，我又安可以有无自计，同于愚氓之惜费者乎！须置馔买酒以为乐，一饮而尽三百之杯，醉而后已，斯可也。饮必相知而后为乐，与我相知而可同领者，抑何人欤？乃岑参之夫子也，丹丘之元生也。进酒于君，毋停杯，我将为君而歌此《将进酒》之曲，君须为我侧耳而听，此曲乃汉短萧之铙歌也……音调节奏，殊为可听。我将歌之以侑杯酒，可以使人感慨于古今，知英雄富贵之不足恃，诚不如饮酒之为真乐也。君宁不侧耳而一听乎？……钟鼓馔玉，虽极富贵之态，不过一时骄奢而已矣，何足贵乎！吾所不愿也。惟愿长醉而不愿醒，终日昏昏，陶然身世两忘之为愈也。且自古以来，虽圣贤之人能建功而立业者，今皆寂寞而无闻矣，惟有饮者能留其名于后世，世虽久而名不泯也，何必拘拘于事功乎！（"陈王"八句）昔者陈思王曹子建游于洛阳，而宴于平乐之观，美酒一斗，其直十千，费虽广而不吝，恣其欢乐而已矣。吾与尔曹今得同饮于此，当以古人为法。为主人者，何为自言其钱之少，不及十千之赀而缺此斗酒乎？吾当与尔有无相通，直须沽酒对酌，君勿以主人钱少而遽已也。我有五花之马，又有千金之裘，价虽贵重，亦不自惜，呼儿将去，以换美酒，同销万古之愁，

以罄一日之欢，又乌可以钱少而遽已乎！（《李诗选注》卷二）

杨慎曰：太白狂歌，实中玄理，非故为狂语者。（《唐诗广选》引）

唐汝询曰：此怀才不遇，托于酒以自放也。首以河流起兴，言以河之发源昆仑，尚入海不返，以人之年貌，倏然而改，非若河之廻也，而可不饮乎？难得者时，易收者金，又可惜费乎？我友当悟此而进酒矣。我诚为君歌之。夫我所谓行乐者，非欲罗钟鼓、列玉馔以称快也，但愿醉以适志耳。观古圣贤皆已寂寞，惟饮者之名独存。若陈王之宴平乐，非游于酒人乎？何千秋之名皎皎也。酒既不可废，则不当计有无，虽以裘马易之可也。不然，何以销此穷愁哉！旷达如此，而以销愁终之，自有不得已之情在。（《唐诗解》卷十二）

陆时雍曰：宋人抑太白而尊少陵，谓是道学作用，如此将置风人于何地？放浪诗酒乃太白本行；忠君忧国之心，子美乃感辄发。其性既殊，所遭复异，奈何以此定诗优劣也？太白游梁、宋间，所得数万金，一挥辄尽，故其诗曰："天生我才必有用，黄金散尽还复来。"意气凌云，何容易得？（《诗镜总论》）又曰：豪。一起掀揭。"天生我材必有用，千金散尽还复来""仰天大笑出门去，我辈岂是蓬蒿人"，浅浅语，使后人传道无已，以其中有灵气。（《唐诗镜》卷十八）

凌宏宪集评《唐诗广选》：（"岑夫子"二句）转折动荡自然。

沈寅、朱崑补辑《李诗直解》：此篇虽任放达，而抱才不遇，亦自慰解之词也。君不见黄河之水自天上来乎？奔流到海，去而不复回者，以兴起人老而不复少之意也。故又言君不见高堂明镜，照白发而悲乎？朝如青丝，转瞬已成雪矣。见人生贵及时行乐，富贵何与乎？人当得意时，须尽欢娱，莫使金樽空对皎月，以辜美景也。天生我材，必有所用，千金散尽，还为复来，何必戚戚以计贫哉！且宰烹牛羊以为乐，会须一饮三百杯，势如鲸吞矣。又必与同调同心之友互相劝酬。故岑夫子、丹丘生，进酒而莫停也。今试与君歌一曲，请君侧耳为我听之。钟鼓之乐，珍玉之肴，俱不足贵，但愿长醉而不愿醒者，岂独沉湎于酒哉！因思古来圣贤，同归于尽，惟有饮者尚留其名而已。忆昔陈王宴于平乐之观，即斗酒十千，以恣欢谑，今主人何为言少钱，而不沽酒对君酌也？虽五花之马可以代步，千金之裘可以御寒，皆珍重不可少者，而囊橐无钱，即呼儿将出以换美酒，因与岑夫子、丹丘生念明镜之白发，圣贤之寂寞，相与对酌而销万古之愁也。而富贵遇合，何庸心哉！

周珽曰：首以“黄河”起兴，见人之年貌倏改，有如河流莫返。一篇主意全在“人生得意须尽欢，莫使金樽空对月”两句。（《删补唐诗选脉笺释会通评林·盛七古》）

焦袁熹曰：“惟有饮者留其名”，乱道故妙，一学便俗。（《此木轩论诗汇编》）

徐增曰：“君不见”，是点醒人语。太白此歌，最为豪放，才气千古无双。“黄河之水天上来，奔流到海不复回。”此言人有生，必有死，喻如黄河之水，从天而来，其势如奔，到海则不能复还于天。又不见，“高堂明镜悲白发，朝如青丝暮成雪”。此言人既生之后，未死之前，光阴能有几时？昨日少年，今成白首。“人世得意须尽欢，莫使金樽空对月。”俗谚云：“人世难逢开口笑。”人生得意之日，能有几何？须恣意欢乐。金樽，乃盛酒之器，以供人饮者，若不去尽欢，则“金樽空对月”，枉此金樽矣。如此劝人饮酒，妙矣。然世间有一种拘守的人云：我今虽有千金在此，我材未必有用，一朝散去，亦如黄河之水“到海不复回”，奈何！太白特为开豁之：“天生我材必有用，千金散尽还复来。”金之为物也，有去必有来，不用，也不见得多，即用，也不见其少，竟是落得用者。天既与我有用之材，何愁千金之不复来而预为之计，小哉！“烹羊宰牛且为乐”，大作乐事。“会须一饮三百杯”，饮便饮三百杯，少一杯不得，方是为乐。岑夫子，或云岑参，丹丘生，或云元丹丘。此二公，想是打不破此关者。“进酒君莫停”，或自进酒，只顾进将来；或人进酒，只顾饮将去，莫暂时停杯。“与君歌一曲”，畅谈饮酒之妙。“请君为我倾耳听”，须侧耳切听，勿以我言为狂，只算春风吹过耳边去也。“钟鼓馔玉不足贵”，太白归重饮酒上，人若不饮，即大排筵宴无益；若饮酒，即不大排筵宴尽妙。因此，见钟鼓馔玉之不足为贵。“但愿长醉不愿醒”，将钟鼓馔玉之赀，都去买酒，日日痛饮，以至老死，身化酒糟，快活也，平生之愿始足。“古来圣贤皆寂寞，惟有饮者留其名。”太白又去开悟他，把古来圣贤与他看：他一生修己孳孳，唯日不足，生前不饮，死后何其寂寞；唯有饮者，生前快乐，而旷达之名，垂千载之下，人犹津津称之不置。“陈王昔时宴平乐，斗酒十千恣欢谑。”遂寻出陈思王来……恣肆欢谑，是其饮酒为乐也。“主人何为言少钱，径须沽取对君酌。”言人当学陈思王，破其悭囊，何乃以钱少为言哉！囊中所积，尽须倾出，以对酒家，取酒以对君酌。“径”字是不信他言钱少，直道其有。假真少钱，君家所骑之五花马，所衣之千金裘，何不快呼儿将此二物以换酒，与尔终日痛饮，不惟一时之愁可蠲，连万古之愁，一齐销尽。酒之妙也如此，吾辈何可不饮，而使陈王笑人哉！五花马，言其毛色也，如九花、三花之类，其义出隋丹元子《步天歌》，曰："五个吐花王良星。"注："王良五星，其四星曰天驷，旁一星曰王良，亦曰天马。"千金裘，孟尝君有一狐白裘，直千金，天下无双。（《而庵说唐诗》卷六）

王尧衢曰：此篇用长短句为章法。篇首用两个"君不见"领起，亦一局也。"君不见黄河之水天上来，奔流到海不复回。君不见高堂明镜悲白发，朝如青丝暮成雪。人生得意须尽欢，莫使金樽空对月。"通篇主意，是劝人及时为乐，尽兴饮酒。连用两个"君不见"，是提醒人语。以黄河水为兴，高堂白发为承，黄河之水来自天上，其势奔趋到海而止，不能复回天上，犹之人生有死，死安能生，至于光阴无几，高堂明镜之中，朝青丝而暮白发矣。君能见止，则得意之日尽宜欢笑，以倒金樽于己下。若复错过，是枉此金樽而空对月矣。"人生得意"二句，一篇之主。"天生我材必有用，千金散尽还复来。烹羊宰牛且为乐，会须一饮三百杯。"此承上言尽欢也，尽欢则眼界必宽，胸襟不滞，以为天下无无用之材，千金散尽无不来之理。不愁无用，不患无钱，而一心只是欢乐，烹羊宰牛，而侑觞之具，会须饮到三百杯。"五花马，千金裘，呼儿将出换美酒，与尔同销万古愁。"承上云若果少钱，有君家裘马，尚可换酒销愁也。五花言毛色之美，裘马皆非常物，销愁亦非常愁，俱故为已甚之词，总归重于酒也。太白此歌，豪放极矣。（《古唐诗合解》卷三）

吴烶曰：此诗妙在自解，又以劝人。"主人"是谁？"对君"是谁？骂尽窃高位、守钱虏辈。妙，妙！（《唐诗选胜直解》）

袁枚曰：此有及时行乐，岁不我与之意。（《诗学全书》卷一）

吴汝纶曰：（"人生"二句）驱迈淋漓之气。（末句）豪健。（《唐宋诗举要》卷二引）

近藤元粹编《李太白诗醇》：一起奇想亦自天外来。又曰：慷慨淋漓，有老骥伏枥之感。外间选本，多不载此首，盖以为任达放浪之言耳，未足以伺作者言外之旨意也。（卷一）

如果要从近千首李白诗中找出一首最能体现其精神性格和艺术风貌的代表作，可能大多数人会不约而同地选《将进酒》。“李白斗酒诗百篇”，李白的许多好诗，大都与酒有关，而在一大批咏酒的诗中，这首《将进酒》也是最突出的作品。题为“将进酒”，实际上就是一首劝酒歌，既劝朋友，更劝自己。全篇的内容，从表层看，就是举出各种理由，强调必须痛饮尽欢。

这首诗的写作时间，有天宝十一载（752）（黄锡珪《李太白编年诗集目录》）、开元二十四年（736）（安旗《李白年谱》）、开元二十三年（郁贤皓《李白选集》）等说，其中涉及与岑勋、元丹丘的交往与时间。从诗中抒写的忧愤之深广来看，作于天宝三载赐金放还以后的可能性更大一些，从诗中描写的情景看，这首诗有可能是在靠黄河边的一座酒楼里和朋友岑勋、元丹丘一起喝酒喝得半醺的情况下挥笔写成的。诗中不但有酒友，而且有店主人，有僮儿。这样来读，诗就有生动的现场感和浓郁的生活气息，也可以避免一些误解（例如，把“主人”误解为指招待他喝酒的友人，把“儿”误解为李白自己的儿子，并据此来考订作诗的年代），对诗的开头以“黄河”起兴也就会更有亲切的感受体会。

“君不见黄河之水天上来，奔流到海不复回。”旧说黄河源出昆仑，因其地势极高，故说“天上来”。这自然是对“天上来”这种夸张形容的地理学解释。但李白这样写，当缘于其亲眼所见的实际感受。诗人和朋友坐在酒楼上，一边喝酒，一边望着奔腾咆哮的黄河从上游的远处天际滚滚而来，又滚滚而去，一直奔向大海，不禁感慨万端。这感慨，就集中寓含在“不复回”三字当中。以河水的流逝象征时间、生命流逝是古老的象喻。古诗中更有“百川东到海，何时复西归？少壮不努力，老大徒伤悲”（《长歌行》）这样的诗句，可能在潜意识中诱发诗人由黄河的入海不复回联想到生命的流逝。但用黄河之水奔流入海来象喻生命的流逝，却打上了李白自身的特殊印记。诗人从眼前那奔腾咆哮，挟千里之势，具有磅礴气势和冲决一切阻碍的伟力的黄河身上看到了自己，所以才自然由它的“奔流到海不复回”联想起自己的年华易逝的感慨。这里的黄河，有诗人自己的影子。诗人笔下的黄河，不妨说就是自身豪迈不羁精神性格的象征，巨大的精神力量的象征。正因为这样，诗人所兴起的感慨虽然是人生易逝之悲，却不给人以低沉感伤的感受。

“君不见高堂明镜悲白发，朝如青丝暮成雪。”这两句是由黄河奔流到海不复回所引起的感慨，却同样用“君不见”来领起，好像面对着高堂上悬挂的明镜，照见自己的白发而向朋友倾诉生命流逝之悲一样。一个胸怀大志的人常感时光流逝之快，所谓“志士惜日短”；一个胸怀大志而又怀才不遇，屡遭挫折的人就更感到光阴虚掷，年华易逝，所谓“功业莫从就，岁光屡奔迫”（《淮南卧病书怀寄蜀中赵征君蕤》），正可说明“悲白发”的实际内涵。把从青春到衰老的过程说成是朝暮之间的事，自然是极度的夸张，但由于感情的强烈，却使人不觉其为夸张。而这种强烈的感情背后，又隐含着诗人在人生道路上所遇到的重大挫折，天宝三载被赐金放还，便是这种重大挫折，就像传说中的伍子胥过昭关，一夜间愁白了头一样。

以上四句，连用“君不见”领起。构成一气直下，两两对称的长句，本身就给人以一种黄河落天走东海的气势，形式与内容取得了和谐的统一。题为《将进酒》，篇中除“天生”二句外，句句不离酒，但开端这四句，却一句没有涉及酒，而是从“黄河”发兴，以明镜白发承接抒慨，显得起势特别高远而突兀。这样的起势，正是为下面的反复强调痛饮尽欢蓄势。

“人生得意须尽欢，莫使金樽空对月。”诗意至此，突然大力兜转，从“悲白发”到“得意须尽欢”。猛一看，似乎是另一极端，但细一想，前者正是后者的“理由”。正因为人生苦短，人生悲多乐少，因此，称心快意的时候就要尽情地欢乐，尽情地享受人生。而“尽欢”的最佳方式，对于李白来说，自然莫过于酒，这就合乎逻辑地引出了“莫使金樽空对月”的结论，也就是李白为痛饮找到的第一个“理由”。酒对李白来说，是诗化人生的重要内容。“唯愿当歌对酒时，月光长照金樽里。”“花间一壶酒，独酌无相亲。举杯邀明月，对影成三人。”酒、月和诗，成了李白最亲密的人生伴侣。明乎此，才能真切地感受和理解“莫使金樽空对月”这句话的感情分量。在他看来，人生乐事，是“当歌对酒时，月光长照金樽里”，则“金樽空对月”正是人生极大的缺憾。为了强调这一点，特意用了“莫使”“空”这种双重否定的句式。

孤立地看“人生”二句，似乎在公开宣扬纵酒和及时行乐的人生观。但颓废消极的享乐主义人生观与在积极有为的前提下诗意地享受人生，自是泾渭分明。接下来的两句诗“天生我材必有用，千金散尽还复来”，就使我们的一切怀疑涣然冰释。尽管因人生苦短、功业无成而悲，为怀才不遇而愤，但诗人并没有因此而消沉颓废，而是执着地追求理想抱负的实现，坚信自己的才能必能得到施展，有用于世。在唐代繁荣昌盛的开元、天宝年间，士人普遍对时代、对个人才能的发挥持有乐观的看法，但像李白这样，用不容置疑的口吻公开宣称“天生我材必有用”，却再无别人。这里起码包含了几层意思：第一，对自己才能的高度自信乃至自负，强调“天生”我材，不同凡响；强调“必有用”，必能有用于世。第二，对自己所处时代的乐观信心，坚信时代必定能为自己才能的发挥提供机会。第三，说“材必有用”，自然包含了材必为世所用的前提，说明诗人的人生观的核心内容是积极用世，他的“人生得意须尽欢，莫使金樽空对月”的享乐观正是建立在积极用世的基础之上。在全篇乃至在李白全部诗歌中，这称得上是最闪光的诗句，最能体现李白豪迈、乐观、自信个性和积极用世精神的诗句。刘熙载说“眼乃神光所聚，故有通体之眼，有数句之眼，前前后后无不待眼光照映”（《艺概·诗曲概》）。“天生我材必有用”一句，正是全诗之眼，有了它，前面的“悲白发”“得意须尽欢”，后面的“恣欢谑”“万古愁”均受到它的照映而一扫低沉颓唐之气而呈现出豪旷的色调。

与“天生我材必有用”相伴的另一豪语“千金散尽还复来”也值得玩味，尽欢豪饮，是要钱的，何况是“烹羊宰牛”“一饮三百杯”的“美酒”。豪饮既须“天生我材必有用”的强大精神支撑，亦须“千金”的物质基础，因此他满怀自信地宣称“千金散尽还复来”。李白出身富商，家道殷实，《上安州裴长史书》自豪地宣称“曩者游维扬，不逾一年，散金三十余万”，可以看出他说这种豪语并非任意夸张。李白诗中有许多极度夸张的话，换别的诗人来说，会感到他在吹牛，对李白却往往深信不疑，一是因为其气势之盛，感情之强烈、之真率，二是由于他确实有说这种豪语的条件。这“千金散尽还复来”就兼有这两种缘由。这是李白鼓吹喝酒的第二个“理由”。

“烹羊宰牛且为乐，会须一饮三百杯。”材必有用，金散复来，则完全是在一种充满自信和豪兴的精神状态下喝酒，故喝就要喝得淋漓痛快，一醉方休。“烹羊宰牛”“一饮三百杯”的豪饮，与后来那些细腻纤弱的文人雅士的浅斟慢酌、细细品味完全异趣，虽出语粗豪，却气势豪雄，完全是李白式的豪饮乃至狂饮。诗情发展至此，达到第一个高潮。

“岑夫子，丹丘生，将进酒，君莫停。与君歌一曲，请君为我倾耳听。”这几句是前后两段之间的过渡，起着承上启下的作用。由于这里点出“岑夫子，丹丘生”，读者便知道这首诗原是有具体的作诗背景与场景、人物的。这里特意连用四个三字短句，与一开头的以“君不见”领起的长句形成鲜明对照，诗也就显出鲜明的节奏感。如果把整首诗看成一大段唱腔，那么前面一段好像是在锣鼓、丝竹伴奏下气势豪迈的演唱，以下四句便像是无伴奏的清唱。

“钟鼓馔玉不足贵，但愿长醉不愿醒。”这两句要联系起来品味，才能理解“但愿长醉不愿醒”这句诗中所包含的感情。在诗人看来，历史上、现实中那些鸣钟列鼎而食的权贵显宦，大都是一批逢君之恶、误国害民的奸邪，尸位素餐、无所事事的废物，一群“得志鸣春风”的“蹇驴”和“鸡狗”，他们除了以富贵骄人以外，一无所长。对于他们，诗人连正眼瞧一下他们都感到是多余的，因此说“但愿长醉不愿醒”。这里蕴含的是对权贵显宦的极大轻蔑。为了表示对他们的蔑视，也必须饮酒，而且是“长醉不愿醒”。这是鼓吹喝酒的“理由”之三。

“古来圣贤皆寂寞，惟有饮者留其名。”这两句是鼓吹喝酒的“理由”之四。从表层意思看，好像是说，因为古代的圣贤不仅在当世不遇于时，身后也寂寞无闻，只有刘伶一类嗜酒如命的狂士才留名后世。因此，与其学圣贤而寂寞，不如效饮者而留名。实际上这当然是发牢骚、讲反话。“孔圣犹闻伤凤麟”“大圣犹如此，小儒安足悲”，这正是“古来圣贤皆寂寞”的注脚。连圣贤都不遇于时，一般的士人怀才不遇，寂寞枯槁而没世更属常事。这种贤者不遇、遇者不贤（钟鼓馔玉不足贵者）的不合理现象正是李白强调要痛饮狂歌的又一理由，是对封建社会埋没压抑人才甚至毁灭人才的一种强烈抗议。

“陈王昔时宴平乐，斗酒十千恣欢谑。主人何为言少钱，径须沽取对君酌。”这四句转押入声韵，举出历史上一个著名的诗人兼豪饮者曹植来作榜样。之所以在历史上的众多饮者中独举曹植，除了同是诗人，同样“才高八斗”而又嗜酒成性、挥金如土这些相似之处以外，同为怀才不遇之士应当是另一个重要原因。既然怀才不遇的曹植尚且“斗酒十千恣欢谑”，与其怀有同样才情命运的自己何不命主人“径须沽取对君酌”呢？插入“主人何为言少钱”一句，仿佛面对店主人作善意的调侃，承以“径须沽取对君酌”，则又如同面对岑夫子、丹丘生而豪语毕肖，一时情景如画，而神情口吻如见。

“五花马，千金裘，呼儿将出换美酒，与尔同销万古愁。”喝得兴起，干脆连珍爱的五花马、千金裘也一齐让僮儿牵取奉上，以为“斗十千”的美酒之资，畅快淋漓，尽醉而休，来消解胸中积郁的万古愁。在这首劝酒歌的结束，诗人还不忘再补上一个必须豪饮的重要“理由”——“与尔同销万古愁”。前面说到“悲白发”，还是一己的人生苦短、功业未成之悲，中间插入

“古来圣贤皆寂寞”，已经扩展到历史上的圣贤亦皆同遭怀才不遇之悲。然则，这“万古愁”，既纵贯古今，也包括尔我，乃是古今举世同此感慨，非美酒千斛何以消愁！这一结，既豪纵酣畅，又深沉厚重，因为它已经越出了个人穷通得失的范围，而镕铸了古往今来一切才人志士的共同的遭遇与悲慨。如果说起首如黄河奔流冲决，一泻千里，则结尾已是汪洋大海，深广浩瀚了。

总括李白在这首劝酒歌中所强调的种种理由，无非是深感古往今来的志士圣贤怀才不遇、寂寞当时，而又愤慨于权贵显宦之气焰熏天、以富贵骄人，悲愤之情，积郁于胸，必须借酒宣泄。在诗人看来，功名富贵既如过眼云烟，千金之财更为身外之物，他对权贵借以骄人者投以轻蔑的眼神，对世俗看重者更挥之如土。自己既深信“天生我材必有用”，有积极用世的强大精神支撑，则当酣畅淋漓地痛饮狂歌，适意尽欢，享受诗意的人生。透过这种种喝酒的理由，李白的怀才不遇的愤懑，愤世嫉俗的情感，蔑视权贵的气概，狂傲不羁的个性，以及对自己才能的高度自信，对前途的乐观展望，都自然地充溢于字里行间。李白的精神性格，在这首诗中得到了集中的展现。

读李白的这首诗，会使人自然联想到同时代的伟大诗人杜甫作于天宝后期的那首《醉时歌》。杜甫以“诸公衮衮登台省，广文先生官独冷。甲第纷纷厌粱肉，广文先生饭不足”的不平现象生发开去，发出“德尊一代常坎坷，名垂万古知何用”的深沉感慨，联系自己，联系历史，进一步引出“儒术于我何有哉，孔丘盗跖俱尘埃”的结论。这和李白诗中从悲人生易逝、功业难成引出“古来圣贤皆寂寞，惟有饮者留其名”何其相似！而二诗也都因此而强调“烹羊宰牛且为乐，会须一饮三百杯”“忘形到尔汝，痛饮真吾师”。同样是酒后狂言，高歌抒愤，但李白的诗，更多地表现了诗人的狂傲不羁、豪迈自信；而杜甫的诗，则更多地表现了诗人在愤激牢骚之中那种痛切骨髓的沉悲和对时代的深深失望。两人的不同个性于此可见。不过，杜甫的诗似乎从来没有遭到过后人的误解，包括像“儒术于我何有哉，孔丘盗跖俱尘埃”这种诗句；李白的诗却经常受到不应有的贬抑和误解，这其中的缘由，值得我们进一步思索。

行路难三首（其一）〔一〕

金樽清酒斗十千〔二〕，玉盘珍羞直万钱〔三〕。停杯投箸不能食〔四〕，拔剑四顾心茫然〔五〕。欲渡黄河冰塞川，将登太行雪满山〔六〕。闲来垂钓碧溪上〔七〕，忽复乘舟梦日边〔八〕。行路难！行路难！多岐路，今安在〔九〕？长风破浪会有时〔一〇〕，直挂云帆济沧海〔一一〕。

校注

〔一〕《行路难》，乐府《杂曲歌辞》旧题。《乐府诗集》卷七十录鲍照《行路难十八首》，解题曰："《乐府解题》曰：'《行路难》，备言世路艰难及离别悲伤之意，多以君不见为首。'按《陈武别传》曰：'武常牧羊，诸家牧竖有知歌谣者，武遂学《行路难》。'则所起亦远矣。唐王昌龄又有《变行路难》。"按：《行路难》古辞现存最早者为鲍照之《行路难十八首》，其内容即抒写世路艰难及人生悲慨。李白《行路难三首》，显仿鲍作。《晋书·袁山松传》："山松少有才名，博学有文章，著《后汉书》百篇。衿情秀远，善音乐。旧歌有《行路难》曲，辞颇疏质，山松好之，乃文其辞句，婉其节制，每因酣醉纵歌之，听者莫不流涕。初，羊昙善唱乐，桓伊能挽歌，及山松《行路难》继之，时人谓之'三绝'。"可证郭茂倩谓《行路难》"所起亦远"之言不虚，此曲及古辞当更早于袁山松所处时代。李白此组诗共三首，此为第一首。詹锳《李白诗文系年》系此三首于天宝三载（744）；郁贤皓《李白选集》谓前二首系开元十八九年（730、731）李白初入长安时作，第三首作年莫考；裴斐《太白乐府举隅》则谓此三首为太白辞官之初陈情述怀之作，作于天宝三载辞官之后。

〔二〕清，《文苑英华》作"美"。清酒，指美酒。酒分清、浊，清酒为上。辛延年《羽林郎》："就我求清酒。"曹植《名都篇》："美酒斗十千。"十千，即万钱。

〔三〕珍羞，珍贵的菜肴。羞，通"馐"。直，通"值"。

〔四〕箸，筷子。

〔五〕鲍照《行路难十八首》(其六):“对案不能食，拔剑击柱长叹息。”

〔六〕太行，山名，绵延于今山西、河北、河南之间。雪，《文苑英华》作“云”。满山，宋蜀本、《乐府诗集》作“暗天”。按:《文苑英华》作“满山”。

〔七〕碧，宋蜀本、《乐府诗集》作“坐”。按：此句暗用吕望钓于渭滨事。参《梁甫吟》注〔三〕。

〔八〕乘舟梦日边，《宋书·符瑞志上》:“伊挚将应汤命，梦乘船过日月之傍。”

〔九〕今安在，指要走的路究竟在哪里。

〔一〇〕《宋书·宗悫传》:“叔父炳高尚不仕，悫年少时，炳问其志，悫曰:‘愿乘长风，破万里浪。’”

〔一一〕云帆，白色的船帆。济，渡。沧海，大海。

笺评

刘辰翁曰：结得不至鼠尾，甚善，甚善。(《唐诗品汇》卷二十六引)

朱谏曰：(起八句）言虽有美酒而不能饮，虽有珍羞不能食。四顾茫然，若无所之者，以道路之难行也。夫黄河与太行，水陆之要冲，天下之达道也。将欲渡黄河欤，则冰塞而不可渡；将欲登太行欤，则雪满而不可登，然则何所归乎?(“行路难”六句）承上言世路难行如此，以多岐也。东西南北，旁午不一。所谓多岐者，今安在乎？盖自都邑以至山林，纷纭交错，莫可适从，所以难行，非惟黄河、太行而已也。世路难行如此，惟当乘长风，挂云帆，以济沧海，将悠然而远去，永与世而相违，不蹈难行之路，庶无行路之忧耳。(《李诗选注》)

胡震亨曰：《行路难》，叹世路艰难及贫贱离索之感。古辞亡，后鲍照拟作为多，白诗似全学照。(《李诗通》)

应时曰：太白纵作失意之声，亦必气概轩昂，若杜子则不然。(《李诗纬》卷一)

丁谷云曰：气似古诗，词调是乐府，然去鲍参军远矣。(《李诗纬》卷一丁批)

《唐宋诗醇》：冰塞雪满，道路又难甚矣。而日边有梦，破浪济海，尚未决志于去也。后有二篇，则畏其难而决去矣。此篇被放之初，述怀如

此，真写得“难”字意出。（卷二）

刘咸炘曰：“停杯”“长风”二联振动易学，“欲渡”四句排宕则不易，后人但学“停杯”以为豪。渡河、登太行，济世也。冰雪，譬小人，犹《四愁诗》之水深雪雰也。溪上梦日边，身在江湖，心存魏阙也。（《风骨集评》）

近藤元粹编《李太白诗醇》：句格长短错综，如缚龙蛇。（卷一）

裴斐曰：道路交错，若无所之，实谓无路可走，所以才盼望乘风破浪远济沧海，去和神仙打交道了（沧海，传说神仙所居之北海仙岛，见《海内十洲记》）。“济沧海”比起“垂钓碧溪”来，其与世决绝之意是更彻底了。这自然是激愤之语，不可当真，但可见诗人悲感之深。悲感至极而以豪语出之，这正是典型的李白风格，而有人竟说这证明了诗人的“乐观”和“信心”云云，直可入笑林矣。（《李白诗歌赏析集》第71页）

此诗作年，有天宝三载（744）、开元十八九年（730、731）二说。虽均各有所据，但从诗中所抒写的苦闷之强烈、感情之激愤看，作于天宝三载赐金还山之后的可能性似乎更大。

从诗中所写的情景看，这首诗大约就写在离开长安前朋友为他送行的宴席上。这和《晋书·袁山松传》所说“每因酣醉纵歌之”的情景正相吻合。开头两句，先用华美字面、夸张笔法极力渲染宴席的豪华丰盛，用以反跌三、四两句的强烈苦闷。李白素善豪饮，“斗酒十千恣欢谑”“会须一饮三百杯”“但使主人能醉客，不知何处是他乡”等诗句，正表现出他的嗜酒天性。但这一次，面对“斗十千”的“金樽清酒”，“直万钱”的“玉盘珍羞”，竟然一反常态。“停杯投箸不能食，拔剑四顾心茫然。”两句中连用“停杯”“投箸”“拔剑”“四顾”四个写动作的词语，连续而下，动作的强度一个比一个大，反映出的苦闷情绪一个比一个强烈。“停杯”是喝着喝着，突然一阵苦闷涌上心头，就不知不觉停下了酒杯，是苦闷刚袭来的无意识动作。紧接着的“投箸”这个动作，则是苦闷强烈到无法承受、抑制的程度时，重重地撂下筷子，动作的强烈正反映出内心痛苦的强烈。“拔剑”这个动作，是人的情绪强烈到必须用猛烈的动作加以发泄时的表现，正如他在《南奔书怀》诗中所写：“拔剑击前柱，悲歌难重论。”但“拔剑”之后，却找不到发泄的对象，只能茫然“四顾”，不知所措，不知所适。因此，在“拔剑”“四顾”之后又用“心茫然”三个字点明此时诗人那种在强烈的苦闷中失落、彷徨、茫茫然不知所之的感情状态。这几句虽从鲍照《行路难》（其六）“对案不能食，拔剑击柱长叹息”脱化，但鲍诗中简单的“案”变成了“金樽清酒斗十千，玉盘珍羞直万钱”，对此而“不能食”其内心苦闷之强烈便比“对案不能食”更有震撼力；而鲍诗中的“拔剑击柱长叹息”在李诗中衍化为“停杯投箸”“拔剑四顾”，将苦闷的发生、强化、宣泄和茫然失落描绘得更有层次，更有深度，可谓青出于蓝。

“欲渡黄河冰塞川，将登太行雪满山。”五、六两句，紧承“不能食”“心茫然”，揭示所以如此苦闷彷徨的原因，正面点醒“行路难”的题意。这两句虽明显带有象喻色彩，即用“冰塞川”“雪满山”来象喻仕途和人生道路上的艰难险阻，但也不排除带有某种赋的意味，即诗人离开长安之后预设的行程。其《梁园吟》也说：“我浮黄河去京阙，挂席欲进波连山。”虽一主象喻，一主赋实，但二者也并不绝对排斥，而可相容。这两句不但是对人生未来道路上艰难险阻的想象，也是对过去已历的人生道路上艰难险阻的痛苦回顾与总结。两句用对偶句式，正表现出在为理想奋斗的征途中处处都横着艰难险阻。

“闲来垂钓碧溪上，忽复乘舟梦日边。”这两句暗用了两个大有作为的开国元勋的典故。“垂钓碧溪”用吕望钓于渭滨、隐居待时的故事，“乘舟梦日”用伊尹受聘于汤之前，梦见自己乘舟经过日月之边的故事。诗人将这两个典故巧妙地串联在一起，意谓闲来垂钓碧溪，隐居待时，忽然又梦见自己乘舟经过日边。看来自己又将受到君主的征聘任用了。这说明，诗人尽管深慨世路险阻，隐居待时，但内心深处却时刻企盼着君主的聘用，而且希望能像伊尹辅成汤那样，成就不朽的功业。两句景象明丽，格调轻快，透露出对未来充满希望。

“行路难！行路难！多歧路，今安在？”这是感情在激烈的矛盾中又一次回旋反复。想到历史上的吕望、伊尹的遇合，固然增强了对未来的信心，但当他的思路回到眼前的现实中来时，再一次感到人生道路的艰难多歧。所谓“多歧路”，当有所指。摆在李白面前的路无非是这样两条：一条是遭受挫折后失望沉沦从此含光混世；另一条是继续追求，待时而动。在这两条道路中，李白是有过思想矛盾和斗争的，《行路难》的第三首就说过“含光混世贵无名，何用孤高比云月”“且乐生前一杯酒，何须身后千载名”，但李白那种极为强烈、执着的用世要求，终于使他摆脱歧路彷徨的苦闷，唱出充满信心与展望的强音。

“长风破浪会有时，直挂云帆济沧海。”“长风破浪”用刘宋时代名将宗悫的典故。在原来的典故中，“愿乘长风破万里浪”是用来象喻自己远大志向、宏伟抱负的，李白将宗悫的原话概括为“长风破浪”，而紧接“会有时”三字，显然是指自己的宏伟抱负终有实现的一天，而下句“直挂云帆济沧海”则正是对“长风破浪”的进一步渲染形容。两句一意贯串，意谓：坚信总会有那么一天，高挂云帆，乘长风破万里浪，克服重重险阻，横渡沧海，到达理想的彼岸。或将“济沧海”理解为孔子的“道不行，乘桴浮于海”，或将其理解为“悠然而远去，永与世违”，或将“沧海”理解为北海中仙岛，都是不顾及“长风破浪”典故的原意，也不顾及末二句一意贯串的句法，更不顾及诗的形象、意境、气势的误解。

这是在感情的矛盾旋涡中挣脱出来以后，精神得到解放，满怀激情地唱出理想的赞歌。它是全篇感情发展的高潮，也是全篇感情的归宿。这两句，无论是形象的鲜明饱满，感情的昂扬激越，气势的豪放健举，以及比喻的生动贴切，用典的自然妥帖，如同己出等方面，都堪称李白诗中著名的警句。

这首诗给人最突出的印象和感受，是感情的大起大落、瞬息突变，以及由此形成的诗的格调的抑扬起伏、激荡生姿。全篇虽只有十二句，却经历了三次大起大落。开头二句，极状宴席之豪华、酒肴之珍贵，给人以淋漓尽醉的预示，是一扬；三、四两句，连用“停杯”“投箸”“拔剑”“四顾”来渲染内心极端的苦闷和茫然，是重重的一抑；“欲渡”二句，承上对人生道路的艰难作象征性描写，是对苦闷原因的说明，也是进一步的抑；“闲来”二句，却忽然转出碧溪垂钓、乘舟梦日的明丽意境，透出对未来的希望，又是一扬；“行路难”四个短句，从梦想回到现实，发出歧路彷徨的感慨，是第三次重抑；“长风”二句再次上扬，扶摇直上，达到高潮。感情的大起大落，瞬息突变，正是理想与现实尖锐矛盾的反映，也是诗人力图摆脱彷徨苦闷的情绪，执着追求理想抱负的精神历程的表现。诗人的感情，不是在苦闷彷徨中走向绝望与幻灭，而是走向希望和光明，走向“长风破浪会有时，直挂云帆济沧海”这种无限壮阔浩瀚的理想境界。这正是这首诗最显著也最可贵的思想艺术特色。李白一系列表现理想与现实尖锐矛盾的抒情诗，都表现出诗人不屈服于黑暗环境的思想性格，但从感情发展变化的归趋来说，却并非没有区别，像“五花马，千金裘，呼儿将出换美酒，与尔同销万古愁”“人生在世不称意，明朝散发弄扁舟”以及前面所引的“且乐生前一杯酒，何须身后千载名”，就不免在激愤中流露出无奈与颓唐，而这首诗，则更多地表现出诗人对理想抱负的执着追求和对前途的乐观信念。从这一点看，它也就更具有盛唐之音的典型品格。

长相思〔一〕

长相思，在长安。络纬秋啼金井阑〔二〕，微霜凄凄簟色寒〔三〕。孤灯不明思欲绝〔四〕，卷帷望月空长叹。美人如花隔云端〔五〕。上有青冥之长天〔六〕，下有渌水之波澜〔七〕。天长路远魂飞苦，梦魂不到关山难。长相思，摧心肝〔八〕。

校注

〔一〕《长相思》，乐府旧题，《乐府诗集》列入杂曲歌辞。解题曰：“古诗曰：‘客从远方来，遗我一书札。上言长相思，下言久离别。’李陵诗曰：‘行人难久留，各言长相思。’苏武诗曰：‘生当复来归，死当长相思。’长者，久远之辞，言行人久戍，寄书以遗所思也。古诗又曰：‘客从远方来，遗我一端绮。相去万余里，故人心尚尔。文彩双鸳鸯，裁为合欢被。著以长相思，缘以结不解。’谓被中著绵以致相思绵绵之意，故曰长相思也。又有《千里思》，与此相类。”《乐府诗集》卷六十九，载刘宋吴迈远、梁昭明太子、张率、陈后主、徐陵、萧淳、陆琼、王瑳、江总及唐郎大家宋氏、苏颋等人之作多首，李白之作三首（另两首为“日色已尽花含烟”“美人在时花满堂”在该集中分置卷六、卷二十五）。其内容均咏男女离别相思。

〔二〕络纬，昆虫名，一名莎鸡，俗称纺织娘。《尔雅翼·释虫》：“莎鸡……振羽作声，连夜札札不止，其声如纺织之声，故一名梭鸡，一名络纬，今俗人谓之络丝娘。”此前崔豹《古今注》则云：“莎鸡一名促织，一名络纬，一名蟋蟀，促织谓鸣声如急织，络纬其鸣声如纺绩也。”将络纬与蟋蟀混同，非。络纬秋夜露凉风冷，鸣声凄紧，故曰“秋啼”。金井阑，装饰精美的井边栏杆。吴均《杂绝句四首》：“络纬井边啼。”

〔三〕微，《全唐诗》校：“一作凝。”簟（diàn），竹席。

〔四〕明，《全唐诗》校："一作寐。"思欲绝，谓思念之情深刻强烈至极。

〔五〕美人如花，《文苑英华》作"佳期迢迢"。《古诗·兰若生春阳》："美人在云端，天路隔无期。"

〔六〕青冥，青天。长，宋蜀本作"高"。

〔七〕渌水，清澈的水。

〔八〕摧，崩裂。摧心肝，形容极度伤心。

笺评

严评曰：（"簟色寒"）他人不能着"色"字。（严评《李太白诗集》）

谢枋得曰：此篇戍妇之词。然悲而不伤，怨而不诽，可以追《三百篇》之旨矣。（近藤元粹编《李太白诗醇》卷一引）

唐汝询曰：此太白被放之后，心不忘君而作。不敢明指天子，故以京都言之，意谓所思在此。而当秋虫鸣号，微霜凄厉之夕，孤灯耿耿，愁可知矣。于是望月长嗟，而思美人之所在，杳然若云表，而不可至也。以此天路辽远，即魂梦犹难仿佛，安能期其会面乎！是以相思益深，五内为之摧裂也。（《唐诗解》卷十二）

桂天祥曰：音节哀苦，忠爱之意蔼然。至"美人如华"之句，尤足惊绝。（《批点唐诗正声》）

胡震亨曰：开口即曰"在长安"，其意已见。（《李诗通》）

梅鼎祚选辑屠隆集评《李杜二家诗钞评林》：（"络纬"二句）缀景幽绝。又曰：如泣如诉，怨而不悱。（梅鼎祚《李诗钞》亦有此评，似为梅氏评）

《唐诗训解》：千里不忘君，可为孤臣泣血。

陆时雍曰：意气咆勃，才大使然。（《唐诗镜》卷十八）

王夫之曰：题中偏不欲显，象外偏令有馀，一以为风度，一以为淋漓。乌呼！观止矣！（《唐诗评选》卷一）

《唐宋诗醇》：络纬秋啼，时将晚矣。曹植云："盛年处房室，中夜起长叹。"其寓兴则同，然植意以礼义自守，此则不胜沦落之感。《邶风》曰："云谁之思，西方美人。"《楚辞》曰："恐美人之迟暮。"贤者穷于不遇，而不敢忘君，斯忠厚之旨也。辞清意婉，妙于言情。（卷二）

沈德潜曰："美人"，指夫君言，怨而不怒。（《重订唐诗别裁集》卷六）

陈沆曰：此篇托兴至显。（《诗比兴笺》卷三）

王闿运曰：此女思男耳。而以男为如花，不接上气，当作为男思女，以承上文。（《手批唐诗选》卷八）

这首诗写一个秋天的深夜，一位多情的男子对远在长安的如花女子的悠长思念。写得情深意挚，思苦语婉，情景交融，韵味悠长。

开头两个三字句，开门见山，点明题目，点出"长相思"的对象即在长安。"在长安"三字，对理解诗的意旨至关重要。或解为诗人身居长安，恐非。这一点到探寻诗的托寓时再来讨论。

"络纬秋啼金井阑，微霜凄凄簟色寒。"三、四两句写抒情主人公秋夜所闻所感。在雕饰华美的井栏边，纺织娘在发出凄清的啼鸣声；夜深了，微霜凄凄，散发出萧瑟的寒意，在月色孤灯的映照下，床上的竹席泛着寒光。这两句似纯为写室内外之景物，却透露出抒情主人公的听觉、视觉、触觉感受。在霜寒露冷的秋天深夜，络纬的啼鸣听来更为凄紧，而床上的竹席在凄冷的霜夜也显得寒光荧荧，寒气逼人。"簟色寒"三字，写出了视觉通于触觉以至心灵的凄寒感受，似不着力而精细工妙。

"孤灯不明思欲绝，卷帷望月空长叹。"五、六两句，出现了抒情主人公的身影。他独对黯淡的孤灯，耿耿不寐，愁思欲绝，卷起窗帷，遥望明月，空自叹息。这是一个因为怀人而愁思绵绵、孤单寂寞、心绪黯淡凄清的男子。"孤灯不明"的景物描写，"卷帷望月"的情态描写，正透露出抒情主人公的处境和心绪。在"望月空长叹"中又正透露出所思远隔、杳不可即的怅恨，于是就自然引出了全诗中最关键的一句——"美人如花隔云端"。这位如花的美人，正是抒情主人公思慕的对象，此刻她正高居天上宫阙之中，身处云端，可望而不可即。抒情主人公之"思欲绝"，之"空长叹"，都是由于"美人如花隔云端"的缘故。诗人特意将这位美人描绘得如此虚无缥缈，杳远难即，除了引出下面的追寻之难以外，主要目的还是将思慕的对象虚化，以便寄托深层的情思。

"上有青冥之长天，下有渌水之波澜。天长路远魂飞苦，梦魂不到关山难。"接下来四句，承"隔云端"，写抒情主人公对所思慕的美人作魂牵梦绕的无望追寻。美人高居云端，欲追寻则上有青冥高天之阻隔；美人远在长安，欲追寻则下有渌水波澜关山重叠的间阻，此即所谓“天长路远”。如此高远之所，唯梦魂可以度越，然而如今却连梦魂也难以到达。叠用“魂飞苦”“梦魂不到”，正见所思慕的对象永无相见之期。这就逼出诗的最后两句“长相思，摧心肝。”从一开头的“长相思”，到中间的“思欲绝”，再到结尾的“摧心肝”，从思绪绵绵到思念之情欲绝，最后发展到摧心裂肺式的痛苦，相思之情经历了一个逐步深化强化的过程。最后两句，是抒情主人公发自心底的强烈呼喊，具有震撼心灵的力量。

作为一首抒写离别阻隔相思之情的诗，这首诗情感真挚而热烈，缠绵而执着，情景相生，意境杳远，称得上是一首优秀的情诗。但细加吟味，又明显感到它不同于一般的情诗。最明显而突出的表征是，诗人似乎有意将所思慕的对象虚化甚至仙化，不仅没有任何对所思对象身份、容饰、情态的具体描写，而且将她写成一个遥隔云端，高居天上的虚无缥缈的仙子，一个可望而不可即的美好对象，一个带有象征色彩的人物。这就为寄寓象外之意创造了条件。联系一开头点出的“长相思，在长安”，其寓意便更加明显。为了说明问题，不妨引诗人在天宝三载（744）所作的《单父东楼秋夜送族弟沈之秦》诗的后半：

遥望长安日，不见长安人。长安宫阙九天上，此地曾经为近臣。一朝复一朝，发白心不改。屈平憔悴滞江潭，亭伯流离放辽海。折翮翻飞随转蓬，闻弦坠虚下霜空。圣朝久弃青云士。他日谁怜张长公！

将《长相思》与此诗参较，可以明显发现《长相思》中所怀念的遥隔云端的如花“美人”，就是这首诗中高居“长安宫阙九天上”的圣朝天子唐玄宗。诗中所抒发的“长相思，摧心肝”之情，就是“此地曾经为近臣”而此刻处于被放逐境地，类似“屈平憔悴滞江潭”的诗人自己对玄宗、对朝廷的一片惓惓眷恋之情。两首诗的时令均在秋天，《长相思》诗中又写到“天长路远”和“梦魂不到关山难”，与单父（今山东单县）离长安遥远，关山阻隔正复相类。可以推断，两首诗系同时同地之作，思想内容也大体相同。只不过，《单父东楼秋夜送族弟沈之秦》采取赋的直叙写法，而《长相思》则以比兴象征手法表达。李白对玄宗的“恩遇”，在很长的一段时间里，始终怀着感激之情，对自己“曾经为近臣”的经历，也始终视为荣耀。刚被放逐后的一段时间，对玄宗仍抱有眷恋和幻想，是完全可以理解的。或以为《长相思》是“寄寓追求理想不能实现之苦闷”，这自然也可以讲得通，与“美人如花隔云端”的虚拟特征也非常吻合。在封建时代，志士才人常将自己理想抱负的实现寄托在君主身上，因而两种说法也并不矛盾。李白对玄宗的眷恋，正是因为他当时仍将自己理想抱负的实现寄托在曾对自己深加恩遇的玄宗身上。这种感情，随着政局的变化，其后有所改变。在《古风》（其五十一）中他就将玄宗喻为“乱天纪”的殷纣王和昏愦的楚怀王，指斥其时“夷羊满中野，菉葹盈高门。比干谏而死，屈平窜湘源”的腐朽黑暗政局，感情由怨慕转为愤慨。这说明，李白绝非愚忠式的人物。

用“美人”象喻所思慕眷恋的君主，是屈原辞赋所开创的优良传统。解者或引《离骚》“恐美人之迟暮”为说，但这句诗中的“美人”乃是屈原自喻而非喻君。与《长相思》中的“美人”有直接渊源关系的乃是屈原《九章·思美人》一篇。它一开头就说：“思美人兮，擥涕而伫眙。媒绝路阻兮，言不可结而诒。”这里的“美人”，指的就是楚君。而“擥涕而伫眙”亦即《长相思》中的“长相思，摧心肝”；“媒绝路阻”，亦即《长相思》中的“天长路远”“梦魂不到关山难”。两相对照，《长相思》的渊源所自便十分明显了。

日出入行〔一〕

日出东方隈〔二〕，似从地底来。历天又入海〔三〕，六龙所舍安在哉〔四〕！其始与终古不息〔五〕，人非元气〔六〕，安得与之久徘徊？草不谢荣于春风，木不怨落于秋天〔七〕。谁挥鞭策驱四运〔八〕？万物兴歇皆自然〔九〕。羲和〔一〇〕，羲和，汝奚汩没于荒淫之波〔一一〕。鲁阳何德，驻景挥戈〔一二〕？逆道违天，矫诬实多〔一三〕。吾将囊括大块〔一四〕，浩然与溟涬同科〔一五〕。

校注

〔一〕《全唐诗》题原作《日出行》校：“一作《日出入行》。”按：蜀刻本及本集诸本作《日出入行》。而《文苑英华》卷一百九十三、《乐府诗集》卷二十八《相和歌辞》收此诗，均作《日出行》。又卷一《郊庙歌辞》有

《日出入》，古辞云："日出入安穷？时世不与人同。故春非我春，夏非我夏，秋非我秋，冬非我冬。泊如四海之池，遍观是邪谓何？吾知所乐，独乐六龙，六龙之调，使我心若。訾黄其何不徕下。"则古辞原名《日出入》。细审《文苑英华》及《乐府诗集》，此诗之前或载沈约、萧子荣（显）、卢思道、殷谋（原作李白，当从《乐府诗集》作殷谋）、萧捴等人之《日出东南隅行》或《日出行》，或载陆机、谢灵运、沈约、张率、萧子显、陈后主、徐伯阳、殷谋、王褒、卢思道、萧捴等人之《日出东南隅行》或《日出行》，而以上诸人之《日出东南隅行》或《日出行》之内容均从汉乐府《陌上桑》变化而来，与李白此作内容了不相关。可见乃二书之编者误将源于《陌上桑》之《日出东南隅行》或《日出行》与源于《日出入》古辞之李白《日出入行》混编而脱去"入"字（李白《日出入行》之后，有李贺同题之作，内容与李白相近，亦系混编所致）。故当从本集及《乐府诗集》卷一所载《日出入》古辞补题内之"入"字。胡震亨注："汉郊祀歌《日出入》，言日出入无穷，人命独短，愿乘六龙，仙而升天。太白反其意，言人安能如日月不息，不当违天矫诬，贵放心自然，与溟涬同科也。"

〔二〕隈，隅、角落。《陌上桑》："日出东南隅。"

〔三〕《文苑英华》此句作"历天又复入东海"。

〔四〕六龙，神话传说日神乘车，六龙为驾，羲和为御。此处即以六龙代指太阳。郭璞《游仙诗》："六龙安可顿，运流有代谢。"舍，止宿之地。

〔五〕《文苑英华》此句作"其行终古不休息。"终古，久远。《庄子·大宗师》："日月得之，终古不息。"按文义，似以《文苑英华》为长。

〔六〕元气，指天地未分时的混沌之气。《汉书·律历志上》："太极元气，函三为一。"颜师古注引孟康曰："元气始起于子，未分之时，天地人混合为一。"古人将元气视为天地之始，万物之祖。

〔七〕《庄子·大宗师》："凄然似秋，暖然似春。喜怒通四时。"郭象注："圣人之在天下，暖焉若春阳之自和，故蒙泽者不谢；凄乎若秋霜之自降，故凋落者不怨也。"《汉书·律历志》："春秋迭运，草木自荣自落，何谢何怨。"

〔八〕四运，指春夏秋冬四时的运行更迭。陆机《梁甫吟》："四运循环转，寒暑自相承。"

〔九〕兴歇，兴衰生死。

〔一〇〕羲和，日御。此亦代指太阳。《后汉书·崔骃传》："氛霓郁以横厉兮，羲和忽以潜晖。”李贤注：“羲和，日也。”《抱朴子·任命》：“昼竞羲和之末景，夕照望舒之馀耀。”

〔一一〕奚，何。汩没，淹没。荒淫，广大浩瀚貌。荒淫之波，指大海。即篇首“历天又入海”之“海”。《山海经·大荒东经》：“东海之外，甘水之间，有羲和之国。有女子名曰羲和，方浴日于甘渊。”

〔一二〕《淮南子·览冥训》：“鲁阳公与韩搆难，战酣，日暮，援戈而㧑（挥）之，日为之反三舍。”鲁阳，神话中之大力士。驻景，使太阳停住不动。郭璞《游仙诗》：“愧无鲁阳德，回日向三舍。”

〔一三〕矫诬，虚妄。《魏书·崔浩传》：“浩……性不好老庄之书……曰：‘此矫诬之说，不近人情。’”《通鉴·宋营阳王景平元年》引此文，胡三省注曰：“托圣贤以伸其说谓之矫；圣贤无是事，寓言而加诋谓之诬。”

〔一四〕大块，大自然。《庄子·齐物论》：“夫大块噫气，其名为风。”成玄英疏：“大块者，造物之名，亦自然之称也。”

〔一五〕溟涬，天地未形成时，自然之气混沌之状。《庄子·在宥》：“大同乎涬溟，解心释神。”司马彪注：“涬溟，自然元气也。”科，类、等。

笺评

萧士赟曰：此篇大意，全是祖《庄子》内云将、鸿濛问答之意（按：见《在宥》篇），语多不能尽录，诚索观之，则见矣。谓日月之运行，万物之生息，皆元气之自然，人力不能与乎其间也。（《分类补注李太白诗》卷三）

胡震亨曰：《汉郊祀歌》言：日出入无穷，人命独短。愿乘六龙，仙而升天。此反其意，言人安能如日月不息，不当违天矫诬，贵放心自然，与溟涬同科也。（《李诗通》）

朱谏曰：（第一段）言将旦之时，日出东海之隅，似从地底而来。上升于天，历天而行，自旦而昼，自昼而晚，复入于海。日之出入者，随天而升降也。古人谓六龙驾日车，羲和御之，至于虞渊而止者，乃妄语也。夫日出而始，日入而终，昼夜循环，万古不息，是天地一元之气，为之根柢，生生运转，无穷尽也。是气也，人得之而为人，物得之而为物。禀有厚薄，命有寿夭，惟能保合泰和，以养元气者，庶几寿与日而俱增，不至于速化也。（第二段）承上文元气而言天地以一元之气，化生万物，荣悴开落，一皆相忘于大道之中。草荣于春而不谢于春，不知春之生之也；木落于秋而不怨乎秋，不知秋之催之也。秋来春去，果孰驱之而使之迭运乎？乃一气之流行，时序之推迁，自然而然者。草荣而木落者，又孰宰之而使之兴歇乎！乃岁功之终始，天运之一周，亦自然而然者也。是日之出入者，天地之元气，亘万古而不息者也。按《庄子·天运》曰："天其运乎？地其处乎？日月其争于所乎？孰主张是？孰维纲是？孰居无事而推行是？意者其有机缄而不得已邪？意者其运转而不能自止邪？"白诗意与此略同。（第三段）言古人谓羲和御六龙而舍于虞渊者，乃荒唐之言；谓鲁阳挥戈而返日者，亦无稽之论。皆不足以取信。其迭言乱道，矫诬上帝者，实多矣。夫天地之道，广大高明，非浅陋胸襟所能测，粗疏学而所能知。吾得廓宏其度量，包罗乎宇宙，以游元气之中，浑浑噩噩，将与溟涬同等，返乎太始之道，庶几与此日久相徘徊也，乌可自取矫诬之罪乎！（《李诗选注》）

周珽曰：精奇玄奥，出天入渊。又曰：必用议论，却随游衍，得屈子《天问》意。千载以上人物呼之欲出。（《删补唐诗选脉笺释会通评林·盛七古》）

沈德潜曰：言鲁阳挥戈之矫诬，不如委顺造化之自然也。总见学仙之谬。（《重订唐诗别裁集》卷六）

《唐宋诗醇》曰：《易》曰："原始反终。"故知生死之说，不如自然之运。而意于长生久视者，妄也。诗意似为求仙者发，故前云"人非无气，安得与之久徘徊"，后云"鲁阳挥戈，矫诬实多"，而结以"与溟涬同科"，言不如委顺造化也。若谓写时行物生之妙，作理学语，亦索然无味矣。观此，益知白之学仙，盖有托而然也。（卷二）

陈沆曰：此篇萧氏谓全祖《庄子》"云将""鸿濛"之意，胡震亨谓人安能如日月不息，当放心自然云云，皆见其表，未见其里。夫叹羲和之荒淫，悲鲁阳之回戈，此岂无端之泛语耶！盖叹治乱之无常，兴衰之有数，姑为达观以遣愤激也。日从地出，似将自幽而之明；历天入海，又已由明而入暗。气运递嬗，终古如斯。但我生之初，我身以后，皆不及见耳。既皆气运盛衰之自然，则非人力所能推挽。犹草木荣落有时，无所归其德怨，以无有鞭策驱使之者也。不然，羲和照临八极，胡忍汩于洪波？鲁阳回天转日，胡卒无救于桑榆？盖以羲和喻君德之荒淫，鲁阳悯诸臣之再造。苌弘匡周，左氏斥为违天；变《雅》诗人，亦叹天之方虐。皆愤激之

反词也。汉以来乐府皆以抒情志达讽喻，从无空谈道德，宗尚玄虚之什，岂太白而不知体格如诸家云云哉！（《诗比兴笺》卷三）

近藤元粹编《李太白诗醇》：严羽云：不信释典须弥之说，但言其疑似。（“草不谢荣”四句下）诘难得好。（“羲和”六句下）奇语错落，琢句奇秀，匪夷所思。一结高超横绝，非太白不能道。（结句下）

李白是一位极富感性色彩的诗人，但他这首《日出入行》却极具哲理意趣，不仅在李白诗中别具一格，在唐诗优秀作品之林中亦属别调，是一首《天问》式的作品。

诗分三段。第一段从开头到“安得与之久徘徊”从日之出入运行不息说到人的生命短促。前三句说，太阳每天从东南角升起，好像是从地底出来似的，它经过中天，又每天傍晚沉入西海。这里所描叙的太阳东升西落的现象，是农耕社会中的人们日出而作、日落而息最常见的现象，一般人都习而不察，李白却因神话中六龙驾日车的传说，天真地发问道：每天夜里，六龙所驾的太阳究竟在哪里停息止宿呢？这一问中实际上包含了对神话传说的怀疑。在诗人的想象中，太阳东升西落，昼夜不停，周而复始，它实在是没有时间，也没有地方可以停息的。诗人凭他超常的想象力，似乎天才地猜测到了太阳的运行是一刻不停的。这也正是下一句所说的“其始与终古不息”，意思是说，从太阳开始运转以来，它就伴随着久远的时间永不停息。正因为这样，人并非自然界的元气，而是有生命的事物，而生命总有终结之时，又如何能够和终古长存、运行不息的太阳长久相伴呢？古人视元气为天地未分时的混沌之气，它是天地之始，万物之祖，元气有聚有散，却不会消灭，人非元气，自然不能长存了。诗人用了“徘徊”这个词语，来形容人不能和太阳久久盘桓，可谓语新意惬。

上一段用“终古不息”的太阳与有生有死的人作对照，说明人的生命较之自然界的事物，是短暂的。接下来“草不谢荣”四句为一段，进一步阐说“万物兴歇皆自然”的客观规律，就像太阳东升西落、昼夜不息一样，自然界的春夏秋冬更迭代序，也是自然规律。正因为这样，草不因春天到来生长繁茂，而感谢春风的煦育；树不因秋天到来凋落飘零，而怨恨秋天。四时更迭，万物荣衰，各有各的规律，根本就没有什么造物主在挥鞭驱赶鞭策四时的运行，万物的生与灭都是自然而然的。这四句可以说是对古代朴素唯物论的自然观最简括、最形象的诗意化表述。《荀子·天论》曾说：“天行有常，不为尧存，不为桀亡。”认为自然与社会各有自己的客观运行规律，这里更进一步，认为自然界的各种事物也各有自己的运行规律。为了强调这一点，诗人在前两句连用两个表示否定的“不”字，以强调“春风”“秋天”存在的目的并不是为了使“草荣”“木落”，因而草、木既不必谢，亦不必怨。在第三句以“谁”字反问喝起，第四句随即用一“皆”字作出斩钉截铁的回答。“万物兴歇皆自然”，是全诗的核心和灵魂。第一段以日之出入运行与人的生死作对照，第二段以草木的衰荣与四时的更迭运行对照，都是为了说明这样一个结论。

由“万物兴歇皆自然”的结论出发，诗人在第三段中进一步引出了对“逆道违天”的“矫诬”行动的批判。“羲和，羲和，汝奚汩没于荒淫之波”，这是对神话传说中日入于西海，止宿于虞渊（或甘渊）的说法的怀疑与否定，上承“历天又入海，六龙所舍安在哉”。诗人认为这种“汩没于荒淫之波”的说法，是与太阳终古不息的运行规律相违背的。接着，又对神话中大力士鲁阳挥戈退日的传说表示更直接而强烈的批判，认为鲁阳这种行动乃是“逆道违天”之举，是根本不可信的。这里在表面上虽是对鲁阳挥戈传说的否定，实际上是对人类社会一切“逆道违天”之举的全面彻底否定。

那么，人和自然之间究竟应该怎样相处呢？李白的答案是：“吾将囊括大块，浩然与溟涬同科。”要怀抱整个大自然，和充盈于其中的宇宙中的自然之气融为一体。这正是对庄子“万物与我同一”“大同乎涬溟”的思想的诗意化表达。

屈原《天问》中对古往今来的一系列有关宇宙起源、自然现象和历史现象的神话、传说及历史记载提出了强烈的质疑，表现了可贵的怀疑批判精神。这对李白的《日出入行》的写作显然有启示。但《天问》提出的一百七十多个问题，其中涉及宇宙生成、自然现象的问题，诗人只是表示怀疑与不解，并没有实际上也不可能得出答案。而李白这首诗，在吸取屈原的怀疑批判精神的同时，还吸取老、庄的“天法道，道法自然”和“万物与我同一”的思想，在肯定“人非元气，安得与之久徘徊”“万物兴歇皆自然”的基础上，对人与自然的关系，明确反对“逆道违天”，主张“囊括大块，浩然与溟涬同科”。类似的思想表述，在陶渊明的诗文中也出现过，如他的《神释》说：“甚念伤吾生，正宜委远去。纵浪大化中，不喜亦不惧。应尽便须尽，无复独多虑。”《归去来兮辞》中也说：“聊乘化以归尽，乐夫天命复奚疑。”不过陶渊明的这种自然观似乎更偏重在对生死的达观态度上；而李白的诗却试图对人与自然的关系给出一个整体性的答案，即不能“逆道违天”，而要顺应并回归自然。这就超越了生死观的范畴，而包含着人与自然和谐相处的可贵思想。道家的自然观、天人观，包括李白在这首诗中所包蕴的思想，自然和当代的人与自然环境和谐的思想有重要区别，但不能否认李白这首诗确实能给我们这方面的启示。历代有些评者为了强调此诗的针对性，认为“总见学仙之谬”“似为求仙者发”。强调“万物兴歇皆自然”，反对“逆道违天”，客观上自然具有否定求仙学道的意义，但这首诗的意涵却比反求仙要宽泛得多。它表现的是人与自然的关系究竟应该如何处理这样一个大命题、大判断。至于陈沆之牵扯政治，谓喻君德之荒淫，则更远离诗人的本意了。

这是一首哲理色彩很浓的诗，但它首先是诗，而非用韵语写的哲理。其中不但有对日出入运行情况的诗意想象，有“草不谢荣于春风，木不怨落于秋天”这样新颖生动的描述，而且有“吾将囊括大块，浩然与溟涬同科”这种李白式的浪漫主义夸张。全诗既贯注着一股怀疑批判精神，又渗透着一种李白诗中特有的“气”，具有鲜明的李白个性。因此尽管此前的玄言诗、此后的道学诗曾经受到历代评论者的一致责难，李白的这首诗却没有遭到此类批评。

从李白的自然观可以明显看到，他的“清水出芙蓉，天然去雕饰”的诗歌主张及创作风格是有深刻的哲理思想基础的。

北风行〔一〕

烛龙栖寒门〔二〕，光耀犹旦开〔三〕。日月照之何不及此〔四〕？惟有北风号怒天上来。燕山雪花大如席〔五〕，片片吹落轩辕台〔六〕。幽州思妇十二月〔七〕，停歌罢笑双蛾摧〔八〕。倚门望行人，念君长城苦寒良可哀。别时提剑救边去，遗此虎文金鞞靫〔九〕。中有一双白羽箭，蜘蛛结网生尘埃。箭空在，人今战死不复回。不忍见此物，焚之已成灰。黄河捧土尚可塞，北风雨雪恨难裁〔一〇〕！

校注

〔一〕《北风行》，乐府《杂曲歌辞》旧题。《乐府诗集》卷六十五收鲍照、李白《北风行》各一首，解题曰：“《北风》，本卫诗也。《北风》诗曰：‘北风其凉，雨雪其雱。’传曰：‘北风寒凉，病害万物，以喻君政暴虐，百姓不亲也。’若鲍照‘北风凉’，李白‘烛龙栖寒门’，皆伤北风雨雪，而行人不归，与卫诗异矣。”萧士赟《分类补注李太白诗》：“乐府有时景二十五曲，中有《北风行》。”胡震亨《李诗通》：“鲍照本辞，伤北风雨雪，行人不归。此与照诗意同。”詹锳《李白诗文系年》云：“诗云：‘幽州思妇十二月，停歌罢笑双蛾摧。’当是写实。此诗盖天宝十一载严冬太白于幽州作。”郁贤皓《李白选集》，同意詹说，并引《资治通鉴》所载范阳节度使安禄山天宝四载（745）以来历启边衅之事以证之。《通鉴·天宝十载八月》：“安禄山将三道兵六万，以讨契丹……奚复叛，与契丹合，夹击唐兵，杀伤殆尽。”诗中所写幽州思妇之丈夫提剑救边之事，当即指此次战事。作诗时离其夫战死已有一段时间，故定为天宝十一载严冬。

〔二〕烛龙，古代神话中的神名。传说其张目（亦有谓其驾日、衔烛或衔珠者）能照耀天下。《山海经·大荒北经》：“西北海之外，赤水之北，有章尾山。有神，人面蛇身而赤，直目正乘，其瞑乃晦，其视乃明。不食不寝不息，风雨是谒。是烛九阴，是谓烛龙。”《楚辞·天问》：“日安不到，烛龙何照？”王逸注：“言天之西北有幽冥无日之国，有龙衔烛而照之也。”《淮南子·墬形训》：“烛龙在雁门北，蔽于委羽之山，不见日。其神人面龙身而无足。”高诱注：“龙衔烛以照太阴，盖长千里。视为昼，瞑为夜。吹为冬，呼为夏。”又：“北方北极之山，曰寒门。”高诱注：“积寒所在，故曰‘寒门’。”又有称烛龙为烛阴者，《山海经·海外北经》：“钟山之神，名为烛阴。视为昼，瞑为夜，吹为冬，呼为夏。”郭璞注：“烛龙也。是烛九阴，因名云。”

〔三〕因烛龙张开眼即为明亮的白昼，故说“光耀犹旦开”。

〔四〕此即《楚辞·天问》“日安不到”之意。句中“此”字指下文之幽州。

〔五〕燕山，《元和郡县图志》阙卷遗文卷一河北道蓟州渔阳县：“燕山，在县东南六十里。”燕山山脉，自蓟县东南绵延而东直至海滨，蓟州渔阳县之燕山为其中一段。

〔六〕轩辕台，本古代传说中台名。《山海经·大荒西经》："有轩辕之台，射者不敢西向射，畏轩辕之台。"因传说中黄帝与蚩尤曾战于涿鹿之野，故后人认为轩辕台在汉上谷郡涿鹿县，今河北怀来县乔山上。其地与幽州邻近。

〔七〕幽州，唐河北道州名，天宝初改称范阳郡，系范阳节度使府所在地。治所在今北京市大兴区。《旧唐书·地理志二·河北道》：幽州大都督府，"天宝元年，改范阳郡，属范阳、上谷、妫川、密云、渔阳、顺义、归化八郡"。

〔八〕双蛾摧，双眉低垂，愁苦之状。

〔九〕金鞞靫，金属的盛箭器。鞞，又作鞴。

〔一〇〕裁，抑止。

笺评

严评曰："燕山雪花大如席"不知者以为夸辞，知者以为实语。（严评《李太白诗集》）

谢榛曰：太白曰："燕山雪花大如席，片片吹落轩辕台。"景虚而有味。（《四溟诗话》卷一）

桂天祥曰：独太白有此体，哀苦萧散，字句无难处，人便阁笔。（《批点唐诗正声》）

朱谏曰：（第一段）言烛龙栖于寒门之山，居于极北之地，其光明开发者，犹日之将旦也。寒门至阴，日所不照，惟有北风自天而来，悲号震怒，极其凄惨，吹彼燕山之雪，落于轩辕之台。（第二段）上言边地之苦，此言戍边之苦。幽州之人，远居边塞。岁暮之时，室家怀思，蹙眉而愁，倚门而望，念其远行而冒此风寒也。仗剑救边，志存敌忾，遗下箭囊，中有白羽之箭，挂于壁间，蜘蛛结网而生尘埃。其箭虽在，其人死于边城，不复回家，我又何忍见此物乎？亦将焚之而已矣。夫黄河虽深，捧土可塞，惟此别离之恨，因北风雨雪而愈增者，不可得而减矣。此北风之曲，所以使人多愁思也。（《李诗选注》）

唐汝询曰：此因塞外苦寒，故为戍妇之词以讽上也。言寒门幽冥，藉烛龙之光以开旦，彼日月何不照此，惟使北风号怒，从天而来乎？是覆载之偏也。以此寒苦之地，而当严冬之时，雪片如席，人谁堪此？是以征戍之妇为之停歌笑，凋形容，以念其夫。既忧其寒，又疑其死，而焚其所备之箭，正以物在人亡，情不能堪耳。然夫之生死未可知，则又不能无念。故言黄河虽汹涌，尚可捧土而塞，北风雨雪，恨不能裁去之，以解征人之患也。（《唐诗解》卷十二）

周珽曰：此篇主意全在“念君长城苦寒良可哀”一句生情，调法光响，意多含蓄。（《删补唐诗选脉笺释会通评林·盛七古》）

邢昉曰：摧肝肺，泣鬼神，却自风流淡宕。（《唐风定》）

王夫之曰：前无含，后亦不应，忽然及此，则虽道闺人，知其自道所感。（《唐诗评选》卷一）

吴瑞荣曰：雪花如席，自属豪句。看下句接轩辕台，另绘一种舆图，另成一种义理。严仲甫訾为无此理致，是胶柱鼓瑟之见。太白诗如“白发三千丈”“愁来饮酒二千石”，俱不当执文义观。（《唐诗笺要续编》）

王琦曰：鲍照有《北风行》，伤北风雨雪，行人不归，太白拟之而作。（《李太白集辑注》）

《唐宋诗醇》：悲歌激楚。

曾国藩曰：鲍照、太白皆言北风雨雪，而行人不归。（《求阙斋读书录》卷七）

王闿运曰：转接无不如意。（《于批唐诗选》卷八）

鲁迅曰：“燕山雪花大如席”是夸张，但燕山究竟有雪花，就含有一点诚实在里面，使我们立刻知道燕山原来有这么冷。如果说“广州雪花大如席”，那就变成笑话了。（《漫谈“漫画”》）

鉴赏

中唐新乐府运动主将之一元稹在《乐府古题序》中标榜“寓意古题，刺美见（现）事”，成为其乐府诗创新精神的一种重要表现形式。其实，借乐府古题来反映时事的创作手段，在李白许多乐府诗中都有出色的表现。这首《北风行》，从表面上看，是模仿鲍照的《北风行》伤北风雨雪，行人不归，但实际上，它却融入了时代的社会政治内容，成为一篇具有强烈政治批判精神和人道主义精神光辉的作品。

这首诗的创作背景，涉及唐玄宗天宝年间东北边境一系列对奚、契丹的战争。安禄山得到唐玄宗的信任，天宝元年（742）任平卢节度使，三载起兼任范阳节度使。十载，又兼任河东节度使。正积极策划反叛。为了邀宠，在这段时间内，安禄山多次发动对奚、契丹的战争。《通鉴·天宝四载》：九月，“安禄山欲以边功市宠，数侵掠奚、契丹，奚、契丹各杀公主以叛”。又《天宝九载》：十月，“安禄山屡诱奚、契丹，为设会，饮以莨宕酒，醉而阬之，动数十人，函其酋长之首以献，前后数四。”又《天宝十载》：八月，“安禄山将三道兵六万以讨契丹，以奚骑二千为向导，过平卢千余里……奚复叛，与契丹合，夹击唐兵，杀伤殆尽”。可以看出，这些战事都是安禄山为了邀功而挑动的，而战争的惨痛后果则为广大的人民，特别是参加战争的唐军士兵及其家属所承担。为了控诉安禄山挑动边衅给幽州人民所带来的灾难，这首诗特意设置了一个在战争中牺牲的幽州士兵的妻子作为主角，通过她的视角和心理来表达对这种战争的怨愤。

诗的前六句，是对抒情主人公所处的严酷自然环境的描写。但一开头并不直接写幽州，而是用一个古老的神话传说起兴：“烛龙栖寒门，光耀犹旦开。”意思是说，在极北的寒门地区，幽冥晦暗，不见阳光，但烛龙一睁眼睛，还能带来早晨的光耀。第二句的“犹”字值得特别注意，说明头两句写寒门地区的情景，是为了引出并反衬下文。果然，三、四两句就转写女主人公身处之地“日月照之何不及此？惟有北风号怒天上来。”第三句末尾的“此”字，不是上承“寒门”，而是下启“燕山”“幽州”，指的就是幽州。前人或今人有将“此”解为“寒门”（即幽州）者，则第二句的“犹”字就无着落。三、四两句是将幽州与传说中的寒门作对照，说传说中的寒门犹有光耀旦开之时，幽州却暗无天日，只有北风怒号之声从天上不断袭来。“日月照之何不及此”是一个问句，既像是身处幽州的女主人公发自心底的呼号，又像是诗人对造物者的一种质问。这种呼号的句式，使诗中所写的景象带上了某种象征意味：这是一片“日月”光耀所照不到的黑暗寒冷、只有“北风”逞威肆虐的地区。五、六两句，由“北风”进一步写到“雪”。“燕山”点明女主人公身处之地在幽燕，“燕山雪花大如席”虽然是极度的夸张，而且完全是李白式的夸张，但读者却从不计较它是否合乎事实，而是从那推向极致的夸张渲染中得到强烈的感受，想象到那硕大如席的雪花密集飘洒、遮天蔽地的情景。而“片片吹落轩辕台”的“轩辕台”固然在地理上与幽州邻接，但诗人特意选用这个字面，似乎也不无用意。往日轩辕黄帝与蚩尤作战的地方，如今已是暗无天日，北风肆虐，冰雪苦寒之地，这里生活的百姓又该过着怎样的生活呢！总之，前六句对幽州自然环境的描绘渲染，在有意无意之中，已经隐隐透露出某种象征意味，能引发读者的联想。特别是“日月照之何不及此”这种显然有悖生活事实的诗句，就不能单纯用艺术的夸张来解释，而是要和李白其他诗中诸如“日惨惨兮云冥冥”（《远别离》）、“白日不照吾精诚”（《梁甫吟》）一类句子对照来读，才能更明显地体味到它的象外之意。

“幽州思妇”以下十四句，全是对女主人公的描写，除“停歌罢笑双蛾摧”和“倚门望行人”二句是对她的形容和行动的客观描写外，其他各句全是对她的心理描写，也可以视为女主人公的心理独白。“幽州思妇”点醒女主人公的身份，“十二月”点时，以与北风雨雪的环境相应。“停歌罢笑双蛾摧”一句，连用三个写动作、表情的词语，表现女主人公愁肠哀思百结的内心世界。接着，用“倚门望行人”一句，点出她所以如此愁苦的原因，是因为远征的丈夫至今未归，不免日日倚门而望。“念君长城苦寒良可哀”，想到丈夫远戍长城苦寒之地，其处境实在可哀。长城一带，正是唐军与奚、契丹的军队进行战斗的地方。“念”字领起了以下各句的心理活动。

“别时提剑救边去，遗此虎文金鞞靫。中有一双白羽箭，蜘蛛结网生尘埃。”这四句将“念”的内容集中到一个点——丈夫“提剑救边去”时留下的一个箭筒和两支白羽箭上。“救边”之语，说明当时战局已经相当危急，丈夫此去遇到的危险也就可以想见。他临走时无意中留下的箭筒和羽箭，从此就成了女主人公日夜思念的触发物。但日日倚门而望，日日对箭而思，却根本不见丈夫的归来，甚至连丈夫的音讯也一点都得不到，如今箭筒和羽箭上，蜘蛛已结成了网，堆满了灰尘，暗示丈夫去前线的时间已经很久。天宝十载八月发生的讨契丹的那场战争，应该就是思妇的丈夫“提剑救边去”参加的战争，而写这首诗的“十二月”则已经是第二年的严冬了。如此长的时间得不到丈夫的音讯，则其战死沙场的命运实已可以断定。只是这位思妇长期以来总是心存希望，不愿相信丈夫已经牺牲。等到这里，终于清醒意识到，丈夫临走时留下的箭筒和羽箭，已经成了永远的遗物了。以下六句，便是女主人公在意识到这一残酷的事实以后内心迸发出的强烈悲愤和无穷的怨恨。

“箭空在，人今战死不复回。不忍见此物，焚之已成灰。黄河捧土尚可塞，北风雨雪恨难裁！”箭在人亡，目睹丈夫留下的遗物，更增对丈夫的思念，但战死沙场的丈夫是永远回不来了，着“空”字，“不复”字，突出了睹物思人、物在人亡的绵绵长恨。与其日日睹物思人，倍感伤神，不如焚之成灰，以免触动内心的怨愤。但焚箭的行动真能烧掉心头的长恨吗？回答是绝不可能。诗人用了又一个极度夸张的典故性比喻“黄河捧土尚可塞”来有力地反衬“北风雨雪恨难裁”，造成了惊心动魄的艺术效果。在《汉书·朱浮传》中“捧土以塞孟津”的黄河边上的人，本就是被嘲笑为“多见其不知量”的，说明滔滔黄河绝不可塞，这里反用其意，说奔腾咆哮的黄河尚且可以阻塞，但幽州思妇在北风怒号、雨雪纷纷的环境中失去丈夫的怨愤却永远难以抑止！上句将绝不可能之事说成可能，以之反衬下句北风雨雪之恨永难消释，就不但更有力地强调了恨之永恒，而且使幽州思妇之恨带上了比奔腾咆哮的黄河还要有力度的视觉形象。最后这六句，从睹物思人、空添悲恨到不忍见物、焚之止恨，最后到河虽可塞、恨永难消，两句一层，层层转折，最后逼出“北风雨雪恨难裁”的悲愤呼号，具有极强烈的控诉力量和批判力量，其矛头所指，显然是轻启边衅的边地主帅和他的背后的支持者。

《乐府诗集》解题说：“《北风》，本卫诗也。《北风》诗曰：‘北风其凉，雨雪其雱。’传曰：‘北风寒凉，病害万物，以喻君政暴虐，百姓不亲也。’若鲍照‘北风凉’，李白‘烛龙栖寒门’，皆伤北风雨雪，而行人不归，与卫诗异矣。”虽引《诗·卫风·北风》以释《北风行》，但认为李白诗与《诗·北风》意异。这意见恐怕值得商榷。细味诗语及诗意，诗中的“北风号怒天上来”和“燕山雪花大如席，片片吹落轩辕台”的环境气候描写中已隐隐透露某种比兴象征意味，而“日月照之何不及此”一句更点醒幽州地区是日月所不照临之暗无天日、北风肆虐之地，则诗中除了抒发对安禄山轻启边衅，驱使百姓为之卖命的暴政的愤恨之外，也流露了对宠信安禄山的最高统治者的不满乃至怨愤情绪。这种诗的风格，已经远离传统诗教怨而不怒的温柔敦厚之旨，而呈现为极强烈的怨愤，具有震撼人心的艺术力量。而其中所流露的对幽州思妇心情的深情体贴和曲折细致的心理描写，则又表现了李白对受迫害的妇女深厚的人道主义同情，而闪耀着人性的光辉。

诗人在《经乱离后天恩流夜郎忆旧游书怀赠江夏韦太守良宰》这首自叙生平的长诗中提及天宝十一载的幽州之行的感受时说：“十月到幽州，戈铤若罗星。君王弃北海，扫地借长鲸。呼吸走百川，燕然可摧倾。心知不得语，却欲栖蓬瀛。”主意虽在渲染安禄山的跋扈气焰和蓄意反叛的态势，但对安禄山的专横及“君王”的养痈遗患均明显流露出或愤慨或痛切的情绪，可与此诗相参。

关山月〔一〕

明月出天山〔二〕，苍茫云海间。长风几万里，吹度玉门关〔三〕。汉下白登道〔四〕，胡窥青海湾〔五〕。由来征战地〔六〕，不见有人还。戍客望边色〔七〕，思归多苦颜。高楼当此夜〔八〕，叹息未应闲。

校注

〔一〕《关山月》，乐府旧题，《乐府诗集》列此曲于横吹曲辞，于梁元帝《关山月》诗下引《乐府解题》曰："《关山月》，伤离别也。"按唐吴兢《乐府古题要解》卷下："《关山月》，皆言伤离别也。"李白此首，沿旧题抒写戍边战士久戍思归和对家室的思念之情。

〔二〕天山，《元和郡县图志》卷四十陇右道伊州："天山，一名白山，一名折罗漫山，在州北一百二十里。春夏有雪。出好木及金铁。匈奴谓之天山，过之皆下马拜。"在今新疆中部。此谓"明月出天山"，则戍客戍守之地当在天山之西。或谓天山即今甘肃、青海两省边界之祁连山，恐非，与下"长风几万里，吹度玉门关"之语似未合。岑参边塞诗中之"天山"与李白此诗同指。

〔三〕玉门关，见王之涣《凉州词》"春风不度玉门关"句注。

〔四〕下，出，指出兵。《战国策·秦策一》："（张仪）对曰：'亲魏善楚，下兵三川，塞轘辕、缑氏之口，当屯留之道。'"姚宏注："下兵，出兵也。"白登，山名，在今山西大同市东北，匈奴冒顿单于曾围攻汉高祖于此。《史记·匈奴列传》："是时汉初定中国，徙韩王信于代，都马邑。匈奴大攻围马邑，韩王信降匈奴。匈奴得信，因引兵南逾句注，攻太原，至晋阳下。高帝自将兵往击之。会冬大寒雨雪，卒之堕指者十二三。于是冒顿详（佯）败走，诱汉兵。汉兵逐击冒顿，冒顿匿其精兵，见其羸弱。于是汉悉兵，多步兵，三十二万，北逐之。高帝先至平城，步兵未尽到。冒顿纵精兵四十万骑围高帝于白登，七日，汉兵中外不得相救饷。"

〔五〕窥，伺机图谋、觊觎。青海湾，青海湖沿岸一带地区。

〔六〕由来，自来、从来。

〔七〕边色，边地的景色。色，《全唐诗》校："一作邑。"

〔八〕高楼，指远在中原故乡、住在楼上的戍客妻子。

吕本中曰：李太白诗如"明月出天山，苍茫云海间。长风几万里，吹度玉门关"，及"沙墩至梁苑，二十五长亭。大舶夹双槽，中流鹅鹳鸣"之类，皆气盖一世。学者能熟味之，自然不褊浅矣。（《童蒙诗训》）按：萧士赟《分类补注李太白诗》用宋杨齐贤引《吴氏语录》曰："太白诗如'明月出天山，苍茫云海间。长风几万里，吹度玉门关'皆气盖一世，学者皆熟味之，自不褊浅矣。""吴氏"或"吕氏"之误。下又云："天山在唐西州交河郡天山县，天山至玉门关不为太远，而曰'几万里'者，以月如出于天山耳，非以天山为度也。"此数语或为杨氏之解。

严评曰："天山"亦若"云海"皆虚境，若以某处山名实之，谓与玉门关不远，即曲为解，亦相去万里矣。又曰："由来"二句，极惨，极旷。又曰：似近体，入古不碍，真仙才也。（严评《李太白诗集》）又严评本载明人批曰：纯是响调，绝俊快，但微近律，全与古乐府别。

胡应麟曰："千山鸟飞绝"二十字，骨力豪上，句格天成，然律以《辋川》诸作，便觉太闹。青莲"明月出天山，苍茫云海间。长风几万里，吹度玉门关"，浑雄之中，多少闲雅！（《诗薮·内编》卷六）

唐汝询曰：绝无乐府气。（《汇编唐诗十集》）

朱谏曰：（第一段）言明月出于天山之上，苍茫于云海之间，长风吹月，远度玉门边塞。岑寂而关山迢递，明月所照，皆凄然而可悲者。（第二段）夷夏之交，关山阻塞，白登，青海，尤为要害，乃中国与胡虏来往征战之所也。征夫戍役相继丧亡，得生还者亦少矣。如汉高祖之被围，哥舒翰之破败，其迹皆可见也。（第三段）言关山月出之时，戍客之在边者思归而愁，戍妇之在家者登楼而叹。明月所照，彼此怀忧，关山迢递，情可知也。（《李诗选注》）

丁谷云曰：无承接照应，自耐人思想，真乐府之神。（《李诗纬》卷一）

《李诗直解》：此悯征戍者之苦情，而叹其不得归也。言月出于天山，而苍苍茫茫于云海之间；长风几万里，而吹月以度玉门之关。盖天山与玉门不甚远，而曰几万里者，以月如出于天山耳，非以天山为度也（按：上数语似袭杨齐贤解）。诚以战地言之，汉下白登，而曰冒顿为难。得窥青海，而有吐蕃之变。从来征战之地，士皆丧于沙尘，而不见有人还也。今我戍卒望边色之杳杳，致劳心之忉忉，而颜因归思而憔悴矣。因念室家在高楼之中，而当此良夜迢迢，征夫未还，口念心惟应叹息未应闲也。彼此相思，两情脉脉，何日得平胡虏而罢远征乎！（卷一）

《唐宋诗醇》：朗如玉山行，可作白自道语。格高气浑。双关作收，弥有逸致。（卷三）

吴昌祺曰：去后四句，竟似五言律矣。（《删订唐诗解》卷二）

应时曰：（首四句）飘忽如仙。（结句）静远。总评：浑化无阶，可想其落手时。（《李诗纬》卷一）

宋长白曰：徐孝穆《关山月》二首；其一曰："关山三五月，客子忆秦川。思妇高楼上，当窗应未眠。星旗映疏勒，云阵上祁连。战气今如此，从军复几年。"李太白五言佳境俱从此出。不止"似阴铿"而已也。（《柳亭诗话》）

宋宗元曰：（首四句）飘举欲仙。（《网师园唐诗笺》）

詹锳曰：按此诗拟齐梁体《关山月》，写久戍不归之人思念家室之苦。初唐诗人崔融《关山月》云："月生西海上，气逐边风壮。万里度关山，苍茫非一状。汉兵开郡国，胡马窥亭障。夜夜闻悲笳，征人起南望。"对本诗影响尤为明显。（《李白全集校注汇释集评》）

《关山月》这一乐府旧题，仅《乐府诗集》所载，在李白之前，就有梁元帝、陈后主、陆琼、张正见、徐陵、贺力牧、阮卓、江总、王褒、卢照邻、沈佺期、崔融等十二人的作品十四首，其内容均抒写戍客思归伤离之情，其主要诗歌意象则多为关、山、月。这正是因为迢递的关山，是阻隔戍客和思妇，使他们长期离别，不能相聚的自然障碍，而月则是远隔的戍客、思妇共同面对，引起对对方的怀念的自然物。在表达戍客伤离思归的主题和借以表达这一主题的主要诗歌意象上，李白这首拟作和以前诸人之作可以说没有任何不同，且前人如徐陵、崔融的两篇优秀作品更对李白这首诗产生了明显而直接的影响。但李白此作的成就却远超包括徐、崔二人之作在内的所有前人之作，也为其后的许多诗人的同题拟作所不及。其中一个突出的方面，就是李白这首诗，展现了极为广阔悠远的历史、现实时空，创造了雄浑苍茫而又渺远深邃的诗歌意境，兼有豪放与飘逸、流畅而闲雅的风格。

诗分三层，每四句为一层。开头四句，起势阔远，以明月、天山、云海、长风、玉门关等极富边塞景物特征的诗歌意象组合成一幅壮阔辽远的关山明月图。唐代在玉门关西有极广阔的疆域版图，戍边将士所戍守的地方远在玉门关乃至今新疆中部的天山之西，故望见明月升起于东边的天山。这"明月出天山"，正是西部边塞特有的景象，与中原或海滨的人所常见的月出东山或"海上生明月"的景象完全不同，故阔远明朗之中自然给人一种新鲜感。次句"苍茫云海间"，是写明月逐渐升高，浮现于苍茫的云海之上的情景。这使首句所展现的阔远境界中又增添了苍茫的色彩。境虽同属阔远，色调则有变化。三、四两句，在前两句阔远苍茫的静境的基础上展现出万里长风，自西向东，一直度越远处的玉门关的景象。"几万里"固是夸张，"吹度玉门关"亦属想象，但它却展现了比开头两句更为阔远的空间，且引导人们去想象玉门关以东更阔远的地域。由于万里长风吹度，整个画面上便增添了动态感。诗的意境也显得既雄浑阔远而又飘逸流畅。前人或以为"长风""吹度"者，指月。崔融的《关山月》前四句"月生西海上，气逐边风壮。万里度关山，苍茫非一状"也容易被误解为指月度关山系边风吹送所致。此解有悖事理。月东升至中天而西下，岂能因万里长风之吹送而东复东。且"长风几万里，吹度玉门关"，主语是长风，"吹度玉门关"者也显然是长风。两句一气直下，自然浑成。如"吹度"者指月，则句法扞格难通。以上四句，展现的虽是苍茫阔远的关山明月图，画面上并没有出现人物，但实际上，这一切均为远戍玉门关、天山之西的"戍客"望见和感触到的边塞物色。"长风"二句，更隐含着对远在玉门关东的万里之外的中原故乡的想象与思念，只是没有明显点出而已。

中间四句为一层，是由眼前雄浑阔远的边塞景象引发的对悠远的历史空间的想象。唐人常借汉喻唐，但这里的"汉下白登道"却是实指汉高祖被匈奴冒顿单于围困于白登的战争，不过它的内涵已经被泛化了，意思是说自古以来，北部边地一带，就经常进行着胡汉民族之间的战争。唐时青海湖边沿地区，常是吐蕃与唐互相争夺、交战之地，说"胡窥青海湾"，自然是有感于唐代西部边地胡汉民族不断进行交战的现实态势。二句中"汉下""胡窥"相对互文，实际上，概括了自汉至唐，在广阔的北边、西边，胡汉民族间经常进行着战争的历史。而这一系列战争，给人民带来的是长期的痛苦和牺牲，自古至今，边塞征战之地，出征的战士少有生还者。上两层的意蕴，略同于王昌龄《出塞》的“秦时明月汉时关，万里长征人未还”。绝句贵简约含蓄，而乐府古诗则可稍事展衍，故上一层展现雄浑阔远的现实空间，下一层展现悠远的历史空间；前者主绘景，后者主叙述议论；前者只描绘征戍者所处的环境，后者则写到自古及今的长期征战带来的牺牲。中间几句，既可看作是诗人对边地长期战争历史的回顾与沉思，也可理解为“戍客”面对广远的关山明月图景时引发的历史沉思。由于有这四句，诗的意境便既雄浑苍茫而又深邃悠远。对于自古迄今的胡汉民族间长期的战争，诗人并没有作简单的肯定或否定结论，这是因这一系列战争的性质非常复杂。但战争带来惨重的牺牲则是事实，诗人着重揭示的正是这一点。然则它所隐含的结论——“乃知兵者是凶器，圣人不得已而用之”（《战城南》）也就不难推出了。

最后四句，又由对历史的回顾回到现实的环境中来。“戍客望边色”一句，实际上是对第一层四句的总括，“边色”即前四句所描绘的关山明月、长风万里的边塞景色。但“望”中有“思”，则第二层的意蕴也隐寓其中。“思归多苦颜”则是戍客此际面对迢递关山阻隔和一轮明月时所引发的思念家乡而难归的感情。“高楼当此夜，叹息未应闲”，是戍客对远在中原家乡的妻子此时独居高楼，怀念远人，不停地叹息的情景的遥想，采取的是从对面着笔的写法，更深一层地表现出对家人的思念怀想和深情体贴。由于中间一段对悠远历史的回顾与沉思，戍客的“思归”之情和高楼思妇的“叹息”也变得更加深沉了。

全诗内容，虽可以戍客望边色而思归一语概括，但这种概括永远不可能替代诗人所创造的涵盖历史时空的雄浑苍茫、悠远深邃的诗歌意境。如果没有开头四句那种阔远苍茫的关山明月的图景，长风万里、吹度玉关的磅礴气势，以及由它们所组成的雄浑阔远意境，这首诗便要大为减色，而且显示不出李白诗歌的个性。

杨叛儿〔一〕

君歌杨叛儿，妾劝新丰酒〔二〕。何许最关人〔三〕？乌啼白门柳〔四〕。乌啼隐杨花，君醉留妾家。博山炉中沉香火〔五〕，双烟一气凌紫霞。

校注

〔一〕《杨叛儿》，六朝乐府《西曲歌》曲调名。杜佑《通典》卷一百四十五：“《杨叛儿》，本童谣也，齐隆昌时，女巫之子曰杨旻，随母入内，及长，为太后所爱。童谣云：‘杨婆儿共戏来。’语讹遂成《杨叛儿》。”《旧唐书·音乐志》：“《杨伴儿》，本童谣歌也。齐隆昌时，女巫之子曰杨旻。旻随母入内，及长，为后所宠。童谣云：‘杨婆儿，共戏来。’而歌语讹，遂成《杨伴儿》。”《乐府诗集》卷四十九《清商曲辞·西曲歌》收《杨叛儿》古辞八首，其一首云：“暂出白门前，杨柳可藏乌。欢作沉水香，侬作博山炉。”李白之作，即据此首展衍发挥而成。詹锳《李白诗文系年》系此首于开元十四年（726）游金陵时，云：“诗中有句云：‘何许最关人？乌啼白门柳。’虽衍古词而亦即景，盖少年浪游金陵时作。”

〔二〕新丰酒，新丰所产之名酒。王维《少年行》“新丰美酒斗十千，咸阳游侠多少年”之新丰美酒指长安东新丰镇（今西安市临潼区东北）所产之美酒。而清钱大昕《十驾斋养新录》卷十一云：“丹徒县有新丰镇，陆游《入蜀记》：六月十六日，早发云阳，过夹冈，过新丰小憩。李太白诗云：‘南国新丰酒，东山小妓歌。’又唐人诗云：‘再入新丰市，犹闻旧酒香。’皆谓此，非长安之新丰也。然长安之新丰亦有名酒，见王摩诘诗。”钱氏所引李太白诗题为《出妓金陵子呈卢六四首》（其二），谓“南国新丰酒”，自非指长安之新丰。丹徒在南京附近，与此诗作于游金陵期间正合。

〔三〕何许，犹何所、何处。关人，牵动人的感情、思绪。

〔四〕《杨叛儿》古辞：“暂出白门前，杨柳可藏乌。”白门，南朝宋都城建康（今江苏南京市）宣阳门的俗称。《南史·宋纪下·明帝》：“宣阳门谓之白门，上以白门不详，讳之。尚书右丞江谧尝误犯，上变色曰：‘白汝家门！’”宣阳门系建康之正南门。或说，指建康西门。《通鉴·齐中兴元年》胡三省注：“白门，建康城西门也。西方色白，故以为称。”

〔五〕博山炉，古香炉名，因炉盖上的造型类似传闻中的海中名山博山而得名。《西京杂记》卷一：“长安巧工丁缓者……又作九层博山香炉，镂为奇禽怪兽，穷诸灵异，皆自然运动。”梁吴均《行路难》：“博山炉中百和香，郁金苏合及都梁。”沉香，一种名贵香木。晋嵇含《南方草木状·蜜香沉香》："交趾有蜜香，树干似柜柳，其花白而繁，其叶如橘。欲取香，伐之，经年，其根干枝节，各有别色也。木心与节坚黑，沉水者曰沉香。"《南史·夷貊传上·林邑图》："沉木香者，土人斫断，积以岁年，朽烂而心节独在，置水中则沉，故名曰沉香。"古代亦用沉香作熏香用。

笺评

谢枋得曰：太白此诗盖衍古乐府义，而声调愈畅。（近藤元粹编《李太白诗醇》引）

严评曰："乌啼"二句：赋、比、兴俱现。（同上引）

杨慎曰：古乐府"暂出白门前，杨柳可藏乌。欢作沉水香，侬作博山炉。"李白用其意，衍为《杨叛儿》……古人谓李诗出自乐府古选，信矣。其《杨叛儿》一篇，即"暂出白门前"之郑笺也。因其拈用，而古乐府之意益显，其妙益见。如李光弼将子仪军，旗帜益精明。又如神僧拈佛祖语，信口无非妙道，岂生吞义山，拆洗杜诗者比乎！（《升庵诗话·太白用古乐府》）

朱谏曰：（第一段）言君歌《杨叛儿》之曲，妾劝君以新丰之酒。当此歌曲劝酒之时，何所最关于吾之心情乎？惟白门之柳可以藏乌，乌啼柳间，时物之变最关情也。（第二段）承上言乌啼白门之柳者，隐于柳花之中。斯时也，君则饮酒至醉，留宿于贱妾之家，博山炉中火焚沉香，双烟一气，上凌紫霞。烟虽有二，而气则一也，以见醉留之意，亦无彼此之殊。此《杨叛儿》之曲含淫昵之辞，亦本于童谣也。（《李诗选注》）

严评本载明人批：就古辞演出，若袭若不袭，清脱圆妙，最有风致。

陆时雍曰：《杨叛儿》本词昵亵，此词转入高华。（《唐诗镜》卷十八）又曰：诗言穷则尽，意亵则丑，韵软则庳。杜少陵《丽人行》、李太白《杨叛儿》，一以雅道行之，故君子言有则也。（《诗镜总论》）

周珽曰：《杨叛儿》，艳而亵。（《删补唐诗选脉笺释会通评林·盛七古》）

《李诗直解》卷三：此咏乐府之童谣而致情艳之词也。言君歌《杨叛儿》之谣曲，妾劝新丰之美酒。何许《杨叛儿》之古曲最为关人，而春色已深，乌啼白门之柳矣。乌啼则隐于杨花，君遇知己，酣歌而醉，则留妾之家而不去也。古云："欢作沉水香，侬作博山炉。"今博山炉中，用沉香之火，双烟含为一气，而袅凌紫霞之上，妾与君亦若此，愿其长留而不去可矣。

沈德潜曰：即《子夜》《读曲》意，而语不嫚亵，故知君子言有则也。（《重订唐诗别裁集》卷六）

王琦曰："沉水""博山"之句，非太白以"双烟一气"解之，乐府之妙亦隐矣。（《李太白全集校注》）

陈沆曰：诗中杨花与其篇题皆寓其姓也。"君醉留妾家"寓其旨也。香化成烟，凌人紫霞，而双双一气，不少变散，两情固结深矣。其寓长生殿七夕之誓乎？（《诗比兴笺》卷三）

六朝《杨叛儿》古辞，现有八首，均为以女子声口写的情诗，多用隐喻手法。李白所拟的这一首写女子偶出白门之外，春色深浓，杨柳繁茂已可藏乌之所，与所爱男子幽会。写得朴素而含蓄。李白的拟作，对古辞中的主要意象（白门、杨柳、乌、沉水香、博山炉）及兴喻手法均加以利用，内容亦仍写男女欢爱，且仍用女子口吻，取第一人称写法。篇幅则较古辞展衍了一倍。它给读者带来的艺术感受却远超古辞，显得炽烈而浪漫，特别是抒写男女欢会方面，更创造出极富象征色彩的诗意境界，使此前及以后的许多同类描写相形失色。

一开头就展现出一对青年男女唱歌劝饮的热烈场景："君"（女子所爱的男子）纵情高唱《杨叛儿》的歌曲（此《杨叛儿》或谓指童谣，但理解为指乐府《杨叛儿》古辞似乎更贴近现实情境），而"妾"（女主人公）则频频向对方劝酒以助兴。可以看出，这对青年情侣此刻已经进入一种两情欢洽的热烈而忘情的境界。

三、四两句，用设问口吻引出青年情侣欢会所在地——"乌啼白门柳"。这显然是化用古辞"暂出白门前，杨柳可藏乌"的诗句和意象。在古辞中，"白门"（建康宣阳门）作为一个具体地名，指男女欢会之地，历经南朝至唐它的内涵已经泛化，成为男女欢会之地的一种代称；而"杨柳可藏乌"在古辞中原用以形容春色渐浓的物候特征，以关合男女之情的深浓，李白诗中成了"乌啼白门柳"，仿佛被简化了，只成了一个男女相约欢会之地的代称。但就回答"何许最关人"的设问来说，这已经足够了。因为对于当事的男女双方来说，白门柳色和乌啼就足以唤起他们对已历的一切美好情事的甜蜜回忆。古辞以叙事写景开始，显得起势较为平衍，李白将它拓展为六句，一开头就进入热烈欢洽的唱歌劝酒场景，再引出欢会之地，就使起势显得不平衍而气氛热烈，而三、四句一问一答，又显得灵动飘逸，风神摇曳。

五、六两句，在古辞“杨柳可藏乌”的基础上加以生发，将表现春意深浓的物象景色演化成一个带有隐喻色彩的诗句——“乌啼隐杨花”，而隐喻的内容则是“君醉留妾家”。“杨柳可藏乌”只表现春深柳浓，可以藏乌，它所显示的是季候特征，但“乌啼”则通常与日落相关，因此“乌啼隐杨花”也就自然成了“君留妾家”的隐喻，妙在两句之间，似兴似比似赋，若即若离，意虽明朗，而调则极为灵动跳脱。第六句着一“醉”字，不但上承“劝”字、“酒”字，暗示两情由开始时的热烈欢洽而发展到陶醉乃至沉醉，最后两句的欢会高潮也就呼之欲出了。

“博山炉中沉香火，双烟一气凌紫霞。”这两句承古辞“欢作沉水香，侬作博山炉”加以生发。可以看出，古辞的“沉水香”“博山炉”之喻，当是寓意男方投入女方怀抱之后将升腾起爱情之火。南朝乐府中每多女方作热烈真率的主动之态，此喻亦带有这种色彩。李白这诗将古辞的“欢作沉水香，侬作博山炉”简括为一句“博山炉中沉香火”，不仅将“沉水香”的静止状态变成燃烧着的“沉香火”，直接点明了双方由“醉”而至迸发出爱情之“火”，而且将单方的主动变成双方的交融。更奇妙的是紧接着的一句“双烟一气凌紫霞”，将男女欢会的高潮写得既淋漓尽致，又含蓄隽永；既炽热浪漫，又极富象征色彩和浓郁的诗情。男女在真挚热烈情感基础上的欢会，是灵肉一体的纯美境界。但古往今来，能将性爱场景写得极艳而不亵的却很少见。李白的这句诗可以说真正达到了这种纯美的诗的境界。香炉中点燃沉香，升腾起丝丝的香烟，烟气时有互相交叉缠绕之状，诗人从这一现象生发出“双烟一气”的极富象征色彩的隐喻，寓意男女双方精神心灵在极度欢洽中的交融，而“凌紫霞”的夸张渲染则成了双方精神心灵无限升华的绝妙象征。《红楼梦》中的贾宝玉，对心灵的知己黛玉说：咱们一起化烟、化灰如何？被看成是痴话。殊不知“化烟”之语早被李白用过了。“双烟一气凌紫霞”之写欢情，其艳可谓入骨，极浓极烈，却丝毫没有亵狎浮薄的气息，写欢情至此，可叹为观止了。

长干行〔一〕

妾发初覆额〔二〕，折花门前剧〔三〕。郎骑竹马来〔四〕，绕床弄青梅〔五〕。同居长干里，两小无嫌猜〔六〕。十四为君妇，羞颜未尝开〔七〕。低头向暗壁，千唤不一回。十五始展眉〔八〕，愿同尘与灰〔九〕。常存抱柱信〔一〇〕，岂上望夫台〔一一〕？十六君远行，瞿塘滟滪堆〔一二〕。五月不可触〔一三〕，猿声天上哀〔一四〕。门前迟行迹〔一五〕，一一生绿苔。苔深不能扫，落叶秋风早。八月蝴蝶来〔一六〕，双飞西园草。感此伤妾心，坐愁红颜老〔一七〕。早晚下三巴〔一八〕，预将书报家。相迎不道远〔一九〕，直至长风沙〔二〇〕。

校注

〔一〕《长干行》，乐府《杂曲歌辞》旧题。长干，里名。《文选·左思〈吴都赋〉》："长干延属，飞甍舛互。"刘逵注："建邺之南有山，其间平地，吏民杂居之，故号为干。中有大长干、小长干，皆相属。"据郁贤皓《李白选集》，大长干巷在今南京市中华门外；小长干巷在今南京市凤凰台南，巷西达长江。《乐府诗集》卷七十二《杂曲歌辞》收《长干曲》古辞一首，崔颢《长干曲》四首、崔国辅《小长干曲》一首，又收李白《长干行》二首（第二首"忆妾深闺里"系张潮之作误入），张潮《长干行》（婿贫如珠玉）一首。内容多写船家青年男女爱情或商人妇的生活与感情。《李白选集》系此诗于开元十四年（726）游金陵时。

〔二〕妾，古代妇女自称。发初覆额，头发长得刚刚覆盖前额，表示年尚幼小。古代女子十五始笄（绾起头发，加上簪子，表示已成年）。年幼时不束发。

〔三〕剧，戏耍、玩耍。

〔四〕郎，称自己的丈夫，也就是昔日的童年伴侣。竹马，将竹竿放在胯下当马骑。

〔五〕床，古称坐具为床。或谓"床"指井床，井旁的栏杆。弄，玩。

〔六〕无嫌猜，不避嫌疑。

〔七〕开，舒展，放开。

〔八〕展眉，犹眉开眼笑，喜悦之情直接流露于眉眼之间。

〔九〕愿同尘与灰，希望像灰尘那样凝为一体。灰与尘为同类，易于凝合，故云。王琦注："言其合同而无分也。"或谓指愿同生共死。

〔一〇〕抱柱信，《庄子·盗跖》："尾生与女子期于梁（桥）下，女子不来，水至不去，抱梁柱而死。"句意为常存终身相守的信誓。

〔一一〕望夫台，《初学记》卷五引刘义庆《幽明录》："武昌北山上有望夫石，状若人立。古传云：昔有贞妇，其夫从役，远赴国难，携弱子饯送此山，立望夫而化为石。"望夫石之传说，各地多有。此句谓岂料竟有丈夫远行，自己时时盼夫归来的离别之苦。

〔一二〕瞿塘，即瞿塘峡，长江三峡的头一个峡，在今重庆市奉节县境。滟滪堆，亦作"淫预堆"，系瞿塘峡口突起于江中之大礁石。长江三峡中行船最危险之处。《水经注·江水》："（白帝城西）江中有孤石，为淫预石，冬出水二十余丈，夏则没。"《太平寰宇记·山南东道·夔州》："滟滪堆周回二十丈，在州西南二百步蜀江中心瞿塘峡口。冬水浅，屹然露百馀尺，夏水涨，没数十丈，其状如马，舟人不敢近……谚曰：'滟滪大如朴，瞿塘不可触。滟滪大如马，瞿塘不可下。滟滪大如鳖，瞿塘行舟绝。滟滪大如龟，瞿塘不可窥。'"

〔一三〕五月不可触，指夏天水涨季节，滟滪堆为水淹没，行舟极险，不可触碰礁石。参上句注引民谚。

〔一四〕三峡一带，两旁山高林密，时有哀猿长啸，故云。《水经注·江水》："自三峡七百里中，两岸连山，略无阙处。重岩叠嶂，隐天蔽日……常有高猿长啸，属引凄异，空谷传响，哀转久绝。故渔者歌曰：'巴东三峡巫峡长，猿鸣三声泪沾裳。'"

〔一五〕迟（zhì），等待。迟行迹，因为等待丈夫来往徘徊而留下的足迹。迟，《全唐诗》校："一作旧。"

〔一六〕来，《全唐诗》校："一作黄。"《李太白诗醇》引谢枋得曰："'蝴蝶来'，《文粹》作'蝴蝶黄'。蝶以春来，八月非来时。秋蝶多黄，感金气也。白乐天诗：'秋花紫燕濛，秋蝶黄茸茸'，此可证也。"王琦曰："以文义论之，终以'来'字为长。"

〔一七〕坐，殊、甚、深。见张相《诗词曲语辞汇释》。

〔一八〕早晚，多早晚、何时。三巴，指巴郡、巴东、巴西。见《华阳国志·巴志》。宋王应麟《小学绀珠》卷三："三巴：巴郡，今重庆府；巴东，今夔州；巴西，今合州。"下三巴，从三巴乘船顺长江而下。

〔一九〕不道，有"不知""不顾"二解。前者，如李白《幽州胡马客歌》："虽居燕支山，不道朔风寒。"后者，如李白《忆旧游寄谯郡元参军》："五月相呼度太行，推轮不道羊肠苦。"义均可通。张相《诗词曲语辞汇释》谓此句之"不道"犹云不管或不顾。然细味诗意，似以作"不知"解为长。

〔二〇〕长风沙，地名，在今安徽安庆市东长江中。本为江中沙洲，现已与北岸相连。《太平寰宇记》卷一百二十五淮南道舒州怀宁县："长风沙在县东一百九十里，置在江界，以防寇盗，元和四年入图经。李白《长干行》云：'相迎不道远，直至长风沙。'即此处也。"陆游《入蜀记》卷三谓自金陵至长风沙七百里，地属舒州，旧最号湍险。

笺评

胡震亨曰：长干在金陵，贾客所聚。篇中长风沙在池阳，金陵上流地也。清商吴声《长干曲》，乃男女弄潮往来之词。而此咏贾人妇望夫情，其源出自清商四曲，与吴声《长干曲》不同。（《李诗通》）

杨慎曰：蝴蝶或白或黑，或五彩皆具，惟黄色一种，至秋乃多，盖感金气也。太白诗"八月蝴蝶黄"，深中物理。今本改"黄"为"来"，何其浅也！（《升庵诗话》卷十）

严评曰：（低头向暗壁，千唤不一回）常情羞生，此却羞熟。（五月不可触，猿声天上哀）不可触、天上哀，或近或远难为情。（严评《李太白诗集》）

严评本载明人批：此段意态飞动，是太白本色，与《白头吟》同。

钟惺曰：（首四句）写出小儿女来。（"同居"二句）有许多情在里面，不专是小不解事。（"十四"四句）解事又似太早了，可见"低头向暗壁"，不是一味娇痴。（"相迎不道远"句）酷像，妙，妙！总评：古秀，真汉人乐府。（《唐诗归》卷十五）

谭元春曰：（"同居"二句）《关尹子》"两幼相好"，不如此情深。（"低头"二句）娇痴可想。（"早晚"四句）太白绝句妙口，此四语亦可截作一首矣。人负轻捷妍媚之才者，每于换韵疾佻，结句疏宕，太白尤甚。（同上）

丁谷云曰：《西厢》曲从此脱化。（按：似指“十四”四句）（《李诗纬》卷一）

应时曰：（“同居”二句）二语虽结上，实反起下。（“低头”二句）娇甚，又是反起下。（“门前”二句）烦乱中有条理。（“八月”二句）是急调，方合节奏。（“感此”二句）使全章愈醒。（末二句）有神致。总评：娓娓不尽，曲尽商妇之情，转折有法。（同上）

陆时雍曰：古貌唐音。（《唐诗镜》卷十七）

《李诗直解》：此商人之妇，夫久不归，叙其颠末而致悬望之切也。言我与君子，自小而结为夫妇者。妾发初覆额之时，门前折花而嬉，郎骑竹马，绕床而弄青梅。皆不识不知以乐此春光者。同居长干里，我与郎两小也，有何嫌疑猜忌哉！十四归为君妇，含羞之娇颜，未尝得开，每低头以面暗壁，郎千唤而不一回也。同室相聚一年，而至十五岁矣。常有抱柱之信，虽死不易，岂上望夫之台而伤离别乎！余十六君则远行矣，往瞿塘峡之滟滪堆，五月水涨，不可触犯。妾愁君之历险也，君得无闻猿声而泪堕耶？自君之出也，门前径路久无往还，而当日临行迟回之迹，皆生绿苔。妾亦无心于此，任其深而不能扫也。然春而夏，夏而秋风又早矣。八月蝴蝶秉金气而黄，且双飞西园之草而不孤戏也。感此以伤妾心，而独坐深闺之中，愁肠脉脉，红颜自老，为何也？若得早晚之间以下三巴，计三巴与我长干尚有四千里之遥，预得书报，毋使妾长愁也。我则相迎，不畏道远，直至池阳风沙，上君之舟同还长干，偕老终身而毋令其再行也。此我之愿也，不知何日得如此哉？（卷一）

黄周星曰：虽是儿女子喁喁，却原带英雄之气，自与他人闺怨不同。（《唐诗快》）

焦袁熹曰：写他贞信处极其妖邪，句句小家气，方是此题神理。又曰：化《西洲曲》。（《此木轩论诗汇编》）

沈德潜曰：“蝴蝶”二句，即所见以感兴。“长风沙”在舒州，金陵至舒州七百余里，言相迎之远也。（《重订唐诗别裁集》卷二）

《唐宋诗醇》：儿女子之情事，直从胸臆间流出。萦纡回折，一往情深，尝爱司空图所云：“道不自器，与之圆方。”为深得委曲之妙，此篇庶几近之。（卷三）

李锳曰：此篇音节，深得汉人乐府之遗，当熟玩之。（《诗法易简录》）

范大士曰：青莲才气，一瞬千里，此篇层折，独有节制。（《历代诗发》）

章燮曰：首六句，从少时叙起。“十四”四句，言初嫁也。“十五”四句，叙合卺时满望偕老也。“十六”四句，言远别也。“门前”八句，言久别感伤也。末四句，妄想归音，使其迎夫有日，路虽远亦不辞其劳苦也。（《唐诗三百首注疏》）

王闿运曰：明艳娇憨，盖有所指。（《手批唐诗选》卷一）

乐府中以“长干”地名为题的有《长干曲》《小长干曲》和《长干行》。前两者系五言四句的抒情小诗，内容多写江南水乡青年男女弄潮采莲的生活和爱情，后者则为篇幅较长的带有叙事色彩的五言古诗，内容多写商人妇对远赴外地经商的丈夫的深长思念。李白这首《长干行》和另一首《江夏行》，内容均写商妇的离别相思之情，且均用第一人称的抒写方式。但这首《长干行》却在抒写商妇的离别相思之情以前，用占全诗一半的篇幅展示了女主人公的爱情从萌生到发展、到成熟的历程。正是由于这一大段极为出色的叙写，全篇充溢着动人的真挚爱情的光彩，女主人公的形象也显得相当鲜明和丰满。

诗的前六句，从童年的追忆叙起。女主人公现在的丈夫，就是童年时期一起嬉戏的伙伴。记忆中的第一个镜头，就是自己的头发刚刚覆盖前额的孩提时代，折了花枝正在门前游戏，而邻家男孩的你，则骑着竹马跑来，两人一起绕着井栏，以投掷青梅为戏。古代井栏边常种有桃李一类果树，“折花”“弄青梅”，正是小伙伴们“就地取材”，互相追逐为戏的情景。而一则“折花门前”，一则“骑竹马”，则又显示了女童和男孩游戏的不同兴趣。“同居”二句，在点明男女主人公从小一起在长干里长大的事实和背景的同时，给童年时期两人的亲密关系作了定位和总结——“两小无嫌猜”。尽管性别不同，但两位童年伴侣彼此之间却浑沌未凿，毫不避嫌，整天在一起追逐嬉闹。这是对童年时代异性伙伴间亲密而纯真关系和童年欢乐生活的生动写照。“青梅竹马，两小无猜”的童幼关系当然不等于爱情，却可以为日后的爱情提供最适宜的土壤。

“十四为君妇，羞颜未尝开。低头向暗壁，千唤不一回。”接下来四句，从童幼阶段的回忆忽然跨到对新婚时情景的追忆，笔意跳脱，不黏不滞。“羞颜未尝开”是说在新婚之夕，自己的羞涩表情一直没有消除（羞涩是一种含蓄内敛的表情，故用“未尝开”来形容其未曾消解）。为了进一步渲染“羞颜未尝开”的情景，又回忆起新婚之夜的鲜明细节：自己低着头，面对着暗壁，任新婚丈夫千呼万唤，也不转过脸来。尽管相互之间早就熟悉，似乎没有必要羞涩，但从两小无猜的童真友谊到灵肉交融的新婚夫妇，却是一个大的转折。这种相互间关系性质的突然改变，带来的是一种既熟悉又陌生的新鲜感和羞涩感。不久前还在一起嬉闹的玩伴现在突然成了自己的丈夫，尽管对方的面孔那样熟悉，但今夜面对却突然感到有些陌生；想到两小无猜时的种种亲昵举动，此刻又即将变为夫妇间的亲密行为，更不由得羞涩难持。而“低头向暗壁，千唤不一回”的举动本身，又包含着对原是熟悉玩伴的新郎一种撒娇式的反应，娇柔妩媚，兼而有之。因此，这个极生动传神的细节，将双方关系的变化所引起的心理变化和表情变化，描写得极其真切微妙，准确到位。

“十五始展眉，愿同尘与灰。常存抱柱信，岂上望夫台？”记忆的窗口又打开新的一幕。这已经是婚后的第二年，羞涩的表情才从脸上消失，热烈的情感在眉眼间充分表露出来。从“羞颜未尝开”到“展眉”，是一个由犹存少女的矜持到少妇的炽热爱恋的变化，而“愿同尘与灰”正是对这种炽热爱恋感情的誓言式表达：希望和对方像尘之于灰，永远黏附，结为一体。“常存抱柱信”，是说希望丈夫像传说中的尾生那样，坚守信约，永不离弃；“岂上望夫台”，是说自己也坚信彼此永远相守，永不分离，哪里会料想到夫妇别离，上望夫台引领眺望丈夫归来的痛苦呢？“岂上”句语气陡转，开启下一大段对离别相思之情的抒写。

“十六君远行，瞿塘滟滪堆。五月不可触，猿声天上哀。”婚后的第三年，丈夫外出经商，开始了远行的生活，而女主人公自己也开始了商人妇与丈夫长离，“愁水又愁风”的既怀念思恋又担惊受怕的日子。江南水乡的商人多循江而行，远至巴蜀，而“瞿塘滟滪堆”正是入蜀水程中最为危险的地方，因此她的思绪和想象就聚焦在这一段行程上。她想象丈夫经过瞿塘峡一带时，正是五月水涨，滟滪如朴，舟行至为艰危之时，更何况两岸高山上又有哀猿长啸，在旅途的惊险艰危中又倍感远行的孤孑凄清呢。这四句在对丈夫行程的悬想中，流露了女主人公对丈夫的关切和焦虑。

“门前迟行迹，一一生绿苔。苔深不能扫，落叶秋风早。”从这里开始，由对过去的回忆、对丈夫远行的想象转到对当前情景的描写：门前因等待丈夫归来不断徘徊留下的行迹，已经一一长满了绿色的苔藓。绿苔长得越来越深，却没有心思去打扫，转眼间又到了秋风落叶的季节了。等待的足迹一一长满绿苔，暗示等待的时间已经很长，也暗示因为盼归的失望，已经有一段时间没有在门前迟回等待了。而“不能扫”自非因“苔深”之故，而是由于心绪落寞，无心打扫。这几句化景物为情思，将长期的等待写得很美，在电影上是一串极富诗意的镜头组接：长久的相思等待留下的足迹，化为一片绿苔；在绿苔渐次加深的过程中，不断飘洒秋风吹下的落叶，最后在绿苔上堆满了黄叶。长期的等待和失望，心绪的孤寂无聊，都在时序的变换和景物的变化中含蓄而又鲜明地表现出来。

“八月蝴蝶来，双飞西园草。感此伤妾心，坐愁红颜老。”八月的蝴蝶，已经到了它们生命的秋天，但依然双双对对，在西园的草丛上翩翩起舞，呈现着生命的欢乐。面对这种景物，女主人公不禁联想起自己与丈夫长久别离，孤居独处的生活，和在怀念、忧伤中容颜凋伤的情状，因而深深地为自己的红颜变老而惆怅。上面“落叶秋风早”的“早”字，已经暗透在伤离的氛围中容颜早衰的意蕴，到这里更直接挑明愁红颜之易老的伤感。正因为如此，才越发盼望着丈夫的归来。于是便自然引出下面四句。

“早晚下三巴，预将书报家。相迎不道远，直至长风沙。”盼归的急切，引出对丈夫归期的切盼，希望远行的丈夫在下三巴之前，预先将归期写信相告；而方盼归期，却又预想自己的相迎，思绪跳跃，瞬息变化，正透露出情绪的急切和激动。尤为出人意料的是，女主人公不是设想自己在江边楼头迎候归帆，而是逆水沿江而上，远道相迎。远迎之中，不知路之远近，一直到离金陵七百里的长风沙。这几句全是天马行空的悬想和幻设，说的几乎全是虚语甚至傻话，但流露的却是一片至情，一片缱绻的柔情。

这首诗用第一人称的叙事、抒情方式，追溯了女主人公自己从童年时代与玩伴的天真嬉戏、两小无猜，到新婚时的羞涩幸福、娇柔妩媚，再到婚后的炽热爱恋、誓同尘灰，展现了她的爱情从萌芽到发展、到成熟的历程。在此基础上，叙写了丈夫远赴三巴经商，迟迟未归的长期等待中对他的深情关切和深长思念，以及由此引发的魂飞千里的迎归悬想。全诗塑造了一位在南方商业经济比较发达的地区市民社会普通小家女子的生活经历和感情经历，展现了她的爱情心史，表现了她对真挚爱情和幸福生活的热烈期待和执着追求。从具有较为完整的故事情节和鲜明的人物形象这方面看，它具有叙事诗的基本格局（尽管篇幅不长，仅三十句）。长江中下游一带，南朝以来商业经济就比较发达，尽管传统文人诗中极少涉及这方面的题材，但在江南民歌中对商人及商妇的生活、感情却颇有反映和表现，像《懊侬歌》《莫愁乐》《三洲歌》等吴歌、西曲的曲辞，就带有这方面的内容，但均为五言数句的抒情小诗。用叙事诗的体裁来写商人妇的生活经历、感情经历，特别是她们的爱情生活，李白这首诗无疑是个创举。特别是初试锋芒，就塑造了鲜明的人物形象，更对叙事诗体的发展具有重要意义。李白的成功，除了他年青时代漫游长江中下游地区、"混迹渔商"、对市民社会和商人生活比较熟悉以外，艺术手段的创新应该是一个极其重要的原因。从表面看，诗的前段，是学习民歌中常用的年龄序数写法来叙写女主人公的生活经历，后段则采用民歌中类似四季相思的抒情手法来写女主人公的怀远相思之情。但李白却在年龄序数写法的外壳下注入极具叙事文学特征的元素——经过提炼的典型化细节，来塑造鲜明的人物形象，表现人物的心灵活动，从而使这些描写既具有每一具体生活阶段的鲜明特征和生活气息，又具有鲜明的叙事性质和浓郁的抒情色彩。像童幼时期的青梅竹马、两小无猜的叙写，就不仅生动地展现了儿童的天真活泼，而且显示了异性童年伙伴之间那种心灵毫不设防的纯真和亲密关系，以致使历代的人们用它来概括类似的生活经历和美好的感情记忆。这正是这段描写具有典型性和叙事、抒情紧密结合特征的突出表现。新婚时期的羞涩和矜持、娇柔妩媚中流露的幸福与甜蜜，更是画笔难到的化工之笔。后段从丈夫出发远行，到设想中的五月过滟滪，再到落叶秋风、八月西园、蝴蝶双飞，时序的变换中有人物的活动（丈夫的行踪、自己的门前伫候），叙事的格局仍隐然可见，并结合时序变换，不断变换景物，且在景物描写中注入了真挚强烈的相思怀远之情，于叙事、写景、抒情的结合中着重抒写人物的心灵活动，使人物的内心情感表现得更为细腻委婉、深刻动人。而篇末的魂飞天外、远道相迎的设想更使人物的感情活动达到高潮，为塑造人物、表现心灵添上了最光彩的一笔。

这首诗的浓郁抒情色彩，和通篇采用第一人称的叙事抒情写法有密切关系。六朝民歌本多用女子的口吻抒情，李白将它运用到叙事诗中，是一种创举。全篇就像是女子的心灵独白，又像是一封充满缱绻柔情的诗体书信，在和想象中的远方丈夫进行心灵的交流。当女主人公追忆童幼时期青梅竹马的嬉戏和新婚之夕"低头向暗壁，千唤不一回"的情景时，就不仅仅是重温心灵深处难以忘却的记忆，而且是在和远方的丈夫共同享受昔时的欢乐和甜蜜。由于心灵中有亲密的倾诉对象，这一切回忆、思念和对自己长期伫望情景的叙写，便变得特别亲切感人。特别是篇末四句，更像是和远在千里之外的丈夫进行直接的对话，忘情之语中正溢出一份至真至诚的感情，一种令人解颐的谐趣，这种“儿女子情事，直从胸臆间流出”的艺术效果，如果改成第三人称的客观叙述方式，恐怕要削弱不少。从这里，也可窥见诗人真率自然的个性和他所歌咏的对象之间的天然密合程度。

诗分前后两段，每一段中随着年龄和时序的变化又自然形成小的层次和转折。但读来却一气流注，转折自如，具有鲜明的整体感。这是因为诗人紧紧把握住了女主人公感情发展的脉络，将叙事（包括细节描写）、写景和抒情紧密结合、融为一体的缘故。前后两段，一则侧重叙事，一则侧重写景，如不注意，也易造成脱节。诗人则先用“岂上望夫台”句为下段写离别预作逗引，继又在“十六君远行”四句中，参用年龄序数的写法和季候物景的写法，从而形成极自然的衔接过渡，使读者仿佛在不经意之间就从前段的回忆过渡到了后段的怀思，这种行云流水式的无缝对接，也显示了诗人高超的艺术才能。

塞下曲六首（其一）〔一〕

五月天山雪〔二〕，无花只有寒。
笛中闻折柳〔三〕，春色未曾看。
晓站随金鼓〔四〕，宵眠抱玉鞍〔五〕。
愿将腰下剑，直为斩楼兰〔六〕。

校注

〔一〕《乐府诗集》卷二十一汉横吹曲《乐府解题》：“汉横吹曲，二十八解，李延年造。魏、晋已来，唯传十曲：一曰《黄鹄》，二曰《陇头》，三曰《出关》，四曰《入关》，五曰《出塞》，六曰《入塞》，七曰《折杨柳》，八曰《黄覃子》，九曰《赤之扬》，十曰《望行人》。后又有《关山月》《洛阳道》《长安道》《梅花落》《紫骝马》《骢马》《雨雪》《刘生》八曲，合十八曲。”又于《出塞》下解题曰：“《晋书·乐志》曰：‘《出塞》《入塞》曲，李延年造。’……按《西京杂记》曰：‘戚夫人善歌《出塞》《入塞》《望归》之曲。’则高帝时已有之，疑不起于延年也。唐又有《塞上》《塞下》曲，盖出于此。”李白《塞下曲六首》，除第四首为五排外，其余五首均为五律；且第四首写思妇远忆边城之丈夫，与其他五首均写征戍之士的征战生活，内容亦有别。故詹锳《李白乐府集说》谓第四首“本是《独不见》诗，后世编太白集者误入《塞下曲》中耳”。《乐府诗集》将此六首列入《新乐府辞》。郁贤皓《李白选集》谓：“这组诗作年莫考。从诗中多写朝廷出兵推测，疑为天宝初在长安所作。”安旗等《李白全集编年注释》则系于天宝二年（743），均无显证。

〔二〕天山，在今新疆境内。详李白《关山月》注〔二〕。

〔三〕折柳，指《折杨柳》曲。系乐府鼓角横吹曲之一，参见注〔一〕。《乐府诗集》鼓吹曲辞《折杨柳》解题曰：“梁乐府有胡吹歌云：‘上马不捉鞭，反拗杨柳技。下马吹横笛，愁杀行客儿。’此歌辞出之北国，即鼓角横吹曲《折杨柳枝》是也。”

〔四〕金鼓，指进军作战时用以激励士气的战鼓。《左传·僖公二十二年》：“三军以利用也，金鼓以声气也。”又《庄公十年》：“一鼓作气。”或谓指钲，其形似鼓，故名金鼓。然钲系行军时用以节制步伐之乐器，与鼓之用以激励进军士气者不同，恐非。《诗·小雅·采芑》“钲人伐鼓”毛传：“钲以静之，鼓以动之。”

〔五〕宵眠，夜间睡眠。抱玉鞍，形容夜不敢安睡，时时警备敌情。

〔六〕将，持。直，径。楼兰，汉西域国名，在今新疆罗布泊西。《汉书·西域传》：“元凤四年，大将军霍光遣平乐监傅介子往刺其（指楼兰国）王。介子……既至楼兰，诈其王，刺杀之。”又见《汉书·傅介子传》。

笺评

朱谏曰：言天山之地，盛夏之时而雪未消，草木无花而寒气未解，惟闻折柳于笛声，而花柳之色实未尝见也。朝则随金鼓以出战，不敢以少纪律；夜则抱马鞍以就寝，不得枕席之宴安。所以忍寒而忍苦者，亦何为哉？欲斩楼兰之首以献阙下，以取封爵之荣，使吾天子无有外顾之忧也。此征戍之出塞者其志如此。（《李诗选注》）

唐汝询曰：此为边士求立功之词，言处苦寒之地，晓则出战，夜不解

鞍，欲安所表树乎？思斩楼兰以报天子耳。雪入春则无花，五月可知，是真春光不到之地也。（《唐诗解》卷三十三）

严评本载明人批：是律诗。意不为奇，只是道得妙。太白公前后《塞下》三首，足敌老杜前后《出塞》。

朱之荆曰：三、四一气而下，妙极自然，故不用对。另是一体，究非常格。（《增订唐诗摘抄》）又曰：两截格。前半塞下之地，后半塞下之人。此首言立功者之劳苦。次首见立功未必及己。西域天山冬夏常有雪。（《闲园诗抄》）

沈德潜曰：太白"五月天山雪，无花只有寒。笛中闻折柳，春色未曾看。"一气直下，不就羁缚……此皆天然入妙，未易追攀。（《说诗晬语》卷上）又曰：（前二联）四语直下，从前未具此格。（《重订唐诗别裁集》卷十）

应时曰：（颔联）二句言塞外耳目之凄，又承"寒"字。（颈联）叙事。（尾联）叙志。总批：前凄极，后不如此转则索矣。（《李诗纬》）

屈复曰：雪入春则无花。前言塞下寒苦若此。五、六言其苦更甚。两层逼出"直为斩楼兰"，言外见不再来塞下受此苦也。意甚含蓄。（《唐诗成法》）

《唐宋诗醇》：高调入云。于声律中行俊逸之气，自非初唐可及。

黄叔灿曰：天山积雪，五月犹寒，搭上"无花"二字，便觉惨然。塞上无春，不见杨柳，添出笛中闻得，更极悲凉。"随金鼓""抱玉鞍"，言无休息，语似壮而情实迫也，四十字中不假雕镂，自然情致。（《唐诗笺注》）

陈德公曰：前半爽逸高凉，后亦稳亮。（《闻鹤轩初盛唐近体读本》）

卢麰曰："晓""随""宵""抱"正欲立功境外耳，故落句自可直接。（同上）

李锳曰：前四句全用单行法。又曰：前四句一气直下，不用对偶，倍见超逸。此以古诗格力运于律诗中者。（《诗法易简录》）

李调元曰："五月天山雪，无花只有寒。"随手拈来，俱如奇峰峭壁，插地倚天。才人固无所不可，若他人有此句，必用入腹联矣。（《雨村诗话》）

梅成栋曰：四语直下，从前未见此格（按：此袭沈德潜评）。忽从天外落笔，想见用笔之先已扫尽多少。（《精选五七言律耐吟集》）

吴汝纶曰：（“五月天山雪，无花只有寒”）淡语便自雄浑。（《唐宋诗举要》卷四引）

近藤元粹曰：声律尽协，严沧浪以为近乎近体律诗，洵然。（《李太白诗醇》）

前人或谓李白长于乐府歌行而短于律诗。但他的五言律共有七十余首，且颇多能见李白艺术个性的佳作。这首《塞下曲》便写得纵逸豪宕，一气呵成，雄浑自然，极具神骏之致。

起句语平而意奇。“五月天山雪”，似信口道出，朴素平易，不稍修饰，却给人以惊奇突兀之感。这种感受，缘于它所揭示的自然现象。五月仲夏，在内地已是炎威初显之时，而在天山一带，竟然白雪皑皑，寒威逼人。这就和岑参笔下的“胡天八月即飞雪”同样给人以惊奇感。妙在次句接以“无花只有寒”，顿觉逸气横生，诗趣盎然。“无花”妙语双关，既暗示这“天山雪”并非洒空飘舞的雪花，而是终年不消的天山上的皑皑积雪；又兼指春天开放的花卉。一句而兼缩二意，而这两层含义又都突出了“只有寒”。“无”与“有”的对照，突出了天山之地的苦寒和不见春色。“无花”是视觉感受，“只有寒”是触觉感受。“只有”二字，意似强调“寒”字，但全句的语调却显得轻松平常，和首句的风调一致。

颔联出句转写听觉感受。军营中传来了羌笛的声音，吹奏的正是征人熟悉的《折杨柳》曲调。杨柳是春天的标志，春色的代称，《折杨柳》的曲调，使征人很自然地联想到春光烂漫的景象，可是眼前的五月天山，竟是积雪皑皑，寒威逼人，既不见春花之烂漫，又不见杨柳之袅娜，故说“春色未曾看”。两句中“闻”与“看”的矛盾，构成了耐人寻味的略带遗憾的苦涩和幽默。

整个前幅，均写边塞苦寒景象。确如前人所评，“一气直下，不受羁缚”“不用对偶，倍见超逸”。但包含在这种风调中的内在感情意蕴，则未见有人揭出。细加吟味，便不难感受到在平易朴素、流畅自如的格调中，流注着一种对上述自然景象坦然面对、不以为苦的感情和态度。尽管面对“无花只有寒”“春色未曾看”的环境，也会有遗憾与苦涩，但这本来就是边地的本色。“羌笛何须怨杨柳，春风不度玉门关”，既“何须怨”，那就淡然面对了。将艰苦的环境用轻松流畅的语调来表达，正缘于诗人的感情是朗爽而充沛的，“一气直下”的“气”当中就蕴含了这种朗爽而充沛的感情。

腹联方由自然环境的描写转到征战之事上来，但只出以极概括之笔，以“晓战”“宵眠”概写无数个日日夜夜的征战生活。清晨随擂响的战鼓上阵，奋力拼杀，而一日之紧张战斗已寓其中。而夜间睡眠，犹抱马鞍而憩。这个细节，既渲染了军情的紧张，也烘托出战士的高度警觉，较之枕戈待旦的成语似更为生动形象。“随”“抱”二字，已隐隐透出征戍将士行动之习惯与自觉，逗下“愿”字。一路写来，至此方用工丽的对仗作一转折顿宕，使诗显示出分明的节奏感，不致直泻而下，一览无余。特意选用“金鼓”“玉鞍”这种华美的字面，是为了表现对战争的感情、态度并非厌恶与逃避，而是抱着一种豪迈的感情勇敢地投入。这就自然引出诗的尾联对报国之志的表达。

“愿将腰下剑，直为斩楼兰。”这一联用了傅介子用计斩楼兰国王的典故，但舍弃原典故中傅介子利用楼兰王贪财的本性，设计刺杀的权谋机诈内容，化为战场上光明正大的搏杀决斗，突出将士持腰下宝剑，勇往直前斩取敌酋的英雄形象，为全诗作了淋漓尽致、笔酣墨饱的收束。“直为”二字，即勇往直前为国之意，语气斩截，气概豪雄，是表达报国豪情的着意之笔；或解为“只为”，不免意味大减，顿失豪雄之气。

全诗主旨，集中体现在尾联。但如果没有前面三联对自然环境、战斗生活的艰苦紧张的出色渲染，则尾联的正面主题表达便会因失去有力的衬垫而显得平淡苍白。但如果在前六句的描写中渗透贯注的是一种悲凄怨苦、畏惧逃避的感情，则尾联的主旨表达亦成无源之水。

赵翼《瓯北诗话》评李白五律说：“盖才气豪迈，全以神运，自不屑束缚于格律对偶，与雕绘者争长。然有对偶处，仍自工丽，且工丽中别有一种英爽之气，溢出行墨之外。”这段话用来评这首诗，也是非常恰当的。

玉阶怨〔一〕

玉阶生白露〔二〕，夜久侵罗袜。
却下水晶帘〔三〕，玲珑望秋月〔四〕。

校注

〔一〕《玉阶怨》，乐府旧题。《乐府诗集》卷四十三《相和歌辞·楚调曲》载齐谢朓、虞炎《玉阶怨》，均五言四句抒情小诗。谢朓之作显为宫怨诗，李白此篇，显受小谢诗影响。胡震亨曰："班婕妤失宠，供养太后长信宫，作赋自悼，有'华殿尘兮玉阶苔'之句，谢朓取之作《玉阶怨》，白又拟朓作。"按谢朓《玉阶怨》云："夕殿下珠帘，流萤飞复息。长夜缝罗衣，思君此何极！"

〔二〕玉阶，玉石砌成或装饰的宫中台阶，亦为台阶的美称。《文选·班固〈西都赋〉》："玄墀扣砌，玉阶彤庭。"张铣注："玉阶，以玉饰阶。"李善注："白玉阶。"

〔三〕却，还，仍。下，放下。水晶帘，用水晶串制成的帘子。

〔四〕玲珑，明亮澄澈貌。此处形容秋月。

笺评

刘辰翁曰：矜丽素净可人，自愧前作。（《唐诗品汇》卷三十九引）

萧士赟曰：太白此篇无一字言怨，而隐然幽怨之意见于言外。晦庵所谓圣于诗者，此欤？（《分类补注李太白诗》卷五）

桂天祥曰：怨而不怒，可入风雅。后之作者多少，无此浑雅。（《批点唐诗正声》）

郭濬曰：怨而不怒，浑然风雅。（《增定评注唐诗正声》）

李沂曰：从未有过下帘望月者，不言怨而怨自深。（《唐诗援》）

钟惺曰：一字不怨，怨深。（《唐诗归》卷十六）

唐汝询曰：玉阶，天子之后庭。宫人失宠，对之而怨，故以名篇。露生既深，故下帘而入室。犹不能寐，而望月徘徊。是岂无感而然耶？注谓无一字言怨，怨乃独深。（《唐诗解》卷二十一）

《李诗直解》：此拟宫词。不言怨而怨之意隐然于言外也。言玉阶之上，白露生矣。夜久而徘徊阶际，零露瀼瀼，湿侵罗袜，不得不入屋内，却下水晶之帘，而月光与水晶，相映玲珑，以望秋月。则迢迢长夜，寂坐以守之，安忍孤眠也。（沈寅、朱崑补辑）

应时曰：（前二句）不露骨。（末二句）一转更深。总评：只二十字，

藏无数神情。(《李诗纬》)

徐增曰:《相和歌》楚调十曲有《玉阶怨》。宫人望幸,伫于玉阶,不觉已夜深矣。露侵罗袜,已见立不耐烦。则走入宫中,倚于水晶帘下,不强立于露中。却性急,把帘子放下,于是去睡便了。而望幸之心尚未断绝,却又在帘缝里望月,真是绝倒。玲珑,正指帘隙处而言。夫在玉阶,且见白露,在帘下,止见秋月,而君王之消息杳然,那得不怨。(《而庵说唐诗》卷七)

王尧衢曰:"玉阶生白露。"宫人望幸,伫立玉阶不觉夜深而白露生矣,"生"字有意。"玲珑望秋月",却又不忍便睡,倚着帘儿,从帘隙中望玲珑之月,则望幸之情,犹未绝也。虽不说怨,而字字是怨。(《古唐诗合解》卷四)

沈德潜曰:妙在不明说怨。(《重订唐诗别裁集》卷十九)

《唐宋诗醇》:妙写幽情,于无字处得之。"玉颜不及寒鸦色,犹带昭阳日影来。"不免露却色相。(卷四)

蒋杲曰:玉阶露生,望之久也;水晶帘下,望之绝也。怨而不怨,唯玩月以抒其情焉。此为深于怨者,可以怨矣。(《唐宋诗醇》卷四引)

黄叔灿曰:始在阶前,继居帘内,当夜永而不眠,藉望月而自遣。曰"却下",曰"玲珑",意致凄恻,与崔国辅"浮扫黄金阶"诗意同。一曰"不忍见秋月",一曰"玲珑"见秋月,各极其妙。彼含"不忍"字,此含"望"字。(《唐诗笺注》)

杨逢春曰:首二是写望月之久,却不说破,只言夜久侵露,转出下帘意味。第四转从"下帘"逆折清夜望月,则其辗转凝眄,清夜不眠之况如见矣。悲凉凄婉,含"愁"字之神于字句之外。(《唐诗偶评》)

吴敬夫曰:是"玉阶怨",而诗中绝不露"怨"意,故自佳。(《唐诗归折衷》引)

李锳曰:无一字说到怨,而含蓄无尽,诗品最高。"玉阶生白露",则已望月至夜中,落笔便已透过数层。次句以"夜久"承明,露侵罗袜,始觉露深夜重耳。然望恩之思,何能遽止?虽入房下帘以避寒露,而隔帘望月,仍彻夜不能寐,此情复何以堪!又直透到"玉阶"后数层矣。二十字中,具有如许神通,而只淡淡写来,可谓有神无迹。(《诗法易简录》)

吴文溥曰:"玲珑"二字最妙,真是隔帘见月也。(《南野堂笔记》)

李慈铭曰:"玲珑"二字,冷寂可想。其取神乃在"却下"二字,有清

宫长夜，惝怳无眠光景。（《唐人万首绝句选》评）

严评曰：上二句，行不得，住不得；下二句，坐不得，卧不得。赋怨之深，只二十字可当二千言。（《李太白诗醇》引）

俞陛云曰：其写怨意不在表面，而在空际。第三句云“却下水晶帘”，则羊车之绝望可知。第四句之隔帘望月，则虚帷之孤影可知。不言怨而怨自深矣。（《诗境浅说》续编）

刘永济曰：初则伫立玉阶，立久罗袜皆湿，乃退入帘内，下帘望月。未尝一字及怨情，而此人通宵无眠之状，写来凄冷逼人，非怨而何！（《唐人绝句精华》）

刘拜山曰：谢朓同题诗云：“夕殿下珠帘，流萤飞复息。长夜缝罗衣，思君此何极！”可谓工于言情矣。然明说“思君”，尚觉意尽言内。此诗则情在景中，神传象外，真严羽所谓“不涉理路，不落言铨”者矣。（《千首唐人绝句》）

李白是一位感情极其浓烈而且常在诗中作爆发式倾泻的诗人，即使在一些五七言绝句中，也常以自然真率的表达见长。但这首抒写宫怨的小诗，却一反常态，写得极其含蓄蕴藉、细腻委婉，不但诗中女主人公的感情表达得极其隐微，而且诗人自身的感情倾向也自始至终没有正面的流露，通篇都像是不动声色的纯客观描写。

诗的前幅写女主人公夜间久立玉阶。“玉阶”是宫殿中玉石的台阶，它和第二句的“罗袜”、第三句的“水晶帘”等物象的组合，暗示主人公的身份是宫中的女性。至于这位女子究竟是望幸的妃嫔，抑或失宠的宫妃，甚至是连望幸的奢望都没有的普通宫人，则不必细究，可以任人自行推想。“玉阶生白露”，似乎只是纯客观地写夜间物象，但句中那个似不经意的“生”字，却暗透了时间的推移、景象的变化和女主人公感受的变化。原来这位女子在玉阶上伫立、徘徊已久，不知不觉间已经到了深夜，玉阶上已经滋生了晶莹的露水，女主人公在目接身受之际，也感到了一阵沁人的凉意。

次句更进一步，用“夜久”既点醒上句的“生”字，且暗示玉阶白露既生之后，女主人公仍伫立徘徊其间，以致白露由“生”而浓，久立其间，不觉凉露侵湿罗袜，感到侵肤沁骨的寒凉。“侵”字和上句的“生”字，虽一则侧重写触觉感受，一则侧重写客观物象，但都带有渐进的意味，非常细腻地传达出女主人公对凉露的感受由浅至深的变化过程。“罗袜”的意象，或与曹植《洛神赋》“凌波微步，罗袜生尘”之语有些瓜葛，令人自然联想到这位女子的姿容仪态之美。

后幅更换场景，由室外回到室内。两句写了前后相续的两个动作：放下水晶帘，望玲珑之秋月。于“下水晶帘”之前着一“却”字，便让人感到有多少无奈、无限幽怨含蓄其中。女主人公由伫立徘徊玉阶而返回室内，最直接的原因当是由于感到不胜寒意之袭人，故返室后一个自然的动作便是放下帘子，似乎要借此稍隔外界寒凉的侵袭，稍减心头的凄寒孤寂之感。这“却”字正透露了女主人公此刻这种聊欲排遣凄寒孤寂感受的心态。按照常情，下帘之后，当准备就寝，然而接下去的行动却是“望秋月”。这便暗示女主人公由于凄寒孤寂，根本就无法入睡。而且像这样伫立玉阶、痴痴望月，中宵不眠的情景已经不知重复过多少次。这“望”不是玩赏，亦非望月怀远，而是怀着长夜无眠的孤寂凄寒，怀着满腔的幽怨与无奈，带着茫然的神情，痴痴地、长久地望月。“玲珑”二字，自是形容秋月的明澈皎洁的，但由于是隔着水晶帘望月，这“玲珑”也就似乎兼具形容水晶帘的晶莹透明的意味，这正是诗歌语言模糊性的妙用。

读到这里，会恍然发现这首诗所展示的所有物象，几乎全都具有莹洁透明的特征。玉石砌成的台阶，晶莹透明的白露和水晶帘，乃至轻薄透明的罗袜，明净莹洁的月光，构成一色的清莹皎洁的境界。但这清莹皎洁的物象和境界，却又都成为女主人公凄寒孤寂处境与心境的一种衬托乃至象征，似乎在它们身上都散发出一股寒凉凄冷之意，弥漫于整个室内室外的空间，而女主人公那莹洁而又寂寞凄清的风神也就自然浮现在我们面前了。同时，玉阶、罗袜、水晶帘等物象，又都带有华美的色彩，而这一切，也都成了女主人公凄寒孤寂处境与心境的有力反衬。

通篇展现的是一个无言而凄然神伤的境界。除前两句暗透的伫立徘徊玉阶的行动，后两句明写的下帘与望月的行动外，女主人公始终默默无言。她的全部感受、心绪和幽怨都借助物象与行动曲曲传出。处此孤寂凄寒之境，她的无限幽怨又能向谁诉说！不但女主人公无言，诗人亦无言，而诗人的无言正透露出对女主人公最深切的同情。比较之下，他的另一首题为《怨情》的小诗：“美人卷珠帘，深坐颦蛾眉。但见泪痕湿，不知心恨谁？”就不免落于言筌，难称高格了。

清平调词三首〔一〕

云想衣裳花想容〔二〕，春风拂槛露华浓〔三〕。若非群玉山头见〔四〕，会向瑶台月下逢〔五〕。

一枝秾艳露凝香〔六〕，云雨巫山枉断肠〔七〕。借问汉宫谁得似？可怜飞燕倚新妆〔八〕。

名花倾国两相欢〔九〕，长得君王带笑看。解释春风无限恨〔一〇〕，沈香亭北倚阑干〔一一〕。

校注

〔一〕清平调，唐大曲名。《乐府诗集》卷八十列此三首于近代曲辞，题内无“词”字。唐李濬《松窗杂录》载此诗本事云：“开元（当作“天宝”）中，禁中初重木芍药，即今牡丹也。得四本红、紫、浅红，通白者，上因移植于兴庆池东沈香亭前。会花方盛开，上乘月夜召太真妃以步辇从。诏特选梨园弟子中尤者，得乐十六色。李龟年以歌擅一时之名，手捧檀板，押众乐前欲歌之。上曰：‘赏名花，对妃子，焉用旧乐词为？’遂命龟年持金花笺宣赐翰林学士李白，进《清平调》词三章。白欣承诏旨，犹苦宿酲未解，因援笔赋之……龟年遽以词进，上命梨园弟子约略调抚丝竹，遂促龟年以歌。太真妃持颇黎七宝杯，酌西凉州葡萄酒，笑领意甚厚……上自是顾李翰林尤异于他学士。”此三首当作于天宝二年（743）春李白供奉翰林时。

〔二〕想，想象。或解“想”为似、如、像，虽可道，未免乏韵。

〔三〕槛，栏杆。露华，露水。

〔四〕群玉山，神话传说中的仙山，西王母所居。《穆天子传》卷二：“癸巳，至于群玉之山。”郭璞注：“即《西山经》玉山，西王母所居者。”

〔五〕会，应当、总会。向，在。瑶台，传说中的神仙居处。屈原《离骚》有“望瑶台之偃蹇兮，见有娀之佚女”之句，故此处以瑶台女仙喻杨妃。

〔六〕一枝秾艳，指牡丹花。

〔七〕宋玉《高唐赋序》谓楚怀王“尝游高唐，怠而昼寝，梦见一妇人曰：'妾巫山之女也，为高唐之客，闻君游高唐，愿荐枕席。'王因幸之。去而辞曰：'妾在巫山之阳，高丘之阻。旦为朝云，暮为行雨。朝朝暮暮，阳台之下。'"枉断肠，谓楚怀王只能在梦中与神女相会，醒后则不复见，故空自想念而肠断。

〔八〕可怜，可爱。飞燕，汉成帝皇后赵飞燕。《汉书·外戚传》："孝成赵皇后，本长安宫人……学歌舞，号曰飞燕，成帝尝微行出，过阳阿主作乐。上见飞燕而乐之，召入宫，大幸。有女弟复召入，俱为婕妤，贵倾后宫。许皇后之废也，乃立婕妤为皇后……后宠少息，而弟绝幸，为昭仪，居昭阳舍。"倚新妆，形容赵飞燕新妆甫就时的明艳照人。《西京杂记》卷上："赵后体轻腰弱，善行步进退。"

〔九〕名花，指牡丹。倾国，指杨妃。《汉书·外戚传·李夫人》："延年侍上起舞，歌曰：'北方有佳人，绝世而独立。一顾倾人城，再顾倾人国。宁不知倾城与倾国，佳人难再得。'上（武帝）叹息曰：'善。世岂有此人乎?'平阳因言延年有女弟，上乃召见之。"两相欢，两相赏爱。

〔一〇〕解释，消释。此句系"春风解释无限恨"之倒文。

〔一一〕沈香亭，用沉香木制造的亭，在兴庆宫龙池西。清徐松《唐两京城坊考》卷一兴庆宫："宫之正门西向，曰兴庆殿，殿后为龙池，池之西为文泰殿，殿西北为沈香亭。"阑干，即栏杆。

笺评

李濬曰：上自是顾李翰林尤异于他学士。会高力士终以脱乌皮六缝为深耻，异日太真妃重吟前诗，力士戏曰："始谓妃子怨李白深入骨髓，何拳拳如斯！"太真妃因惊曰："何翰林学士能辱人如斯！"力士曰："以飞燕指妃子，是贱之甚矣。"太真颇深然之。上尝欲命李白官，卒为宫中所捍而止。（《松窗杂录》）

严评曰：（第一首）想望缥缈，不得以熟目忽之。（第三首）旖旎动人。

谢枋得曰：（第一首）褒美中以寓箴规之意。（第二首）以巫山夜梦，昭阳祸水入调，盖微讽之也。（第三首）敬贤必远色，明皇释恨，惟在玉环，则张九龄、韩休辈不容于朝不远矣。（《李太白诗醇》卷二引）

萧士赟曰：传者谓力士指摘飞燕之事以激怒贵妃，予谓使力士而知书，则“云雨巫山”岂不尤甚乎！《高唐赋序》谓神女常荐先王以枕席矣。后序文曰“襄王复梦遇焉”。此云“枉断肠”者，并讥其曾为寿王妃。使寿王而未能忘情，是“枉断肠”矣。诗人比事引兴，深切著明，特读者以为常事而忽之耳。（《分类补注李太白诗》）

严评本载明人批：（第二首）此首一仙一人。“巫山”作寿王解，太着迹，只是谓神女不如耳。贬仙褒人，亦非有意。大抵兴趣有馀，随便凑来，头头是道。

胡应麟曰：“明月自来还自去，更无人倚玉阑干。”“解释春风无限恨，沈香亭北倚阑干。”崔鲁（橹）、李白同咏玉环事，崔则意极精工，李则语由信笔。然不堪并论者，直是气象不同。（《诗薮·内编》卷六）

朱谏曰：明皇贵妃于沈香亭同赏木芍药，白应诏作《清平调》之词，其意归美贵妃。首章言其衣服容貌之美。于此春日花开之时，侍宴于沈香亭上，秀丽绝人之姿出于尘表，宛若群玉山头之王母与瑶台月下之仙娥也。（次章）“一枝秾艳露凝香”者，即所赏之芍药以状贵妃之貌娇丽而润泽也。襄王神娥空自断肠，然恐涉于荒芜，不足为异。惟汉宫之飞燕，靓妆初就，其娇姿逸态或可与之仿佛而比拟耳。（三章）言贵妃之对乎芍药，则名花与大国色两皆相宜而相欢爱，非惟人之爱花，而花亦爱乎人也。名花国色岂徒自相欢爱自己，吾君亦长爱之。带笑而看之，殊无斁也。当此春风之时，解释万机之虑，能使吾君胸次怡然，无有可恨者，其在沈香亭北倚阑干之时乎！对妃子赏名花，相忘于宵旰之外，其乐固无涯矣，又何有于留恨乎！又曰：按明皇与贵妃游乐淫佚之情无由宣泄，托李白以发之，白则迎合为靡靡之辞以助其欢，不能因其情而导以正，乃欲藉此取媚固宠。（《李诗选注》）

唐汝询曰：（首章）言明皇思得美人，见云而想其衣，见花而想其貌。春风滴露之际，良不胜情矣。此非群玉之王母，即瑶台之佚妃，岂易睹乎，盖谓未得时也。（次章）言既得如花之容，觉襄王之梦为徒劳矣。吾想汉宫谁可似者，必飞燕新妆而倚，差为可怜，其他无足齿耳……一云“依”，谓倚藉也。飞燕必须倚藉新妆，然后得似。（三章）此见妃之善媚也。人与花交相为欢，并蒙天子顾盼矣。乃妃心解春风无限之恨，故方倚阑而求媚于君，盖恐恩宠难长也。春风易歇，故足恨。汉武云：“欢乐极兮哀情多。”太白于极欢之际加一“恨”乎，意甚不浅。（《唐诗解》卷二十五）又曰：（首章）声响调亮，神彩焕发，喉间有寒酸气者读不得。

（《汇编唐诗十集》）又曰：三诗俱砾金石，此篇（指三章）更胜，字字得沈香亭真境。（同上）

梅鼎祚曰：萧注谓神女刺明皇之聚麀，飞燕刺贵妃之微贱，亦太白醉中应诏想不到此。但巫山妖梦，昭阳祸水，微文隐意，风人之旨。（刘文蔚《唐选合选评解》卷四引）

蒋仲舒曰：（首章）"想"，妙，妙，难以形容也，次句下得陡然，令人不知。（《唐诗绝句类选》引）

《李杜二家诗钞评林》：（首章）"想"字妙，得恍惚之致。（梅鼎祚选辑屠隆集评）

周敬曰：（三章）"带笑"字下得有情。第三句描贵妃心事。（《删补唐诗选脉笺释会通评林》）

郭濬曰：（三章）婉腻动人，"解释"句，情多韵多。（同上引）

周珽曰：太白《清平调》三章，语语浓艳，字字葩流，美中带刺，不专事纤巧，家澹翁谓以是诗合得是语。所谓破空截石，旱地擒鱼者。近《诗归》选极当，何故独不收，吾所不解。（《删补唐诗选脉笺释会通评林·盛七绝》）

陈继儒曰：三诗俱戛金石，此篇（指第三首）尤胜，下宇得沈香亭真境。（《唐诗三集合编》）按：此袭唐汝询评，见上引。

潘耒曰：（第三首）有名花不可无倾国，有倾国不可无君王，三者更拆开不得。（《李太白诗醇》卷二引）

《李诗直解》：（首章）此词极美其容貌而比之以仙也。言云之华彩想其衣裳，花之娇艳，想其容色，而妃之国色天姿不可以想象为真也。当春风而拂槛，玩之露华之中，花之妖媚，倍为浓至，而妃如是矣。此岂人间之所有哉！若非群玉山头见之，则瑶台月下逢耳。真王母天妃之属也，而可易言哉！（次章）此词赞其美而寓讽刺之意也。言一枝浓艳之花，露华凝之，而天香喷发。今妃子亦非凡品，巫山神女始足当之，云雨之行，枉断肠矣。又以后来之国色拟之，借问汉宫谁得似乎？飞燕之美而倚新妆，愈觉其佳冶，故汉帝爱而怜之宜矣。此白以巫山妖梦，昭阳祸水，微文隐讽，风人之旨也。又"枉断肠"者，讥之必不能令终，使异日不能忘情，是"枉断肠"矣。谪仙抑具先见之明与！

丁谷云曰：第二首起句拈花，下三句指贵妃。因转接隔碍，故先生删之。然词气流动可喜，或者首句借花比人稍可耳。（《李诗纬》引）

应时曰：（首章）“想”字妙入天际。以贵妃为主，以花为客，使情景俱现。（三章）（首句）花与人并起。（三句）侧注。（尾句）写出娇态。总评：太白七绝第三句反承，随意所出，皆为警句。（《李诗纬》）

吴昌祺曰：（首章）愚谓首句李言衣如云容如花，用倒装句法加“想”字，则超矣。即指目前，非未得之谓（按：此针对唐汝询之解而发）。此章只言太真。（次章）此章言花而影太真。“枉断肠”者，襄王不遇而今相遇也。按宋玉赋止是王梦，于襄王无与。（萧）注以拟寿王事，非也。（三章）此章合花与人言之。下二句言能消天子无穷之怅者，在亭边一倚，所以带笑而看也。极写妃之媚。（《删订唐诗解》卷十三）

徐增曰：（首章）“云想衣裳花想容”一句，当作四顿语。“云想衣裳”，言唐皇见云即想妃子之衣裳。“花想容”，言唐皇见花即想妃子之容貌。“春风拂槛”承上“云”字来，“露华浓”承上“花”字来。夫云得风则愈见其轻飏，即无云在，有风便可想出云来。花得露则愈觉其鲜妍，即无花在，有露亦可想出花来，而况真有云有花在也，较首句更深一层。此句须略重花上。“风拂”喻妃子之摇曳，“露浓”喻君恩之郑重。唐皇宠爱妃子，觉无处不是妃子，云也是妃子，花也是妃子，即风也是妃子，露也是妃子，即无处不同妃子。若非群玉山头见云，即于瑶台月下逢花，总是极形容君王、妃子一步不相离也。玩“若非”二字口气，亦何曾不在群玉山头见云哉！此仙才摇摆处。会，是逢其会之谓，若无意者然，偏又来得凑巧也。（次章）此首言妃子之得宠于君王，前代无有及者。“一枝秾艳”，即花，以比妃子。“露凝香”，言唐王留恋妃子之色，犹露凝定花之香也。“云雨巫山”……言阳台神女，荐楚襄王先王之寝，此乃是梦，非实际也。就如妃子，朝朝暮暮，在君王之侧也。“枉断肠”，“枉”字是笑神女，言其不能望妃得君之万一，亦徒为之断肠耳。“借问汉宫谁得似？可怜飞燕倚新妆。”夫人臣对君之言，自当有体。若以神女比贵妃，则是以楚王比明皇矣。以神女比妃子，犹可言也；以楚王比唐皇，则不可言也。故于汉宫借得一人来，太真是贵妃，飞燕是后，此白以后重妃子处。“谁得似”，言汉家后妃，其得宠无有如妃子者，庶几还是赵飞燕，一似寻不出人来，而以飞燕来搪塞者，妙，妙。“倚新妆”，言飞燕之色，亦万不及妃子，其所倚借者，在新妆耳。夫女子必须妆饰以见好，毕竟颜色有不如之处。“可怜”二字，是轻飞燕之词。飞燕之色，原不十分足以结成帝之爱，特自成帝之谬宠耳。稗史载：成帝曾私语合德曰：“夜愈觉其妍。”则日间不甚妍可知。又载，飞燕矜贵，有微疾，必帝亲匕而后食，此皆其可怜处也。人问：太白既借飞燕来喻，为何又示之以不满？盖飞燕，本长安人，属阳阿主家学歌舞，成帝尝微行出，过阳阿主作乐，见而悦之，召入宫，后立为后。太白因其出身微贱，恐轻妃子，故特示之以不满。士君子立乎人之本朝，口笔岂可不慎。太白细密乃尔，人何得以狂目之哉！后力士虽以此谮白于贵妃，而不知白早已计及此矣，然白立言之妙，尚不止于此也，妙在为唐皇回护。言飞燕之色，不及贵妃，又极微贱，成帝使之正位中宫；妃子之色，远逾飞燕，而唐皇只敕为贵妃。然则唐皇之德，愈成帝远甚。（三章）此首方作唐王与妃子在沈香亭赏木芍药也，《开元遗事》：唐皇时，沉香亭木芍药，一枝二头，朝则深碧，暮则深黄，夜则粉白，昼夜之间，香艳各异，得人主之爱，花也献媚，目为花妖。“名花倾国两相欢”，夫名花生在世间，而不得绝代佳人之赏花，则枉却名花；夫绝代之佳人，而不得在沈香亭赏名花，则亦枉却绝代矣。今妃子、木芍药合在一处，又得风流天子为证明，两不辜负，故云“两相欢”也。“带笑看”，不可唐皇帝笑看妃子，又看名花。盖言唐皇此时眼睛单看妃子，看妃子者，看妃子之看木芍药也。解释，“解”字不可作去声读，解乃解数之解，释即消释之释。自古红颜多薄命，几个能得见天子？即能得见天子备后宫矣，又几个能得宠？即得宠矣，又几个能得宠到底？或怨西宫之夜静，或蠲长门之赋金，怀春风之恨者无限。盖女子生性易恨，有一分不如意处便恨。今妃子承宠，于沈香亭北倚栏杆看花之顷，唐皇如此媚他，妃子胸中岂尚有纤微之恨未化耶？写妃子之乐，到十分十厘地位。如今提起“沈香亭”三字，使我犹为妃子欢喜也。真字字飞舞。竟陵辈以为非为太白至处，不入选。从来解此三首诗者，多不得其肯綮，那得使人有好诗作出来，则余之恨又几时得尽能释哉！（《而庵说唐诗》卷十）

毛先舒曰：太白《清平调词》“云想衣裳花想容”，二“想”字已落填词纤境。“若非”“会向”，居然滑调。“一枝秾艳”“君王带笑”，了无高趣。《小石》跻之坦途耳。此君七绝之豪，此三章殊不厌人意。（《诗辩坻》卷三）

叶燮曰：李白天才自然，出类拔萃。然千古与杜甫齐名，则犹有间。盖白之得此者，非以才得之，乃以气得之也……如白《清平调三首》，亦平平宫艳体耳。然贵妃捧砚，力士脱靴，无论懦夫于此战栗趑趄万状，秦舞阳壮士不能不色变于秦皇殿上，则气未有不先馁者，宁暇见其才乎！观

白挥洒万乘之前，无异长安市上醉眠时，此何如气也！（《原诗·外编下》）

叶羲昂曰：（次章）结妙有风致。（三章）四出媚态，不以刻意工，亦非刻意所能工。（《唐诗直解》）

田雯曰：少陵《秋兴八首》，青莲《清平词》三章，脍炙千古矣。余三十年来读之，愈知其未易到。（《古欢堂杂著》）

吴烶曰：《清平调三首》章法最妙。第一首赋妃子之色，二首赋名花之丽，三首合名花、妃子夹写之，情境已尽于此，使人再读不得，所以为妙。（《唐诗选胜直解》）

王尧衢曰：（首章）“云想衣裳花想容”，此首言唐皇之宠爱妃子，若无处得离妃者，故见云而想妃之衣裳艳丽，见花而想妃之容色娇好也。“会向瑶台月下逢”，因太真曾奉敕为女冠子，故用群玉、瑶台等字，且比喻其为仙也。（次章）“可怜飞燕倚新妆”，以后比贵妃，是重贵妃处。然飞燕出身微贱，而色亦不及太真，其所倚重者新妆耳。如“可怜”二字，正以飞燕得君宠似太真，而出身与容色万不及太真，所以“可怜”也。抑飞燕以扬太真，礼也。（三章）三章调至此章，方写唐皇与妃子赏木芍药。“名花倾国两相欢”，有名花无佳人，有佳人无名花，俱为不相欢，今木芍药、贵妃合在一处，两不相负，以尽君欢，“沉香亭北倚阑干”，木芍药在阑干以外，倚游以观，君情百倍，则是此花亦能消恨也。岂知春风易歇，太真之无恨，翻为极恨者，乃在马嵬坡耶！（《古唐诗合解》卷五）

黄生曰：三首皆咏妃子，而以花旁映之，其命意始有宾主。或谓初首咏人，次首咏衣，三首合咏，非知诗者也。太白七绝，以自然为宗，语趣俱若无意为诗，偶然而已。后人极力用意，愈不可到，固当推为天才。（首章）二“想”字是咏妃、后语。（次章）首句承“花想容”来。言妃之美，唯花可比。彼巫山神女，徒成梦幻，岂非“枉断肠”乎！必求其似，惟汉宫飞燕，倚其新妆，或庶几耳。（三章）“释恨”即从“带笑”来。本无恨可释，而云然者，即《左传》“君非姬氏，居不安，食不饱”之意。（《唐诗摘抄》卷四）

朱之荆曰：（次章）“枉断肠”者，言襄王不能逢，而今遇之也。倚，倚藉也。倚藉新妆，然后得似。总评：三首固皆是咏妃子，而以花旁映之法，却各不同。此局法之妙，又不可不知。（《增订唐诗摘抄》）

沈德潜曰：三章合花与人言之，风流旖旎，绝世丰神。或谓首章咏妃子，次章咏花，三章合咏，殊近执滞。（次章）初太真持七宝杯酌葡萄酒，笑领歌意。后高力士谓飞燕比拟轻薄，太真谮于上，因而遣之。（三章）本言释天子之愁恨，托以春风，措辞微婉。（《重订唐诗别裁集》卷二十）

王琦曰：（首章）蔡君谟书此诗，以“云想”作“叶想”。近世吴舒凫遵之，且云“叶想衣裳花想容”，与王昌龄“荷叶罗裙一色裁，芙蓉向脸两边开”，俱从梁简文“莲花乱脸色，荷叶杂衣香”脱出，而李用“想”字，化实为虚，尤见新颖。不知何人误作“云”字，而解者附会《楚辞》“青云衣兮白霓裳”，甚觉无谓云云。不知改“云”作“叶”，便同嚼蜡，索然无味矣。此必君谟一时落笔之误，非原意点金成铁；若谓太白原本是“叶”字，则更大谬不然。（次章）力士之谮恶矣，萧氏所解则尤甚。而揆之太白起草之时，则安有是哉！巫山云雨、汉宫飞燕，唐人用之已为数见不鲜之典实。若如二子之说，巫山一事只可喻聚淫之艳冶，飞燕一事只可喻微贱之宫娃，外此俱非所宜言，何三唐诸子初不以此为忌耶？古来《新台》、“艾豭”（按：指《左传·定公十四年》所载野人之歌“既定尔娄猪，盍归吾艾豭”，艾豭为老公猪，指卫侯为夫人南子所召之宋朝，后以喻渔色之徒）诸作，言而无忌者，大抵出自野人之口。若《清平调》是奉诏而作，非其比也。乃敢以宫闱暗昧之事、君上所讳言者而微辞隐喻之，将蕲君知之耶？亦不蕲君知之耶？如其不知，言亦何益？如其知之，是批龙之逆鳞而履虎尾也。非至愚极妄之人，当不为此。又太真入宫，至此时几将十载，斯时即有忠君爱主之亲臣，亦祇以成事不说，既往不咎，付之无可奈何，而谓新进如太白者，顾托之无益之空言而期君之一悟，何其不智之甚哉！古来文字之累，大抵出于不自知而成于莫须有。若苏轼双桧之诗，而谮其求知于地下之蛰龙，蔡确车盖亭之十绝，而笺注其五篇，悉涉讥讽，小人机穽，深是可畏，然小人陷人为事，其言无足怪。而诗人学士，品骘诗文于数百载之下，亦效为巧词曲解以拟议前人辞外之旨，不亦异乎！（《李太白全集校注》卷五）

沈谦曰：（首章）“云想衣裳花想容”，此是太白佳境。柳屯田“拟把名花比，恐旁人笑我，谈何容易”，大畏唐突，尤见温存，又可悟翻旧换新之法。（《填诗杂说》）

袁枚曰：张仪封观察谓余曰：李白《清平调》三章非咏牡丹也。其时武惠妃薨，杨妃初宠，帝对衣感旧，召李白赋诗。白知帝意，故有“巫山断肠”“云想衣裳”之语，盖正喻夹写也。至于“名花倾国”，则指贵妃

矣。余按《唐书·李白传》，称帝坐沈香亭，意有所感，乃召李白。则此说未为无因。张名裕穀，字诒庭。（《随园诗话》卷十五）

黄叔灿曰：（首章）此首咏太真，着二“想”字妙。次句人接不出，却映花说，是“想”字之魂。“春风拂槛”想其绰约，“露华浓”想其芳艳。脱胎烘染，化工笔也。（次章）此首亦咏太真，却竟以花比起，接上首来。（三章）此首花与太真合写。“解释春风无限恨，沈香亭北倚阑干”，合人与花在内，写照入神。三首章法如此。（《唐诗笺注》）

李锳曰：（首章）三首人皆知合花与人言之，而不知意实重在人，不在花也。故（首章）以“花想容”三字领起。“春风拂槛露华浓”，乃花最鲜艳最风韵之时，则其容之美为何如？说花处即是说人，故下二句极赞其人。（次章）仍承“花想容”言之，以“一枝”作指实之笔，紧承前首三、四句作转。言如花之容，虽世非常有，而现有此人，实如一枝名花俨然在前也。次句即承前首作转，如此空灵飞动之笔，非谪仙孰能有之？（三章）此首乃实赋其事而结归明皇也。出“两相欢”三字，直写出美人绝代风神，并写得花亦栩栩如活，所谓诗中有魂。第三句承次句，末句应首句，章法最佳。（《诗法易简录》）

李调元曰：太白诗有“云想衣裳花想容”，已成绝唱，韦庄效之，“金似衣裳玉似身”，尚堪入目。而向子諲“花容仪，柳想腰”之句，毫无生色，徒生厌憎。此皆李赤之于李白，黄乐地之于白乐天，杜甫鸭之于杜荀鹤，无赖之类所为也。（《雨村词话》卷一）

近藤元粹曰：（首章）清便宛转，别自成风调。（《李太白诗醇》卷二）

刘永济曰：第一首前二句，名花、妃子双写。而以“春风”比恩幸。后两句又以玉山、瑶台之仙灵，双绾名花、妃子以见其娇贵。第二首前两句写名花，后两句写妃子。曰“枉断肠”，神女不如名花也。曰“可怜”，飞燕不如妃子也。第三首总结，点明名花、妃子皆能长邀帝宠者，以能“解释春风无限恨”也。三首皆能以绮丽高华之笔，为名花、妃子传神写照。按“可怜飞燕倚新妆”，“可怜”为可爱之意，此句乃以飞燕比杨妃之美艳。（《唐人绝句精华》）

这三首诗虽是应制之作，但所咏对象却是当朝皇帝的宠妃（作诗时杨玉环尚未正式册立为贵妃，但其宠妃的地位、身份早已朝野皆知），而且是一位“资质天挺”的绝代佳人。对于这样一位特殊的歌咏对象，一般诗人可能只想到如何用华美富艳之笔进行描摹刻画，以涂泽为工，而在天才诗人李白的笔下，则虽亦以高华秾丽之语出之，但却避开正面的描摹刻画，纯从虚处着笔、空际传神。他所画出的是这一特殊身份的绝代佳人的风神意态。

由于作诗的背景与玄宗“赏名花，对妃子”的雅兴有密切关联，因此这三首诗都毫无例外地将“名花”与“妃子”联系在一起，以“名花”比拟有“倾国”之姿的杨妃，就成为三首诗的基本构思和贯串线索。但诗人却不将二者作机械的表面的比拟，而是首章一开头就用极为空灵飞动、富于想象的笔调大书“云想衣裳花想容”。意即看到天上飘舞的彩云，就会联想到杨妃的衣裳；看到眼前的名花牡丹，就会联想到杨妃的绝代容颜。“想”即想象、联想，它包含了联想的事物之间的“似”，却绝非“似”的意蕴所能涵盖。将前句的两个“想”字解为“似”，立刻呆相毕露，神味大减，化工之笔便沦为画匠之笔了。在这句中，“云想衣裳”固是衬笔，但却极饶神韵。杨妃是一位能歌善舞、通晓音律的才艺出众的女子。“云想衣裳”之语，令人自然联想起“风飘仙袂飘飖举，犹似霓裳羽衣舞”的意境，因此，它所表现的就不单纯是服饰的华美，而且传达出了善歌舞的杨妃的风神意态之美。

次句即紧承首句“花想容”作进一步的烘托渲染。“春风拂槛露华浓”，是形容牡丹在春风的吹拂和露水的滋润下，开得繁茂富丽，娇艳欲滴，花枝摇曳，轻拂花栏。这是写花，更是借花写人，不但写出杨妃身为宠妃的富贵华艳，而且绘出了其丰肌艳态的特有的美感，着一“拂”字，则轻盈袅娜的风姿也一并写出。而“春风”“露华”之语，又自然关合着皇帝的春风雨露式的滋润，却毫不着迹。

三、四句似乎应该正面描绘形容杨妃的容色风姿之美了，却又跳开作空际传神之笔，说如此绝世风姿，如果不是在群玉山头方能遇见，就应是在瑶台月下才能相逢的绰约仙子了。对于绝代佳人，任何刻画形容都有可能是一种亵渎，最聪明的办法就是将其仙化，既传达出自己对这种超凡的美的惊叹和神往，又不留任何因具体形容描绘不当而造成的缺憾，令读者用自己对仙子的美好想象去完成对杨妃形象的创造。而“群玉山头”“瑶台月下”的意象组合，又给人一种仙界的高远澄澈、晶莹明洁的美感，使杨妃之美，在富艳华丽、轻盈袅娜的人间之美以外，又多了一层超凡绝尘的仙界之美。

第二首改变写法，开头一句就借花喻人，写出人、花一体的境界。说杨妃就像眼前这秾艳华美，带着晶莹的露水，凝聚着浓郁芳香的牡丹一样，国色天香，华贵清雅。“一枝”二字，亦花亦人，正透出其亭亭玉立的绰约风姿。上首说“露华浓”，这首说“露凝香”，虽均隐含君主雨露的滋润，而前者重在写君王恩宠之浓，此则进一步写出雨露对杨妃国色天香活色生香的作用，仿佛是因为这“露”才凝结留住了牡丹的“香”，较之“露华浓”更富想象，也更饶神韵。

次句似应由借花喻人，亦花亦人过渡到直接写人，却又忽地宕开，作空际转身之笔。但上下句之间的意脉则似断实连。面对如此华艳清雅、国色天香的绝代佳人，那仅能在梦中与巫山神女相遇的楚王便只能在梦醒之后长久追忆，枉自断肠了。这里虽然也隐含以神女之美艳比拟杨妃之意，但重点是借慨叹楚王之梦遇魂牵而赞羡玄宗之朝暮相对。虚幻的梦遇与现实的相守的对照，正突出渲染了玄宗的幸福感。

三、四两句，借历史上的帝王后妃之事作比拟，仍用虚笔作侧面衬托烘染。“借问汉宫谁得似？可怜飞燕倚新妆。”故意用设问语，自作问答，以增摇曳的风神韵致，使看似着实的比拟显得轻灵飘逸。这个比拟所强调的“似”只有两点：一是杨妃之美足以与飞燕媲美争胜；二是杨妃所受的恩宠足以与飞燕相比而毫不逊色。其他均非诗人意中所想。需要注意的倒是“倚新妆”的“倚”字。解者或谓“倚”为凭借之义，并由此引申出诗人贬飞燕扬玉环的用意。说飞燕唯有倚借新妆方能与杨妃比类，言下之意是飞燕之美不如玉环，这未免有胶柱鼓瑟之嫌。“倚”固有倚仗、凭借之义，但这里的“倚新妆”完全是正面的赞美之辞，意即飞燕因为新妆（包括装扮服饰）甫就而倍觉明艳照人，光彩夺目。句首的“可怜”和句末的“倚新妆”，正写出了成帝眼中的飞燕新妆甫就之际的可爱和娇艳，也写出玄宗对“倚新妆”的杨妃那种轻怜爱惜的感情。

第三首极写玄宗对“名花”与“倾国”的赏爱。首句人、花并起，着“两相欢”三字，写出人与花交相映衬，益增光彩，彼此相赏，更增欢洽的情景，似乎连花也变得有感情、有灵性了。正因为这样，牡丹与杨妃才博得玄宗的无限赏爱。着一“长”字，写出这种宠爱的恒久与热烈，而句末的“带笑看”三字，则再次表现了玄宗“赏名花，对妃子”时的轻怜爱惜、珍重流连。写“名花”，写“君王带笑看”，实际上也是为了衬托渲染杨妃之美。

妙在三、四句，却又一笔宕开，再次从虚处烘染传神。解者因首章次句“春风拂槛露华浓”中的“春风”“露华”有象喻君主恩宠之意，故连类而及，认为“解释春风无限恨”中的“春风”即君王的象征，认为此句是说玄宗的无限愁恨均因“赏名花，对妃子”而消释。这恐怕有些拘执。一则君王的恩宠不等于君王本身，不能以彼例此。二则在“春风拂槛露华浓”的诗句中，写实与象征是自然融为一体的，读者从浑融的意境中自然可以体味出“春风”“露华”的象喻意味；而在“解释春风无限恨”的诗句中，若以“春风”为君主的象喻，则显得非常生硬呆滞。且上句既言“长得君王带笑看”，则君王又有何愁恨之可言，更不用说“无限恨”了。不但君王无恨，“春风”亦无恨。实际上三、四两句并非写君王无恨，凭栏赏名花对妃子，而是写春风吹拂下的牡丹含苞怒放，倚栏摇曳飘舞的情景。花含苞未开时固结不解，有似女子之脉脉含愁，故李商隐有“芭蕉不展丁香结，同向春风各自愁”之句。所谓“解释春风无限恨”，即指和煦的春风解开了牡丹无数包含在花苞中的情结，使之朵朵迎风怒放。钱珝《未展芭蕉》有“一封缄札藏何事，会被东风暗拆看”之句，亦可参悟，而“沈香亭北倚阑干”中的“阑干”，亦即“春风拂槛”之“槛”。而一曰“倚阑干”，一曰“拂槛”，所指者均为牡丹花在春风吹拂下摇曳飘舞、倚阑拂槛的情景。而写牡丹之含苞怒放，倚阑拂槛，亦正所以象喻杨妃在玄宗的恩宠下更加光艳照人、婀娜多姿的情状，写花而人即寓其中。由于“解释无限恨”只是对牡丹含苞怒放的一种象喻，则对“无限恨”的内涵就不必再去计较追究。否则，无论是说玄宗或杨妃“无限恨”，都无法讲得通。

这是一种无言而美到极致的境界，亦花亦人，圆满而完美。而达成这一境界的原因，则是“名花”“倾国”都“长得君王带笑看”。至此，李白算是对玄宗“赏名花，对妃子”须新词的雅兴交上了一份完美的答卷。

无论是借名花喻倾国也好，借仙子、飞燕赞杨妃也好，借“云雨巫山枉断肠”衬托玄宗之长对妃子也好，通篇三章自始至终对杨妃之美“不着一字”，全用侧面衬托烘染，虚处传神写意的手法。从中可以感受到诗人对杨妃之美怀有一种热烈而惊叹的感情，对如何表现杨妃之美也颇用了一番心思，即有意避开正面的描绘刻画，以免因太实太拘太用力而破坏了对象的完美，亵渎了对象的高华气韵。从艺术效果看，诗人的艺术手段是成功的。尽管读完三章，对杨妃的具体姿容始终如雾里看花，印象模糊，但通过诗人的反复比拟衬染，对杨妃超凡绝世、华艳高贵的整体气韵之美却留下了较深刻的印象。这是因为，诗人用来比拟衬染的神话传说、历史人物和名花异卉，都是美好的，启人遐想的。读者可以通过它们展开丰富的想象，在自己心中完成对杨妃形象的再创造。从这方面说，所谓虚处传神，并非完全凭虚，而是虚中有实，这才不致因虚而空而泛。

历来对这三首诗是否寓有隐讽，看法不一。高力士谮李白于杨妃之前，谓以飞燕喻指妃子，是轻贱妃子的表现，杨妃居然深信不疑。高力士算得上是隐讽说最早的发明者，而杨妃则是最早信奉此说的当事人。其次，萧士赟又变本加厉，从"云雨巫山"的典实中引申出对玄宗父子聚麀的隐讽，恐李白地下有知，当不寒而栗，想不到当日随手拈来的典故竟能罗织出如此"深切著明"的意蕴。再后如徐增之解说，虽深文周纳之手段不如萧氏，而穿凿附会之弊更甚于前人。实则，唐人用典，每只取其一端，而此一端，只能于诗中求之。如飞燕之典，仅取其美貌与受君王恩宠，此自可于"可怜"与"倚新妆"之语中味出；巫山云雨之典，李白亦只取其仅能梦遇，不能日日面对一端，此亦自可于"枉断肠"三字中味出。此外所谓微言大义，均属解者之自说自话。作此三章时，玄宗虽已从开元时期之励精图治而转为乐于宴安，耽于声色，但天宝初年，不但国势繁荣昌盛，朝局亦乱象未萌。玄宗宠幸杨妃之事，在思想比较开放的唐代诗人眼中，不过是太平天子的风流韵事。供奉翰林的李白，其终极理想，当然是"申管晏之谈，谋帝王之术。奋其智能，愿为辅弼"，但当对自己恩遇有加的玄宗"赏名花，对妃子"的雅兴需要自己捧场时，他以词臣的身份，也乐于一展自己的才能。特别是面对名花倾国，诗人也实有赞美的雅兴。而这三首诗，确实为历史上艳称的绝代佳人留下了堪称传神的佳作。即此一端，它就具有不朽的艺术价值。不能因为其后政局演变，乱象既萌，特别是玄宗宠幸杨妃的恶果彰显于世后，以李白对李杨关系的认识以及在诗中对杨妃的隐讽来代替天宝初年李白的思想认识、感情态度。

作为一组应制诗，《清平调词三首》自属上品。它虽也有对君王的捧场，却只限于对其风流韵事的渲染，而绝无出格的谀颂，称得上是艳而有品；对杨妃之美的表现，则称得上是艳而不亵，艳而有韵。这些都反映出李白的人品与诗品，即使在应制诗中也自能保持其应有的品格。就诗艺而论，固有极高华秾丽而气韵灵动的传神描写，但也有像"若非群玉山头见，会向瑶台月下逢”“借问汉宫谁得似？可怜飞燕倚新妆”这种稍显拘滞之笔，后者尽管以摇曳之语出之，但毕竟改变不了比拟本身的拘限。

静夜思〔一〕

床前看月光〔二〕，疑是地上霜。
举头望山月〔三〕，低头思故乡。

校注

〔一〕《静夜思》，《乐府诗集·新乐府辞·乐府杂题》载此诗。胡震亨《李诗通》曰：“思归之辞，白自制名。”按南朝乐府民歌《子夜四时歌·秋歌十八首》之十七云：“秋风入窗里，罗帐起飘飏。仰头看明月，寄情千里光。”李白此诗，内容、体式均受其影响。题名“静夜思”，即抒写静夜中思乡之情。

〔二〕看，本集各本均同。明李攀龙《唐诗选》改作“明”，其后，《李诗直解》、王士禛《唐人万首绝句选》、沈德潜《重订唐诗别裁集》均从而作“明”。《乐府诗集》《万首唐人绝句》亦作“看”。

〔三〕山，集各本均同。李攀龙《唐诗选》、《李诗直解》、《唐宋诗醇》作“明”。《乐府诗集》亦作“山”。

笺评

刘辰翁曰：自是古意，不须言笑。（《唐诗品汇》卷三十九引）

严评曰：前句生二句，二句生四句，却一意说出，不由造作。（严评《李太白诗集》）

谢枋得曰：直书衷曲，不着色相。（《唐诗品汇》卷三十九引）

范梈曰：五言短古不可明白说尽，含糊则有馀味，如此篇是也。（《李诗选》卷二引）

《唐诗训解》：矢口唱出，自然清绝。

梅鼎祚曰：偶然得之，读不可了。（《李诗钞》。《李诗选》卷二引）

胡应麟曰：太白五言，如《静夜思》《玉阶怨》等，妙绝古今，然亦齐梁体格。（《诗薮·内编》卷六）

钟惺曰：忽然妙境，目中口中凑泊不得，所谓不用意得之者。（《唐诗归》卷十六）

唐汝询曰：摹写静夜之思，字字真率，正济南所谓不用意得之者。（《唐诗解》卷二十一）

蒋仲舒曰：举头、低头，写出踌躇踯躅之态。（《李诗选》卷二引）

郭濬曰：悄悄冥冥，千里旅情，尽此十字（指三、四二句）。（《增定评注唐诗正声》）

吴逸一曰：百千旅情，妙复使人言说不得。天成偶语，讵由精炼得之?（《唐诗正声》评）

严评本载明人批：眼前意道得极妙，此乃是真太白。

朱谏曰：《静夜思》，亦乐府之曲名也，静夜见月而思故乡情也。乐府之所谓“思”者，不知何事，李白则以思乡言之。旧注不存其题意，今则无所考矣。（《李诗选注》）

应时曰：（首句）即见思乡。（三、四）二句逼肖旅人。总评：馀味无穷。（《李诗纬》）

吴烶曰：此旅怀之诗。月色侵床，凄清之景也，易动乡思。月光照地，恍疑霜白。举头低头，同此月也。一俯仰间，多少情怀。题云“静夜思”，淡而有味。（《唐诗选胜直解》）

《李诗直解》：此篇乃太白思乡之诗也。言床前思见皎月之光，则不寐可知。其地上之白疑是霜矣。举头望之，皎月在天；低头思之，故乡何在？一种踟蹰踯躅之意，有言不能言者。

徐增曰：客中无事之夜，于床前数尺地，忽见一片之光。寒月色白，故疑是霜，意以为天晓矣。乃举头上望，见月之方高，始知其月光。首句是光，此句是月。见床前光是无意，望月是有心。月方高，正在夜中，床前雪白，性急又睡不去，始知身在他乡，故“低头思故乡”也。因疑则望，因望则思，并无他念，真“静夜思”也。（《而庵说唐诗》卷七）

王尧衢曰：此诗如不经意而得之自然，故群服其神妙。他本作“看月光”，“看”字误。如用“看”字，则“望”字有何力?“举头望明月”，先是无心中见月光，尚未举头也。因“疑”而有“望”，遂举头而有见，明月高如许，方省是身在他乡也。此句方写“月”字。“低头思故乡”，因

“望”而有“思”，惟“见”故“低头”。他乡此月，故乡亦此月，静夜思之，真有情不自禁者。（《古唐诗合解》卷四）

沈德潜曰：旅中情思，虽说明却不说尽。（《重订唐诗别裁集》卷十九）

《唐宋诗醇》：《诗薮》谓古今翰林大家，得三人焉：陈思之古、拾遗之律、翰林之绝，皆天授，非人力也。要是确论。至所云五言绝多法齐梁，体制自别。此则气骨甚高，神韵甚穆，过齐梁远矣。（卷四）

黄叔灿曰：即景即情，忽离忽合，极质直却自情至。（《唐诗笺注》）

杨逢春曰：首先从月光说起，写月尚写得一半，二再下一衬，是题前蓄势，留虚步之法。三、四恰好转折到望月思归，曲曲描写，情态逼真，传神之笔。又曰：只写一句，已含思乡意。盖思乡念切，清夜不寐，忽离忽合，故于床前见月光也。（《唐诗偶评》）

吴修坞曰：思乡诗最多，终不如此四语之真率而有味。又曰：此信口语，后人不能摹拟，摹拟便丑。又曰：语似极率易，然细读之，乃知明月在天，光照于地，俯视而疑。及举头一望，疑解而思兴，思兴而头低矣。回环尽致，终不得以率易目之。（《唐诗续评》卷二）

宋宗元曰：得天趣。（《网师园唐诗笺》）

俞樾曰：李太白诗“床前明月光”云云，王昌龄“闺中少妇不知愁”云云，此两诗体格不伦而意实相准，夫闺中少妇本不知愁，方且凝妆而上翠楼，乃忽见陌头杨柳色，则“悔教夫婿觅封侯”矣。此以见春色之感人者深也。“床前明月光”，初以为地上之霜耳，乃举头而见明月，则低头而思故乡矣。此以见月色之感人者深也。盖欲言其感人之深，而但言如何相感，则虽深仍浅矣。以无情言情则情出，从无意写意则意真，知此者可以言诗乎！（《湖楼笔谈》）

章燮曰：只二十字，其中翻复，层出不穷。本是床前明月光，翻疑是地上霜。则见天上明月，见明月则思故乡，思故乡则头不得不低矣。床前，则人已睡矣；疑是地上霜，则披衣起视矣。举头望明月，低头思故乡，则不能安睡矣。一夜萦思，踌躇月下，静中情形，描出如画。（《唐诗三百首注疏》）

王文濡曰：他乡此月，一望一思，真有情不自禁者。一举头、一低头，形容“望”字、“思”字逼真。（《唐诗评注读本》）

俞陛云曰：前二句取喻殊新。后二句在举头低头俄顷之间，顿生乡思。

良以故乡之念，久蕴怀中，偶见床前明月，一触即发，正见其思乡之切。且举头、低头，联属用之，更见俯仰有致。（《诗境浅说》续编）

碕久明曰：愁心望月，不堪客恨，低头一一思故乡，言外之情太甚，旧说梦后看月，太拘。（《笺注唐诗选》）

刘永济曰：清李重华《贞一斋诗说》谓："五言绝发源《子夜歌》，别无妙巧，取其天然。二十字如弹丸脱手方妙。"李白此诗绝去雕采，纯出天真，犹是《子夜》民歌本色，故虽非用乐府古题，而古意盎然。（《唐人绝句精华》）

刘拜山曰：瞥然见之，疑其是霜，遂有天寒客久之感，旋虽审其是月，而乡愁已动，仰望俯思，不能自已矣。捕捉诗心，传神刹那，故为高唱。（《千首唐人绝句》）

鉴赏

这首诗题为"静夜思"，说明它的内容就是抒写静夜中的乡思。夜深人静，往往是独在异乡为异客的旅人乡思最易触发，而且最为集中强烈的时刻。周围万籁俱寂的环境气氛，既使旅人感到孤寂凄清，又使因此引起的思乡之情变得特别执着悠长，不易转移分散。所以这"静夜"的背景，对乡思的产生与发展有着不可忽视的作用。诗中虽未明写"静"字，但写景抒情，处处都离不开"静夜"这个特别的环境氛围。

这是一个秋天的月明之夜。诗的第一句"床前看月光"，开门见山，写抒情主人公伫立床前，透过窗棂，看着庭院中的月光。究竟是由于心有所思，耿耿不寐而伫立床前看月光呢？还是入梦后夜间醒来而披衣下床、伫立看月呢？作者没有说，读者似乎也没有必要认定某一种情况而排斥另一种可能。如属前者，则在这以前，实际上已由静夜的氛围而暗暗产生孤寂感和乡思；如属后者，则不妨设想梦中也为乡思所萦绕，甚至梦归故乡。无论属于何种情况，都透露出在"床前看月光"之前，已经有过一段感情的潜在流程，只不过作者未加正面描写而已。认定末句才产生"思故乡"的感情，不免有些拘泥于文字的表面了。

第二句紧承上句"看"字，写主人公对月光的主观感受。月色皎洁如霜，古代文学作品中用"霜"字来形容月色的极多，梁简文帝《玄圃纳凉》"夜月似秋霜"之句更可能为李白此句所本。因此，从单纯的形容比喻的角度看，说月光如霜并不见新妙出色。但在这里，与其说是用“地上霜”来形容月色，不如说是用主人公的一时错觉来透露他此时的心理状态。霜不仅洁白，而且给人一种清冷之感，在伫立凝思中看月光而“疑是地上霜”，这“疑”字用得极精细。一方面说明洒满地面的月光与霜虽相似而不尽同，另一方面也说明这是在伫立凝思中恍惚间产生的错觉联想。但为什么产生月光似霜的错觉，而不是产生月光似水的错觉呢？关键在于心境。诗中的抒情主人公是远离家乡的客子，此刻或者处于“旅馆寒灯独不眠”的境况，或者处在“布被秋宵梦觉”的境况，正怀着一种独在异乡的清冷孤寂之感；秋宵的凉意，更加重了心头萧森寒凉的感受。在这种情况下，所感受到的自然是秋宵夜月如霜般的清冷，而不是它的柔和明净如水般的恬适了。这样看来，“疑是地上霜”表面上是写视觉的一时错觉，透露的却是主人公的清冷孤寂之感。明写月色，实写心态。这正是第二句耐人寻味之处。

由于“疑是地上霜”只是一时恍惚间的错觉，因此当主人公凝神定睛明察时，便很容易发现这原是清冷的月光。于是又自然地由俯视地上的月光而“举头望山月”，说“山月”自是实景，也突出了须“举头”始能望见的情况。俯仰之间，牵引物都是月光。从表面看，这句又单纯到不能再单纯，只叙述了一个动作，仿佛没有任何可以寻味的意蕴。但在这无言的“望”字当中却蕴含着悠长的情思。李白诗中的“望”字，都不是单纯的“望”，而是“望”中有“思”。像《玉阶怨》中的“却下水晶帘，玲珑望秋月”，一“望”字传出无限清冷幽怨；《夜泊牛渚怀古》的“登舟望秋月，空忆谢将军”，一“望”字包含了由今及古的遐想。这首诗中的“望山月”，则包含了超越空间的联想。明月普照天下，身隔千里的亲人，面对的是同一轮明月，故乡与异乡也同在一轮圆月映照之下。因此月亮常是思乡怀乡之情的触媒或寄托乡思的凭借。从《古诗十九首》中的“明月何皎皎，照我罗床帏。忧愁不能寐，揽衣起徘徊。客行虽云乐，不如早旋归”，到谢庄《月赋》的“美人迈兮音尘阙，隔千里兮共明月”，再到张九龄《望月怀远》的“海上生明月，天涯共此时”，千百年来，诗人一再重复这个望月思乡怀人的主题。久而久之，这“明月”或“望月”的诗歌意象就积淀了浓郁的乡思离情。不过，这句中的“望山月”虽然已经蕴蓄着乡思，却含而未宣。于是，直接点明乡思的任务便自然由最后一句来承担了。

元代杨载《诗法家数》说：“绝句之法……多以第三句为主，而第四句发之……大抵起、承二句固难，然不过平直叙起为佳，从容承之为是。至如宛转变化，工夫全在第三句，若于此转变得好，则第四句如顺流之舟矣。”这段话揭示了绝句创作构思方面的一般规律。这首诗的第三句正是由写月光到抒乡思的转变的关键。而且第三句的“望”字当中已有“思”，因此第四句直接点明“思故乡”便是势所必然。在“思故乡”三字之前特意加上“低头”二字，一方面与上句的“举头”相应，暗示在“举头”与“低头”的动作变化间有情思的流动变化；一方面又赋予“思”字以沉思默想、无限低回的感性形象。到这里，抒情主人公的身份（客子）、环境（异乡秋天的月夜）、情思（思乡）终于显现出来，这首抒写乡思的小诗也完成了主题的明确表达而收束了。

然而，它给我们的实际感觉却是收而不尽，像是留下了一连串省略号。“低头思故乡”，话说得极明白而直接，却又极含蓄而耐人吟味。“思故乡”原是一个内涵非常宽泛且不确定的词语。“思”的具体内容是什么？“思”所引起的情感反应又是什么？是故乡的山水田园、亲朋故旧、风俗习惯，还是一草一木，一花一树？是亲切的回忆，温馨的怀念，无限的向往，还是思归不得的伤感，往事如烟的惆怅？没有说，也似乎不必说，因为说不尽，也不大说得清。就这样，以“思故乡”一语笼统带过，反而可以涵盖一切，任人自领。沈德潜说：“旅中情思，虽说明而不说尽。”道出了末句既明朗又含蓄的特点。绝句一体，特重含蕴不尽，语绝句意不绝，这首诗可以说充分体现了绝句的这一特点和优长。

整首诗所表现的是一个情景相生的过程。情，是由隐至显的乡思；景，是贯串全诗的明月。全篇由“看月”到“疑霜”，由“疑霜”到“望月”，由“望月”到“思乡”，抒情主人公的心理与行动，始终与月光联系在一起，表现为一个情景相生的层次分明的过程。运思相当细腻。但读来却只觉得像脱口而出，信笔而成，承转之间，毫不着迹，神理一片，妙合天然。前人称这种几乎看不出任何人工技巧，极真率自然的诗境为“无意于工而无不工”的“化境”，实则在一片神行之中仍然有迹可寻。只不过由于真切的生活感受与诗人高度的艺术素养及技巧融为一体，使人浑然不觉罢了。诗中“看月”“望月”两见，“举头”“低头”叠用，似乎显得朴质拙直，其实这正是诗中很见巧思的地方。特别是“疑是地上霜”这一句，上承“看月光”，下启“望山月”和“思乡”，但由“疑霜”到“望月”，中间的过渡被略去了，必须透过“疑霜”中所反映的清冷心境，才能与“望月”“思乡”真正神接，因此显得细密而有巧思。这种寓巧于朴，寓细密的构思于自然真率之中的功夫，正是一种很高超的技巧。

单纯与丰富的统一，也是这首诗的一个显著特点。全篇所写的情景，只有月光和乡思，举头和低头，可以说单纯到不能再单纯。抒情主人公的具体情况、外貌、住所、室内的陈设、室外的景物、思乡的内容，一切可有可无的东西全部舍去，只剩下月光和望月的人。然而在这样单纯得近似儿歌的情境中却蕴含着丰富的情思。不但在举头望月和低头思乡的无言情境中包含着有关明月与故乡的一系列联想、追忆和由此引起的万千思绪，就是在“床前看月光，疑是地上霜”这种仿佛是单纯描绘月光的诗句中也透露出客子的处境与心态。潘德舆《养一斋诗话》说：“太白五绝虽亦从六朝《清商》小乐府来，而天机浩荡，二十字如千言万言。”这种内容上单纯与丰富的统一，又跟它在语言风格上深入与浅出的统一，表现手法上明朗与含蓄的统一、真率自然与巧思的统一结合在一起，于是就达到了妙绝古今的化境。

《静夜思》的这种艺术风格和境界，与民歌的亲缘关系是非常明显的。潘德舆已经从总体上指出李白五绝与六朝《清商》小乐府的渊源关系，这里不妨进一步指出《静夜思》的直接渊源，即《子夜秋歌》中的一首“秋风入窗里，罗帐起飘飏。仰头看明月，寄情千里光。”这首民歌以“秋风”“明月”作为怀思远人的触媒，情调优美，意境悠远，李白此诗在构思与造境上显然脱胎于此。但《静夜思》舍去秋风、罗帐，只集中写明月，与看月、疑霜、望月、思乡，不但意象更为集中，全篇一线贯串，而且内容更为丰富，意境也更为含蓄。这说明李白学习民歌确实是既得其神理而又有所超越。

古往今来，抒写乡思的优秀诗作不绝如缕，李白这首小诗在流传的广远这一点上堪推首位。除了上面讲到的一些因素外，内容的普泛性可能是一个重要原因。诗中抒写的思乡情绪，几乎不带任何特殊的因素和色彩，写的只是一个普通的客子在秋天月夜中的乡思。李白七古长篇中那种豪放不羁的个性，奔放淋漓的感情在这里都不见了，显现在读者面前的只是一个普通的客子形象。其实李白作客他乡时写的小诗也有写得豪爽放达的，如《客中作》：“兰陵美酒郁金香，玉碗盛来琥珀光。但使主人能醉客，不知何处是他乡。”这倒是典型的李白式口吻，非常富于个性色彩。但太李白化了，和一般人的客中情思不免有距离，在流传的广远上也不免受到一些限制。而这首看来个性完全融在普通人情思中的《静夜思》，倒拥有更大的读者群，它之所以成为抒写乡思的绝唱，看来不是偶然的。

子夜吴歌·秋歌〔一〕

长安一片月，万户捣衣声〔二〕。
秋风吹不尽，总是玉关情〔三〕。
何日平胡虏，良人罢远征〔四〕？

校注

〔一〕《晋书·乐志》："吴歌杂曲，并出江南。东晋以来，稍有增广。其始皆徒歌，既而被之管弦。盖自永嘉渡江，下至梁、陈，咸都建业。吴声歌曲，起于此也。"六朝乐府《吴声歌曲》中有《子夜歌》《子夜四时歌》。《宋书·乐志》："《子夜歌》者，有女子名子夜，造此声。晋孝武太元中，琅琊王轲之家有鬼歌《子夜》。殷允为豫章时，豫章侨人庾信度家亦有鬼歌《子夜》。殷允为豫章，亦是太元中，则子夜是此时以前人也。"吴兢《乐府古题要解》卷上："《子夜》，旧史云：晋有女子曰子夜所作，声至哀。晋武帝太元中，琅玡王轲家有鬼歌之。后人依四时行乐之词，谓之《子夜四时歌》，吴声也。"《乐府诗集》卷四十四清商曲辞一载晋宋齐辞《子夜歌四十二首》、《子夜四时歌七十五首》（其中《春歌》《夏歌》各二十首、《秋歌》十八首、《冬歌》十七首）。《子夜四时歌》自梁武帝以下，历代多有拟作。李白《子夜吴歌》分《春歌》《夏歌》《秋歌》《冬歌》四首，均五言六句。《乐府诗集》卷四十五载李白此四首，题作《子夜四时歌四首》，下分题《春歌》《夏歌》《秋歌》《冬歌》。郁贤皓《李白选集》谓此四诗疑非同时所作。"第一首写'秦地女'，第三首写到'长安'，或作于长安。"系于开元十九年（731）初入长安时。安旗《李白全集编年注释》系于天宝元年（742）秋在长安时。

〔二〕捣衣，古时衣服常由纨素一类织物制作，质地较为硬挺，须先置石上以杵反复舂捣衣料，使之柔软，方可裁剪缝衣。秋天是妇女捣衣帛准备缝制寒衣寄远的季节。谢朓《秋夜》诗："秋夜促织鸣，南邻捣衣急。"此前刘宋谢惠连《捣衣》诗对妇女捣衣情景有具体描写："檐高砧响发，楹长杵声哀。微芳起两袖，轻汗染双题。纨素既已成，君子行未归。裁用笥中刀，缝为万里衣。”

〔三〕玉关，即玉门关。见王之涣《凉州词》“春风不度玉门关”句注。玉关情，指女子思念远戍玉关外的丈夫的感情。

〔四〕良人，古代妇女对丈夫的称呼。《诗·唐风·绸缪》：“今夕何夕，见此良人。”此良人本义为美人（美男子），因系指新婚之丈夫，故后即以良人指称丈夫。《孟子·离娄下》：“齐人有一妻一妾而处室者，其良人出，必餍酒肉而后反。”此良人即指丈夫。

严评曰：极含情，极尽情。（严评《李太白诗集》）

朱谏曰：言长安之人执远戍之役者，其妻在家数寄寒衣，故秋月之下，而捣衣之声连于万户。其声随风而不断，情在玉关念征夫也。声虽近而情则远矣。然此良人守关防虏，虏平乃可归耳。未知何日胡虏可平，而良人可归，使我无寄衣之劳也。（《李诗选注》）

唐汝询曰：此为戍妇之辞，以讥当时战伐之苦也。言于月夜捣衣以寄边客，而北风吹不尽者，皆我思念玉关之情也。安得平胡而使征夫稍息乎，不恨朝廷之黩武，但言胡虏之未平，深得风人之旨。（《唐诗解》卷二）

钟惺曰：毕竟是唐绝句妙境，一毫不像晋、宋。然太像则非太白矣。“秋风吹不断”，太白往往善用“吹”字。（《唐诗归》卷十五）

陆时雍曰：有味外味。每结二语馀情，发韵无穷。“秋风吹不断，总是玉关情”，此入感叹语，意非为万户砧声赋也。（《唐诗镜》卷十七）

郝敬曰：欻然起，悄然住，故自翩翩。（《批选唐诗》）

蒋仲舒曰：前四语便是最妙绝句。（《唐诗广选》引）

王夫之曰：情、景名为二，而实不可离。神于诗者，妙合无垠。巧者则为情中景、景中情。景中情者，如“长安一片月”，自然是孤栖忆远之情。（《姜斋诗话》）又曰：前四句是天壤间生成好句，被太白拾得。（《唐诗评选》）

《李诗直解》：此征妇因夫远戍，感秋寄衣而窃自深其冀幸未归之情也。言君戍玉关，妾处长安，皎月之下，为君捣衣，情往玉关矣。不唯一处然也，长安城中，不下万户之众，家各捣衣，砧声相接，虽以秋风之狂，吹之不尽，其故何哉？总是征妇因夫在玉关，情不容已，而捣衣众多，固各有“寒到君边衣到无”之意也。因自深其冀幸曰：何日来王庭，得平此虏，使我良人罢此远征而聚首以偕老乎！感秋风而起远念，情愈深矣。

吴昌祺曰：万户砧声，风吹不尽，而其情则同，亦婉而深矣。唐作一句解，参之。又曰：结二句，似乎可去。得解其妙乃出。（《删订唐诗解》卷二）

应时曰：（首四句）四句入神。总批：手腕飘忽。（《李诗纬》）

丁谷云曰：无下二句是绝句，然有二句方是乐府。（《李诗纬》引）

沈德潜曰：诗贵寄意，有言在此而意在彼者。李太白《子夜吴歌》本关情语，而忽冀罢征。（《说诗晬语》卷下）又曰：不言朝家之黩武，而言胡虏之未平，立言温厚。（《重订唐诗别裁集》卷二）

田同之曰：李太白《子夜吴歌》：“长安一片月，万户捣衣声。秋风吹不尽，总是玉关情。何日平胡虏，良人罢远征？”余窃谓删去末二句作绝句，更觉浑含无尽。（《西圃诗说》）

《唐宋诗醇》：一气浑成。有删末二句作绝句者，不见此女贞心亮节，何以风世厉俗。（卷四）

鉴赏

明清两代的诗评家都有人认为这首诗含有反黩武战争的意蕴（见“笺评”引唐汝询、沈德潜评）。这可能是一种误解。李白确实旗帜鲜明地反对统治者轻启边衅，进行黩武战争，像《古风》（羽檄如流星）之反对唐朝对南诏进行的黩武战争，《答王十二寒夜独酌有怀》之痛斥哥舒翰“西屠石城取紫袍”之举，均为显例，但这些战争，均发生在天宝中后期朝政腐败，玄宗君臣企图通过这种黩武性质的战争来提高威望，巩固统治之时。而在开元时期乃至天宝初年，唐王朝在西北边地进行的战争，多数对解除西北游牧民族的侵扰，保证西域道路的畅通，促进唐朝与西域、中亚乃至欧洲的经济文化交流均有积极意义。李白在这一时期写的边塞诗，像《塞下曲》《关山月》以及《子夜吴歌》中的《秋歌》《冬歌》，虽也表现了戍守的长期、战争的艰苦和征人思妇对和平生活的渴望，但对战争本身还是支持的。即以本篇而论，最后两句就明确用“平胡虏”的字眼表明对战争合理性的认定，并将此作为“良人罢远征”的前提条件。这说明诗人的基本态度是尽早平定胡人的侵扰，以实现人民对和平安定生活的渴望。

“长安一片月，万户捣衣声。”诗起势阔远，境界浩渺而清朗。整个长安城，沉浸在一片明净的月色之中，千家万户响起了阵阵清朗的砧杵声。日本学者松浦友久解“一片”为“一个”（即“一轮”），此说或有其训诂上的依据，但“一片”和“一个”（一轮），给读者的感受可说大不相同。“一个”或“一轮”，所显示的乃是孤月高悬中天的景象；而“一片”所显示的却是月光的弥漫、浩渺，是清朗的月色普照长安城的每个角落，它和下句的“万户”正完全相应。唐代的长安城，相当于明建西安旧城的五倍，周长三十五公里，规模宏伟，说“长安一片月”，可以想见其展现的境界何等阔远清朗。上句是从视觉上写整个广阔的长安城沉浸在一片清朗的月色之中，下句转从听觉写长安城的千家万户中传出阵阵清朗的砧杵声。这里的捣衣砧杵声，与思妇缝制寒衣寄送远戍的丈夫直接关联。唐代府兵制规定，征人需自备部分器械和衣物，因此唐诗中每多思妇寄送寒衣到前线的描写。一个长安城中，就有“万户”捣衣，准备裁缝寄远，可以想见其时战事的频繁持久、参加战争人数之多和对百姓和平安定生活影响之深广，从而直接为末二句蓄势。

“秋风吹不尽，总是玉关情。”这里点出“秋风”，不仅关合时令季候，点明又到了一年一度捣帛缝衣寄远的季节，而且上承“捣衣声”，下启“玉关情”，将“捣衣声”中所蕴含的“玉关情”自然展现在读者面前。意思是说，那阵阵秋风吹送来的此起彼伏、连绵不绝的捣衣声，声声都注入了闺中思妇对远戍玉关的丈夫的无限关切与思念。说“秋风吹不尽”，主要不是形容秋风吹送时间的长久，而是渲染千家万户中传出的砧杵声连续不断，不绝于耳。砧杵声本身并不关情，但捣衣的闺中思妇却将自己思念远戍丈夫的感情投注到了每一个动作当中。上句用“吹不尽”渲染，下句又用“总是”强调，正突出了这种思念关切之情的悠长、执着和强烈。

这就自然要由思念关切引发出对和平团聚生活的热切期盼：“何日平胡虏，良人罢远征？”什么时候，才能讨平胡虏，使丈夫结束远征，一家团聚呢？这是长安城的千家万户思妇发自心底的呼声，也是她们对和平安定生活的柔情召唤。有的评家认为删去最后两句，“更觉浑含无尽”，殊不知诗的前四句写闺中思妇捣衣怀远，只是提出了矛盾和问题，解决矛盾的办法就是通过“平胡虏”来达到“罢远征”的目的。如果只有前四句，诗的意境的完整性就被破坏了，这和意境已经完整的情况下画蛇添足是完全不同的两回事。

为了达到所谓的“浑含无尽”而割裂有机的艺术整体，是对“浑含无尽”的误解。

这首诗所表现的情思和意境是高度提纯的。尽管用“秋夜捣衣怀远”六个字便可概括它的基本内容，但它在读者面前展现的则是一片情景浑融的空明浩阔的自然境界和悠长深永的心灵境界。这既和诗人所选择的意象有关，也和诗人将这些意象巧妙地组合成浑融意境的艺术手段有关。诗中主要意象只有四个：秋月、秋风、砧杵声（捣衣声）、玉关。这四个意象都非常典型，是实与虚的结合，情与景的结合，有丰富的蕴含。秋夜朗月，既明净似水，又浩渺无际，它本身就是思妇柔美而悠长流转的思绪的一种象征，也是思妇怀念远人的触媒和载体。正如王夫之所说，“‘长安一片月’，自然是孤栖忆远之情”。捣衣的砧杵声，自南朝以来，一直被用作怀念远戍征人的传统意象，砧杵声几乎成了思妇怀念征人心声的一种象征。“秋风”这个意象，除了表现带有季节特征的萧瑟情调以外，也常常是思妇怀远的触发物，像曹丕的《燕歌行》就由“秋风萧瑟天气凉”而引发“念君客游思断肠”的感情。在这首诗里，它既标示已经到了缝制寒衣寄远的季节，又是传送砧杵声、玉关情的载体。而“玉关”这个意象，作为内地与西域的一个分界线，一直与远戍、征战之事、之情相连，几乎就是边塞的代称，“玉关情”也就成了征戍将士怀念家乡及亲人或思妇怀念远戍征人的感情的代称。总之，诗中四个主要意象，无一不关合着对远戍征人的深情思念。它们本身就是情景交融，浑然一体的。但诗人并不是将这些意象随意地叠加在一起，而是以“捣衣声”为中心，以“一片月”与“秋风”为媒介，通过景与情的相生相引，自然流动，水到渠成地揭示出思妇怀远的“玉关情”，并使上述意象组成浑融的艺术意境。先是由笼罩着整个长安城一片浩渺的月光，引出了月下千家万户传出的捣衣声，又由砧杵声的远近起伏、络绎不绝，联想起传送砧杵声的阵阵秋风，再由这仿佛吹送不尽的砧杵声联想起闺中思妇在捣衣过程中贯注的“玉关情”，最后由“玉关情”引出思妇“平胡虏”“罢远征”的期盼。层层相引，毫不费力，确实达到了“圆转流美如弹丸”的程度。通过这些意象的自然组合，不但展现出秋空朗月映照下的整个长安城，而且借助“秋风吹不尽”的“玉关情”，展现出“长风几万里，吹度玉门关”这种更加浩阔广远的存在于抒情主人公脑海中的境界。与此同时，这明朗柔和的月色、清亮深永的砧杵声、轻灵而悠长的秋风，以及整个空阔渺远而又略带惆怅的境界，又跟思妇一往情深的似水柔情显出一种内在的和谐，从而达到情景浑然一体的境界。整首诗具有一种明朗自然的美、玲珑剔透的美，情深而词显，境阔而韵远，堪称诗中化境。

诗中并没有具体写到时代，写到人民的生活和情绪，但透过诗中对长安秋夜、朗月砧杵的描写。透过全诗阔远明朗的意境，能够感受到一种整体上和平安定、明朗而富于希望的时代气氛。尽管有战争、离别和深长的思念，但并没有沉重的叹息和悲慨，情思虽然缠绵悠长，却并不低沉黯淡，整个境界是阔大明朗，对未来的生活充满展望的。一个衰颓的时代不可能出现这种境界和情调。试比较杜甫作于安史乱起后的名作《捣衣》："亦知戍不返，秋至拭清砧。已近苦寒月，况经长别心。宁辞捣衣倦，一寄塞垣深。用尽闺中力，君听空外音。"调苦而情悲，完全是另一时代的声音了。

襄阳歌〔一〕

落日欲没岘山西〔二〕，倒著接䍦花下迷〔三〕。襄阳小儿齐拍手，拦街争唱白铜鞮〔四〕。傍人借问笑何事，笑杀山翁醉似泥〔五〕。鸬鹚杓〔六〕，鹦鹉杯〔七〕，百年三万六千日，一日须倾三百杯〔八〕。遥看汉水鸭头绿〔九〕，恰似葡萄初酦醅〔一〇〕。此江若变作春酒，垒曲便筑糟丘台〔一一〕。千金骏马换小妾〔一二〕，笑坐雕鞍歌落梅〔一三〕。车旁侧挂一壶酒，凤笙龙管行相催〔一四〕。咸阳市中叹黄犬〔一五〕，何如月下倾金罍〔一六〕。君不见晋朝羊公一片石〔一七〕，龟头剥落生莓苔〔一八〕。泪亦不能为之堕，心亦不能为之哀〔一九〕。清风朗月不用一钱买，玉山自倒非人推〔二〇〕。舒州杓，力士铛〔二一〕，李白与尔同死生。襄王云雨今安在〔二二〕，江水东流猿夜声。

校注

〔一〕《乐府诗集》卷八十五杂歌谣辞三载《襄阳童儿歌》一首，李白《襄阳歌》一首、《襄阳曲四首》。于《襄阳童儿歌》下解题曰："《晋书》曰：'山简，永嘉中镇襄阳。时四方寇乱，朝野危惧。简优游卒岁，唯酒是耽。诸习氏荆土豪族，有佳园池。简每出嬉游，多之池上，置酒辄醉，名之曰高阳池。’于是童儿皆歌之。有葛强者，简之爱将，家于并州，故歌云：‘举鞭向葛强，何如并州儿？’”其歌云：“山公出何许，往至高阳池。日夕倒载归，酩酊无所知。时时能骑马，倒着白接䍦。举鞭向葛强：何如并州儿？”李白此诗，开篇即用山简耽酒之事及《襄阳童儿歌》语意，抒写自己醉酒之情趣，实系拟《襄阳童儿歌》并即兴发挥之作。《唐宋诗醇》卷五于此诗题下引《古今乐录》：“《襄阳乐》，宋随王诞作。《襄阳蹋铜蹄》者，梁武西下所制。沈约又作其和云：‘襄阳白铜蹄，圣德应乾来。’”朱谏《李诗选注》云：“按《襄阳歌》亦为乐府之曲，故《唐书》志于礼乐卷内，于古乐府宜为一类。”按：李白此诗，与乐府《襄阳乐》无涉，实系自拟其题之作如《庐山谣》者。詹锳、郁贤皓系此诗于开元二十二年（734）春游襄阳时。又乐府《襄阳曲四首》，均五言四句小诗，其中语意，亦多为本篇所用，参见有关各句注。

〔二〕岘山，又名岘首山。《元和郡县图志·山南道·襄州》：襄阳县：“岘山在县东南九里，山东临汉水，古今大路。”

〔三〕接䍦，一种头巾。《世说新语·任诞》：“山季伦为荆州时，出游酣畅。人为之歌曰：‘山公时一醉，辄造高阳池。日莫倒载归，茗艼无所知。复能乘骏马，倒著白接䍦。举手问葛强，何如并州儿？’”花下迷，用乐府《襄阳曲四首》（其一）：“襄阳行乐处，歌舞白铜鞮。江城回绿水，花月使人迷。”

〔四〕白铜鞮（tí），即《白铜蹄》，南朝齐梁时歌谣，有童谣云：“襄阳白铜蹄，反缚扬州儿。”识者言，白铜蹄，谓马也；白，金色也。及义师之兴，实以铁骑，扬州之士，皆面缚，果如谣言。故即位之后更造新声，帝自为之词三曲。参注〔三〕引《襄阳曲》（其一）。

〔五〕山翁，宋蜀本作“山公”。指山简。醉似泥，形容烂醉。《后汉书·儒林传下·周泽》：“时人为之语：‘生也不谐，作太常妻。一岁三百六十日，三百五十九斋。’”李贤注：“《汉官仪》此下云：‘一日不斋醉如泥。’”

〔六〕鸬鹚杓，形状如鸬鹚长颈的长柄酒杓。鸬鹚，水鸟名，善捕鱼，渔人驯以捕鱼。

〔七〕鹦鹉杯，以形似鹦鹉嘴的螺壳制成的酒杯。《太平广记》卷四十六引《岭表录异》：“鹦鹉螺，旋尖处屈而味，如鹦鹉嘴，故以此名。壳上青绿斑，大者可受二升。壳内光莹如云母，装为酒杯，奇而可玩。”

〔八〕《世说新语·文学》“郑玄在马融门下”刘孝标注引《郑玄别传》：“袁绍辞玄，及去，饯之城东。会者三百余人，皆离席奉觞。自旦及莫，度玄饮三百余杯。而温克之容，终日无怠。”陈暄《与兄子秀书》：“郑康成一饮三百杯，吾不以为多。”倾，倒转（酒杯），饮尽。

〔九〕鸭头绿，像鸭头上绿毛般的颜色。颜师古《急就篇注》：“春草、鸡翘、凫翁，皆谓染采而色似之，若今染家言鸭头绿、翠毛碧云。”

〔一〇〕酦醅（pō pēi），重酿而尚未过滤的酒。

〔一一〕曲，俗称酒母。糟，酒糟。《论衡·语增》：“传语曰：纣沉湎于酒，以糟为丘，以酒为池。”

〔一二〕《独异志》卷中：“后魏曹彰，性倜傥，偶逢骏马，爱之，其主所惜也。彰曰：‘余有美妾可换，唯君所选。’马主因指一妓，彰遂换之。”

〔一三〕落梅，指笛曲《梅花落》。《乐府杂录》：“笛，羌乐也，有《落梅花》。”李白《与史郎中钦听黄鹤楼上吹笛》：“黄鹤楼中吹玉笛，江城五月落梅花。”《乐府诗集》横吹曲辞有《梅花落》。

〔一四〕凤笙，笙形似凤，故称。《风俗通·声音》：“《世本》：随作笙，长四寸，十二簧，象凤之身。正月之音也。”龙管，笛声似龙吟，故称。马融《长笛赋》：“近世双笛从羌起，羌人伐竹未及已。龙鸣水中不见已，截竹吹之声相似。”

〔一五〕《史记·李斯列传》：“二世二年七月，具斯五刑，论腰斩咸阳市。斯出狱，与其中子俱执。顾谓其中子曰：‘吾欲与若复牵黄犬，俱出上蔡东门逐狡兔，岂可得乎！’遂父子相哭，而夷三族。”

〔一六〕金罍，华美的罍。

〔一七〕羊公，指西晋羊祜。《晋书·羊祜传》：“祜乐山水，每风景必造岘山置酒，言咏终日不倦。祜卒，襄阳百姓于岘山祜平生游憩之所建碑立庙，岁时飨祭焉。望其碑者莫不流涕。故预因名为堕泪碑。”一片石，即指襄阳百姓为羊祜建的碑，即杜预所称堕泪碑。

〔一八〕龟头，指负碑的石雕动物赑屃（bì xì）的头部。因赑屃形状像龟，故称其头部为龟头。剥落，指石雕因年深岁久遭侵蚀而脱落。乐府《襄阳曲》（其三）：“岘山临汉江，水绿沙如雪。上有堕泪碑，青苔久磨灭。”

〔一九〕此句下本有“谁能忧彼身后事，金凫银鸭葬死灰”二句。

〔二〇〕《世说新语·言语》：“刘尹云：‘清风朗月，辄思玄度（许询字）。’”又《容止》：“嵇叔夜之为人也，岩岩若孤松之独立；其醉也，傀俄若玉山之将崩。”玉山自倒，形容醉倒之态。

〔二一〕舒州，唐淮南道州名。今安徽潜山县。《新唐书·地理志》：“舒州同安郡，隶淮南道。土贡铁器、酒器。”舒州杓当是舒州所产酒杓。铛(chēng)，温酒器。《新唐书·韦坚传》：“豫章力士瓷饮器、茗铛、釜。”力士瓷当是当时著名的酒器。

〔二二〕宋玉《高唐赋序》：“昔者楚襄王与宋玉游于云梦之台，望高唐之观，其上独有云气……王问玉曰：‘何谓朝云？’玉曰：‘昔者先王尝游高唐，怠而昼寝，梦见一妇人曰：‘妾巫山之女也。为高唐之客。闻君游高唐，愿荐枕席。’王因幸之。去而辞曰：‘妾在巫山之阳，高丘之阻。旦为朝云，暮为行雨。朝朝暮暮，阳台之下。旦朝视之，如言，故为立庙，号曰朝云。’”又《神女赋序》：“楚襄王与宋玉游于云梦之浦，使玉赋高唐之事。其夜王寝，果梦与神女遇，其状甚丽。”

笺评

欧阳修曰：“落日欲没岘山西，倒著接䍦花下迷。襄阳小儿齐拍手，大家齐唱白铜鞮。”此常语也。至于“清风明月不用一钱买，玉山自倒非人推”，然后见太白之横放。所以惊动千古者，顾不在于此乎？（《王直方诗话》引）

张戒曰：欧阳公喜太白诗，乃称其“清风明月不用一钱买，玉山自倒非人推”之句。此等句虽奇逸，然在太白诗中，特其浅浅者。（《岁寒堂诗话》卷上）

邵博曰：李太白《襄阳歌》云：“鸬鹚杓，鹦鹉杯，百年三万六千日，一日须倾三百杯。”用两“杯”字韵。《庐山谣》云：“影落明湖青黛光，金阙前开三峰长。”又，“翠影红霞映朝日，鸟飞不到吴天长”，用两“长”韵……子美、太白、退之，于诗无遗恨矣，当自有体邪？（《邵氏闻见后录》卷十八）

严评曰：（“傍人”句）今人学便俚。（“此江”两句）今人学便恶。（“车旁”句）今人学便俗。（“君不见”句）应前。（“泪亦”两句）翻得有力。（“舒州”三句）豪兴深情。总批：使人凄然，使人廓然。（严评《李太白诗集》）

谢枋得曰：“此江”二句形容嗜酒，思想之极。（《李太白诗醇》卷

二引）

梅鼎祚曰：笔端横荡，遂不觉其重。（《李诗选》卷二引）

严评本载明人批：萧洒磊落与《将进酒》依似，然觉彼开首数句气更豪畅。起虽无奇，然下语奇。鸭绿、酦醅是奇语，但□□句应起无力，反□了。且既变江为酒，何处得糟来？“千金”以下数语颇流快，但马既换去，复又坐鞍乘车，于境稍背。“羊公石”是就境写来，“堕泪”字反得有味。“风月”句果透快，“玉山自倒”句亦非佳。“非人推”犹佳。“杓”“铛”字同“杓”“杯”，且句法亦同，亦是小病。收语既平常，亦未恰好。

朱谏曰：（第一段）此为《襄阳歌》也。言落日欲没于岘山，饮者亦已醉矣。倒著接䍦，迷于花下，颓然无所知也。但见襄阳小儿拍手而笑，争唱《白铜鞮》之曲。然所笑者何事？乃笑山公之醉，倒载而归，烂如泥也。（第二段）承上言山公之游襄阳，其醉如此，今来游者，可无醉乎？须以鸬鹚之杓、鹦鹉之杯，酌此美酒以相乐也。且人生百岁，只有三万六千之日，数亦不多，一日之间须饮三百杯可也。否则光阴亦易老矣。故随地而游乐，随处而忆酒。遥见汉水之绿，以为葡萄而酦醅，似汁滓相将之时也。此特想象而已，非真酒也。若使此江尽变而为春酒，其曲可以成壁垒，其糟可以筑丘台，取之无尽而用之不竭矣。我有骏马，以换小妾，笑坐金鞍之上，以歌《落梅》之曲，悬壶酒于车傍，载笙歌以相从，所适莫非可乐之地、可醉之乡也。视彼富贵不得令终，如秦丞相之李斯，临东市而叹黄犬，与吾逍遥月下而饮酒者何如乎？其死生荣辱之相去亦远矣。（第三段）此即襄阳旧事以寓感慨之意。言羊公堕泪之碑，岁久物换，龟龙剥落生莓苔矣。今虽有泪亦不能为之堕矣，心亦安能为之而哀乎！古人陈迹，终亦凄凉，非惟黄犬之可叹也。何如饮酒之为乐乎？是知身后之名亦无所用矣。当此风清月白之时，游于襄阳岘山之下，换酒取醉，玉山自颓，非他人推排而使之然也。挹酒以杓，而煮酒以铛，此舒州之杓，力士之铛，吾当与尔同乎死生，始终相托，不可一日而相离者也。古人陈迹何足问乎？且襄王云雨今既不在，但见江水之东流，江猿之夜鸣而已矣。抚景兴思，慨念畴者，惟不如饮酒之为乐矣。（《李诗选注》）

《李诗直解》：此白负才不偶，故纵饮放旷。言万事皆虚，独酒为真也。言日落岘山，倒著接䍦，小儿拍手，傍人借问者，笑山公之醉似泥也。手持杯杓，百年借问，日倾三百杯，则酒亦多矣。遥看汉江之水，绿似鸭头，又似葡萄酒之未漉也。若以此水变作春酒，垒曲可作糟丘之台矣。有酒无色则酒亦不韵，故将千金骏马，以换少小美妾，笑坐雕鞍，歌《落梅》之曲，东侧挂酒一壶，而笙管又为行催，其乐亦赏心哉，不观权奸之极者乎？咸阳市中，叹黄犬之不能牵，何如月下一杯酒也。君不见仁德惠政如羊公，而百姓上遗爱之碑，今则龟头落而莓苔生，后之人谁为泪而心哀乎！昔为惠而今虚名也，则何益矣。天下惟光风霁月，取之无禁，不用一钱而买，玉山醉而自倒，非人之所推也。故舒州杓、力士铛，李白与尔同死生而为命者。襄王云雨亦当日之幻梦耳，今安在哉？是权势声色，皆付之东流水，而猿声之夜啼也。惟此三百杯之倾为实用焉。

田艺蘅曰：孟浩然诗："人事有代谢，往来成古今。"刘全白云："人事岁年改，岘山今古存。"如出一辙。独太白云："泪亦不能为之堕，心亦不能为之哀。"真有颠倒豪杰之妙。一篇言饮酒行乐，而末复归之于正，方见其高。（《香宇诗谈》）

彭乘曰：欧阳公题沧浪亭云："清风明月本无价，可惜只卖四万钱。"与太白致辞虽异，然皆善言风月。（《唐宋诗醇》卷五引）

沈德潜曰：（"遥看"二句）妙于形容。羊叔子之岘山碑犹然磨灭，无人堕泪，况寻常富贵乎！不如韬精沉饮之为乐也。"清风明月"二语，欧阳公谓超警千古，信然。（《重订唐诗别裁集》卷六）

《唐宋诗醇》：意旷神逸，极颓唐之趣。入后俯仰含情，乃有心人语。"韬精日沉饮，谁知非荒宴？"亦同此怀抱耳。子美云："长镵长镵白木柄，我生托子以为命。"语奇矣。此诗云："舒州杓，力士铛，李白与尔同死生。"苦乐不同，造语正复匹敌。（卷五）

方东树曰：《襄阳歌》，兴起。笔如天半游龙，断非学力所能到，然读之使人气王。"笑杀"句，借山公自兴。"遥看"二句，又借兴换笔换气。"此江"句，起棱。"千金骏马"，谓以妾换得马也。"咸阳"二句，言所以饮酒者，正见此耳。"君不见"二句，以上许多，都为此故。"玉山"句，束题。正意藏脉，如草蛇灰线。此与上所谓笔墨化为烟云。世俗作死诗者，千年不悟。只借作指点，供吾驱驾发泄之料耳。（《昭昧詹言》卷十二）

刘熙载曰："清风明月不用一钱买"，上四字，共知也，下五字，独得也。凡佳章中必有独得之句，佳句中必有独得之字，惟在首、在腰、在足，则不必同。（《艺概·诗概》）

王闿运曰：（"遥看"二句下）笔势浩渺。（"泪亦"二句下）顿挫有

局度。(《手批唐诗选》卷八)

吴汝纶曰:豪迈俊逸。(《唐宋诗举要》卷二引)

近藤元粹曰:壮语绝伦,真是太白口吻。(《李太白诗醇》卷二)

《襄阳歌》和《将进酒》都是李白七言歌行中描写饮酒题材的著名诗篇。比较之下,《将进酒》更侧重于借强调饮酒来宣泄怀才不遇的愤郁,表现狂傲不羁的个性,抒发对自己才能的高度自信和对前途的乐观展望;而《襄阳歌》则更侧重于渲染饮酒之乐、之趣,表现自己对以醉饮为标志的诗意人生的追求。题为《襄阳歌》,诗中出现的江山(汉江、岘山)、人物(山简、羊祜)便就地取材,与襄阳密切相关。

开头六句,紧扣题目,描写襄阳历史上一位"优游卒岁,唯酒是耽"的人物山简的醉态。这几句在情节和语言上明显取资于民谣《襄阳童儿歌》和乐府《襄阳乐》,但却将它们熔铸为一个极具风趣的戏剧性场景:一轮落日,快要沉没在岘山之西。一位喝得醉醺醺,倒戴着白帽子的太守大人,正迷醉在花下。一群襄阳儿童一齐拍手,拦街唱起《白铜鞮》的歌曲(《襄阳曲》有"歌舞白铜鞮"之句,又有"山公醉酒时,酩酊襄阳下。头上白接䍦,倒着还骑马"等句)。路上的行人好奇地问儿童们所笑何事,儿童们齐声回答道:"笑杀山翁醉似泥。"几乎不用任何改动,就可以将这六句诗改写成一个戏剧小品,其中溢出的不仅有浓郁的幽默感,而且有对这位醉酒太守的亲切感。这好像是吟咏历史人物,其实不妨视为李白的自我写照。或者说,诗人在歌咏山简这个醉酒太守的醉态时,将自己的灵魂也附在了山简这个历史人物身上。山简与诗人,已经融为一体。

正因为这样,接下来的一大段才能跨越几百年的历史,回到当前的现实场景上来。"鸬鹚杓,鹦鹉杯,百年三万六千日,一日须倾三百杯。"这是酒仙兼诗仙的李白的人生宣言,《将进酒》还只宣称"烹羊宰牛且为乐,会须一饮三百杯",此诗却扩展到整个人生。借助精美酒器的渲染,更将饮酒人生的乐趣发挥到淋漓尽致。以下四句,即承"一日须倾三百杯",写醉眼蒙眬中所见汉江春色。一江碧绿的春水,在诗人眼中,忽然幻化成了一江春酒,就像葡萄酒初酿未滤时那样泛着鸭绿色,清澈透明,微波荡漾。诗人忽发奇想,这样一江春酒,它用来发酵的酒曲和滤剩的酒糟恐怕足够筑成一座糟丘台了。这种奇思妙想，也只有“百年三万六千日，一日须倾三百杯”的诗人才能产生。它极荒诞又极天真极美妙，具有一种童真的想象力。饮酒还必辅以行乐，才能使饮酒之乐更加浪漫而富诗意，于是有“千金”四句的描写：骑骏马、坐雕鞍、歌《落梅》、奏凤笙，而“车旁侧挂一壶酒”则是行乐的核心和灵魂，有了它，才能使这一幕增辉添彩。至此，诗人心目中以醉酒为中心的诗意人生行乐图便浮现出了整个轮廓。以下六句，便转为对另一种人生的惋惜和慨叹。

“咸阳市中叹黄犬”所代表的是一种应该加以慨叹的人生。李斯一生，辅始皇，成帝业，位三公，却不能功成身退，终因恋爵禄而为赵高所害。对此，诗人曾在《行路难》（其三）中对其“税驾苦不早”加以批评，认为他正因“功成不退”而导致“殒身”的结局。照诗人看来，这样的人生哪里赶得上“月下倾金罍”的生活之浪漫而富于诗意呢？诗人在《月下独酌》（其一）中对“月下倾金罍”的诗意生活有极富韵味的描写，可以参看。

在襄阳镇守过的名将羊祜，常登岘山。曾对部属邹湛说：“自有宇宙便有此山，由来贤达胜士登此远望如我与卿者多矣，皆湮没无闻，使人悲伤，如百岁后有知，魂魄犹应登此也。”邹湛回答道：“公德冠四海，道嗣前哲，令闻令望必与此山俱传。至若湛辈，当若如公言耳。”这样一位事功显赫，为当地百姓所追怀悼念的前哲，按说其名其事均应“与山俱传”，但时过境迁，不但往日百姓为他建造的纪念碑已经底座剥蚀，莓苔遍生，连今天游赏的人们也再不能对之堕泪生悲了。羊公当年那样重视的后世名，随着时间的流逝，也已湮没无闻。诗人对羊祜的品德事功自存敬仰，他所慨叹的是“令闻令望”的与时俱泯，不能长在。因此他追求的是现世的诗意生活享受。“清风朗月不用一钱买，玉山自倒非人推。”自然界的清风朗月，不用一钱，即可尽情享用，取之不尽，用之不竭，这是何等的畅怀适意；而想象中的满江春酒，同样可以随意享用，尽兴而饮，玉山般的伟岸身躯，颓然自倒，又是何等潇洒浪漫。清风明月，随时可遇，谁也不曾意识到这原是人生不费任何代价的诗意享受，一经李白用“不用一钱买”五字道出，立即变成最平凡又最美妙的人生乐事；嵇康醉后如玉山之倒的典故，经诗人用“自倒非人推”五字点化，也成了对醉态、醉趣之美的绝妙形容。自然风景之美和饮酒之乐之趣的尽情享受，比起那些与时俱泯的身后名，哪一种是人生应该追求的，岂用再费一词。

结尾五句，遥承第二节开头的“鸬鹚杓，鹦鹉杯”，再次发表宣言，不过这里的“舒州杓，力士铛”已经不再是单纯的酒器，而是成了与诗人“同死生”的终生精神伴侣。“襄王云雨今安在，江水东流猿夜声。”一切富贵尊荣，一切功名事业，都会随着时间的流逝在历史的长河中消逝得无影无踪，眼前所见所闻，唯有江水东流，猿狖哀鸣而已。

可以看出，诗人所要着重表现的是以饮酒为标志的人生乐趣和诗意享受，读者最感兴趣的也是这方面的内容。“咸阳市中叹黄犬”，“襄王云雨今安在”乃至羊公碑的“剥落生莓苔”，不过是用来反衬“清风朗月不用一钱买，玉山自倒非人推”的人生诗意享受的一种历史见证。如果据此而判定诗的主旨是宣扬人生虚无，不免本末倒置。李白的人生追求自然还有“申管晏之谈，谋帝王之术，奋其智能，愿为辅弼”，积极追求事功的主要一面，但包括畅饮美酒在内的对自由畅适的诗意生活的追求也是李白人生追求的一个重要方面。这首诗在表现诗人对自由畅适的诗意生活的追求方面，显示出了特有的艺术美感和魅力，表现了诗人精神性格极富童真情趣的一面。在不放弃对事功的积极追求，坚信“天生我材必有用”的前提下，“人生贵适意”也未尝不是一种活法。

梁园吟〔一〕

我浮黄河去京阙〔二〕，挂席欲进波连山〔三〕。天长水阔厌远涉，访古始及平台间〔四〕。平台为客忧思多，对酒遂作梁园歌。却忆蓬池阮公咏，因吟渌水扬洪波〔五〕。洪波浩荡迷旧国，路远西归安可得〔六〕？人生达命岂暇愁〔七〕，且饮美酒登高楼。平头奴子摇大扇〔八〕，五月不热疑清秋。玉盘杨梅为君没，吴盐如花皎白雪〔九〕。持盐把酒但饮之，莫学夷齐事高洁〔一〇〕。昔人豪贵信陵君〔一一〕，今人耕种信陵坟。荒城虚照碧山月，古木尽入苍梧云〔一二〕。梁王宫阙今安在〔一三〕，枚马先归不相待〔一四〕。舞影歌声散绿池〔一五〕，空馀汴水东流海〔一六〕。沉吟此事泪满衣〔一七〕，黄金买醉未能归。连呼五白行六博〔一八〕，分曹赌酒酣驰晖〔一九〕。歌且谣〔二〇〕，意方远。东山高卧时起来，欲济苍生未应晚〔二一〕。

校注

〔一〕此诗诗题敦煌写本唐人选唐诗、《文苑英华》卷三百三十六作《梁园醉歌》,《文苑英华》卷三百四十三作《梁园吟》。王琦《李太白年谱》系此诗于天宝三载（744），郁贤皓《李白选集》则谓此诗“当是开元二十一年（733）离开长安，舟行抵达梁园时作”。梁园，唐汴州，今开封市。

〔二〕浮黄河，浮舟黄河。去京阙，离开京城长安。

〔三〕挂席，挂帆。

〔四〕平台，古台名，相传为春秋时鲁襄公十七年（前556）宋皇国父所筑。汉梁孝王时大建宫室，“筑东苑，方三百馀里，广睢阳城七十里。大治宫室，为复道，自宫连属于平台三十里”（《史记·梁孝王世家》）。曾与当时名士司马相如、枚乘、邹衍等游此。故址在今开封市东南。

〔五〕阮公，指三国魏著名诗人阮籍，其《咏怀八十二首》（其十六）云:“徘徊蓬池上，还顾望大梁。绿水扬洪波，旷野莽茫茫。”蓬池是战国时魏都大梁（今开封市）东北的沼泽，“蓬池咏”即指此章，“渌水扬洪波”系诗中成句。渌水，形容水之清澈。

〔六〕旧国，指长安。西归，指归长安。

〔七〕达命，通达天命。暇，须。李峤《梅》:“若能遥止渴，何暇泛琼浆?”或解作“空闲”，误。

〔八〕平头奴子，不戴冠巾的奴仆。梁武帝《河中之水歌》:“平头奴子擎履箱。”丘为《冬至下寄舍弟时应赴入京》:“适远才过宿舂料，相随唯一平头奴。”平头不戴冠巾，以示其装束与主人有别。

〔九〕吴盐，吴地所产的盐。《史记·吴王濞列传》:“吴王即山铸钱，煮海水为盐。”或谓上句之“杨梅”即指梅，“盐、梅为古代菜羹主要调味物，诗中借指佐酒之菜肴”，然以“杨梅”指梅，文献似未见，且李白诗中写到“杨梅”不止此诗，如《叙旧赠江南宰陆调》云:“江北荷花开，江南杨梅熟。”江南地区农历五月，正杨梅成熟之时，与上“五月”之语正合。杨梅蘸盐食之，其味更美，故有此二句。

〔一〇〕夷齐，指伯夷、叔齐。殷孤竹君之二子，周武王伐纣，伯夷、叔齐叩马而谏。殷亡，不食周粟，隐于首阳山，采薇而食，饿死于首阳山。见《史记·伯夷列传》。此句一作“何用孤高比云月”，一作“咄咄书空字还灭”，敦煌写本作“世上悠悠不堪说”。

〔一一〕信陵君，战国时魏安釐王之弟，名无忌，封于信陵（今河南宁陵），故号信陵君。为战国时著名四公子之一。《史记·魏公子列传》："公子为人仁而下士，士无贤不肖，皆谦而礼交之，不敢以其富贵骄士。士以此方数千里争往归之，致食客三千人。当是时，诸侯以公子贤，多客，不敢加兵谋魏十馀年。"又，"（汉）高祖十二年，从击黥布还，为公子置守冢五家，世世岁以四时奉祠公子"。据《太平寰宇记》卷一河南道开封府浚仪县："信陵君墓在县南十二里。"

〔一二〕苍梧，山名，即九疑山，在今湖南宁远县南。《文选·谢朓〈新亭渚别范零陵〉》："云去苍梧野，水还江汉流。"李善注引《归藏·启筮》曰：'有白云出自苍梧，入于大梁。"即"古木尽入苍梧云"之句所本。

〔一三〕梁王，指西汉时梁孝王刘武，当年曾大治宫室，参注〔四〕引《史记·梁孝王世家》。

〔一四〕枚马：指枚乘、司马相如。二人均曾游梁，为梁孝王宾客。《史记·司马相如列传》："是时梁孝王来朝，从游说之士齐人邹阳、淮阴枚乘、吴庄忌夫子之徒，相如见而说之，因病免，客游梁。梁孝王令与诸生同舍，相如得与诸生游士居数岁。"《汉书·枚乘传》："枚乘……游梁，梁客皆善词赋，乘尤高。"先归，先故去。

〔一五〕绿池，指梁苑中的池沼。《西京杂记》卷二："梁孝王好营宫室苑囿之乐，作曜华之宫，筑兔园。园中有百灵山，山有肤寸石，落猿岩，栖龙岫。又有雁池，池间有鹤州凫渚，其诸宫观相连，延亘数十里。"

〔一六〕汴水，古水名。此指隋通济渠、唐广济渠之东段。自今荥阳市北引黄河东南流，经今开封市及杞县、睢县、宁陵、商丘、夏邑、永城，复东南经今安徽宿州、灵壁、泗县与江苏泗洪，至盱眙县对岸入淮河，为隋唐至北宋中原通往东南沿海地区的主要水运干道。

〔一七〕沉吟，深思。《古诗十九首》之十二："驰情整中带，沉吟聊踯躅。"

〔一八〕五白、六博，古代博戏。《楚辞·招魂》："菎蔽象棋，有六博些。分曹并行，遒相迫些。成枭而牟，呼五白些。"王逸注："投六箸，设六棋，故为六簙也。言宴乐既毕，乃设六簙，以菎蔽为箸，象牙为棋，丽而且好也。"洪兴祖《补注》引《古博经》："博法：二人相对坐向局，局分为十二道，两头当中名为水，用棋十二枚，六白六黑，又用鱼二枚置于水中。其掷采以琼为之，琼畟方寸三分，长寸五分，锐其头，钻刻琼四面为眼，亦名为齿。二人互掷簿行棋，其行到处即竖之，名为枭棋，即入水食鱼，亦名牵鱼，每牵一鱼获二筹，翻一鱼获三筹。”可见这是一种掷采以行棋的博戏。高亨《楚辞选》：“十二个棋子，六个白的，六个黑的。五个骰子，方形，六面，有相对的两面是尖头，其馀四面都是平的。一面刻二画，一面刻三画，一面刻四画，一面不刻画……当‘成枭而牟’的时候，掷骰得到五个骰子都是不刻画的一面在上，叫做‘五白’。掷得五白，便可杀对方的枭棋，所以下棋的人要喊五白。”或分“五白”与“六博”为两种博戏，视“连呼五白行六博”之说，似非。

〔一九〕分曹，分成两方。驰晖，飞驰的太阳。

〔二〇〕《诗·魏风·园有桃》：“我歌且谣。”毛传：“曲合乐曰歌，徒歌曰谣。”

〔二一〕《世说新语·排调》：“谢公（指谢安）在东山（会稽东山，谢安早年曾辞官隐居于此），朝命屡降而不动。后出为桓宣武司马，将发新亭，朝士咸出瞻送。高灵时为中丞，亦往相祖，先时多少饮酒，因倚如醉，戏曰：‘卿屡违朝旨，高卧东山，诸人每相与言：安石不肯出，将如苍生何！今亦苍生将如卿何！’谢笑而不答。”

笺评

谢枋得曰：太白远离京国，故发西归之叹，所谓“身在江湖而心存魏阙者欤！”（《李太白诗醇》卷二引）

桂天祥曰：太白乐天知命，感今怀古，备载此诗。唐人亦自有解会者，造语突兀，便非此等跌宕。（《批点唐诗正声》）

唐汝询曰：按天宝三载，自供奉翰林，为杨妃所毁，赐金放还。此初出京师游梁而作也。言我身随云逝，涉历波涛，既至平台而客思方浩，此歌之所以作也。因忆阮公昔尝羁此而有蓬池之咏，我亦阻洪波而不得西归，途穷甚矣。然未足为达命者之累，且当适情于酒也。况僮驯循习，摇扇生凉，盐梅丰甘，佐觞特妙，酣畅足乐，奚藉首阳之高洁为哉！彼昔人于此称豪贵、盛宫阙者，非魏之信陵、汉之梁王乎？今古墓犁为田矣，宾客消亡，歌舞散而无馀矣。所睹者云月，所存者汴水，能不令人泣下乎？亦惟痛饮以消之耳。于是与同游者博戏赌酒以娱西驰之日。而曰我之歌也，托意甚远，方如谢公之卧东山，起济苍生未晚也。观此，则知太白非

终于酒者。《易》曰：天地蔽，贤人隐。青莲之狂，时昏使之也。不然，何以拔子仪于缧绁哉！（《唐诗解》卷十三）

严评曰：（“挂席”句）壮险语却自然，非造非矫。（“人生”句）甚真、甚醒。（“荒城”二句）上句凄情，意近；下句悲澹，意远。下更胜。（“梁王”四句）上是客，尚浑；此是主，更破。（“未能归”）三字：“未能归”与“岂暇愁”呼应。尾批：又生妄想，并前“岂暇愁”“未能归”“莫学夷齐”处俱无力、味。（严评《李太白诗集》）

严评本载明人批：“波连山”，是何处？殊属疏脱。亦近俗。“莫学高洁”太直拙，太白决无此等语。

陆时雍曰：不衫不履，体气自贵。（《唐诗镜》卷十八）

吴昌祺曰：“黄云”正指杨妃，而诗太率。《春秋感精符》曰：“妻党翔则黄云入国。”“饮之”二字下得率，若子美必无此病。“苍梧云”，必须此注。（《删订唐诗解》卷七）

王琦曰：作《梁园歌》而忽间以信陵数语，意谓以信陵之贤，名震一世，至今日而墓域且不克保，况梁孝王之贤不及信陵，其歌台舞榭又焉能保其长在乎！此文章衬托法，不是为信陵致慨，乃是为梁王释恨，并为自己解愁，以见不如及时行乐之为得也。故遂接以“沉吟此事泪满衣”云云。（《李太白全集校注》卷七）

《唐宋诗醇》：怀古之作，慷慨悲歌，兴会飙举，范传正有云：“李白脱屣轩冕，释羁缰锁，自放宇宙间，饮酒非嗜其酣乐，取其昏以自秽，好神仙非慕其轻举，欲耗壮心遣馀年，作诗非事其文律，取其吟咏以自适。”三诵斯篇，信然。（卷五）

方东树曰：起四句叙，“平台”二句入题情，正点一篇提局。“却忆”句转放开展，用笔顿折浑转。“平头”二句酣恣肆放。“玉盘”四句铺。“昔人”四句，咏叹以足之，情文相生，情景相融，所谓兴会才情，忽然涌出花来者也。“空馀”句顿挫，“沉吟”句转正意。太白亦自沉痛如此，其言神仙语，乃其高情所寄，实实有见。小儿子强欲学之，便有令人呕吐之意。读太白者辨之。因见梁园有阮公、信陵、梁王诸迹，今皆不见，足为凭吊感慨。他人万手，同知如此用意，而不解如此作法。此却从自己游历多愁说入，又自解不必如此。所谓借他人酒杯，浇自己块垒，死活仙凡，全在如此。寻常俗士但知正衍故实，以为咏古炫博，或叙后人议论，炫才识，而不知此凡笔也。此却以自己为经，偶触此地之事，借作指点慨叹，以发泄我之怀抱，全不专为此地考古迹发议论起见。所谓以题为宾为纬。于是实者全虚，凭空御风，飞行绝迹，超超乎仙界矣，脱离一切凡夫心胸识见矣。杜公《咏怀古迹》便是如此，解此可通之近体，一也。诗最忌段落太分明，读此可得音节转换及章法大规。（《昭昧詹言》卷十二）

曾国藩曰：玩诗，盖指公浮黄河而西赴长安过梁园时怀古而作也（按：曾氏误解首句“我浮黄河去京阙”之“去”为“赴”，故有此语）。不知定在何时，或禄山未乱以前耳。（《求阙斋读书录》卷七）

吴汝纶曰：此乃浮河去京东行过梁之作。篇中皆历尽兴衰、及时行乐之旨。“昔人”八句，感吊苍茫，以见怀抱。（篇末评）慷慨自负，是太白意态。（《唐宋诗举要》卷二引）

备考

朱谏曰：此诗可疑者无伦次也，前十句辞顺而意正矣。“人生达命”八句，意与上节不相蒙，辞欠纯。“昔人豪贵信陵君”八句，辞清而健，如云“荒城虚照碧山月，古木尽入苍梧云”“舞影歌声散绿池，空馀汴水东流海”，皆为警句。至“沉吟此事”八句，又驳杂而无意味。既无伦次，而又驳杂，故可疑也。若节去“人生达命”八句及“沉吟此事”八句，则以前面十句、“昔人豪贵信陵君”八句共为一首，则辞纯正，意又接续，譬如去玉之污点，皎然之白自见也。节而释之以俟知者再择焉。（《李诗辨疑》卷上）

这首诗最早见于敦煌写本唐人选唐诗，又两见于《文苑英华》，虽题目有《梁园醉歌》与《梁园吟》之异，但均题为李白之作。诗的内容、风格也明显符合李白的经历、思想和创作特征。朱谏以“无伦次”与“驳杂”为由，疑其非李白之作，可以说毫无根据。但他提出的节去“人生达命”八句及“沉吟此事”八句，以前十句与“昔人豪贵信陵君”八句共为一首的主张倒反映出一个带根本性的问题，即怀古诗的共性与个性问题。

怀古诗历来以抒写盛衰变化之慨为基本内容，这不妨看作这一诗体在历史发展过程中形成的共性。不同经历、思想、个性和艺术风格的作者创作的怀古诗，本应有鲜明的个性特征，但在多数怀古诗中，却很少体现。这正是怀古诗的一个明显缺陷。但怀古诗这种个性被淹没在共性之中的创作套路，却造成了一些评家的思维定势，认为怀古诗只能抒写盛衰变化之慨，如果掺入一些带有明显个人色彩的内容，便被看成内容驳杂不纯，叙述语无伦次。朱谏的怀疑、批评和删节主张，实际上正反映了对怀古诗个性的排斥，他主张保留的十八句，恰恰是怀古诗抒盛衰变化之慨的共性部分；而他认为驳杂不纯、主张删去的十六句，恰恰是最能体现李白鲜明思想、个性的部分。如果按照他的主张删去那十六句，这首《梁园吟》就基本上清除了李白的个人印记而不再是李白之作了。实际上，这首诗真正的好处，正是在抒盛衰变化之慨的同时融入了个人的咏怀内容，体现了怀古与咏怀、共性与个性的完美结合。

诗的开头四句，叙述诗人自己由“去京阙”到“及平台”的行程。“访古”“平台”四字，可以看作对这首题为“梁园歌”的怀古诗的点题。但在叙述行程的同时，却明显流露了诗人对政治道路上风波险恶、途程遥远的感受，这从“挂席欲进波连山”和“天长水阔厌远涉”的诗句中可以体味出来。对照《行路难三首》（其一）中的“欲渡黄河冰塞川，将登太行雪满山”，其寓意更显。但后者纯用象喻手法，此则于写实中寓象征，写法有别。“厌远涉”的“厌”字还透露出对艰险从政道路的厌倦。这一切，都带有明显的个人色彩。朱谏没有提出要删掉这四句，主要是由于它们具有交代行程和点题的作用，同时也可能对其中蕴含的个人色彩并未注意。

接下来四句，由“平台为客”而叙及《梁园歌》的创作，进一步点明题面。值得注意的是，这里不但明白点出平台为客时“忧思”之多，而且通过对阮籍“蓬池咏”的追忆，曲折表现自己的“忧思”。阮籍“蓬池”之咏，对身处的阴惨肃杀的政治环境流露出强烈的忧患感和孤寂感，李白忆其人而吟其诗，当与阮籍有相似的感受而忧思充溢，不可抑止。

以上八句，是交代《梁园歌》创作的缘起。透露出诗人因从政道路上遇到险阻，离开政治中心长安，忧思重重。而访古忆昔，吟阮籍“蓬池”之咏，则进一步触发加深了忧患感和孤寂感。

“洪波”以下十句，承上“忧思多”，抒写自己借酒以遣愁。“洪波”二句，用顶针格承上启下，以“迷旧国”与“西归安可得”遥应篇首，抒写对长安的眷恋，意致与“长安宫阙九天上”相近，再次暗点“愁”字。故下两句紧接着揭出此段主意：“人生达命岂暇愁，且饮美酒登高楼。”李白诗中的“命”与“宿命”不同，它和时运、机缘之义相近，所谓“达命”，也常和“待时”“等待机缘”相通。因此它不是消极认命，无所作为，而是在遭遇困难挫折的情况下用达观的态度和放逸的行为来排遣忧愁。“平头奴子”五句，就是渲染在访古期间如何充分享受美酒佳果之味，逸兴高飞之乐。“杨梅”在这里充当了重要角色。作为江南佳果，汉代司马相如《上林赋》中即有记载，五月正是杨梅成熟的季节。红紫鲜艳的杨梅，置于晶莹透明的玉盘之中，又佐以似雪的吴盐，以此作为“饮美酒”的肴馔，真是别开生面，别具风味，难怪诗人要将它作为人生乐事来铺叙渲染了。末缀以“莫学夷齐事高洁”一句，乍读似感突兀，其实这正是李白的常调，《行路难三首》(其三)一开头便说：“有耳莫洗颍川水，有口莫食首阳蕨。含光混世贵无名，何用孤高比云月。”表达的是同样的意思。李白在政治上失意的时候，不是用隐居不仕的“高洁”来表示自己与统治者的距离，就是往往以狂放不羁的行为来发泄自己的愤懑，所谓“莫学夷齐事高洁”正应从这方面去理解。饮酒狂放，在有些人眼里，或许是一种自渎的消极颓废行为；但在诗人看来，这既是失意苦闷时的一种排遣，又是对现实的不满与抗议。

“昔人”以下八句，紧扣“梁园”“访古”，抒写今昔盛衰之慨，是怀古诗中应有之义。梁园旧地，古来著称于世者有战国四公子之首的信陵君和汉初深受宠信、权势盛极一时的梁孝王刘武。事移世迁，昔日豪贵一时、宾客如云的信陵君，如今他的荒坟已经犁为田地。昔时的大梁城早已荒芜，只剩下今古长存的月亮升上碧山，空照古城，千年古树全部笼罩在苍茫的白云之中。西汉时代盛极一时的梁王宫阙，如今早已化为一片废墟，当年门下的宾客枚乘、司马相如今也早魂归地下，无从追随他们的足迹；梁苑的池沼之上，歌声舞影早已消散无踪，只有悠悠汴水，至今仍东流入海。这里显示的是自然（碧山月、苍梧云、古木、汴水）的永恒长远与人事（信陵豪贵、梁王宫阙、舞影歌声）变化的迅疾沧桑，也是怀古诗最常见的音调。诗人写来，虽然行文飘逸流畅，自在从容，但蕴含的情感则显得慷慨悲凉。对信陵君的缅怀追思中包含了对历史上礼贤下士、重视人才的时代的怀念，在这方面，梁孝王刘武也和信陵君有相似之处，故于梁园怀古时一并提及并表示追缅之意。而在追缅信陵君、梁王的同时，也透露了对现实中缺乏这类人物的深深失望，其内在意蕴实际上与“昭王白骨萦蔓草，谁人更扫黄金台”相近。因此，这一段写怀古之慨，仍与诗人的怀才不遇的忧思紧密相关，并非泛泛抒写怀古之幽情。在“枚马先归不相待”的慨叹中，也隐约透露出对盛世文士际遇的歆慕和“前不见古人”式的感叹。

正因为怀古慨今，深慨才不逢时，故末段劈头一句就用“沉吟此事泪满衣”来概括揭示上一段怀古中蕴含的悲慨。如此悲慨，唯有用狂歌痛饮、分曹博戏的放纵行为方能稍得宣泄。“黄金买醉”三句，写狂放行为虽极事渲染，却无颓唐之态，而是意态豪雄，酣畅淋漓，尤其是“分曹赌酒酣驰晖”一句，更传出其兴会飙举、意气凌云的情状。显示出虽怀失意的忧思悲慨，精神上仍然昂扬挺拔而无萎靡之态。这样，结尾四句转入高唱方不显得突兀。

“歌且谣，意方远。东山高卧时起来，欲济苍生未应晚。”这是全诗的归趋与结束，也是全诗感情发展的高潮。在经历了一段离京去国的忧思、酣饮高楼的排遣、怀古慨今的悲愤和分曹赌酒的宣泄的曲折心路历程之后，诗人终于唱出昂扬奋发的强音。“意方远”三字，透露出诗人并不因一时的挫折而消极颓唐，而是将人生的道路看得很长很远。坚信自己正像隐居待时的谢安一样，实现自己济苍生、安黎元的人生抱负还有的是时间。这是典型的李白的声音。《梁甫吟》结尾说：“张公两龙剑，神物合有时。风云感会起屠钓，大人𡵆屼当安之。”《行路难三首》（其一）结尾说：“长风破浪会有时，直挂云帆济沧海。”和本篇的结尾，都通过用典，表达了对政治前途的乐观信念。李白抒写怀才不遇的诗篇，每于篇末振起，决非故作宽解之词，而是出于其坚强的信念和对自己才能的高度自信，因此它给人带来的是乐观的展望和对未来的信心。

可以看出，这首诗虽以梁园怀古为题材，但其主旨却是咏怀，不仅二、四两段直接抒怀，就连首段叙行程、三段抒怀古之情，也都关合着怀才不遇的主意。因此，不妨说它是一首以怀古形式出现的咏怀诗，一首怀古与咏怀紧密结合的抒怀诗。

永王东巡歌十一首（其二）〔一〕

三川北虏乱如麻〔二〕，四海南奔似永嘉〔三〕。
但用东山谢安石〔四〕，为君谈笑静胡沙〔五〕。

校注

〔一〕永王，唐玄宗第十六子李璘。开元十三年（725）封永王。《旧唐书·永王璘传》："天宝十四载十一月，安禄山反范阳。十五载六月，玄宗幸蜀。至汉中郡，下诏以璘为山南东路及岭南、黔中、江南西路四道节度采访等使，江陵大都督，馀如故。璘七月至襄阳，九月至江陵，召募士将数万人，恣情补署，江淮租赋，山积于江陵，破用巨亿。以薛镠、李台卿、蔡垧为谋主，因有异志。肃宗闻之，诏令归觐于蜀，璘不从命。十二月，擅领舟师东下，甲仗五千人趋广陵，以季广琛、浑惟明、高仙琦为将。"后兵败，"将南投岭外，为江西采访使皇甫侁下防御兵所擒，因中矢而薨"。天宝十五载（756）十二月永王舟师东下经九江时，曾三次征召隐于庐山屏风叠的李白入幕，《永王东巡歌十一首》即作于翌年（至德二载）春在永王幕时。

〔二〕三川，秦郡名。据《史记·秦本纪》，秦庄襄王元年（前249），初置三川郡。治所在今河南洛阳市东北。此处即以"三川"借指洛阳，因其地有黄河、洛水、伊水三条河流而有此称。唐人多称河南尹为三川守。北虏，指安史叛军。其时东都洛阳与京城长安均已沦陷。

〔三〕永嘉，晋怀帝年号。永嘉五年（311），前赵匈奴君主刘曜攻陷洛阳，百官士庶死者三万余人，中原衣冠之族相率南奔，避乱江左。而安史乱起，两京沦陷，"天下衣冠士庶，避地东吴。永嘉南迁，未盛于此"（李白《为宋中丞请都金陵表》）。

〔四〕东山谢安石，隐于东山的谢安，借指隐于庐山的诗人自己。东山，在会稽。参《梁园吟》"东山高卧时起来"二句注。

〔五〕谈笑静胡沙，指谢安镇定从容，决胜千里，取得淝水之战的巨大胜利，打败南犯的苻坚大军之事。《晋书·谢安传》："谢安，字安石……时苻坚强盛，疆埸多虞，诸将败退相继。安遣弟石及兄子玄应机征讨，所在克捷……坚后率众，号百万，次于淮肥，京师震恐。加安征讨大都督。玄入问计，安夷然无惧色，答曰：'已别有旨。'既而寂然……安遂命驾出山墅，亲朋毕集，方与玄围棋赌别墅……玄等既破坚，有驿书至，安方与客围棋，看书既竟，便摄放床上，了无喜色，棋如故。客问之，徐答云：'小儿辈遂已破贼。'"此借指自己能像谢安那样，谈笑中破敌，扫平安史叛军。

笺评

刘克庄曰：按永王璘客，如孔巢父亦在其间，白其一耳。此篇所谓"谢安石"不知属谁，可见自负不浅。然十篇只目王为帝子，受命东巡，

与王衍、阮籍劝进事不同。(《后村诗话·新集》卷一)

严评曰:自负不浅。(严评《李太白诗集》)

严评本载明人批:此篇稍脱洒,然永嘉事不宜用。

萧士赟曰:宋《蔡宽夫诗话》云:太白之从永王璘,世颇疑之,唐书载其事甚略,亦不为辩其是否。独其诗自序云:"半夜水军至,浔阳满旌旃。空名适自误,迫胁上楼船。从赐五百金,弃之若浮烟。辞官不受赏,翻谪夜郎天。"然太白岂从人为乱者哉!盖其学本出纵横,以气侠自任。当中原扰攘时,欲借之以立奇功耳。故其《东巡歌》有"但用东山谢安石,为君谈笑静胡沙"之句,至其卒章乃云"南风一扫胡尘静,西入长安到日边",亦可见其志矣,大抵才高意广如孔北海之徒,固未必有成功,而知人料事尤其所难。议者或责以璘之猖獗,而欲仰以立事,不能如孔巢父、萧颖士察于未萌,斯可矣。若其志亦可哀矣。(《分类补注李太白诗》卷八)

朱谏曰:言三川之地,禄山之寇纷然如麻之多,犬羊充斥而东京陷没矣。天子西狩,百姓南奔,有如晋怀帝永嘉之时刘聪陷京师,而天子蒙尘于外也。凡夷狄之侵中国者,以中国无人也。苟有人焉,彼且畏服之不暇,又妄敢与我为敌哉!且如东晋之时,苻坚之寇,能用安石为将帅,则谈笑之间,可却百万之众……或曰:是白之自负也,盖以安石而自比也。(《李诗选注》)

唐汝询曰:永王璘之行师,盖横暴之极者,太白以安石起之,欲其务镇静也。然璘竟取败,而太白几坐诛,悲夫!一说,太白尝卧东山,此方安石,当是自况。若然,置永王于何地?青莲亦不应放诞至此。(《唐诗解》卷十三)

丁绍仪曰:"但起东山谢安石,为君谈笑静胡尘。"太白诗也,人或讥其大言不惭,然其时邺侯、汾阳均未显用,殆有所指,非自况也。(《听秋声馆词话》卷一)

应时曰:体格不失,自得狂士气概。(《李诗纬》卷四)

丁谷云曰:观此词意,则太白心迹可知矣。(同上引)

参加永王璘幕府,是李白一生中第一次真正得以从政的机会。和天宝初

年奉诏入京，供奉翰林，仅为文学侍从之臣不同，这一次是在安史乱起，两京沦陷，国家处于危难局面下，参加受命于玄宗经营长江中下游地区的永王璘幕府。在诗人看来，这正是他报效国家，扫荡叛敌，建功立业的绝好机会。因此入幕之初，他热情高涨，意气风发，充满自信。《在水军宴赠幕府诸侍御》诗中写道："胡沙惊北风，电扫洛阳川。虏箭雨宫阙，皇舆成播迁。英王受庙略，乘命清南边……霜台降群彦，水国奉戎旃。绣服开宴语，天人借楼船。如登黄金台，遥谒紫霞仙。卷身编蓬下，冥机四十年。宁知草间人，腰下有龙泉。浮云在一决，志欲清幽燕。愿与四座公，静谈金匮编。齐心戴朝恩，不惜微躯捐。所冀旄头灭，功成追鲁连。"可以强烈感受到当报国建功的机会到来时诗人的兴奋心情。《永王东巡歌十一首》就是在这种情况下创作的组诗。本篇是组诗的第二首。

前两句写当时的乱局。"三川北虏乱如麻"，广大的中原河洛地区，已为安史叛军所盘踞，呈现出触目惊心的乱象。"乱如麻"三字，既形象地显示出"俯视洛阳川，茫茫走胡兵"的景象，又表现出"天津流水波赤血，白骨相撑如乱麻"的惨象。胡兵之纵横杀掠，百姓之遭受惨祸，均包含在内。其时长安亦已沦陷，玄宗奔蜀，诗中只写"三川北虏"横行之象，固缘于绝句贵简，亦缘于三川之地已成安史叛军的政治中心，故独标举之。且下句用永嘉南渡事，而西晋即都洛阳，两句历史与现实密切结合，一意贯串，可见其运思之密。

"四海南奔似永嘉。"安史乱起后，"天下衣冠士庶，避地东吴。永嘉南迁，未盛于此"。李白在这里所揭示的是当时上层衣冠士族和普通百姓纷纷避乱南奔，有似永嘉年间的乱局重演的情况。这里面也包括了李白自己"东奔向吴国"的行迹。着一"奔"字，显示出士庶避乱的仓皇匆遽，与上句"乱"字相应。前人或讥用永嘉事之不宜，今人或谓用永嘉事之不当，均求之过深。唐人用典，每取其一端。李白此处用永嘉事，仅取中原纷乱、衣冠士庶南奔，历史与现实呈现惊人相似的一幕这一端。并不预示今后将重演南北对峙、天下分裂的局面，更不代表李白有辅佐永王璘于江南图王称帝的政治意图。因为接下去的两句已将自己的政治抱负和目标讲得非常清楚。

"但用东山谢安石，为君谈笑静胡沙。"李白素以谢安自命，《梁园吟》中即言"东山高卧时起来，欲济苍生未应晚"，现在他所等待的报国立功的时机终于到来了，因此他满怀激情和自信地宣称：只要任用了我这个谢安式的人物，就能于谈笑之间为君主平定叛乱，扫荡敌寇，重新建立清平的世界。历史典故的丰富内涵，赋予“谈笑”二字以无穷的遐想，使读者心目中活现出一位运筹帷幄、决胜千里，指挥若定、胜券在握的当代谢安形象，联想到“谈笑间，强虏灰飞烟灭”的壮观场景。而诗人的高度自信与自负，以及潇洒脱俗的风神意态也自然而不费力地表现出来了。

诗的前幅与后幅，构成了鲜明的对比。前幅极言时局之乱、之危，后幅则极形拨乱反正、拯救危局之易、之速，重举而轻放，越发衬托出“东山谢安石”式的人物在挽狂澜于既倒的斗争中的作用。

作为一位诗人，我们所看重的是诗中抒发的爱国热情和建功立业的抱负，以及所表现的鲜明个性。至于诗人在参加永王璘幕府这一行动中所表现出来的政治上的单纯幼稚，以及诗人的实际政治军事才能是否如他自己的估计，则是全面评价李白时应该加以分析的问题。

峨眉山月歌〔一〕

峨眉山月半轮秋，影入平羌江水流〔二〕。
夜发清溪向三峡〔三〕，思君不见下渝州〔四〕。

校注

〔一〕峨眉山，在今四川峨眉山市西南，主峰高三千余米，为蜀中名山。《元和郡县图志》卷三十一剑南道嘉州峨眉县：“峨眉大山，在县西七里。《蜀都赋》云‘抗蛾眉于重阻’。两山相对，望之如蛾眉，故名……中峨眉山，在县东南二十里。”宋蜀刻本题下有“峡路”二字。王琦《李太白全集》谓“此诗约是开元中，李白未出蜀以前所作”。詹锳《李白诗文系年》系此诗于开元十二年（724）出蜀路经三峡时。郁贤皓《李白选集》系年从詹说，谓是出蜀时途中寄友之作。

〔二〕平羌江，即青衣江。源出今四川芦山县，东南流经雅安、夹江、乐山，会大渡河，入岷江。《元和郡县图志》卷三十一剑南道嘉州平羌县：“本汉南安县地，周武帝置平羌县，因境内平羌水为名。”平羌县在嘉州（今乐山市）之北。

〔三〕清溪，指清澈的江水。旧注或谓清溪指资州清溪县，或谓指嘉州犍为县之清溪驿。按资州清溪县本名牛鞞，天宝元年（742）始更名清溪，开元中尚无清溪县。且资州离峨眉、平羌江甚远，可证此句“清溪”绝非资州之地名。王琦注引《舆地纪胜》谓犍为县有清溪驿，但今本《舆地纪胜》无此记载。三峡，指巴东三峡。所指不一。今通指瞿塘峡、巫峡、西陵峡。郁贤皓《李白选集》谓：“味此诗中之三峡，似非指长江三峡。《乐山县志》谓当指乐山县之黎头、背峨、平羌三峡，而清溪则在黎头峡之上游。其说近是。”可备一说。

〔四〕君，有指月、指友二解。据诗题，此“君”当是指月。渝州，唐剑南道有渝州，今重庆市。

笺评

苏轼曰：“峨眉山月半轮秋，影入平羌江水流。谪仙此诗谁解道，请君见月时登楼。”（《送人守嘉州》）

严评曰：色与月俱清，音与江俱长，不独无一点俗气，并无一点仙气。“秋”字作韵，妙。“影”字安在上，妙。试一变动，便识妍媸。（严评《李太白诗集》）

刘辰翁曰：含情凄惋，有《竹枝》缥缈之音。（《李诗选》卷二引）（又见《唐诗品汇》引）

王世贞曰：此是太白佳境。然二十八字中，有峨眉山、平羌江、清溪、三峡、渝州，使后人为之，不胜痕迹矣，益见此老炉锤之妙。（《艺苑卮言》卷四）

王世懋曰：谈艺者有谓七言律一句不可两入故事，一篇中不可重犯故事，此病犯者故少，能拈出亦见精严，然吾以为皆非妙悟也。作诗到精神传处，随分自佳，下得不觉痕迹，纵使一句两入，两句重犯，亦自无伤。如太白《峨眉山月歌》，四句入地名者五，然古今目为绝唱，不厌重。蜂腰，鹤膝，双声、叠韵，休文三尺法也，古今犯者不少，宁尽被汰耶!（《艺圃撷馀》）

桂天祥曰：且不问太白如何，只此诗谁复能知?（《批点唐诗正声》）

凌宏宪集评《唐诗广选》：如此等神韵，岂他人所能效颦（首二句下）。

严评本载明人批：千古脍炙人口，只是意态流动又自然。

唐汝询曰：“君”者，指月而言，清溪、三峡之间，天狭如线，即半轮

亦不复可睹矣。(《唐诗解》卷二十五)

朱谏曰:言峨眉山上半轮之月,月弦之时,时已秋矣。月影入于平羌之江,而江流夜矣。乘夜放舟,浮清溪而下三峡,思君不见,忽然又见于渝州矣。所谓“君”者,其姓名不著,不知为何如人也。疑即下章《峨眉山月歌送蜀僧晏入中京》者,晏即其人也。(《李诗选注》卷五)

陆时雍曰:浑然之妙。(《唐诗镜》卷二十)

金献之曰:王右丞《早朝》诗五用衣服字,李供奉《峨眉山月歌》五用地名字,古今脍炙。然右丞用之八句中,终觉重复;供奉四句,而天巧浑成,毫无痕迹,故是千秋绝调。(《删补唐诗选脉笺释会通评林·盛七绝中》引)

周敬曰:思入清空,响流虚远,灵机逸韵,相辏而来。每一歌之,令人忘睡。(同上)

邢昉曰:此种神化处,所谓太白不知其所以然。(《唐风定》)

黄生曰:语含比兴……“君”字指月而言,喻谗邪之蔽明也。七律有“总为浮云能蔽日,长安不见使人愁”之句,参看自明。(《唐诗摘抄》卷四)

《李诗直解》:此为峨眉山月歌,因舟行而思友人也。言峨眉山月,当秋时而有半轮之明,皓月之影照入平羌,而江水载之而流,我乘舟夜发清溪之县,向三峡而行,不得与我友同发,而思君不见,随流迅速已下渝州之境矣。回首巴渝,停云弥切,惆怅之怀,何时已哉!

应时曰:(首句)山高只见一半。(次句)与水同行。(三句)连一半亦不见矣。总评:重入地名,镕化入神,非太白不能有此。(《李诗纬》卷四)

丁谷云曰:读太白诗,全要看他韵致。(同上引)

沈德潜曰:月在清溪、三峡之间,半轮亦不复见矣。“君”字即指月。(《重订唐诗别裁集》卷二十)按:此袭唐汝询之解。

吴昌祺曰:“君”字不知何指,就题言则从唐解。山虽高,岂掩半轮?诗盖言月弦耳。(《删订唐诗解》卷十三)

顾嗣立曰:四明周屺公斯盛曰:太白《峨眉山月歌》四句中连用峨眉、平羌、清溪、三峡、渝州五地名,绝无痕迹,岂非天才!(《寒厅诗话》)

《唐宋诗醇》:但觉其工,然妙处不传。(卷五)

黄叔灿曰:“君”指月。月在峨眉,影入江流。因月色而发清溪,及向

三峡，忽又不见月，而舟已直下渝州矣。诗自神韵清绝。（《唐诗笺注》）

朱之荆曰：至三峡，则半轮不可复见矣。故下渝州以求之。“秋”字作韵妙，与五言“醉杀洞庭秋”同。（《增订唐诗摘抄》）

李锳曰：此就月写出蜀中山峡之险峻也。在峨眉山下，犹见半轮月色，照入江中，自清溪入三峡，山势愈高，江水愈狭，两岸皆峭壁层峦，插天万仞，仰眺碧落，仅馀一线，并此半轮之月亦不可见，此所以不能不思也。“君”字，指月也。（《诗法易简录》）

宋顾乐曰：王元美曰：“此是太白佳境……益见此老炉锤之妙。”此诗定从随手写出，一经炉锤，定逊此神妙自然。（《唐人万首绝句选》评）

赵翼曰：李太白“峨眉山月半轮秋”云云，四句中用五地名，毫不见堆垛之迹。此则浩气喷薄，如神龙行空，不可捉摸，非后人所能模仿也。（《瓯北诗话》）

鉴赏

这首诗自明代诗评家王世贞指出其连用五地名（实际上是四地名）而不露痕迹，深得炉锤之妙以来，评家多赞为绝唱。但对诗中“半轮”“清溪”“君”的理解，却有分歧。特别是对“君”的理解，直接涉及对诗的整体构思和主旨的理解把握，尤需辨析。

其实，李白的另外两首诗已经为我们提供了理解此诗中的“君”所指的可靠的依据。一首就是解者每加以称引但却未揭出与此诗联系之关键的《峨眉山月歌送蜀僧晏入中京》，另一首则是解者未加注意的《渡荆门送别》。《峨眉山月歌送蜀僧晏入中京》作于乾元二年（759）在江夏时，开头四句说：“我在巴东三峡时，西看明月忆峨眉。月出峨眉照沧海，与人万里长相随。”此诗题目既与早年出川时所作《峨眉山月歌》相同，则前四句所写当即开元十二年（724）诗人出川时在巴东三峡看明月忆峨眉的情景，其中“月出峨眉照沧海，与人万里长相随”二句，正可用来说明七绝《峨眉山月歌》所写的内容意境：前两句总写峨眉山月之与自己相随；后两句则写月之“不见”，而在对月的思念中下渝州，向三峡。而《峨眉山月歌送蜀僧晏入中京》通篇不离峨眉月，也可印证《峨眉山月歌》这一仅四句二十八个字的七绝更应通篇不离题内的“峨眉山月”，而所谓“思君不见”，也就是“思峨眉月而不见”。《渡荆门送别》与《峨眉山月歌》同为李白初出川时所作，其尾联云："仍怜故乡水，万里送行舟"，亦出荆门而仍念故乡之水，殷勤相送于万里之外，可见其对故乡的深情怀念。由此可以启示我们，《峨眉山月歌》实际上是抒写"仍怜故乡月，万里送行舟"，只不过因为途中有一段见不到月，因而变成了"思君不见"。思故乡水、思故乡月，都是思故乡的表现。"君"之所指既明，对《峨眉山月歌》构思、内容和意境的理解把握便比较容易。

首句"峨眉山月半轮秋"，正点题面。"半轮"，相对全轮、一轮而言，指弦月。从下面描写的情况看，当是农历初七、八的上弦月。王褒《咏月赠人》："上弦如半璧，初魄似蛾眉。"半轮，也就是"半璧"之状。这句所写，当是初夜景象。峨眉山上空，悬挂着半轮明月，将皎洁的清辉洒向大地山川。"秋"字本是点明时令季节的，这里将它作为韵脚，置于"半轮"之后，构成"半轮秋"的特殊诗语，不仅点明这半轮山月乃是秋月，而且使名词形容词化，令人联想到这半轮秋月似乎特别皎洁清澄，在散发着凉意，给人一种沁人心脾的感受。

次句"影入平羌江水流"，写月影映江，随水而流。江水中清晰可见月的倒影，显示水之清澈。而句末的那个"流"字，用得尤为精彩。它与前面的"入"字相接，使全句成为一个浓缩句，即"月影映入平羌江水"与"月影随着平羌江水的流动而流动"这两层意思的融合。这后一层意思，实际上暗示了人在舟中，在舟行过程中看着映入江水的月影一直在随水流动。不但意境清澄优美，而且透出了诗人对始终伴随自己的江中月影的那份亲切感和喜悦感。故乡月、故乡水、故乡情，在这里被不着痕迹地融合在清澄流动的诗的意境中，令人咀味无穷。

第三句"夜发清溪向三峡"，是整首诗中叙述行程的句子，也是对前两句景物描写的立足点的补充交代，说明峨眉秋月、月影江流均为"夜发清溪向三峡"的行程中所见。其中，"清溪"是此行的出发地，"三峡"是此行的所向之地。清溪，或解为资州清溪县，显误；或说是犍为之清溪驿，虽意似可通，但《舆地纪胜》并无清溪驿之记载，故此解殊可疑。实则，所谓"清溪"意即清澈的江水，实即指眼前的平羌江。李白有《清溪行》云："清溪清我心，水色异诸水。借问新安江，见底何如此？人行明镜中，鸟度屏风里。向晚猩猩啼，空悲远游子。"将清澈见底的新安江称为"清溪"，与将可见月影的平羌江称为"清溪"，正属同例。李白此次出川，"三峡"是必经之地，且紧扣舟行所经，故用"向三峡"指明所向，这句在全篇中起着承上启下的枢纽作用。

末句“思君不见下渝州”，是舟下渝州的行程中对峨眉山月的怀想。“君”指峨眉山月。上弦月升起得早，天未煞黑即已高挂空中；故落得也早，深夜时分即已隐没不见。在舟行过程中，一直伴随着自己的天上半轮秋月和映入江流的月影都不见踪影；峨眉山月越离越远，不免引起对峨眉山月的无限思念，想到自己就要在不见峨眉山月的情况下向下游的渝州驶去，心中不免增添了一丝告别故乡月的惆怅。

这是一位胸怀四方之志的青年诗人“仗剑去国，辞亲远游”途中因故乡的山水景物引发的对故乡的亲切怀恋。峨眉山、平羌江、峨眉月，在诗中都自然成为故乡的象征，而“峨眉山月”，则成为全诗的核心意象和贯串线索，成为诗人故乡情的集中寄托。诗以望峨眉山月始，以不见而思“峨眉山月”终，表现了诗人在仗剑远游之初对故乡的深切怀念。但诗的整个节奏、格调却因连用峨眉山、平羌江、三峡、渝州，而构成一气流走之势，再加上“流”“发”“向”“下”等动词的连续运用，更加强了轻快愉悦的气氛，而秀丽的峨眉、皎洁的秋月、清澈的江流和莹洁的月影所组成的意境，也透出一种清新秀发的韵味。因此，它虽抒故乡情，整首诗的情调仍显得轻快而清新，透露出诗人对前途的乐观展望。

或将末句的“君”理解为友人。一则题称“峨眉山月歌”，说明诗的中心意象就是峨眉山月，而这峨眉山月，无论从题面或诗面，都看不出有象喻友人之意。二则诗的前两句分写峨眉山月与月影江流，第三句交代行程，丝毫看不出有告别友人之意，第四句忽说“思君”（思念友人），太感突兀，从艺术构思看，殊不可解。而解为指月，则显得顺理成章。

江夏赠韦南陵冰〔一〕

胡骄马惊沙尘起〔二〕，胡雏饮马天津水〔三〕。君为张掖近酒泉〔四〕，我窜三巴九千里〔五〕。天地再新法令宽〔六〕，夜郎迁客带霜寒〔七〕。西忆故人不可见，东风吹梦到长安。宁期此地忽相遇〔八〕，惊喜茫如堕烟雾。玉箫金管喧四筵，苦心不得申长句〔九〕。昨日绣衣倾绿尊〔一〇〕，病如桃李竟何言〔一一〕？昔骑天子大宛马〔一二〕，今乘款段诸侯门〔一三〕。赖遇南平豁方寸〔一四〕，复兼夫子持清论〔一五〕。有似山开万里云，四望青天解人闷〔一六〕。人闷还心闷，苦辛长苦辛。愁来饮酒二千石，寒灰重暖生阳春〔一七〕。山公醉后能骑马〔一八〕，别是风流贤主人。头陀云月多僧气〔一九〕，山水何曾称人意？不然鸣笳按鼓戏沧流〔二〇〕，呼取江南女儿歌棹讴〔二一〕。我且为君捶碎黄鹤楼〔二二〕，君亦为吾倒却鹦鹉洲〔二三〕。赤壁争雄如梦里〔二四〕，且须歌舞宽离忧〔二五〕。

校注

〔一〕江夏，唐鄂州，天宝元年（742）至至德二载（757）改称江夏郡。今湖北武汉市。韦南陵冰，南陵令韦冰。据郁贤皓《李白暮年若干交游考索》，韦冰系韦景骏之子，韦渠牟之父。卒于大历末。此诗系唐肃宗乾元二年（759）李白流放夜郎途经巫山遇赦，归至江夏时所作。安旗《李白全集编年注释》改系上元元年（760）春。

〔二〕胡骄，谓胡人。《汉书·匈奴传》："胡者，天子骄子也。"此指安史叛军。

〔三〕胡雏，用石勒事。《晋书·石勒载记》："石勒……羯人也……年十四，随邑人行贩洛阳，倚啸上东门。王衍见而异之，顾谓左右曰：'向者胡雏，吾观其声视有奇志，恐将为天下之患。'"此以"胡雏"指敌酋。天津，洛阳西南洛水上有天津桥。天津水，指天津桥下的洛水。此句指安史叛军攻陷占领洛阳。

〔四〕张掖，郡名，即甘州。治所在今甘肃张掖市。酒泉，郡名，即肃州，治所在今甘肃酒泉市。韦冰在张掖为官当在安史乱起以后，视上下句可知。两地相距四百二十里，为邻郡。

〔五〕三巴，东汉末益州牧刘璋分巴郡为永宁、固陵、巴三郡，后改为巴、巴东、巴西三郡，合称"三巴"。相当于今四川嘉陵江流域和綦江流域以东的大部分地区。此以"窜三巴"指自己长流夜郎。"九千里"极言其路之远，非实数。

〔六〕天地再新，指西京长安、东都洛阳相继收复。法令宽，指大赦天下。据《唐大诏令集》，乾元二年二月，颁布《以春令减降囚徒制》："其天下见禁囚徒死罪从流，流罪以下一切放免。"

〔七〕夜郎迁客，诗人自指。带霜寒，形容自己虽遇赦而心中仍带寒意。

〔八〕宁期，岂料。

〔九〕申，展。长句，唐代以七言古诗为长句，后亦兼指七言律诗。杜甫《苏端薛复筵醉歌》："近来海内为长句，汝与山东李白好。"

〔一〇〕绣衣，汉代侍御史穿绣衣，此指御史台官员。唐代幕府官多带宪衔，"昨日绣衣倾绿尊"可能指在江夏的一次使府宴会上，有带御史衔的幕官劝酒。

〔一一〕《史记·李将军列传》："谚曰：'桃李不言，下自成蹊。'"此处活用，谓自己虽有虚名，但处境艰困，心情悲苦，已如得病的桃李，只能缄默无言。

〔一二〕大宛马，产于西域大宛国的名马。《史记·大宛列传》："大宛在匈奴西南……多善马，马汗血，其先天马子也……及得大宛汗血马，益壮，更名乌孙马曰'西极'，名大宛马曰'天马'云。"

〔一三〕款段，行走迟缓的劣马。《后汉书·马援传》："乘下泽车，御款段马。"李贤注："款，犹缓也，言形段迟缓也。"诸侯，指州郡刺史一类地方官。

〔一四〕南平，指李白族弟南平（即渝州）太守李之遥。李白有《赠从弟南平太守之遥二首》，诗云："一朝谢病游江海，畴昔相知几人在。前门长揖后门关，今日结交明日改。爱君山岳心不移，随君云雾迷所为。"豁方寸，敞开胸怀，赤诚相待。

〔一五〕夫子，对韦冰的敬称。持清论，秉持公正的言论。《抱朴子·疾谬》："清论所不能复制，绳墨所不能复弹。"

〔一六〕《晋书·乐广传》载卫瓘赞乐广语："此人之水镜，见之莹然，若披云雾而睹青天也。"此用其语。

〔一七〕《史记·韩长孺列传》："韩安国坐法抵罪，蒙狱吏田甲辱安国，安国曰：'死灰独不复然乎？'……居无何，梁内史缺，汉使使者拜安国为梁内史。"此用其语。

〔一八〕山公，指西晋名士山简。见《襄阳歌》注〔一〕〔二〕。

〔一九〕头陀，寺名，在鄂州，南朝刘宋大明五年（461）建。《元和郡县图志》鄂州江夏县："头陀寺，在县东南二里。"原址在今湖北武汉黄鹤山。

〔二〇〕按鼓，犹击鼓。《招魂》："陈钟按鼓，造新歌些。"沧流，指江水。

〔二一〕棹讴，行舟划桨时唱的船歌。左思《蜀都赋》："次洞箫，发棹讴。"刘渊林注："棹讴，鼓棹而歌也。"

〔二二〕黄鹤楼，见崔颢《黄鹤楼》注〔一〕。

〔二三〕鹦鹉洲，见崔颢《黄鹤楼》"芳草萋萋鹦鹉州"句注。

〔二四〕赤壁争雄，指东汉建安十三年（208），孙权、刘备的联军与曹操大军鏖兵赤壁，互争雄长的战争。赤壁古战场在今湖北赤壁市西北，离江夏很近。

〔二五〕离忧，《史记·屈原贾生列传》："离骚者，犹离忧也。"指遭遇忧患。

黄彻曰：杜甫《剑阁》云："吾将罪真宰，意欲铲叠嶂。"与太白"捶碎黄鹤楼""铲却君山好"语亦何异，然《剑阁》诗意在削平僭窃，尊崇王室，凛凛有忠义气；"捶碎""铲却"之语，但觉一时粗豪耳。故昔人论文字，以意为上。（《䂬溪诗话》）

严评曰：（"人闷"二句）忽入乐府，一句转韵，难于增情，多有此衬副之累。（"山公"二句）有韵致，便能使事也。（"头陀"句）情境会处乃有此语，非虚想所能得。然断章为佳，不可续下句。（"我且"二句）太粗豪。此太白被酒语，是其短处。（严评《李太白诗集》）

严评本载明人批：亦有雄快意，但气略涉粗。（"愁来"二句）尚觉淬炼未净。（"我且"二句）此复近谐谑。

朱谏曰：按此诗前十二句辞意颇顺，然亦柔弱，恐非白作。自"昨日绣衣倾绿尊"以下，驳杂支离，如云"四望青天解人闷""人闷还心闷，苦辛长苦辛"等句，村俗之甚；及"愁来饮酒二千石"，又夸而无伦。"捶碎黄鹤楼""倒却鹦鹉洲"，是甚言醉状，亦自不成文理。为此诗者，肆无忌惮，徒知效李白之放，殊不知白之豪放，由规矩准绳，出入于范围也。岂徒放而已乎！彼不求其本，徒事其末，将流荡而忘返矣，胡可得哉！（《李诗辨疑》卷上）

延君寿曰：《江夏赠韦南陵冰》，是初从夜郎放归，忽与故人相遇，一路醉辛凄楚，闲闲着笔。末幅"头陀云月多僧气，山水何曾称人意"二句，忽然掷笔空际。此下以必不可行之事，摅必当放浪之怀。气吞云梦，笔扫虹霓。中材人读之，亦能渐发聪明，增其豪俊之气。（《老生常谈》）

曾国藩曰：“苦心不得申长句”以上，喜迁谪后相遇。“绣衣”当即指潘侍御，“南平”指从弟之遥也。（《求阙斋读书录》卷七）

王闿运曰：接松懈，似欲生奇，不知江汉之不可压倒，谓江景不如女儿，夫谁信之？且女儿不可渡大江。（《手批唐诗选》卷八）

唐肃宗乾元二年（759），诗人在长流夜郎途经三峡一带时遇赦，随即乘舟东下，先后来到江陵、岳阳、江夏。在江夏，邂逅南陵县令韦冰。故友意外相逢，固然使诗人欣喜，但由此引起的对坎坷经历的追忆和对现实处境的感慨，却使他倍加愤郁痛苦。在遇赦之初突发的欣喜心潮消退之后，严酷的现实使他陷入了更深沉强烈的苦闷。

前段二十句，主要围绕与韦冰的离合抒感。开头用简练的笔墨叙写了安史之乱的爆发，在记忆的屏幕上映现出骄悍的叛军驱马南驰、尘沙蔽天，叛军首领饮马天津桥下、志满意得的情景。紧接着，在这大动乱的背景下，叠印出“君”“我”南北暌隔、天各一方的图景。对方远处穷边绝域，辛苦孤孑可想；自己远窜夜郎，跋涉三巴，更是历经艰辛。“九千里”是夸张的形容，心理上的遥不可及之感，将实际的空间距离拉长了。

接下来四句，写遇赦东归及对韦冰的思念。“天地再新”，指两京收复，局势好转；“法令宽”，指大赦。尽管那一段悲苦困顿的人生历程已经成为过去，但诗人身上却似乎还带着它的风霜凄寒之气。“带霜寒”三字，形象地显示了这段坎坷的经历在诗人身心上烙下的印痕。韦冰在任官张掖之后，大约曾回长安供职，所以诗人有“吹梦到长安”的遥想。

“宁期”四句，从离陡转到合。由于这中间隔了一场时代大动乱，诗人自己又经历了最艰困的遭遇，在梦寐思念而不得见的情况下突然不期而遇，便特别令人惊喜交并。“茫如堕烟雾”，把乍见翻疑梦的恍惚与茫然，把心理上一时的失重状态，描绘得真切生动而又轻松自如。双方的意外相逢，就在一次箫管喧阗的热闹宴会上，很可能就是江夏太守韦良宰这位“风流贤主人”举行的盛宴。按说，天地再新，迁客放还，故友重逢，身预盛宴，应该诗兴大发，淋漓尽致地抒写逸兴豪情。但诗人却因为内心积郁了太深重的悲苦，不能用纵横驰骋的七言古诗来抒写情怀了。“不得申长句”的“申”字，表现了由于心情压抑悲苦而不能尽情抒发的感慨。这一转折，将诗人内心强烈的悲愤苦闷透露出来了。

仿佛是为了向对方进一步申述自己的心曲，接下来四句，又由眼前的宴会回溯不久前的另一次盛宴：尽管绣衣侍御绿酒频倾，但自己却提不起什么兴致；境遇困窘，正如得病的桃李，不过徒有虚名，只能缄默无言。一提起往日的殊荣和目前的曳裾侯门，就不能不感到强烈的屈辱与悲哀。“竟何言”应上“不得申长句”。一个性格爽朗豪放的诗人，竟然只能缄口无言，其内心的苦闷压抑可想而知。

“赖遇”四句，转写得遇故交的欣喜。诗人在《赠从弟南平太守之遥》中说：“一朝谢病游江海，畴昔相知几人在。前门长揖后门关，今日结交明日改。爱君山岳心不移，随君云雾迷所为。”所谓“豁方寸”，自然包括这种肝胆相照、真挚不移的友谊。而韦冰夫子的“清论”，更是一反庸俗的世态炎凉的秉持正义之论。友谊的温暖是苦闷生活中的一片亮色。对此亲朋，聆此公论，心胸不禁顿觉开阔爽朗：“有似山开万里云，四望青天解人闷。”这里活用卫瓘赞乐广的故典，与前面活用“桃李不言，下自成蹊”的故典，都表现了李白用典的高超。而前者使事了无痕迹，如同己出；后者反用其意，使事灵变，各臻其妙。

然而，这毕竟是暂时的精神解脱，包围着诗人的仍是令人压抑窒息的环境。后段十四句，便借醉酒行乐进一步抒写对苦闷的发泄和苦闷的无处摆脱。“人闷还心闷，苦辛长苦辛”，两个对称的五言句嵌在前后的七言句中间，不但使全诗显出了分明的段落和节奏，而且以缠绕不已的苦闷领起了以下的抒情。

愁闷之中，狂饮似是解脱之一途。“饮酒二千石”与“一饮三百杯”虽同属艺术的夸张，但后者是带有坚强自信的痛饮，这里却只剩下单纯的借酒浇愁了。当然，酒酣耳热之际，也感到周身温暖如春，更何况还有山简那样的风流贤主人殷勤相待呢。李白在《赠江夏韦太守良宰》诗中说：“逸兴横素襟，何处不招寻。”如此贤主人，以“风流”称之，是当之无愧的。但酒的力量和主人的情意也只能奏效于一时而已，观下两句自知。“饮酒”仍承上“喧四筵”来。

醉后出游，或可稍解苦闷吧。然而头陀寺的云烟月色正像它的名字一样，沾染了一股僧气，失去了山水自然清新的本色。诗人怀着“人生在世不称意”的感情来观赏景物，觉得山水也不称人意，难以忍受了。

那么，醉后遨游江上，歌舞戏乐，“呼取江南女儿歌棹讴”吧。但这种带有颓废色彩的苦中作乐，本身就是苦闷的标志。当狂饮、游玩、歌舞都无法排遣苦闷时，满腔愤郁便像压抑已久的地下熔岩，喷薄而出。“我且为君捶碎黄鹤楼，君亦为吾倒却鹦鹉洲。”这仿佛是酒徒醉后的狂言，但它实际上蕴含着天才诗人对污浊黑暗的社会环境的深沉感慨，表现了他对现存秩序的强烈抗议。在走投无路的绝望情绪中透露出他对现实的彻底否定倾向。黄鹤楼与鹦鹉洲，当是遨游江上即目所见。它们或者以乘鹤仙去的传说引发诗人的遗世独立之情，或者因才士祢衡的不幸遭遇勾起异代同悲之慨。但也可能并无什么理由，只是一肚皮不合时宜无处发泄，看不惯一切现实秩序而已。不久前诗人在岳阳曾写过“铲却君山好，平铺江水流”的诗句，这种情绪已露端倪，但远没有这两句来得激烈。

“赤壁争雄如梦里，且须歌舞宽离忧。”这是愤怒情绪发泄以后无可奈何的长叹。仿佛把历史、人生、功名事业统统看成一场梦幻，实际上则是理想幻灭的深沉愤郁。“离忧”，犹遭遇忧患，诗人在这里将自己遭受的忧患与屈原的《离骚》无形中挂上了钩。

这依然是典型的李白的声音，但由于时代的动乱、现实的黑暗，特别是由于个人境遇的困厄，这声音又和我们过去熟悉的有所不同。它依然那样豪放遒劲，但却失去了往日的飘逸潇洒，而带有一种绝望式的愤郁。对现实的抗议乃至否定情绪比以前更加强烈，但却不再伴随着“天生我材必有用”式的自信，感情的表达依然是爆发式的，但却不像过去那样起落无端，断续无迹。形象的饱满和语言的自然华美，较之过去，也不免有些逊色。

闻王昌龄左迁龙标遥有此寄〔一〕

杨花落尽子规啼〔二〕，闻道龙标过五溪〔三〕。
我寄愁心与明月，随风直到夜郎西〔四〕。

校注

〔一〕王昌龄，生平详见本编王昌龄小传。《河岳英灵集》谓昌龄“晚节不矜细行，谤议沸腾，再历遐荒”，即指其贬龙标（今湖南洪江）尉之事。其贬龙标之年月，当在天宝十二载（753）以前。傅璇琮、李珍华《王昌龄事迹新探》谓此诗当作于天宝十载或十一载春。李云逸《王昌龄诗注》则谓此诗当作于天宝七载暮春。左迁，贬官。龙标，唐县名，开元十三年（725）至大历五年（770）期间，属巫州，为州治所在。在今湖南洪江西南。

〔二〕杨花落尽，宋蜀本作“扬州花落”。咸本、萧本、胡本及《全唐诗》均作“杨花落尽”。子规，即杜鹃鸟。

〔三〕五溪，指酉、辰、巫、武、沅五溪，在今湘西、黔东一带。

〔四〕风，宋蜀本作“君”。夜郎，这里指唐业州夜郎县，在今湖南芷江县西南。与龙标相距很近。据《新唐书·地理志》，龙标县武德七年（624）置，贞观八年（634），析置夜郎、郎溪、思微三县，九年省思微。因此诗中的“夜郎”实即龙标的异称。因避复（第二句已出“龙标”）及末句第五字宜仄而用“夜郎”。“夜郎西”，即远在西边的夜郎之意。如泥解为龙标在夜郎之西，则与地理不合（龙标县在夜郎县之东南）。

笺评

谢枋得曰：首句托兴，次句赋事。末二句写情。（《李太白诗醇》卷二引）

严评曰：无情生情，其情远。（严评《李太白诗集》）

严评本载明人批：兴趣高，道得醒快。

胡应麟曰：太白七绝如“杨花落尽子规啼”……等作，读之真有挥斥八极，凌历九霄意。（《诗薮·内编》卷六）

朱谏曰：白闻王昌龄左迁龙标，遥赠此诗，意谓暮春之时，杨花落而子规啼，君谪龙标，我闻此地，远……出于五溪之外，其险也，亦已甚矣……身虽未到其地，心已见月而悲，愁心随月先到于彼……盖慰之之辞。（《李诗选注》）

敖英曰：曹植《怨诗》：“愿作东北风，吹我入君怀。”又齐澣《长门怨》：“将心寄明月，流影入君怀。”而白诗兼裁其意，撰成奇语。（《唐诗绝句类选》。《唐诗选脉》作皇甫汸评）

唐汝询曰：当花鸟将尽之时，适闻君有此行，于是因明月而寄此愁心，欲其随风而直至君所也。寄心明月，如曰寄言浮云。或以明月直指昌龄，

何异指鹿为马。（《唐诗解》卷二十五）

桂天祥曰：太白绝句，篇篇只与人别，如《寄王昌龄》《送孟浩然》等作，体格无一分相似。奇节风格，万世一人。（《李诗选》）

周敬曰：是遥寄情词，心魂渺渺。（《删补唐诗选脉笺释会通评林·盛七绝中》）

叶羲昂曰：音节清哀。（《唐诗直解》）

《李诗直解》：此闻王昌龄之贬谪而远有所怀也。言杨花落尽之时而子规啼，春将阑矣。此时闻王昌龄左迁龙标，而过五溪荒远之地，不得晤言而怀想弥切。我将愁心寄与皎月，则心也月也随风以入君怀，而直到夜郎之西，君可挹皎月而知故人之怀矣。（卷六）

陆时雍曰：寄月随风，何所不到？（《唐诗镜》卷二十）

应时曰：凄清之气动人。（首二句）虽直叙，已见意。（末二句）无情中生出。（《李诗纬》）

潘耒曰：前半言时方春尽，已可愁矣。结句承次句。心寄与月，月又随风，幻甚。（《李太白诗醇》卷二引）

毛先舒曰：太白“杨花落尽”与乐天“残灯无焰”体同题类，而风趣高卑，自觉天壤。（《诗辩坻》卷三）

黄生曰：趣。一写景，二叙事。三、四发意。此七绝之正格也。若单说愁，便直率少致；衬入景语，无其理而有其趣。又曰：（第三句）情中见景，痴语见趣。（《唐诗摘抄》卷四）

朱之荆曰：即景见时，以景生情。末句直硬，见真情。（《增订唐诗摘抄》）

沈德潜曰：即“将心寄明月，流影入君怀”意。出以摇曳之笔，语意一新。（《重订唐诗别裁集》卷二十）

黄叔灿曰：“愁心”二句，何等缠绵悱恻。而“我寄愁心”，犹觉比“隔千里兮共明月”意更深挚。（《唐诗笺注》）

宋宗元曰：（三、四句）奇思深情。（《网师园唐诗笺》）

李锳曰：三、四句言此心之相关，直是神驰到彼耳。妙在借明月以写之。（《诗法易简录》）

施补华曰：深得一“婉”字诀。（《岘佣说诗》）

富寿荪曰：首句寓飘泊之感。次句见贬地荒远。三、四极写关怀之切。通首一气旋折，全以神行。而语挚情真，复饶远韵，故推绝唱。（《千首

唐人绝句》）

这是李白一首流传广远的寄赠友人之作。首句从眼前景物发兴，在写景点明时序中寓含有意无意的比兴象征意味。杨花落尽，已是暮春百花凋残的季节；它的纷纷飘落，又易触发漂泊天涯的联想。子规啼，暗用《离骚》"恐鹈鴂之（即杜鹃、子规）先鸣兮，使夫百草为之不芳"，更象征着美好春光的消逝。联系王昌龄的被贬，不难引发读者对他所处的时代更广泛的联想。

次句叙事，正式点出题内"闻王昌龄左迁龙标"。五溪一带，当时还是"蛮夷"所居的僻远之地。说"过五溪"，则更突出了龙标的荒远。句首的"闻道"二字，则以渺远未历、但凭传闻的口吻，渲染了这种荒远之感。这句虽似平平叙事，但王昌龄的获罪严谴，贬谪途中的辛苦与贬所的荒凉，以及诗人的关切同情都自寓于其中。

这首诗的出名，更得力于三、四两句。但如果单纯从构思上看，则它显然曾受到曹植"愿为西南风，长逝入君怀""愿为南流景，驰光见我君"等诗句的启发。而在读者的感受中它又是地地道道李白式的抒情，带有李白特有的艺术个性。

一般的诗人，写到"闻道龙标过五溪"，多半会顺着龙标僻处荒远这条思路去想象对方凄凉孤孑的谪宦生活。李白却撇开这一层，反过来集中抒写自己听到这个消息后的强烈主观感情。他不但满怀"愁心"，同情因"不矜细行"而遭远谪的朋友，而且要把"愁心"托付给西驰的明月，让它趁着长风，一直吹送到西边的夜郎（即龙标）。在这里，明月成了传送友谊的使者，长风也成了吹度明月的凭借。这夸张奇妙而又天真烂漫的想象，使这首诗带有强烈的主观抒情色彩和李白豪放天真的个性，而诗人对朋友的深挚情谊也不费力地表达出来了。比较李白的"狂风吹我心，西挂咸阳树""明月出天山，苍茫云海间。长风几万里，吹度玉门关"等诗句，更可见其所体现的李白式的想象与构思的个性色彩。

"愁心"原是悲伤而沉重的。但愁心寄月随风的形象所给予读者的，却不是沉重的压抑之感，而是对李白诗特具的那种明朗、飘逸之美的感受。明月的光波柔和而流动，长风送月更增添了飘飞之感。这样，读者所感受到的，便主要不是远窜穷荒的凄凉孤孑，而是友谊的光波对远贬者的精神慰藉。元稹《闻乐天授江州司马》："残灯无焰影幢幢，此夕闻君谪九江。垂死病中惊坐起，暗风吹雨入寒窗。"深挚之情以沉重之笔出之，满纸悲酸不堪卒读，与李白此诗以飘逸灵动之笔传深挚之情显然有别。虽抒"愁心"，却并无压抑之感。

沈德潜《说诗晬语》说："七言绝句，以语近情遥，含吐不露为主。只眼前景，口头语，而有弦外音，味外味，使人神远。太白有焉。"这首诗将奇妙的想象和明朗自然而富蕴含的语言和谐地统一起来，仿佛脱口而出，信手写成，正是体现沈氏所说的七绝高品的典范。

庐山谣寄卢侍御虚舟〔一〕

我本楚狂人，凤歌笑孔丘〔二〕。手持绿玉杖〔三〕，朝别黄鹤楼。五岳寻仙不辞远〔四〕，一生好入名山游。庐山秀出南斗傍〔五〕，屏风九叠云锦张〔六〕，影落明湖青黛光〔七〕。金阙前开二峰长〔八〕，银河倒挂三石梁〔九〕。香炉瀑布遥相望〔一〇〕，回崖沓嶂凌苍苍〔一一〕。翠影红霞映朝日〔一二〕，鸟飞不到吴天长〔一三〕。登高壮观天地间，大江茫茫去不还。黄云万里动风色，白波九道流雪山〔一四〕。好为庐山谣，兴因庐山发。闲窥石镜清我心〔一五〕，谢公行处苍苔没〔一六〕。早服还丹无世情〔一七〕，琴心三叠道初成〔一八〕。遥见仙人彩云里，手把芙蓉朝玉京〔一九〕。先期汗漫九垓上〔二〇〕，愿接卢敖游太清〔二一〕。

校注

〔一〕庐山，在今江西九江市南。谣，《尔雅·释乐》："徒歌谓之谣。"卢侍御虚舟，指殿中侍御史卢虚舟，字幼真，范阳（今北京大兴）人。至德元载（756），贾至从玄宗幸蜀，拜起居舍人，知制诰，迁中书舍人，有《授卢虚舟殿中侍御史制》，称其"闲邪存诚，遁世颐养，操持有清廉之誉，在公推干蛊之才"。乾元元年（758）贾至出为汝州刺史。故卢虚舟为殿中侍御史，当在至德元载至乾元元年之间（756—758）。此诗詹锳主编《李白全集校注汇释集评》系上元元年（760），谓“李白至德后被系狱、流放，倘非遇赦归来，不可能如此咏庐山之胜景。故系于上元元年。诗云‘朝别黄鹤楼’，是知李白自江夏来庐山”。郁贤皓《李白选集》同。李白另有《和卢侍御通塘曲》云：“通塘在何处，宛在浔阳西。”与《庐山谣》当为同时同地之作。

〔二〕楚狂人，指春秋时楚国狂士陆通，字接舆。《论语·微子》：“楚狂接舆歌而过孔子曰：‘凤兮凤兮，何德之衰！往者不可谏，来者犹可追。已而，已而！今之从政者殆而。’”《庄子·人间世》及皇甫谧《高士传》亦有有关陆通的记载。此处李白以楚狂陆通自况。

〔三〕绿玉杖，用绿玉为饰的手杖。《太平御览》卷六百七十五道部引《茅君传》：“朱官使者把绿节杖。”此指仙人所用的手杖。

〔四〕五岳，即东岳泰山、西岳华山、北岳恒山、中岳嵩山、南岳衡山（一作霍山，即天柱山）。此泛指名山。

〔五〕秀出，突出。南斗，星名，即二十八宿中的斗宿。庐山所在的古吴国之地，属斗宿分野。

〔六〕屏风九叠，即庐山之屏风叠，又称九叠屏。《舆地纪胜》卷二十五江南东路南康军：“九叠屏，在五老峰之侧，唐李林甫女学道此山。山九叠如屏。李白诗云：‘屏风九叠云锦张。’”安史乱起后，李白曾隐居庐山屏风叠，有《赠王判官时余归隐居庐山屏风叠》诗。云锦张，形容峰峦起伏逶迤，如锦绣屏风张开，盖极言其美。

〔七〕影，指庐山的倒影。明湖，即鄱阳湖。青黛光，指青黛般的庐山山色。

〔八〕金阙，指庐山金阙岩，又称石门。《水经注》卷三十九庐江水：“庐山之北有石门水，水出岭端，有双石高竦，其状若门，因有石门之目焉。水导双石之中，悬流飞瀑，近三百许步，下散漫数十步。上望之连天，若曳飞练于霄中矣。”《太平御览》卷四十一引慧远《庐山记》：“西南有石门山，其形似双阙，壁立千仞，而瀑布流焉。”

〔九〕银河，形容倒挂而下的瀑布。三石梁，指九叠屏左之三叠泉。王琦注：“今三叠泉在九叠屏之左，水势三折而下，如银河之挂石梁，与太白诗句正相吻合。”

〔一〇〕香炉瀑布，指庐山香炉峰的瀑布。李白《望庐山瀑布水二首》之一云：“西登香炉峰，南见瀑布水。”陈舜俞《庐山记》卷二：“次香炉峰，此峰山南山北皆有。其形圆耸，常出云气，故名以象形。李白诗云：

‘日照香炉生紫烟，遥看瀑布挂前川。’即谓在山南者也。”遥相望，指香炉峰之瀑布与三石梁之瀑布遥遥相对。

〔一一〕回崖，曲折的山崖。沓嶂，层叠的山峰。凌苍苍，凌越苍天。

〔一二〕翠影，翠色的山影。

〔一三〕吴天，庐山在三国时属于吴国。故称这一带的天为吴天。

〔一四〕白波九道，古代传说，长江流到浔阳（今江西九江市）一带时分为九派。《书·禹贡》：“九江孔殷。”孔传：“江于此州界分为九道。”《汉书·地理志》九江郡注：“应劭曰：江自庐江、寻阳分为九。”流雪山，形容长江九派如雪山奔流、波涛汹涌。

〔一五〕石镜，山峰名，《太平寰宇记》卷一百十一江南西道江州：“石镜，在庐山东悬崖之上，其状团圆，近之则照见形影。”谢灵运《入彭蠡湖口》有“攀崖照石镜”之句，即指石镜峰。

〔一六〕谢公，指谢灵运。谢灵运曾游庐山，有《登庐山绝顶望诸峤》诗云：“峦陇有合沓，往来无踪辙。”此谓当年谢灵运游踪所历之处，如今已被苍苔所掩没。

〔一七〕还丹，道家合九转丹与朱砂再次提炼而成的仙丹，自称服后可即时成仙。葛洪《抱朴子·金丹》：“若取九转之丹，内神鼎中，夏至之后，爆之鼎，热，内朱儿一斤于盖下。伏伺之，候日精照之。须臾翕然俱起，煌煌辉辉，神光五色，即化为还丹。取而服之一刀圭，即白日升天。”世情，世俗之情。

〔一八〕琴心三叠，道教修炼之法。《云笈七签》卷十一《黄庭内景经·上清章》：“琴心三叠舞胎仙。”梁丘子注：“琴，和也。叠，积也。存三丹田，使和积如一，则胎仙可致也。”此指修炼到心静气和的境界，则学道初成。

〔一九〕把，持。芙蓉，莲花。玉京，道教称元始天尊所居之处。葛洪《枕中书》引《真记》：“元都玉京，七宝山，周回九万里，在大罗之上。”又云：“元始天王在天中心之上，名曰玉京山。山中宫殿，并金玉饰之。”

〔二〇〕先期，预先约定。汗漫，渺茫不可知。后转指仙人名。张协《七命》：“过汗漫之所不游。”

〔二一〕卢敖，燕之道流。《淮南子·道应训》高诱注：“卢敖，燕人。秦始皇召以为博士，使求神仙，亡而不返也。”此以卢敖借指殿中侍御史卢虚舟。《道应训》载卢敖事云：“卢敖游乎北海，经乎太阴，入乎玄阙，至于蒙谷之上。见一士焉，深目而玄鬓，泪注而鸢肩，丰上而杀下，轩轩然方迎风而舞……卢敖与之语曰：'……敖幼而好游，至长不渝，周行四极，惟北阴之未窥，今卒睹夫子于是，子殆可与敖为友乎？'若士者齤然而笑曰：'……吾与汗漫期于九垓之外，吾不可以久驻。'若子举臂而竦身，遂入云中。"太清，道教以玉清、上清、太清为三清。太清系元始天尊所化法身道德天尊所居之地，在玉清、上清之上。此以"太清"指仙境。

笺评

刘辰翁曰：（我本楚狂人）为此桀态。（《唐诗品汇》卷二十六引）

严评曰：篇中只云鸟大江三句开豁，馀俱寻常仙语，更属厌。（严评本《李太白诗集》）

严评本载明人批：山水实境，描写曲致殆如画。

高棅曰：太白天仙之词……《庐山谣》等作，长篇短韵，驱驾气势，殆与南山秋色争高可也。（《唐诗品汇》卷三《七言古诗叙目》）

桂天祥曰：方外玄语，不拘流例。全篇开阖佚荡，冠绝古今，即使杜工部为之，未易及此。高、岑辈恐亦胁息。又襟期雄旷，辞旨慨慷，音节浏亮，无一不可。结句非素胎仙骨，必无此诗。（《批点唐诗正声》）

唐汝询曰：此咏庐山之胜而相约游仙也。言我本狂士，好游名山。今庐阜峭峻多奇，峰峦非一。凭陵星河，掩映云日，登之则天地之大，江流之分，靡不在目，岂登高之壮观乎！故我好为此谣而兴不浅。然昔人所游之成陈迹矣，其惟长生以度世耳。今我真丹已就，亲见玉京之仙，先与汗漫有期，而约卢敖以俱往，彼侍御果能从我乎？卢敖者，因其姓也。（《唐诗解》卷十三）

朱谏曰：辞有纯驳，强弱不一，为可疑也。故阙之。（《李诗辨疑》卷上）梅鼎祚选辑，屠隆集评《李诗钞评林》曰：朱谏删入《辨疑》，非。

钟惺曰：读李白诗，当于雄快中察其静远精出处。又曰：太白有饮酒、学仙两路语，资浅俗人口角，言俱不谬。若如此等诗，则有雄快而无浅俗矣。（《唐诗快》引）

吴昌祺曰：山本奇秀，诗又足以发之。（《删订唐诗解》》卷七）

沈德潜曰：先写庐山形胜，后言寻幽不如学仙，与卢敖同游太清，此素愿也。笔下殊有仙气。（《重订唐诗别裁集》卷六）

《唐宋诗醇》：天马行空，不可羁绁。（卷六）

方东树曰："庐山"以下正赋。"早服"数句应起处，而提笔另起，是以不平。章法一线乃为通，非乱杂无章不通之比。（《昭昧詹言》）

王闿运曰：此就山中典故铺叙，非游山之景。（《手批唐诗选》卷八）

吴汝纶曰：壮阔称题。（《唐宋诗举要》卷二引）

《庐山谣寄卢侍御虚舟》作于肃宗上元二年（761）自江夏下九江时，是李白七古的名篇，也是其晚年描绘山水景物最出色的篇章。

诗可分为三段。开头六句，是全诗的引子，也可以说是《庐山谣》的序曲。"我本"二句，以楚狂接舆自况，以"凤歌笑孔丘"的佯狂行为表达对当下政局的不满和对"今之从政者"前途的忧虑。经历了从永王璘获罪的巨大政治挫折之后，李白对政局的昏暗和从政的危殆有了痛切的体验，"笑孔丘"三字中蕴含的正是这种痛切的反省，貌似狂放不羁，实含迷途知返的感慨。这正是他醉心山水景物深层的思想感情动因。"手持"二句，即交代此次庐山之游的行踪，描绘出自己手持绿玉装饰的仙杖，辞别黄鹤楼东下的飘然远举的形象。"五岳"二句，既是对自己一生喜游名山胜景、寻仙访道行为的概括，又是对此行重访庐山的一种提示和导引。前四句用五言，这两句忽转用七言句式，句式的变化增添了诗的流动意致，也生动地传达出诗人的飘逸风姿。

第二段十七句，描绘庐山胜景，是全诗的主体。其中又可分为三层。"庐山"九句，写庐山秀美壮丽景色，为第一层。"秀出南斗傍"五字，不但画出其耸入云霄、上接星汉的气势，而且透出其草木葱茏、蔚然深秀的山容水貌，壮美优美，兼而有之。以下六句，分写屏风叠、三叠泉、香炉瀑三处庐山最壮美的风景。写屏风叠，既状其如巨大的锦绣屏风，层叠开张，如云锦之鲜丽灿烂，又形容其映入鄱阳湖的倒影，一片青黛之色，似乎连湖中的倒影都呈现出鲜亮的山光。上句以"屏风"状屏风叠，下句以湖光衬山色，均极富创意。"金阙"二句，写三叠泉瀑布，泻出于金阙二峰之间，如银河之倒挂；"香炉"二句，写香炉峰瀑布，与三叠泉瀑布遥遥相望，而以"回崖沓嶂凌苍苍"为以上二瀑布的大背景。写庐山，必写瀑布，而瀑布由于有层峦叠嶂作衬托的背景，益显出其壮伟的气势。"翠影"二句，又由分而总，写纵目骋望，庐山的青翠山影，与绚丽的朝霞、璀璨的红日交相辉映，长空一碧，吴天阔远，飞鸟翱翔，也难越出这广远的空间。两句从大处落墨，以更广远的吴天作为背景，益发显出庐山的秀美壮丽。以上九句，先总后分复总，层次清晰而富变化，色彩鲜明绚丽而语言清新自然，称得上是对庐山的绝妙描绘。至“鸟飞不到吴天长”一句，已透出诗人身登山顶纵目遥望之情境，下一层遂就势写“登高”所见壮观。

“登高”四句，写登峰顶所见长江滚滚东流而去的壮伟景象。骋目遥望，天地之间，但见茫茫大江，奔流赴海，去而不返，脚下是黄云万里，随浩荡的长风而飘动，远处是长江九派，波涛汹涌，如雪山之奔涌。这四句极写登顶所见景象，境界之壮伟广远，气势之豪放超迈，均臻极致。古往今来写长江的诗句，几无出其右者。但写长江仍是写庐山，因为只有飞峙大江边的庐山，方能“登高壮观天地间”，见到如此壮伟的江山胜景。

“好为”四句，是这一段的第三层，写游庐山石镜峰所感。先用两个五言句提引，点出题内“庐山谣”，并指出此诗即因游庐山而发仙兴，等于是对全篇内容意蕴的一种提示。插在诗中而不置于篇首，既避免起势平衍，也起着束上起下的作用。谢灵运喜游山水，这一点与“一生好入名山游”的李白相似，因此凡谢公足迹到处，李白在诗中都会提到这位先贤的遗踪，如《梦游天姥吟留别》与本篇。谢灵运曾登庐山绝顶，又曾“攀崖照石镜”。李白此番游庐山，正是步灵运之遗踪。如今石镜依然长在，闲窥石镜，感到自己的心境也变得分外莹洁清朗，了无世情，只可惜昔贤的行踪早已为苍苔所掩，只能空自想象当年的情景了。想到这里，不免感到自然的永恒和人生的短暂，因而触发求仙的意兴，于是便转出下一段。

“早服”以下六句，抒写自己访道求仙的夙愿和携友人同游仙境的豪兴，遥承篇首“五岳寻仙”，近接“兴因庐山发”。“遥见仙人彩云里，手把芙蓉朝玉京”，以幻境为目接之实境，亦幻亦真，正是李白游仙诗常见的境界。“卢敖”系求仙者，用来绾合卢姓友人，自然贴切。末二句结出题内“寄”字。

李白描绘名山胜景的诗篇，每与隐居避世、求仙学道的内容相联系，这既是当时的社会风气，也带有李白的个性色彩。以今人的眼光与兴趣看，可能对首尾两段所抒写的内容缺乏兴味，但在李白，却是其生活与感情的真实反映。联系写这首诗时李白的遭际，不难看出李白之醉心山水景物，有其深层的思想感情动因，即对当时政局的不满和对从政的失望，这从“凤歌笑孔丘”“早服还丹无世情”等诗句中可以明显体味出来。可贵的是，李白虽经历了从璘事件的巨大挫折，却仍对生活、对自然界的美好事物充满了热爱和激情，诗的主体部分正是诗人这种感情的生动展现。从中不但可见祖国雄伟壮丽的山川胜景，也可见诗人壮阔的胸襟和永不衰竭的生命力，这也正是诗的巨大艺术魅力的一个重要方面。

梦游天姥吟留别〔一〕

海客谈瀛洲〔二〕，烟涛微茫信难求〔三〕。越人语天姥，云霓明灭或可睹〔四〕。天姥连天向天横〔五〕，势拔五岳掩赤城〔六〕。天台四万八千丈〔七〕，对此欲倒东南倾〔八〕。我欲因之梦吴越〔九〕，一夜飞度镜湖月〔一〇〕。湖月照我影，送我至剡溪〔一一〕。谢公宿处今尚在〔一二〕，渌水荡漾清猿啼。脚著谢公屐〔一三〕，身登青云梯〔一四〕。半壁见海日〔一五〕，空中闻天鸡〔一六〕。千岩万转路不定，迷花倚石忽已暝〔一七〕。熊咆龙吟殷岩泉〔一八〕，栗深林兮惊层巅〔一九〕。云青青兮欲雨，水澹澹兮生烟〔二〇〕。列缺霹雳〔二一〕，丘峦崩摧。洞天石扉〔二二〕，訇然中开〔二三〕。青冥浩荡不见底〔二四〕，日月照耀金银台〔二五〕。霓为衣兮风为马〔二六〕，云之君兮纷纷而来下〔二七〕。虎鼓瑟兮鸾回车〔二八〕，仙之人兮列如麻〔二九〕。忽魂悸以魄动〔三〇〕，恍惊起而长嗟〔三一〕。惟觉时之枕席，失向来之烟霞〔三二〕。世间行乐亦如此〔三三〕，古来万事东流水〔三四〕。别君去兮何时还？且放白鹿青崖间〔三五〕，须行即骑访名山。安能摧眉折腰事权贵〔三六〕，使我不得开心颜！

校注

〔一〕宋蜀本题下校："一作《别东鲁诸公》。"诸本同。按：据此，题当一作《梦游天姥吟别东鲁诸公》。天姥，山名。在今浙江新昌县南，周围六十里，东接天台山，道教以此为第十六洞天，其主峰拔云尖海拔八百一十七米，孤峭如在天表。《元和郡县图志》卷二十六江南道越州剡县："天姥山，在县南八十里。"《太平寰宇记》引《后吴录》云："剡县有天姥山，传云：

登者闻天姥歌谣之响，谢灵运诗云‘暝抵剡山中，明登天姥岑。高高入云霓，遗奇那可寻’，即此也。”詹锳《李白诗文系年》系此诗于天宝五载（746）李白将离东鲁南下再游吴越时，系留别东鲁诸公之作。《河岳英灵集》题为《梦游天姥山别东鲁诸公》。

〔二〕海客，海上来的客人。此处实指侈谈神仙的方士之流。瀛洲，传说中的海上仙山。《史记·秦始皇本纪》：“齐人徐市等上书，言海中有三神山，名曰蓬莱、方丈、瀛洲，仙人居之。”又《封禅书》：“自威、宣、燕昭使人入海求蓬莱、方丈、瀛洲。此三神山者，其传在勃海中，去人不远。患且至则船风引而去，盖尝有至者，诸仙人及不死之药皆在焉。”《海内十洲记》则谓：“瀛洲，在东海中，地方四千里……洲上多仙家，风俗似吴人，山川如中国也。”

〔三〕微茫，隐约模糊。信，实。

〔四〕明灭，时明时灭，时隐时现。云霓明灭，谓云霞变幻，山容时隐时现。或，或许、有时。

〔五〕连天，与天相接，形容其高峻。向天横，形容其绵延广大。盖其山周围六十里。

〔六〕拔，超越。掩，盖过。赤城，山名，在今浙江天台县北。孔灵符《会稽记》：“赤城山，土色皆赤，状似云霞，望之如雉堞。”

〔七〕天台，山名，其主峰华顶山，在天台县东北。《天台山志·郡志辩》：“天台山在县北三里……按旧《图经》载陶隐居《真诰》云：高一万八千丈，周围八百里。山有八重，四面如一，当斗、牛之分，上应台宿，故曰天台。”或谓“四万八千丈”系“一万八千丈”之误。

〔八〕此，指天姥山。欲倒东南倾，也像要倾倒在它的东南。

〔九〕之，指越人对天姥山的形容。梦吴越，梦游吴越。因之，《河岳英灵集》作“冥搜”。

〔一〇〕镜湖，在今浙江绍兴市南会稽山北麓。东汉永和五年（140）会稽太守马臻主持下修建的大型农田水利工程。《舆地志》：“山阴南湖萦带郊郭，白水翠岩，互相映发，若镜若图，故王逸少云：‘山阴道上行，如在镜中游。’名镜，如是耳。”

〔一一〕剡溪，水名，在今浙江嵊州南，即今之曹娥江上游诸水。《元和郡县图志》卷六：“剡溪出（越州剡）县西南。”

〔一二〕谢公，指南朝刘宋著名诗人谢灵运。其《登临海峤》诗云：“暝投剡中宿，明登天姥岑。”

〔一三〕《南史·谢灵运传》：“寻山涉岭，必造幽峻，岩障数十重，莫不备登，登蹑常着木屐，上山则去前齿，下山则去后齿。”“谢公屐”即指谢灵运为登山特制的可以根据上山下山的需要去其前后齿的木屐。

〔一四〕青云梯，指高峻直入云霄的山路。《文选·谢灵运〈登石门最高顶〉》：“惜无同怀客，共登青云梯。”此用谢诗语。

〔一五〕半壁，半山腰。海日，从海上升起的太阳。

〔一六〕《述异记》卷下：“东南有桃都山，上有大树，名曰桃都，枝相去三千里。上有天鸡，日初出照此木，天鸡即鸣，天下之鸡皆随之鸣。”

〔一七〕迷花，为花所吸引迷醉。暝，天色昏暗。

〔一八〕吟，吟啸。殷（yǐn），震动。《楚辞·招隐士》：“虎豹斗兮熊罴咆。”

〔一九〕谓幽深的树林使人战栗，层叠的峰巅使人惊惧。

〔二〇〕澹澹，水波动荡貌。

〔二一〕列缺，闪电。《文选·扬雄〈羽猎赋〉》：“霹雳烈缺，吐火施鞭。”李善注引应劭曰：“霹雳，雷也；烈缺，闪隙也。”

〔二二〕洞天，道教称神仙所居洞府为洞天，盖谓洞中别有天地。石扉，石门。

〔二三〕訇（hōng）然，大声貌。

〔二四〕青冥，青天（指洞中的青天）。浩荡，广阔浩大貌。

〔二五〕金银台，神仙所居的金银建造的宫阙台观。郭璞《游仙诗》：“神仙排云出，但见金银台。”

〔二六〕霓，副虹。《楚辞·九歌·东君》：“青云衣兮白霓裳。”

〔二七〕《楚辞·九歌·云中君》以云中君为云神。此处泛指神仙，言其驾云而出。

〔二八〕张衡《西京赋》：“白虎鼓瑟，苍龙吹篪。”鸾回车，鸾鸟拉车回转。

〔二九〕《太平御览》卷九十六引上元夫人《步玄曲》：“忽过紫微垣，真人列如麻。”列如麻，形容其多。

〔三〇〕悸，心惊。

〔三一〕恍，心神不定，恍惚迷离的样子。

〔三二〕二句谓梦醒时唯见身边的枕席，而刚才梦境中的烟霞胜景均已消失得无影无踪。

〔三三〕亦如此，指亦如梦境之虚幻与倏忽变化。

〔三四〕谓如东流水之一去不复返。

〔三五〕古代隐士、仙人多养白鹿、骑白鹿。《楚辞·九章·哀时命》："骑白鹿而容与。"《乐府诗集》卷二十九《古辞·王子乔》："王子乔，参驾白鹿云中遨。"

〔三六〕摧眉，低眉、低头。折腰，弯腰。陶渊明不为五斗米折腰事，历代传为美谈。事，侍奉。

笺评

严羽曰：子美不能为太白之飘逸，太白不能为子美之沉郁。太白《梦游天姥吟》《远离别》等，子美不能道。（《沧浪诗话·诗评》）

严评曰：（"天姥"句）连用"天"字，纵横如意。（"空中"句）不独境界超绝，语虚亦复高朗。（"云青"二句）有意味，在"青青""澹澹"字作叠。（"仙之人"二句）太白写仙人境界皆渺茫寂历，独此一段极真、极雄，反不似梦中语。（"世间"二句）甚远，甚警策，然自是唐人语，无宋气。（结尾）万斛之舟，收于一概。（《李太白诗集》）

谢枋得曰：此太白避乱鲁中而留别之作，然以游仙为是，以游宦为非，盖出于不得已之情。（《李太白诗醇》卷六引）

范德机曰：（"云霓"句下批）瀛洲难求而不必求，天姥可睹而实未睹，故欲因梦而睹之耳。（"空中"句下批）甚显。（"迷花"句下批）甚晦。（"日月"句下批）又甚显。（"霓为衣"四句下批）又甚晦。（"失向来"句下批）显而晦，晦而显，极而与人接矣。不知其梦耶？非耶？倏而悸动惊起，得枕席而失烟霞。非有太白之胸次笔力，亦不能发此。"惟觉时之枕席，失向来之烟霞"二句最有力。（篇末批）"我欲"以下，梦之源委；次诸节，梦之波澜。（末）二句，梦之会归也；结语就平衍，亦文势之当如此也。（《批选李翰林诗》卷三）

高棅曰：白之所蕴非止是。今观其《远别离》《长相思》《乌栖曲》《鸣皋歌》《梁园吟》《天姥吟》《庐山谣》等作，长篇短韵，驱驾气势，殆与南山秋色争高可也，虽少陵犹有让焉。（《唐诗品汇·七言古诗叙目》）

胡应麟曰：太白《蜀道难》《远别离》《天姥吟》《尧祠歌》等，无首

无尾，变幻错综，窈冥昏默，非其才力学之，立见颠踣。（《诗薮·内编》卷三）

王世贞曰：欧阳公自谓《庐山高》《明妃曲》李、杜所不能作，非公言也。无论其他，只“半壁见海日，空中闻天鸡”，率尔语，公能道否？（《唐宋诗醇》卷六引）

桂天祥曰：《梦游天姥吟》胸次皆烟霞云石，无分毫尘浊，别是一副言语，故特为难到。（《批点唐诗正声》）又曰：骚语，奇奇怪怪。（《李杜诗选》引）

郭濬曰：恍恍惚惚，奇奇幻幻，非满肚皮烟霞，决挥洒不出。（《增定评注唐诗正声》）

吴山民曰：“天台四万八千丈”，形容语，“白发三千丈”同意，有形容天姥高意。“千岩万转”句，语有概括。下三句，梦中危景。又八句，梦中奇景。又四句，梦中所遇。“唯觉时之枕席”二语，篇中神句，结上启下。“世间行乐”二句，因梦生意。结超。（《删补唐诗选脉笺释会通评林·盛七古》引）

周珽曰：出于千丝铁网之思，运以百色流苏之局。忽而飞步凌顶，忽而烟云自舒。想其拈笔时，神魂毛发尽脱于毫楮而不自知，其神耶？（同上）

朱谏曰：按此诗初叙天姥之胜概（计八句）。次言梦中游历之事，及既觉之情（计二十句）。又次言古今凡事皆如梦也，以总结上意（计二句）。末言归山留别以著作诗之由（计五句）。此天姥次序略节之大要也。（第一段）此李白梦游天姥吟留别而作也。言瀛洲仙景在于大海之中，海客虽尝谈其胜概，然玄津万里，烟涛微茫，非舟楫之可到，信乎其难求也。若是越人语乎天姥之胜，则天姥在乎舆图之内，界乎瓯越之间，虽有云霓之明灭，其巍然峻拔者或可得而见也。此山上连青天，横亘中土，势同五岳，下掩赤城。天台虽有四万八千丈之高，亦将倾偃于东南，培塿于海隅，不敢与之抗衡，较崇庳、论低昂矣。（第三段）言天姥之胜，我欲往游，迹不得遂，因形于梦寐之间，一夜恍然，飞度镜湖之月。月照我影，送至剡溪，见谢公留宿之处今尚在也，水流猿啼，宛然旧境。我乃脚着谢公之屐，身登青云之梯，见海日之初升，闻天鸡之报晓，岩壑萦回，而路出多歧，迷花倚石，而又晚矣。熊咆龙吟，震动岩谷，殊为可骇。云气密而欲雨，水色澹而生烟，丘峦崩摧，有如雷电之交作，而险怪之状不一。石洞门开，日月光照乎仙台，而青冥浩荡之无虚（底）也。洞中仙人以霓为裳，以风为马，云中之君皆来会集，虎鼓瑟而鸾回车，班列如麻，何其多也！使我一见之间魂魄惊动，喟然发叹，忽焉而起，乃知身在枕席之上，向来所历之烟霞皆是梦中所历之境象，出于假借，非实有也。（"世间"二句）承上言我之梦游天姥非身到其地也，乃假托于精神，想象于形迹而已，岂其游耶！由是观之，世间行乐亦皆如此，倏忽聚散，乍有乍无，同一梦耳。自古及今，万事悠悠，有似东流之水，去而不返，茫无定迹，万古亦一梦也。亦岂止一行乐而已哉！（末段）承上言功名富贵同于一梦，有不足于累于吾心者，我为天姥之吟，与君留别，别君而去，何时还乎？吾将骑白鹿于青崖之间，寻访于天姥之下，安得低眉屈身以事权贵，戚戚然于功名富贵乎！（《李诗选注》）

唐汝询曰：此将之天姥，托言梦游，以见世事皆虚幻也。瀛洲在海，其说近虚；天姥在越，其言可信。盖此山有极天之峻，超拔五岳，而掩赤城之标。天台虽高，对此犹倾倒也。此皆越人所述，我欲因其言而梦游吴越，则心神固已随镜湖之月而飞度矣。湖月照影以下，皆述梦中所历。言既经谢公投宿之处，而又深入穷岩，时闻霹雳之声，丘峦若崩摧者，乃洞天石扇之开也。其中浩荡无极，日月所照，皆仙境矣；所见之人，皆霓裳风马，来往猋疾，鸟能鼓瑟回车，而仙者又不胜其众。于是魂魄动而惊起，乃叹曰：此枕席间岂复有向来之烟霞哉！乃知世间行乐亦如此梦耳，古来万事亦岂有在者乎？皆如流水之不返矣。我今别君而去，未知何时可还，且放白鹿于山间，归而乘之，以遍访名山，安能屈身权贵，使不得豁我之襟怀乎！（《唐诗解》卷十三）

严评本载明人批：严沧浪谓此诗子美不能道，然亦无甚奇异，只是道得响快，锻得恰好，一气呵成，略无些子涉滞，便自足惊世骇俗。镜湖无干，借来作过文，却妙。"一夜"句点得极醒。"送我"句尤有味。写景入自然，即如天生成一般，然又句句工丽，更无半语搭色，所以超卓。"石扉开"事用得恰好，原是梦语，由他乱说。摭取骚语场塞，亦足助色，然不为甚奇。"世间"两句亦常语，然收上起下，却全藉此。"别君"以下五句气亦劲。

吴昌祺曰：山既佳，而又托之梦中，足以任其挥洒。（"云之君"一段）太白未必用此事，凭空创造耳。后人伪造小说，大抵如此。（"别君"句下批）至此方入留别意。（《删订唐诗解》卷七）

贺贻孙曰：太白《梦游天姥吟》《幽涧泉吟》《鸣皋歌》《谢朓楼饯别校书叔云》《蜀道难》诸作，豪迈悲愤，骚之苗裔。（《诗筏》）

应时曰：粘接变化，见手腕之力。（《李诗纬》卷二）

丁谷云曰：有兴有比，可儆营营利禄者。（同上）

沈德潜曰：托言梦游，穷形尽相，以极洞天之奇幻，至醒后顿失烟霞矣。知世间行乐，亦同一梦，安能于梦中屈身权贵乎？吾当别去，遍游名山以终天年也。诗境虽奇，脉理极细。“海客谈瀛洲”，引起“一夜飞度镜明月”。“飞度镜湖月”以下，皆言梦中所历。“洞天石扉，訇然中开”，一路离奇灭没，恍恍惚惚，是梦境，是仙境。“恍惊起而长嗟”，梦醒。“古来万事东流水”，因梦游推开，见世事皆成虚幻也。“别君去兮何时还”，“留别”意只末路一点。（《重订唐诗别裁集》卷六）

《唐宋诗醇》：七言歌行，本出楚骚、乐府，至于太白，然后穷极笔力，优入圣域。昔人谓其“以气为主，以自然为宗，以俊逸高畅为贵，咏之使人飘扬欲仙”。而尤推其《天姥吟》《远别离》等篇，以为虽子美不能道。盖其才横绝一世，故兴会标举，非学可及。正不必执此谓子美不能及也。此篇夭矫离奇，不可方物。然因“语”而“梦”，因“梦”而“悟”，因“悟”而“别”，节次相生，丝毫不乱。而中间梦境迷离，不过词意伟怪耳。胡应麟以为“无首无尾，窈冥昏默”，是真不可以说梦也。特谓非其才力，学之立见颠踣，则诚然耳。（卷六）

翁方纲曰：《扶风豪士歌》《梦游天姥吟》二篇，虽句法、章节极其变化，然实皆自然入拍，非任意参错也。秋谷于《豪士》篇但评其神变，于《天姥》篇则第云“观此知转韵原无定格”，正恐难以示后学耳。（《赵秋谷所传声调谱》）

宋宗元曰：纵横变化，离奇光怪，以奇笔写梦境，吐句皆仙，着纸欲飞。（“列缺霹雳”十句下批）砉然收勒，通体宗主攸在，线索都灵。（“世间行乐”二句下批）（《网师园唐诗笺》）

方东树曰：陪起，令人迷。“我欲”以下正欲梦，愈唱愈高，愈出愈奇。“失向”句收住。“世间”二句入作意，因“梦游”推开，见世事皆成虚幻也，不如此则作诗之旨无归宿。“留别”意只末后一点。韩《记梦》之本。（《昭昧詹言》卷十二）

陈沆曰：此篇昔人皆置不论，一若无可疑议者。试问：题以“留别”为名，夫离别则有离别之情矣，留赠则有留赠之体矣。而通篇徒作梦寐冥茫之境，山林变幻之词，胡为乎？“忽魂悸以魄动，恍惊起而长嗟”，此于留别何谓耶？果梦想名山之胜，而又云“世间行乐亦如此，古来万事东流水”又何谓耶？所别者东鲁之人，而云“安能摧眉折腰事权贵，使我不得开心颜”，又何谓耶？……盖此篇即屈原《远游》之旨，亦即太白《梁甫吟》“我欲攀龙见明主，雷公砰訇震天鼓”……“阊阖九门不可通，以额扣关阍者怒”之旨也。太白被放以后，回首蓬莱宫殿，有若梦游，故托天姥以寄意。首言求仙难必，遇主或易，故“我欲因之梦吴越，一夜飞度镜湖月”，言欲乘风而至君门也。“身登青云梯，半壁见海日”以下，言金銮召见，置身云霄，醉草殿廷，侍从亲近也。“忽魂悸以魄动”以下，言一旦被放，君门万里，故云“惟觉时之枕席，失向来之烟霞”也。“世间万事东流水”“安能摧眉折腰事权贵”云云，所谓“平生不识高将军，手污吾足乃敢嗔”也。题曰“留别”，盖寄去国离都之思，非徒酬赠握手之什。（《诗比兴笺》卷三）

乔亿曰：太白诗“一夜飞度镜湖月”，又诗“一溪初入千花明，万壑度尽松风声”皆天仙语也。太白诗境正如此。（《剑溪说诗》卷上）

延君寿曰：《梦游天姥吟留别》诗，奇离惝恍，似无门径可寻。细观之，起首入梦不突，后幅出梦不竭，极恣肆幻化之中，又极经营惨澹之苦。若只貌其格句字面，则失之远矣。一起淡淡引入，至“我欲因之梦吴越”句，乘势即入，使笔如风，所谓缓则按辔徐行，急则短兵相接也。“湖月照我影”八句，他人捉笔，可谓已尽能事矣，岂料后边尚有许多奇奇怪怪。“千岩万转”二句，用仄韵一束。以下至“仙之人兮”句，转韵不转气，全以笔力驱驾，遂成鞭山倒海之能，读去似未曾转韵者，有真气行乎其间也。此妙可心悟，不可言喻。出梦时用“忽魂悸以魄动”四句，似亦可以收煞得住。试想若不再足“世间行乐”二句，非但喝题不醒，抑亦尚欠圆满。“且散白鹿”二句，一纵一收，用笔灵妙不测。后来唯东坡解此法，他人多昧昧耳。读古人诗，无论前人是作何解，我定细细去体会一番，自家落笔，久久庶有投之所向无不如意之妙。（《老生常谈》）

关于《天姥吟》的主题，有两种对立的见解。一种以清代陈沆的《诗比兴笺》之说为代表，认为“太白被放以后，回首蓬莱宫殿，有若梦游，故托

天姥以寄意……题曰‘留别’，盖寄去国离都之思”，这实际上是认为梦游天姥的过程即长安三年政治生活的曲折反映与幻化。另一种看法，则认为梦境是诗人所向往追求的理想境界，是作为污浊昏暗的政治现实的对立面出现的。两种看法的根本区别，在于前者认为梦境所反映的仍是现实，只不过是现实的变形，而后者则认为梦境是与现实对立的理想境界；前者认为梦境是对过去生活经历的回顾与反思，后者认为梦境是对理想境界的向往追求。

陈沆的具体阐释可能失之穿凿（这也是整部《诗比兴笺》的通病），但他把这首诗的创作和李白长安三年的政治生活实践及赐金放还的背景联系起来，却是有见地的。特别是诗的结尾集中揭示的主旨——“安能摧眉折腰事权贵，使我不得开心颜”，如果脱离了这个特定背景，就不可能得到充分合理的解释。但“梦游”过程中所遇到的各种境界，无论是从境界本身所具的美感或诗人的感受与态度看，都明显可以看出它们绝非否定性的境界，因此，像陈沆那样，将《天姥吟》中的一些描写，和《梁甫吟》中“我欲攀龙见明主，雷公砰訇震天鼓”“阊阖九门不可通，以额扣关阍者怒”等同起来，显然不合诗人的原意。追求理想境界之说，可能比较接近实际，但似乎不必注入过多的政治内涵。所谓“梦游”，不管是真有此梦游的经历或是出于假托虚构，实际上就是描写一次精神上的美好经历和由此引发的感慨。

诗分三段，开头一段八句，是“梦游”天姥的缘由。“海客”四句，以“海客谈瀛洲”与“越人语天姥”对举并起，说海上仙山，虽被方士们描绘得极其美妙，但烟涛微茫，实难寻求；而越人所形容的天姥山，虽云封雾锁，烟霞缭绕，时隐时现，却或可一睹其容颜。将天姥山与海上仙山相提并论，言外即含天姥乃人间仙境之意。天姥山在今天并不出名，但在唐代，却是一座名山。白居易《沃洲山禅院记》说：“东南山水，越为首，剡为面，沃洲、天姥为眉目。”可见其在当时人的心目中乃是东南山水的精神灵秀结聚之地。用“云霓明灭”来形容天姥山，使它蒙上了一层神秘的面纱，连同那“或可睹”的“或”字，也带有几分隐约朦胧的色彩。李白早年出峡漫游吴越时，虽说“自爱名山入剡中”，但足迹似未到此山，故而留下了悬念和向往。

以下四句，便是“越人”所形容的天姥山的雄姿。“连天”与“向天横”，一状其高峻，一状其广大，合起来正形象地显示出天姥山横空出世的姿态。吴小如先生说“‘向天横’三字真是奇崛之至……仿佛连天姥山的恣睢狂肆个性也写出来了，诚为神来之笔”。不妨说这正是诗人个性的投影与外化。为了尽情渲染天姥山之横放杰出，诗人不惜违反明显的地理常识，用极度夸张的笔法，说天姥山的高大雄伟之势，超越了著名的五岳，盖过了赤城，高达四万八千丈的天台山，也不得不倾伏于它的东南，拜倒在它的脚下。此类形容，倘在别的诗人，当被视为胡言乱语；而在李白，由于他的出色的艺术夸张在读者中所建立起来的信任感，不但不予追究，反而和“白发三千丈”“燕山雪花大如席”等诗句一样，被视为奇语。解者或引《真诰》天台一万八千丈之记载，说“四”乃“一”之误，殊不必。李白“四万八千丈”之语，本就是极而言之，以反衬天姥之高峻，何用考证校勘。

从“我欲”句以下二十六句，为第二段，写“梦游天姥”所历，是全诗的主体。“我欲因之梦吴越”句，束上起下，因越人之“语”而有吴越之“梦”。点出“梦”字，照应题面，领起下面一大段描写。妙在紧接着一句“一夜飞度镜湖月”，立即进入梦境，笔意空灵跳脱，毫不黏滞。“飞度镜湖月”的形象，不但体现出梦游者飘然轻举、行动迅疾的特点，而且带有某种游仙的色彩。“湖月”两句，进一步展现出诗人在镜湖月色的映照下，飘飘荡荡，凌虚而行，倏忽之间，已到剡溪的情景。湖光与月色相映，将诗人的凭虚飞渡之境渲染得既轻灵超妙，又恍惚迷离，完全符合“梦游”的特点。剡溪一带，是诗人兼旅行家谢灵运往日曾游之地，并留下了“暝投剡中宿，明登天姥岑”的诗句，因此诗人在梦游剡溪时，似乎看到了当年谢公留宿之处，而且闻见了其地绿水荡漾、清猿长啼的清绝之景。这两句刻意将梦境写得十分真切具体，以增强它的真实感，与前几句之轻灵飘忽、恍惚迷离正形成鲜明对照，真真幻幻，相得益彰。以上六句为一层，写梦游的第一阶段——登天姥山前所历。时间是在夜间，所历之地是镜湖、剡溪，景物的特点是清朗秀美、幽静澄洁，诗人的心情是轻快而愉悦的。

“脚著”四句，承上“谢公”，写梦游登山过程中所见所闻。上文提到“谢公”，因此这里写诗人正沿着当年谢公的足迹，穿着谢公为登山特制的木屐，登上伸展入云的山路。“半壁见海日，空中闻天鸡”二句，时间由夜间进入清晨，地点由剡溪进入天姥山的半山腰，景色则由月夜镜湖、剡溪的清幽秀美转为阔远壮丽——登上半山腰，就看到了海上日出的壮丽情景，耳边似乎传来了空中天鸡的鸣声。天鸡之鸣，原是神话传说，在实际的登山过程中，是不可能听到的。但在梦游之境中，却可将神话传说中的景象化为真实的情境。化幻为真，正见梦境的特点，而有了这一笔，梦境的奇幻色彩也显然加浓了。

“千岩”二句，概写从清晨到傍晚一整天的梦游赏景历程。用“千岩万转”概写天姥山之山峦重叠，峰回路转，用“迷花倚石”概括在行进过程中移步换形、目不暇接、或行或坐，为美景所陶醉的情形，“忽已暝”三字，传神地表现了在流连赏景的过程中不知不觉夜幕忽已降临，也传出了梦境的恍惚迷离。以下便转入暮景的描写。

“熊咆龙吟殷岩泉，栗深林兮惊层巅。云青青兮欲雨，水澹澹兮生烟。”前两句写听觉：暮夜中只听得熊罴咆哮、虬龙鸣叫，宏大的声响在山岩泉涧之间震动，使得进入深林、登上峰顶的游人（诗人自己）感到战栗和惊惧。天气也瞬息倏变，白天还是艳阳高照，入夜却是云层青黑，低垂湖面，水波动荡，烟气蒸腾，一派山雨欲来的景象。这四句写暮夜的惊心动魄、暴雨将临之景，正是为下面进入幻境作好准备，酝酿气氛。

“列缺霹雳，丘峦崩摧。洞天石扉，訇然中开。青冥浩荡不见底，日月照耀金银台。”突然之间，电闪雷鸣，山峦崩摧，轰然一声巨响，通往神仙洞府的石门打开了。洞中别有天地，在一望无际的浩阔透明不见尽头的天空中，显现出为日月照耀得光明璀璨的金银楼台、仙境殿阙。这六句由奇入幻、由幻而仙，由惊心动魄而神奇美妙，由昏暗阴霾而光明璀璨，境界巨变，在读者面前展现出一个极其神奇的世界，使人目夺神摇。紧接着，又用浓墨重彩尽情渲染仙境的缤纷热闹：一队队的仙人，以云霓为衣，以长风为马，纷纷自天而降；虎为鼓瑟，鸾为拉车。将神仙世界描绘得既色彩缤纷，又热闹非凡，既有尘世之多彩，又有尘世所无的自由浪漫，称心惬意。写到这里，“梦游”进入最高潮，诗也达到笔酣墨饱、淋漓尽致的境界。

以下一段，写梦醒后的感慨。“忽魂悸以魄动，恍惊起而长嗟。惟觉时之枕席，失向来之烟霞。”这四句将梦醒时魂悸魄动和惊醒后的恍然若失描绘得惟妙惟肖，后二句尤为神来之笔：一觉惊醒，身边唯有孤枕凉簟，而梦中刚历的一切奇幻变化的景象均已消失得无影无踪。“烟霞”二字，不独指天姥山的烟雾云霞缭绕之景，也包括梦中所历的一切不断变化的境界。这就自然要引出下面两句的感慨：“世间行乐亦如此，古来万事东流水。”奇妙的梦境忽于顷刻之间消失无踪，因悟人世间的行乐亦如幻梦，如流水，顷刻消失，永无回时。值得注意的是，诗人将“梦游”的经历与“世间行乐”相比论，可以看出他对梦中所历的境界并非持否定态度，而认为是一种乐事，只不过它转瞬即逝罢了，这就和陈沆所说的梦游即“《梁甫吟》‘我欲攀龙见明主，雷公砰訇震天鼓’……‘阊阖九门不可通，以额扣关阍者怒’之旨”

完全相反。实际上，梦游中所有的“列缺霹雳，丘峦崩摧。洞天石扉，訇然中开”之境与《梁甫吟》中的上述象征性境界有着本质的区别。前者，是惊心动魄的奇险壮美之境，是出现光明璀璨的神仙境界的前奏，诗人对此虽惊心骇目，却感到无比壮美；而后者，则是现实中昏暗政局和权臣奸邪当道的象征，诗人对之抱着完全否定的厌憎态度。不能因“列缺霹雳”与“雷公砰訇”之貌似而相提并论。更值得注意的是，诗人由梦境的虚幻与人事的倏忽引出的并不是人生的虚无与幻灭，而是对污浊现实的厌弃和对封建权贵的蔑视，以及对自由生活的热烈向往。“别君”以下五句，结合题内“留别”，集中表达了由“梦游”引发的感慨。“安能摧眉折腰事权贵，使我不得开心颜”两句，是李白追求个性自由精神，张扬“不屈己，不干人”的理想人格和蔑视权贵的叛逆性格的集中体现，也是全诗的灵魂和结穴。

梦的特点，就是超越时空，自由自在，不受任何拘束。所谓“梦游”，其实质就是精神的遨游。诗中所描绘的梦游所历之境，或清澄明秀、幽洁静谧，或高远壮阔、奇幻恍惚，或昏暗阴霾、惊险幽怖，或惊心动魄、光明璀璨，或缤纷热闹、自由浪漫，虽境界层出不穷，变化倏忽，但对诗人来说，都是精神上的一种自由和解放，即使是“列缺霹雳，丘峦崩摧”那样的险境，也是精神上的一种快意历险。而梦境最后所历的仙境，则更是精神自由遨游所遇的最高境界。正因为经历了如此怡情悦性、惊心动魄的精神遨游，他才能发出“安能摧眉折腰事权贵，使我不得开心颜”这样的呼声。从这个意义上说，末二句正是“梦游”的必然逻辑发展和自然归宿。

李白的七言歌行，都写得豪放健举、恣肆淋漓。其中如《远别离》《天姥吟》《蜀道难》等篇，则更多地继承了屈赋的浪漫主义精神和奇幻多变的表现手法，境界屡变、句式参差，而本篇则又在瞬息万变之中体现出步骤井然的特点，尤其值得重视。

金陵酒肆留别〔一〕

风吹柳花满店香〔二〕，吴姬压酒唤客尝〔三〕。
金陵子弟来相送〔四〕，欲行不行各尽觞〔五〕。
请君试问东流水〔六〕，别意与之谁短长？

校注

〔一〕李白开元十二年（724）仗剑去蜀，辞亲远游。其《上安州裴长史书》云："曩昔东游维扬，不逾一年，散金三十馀万，有落魄公子，悉皆济之……又以昔与蜀中友人吴指南同游于楚，指南死于洞庭之上……遂权殡于湖侧，便之金陵。"据詹锳《李白诗文系年》，其初游金陵，在开元十四年。此诗郁贤皓《李白选集》谓"当是初游金陵将往广陵时留赠青年朋友之作，其时当在开元十四年（726）春"。

〔二〕风吹，宋蜀刻本作"白门"。咸本、萧本、郭本等均作"风吹"，与《全唐诗》同。

〔三〕吴姬，吴地女子，此指酒肆中的吴地侍女。压酒，米酒酿制将熟时，压榨取酒。朱谏注："压酒者，酒熟而汁滓相将，则盛之以囊置槽中，压以重物，去滓而取汁也。"唤，萧本作"使"，郭本作"劝"。

〔四〕金陵子弟，指李白在金陵结交的年轻人。

〔五〕欲行，指诗人自己；不行，指金陵子弟。或解为形容诗人欲行而不忍行的情态亦似可通。

〔六〕试问，宋蜀刻本作"问取"。咸本、萧本、郭本及《全唐诗》均作"试问"。

笺评

黄庭坚曰：学者不见古人用意处，但得其皮毛，所以去之更远。如"风吹柳花满店香"，若人复能为此句，亦未是太白。至于"吴姬压酒劝客尝"，"压酒"二字他人亦难及。"金陵子弟来相送，欲行不行各尽觞"，益不同。"请君试问东流水，别意与之谁短长"，至此乃真太白妙处，当潜心焉。故学者先以识为至，禅家所谓正法眼，直须具此眼目，方可入道。（范温《潜溪诗眼》引山谷曰，见胡仔《苕溪渔隐丛话·前集》卷五，又见魏庆之《诗人玉屑》卷十四。《唐宋诗醇》卷六引，文字稍有不同）

范温曰：好句须要好字。如李太白诗"吴姬压酒劝客尝"，见新酒初熟，江南风物之美，工在"压"字。（《苕溪渔隐丛话》引《诗眼》）

赵彦卫曰：李太白诗"吴姬压酒劝客尝"，说者以为工在"压"字上，殊不知乃吴人方言耳。至今酒家有旋压酒子相待之语。（《云麓漫钞》）

刘辰翁曰：终是太白语别（末二句下评）。（《唐诗品汇》引）

杨慎曰：李太白诗："风吹柳花满店香。"温庭筠《咏柳》诗："香随静婉歌尘起，影伴娇饶舞袖垂。"传奇诗："莫唱踏春阳，令人离肠结。郎行久不归，柳自飘香雪。"其实柳花亦有微香，诗人之言非诬也。（《升庵诗话》卷七）

谢榛曰：太白《金陵留别》诗："请君试问东流水，别意与之谁短长？"妙在结语。使坐客同赋，谁更擅场？谢宣城《夜发新林》诗："大江流日夜，客心悲未央。"阴常侍《晓发新亭》诗："大江一浩荡，悲离足几重。"二作突然而起，造语雄深，六朝亦不多见。太白能变化为结，令人叵测，奇哉！（《四溟诗话》卷三）又曰：诗有简而妙者，若刘桢"仰视白日光，皎皎高且悬"，不如傅玄"日月光太清"……亦有简而弗佳者，若……刘禹锡"欲知江深浅，应如远别情"，不如太白"请君试问东流水，别意与之谁短长"。（同上卷二）

严评曰：（首句）句既飘然不群，柳花说香，更精微。山谷本作"桃花"，便俗。（次句）山谷谓"压酒"字他人难及，不知"使"字更难及。又有作"劝"字者，便与"尝"字无干。（第四句）"欲行不行"四字内，不独情深，已有"短长"意。（末句）当与《别汪伦》句参看。（严评《李太白诗集》）

严评本载明人评：高处只在浅而净，写情兴踊跃在目前，即首句已大妙，是酒肆边天然佳景，正与"池塘生春草"一般。末二句总不出文通"桂水"句意，但道得加透快耳。高超俊逸，如珠泻盘，圆亮发光彩。

《李杜二家诗钞评林》：不浅不深，自是钟情之语。

朱谏曰：赋也。此李白于金陵留别，辞意轻清，而音调浏亮，又简短而显浅，故后世之人多脍炙之，遂拟为山谷之论，谓李诗之极至者。是犹及肩之墙，人犹得窥见其室家之好。其长篇之铺叙，沉郁秾丽，逶迤之曲折，而情思议论之兼至者，是犹数仞之墙。不得其门而入，不见宗庙之美，百官之富也。大抵好事之人欲为异说，以伸己意，必假托古人之名以取信于后世。李杜集中往往有之，又当随处辨论以附于下。（《李诗选注》卷九）

唐汝询曰：此太白将去金陵留别故旧也。景方丽而酒复佳，无论行者当饮，即不行者亦当尽觞，正以别意相缠如流水之无已耳。（《唐诗解》卷二十三）

钟惺曰：不须多，亦不须深，写得情出。（《唐诗归》卷十六）

陆时雍曰：余尝见一人诗云："风吹满店柳花香。"此直谓柳花乃香耳。因谓友人陈文叔云：李太白谓"风吹柳花满店香"，此第谓春气袭人，风来香满，此不必自杨柳来也。张九龄《咏芍药》谓"香闻郑国诗"，芍药无香，郑诗亦未尝言芍药香，诗家之意况风味难以迹泥如此。（《唐诗镜》卷十九）

王夫之曰：供奉一味本色诗则如此，在歌行诚为大宗。（《唐诗评选》卷一）

毛先舒曰：《金陵酒肆留别》，山谷云："此乃真太白妙处。"而须溪云："终是太白语别。"予许须溪知言云。（《诗辩坻》卷三）

《李诗直解》：此咏金陵留别，而言其情之长也。风吹柳花，飘落于满店香者，如人之无定也。吴姬压酝美酒以劝客尝，盖为祖道之意耳。金陵子弟来相送者，欲行矣又不忍遽行，子弟奉我，各尽其觞，取醉以别，情则渥矣。请君试问东流之水，今日之别意与之相较，谁为短长？水之流而不息，即情之永而不忘也。

应时曰：清新俊逸，以词气争奇。（《李诗纬》卷三）

王尧衢曰：此篇短调急节，情景各胜，首句非谓柳花者也，乃风吹柳花时则满店香耳。丽春美酒，别意更浓。自当徘徊尽兴而去。流水无尽时，如君之意，又宁有尽耶！（《古唐诗合解》卷三）

唐曰：将"桃花潭水"参看，知诗中变化法。（刘邦彦《唐诗归折衷》引）

吴敬夫曰：豪爽之语最易一往而竭，兹何含蓄不尽也？凡意致深沉者，当看其斩截处，不然则胶矣；词气疏快者，当看其蕴藉处，不然则粗矣。（同上引）

沈德潜曰：语不必深，写情已足。（《重订唐诗别裁集》卷六）

《唐宋诗醇》：言有尽而意无穷，味在酸咸之外。（卷六）

宋宗元曰：深情婉转。（《网师园唐诗笺》）

吴绥眉曰：短章天然入妙。（刘文蔚辑注《唐诗合选评解》引）

方东树曰：起二句写吴姬。三、四叙。"请君"二句议收。（《昭昧詹言·李太白》）

王闿运曰：（"欲行"句下评）无情有情。（《手批唐诗选》）

徐文靖曰：太白诗"风吹柳花满店香"，解者言柳花不可言香。按《唐

书·南蛮传》：诃陵国以柳花、椰子为酒，饮之辄醉。李白“风吹柳花满店香”，亦以酒言。（《管城硕记》）

这首留别诗，写得极自然流丽，毫不费力，却特具一种潇洒俊逸的风神，一种充满青春气息和乐观情调的少年精神，一种富于展望的时代气息。

起句“风吹柳花满店香”便飘然而至，极俊爽而流丽。“风吹柳花”，点明时令，正当暮春三月，柳花飘雪的季节，着一“吹”字，则柳花漫天飞舞的轻盈之态如见。但接下来的“满店香”三字却引起诸多歧解。从句式看，似乎这满店飘散的就是“风吹柳花”送来的香气。但有人说，柳花本无香气；有人则说柳花亦有微香。但纵有微香，亦在依稀仿佛之间，何得云“满店香”？更有引《唐书·南蛮传》谓诃陵国以柳花椰子酿酒，则直以“柳花”为“柳花酒”。不仅与“风吹柳花”之语未合，且其时金陵酒肆中亦未必有远从海外来的柳花酒。胶柱鼓瑟，离原意更远。其实，诗本易解，“风吹柳花”写酒肆外柳花漫天飞舞，春意正浓，诉之视觉；“满店香”写酒肆内香气扑鼻，诉之嗅觉。而这“满店香”的来源便是第二句“吴姬压酒唤客尝”中所说的“压酒”。时值暮春，春酒已熟，酒肆中好客的女招待面对这一帮风流倜傥的年轻人，特意亲自榨酒相待。酒本飘香，更何况新从槽里榨出来的春酒，又更何况有春风的吹送，自然是“满店香”了。如果吹送的是柳花香，则那淡淡的微香恐早就为浓浓的新酒香所掩盖而闻不到了。前人或赏“压”字之工，那是因为不了解这是当时的俗语之故。其实这句的精彩处全在它所营造出来的一种热烈而亲切的气氛。通常来客，用现成的酒招待即可，此番由吴姬边压酒边饮客，图的就是新鲜和浓香，就是待客的浓浓情意。“唤”或作“劝”，表面上看“劝”似乎更殷勤，实则“唤”却更亲切而随和，没有主客间的距离感。总之，前两句写“金陵酒肆“内外情景氛围。如果说第一句写出了对春意和酒香的陶醉，那么第二句就写出了对店主人和吴姬浓郁的待客情意的陶醉。在这种情景氛围中，便自然引出了行者与送者的尽兴行动。

第三句点出了来相送的“金陵子弟”，照应题面“金陵”，也暗指被送的诗人自己其时亦当风华正茂的青年时代。两句写饮酒的场面，妙在“欲行不行各尽觞”的传神描写。或解“欲行不行”为“诗人不得不行而又无限依恋的矛盾心理”，这固然也可通。但一则“各尽觞”的“各”字照应“欲行”与“不行”，如将“欲行不行”解为诗人一人的情态，则不但与“各”字不相应，也与上句“金陵子弟”脱节。二则诗人此时正是意气风发，作快意之游的时期，与“金陵子弟”的离别虽有依依之别情，却无离别的愁恨，故诗人自己似乎也不存在欲别而不忍别的心态，还是解为欲行的诗人与不行的金陵子弟为宜。春日丽景，酒香情浓，无论是行者或送者，都充满了对生活的浪漫热情和对前途的乐观展望，因此都尽兴尽情，而“各尽觞”了。总之，这不是满怀离愁别恨的喝闷酒，而是充满浪漫情调的尽情畅饮。

五、六两句说到离别。金陵酒肆当可看到远处的江水，故这两句写别情，即以“东流水”起兴并作喻。诗人另有《口号》诗云：“食出野田美，酒临远水倾。东流若未尽，应见别离情。”末二句设喻与此诗相似，诗中提及“远水”，当与此诗为同时之作。以流水兴起并喻别情，前代诗中已见，李白诗中亦屡用此法，脍炙人口者如《赠汪伦》之“桃花潭水深千尺，不及汪伦送我情”。此诗不言“深”而言“长”，自是因“潭”水与“江”水之别而引起，而其取眼前景，用口头语，而有弦外音，味外味则同。两句诗的意思，如正面表达，当为双方之间的别情，比起眼前的东流水，应是江流短而别情长。但如此表达，不免一副呆相；上引《口号》诗的“东流若未尽，应见别离情”也不免此弊。此诗却用“试问”与不定的口吻出之，便顿添摇曳生姿的情致和俊逸灵动的格调，细加吟味，则诗人自己顾盼自如的风姿也显现出来了。诗人与金陵子弟之间的别情虽未必像他所形容的那样悠长，但分别之际诗人的这种风姿神态倒给人以深刻的印象和无穷的遐想。

归根结底，这是李白青年时代佩剑远游期间一次充满了浪漫情调的离别。快意之游中的分别，有别情而无别恨，加上李白特有的超逸潇洒的个性，这首诗遂体现出一种特有的青春气息和乐观情调。透过这一切，繁荣昌盛的盛唐时代的风神也隐然可见了。

黄鹤楼送孟浩然之广陵〔一〕

故人西辞黄鹤楼，烟花三月下扬州。
孤帆远影碧空尽〔二〕，唯见长江天际流。

校注

〔一〕黄鹤楼，故址在今湖北武汉市武昌蛇山的黄鹄矶上。详参崔颢《黄鹤楼》题注。郁贤皓《李白选集》云："按此诗约作于开元十六年（728）暮春。上年秋冬间曾北游汝海（今河南临汝），途经襄阳，已与孟浩然结识，故此次于黄鹤楼得称'故人'。是年孟浩然四十岁，李白二十八岁。"而徐鹏《孟浩然集校注》则谓浩然之广陵约在开元十五年。傅璇琮主编《唐五代文学编年史》则谓开元二十三年春，李白在武昌，有诗送孟浩然之广陵。诸说不同，兹并列以备参考。之，往。广陵，今江苏扬州市。

〔二〕影，敦煌残卷作"映"，宋蜀本一作"映"。空，《全唐诗》原作"山"，宋蜀本同。据咸本、萧本、郭本等改。

笺评

陆游曰：八月二十八日访黄鹤楼故址，太白登此楼送孟浩然诗云："孤帆远映碧山尽，唯见长江天际流。"盖帆樯映远山尤可观，非江行久不能知也。（《入蜀记》卷五）

吴逸一曰：燕公《送梁六》之作，直以落句见情，便不能与青莲此诗争雄。（《唐诗正声》）

敖英曰：末二句写别时怅望之景，而情在其中。（《唐诗绝句类选》）

朱谏曰：赋也。按此诗词气清顺而有音节，情思流动而绝尘埃。如轻风晴云，淡荡悠游于太虚间，不可以形迹而模拟者也。白于浩然可谓知己，率尔而发，莫非佳句，譬之伯乐遇子期，而后有高山流水之操也。（《李诗选注》卷九）

唐汝询曰：黄鹤，分别之地；扬州，所往之乡；烟花，叙别之景；三月，纪别之时。帆影尽则目力已极，江水长则离思无涯，怅望之情俱在言外。（《唐诗解》卷二十五）又曰："孤帆"即是说人。（《汇编唐诗十集》）

钟惺曰："孤帆远影碧空尽"，更不说在人上，妙，妙。（《唐诗归》卷十六）

《李诗直解》：此诗赋别时之景而情在其中也。言我故人孟君西辞黄鹤楼之地而行矣，当春景烟花之时，三月而下扬州。我送之江干，跂予望之，孤帆远影，碧空已尽，帆没而不见矣，唯见长江飞流无际，故人已远，予情犹为之怅怅耳。

严评曰：从《湘灵鼓瑟》诗脱胎，亦具孟骨。（严评《李太白诗集》）

徐增曰：黄鹤楼在武昌县，白于此楼上送孟浩然。首便下“故人”二字，扼定浩然，便牢固得势。“西”字好，遂紧照扬州，以扬州在武昌之东。此时浩然意在扬州，故云“西辞黄鹤楼”也。扬州乃烟花之地，三月又烟花之时。下者，从上而下，武昌在上流故也。“孤帆”是浩然所乘之舟之帆。远影，浩然已挂帆，而目犹在楼上伫望。“碧空尽”，渐至帆影不见了。既不见了，浩然所挂之帆影是黄鹤楼之东，而白却回转头去，望黄鹤楼之西，唯见长江之水从天际只管流来，而已有神理在内。诗中用字须板，用意须活。板则不可移动，活则不可捉摸也。（《而庵说唐诗》卷六）

应时曰：（首二句）叙事有致。（末句）收得“送”意。总评：不言情却使人情深。（《李诗纬》）

丁龙友曰：使于送别时吟之，自使人泪下。（同上引）

黄生曰：不见帆影，惟见长江，怅望之情，尽在言外。又曰：（前）两句错综，硬装句。（后两句）景中见情，意在言外。两呼两应格，一呼二应，三呼四应。此为各应法。（《唐诗摘抄》卷四）

朱之荆曰：“黄鹤楼”三字下得好，三、四望远情景，但从首句生出。“烟花三月”四字插入轻婉；三月，时也；烟花，景也。第三句只接写“辞”字、“下”字。（《增订唐诗摘抄》）

黄叔灿曰：“下扬州”着以“烟花三月”，顿为送别添毫。“孤帆远映”句，以目送之，“尽”字妙。“唯见”句再托一笔。（《唐诗笺注》）

《唐宋诗醇》：语近情遥，有“手挥五弦，目送飞鸿”之妙。（卷六）

宋宗元曰：（末二句下评）语近情遥。（《网师园唐诗笺》）

吴烶曰：首二句将题面说明，后二句写景，而送别之意已见言表。孤帆远影，以目送也；长江天际，以心送也。极浅极深，极淡极浓，真仙笔也。（《唐诗选胜直解》）

宋顾乐曰：不必作苦语，此等诗如朝阳鸣凤。（《唐人万首绝句选》评）

吴昌祺曰：浑然天成。（《删订唐诗解》）

潘耕曰：起句题中“送”字，二句题中“之”字。“烟花三月”，佳时也；扬州，胜地也。“之”又顺流也，宜其速矣。然后接下二句。下二句，

此别后之景，于送时先想见之，愈愁。（《李太白诗醇》卷三引）

陈婉俊曰：（“烟花三月下扬州”）千古丽句。（《唐诗三百首补注》）

俞陛云曰：送行之作夥矣，莫不有南浦销魂之意。太白与襄阳，皆一代才人而兼密友，其送行宜累笺不尽。乃此诗首二句仅言自武昌之扬州，后二句叙别意，言天末孤帆，江流无际，止寥寥十四字，似无甚深意者。盖此诗作于别后。襄阳此行，江程迢递，太白临江送别，直望至帆影向空而尽，惟见浩荡江流，接天无际，尚怅望依依，帆影尽而离心不尽。十四字中，正复深情无限，曹子建所谓“爱至望苦深”也。（《诗境浅说》续编）

刘永济曰：此诗写别情在三、四句。故人之舟既远，则帆影亦在碧空中消失，此时送别之人所见者，“长江天际流”而已。行者已达而送者犹伫立，正所以见其依恋之切，非交深之友，不能有此深情也。善写情者，不贵质言，但将别时景象有感于心者写出，即可使诵其诗者发生同感也。（《唐人绝句精华》）

富寿荪曰：“孤帆”二句，传伫立怅望之神，不言别情而别情弥挚，通首措语俊逸，缀景阔大，一片神行，含蕴无穷，宜其扬名千古。（《千首唐人绝句》）

李白的送别诗、留别诗，多而且好。这跟他一生到处漫游、广结朋友而又富于感情的生活经历、个性特征密切相关。这首送别诗在他许多同类诗作中之所以特别出名，是因为它不仅借助情景浑融的境界表现了对友人的深挚情谊，而且通过景物描写，展现了阔远的空间境界和心灵境界，透露出繁荣昌盛的盛唐时代的面影，从而使它成了不可复制的盛唐气象的典型代表之一。

李白才高性傲，但对比他年长十二岁的诗人孟浩然却是从诗品到人品，都敬仰佩服之至。其《赠孟浩然》说：“吾爱孟夫子，风流天下闻。红颜弃轩冕，白首卧松云。醉月频中圣，迷花不事君。高山安可仰，徒此揖清芬。”从中可以看出李白对孟浩然，不仅怀有深挚的朋友情谊，而且怀有一种深切了解基础上形成的敬仰爱慕。这种特殊的关系和感情，使这首送别诗中所抒发的感情特别深挚而悠远。

起句“故人西辞黄鹤楼”，似乎平平叙起，但径称孟浩然为“故人”，却透露出此前两人已经结识定交，具有深厚的情谊；也透露出李白对这位心怀敬慕的年长友人，自有一种不拘年辈的亲切感。“西辞黄鹤楼”是唐诗中常有的句法，意即辞别了西边的黄鹤楼而沿江东下。古人送别，多在名胜古迹之地，且多在高处，黄鹤楼正兼有这两个特点。它伫立江边，高耸蛇山之上，是饯别、送远的极佳地点。点明这个送别之地，后两句目送孤帆远去的情景才字字有根。

次句“烟花三月下扬州”，仿佛又只是款款承接，点明题内的“之广陵”和此行的季节。但细加体味，却感到其中的每一个词语和诗歌意象，都浸透了浓郁的诗情。用“烟花”来形容“三月”，特别是三月的长江中下游地区（包含送别之地武昌和孟浩然所游之地扬州），可以说极简洁而传神。“烟”，指在晴空丽日的映照下，笼罩在田野大地、城市乡村上空的一层轻烟薄雾；“花”，则正是所谓“暮春三月，江南草长。杂花生树，群莺乱飞”的景象。“烟”与“花”的组合，使诗人笔下的长江中下游地区呈现出一片晴空万里、烟霭如带、花团锦簇的明丽灿烂景象。而故人要去的扬州，更是当时除长安、洛阳以外最大的都会，而其繁华热闹、富庶风流的程度较之两京有过之而无不及。张祜《纵游扬州》诗云：“十里长街市井连，月明桥上看神仙。人生只合扬州死，禅智山光好墓田。”杜牧《赠别二首》之一云：“春风十里扬州路，卷上珠帘总不如。”从中不难想见作为商业大都会而又具有江南绮艳风流色彩的扬州对于生性浪漫的诗人的特殊吸引力。诗人的心目中的扬州，不仅是繁华富庶之地、温柔绮丽之乡，而且是诗酒风流之所。而在“烟花三月”和“扬州”之间的那个“下”字，也就绝不只是点明题内的那个“之”字，而且渲染出了一种放舟长江、乘流直下的畅快气氛，传达出了故人对此行的淋漓兴会和诗人对扬州的向往和对朋友的欣羡。可以说，每一个字都极富表现力，而整个诗句却又浑然天成，毫无着意雕琢、用力的痕迹。前人誉为“千古丽句”，诚为的评。

三、四两句写诗人伫立黄鹤楼上目送故人乘舟远去的情景。第三句一作“孤帆远映碧山尽”，陆游《入蜀记》引作“孤帆远映碧山尽”，谓“帆樯映远山尤可观，非江行久不能知”，但他忽略了两点，一是此诗所写并非江行所见，而是楼头远眺所见；二是帆映碧山之景固可观，但句末“尽”字无着落，因为既见帆影与碧山相映，则船犹在视野之内，不得云“尽”。还是以作“孤帆远影碧空尽”为胜。盖此七字实分三个小的层次，展示的是不同时间内的不同景色，“孤帆”是舟行未远时所见，友人所乘的帆船犹显然在目；继则船渐行渐远，化为一片模糊的帆影，故曰“远影”；最后则连这一片模糊的帆影也逐渐消失在远处无边无际的碧空之中，此时所见，唯一派浩荡的长江流向水天相接的远处而已。“唯见”紧承上句“尽”字，是对上句所写情景的进一步引申。“尽”则“孤帆”消失在视线的尽头，“唯见”正是孤帆消失以后视线内所看到的景象，因此两句之间同样有个时间的落差。然则，三、四两句从写景的角度看，总共有四个不同时间内的景物层次，即从“孤帆”显然在目到帆影渐远，再到帆影消失，最后到“唯见长江天际流”。

这好像是纯粹的写景，但其中却显然蕴含着诗人登眺时目注神驰的情状，融入了诗人对远去的故人深挚悠长的情谊，创造出了堪称典范的情景交融意境。境界阔远，极富远神远韵。武昌以下，长江的江面已经相当宽阔，在一望无际的江汉平原上，视线所及，几无阻挡（这也可以证明第三句当作“孤帆远影碧空尽”而不是“孤帆远映碧山尽”）。在阔远的江面上，如果是长时间地登临赏景，纵目流眺，则所见者或许竟是千帆竞发、百舸争流的繁忙热闹景象。但由于诗人是送仰慕的“故人”乘舟东下，因此从一开始，他的目光就锁定在黄鹄矶边那条故人所乘的船上，从看它解缆启程，顺流东去，到它的身影逐渐模糊消失，目之所存，心之所注，始终只有这一只“孤帆”。古代的帆船本就走得慢，武昌以下的一段长江，江阔水缓，从解缆启程到帆影消失在碧空尽头，需要经历相当长的一段时间。这样长时间地始终追随着这一叶“孤帆”，目不旁及，心不旁骛，神情高度专注，不正反映出诗人对“故人”的情谊之深挚浓至、悠长深永吗？而与此同时，诗人对故人此行的热切向往之情也在这长时间追随的目光中生动地表现出来了。“孤帆远影碧空尽”，这“尽”字中蕴含了失落的怅惘；“唯见长江天际流”，这“唯见”之中也同样含有故人远去的空廓寂寥。但这两句所构成的极其阔远的境界和长江浩荡东流的雄阔景象，却又使全诗的格调和境界显得非常壮阔辽远，没有送别诗通常的那种黯然销魂的情调。

盛唐送别诗之所以具有这种阔远壮大的空间境界和心灵境界，归根结底，是时代精神浸润影响所致。因此，它所呈现出来的不是个别的特殊的事例，而是一种共同的时代风貌。从高适的“莫愁前路无知己，天下谁人不识君”，到岑参的“轮台东门送君去，去时雪满天山路。山回路转不见君，雪上空留马行处”，到王维的“劝君更尽一杯酒，西出阳关无故人”“唯有相思似春色，江南江北送君归”，再到李白的“孤帆远影碧空尽，唯见长江天际流”，虽表现手法各有不同，而情思境界的阔远壮大则大抵相同。时代精神之作用于诗人的心灵，显现于诗境，不正显然可见吗？

渡荆门送别〔一〕

渡远荆门外，来从楚国游〔二〕。
山随平野尽〔三〕，江入大荒流〔四〕。
月下飞天镜〔五〕，云生结海楼〔六〕。
仍怜故乡水，万里送行舟。

校注

〔一〕荆门，山名，在今湖北宜都市西北长江南岸。《水经注·江水》："江水东历荆门、虎牙之间。荆门山在南，上合下开，其状似门。虎牙山在北。此二山，楚之西塞也。"《文选·郭璞〈江赋〉》"荆门阙竦而磐礴"李善注引盛弘之《荆州记》曰："郡西溯江六十里，南岸有山，名曰荆门；北岸有山，名曰虎牙。二山相对，楚之西塞也。荆门上合下开，暗达山南，有门形，故因以为名。"唐汝询《唐诗解》谓题中"送别"二字疑是衍文，沈德潜《重订唐诗别裁集》亦谓"诗中无送别意，题中（送别）二字可删"。詹锳《李白诗文系年》系此诗于开元十三年（725）初出川时。按："送别"非衍文。

〔二〕来从，来到。《晏子春秋·杂上十二》："景公夜从晏子饮，晏子称不敢与。"葛洪《〈抱朴子〉序》："故权贵之家，虽咫尺弗从也；知道之士，虽艰远必造也。"荆门以东的地区，战国时属楚。

〔三〕荆门山以东，进入广大的江汉平原，视野所及，不见高山。意谓随着平野的出现，江两岸的高山终于消失了。

〔四〕大荒，本指荒远之地，此指荒野，广远的原野。

〔五〕月下，天上的月亮下映水中。天镜，指映入水中的如同明镜的圆月。

〔六〕海楼，即所谓海市蜃楼。《史记·天官书》："海旁蜃气象楼台。"

严评曰：（“山随”句）此二句意象浑漠，下联不称，不若作淡语度去为妙。（严评《李太白诗集》）

严评本载明人批：“山”“江”联气象开阔。“下”字、“生”字可不用，用之作两层解亦自佳。此法唯太白有之，盖亦自《选》来。

杨慎曰：太白《渡荆门》诗：“仍归故乡水，万里送行舟。”《送人之罗浮》诗：“尔喜之罗浮，余还愁峨眉。”又《淮南卧病书怀寄蜀中赵征君蕤》：“国门遥天外，乡路远山隔。朝忆相如台，夜梦子云宅。”皆寓怀乡之意。（《升庵诗话·太白怀乡句》）

胡应麟曰：“山随平野尽，江入大荒流。”太白壮语也。杜“星垂平野阔，月涌大江流。”骨力过之。（《诗薮·内编》卷四）

朱谏曰：此李白渡荆门而送别也，言远渡乎荆门之外，来游于楚国之中。但见山尽于平野，江流于大荒。月之落也，如天镜之飞；云之生也，结海蜃之楼。夫蜀水会于荆门，蜀乃吾之故乡也，今于荆门送行，是并吾乡之水送子之舟。悠悠万里，情何既乎！夫水曰故乡，其怀土之情亦可哀矣。（《李诗选注》）

李维桢曰：文字特立不群，奇甚。又曰：气概何等雄壮。（《唐诗隽》）

唐汝询曰：此自蜀入楚，渡荆门而赋其形胜如此。白本蜀人，江亦发源于蜀，故落句有水送行舟之语，盖言人不如水之有情也。题中“送别”二字，疑是衍文。（《唐诗解》卷三十三）

陆时雍曰：诗太近人，其病有二。浅而近人者率也，易而近人者俗（一作“熟”）也。如《渡荆门送别》诸诗不免此病。（一作“如此与《江夏别宋之悌》《访戴天山道士》是也”）（《唐诗镜》卷二十）按：《唐诗选脉》引略有不同。

周敬曰：三、四雄壮，好形胜。（《删补唐诗选脉笺释会通评林·盛五律中下》）

唐孟庄曰：语太浮，韵度不乏。（同上引）

王夫之曰：明丽杲如初日。结二语得象外之圜中，飘然思不穷，唯此当之。泛滥钻研者，正由思穷于本分耳。（《唐诗评选》卷四）

《李诗直解》曰：此荆门送别，赋其景而起故乡之思也。言渡荆门而游楚国也。目中所见，则山随平野邈旷之中而尽，江入大荒空阔之处而流。月色之下，圆飞天镜；云气之生，象结海楼。当此之时，送别江干，仍怜故乡之水，万里随舟以送行也。今见水若见故乡矣，得无念乎！

应时曰：太白之情多于景中生出，此作其尤者也。（《李诗纬》卷三）

丁龙友曰：胡元瑞谓："山随平野"一联，此太白壮语也。子美诗"星垂平野阔，月涌大江流"二语，骨力过之。似之。岂知李是昼景，杜是夜景。又李是行舟暂视，杜是停舟细视，可概论乎！（同上引）

吴昌祺曰：此在楚而渡江送别。前四句渡荆门也。五、六即景。结言水远，正言心远。此送友东行，不必疑为衍文。（《删订唐诗解》卷十六）

沈德潜曰：诗中无送别意，题中二字可删。（《重订唐诗别裁集》卷十）

《唐宋诗醇》：颔联与杜甫之"星垂平野阔，月涌大江流"句法相类，亦气势均敌。胡震亨（当作"应麟"）以杜为胜，亦故为低昂耳。（卷六）

范大士曰：三、四雄浑。（《历代诗发》）

黄叔灿曰："山随"一联，何等境界！唐人集中不可多得之语。然从上二句说来，尚有送别情在。"飞天镜"，"结海楼"，语亦奇辟。海楼即蜃楼。结二语因荆门而思故乡之水，言虽相隔万里，而舟行可达，故送人而怀思矣。（《唐诗笺注》）

卢麰曰：三、四写形势确不可易，复尔苍亮，五、六亦是平旷所见语，复警异。观此结，太白允是蜀人，语亦有情，未经人道。（《闻鹤轩初盛唐近体读本》）

翁方纲曰：太白云"山随平野尽，江入大荒流"，少陵云"星垂平野阔，月涌大江流"，此等句皆适与手会，无意相合。固不必谓相为倚傍，亦不容区分优劣也。（《石洲诗话》卷一）

管世铭曰：太白"山随平野尽，江入大荒流"，摩诘"江流天地外，山色有无中"，少陵"星垂平野阔，月涌大江流"，意境同一高旷，而三人气韵各别。（《读雪山房唐诗钞》）

杨成栋曰：包举宇宙气象。（《精选五七言律耐吟集》）

胡本渊曰：（"山随"二句）炼句雄阔，与杜匹敌。（《唐诗近体》）

陈世镕曰：太白高处，如绛云在霄，卷舒无迹，天然凑泊，不可思议。明人乃标举"山随平野尽，江入大荒流"等句，以为极则，所谓"焦明已翔乎寥廓，罗者犹视乎薮泽"也。（《求志居唐诗选》）

俞陛云曰：太白天才超绝，用笔如风樯阵马，一片神行……此诗首二句，言送客之地。中二联，写荆门空阔之景。惟收句见送别本意。图穷匕首见，一语到题，昔人诗文，每有此格。次联气象壮阔，楚蜀山脉，至荆门始断；大江自万山中来，至此千里平原，江流初纵，故山随野尽，在荆门最切。四句虽江行皆见之景，而壮健与上句相埒。后顾则群山渐远，前望则一片混茫也。五、六句写江中所见：以“天镜”喻月之光明，以“海楼”喻云之奇特。惟江天高旷，故所见若此。若在院宇中观云月，无此状也。末二句叙别意，言客踪所至，江水与之俱远，送行者心亦随之矣。（《诗境浅说》）

高步瀛曰：语言倜傥，太白本色。（《唐宋诗举要》卷四）

富寿荪曰：所谓“送别”，乃自别蜀中故乡，唐人制题中有此一种。如杜甫《官定后戏赠》是少陵辞河西尉而任右卫率府兵曹后抒感之作。王嗣奭《杜臆》云：“‘戏赠’，公自赠也……观李白诗中‘渡远荆门外，来从楚国游’及‘仍怜故乡水，万里送行舟’等句，其自别故乡之意，极为明显。”（《百家唐宋诗新话》第147页）

鉴赏

李白是个一生到处漫游，遍访名山大川，以四海为家的诗人，又是一个对故乡怀着深厚感情、乡情乡思极殷的诗人。这首作于他青年时代，初出三峡，“仗剑去国，辞亲远游”途中的诗歌，就在抒写他奔向广阔新天地的舒畅、壮阔、新奇感受的同时，表现了深挚的故乡情。把握了这一贯串全诗的感情线索，对题目及诗意才能有切实的感受与理解。

开头两句平直叙起，点题内“渡荆门”。渡远，即乘舟远渡。荆门山系楚之西塞，亦可视为蜀、楚的分界，远渡荆门之外，即已进入古楚国的疆域。两句是交代行程的，但首句的“远”字，显然是以故乡蜀地为基点的，句末的“外”字，也隐含远在巴蜀之外的意思。读这首诗，须处处注意到诗人举凡叙事、写景、抒情，都离不开蜀地故乡这个基点和参照物。同样，“来从楚国游”一句也包含了离开蜀地故土，来到一个新天地时的新鲜感和兴奋感。

三、四两句承“荆门外”与“楚国”，写舟行中所见开阔广远景象。荆门以下，是一望无际的苍茫广远的江汉大平原，视线所及，再无山峦，而浩荡的长江水，也冲出了上开下合的荆门山的阻挡，而奔流于广阔无际的莽莽原野之中。这两句写“荆门外”的景象，境界既极壮阔旷远，而形象尤为生动逼真。客观的景象本来是山尽而平野展现，诗人却写成“山随平野尽”，仿佛是由于平野的展现而使山峦消失。这看来有些不合因果关系的句法，其实正真切地表现了诗人的感受。这就需要联系蜀国山川和诗人已历的行程来体味。蜀地多山，所谓“巴山万嶂”、岷峨积雪。诗人出蜀，又须经著名的三峡，“七百里中，两岸连山，略无阙处，重岩叠嶂，隐天蔽日”。近千里的行程中，诗人所乘的舟船一直就在重重叠叠的峰峦中打转。直到舟过三峡，越出荆门之外，那一直伴随着自己的两岸山峦才忽然从视野中消失，展现在面前的则是一片广阔无边的江汉平原，因此才有“山”仿佛“随平野”而“尽”的感受。也就是说，诗人是以蜀地多山和舟行三峡两岸层峦叠嶂的经验为参照物来感受和描写眼前所见的新境界的。同样，“江入大荒流”也是如此。本来，奔腾咆哮的长江一直被约束在狭窄的高山峡谷之中，不能自由畅快地奔流，直至出三峡，过荆门，才进入莽莽苍苍、一望无际的原野中，江面变得宽阔，得以自由自在地奔流向前。因此，说“江入大荒流”，正透露了在此之前的一长段行程中江流穿行于峡谷高山间的情形。这两句所隐含的与已历行程的对照，突出地表现了诗人“渡荆门”之后眼前豁然开朗，面对极其壮阔旷远的新境界时那种舒畅感、新奇感、兴奋感。蜀地四面皆山，尽管其中有沃野千里的成都平原，但整个地形格局是封闭型的。因此在蜀地生长的诗人初次出峡进入江汉平原时每有此种共同的感受。陈子昂的《度荆门望楚》：“巴国山川尽，荆门烟雾开。城分苍野外，树断白云隈。”所描绘的豁然开朗的壮阔景色正与李白此诗相似，而“谁知狂歌客，今日入楚来”一联中所表现的兴奋喜悦之情亦与李诗相近。李诗这一联中的“随”字、“尽”字，“入”字、“流”字，虽自然浑成，不见用力之迹，却都极富表现力。既渲染出了客观景物（山、江）的动态感，又透露出这是舟行过程中观赏两岸、瞩目江流时的感受。“随”“尽”二字见平野之广阔无限，“入”“流”二字见长江之奔流不息。两句又共同组合成一幅由广阔莽苍的平原和宽广奔流的长江相互映衬的壮阔画图，而诗人的身影则正处于画面的中心。

“月下飞天镜，云生结海楼。”腹联仍写望中所见“荆门外”之景，但与颔联之旁顾、前瞻不同，是俯视与仰望。一轮圆月映入江水之中，倒影清晰可见，像是一面天上飞来的镜子在江水中映现。李白在《峨眉山月歌》中曾写过“峨眉山月半轮秋，影入平羌江水流”的景象，“月下飞天镜”所描绘的景象与之类似，而“飞天镜”的设喻则表现出一种儿童式的天真好奇。(试比较其《古朗月行》：“小时不识月，呼作白玉盘。又疑瑶台镜，飞在青云端。”）而浩荡的长江水中清晰可见月亮的倒影，尤见水之清澈。“下”字、“飞”字同样充满了动感。仰望天上，云彩变幻，正结构成一座海市蜃楼。这景象同样充满了新奇感和动态感。初看这两句所描绘的景象似与“荆门”没有必然联系，但只要联系诗人峡中所历，就可明白这里所写的景象绝不可能发生在“重岩叠嶂，隐天蔽日，自非亭午夜分，不见曦月”的七百里三峡的舟行途中，只能在“荆门外”的广阔境界中泊舟时，才能看到广阔的天宇和云层变幻，看到升天的圆月映入水中的情景。这一联写到圆月映水，时间当已入夜，因此与颔联之舟行过程中所见不同，当是泊舟江边时所见。如是行舟，则水中月影因江水的奔流当不能如此清晰稳定。

颔、腹两联，分写“荆门外”日间行舟时旁顾前瞻所见与夜间泊舟时俯视仰观所见。“渡荆门”的题意已经写足。尾联乃转而关合题内“送别”二字。但这个“送别”却非一般意义上的以自己为送别的主体、别人为送别对象的送别，而是以自己为送别对象的送别。那么，谁是送别的主体呢？这就是“故乡水”。回顾来路，这才发现，原来一直不远万里，送自己的行舟历三峡、出荆门的长江流水，就是自己蜀地故乡的水啊！“荆门”既为楚之西塞，蜀、楚的分界，在诗人意念中，也成了蜀江与楚江的分界。明朝离荆门东去，舟行所经之水就不再是“故乡水”了。因此，诗人想象，“故乡水”送自己这个远赴天涯的游子于荆门，就要与自己告别了，而自己，也即将与“故乡水”告别，奔向广阔的天地。这两层意思，都蕴含在“仍怜故乡水，万里送行舟”这充满深情的诗句中。题目的含意，说全了应该是“渡荆门与故乡水告别”。或者换一种说法，“渡荆门故乡水送别”。将纯属自然物的江水人格化，将它描绘成怀着缱绻深情，遥送客子的具有灵性的事物，正深刻地表现了诗人对养育自己的蜀地故乡的无限眷恋。

对广阔壮美的新天地的强烈向往，以及初出荆门时放眼眺望广远壮美境界时产生的舒畅感、兴奋感、新奇感，与对故乡山水的深长怀恋，在这首诗中以“江水”为中心线索，被水乳交融地统一在一起了。诗的意境既阔大壮美，又缠绵宕往，兼具气势雄放与情韵悠长之美。这正是李白感情世界中看似矛盾实则和谐统一的两面。如果在告别故乡时没有这一结，不但诗的情韵为之大减，李白也就不成其为李白了。

灞陵行送别〔一〕

李白

送君灞陵亭，灞水流浩浩〔二〕。上有无花之古树，下有伤心之春草〔三〕。我向秦人问路岐〔四〕，云是王粲南登之古道〔五〕。古道连绵走西京〔六〕，紫阙落日浮云生〔七〕。正当今夕断肠处，骊歌愁绝不忍听〔八〕。

校注

〔一〕灞陵，又作"霸陵"，汉文帝陵墓。《元和郡县图志》卷一京兆府万年县："白鹿原，在县东二十里，亦谓之霸上，汉文帝葬其上，谓之霸陵。王仲宣诗曰：'南登霸陵岸，回首望长安'，即此也。"灞水之滨有亭，是古来送别之所。詹锳《李白诗文系年》系此诗于天宝三载（744）春。郁贤皓《李白选集》则谓"当为天宝二年（743）在长安送友人之作"。

〔二〕灞水，亦作"霸水"，关中八水之一，系渭水之支流。《三辅黄图》卷六杂录："霸水出蓝田谷，西北入渭。"浩浩，水势盛大貌。

〔三〕江淹《别赋》："春草碧色，春水绿波。送君南浦，伤如之何！""伤心之春草"，关合送别。

〔四〕路岐，即歧路、岔路。

〔五〕王粲，字仲宣，东汉末著名诗人，建安七子之一。《三国志·魏书·王粲传》："献帝西迁，粲徙长安……年十七，司徒辟，诏除黄门侍郎。以西京扰乱，皆不就，乃之荆州依刘表。"其《七哀诗》云："西京乱无象，豺虎方遘患。复弃中国去，委身适荆蛮。亲戚对我悲，朋友相追攀……南登霸陵岸，回首望长安。"南登之古道，即指王粲由长安赴荆州的古道。

〔六〕西京，指长安。唐以长安为西京，洛阳为东京。

〔七〕紫阙，帝王所居的宫阙。浮云，象喻奸邪。《古风》之三十七："浮云蔽紫阙，白日难回光。"《登金陵凤凰台》："总为浮云能蔽日，长安不见使人愁。"

〔八〕骊歌，《骊驹》歌的省称。《汉书·王式传》："歌骊驹。"颜师古注引服虔曰："逸《诗》篇名也，见《大戴礼》，客欲去，歌之。"又引文颖曰："其辞云：'骊驹在门，仆夫具存；骊驹在路，仆夫整驾'也。"后因称告别之歌为骊歌。骊歌，一作"黄鹂"。

谢枋得曰：缀景清新。（《李太白诗醇》卷三引）

严评本载明人批：于鳞谓间杂长语，是欺人。然何必尔？如此诗，但云"上有无花树，下有伤心草。云是王粲南登道"，岂不雅驯！又云：仲宣《七哀诗》："南登灞陵岸，回首望长安。"借仲宣道别意，亦自快。然水、树、草、日、云、黄鹂，撮拾得恰好。

朱谏曰：辞格亦颇清亮，疑亦唐人送别之诗。较之于白，殊少沉郁之气。结语轻浅，尤为可厌。（《李诗辨疑》卷下）

郭濬曰：连用三"之"字，在太白则可，他人学之，便堕训诂一路。（《增定评注唐诗正声》）

唐汝询曰：此因离别所经赋其地以兴慨也。水流、树古、春草伤心，昔人亦尝登此道而兴怀矣。今与我友分别，而睹薄暮之景，已足断肠，况又闻啼鸟之音乎！称"西京"者，明恋阙也；举"黄鹂"者，愿求友也。（《唐诗解》卷十三）

许学夷曰：《公无渡河》《北风行》《飞龙引》《登高丘》《灞陵行》等，出自古乐府。（《诗源辩体》）

周珽曰："落日浮云生"，深情可思。（《删补唐诗选脉笺释会通评林·盛七古》）

王夫之曰：夹乐府入歌行，掩映百代。（《唐诗评选》卷一）

吴昌祺曰：西京、浮云，乃断肠之曲也。唐但言薄暮，似浅。（《删订唐诗解》卷七）

《唐宋诗醇》：古之伤心人，别有怀抱，是诗之谓矣。（卷六）

方东树曰：叙起。"上有"二句奇横酣恣，天风海涛，黄河天上来。"我向"句倒点题柄，更横。"古道"句入"送"。（《昭昧詹言》卷十三）

近藤元粹曰：长短错综，亦一奇格也。（《李太白诗醇》卷三）

鉴赏

这首送别诗作于李白天宝初年在长安供奉翰林期间。从诗的内容、情调看，当在长安三年的后期。这时的诗人，对政局的趋于腐败昏暗，奸邪的蔽君忌贤已经有了比较深切的感受，对国家及自身的境遇前途都怀有一种忧患感。正是由于这种经历和感情背景，这首送别诗将送别友人与自我抒情、怀古与伤今、写景与象喻融为一体，成为一首极富创意的送别诗。送别的对象，诗题及诗中均未标出，很有可能是与李白有类似境遇的友人。

开头两句点明送别之地。灞陵是汉文帝的陵墓所在，灞陵亭则是紧靠灞水的亭子，古人送别多在长亭，唐代长安往东、南方向去的旅人，送行者也每多在此送别，灞陵亭、灞水和灞桥烟柳，在唐诗中更常与别离之情关联。“流浩浩”，固是即景描写，但与“送君”联系起来，便无形中带上了某种比兴象征意味，令人联想到别情之悠长无尽，联想到对方就要像眼前的浩浩流水一样，流向远方。不过这种比兴象征意味，并非着意设喻，而只是一种处于有意无意之间的“兴”，因此不落言筌，不留痕迹。

三、四两句，进一步对送别之地的景物进行描写。亭边有森森的古树，亭下有碧绿的春草，这本是平常景物，但一经诗人用对举的散文化句式加以强调，用“无花”和“伤心”加以渲染，这平常的草树便染上了浓重的色彩。前者，见古树的苍老，透露出眼前的这条由灞陵通往荆襄的大道历史之悠久，给人以一种悠远的历史联想和时间记忆，下启“古道”；后者，因暗用江淹《别赋》“春草碧色，春水绿波，送君南浦，伤如之何”，而使碧绿的春草蒙上了一层“伤心”的色彩，下启“断肠”“愁绝”。

五、六两句，由别地之流水草树进一步写到友人的去路。向当地的人问路云云，不过是个由头，目的是为了突出下句，引起读者的注意。友人的去向，大概是荆襄一带，这里特意标明友人所要走的这条荆襄大道，便是昔日“王粲南登之古道”，显然有所寓意。王粲处于汉末乱世，“徙长安……司徒辟，诏除黄门侍郎。以西京扰乱，皆不就，乃之荆州依刘表”。其《七哀诗》叙其“复弃中国去，委身适荆蛮”的经历，有“南登霸陵岸，回首望长安”之句。标出“王粲南登”四字，透露出友人此去，重循王粲曾历之道路，其所遭之时、所遭之遇，当与王粲有某种相似之处。诗人固未必认为当时的政局有如《七哀诗》所描绘的那样：“西京乱无象，豺虎方遘患。”但从下面的描写显然可以看出，眼下的西京已是政局昏暗，奸邪蔽主。前云“古树”，此云“古道”，又标举古人行踪，仿佛由眼前景引发怀古之情，而这怀古之情当中，又自然寓含了对当今时势政局的感伤。这种“伤今”之意，到下两句便益加明显了。

七、八两句，用顶针格紧承“古道”，却并不把目光投向友人南登的去路，而是反顾来路。这就透露出，无论是友人还是诗人自己，其心之所系还是“古道”的那一端。“古道连绵走西京”的诗句，显示出诗人的目光正沿着这条连绵不绝的道路直指当时的政治中枢长安，然而遥望中的西京，此刻已是落日昏黄，浮云层生，遮蔽住了巍峨的宫阙。“紫阙”句的比兴象征含义至为明显，既有传统的比兴象征诗句可以类证，又有李白其他一系列类似的诗句可以相发明，无烦征引。“浮云”之上加以“落日”，更加重了对政局昏暗衰败的象征。前人说这两句有“恋阙”意。李白其时虽有去意，但尚未离京，“恋阙”之语自不切合，但系心宫阙，关注政局的忧患感却是相当明显。

九、十两句关合“送别”。别时所唱之歌称骊歌，日暮黄昏，古道漫漫，分手在即，骊歌起处，别离的感伤不免更加深浓。但由于前面既有历史的联想和类比（汉末时势和王粲行踪），又有现实的隐喻象征（紫阙落日浮云生），便给这离别的忧伤增添或注入了对时局的深切忧患，故不禁为之“断肠”“愁绝”了。

李白前期的诗，洋溢着对生活对时代的豪情，充满了浪漫乐观的青春气息，很少表现出深切的忧患感。这首作于长安三年从政生活后期的诗，则相当明显地体现出其诗风的转折。从此以后，他的诗歌创作中表现强烈忧愤苦闷的声音便明显增多了。

送陆判官往琵琶峡〔一〕

水国秋风夜〔二〕，殊非远别时。
长安如梦里，何日是归期？

校注

〔一〕判官，唐代节度使、观察使幕的僚属。陆判官，名未详。琵琶峡，在今重庆市巫山县。《方舆胜览》卷五十七："琵琶峰在巫山，对蜀江之南，形如琵琶。此乡妇女皆晓音律。"郁贤皓《李白选集》谓此诗疑亦天宝六载（747）于江南所作。

〔二〕水国，犹水乡。刘宋颜延之《始安郡还都与张湘州登巴陵城楼作》："水国周地险，河山信重复。"孟浩然《洛中送奚三还扬州》："水国无边际，舟行共使风。"罗邺《雁》："暮天新雁起汀洲，红蓼花开水国秋。"一般多指江南水乡。此诗送行之地，当为长江下游某滨江之地。

笺评

朱谏曰：言水国秋时，送别最难为情。自此三峡远望长安，渺茫恍惚，如在梦里，不知何日是吾归家之期乎！想象之中，非真归也。（《李诗选注》）

严评曰：语短意长，是五言绝妙境也。（严评《李太白诗集》）

杨慎曰：太白诗："天山三丈雪，岂是远行时？"（《独不见》）又曰："水国秋风夜，殊非远别时。""岂是""殊非"，变幻二字，愈出愈奇。孟蜀韩琮诗："晚日低霞绮，晴山远画眉。青青河畔草，不是望乡时。"亦祖太白句法。（《升庵诗话》卷十三）

严评本载明人批：（首二句）起句好。"时"字不甚得力。

杨逢春曰：此客中送别之作。首句写送客之候，正是思归之候。二点送客，言"殊非"者，意谓此时思归方切，正须友用排遣，"殊非远别时"也，已为下半伏根。三、四落到思归，却又说"何日"，言突于此时送客，不知何日得归也。低回往复，双管齐下，两情互摄，文心曲折至深。（《唐诗偶评》）

宋顾乐曰：味首三句，似非长安送陆；陆已谪外为判官，此又送之往琵琶峡，因悲其去国之日远也。（《唐人万首绝句选》评）

近藤元粹曰：妙味在文字之外。（《李太白诗醇》）

这首诗绝大多数李诗选本都弃而不选，更不用说通代的唐诗选本。其实它确如前人所评："语短意长，是五言绝妙境也。"陆判官其人，情况不详，李白诗中仅此诗提及，两人之间未必有深厚的交谊。这次往琵琶峡，可能仅为一次普通的探亲访友的旅行，未必有评家所猜测的谪宦远贬的背景。诗写得也很随意，仿佛是送行之际信口占成的“口号”诗。但却写得情韵悠长，风神摇曳，经得起反复吟味。它和《赠汪伦》一类诗一样，都属于天籁式的作品，却比《赠汪伦》更饶情韵，更具含蓄的韵致。

起句“水国秋风夜”，淡淡道出送别的时（秋风夜）地（水国），仿佛极平常而不经意。但这三个看似平常而含意虚泛的诗歌意象的巧妙组合，却传达出一种浓郁的氛围。“水国”的意象，虽泛称江南水乡，但它给人带来的联想，则是整个江南水乡泽国那种清新秀美、明丽天然的风韵和柔和润泽的色调，而“水国”的“秋风”之“夜”，则又透出了轻灵飘逸、清凉沁人的韵致和朦胧含蓄的氛围。这三种意象组合成的氛围，既极具清逸柔美的情韵，又带有一点孤寂凄清的意味。这一典型的氛围，正为这场普通的离别营造了浓郁的气氛。

次句由上句的氛围渲染转而直接抒情——“殊非远别时”。“殊非”二字强调的意味很重，仿佛可以听到诗人在江边送别友人时深长的叹息声。为什么“水国秋风夜”“殊非远别时”呢？一是因为水国秋风之夜，有一种特有的美，如此良宵，正应朋友相聚，或月下泛舟，或对酒共酌，或对床夜话，共享如此良夜，岂能“远别”；二是由于“水国秋风夜”所特具的孤寂凄清情调，人更需友情的温暖和抚慰，当此之际，自然殊非远别之时了。两个方面的原因，相反相成，都突出表明了“殊非远别时”。但诗人并没有直接说明具体的缘由，而是以咏叹的笔调浑沦道出，因此显得既含蓄而又浑成。

三、四两句，按通常的写法，似应续写对方的去路或自己对友人的思念，但诗人却撇开这种熟套，出人意料地反过来直抒自己的情怀：“长安如梦里，何日是归期？”李白自天宝三载（744）被“赐金还山”，离开长安后的相当长一段时间内，对长安的思念悠长而执着。其《长相思》云：“长相思，在长安。络纬秋啼金井阑，微霜凄凄簟色寒。孤灯不明思欲绝，卷帷望月空长叹。美人如花隔云端，上有青冥之高天，下有渌水之波澜。天长地远魂飞苦，梦魂不到关山难。长相思，摧心肝。”这正是所谓“长安如梦里”了。随着时间的消逝，诗人重归长安、再为近臣的希望越来越渺茫，因此他不得不发出“何日是归期”的深沉慨叹。“长安宫阙九天上，此地曾经为近臣”的经历已成不可重历的幻梦。“圣朝久弃青云士，他日谁怜张长公”的一线希望也终于落空，只能空白慨叹归期之无日了。

从咏叹“水国秋风夜，殊非远别时”，到慨叹“长安如梦里，何日是归期”，从远别之难堪到归京之无望，中间有一个思绪的明显跳跃。乍读似感前后幅之间缺乏过渡连接。实则，前后幅之间有一条潜在的引线，这就是因“水国秋风夜”与友人远别引起孤寂凄清感。朋友远去，客中送客的自己又多了一分羁旅中的孤寂凄清况味。在这种情况下，想到昔日在长安为近臣时的荣耀和热闹，不免有天上人间之隔的感喟。而奸邪当权，浮云蔽日，朝政日非，羁泊水国秋风中的自己只有叹息“长安如梦里，何日是归期”了。但诗中亦不点明这条引线，只让读者自己涵泳玩索。这又是一层含蓄。

李白是一个主观色彩极鲜明的诗人。即使在送别诗这种通常要侧重写被送者的行踪、境遇、心情的诗歌体制中，李白也总是打破常规，只写自己当下的感情意绪，将送别诗写成自我抒情的诗。这正是李白送别诗的艺术个性。

整首诗除开头一句写景外，其余三句均为直接抒情。但读后却感到全诗都沉浸在“水国秋风夜”的氛围和如梦似幻的情调之中。加上诗的音调极具咏叹的韵味，其间又缀以“殊非”“何日”等词语，读来便更感到其风神摇曳、情韵悠长了。

宣州谢朓楼饯别校书叔云〔一〕

弃我去者昨日之日不可留，乱我心者今日之日多烦忧。长风万里送秋雁，对此可以酣高楼〔二〕。蓬莱文章建安骨〔三〕，中间小谢又清发〔四〕。俱怀逸兴壮思飞〔五〕，欲上青天览明月〔六〕。抽刀断水水更流，举杯销愁愁更愁。人生在世不称意，明朝散发弄扁舟〔七〕。

校注

〔一〕此诗诗题《文苑英华》卷三百四十三作《陪侍郎叔华登楼歌》，题下注：“集作《宣州谢朓楼饯别校书叔云》。”宋蜀刻本题下注：“一作《陪侍御叔华登楼歌》。”宣州谢朓楼，即宣州陵阳山北楼。南齐诗人谢朓任宣城太守时所建。又名谢朓北楼、谢公楼。校书，校书郎。唐代秘书省有校书郎八人，正九品上；门下省弘文馆亦有校书郎二人，从九品上。校书叔云，校书郎李云。据《新唐书·宗室世系表下》，道王房有道孝王元庆曾孙名云。李白有《饯校书叔云》诗云："少年费白日，歌笑矜朱颜。不知忽已老，喜见春风还。惜别且为欢，裴回桃李间。看花饮美酒，听鸟临晴山。向晚竹林寂，无人空闭关。"可证李白确与任校书郎之李云有交谊。但二诗一曰"春风""桃李"，一曰"秋雁"，显非同时之作。今之学者多谓题当从《文苑英华》作《陪侍御（"郎"字误）叔华登楼歌》。詹锳《李白诗文系年》系此诗于天宝十二载（753），考曰："此诗《文苑英华》题作《陪侍郎叔华登楼歌》，当以'一作'（《陪侍御叔华登楼歌》）为是。按诗云：'蓬莱文章建安骨，中间小谢又清发。'则所登者必系谢朓楼无疑也。《旧唐书·李华传》：'天宝中登朝为监察御史，累转侍御史……贼平，贬抚州司户参军……遂屏居江南……上元中，以左补阙、司封员外郎召之……称疾不拜。'独孤及《赵郡李华集序》：'（天宝）十一年，拜监察御史，会权臣窃柄，贪猾当路，公入司方书，出按二千石，持斧所向，郡邑为肃。为奸党所嫉不容于御史府，除右补阙。'三者所记稍有出入，然此诗之作必在天宝十一载以后无疑也。"郁贤皓《李白选集》亦同此说，谓此诗当是天宝十二三载（753、754）秋在宣城作。可参考。

〔二〕酣高楼，酣饮于高楼（指谢朓楼）。

〔三〕蓬莱，东海中三神山之一。传仙家之幽经秘录藏于此山，故东汉时将中央政府藏书处东观称为道家蓬莱山。此借指供职秘书省的校书郎李云。建安骨，建安风骨的省称。句意谓校书郎李云的文章具有建安风骨。《后汉书·窦章传》："其时学者称东观为老氏藏室，道家蓬莱山。"蓬莱，《文苑英华》一作"蔡氏"，指蔡邕。

〔四〕小谢，指南齐诗人谢朓，相对于刘宋诗人谢灵运称"大谢"而言。清发，清新秀发。《南齐书·王融谢朓传》："朓字玄晖，少好学，有美名，文章清丽。"小谢，诗人自指。

〔五〕逸兴，超逸豪迈的意兴。壮思，豪壮的情思。

〔六〕览，通"揽"，摘取。

〔七〕散发，去掉冠簪，隐居江湖。《文选·张华〈答何劭〉》："散发重阴下，抱杖临清渠。"张铣注：散发，言不为冠所束也。弄扁舟，暗用范蠡佐越王勾践灭吴后，乃"乘扁舟浮于江湖"事，见《史记·货殖列传》。

笺评

刘辰翁曰：崔嵬迭宕，正在起一句。"不称意"，诺（疑"语"字之误）欲绝。（《唐诗品汇》卷二十七引）

朱谏曰：前八句辞气虽云雄壮，用字犹有未稳。如云："俱怀逸兴壮思飞，欲上青天揽明月。"似欠稳当。"抽刀断水水更流"以下四句，意既不相连续，辞又软弱粗俗。前者既疑非白，后者岂白之所为乎？设使前者是白之作，则后之非白亦明矣。此等之诗，似不可晓，姑阙所疑，拟俟知者。（《李诗辨疑》卷下）

严评本载明人批：太白起笔，每如天马腾空，神龙出海，真是妙绝千古。又曰：前四句极醒快，然终伤雅道，不可为常。"逸兴"二句正是太白自道。中四句赞校书文章，与前后绝不干涉。通篇说愁，竟不知所愁何事？又曰：此篇嵚崎历落之概，不衫不履之致，非寻行数墨家可望肩背也。

唐汝询曰：此厌世多艰思栖逸也。言往日不返，来日多忧，盍乘此秋色登楼以相酣畅乎？子校书蓬莱宫，所构之文有建安风骨，我若小谢，亦清发多奇，此皆飞腾超拔者也。然不得近君，是以愁不能忘，而以抽刀断水起兴。因言人生既不得意，便当适志扁舟，何栖栖仕宦为也！（《唐诗解》卷十三）

《全唐风雅》引萧云：此篇眷顾宗国之意深。

陆时雍曰：雄情逸调，高莫可攀。（《唐诗镜》卷十九）

周珽曰：厌世多艰，兴思远引。韵清气秀，蓬蓬起东海。异质快才，自足横绝一世。（《删补唐诗选脉笺释会通评林·盛七古》）

王夫之曰：兴起超忽。（《唐诗评选》卷一）

《李诗直解》：此饯别校书叔，论其文彩，而动乘桴之感也。言光阴迅速，愁思难遣，昨日不可留，今日又多烦忧。长风送雁，对此酣畅，从来惟文章为不朽耳。今蓬莱文章，建安之骨，中间小谢，亦清发而超群也。俱怀飘逸之兴，雄壮之思，欲上青天以览日月，而文章之高远光明不可及矣。我今抽刀断水而水更流，举杯销愁，愁忽旋生而愁复愁。人生贵得意耳。何我之在世而流落不称意也！叔今往矣，我亦明日散发弄扁舟于江湖间，一任东西之飘泊耳。（卷四）

王尧衢曰：此篇三韵而转，起、结别是一法。"弃我去者昨日之日不可留，乱我心者今日之日多烦忧。长风万里送秋雁，对此可以酣高楼。"起势豪迈，如风雨骤至。言日月如流，光阴如驶，已去之昨日难留，方来之忧思烦乱。况人生聚散不定，而秋气又复可悲，当此秋风送雁，临眺高楼，可不尽醉沉酣，以写我忧乎！"蓬莱文章建安骨，中间小谢又清发。俱怀逸兴壮思飞，欲上青天览明月。"言校书蓬莱宫，其文章有建安之风骨，中间亦有如小谢之清发。此皆逸兴不群，壮思飞越，似此才华，宜依日月之光，而胡乃远去也？"抽刀断水水更流，举杯销愁愁更愁。人生在世不称意，明朝散发弄扁舟。"因才之不遇而生愁，而以抽刀断水起兴。且言人生既不称意，不若效袁闳散发、范蠡扁舟以自适，何栖栖于宦途为哉！（《古唐诗合解》卷四）

吴昌祺曰：（首四句）亦从明远变化出来。（"蓬莱"句）此言"建安骨"，则知"自从建安来"，只说建安以后。（《删订唐诗解》卷四）

沈德潜曰：（起二句）此种格调，太白从心化出。（《重订唐诗别裁集》卷六）

《唐宋诗醇》：遥情飙竖，逸兴云飞。杜甫所谓"飘然思不群"者，此矣。千载而下，犹见酒间岸异之状，真仙才也。（卷七）

宋宗元曰：（首二句）耸突爽逸。（"抽刀断水"二句）奥思奇句。（《网师园唐诗笺》）

方东树曰：起二句，发兴无端。"长风"二句，落入；如此落法，非寻常所知。"抽刀"二句，仍应起意为章法。"人生"二句，言所以愁。（《昭昧詹言》卷十二）

刘熙载曰：昔人谓激昂之言出于兴。此"兴"字与他处言"兴"不同。激昂大抵只是情过于事，如太白诗"欲上青天览明月"是也。（《艺概》）

王闿运曰：（"长风"二句）起句破格，赖此救之。中四句不贯，以其无愁也。（《手批唐诗选》卷八）

吴闿生曰：起二句破空而来，不可端倪。再用破空之句作接，非绝代雄才，那得有此奇横。第四句始倒煞到题。（"抽刀"句）再断，故倒煞到题。（《古今诗范》卷九）

安旗等曰：李华《御史大夫厅壁记》《御史中丞厅壁记》，见《全唐文》卷三一六。二记一作于天宝十四载六月十五日，一作于天宝十四载九月十日。前《记》之末有云："初，厅壁列先政之君，记而不叙。公以为艰难之选，将俟后人。谓华尝备属僚，或知故实。授简之恩至，属词之艺寡，无以允乎非常之待，所报者质直而少之。”后《记》之末有云：“华昧学浅艺，承命维谷，群言之首，非所克堪。然故吏也，勉以酬德。”足见天宝十四载，李华已不在御史台，而在右补阙之职。则其“出按二千石”当在天宝十四载之前。由此可知，李白与李华相遇于宣城，若非本年（十一载）秋，即为次年秋。而次年秋白在秋浦，故知此诗作于本年。（《李白全集编年注释》）

此诗发端既不写楼，更不叙别，而是陡起壁立，直抒郁结。“今日之日”与“昨日之日”，是指许许多多个弃我而去的“昨日”和接踵而至的“今日”。也就是说，每一天都深感日月不居，时光难驻，心烦意乱，忧愤郁邑。这里既蕴含了“功业莫从就，岁光屡奔迫”（《淮南卧病书怀寄蜀中赵征君蕤》）的精神苦闷，也熔铸着诗人对污浊政治现实的感受。他的“烦忧”既不自“今日”始，他所“烦忧”者也非指一端。不妨说，这是对他长期以来政治遭遇和政治感受的一个艺术概括。忧愤之深广、强烈，正反映出天宝中期以来朝政的愈趋腐败和李白个人遭遇的愈趋困窘。理想与现实的尖锐矛盾所引起的强烈精神苦闷，在这里找到了适合的表现形式。破空而来的发端，重叠复沓的语言（既说“弃我去”，又说“不可留”；既言“乱我心”，又称“多烦忧”），以及一气鼓荡，长达十一字的句式，都极生动形象地显示出诗人郁结之深、忧愤之烈、心绪之乱，以及一触即发，发则不可抑止的感情状态。

三、四两句突作转折，面对着寥廓明净的秋空，遥望万里长风吹送鸿雁的壮美景色，不由得激起酣饮高楼的豪情逸兴。这两句在读者面前展现出一幅壮阔明朗的万里秋空画图，也展示出诗人豪迈阔大的胸襟。从极端苦闷忽然转到朗爽壮阔的境界，仿佛变化无端，不可思议。但这正是李白之所以为李白的原因。正因为他素怀远大的理想抱负，又长期为黑暗污浊的环境所压抑，所以时刻都向往着广大的可以自由驰骋的空间。目接“长风万里送秋雁”之境，不觉精神为之一爽，烦忧为之一扫，感到一种心、境契合的舒畅，酣饮高楼的豪情逸兴也就油然而生了。

五、六两句因诗题有《宣州谢朓楼饯别校书叔云》与《陪侍御叔华登楼歌》之不同，而有不同的理解。按前题，则这两句系承高楼饯别分写主客双方。东汉时学者称东观（政府的藏书机构）为道家蓬莱山，唐人又多以蓬山、蓬阁指秘书省。李云是秘书省校书郎，因此这里用“蓬莱文章”借指李云的文章，建安骨，指刚健遒劲的“建安风骨”。上句赞美李云的文章风格刚健；下句则以“小谢”自指，说自己的诗像谢朓那样，具有清新秀发的风格。李白非常推崇谢朓，这里自比小谢，正流露出对自己才能的自信。这两句自然地关合了题目中的“谢朓楼”和“校书叔”。按后题，则这两句承高楼饯别写纵酒高谈的内容。“蓬莱文章”借指东汉文章。建安骨，指建安时期的诗文风格刚健。下句则提及小谢诗清新秀友的风格。李白推崇谢朓，在谢朓楼谈到谢朓，正是“本地风光”。

七、八两句就“酣高楼”进一步渲染双方的意兴。说彼此都怀有豪情逸兴、雄心壮志，酒酣兴发，更是飘然欲飞，想登上青天去揽取明月。前面方写晴昼秋空，这里却说到“明月”，可见后者当非实景。“欲上”云云，也说明这是诗人酒酣兴发时的豪语。豪壮与天真，在这里得到了和谐的统一。这正是李白的性格。上天揽月，固是一时兴到之语，未必有所寓托。但这飞动健举的形象却让我们分明感觉到诗人对高远理想境界的向往追求。这两句笔酣墨绝，淋漓尽致，把面对“长空万里送秋雁”的境界时所激起的昂扬情绪推向高潮。仿佛现实中的一切黑暗污浊都一扫而空，心头的一切烦忧都已忘到了九霄云外。

然而诗人的精神尽管可以在幻想中遨游驰骋，诗人的身体却始终被羁束在污浊的现实之中。现实中本不存在“长风万里送秋雁”这种可以自由飞翔的天地，他所看到的只是“夷羊满中野，菉葹盈高门”（《古风》五十一）这种可憎的局面。因此，当他从幻想中回到现实里，就更强烈地感到了理想与现实的矛盾不可调和，更加重了内心的烦忧苦闷。“抽刀断水水更流，举杯销愁愁更愁”这一落千丈的又一大转折，正是在这种情况下必然出现的。“抽刀断水水更流”的比喻，是奇特而富于独创性的，同时又是自然贴切而富于生活气息的。谢朓楼前，就是终年长流的宛溪水，不尽的流水和无穷的烦忧之间本就极易产生联想，因而很自然地由排遣烦忧的强烈愿望中引发出“抽刀断水”的意念。由于比喻和眼前景的联系密切，从而使它多少带有“兴”的意味，读来便感到自然天成。尽管内心的苦闷无法排遣，但“抽刀断水”这个动作性很强的细节却生动地显示出诗人力图摆脱精神苦闷的要求，这就和沉溺于苦闷而不能自拔，以至陷于颓废有别。

“人生在世不称意，明朝散发弄扁舟。”李白的理想与现实的矛盾，在当时历史条件下，是无法解决的。因此他总是陷于“不称意”的苦闷中，而且只能找到诸如“散发弄扁舟”一类的出路。这结论当然不免有些消极和无奈，但其中也多少包含了不与当权的统治者同流合污，向往自由生活的情绪。

李白的可贵之处在于，尽管他在精神上经受着苦闷的重压，但并没有因此放弃对高远理想境界的追求，诗中仍然贯注着豪迈慷慨的情怀。“长风”二句，“俱怀”二句，更像是在悲怆的乐曲中奏出高昂乐观的音调，在黑暗的云层中露出灿烂明丽的霞光。“抽刀”二句，也在抒写强烈苦闷的同时表现出倔强的性格。因此，整首诗给人的感觉不是阴郁绝望，而是忧愤苦闷中显现出豪壮雄放的气概。这说明诗人既不屈服于环境的压抑，也不屈服于内心的重压。

思想感情的瞬息万变，波澜迭起，和艺术结构的腾挪跌宕，跳跃发展，在这首诗里被完美地统一起来了。诗一开头就平地突起波澜，揭示出郁结已久的强烈精神苦闷；紧接着，却完全撇开“烦忧”，放眼万里秋空，从“酣高楼”的逸兴，到“览明月”的壮举，扶摇直上九霄。然后却又迅即从九霄跌落苦闷的深渊。直起直落，大开大合，没有任何承接过渡的痕迹。这种起落无端、断续无迹的结构，最宜于表现诗人因理想与现实的尖锐矛盾而产生的急遽变化的情绪。

自然与豪放和谐结合的语言风格，在这首诗里也表现得相当突出。必须有李白那样阔大的胸襟抱负、豪放坦率的性格，又有高度驾驭语言的能力，才能达到豪放与自然和谐统一的境界。这首诗的开头两句，简直像散文的语言，但却一气流注，充满豪放健举的气势。“长风”二句，境界壮阔，气概豪放，语言则高华明朗，仿佛脱口而出。这种自然豪放的语言风格，也是这首诗虽极写烦忧苦闷，却并不阴郁低沉的一个原因。

答王十二寒夜独酌有怀〔一〕

昨夜吴中雪，子猷佳兴发〔二〕。万里浮云卷碧山，青天中道流孤月〔三〕。孤月沧浪河汉清〔四〕，北斗错落长庚明〔五〕。怀余对酒夜霜白，玉床金井冰峥嵘〔六〕。人生飘忽百年内，且须酣畅万古情〔七〕。君不能狸膏金距学斗鸡〔八〕，坐令鼻息吹虹霓〔九〕。君不能学哥舒横行青海夜带刀，西屠石城取紫袍[一〇]。吟诗作赋北窗里，万言不直一杯水。世人闻此皆掉头，有如东风射马耳[一一]。鱼目亦笑我，谓与明月同[一二]。骅骝拳跼不能食[一三]，蹇驴得志鸣春风[一四]。折杨皇华合流俗[一五]，晋君听琴枉清角[一六]。巴人谁肯和阳春[一七]，楚地犹来贱奇璞[一八]。黄金散尽交不成[一九]，白首为儒身被轻。一谈一笑失颜色[二〇]，苍蝇贝锦喧谤声[二一]。曾参岂是杀人者，谗言三及慈母惊[二二]。与君论心握君手，荣辱于余亦何有[二三]！孔圣犹闻伤凤麟[二四]，董龙更是何鸡狗[二五]！一生傲岸苦不谐，恩疏媒劳志多乖[二六]。严陵高揖汉天子[二七]，何必长剑拄颐事玉阶[二八]。达亦不足贵，穷亦不足悲。韩信羞将绛灌比[二九]，祢衡耻逐屠沽儿[三〇]。君不见，李北海，英风豪气今何在[三一]？君不见，裴尚书，土坟三尺蒿棘居[三二]。少年早欲五湖去[三三]，见此弥将钟鼎疏[三四]。

校注

〔一〕王十二，名不详，十二系其排行。王先有《寒夜独酌有怀》诗寄李白，李白作此诗以酬答。詹锳《李白诗文系年》系此诗于天宝九载(750)。郁贤皓《李白选集》则系于天宝八载冬。诗中提及李邕、裴敦复之死，事在天宝六载。又提及哥舒翰屠石堡城事，事在天宝八载六月。诗应作于天宝八载六月后之某个寒夜，八、九载冬均有可能，宋蜀本题下注：再入吴中。

〔二〕吴中，吴地。《世说新语·任诞》："王之猷居山阴，夜大雪，眠觉，开室命酌酒，四望皎然。因起彷徨，咏左思《招隐》诗。忽忆戴安道。时戴在剡，即便夜乘小船就之。经宿方至，造门不前而返。人问其故，王曰：'吾本乘兴而行，兴尽而返，何必见戴！'"佳兴，美好的意兴。此以王子猷比王十二。

〔三〕中道，中路，指天空的中间一线。谢庄《月赋》："白露暧空，素月流天。"

〔四〕沧浪，青苍寒凉。河汉，指银河。

〔五〕北斗错落，形容夜深时北斗七星交错纵横之状。长庚，即金星，又名太白。《诗·小雅·大东》："东有启明，西有长庚。"毛传："日旦出谓明星为启明，日既入谓明星为长庚。"因夜深月明，众星隐没，故太白（长庚）独明。

〔六〕玉床金井，指华美的井和井栏。床，井上栏杆。冰峥嵘，形容井栏边的冰结得很厚。

〔七〕酣畅，指畅饮而产生的快适之感。

〔八〕狸膏，狸猫的脂膏。古代斗鸡时用以涂抹鸡头，使对方畏怯，从而战胜对方。曹植《斗鸡篇》："长鸣入青云，扇翼独翱翔。愿蒙狸膏助，常得擅此场。"金距，装在斗鸡脚距上的金属假距。《左传·昭公五年》："季、郈之鸡。季氏介其鸡，郈氏为之金距。"杨伯峻注："《说文》：'距，鸡距也。'……即鸡跗蹠骨后方所生之尖突起部，中有硬骨质之髓，外被角质鞘，故可为战斗之用。郈氏盖于鸡脚爪又加以薄金属所为假距。"陈鸿祖《东城老父传》："玄宗在藩邸时，乐民间清明节斗鸡戏。及即位，治鸡坊于两宫间，索长安雄鸡，金毫铁距高冠昂尾千数，养于鸡坊，选六军小儿五百人，使驯扰教饲……帝出游，见（贾）昌弄木鸡于云龙门道旁，召入，为鸡坊小儿，衣食右龙武军……天子甚爱幸之，金帛之赐，日至其家……当时天下号为神鸡童。时人为之语曰：'生儿不用识文字，斗鸡走马胜读书。贾家小儿年十三，富贵荣华代不如。解令金距期胜负，白罗绣衫随软舆。父死长安千里外，差夫持道挽丧车。'"

〔九〕坐令，遂使。李白：《古风》二十四"路逢斗鸡者，冠盖何辉赫。鼻息干虹蜺，行人皆怵惕。"

〔一〇〕哥舒，指哥舒翰。天宝七载，代王忠嗣为陇右节度支度营田副大使、知节度事。《旧唐书·哥舒翰传》："筑神威军于青海上，吐蕃至，攻破之。又筑城于青海中龙驹岛，有白龙见，遂名为应龙城，吐蕃屏迹不敢近青海。吐蕃得石堡城，路远而险，久不拔。八载，以朔方、河东群牧十万众委翰总统攻石堡城，翰麾下将高秀岩、张守瑜进攻，不旬日而拔之。上录其功，拜特进、鸿胪员外卿，与一子五品官。赐物千匹，庄宅各一所，加摄御史大夫。"夜带刀，《太平广记》卷四百九十五引《干𦠆子·哥舒翰》："天宝中，哥舒翰为安西节度，控地数千里，甚著威令。故西鄙人歌之曰：'北斗七星高，哥舒夜带刀。吐蕃总杀尽，更筑两重濠。'"石城，即石堡城，在今青海西宁市西南，为唐与吐蕃间交通要道。《资治通鉴·开元十七年》

"更命石堡城曰振武军"胡三省注："自鄯城县河源军西行百二十里至白水军，又西南二十里至定戎城，又南隔涧七里有石堡城，本吐蕃铁刃城也。宋白曰：石堡城在龙支县南，四面悬崖数千仞，石路盘屈，长三四里，西至赤岭三十里。"石堡城之役，获吐蕃兵四人，唐士卒死者数万。唐制，三品官以上服紫。

〔一一〕射，吹射。东风射马耳，意谓漠不关心，当作耳旁风。

〔一二〕明月，指明月珠，喻才俊之士。张协《杂诗》："鱼目笑明月。"此则谓鱼目混珠，才俊之士反为无知小人所讥。

〔一三〕骅骝，千里马名，传为周穆王所乘八骏之一。拳跼，拳曲不伸貌。比喻才士失志困窘。

〔一四〕蹇驴，跛脚的驴子，喻不才之小人。

〔一五〕《折杨》《皇华》，古之俗曲。《庄子·天地》："大声不入乎里耳，《折杨》《皇华》，则溘然而笑。"成玄英疏："《折杨》《皇华》，盖古之俗中小曲也。玩狎鄙野，故嗑然动容。"

〔一六〕《韩非子·十过》："（晋平公）反而问曰：'音莫悲于清徵乎？'师旷曰：'不如清角。'平公曰：'清角可得而闻乎？'师旷曰：'不可。昔者黄帝合鬼神于泰山之上，驾象车而六蛟龙。毕方并辖，蚩尤居前，风伯进扫，雨师洒道，虎狼在前，鬼神在后，腾蛇伏地，凤凰覆上，大合鬼神，作为清角。今主君德薄，不足听之，听之将恐有败。'平公曰：'寡人老矣，所好者音也，愿遂听之。'师旷不得已而鼓之。一奏，而有玄云从西北方起；再奏之，大风至，大雨随之，裂帷幕，破俎豆，隳廊瓦，坐者散走，平公恐惧，伏于廊室之间。晋国大旱，赤地三年。平公之身遂癃病。"枉清角，谓德薄不能聆听清角，有枉于美妙的音乐。

〔一七〕宋玉《对楚王问》："客有歌于郢中者，其始曰《下里》《巴人》，国中属而和者几千人。其为《阳阿》《薤露》，国中属而和者数百人。其为《阳春》《白雪》，国中属而和者不过数十人……是其曲弥高，其和弥寡。"此谓曲高和寡，听惯了低级音乐的人不可能欣赏高雅的音乐。

〔一八〕《韩非子·和氏》："楚人和氏得玉璞楚山中，奉而献之厉王。厉王使玉人相之。玉人曰：'石也。'王以和为诳而刖其左足。及厉王薨，武王即位，和又奉其璞而献之武王。武王使玉人相之，又曰：'石也。'王又以和为诳而刖其右足。武王薨，文王即位，和乃抱其璞而哭于楚山之下，三日三夜，泪尽而继之以血。王闻之，使人问其故曰：'天下之刖者多矣，子奚哭之悲也？’和曰：‘吾非悲刖也，悲夫宝玉而题之以石，贞士而名之以诳，此吾所以悲也。’王乃使王人理其璞，而得宝焉，遂命曰和氏之璧。”

〔一九〕李白《上安州裴长史书》：“曩昔东游维扬，不逾一年，散金三十馀万，有落魄公子，悉皆济之。”《赠从弟南平太守之遥二首》之一：“承恩初入银台门，著书独在金銮殿。龙驹雕镫白玉鞍，象床绮席黄金盘。当时笑我微贱者，却来请谒为交欢。一朝谢病游江海，畴昔相知几人在。前门长揖后门关，今日结交明日改。”

〔二〇〕失颜色，神色惊惧有所戒忌。

〔二一〕《诗·小雅·青蝇》：“营营青蝇，止于樊。岂弟君子，无信谗言。”郑笺：“兴也，蝇之为虫，污白使黑，污黑使白，喻妄人乱善恶也。”贝锦，本指像贝的文采一样美丽的织锦，比喻诬陷他人、罗织成罪的谗言。《诗·小雅·巷伯》：“萋兮斐兮，成是贝锦。彼谮人者，亦已太甚。”朱熹集传：“言因萋斐之形，而文致之以成贝锦，以比谗人者因人之小过而饰成大罪也。”

〔二二〕曾参，孔子弟子。《战国策·秦策二》：“费人有与曾子同名姓者而杀人。人告曾子母曰：‘曾参杀人。’曾子之母曰：‘吾子不杀人。’织自若。有顷焉，一人又曰：‘曾参杀人。’其母尚织自若也。顷之，一人又告之曰：‘曾参杀人。’其母惧，投杼，逾墙而走。”此言流言可畏。

〔二三〕亦何有，又算得了什么。

〔二四〕孔圣，指孔子。《论语·子罕》：“子曰：‘凤鸟不至，河不出图，吾已矣乎！’”《春秋·哀公十四年》：“西狩获麟，孔子曰：‘吾道穷矣！’”

〔二五〕董龙，前秦右仆射董荣，小字龙。据《十六国春秋》载，前秦宰相王堕性刚峻，右仆射董荣以佞幸进，疾之如仇，朝见时略不与言。或劝堕降意接之，堕曰：“董龙是何鸡狗，而令国士与之言乎！”

〔二六〕恩疏，指君恩疏远。媒劳，引荐者徒劳。乖，违。

〔二七〕严陵，东汉初严光，字子陵。《后汉书·逸民传·严光》：“少有高名，与光武同游学。及光武即位，乃变名姓，隐身不见。帝思其贤，乃令以物色访之……遣使聘之，三反而后至……车驾即日幸其馆，光卧不起……曰：‘昔唐尧著德，巢父洗耳，士故有志，何至相迫乎？’……除为谏议大夫，不屈，乃耕于富春山，后人名其钓处为严陵濑焉。”高揖汉天子，指严光对光武帝长揖不拜，不爱官位。

〔二八〕长剑拄颐，佩剑很长，上端可以顶到下巴。《战国策·齐策六》："大冠若箕，修剑拄颐。"古代只有高官经特许方能挂佩剑入朝。事玉阶，在宫廷中侍奉皇帝。玉阶，宫殿中的玉石台阶，代指宫廷。

〔二九〕韩信，汉高祖时大将。将，与。绛，绛侯周勃。灌，颍阳侯灌婴。二人均汉初将领。《史记·淮阴侯列传》载，韩信本封齐王，曾助刘邦击败项羽，后刘邦夺其军，徙封楚王，后又降为淮阴侯。"信知汉王畏恶其能，常称病不朝从。信由此日夜怨望，居常鞅鞅，羞与绛、灌并列。"其时，周勃、灌婴之功绩才能均不如韩信。

〔三〇〕祢衡，东汉末名士。《后汉书·祢衡传》："祢衡，字正平，平原般人也。少有才辩，而气尚刚傲，矫时慢物。兴平中避难荆州，建安初来游许下……是时许都新建，贤士大夫四方来集。或问衡曰：'盍从陈长文（群）、司马伯达（朗）乎？'对曰：'吾焉能从屠沽儿耶！'"屠沽儿，杀猪卖酒之辈。陈群、司马朗均当时名士，祢衡瞧不起他们，故称其为屠沽儿。

〔三一〕李北海，当时著名贤士大夫李邕，曾任北海太守。与李白有交往，李白有《上李邕》诗。《新唐书·李邕传》："开元二十三年，起为括州刺史……后历淄、滑二州刺史。上计京师。始邕早有名，重义爱士，久斥外。不与士大夫接。既入朝，人间传其眉目瑰异，至阡陌聚观，后生望风内谒，门巷填隘。中人临问，索所为文章，且进上。以谗媚不得留，出为汲郡、北海太守。天宝中，左骁卫兵曹参军柳勣有罪下狱，邕尝遗勣马……宰相李林甫素忌邕，因傅以罪，就郡杖杀之，时年七十……邕虽诎不进，而文名天下，时称李北海。"

〔三二〕裴尚书，指刑部尚书裴敦复。以平海贼功为李林甫所忌，贬淄川太守，与李邕皆坐柳勣事，同时杖死。《通鉴·天宝六载》："正月辛巳，李邕、裴敦复皆杖死。"蒿棘，蓬蒿荆棘。蒿棘居，犹言"蒿里"。

〔三三〕五湖，泛指今太湖流域诸湖泊。《国语·越语下》载，春秋末越国大夫范蠡，辅佐越王勾践，灭亡吴国，功成身退，乘轻舟以隐于五湖。

〔三四〕此，指李邕、裴敦复被李林甫所忌害而死事。钟鼎，钟鸣鼎食，借指权贵显宦。

乐史曰：白有歌云："吟诗作赋北窗里，万言不及一杯水。"盖叹乎有其时而无其位。（《李翰林别集序》）

萧士赟曰：此篇造语叙事，错乱颠倒，绝无伦次。董龙一事，尤为可笑，决非太白之作。乃先儒所谓五季间学太白者所为耳。具眼者自能别之，今厘而置诸卷末。（《分类补注李太白诗》卷十九）

朱谏曰：旧注萧士赟……又云："伪赝之作无疑。"第南丰大儒既以贪多而编入，乐史后序复摘取其"吟诗作赋北窗里，万言不直一杯水"之句，则吃肉知味，何在马肝？士赟此论大概得之。（《李诗辨疑》卷下）

严评曰：感愤放达，不妨纵言之。世以为五季间而学为白者，非知太白者也。又曰：（"青天"句）写其心胸。（严评《李太白诗集》）

方东树曰："鱼目"句入己。"楚地"句以上学。"谗言"句以上世情。"与君"句合。（《昭昧詹言·李太白》）

詹锳曰：乐史、吕缙叔皆宋初人，而及见之，似非五代间人所可伪造。又曰：盖为雪谗之诗，与上首（指《雪谗诗赠友人》）当为前后之作。（《李白诗文系年》）

李白诗的一大特色是不着纸，或如前人所说飘逸。但我们读这首诗，除了开头一段还依然是熟悉的飘逸潇洒风格以外，其余的各段（也是诗的主体部分）却一变为酣畅淋漓、喷涌迸发、层波叠浪式的政治抒情。李白的诗风，自天宝中期开始，随着朝政的日趋黑暗腐败和他对现实政治感受的加深，显示出明显的变化，即对现实政治的激愤揭露批判的内容明显增多。这首诗可以说是一个突出的标志。萧士赟等人或疑其是伪作，原因之一就是未能认识到李白诗风的这种变化。

诗是酬答友人王十二寄赠《寒夜独酌有怀》诗的。王诗已佚，其内容不得而知，但从李白的答诗中约略可以推知，除了寒夜独酌怀念李白以外，或有抒发怀才不遇的苦闷牢骚方面的内容。李诗的开头一段，即从"答王十二寒夜独酌有怀"着笔，展开对"寒夜独酌有怀"情景的想象。起首两句，将王十二比作东晋名士王子猷，暗用其雪夜访戴的故事以点染王十二因吴中雪而引发怀友吟诗的"佳兴"。以下便进而想象"寒夜""对酒""怀余"情景：万里浮云，在绵延起伏的碧山之上飘浮翻卷，逐渐消失。碧空如洗，一轮皎洁的明月缓缓流过中天，散发出寒凉的气息。银河清澄，北斗横斜，长庚闪耀。霜华夜白，华美的金井玉栏之上凝结着嶙峋的层冰。这境界，广远寥廓，洁净清澄，而又带有一种孤寂凄寒的况味，正是对酒怀友的王十二心境、处境的写照，也是诗人自己高洁孤寂情怀的反映。这广远浩洁的境界又正与下面所揭示的现实的种种丑恶、黑暗、污浊现象形成鲜明的对照。“人生”二句，承上启下，抒写诗人因友人赠诗而引起的感慨。何谓“酣畅万古情”，诸家均未正面诠释。其实，这里的“酣畅”，当与诗题“独酌”，上文“对酒”有关，其字面的含义自是畅饮酣适之意，亦即《将进酒》“人生得意须尽欢，莫使金樽空对月”之意，换一种说法，则是“与尔同销万古愁”。而其深层的含义，则是人生飘忽，百年苦短，当须自由酣畅，称怀适意，岂能“摧眉折腰事权贵，使我不得开心颜”！因此，这两句实际上是李白人生观的一个重要侧面的自我告白。下面一大段淋漓尽致的抒情和揭露抨击，都是作为“酣畅万古情”的对立面出现的。

“君不能”以下九句，是因王十二遭遇而引发的愤慨。先用两个“君不能”引出当时政治现实中两种极反常的现象加以辛辣的讽嘲和猛烈的抨击。前者是目不识丁的斗鸡小儿，因为擅长“狸膏金距”的斗鸡伎俩得到皇帝的无比宠幸而气焰熏天，后者是迎合皇帝开边黩武意旨，用数万士卒的生命攻取石堡城而使自己获得高官厚禄的胡人将帅哥舒翰。对前者，用漫画化笔法讽其嚣张气焰；对后者，用“横行夜带刀”“屠石城取紫袍”，愤怒斥责其为一己之利牺牲无辜生命的骄横凶悍。前者犹为君主的享乐癖好；后者则直接关涉国家大政方针，危害尤深，故一则讽，一则愤。两用“君不能”，正见王十二品格高洁，不屑为此类迎合皇帝意旨而导君荒乐、误国害民之事。“吟诗”四句，当与上文王十二寒夜吟诗有关，谓当今之世，统治者所看重的既是斗鸡小儿、开边悍将之类，像王十二这样的“吟诗作赋”的能文之士，自然是“万言不直一杯水”，即使诗赋中寓有规讽劝诫的微言大义，在世人听来，也有如东风之射马耳，引不起丝毫反应了。而无论是斗鸡之徒的气焰熏天，开边黩武者之获取高位，吟诗作赋者之备受冷遇，其原因均在于皇帝的昏愦弃贤。其矛头的最后指向是不言自明的。这一段虽表面上说王十二，但李白自己的境遇感慨亦自然寓含其中。

“鱼目亦笑我”以下十四句，标出“我”字，着重抒写自己的遭受与感受。这一段除了“黄金散尽交不成，白首为儒身被轻”二句，是直接抒情外，其他十二句全用比喻。“鱼目”四句，写贤愚混淆倒置的不合理现实。鱼目混珠本是平常的成语典故，诗人用“鱼目亦笑我，谓与明月同”来表达，不但将“鱼目”人化，而且画出其以假充真的同时嘲真为假的无耻嘴脸。而用“骅骝拳跼不能食，蹇驴得志鸣春风”来形容贤才受屈、志不能伸，小人得志、自鸣得意的情状。“蹇驴”句尤为传神。常见的现象、常用的典故，一经诗人妙笔的点染，遂觉栩栩如生。这四句主要讽小人丑态，而以贤士作对衬。“折杨”四句则进一步揭示造成这种贤愚颠倒现象的原因在于君主。诗人以音乐为喻，说《折杨》《皇华》一类的俗曲合乎流俗的口味，而真正高雅的《阳春》《白雪》则引不起共鸣，无人欣赏。这里的“流俗”实际上是指上层统治集团的普通好尚。而最高统治者则正如晋平公那样，枉自装出一副喜好音乐的样子，实际上根本不懂得像“清角”这样的神奇之音。着一“枉”字，不但暗示其“德薄”，而且嘲笑其根本不能享受雅音。接着又用卞和献玉遭刖的典故，愤慨地揭示当今的统治者根本就不识贤才。“由来”二字，将这种“贱奇璞”的现象视为由来已久的常态，表现出对统治者的极端失望，激愤之情溢于言表。插入“黄金”二句，直抒对浇薄的世态人情和对“儒冠多误身”的世道的愤慨。李白虽对迂腐不通世务的儒生加以嘲讽，但在根本上仍秉持儒家的人生价值观，说自己为“小儒”，因此有“白首为儒身被轻”的愤懑。这和杜甫《醉时歌》所说的“儒术于我何有哉”声息相通。下四句又进而写自己不但受轻贱，而且受谗谤，说自己谈笑之间均不能不戒惧失色，因为时时都会遭到蝇营狗苟的小人造谣毁谤，罗织罪名，自己虽如曾参之德行高尚，但谣言毁谤屡至，却使人疑为真实。从这里可以窥见，诗人当时所遭受的毁谤之烈，已经到了杜甫所说的“世人皆欲杀”的程度。詹锳先生将此诗与《雪谗诗赠友人》相提并论，是很有见地的。

“与君”以下十八句，就自己的境遇进而抒写与污浊黑暗的政治现实决绝的态度。“与君论心握君手”一句，两出“君”字，由上两段的“君”“我”分举而“君”“我”并举。“论心”之语，语新情真，领起以下一段倾诉衷肠心曲的文字。先表明自己对个人的荣辱得失已经无所介怀，回顾历史，像孔子这样的大圣人尚且有途穷之悲，则自己这样的“小儒”遭遇如此，又何足悲；而董龙那样的佞幸小人，却得志于时，残害刚直之士，则今天仍有这类奸邪，又何足怪，他们不过是为人所不齿的鸡狗罢了。“一生”二句，总结自己的经历，揭示出自己所以“恩疏媒劳志多乖”的原因就在于性格傲岸，鄙视权贵，决不跟他们同流合污。正因为这样，又何必非要向往“长剑拄颐事玉阶”的所谓尊荣显贵，还不如像严光那样高揖天子，飘然归隐，反享有自由潇洒的生活和后世的清名。像董龙式的“达”根本就不值得称道，而像严光式的“穷”又有什么值得悲伤。韩信羞与绛、灌并列于朝，祢衡耻与号为朝中名士实同屠沽小儿之辈为伍，我之远离朝廷不过是耻与当今的“屠沽”之辈同列而已。以上主要是从追溯历史、总结平生的角度表明自己于荣辱穷达无所挂怀，耻于和董龙式的奸佞与欺世盗名的屠沽之辈为伍，虽明知“一生傲岸”而导致与世不谐，志愿乖违的结果也在所不悔。下面四句，却异军突起，连用两个“君不见”开头，揭示出当前政治现实中权奸陷害朝臣名士的令人触目惊心的事件。这在当时是轰动朝野的政治焦点，也是天宝中期以来政治愈趋腐败黑暗的典型事件。从“英风豪气今何在”“土坟三尺蒿棘居”的诗句中，可以感受到诗人的痛愤惋惜和政治义愤。尽管诗人早就说过“吾观自古贤达人，功成不退皆殒身。子胥既弃吴江上，屈原终投湘水滨。陆机雄才岂自保，李斯税驾苦不早。华亭鹤唳讵可闻，上蔡苍鹰何足道”一类的话，但毕竟是以史为鉴，缺乏切身的感受。这一次却是眼前发生的血淋淋的惨剧，可见诗人所受到的心灵震动之强烈和对现实政治黑暗体验之痛切。正是在这种情况下，诗人发出了“少年早欲五湖去，见此弥将钟鼎疏”的痛愤呼声。诗人虽早有扁舟五湖之志，但那是在“申管晏之谈，谋帝王之术。奋其智能，愿为辅弼。使寰区大定，海县清一。事君之道成，荣亲之事毕”的大功告成之后的“身退”，而现在却是在黑暗腐朽政局的压抑下无奈的“身退”，诗人的痛苦愤激可想而知。“见此弥将”四字，正揭示出李林甫陷害李邕、裴敦复的政治事件是他决心远离腐朽黑暗的政局的重要动因。至于李白是否从此真正远离政治，那倒不能仅凭这一声明。李白的积极用世精神终其一生一直没有泯灭过，无论遇到多大打击，一遇到某种机会，总会重新点燃，这是他的执着之处，也是他的天真之处。

这首诗所抒感情的引线，虽基于诗人个人的不幸遭遇，但其揭露批判的矛头所向，却是当时整个上层统治集团。其中明确提到的李邕、裴敦复被陷害的事件，就直接涉及专权十余年的奸相李林甫，而攻石堡取紫袍则直接点明著名将帅哥舒翰，“董龙鸡狗”之语所指的也显然是握着重权的宰相级人物。而他们的背后，都有当朝皇帝玄宗的宠信重用。乃至斗鸡之徒的气焰熏天，也与玄宗的逸乐丧志密切相关。而“折杨”数句所喻的现象，更明显是君主的昏暗。一首抒写个人遭遇牢骚的诗，演为对整个上层统治集团和黑暗腐朽政治现实的揭露批判，而且是指名道姓的抨击，足见诗人的可贵诗胆。在整个盛唐诗坛中，对现实政治的黑暗腐朽作出如此猛烈抨击和大胆揭露的，李白允称第一人。文学作品中对天宝时期政治黑暗面的反映，应该说主要是由李白担当并出色完成的。

这首诗的主体风格，可用痛愤激切，酣畅淋漓来形容。开头一段，境界虽阔远清澄，但用笔则酣畅饱满，一气呵成。以下各段，则或冷嘲热讽，或指名痛斥，或愤激痛切，或狂傲恣肆。感情如火山喷发，迅猛奔涌，具有不可阻挡的力量。从中可以窥见诗人疾恶如仇的性格和蔑视权势奸邪的人格力量。由于化议论为强烈的抒情，赋嘲讽以生动的形象，读来又绝无枯率之弊。诗虽酣畅淋漓，但并非随意挥洒，毫无章法，而是遵循酬答诗的格式，先叙缘起，然后“君”“我”分合，层层推进，如大海之层波叠浪，看似汪洋一片，波涛汹涌，实则自有分明的层次和节奏。

下终南山过斛斯山人宿置酒〔一〕

暮从碧山下，山月随人归。却顾所来径〔二〕，苍苍横翠微〔三〕。相携及田家〔四〕，童稚开荆扉〔五〕。绿竹入幽径，青萝拂行衣〔六〕。欢言得所憩〔七〕，美酒聊共挥〔八〕。长歌吟松风〔九〕，曲尽河星稀〔一〇〕。我醉君复乐，陶然共忘机〔一一〕。

校注

〔一〕终南山，在陕西西安市南，又称南山。斛斯，复姓。山人，隐居山中的士人。王勃《赠李十四》之一：“野客思茅宇，山人爱竹林。”瞿蜕园、朱金城《李白集校注》：“杜甫《过斛斯校书诗》自注云：‘老儒艰难时病于庸蜀，叹其殁后方授一官。’《全唐诗》引《英华》注云：‘即斛斯融。’杜有又《闻斛斯六官未归》诗，其中有‘走觅南邻爱酒伴’，自注：‘斛斯融，吾酒徒。’未知斛斯山人即其人否。”詹锳《李白诗文系年》系此诗于天宝三载（744），郁贤皓《李白选集》则“疑是初入长安隐居终南山时作”，约开元十九年（731）。

〔二〕却顾，回顾。

〔三〕翠微，本指青翠掩映的山腰幽深处。《尔雅·释山》：“未及上，翠微。”郭璞注：“近上旁陂。”郝懿行义疏：“翠微者……盖未及山顶孱颜之间，葱郁葐蒀，望之谸谸青翠，气如微也。”句意谓从终南山顶下来，回望所经过的道路，只见一抹苍茫的暮霭横亘在青翠的山峦前深处。

〔四〕田家，指斛斯山人所居。

〔五〕荆扉，以荆为门户。犹柴门。

〔六〕青萝，即女萝，地衣类植物。多附生于松树上，呈丝状下垂。故人经过时可拂衣。

〔七〕得所憩，得到休息止宿之处。

〔八〕挥，本指振去余酒，此指倾杯尽兴而饮。

〔九〕吟松风，吟唱《风入松》曲。按：琴曲有《风入松》曲。

〔一〇〕河星，银河中的众星。

〔一一〕陶然，欢乐陶醉貌。忘机，消除机巧之心。指甘于淡泊，与世无争。

笺评

朱谏曰：赋也。按此诗叙事有次第，词意简朴，音节浏亮，描写景色有如画出。自老杜以下，王右丞能企及，馀则勉强妆点，而情景亦反晦矣。又曰：言傍晚乘月而过山颠，宿田家。童子开门以相迎。绿竹青萝，行人幽邃，欣然得所憩息，复举美酒以相酌也，长歌于松风之下，曲尽而夜阑矣。主人醉而宾客乐，陶然忘机，邂逅一会而情则缱绻也。（《李诗选注》卷十一）

唐汝询曰：此诗首述下山之景，次写田家之幽。既得息足之所，则相与乐饮酣歌，忘夜之久。遗世之情，且与山人俱化矣。（《唐诗解》卷四）

钟惺曰：（"暮从"四句）似右丞。（"曲尽"句下）寂然有景。（"我醉"二句）去此二句妙。（《唐诗归》卷十五）

谭元春曰：（"暮从"四句）作绝句即妙矣。（向上）

严评曰：（起四句）作绝更有馀地。（严评《李太白诗集》）

严评本载明人批：绝似陶，其意宛然。

王夫之曰：清旷中无英气，不可效陶。以此作视孟浩然，真山人诗尔。（《唐诗评选》卷二）

《李诗直解》：此下终南达隐士之家，得酒共乐以忘机也。言天色已晚，从终南而下，幸皓月逐人归矣。回顾所来之路，苍苍杳霭以横翠微之间也。相携到农家，童稚欢迎，开荆扉以待，何情礼之兼至哉！门前绿竹入幽静之径，径上青萝拂行人之衣。欢言得憩，美酒共挥，故乘兴长歌以吟松风之曲。曲尽更深，而见河星之稀。我醉矣君复乐，不知主之为主，客之为客也，陶然相忘于机心之外而共游真率之天矣，今夜之宿不大可乐哉！（卷二）

王尧衢曰：首四句言下山时。次四句是“过斛斯山人”也。末六句便写“宿置酒”三个字。又曰：（“苍苍”句）山气远望则翠，近之则翠渐微。今山渐远，亦曰翠微。首言下山时明月随人，回顾行来路径，夜色苍苍横于翠微之中矣。（“美酒”句）又能置美酒以共饮，正如渊明诗云：“挥兹一觞，陶然自乐。”（“长歌”句）我乃长歌而吟松风之曲。（“陶然”句）不觉机虑俱清，不复与山人有形骸之隔矣。（《唐诗合解》卷一）

吴昌祺曰：自可亻亍柴桑。（《删订唐诗解》卷二）

沈德潜曰：太白山水诗亦带仙气。（《重订唐诗别裁集》卷二）

《唐宋诗醇》：此篇及《春日独酌》《春日醉起言志》等作，逼真泉明遗韵。（卷七）

宋宗元曰：尽是眼前真景，但人苦会不得，写不出。（首四句下批）（《网师园唐诗笺》）

王文濡曰：先写景，后写情。写景处字字幽靓，写情处语语率真。（《唐诗评注读本》）

近藤元粹曰：置之柴桑集中，谁知鸟雌雄？（《李太白诗醇》卷四）

《李杜二家诗钞评林》：颇造平澹。

这首五言古诗写诗人在长安期间一次游终南山后夜宿友人家的愉快经历。作诗的时间，有初入长安与二入长安两种不同说法，对理解诗意关系不大。从末句“陶然共忘机”看，诗人此时对长安生活中所历的“机巧”已有所感受并感到厌倦，则系于二入长安期间可能更妥当一些。

开头四句写“下终南山”所历所见。“暮从碧山下”五字，是这一节的主句。明写下山的历程，而此前登上山顶，纵目游眺，流连忘返，至暮方下的情景可以想见。“碧山”指青翠碧绿的终南山。拈出“碧”字，下面的“苍苍”“翠微”乃至“绿竹”“青萝”“松风”方字字有根。整个终南山，便是一片和谐的绿色世界。这统一的色调，对于“厌机巧”的诗人乃是一种心灵的熨帖与抚慰。在下山的过程中，随着暮色的加深，一轮明月升上天空，映照着下山的诗人。“山月随人归”固然是月下行人的错觉，却是极真切的感受。着一“随”字，用极平淡而浑朴的语言将山月写得极富人情味，洋溢着天真的童趣，透露出人与自然的亲切和谐。像这样精练生动而又随意挥洒的诗句，只有在陶诗里才能读到。

“却顾所来径，苍苍横翠微。”妙在下山途中那不经意的回头一望，却只见下山时经过的一片青翠的山峦和路径此刻已经笼罩在一抹苍茫的暮霭之中。“横”字极精当，显示出苍茫的暮霭正如一条飘带，横亘在半山腰上，具有一种飘逸流动的美感，而诗人目光之随意横扫也从中可见。这种景象，下山途中回望常见，一般人不大注意及此，即使注意到，也不会感受到其中蕴含的诗意，而且捕捉到这动人的一刹那，将它定格在诗中，遂成一种典型的诗境。这里，不仅有景物本身的特有美感，而且流动着诗人意外发现这种美的境界的喜悦。从景物的变化中，透露出暮色的加深。这便自然引出下一节的“过斛斯山人宿”来。

“相携”四句，写与友人相携至其田庄所见。“相携”二字，或许透露出斛斯山人是陪同诗人一同登山，又一起相携回到他所住的田家，但也可能是诗人登山前已约好下山后过访其家，专门在路旁相候，而相携至家。不管属于哪种情况，都透出主人的热情好客，真诚朴挚。不仅主人好客，连家中的孩子也早知有客人到来，赶紧打开柴门，迎接来客。这两句颇有陶渊明《归去来兮辞》中“童仆欢迎，稚子候门”的意味，但那是回到自己久别的家，而这里则给人以虽非自己的家却有归家的感觉。“绿竹”二句，写至田家所见。“绿竹入幽径”固可理解为“入绿竹之幽径”（因与下句对文而改变句式），但理解为绿竹随意丛生，有的竟侵入到了幽径之中，似乎更具山居的野趣。而松树上垂挂的青萝，也像在欢迎来客，轻拂行人的衣裳。两句写景，清幽中透出野趣和生机，“拂”字尤具亲切感，与主人的情意融为一体。

“欢言”以下六句，写主人留宿置酒的情景。游了一天的山，感到有些疲倦，在这种情况下，既有如此幽美的山居可以休息，又有主人的热情交谈和美酒助兴，心情之愉悦惬意自不待言。“欢言得所憩，美酒聊共挥”二句将这份自在与惬意表现得恰到好处。如果说，“得”字传达出轻松和喜悦，那么“聊”字则传达出不拘客套的亲切和随意。而“挥”字则生动表现了共饮时的淋漓酣畅。

“长歌吟松风，曲尽河星稀。”酒酣兴浓，非长歌不足以骋怀尽兴，不觉高歌一曲。“吟松风”既可理解为吟唱《风入松》曲，也可理解为歌吟之声与风吹松涛之声相和，二者可以兼容并包。一曲吟罢，万籁俱息，仰望天穹，但见银河横斜，星斗已稀，时间不觉已到深夜。上句写酒酣之际的高歌长吟，淋漓尽致；下句写酒尽之后的静寂，情韵深长。

“我醉君复乐，陶然共忘机。”最后两句，主客双收，“忘机”二字点出此游此访此饮的总的感受，是全诗的精神意旨所在。诗人游山赏景，访友欢谈，饮酒长歌，所得到的整体感受，就是人与自然、人与人、人与内心的自然和谐，一切纷繁的尘俗之事，一切内心的纷扰都消失了，这正是篇末点睛所说的“陶然共忘机”。

这首诗的艺术风格确如前人所评，有神似陶诗之处。这主要体现在诗中所表现的人与自然、人与人、人与内心关系的和谐这个基点和诗歌语言的朴素自然、情味隽永上。但细加品味，仍能感受到与陶诗的区别。诗在写景叙事中所透露出的那种飘逸潇洒、俊朗明快的意致，那种顾盼自赏的风神，就是陶诗所无而为李白所独具的。这在“山月”句、“绿竹”二句以及“欢言”以下六句中表现得尤为明显。

把酒问月〔一〕

青天有月来几时？我今停杯一问之。人攀明月不可得，月行却与人相随。皎如飞镜临丹阙〔二〕，绿烟灭尽清辉发〔三〕。但见宵从海上来，宁知晓向云间没？白兔捣药秋复春〔四〕，嫦娥孤栖与谁邻〔五〕？今人不见古时月，今月曾经照古人。古人今人若流水，共看明月皆如此。唯愿当歌对酒时〔六〕，月光长照金樽里。

校注

〔一〕题下自注：“故人贾淳令予问之。”贾淳，生平事迹不详。

〔二〕飞镜，飞升的明镜。李白《古朗月行》：“小时不识月，呼作白玉盘。又疑瑶台镜，飞在青云端。”临，照临。丹阙，红色宫门，此指长安宫阙。

〔三〕绿烟，指蒙在月亮上的一层薄薄的烟雾，因月光映照，故呈绿色。

灭尽，散尽。清辉，月亮的清光。

〔四〕《楚辞·天问》："夜光（指月）何德，死则又育？厥利维何，而顾菟在腹？"王夫之《楚辞通释》："顾菟，月中暗影似兔者。"古代神话谓月中有玉兔捣药。汉乐府《董逃行》："玉兔长跪捣药虾蟆丸。"傅玄《拟天问》："月中何有？玉兔捣药。"

〔五〕嫦娥，神话中的月中仙子。《淮南子·览冥训》："羿（后羿）请不死之药于西王母，姮娥窃以奔月。"因避汉文帝刘恒名讳改"姮"为"嫦"。

〔六〕曹操《短歌行》："对酒当歌，人生几何？"当，即"对"。

笺评

严评曰：缠绵不堕纤巧，当与《峨嵋山月歌》同看。（严评《李太白诗集》）

严评本载明人批：题曰"问月"，甚奇。然篇中却不见"问"意。惟"来几时"与"谁邻"略似问耳。总只是太白浅语。"月行"句："行相随"，新。结收甚稳。

朱谏曰：赋也。按此诗明白简易，辞指清亮，飘然无所拘滞。时白在长安，故人贾淳相与对月把酒，令白作诗以问月，故多问之之辞。想其一停杯而诗辄就，遂为古今绝唱，说者谓其神就。夫神就者，天才也。白果天才者欤！（《李诗选注》卷十一）

钟惺曰："问月"妙矣，"令予问之"尤妙。"青天有月来几时，我今停杯一问之？"诞得妙。"绿烟散尽清辉发"，写得入微。"今人不见古时月，今月曾经照古人。"二句儿童皆诵之，然其言自足不朽。（《唐诗归》卷十六）

唐汝询曰：收敛豪气，信笔写成，取其雅淡可矣。谓胜《蜀道》诸作，则未敢许。（《汇编唐诗十集》）

王夫之曰：于古今为勤（创）调，乃歌行，必以此为质，然后得施其裁制。供奉特地显出稿本，遂觉直尔孤行。不知独参汤原为诸补中方药之本也。辛幼安、唐子畏未许得与此旨。（《唐诗评选》卷一）

《李诗直解》：此把酒问月，见月长在而人不能长存，故当对酒高歌以行乐也。言青天有皎月来于何时乎？我今停杯一问之。人欲攀皎月则不可得，月却与人长相随也。试言其形，皎皎如明镜，飞临丹阙之上，盖绿烟灭尽，四塞氛氲之气散，而清辉之光始发也。但见宵升晓落，而玉兔捣药秋而复春，嫦娥则独居于广寒清虚之府，而谁与相邻也？然嫦娥之孤栖犹得与青天同老，而世人则何如哉！今人不见古时之月，今时之月曾照古人来矣。昨日是今，而今日又古，古人今人如流水之去而不返，其共看皓月皆如此也。深知此理，则宜乘月行乐，唯愿当歌对酒之时，使月光长照金樽，酒不空而月亦不落，常得与君把盏以相问也。（卷三）

《唐宋诗醇》：奇想忽生，旷怀如见。“共看明月皆如此”：令延之见之又当大笑。（卷七）

近藤元粹曰：奇想自天外来。圆活自在，可谓笔端有舌矣。（“但见”二句下）（《李太白诗醇》）

早在屈原的《天问》中，充满怀疑和批判精神的天才诗人就在关于“天”的一系列问题中提出过这样的疑问：“日月安属？列星安陈？出自汤谷，次于蒙汜。自明及晦，所行几里？夜光何德，死则又育？厥利维何，而顾菟在腹？”对月亮的所系、运行及阴晴圆缺变化的有关传说提出疑问。但这只是一百七十多个关于宇宙和社会历史问题中的一小部分。初盛唐之交的张若虚在他的《春江花月夜》中则进一步展开了关于江月与人生的富于哲理与诗情的遐想：“江畔何人初见月，江月何年初照人？人生代代无穷已，江月年年望相似。不知江月待何人，但见长江送流水。”但这仅是全篇对美好的春江花月之夜情景人事描写的一个局部（尽管这个局部对升华全诗意境有重要的作用）。将“问月”作为全诗的主体，而且和“把酒”联系起来，变纯理性的对宇宙自然现象的探索为充满好奇乃至童趣的发问，变悠远的诗意遐想沉思为充满潇洒豪放情调的抒情，则是李白的创造。

这首诗不但有一个很李白化的题目——“把酒问月”，将李白平生最喜爱的两种事物（月亮和酒）联在一起，以便凸现其两美兼具的淋漓兴会和潇洒飘逸的诗仙情怀；而且有一个极饶童趣的题注——“故人贾淳令予问之”。月本无知，问亦徒然，而这位故人自己不发问，偏令李白问之，言外自含唯天真的李白能问，唯把酒微醺的李白宜问。看来，这个诗题和题注已经把诗的基调定下来了。

“青天有月来几时？我今停杯一问之。”劈头一问，就问到了问题的根本上：什么时候开始，这青天中才有了一轮明月？现代科学对地球的卫星月亮的生成年代虽已有了大体可信的推断，但在诗人生活的年代，绝对是个神秘不可知的问题。月何言哉！诗人亦并不要求作答。故虽问，而问得潇洒随意，问得摇曳生姿。

"人攀明月不可得，月行却与人相随。"这两句就月与人的关系抒感，而疑问之意包含其中。月亮高挂中天，明亮皎洁，"欲上青天览明月"是富于童心的诗人常怀的奇想，但那是办不到的，月亮仿佛永远那样神秘、遥远、望而难即。但月亮的运行，却又好像与人的脚步紧紧相随，人走到哪里，月亮就将它的清光洒向哪里。两句从两个不同的侧面写月与人的关系，在诗人心目中，月既高不可攀，又近在咫尺；既神秘莫测，又亲切多情。在相互对照中，将诗人对月亮既仰慕又亲近的感情很好地表达出来。这两种对月的感情，都带有明显的童趣，也都带有李白式的天真。或有疑此二句无问意者，其实对这两种似乎相反现象的不解就隐寓在其中。

五、六两句，专写月临中天，光照人间之美。月亮像一面皎洁的飞镜，照临人间的丹阙宫殿，当蒙在它上面的云彩散去之后，清辉顿时洒满了大地。"绿烟"二字，仿佛奇突，实则即"彩云追月"之"彩云"，因月映其上，加上青天的映衬，常给人以鲜明的色彩感，故有"碧云""绿烟""彩云"一类的形容。两句描绘出了一个月临中天时的光明皎洁的世界。它本身并无问意，问月之意在下两句："但见宵从海上来，宁知晓向云间没？"上两句写月临中天，已暗含月之运行，此二句即对月之"宵从海上来""晓向云间没"的运行现象表示不解。这背后隐藏的又是一个极饶童趣的问题：从"晓"到"宵"这一整天时间中，月亮究竟到哪里去了。后来大词人辛弃疾就将这层疑问衍化成了一阕"《天问》体"的《木兰花慢》词："可怜今夕月，向何处、去悠悠？是别有人间，那边未见，光影东头？是天外空汗漫，但长风浩浩送中秋？飞镜无根谁系？姮娥不嫁谁留？　谓经海底问无由，恍惚使人愁。怕万里长鲸，纵横触破，玉殿琼楼。虾蟆故堪浴水，问云何玉兔解沉浮？若道都齐无恙，云何渐渐如钩？"李白想到的未想到的一切疑问，辛弃疾都代为道出了。

"白兔"二句，就有关月亮的两个神话传说发问：白兔年复一年地捣药，什么时候才是尽头？嫦娥孤孤单单地栖守月宫，有谁和她做伴？上两句是对月亮运行情况的疑问，这两句则是对月亮内部事物的疑问，其中都包含着对神秘的月亮的好奇。而这两句在字里行间还渗透了对清寂孤单的玉兔和嫦娥的同情。后来杜甫的“斟酌嫦娥寡，天寒奈九秋”和李商隐的《嫦娥》都循着“嫦娥孤栖”的思路进一步展开诗意的遐想。

以上六句，均从月亮本身发问。从“今人”句开始，又遥承“人攀明月”二句，回到月与人的关系上来。但角度则从人与月关系的亲疏远近转为人与月在时间上孰更久远。“今人不见古时月，今月曾经照古人。”两句以月之古今与人之古今对举，互文见意。月亮今古长存，宵升晓没，亘古如斯，而人则古今更迭，代代相续，故说“今人不见古时月”，言外自含“古人不见今时月”之意；而“今月”实同“古月”，故说“今月曾经照古人”，言外亦含“古月依然照今人”之意。表面上看，这似乎有点像绕口令，实则在古与今、人与月的对照中已自然寓含了自然的永恒与人生的短暂的意蕴。由于诗人是用这种轻快流利的语调和巧妙的构思来表达的，因此读来自会感到诗人是用一种平和轻松的心态来对待人生短暂和自然永恒这一矛盾的，这就和“年年岁岁花相似，岁岁年年人不同”式的无奈与感伤有别。

“古人今人若流水，共看明月皆如此。”这两句进一步将上两句蕴含的意蕴和态度挑明：古人和今人就像先后相续的流水一样，代代相传，而无论是古人还是今人，他们所面对的却都是同一轮明月。“若流水”，是变化不已；“皆如此”，是永恒如斯。这里，将古今之人与古今之月打通，再次进行对照，意蕴与《春江花月夜》的“人生代代无穷已，江月年年望相似”类似，而“若流水”之喻也与“但见长江送流水”之句暗合。李白未必读到过张若虚的《春江花月夜》，他们在诗中所流露的对自然之永恒与人生的有限的态度的平静从容却可谓神合。这正是处于繁荣昌盛时代氛围中的士人共同的精神状态。

“唯愿当歌对酒时，月光长照金樽里。”这是由月亮之永恒与人生之有限引出的结论，也是全诗的结穴。有了那样一份平静从容的心态，得出的结论自然是珍视有限的人生，在对酒当歌、对月畅饮中充分享受人生的乐趣。诗人在《将进酒》中宣称：“人生得意须尽欢，莫使金樽空对月。天生我材必有用，千金散尽还复来。”有了“天生我材必有用”的乐观和自信，“对酒当歌”便不是无奈的颓废享乐，而是在必求有用于世的前提下充分地享受人生，“月光长照金樽里”便是诗意人生的一个标志。末句人、月、酒兼绾，结得圆满之极。

陪侍郎叔游洞庭醉后三首（其三）〔一〕

划却君山好〔二〕，平铺湘水流〔三〕。
巴陵无限酒〔四〕，醉杀洞庭秋。

校注

〔一〕侍郎叔，即族叔刑部侍郎李晔。李白另有《陪族叔刑部侍郎晔及中书贾舍人至游洞庭五首》。《新唐书·宗室世系表》大郑王房载："晔，刑部侍郎。"《旧唐书·李岘传》："乾元二年……凤翔七马坊押官先颇为盗，劫掠平人，州县不能制。天兴县令知捕贼谢夷甫擒获决杀之。其妻进状诉夫冤。（李）辅国先为飞龙使，党其人，为之上诉。诏监察御史孙蓥推之，蓥初直其事。其妻又诉，诏令御史中丞崔伯阳、刑部侍郎李晔、大理卿权献三司，与蓥同。妻论诉不已，诏令侍御史毛若虚复之，若虚归罪于夷甫，又言伯阳等有情，不能质定刑狱……伯阳贬端州高要尉，权献郴州桂阳尉，凤翔尹严向及李晔皆贬岭下一尉。"王琦《李太白年谱》云："李晔之贬在乾元二年四月，则公与晔游饮，应在是年之秋。"按：李晔，京兆万年（今西安市）人。淮安郡公李琇子。天宝中历仕监察御史、侍御史兼殿中。天宝末任虢州刺史。至德元载（756），随玄宗入蜀，擢宗正卿。至德二载，任凤翔尹。乾元元年（758），改任刑部侍郎。二年四五月间，贬岭南为县尉，赴贬所途中经岳阳，与李白、贾至相遇。此为与李白同游洞庭时李白所作组诗三首中的第三首。

〔二〕刬（chǎn）却，铲掉。君山，在湖南洞庭湖口，又名湘山、洞庭山。《水经注·湘水》："（洞庭）湖中有君山……湘君之所游处，故曰君山矣。"

〔三〕湘水，指流入洞庭湖的湘江水。《北梦琐言》卷七："湘江北流至岳阳，达蜀江。夏潦后，蜀涨势高，遏住湘波，让而退溢为洞庭湖，凡阔数百里。而君山宛在水中。"因君山正当洞庭湖口，系湖水入长江处，故铲却君山乃可使江水平铺而流，不受阻挡。

〔四〕巴陵，唐岳州巴陵郡，有巴陵县，今湖南岳阳市。《元和郡县图志·江南道三》："昔羿屠巴蛇于洞庭，其骨若陵，故曰巴陵。"此句之"巴陵”实指洞庭湖，因与下句避复，故称。

笺评

罗大经曰：李太白云：“刬却君山好，平铺湘水流。”杜子美云：“斫却月中桂，清光应更多。”二公所以为诗人冠冕者，胸襟阔大故也。此皆自然流出，不假安排。（《鹤林玉露》卷九）

严评曰：（起二句）便露出“碎黄鹤楼”气质。（严评《李太白诗集》）

严评本载明人批：前两句险语，后两句快语，此正是太白独步处。然声色亦觉太厉。如天际真人语，咳唾随风，尽成珠玉。

谢榛曰：《金针诗格》曰：“内意欲尽其理，外意欲尽其象。内外含蓄，方入诗格。若子美‘旌旗日暖龙蛇动，宫殿风微燕雀高’是也。”此固上乘之论，殆非盛唐之法。且如贾至、王维、岑参诸联，皆非内意，谓之不入诗格，可乎！然格高气畅，自是盛唐家数。太白曰：“刬却君山好，平铺江水流。巴陵无限酒，醉杀洞庭秋。”迄今脍炙人口，谓有含蓄之意，则凿矣。（《诗家直说》）

陈伟勋曰：瞿存斋云：“太白诗：‘刬却君山好，平铺湘水流。巴陵无限酒，醉杀洞庭秋。’是甚胸次！少陵亦云：‘夜醉长沙酒，晓行湘水春。’然无许大胸次也。”（以上见瞿佑《归田诗话》卷上）余谓不然。洞庭有君山，天然秀致，如刬却，是减趣也。诗情豪放，异想天开，正不须如此说。既如此说，亦何人胸次之有！（《酌雅诗话》）

朱谏曰：言洞庭去巴陵，中隔君山，不见湖面之阔，若得刬却君山，使湘水平铺，自巴陵以至洞庭中无所碍，湛然而一碧也。且巴陵酒多而价廉，吾将买酒于巴陵而取醉于洞庭也。（《李诗选注》）

唐汝询曰：山如刬成，水如铺就，天下之至胜也。况有酒堪尽醉，能负此洞庭秋色乎！（《唐诗解》卷二十一）

郝敬曰：率尔道出，自觉高妙。（《批选唐诗》）

《李诗直解》：此咏湖景而欲醉酒以为乐也。言洞庭之广阔无际，独君山砥柱其中。今铲却君山，则水面平铺，而湖水益流也。况巴陵有无限之酒，相与醉煞洞庭之秋，而日游泛于中，不洵可乐乎！

黄生曰：首尾倒叙，意言恣恋君山之好，醉杀于洞庭之上，故欲刬山填水云云。放言无理，在诗家转有奇趣。四句四见地名不觉。（《唐诗摘

抄》卷二）

朱之荆曰：末句真有不可名言之趣。（《增订唐诗摘抄》）

吴昌祺曰：起是奇语，如子美“斫却月中桂”也，结句言洞庭秋色，可令人醉死。（《删订唐诗解》卷十一）

王尧衢曰：言君山在湖，不免为湖中芥蒂，不如划却便好。君山划去，湘水平流，而我之眼界弥觉开阔矣。“巴陵无限酒，醉杀洞庭秋。”有酒而不为之限量，醉倒在洞庭秋色之中，真有万顷茫然，纵一苇所如之意。（《古唐诗合解》卷四）

吴烶曰：言铲去君山而令湘水平铺，太白胸中放旷豪迈可见。中流畅饮，洞庭秋意盖收于醉中矣。（《唐诗选胜直解》）

黄叔灿曰：诗豪语僻，正与少陵“斫却月中桂，清光应更多”匹敌。“巴陵”二句极言其快心。（《唐诗笺注》）

朱宝莹曰：首句，若以君山在湖中，不免犹为芥蒂，不如铲除更好。二句，君山铲去，湘水平流，则眼界弥觉空阔。三句，先是“酒”字，四句，落到“醉”字，步骤一丝不乱。三句有了“无限”二字，四句“醉杀”二字迎机而上，所谓一应一呼也。结句言醉倒在洞庭秋色之中，有“一脚踢翻鹦鹉洲，一拳捶醉黄鹤楼”之概。[品]豪迈。（《诗式》）

安旗曰：此诗当是在岳阳楼上望洞庭而作。君山在湖水之东，而楼又在君山之东。自楼上西望，君山横陈，浩淼湖水，似因君山阻遏而不得畅流者，故有“划却”之奇想。（《李白为什么要划却君山》，《光明日报》1981年7月4日）

郁贤皓曰：（前）二句谓最好把君山划平，使洞庭湖水不受阻碍地平稳流动。（后）二句谓欲使湖水都变成巴陵的酒，就可在秋天的洞庭湖边醉倒了。（《李白选集》）

鉴赏

唐肃宗乾元二年（759）四月，刑部侍郎李晔被贬岭南为尉，于秋天途经岳阳；这时原中书舍人贾至也由汝州刺史贬为岳州司马；与流夜郎中途遇赦放还，憩于岳阳的李白相遇。三人被贬的原因，都与唐肃宗排斥玄宗旧臣，剪除政治上的异己有关，因此颇有同命相怜之感。三人曾同游洞庭，李白写下《陪族叔刑部侍郎晔及中书贾舍人至游洞庭五首》；李白又与李晔同游洞庭，写下这组《陪侍郎叔游洞庭醉后三首》，本篇是组诗的第三首。

此诗虽仅二十字的短章，却奇想迭出，气势豪健。然异解亦多。理解此诗的关键，首先当充分注意题内的“醉”字，明白诗中所写内容，皆“醉后”所想所见。同时须注意二人同遭贬逐的政治背景和诗人胸中的块垒积郁、牢骚不平，方能明白诗人何以有此奇想。

诗人与李晔当是由岳阳下湖游洞庭的。而君山正当湖的东北，离岳阳不过四十里。入湖不久，便到了君山跟前。在醉意蒙眬中，诗人感到面前那突兀矗立的君山似乎挡住了湘水（实即洞庭湖水，因湘水是流入湖中的最大河流），使湘水不能平铺舒展地畅流，因而产生“刬却君山好”的奇想。这里所表现的是对畅适无碍、宽阔舒展境界的强烈向往。由于人生经历中遇到过重重障碍，时时感到“人生在世不称意”，因而在游山玩水的过程中，也时有“山水何曾称人意”的感愤。《江夏赠韦南陵冰》作于此前不久，诗中一方面表现出对畅适宽阔境界的向往：“有似山开万里云，四望青天解人闷。”一方面则因山水不称人意要“捶碎黄鹤楼”“倒却鹦鹉洲”。这首诗中“刬却君山好，平铺湘水流”的奇想，正是诗人冲决障碍不平，向往畅适无碍境界的反映。或解为从岳阳楼上望洞庭，则君山在浩瀚的洞庭湖中不过“白银盘里一青螺”（刘禹锡《望洞庭》）而已，当不致产生君山阻遏湘水的印象；只有舟行至君山跟前，才会有突兀矗起、阻挡水流之感。且如在楼上遥望，则题当曰“望洞庭”，而不应称“游洞庭”。

一、二两句是由君山迎面矗立而生的奇想，三、四两句则是绕过君山以后面对浩瀚宽广的洞庭湖水而生的奇想。时值寒秋，霜林尽染，一片绚烂的秋色；而夕阳西下，残照斜映，洞庭湖水也染上了一抹绚丽的色彩。在诗人的醉眼蒙眬中，眼前的洞庭湖水都变成了“无限”的美酒，把洞庭湖这一带的整个秋天都“醉杀”了。诗人在《襄阳歌》中已有“此江若变作春酒”的奇想，但那只是设想；此诗则直视浩瀚洞庭为“无限酒”，“醉”意更甚，诗境也更超逸。诗人的醉眼醉心，把一切都染醉了，不但人醉、水醉，连“秋”天也醉了，显示出了美的光华。三首之中，此首最富浪漫色彩，也最具李白个性。五言绝的体性风格，一般较七言绝更含蓄蕴藉，此诗则发扬蹈厉，不为含蓄之辞。但在奇想迭现中，却含有令人深思咀味的意蕴。而其气体高妙，自是太白本色。又，三、四两句的句法，应为“巴陵无限酒”（主语）“醉杀”（谓语）“洞庭秋”（宾语），是酒醉杀洞庭秋，而非人醉于洞庭秋。不同的理解，对诗境的高下影响甚大。以无知之物为有知，冠以

“醉“字，如后世王实甫《西厢记》之“长亭送别”一折“晓来谁染霜林醉，总是离人泪”，已为奇思妙想，为评家所称道；而李白则径称无生命的“洞庭秋”为“醉杀”，则更属超乎常情之奇警想象。醉眼看世界，将整个世界都看成“醉杀”了。然“醉”字自含无限绚丽的洞庭秋色。此无限绚烂之洞庭秋色，即因“巴陵无限酒”而致。此种想象，此种境界，唯李白有之。

陪族叔刑部侍郎晔及中书贾舍人至游洞庭五首（其一）〔一〕

洞庭西望楚江分〔二〕，水尽南天不见云。
日落长沙秋色远，不知何处吊湘君〔三〕。

校注

〔一〕贾至（718—772），字幼几（一作字幼邻）。洛阳人。天宝末任起居舍人、知制诰。安史乱起，从玄宗入蜀，迁中书舍人。曾撰传位册文，与房琯、韦见素奉册文至灵武。乾元元年（758），坐房琯党，出为汝州刺史。二年，九节度师溃于相州，贾至出奔襄、邓，贬岳州司马。李晔，已见《陪侍郎叔游洞庭醉后三首》（其三）注〔一〕。此五首七绝组诗当与前诗先后同时作。李白另有《巴陵赠贾舍人》七绝云：“贾生西望忆京华，湘浦南迁莫怨嗟。圣主恩深汉文帝，怜君不遣到长沙。”贾至又有《初至巴陵与李十二白裴九同泛洞庭湖三首》云：“江上相逢皆旧游，湘山永望不堪愁。明月秋风洞庭水，孤鸿落叶一扁舟。”“枫岸纷纷落叶多，洞庭秋水晚来波。乘兴轻舟无远近，白云明月吊湘娥。”“江畔枫叶初带霜，渚边菊花亦已黄。轻舟落日兴不尽，三湘五湖意何长。”可证贾至初抵岳阳贬所已届深秋，则此五首三人同游诗亦当作于乾元二年（759）深秋。

〔二〕楚江，长江流经战国时楚地的一段称楚江。长江从西面流来，至今湖北石首市分两道入洞庭湖，故云“洞庭西望楚江分”。

〔三〕湘君，湘水之神。《史记·秦始皇本纪》：“上问博士曰：‘湘君何神?’博士对曰：‘闻之，尧女舜之妻而葬此。’刘向《列女传·有虞二妃》：“舜陟方，死于苍梧，号曰重华。二妃死于江湘之间，俗谓之湘君。”或谓湘水本有水神曰湘君。《楚辞·九歌·湘君》："君不行兮夷犹，蹇谁留兮中洲。"王逸注："君谓湘君……所留盖谓此尧之二女也。"洪兴祖补注："逸以湘君为湘水神，而谓留湘君于洲者二女也。"然无论是指舜之二妃娥皇、女英，或指湘水本有之神，其指湘水神则一。其他尚有谓之湘水男神、娥皇等说，皆后起异说。视贾至"白云明月吊湘娥"之句，李白诗之"湘君"当指娥皇、女英为湘水之神。

笺评

刘辰翁曰：其所长在此，他人必不能及也。（《唐诗品汇》卷四十七引）

谢枋得曰：缀景宏阔，有吞吐湖山之气。写情深切，有感慨盛衰之心。（《李太白诗醇》卷四引）

萧士赟曰：此时贾至贬岳州司马，与白均是逐臣，邂逅而为洞庭之游，作是诗也，亦屈原睠顾宗国系心怀王之意乎？时帝在西京，故曰"西望"也；"楚江分"者，有秦、楚之隔也。"水尽南天不见云"者，犹晋明帝所谓举目只见日不见长安之义。云者，就之如日，望之如云之义，亦谓南天隔远，西望吾君不可得而见也。"日落长沙秋色远"者，谓晚景而遭末造之时也，"远"者，日以疏远也。"不知何处吊湘君"者，盖舜之葬也，二妃不得从焉，是又即湘君之事而重感明皇、王后、杨妃之事，而曰"不知何处"也。寄兴深远，无非爱君忧国之意。而全不着迹，其得《国风》之体欤？晦庵所谓圣于诗者，此之谓矣。（《分类补注李太白诗》卷二十）

严评本载明人批：意态宛然在眼前，更不必下注解。（严评《李太白诗集》）

杨慎曰：此诗之妙不待赞。前句云"不见"，后句云"不知"，读之不觉其复。此二"不"字，决不可易。大抵盛唐大家、正宗作诗，取其流畅，不似后人之拘拘耳。（《升庵诗话》卷九）

吴逸一曰：《远别离》托兴皇、英，正可互证。（《唐诗正声》评）

敖英曰：妙在略寓怀古之意。此诗缀景宏阔，有吞吐湖山之气。落句感慨之情深矣。（按：此袭谢枋得之评而略有增改。）（《唐诗绝句类选》）

朱谏曰：言从洞庭向西而望，但见楚江自岷水而来者，分流而未合也。渺茫无际，上接于天，极目千里，无有云翳之隔也。然长沙在洞庭上游，古湘君所葬之地，于此落日之时，远望长沙，秋色遥远，未知何处而可以吊湘君也。夫湘君者，帝尧之子也，吾将怀其为明德之后而欲致一奠之诚，远莫能伸，徒怅怏于落日秋草之间而已矣。（《李诗选注》）

唐汝询曰：按乾元中，白流夜郎，至亦被谪。逐臣相遇，故诸篇俱有恋主意。洞庭西望者，怀京师也；楚江分者，山川之间也。如是安所布其衷悃乎？吾其吊湘君而诉之尔。然水光接天，秋色无际，吊之无从，终于饮恨而已。湘君不得从舜，有类逐臣，故思吊之。幼邻亦云："白云明月吊湘娥。"白盖反其语意尔。旧注谓湘君指杨妃，明皇无从而吊。此与青莲何关？信是痴人说梦。（《唐诗解》卷二十五）

钟惺曰：（末句）此句正形容秋色远耳。俗人不知，恐错看成吊湘君（此句一作恐误看作用湘君事）。（《唐诗归》卷十六）

周敬曰：景中含情，情中寓意，不妨为七言绝压卷。（《删补唐诗选脉笺释会通评林・盛七绝中》）

《李诗直解》：此贾至与白均是逐臣，邂逅而为洞庭之游作是诗也。言洞庭湖中，从西望之，则岷江与楚江之水分，至岳阳而始合也。且水尽南天，茫无涯际，而不见云气，是水天一色矣。今秋景日落之时，长沙亦远，渺渺浩浩之中，不知何处为湘君之神而吊之也。此正形容秋色远耳，岂苦欲吊湘君耶！（卷六）

吴昌祺曰：洞庭西望乃大江也，与九江异派，故曰分于巴陵。泛舟则南望矣。（《删订唐诗解》卷十三）

唐某曰：吊泛然者，读《远别离》自当知之。又曰：贾诗"乘兴轻舟无远近，白云明月吊湘娥"。李盖就其诗意而反之。（刘邦彦《唐诗归折衷》引）

吴敬夫曰：登临山川，感慨系之，自是人情所有。或谓湘君不得从舜，有类逐臣，故吊之。或谓湘君指杨妃，明皇无从而吊，纷纷傅会，大误后学，不可不知。（同上引）

《唐宋诗醇》曰：即目伤怀，含情无限，二十八字，不减《九辩》之哀矣。解者求其形迹之间，何以会其神韵哉！（卷七）

蒋仲舒曰：与"白云明月吊湘娥"参看。（《唐宋诗醇》卷七引）

应时曰：（首二句）写景空阔。有吞吐湖山之概，又能与下句联属，所以为妙。（《李诗纬》）

李锳曰：次句写出洞庭之阔远。"吊湘君"，妙在"不知何处"四字，

写得湘君之神缥缈无方。而迁谪之感，令人于言外得之，含蓄最深。（《诗法易简录》）

宋顾乐曰：此体以神胜。（《唐人万首绝句选》评）

潘耒曰：只言“日落”，未说到月。此首伏末首。（《李太白诗醇》卷四引）

俞陛云曰：此诗写景皆空灵之笔，吊湘君亦幽邈之思，可谓神行象外矣。（《诗境浅说》续编）

鉴赏

和《陪侍郎叔游洞庭醉后三首》五绝组诗之多写醉后的狂态与幻想，主观抒情色彩强烈不同，这组七绝多写洞庭湖秋色之阔远畅适，其中第二首常为选家所选。论想象之奇，第二首固极突出；论风神之美，则第一首可称居首。

首句写舟入洞庭后极目西望所见。长江自西塞山以上，多称“蜀江”，以其流经岷峨巴蜀地区，故李白称之为“故乡水”；自西塞山以下，则多称“楚江”，以其流经楚地。“楚江分”，指长江自今石首市起分两道入湖；也可指长江自石首起一支流入洞庭，另一主流仍继续东流。两种解释，都不影响诗境。洞庭湖浩瀚宽广，在舟中向西极望，实际上并不可能见到“楚江”分流入湖的景象，而只能根据已有的地理知识再加以想象。但唯其如此，却更加突出了诗人翘首向西极望时水天相接、一片混茫的景象，“楚江分”的景象则远在渺茫浩渺之外了。“洞庭西望”是实写，“楚江分”是虚写，虚写更显境之阔远与神之悠远。

次句更换视角，写舟行极目南望所见。岳阳在洞庭湖东北角，从岳阳下湖游赏浩阔之湖景，一是“西望”，一是南望。此句所写仍是极望所见水天空阔之境。上句以想象中的“楚江分”来显示境界之渺远空阔；此则以“水尽南天不见云”来显示晴空一碧，浩渺的湖水与远天相接的空阔渺远之境。妙在以“不见”与“尽”来显示所见视域之空阔与无际，收相反相成之效。以上两句，写同样的境界，而一出之想象，以“楚江分”之实景显示，一为眼前所见，却以“不见云”来显示，手法有别，实中寓虚，虚中见实。而诗人眺望如此空阔渺远之境时心情之畅适可见。

第三句承次句，由“水尽南天”的阔远之境引发对更远处的“长沙秋色”的想象。时已“日落”，在暮色苍茫中，远处的“长沙秋色”显得尤其杳远，而“秋色”二字，又赋予这想象中的杳远境界以明净澄洁、高远寥廓的色调。句末的“远”字，更透出诗人在遥望之际神情之悠远，从而自然地将空间的悠远引向时间的悠远，引出下一句。

“不知何处吊湘君。”长沙在湘水之滨，这一带正是当年舜之二妃娥皇、女英追舜不及，投水而死，遂为湘水之神的凄美神话传说产生流传之地。遥望“长沙秋色”，自然会联想起《楚辞·九歌》中“帝子降兮北渚，目眇眇兮愁予。袅袅兮秋风，洞庭波兮木叶下”的诗境而欲凭吊湘君的神灵。但天高水长，道路杳远，正不知何处可以凭吊了。妙在“远”字绾合时空之悠远，引出“不知何处”的慨叹，遂使结尾宕出摇曳生姿的风神和悠然不尽的远神远韵。“长沙”系当年贾谊远贬之地，“湘君”的神话传说又带有凄美的悲剧色彩，身为逐客的诗人在想象长沙秋色、怀想湘君传说的同时，也隐隐透出某种迁谪的愁绪。

此诗的境界阔远明净，透露出诗人面对洞庭美好秋色时襟怀的畅适。但在阔远畅适之中又自然流露出怀古的幽绪，怀古望远之中又微露迁谪之轻愁。只是这种幽绪轻愁全用空灵之笔摇曳出之，不露形迹，极具象外之致，故虽可意会而不宜拘实，更不宜作种种穿凿附会的解释。

登金陵凤凰台〔一〕

凤凰台上凤凰游，凤去台空江自流。
吴宫花草埋幽径〔二〕，晋代衣冠成古丘〔三〕。
三山半落青天外〔四〕，二水中分白鹭洲〔五〕。
总为浮云能蔽日〔六〕，长安不见使人愁。

校注

〔一〕金陵，今南京市。《太平寰宇记·江南东道》昇州江宁县：“凤凰山，在县北一里……宋元嘉十六年，有三鸟翔集此山，状如孔雀，文彩五色，音声谐和，众鸟群集。仍置凤凰里，起台于山，号曰凤凰山。”按《宋书·符瑞志中》载：“文帝元嘉十四年三月丙申，大鸟二集秣陵民王颢园中李树上，大如孔雀，头足小高，毛羽鲜明，文采五色，声音谐从，众鸟如山鸡者随之……扬州刺史彭城王义康以闻，改鸟所集永昌里为凤凰里。”当即《太平寰宇记》所本，而文字略异。南宋张戒《岁寒堂诗话》卷一云：“金陵凤凰台，在城之东南，四顾江山，下窥井邑，古题咏惟谪仙为绝唱。”郁贤皓《李白选集》谓：“此诗当作于天宝六载（747）游金陵时。另有《金陵凤凰台置酒》诗，当为同时之作，可参看。詹锳《李白诗文系年》系二诗于上元二年，疑非是。”按：诗有“浮云蔽日”“长安不见”之语，而无曾历战乱之迹，当作于诗人天宝三载被赐金放还之后，郁氏系年可从。

〔二〕吴宫，指三国时吴国的宫殿。吴国都城建业，即金陵。

〔三〕晋代，指东晋。东晋都建康，即金陵。衣冠，指士族高门，显宦。古丘，古坟。

〔四〕三山，在今南京市西南长江东岸，有南北相连的三座山峰，突出江中，故称。《元和郡县图志·江南道》润州上元县：“三山，在县西南五十里。”陆游《入蜀记》：“三山，自石头及凤凰台望之，杳杳有无中耳。及过其下，则距金陵才五十馀里。”半落青天外，谓三山有一半被远处的云雾遮住。

〔五〕二水，宋蜀刻本作“一水”，注：“一作二水。”《文苑英华》《全唐诗》均作“二水”。白鹭洲，古代长江中小洲。《方舆胜览·江东路》建康府：“白鹭洲。《丹阳记》在江中心，南边新林浦，西边白鹭洲，上多白鹭，故名。”后世长江江流西移，白鹭洲已与江岸相接。“二水中分”，指江流（或谓秦淮河）经白鹭洲，分为二支。王琦注：“史正志《二水亭记》：秦淮源出句容溧水两山，自方山合流至建业，贯城中而西，以达于江，有洲横截其间，李太白所谓‘二水中分白鹭洲’是也。”

〔六〕浮云蔽日，象喻奸邪蒙蔽君主。陆贾《新语·察征》：“邪臣之蔽贤，犹浮云之障日月也。”

笺评

刘克庄曰：古人服善。太白过黄鹤楼，有“眼前有景道不得，崔颢题诗在上头”之句，至金陵，遂为《凤凰台》以拟之。今观二诗，真敌手棋也。若他人，必次颢韵，或于诗版傍别着语矣。（《后村先生大全集》卷一百七十三）

刘辰翁曰：其开口雄伟，脱落雕饰，俱不论；若无后两句，亦不必作。出于崔颢而时胜之，以此云。（《唐诗品汇》卷八十二引）

方回曰：太白此诗与崔颢《黄鹤楼》相似，格律气势未易甲乙。此诗以凤凰台为名，而咏凤凰不过起语两句已尽之矣，下六句乃登台观望之景也。三、四，怀古人之不见也；五、六、七、八，咏今日之景而慨帝都之不可见也。登台而望，所感深矣。金陵建都自吴始，三山、二水、白鹭洲，皆金陵山水名。金陵可以北望中原。唐都长安，故太白以浮云遮蔽，不见长安为愁焉。（《瀛奎律髓》卷一）

谢枋得曰：观此，知太白眼空法界，意感生愁，其志亦可哀也。（《李太白诗醇》引）

严评曰：《鹤楼》祖《龙池》，《凤台》复倚《黄鹤》而翩毵。《龙池》浑然不凿，《鹤楼》宽然有馀，《凤台》构造亦新丰凌云妙手，但胸中尚有古人，欲学之，欲似之，终落圈圚。盖翻异者易美，宗同者难超，太白尚尔，况馀才乎！（严评《李太白诗集》）

范德机曰：登临诗，首尾好，结更悲壮。七言律之可法者也。（《批李翰林诗》）

萧士赟曰：此诗因怀古而动怀君之思乎？抑亦自伤谗废，望帝乡而不见，乃触境而生愁乎？太白之志亦可哀也已！（《分类补注李太白诗》）

瞿佑曰：崔颢题黄鹤楼，太白过之不更作，时人有“眼前有景道不得，崔颢题诗在上头”之讥。及登凤凰台作诗，可谓十倍曹丕矣。盖颢结句云：“日暮乡关何处是，烟波江上使人愁。”而太白结句云：“总为浮云能蔽日，长安不见使人愁。”爱君忧国之意，远过乡关之念，善占地步矣。然太白别有“捶碎黄鹤楼”之句，其于颢未尝不耿耿也。（《归田诗话》）

王世贞曰：太白《鹦鹉洲》一篇，效颦《黄鹤》，可厌。“吴宫”“晋代”二句，亦非作手。律无全盛者，唯得两结耳：“总为浮云能蔽日，长安不见使人愁。”“借问欲栖珠树鹤，何年却向帝城飞。”（《艺苑卮言》卷四）

胡应麟曰：崔颢《黄鹤楼》、李白《凤凰台》，但略点题面，未尝题黄鹤、凤凰也……故古人之作，往往神韵超然，绝去斧凿。（《诗薮·内编》卷五）

朱谏曰：此李白被贵妃、力士之谗，恳求还山，帝赐金而放回，浪游四方，至金陵时登凤凰台而作此诗也。赋也。按此诗词语清丽，出于天成，怨而不怒，得风人之体，犹有忧国恋君之意。后以禄山反，转侧匡庐间，遂遭永王之祸……白之志亦可哀也夫！（《李诗选注》卷十二）

王世懋曰：崔郎中作《黄鹤楼》诗，青莲短气，后题凤凰台，古今目为勍敌。识者谓前六句不能当，结语深悲慷慨，差足胜耳。然余意更有不然。无论中二联不能及，即结语亦大有辨。言诗须道兴比赋。如“日暮乡关”，兴而赋也。“浮云蔽日”，比而赋也。以此思之，“使人愁”三字虽同，孰为当乎？“日暮乡关”“烟波江上”，本无指着，登临者自生愁耳，故曰：“使人愁”，烟波使之愁也。“浮云蔽日”“长安不见”，逐客自应愁，宁须使之？青莲才情，标映万载，宁以予言重轻？尺有所短，寸有所长，窃以为此诗不逮，非一端也。如有罪我者，则不敢辞。（《艺圃撷馀》）

焦循曰：效崔颢《黄鹤楼》诗。崔诗之逸气横流，终不可得也。（《易馀籥录》）

恒仁曰：愚谓此诗虽效崔体，实为青出于蓝。又曰：愚谓王维之《敕赐百官樱桃》、岑参之《早朝大明宫》、李白《登金陵凤凰台》，不独可为唐律压卷，即在本集，此体中亦无第二首也。（《月山诗话》）

叶羲昂曰：一气嘘成，但二联仍不及崔。（《唐诗直解》）

周敬曰：读此诗，知太白眼空法界，以感生愁，勍敌《黄鹤楼》（按：此数语袭谢枋得），一结实胜之。（《删补唐诗选脉笺释会通评林·盛七律上》）

周珽曰：胸里笼盖，口里吞吐。眼前光景，又岂虑说不尽耶！（同上）

张叔翘曰：仍用“使人愁”三字，正见愁非崔比，不为袭故。（同上引）

钱光绣曰：极高旷，极感慨。即司勋当时，焉知不心服！何必后人纷口雌黄。（同上引）

田艺蘅曰：人知李白《凤凰台》《鹦鹉洲》出于《黄鹤楼》，不知崔颢又出于《龙池篇》。沈诗五“龙”、二“池”、四“天”，崔诗三“黄鹤”、二“去”、二“空”、二“人”、二“悠悠、历历、萋萋”。李诗三“凤”、二“凰”、二“台”，又三“鹦鹉”、二“江”、三“洲”、二“青”。四篇机杼一轴，天锦灿然，各用叠字成章，尤奇绝也。（王琦《李太白集注》引）

赵宧光曰：《诗原》引沈佺期《龙池篇》云（诗略）。崔颢笃好之，先拟其格作《雁门胡人歌》云（略）。自分无以尚之，则作《黄鹤楼》诗云（略）。然后直出云卿之上，视《龙池》直俚谈耳。李白压倒不敢措辞，别题《鹦鹉洲》云（略）。而自无调不若也，于心终不降，又作《凤凰台》云（略）。然后可以雁行无愧矣。按前后五篇并古风也，而后入以《龙池》题作“篇”，《雁门》题作“歌”，遂入之古体，《黄鹤》《鹦鹉》《凤凰》入之近体，非也……李之拟崔，《鹦鹉》取其格，全效崔颢《黄鹤》，《黄鹤》取其调。徐柏山谓李白《鹦鹉洲》诗全效崔颢《黄鹤》，《凤凰》非其正拟也。予则以为论字句，《鹦鹉》逼真；论格调，则《鹦鹉》卑弱，略非《凤凰》《黄鹤》敌手。当是太白既赋《鹦鹉》不慊，而更转高调，调故可以相颉颃而语稍粗矣。二诗皆本之崔，然《鹦鹉》不敢出也。又曰：《黄鹤》《凤凰》相敌在何处？《黄鹤》第四句方成调，《凤凰》第二句即成调，不有后句，二诗首唱皆浅稚语耳。调当让崔，格则逊李。颢虽高出，不免四句已尽，后半首别是一律，前半则古绝也。（王琦《李太白文集》注引）

严评本载明人批：气格超迈。（首二句）缩崔四句为两句，大妙。秦淮与外江夹一洲曰白鹭，故云“二水”，作“一水”大谬，且稚不成语。“外”字妙，“半”字尤妙。以虚对实，浑若天然，真是高手。

唐汝询曰：《唐书·文艺传》：白尝侍帝，醉使高力士脱靴。力士素贵，耻之，摘其诗以激杨贵妃。帝欲官白，妃辄沮止。白自知不为亲近所容，退求还山，帝赐金放还。白浮游四方，尝乘月夜与崔宗之自采石至金陵，此因登台览古而起逐臣之思也。言凤凰台本凤凰所游，金陵乃吴、晋之故国，非古之佳丽地耶？今空台之下，长江自流。文物衣冠总成黄土。而三山之通天，二水之环洲，徒令人怅望而已。然我非止吊古而兴怀，特以浮云蔽日，不见长安为悲耳。以比谗邪蔽君而贤路蹇，是以使逐臣怀望而生愁也。方感黍离而忽思魏阙，盖亦有深意云。（《唐诗解》卷四十）

金圣叹曰：（前解）人传此是拟《黄鹤楼》诗，设使果然，便是出手早低一格。盖崔第一句是“去”，第二句是“空”。去如阿閦佛国，空如妙喜无措也。今先生岂欲避其形迹，乃将“去”“空”缩入一句。既是两句缩入一句，势必句上别添闲句，因而起云“凤凰台上凤凰游”，此于诗家赋、比、兴三者，竟属何体哉！唐人一解四句，四七二十八字，分明便是二十八座星宿，座座自有缘故，中间断无缘故之一座者也。今我于此诗一解三句之上，求其所以必写凤游之缘故而不得也。然则先生当日，定宜割爱，竟将崔家独步，胡为亦如后世细琐文人，必欲沾沾不舍，而甘出于此哉？“江自流”，亦只换“云悠悠”一笔也。妙则妙于“吴宫”“晋代”二句，立地一哭一笑。何谓立地一哭一笑？言我欲寻觅吴宫，乃惟有花草埋径，此岂不欲失声一哭？然吾闻伐吴，晋也。因而寻觅晋代，则亦既衣冠成丘，此岂不欲破涕一笑？此二句，只是承上凤去台空，极写人世沧桑。然而先生妙眼妙手，于写吴后偏又写晋。此是其胸中实实看破得失成败、是非赞骂，一总只如电扫。我恶乎知甲子兴之必贤于甲子亡，我恶乎知收瓜豆人之必便宜于秤瓜豆人哉！此便是《仁王经》中最尊胜偈，因非止如杜樊川、许丹阳之仅仅一声叹息而已。（后解）前解写凤凰台，此解写台上人也。“三山半落”“二水中分”之为言，竭尽目力，劳劳远望，然而终亦只见金陵，不见长安也。看先生前后二解文，直各自顿悟，并不牵合顾盼，此为大家风轨。（《贯华堂选批唐才子诗》卷二）

王夫之曰：浮云蔽日，长安不见，借晋明帝语，影出“浮云”，以悲江左无人，中原沦陷。“使人愁”三字，总结“幽径”“古丘”之感，与崔颢《黄鹤楼》落句，语同意别。宋人不解此，乃以疵其不及颢作。觌而不识，而强加长短，何有哉！太白诗是通首混收，颢诗是扣尾掉收，太白诗自《十九首》来，颢诗则纯为唐音矣。（《唐诗评选》卷四）

冯舒曰：第三联绝唱。（《瀛奎律髓汇评》引）

冯班曰：穷敌矣，不如崔自然。极拟矣，然笔力相敌，非床上安床也。次联定过崔语。（同上）

查慎行曰：太白不工七律，摩诘不工七古，才分固有所限邪？此诗昔人论之详矣，即末用“举头见日不见长安”成语，东坡《雪》诗用“不道盐”三字所自来也。（同上）

纪昀曰：太白不以七律见长，如此种俱非佳处。（同上）原是登凤凰台不是咏凤凰台，首二句只算引起。虚谷此评，以凤凰台为正文，谬矣。气魄远逊崔诗，云“未易甲乙”，误也。

毛奇龄曰：崔颢《黄鹤楼》便肆意为之，白于《金陵凤凰台》效之，最劣。（《唐七律选》）

吴昌祺曰：起句失利，岂能比高《黄鹤》。后村以为崔颢敌手，愚哉！一结自佳。后人毁誉，皆多事也。（《删订唐诗解》卷十九）

潘耒曰：后名凤凰，则以凰凰曾游也。然则凤凰尚在耶？则凤去矣，台空矣，故不必更言台。但言登者从近而看台下，即是金陵，向固吴、晋所都，而今安在哉？从远而观，三山、白鹭洲犹属金陵，然已黛影缥缈。更极目以求，则身在金陵，心在长安，无如浮云蔽日，终于不见也。说“台”尽，说“登”亦尽。（《李太白诗醇》引）

《唐宋诗醇》：此诗传者以为拟崔而作，理或有之。崔诗直举胸情，气体高浑；白诗寓目山河，别有怀抱。其言皆从心而发，即景而成。意象偶同，胜境各擅。论者不举其高情远意，而沾沾吹索于字句之间，固以蔽矣。至谓白实拟之以较胜负，并谬为"捶碎黄鹤楼"等诗，鄙陋之谈，不值一噱也。（卷七）

沈德潜曰：三山、二水可见，而长安不见，为浮云蔽也，有忧谗畏讥意。从心所造，偶然相似，必曰摹仿司勋，恐属未然。（《重订唐诗别裁集》卷十三）

赵臣瑗曰：若论作法，则崔之妙在凌驾，李之妙在安顿，岂相碍乎！（《山满楼笺注唐诗七言律》）

吴烶曰：此以赋起，后以吊古感慨作结。（《唐诗选胜直解》）

范大士曰：此诗脍炙人口已久，存之以备一体。（《历代诗发》）

陈德公曰：高迥遒亮，自是名篇。（《闻鹤轩初盛唐近体读本》）起联有意摹省，临四为二，繁简并佳。三、四登临感兴。五、六就台上所见，衬起末联"不见"，眼前指点，一往情深，江上烟波，长安云日，境地各别，寄托自殊。（《闻鹤轩初盛唐近体读本》）

杨成栋曰：通体不叶，而自中宫商。读之如层峦叠翠，迭出不穷。（《精选五七言律耐吟集》）

徐文弼曰：按此诗二王氏并相诋訾。缘先有《黄鹤楼》诗在其胸中，拘拘字句，比较崔作，谓为弗逮。太白固已虚心自服，何用呶呶。谓沈（德潜）评云："从心所造，偶然相类。必谓摹仿崔作，恐属未然。"诚为知言。（《诗法度针》）

赵文哲曰：七律最难。鄙意先不取《黄鹤楼》诗，以其非律也。当以右丞、东川、嘉州数篇为准的。然如王之"人情翻覆似波澜""看竹何须问主人"等句，已稍嫌率。太白不善此律，《凤凰台》诗亦强颜耳。（《媕雅堂诗话》）

屈复曰：三、四熟滑庸俗，全不似青莲笔气。五、六佳句，然音节不合。结亦浅薄。（《唐诗成法》）

冒春荣曰：七言律之变也。（《葚原诗说》卷二）

潘德舆曰：王元美云太白《鹦鹉洲》一篇效颦《黄鹤》可厌……夫作诗各有意到。何况供奉天才，岂难自立。《凤凰台》，人疑学步；《鹦鹉洲》，又说效颦。太白非崔郎中，将不作七律耶？"吴宫"二语，闲接甚紧，婉接甚遒，正古气流行变动处。所谓“非作手”者，将不能矜张字句以求工耶？“三山半落青天外，二水中分白鹭洲”，“瑶台含雾星辰满，仙峤浮空岛屿微”，岂尘凡下士步伐思议所及者？独此两结为善，将以超玄入天之句亦遗之耶？又曰：崔之愁生于“日暮烟波”，李之愁生于“浮云蔽日”，或兴或比，皆愁所繇结耳。个中旨趣，岂有轩轾。敬美只就末七字索意，遂觉不敌，是敬美自误，非太白误也。（《养一斋诗话》）

近藤元粹曰：案崔、李二诗，诸家聚讼，《唐宋诗醇》最得其当，田说亦同，金圣叹亦详辩之。近世纪晓岚辈推崔贬李，与沧浪同，所谓不值一噱者，非耶。（《李太白诗醇》）

王闿运曰：学《黄鹤楼》，极可笑，又两拟之，更不知何所取。（《手批唐诗选》卷十二）

俞陛云曰：（“吴宫”二句）慨吴宫之秀压江山，而消沉花草；晋代之史传人物，而寂寞衣冠。在十四字中，举千年之江左兴亡，付凭阑一叹。与“汉家箫鼓空流水，魏国山河半夕阳”句调极相似，但怀古之地不同耳。（《诗境浅说》）

高步瀛曰：太白此诗全摹崔颢《黄鹤楼》，而终不及崔诗之超妙，惟结句用意似胜。（《唐宋诗举要》卷五）

自南宋以来，围绕李白此诗学崔颢《黄鹤楼》诗及崔、李二诗优劣这个话题，争论一直不断。近年来又成为唐诗接受史（特别是影响史）上一桩著名的研究个案。从这一系列争论中可以断定，李白心仪并有意仿效崔颢《黄鹤楼》作《登金陵凤凰台》及《鹦鹉洲》。像沈德潜那样，用“从心所造，偶然相似”来说明其未必有意模仿，显然不符事实。但模拟与创造未必绝然对立，既然崔颢效沈佺期《龙池篇》而青远胜蓝，得到历代评家的一致推崇，那么李白仿崔颢《黄鹤楼》，也完全可能有自己的创造与风格。问题是不能执定崔诗气体高妙、逸气横流这一端，要求李白此诗在这一点上必须与崔诗铢两相称，工力悉敌。如果李白真的按这种要求去与崔诗争胜，写出来的最多是可以乱真的仿制品而非创作。李白之所以不在这一点上去与崔诗争胜，不仅是为了避熟求生，求新求变，而且是由于他的登临所感，有着与崔颢完全不同的内容。而这种内容，又并不适宜用气体高妙、逸气横流的风格来表现，而只能采取另一种风格来表现。这就是说，评鉴李诗，主要应该根据诗要表现的内容和感情，看它是否适合内容的需要，而不能用崔诗作为参照物甚至标准来衡量它的优劣得失。

这是一首登览诗。登临眺望，自然会望见近处远处的景物，因而有写景的内容；金陵为六朝古都，有许多前朝历史遗迹，因而有怀古的内容；但李白此次登金陵凤凰台，却因怀古而引起伤今的感慨，引起对当前政局和国家命运的忧患感，因望远而引出对政治中枢长安的怀念，因此这首登览诗便不再是一般的览景诗或单纯的览古诗，而具有政治抒情的内容和性质。这正是它不能采用崔颢《黄鹤楼》那种气体高妙、逸气横流的艺术风格的内在原因，尽管以李白的才情个性，写一首气体高妙、逸气横流的诗对他绝非难事。

凤凰在中国古代的历史文化传统中，向来被视为祥瑞。历代史书的《五行志》中，记载凤凰出现的祥瑞不绝于书。凤鸟之来集，被视为国家繁荣昌盛的祥兆；而凤鸟之去，则常被视为世衰运去的征兆。孔子就曾慨叹："凤鸟不至，河不出图，吾已矣夫!"（《论语·子罕》）而金陵凤凰台的建造，更直接与宋文帝元嘉年间凤凰翔集的祥瑞有关。因此诗的起句"凤凰台上凤凰游"便不仅仅是点明题面，而且是与凤凰之翔集来仪，为国之祥瑞这层寓意有关，绝非金圣叹所批评的那样是"闲句"。它的目的是为了引出和反衬下句。

次句"凤去台空江自流"，紧承上句"凤凰游"，以反笔出之。谓我今登上凤凰台，往日凤凰翔集的景象早已不复重现，只剩下一座空廓的高台和远处奔腾东流的长江。"凤去"，象征着繁荣昌盛国运的消逝，暗逗末联伤今意绪；"台空"，显示出古台的寥落，暗启颔联怀古意绪；"江自流"，显示自然永恒、江山长在，以反衬人事沧桑、朝代更迭，双绾颔、腹二联。"去""空""流"三字连贯而下，造成了浓郁的怀古伤今氛围，起着笼盖全篇的作用。

颔联写登台俯瞰金陵古迹。金陵是六朝古都，这里曾有过从东吴、东晋到南朝帝王将相、高门士族的繁华烜赫、奢华享乐，而如今豪华的吴宫已经湮没荒废，往日的遗址上只剩下长着花草的幽径；而晋代的士族衣冠的风流也早成遗迹，只剩下古丘荒坟供人凭吊遐想。举"吴""晋"实概六朝。三百余年的六代繁华，正如长江流水，一去而不复返。"埋"字、"成"字，寓慨颇深。

腹联写登台遥望山川胜景。西南方向的长江边上，三山连绵耸峙，但由于远处云雾迷漫，只露出一半的峰峦，映现于青天之外；滚滚江水，流经白鹭洲时，自然分成了两支。上句将三山在云雾中若隐若现的身影描绘得饶有画意，下句则将白鹭洲为江水环抱的身姿描绘得生动分明。两句境界阔远，对仗工丽，是律诗中难得的佳联。

尾联写向西极望，但见在一片苍茫的暮色中，浮云迷漫，遮蔽了西斜的落日，帝都长安，更远在天外。眼前"浮云蔽日"的景象，使诗人对当时昏暗的朝局和国家的命运产生了深切的忧虑，因此发出了"总为浮云能蔽日，长安不见使人愁"的深沉慨叹。天宝六载（747），正是奸相李林甫专权，陷害忠良正直之臣的时候。联系《答王十二寒夜独酌有怀》诗中对李林甫陷害李邕、裴敦复的痛愤指斥，此处的"浮云蔽日"当非泛泛而言。

整首诗以登览为中心，将写景和抒情、慨古与伤今融为一体，抒发了对朝局国运的深切忧虑。尾联所抒发的感情，表面上看是由于向西极望、浮云蔽日、不见长安而引起，实际上早就蕴蓄积郁于胸，"浮云蔽日"的景象只不过起了触发作用而已。因此，它不但是全诗的结穴，也是全诗的主旨。根据这个主旨，回过头去品味各联，当能进一步体味出其中蕴含的言外之意。不但可以看出"凤去"与"浮云蔽日"之间的内在关联，而且可以品出颔联在吊古中蕴含的今之视昔，亦犹异日之视今的意蕴。腹联固然可视为尾联的引线，但江山长在、人事沧桑的意蕴在与颔联的对照中亦隐然可见。

望庐山瀑布水二首（其一）〔一〕

西登香炉峰〔二〕，南见瀑布水〔三〕。挂流三百丈〔四〕，喷壑数十里〔五〕。欻如飞电来〔六〕，隐若白虹起〔七〕。初惊河汉落〔八〕，半洒云天里〔九〕。仰观势转雄，壮哉造化功〔一〇〕。海风吹不断，江月照还空〔一一〕。空中乱潨射〔一二〕，左右洗青壁。飞珠散轻霞〔一三〕，流沫沸穹石〔一四〕。而我乐名山，对之心益闲。无论漱琼液〔一五〕，还得洗尘颜。且谐宿所好〔一六〕，永愿辞人间。

〔一〕宋蜀刻本题内无“水”字。詹锳《李白诗文系年》系此二诗于开元十四年（726），谓是年李白游襄汉，上庐山，作此诗，曰：“任华《杂言寄李白》：‘登庐山观瀑布，海风吹不断，江月照还空。余爱此两句。’指此诗第一首，华诗下文又云：‘中间闻道在长安，及余戾止君已江东访元丹。’则《望庐山瀑布》盖入京以前作也。按白虽屡游庐山，而大都在去朝以后，其在天宝以前者约当是时。”郁贤皓《李白选集》则疑为至德元载（756）隐居庐山时作，谓“诗云‘且谐宿所好，永愿辞人间’似非初出蜀时作”。庐山，在今江西九江市东南。《元和郡县图志·江南道四·江州》：浔阳县：“庐山，在县东三十二里。本名鄣山。昔匡俗字子孝，隐沦潜景，庐于此山，汉武帝拜为大明公，俗号庐君，故山取号。周环五百馀里。”《太平寰宇记·江南西道·江州》：德化县：“庐山，在县南，高二千三百六十丈，周回二百五十里。其山九叠，川亦九派。《郡国志》云：庐山叠嶂九层，崇岩万仞。《山海经》所谓三天子障，亦曰天子都。本周武王时，匡俗字子孝，兄弟七人，皆好道术，结庐于此山。仙去空庐尚在，故曰庐山。”

〔二〕香炉峰，庐山山峰名。晋慧远《庐山记》：“东南有香炉山，孤嶂秀起，游气笼其上，则氤氲若烟水。”（《艺文类聚》卷七山部引）白居易《庐山草堂记》：“匡庐奇秀甲天下山。山北峰曰香炉峰。”《太平寰宇记·江南西道·江州》：“香炉峰，在庐山西北，其峰尖圆，云烟聚散，如博山香炉之状。”陈舜俞《庐山记》卷二：“次香炉峰。此峰山南山北皆有，其形圆耸，常出云气，故名以象形。李白诗云：‘日照香炉生紫烟，遥看瀑布挂前川’即谓在山南者也。”詹锳《李白全集校注汇释集评》引上述记载后云：“据此，庐山之香炉峰非一。黄宗羲《匡庐游录》曰：‘北山之香炉峰，在峰于庐山为东，登之亦无瀑布可见，（与白诗）不相涉也。’则白所见之香炉峰，盖为陈舜俞所言之南峰也。安（旗）注：‘《太平寰宇记》谓香炉在庐山西北，误。’详见万萍《香炉峰考》（《江西师范学院学报》，1978年第四期）。”

〔三〕见，一作“望”。詹锳《李白全集校注汇释集评》引《舆地纪胜》卷二十五南康军：“瀑布水，在开先院之西，庐山南。瀑布无虑十数，皆积雨方见，惟此不竭……李白诗云：‘飞流直下三千尺，疑是银河落九天。’即开先之瀑也。”又引陈舜俞《庐山记》卷三：“瀑布在其西。山南山北有瀑布者无虑十余处……惟此水著于前世……李白诗云：‘飞流直下三千尺，疑是银河落九天。’即此水也。香炉峰与双剑峰相连续者在瀑布之旁。”

〔四〕挂流，形容瀑布自上而下悬挂下泻。

〔五〕喷壑，指瀑布自上而下喷射山谷。“数十里”乃形容其喷射的气势力量达数十里之遥。

〔六〕欻（xū），迅疾貌。飞电，闪电。

〔七〕隐，隐然、隐约。

〔八〕河汉，指银河。

〔九〕此句一作“半泻金潭里”。

〔一〇〕造化，大自然。

〔一一〕江，一作“山”。

〔一二〕潨（cóng），众水会合。

〔一三〕此句形容阳光透射瀑布的飞珠，呈现出七彩霞光。

〔一四〕沸，形容瀑布的飞珠流沫喷射有如水沸之状。穹石，大石。

〔一五〕琼液，仙家所饮的琼浆玉液。此处形容瀑布水的清澈。

〔一六〕谐，符合。宿，昔。敦煌残卷本末二句作：“爱此肠欲新，不能归人间。”

笺评

胡仔曰：太白《望庐山瀑布》绝句云：“日暮香炉生紫烟，遥看瀑布挂长川。飞流直下三千尺，疑是银河落九天。”东坡美之，有诗云：“帝遣银河一派垂，古来唯有谪仙词。”然余谓太白前篇古诗云：“海风吹不断，江月照还空。”磊落清壮，语简而意尽，优于绝句多矣。（《苕溪渔隐丛话·后集·李太白》）

葛立方曰：徐凝《瀑布诗》云：“千年犹疑白练飞，一条界破青山色。”或谓乐天有赛不得之语，独未见李白诗耳。李白《望庐山瀑布》诗云：“飞流直下三千尺，疑是银河落九天。”故东坡云：“帝遣银河一派垂，古今唯有谪仙词。”以余观之，银河一派，犹涉比类。未若白前篇云：“海风吹不断，江月照还空。”凿空道出，为可喜也。（《韵语阳秋》卷十三）

刘辰翁曰：“海风吹不断，江月照还空。”奇夐不可复道。（《唐诗品汇》卷六引）又曰：（七绝）以为银河，犹未免俗耳。（卷四十七引）

韦居安曰：李太白《庐山瀑布》诗有“疑是银河落九天”句，东坡尝称美之。又观太白“海风吹不断，江月照还空”一联，磊落清壮，语简意足，优于绝句，真古今绝唱也。然非历览此景，不足以见此诗之妙。（《梅磵诗话》卷五）

王阮曰：吟咏瀑水众矣，大抵比况尔，未有得于所见，凿空下语为兴诗者。太白独曰：“海风吹不断，江月照还空。”气象雄杰，古今绝唱。（《义丰集·瀑布二首序》）

严评本载明人批：写瀑布如画，不钩深，又不落常，所以佳。（严评《李太白诗集》）

瞿佑曰：然太白又有“海风吹不断，江月照还空”，亦奇妙句，惜世少有称之旨。（《归田诗话》卷中）

朱谏曰：李白望庐山瀑布而作此诗。（第一段）言西登乎香炉之峰，而南望乎瀑布之水，悬挂而流下者，则有三百丈之高。注而成潭，喷壑而出则有数十里之遥。其悬挂之状，或欻然如飞电之来，闪烁而不定也；或隐然若白虹之起，皎皎而上腾也。又疑银河之水自天而下，洒于半空之中，使人莫知其端倪也。（第二段）承上言瀑布之水变态如此。试仰望之，其势转雄。乃知造化之功发于物者，如许之壮也。风吹不断，月照愈明，不舍昼夜，又如此也。夫水性之就下，皆由地中而行。惟此瀑布之乱流，横射于空中，或左或右，洗于青壁之间。飞珠散若轻霞，而流沫沸于高石，瀑布之变态者又如此也。（第三段）上言瀑布变态之胜，无以加矣。此言玩而乐之之意。我平生之志，好乎名山，故对此瀑布，而心益闲，淡然与之而相忘也。不必论其可以漱琼液，以资我之长生，抑且可以涤烦垢，以洗我之尘颜。夫避尘就洁而乐居名山者，我之宿好也。今我既得以遂其宿好矣，永愿辞人间，遗世而长往也。又曰：赋也。按李白瀑布诗，选言其详，绝言其概。言其详者，奇状异形，无不备举；言其概者，撮其大体而略其细目也。选则详赡而精到，绝则疏畅而明快。天授之才，无所不可。白之诗，其神矣哉！徐凝效颦，似不足辨，坡翁辨之之切者，正恐后人之无知而又效徐凝也。（《李诗选注》卷十二）

《唐宋诗醇》：五、六以浅得工。至“海风吹不断，江月照还空”，可吟赏不置矣。（卷七）

近藤元粹曰：（“海风”二句）妙入化境矣。（《李太白诗醇》）

李白的《望庐山瀑布水二首》，描绘的对象同为庐山香炉峰与双剑峰间的瀑布，但观察的角度不同。七绝为“遥看”，五古则写从远看到近观的过程。观察的细致程度有别，写法也就有所不同。由于七绝广为传诵，五古不免为其所掩，其实二诗在艺术上各有千秋，未可轩轾。

诗分三段。前八句为一段，写登香炉峰途中远望所见瀑布的壮观。“西登香炉峰，南见瀑布水”二句，交代自己在向西登香炉峰的途中，望见在峰南面的瀑布，这是对瀑布所在山峰名称及方位的交代，起着进一步点明题目的作用（题只说“庐山瀑布”）。“西登”不可误解为已登峰顶，如果那样，就不是远望而是俯视了。

“挂流三百丈，喷壑数十里。”三、四两句，写远望中的香炉峰瀑布自顶部奔泻而下及抵达底部后喷射奔迸于山谷间的壮观景象。“挂”字生动地显示出瀑布悬空而降的景象，“喷”字传神地展现出瀑布落入山谷后挟带着雷霆万钧的神奇伟力奔泻而下的奇观。正因为有“挂流三百丈“的冲击力，才会有“喷壑数十里”的反激力。“三百丈”极言其高，“数十里”极言其遥，二者之间存在着因果关系。

“欻如”二句，转写瀑布奔泻而降、喷射而下的迅猛态势。“欻如”句承“挂流”句，形容悬流直下的瀑布，其迅疾犹如飞电之来；“隐若”句承“喷壑”句，形容喷射而下的水流像一道白虹，隐现于山谷之间。

“初惊”二句，进一步写“挂流三百丈”的瀑布奔泻而下时如同银河从天而降，它所挟带的飞珠溅沫有一半都洒向了云霄间。这两句既映衬渲染出了瀑布之高，也显示出了它的气势和力量。以上八句，均写远望中的香炉峰瀑布，其内容与七绝大体相同，连“挂流三百丈”“初惊河汉落”的用语都与七绝相近。

“仰观”以下八句，为第二段，观察的角度由远望变为近处“仰视”。观赏瀑布，远望与近观（特别是仰观），虽都同样能感到它的雄奇，而“仰观”显然更能感受到它的壮盛气势。但诗人并不马上接写仰观所见的具体景象，而是先虚写一笔，表达仰视所见的总体感受。“势转雄”三字写心理感受生动逼真，“转”字尤精到，说明诗人在仰视的过程中通过与先前远望时所得印象的比较，更加感受到瀑布的气势与力量。而“壮哉造化功”五字正是在获得上述感受时对造化神奇力量发自内心的赞叹。“雄”“壮”二字正概括了

“仰视”瀑布时的突出感受。

“海风吹不断，江月照还空”两句，进一步具体写“仰观”所见所感。“海风”“江月”均非眼前实景，因为下面写到“飞珠散轻霞”，说明观赏瀑布时有阳光的照射。故两句实际上是面对瀑布雄壮的气势时心中的想象。上句是说，瀑布飞流直泻，具有永不停息的伟力，即使巨大的海风也吹不断。下句是说，瀑布悬空而下，清澈莹洁，在江月的映照下，宛若空清透明。上句突出其永恒的雄奇伟力，下句突出其清莹澄明，但这种清莹澄明不是小溪流水式的柔和静美，而是挟带着磅礴气势和巨大声响的清与壮的和谐结合。妙在这两句全用白描，仿佛信手拈来，冲口道出，而所创之境的新颖清奇和壮美飞动却无与伦比，是历来写瀑布的诗中从未有过的境界。历来评此诗，多举此二句作为标的，是切合实际的。

“空中”四句，变从下而上的仰视为左右两旁的仰观。瀑布的水珠在半空中迸溅激射，将两旁的岩壁洒洗得洁净青翠；阳光映照在飞溅的水珠上，折射出七彩霞光；而冲决而下的瀑布水，遇到山谷中的巨石，激荡出如同沸水般的泡沫。四句中连用“乱”“洗”“散”“沸”四个动态感、形象感很强的词语，将瀑布向空中、向两旁、向下流飞溅激射时产生的景象，描绘得色彩鲜明，生动细致。如果说“仰观”四句是从虚处传神，那么“空中”四句则从实处见工了。这样虚实相济、神形兼备、宏观微观结合的描写，遂使瀑布之壮美得到全面的表现。以下便自然转入因观赏瀑布而引发的归隐林泉的愿望。

末段六句，说自己平素喜爱名山，今日得亲历庐山，观赏瀑布奇观，更感到心境之清闲，因而引动辞人间而归隐的夙愿。瀑布如此壮伟雄奇，气势飞动，诗人却说“对之心益闲”。这是因为面对雄伟的自然造化之功，益感尘世纷扰之渺小；而那未经尘世污染的瀑布水，更使自己的心灵得到彻底的洗涤。清澈的瀑布水，既如琼浆玉液之可漱我口，更可清洗我的尘颜和尘心。这实际上也是一般人在面对大自然的奇观时常会引发的感触，因此对“永愿辞人间”之类的话实亦不必过于较真。

望庐山瀑布水二首（其二）

日照香炉生紫烟[一]，遥看瀑布挂前川[二]。
飞流直下三千尺，疑是银河落九天[三]。

校注

〔一〕紫烟，瀑布的水汽弥漫，结成烟雾，在阳光照射下呈现紫色。

〔二〕前川，一作“长川”。挂前川，即五古之“挂流”。句意盖谓遥望峰前的瀑布如河流倒挂。或谓前川指瀑布泻下形成的河流倒挂。或谓前川指瀑布泻下形成的河流，亦通。

〔三〕九天，九重天，天之最高处。

笺评

苏轼曰：帝遣银河一派垂，古来唯有谪仙词。飞流溅沫知多少，不为徐凝洗恶诗。（《戏徐凝瀑布诗》）

严评曰：亦是眼前喻法。何以使后人推重？试参之。（《李太白诗醇》引）

《唐宋诗醇》：苏轼曰：仆初入庐山，有陈令举《庐山记》见示者，且行且读，见其中有徐凝和李白诗，不觉失笑。开元寺主求诗，为作一绝，云（诗略，见上条）。

宋宗元曰：非身历其境者不能道。（《网师园唐诗笺》）

刘永济曰：李白集中所写山水，皆气象奇伟雄丽之景，足见其胸次宏阔，亦与山水同。较之王、裴辋川唱和诗作，别具一番境界。大小虽殊，而诗人观物之精细与胸怀之澄澈，能以一己之精神面貌融入景物之中，则无不同。（《唐人绝句精华》）

刘拜山曰：结句空中落笔，直撮瀑布之神，兼传“望”字之理。乃知夸张以拟之词，必似此神理俱全，方臻上乘。《艺苑雌黄》讥石致若“燕南雪花大于掌，冰柱悬檐一千丈”为豪而畔理，信然。（《千首唐人绝句》）

这首七绝和前一首五古为同题同时之作，所描绘的景象和所用的词语也有不少相似之处，如“挂流三百丈”与“飞流直下三千尺”“挂前川”，“初惊河汉落”与“疑是银河落九天”，乃至“飞珠散轻霞”与“生紫烟”也不无相似之处。但两首诗却同样精彩，不可互相替代，也无须强分轩轾。这是因为两首诗虽然描绘的是同一对象，但观察景物的角度和立足点有同有异，描绘的全面细致与集中概括更有明显的不同。就后世流传的广远看，七绝由于其集中概括形成的艺术冲击力，较之五古也更强烈。

首句写香炉峰。这一带瀑布很多，水汽缭绕弥漫，在日光照射下，形成紫色氛氲的烟雾。云烟笼罩着峰顶，看上去就像一个正在飘散着香烟的香炉。诗人巧妙地将“香炉峰”略称为“香炉”，再加上一个“生”字，就将原为静态的香炉峰写活了，使人感到峰顶缭绕的紫烟就像是香炉里升腾出来的一样，同时又生动地表现出在日光映射下，那紫色的云烟仿佛在明灭变幻。这一句是香炉瀑布的背景。因为瀑布非常雄伟，因而作为它的背景的香炉峰也必须写出它的奇幻多姿。

次句正面写瀑布，用“遥看”二字点明这是远望中的瀑布全景。“挂前川”三字，给人以瀑布悬空泻下的感觉，显示出它的雄伟气势。特别是“挂”字，既给人以悬挂飘落的动感，又幻觉似的显示出它在一刹那间仿佛是静止的状态，就像电影中一个原来活动中的物体突然之间的“定格”，这种感觉是只有“遥看”时才会产生的。白色的瀑布和香炉峰紫色的烟雾相映衬，更显出色彩的绚丽多彩。

第三句写瀑布从高处直泻而下的态势。用“飞流”代指瀑布，不仅是渲染瀑布的流势迅疾，而且将它从两峰之间喷薄而出、气势飞动的景象和悬空飞泻的姿态也描绘得栩栩如生。“直下”二字，写出了瀑布一泻到底、落势陡直、速度迅疾的特点，这正是香炉瀑布不同于三叠泉瀑布之处。同时也写出了瀑布奔腾不息的雄奇气势和无穷无尽的神奇力量。“三千尺”，即五古之“三百丈”，当然都是一种夸张，但对照周景式《庐山记》“其水出山腹，挂流三四百丈”之语，这种夸张也有其文献依据，夸张得并不失实。这一句可以看作对瀑布的动态描写。

末句“疑是银河落九天”是凝神欣赏瀑布时产生的惊讶、奇幻的感觉。在恍惚中，眼前那从高处直泻而下的瀑布仿佛幻化成了一条从九天之上落下的银河。这就把前面所描绘的景象升华到了幻想中的境界。这是整首诗中给读者留下的印象最深刻、美感最强烈的点睛之笔。不但赋予瀑布以非凡的雄伟气势与力量，而且赋予它以超人间超自然的神奇色彩。使人感到这只能是造化的创造，所谓“壮哉造化功”，或者如苏东坡所说，是“帝遣银河一派垂”。瀑布因而成为宇宙的神奇伟力和永不停息的生命力的象征。而这种浪漫主义的想象当中又蕴含了心胸开阔、性格豪放、被人们称为“谪仙人”的李白独特的主观感受和精神气质。瀑布那雄奇飞动的气势，雄迈神奇的力量，永不停息的生命力，都仿佛有诗人自己的影子。不妨说，李白在观赏瀑布的过程中自然而然地与对象融为一体，因此才能在传瀑布之“神”的同时传出自己的神采个性。

值得玩味的是，五古中也同时出现了“初惊河汉落”这样的比喻，但它却显然没有收到七绝中所产生的巨大艺术效果。这跟诗人将这个创造性的比喻放在什么位置大有关系。在五古中，这比喻仅仅是对瀑布进行全面细致描绘中的一个局部，而且将它放在一系列多侧面的描绘当中，并未着意加以强调，因此并没有引起读者的充分注意，只是将它看作一个有创意的比喻匆匆读过。而在七绝中，诗人是将它放在末句的位置上作为全篇的警策、全诗的神魂出现的，因此格外引人注目。更重要的是，在它之前，诗人又围绕这个警策进行了充分的铺垫和渲染。第一句就勾画了香炉峰上紫烟氛氲弥漫、变幻不定的背景，只有在这种隐约朦胧、缥缈多彩的背景下，才有可能产生“银河落九天”的幻觉联想；第二句的“挂前川”三字，更进一步将飞泻而下的瀑布与悬挂的河流联系起来，为“银河落九天”从形态上作了准备；第三句的“飞流直下”，更直接创造出瀑布仿佛从天而降的态势，这离“银河落九天”已经只有一层之隔了。但以上描写的，基本上还都是现实世界中的景象，而“银河落九天”则是幻想中的景象，因此前三句虽从各方面充分蓄势，但第四句所创的境界对前三句来说，仍是一个飞跃。妙在诗人在“银河落九天”之前用了“疑是”这个极灵动极真切的词语，准确传神地表达了诗人当时那种恍恍惚惚，似真似幻的主观感受和心理状态，那种半是神奇半是惊叹的感情。如果改成“正似”“恰似”一类词语，含义确定了，但这种似真似幻的感受也就消失了，灵气也随之索然。用得传神，正由于用得恰如其分。喜欢夸张的李白，在这个高度夸张的句子里，却用了一个非常老实的词语，这说明艺术的分寸感的掌握与高度的夸张并不矛盾，而是可以达成一种奇妙的统一。

秋登宣城谢脁北楼〔一〕

江城如画里〔二〕，山晚望晴空〔三〕。
两水夹明镜〔四〕，双桥落彩虹〔五〕。
人烟寒橘柚〔六〕，秋色老梧桐〔七〕。
谁念北楼上，临风怀谢公〔八〕！

校注

〔一〕谢脁北楼，即谢公楼，南朝齐谢脁任宣城太守时在陵阳山上所建，自称“高斋”者。脁有《郡内高斋闲坐答吕法曹》诗。此诗约天宝十二三载（753、754）秋李白在宣城时所作。

〔二〕江城，指宣城，因有宛溪、句溪二水绕城流过，故称。

〔三〕晚，诸本均作“晚”，独《全唐诗》作“晓”，当误，兹据诸本改。

〔四〕两水，指宛溪、句溪，二水于宣城东北合流。夹明镜，形容清澈如镜的两条溪水环抱全城而过。此句句法实为两水如明镜之夹城。或谓“明镜”指宣城附近之明镜湖，原位于宛溪与句溪之间，故曰“夹”，今湖已废。

〔五〕双桥，指宛溪上的两座桥。《江南通志》卷十六山川宁国府：“宛溪在府城东，源出新田山，纳诸水而来，委蛇数十里，故曰宛溪。上下两桥。上曰凤凰，下曰济川，并跨溪上。”王琦注引《宣州图经》：“宛溪、句溪两水绕郡城合流，有凤凰、济川二桥，开皇时建。”落彩虹，谓双桥拱形的身姿如天上落下的彩虹。

〔六〕人烟，人家的炊烟。

〔七〕句意谓在秋色中梧叶变黄，显得苍老。

〔八〕谢公，指谢脁。

笺评

曾季貍曰：李白云：“人烟寒橘柚，秋色老梧桐。”老杜云：“荒庭垂橘柚，古屋画龙蛇。”气焰盖相敌。陈无己云：“寒心生蟋蟀，秋色上梧

桐。”盖出于李白也。(《艇斋诗话》)

方回曰：此诗起句似晚唐。中二联言景而豪壮，则晚唐所无也。宣州有双溪、叠嶂，乃此州胜景也，所以云“两水”。惟有“两水”，所以有双桥。王荆公《虎图行》“目光夹镜当座隅”，虎两目如夹两镜，得非仿谪仙“两水夹明镜”之意乎？此联妙绝。起句“江城如画里”者，即指此，三、四一联之景与五、六皆是也。谢朓为宣城太守，人呼为谢宣城，得太白表章之，其名逾千古不朽焉。(《瀛奎律髓》卷一)

严评曰：入画品中，极平淡，极绚烂。岂必王摩诘。(严评《李太白诗集》)

严评本载明人批：“如画”，点醒。“晚”“晴”点实。中四句如画景，颔联板景，腹联活景。结收归登楼。前六句皆楼中所见。又“寒”根“烟”字来，“老”根“色”字来。

朱谏曰：言登楼晚眺，但见两水绕城，如夹明镜；双桥卧水，如落彩虹。烟寒橘柚，而秋老梧桐。登楼所见，景物若此。惟念北楼之上，曾为谢公所登，今日之登楼者复能致忆夫谢公否乎！(《李诗选注》)

王世贞曰：剽窃模拟，诗之大病……唐人诗云：“海色晴看雨，钟声夜听潮。”至周以言，则云：“海色晴看近，钟声夜听长”……虽以剽语得名，然犹未见大决撒。独李太白有“人烟寒橘柚，秋色老梧桐”句，而黄鲁直更之曰：“人家围橘柚，秋色老梧桐。”晁无咎极称之，何也？余谓中只改两言，而丑态毕具，变点金作铁手耳。(《艺苑卮言》卷四)

蒋一葵曰：中二联言景，所谓“江城如画”者，即指此。(《唐诗选笺释》)

李维桢曰：“人烟寒”“秋色老”独到。(《唐诗隽》)

唐汝询曰：宣城山水奇秀，晓望尤佳。水明若镜，桥架成虹，皆画景也。人烟因橘柚而寒，秋色为梧桐而老。斯时也，谁念我登此楼而怀谢朓乎？盖言调谐古人，而世之知己者寡也。(《唐诗解》卷三十三)

陆时雍曰：五、六清老秀出，是天际人语。(《唐诗镜》卷二十)

冯舒曰：看第二联，何尝分景与情？直作宣城语，几不可辨。(《瀛奎律髓汇评》引)

冯班曰：谢句也。太白酷学谢。(同上引)

《李诗直解》：此登北楼览秋景而因怀谢朓也。言登北楼望之，江城如在画里。山晓晴空，一览无余，尽在目中矣。两水夹绕，如明镜之光映；

双桥遥落，如彩虹之架卧。烟村青，而秋气以寒橘柚；秋色来，而落叶以老梧桐。此皆凭栏所望之景也。谁念北楼之上，临秋风而怀风流文采之谢公？公不复生矣，吾与公千载一辙，登其楼而得不怀其人哉！

应时曰：（首句下评）下五字，言“如画”处。（“两水”四句评）工炼之至，不见痕迹，真化工也。尤妙在能起下。总评：题作不溢一字，而感慨无穷，逸思横出。（《李诗纬》）

丁谷云曰：情入乎凄者，即当作凄景语，然凄者恐入于寒，则为凄冷，不寒则为凄清。吾与先生审辨入微如此。二联真凄情语也。又闻先生曰：凄冷语非不可用，但以少为贵耳，尤当含蓄。（《李诗纬》引）

王尧衢曰：（首联）以登眺意起。宣城山川奇秀，况当秋晓气清，从楼头一望，远者近者，历历如画。下联乃承明之。（次联）此承上“如画”，是望中景。“两水”，即双溪也，在府城下。二水合流，其明若镜也。双桥亦在府城外，一名凤凰，一名济川，望之若彩虹之落也。此皆“如画”。（腹联）此写秋意。橘柚产于南国，天晓气寒，故人烟与之俱寒，梧桐一叶落而天下知秋，今乃秋色已老。太白当此时也，感秋意深而怀古意远矣。（末联）合上意云：我于此时登楼，临风而怀谢公，亦谁复有人念我怀谢公之情？言知希也。前解秋登北楼，后解感秋而怀谢公。（《古唐诗合解》）

查慎行曰：山色，一本作“山晓”，当改此以避第六句（秋色）。（《初白庵诗评》）

史流芳曰：上四句写宣城，五、六句写秋，末结谢公北楼。安顿妥，起伏犹佳。看“两水”“双桥”“梧桐”“橘柚”，真如画里。“望”字即“登”字，“晴空”即“秋”字，非晴空不能历历见之如是。（《固说》）

吴昌祺曰：此种自堪把臂玄晖。（《删订唐诗解》卷十六）

何焯曰：中二联是秋霖新霁绝景。落句以谢朓惊人语自负耳。（《瀛奎律髓汇评》引）

纪昀曰：五、六佳句，人所共知。结在当时不妨，在后来则为窠臼语，为浅率语，为太现成语。故论诗者，当论其世。（同上引）

朱之荆曰：虚摹起，次句倒叙于下。次联足下，三联秋日，皆所望之“如画”者。结点破“楼”字并“谢公”。（《闲园诗抄》）

《唐宋诗醇》：风神散朗。五、六写出秋意，郁然苍秀。（卷七）

沈德潜曰：（中）二联俱是如画。人家在橘柚林，故“寒”；梧桐早

凋，故“老”。（《重订唐诗别裁集》卷十）

顾安曰：“明镜”、“彩虹”、“寒”字、“老”字，皆在秋天晴空中看出，所以为妙。乃知古人好句，必与上下文关合。若后人就句论句，不知埋没古人多少好处。（《唐律消夏录》）

屈复曰：三、四人多赏之，余嫌近俗。五、六佳甚。山谷改“烟”为“家”，评者嗤为点金成铁手，然亦不言“烟”之不为“家”者何在。（《唐诗成法》）

黄叔灿曰：首二句提唱“望”字。中四句状楼所见景色，所谓“如画里”也。落句盖谓谢公当日所见江城景色亦不异此。临风怀谢，人不知而我独念之，故着“谁念”二字。（《唐诗笺注》）

吴瑞荣曰：不捉着旧人旧事，乃得佳句。末才涉“北楼”“谢公”，又用“谁念”二字翻出空境。按“烟寒”一联，融洽入微。（《唐诗笺注》）

卢𬭎曰：三、四高华，非止骈丽。五、六句眼老成，复以自然成其名句。（《闻鹤轩初盛唐近体读本》）

方霞城曰：中四写景如画，正从起句生情。（同上引）

胡本渊曰：“寒”字、“老”字，实字活用，是炼字法。（《唐诗近体》）

吴汝纶曰：（“两水”二句）刻画鲜丽，千古常新。（“人烟”二句）苍老峭远。（《唐宋诗举要》卷四引）

这首登临怀古诗和一般的同类诗作多将内容的侧重点放在怀古上，写景每多围绕怀古之情展开不同。它的侧重点显然放在写景上，怀古之意仅于篇末一点即止。全篇留给读者印象最深，最具诗情画意的无疑是江南山环水绕的小城那一派明丽绚烂的秋色。

首句以充满抒情赞叹意味的笔调凌空而起。江南地区，水无论大小均称“江”，所谓“江城”即指有宛溪、句溪绕城而流的宣城。“如画里”三字直贯颔、腹二联，极概括又极具诱惑力。五个字不仅统摄全篇，而且突出强调了诗人登楼的瞬间所获得的总体感受，渲染出浓烈的抒情氛围。起得既飘逸潇洒，又具有艺术冲击力，使读者也随着诗人的一声深情咏叹而顿生神往之感。

接下来一句，才从容交代这种强烈的第一印象是在什么情况下获得的。“山”指陵阳山，亦即建有北楼的诗人登临的地点。“晚”点明时间已近日暮。“晴空”则强调登临时的天气正值晴空万里，一碧如洗，其中暗藏“秋”字。“望”字既统摄全句，也统摄前六句。前三联所写的都是诗人在一个晴空一碧的傍晚登山（亦即登楼）远望所见。

颔联写望中所见的水和桥，这本是“江城”的特点。但在诗人的彩笔渲染下，却都鲜丽如画。“两水”指宛溪、句溪二水。据《清一统志》记载，“宛溪在宣城县东门外，源出县东南峄山，至县东北里许与句溪合。句溪在宣城东三里，溪流回曲，形如句字”。两水清澈如镜，绕城而流，故说“两水夹明镜”。诗的特殊句法结构给读者造成的视觉印象，仿佛是两条溪水当中夹了一面明镜，这虽是因句法造成的衍生义，却也同样鲜丽如画。“双桥”句是望中所见宛溪上的两座拱桥，就像天上落下的彩虹，横跨溪水两岸。着一“落”字，不仅赋予静止的拱桥以飞动之感，而且渲染了它的神奇，仿佛天外飞来。而“彩”字则进一步渲染桥的色彩鲜明绚丽。两句在字里行间，同样渗透了诗人对如此美好景色的热情赞叹。

腹联写望中所见江城秋色。“人烟”指人家的炊烟而“橘柚”则是江南地区人家庭院果园中常见的果木。“人烟”与“橘柚”之间着一“寒”字，正是写江城秋色的传神之笔。深秋的傍晚，缭绕在橘柚之间的轻烟似乎带着一股寒凉的意味。在诗人的感觉中，橘柚好像是由于轻烟散发的寒意使它的果实染黄了，显出了分明的秋意。“人烟”之“寒”，诗人是如何感受到的呢？仿佛无理。但秋天傍晚那种沁人肌肤心神的寒意，此刻正在山上楼头的诗人无疑是处在它的包围之中而且明显感受到的。正是感受的自然传导，使诗人感到连人家的炊烟也带上了寒意，而使橘柚受到了浸染。因此，这个“寒”字，乃是处于秋天寒意的氛围中的诗人将自己主观感受移之于客观景物的结果，和说“秋山”是“寒山”，说“秋烟”是“寒烟”是一个道理，只不过诗人将它用作动词，显得分外新警而已。这正是对“秋”意的传神描写，因为它无所不在，沁人心神，沉浸景物。下一句“秋色老梧桐”同样是诗人的主观感受作用于客观物象的结果。“秋色”虽是一个似乎抽象的集合性意象，却是由一系列具象的景物组成的，举凡经霜的红叶、篱边的黄菊、田野上金黄的稻谷、树梢上金黄的果实，乃至寥廓高远的秋空，都可以包括在“秋色”之中。在诗人的感觉中那人家屋旁的梧桐树，仿佛是受了这一片秋色的熏染，而变老了，显现出枯黄的树叶。本来，梧桐树是秋天较早变黄落叶的，故可因梧叶落而知秋，这里却说成“秋色老梧桐”，自是诗人主观感受作用的结果。这同样是对秋色的传神描写，在诗人笔下，“秋色”也成了有生命的东西，它能使绿叶成荫的梧桐在它的浸染下慢慢变老。

这一联写江城秋色，虽用了“寒”“老”等字眼，但景物的色调并不显得凄寒黯淡、萧瑟冷寂。“秋色”的意象本身就包含着诸多江南秋景的绚丽多彩，就连那受了带着秋意的寒烟浸染的橘柚，也是叶绿果黄，纷然在目的。再加上那“寒”字、“老”字中，还隐隐透出了一种大自然的生气流注的意趣，更使得整个境界不显得枯寒冷寂。而是显示出江南秋景的绚丽多彩、生机盎然的美感。

尾联紧扣题内“谢朓北楼”，将目光收归登临之地的眼前之境，思绪却远溯往昔，说我今登谢朓所建的北楼，对景临风，怀念谢公。悠悠此情，又有谁能解会呢？若只说“今日北楼上，临风怀谢公”，便直遂少味，着“谁念”二字，便隐然有无人会登临意的蕴涵，平添了隽永的情味。李白钦服谢朓，从现有提及谢朓的诗句看，主要是推赏其诗才诗风，“怀谢公”之中，未必有更深的含意。但“谁念”二字中，或许包含有谢朓之诗才，今世唯我独为真正的知音；我今登楼怀谢公，异日登此楼者，又有谁为我之知音呢？在自赏自负之中流露出一丝孤寂感，令人神远。由于李白对谢朓的特殊推崇知赏，这个看似泛语的结尾便有了值得涵泳的情味，有了摇曳不尽的风神。这个结尾，与前三联之鲜丽俊逸的格调也完全统一。

望天门山〔一〕

天门中断楚江开〔二〕，碧水东流至此回〔三〕。
两岸青山相对出〔四〕，孤帆一片日边来〔五〕。

校注

〔一〕天门山，《元和郡县图志·江南道·宣州》：当涂县：“博望山，在县西三十五里，与和州对岸。江西岸曰梁山，在溧阳县南七十里。两山相对如门，俗谓之天门山。”博望山，今又称东梁山，江西岸之梁山又称西梁山。两山夹江对峙。郁贤皓《李白选集》谓此诗当是开元十三年（725）初次过天门山时所作。

〔二〕天门中断，谓本来合拢成一体的天门山从中断开。楚江，当涂在战国时属楚国，故称这一带的长江为楚江。开，打开。

〔三〕至此，《全唐诗》原作“至北”，宋蜀刻本作“直北”，萧本、郭本作“至北”。《方舆胜览》引作“至此”。王注引毛先舒（西河）曰：“因梁山，博望夹峙，江水至此一回旋也。时刻误‘此’作‘北’，既东又北，既北又回，已乖句调，兼失义理。”兹据缪本一作“至此”改。詹锳《李白全集校注汇释集评》云：“按‘直北回’即是直向北转而流，并非‘既北又回’。”

〔四〕两岸青山，指博望山与梁山，即今之东、西梁山。

〔五〕孤帆，指诗人所乘的船。日边来，指从西边上游落日的方向驶来。或据《世说新语·夙惠》载晋明帝少时其父问长安与日孰远，明帝答曰“日远，不闻人从日边来，居然可知”之语，谓日边指长安，非。详鉴赏。

陆游曰：（出姑孰）至大信口泊舟。盖自此出大江，须风便乃可行，往往连日阻风。两小山夹江，即东梁、西梁，一名天门山。李太白诗云：“两岸青山相对出，孤帆一片日边来。”……皆得句于此。（《入蜀记》）

严评曰：自然清遐。（严评《李太白诗集》）

严评本载明人批：景本奇，道得意亦快。但第二句微拙。（同上）

郭濬曰：说尽目前山水，将孤帆一片影出“望”字，诗中有画。（《增定评注唐诗正声》）

叶羲昂曰：一幅绝好画意。（《唐诗直解》）

《唐诗训解》：指点景物如画。

朱谏曰：此李白自宣城下金陵时，由江中所见也。（《李诗选注》）

唐汝询曰：上三句写天门之景。落句言已之来游时，盖初去京华而适楚，故有“日边”之语。（《唐诗解》卷二十五）

周珽曰：以山“相对”，照应“中断”，以水“流回”，照应“江开”，意调出自天然。将“孤帆一片”影出“望”字，诗中有画。（《删补唐诗选脉笺释会通评林·盛七绝中》）

周敬曰：一幅画景。（同上）

《李诗直解》：此咏天门之对峡而赋望中之景也。言天门固一气也，因中断而楚江得开，碧水向东流，至此而忽为旋转，以波涛之汹涌而砥柱也。两岸青山夹大江相对以出，凝望缥缈之际，孤帆一片，从日边而来。此时此景，直与心会，而言有不能尽者。

黄生曰：语无深意，写景逼真。（末句）意在言外。（《唐诗摘抄》卷四）

吴昌祺曰："日边"，或东或西皆可，不必指京师。（《删订唐诗解》卷十三）

应时曰：（末）二句确是"望"。总评：摹景如画。（《李诗纬》）

《唐宋诗醇》：对结另是一体。词调高华，言尽意不尽，不得以半律讥之。（卷七）又曰：此及"朝辞白帝"等作，俱极自然，洵属神品，足以擅场一代。

黄叔灿曰：此天然图画境界，正难有此大手笔写成。（《唐诗笺注》）

宋顾乐曰：此等诗真可谓"眼前有景道不得"也。（《唐人万首绝句选》评）

俞陛云曰：大江自岷山来，东趋荆楚，至天门稍折而北，山势中分，江流益纵，遥见一片白帆痕，远在夕阳明处。此诗赋天门山，宛然楚江风景。《下江陵》（按：即《早发白帝城》），宛然蜀江风景，解手固无浅语也。（《诗境浅说》续编）

刘拜山曰：此写天门上游东望之景。前半写近望，后半写远望。从两山夹峙中遥见日边孤帆，又是"开"字神理。（《千首唐人绝句》）

鉴赏

天门山是今天安徽当涂县的东梁山（古代称博望山）与和县的西梁山的合称。两山夹长江对峙，像一座天设的门户，形势险要，"天门"即由此得名。诗题中的"望"字，说明诗中所描绘的是远望所见天门山壮美景色，历来的许多注本由于没有弄清"望"的立脚点，所以往往把诗意理解错了。

天门山夹江对峙，所以写天门山离不开长江。诗的前幅即从"江"与"山"的关系着笔。第一句"天门中断楚江开"，着重写出浩荡东流的楚江（长江流经战国楚旧地的一段）冲破天门奔腾而去的气势。它给人以丰富的联想：天门两山本来是一个整体，阻挡着汹涌的江流，由于楚江怒涛的冲击，才撞开了“天门”，使它“中断”为东西两山。这和作者在《西岳云台歌送丹丘子》中所描绘的情景颇为相似：“巨灵（河神）咆哮擘两山（指黄河西边的华山和东边的首阳山），洪波喷流射东海。”不过前者隐后者显而已。在作者笔下，楚江仿佛成了有巨大生命力的事物，显示出冲决一切阻碍的神奇力量，而天门山也似乎默默地为它让出了一条通道。

第二句“碧水东流至此回”，又反过来着重写夹江对峙的天门山对汹涌奔腾的楚江的约束力和反作用。由于两山对峙，浩阔的长江流经两山间的通道时，激起回旋，形成波涛汹涌的奇观。如果说上一句是借山势写出水的汹涌，那么这一句则是借水势衬出山的奇险。有的本子“至此回”作“直北回”，解者以为指这一带的长江由东流向正北方向回转。这也许称得上是对长江流向的精确说明，但不是诗，更不能显现天门山奇险的气势。试比较《西岳云台歌送丹丘子》的开头几句：“西岳峥嵘何壮哉！黄河如丝天际来。黄河万里触山动，盘涡毂转秦地雷。”“盘涡毂转“也就是“碧水东流至此回”，同样是描绘成万里江河受到峥嵘奇险的山峰阻遏时出现的情景。绝句尚简省含蓄，所以不像七古那样写得淋漓尽致，惊心动魄。加上这一段江流相对于《西岳云台歌送丹丘子》中所写的黄河比较宽阔平缓，因而虽受阻而激起回旋，却不至于发出雷鸣般的巨大声响。

“两岸青山相对出，孤帆一片日边来。”这两句是一个不可分割的整体。上句写望中所见天门山的雄姿，下句则点醒“望”的立脚点和诗人的淋漓兴会。诗人并不是站在岸上的某一个地方望天门山，他“望”的立脚点便是从“日边来”的“孤帆一片”。读这首诗的人大都赞赏“两岸青山相对出”的“出”字，因为它使本来静止不动的山带上了动态美，却很少去考虑诗人何以有“相对出”的感受。如果是站在岸上某个固定的立脚点“望天门山”，那恐怕只能产生“两岸青山相对立”的静态感。反之，舟行江上，顺流而下，望着天门山由远而近，扑进眼帘，显现出愈来愈清晰的身姿时，“两岸青山相对出”的动态感就非常突出了。“出”字不但逼真地表现了舟行顺流而下的过程中“望天门山”时夹江对峙的两山势如涌出的姿态，而且寓含了舟中的诗人那份新鲜喜悦之感。夹江对峙的天门山，似乎正迎面向自己走来，表示它对江上来客的欢迎。

青山对远客既如此有情，则远客自当更加兴会淋漓。“孤帆一片日边来”，正传神地描绘出孤帆背映日影，乘风破浪，越来越靠近天门山的情景，和诗人欣睹名山胜景，目接神驰的情状。它似乎包含着这样的潜台词：雄伟险要的天门山啊！我这乘一片孤帆的远方来客，今日终于看见了你。试比较陈子昂的《渡荆门望楚》尾联“今日狂歌客，谁知入楚来”，其兴奋之情自见。由于末句在叙事中饱含诗人的激情，这首诗便在描绘出天门山雄伟景观的同时突出了诗人的自我形象。如果要正题，诗题应该叫“舟行望天门山”。

早发白帝城〔一〕

朝辞白帝彩云间〔二〕，千里江陵一日还〔三〕。
两岸猿声啼不尽〔四〕，轻舟已过万重山〔五〕。

校注

〔一〕白帝城，古城名，故址在今重庆市奉节县东瞿塘峡西口之长江北岸，相传为公孙述所筑。《水经注·江水一》：“江水又东迳鱼腹县故城南，故鱼国也。……公孙述名之为白帝，取其王色。”奉节古称鱼腹，西汉末公孙述割据时迁鱼腹于此，称白帝城。公孙述至鱼腹，有白龙出井中，自以承汉土运，故称白帝，改鱼腹为白帝城。诗当作于乾元二年（759）长流夜郎途经白帝城时遇赦，旋即回舟东还行抵江陵时。宋蜀刻本题下注：“一作白帝下江陵。”

〔二〕白帝城在白帝山上，地势高峻，坐在顺流而下的船上往回看，白帝城如在彩云之间，故云。“彩云”指奇幻多彩的云霞，此处或暗用宋玉《高唐赋序》巫山神女“旦为朝云，暮为行雨”的典故。距白帝城不远有巫山县，有巫山十二峰之神女峰，上常有彩云缭绕。

〔三〕《水经注·江水》：“自三峡七百里中，两岸连山，略无阙处，重岩叠嶂，隐天蔽日。自非亭午夜分，不见曦月。至于夏水襄陵，沿泝阻绝，或王命急宣，有时朝发白帝，暮到江陵，其间千二百里，虽乘奔御风，不以疾也。”

〔四〕尽，《唐诗品汇》《唐人万首绝句选》《唐诗别裁》《唐宋诗醇》作“住”。《水经注·江水》：“每至晴初霜旦，林寒涧肃，常有高猿长啸，属引凄异，空谷传响，哀啭久绝。故渔者歌曰：‘巴东三峡巫峡长，猿鸣三声泪沾裳。’”

〔五〕轻舟已过，宋蜀刻本一作“须臾过却”。

笺评

朱谏曰：此李白自蜀而东游时也。言朝辞白帝城于彩云之间，顺流而下，一日千里，晚至江陵。两岸猿啼声犹未了，而扁舟已过乎万重之山矣。水峻舟速有如此也。（《李诗选注》卷十二）

焦竑曰：盛弘之谓白帝至江陵甚远。春水盛时，行舟朝发暮至。太白述之为约语，惊风雨而泣鬼神矣。（《删补唐诗选脉笺释会通评林·盛七绝中》引）

杨慎曰：盛弘之《荆州记》巫峡江水之迅云：“朝发白帝，暮到江陵，其间千二百里，虽乘奔御风，不以疾也。”杜子美诗：“朝发白帝暮江陵，顷来目击信有征。”李太白：“朝辞白帝彩云间，千里江陵一日还。两岸猿声啼不住，轻舟已过万重山。”虽同用盛弘之语，而优劣自别，今人谓李、杜不可以优劣论，此语亦太愦愦。又曰：白帝至江陵，春水盛时行舟朝发夕至，云飞鸟逝，不是过也。太白述之为韵语，惊风雨而泣鬼神矣。太白娶江陵许氏，以江陵为不远，盖室家所在。（《升庵诗话》卷七）

胡应麟曰：太白七言绝，如“杨花落尽子规啼”“朝辞白帝彩云间”……读之真有挥斥八极，凌属九霄。贺监谓为谪仙，良不虚也。（《诗薮·内编》卷六）又曰：古大家有齐名合德者，必欲究竟，当熟读二家全集，洞悉根源，彻见底里，然后虚心静气，各举所长，乃可定其优劣。若偏重一隅，便非论笃。况以甲所独工，形乙所不经意，何异寸木岑楼，钩金舆羽哉！正如“朝辞白帝”，乃太白绝句中之绝出者，而杨用修举杜歌行中常语以当之。然则《秋兴》八篇，求之李集，可尽得乎？（《诗薮·外编》卷四）

桂天祥曰：亦有作者，无此声调，此飘逸。（《批点唐诗正声》）

郭濬曰：“已过”二字，便见瞬息千里。点入“猿声”，妙，妙。（《增定评注唐诗正声》）

《唐诗训解》：笔势迅如下峡。

唐汝询曰：白帝居江之上流，舟从云间而下，故能瞬息千里。（《唐诗解》卷二十五）

谭元春曰：忽然。写得出。（《唐诗归》）

严评本载明人批：浑是快调。次句点醒有力。“猿”“山”入得天然，一闻一见。“彩云”借衬亦佳，见高意。又曰：写奇险之境偏不惊张，说得有神有韵，所以妙绝。

周敬曰：脱洒流利，非实历此境说不出。（《删补唐诗选脉笺释会通评林·盛七绝中》）

《李诗直解》：此咏峡江之水溜而舟行神速也。清晨之时，每多霞彩，舟于此时而辞白帝之城，暮至江陵，千里之遥，一日而还。虽乘奔御风，无此疾也。两岸猿声，啼犹未住，是声尚在也，轻舟疾飞，已过万重之山矣。此千里所以一日也。

汉仪曰：境之所到，笔即追之，有声有情，腕疑神助，此真天才也。（张揔辑《唐风采》引）

吴敬夫曰：只为第二句下注脚耳，然有意境可想。（《唐诗归折衷》引）

徐增曰：公孙述据蜀时，井中见白龙，僭号白帝，城在鱼腹。早发舟，辞白帝城，地甚高，故曰“彩云间”。夔州至江陵，计一千二百里，“一日还”，早发白帝，暮抵江陵矣。峡长七百里，两岸连山，猿最多。猿夜啼，啼不住，是言早。“舟已过”，是言迅疾也。无他意。（《而庵说唐诗》卷十）

应时曰：等闲道出，却使人揣摩不及。（《李诗纬》卷四）

丁谷云曰：此是神来之调。（《李诗纬》卷四引）

黄生曰：一、二即“朝发白帝，暮宿江陵”语，运用得妙。以后二句证前二句，趣。（《唐诗摘抄》卷四）

朱之荆曰：意止于前二句，下二句又是从上二句绘出。插“猿声”一句，布景着色之法。第三句妙在能缓，第四句妙在能疾。一作“须更过却万重山”，便呆。不但呆，且与“一日”字重。（《增订唐诗摘抄》）

沈德潜曰：写出瞬息千里，若有神助。入“猿声”一句，文势不伤于直。画家布景设色，每于此处用意。（《重订唐诗别裁集》卷二十）

《唐宋诗醇》：顺风扬帆，瞬息千里。但道得眼前景色，便疑笔墨间亦有神助。三、四设色托起，殊觉自在中流。（卷七）

宋宗元曰：（首二句）一片化机。（三、四句）烘托得妙。（《网师园唐诗笺》）

李锳曰：通首只写舟行之速，而峡江之险，已历历如绘，可想见其落笔之超。（《诗法易简录》）

宋顾乐曰：读者为之骇极，作者殊不经意，出之似不着一点气力。阮亭推为三唐压卷，信哉！（《唐人万首绝句选》评）

桂馥曰：但言舟行快绝耳，初无深意。而妙在第三句，能使通首精神飞越，若无此句，将不得为才人之作矣。晋王廙尝从南下，旦自寻阳，迅风飞帆，暮至都。廙倚舫楼长啸，神气俊逸，李诗即此种风概。（《札朴》卷六）

施补华曰：太白七绝，天才超逸，而神韵随之。如“朝辞白帝彩云间，千里江陵一日还”，如此迅捷，则轻舟之过万重山不待言矣，中间却用“两岸猿声啼不住”一句垫之，无此句，则直而无味。有此句，则走处能留，急语仍缓，可悟用笔之妙。（《岘佣说诗》）

朱宝莹曰：绝句要婉曲回环，删繁就简，句绝而意不绝。大抵以第三句为主，而第四句接之。有实接，有虚接。承接之间，开与合相关，反与正相依，顺与逆相应，一呼一吸。如此诗三句“啼不住”三字，与四句“已过”二字。盖言晓猿啼犹未歇，而轻舟已过万山，状其迅速也。[品]俊迈。（《诗式》）

俞陛云曰：四渎之水，唯长江最为迅急。以万山紧束，地势复高，江水若建瓴而下，舟行者帆橹不施，疾于飞鸟。自来诗家，无与咏者，惟太白此作，足以状之。诵其诗，若身在三峡舟中，峰峦城廓，皆掠舰飞驰。诗笔亦一气奔放，如轻舟直下。惟蜀道诗多咏猿啼，李诗亦言两岸猿声，今之蜀江，猿声绝少，闻猿玃皆在深山，不在江畔，盖今昔之不同也。（《诗境浅说》续编）

刘永济曰：此诗写江行迅速之状，如在目前。而“两岸猿声”句，虽小小景物，插写其中，大足为末句生色。正如太史公于叙事紧迫中，忽入一二闲笔，更令全篇生动有味。而施均父谓此诗“走处仍留，急语仍缓”，乃用笔之妙。（《唐人绝句精华》）

刘拜山曰：起手即高占地步，故有顺流而下，一泻千里之妙。“两岸猿声”，正所以写万山夹峙，江流湍急意，使轻舟疾下暗中渡过，若明写便成拙笔矣。（《千首唐人绝句》）

此诗作年有开元十二年（724）初出峡时及乾元二年（759）遇赦东归时

二说。从诗的第二句“千里江陵一日还”的“还”字看，在写这首诗之前当有乘舟自江陵溯江上三峡的经历，则自以乾元二年遇赦东归时作为是。王建《江陵使至汝州》七绝云：“回看巴路在云间，寒食离家麦熟还。日暮数峰青似染，商人说是汝州山。”与李白这首七绝同押删韵，韵脚全同，且一、二句叙事写景及写法类似，可能有意模仿或无意中受到李诗的影响，王诗第二句的“麦熟还”明指还家，亦可作为旁证。不过，说诗是抵达江陵后作，则似乎将第二句理解得太实太死，其实诗人只是化用盛弘之《荆州记》或《水经注·江水》的文字，说千里江陵一日可达而已，是舟中悬想之词，意思本较活泛。从末句看，诗或当作于船过三峡的重峦叠嶂，行将进入平野之时，是诗人的激动兴奋、轻松舒畅的心情正浓时挥笔而成的即兴之作。这样理解，诗的现场感会更加强烈，诗的新鲜感也会更加浓郁。

第一句“朝辞白帝彩云间”，表面上看是简单的叙事，交代早晨从白帝城出发，点明诗题。但“朝辞白帝”之后缀以“彩云间”三字，却起着点染景物、渲染气氛的重要作用。白帝城在白帝山上，从舟中回望，宛若处于云端，固是实情，但它却渲染出了一种美好而富于遐想的气氛。白帝城，本是诗人在长流夜郎途中所经历的一站，其时心情之忧伤、愁苦可以想见。如今突然遇赦，顿感天地再新，阳春重见，怀着喜悦兴奋的心情向它告辞，因而那高耸入云的白帝城也宛若彩云缭绕的缥缈仙境，而令诗人感到追恋向往了。如果满怀忧伤愁苦之情继续长流夜郎之行，即使看到同样的景物，也会视而不见，写不出“朝辞白帝彩云间”的诗句。说此诗者或言“彩云间”显示江流落差之大，水势之急，以衬托舟行之疾，可能未注意到“白帝彩云间”仅是“朝辞”的瞬间所见景象，其时诗人所乘之舟尚在白帝山下或离山不远处，不大可能将后来的行程及江流的地势落差也预计在内。三峡一带，重岩叠嶂，江流弯曲，舟行不久，当已不见“白帝彩云间”的景象了。

次句“千里江陵一日还”，是船出发后对行程的畅想。这种畅想，既有《荆州记》或《水经注·江水》“朝发白帝，暮到江陵”的文献记载依据，更有舟行轻疾如飞的现实情境依据。解者或据此句谓诗作于舟抵江陵以后，这恐怕是将途中的畅想当成了既成的事实。此诗纪行，大抵是按时间先后次序来写的。第一句写出发辞别白帝城，第二句写出发后途中畅想，语气口吻类似杜甫《闻官军收河南河北》的“即从巴峡穿巫峡，便下襄阳向洛阳”。三、四两句，则借“猿声”概写轻舟穿越千山万嶂的行程。虽“已过万重山”，但离江陵还有一段行程，不过已经在望了。这样看来，直至篇末，乃至此诗写成之际，江陵仍在望中，则第二句的“一日还”不可泥解自明。这句通过“千里”的遥远空间与“一日”的短暂时间的鲜明对照，显示出畅想中舟行的迅疾。且透露出诗人在畅想时按捺不住的兴奋喜悦之情。句末的“还”字，看似漫不经意，却极有蕴涵，极可玩味。在长流夜郎途中，诗人时刻都在盼望着被赦放还。“我愁远谪夜郎去，何时金鸡放赦回?”（《流夜郎赠辛判官》）“我行望雷雨，安得沾枯散。”（《流夜郎至西塞驿寄裴隐》）“予若洞庭叶，随波送逐臣。思归未可得，书此谢情人。”（《送郗昂谪巴中》）“二年吟泽畔，憔悴几时回?“（《赠别郑判官》）“独弃长沙国，三年未许回。”（《放后遇恩不沾》）在诗人的内心深处，被赦放还几乎是一个遥远而渺茫的幻想和梦境。如今，十五个月的宿愿竟突然实现，而且一日之间便可回到繁华的江陵，则这个“还”字蕴含的感情分量便可想而知了，举重若轻，正在这“还”字当中。

三、四两句是一个整体，借两岸连山叠嶂的猿声来表现“轻舟已过万重山”的行程之迅疾。三峡两岸多猿，《水经注·江水》有生动描写，且引渔者之歌为证。写这段行程提及猿声，本很自然。但在一般情况下，猿声与舟行之疾、行程之速并无必然联系。但诗人却巧妙地以舟行过程中听觉的连续和视觉的倏变，传神地描绘了轻舟穿峡、其速如飞的情景。两岸连山，山山有猿，就实际情况说，每一座山的每一头猿的鸣声都是有“尽”时的；但由于舟行之疾，这两岸山上的猿声在感觉中就似乎连成了一片，没有休止。而就在这“猿声啼不尽”的过程中，轻舟已经驶过万重山峦，江陵已经在望了。“啼不尽”是错觉，却符合特定情况下听觉的真实，这个特定情况就是轻舟穿越两岸连山其速如飞。“已过”却是眼前的真实。听觉之幻与视觉之真，“不尽”与“已过”的呼应，既印证了“千里江陵一日还”的畅想，又传达出诗人当时那种意外的惊喜与兴奋。“猿声”似犹在耳，轻舟已经出峡，眼前所见，已是“山随平野尽，江入大荒流”了。

古代没有现代化的高速交通工具，陆行或可靠接力的骏马，水行则只能靠涨水季节江流湍急顺水行舟方能体验高速的快感与美感。李白这首诗，传神地表现了一种在常态下难以想象的高速度，以及诗人对这种高速的特殊而真切的感受。单就这一点，就极富创造性。但这首诗既非单纯的写景纪行诗，也并不单纯为了表达一种高速行舟的快感，而是有更加深刻内在的感情蕴涵。这就必须联系长流夜郎途经三峡时的心情和诗作，才能有切实的理解。其《上三峡》诗说：“三朝上黄牛，三暮行太迟。三朝又三暮，不觉鬓成丝。”黄牛山在上三峡的入口处，山势高峻，加上江流宛转曲折难行，上行途中几天几夜都能看到，好像老围着它打转。舟行的迟缓、艰难，流放的愁苦、悲伤，使诗人的心情格外沉重，三朝三暮之间连头发都愁白了。这和《早发白帝城》诗中所表现的轻快喜悦、兴奋激动的心情正好成为鲜明对照。从中可以体味出诗中所洋溢出来的轻快之感，包含着一种劫后重生、摆脱枷锁、重获自由的轻松感、兴奋感。为了充分表达这种感受，诗人还特意给自己所乘的小舟之上加一“轻”字，生动地营造出一叶轻舟，飞掠水面，瞬息而过的场景，诗人的心也好像飞起来了。这种心情，也明显流露在遇赦出峡的其他诗作中。《宿巫山》：“桃花飞绿水，三月下瞿塘。”《荆门浮舟望蜀江》：“逶迤巴山尽，摇曳楚云行。雪照聚沙雁，花飞出谷莺。芳树却已转，碧树森森迎。”欣喜轻快之情，同样溢于字里行间，而且都不约而同地用了“飞”字。猿声，在《水经注·江水》中，是“哀啭久绝”，催人泪下沾裳的愁苦之音，但在这首诗中，“两岸猿声啼不尽”仿佛成了愉快旅途的轻松伴奏，成了清猿一路送我行了。总之，景物依旧，心情迥异，只有用长流途中上三峡时情景作为参照，才能真正深切感受并理解这首诗所表现的感情实质。

清代一些有眼光的诗评家都特别强调这首诗第三句的高妙，如朱之荆、沈德潜、桂馥、施补华等人的评语，从各个不同的侧面作了深入的发挥，可以参看。其实作为诗的素材，如前所述，《水经注》中早已提及，但一则作为舟行迅疾的巧妙映衬，一则作为旅人愁苦心绪的映衬，作用完全相反。李白利用旧有的素材作了全新的艺术处理，为表现其轻快喜悦的心情服务。这首诗的成功，关键就在第三句的天才创造以及它与第四句之间的巧妙配合。有一个小小的试验可以从反面证明这一点。在《水经注》中，形容舟行之快，用了“虽来奔御风不以疾也”这样一个比喻句，如果李白利用现成的文字将诗的第三句改成“乘奔御风不以疾”来和第四句“轻舟已过万重山”配合，那么整首诗就灵气索然、拙笨平直得如庸人之作了。

宿五松山下荀媪家〔一〕

我宿五松下，寂寥无所欢。

田家秋作苦〔二〕，邻女夜舂寒〔三〕。

跪进雕胡饭〔四〕，月光明素盘〔五〕。

令人惭漂母〔六〕，三谢不能餐。

校注

〔一〕五松山，在今安徽铜陵市东南。北临天井湖，南仰铜官山，西隔玉带河与长江相望。胡震亨《唐音癸签》卷十六："五松山，在南陵铜井西。初不知何名。李白以其山有松，一本五干，苍翠异恒，题今名。诗云：'征古绝遗老，因名五松山。'人皆知白改九子为九华，不知更有更五松事。"媪（ǎo），老年妇女。李白另有《南陵五松山别荀七》《五松山送殷淑》《与南陵常赞府游五松山》《答杜秀才五松山见赠》《铜官山绝句》等有关五松山的诗作。瞿蜕园等《李白集校注》疑荀媪为荀七家人。詹锳《李白诗文系年》系此诗于上元二年（761），云："诗云：'我宿五松下，寂寥无所欢……令人惭漂母，三谢不能餐。'是则暮年寥落，与'数十年为客，未尝一日低颜色'时，不可同日而语矣。诗云：'田家秋作苦，邻女夜舂寒。'当是秋季作。"安旗主编《李白全集编年注释》系于天宝十四载（755），郁贤皓《李白选集》入不编年诗。按：李白《答杜秀才五松山见赠》诗云："闻道金陵龙虎盘，还同谢朓望长安。千峰夹水向秋浦，五松名山当夏寒。铜井炎炉歊九天，赫如铸鼎荆山前。"詹锳据此谓："知太白由金陵经秋浦抵南陵五松山，时方当夏季。按李集中于五松山所赋诗甚多，俱是前后之作。"《答杜秀才五松山见赠》明显是安史乱前所作，而《宿五松下荀媪家》作于秋季，时间相接，当为同时先后之作。故作于天宝末（十三或十四载）比较可信。又，据《答杜秀才五松山见赠》"五松名山当夏寒"之句，五松山系李白更名之说殆不足信。

〔二〕作苦，耕作辛苦。杨恽《报孙会宗书》："田家作苦，岁时伏腊，烹羊炮羔，斗酒自劳。"秋作苦，秋天耕作辛苦。

〔三〕夜舂，夜间舂米。将带壳的粮食放在石臼中用杵捣之。

〔四〕雕胡，即菰米。茭白的子实。《史记·司马相如列传》："其卑湿则生藏莨蒹葭，东蔷雕胡。"司马贞索隐："雕胡，案谓菰米。"《西京杂记》卷一："菰之有米者，长安人谓之雕胡。"用菰米煮的饭称雕胡饭。

〔五〕明，映照。素盘，指农家用的无釉饰的白色粗瓷盘。

〔六〕《史记·淮阴侯列传》："淮阴侯韩信者，淮阴人也。始为布衣时，贫无行，不得推择为吏，又不能治生商贾，常从人寄食饮，人多厌之者……信钓于城下，诸母漂，有一母见信饥，饭信，竟漂数十日。信喜，谓漂母曰：'吾必有以重报母。'母曰：'大丈夫不能自食，吾哀王孙而进食，岂望报乎！'"后被汉王刘邦用为大将。汉高祖五年，徙封楚王，都下邳。信至国，召所从食漂母，赐千金。此以"漂母"喻指荀媪。漂，漂洗衣服。漂母，漂洗衣服的老妇。

笺评

朱谏曰：言我宿于五松之下，寂寥而无所欢。适值田家秋来作苦而邻女夜舂，老妪具雕胡之饭，素盘有洁白之色，情如漂母之待韩信也。我非韩信之比，未免有愧于心，乃三谢其意而不敢享其所进之食也。（《李诗选注》）

严评曰：是胜语，非怯语，不可错会。（严评《李太白诗集》）

谢榛曰：太白夜宿荀媪家，闻比邻舂臼之声以起兴，遂得"邻女夜舂寒"之句。然本韵"盘""餐"二字，应用以"夜宿五松下"发端，下句意重词拙，使无后六句，必不落"欢"韵。此太白近体先得联者，岂得顺流直下哉！（《四溟诗话》卷二）

严评本载明人批：次句淡弱。"秋作""夜舂"好，"明素盘"亦少味。

陆时雍曰：清音秀骨，夫岂不佳？第非律体所宜耳。（《唐诗镜》卷二十）

《李诗直解》：此宿荀媪家，悯其贫苦而复感其惠也。言我宿媪家，寂寞无所欢娱，惟见田家有秋作之苦，邻女有夜舂之寒，何其劳也！家无馀羡，以菰米之饭跪进敬客，而月光明于素盘之中，又何其贫而能进也。今荀媪不愧漂母，奈我非韩信，故三谢而不能餐也。不知日后能如韩信之报否。（卷五）

余成教曰："令人惭漂母，三谢不能餐。"夫荀媪一雕胡饭之进，素盘之供，而太白感之如是，且诗以传之，寿于其集。当世之贤媛淑女多矣；而独传于荀媪，荀媪亦贤矣。然不遇太白，一草木同毙之村妪耳。呜呼！人其不可知所依附哉！又曰：太白诗起句缥缈，其以"我"字起者，亦突兀而来。如"我随秋风来""我携一樽酒""我家敬亭下""我觉秋兴逸"

"我昔钓白龙""我有万古宅""我行至商洛""我有紫霞想""我今浔阳去""我昔东海上""我本楚狂人""我来竟何事""我宿五松下""我浮黄河去京阙""我吟谢朓诗上语"之类是也。(《石园诗话》卷一)

近藤元粹曰:村家苦况写出,如耳闻目见。(《李太白诗醇》卷四)

这首诗显示出李白身上非常平民化的一面,诗也写得极朴素真挚,如道家常,内容与形式达到高度的和谐。

起首一句,平直叙起,交代自己夜宿五松山下,朴素得如同一篇日记的开头。次句从容承接,点出自己的心境。"寂寥无所欢"五字,既是对自己寂寞孤独、无以为欢的心境的叙写,也透露入夜的山村寂静的氛围,但语气平和而从容,诗人好像对这种孤寂的环境与心境已经有些习以为常了。联系此前在宣城写的《独坐敬亭山》"相看两不厌,只有敬亭山"的诗句,可以体味出诗人在这一时期内心的孤独寂寞。

接下来一联,叙写夜宿山村所见所闻所感。诗人没有将笔触马上叙及荀媪家,而是泛写整个山村的情景。传统的旧日农村,日出而作,日入而息,但诗人夜宿的山村,却虽入夜仍有农民在田地里辛勤劳作,"田家秋作苦"正是对这种情况的概括叙写,"田家"可以包括荀家,但指向广泛。对具体的劳作情景虽未展开描写,但从句末的"苦"字中可以想见其艰辛勤苦,也透露出诗人的真挚同情。"邻女"自指荀媪家近邻的女子,笔触由远而近。在山村整体寂静的氛围中,那单调而不断的夜间舂米声不但显得格外清晰,吸引诗人的注意力,而且在秋夜的寒凉气氛中,似乎透出了一阵阵寒意。"夜舂寒"的"寒"字,似不经意,却极传神。它既传出了秋夜舂捣的神韵,也传出了诗人在侧耳倾听之际内心的孤寂凄寒的感触,以及对邻女夜舂辛勤劳作的悲悯。这一联实际上是诗人对山村农家生活辛劳贫苦状况的一个素描。它同样是诗中所写夜宿荀媪家情景的环境和背景。有了前两联的感情背景、环境背景作为铺垫,后两联正面描写夜宿荀媪家所遇所感才显得有深度有厚度。

"跪进雕胡饭,月光明素盘。"当诗人将笔触正面写到荀媪家时,却只是精练到不能再精练的一个镜头:白发苍苍的荀媪恭恭敬敬地跪着进上雕胡饭,月光映照着素洁的盘子。这是一个无言的场景,却包蕴丰富,情味隽永。山村老媪待客的朴素真诚，诗人亲历其境时的心灵触动，都不着痕迹地融合在这无言的场景当中。那晶莹如雪的雕胡饭，明净如水的月光，和素洁的粗瓷盘，构成了一个玲珑剔透的世界，映射出山村老媪真淳纯朴、晶莹透明的内心世界，也洗净了诗人的灵魂。

“令人惭漂母，三谢不能餐。”尾联是诗人面对此情此景时发自内心的感慨。上联写到荀媪进雕胡饭，因而联想到漂母饭韩信之事，故用“漂母”喻指荀媪。或引李白另一首诗中“感子漂母意，愧我非韩才”之句以释“惭”字所包含的意蕴，联系诗人同时作的《书怀赠南陵常赞府》中“君看我才能，何似鲁仲尼。大圣犹不遇，小儒安足悲”“自顾无所用，辞家方未归。霜惊壮士发，泪满逐臣衣。以此不安席，蹉跎身世违”等句，“惭”字中包含身世蹉跎、难以酬报漂母一饭之恩的意思情或有之。但联系此诗的颔联，诗人之所以感到惭愧，恐怕更主要的是由于山村的农家虽然劳作辛勤，生活贫苦，但心地却极淳朴善良，感情极真挚淳厚，这跟诗人所熟悉的污浊势利的上层社会形成鲜明对照。以荀媪为代表的山村百姓是另一世界中人。面对他们的深情厚谊，诗人不禁深感惭愧，以致“三谢不能餐”了。詹锳等谓：“‘不能餐’，谓不能下咽。”可见诗人感触之深。

在这首朴素得像水一样莹澈透明的诗里，李白一贯的豪纵不羁之气，飘逸风流之致，傲视权贵之概，都让位给了对山村老媪和农村生活的真挚感动和关切。诗人习用的夸张手法在这里也让位给自然而本色的叙写。但在朴素自然之中又蕴含着深永的情韵，营造出令人神远的意境，这在“邻女夜舂寒”“月光明素盘”等句中表现得尤为明显。

苏台览古〔一〕

旧苑荒台杨柳新〔二〕，菱歌清唱不胜春〔三〕。
只今惟有西江月〔四〕，曾照吴王宫里人〔五〕。

〔一〕苏台，指姑苏台。《墨子·非攻中》：“（夫差）遂筑姑苏之台，七年不成。”孙诒让间诂：“《国语》以姑苏为夫差事，与此书正合……《越绝》以姑苏为阖闾所筑，疑误。”汉袁康《越绝书·外记传吴地传》：“胥门外有九曲路，阖闾造以游姑胥之台，以望太湖。”当是阖闾兴建，其子夫差增修。余参《乌栖曲》注〔二〕。旧址在江苏苏州姑苏山上。詹锳《李白诗文系年》谓此诗“疑是初游姑苏时作”。郁贤皓《李白选集》谓“当是开元十五（727）春由越州回到苏州时作”。

〔二〕旧苑，在姑苏台上建造的宫苑。

〔三〕菱歌清唱，《文苑英华》作“采菱歌唱”。菱歌，采菱时唱的歌。多为女子所唱。不胜春，犹不尽春，无边的春意。

〔四〕只今，至今。西江，指长江。唐人多称长江中下游为西江。

〔五〕吴王宫里人，此当特指吴王夫差的宠妃西施。

谢枋得曰：前二句言苏台所见所闻，如此繁华安在哉！曾见其盛者，惟有此月耳。“苑”“台”“西江”，标地也；“柳色”“菱歌”与“月”，缀景也。（《李太白诗醇》卷四引）

吴逸一曰：作法圆转，妙在“只今惟有”四字。（《唐诗正声》评）

桂天祥曰：千万怨恨人，便不能为一语。（《批点唐诗正声》）

叶羲昂曰：此首伤今思古，后作（指《越中览古》）思古伤今，得力全在“只今唯有”四字。（《唐诗直解》）

《唐诗训解》：结句与卫万《吴宫怨》同。

严评曰：感慨语，极清深，但太白多用此，亦不堪数见。（严评《李太白诗集》）

严评本载明人批：此等声调，自是飘然不群。后二句犹是吊古常语，前二句写荒凉景，妙。

胡应麟曰：卫万《吴宫怨》：“吴王宫阙临江起，不卷珠帘见江水。晓气晴来双阙间，潮声夜落千门里。句践城中非旧春，姑苏台下起黄尘。祇今唯有西江月，曾照吴王宫里人。”高华响亮，可与王勃《滕王阁》诗对垒。第末二句，全与太白同，不知孰先后也？（《诗薮·内编》卷三）

胡震亨曰：诸家怀古感旧之作，如“年年春色为谁来”“唯见江流去不回”“惟有年年秋雁飞”“只今惟有西江月，曾照吴王宫里人”等句，非不脍炙人口，奈词意易为仿效，竟为悲吊海语，不足贵矣。诸贤生今，不知

又作如何洗刷？（《唐音癸签》）

唐汝询曰：古称绮丽者莫若吴，今苑中春色非不佳也，要非吴宫旧物，求其亲涉当时之盛者，唯江月也。观此，则世之纷华靡丽，尽成空花矣。（《唐诗解》卷二十五）

陆时雍曰：意转愈深，格转愈老。“只今唯有西江月，曾照吴王宫里人”，意想转入无已，所以见气局之高。（《唐诗镜》卷二十）

周敬曰：太白《苏台》《越中》二诗，无非夕阳流水、衰草闲花之感。览古历秦汉魏晋南北，畴不到黍离之日！然则当时吴越战争侵灭，只多得一番闲气是非。声歌宴乐，徒添得千载兴亡话柄而已。繁华安在？英雄何有？静言思之，江月山鸟亦属虚景。（《删补唐诗选脉笺释会通评林·盛七绝中》）

周珽曰：千万怨恨人，不能为一语。（同上）按：此与桂天祥评同。

陈继儒曰：末二句如天花从空中幻出。（《唐诗三集合编》）

王夫之曰：七言绝句，唯王江宁能无疵。储光羲、崔国辅其次者。至若“秦时明月汉时关”，句非不炼，格非不高，但可作律诗起句，施之小诗，未免有头重之病。若“水尽南天不见云”“永和三日荡轻舟”“囊无一物献尊亲”“玉帐分弓射虏云”，皆所谓滞累者，以有衬字故也。其免于滞累者，如“只今唯有西江月，曾照吴王宫里人”“黄鹤楼中吹玉笛”“江城五月落梅花”“此夜曲中闻折柳，何人不起故园情”，则又疲苶无生气，似欲匆匆结煞。（《夕堂永日绪论内编》卷二）

丁谷云曰：意若尽而味无穷，真绝句体也。（《李诗纬》卷四引）

《李诗直解》：此伤今思古而见繁华之易尽也。言吴王之桂苑已旧，苏台已荒，而杨柳犹新。彼时日与西施为水戏，而菱歌清唱，宫妓千人，不胜春矣。只今唯有西江之月，千载流辉，已曾照吴王宫里之人也，而昔日之乐，今安在哉！（卷六）

应时曰：下二句虽与卫万《吴宫怨》同，然各有照应。（《李诗纬》卷四）

王尧衢曰：此“只今唯有”四字，用在转句。又曰：苑已旧，台已荒，惟柳色长年新耳。“新”“旧”二字便写感慨。（结句）所谓“今月曾经照古人”也。（《古唐诗合解》卷五）

潘耒曰：前半言苑中春日，宜繁华矣，而不见苏台，但见杨柳菱歌，竟似秋风萧飒者，起下“只今”二字，后半言见此外无一故物矣，无限感

慨。(《李太白诗醇》卷四引)

袁枚曰：见繁华易尽之意。求其睹当时之盛者。惟月耳。此二首（指本篇及《越中览古》）首句点题。(《诗学全书》卷一)

黄叔灿曰：吊古情深，语极凄惋。(《唐诗笺注》)

李锳曰：一、二句但写今日苏台之风景，已含起吴宫美人不可复见意，却妙在三、四句不从不得见处写，转从月之曾经照见写，而美人之不可复见，已不胜感慨矣。(《诗法易简录》)

宋宗元曰：(末二句)神韵天然。(《网师园唐诗笺》)

朱宝莹曰：首句言苑已旧，台已荒，惟杨柳年年新。“新”“旧”二字便寓感慨。二句言荒台寂然，只有菱歌清唱于春风，不胜怀古之思。三句“只今惟有”四字，用在转句，言只西江月为昔年所有，曾照到夫差时。有了三句，便有四句，两句作一句读。[品] 凄惋。(《诗式》)

刘拜山曰：末句吴王宫人与次句“菱歌清唱”暗相呼应，妙不着迹。太白每有此种微妙之境。论者不察，遂谓太白豪纵，不屑屑于此，岂其然乎！(《千首唐人绝句》)

鉴赏

“览古”，即游览古迹。览古诗一般都有怀古慨今、人事沧桑的感情内容，实际上就是通常所说的怀古诗。但在不同的时代，不同的诗人那里，它们的意蕴、情调往往有明显的区别。这首《苏台览古》和下一首《越中览古》是李白开元中期漫游吴越期间所作，其中虽也有今昔沧桑的感慨，但整个情调却并不伤感低回，而是在凭吊故迹的同时表现出对今昔沧桑、人事变化的从容洒脱态度，以及对眼前美好自然景物和生活的欣赏，体现出盛唐怀古诗的特有风神和诗人年青时代的对生活的乐观态度。

首句“旧苑荒台”指昔日姑苏台上的吴宫如今已是一片荒凉残破的废墟。这是诗人“苏台览古”的第一印象，曰“旧”，曰“荒”，在触目苏台旧址的荒废时自然会引起历史沧桑感。但接下来的“杨柳新”三字，却在印证今昔变化的同时写出了诗人面对的现实生活、自然景色欣欣向荣，一派春天的生意。“新”与“旧”的对照，不是让人沉溺在对已经逝去的年代和事物的惋惜追恋上，而是给人一种古今迭代、新陈代谢的启示。

次句承“新”字，进一步渲染苏台登览所闻见的景象。“菱歌清唱”，指采菱女子清脆动人的歌唱；“不胜春”，是说她们的唱歌声中充溢着不尽的春意。这既显示了采菱少女青春的活力和对生活的热爱，也渗透了诗人目睹耳闻之际心往神驰、为“菱歌清唱”所深深吸引的情状。这里所勾画的是充满生机活力的吴中春意图，第一句中由于新、旧对照而引发的历史沧桑感，在这里已经为对眼前美好春色的神往所代替。

三、四两句由眼前的“西江月”将今古打通，转出自然景物依旧、历史人事沧桑的意蕴。诗人登览的时间是傍晚，所以可以看到天上的初月。说“西江月”，固然是由于吴地滨江，也由于“江”和“月”一样，都具有亘古如斯的不变的自然属性。“只今惟有”四字，重笔勾勒，突出显示昔日的姑苏台上一切繁华景象，均已荡然不存，只有长江上的一弯明月，曾经照临过往日吴王宫里的美人西施。对旧苑荒台之上发生过的旧事，如今只能通过这亘古如斯的西江月去想象了。这里自然包含了人间繁华短暂、自然景象永恒的感慨。但诗人对此并没有发出沉重的叹息和低回不已的伤感，而是在流转自如、清畅宛转的笔调中表露出一种从容洒脱的态度。一切人间的繁华都将随着时间的消逝成为历史陈迹，但自然永恒，明月长在，杨柳长新，生活中仍然充满青春的欢乐和春天的生意。一个繁荣昌盛的时代，一个对前途充满幻想与展望的诗人，当他面对历史陈迹时，唤起的正是这种由今昔沧桑引发的对生活的热爱和珍重。“今人不见古时月，今月曾经照古人。古人今人若流水，共看明月皆如此。唯愿当歌对酒时，月光常照金樽里。”《把酒问月》的这几句诗，或许可以给这首诗的意蕴提供一种参照。

越中览古〔一〕

越王句践破吴归〔二〕，义士还乡尽锦衣〔三〕。
宫女如花满春殿，只今惟有鹧鸪飞〔四〕。

校注

〔一〕越中，指会稽，春秋时越国都城，今浙江绍兴市。郁贤皓《李白选集》谓“此诗当是开元十四年（726）初游会稽时所作”。

〔二〕越王句践（？—前465），春秋末期越国君主。曾被吴王夫差所败，屈服求和，后卧薪尝胆，发愤图强，十年生聚，十年教训，任用贤能，终灭吴。后会诸侯，称霸。事详《国语·越语上》《史记·越王勾践世家》等。

〔三〕义士，忠义之士，指灭吴之战中有功的将士。乡，宋蜀刻本及诸本多作“家”。

〔四〕鹧鸪，鸟名。崔豹《古今注》卷中：“鹧鸪出南方，鸣常自呼，常向日而飞。畏霜露，早晚希出，有时夜飞，夜则以树叶覆其背上。”按：鹧鸪形似雌雉，头如鹑，胸前有白圆点，如珍珠。背毛有紫赤浪纹，足黄褐色，为南方留鸟。

笺评

吴开曰：唐窦巩有《南游感兴》诗：“伤心欲问当时事，惟见江流去不回。日暮东风春草绿，鹧鸪飞上越王台。”盖用李太白《览古》诗意也。（《优古堂诗话》）

谢枋得曰：前三句赋昔日豪华之盛，落句犹今日凄凉之景。有抑扬，有开合，真可为吊古之法。（《李太白诗醇》引）

敖英曰：吊古诸作，大得风人之体……《越中览古》诗，前三句赋昔之豪华，末一句咏今日之凄凉。大抵唐人吊古之作，多以今昔盛衰构意，而纵横变化，存乎体裁。（《唐诗绝句类选》）又曰：此与韩退之《游曲江寄白舍人》、元微之《刘阮天台》三诗，皆以落句转合，有抑扬，有开合，此格唐诗中亦不多得。（《唐诗训解》引）

严评本载明人批：“鹧鸪飞”只就“春殿”翻意，与“义士”“锦衣”无干。前二句则颂越王霸业耳。此应是览越王殿址而作。

唐汝询曰：前三句，状昔之豪华，落句，写目前之寂寞。鹧鸪本越鸟，采入诗者，因所见也。后人遂以为吊古常谈，有何取义耶？（《唐诗解》卷二十五）

《唐诗广选》：（末句下批）今世反成怀古等题一套子矣。

《李诗直解》：此咏昔日豪华之盛而伤目前之凄凉也。言越王句践，蓄二十年之图谋，一旦灭吴而归，其同仇之义士，奏凯还家，尽着锦衣，以鸣得意。其宫中如花之美女，满于春殿之间，而豪华已极矣。只今春殿之地，唯有鹧鸪之鸟飞鸣其上，而今昔盛衰之感，宁能忘怀耶！

应时曰：上篇（《苏台览古》）言今不见古，此篇言古盛今衰，仅此“只今惟有”四字，各有意理。（《李诗纬》）

查慎行曰：用一句结上三句，章法独创。（《初白诗评》）

潘耒曰：上三句，何等喧热！下一句，何等悲感！但用“只今”一转，真有绘云汉而暖，绘北风而寒之事。（《李太白诗醇》卷四引）

王尧衢曰：此“只今唯有”四字用在合句，各尽其妙。又曰：上三句总以越王之豪华极言之，而以首句为骨，下用一承一转，言春殿废为荒丘，美人尽为黄土，只今所见，惟有鹧鸪飞而已。（《古唐诗合解》卷五）

钱良择曰：三句直下，一句转出，此格奇甚。（《唐音审体》）

沈德潜曰：三句说盛，一句说衰，其格独创。（《重订唐诗别裁集》卷二十）

黄叔灿曰：《苏台览古》以今日之杨柳菱歌，借映当年之歌声舞态，归之西江明月曾照当年，是由今溯古也。此首从越王破吴说起，雄图霸业，奕奕声光，追出“鹧鸪”一句结局，是吊古伤今也。体局各异。古人炼局之法，于此可见。（《唐诗笺注》）

《唐宋诗醇》：前《苏台览古》，通首言其萧索，而末一句兜转其盛；此首从盛时说起，而末句转入荒凉，此立格之异也。

李锳曰：前三句极写其盛，末一句妙用转笔以写其衰，格局奇矫。（《诗法易简录》）

宋顾乐曰：极力振宕一句，感叹怀古，转有馀味。（《唐人万首绝句选》评）

管世铭曰：杜公“蓬莱宫阙对南山”，六句开，两句合；太白“越王句践破吴归”，三句开，一句合，皆律、绝中创调。（《读雪山房唐诗序例·论文杂言》）

朱宝莹曰：首句冒，二句承，三句转，均言越王之豪华。而三句美女如花，且满春殿，后则寂无所见，惟有鹧鸪飞而已，所谓开与合相关也。而此首“只今惟有”四字，与前首用法大异。前用之于开，而此用之于合也。[品] 悲壮。（《诗式》）

俞陛云曰：咏句践平吴事，据笔疾书，其异于平铺直叙者，以其有古茂之致。且末句以“惟有”二字，力绾全篇，诗格尤高。前二句言平吴归后，越王固粉黛三千，宫花春满；战士亦功成解甲，昼锦荣归。曾几何时，而霸业烟消，所馀者唯三两鹧鸪，飞鸣原野，与夕阳相映耳。（《诗

境浅说》续编）

刘永济曰：两诗皆吊古之作。前者从今月说到古宫人，后首从古宫人说到今鹧鸪，皆以见今昔盛衰不同，令人览之而生感慨，而荣华无常之戒即寓其中。（《唐人绝句精华》）

刘拜山曰：七绝多以第三句转折，第四句缴结。此诗末句陡转上缴，语冷节促，盛衰之感倍烈。（《千首唐人绝句》）

作为《苏台览古》的姊妹篇，《越中览古》的基本构思（以今昔情景作对照，显示人事沧桑变化）和《苏台览古》是相同的，但结构章法却有明显区别，这一点前人和近人已经讲得很多。但似乎都忽略了两首诗的另一明显不同，这就是《苏台览古》是将古与今融合并置来进行对照的；而《越中览古》则是前三句纯然写古，后一句纯然写今，来进行古与今的对照。这种不同的艺术处理，所造成的艺术效果自然有所区别。

《苏台览古》的头一句便是古今在同一空间背景上交融并置的。“旧苑荒台”是古姑苏台遗迹，“杨柳新”却是今春新抽的绿枝，“旧苑荒台”所显示的“古”正与“杨柳新”所显示的“今”构成鲜明对照，也与下句“菱歌清唱不胜春”所显示的“今”包蕴的生机活力形成鲜明对照。这种对照所产生的直接艺术效果显然是在感慨历史遗迹的同时倍感当前情景的美好。三、四两句中的“西江月”横亘古今，“吴王宫里人”则是古，即用“西江月”融合古今，形成古今的对照，对照中传出的是对自然的永恒与人事的变化的感悟。由于诗人对昔日姑苏台之繁华热闹、轻歌曼舞并未作正面的渲染，仅以“旧苑荒台”及“西江月”曾照吴王宫里人淡淡着笔，因此感慨繁华消逝之意便不显得强烈，而是在古今对照中感到今日生活的美好，对古今的人事沧桑变化持一种从容洒脱的态度。

《越中览古》却不同。它用了四分之三的篇幅来写古时的情景，这在绝句这种短小的体裁中可称得上是极力铺陈渲染了。头一句“越王句践破吴归”是总提，说明诗人所怀的越中之“古”集中在越王句践破吴凯旋这个时段上。这是句践一生事业的高峰，也是越国强盛的顶峰，是最能体现越中之“盛”的节点。从中不难想象句践率领破吴的大军浩浩荡荡、奏凯而归的盛大场面和句践宿仇已报、宿愿已偿的踌躇满志情态。第二句写凯旋，有功将士尽得封赏，衣锦还乡的烜赫热闹场景。“尽”字透出有功受赏将士之众和花团锦簇般的鲜丽风光。第三句“宫女如花满春殿”，则写凯旋后的越王宫殿中，充满了美貌如花的宫女，使整个宫殿充满了骀荡醉人的春意。这是写胜利后的越王句践生活享受之盛，也暗点出诗人登览的地点可能就是越国宫殿的旧址，以上三句都是诗人在越宫旧址上展开的历史想象。

一般的览古诗，总是先从眼前面对的古迹写起，如《苏台览古》之“旧苑荒台杨柳新”即是。《越中览古》却很特别，前三句全写古时场景，一字未及眼前所面对的古迹，仿佛在写一首“越王破吴归”的咏史诗（咏史诗可以不要眼前景的触发），但实际上前三句所写情景全由眼前景触发，这眼前景便是在荒废的越王宫殿旧址上，只见鹧鸪鸟在往来飞翔。但如果按所见眼前景到所思古时景的次序来写，整首诗便索然无味。诗人将它倒过来写，先集中笔墨极力渲染往昔越国之“盛”——凯旋之盛，衣锦还乡之盛，宫女如花之盛，将“盛”意推上顶端，末句突然一笔折转，用“只今惟有鹧鸪飞”的寂寥荒凉与昔时的繁华热闹形成鲜明对比。由于落差巨大，这对比形成的艺术效果便特别强烈，短短七个字起了四两拨千斤的巨大作用。

这样一种先极力渲染昔时之盛，后突转跌今之寥落作收的艺术处理，使诗人要表达的盛衰不常、今昔沧桑之慨变得特别强烈，而在《苏台览古》诗中所蕴含的新陈代谢的思绪和生活常新的内容则隐而不显。如果说，《苏台览古》在感慨“旧苑荒台”的同时对新的生活的美好表现出浓厚的兴趣，那么《越中览古》给人带来的却更多的是对繁华强盛消逝的惋惜和怅惘。至于类似的题材何以有如此明显的区别，也许跟吴、越争霸不同的结局有关吧。不过《越中览古》总的情调并不显得沉重、伤感，这一点仍透露出时代的气息。在对越国盛时情景的渲染中也透露出诗人对它的追慕和歆羡。

这类览古诗的内容，不宜将它政治化，更不宜将它与当时的政治现实联系起来，认为其中有寓讽现实政治的意蕴。吴越争霸的政治内容，夫差、句践作为历史上的政治人物的所作所为，以及对他们的政治评价，特别是他们与现实中的政治人物有什么相似之处等等，诗人在登览和写作过程中根本就没有考虑过，诗人的感触只集中在今昔沧桑、盛衰不常这一点上。政治化、现实化的结果，往往会破坏诗的意蕴和情韵。

谢公亭盖谢朓范云之所游〔一〕

谢公离别处〔二〕，风景每生愁。
客散青天月，山空碧水流。
池花春映日，窗竹夜鸣秋〔三〕。
今古一相接，长歌怀旧游〔四〕。

校注

〔一〕谢公亭，在安徽宣州市北。《方舆胜览》卷十五宁国府宣城县："谢公亭在宣城县北二里。旧经云：谢玄晖送范云零陵内史之地。"《海录碎事》卷四下："谢公亭在宣城，太守谢玄晖置。范云为零陵内史，谢送别于此，故有《新亭送别》诗。"按：谢朓有《新亭渚别范零陵云》诗。此"新亭"系东吴时所建之亭，名临沧观。晋安帝隆安中丹阳尹司马恢之重修，名新亭，东晋时为京师名士周颉、王导辈游宴之所，即著名的新亭对泣故事发生地。新亭故址在今南京市江宁区南。谢朓送任零陵内史的范云赴任的送别之地即在此。谢朓另有《和徐都曹出新亭渚诗》云："宛洛佳遨游，春色满皇州。"亦可证谢朓送范云赴零陵处在建康。《方舆胜览》引旧图经及《海录碎事》并谓谢公亭为谢朓送范云处，显误。此"新亭"与宣城之谢公亭无涉。诗题下"盖谢朓范云之所游"是否李白之原注，亦颇可疑。或后人附会《新亭渚别范零陵云》诗而加此题注，亦有可能。且题注只言"盖谢朓范云之所游"，并未言此地为谢送范赴任零陵之所，则谢、范二人或曾同游此亭并作别，亦有可能。后人遂名此亭为谢公亭。詹锳《李白诗文系年》系此诗于天宝十二载（753）。

〔二〕公，宋蜀本作"亭"，咸本、萧本、王本、郭本并同《全唐诗》作"公"。

〔三〕此联出句言"春"，对句言"秋"，当是对谢亭风景的概括描写，非同时所历。

〔四〕旧游，指谢朓当年与范云同游的情景。

笺评

唐孟庄曰：中四句均是冷落光景，本次句“生愁”来。（《删补唐诗选脉笺释会通评林·盛五律》引）

唐陈彝曰：“一相接”三字远，觉谢公后无人，唯我续其游耳。（同上引）

朱谏曰：此李白之咏谢公亭也。言谢公之亭者，乃谢朓与范云离别之处也。今日登亭见风景而生愁，慨古人之不在矣。离别之客散于青天之月，客散而月生也；山空而水流，山水在而客亦不在也。春则有池花之映日，秋则有窗竹之夜鸣，风景萧条，故生愁也。夫谢公者，东晋之古人，我则今时之人也，今古之间一相接耳。于此长歌以怀旧游。安得如谢公者，与我同登于斯亭乎！（《李诗选注》）

唐汝询曰：亭乃谢公送客之处，每对景而生愁者，以水月依然而人非昔也。然花之映日，竹之鸣秋，亦是足美。独恨继谢公者寥寥，与古接者，非我而谁？苟千载一遇，安得不长歌而想其旧游哉！（《唐诗解》卷三十三）

严评曰：（“客散”二句）当此际者，直可澹然无语，不能举似。（“今古”句）说得无前后际，妙。（严评《李太白诗集》）

范德机曰：首二句乃次二句之纲。（《批选李翰林诗》卷四）

严评本载明人批：三、四有无限神情。中二联工妙，皆悬空出句，不似少陵有畦径可求。即首尾四句亦皆寻常意，信笔写出，乃有古澹意。

王夫之曰：五、六不似怀古，乃以怀古，觉杜陵“宝靥”“罗裙”之句，犹为貌取。“今古一相接”五字，尽古今人道不得，神理、意致、手腕，三绝也。（《唐诗评选》卷三）

《李诗直解》：此游谢公亭而深怀古之意也。言谢公当日与范云离别之处，每因风景而生愁焉。客散青天之夜月，山空而碧水流矣。池花当春而映日，窗竹至夜而鸣秋。古之视今，犹今之视古，递相接也。长歌以怀旧日之游，而今日之游又有后人怀之矣。

王尧衢曰：（第一联）此处乃谢公送范云之处，今之风景犹昔也。然不免对之而生愁，今昔之感伤也。（第二联）承风景之生愁也，客有聚散，青天之月色常存，山中之碧流如故，而谢公安在哉！（第三联）池花、窗竹，今虽娱目，昔岂无之？但见当春而花之映日，至秋而竹之鸣夜，此亭不知历几春秋矣。（末联）合句便云：今我于亭中，而想谢公之踪，是今古一相接也。但千古之下，谁知谢公哉？唯有长歌而怀旧游之地而已。（《古唐诗合解》卷七）

吴昌祺曰：昔时之客已散，千秋之水长流，所以生愁也。能无对花、竹而怀谢、范之离别乎！前后完浑。（《删订唐诗解》卷十六）

沈德潜曰："客散青天月，山空碧水流。"言当时。"池花春映日，窗竹夜鸣秋。"言今日。"今古一相接，长歌怀旧游。"收上二联。（《重订唐诗别裁集》卷十）

朱之荆曰：首句点题。中二联正"生愁"处。入自己作结，仍然愁也。谢公送客之处，每对景而生愁者，以水月依然而人非昔也。今对此花色，闻此竹声，意况与谢相同，能无思其旧游而生愁乎？长歌，正所以抒其愁也。"春"对"夜"，"日"对"秋"，变换有趣。曰"春"曰"秋"，见非一时，内藏有"每"字。（《闲园诗抄》）按：此段评语又见吴修坞选评，朱之荆集注之《唐诗续评》卷一，当为吴氏之评，不知何故又入朱氏《闲园诗抄》。

这首五律，写得极清新流畅，潇洒自然，却又空灵含蓄，浑然一体，是李白五律特有的妙境。

谢公亭的得名，据题注，可能和谢朓与范云曾游此并离别而得名。但绝非谢朓送范云赴零陵内史任之地。谢、范都是齐代著名文人，竟陵八友之一。两位著名文人的告别之地，使这座亭在后世成了著名的别地。从这首诗一开头即径称"谢公离别处"及晚唐诗人许浑的《谢亭送别》可以看出，古今相接的不断的离别，使这里的美好风景似乎也染上一层惆怅的色调，令人触目生愁了。"风景每生愁"是人的主观感受。从下两联所写的景物看，它们原是怡悦耳目、愉心娱情的美景，之所以"生愁"，除了上面提到的古今长作别地的原因外，还有一层更内在的原因，这就是诗的题目及首尾所透露的思慕谢公而不得见的遗憾和怅惘。起联紧贴题目，点出"离别"及"风景生愁"作为全篇眼目。"每"字透露出诗人在宣城期间，到谢公亭游宴或送别不止一次，伏下"春""秋"不同之景。

颔联紧承"离别"写令人"生愁"的风景：客人散去之后，唯见青天之上，孤月高悬；空山静寂，碧水长流。“客散”二字及“空”字，贯串全联。这境界，既高远寥廓，明净清丽，又带有一种空旷寂寥的神韵，令人神远。写法颇似李商隐的“高阁客竟去，小园花乱飞”（《落花》）、“客去波平槛，蝉休露滴枝”（《凉思》），而情调自有潇洒朗爽与感伤怅惘之别。这一联究竟是即目所见的今日之景，还是想象当中的昔时谢、范离别之景？我的理解是，既是当前登临谢公亭时仰望远眺所见之景，也是昔日谢、范别离时之景，或者更准确一点说，是由当前所见触发的对昔时别离情景的想象。谢公亭既为别离之处，则诗人来此亭时，或自己送别友人，或见他人送别，均可目接“客散青天月，山空碧水流”之景；而“谢公亭”之名又使诗人自然联想起昔日谢、范离别的情景，这正是由今而及古，由目寓而神驰，所谓“今古一相接”者是。

“池花春映日，窗竹夜鸣秋。”这一联写到池花、窗竹，自是亭内近处所有景物，但上句言“春”，下句言“秋”，自非同时所见，这就必须联系次句的“每”字来理解。也就是说，这一联乃是诗人在不同季节来谢公亭时所见景物的概括描写。春天，池边的花映日而开放，鲜艳夺目；秋天，窗外的竹迎风摇曳，飒飒作响。猛一看，这一联似乎单纯写春秋佳节亭内的美景，与怀古无涉。实则，它们都要和“离别”和“客散”联系起来，方能体味出其中寓含的意蕴。无论是当前之别或是昔日谢、范之别，“客散”之后，亭内如此美景也只能空自闲置，无知音共赏。是则这一联虽未明出“空”字，却传出了“空”的神韵。如果说上一联的“山空碧水流”令人联想到温庭筠《望江南》词“过尽千帆皆不是，斜晖脉脉水悠悠”的意境或许浑《谢亭送别》“红叶青山水急流”的意境，那么这一联的“池花春映日”就让人联想起王维《辛夷坞》的“涧户寂无人，纷纷开且落”的意蕴了。王夫之极赞此联，正是体味出了其中内在的神韵。同样，这一联也是明写今，实贯通今古。

尾联总收。“今古一相接”是对颔、腹两联由眼前景追溯昔时景的思维活动的概括，即寓目当前而神驰古代，在想象中与古人神游的说明。而“长歌怀旧游”则是对全诗怀慕古人主题的集中揭示。结得既干脆利落，又潇洒从容，从中不难想见诗人的神情风采、高标逸韵。

李白的五律，大都写得清畅流丽，虽有工丽的对仗，但却绝无板重凝滞之弊，而是一气呵成，极富潇洒飘逸之致，此诗的颔联即是典型的例证。腹联以“春映日”对“夜鸣秋”，也明显是要打破过于拘滞的工对格局，交错以对，增流动萧散之趣。至于李白对谢朓的推服追慕，自是此诗内容意蕴的核心，这是不言自明的。

夜泊牛渚怀古〔一〕 此地即谢尚闻袁宏咏史处

牛渚西江夜〔二〕，青天无片云。
登舟望秋月，空忆谢将军〔三〕。
余亦能高咏，斯人不可闻〔四〕。
明朝挂帆席〔五〕，枫叶落纷纷〔六〕。

校注

〔一〕牛渚，山名，在今安徽马鞍山市当涂县西北。《元和郡县图志·江南道》：宣州当涂县："牛渚山，在县北三十五里。山突出江中，谓之牛渚圻，津渡处也……晋左卫将军谢尚镇于此。"牛渚山突出于长江中的部分，即采石矶。《世说新语·文学》："袁虎（袁宏小字）少贫，尝为人佣载运租。谢镇西（谢尚曾进号镇西将军）经船行。其夜清风朗月，闻江渚间估客船上有咏诗声，甚有情致。所诵五言，又其所未尝闻，叹美不能已。即遣委曲讯问，乃是袁自咏其所作《咏史诗》，因此相要，大相赏得。"刘孝标注："《续晋阳秋》曰：虎少有逸才，文章绝丽，曾为《咏史诗》，是其风情所寄。少孤而贫，以运租为业。镇西谢尚时镇牛渚，乘秋风佳月，率尔与左右微服泛江。会虎在运租船中讽咏，声既清会，辞文藻拔，非尚所曾闻，遂住听之。乃遣问讯，答曰：'是袁临汝郎（袁宏父勖，临汝令）诵诗，即其《咏史》之作也。'尚佳其率有胜致，即遣要迎，谈诗申旦。自此名誉日茂。"詹锳《李白诗文系年》系此诗于开元二十七年（739），谓："诗云：'……明朝洞庭去，枫叶落纷纷'，当是去巴陵途中作。"郁贤皓《李白选集》系开元十五年（727），谓"诗云'明朝洞庭去'，疑作于开元十五年秋完成'东涉溟海'，溯江往洞庭云梦途经牛渚时"。

〔二〕西江，从南京以西至江西九江的一段长江，古称西江。牛渚即位于西江岸。亦有径称长江为西江者。

〔三〕谢将军，指曾号镇西将军之谢尚。《晋书·谢尚传》，尚累官至建武将军，进号安西将军。永和中拜前将军、镇历阳。入朝，进号镇西将军，镇寿阳。升平初，征拜卫将军，卒于历阳。袁宏后为谢尚引为幕府参军。

〔四〕斯人，指谢尚。闻，见。

〔五〕挂帆席，宋蜀刻本一作“洞庭去”。挂帆席，指扬帆行船。

〔六〕落，宋蜀刻本一作“正”。

严羽曰：有律诗彻首尾不对者，盛唐诸公有此体。如孟浩然诗：“挂席东南望，青山水国遥。舳舻争利涉，来往接风潮。问我今何适？天台访石桥。坐看霞色晚，疑是赤城标。”又“水国无边际”之篇，又太白“牛渚西江夜”之篇，皆文从字顺，音韵铿锵，八句皆无对偶者。（《沧浪诗话·诗体》）

严评曰：凄然。（严评《李太白诗集》）

严评本载明人批：兴致亦佳，只稍嫌率易。五、六换工句，即善。通首清空一气，连环如玉。（同上）

朱谏曰：言牛渚西江之夜，青天皎洁而无片云。登舟望月，空怀古之谢将军也。昔者将军秋夜泛渚，闻袁宏之高咏，邀与同舟，忘其势分而尽欢情。我亦能咏，无忝袁宏，而谢将军者，已久为古人，不可得而遇矣。复有谁人闻我之高咏者乎！既无所遇，则当明日挂帆而他适矣，徒见江上之枫叶纷纷而落也。（《李诗选注》）

唐汝询曰：此以袁宏自况而叹世无谢尚也。言牛渚夜景清绝，正袁宏咏史之时。所以登舟望月而怀谢公者，以我亦能高咏，无减于宏，而谢不可复作，所为空忆也。及旦而挂席以去，所睹惟落叶纷纷，盖无复有相邀者矣。（《唐诗解》卷三十三）

王士禛曰：或问“不着一字，尽得风流”之说，答曰：太白诗：“牛渚西江夜，青天无片云。登舟望秋月，空忆谢将军。余亦能高咏，斯人不可闻。明朝挂帆席，枫叶落纷纷。”诗至此，色相俱空。正如羚羊挂角，无迹可求，画家所谓逸品是也。（《带经堂诗话》卷三）

吴昌祺曰：《长信》犹用对起，此篇全散，如海鹤凌空，不必鸾凰之苞彩。（《删订唐诗解》卷十六）

田雯曰：严沧浪“羚羊挂角，无迹可寻”，司空表圣“不着一字，尽得风流”之说，唯李太白“牛渚西江夜”、孟襄阳“挂席几千里”二首，与沈云卿《龙池》乐章、崔司勋《黄鹤楼》足以当之，所谓逸品是也。（《西圃诗话》）

王尧衢曰：前解是牛渚怀古，后解自况袁宏，正写怀古之情。此诗以古行律，不拘对偶，盖情胜于词者。（《古唐诗合解》卷七）

沈德潜曰：又有通体俱散者，李太白《夜泊牛渚》……兴到成诗，人力无与，匪垂典则，偶存标格而已。（《说诗晬语》卷上）又曰：不用对偶，一气旋折，律诗中有此一格。（《重订唐诗别裁集》卷十）

屈复曰：先写“无片云”，为月明地，正写“夜泊”兼客怀，望月月愈明，人愈不寐，为“怀古”地。谢将军“牛渚”事，还本题，只一句；却用二句自叹不遇，正写“怀”字。结“叶落纷纷”，止写秋景，有馀味。三句一解，六句两解，五律中奇格，与“户橘为秦树”、少陵《送裴二虬尉永嘉》同法。诗格了然，而人以为怪，不可解。（《唐诗成法》）

顾安曰：眼前无纤介尘土，胸中无半点障碍，清江明月，大声诵吟，响振川岩矣。又曰：此诗章法最奇。（《唐律消夏录》卷三）

《唐宋诗醇》：白天才超迈，绝去町畦。其论诗以兴寄为主，而不屑屑于排偶声调。当其意合，直能化尽笔墨之迹，迥出尘壒之外。司空图云：“不着一字，尽得风流。”严羽云：“镜中之花，水中之月。羚羊挂角，无迹可求。”论者以此诗及孟浩然《望庐山》一篇当之，盖有以窥其妙矣。羽又云：“味在酸咸之外。”吟此数过，知其善于名状矣。（卷八）

王琦曰：赵宧光曰：律不取对，如太白“牛渚西江夜”云云，孟浩然“挂席东南望”云云。二诗无一句属对，而调则无一字不律。故调律则律，属对非律也。近有诗家窃取古调作近体，自以为高者，终是古诗，非律也。中晚唐之律，第取一贯而下，已自失款，况今日之以古作律乎！杨用修云：五言律八句不对，太白、浩然有之。乃是平仄稳贴古诗也。杨谬以对为律，亦浅之乎观律矣。古诗在格与意义，律诗在调与声韵。如必取对，则六朝全对者正自多也，何不即呼律诗乎？律诗之名起于唐，律诗之法严于唐。未起未严，偶然作对，作者观者勿以此持心，方能得一代作用之旨。（《李太白全集》卷二十二）

黄叔灿曰：不粘不脱，历落情深。（《唐诗笺注》）

李锳曰：通首单行，一气旋折，有神无迹。（《诗法易简录》）

杨成栋曰：举头千古，独往独来，此为佳作。一清如水，无迹可寻。

（《精选五七言律耐吟集》）

冒春荣曰：诗有就题便为起句者，如李白“牛渚西江夜”，周朴“湖州安吉县，门与白云齐”，张祜“一到东林寺，春深景致芳”是也。（《葚原诗说》）又曰：偶作散行，亦必有不得不散之势乃佳。苟难以属对，率然放笔，是借散行以文其陋。又有通体俱散者，李白《夜泊牛渚》、孟浩然《晚泊浔阳》、僧皎然《寻陆鸿渐》等作兴到成诗，无与人力。（《葚原诗说》卷一）

陈仅曰：盛唐人古律有两种：其一纯乎律调而通体不对者，如太白“牛渚西江夜”、孟浩然“挂席东南望”是也；其一为变律调而通体有对有不对者，如崔国辅“松雨时复摘”、岑参“昨日山有信”是也。虽古诗仍归律体。故以古诗为律，唯太白能之，岑、王其辅车也；以古文为诗，唯昌黎能之，少陵其先路也。（《竹林答问》）

陈婉俊曰：以谪仙之笔作律，如豢神龙于池沼中，虽勺水无波，而屈伸盘拿，出没变化，自不可遏，须从空灵一气处求之。（《唐诗三百首补注》）

施补华曰：五律有清空一气不可以炼句炼字求者，最为高格。如太白“牛渚西江夜”“蜀僧抱绿绮”，襄阳“挂席几千里”，摩诘“中岁颇好道”，刘昚虚“道由白云尽”诸首，所谓“羚羊挂角，无迹可求”。又曰：五言律……有全首不对者，如“挂席几千里”“牛渚西江夜”是也。须一气浑洒，妙极自然。初学人当讲究对仗，不能臻此化境。（《岘佣说诗》）

吴汝纶曰：挺起清健，王、孟无此笔。（“余亦”句下批）（《唐宋诗举要》卷四引）

鉴赏

这首诗题为“夜泊牛渚怀古”，但和一般的怀古诗多抒今昔沧桑变化之慨、历史兴衰之感不同，它的内容旨意与晋代发生在牛渚的一段佳话密切相关，这就是袁宏遇谢尚得其知赏的故事。诗题下的注“此地即谢尚闻袁宏咏史处”，明确地揭示出诗人所怀之“古”的具体内容。

从南京以西到江西境内的一段长江，古代称西江。首句开门见山，点明“牛渚夜泊”。次句写牛渚夜景，大处落墨，展现出一片碧海青天、万里无云的境界。寥廓空明的天宇，和苍茫浩渺的西江，在夜色中融为一体，越显出境界的空阔渺远，而诗人置身其间时那种悠然神远的感受也就自然融合在里面了。

三、四句由牛渚“望月”过渡到“怀古”。谢尚牛渚乘月泛江遇见袁宏月下朗吟这一富于诗意的故事，和诗人眼前所在之地（牛渚西江）、所接之景（青天朗月）的巧合，固然是诗人由“望月”触发“怀古”之情的主要契机，但之所以如此，还由于这种空阔渺远的境界本身就很容易触发对于古今的悠远联想。空间的无限和时间的永恒之间，在人们的意念活动中往往可以相互引发和转化。陈子昂登幽州台，面对北国苍莽辽阔的天地而涌起“前不见古人，后不见来者”之感，便是显例。而古今长存的明月，更常常成为由今溯古的桥梁，“月下沉吟久不归，古来相接眼中稀”《金陵城西月下吟》），正可说明这一点。因此，“望”与“忆”之间，虽有很大跳跃，读来却感到非常自然合理。“望”字当中就含有诗人由今及古的联想和没有明言的意念活动。“空忆”的“空”字，暗逗下文。

如果所谓“怀古”，只是对几百年间发生在此地的“谢尚闻袁宏咏史”情事的泛泛追忆，诗意便不免平庸而落套。诗人别有会心，从这桩历史陈迹中发现了一种令人向往追慕的美好人际关系——贵贱的悬隔，丝毫没有妨碍心灵的相通；对文学的爱好和对才能的尊重，可以打破身份地位的壁障。而这，正是诗人在当时现实中求之而不可得的。诗人的思绪，由眼前的牛渚秋夜景色联想到往古，又由往古回到现实，情不自禁地发出“余亦能高咏，斯人不可闻”的感慨。尽管自己也像当年的袁宏那样，富于文学才华，而像谢尚那样激赏文学才能、丝毫没有贵贱地位观念的人物，已经不可复遇了。“不可闻”回应“空忆”，寓含着世无知音的深沉感喟。

“明朝挂帆席，枫叶落纷纷。”末联宕开，想象明朝挂帆离去的情景，在飒飒秋风中，片帆高挂，客舟即将离开停泊的牛渚；枫叶纷纷飘落，像是在无言地送别寂寞离去的行舟。秋色秋声，进一步烘托出因不遇知音而引起的凄清寂寞的情怀。

诗意明朗而单纯，并没有什么深刻复杂的内容，但却有一种令人神远的韵味。清代主神韵的王士禛甚至把这首诗和孟浩然的《晚泊浔阳望香炉峰》誉为“不着一字，尽得风流”的典型，认为“诗至此，色相俱空。正所谓羚羊挂角，无迹可求，画家所谓逸品是也”。这说法未免有些玄虚。其实，神韵的形成，离不开具体的文字语言和特定的表现手法，并非无迹可求，不可捉摸。像这首诗，写景的疏朗有致，不主刻画，迹近写意；写情的含蓄不露，轻点即止，不道破说尽；用语的自然清新，虚涵概括，力避雕琢；以及寓情于景、以景结情的手法等等，都有助于造成一种空灵悠远的意境和悠然不尽的神韵。

李白的五律，不以锤炼凝重见长，而以自然明丽为主要特色。本篇“无一句属对，而调则无一字不律”（王琦注引赵宧光评），行云流水，纯任天然。这本身就造成一种萧散自然、风流自赏的意趣，适合于表现抒情主人公那种飘逸不群的性格。诗的富于情韵，与这一点也不无关系。

月下独酌四首（其一）〔一〕

花间一壶酒〔二〕，独酌无相亲。举杯邀明月，对影成三人。月既不解饮〔三〕，影徒随我身〔四〕。暂伴月将影〔五〕，行乐须及春。我歌月徘徊〔六〕，我舞影零乱。醒时同交欢，醉后各分散。永结无情游〔七〕，相期邈云汉〔八〕。

校注

〔一〕敦煌写本唐人选唐诗题作《月下对影独酌》，将此首与第二首（天若不爱酒）合为一首。《文苑英华》录一、二首，题为《对酒》。詹锳《李白诗文系年》系此四首于天宝三载（744），谓：“《月下独酌四首》，缪本题下注云：‘长安。’按此诗第三首云：‘三月咸阳城，千花尽如锦。’当与‘咸阳二三月’诗为同时之作……《太平广记》卷二〇一引《本事诗》云：白才行不羁，放旷坦率，乞归故山，玄宗亦以为非廊庙器，优诏许之。尝有醉诗云：‘天若不爱酒，酒星不在天。’即《月下独酌》第二首也。”

〔二〕间，宋蜀刻本一作“下”。

〔三〕解，懂得，会。

〔四〕徒，只（会）。

〔五〕将，与、共。

〔六〕月徘徊，月徐行貌。

〔七〕无情游，指月与影均为无情之物。

〔八〕邈，高远。云汉，云霄银河。句意谓与月及影相约于天汉云霄之上。

吴开曰：太白“举杯邀明月，对影成三人”。又云：“独酌劝孤影。”此意亦两用也。然太白本取渊明“挥杯劝孤影”之句。（《优古堂诗话》）

刘辰翁曰：（“对影”句下评）古无此奇。（末句下）凡情俗态终以此，安得不为改观。（《唐诗品汇》卷六引）

朱谏曰：赋也。《独酌》四诗，极具情趣，而文辞清丽，音节铿锵，出于天成。盖自白胸中流出，故言又亲切而有味也。脱然物表，起于万古。但其论道言圣贤处，有所未至耳。推类至义之尽，而失于拘且泥者，非所以评诗人也。又曰：言在月下独酌，与月相对成影，则已与月与影成三人矣。彼二人者，月与影也。本是无情之物，假合交欢，相随相期，永不相忘也。又言：李白此诗，化无为有，浮云生于太虚之中，悠扬变态，倏忽东西，而文彩光辉，自然发越，人皆见之，可仰而不可及也。白之诗，其神矣乎！（《李诗选注》卷十二）

严评曰：饮情之奇，于孤寂时觅此伴侣，更不须下酒物。且一叹一解，若远若近，开开阖阖，极无情，极有情。如此相期，世间岂复有可相亲者耶？（严评《李太白诗集》）

严评本载明人批：此乃太白前无古人者，然亦只可偶一出之，要非大雅。后人类指此种为太白，大误。又曰：“成三人”，妙绝。“不解饮”，随身作翻意，好。“零乱”实“徘徊”，略牵强。“交欢”“分散”“永结”，收拾意完。首尾最为纯净。（同上）

钟惺曰：（“花间”四句）从无可奈何中，却想出佳境、佳事、佳话。（“月既”二句）似嘲月，实喜之，妙，妙。（“永结无情游”）“无情游”二字近道。（《唐诗归》卷十五）

谭元春曰：奇想、旷想。（“对影成三人”）妙在实作三人算。（“永结无情游，相期邈云汉”）要知实实有情，如此伴侣，尽不寂寞。（同上）

《李诗直解》：此对月独饮，放怀达观以自乐也。言花间酌一壶之酒，却无相亲之人，但邀明月作伴，月照人并人影，居然成三人矣。夫月与影固身外物耳，月既不饮，影徒随身，皆与我暂相为伴，我正宜及春行乐，对月而歌，则月与徘徊；对影而舞，则影随凌乱。饮尚醒时，且可与月、影交欢；饮既醉后，不妨与月、影分散。是我与月、影永结无情之游，而相期于云汉间也，岂不乐哉！（卷二）

黄裳曰：人惟不足，所以有声，始求其言，尤生于不足使然而使者也。及俄而舞，乃出于不知，自然而然者也。泯三不足，混一不知，入乎太德，而为一乐，不亦至乎！谪仙之歌，未尝不继以舞。世俗之见，以为太白牵于纵逸之才思而已，此知谪仙之小者也，故明于诗后。（《书李太白对月诗后》）

沈德潜曰：脱口而出，纯乎天籁，此种诗人不易学。（《重订唐诗别裁集》卷二）

《唐宋诗醇》：千古奇趣，从眼前得之。尔时情景虽复潦倒，终不胜其旷达。陶潜云："挥杯劝孤影。"白意本此。（卷八）

李家瑞曰：李诗"举杯邀明月，对影成三人"，东坡喜其造句之工，屡用之。予读《南史·沈庆之传》："我每履田园，有人时与马成三，无人时则与马成二。"李诗殆本此。然庆之语不及李诗之妙耳。（《停云阁诗话》）

孙洙曰：月下独酌，诗偏幻出三人。月、影伴说，反复推勘，愈形其独。（《唐诗三百首》卷一）

傅庚生曰：花间有酒，独酌无奈；虽则无亲，邀月与影，乃如三人。虽如三人，月不解饮，影徒随身。虽不解饮，聊可为伴；虽徒随身，亦得相将。及时行乐，春光几何？月徘徊，如听歌；影零乱，如伴舞。醒时虽同欢，醉后各分散。聚散似无情，情深得永结，云汉邈相期，相亲慰独酌。此诗一步一转，愈转愈奇，虽奇而不离其宗。青莲奇才，故能尔尔，恐未必苦修能接耳。（《中国文学欣赏举隅》）

鉴赏

题曰《月下独酌》，诗中又明说"独酌无相亲"，只能"举杯邀明月，对影成三人"，诗人心中怀有很深的孤独感是无疑的。但整个诗境，却不是沉溺于孤独而不能自拔，而是通过邀月、对影，和月下独酌的场景，在将这种场景美化、诗化的同时，使孤独感得到了消解，使心灵得到了超脱。

起句"花间一壶酒"，点明时值春暖花开的美好佳节，诗人置身花间，手持美酒，正是良辰美景，赏心乐事，共醉花间的大好时节，起得潇洒从容，顾盼自如。次句却突然折转，揭出"独酌无相亲"的孤寂处境，透露出内心的遗憾和惆怅。"无相亲"三字是一篇之骨，下面的一系列转折都由此而生。

正因为“独酌无相亲”，诗人乃忽发奇想，何不举杯邀请天上的明月，连同自己和自己月下的身影，不就成了三人了吗？月本无知，影更虚渺，诗人却把它们都说成是“人”。这儿童式的天真幻想是酒已喝得微醺的情况下产生的。在醉眼蒙眬中，月变得多情而亲切，影也似乎有了灵性和生命。故月如友之可邀，影如友之不离，它们都活起来了。这想象极奇极幻，又极真极美，成为最富李白这位诗仙兼酒仙的个性色彩的名句。

既“对影成三人”，则似可花间对酌，“一杯一杯复一杯”地痛饮了。然月亮既不会喝酒，影子也徒然随身而不解饮。微醺中的诗人似乎突然清醒过来，意识到邀月同饮、挥杯劝影只不过是一厢情愿的幻想。诗情至此又一转，语气中有遗憾，有失望，语调却并不沉重。

月和影虽不解饮，却可作为自己的伴侣。遗憾失望之中，诗人仍然给自己找到与月及影做伴，及春行乐的最佳途径。“暂”字略略透露出一点无奈，“须”字随即表现出强烈的及时行乐的意愿。诗情至此又转而上扬。

“我歌月徘徊，我舞影零乱。”接下来的两句，是对上两句的生动形容与发挥。我边走边唱的时候，月亮也好像在徘徊流动，伴我而行；我起舞的时候，月下的身影也随之晃动零乱，形影密合。月与影不但成为诗人“独酌”时的伴侣，而且成为其歌舞行乐时的朋友。

“醒时同交欢，醉后各分散。”“醒时”句是对“我歌”二句的总括。说，“同交欢”，则月与影虽不解饮，却极有情，故可同相欢乐。“醉后”则既不见月，亦不见月下之影，三位形影不离的好朋友则自然分散。诗人对“同交欢”固兴会淋漓，对“各分散”亦处之泰然，这是从语调口吻上可以体味出来的。上句一扬，下句一抑，但抑是为了引出下两句的扬，暂时分散是为了永久的相约相聚。

“永结无情游，相期邈云汉。”月与影本是无情之物，这里却说要与它们永远结成朋友，这是因为，在“月下独酌”的过程中，诗人已经深切体会到了这两种“无情”之物的缱绻多情。它们使寂寞的诗人身边有“人”做伴，心灵得到慰藉，因此要与它们相期相约，在银汉之上相会。这是诗人月下独酌对月伴影得出的结论，也是诗人的寂寞感得到化解的标志。

读这首诗，可能会使人联想起诗人的《独坐敬亭山》。同样是表现寂寞感的诗，《独坐敬亭山》在强调“相看两不厌，只有敬亭山”的同时，透露出对敬亭山之外的那个世界的决绝态度和彻底失望，情调在闲静中不免有些清冷；而这首《月下独酌》却在寂寞中邀月对影，相互交欢，淋漓尽致，在层层转进中将感情推向高潮，整个情调是潇洒从容、愉悦舒展的。这说明，写这首诗时，诗人虽有孤独感，却并没有被孤独感所压倒，而是使这种孤独在对月伴影中得到诗化，得到消解。这正是不同时期中诗人心态变化的反映。

与史郎中钦听黄鹤楼上吹笛〔一〕

一为迁客去长沙〔二〕，西望长安不见家〔三〕。
黄鹤楼中吹玉笛，江城五月落梅花〔四〕。

校注

〔一〕钦，宋蜀刻本作“饮”。瞿蜕园、朱金城《李白集校注》：“按卷十一有《江夏使君叔席上赠史郎中》云：‘昔放三湘去，今还万死馀。’语意相合，当即一人。”唐尚书省各部皆置郎中，分掌各司事务，为尚书、侍郎之下的高级官员。史钦，事迹不详。作于乾元二年（759）。

〔二〕迁客，贬谪的官吏。去长沙，赴长沙，用贾谊事。《史记·屈原贾生列传》：“于是天子议以为贾生任公卿之位。绛、灌、东阳侯、冯敬之属尽害之，乃短贾生曰：‘雒阳之人，年少初学，专欲擅权，纷乱诸事。’于是天子后亦疏之，不用其议，乃以贾生为长沙王太傅。贾生既辞往行，闻长沙卑湿，自以寿不得长，又以適去，意不自得。”李白流夜郎中途遇赦放还，于江夏遇史郎中，作此诗。迁客当系自指。

〔三〕西望长安，《后汉书·循吏列传·王景》：“先是杜陵杜笃奏上《论都（赋）》，欲令车驾迁还长安。耆老闻者，皆动怀土之心，莫不眷然伫立西望。”此用其语，表达对君国的怀恋。

〔四〕江城，指江夏（今武汉市）。落梅花，即《梅花落》，因押韵而倒置。《梅花落》系笛曲名。

笺评

胡仔曰：《复斋漫录》云："古曲有《落梅花》，非谓吹笛则梅落。诗人用事，不悟其失。"余意不然之。盖诗人因笛中有《落梅花》曲，故言吹笛则梅落，其理甚通，用事殊未为失。（《苕溪渔隐丛话·后集》卷四）

严评曰：凄远堪堕泪。（严评《李太白诗集》）

严评本载明人批：情在西望。《落梅花》，笛曲。五月，时令。总以醒快胜。（同上）

谢榛曰：作诗有三等语：堂上语、堂下语、阶下语。知此三者，可以言诗矣。凡上官临下宫，动有昂然气象，开口自别。若李太白"黄鹤楼中吹玉笛，江城五月落梅花"，此堂上语也。（《四溟诗话》卷四）

朱谏曰：白流夜郎，过鄂州，与史郎中会于州之黄鹤楼。五月本无梅花，以笛中所吹，有《落梅》之曲，故云耳。诗人假借用事，化无为有，而无所拘泥也如此，此绝句之妙也。（《李诗选注》）

唐汝询曰：按太白未尝家长安。今云"不见家"者，疑史钦亦同时坐贬，故语及之耳。《落梅》本笛中曲，今于五月听之，旅思所以生也。（《唐诗解》卷二十五）

钟惺曰：无限羁情，笛里吹来，诗中写出。（《唐诗归》）按：《唐诗广选》引此作蒋一葵曰。

《李诗直解》：此与史郎中听笛，而有迁谪思乡之感也。言一为迁客而去长沙之郡，西望长安，杳杳不见家矣。忽听黄鹤楼中有吹笛之声，当此五月之时，而梅花落于江城，则五月与梅花两相左而时过矣。宁得不思家乎！（卷六）

陆时雍曰：此与《观胡人吹笛》一意同。高适《玉门关听吹笛》："胡人吹笛戍楼间，楼上萧条海色（月）闲。借问《落梅》凡几曲，从风一夜满关山。"便调费而格卑矣。（《唐诗镜》卷二十）

潘耒曰：登黄鹤楼，初欲望家而家不见；不期闻笛而笛忽闻。总是思归之情，以厚而掩。（《李太白诗醇》引）

应时曰：旅愁含蓄无尽。（首二句）伏下。（末二句）应上。（《李诗纬》卷四）

丁谷云曰：一片神机。（《李诗纬》引）

黄生曰：前思家，后闻笛，前后两截，不相照顾。而因闻笛益动乡思，

意自联络于言外，与《洛城》作同。此首点题在后，法较老。又曰：（末句）意在言外。（《唐诗摘抄》卷二）

王尧衢曰：史郎中同时坐贬，而为迁徙之客，同赴长沙。望长安而怀故园，旅思凄然，何堪又闻哀响。直叙“听吹笛”题面，用“玉笛”者，意与下“梅花”映带生妍。“五月”是听笛之时候，《落梅》乃笛中曲名《梅花落》也。又《风俗通》云：“五月有落梅风，江淮以为信风。”（《古唐诗合解》）

《唐宋诗醇》：凄切之情，见于言外，有含蓄不尽之致。至于《落梅》笛曲，点用入化，论者乃纷纷争梅之落与不落，岂非痴人前说不得梦耶！（卷八）

朱宝莹曰：首句直叙。二句转，旅思凄然，于此可见。三句入吹笛，四句说落梅，以承三句。若非三句将“吹玉笛”三字先见，则四句“落梅花”三字无根矣。且“江城落梅花”，足见笛声从楼上传出，“听”字之神，现于纸上。[品] 悲慨。（《诗式》）

高步瀛曰：因笛中《落梅曲》而联想及真梅之落，本无不可。然意谓吹笛则梅落，亦傅会也。复斋说虽稍泥，然考核物理自应有此，不当竟斥为妄。（《唐宋诗举要》卷八）

刘拜山曰：以听笛抒迁谪之感。结句用意双关：飘零之思，迟暮之悲，皆于弦外见之。措语蕴藉，神韵悠然。（《千首唐人绝句》）

这首诗作于乾元二年（759）五月，李白长流夜郎中途遇赦东归在江夏停留期间。或有主张作于乾元元年长流途中经江夏时者，当非。按诗人另有《江夏使君叔席上赠史郎中》云：“昔放三湘去，今还万死馀。”与此诗显为同时之作，其为遇赦放还途经江夏时作甚明。

题为“与史郎中钦听黄鹤楼上吹笛”，前两句却既不写楼，也不写听笛，而是追溯自己自从被贬以来很长一个时期中的思想感情。“迁客去长沙”用贾谊贬长沙事以借指自己的迁逐身份，固是习见的熟典，但也自然含有才而见弃、忠而获罪的意蕴。句首的“一为”，意即“自从……以来”，涵盖的是一个很长的时间过程〔即从至德二载（757）十二月至写这首诗的乾元二年五月〕。而“西望长安不见家”则是对这一时期中自己处境与心情的集中概括。“西望长安”虽借用《后汉书·王景传》中语，其意则在表明自己对君国的系念。在首尾长达十八个月的时间中，长安虽已收复，但讨伐安史叛军的战争一直在进行，形势亦常有反复，国家的前途命运仍处于艰危之中，因此“不见家”显然不是指不见自己的家。或因此而疑史郎中亦坐贬，故语及其“不见家”。但细味《江夏使君叔席上赠史郎中》诗中“多惭华省贵，不以逐臣疏”之语，史被贬之猜测显然不能成立。其实，这句中的“家”实即指国家、国都。《文选·张衡〈东京赋〉》：“且高既受建家，造我区夏矣。”薛综注：“言高祖受上天之命建立国家。”所谓“西望长安不见家”亦即“西望长安而不见”“长安不见令人愁”之意。

以上两句，概括了自己自被贬以来长达十八个月的逐臣身份以及在此期间自己对国家前途命运的系念与关切。实际上是为“听吹笛”营造了一个广远的背景。

第三句正面叙写“黄鹤楼上吹笛”，用“玉笛”的字面，盖以唤起对笛声清亮悠扬的联想，也与下句“梅花”之晶莹如雪相谐，共同构成冰清玉洁的美好意境。妙在落句不正面写笛声，而是极富巧思地用“江城五月落梅花”来表达所奏的笛曲和听乐的微妙感受。笛曲有《梅花落》，《乐府诗集》卷二十四所收自刘宋鲍照至盛唐刘方平同题《梅花落》诗，大抵抒飘零之思与离别之情，因此听笛曲《梅花落》而引发的联想也不离此二端。结合诗人的“迁客”身份和经历，在听笛的同时引起的思绪当是迁客的飘零身世和家室分离之悲。但诗人并不明白道出，而是以“江城五月落梅花”之语含蓄出之，因而显得特别蕴藉耐味。将曲奏“梅花落”写成“落梅花”，固有押韵上的因素，但诗人之所以这样写，当更有艺术上的考虑。其一，是因时令季节与物候的不符而造成一种富于诗意的新颖感。梅花之落，通常在春初，五月本非落梅季节，因此“江城五月落梅花”的诗句会给人一种出乎意外的清新感。其二，更重要的是将本来诉之听觉的音乐形象化为诉之视觉的文学形象，仿佛黄鹤楼上吹奏玉笛的声音，那片片音符正化为片片晶莹如雪的梅花，从高处飘落、飘散。这由通感所营造出来的艺术意境，不仅传出“听”字的神韵，而且传出笛声从高处向低处而四周传送的特征，而听者闻笛声而神驰心动的情景也隐然可见。这确实是写听乐的化工之笔，也是抒写自己迁谪之感、离别之情的神来之笔。

正由于三、四两句意境的清新优美，诗的整个情调并不显得沉重凄凉，而是显得悠扬婉转，潇洒脱俗。这和李白豪放不羁的个性、和当时遇赦东归的现实处境有密切的联系。

独坐敬亭山〔一〕

众鸟高飞尽，孤云独去闲。
相看两不厌，只有敬亭山。

校注

〔一〕敬亭山，在安徽宣州市城北。《元和郡县图志》卷二十八江南道宣州："敬亭山，州北十二里，即谢朓赋诗之所。"古名昭亭山，又名查山，山高286米。东临宛、句二水，南俯城闉，烟市风帆，极目如画。胜迹今存双塔及古昭亭石坊。谢朓、孟浩然、王维、李白、白居易等诗人均曾游此山并赋诗。谢朓《游敬亭山》云："兹山亘百里，合沓与云齐。隐沦既已托，灵异俱然栖。上干蔽白日，下属带回溪。"今辟为敬亭山公园。詹锳《李白诗文系年》系此诗于天宝十二载（753）。李白另有《登敬亭山南望怀古赠窦主簿》，当为同时先后之作。

笺评

严评曰：与寒山一片石语，惟山有耳；与敬亭山相看，惟山有目。不怕聋聩杀世上人。古人胸怀眼界，直如此孤旷。（严评《李太白诗集》）

朱谏曰：言我独坐之时，鸟飞云散，有若无情而不相亲者，独有敬亭之山，长相看而不相厌也。（《李诗选注》）

蒋仲舒曰：（上联）便是独坐境界。（《唐诗广选》引）

胡应麟曰：绝句最贵含蓄。青莲"相看两不厌，只有敬亭山"，亦太分晓。钱起"始怜幽竹山窗下，不改清阴待我归"，面目尤觉可憎。宋人以为高作，何也？（《诗薮·内编》卷六）

钟惺曰：胸中无事，眼中无人。又曰：说出矣，说不出。（《唐诗归》卷十六）

谭元春曰："只有"二字，人皆用作萧条零落，沿袭可厌。惟"相看两

不厌”之下接以“只有敬亭山”，则此二字竟是意象所结，岂许俗人浪识？（同上）

唐汝询曰：鸟飞云去，似有厌时，求不相厌者，惟此敬亭耳。模写独坐之景，非深知山水趣者不能。（《唐诗解》卷二十一）

郝敬曰：大雅玄冲。（《批选唐诗》）

周敬曰：孤行千古。（《删补唐诗选脉笺释会通评林·盛五绝》

严评本载明人批：“飞”“去”皆有厌意。时想有厌之者，故借以归德于山耳。

《李诗直解》：此独坐而有目中无人之景也。游敬亭而有众鸟孤云，不见其为独也。至鸟飞尽，云去闲，而相看不厌者，惟有山而已。不惟摹写独坐之境，无有馀蕴，而目中无人之景，直空一境矣。

应时曰：只论气概，固当首推。（首二句）目中无人。（末二句）虽寄感，却自有乐致。（《李诗纬》卷四）

徐用吾曰：此所谓“天然去雕琢”者。（《精选唐诗分类评释绳尺》）

潘耒曰：不同鸟与云之易舍，是人不厌山；不同鸟与云之暂时，是山不厌人。故谓之“两”。然山无情，人有情，止成“独坐”而已。（《李太白诗醇》引）

吴昌祺曰：“鸟飞”“云去”，正言“独坐”也。（《删订唐诗解》卷十一）

徐增曰：“众鸟”，是喻世间名利之徒，今多得意去了。“孤云”，是喻世间高隐之流，尚未脱然而去。“众鸟高飞尽”，打发俗物开来，眼前觉得清净。“孤云独去闲”，虽与世相忘，尚有去来之迹，动我念头，终有厌之之时。独此敬亭山，万古如斯，鸟亦飞得，云亦去得，我总无心，由他自去。李白一眼看定敬亭山，而敬亭山亦若有眼，看定李白。漠然无亲，悠然自远，初不见好，终亦无厌。此时敬亭山上，只有一李白，而李白胸中，亦只有一敬亭山而已。白七言绝佳，而五言绝尤佳。此作于五言绝中，尤其佳者也。（《而庵说唐诗》卷七）

王尧衢曰：“众鸟高飞尽”，此为“独”字写照。“众鸟”喻世间名利之辈，今皆得意而去尽，“孤云独去闲”，此“独”字，与上“尽”字应，非题中“独”字也。“孤云”喻世间高隐一流，虽与世相忘，尚有去来之迸。“相看两不厌，只有敬亭山。”此二句才是“独”字。鸟飞云去，眼前并无别物，惟看着敬亭山，而敬亭山亦似看着我，两相无厌，悠然清净，

心目开朗。于敬亭山之外，尚安有堪为晤对者哉！深得“独坐”之神。（《古唐诗合解》卷四）

吴烶曰：山间之所有者，鸟与云耳，今则“飞尽”矣，“去闲”矣。独坐之际，对之郁然而深秀者，则有此山。陶靖节诗“悠然见南山”，即此意也。加“不厌”二字，方醒得“独坐”神理。言浅意深，人所不能道。（《唐诗选胜直解》）

黄生曰：贤者自表其节，不肯为世推移也。（《唐诗摘抄》卷二）

朱之荆曰：鸟飞云远，言其独坐也。末句“独”字更醒。（《增订唐诗摘抄》）

黄周星曰：有此一诗，敬亭遂千古矣。（《唐诗快》）

杨逢春曰：首二“鸟飞”“云去”，都是烘托“独”字，言在山中之物都已尽去，若厌而之他者，而我独不然也。三、四实写“独”字，偏扯山伴说，转于“独”中说出不独来。“相”“两”字下得奇，如云我向山，山亦向我，我不厌山，山亦不厌我也。写爱山之情，十分真挚乃尔。（《唐诗偶评》）

沈德潜曰：传“独坐”之神。（《重订唐诗别裁集》卷十九）

《唐宋诗醇》：宛然“独坐”神理。胡应麟谓“绝句贵含蓄，此诗太分晓”，非善说诗者。（卷八）

袁枚曰：模写“独坐”之景。（《诗学全书》卷一）

黄叔灿曰：“尽”字、“闲”字，是“不厌”之魂。“相看”下着“两”字，与敬亭山若对宾主，共为领略，妙。（《唐诗笺注》）

李锳曰：首二句已绘出“独坐”神理。三、四句偏不从“独”处写，偏曰“相看两不厌”，从“不独”处写出“独”字，倍觉警妙异常。即顺笔点出敬亭，是何等法力！（《诗法易简录》）

宋顾乐曰：命意之高不待言，气格亦内外俱作。五绝中有数之作。（《唐人万首绝句选》评）

刘宏煦、李蕙举曰：鸟尽天空，孤云独去，青峰历历，兀坐怡然。写得敬亭山竟如好友当前，把臂谈心，安有厌倦？且敬亭以外，又安有投契若此者？然此情写之不尽，妙以“两不厌”三字了之。为“独坐”二字传神，性灵结撰，无复笔墨痕迹。（《唐诗真趣编》）

朱宝莹曰：首句“众鸟”喻世间名利之辈。“高飞尽”言得意去，“尽”为“独”字写照。“孤云”喻世间高隐一流。“独去闲”言虽与世相忘，而尚有往来之迹。“独”字非题中“独”字，应上句“尽”字。三句看曰“相看”，见人因看着山，山亦似看着人；“两不厌”，见人因恋看山，山亦似恋看人。四句“只有”二字，见恋看者唯人，而恋看人者亦似唯山。除却敬亭山外，无足语者。“独坐”二字之神，跃然纸上。[品] 高旷。（《诗式》）

俞陛云曰：前二句以云鸟为喻，言众人皆高取功名，而已独悠然自远。后二句以山为喻，言世既与我相遗，惟敬亭山色，我不厌看，山亦爱我。夫青山漠漠无情，焉知憎爱？而言不厌我者，乃太白愤世之深，愿遗世独立，索知音于无情之物也。（《诗境浅说》续编）

碕久明曰：山上独坐幽寂之际，但鸟与云可爱也，然皆去而不留……鸟、云琐琐之物，何足问焉？二物不相厌者，只有我与敬亭山耳。以山为有情，妙境无极。（《笺注唐诗选》）

刘永济曰：首二句独坐所见，三、四句独坐所感。曰“两不厌”，便觉山亦有情。而太白之风神，有非尘俗所得知者，知者其山灵乎？（《唐人绝句精华》）

敬亭山是宣州的名山胜景，《江南通志》言其“东临宛溪，南俯城闉，烟市风帆，极目如画”，可见其风景的优美。以“独坐敬亭山”为题，完全可以写成一首远望近观风景之佳的写景诗，但李白这首诗却将敬亭山一切外物全部舍去，只剩下一座本真状态下的敬亭山，并在与敬亭山的默默相对中深有所感，称得上是“皮毛落尽，精神独存”。这独有的“精神”，就是被诗人主观化了的敬亭山的精神和诗人自己的精神。

诗的前幅，写独坐敬亭山所见。树林蔚然深秀的敬亭山，本是众鸟栖息之地。但在诗人独坐的过程中，原本在此上飞翔嬉戏的鸟群已经逐渐翩然高飞，最后连一只也不剩了。“众”字与“尽”字相应，透露出一个较长的时间过程。这是一个由喧闹到逐渐归于静寂的过程。山峰之上，原本有一片孤云在与它相依相伴，最后连这一片孤云也独自悠闲地飘荡远去，消失得无影无踪，只剩下兀然矗立的山峦。“孤”与“独”相应，“闲”则描写孤云独去的悠悠意态。也透露出云之去和人之独坐静观都有一个较长的时间过程，与上句的“众”字、“尽”字透露的时间过程相应。解者或谓“众鸟”“孤云”

喻世间名利之徒、高隐之流，不但流于穿凿，而且根本没有注意到诗人的目的不是写鸟、写云，而是借鸟之飞尽、云之远去来写山。当众鸟高飞、孤云远去之后，诗人面前所对的这座敬亭山就显得特别静寂、空旷。

这样的一座敬亭山岂不是显得太孤单寂寞？是的，诗人所欣赏的正是这孤独的敬亭山。在诗人看来，敬亭山的本真状态，它的精神，它的特有的美，就是这份孤独寂寞的意态和神情。“相看两不厌，只有敬亭山。”在“独坐”凝望，与孤寂的敬亭山默默相对的过程中，诗人将自己内心深处的孤独寂寞之感投影到山上，使敬亭山也具有了人的灵魂和性格。它寂然独处，静默不语，兀然不动，淡泊自守，展示出一种最朴素本真、纯净自然的美。人化的山和诗人在“相看”之间似乎正在进行灵魂的交流。

所谓“两不厌”，它的实际含义就是“两相赏”，诗人欣赏山之孤独静寂之美，山也欣赏诗人的孤独寂寞之性。“两不厌”是彼此相赏，永无厌倦、厌足、厌止之时的意思。如果说“相”与“两”突出了欣赏的相互性，那么下句的“只有”便突出了欣赏的排他性，言外则除“相看两不厌”的敬亭山与诗人外，其他一切都无非是俗物浊物罢了。

这是一个身心处于孤独之境的诗人对这种境界的自赏，其中既有自负乃至孤傲的成分，也多少流露出一丝幽冷的意味。这是慨叹“我本不弃世，世人自弃我”的诗人复杂矛盾心绪的自然流露。

忆东山二首（其一）〔一〕

不向东山久〔二〕，蔷薇几度花〔三〕？
白云还自散〔四〕，明月落谁家〔五〕？

校注

〔一〕东山，借指旧隐之地。据《晋书·谢安传》，谢安少有重名，曾寓居会稽之东山，“与王羲之及高阳许询，桑门支遁游处，出则渔弋山水，入则言咏属文，无处世意”。中丞高崧曾戏之曰：“卿累违朝旨，高卧东山，诸人每相与言：安石不肯出，将如苍生何！”施宿《会稽志》卷九《山·上虞县》：“东山，在县西南四十五里，晋太傅谢安所居也，一名谢安山。岿然特立于众峰间……其巅有谢公调马路，白云、明月二堂址。千嶂林立，下视沧海，天水相接，盖绝景也。下山出微径，为国庆寺，乃太傅之故宅。傍有蔷薇洞，俗传太傅携妓女游宴之所。”詹锳《李白诗文系年》系此诗于天宝三载（744），谓盖遭谤以后将还山时作。按：李白有《秋夜独坐怀故山》二首，其二有“寥落暝霞色，微茫旧壑情。秋山绿萝月，今夕为谁明”之句，亦在长安供奉翰林期间忆故山之作，当作于天宝二年秋。而《忆东山二首》有“蔷薇几度花”之句，或作于三载春暮。

〔二〕向，往。

〔三〕几度花，开了几遍花。

〔四〕南朝梁陶弘景《诏问山中何所有赋诗以答》：“山中何所有，岭上多白云。只可自怡悦，不堪持赠君。”“白云”用此。陶弘景隐于句曲山（即茅山），梁武帝每有军国大事，常遣人咨询，有“山中宰相”之称。

〔五〕谢灵运《东阳溪中赠答二首》：“可怜谁家妇，缘流洒素足。明月在云间，迢迢不可得。”“可怜谁家郎，缘流乘素舸。但问情若为，月就云中堕。”“明月落谁家”或暗用此二诗语，而有所暗喻。盖谢安有东山携妓之事，此“明月”或指当年之东山妓也。

笺评

桂天祥曰：仙意逸语，雕出组绮，不可近。（《批点唐诗正声》）

朱谏曰：言我不到东山，亦已久矣。蔷薇开花，已几度矣。云散之时，明月复照于谁家乎？言己之不在，月若无所主也。（《李诗选注》）

唐汝询曰：此思慕谢公之东山也。言公既去世，不向此山久矣。吾想花自开，云自散，月自落，将谁复有玩之者？世传白云、明月乃谢安二妓名，不载篇籍，意必学究语耳。且下篇云：“开关扫白云”，岂亦扫去妓女耶！（《唐诗解》卷二十一）

严评本载明人批：下三句俱是“忆”意。后首是欲往意。道是快，便真趣宛然。（严评《李太白诗集》）

吴昌祺曰：此太白自言久不至此地。后二句即“明月独举，白云谁侣”之意。（《删订唐诗解》卷十一）

《李诗直解》：此忆东山而不知谁为之主也，言不向东山已久，蔷薇之花，已几度开矣，春秋几易。而东山之白云自来还自散，见聚散之无时

也。且东山皎月，必有主者，今皎月落谁人家，而作东山之主也哉！（卷六）

应时曰：总是一“忆”字，却转得清脱。（《李诗纬》）

徐增曰：“不向东山久”，言与东山相违之久。“蔷薇几度花”，东山上有蔷薇洞，多蔷薇，故名。“几度花”，承上“不向”之“久”，非以蔷薇来当作东山一件事也。“白云还自散”，山中有云。昔在山时，必徘徊观其起止，今云虽起，亦不过还自散而已。“明月落谁家”，我昔在东山，把杯邀月，对影成三人。今无我玩月，不知落在谁人家里去也。太白胸襟高洒，直与云、月为友，东山为家。自既出山，良友寂寞，如之何不忆也！看来蔷薇真不在数内。窃见注诗家，以蔷薇与云、月并举，谪仙岂好蔷薇者哉！（《而庵说唐诗》卷七）

王尧衢曰：“不向东山久，蔷薇几度花。”东山有蔷薇洞，多此花，今因不向山中已久，故问其几度花也。“明月落谁家”，山中有月，今无人玩月，不知落到谁家去也。夫空山云月，以无人而寥寂如此，安得不忆？（《古唐诗合解》卷四）

近藤元粹曰：馀韵不尽。（《李太白诗醇》）

这首只有二十个字的小诗，写得明白如话，却又极轻灵飘逸，含蓄耐味，称得上是五绝中的仙品。

李白青年时代初出峡后，曾漫游越中。所谓“自爱名山入剡中”，这“名山”除了天姥、天台、赤城等以外，谢安当年栖隐的会稽东山自然也在其中。但这首诗中的“东山”却并非谢安栖隐之东山，而是借指自己的旧隐之地，这从《秋夜独坐怀故山》诗“寥落暝霞色，微茫旧壑情。秋山绿萝月，今夕为谁明”等句中可以得到明证。或引《会稽志》中会稽东山有蔷薇洞及白云、明月二堂来证明诗中所忆系诗人曾游之会稽东山，实则宋人施宿所撰《会稽志》中所载古迹显系误解并附会李白此诗而造成之假古董，且与诗中“还自散”之语绝不相合，不能用后起的记载来解李白此诗之东山指谢安栖隐之东山。《忆东山》之“东山”，即《秋夜独坐怀故山》之“故山”“旧壑”，而“秋山绿萝月，今夕为谁明”，亦即“明月落谁家”。李白在天宝初供奉翰林前，曾先后洒隐安陆，偕元丹丘隐嵩山，与孔巢父等会于徂徕山，“东山”具体所指，不易确定。从“蔷薇几度花”之语看，或指此前不久寓家之东鲁。李白被放还后，亦曾回到东鲁可证。

诗的开头以“不向东山久”提起，点出题内“忆”字。这似乎是极普通的叙事，但联系李阳冰《草堂集序》“天宝中，皇祖下诏，征就金马……丑正同列，害能成谤，格言不久，帝用疏之。公乃浪迹纵酒，以自昏秽，咏歌之际，屡称东山”等语，可以看出，作此诗时，诗人已经遭到同列的谗毁而萌去志，这从《秋夜独坐怀故山》诗“庄周空说剑，墨翟耻论兵。拙薄遂疏绝，归闲事耦耕。顾无苍生望，空爱紫芝荣”等句也可得到印证。诗人之所以忆东山，正是由于其“济苍生”的宏愿无法实现引起的。因此，在“不向东山久”这似平稳从容的叙述中，已隐含了夙愿不遂的感慨，这就自然要引出对旧隐之地的深情追忆与怀想。以下三句，便是“忆东山”的具体内容。

次句“蔷薇几度花”，既紧承首句“久”字，又兼绾题内“忆”字，说自己离开“东山”已久，故山的蔷薇不知道已几度开花了。故山当有蔷薇在暮春盛开，给诗人留下深刻印象，故首先忆及。而“蔷薇几度花”的发问则暗示了时间的流逝，其中亦寓含功业无成的感慨。“蔷薇”虽意中所忆，但也可能与诗人当时面对的景物有关，即由眼前景而忆及故山的当时景。因此，这一句既暗示了离故山时间之久，又抒发了对故山春日景物的深情怀想，而岁月蹉跎、志业不成之慨亦寓其中。笔意空灵超妙。

第三句“白云还自散”，表面上的意思是说，故山上的白云，由于自己久未回去，无人伫望观赏，只能悠悠而来，又悠悠而去。但联系“东山”为旧隐之地，便可发现这里实际上用了一个跟归隐有关的典故，即陶弘景的《诏问山中何所有赋诗以答》：“山中何所有，岭上多白云。只可自怡悦，不堪持赠君。”白云的意象，在这里成了隐士清高品格和闲逸风神的象征。李白暗用此典，除了忆念旧隐之地的美好景物无人欣赏这层表面的意思之外，也寓含有向往追慕往日隐逸时不受羁束的生活的内在意蕴。白云既是美好的旧山景物的标志，也是自在闲逸的隐逸生活的象征。

末句“明月落谁家”，联系《秋夜独坐怀故山》的末联“秋山绿萝月，今夕为谁明”，意思也比较清楚，是慨叹自己久不回故山，不能欣赏故山的明月，今夜的故山明月不知道落在谁家，为谁人所赏。但联系谢灵运的《东阳溪中赠答二首》，就会发现谢诗中的“明月”“谁家”“云中堕”和李诗中的“明月落谁家”竟是无一不相吻合。再联系谢安东山携妓的故实，特别是此诗的第二首一开头的“我今携谢妓，长啸绝人群”之语，便不能不产生这样的联想，这句诗可能含有往日隐于旧山时所携之妓，今天不知落向谁家。无论是谢安本人的东山之隐，或是极力追慕谢安的李白的故山之隐，都既有隐居待时、大济苍生的一面，又有追求纵逸、诗酒风流的一面。今人或许觉得携妓遨游之事近于庸俗，但当时人却以为这是一种风流自赏的生活，李白自己在诗中也经常渲染这种生活。

难得的是，这首诗虽然用了“东山”“白云”“明月”这些典故，但通篇明白如话，一气呵成，几乎看不出用典的痕迹。在轻灵秀逸的笔调中寓含着浓郁的抒情味和隐约的功业不成、岁月蹉跎之情，称得上是五绝中的上乘逸品。

听蜀僧濬弹琴〔一〕

蜀僧抱绿绮〔二〕，西下峨眉峰〔三〕。
为我一挥手〔四〕，如听万壑松〔五〕。
客心洗流水〔六〕，馀响入霜钟〔七〕。
不觉碧山暮，秋云暗几重〔八〕。

校注

〔一〕蜀僧濬，出生于蜀地的僧人仲濬。李白有《赠宣州灵源寺仲濬公》诗，其中的“仲濬公”当即此诗之蜀僧濬。詹锳《李白诗文系年》系此诗于天宝十二载（753）秋，谓：“起句云：‘蜀僧抱绿绮，西下峨眉峰。’既言‘蜀僧’，则必非作于蜀中。按‘蜀僧濬’与‘仲濬公’盖是一人。诗云：‘不觉碧山暮，秋云暗几重。’此诗与上首（指《赠宣州灵源寺仲濬公》）盖俱为本年秋作也。”郁贤皓《李白选集》入不编年诗。

〔二〕绿绮，琴名。傅玄《琴赋序》：“齐桓公有鸣琴曰号钟，楚庄王有鸣琴曰绕梁，中世司马相如有绿绮，蔡邕有焦尾，皆名器也。”

〔三〕峨眉峰，即峨眉山，在今四川省境内，为佛教名山。句意谓其从西边的峨眉山下来。

〔四〕挥手，指弹琴。嵇康《琴赋》：“伯牙挥手，子期听琴。”

〔五〕万壑松，千山万谷中的松涛声，琴曲有《风入松》。

〔六〕客，诗人自指。洗流水，谓琴声如高山流水，洗涤了我的心灵。《吕氏春秋·本味》："伯牙鼓琴，钟子期听之。方鼓琴而志在太山，钟子期曰：'善哉乎鼓琴，巍巍乎若太山。'少选之间，而志在流水，钟子期又曰：'善哉乎鼓琴，汤汤乎若流水。'钟子期死，伯牙破琴绝弦，终身不复鼓琴，以为世无足复为鼓琴者。"

〔七〕霜钟，《山海经·中山经》："丰山……有九钟焉，是知霜鸣。"郭璞注："霜降则钟鸣，故言知也。"此谓琴声的余响与钟声相融合。

〔八〕嵇康《琴赋》："飘馀响于泰云。"按：此形容琴声停歇以后，才发现天色已暗，雾霭笼罩碧山，秋天的暮云已经好几重了。

严评曰：一味清响，真如松风。（严评《李太白诗集》）

严评本载明人批：起三句觉闲叙多，后四句大有蕴藉。

钟惺曰：（"为我"二句）飘然不喧。（"客心"二句）流水事用得好。（《唐诗归》卷十六）

朱谏曰：言蜀僧抱琴自峨眉峰而来，为我一弹，如听万壑之松声也。所弹之操有流水焉，洋洋盈耳，可以洗我之客心，荡涤其烦虑矣。又有馀响散入霜钟，感霜降之气而即鸣也，霜钟之声亦因以清吾之听，不觉坐久而碧山之已暮也。秋云之暗乎碧山者，不知其有几重之深矣。琴声感人而景物凄惨，使吾听者何如而为情乎！又曰：按此听琴之诗，可入清商之调，使善音者奏之于乐音而被之于徽弦之内，则当与《白雪》《阳春》同一律矣。（《李诗选注》）

应时曰：真境而运以逸思。（首联）直叙。（"为我一挥手"句）入手老。（"客心"二句）清隽。（末联）所谓神往。（《李诗纬》）

丁谷云曰：韩昌黎琴诗非不刻画，然乏自然神致。所以咏物诗最忌粘皮带骨，如谓不然，请细读此诗可也。（《李诗纬》引）

《唐宋诗醇》：累累如贯珠，泠泠如叩玉，斯为雅奏清音。（卷八）

宋宗元曰：逸韵铿然，是能得弦外之音者。（《网师园唐诗笺》）

范大士曰：体气高妙。（《历代诗发》）

施补华曰：五律有清空一气不可以炼句炼字求者，最为高格。如太白"牛渚西江夜""蜀僧抱绿绮"，襄阳"挂席几千里"，摩诘"中岁颇好道"，

刘眘虚“道由白云尽”诸首，所谓“羚羊挂角，无迹可求”。（《岘佣说诗》）

高步瀛曰：一气挥洒中有凝炼之笔，便不流入轻滑。（《唐宋诗举要》卷四）

富寿荪曰：太白有《赠宣州灵源寺仲濬公》诗，李欣《题濬公山池》及耿沣《濬公院怀旧》均与仲濬为一人。蜀僧濬即是濬公。首二句谓濬公抱琴自峨眉西下，破空而来，有高山坠石之势。三句写弹者，四句写听者，而以“万壑松”喻琴声，因琴曲中有《风入松》调。此二句使笔如风，纯以气行，描绘复落落大方，乃太白所独擅。五句谓闻者如流水洗心，暗用伯牙鼓琴志在流水意。六句谓曲终馀音袅袅。如霜钟之悠然不尽。一结描绘听毕感受，谓听者沉醉于琴声之中，不觉山暮云暗，乃进一步托出濬公琴艺之高妙。宕开一笔，传神空际。四十字中，写出如许层次，而一气挥斥，绝无艰深刻画之态，可见太白天才神力。（《百家唐宋诗新话》第163页）

鉴赏

描绘音乐的诗，不难在描摹乐之声音，而难在传达乐之意境；不难在实处见工，而难在虚处传神；不难在渲染演奏者之技艺，而难在传达听乐者内心之感受；不难在借博喻作淋漓尽致的形容，而难在借空灵含蓄之笔法造成悠然不尽的韵致。李白这首只有四联的五律，可以说是集中克服了以上所列举的各种困难，举重若轻似的达到了艺术上的最高境界。

诗是在宣城（或蜀地之外的一个地方）写的，开头两句却远从峨眉山着笔，说蜀僧仲濬抱着名贵的绿绮琴，从西边的峨眉峰上下来了。这好像是为了交代题目中的“蜀僧”和“琴”，却变静止的叙述交代为生动的描绘，将过去发生的情事化为似乎是当下出现的场景。不仅富于动态感和现场感，而且给人这样的感觉：这位蜀僧唯一擅长的就是弹琴，他这次从峨眉山上下来，似乎就是要给“我”开一场专门的演奏会。这一联起势高远而气度从容，颇像一首长篇五古的开篇。习惯了精练笔法的评家可能认为这样的开头有些词费（所谓“闲叙事”），实际上这正是以古入律的李白五律的特点。它起得潇洒自然，雍容大度，超凡脱俗，与全篇不为琐细的形容刻画风格和谐统一。

接下来一联，立即进入演奏的现场，笔势飘忽而迅疾。“为我”二字，紧承上联之“抱琴”“下峰”，造成蜀僧专为诗人一人不远千里而来的印象，大有千里觅知音的意味。如此郑重而虔诚，等到正面写弹琴和琴声，却只用“一挥手”和“如听万壑松”八个字一笔带过。用千山万壑的松涛来形容琴声，与其说是形况它的声响，不如说是传达它的意境。琴曲有《风入松》，诗人当是因此产生联想。但“万壑松”的形容却传出了琴声的急骤、激越、宏大的气势和所体现的广阔恢宏而极富力度动感的艺术意境。尤其是“一挥手”与“万壑松”的对照，更表现出音乐高手一出手便不同凡响，立即展现高潮的神奇手段。不经任何迂回曲折、酝酿准备，立即进入最高潮，这种写法，不但笔墨极省净，而且大有横扫千军如卷席之势。这一联似对非对，语意一贯，如行云流水，极自然亦极潇洒。

正面描绘琴声之所以如此精练，正是为了要腾出有限的篇幅进一步传达听者的心灵感受和琴声的艺术意境。“客心洗流水”的“流水”，虽暗用了伯牙弹琴，志在流水，钟子期会心而赞的故事，但它所体现的却不仅是“知音”这样一层意蕴，而是极其生动传神地传达了诗人的心灵感受。听此琴声，诗人的心灵仿佛经历了一番彻底的洗涤，俗虑尘念顿消。这是写琴声的意境，更是写琴声的感染力。“洗”字用得精妙而又自然。“馀响入霜钟”是形容琴声的余响和山寺秋暮的钟声融合，分不清孰为琴声的余韵，孰为山寺的钟声。钟声在寂寥的环境中显得特别悠长、深永、杳远，这融入钟声的琴声虽歇，而余音犹袅袅在耳，此时适逢山寺暮钟响起，遂生“馀响入霜钟”的错觉。这样来写音乐意境的悠远，较之传统的余音绕梁三日不绝之类的形容，自然更为有神无迹，也更令人神远了。这正是虚处传神的化工之笔。

尾联又进一层，写“馀响”在耳畔消失后如梦初醒的情境。上句写到山寺钟声，暗示时已近暮，但沉浸在音乐余韵中的诗人却浑然不觉。直到钟声停歇，“馀响”随之消失时，这才发现，沉沉暮色，已经笼罩了眼前的碧山，秋云重重，天似乎在不知不觉中就变暗了。这是写乐终声歇的眼前景，更是进一步写音乐意境的吸引力和感染力，“不觉”二字点眼，遂使全诗在不尽的余韵中结束，达到一种虽尽而不尽的艺术效果。这种写法，与钱起《省试湘灵鼓瑟》结尾的“曲终人不见，江上数峰青”，白居易《琵琶行》写琵琶弹奏结束时“东船西舫悄无言，惟见江心秋月白”的神韵可谓神似。

诗虽为律体，却写得一气舒卷，浑然天成，潇洒飘逸。前四句一气直下，略无停顿，五、六两句改用凝练工整之笔，略显顿挫，使之不致一泻无余，尾联复以景结情，含蓄中饶摇曳之致。

劳劳亭〔一〕

李白

天下伤心处，劳劳送客亭。
春风知别苦，不遣柳条青〔二〕。

校注

〔一〕劳劳亭，又名临沧观，三国时吴国所筑，在南京市西南古新亭之南劳劳山上。为古代金陵送别之地。《舆地志》：秣陵县（今南京）新亭陇有望远楼，又名劳劳楼，宋改为临沧观。行人分别之所。詹锳《李白全集校注汇释集评》、郁贤皓《李白选集》均未系年。

〔二〕遣，使、让。古代有折柳送别的习俗。诗人想象春风懂得人间的离别之苦，故而不让柳条发青，以免经受折柳送别时的痛苦。

笺评

严评曰：情深思巧，却不费些子力，又非浅口所能学。又曰：（首句）一口吸尽。（严评《李太白诗集》）

严评本载明人批：后二句是太白本色。

朱谏曰：此咏金陵之劳劳亭也。言送别伤心在何处乎？在乎劳劳之亭也。凡送别者多于亭边折柳相赠，春风知其离别之苦也，故虽春来不遣柳条之青。预恐行人之伤心也。（《李诗选注》）

唐汝询曰：亭为送客而设，故以劳劳为名，谓心劳莫甚于别也。作诗之时，柳条未青，因托意于春风耳。（《唐诗解》卷二十一）又曰：说“天下”，见非寻常，“伤心处”，妙。（《汇编唐诗十集》）

徐用吾曰：不用经意，自见深沉。（《唐诗评释分类绳尺》）

钟惺曰：“知”字、“不遣”字，不见着力之痕。（《唐诗归》卷十六）

谭元春曰：“天下伤心处”，古之伤心人，岂是寻常哀乐！（同上）

《李诗直解》：此于送客之亭而伤分别之苦也。言天下伤心之处，惟劳劳送客之亭。人生莫苦于离别，春风亦知别苦，故有意迟迟而不遣柳条青，恐人折之以赠行。夫亭曰劳劳，则人不得安逸。而百年易尽，离别苦多，宁得不伤心耶！（卷六）

应时曰："春风知别苦，不遣柳条青。"二句作意新奇，以巧思见长。（《李诗纬》）

丁谷云曰："春风"二语反结上意，无中生有，千古绝调也。（同上引）

黄生曰：将无知者说得有知，诗人惯弄笔如此。（《唐诗摘抄》卷二）

朱之荆曰：深极巧极，自然之极，太白独步。（《增订唐诗摘抄》）

吴昌祺曰：言风亦厌折柳之苦也。（《删订唐诗解》卷十一）

《唐宋诗醇》：二十字无不刺骨。（卷八）

黄周星曰：春风柳条，想亦同一伤心。（《唐诗快》）

李锳曰：若直写别离之苦，亦嫌平直，借春风以写之，转觉苦语入骨。其妙在"知"字、"不遣"字，奇警无伦。（《诗法易简录》）

吴瑞荣曰：起与"独坐清天下"同一肆境。三、四句视王之涣"近来攀折苦"，更剥进数层。（《唐诗笺要》）

范大士曰：委过春风，用意深曲。（《历代诗发》）

宋宗元曰：无情有情，与前篇（指《渌水曲》）一意。（《网师园唐诗笺》）

马位曰：云溪子曰："杜舍人牧《杨柳》诗：'巫娥庙里低含雨，宋玉堂前斜带风'……俱不言杨柳二字，最为妙也。"如此论诗，诗了无神致矣。诗人写物，在不即不离之间。"昔我往矣，杨柳依依"，只"依依"两字，曲尽态度。太白"春风知别苦，不遣柳条青"，何等含蓄，道破"柳"字益妙。（《秋窗随笔》）

《精选评注五朝诗学津梁》：离别何关于春风！偏说到春风，高一层意思作法。

刘拜山曰：王之涣《送别》"近来攀折苦，应为别离多"，从柳立论，已是进一层写法；此反用其意，烘染"伤心"二字，更进一层。（《千首唐人绝句》）

这是一首送别诗或留别诗吗？不像。诗中并没有出现送（留）别的对象和送（留）别者。既看不出诗人自己是否送别的对象或送别者，也看不出是否有其他送者与被送者在场。题称“劳劳亭”，而不称“劳劳亭送别（或留别）”，正透露出这首诗是诗人游劳劳亭时的一种体验。由于劳劳亭是金陵著名的送别之地，这种体验自然密切关含着离别。

劳劳亭的得名，文献阙载。是否因它建在劳劳山上？但我怀疑，山实因亭而得名。“劳劳”二字，形容忧愁伤感貌，语出《古诗为焦仲卿妻作》：“举手长劳劳，二情同依依。”原就是用来形容离别时的忧伤的。因此，所谓“劳劳亭”，实即“（离别）伤心亭”。这就难怪李白一上来就大书“天下伤心处，劳劳送客亭”了。李白写诗，好作惊人夸张语，往往一开头就将话说到极致。但径自将劳劳亭封为“天下伤心处”，心目中全无渭城、灞桥、板桥等著名的送别之地的位置，恐怕除了“劳劳亭”这个名字引起的感触以外，当有更具体更直接的眼前景物所引起的感触。这引起感触的景物，就藏在三、四两句当中。

“春风知别苦，不遣柳条青。”诗人游劳劳亭时，季节已是春天。但或许是尚在早春，或许是适遇倒春寒的天气，劳劳亭边的杨柳竟仍未返绿，只看见光秃秃的柳枝在料峭的寒风中摇曳。正是这种景象，触发了诗人的灵感，涌现出这样的奇想：春风大概也懂得并且同情人间的别离之苦，不忍心看到折柳送别、黯然伤魂的场景，因此故意迟迟不肯来到人间，使柳条返青吧？把本来无知的春风说成有知，也许不算新鲜，但将春风想象得那样缱绻多情，体贴入微，委曲备至，却是诗人的独特感悟和体验。这里蕴含着好几层曲折：一是送别必折柳，因别离之多，而柳亦不胜其苦，故而为免其遭受离别攀折之苦，干脆迟迟不让它发青返绿；二是离人在别离时必折柳送别，为免其离别之苦，干脆不让柳条返青泛绿。这想象仿佛无理，却极有情。按诗人的天真逻辑，似乎“不遣柳条青”，无柳枝可送别，也就无离别之苦了。这自然是异想天开，一厢情愿。但诗人的初衷，只是要通过种奇思妙想来表达对别离之苦的深切体验与同情，至于这种奇想是否合理，奇想即使实现又是否能免除人间离别之苦，他是无暇顾及的。不过从诗中描叙的情景看，现场当无送别的场景，这大概也为他的奇想提供了一点现实依据。

诗人游劳劳亭这个古来著名的送别之地，除了亭边寒风料峭中摇曳的柳枝外，其实什么也没有看见。在几乎是无景物无情事可写的情况下，仅凭寒风摇曳柳枝的景象就发出了这样曲折深至的奇想，抒发了对普泛的别离之苦的深切体验，而且写得那样语直而意曲、语浅而情深、语平易而想新奇，确实达到了超妙入化的境界。而在抒别离之苦的同时，又蕴含着一种令人会心的谐趣，使全篇的情调不致酸苦低沉，则仍是太白本色。

春夜洛城闻笛〔一〕

谁家玉笛暗飞声〔二〕，散入春风满洛城。
此夜曲中闻折柳〔三〕，何人不起故园情〔四〕！

校注

〔一〕洛城，唐东都洛阳，今河南洛阳市。詹锳《李白诗文系年》系此诗于开元二十三年（735）李白游洛阳时，郁贤皓《李白选集》则系于开元二十年。

〔二〕玉笛，对笛子的美称。因笛声从暗夜传出，故曰“暗飞声”。

〔三〕折柳，即笛曲《折杨柳》之省称，汉横吹曲名。传说张骞从西域传入《德摩诃兜勒曲》，李延年因之作新声二十八解，以为武乐。魏晋时古辞多言兵事劳苦。南朝与唐人多为伤离惜别之辞。如《乐府诗集》所载最早之《折杨柳》辞，为梁元帝作，云：“巫山巫峡长，垂柳复垂杨。同心且同折，故人怀故乡。山似蓬花艳，流如明月光。寒夜猿声彻，游子泪沾裳。”即为游子思乡之辞。

〔四〕故园，故乡。参上注。

笺评

胡仔曰：《乐府杂录》云：“笛者，羌乐也，古曲有《折杨柳》《落梅花》。”故谪仙《春夜洛城闻笛》云（略）。杜少陵《吹笛》诗：“故园杨柳今摇落，何得愁中曲尽生？”王之涣云：“羌笛何须怨杨柳，春风不度玉门关。”皆言《折杨柳》曲也。（《苕溪渔隐丛话·后集》卷四）

朱谏曰：此白在洛城之时，闻笛而思乡也。言谁吹笛声满洛城。笛有《折柳》之曲，乃送别之词也。我之辞家亦已久矣。夜闻此曲，搅动乡思，谁无故园之情乎！又曰：按此诗本夜闻笛，而用“暗飞”字面，贴体亲切而有巧思。（《李诗选注》卷十二）

严评本载明人批：只就浅处略轻点便足，最是高手。

唐汝询曰：不见其人而闻声，故曰“暗”。“满洛城”者，声之远也，折柳所以赠别，今于笛中闻之，则想及故园而伤别矣。（《唐诗解》卷二十五）

敖英曰：唐人作闻笛诗每有韵致，如太白散逸潇洒者不复见。（《唐诗绝句类选》）按：《删补唐诗选脉笺释会通评林·盛七绝中》引作黄家鼎评。而桂天祥《批点唐诗正声》亦有此评。敖英时代较早，当为敖评。

时羲昂曰：次句不独流逸，且亦稳定，看他下句下字，炉锤工妙。（《唐诗直解》）

周珽曰：意远字精，炉锤巧自天然。（《删补唐诗选脉笺释会通评林·盛七绝中》）

《李诗直解》：此春夜闻笛而动思乡之情也。言谁家之玉笛暗飞声乎?而其声之嘹亮，散入春风之中，以满洛城也。此夜曲中，闻有折柳之腔，而遥思故园，杨柳长条，已堪攀折矣。当此春光逆旅，何人不起故乡之情哉！（卷六）

王尧衢曰：忽然闻笛，不知吹自谁家，因是夜闻，声在暗中飞也。笛声以风声而吹散，风声引笛声以远扬。于是洛城春夜遍闻风声，即遍闻笛声矣。折柳所以赠别，而笛调中有《折杨柳》一曲。闻折柳以伤别，故情切乎故园。本是自我起情，却说闻者“何人不起”，岂人人有别情乎？只为散入春风，满城听得耳。（《古唐诗合解》卷五）

黄生曰：前首（指《与史郎中钦听黄鹤楼上吹笛》）倒，此首顺；前首含，此首露。然前首格高，此首调婉。并录之，可以观其变矣。（《唐诗摘抄》卷四）

朱之荆曰：“满”从“散”来，“散”从“飞”来，用字细甚。妙在“何人不起”四字，写得万户同感，百倍自伤。《折析柳》，曲名。其借用之意，与“江城五月落梅花”同。（《增订唐诗摘抄》）

潘耒曰：此与《黄鹤楼》诗（指《与史郎中钦听黄鹤楼上吹笛》）异。黄鹤楼是思归而闻笛，此是闻笛而始思归也。因笛中有折柳之曲，忽记此

时柳其堪折，春而未归，能不念故园也！（近藤元粹《李太白诗醇》卷五引）

《唐宋诗醇》：与杜甫《吹笛》七律同意，但彼结句与《黄鹤楼》绝句出以变化，不见用事之迹。此诗并不翻新，而深情自见，亦异曲同工也。（卷八）

应时曰：（“谁家”句）略炼。（“散入”句）秀色。（“此夜”句）转到身上。（“何人”句）又说开，好。总评：只见凄清。（《李诗纬》）

黄叔灿曰：“散入”二字妙，领得下二句起。通首总言笛声之动人，“何人不起故园情”，含着自己在内。（《唐诗笺注》）

宋宗元曰：“折柳”二字为通首关键。（《网师园唐诗笺》）

宋顾乐曰：下句、下字炉锤工妙，却如信笔直写。后来闻笛诗，谁复出此？真绝调也。（《唐人万首绝句选》评）

朱宝莹曰：此首闻笛与前首听笛（指《与史郎中钦听黄鹤楼上吹笛》）异。听笛者知在黄鹤楼上，故有心听之也；闻笛者不知何处，无意闻知也。开首“谁家”二字起“闻”字，“暗”字起“夜”字，“飞声”二字起“闻”字。二句“散”字、“满”字写足“闻”字之神。三句点“夜”字，便转闻笛感别，有故园之情。四“何人”，即己亦在内，不必定指自己，正诗笔灵活处。[品] 悲慨。（《诗式》）

王闿远曰：似闻笛声。（《手批唐诗选》卷十三）

俞陛云曰：春宵人静，闻笛韵悠扬，已引人幽绪。及聆其曲调，不禁黯然动乡国之思。释贯休诗云：“霜夜月徘徊，楼中羌笛催。晓风吹不尽，江上落残梅。”同是风前闻笛，太白诗有磊落之气，贯休诗得蕴藉之神。大家名家之别，正在虚处会之。（《诗境浅说》续编）

刘拜山曰：此与《史郎中钦听黄鹤楼上吹笛》用意相似，而章法各殊。此顺叙，故条畅，着力在前二句；彼倒叙，故含蓄，着力在后二句。（《千首唐人绝句》）

这首诗和《与史郎中钦听黄鹤楼上吹笛》不但题材相同，内容相近，体裁亦同为七绝，甚至在利用笛曲名关合引发思绪方面，也有相似之处，但读来毫不感到重复，而觉得它们各擅其胜，不能相互替代。

两首诗的题材，虽同为闻笛而有感，但所感的内容却同中有别。《梅花落》与《折杨柳》这两支笛曲，虽同有表现伤离之情的一面，但《梅花落》曲中所含的凋零之感这一面，却是《折杨柳》中所没有的。故《春夜洛城闻笛》诗因闻《折杨柳》而引起的思绪便单纯是与故乡亲人离别而产生的“故园情”。而《与史郎中钦听黄鹤楼上吹笛》，因听《梅花落》曲而引起的思绪却比较复杂，从前两句“一为迁客去长沙，西望长安不见家”所揭示的背景来看，其中固有思念家乡亲人之情，但更主要的是一种去国恋阙之情和迁谪沦落之感。这是跟这两首诗一作于壮岁仗剑去国、辞亲远游时期，一作于晚年遭贬放还时期密切相关的。可以说，正是不同时期不同的人生经历，决定了这两首诗内容的不同侧重点。而两首诗的风格，一清畅明快，一含蓄蕴藉，实亦与感情内容的单纯集中与复杂多端密切相关。《春夜洛城闻笛》由于闻笛引起的只是“故园情”这一端，故可明白说出；而《与史郎中钦听黄鹤楼上吹笛》则由于听笛所感复杂多端。故只能以“江城五月落梅花”之语浑沦而书，含蓄出之。

两首诗还有一个重要的区别，就是《春夜洛城闻笛》用全部篇幅相当细致地描写了由闻而感的全过程；而《与史郎中钦听黄鹤楼上吹笛》则前两句只叙听笛的生活经历背景，对听笛一字未及，只在后两句概括地写听黄鹤楼上吹笛的情景。这是由于，后诗通过背景的展示和笛曲的名称，读者自能体味出诗人在听笛时引起的复杂思绪，没有必要去细致描写听笛及由听而感的过程。而前诗由闻笛而起情，其间有一个由无意到有意、由聆听欣赏到识曲生感的过程，笛声的传送也有一个由隐至显、由低至高、由点至面的过程，不细致地描写出这个过程，“何人不起故园情”的感慨就失去了依据。下面结合这一点，对这首诗作一些分析。

首句“谁家玉笛暗飞声”，点出夜色朦胧中，不知从哪里（或哪一家）传出了笛子的声音。“谁家”说明诗人只是在偶然的情况下听到有笛声传来，但并不清楚它从哪里传出，这和处于夜间的环境，不辨声音的来源与方向有关。试与《与史郎中钦听黄鹤楼上吹笛》之“黄鹤楼中吹玉笛”对照，便显然可见后者由于时值白天，故清楚知晓有人在黄鹤楼上吹笛；前者则适值夜间，故只闻声而不辨“谁家”。“暗飞声”的“暗”字除了进一步点明这声音是从暗夜中传出，还透露出一开始时这笛声比较低咽，给人一种时断时续，听得不很真切的感觉，而诗人闻声寻踪，侧耳倾听的情态也隐约可见。“飞”字则透露出声音来自较远之处，这和“暗”字所透露的声音较低的情况正相吻合。

第二句“散入春风满洛城”，进一步写笛声的随风远送，这当中已经织入了诗人的想象。“春风”点题内“春”字。随着阵阵春风的吹送，这笛声传向四面八方，布满了整个洛阳城。不说春风传送笛声，而说笛声“散入春风”，似乎让人看见那无形的笛声都化成了一个个有形可见的音符随着春风散布到四面八方，而且每一个音符又都浸透了春的气息。抽象无形的笛声原只可诉之听觉，经诗人诗意的点染，不但似乎有形可见，且带有春天的气息，似乎可嗅了。“满洛城”是对“散入春风”的进一步想象。这想象明显带有夸张成分，却自然得让人感觉不到它是夸张，关键就在于“春风”是无所不至的，则笛声也就满城可闻了。这一句虽明写笛声随风传送的过程，但也透露出笛声已由开始时较低较弱的“暗飞声”变成高亢嘹亮，具有强烈扩散力、穿透力的音乐境界了。总之，从一开始的“暗飞声”到“散入春风”再到“满洛城”，是一支乐曲由低到高、次第展现的过程，也是诗人由偶尔听到笛声到侧耳倾听，到想象其声满洛城的过程。其间有时间的推移，空间的扩展，更有诗人对笛声的神往与欣赏。

第三句“此夜曲中闻折柳”是全诗的关键。前两句只写笛声之“飞”之“散”之“满”，到这里方点明所奏之曲是充满别情的《折杨柳》。说明在这之前，诗人只是侧耳倾听并欣赏，到这时才恍然明白所奏的曲名，遂油然而触发听曲的联想与感慨。《折杨柳》的笛曲充满了伤离惜别的情绪，折柳又关合送别的传统习俗，使诗人自然联想起故乡的春色，这些因素叠加在一起，遂自然勾起诗人强烈的思念故乡和亲人的感情，水到渠成地引出末句：“何人不起故园情！”

本是诗人自己因闻《折杨柳》曲引起“故园情”，却推进一层，说“何人不起故园情”，这“何人”当然不是泛指所有的洛城人，而是指所有跟自己一样的作客他乡的身处洛城者，这里自然包含了一个推己及人的情感判断。诗人这样说，不仅透露了自己所引起的“故园情”之强烈，而且更有力地表现了笛声感染力之强烈。由于前面已有“满洛城”预作铺垫，因此这推想便显得十分自然。全诗也就在情感发展到最高潮时自然收束。充满咏叹情调的诗句，使感情的表达虽明白而直截，但诗的韵味却悠长不尽。

诗人的“故园情”虽强烈而悠长，但全诗的情调却并不低沉凄苦，而是使人在感受笛声在传播过程中显现的美感的同时，对诗人的那种深切的“故园情”同样充满了亲切感。诗中“飞”“散”“满”等一连串动感鲜明的词语的运用，更使全诗显现出一种潇洒飘逸的韵致和自然流畅的美感。

哭晁卿衡〔一〕

日本晁卿辞帝都〔二〕，征帆一片绕蓬壶〔三〕。
明月不归沉碧海〔四〕，白云愁色满苍梧〔五〕。

校注

〔一〕晁衡（698—770），又作朝衡，日本国人。原名阿倍仲磨吕，唐时音译为仲满。日本奈良时代遣唐留学生。《旧唐书·东夷·日本国传》："开元初，又遣使来朝……其偏使朝臣仲满，慕中国之风，因留不去，改姓名为朝衡，仕历左补阙，仪王友，衡留京师五十年，好书籍，放归乡，逗留不去。天宝十二年，又遣使贡。上元中擢衡为左散骑常侍、镇南都护。"据中日学者考证，晁衡开元五年（717）随遣唐使抵京师长安，入太学。卒业后为司经局校书，寻授左拾遗、左补阙。开元二十二年，以亲老请归，帝不许。天宝十二载（753），任秘书监，兼卫尉卿。是年十月，随遣唐使藤原清河自长安南行至扬州访鉴真于延光寺，邀同东渡归国。十二月船至琉球遇暴风，漂流至安南驩州沿岸，遇盗，同舟死者一百七十余人。独晁衡与藤原幸免于难，后辗转归长安。上元中为左散骑常侍、镇南都护。大历初罢归长安，五年（770）正月卒，年七十三。李白天宝初在长安时与晁衡结识，衡曾送日本裘予白。天宝十三载秋，李白在扬州闻晁衡等人海上遇风失踪，误以为已遇难，故作诗伤悼。晁衡在华期间，与李白、王维、赵骅、包佶等人均有交往，王维有《送秘书晁监还日本国并序》，赵骅有《送晁补阙归日本》，包佶有《送日本国聘贺使晁巨卿东归》，储光羲有《洛中贻朝校书衡诗》。《全唐诗》卷七百三十一录晁衡诗一首。

〔二〕帝都，指京城长安。

〔三〕蓬壶，即蓬莱，古代传说中的海上仙山。《拾遗记·高辛》："三壶则海中三山也。一曰方壶，则方丈也；二曰蓬壶，则蓬莱也；三曰瀛壶，则瀛洲也。形如壶器。"

〔四〕明月，指明月珠，即夜光珠。喻晁衡。沉碧海，谓其溺海而亡。

〔五〕苍梧，山名。本指九疑山，在今湖南宁远南。此处实指古代传说中东海的一座山。《水经注·淮水》载：东北海中有大洲，谓之郁洲，《山海经》所谓“郁山在海中”者也。言是山自苍梧徙此，山上犹有南方草木。《一统志》：淮安府海州朐山东北海中有大洲，谓之郁洲，一名郁洲山，一名苍梧山。或云昔从苍梧飞来。

笺评

近藤元粹曰：是闻安陪仲麻吕覆没讹传时之诗也。而诗词绝调。惨然之情，溢于言表。（《李太白诗醇》卷五）

富寿荪曰：从一片缥缈景色中托出哀悼之情。结句写云山同悲，尤为深挚。（《千首唐人绝句》

这是一首根据误传的消息写成的悼友诗，消息虽假，感情却很真挚。

诗因听说晁衡在归国渡海途中遇险而亡而作，因此一开头就从他离开长安写起。不说别长安而说“辞帝都”，俨然将晁衡这位日本籍的友人看成中华臣民。这固然与晁衡已在唐三十六年，长期担任京职有关，也由于这次归国时，唐玄宗任命其为日本国聘贺使有关。此句直叙其辞阙起行，语气亲切。

次句“征帆一片绕蓬壶”，想象其船行东海所历的情景。传说中的蓬莱三岛在大海中，而日本则在烟涛微茫的海东。将传说中的仙岛与现实的晁衡一行归国行程融合起来，增添了缥缈悠远的情致，也透露出海上行舟不确定的因素。“绕蓬壶”的“绕”字，显示了舟行海上行程的曲折。

第三句写晁衡舟行遇风沉没，却不直叙其事，而是用了一个比喻“明月不归沉碧海”。这里的“明月”，或谓指月亮。李白虽酷爱明月，诗中屡有生动的描写，但这里的“明月”显然是明月之珠的省称。明月珠又称夜明珠，因珠光晶莹似月光故称。用明月珠喻晁衡，是为了突出其如奇珍异宝，为稀世之才。不归，自指不归日本国。晁衡遇难，正如稀世之珍明月珠沉入碧海，永远不能返回其祖国了。这一句感情虽沉痛，措辞却委婉，意境尤其具有悲剧美。

末句写悼念之情，贴题内“哭”字，却避开正面，撇开自己，用想象中的海上云山苍茫之景烘染悲恸之情。东海中的苍梧山，传说自苍梧飞来，本身就带有神奇色彩。而古代传说中舜南巡不返，葬于苍梧的传说，又给苍梧云愁的意象染上了浓重的悲剧色彩。因此这“白云愁色满苍梧”的诗句便不仅渲染出海上的苍梧山也为惨淡的白云所笼罩，呈现出一片愁色的景象，而且因“苍梧”之名而唤起更丰富的联想。

全诗除首句平起直叙外，其余各句均用虚笔，或融神话传说，或用美好比喻，或以景物烘染，创造出缥缈悠远的意境，以寄寓自己对日本友人的伤悼怀念之情，这是它的一个突出特点。

除了一开头点出“日本”二字，标明晁衡的国籍以外，整首诗中几乎看不出有所悼对象是异邦人士的印象，就像是悼念一位奉使出海不幸亡故的朋友。既无以中华上国自居的倨傲之态，亦无后世虽已沉沦积弱却仍以天朝自居的矜夸之态，更无近世仰视列强的卑微之态。在盛唐那样一个繁荣昌盛、高度开放的时代，不同民族文化之间的交流已成常事。李白可以堂而皇之地穿着晁衡送给他的“日本裘”，就鲜明体现出一个开放的时代健康的文化心态。正是这种心态，使李白在诗中将晁衡视同一位普通的老朋友，对他的不幸去世表示了深切的哀悼。这里所体现的正是一种“四海之内皆兄弟也”式的真正意义上的大国心态。

题戴老酒店〔一〕

戴老黄泉里〔二〕，还应酿大春〔三〕。
夜台无李白〔四〕，沽酒与何人〔五〕？

校注

〔一〕题原作《哭宣城善酿纪叟》，诗云：“纪叟黄泉里，还应酿老春。夜台无晓日，沽酒与何人？”宋蜀刻本诗末注：“一作《题戴老酒店》云：‘戴老黄泉下，还应酿大春。夜台无李白，沽酒与何人？’”按：一作是，今从之。詹锳《李白诗文系年》将此诗与《宣城哭蒋征君华》均系于上元二年（761），云：“以上二诗疑均上元中太白再游宣城对作，是时戴老与蒋华均已入墓，故太白为诗哭之也。”郁贤皓《李白选集》不编年。按：据诗中口吻，李白此前已与戴老熟悉，且为其酒店常客，故詹氏系年较为合理。且詹氏亦认为“是则一作所据之本反较近古”，今亦从其说。

〔二〕黄泉，指人死埋于地下。《左传·隐公元年》：“不及黄泉，无相见也。”

〔三〕大春，酒名。唐代名酒，末字多用“春”字。李肇《国史补》卷下：“酒则郢州之富水，乌程之若下，荥阳之土窟春，富平之石冻春，剑南之烧春。”此“大春”酒当是戴老所酿制之当地名酒。

〔四〕夜台，坟墓，亦借指阴间。《文选·陆机〈挽歌〉》：“按辔遵长薄，送子长夜台。”李周翰注：“谓坟墓一闭，无复见明，故云长夜台。”

〔五〕沽酒，卖酒。“沽”字作“买”义者乃后起义。

笺评

刘克庄曰：太白七言近体，如《凤皇台》，五言如《忆贺监》《哭纪叟》之作，皆高妙。（《后村诗话》）

谢枋得曰：古本作“夜台无李白”，绝妙，不但齐一生死，又且雄视幽明矣。昧者改为“夜台无晓日”，夜台自无晓日，且与下句“何人”字不相应。今正之。（《李太白诗醇》卷五引）

严评曰：“大春”不如“老春”。“无李白”，妙。既云“夜台”，何必更云“无晓日”耶！又云：与“稽山无贺老”用意同。狂客、谪仙，饮中并歌。自视世间，惟我与尔。又曰：鬼窟亦居胜地，傲甚！达甚！趣甚！（严评《李太白诗集》）

杨慎曰：《哭宣城善酿纪叟》，予家古本作“夜台无李白”，此句绝妙，不但齐一生死，又且雄视幽明矣。昧者改为“夜台无晓日”，又与下句“何人”字不相干。甚矣！土俗不可医也。（《杨升庵外集》）按：此袭谢枋得评。

钟惺曰：夜台中还占地步。（《唐诗归》卷十六）

应时曰：豪爽之慨，于此可见。（《李诗纬》）

黄周星曰：长安市有酒仙，夜台岂无酒鬼。然酒仙即诗仙，酒鬼非诗鬼也。则老春谁许擅沽？此叟竟打断主顾矣。（《唐诗快》）

富寿荪曰：此诗亦从酒上渲染，而生前交情，身后悼念。皆于言外见

之。(《千首唐人绝句》)

鉴赏

中国古代诗歌在流播过程中常产生各种不同版本的异文,唐代优秀的诗歌由于流传的广远,这一现象尤为突出。像这首诗,连诗题也有“哭宣城善酿纪叟”与“题戴老酒店”两种迥然不同的版本,诗也因之有第一句中“纪叟”与“戴老”的区别。而第三句中“无晓日”与“无李白”的重大区别,更直接影响到诗的通与否、工与拙,不可不加以考辨。

诗题中的“纪叟”或“戴老”,与诗意及诗的工拙高下无关,但无论是哪一种诗面,都看不出有“哭”的意味;因此题作“哭宣城善酿纪叟”,这“哭”字首先值得怀疑。相反,“题戴老酒店”的题面倒与诗中的“沽酒”十分吻合。可以设想,这位戴老开的酒店,以自酿美酒“大春”闻名,李白天宝十二三载(753、754)游宣城时,是这座酒店的常客。上元二年(761)再度游宣域,戴老已经作古,而酒店犹存,故题诗于酒店。这比较符合唐人作此类诗的情况(试比较崔护的《题都城南庄》可知)。而如题作“哭宣城善酿纪叟”,一则如上所说诗中并无“哭”意,二则在时隔八年之后闻熟悉的善酿纪叟已去世,李白为他作一首诗哭吊,总觉有些超乎常情。尤为重要的是《哭宣城善酿纪叟》的三、四句“夜台无晓日,沽酒与何人”,不仅“夜台”与“无晓日”犯复,而且上下句之间毫无逻辑联系,何以“无晓日”就不能“沽酒”?这是根本说不通的。而题作“题戴老酒店”,第三、四句作“夜台无李白,沽酒与何人”,不但上下句一气贯通,而且具有一种令人解颐的妙趣,透露出戴老与诗人之间亲切的感情,诗之高妙,全在于此。再以他诗参照,其《重忆(贺监)一首》云:“欲向江东去,定将谁举杯?稽山无贺老,却棹酒船回。”第三句“稽山无贺老”,与此诗“夜台无李白”句法正同,只不过一是说阳间已无对方,一是说阴间尚无自己而已,可见这是李白特有的一种语言表达方式。总之,无论从诗题与诗语的密合,从三、四两句的逻辑联系,以及李白的语言习惯看,均以题为《题戴老酒店》,诗为“戴老黄泉里,还应酿大春。夜台无李白,沽酒与何人”者为近于李诗原来面目。

这首诗的妙处,全在诗中贯注的一种谐趣。这种谐趣,只有彼此关系亲切随便的老朋友之间才能不拘形迹地表现出来。像这首诗,便完全可以看成阳间的李白对阴间的戴老的一段问话。

“戴老黄泉里，还应酿大春。”可爱的戴老头啊，如今你到了黄泉地下，阴曹地府，究竟在干什么呢？恐怕还是重操旧业，酿制你的大春美酒吧。戴老生前以酿大春著称。像这样一位专精此道、热爱此道的老人，死后又岂能舍弃旧业、舍弃祖传妙艺，改从他业呢？“还应酿大春”是猜度之辞，也是打趣之辞，更是对戴老专精“酿大春”之道的赞美之辞。

猜想对方在黄泉地府依然执着于“酿大春”之旧业，固已属奇想，但更具奇趣的是三、四两句：“夜台无李白，沽酒与何人?”戴老的酒店，当是前店后坊式的，旋酿旋卖的传统作坊式酒店，酿是为了卖。但诗人却执拗地认为，普天之下，真正懂得品味“大春”酒的只有“自称酒中仙”的我李白，“大春”酿造的专利属您戴老，品味享受“大春”酒的专利则非我莫属。如今，您老虽已入夜台，但独享品味“大春”专利的我却还在阳世，请问您酿出酒来，又能卖给谁呢？美酒本当大家共享，李白却毫不客气地垄断独享之权。这极不合逻辑也极不合情理的设问却透露了在戴老生前，李白不但是酒店的常客，而且是“大春”酒和酿制“大春”的戴老的知音，透露出彼此之间不拘形迹的亲密关系和真挚情谊。

一位是名满天下的大诗人，一位是平凡的酿酒卖酒老头。彼此之间不但毫无贵贱的身份地位的俗念，而且像老朋友似的可以相互打趣，“夜台无李白，沽酒与何人”的诗句中，甚至还蕴含着一种高山流水式的知音之感。诗固然写得极平易而又极真挚，极朴素而又极富奇趣，而诗中所折射出的李白的平民化个性与情感，或许更值得珍视。

杜　甫

杜甫（712—770），字子美，祖籍京兆杜陵（今西安市），生于巩县（今河南巩义）。出身于“奉儒守官”之家。远祖杜预系西晋名将名儒，祖父杜审言为武后朝著名诗人，他们对杜甫的儒家思想、功业追求、诗歌创作均有重要影响。七岁能诗。年十四出入于东都翰墨之场。二十岁开始漫游吴越，二十四岁回到洛阳，应举未第。二十五岁复游齐、赵。天宝三载（744），结识被“赐金放还”的李白，同游梁、宋，在宋中遇高适，三人同游，慷慨怀古。后又与李白游齐、鲁。天宝五载至长安。六载，应举落第，遂居留长安。先后献《三大礼赋》《封西岳赋》，并投诗干谒权贵。十四载擢河西尉，不赴，改授右卫率府胄曹参军，岁末赴奉先（今陕西蒲城县）探望妻子，时安史叛军已陷洛阳迫近潼关。十年困守长安的生活，将杜甫锻炼成了忧国忧民的诗人。避乱鄜州时，得知肃宗已在灵武即位，遂冒死前往投奔，半道为叛军所俘，陷居长安。至德二载（757）夏，间道奔赴肃宗行在凤翔，授左拾遗。不久即因上疏救房琯触犯肃宗。九月长安光复，携家返京供职。乾元元年（758），出为华州司功参军，是年冬，曾至洛阳，亲历战争对人民造成的惨重伤害。二年秋，弃官携家赴秦州（今甘肃天水）、转同谷，生活陷于绝境。复由同谷入蜀，于岁末抵达成都。在友人资助下于西郊浣花溪畔营建草堂，开始了一段相对平静的生活。上元二年（761）七月，友人严武自成都尹入朝，杜甫送至绵州。适遇剑南兵马使徐知道在成都作乱，遂辗转徙居绵、梓、阆州。广德二年（764）严武再度镇蜀，表署节度参谋、检校工部员外郎（后世因称甫为杜工部）。永泰元年（765）正月辞幕归草堂。四月，严武卒，五月，携家沿江而下，在云安（今云阳）因病逗留约半年。大历元年（766）夏至夔州（今奉节），得都督柏茂林之助，在夔州首尾居留三年。大历三年三月，离夔州出峡，先后漂泊江陵、公安、岳阳、潭州、衡州等地。五年冬病卒。

杜甫为中国文学史上最伟大的现实主义诗人。其诗歌创作对唐代由极盛转衰时期的社会生活作了全面深刻地反映，举凡战乱的破坏、人民的疾苦、统治者的腐败、贫富的悬殊、军阀的跋扈叛乱，乃至一些重大的军事事件，在他笔下均有及时而鲜明的反映，并贯注着深厚的爱国主义精神和人道主义精神，被后人称为“诗史”。其中熔述志抒怀、叙事绘景、纵横议论为一体，将个人经历遭遇与时事政治、人民生活融合的长篇，以及以下层人民的苦难为内容，带有叙事性的短篇，都是对现实主义传统的创造性发展。在古体诗的创作中，极大地提高了诗的写实技巧和叙事艺术，并能以高度概括的艺术手段揭示出生活的本质。在古代诗史上，杜甫既是集大成者，又是开新世界者。他在诗歌体裁上，五古、七古、五律、七律、排律（尤其是长律）均达到一流水平，对七律的发展提高更有巨大贡献。不仅用七律来反映广阔的现实生活，抒写人民的苦难，抒发忧国忧民的情怀，从而极大地扩展了七律的生活容量与政治内涵；且能运古于律，既格律精严，字句烹炼，而又气势磅礴，意境浑融，极大地提高了七律的艺术品位。晚年大量创作七律拗体，以表现内心郁勃不平之气，在艺术上也有明显创新。在艺术风格上，创造了极富时代特征和个性特征的"沉郁顿挫"风格，思想的深厚博大，感情的深沉凝重，意境的沉雄悲壮，表现的回环起伏、波澜曲折，构成了融时代悲剧与个人悲剧为一体的具有崇高悲壮色彩的诗风。与此同时，还创造了极其锤炼精工的诗歌语言。通过"语不惊人死不休"的苦心经营，达到"毫发无遗憾""下笔如有神"的程度。而这种锤炼，又与创造浑然一体的诗歌意境结合，显得字烹句炼，力透纸背，又具整体流贯的气势。此外，为了扩展诗歌的容量，在古体、律体中大量创作组诗，并加以精工的组织经营，也是杜甫的一大创造。有集六十卷，已佚。北宋王洙重编《杜工部集》二十卷、补遗一卷，为后世杜集祖本。清代著名杜集注本有钱谦益《钱注杜诗》、仇兆鳌《杜诗详注》、浦起龙《读杜心解》、杨伦《杜诗镜铨》等。

望　岳〔一〕

岱宗夫如何〔二〕？齐鲁青未了〔三〕。
造化钟神秀〔四〕，阴阳割昏晓〔五〕。
荡胸生曾云〔六〕，决眦入归鸟〔七〕。
会当凌绝顶〔八〕，一览众山小〔九〕。

校注

〔一〕岳，此指东岳泰山。诗作于开元二十五六年（737—738）游齐、赵时。望岳，在山下远望东岳泰山。

〔二〕岱宗，即泰山。《书·舜典》："岁二月，东巡守，至于岱宗。"孔传："岱宗，泰山，为四岳所宗。"泰山居五岳之首，为其他诸岳所宗，故称。夫（fú），助词，用于句中或句首、句末。

〔三〕齐鲁，春秋时齐国、鲁国之地。《史记·货殖列传》："故泰山之阳则鲁，其阴则齐。"青未了，谓泰山的一派青黛之色尚绵延不绝。

〔四〕造化，大自然。钟，聚集。神秀，神奇秀美。孙绰《游天台山赋序》："天台山者，盖山岳之神秀者也。"

〔五〕阴阳，指山的北面和南面。割，分。昏晓，指阴暗与明亮。

〔六〕荡胸，心胸激荡。曾，通"层"。此句系倒装句，谓望见山上层云涌动翻卷，心胸为之激荡。

〔七〕眦（zì），眼眶。决眦，谓张大眼睛极望。入归鸟，看到归林之鸟。萧涤非曰："鸟向山飞，目随鸟去，所以说入归鸟。岑参诗：'鸟向望中灭。'（《南楼送卫凭》）可与此句互参。"（《杜甫诗选注》）

〔八〕会当，定要。凌，凌驾、登上。

〔九〕《孟子·尽心上》："孟子曰：'孔子登东山而小鲁，登泰山而小天下。'"《法言·吾子》："升东岳而知众山之峛崺也，况介丘乎！"

笺评

范温曰：《望岳》诗云："齐鲁青未了。"《洞庭》诗云："吴楚东南坼，乾坤日夜浮。"语既高妙有力，而言东岳与洞庭之大，无过于此。后来文士极力道之，终有限量，益知其不可及。《望岳》第二句如此，故先云"岱宗夫如何"……无第二句，而云"岱宗夫如何"，虽曰乱道可也。（《潜溪诗眼》）又曰：起句之超然者也。（《唐诗品汇》卷八五古引）

刘辰翁曰："齐鲁青未了"五字雄盖一世，"青未了"语好，"夫如何"跌荡，非凑句也。"荡胸"语，不必可解，登高意豁，自见其趣；对下句苦。（《删补唐诗选脉笺释会通评林·盛五古》引）

董其昌曰：顷见岱宗诗赋六本，读之既竟，为区检讨用孺言曰："总不如一句。"检讨请之，曰："齐鲁青未了。"（《画禅室随笔》）

唐汝询曰：此纪泰山之胜也。言山形峻绝，其青翠之色亘齐鲁而不穷。盖造化之神秀于此聚，阴阳之昏晓于此分。登之则层层旋绕，足以洗心；

望之则宿鸟归飞，咸能刮目，然此特望中之景耳，若登绝顶而览观，则宇内无高山矣。（《唐诗解》卷六）

钟惺曰：（“夫如何”）三字得“望”之神。定用望岳语景作结，便弱便浅。此诗妙在起，后六句不称。如此结，自难乎其称，又当设身为作者想之。（《唐诗归》）

谭元春曰：（“荡胸”二句）险奥。（同上）

郭濬曰：他人游泰山记，千言不了，被老杜数语说尽。（《删补唐诗选脉笺释会通评林·盛五古》引）（按：郭有《增定评注唐诗正声》）

周珽曰：只言片语，说得泰岳色气凛然，为万古开天名作。句字皆能泣鬼神而裂鬼胆。（《删补唐诗选脉笺释会通评林·盛五古》）

王嗣奭曰：“齐鲁青未了”“荡胸生云”“决眦入鸟”，皆望见岱岳之高大，揣摩想象而得之，故首用“夫如何”，正想象光景，三字直管到“入归鸟”，此诗中大开合也。“荡胸生层云”，状襟怀之浩荡也。“决眦入归鸟”，状眼界之宽阔也。想象登岳如此，非实语，不可以句字解也。公盖身在岳麓，神游岳顶，所云“一览众山小”者，已冥搜而得之矣。结语不过借证于孟，而照应本题耳，非真须再登绝顶也。集中《望岳》诗三见，独此辞愈少，力愈大，直与泰岱争衡。（《杜臆》）

卢世漼曰：最初望东岳似稍紧窄，然而旷甚。最后望南岳似稍错杂，然而肃甚。固不必登峰造极，而两岳真形，已落子美眼底。及观《又登后园山脚》云：“昔我游山东，忆戏东岳阳。穷秋立日观，矫首望八荒。”则是业升岱宗之巅，而流览无际矣。乃绝不另设专题，以铺张游概。斯正作者乘除拆补，甚深微妙处。亦以《望岳》一首，已领其要，故不必再尔絮叨。试思他人千言万语，有加于“齐鲁青未了”乎！（《杜诗胥钞馀论·论五言古诗》）

吴瞻泰曰：此古诗之对偶者，犹自选体中来。而其结撰严整，已似五律。（《杜诗提要》卷一）

金圣叹曰：“岳”字已难着语，“望”字何处下笔？试想先生当日有题无诗时，何等惨淡经营！一字未落，却已使读者胸中、眼中隐隐隆隆具有“岳”字、“望”字。盖此题非此三字（按：指“夫如何”三字）亦起不得，而此三字非此题，亦用不着也……此起二语，皆神助之句（首句下）。凡历二国，尚不尽其青，写“岳”奇绝，写“望”亦奇绝。五字何曾一字是“岳”？何曾一字是“望”？而五字天造地设，恰是“望岳”二字。

（“齐鲁”句下）二句写“岳”。岳是造化间气所特钟，先生望“岳”，直算到未有岳以前，想见其胸中咄咄！“割昏晓”者，犹《史记》云“日月所相隐辟为光明也”。一句写其从地发来，一句写其到天始尽，只十字写“岳”遂尽。（“造化”二句下）翻“望”字为“凌”字已奇，乃至翻“岳”字为“众山”字，益奇也。如此作结，真有力如虎。（末二句下）（《杜诗解》）

黄周星曰：只此五字（按：指“齐鲁青未了”五字），可以小天下矣，何小儒存乎见少也。“割”字奇。“入”字又奇，然“割”字人尚能用，“入”字人不能用。（《唐诗快》）

田雯曰：余问聪山：老杜《望岳》诗“夫如何”“青未了”六字，毕竟作何解？曰：子美一生，唯中年诸诗静练有神，晚则颓放。此乃少时有意造奇，非其至者。（《古欢堂杂著》）

仇兆鳌曰：此望东岳而作也。诗用四层写意。首联，远望之色。次联，近望之势。三联，细望之景。末联，极望之情。上六实叙，下二虚摹。岱宗如何，意中遥想之词；自齐至鲁，其青未了，言岳之高远。拔地而起，神秀之所特钟；矗天而峙，昏晓于此判割。二语奇峭。杜句有上因下因之法。荡胸由于曾云之生，上二字因下；决眦而见归鸟入处，下三字因上。上因下者，倒句也；下因上者，顺句也。末即“登泰山而小天下”之意。又曰：少陵以前，题咏泰山者，有谢灵运、李白之诗，谢诗八句，上半古秀，而下却平浅；李诗六章，中有佳句，而意多重复。此诗遒劲峭刻，可以俯视两家矣。《龙门》（指《游龙门奉先寺》）及此章，格似五律，但句中平仄未谐，盖古诗之对偶者。而其气骨峥嵘，体势雄浑，能直驾齐梁以上。（《杜少陵集详注》卷一）

汪师韩曰：诗至少陵，谓之集大成，然不必无一字一句之可议也。读其全集，求痕觅瑕，亦何可悉数！即如“岱宗夫如何，齐鲁青未了”（《望岳》），起轻佻失体。（《诗学纂闻·杜诗字句之疵》）

佚名曰：夫望岳与登岳不同。登岳即须细详岳麓中之奇特、巉岩、岸伟，不可端倪。若望岳，则又不得若是，必须就其涵盖体统处，写其挺出物表，有一语胜人千百之奇，如此诗起句“岱宗夫如何”，有似古金石铭刻语，又如屈子《天问》，古穆浑噩……寥寥之数语，足尽岱宗之奇，所谓龙文百斛，健笔独扛者也。（《杜诗言志》卷一）

沈德潜曰：“齐鲁青未了”五字，已尽泰山。（《重订唐诗别裁集》

卷二）

浦起龙曰：公《望岳》诗三首，此望东岳也。越境连绵，苍峰不断，写岳势只“青未了”三字，胜人千百矣。“钟神秀”，在岳势前推出；“割昏晓”，就岳势上显出。“荡胸”“决眦”，明逗“望”字。末联则以将来之凌眺，剔现在之遥观，是透过一层收也。杜子心胸气魄，于斯可观，取为压卷，屹然作镇，岂惟镌刻年月云尔。（《读杜心解》卷一）

杨伦曰：“割”字奇险。（“阴阳”句）言阴阳之气为昏晓所分也。徐增曰：“山后为阴，日光不到故易昏；山前为阳，日光先临故易晓。”（“决眦”句）薛梦符曰：言登览之远，摅决其目力入归鸟之群也。（《杜诗镜铨》卷一）

陈訏曰：岳在望中，无可实写，只可从望中虚摹。起句即领“望”字之神。次句摹“望”字，句奇语确，紧贴齐鲁，不脱岱宗。三、四、五、六，均空际着笔。七、八空际用意，借“小鲁”“小天下”挽到岱宗，仍切“望”字，点滴不漏。与前《游奉先寺》诗，小小结构，俱规矩方员之至。（《读杜随笔》上卷一）

延君寿曰：予尝谓：读《北征》诗与荆公《上仁宗书》，唐、宋有大文章。后人敛衽低首，推让不遑，不敢复言文字矣。此言出，人必谓震其长篇大作耳，不知“齐鲁青未了”才五字，《读孟尝君传》才数行，今人越发不能。古人手段，纵则长河落天，收则灵珠在握，神龙在霄，不得以大小论。（《老生常谈》）

李少白曰：子美《望岳》一古，通首健举，而“决眦入归鸟”之句，更体贴入微，状出苍茫景象。（《竹溪诗话》卷二）

施补华曰：《望岳》一题，若入他人手，不知作多少语，少陵只以四韵了之，弥见简劲。“齐鲁青未了”五字，囊括数千里，可谓雄阔。后来唯退之“荆山已去华山来”七字足以敌之。（《岘佣说诗》）

吴汝纶曰：（“造化”二句）此十字气象旁魄，与岱宗相称。（“荡胸”二句）奇情，写望岳之神。（末二句）抱负不凡。（《唐宋诗举要》引）

邵子湘曰：语语奇警。（《唐宋诗举要》卷一引）

萧涤非曰：全诗没有一个“望”字，但句句写向岳而望。距离是自远而近，时间是从朝至暮，并由望岳悬想将来的登岳。（《唐诗鉴赏辞典》第419页）

傅光曰：《望岳》之“阴阳割昏晓”句，旧注有谓阴阳为日月者，有谓阴阳为山后山前者，有谓为阴阳之气者，皆觉费解……盖泰山坐北南向。泰山脚下，可见东西两面山峦对峙，犹神斧之分割。至斜阳西下，则东面山峦西侧，不见日光，郁郁葱葱，犹黄昏之状；而西面山峦东侧，光照尚强，明丽非常，灿若初晓。此即公诗“阴阳割昏晓”之谓也。此景惟黄昏时分，乃可得之，而此诗有“决眦入归鸟”一句，足证杜公望岳，正黄昏之时。（《百家唐宋诗新话》）

在中国的名山中，泰山高居五岳之首。除历代帝王多在此举行封禅盛典以告成功这一历史文化原因之外，还由于其特殊的地理形势——拔起于齐鲁平原之间，使它显得特别巍峨雄峻。此诗写远望中的泰山，其主要特征即多从大处落笔，虚处传神，既写出它的阔大巍峨，雄奇峻峭，又传达它的磅礴高远气势和荡激心胸、引人奋发向上的力量。要写出泰山的整体面貌和气势，远望是最佳的观察角度；否则就会如苏轼所说，“不识庐山真面目，只缘身在此山中”。而远望，则自然只能得其大体，不可能作非常具体细致的观察和描写。远望，大处落笔，虚处传神，写出其整体面貌气势，这三者之间是密切相关的。

首句即以设问语虚处落笔喝起。不说泰山而称“岱宗”，便含郑重推尊意味。紧接“夫如何”三字，更隐透面对如此雄壮巨大而带神奇色彩的对象时发自内心的惊叹。在“岱宗”与“如何”之间插入一个在诗歌中很少用的语助词“夫”字，不仅使诗的节奏显得纡徐有致，而且传达出一种暗自沉吟揣摩的神情，仿佛感到面前的对象难以把握。

次句便从大处落笔，正面描绘泰山之广大。泰山绵亘于今山东省中部泰安、济南之间，古称“泰山之阳则鲁，其阴则齐”，故用“齐鲁青未了”一语概写其青黛之色，绵延古齐鲁之地而不绝的广袤面貌。实际上，即使站在更远处，诗人也不可能真正望见泰山广远绵延的全貌，这里的概括描写，已经包含了想象甚至夸张的成分。妙在用“青未了”三字传出其跨齐鲁而犹绵延不绝的态势，遂觉这青黛山色苍茫杳远而无有际涯。这正是大处落笔与虚处传神结合的范例。

如此广袤绵延的泰山突兀拔起于平野之上，使诗人不得不惊叹这是造化所创的奇观。第三句“造化钟神秀”仍从虚处下笔，说大自然仿佛特别钟爱照顾泰山，将宇宙间的神奇秀美都集中在它身上。这完全是虚写，但正是这种写法才能从整体上传达泰山之美所具有的神奇色彩和它在观赏者心中引起的震撼。第四句“阴阳割昏晓”有各种不同的解释，但只要明白诗人是把泰山作一个庞大的整体来描写，便不难理解其真实的含意是极状山之高峻，说它的南面（阳）为阳光所照射，故明亮（晓）；北面（阴）为阳光所不及，故晦暗（昏）。着一“割”字，不仅形象地显示出山的北面和南面，仿佛被分割成了一明一暗两个截然不同的世界，而且传神地表现了山的高峰奇险，宛如巨刃摩天的非凡气势。王维《终南山》的腹联“分野中峰变，阴晴众壑殊”所描绘的情景与此句相近，但王维是站在终南山顶下瞰，故是实写眼前景，而杜甫是在山下遥望，不可能同时看到山北山南一晦一明的景象，故是虚写想象中之景，而山之高峻奇险则于此可见。

五、六两句，改换笔法，写远望中的泰山云涌鸟归景象，其中自含写实成分。但诗人的着力点不在云涌鸟归景象本身，而在通过它来写自己远望时的感受与神情，故实中寓虚。上句本是写远望泰山上层云涌动，自己的胸中也因之激荡不已，因倒装句法而给人以胸中汹涌激荡如云起潮涌之感，突出了泰山上的壮丽景象对人的感染力。下句是写遥望归鸟向泰山飞去，随着鸟的渐飞渐远，仿佛要睁大眼睛，尽力追寻，才能摄入飞鸟的踪影。这目随飞鸟而去的景象，正传神地表现了诗人目注神驰的情状，体现了泰山之景对人的吸引力，这正是写远望之神。

末二句由远望而生“凌绝顶”之想。远望中的泰山，已如此广袤绵延、高峻奇险，使自己心潮涌动，目注神驰，遂自然产生强烈的登临绝顶的愿望。从晚年所作的《又上后园山脚》诗“昔我游山东，忆戏东岳阳。穷秋立日观，矫首望八荒”之句，诗人当年实已登泰山之巅，此诗“会当”二字，也透露了其愿望之迫切强烈。“一览众山小”虽是因孔子“登泰山而小天下”而引发的想象虚拟之词，却画出了诗人挺立峰巅，“矫首望八荒”的生动形象和奋发向上、登峰造极、雄视天下的壮阔情怀。前六句写远望中的泰山，已极传其广大巍峨、雄峻奇险之势，此二句写遥想中登顶“一览众山小”，既是进一步写出泰山之广袤、高峻，又是进一层写出诗人因“望岳”而生的壮怀，可以说是既传泰山之神，又传诗人望岳之神的完美收束。

兵车行〔一〕

车辚辚〔二〕，马萧萧〔三〕，行人弓箭各在腰〔四〕。耶娘妻子走相送〔五〕，尘埃不见咸阳桥〔六〕。牵衣顿足拦道哭，哭声直上干云霄〔七〕。道旁过者问行人〔八〕，行人但云点行频〔九〕：或从十五北防河〔一〇〕，便至四十西营田〔一一〕。去时里正与裹头〔一二〕，归来头白还戍边〔一三〕。边庭流血成海水〔一四〕，武皇开边意未已〔一五〕。君不闻汉家山东二百州〔一六〕，千村万落生荆杞〔一七〕。纵有健妇把锄犁〔一八〕，禾生陇亩无东西〔一九〕。况复秦兵耐苦战〔二〇〕，被驱不异犬与鸡〔二一〕！长者虽有问〔二二〕，役夫敢申恨〔二三〕！且如今年冬，未休关西卒〔二四〕。县官急索租〔二五〕，租税从何出？信知生男恶，反是生女好。生女犹得嫁比邻〔二六〕，生男埋没随百草〔二七〕。君不见，青海头〔二八〕，古来白骨无人收。新鬼烦冤旧鬼哭，天阴雨湿声啾啾〔二九〕！

校注

〔一〕这是杜甫“即事名篇，无复倚傍”（元稹《乐府古题序》），针对现实而作的乐府歌行。作于天宝十载（751）冬。内容系抨击玄宗后期发动的一系列开边黩武战争，有较大概括性。

〔二〕辚辚，车声。《诗·秦风·车邻》：“有车辚辚。”

〔三〕萧萧，马鸣声。《诗·小雅·车攻》：“萧萧马鸣，悠悠旆旌。”

〔四〕行人，征人，出征的士兵。

〔五〕耶娘，即爷娘，父母。走，奔走。

〔六〕咸阳桥，即西渭桥。《雍录》：“秦、汉、唐架渭者凡三桥：在咸阳西十里者，名便桥，汉武帝造；在咸阳东南二十二里者，为中渭桥，秦始皇造；在万年县东四十里者，为东渭桥。”西渭桥又称便门桥，因与汉长安城便门相对，故名。故址在今咸阳市西南。从长安出发过咸阳西去，必经此桥。

〔七〕干，犯。

〔八〕道旁过者，指诗人自己。将自己作为诗中的一个人物，见证诗中所写情景。

〔九〕点行，按户籍名册依次点名抽丁出征。频，频繁。

〔一〇〕防河，当时吐蕃经常侵扰河西（黄河以西）陇右地区，唐廷征调关中、朔方等内地军队集于河西一带以防备，故曰防河。又称“防秋”。

〔一一〕营田，即屯田。戍边士兵，兼事屯田垦荒，有事作战，平时种田。营田亦为防备吐蕃。

〔一二〕去时，指初次从军出征时，即上云“十五”岁时。里正，唐代百户为一里，设里正一人。裹头，包扎头巾。古以皂罗三尺裹头。因初次出征时年少，故里正为之裹扎头巾。

〔一三〕此句上承“便至”句。谓好容易挨到从前线归来，又被征调入伍，前往戍边。

〔一四〕边庭，犹边疆，边地。

〔一五〕武皇，本指汉武帝。唐代诗人多借“武皇”指唐玄宗。

〔一六〕汉家，借指唐朝。山东，指华山以东。又称关东。仇兆鳌注引《十道四蕃志》：“关以东七道，凡二百一十七州。”二百州系举成数。

〔一七〕生荆杞，形容田地荒芜，民生凋敝，农业生产遭到巨大破坏。

〔一八〕把，持。把锄犁，拿着锄头犁耙从事农耕。

〔一九〕无东西，形容妇女耕种的田地，庄稼长得杂乱不成行列。

〔二〇〕秦兵，指关中地区的士兵，即下文“关西卒”。《史记》称“秦人勇于攻战”。岑参《胡歌》：“关西老将能苦战，七十行兵仍未休。”古有关东出相，关西出将之说。王嗣奭曰：秦兵即关中之兵，正此时点行者。因坚劲耐战，故驱之尤迫。今驱负来者弱兵，直弃之耳，与犬鸡何异！（《杜臆》）

〔二一〕驱，驱使，指被强征服役。

〔二二〕长者，征人称“道旁过者”，即诗人自己。

〔二三〕役夫，行役之人，即上文“行人”。敢申恨，岂敢申说自己的怨恨。

〔二四〕休，停止征调。关西，指函谷关以西的关中地区。关西卒，即上文“秦兵”。

〔二五〕县官，朝廷、官府。《史记·孝景本纪》：“令内史郡不得食马粟，没入县官。”《汉书·食货志上》：“贵粟之首，在于使民以粟为赏罚。

今募天下入粟县官，得以拜爵，得以除罪。”柳宗元《答元饶州论政理书》：“今富者税益少，贫者不免于捃拾以输县官，其为不均大矣。”朱鹤龄曰：名隶征伐，则生当免其租税矣。今以远戍之身，复督其家之输赋，岂可得哉！此承上更进一层语，亦与上村落荆杞相应。（杨伦注引）

〔二六〕比邻，近邻。

〔二七〕杨泉《物理论》载秦代民谣云：“生男慎勿举，生女哺用脯。不见长城下，尸骸相支拄。”陈琳《饮马长城窟行》：“生男慎莫举，生女哺用脯。君独不见长城下，死人骸骨相撑拄！”以上四句化用其语。

〔二八〕青海头，青海湖边上。这一带是唐军与吐蕃经常交战的地方。

〔二九〕啾啾，此处象鬼哭泣之声。

笺评

元稹曰：近代惟诗人杜甫《悲陈陶》《哀江头》《兵车）《丽人》等，凡所歌行，率皆即事名篇，无复倚傍。余少时与友人乐天、李公垂辈，谓是为当，遂不复拟赋古题。（《乐府古题序》）

蔡宽夫曰：齐梁以来，文士喜为乐府辞，然沿袭之久，往往失其命题本意……甚有并其题而失之者……虽李白亦未免此。惟老杜《兵车行》《悲青坂》《无家别》等数篇，皆因事自出己意立题，略不更蹈前人陈迹，真豪杰也。（《蔡宽夫诗话》）

王深甫曰：雄武之君，喜驱中国之众，以开边服远为烈；而不寤其事，乃先王之罪人耳。此诗盖借号于汉以刺玄宗云。（宋方深道辑《诸家老杜诗评》引《王深甫集》）

黄彻曰：杜集多用经书语，如“车辚辚，马萧萧”，未尝外入一字……皆浑然严重，如天陛赤墀，植璧鸣玉，法度森锵。（《䂬溪诗话》）

吴师道曰：“长者虽有问，役夫敢申恨”，寻常读之，不过以为漫语而已。更事之馀，始知此语之信。盖赋敛之苛，贪暴之苦，非无访察之司，陈诉之令，而言之未必见理，或反得害。不然，虽幸复伸，而异时疾怒报复之祸尤酷，此民之所以不敢言也。“虽”字“敢”字，曲尽事情。（《吴礼部诗话》）

胡应麟曰：杜《兵车》《丽人》《王孙》等篇，正祖汉、魏，行以唐调耳。（（诗薮·内编》）又曰：乐府则太白擅奇古今，少陵嗣迹风雅。《蜀

道难》《远别离》等篇，出鬼入神，惝恍莫测；《兵车行》《新婚别》等作，述情陈事，恳恻如见。（同上卷二）

王嗣奭曰：此诗已经物色。其妙尤在转韵处磊落顿挫，曲折条畅。（《杜臆》）又曰：旧注谓明皇用兵吐蕃，此当作于天宝中年。（仇注引）

吴山民曰：首段作乐府语，不嫌直率。“且如今冬”二句，应“开边未已”来；“县官急索”二句，应“村落生荆杞”来。（《删补唐诗选脉笺释会通评林·盛七古》引）

周珽曰：以开边之心未已，致令人、鬼哭不得了，闻者有不痛心乎！写至此，应胸有鬼神，笔有风雨。（同上）

陆时雍曰：起、结最是古意。（同上引）

吴逸一曰：语杂歌谣，最易感人，愈浅愈切。（《汇编唐诗十集》引）

唐汝询曰：此为明皇征吐蕃而为征夫自诉之词以刺也。言大军将发，整车马，治戎器，行者之家，哭送于途。于是路人问之，而征夫自诉曰：朝廷役使夫无休时，既兴防河、营田之役，复有开边之举，使我白首不得息。又况边人血流成海，帝心尚未厌也。今山东之地几于无人，妇人耕作，男子横戈，军中复以强弱相凌，见困尤甚。然我非敢以从征为恨也。苟关西之卒未休，退耕者寡，租税无从出，则输赋之苦尤甚于从军矣。吾人何乐乎有生哉！总之，暴骨青海旁耳。吁！黩武如此，而不亡国者鲜矣！此安史之乱所由起也。（《唐诗解》卷十四）

钱谦益曰：“君不闻”以下，言征戍之苦，海内绎骚，不独南征一役为然，故曰“役夫敢申恨”也。“且如”以下，言土著之民亦不堪赋役，不独征人也。“君不见”以下举青海之故，以言征南之必不返也。不言南诏，而言山东，言关西，言陇西，其词哀怨而不迫如此。曰“君不闻”“君不见”，有诗人呼祈父之意焉。是时国忠方贵盛，未敢斥言，杂举河陇之事，错互其词，若不为征南诏而发者，此作者之深意也。（《钱注杜诗》）

朱鹤龄曰：玄宗季年，穷兵吐蕃，征戍绎骚，内郡几遍，诗故托为从征者自诉之词。（杨伦《杜诗镜铨》卷一引）

俞玚曰：声调自古乐府来，笔法古峭，质而有文，从行人口中说出，是风人遗格。前段以大概防边者言，后段以今日之行者言，居者之租税何来，行者之身命不保，俱兼两层意。（《杜诗集评》）卷五引）

单复曰：此为明皇用兵吐蕃而作，故托汉武以讽，其辞可哀也。先言人哭，后言鬼哭。中言内郡凋弊，民不聊生，此安史之乱所由起也。吁！

为人君而有穷兵黩武之心者，亦当为之恻然兴悯，惕然知戒矣。（仇兆鳌《杜少陵集详注》卷二引）

王道俊曰：王深父云："时方用兵吐蕃，故托汉武事以为刺。"此说是也。黄鹤谓：天宝十载，鲜于仲通丧师泸南，制大募兵击南诏，人莫肯应。杨国忠遣御史分道捕人，连枷送诣军前，故有"牵衣""顿足"等语。按：明皇季年，穷兵吐蕃，征戍驿骚，内郡几遍。当时点行愁怨者，不独征南一役，故公托为征夫自诉之词以讥切之。若云惧杨国忠贵盛，而诡其于关西，则尤不然。太白《古风》云："渡泸及五月，将赴云南征。怯卒非壮士，南（炎）方难远行。长号别严亲，日月惨光晶。泣尽继以血，心摧两无声。"已明刺之矣。太白独胡不畏国忠耶？（《杜诗博议》。仇兆鳌《杜少陵集详注》卷二引）

仇兆鳌曰：首段，叙送别悲楚之状，乃纪事；下二段，叙征夫苦役之情，乃纪言。辚辚，众车之声；萧萧，鸣不喧哗；行人，行役之人。次提"过者""行人"，设为问答。而以"君不闻"数语作收应。曰防河，曰营田，曰戍边，所谓"点行频"也。开边未已，讥当日之穷兵，至于村落萧条，夫征妇耕，则民不聊生可知。本言"秦兵"，而兼及山东，见无地不行役矣。（末段）再提"长者""役夫"，申明问答，而以"君不见"数语作总结。"未休"戍卒，应上"开边未已"，"租税何出"，应上村落荆杞。"生男"四语，因前爷娘妻子送别，而为此永诀之词。青海鬼哭，则驱民锋镝之祸，至此极矣。此章是一头两脚体。下面两扇，各有起结。各换四韵，各十四句，条理秩然，而善于曲折变化，故从来读者不觉耳。（《杜少陵集详注》卷二）

何焯曰：曲折穿漏不直，亦有宾主。借"秦人"口中带出，以所见者包举所不及见者也。（"况复秦兵"二句下）篇中逐层相接，累累珠贯，弊中国而徼边功，农桑废而赋敛益急，不待禄山作逆，山东已有土崩之势矣。况畿辅根本亦空虚如是，一朝有事，谁与守耶？借汉喻唐，借山东以切关西，尤得体。（《义门读书记》）

张谦宜曰：句有长短，一团气力。〇"牵衣顿足拦道哭"，夹此等句不妨，一味作尔许声口，格便低。〇"长者虽有问"数句，作缓语一间急势。末用惨急调，收得陡。（《絸斋诗谈》卷四）

许昂霄曰：赋役之苦，征戍之苦，两层意尤重征戍一层。故言陇为尽荒，则前段转详；言死云相继，则后段更深。（刘濬《杜诗集评》卷五引）

吴瞻泰曰：篇中以“开边”句为主，而叙事只起手七句，以下俱词令代叙事。“但云”二字，直贯至末，皆戍役之言，分两段写：一段以“君不闻”结往内郡凋敝，一段以“君不见”结往戍卒零丁。似分两扇，而长短参差，绝无痕迹。词令述完，不复再叙一语，含蓄吞吐，语未尽而意有馀。真汉诗，真乐府。（《杜诗提要》卷五）

浦起龙曰：是为乐府创体，实乃乐府正宗。齐、梁间，拟汉、魏者，意在仿古，非有所感发规讽也。若古乐府，未有无谓而作者。旧注：明皇用兵吐蕃，民苦行役而作。愚按：仇氏分截是，但谓一头两脚则非。两脚则分两柱，诗非两柱也。首段，瞥然而起，只写行色，不言所事，如风来潮来，令人目眩。“道旁”一段，逗出“点行频”三字，为一诗之眼。又揭出“开边未已”四字，见作诗之旨。然此段只是历叙从前，指陈惨苦；又泛举天下，剔出关中。盖防秋戍卒，由来已久，还在题前一层也。自“长者”以下至末，才入时事。“今冬”二句，乃是本题正面。末则慨叹现在行役之苦。盖前段之苦，已事也；此段之苦，本事也。欲人主鉴既往而悯将来，假征人之苦语，转黩武之侈心，此《三百篇》之遗也。噫！山东近在中土，乃事之可见者，而深宫竟不得闻。青海陷我穷民。宜君所习闻者，而绝域又不可见。两呼“君不闻”“君不见”，唤醒激切。〇通篇以苦役为主，中间夹写凋敝。（《读杜心解》卷二）

沈德潜曰：诗为明皇用兵吐蕃而作，设为问答，声音节奏，纯从古乐府得来。以人哭始，鬼哭终，照应在有意无意。（《重订唐诗别裁集》卷六）又曰：纵笔所之，犹龙夭矫，足以惊风雨而泣鬼神（杨伦注引）

《唐宋诗醇》：此体创自老杜，讽刺时事而托为征夫问答之词。言之者无罪，而闻之者足以为戒，《小雅》遗音也。篇首写得行色匆匆，笔势汹涌，如风潮骤至，不可逼视。以下接出点行之频，指出开边之非，然后正说时事，末以惨语结之。词意沈郁，音节悲壮，此天地商声，不可强为者也。（卷九）

邵长蘅曰：是唐诗史，亦古乐府。通篇设为役夫问答之诗，乃风人遗格。（“车辚辚”五句）叙起一片惨景，笔势如风潮骤涌，不可逼视。（杨伦《杜诗镜铨》卷一引）

蒋弱六曰：（“点行频”）三字一吞声小顿，下再说起。（“武皇”句）一篇微旨。（“纵有”二句）善作反衬。（“长者”二句）又作一折。（“生女”二句）痛绝语。（同上引）

杨伦曰：（“武皇”句）不敢斥言，故托汉武以讽。（“君不闻”四句）此概天下言。（“况复”二句）此指今点行者。（同上）

梁运昌曰：此一诗乃开、天间治乱关头，不比他人征戍篇什，漫然而已。严沧浪谓此诗太白所不能作。今观其行文，不依傍古词，自成格调，风骨、气味、色泽并臻绝顶。尤能字字痛心，言言动魄，使人主闻之，因是念民瘼而戢侈心，岂非《小雅》之嗣者哉！（《杜园说杜》卷七）

方东树曰：此诗之意，务令上之人知好战之害，与民情之愁苦如此。而居高者每不知，所以不得已于作也。此篇其《史》《汉》大文，论著奏疏，合《诗》《书》六经相表里，不可以寻常目之。（《昭昧詹言·杜公》卷十二）

潘德舆曰：若《桃竹杖引》，特一时兴到语耳，非其至也。必求其至，《兵车行》为杜集乐府首篇，具长短音节，拍拍入神，在《桃竹杖引》之上。（《养一斋李杜诗话》）

施补华曰：“行人但云点行频”“去时里正与裹头”“纵有健妇把锄犁”，合之五古《新婚别》《无家别》《垂老别》《石壕吏》诸诗，见唐世府兵之弊，家家抽丁远戍，烟户一空，少陵所以为诗史也。（《岘佣说诗》）

《十八家诗钞评点》引张曰：杜公歌行妙处，与汉魏古诗异曲同工，如此篇可谓绝诣矣。

鉴赏

在唐诗发展史上，杜甫的《兵车行》称得上是一篇划时代的作品。以它为标志，唐诗由此前的歌咏繁荣昌盛时代昂扬奋发的精神风貌和高华朗爽的艺术风貌转为揭露社会矛盾、时代危机和下层人民的苦难，诗风也转为写实。单从诗的主旨——抨击统治者的黩武战争这一点看，同时代的诗人李白、李颀、刘湾等都写过类似的作品，但杜诗却以其特有的深刻性、广阔性和艺术概括性、创造性超越其他诗人之作而成为新诗风的突出代表。

要准确地理解这首诗的内容，首先必须弄清它所反映的黩武战争究竟是指某一次具体的战争，还是对一个较长时期中进行的一系列黩武战争的概括。宋代黄鹤认为此诗所反映的是天宝十载（751）鲜于仲通丧师泸南，制大募兵击南诏之事。据《通鉴》载：天宝十载“四月壬午，剑南节度使鲜于仲通讨南诏蛮，大败于泸南……士卒死者六万人，仲通仅以身免，杨国忠掩其败状，仍叙其战功……制大募两京及河南北兵以击南诏。人闻云南多瘴疠，未战士卒死者什八九，莫肯应募。杨国忠遣御史分道捕人，连枷诣送军所……于是行者愁怨，父母妻子送之，所在哭声震野”。所叙情景与李白《古风》其三十四专写此次征兵讨南诏之事者相合，亦与杜甫此诗开头所写咸阳桥头哭送征人一幕相合，故后世注杜诗者如钱谦益即据此认为诗为此次征南诏之役而作。而另外一些注家，则认为此诗系讽唐玄宗用兵吐蕃而作。这在诗中同样能找到一系列明显证据。一是诗中提到的“北防河”“西营田”均与同吐蕃作战有关；二是诗末明确提到“青海头”的新鬼旧鬼，更是与吐蕃长期作战之地。但这两种意见却都忽略了杜诗的写实，并非对一时一事的实录，而是对现实生活的提炼、熔铸和典型化概括。从诗中所写到的“汉家山东二百州，千村万落生荆杞”的情况看，这绝不是某一次黩武战争所能造成的严重局面，而是在一个相当长的时期中连续进行黩武战争酿成的恶果，这从“边庭流血成海水，武皇开边意未已”的诗句中也可明显看出。玄宗的黩武开边战争，与其政治上的逐渐腐败是基本上同步的。从天宝以来，东北边境上安禄山对奚、契丹的战争，西北边境上哥舒翰对吐蕃的战争，西南边境上鲜于仲通及李宓对南诏的战争，都带有黩武的性质，特别是天宝八载陇右节度使哥舒翰以死伤数万人的惨重代价夺取吐蕃石堡城之役，和鲜于仲通征南诏之役，士卒死者六万人，更是玄宗开边黩武战争付出惨重代价的突出事例。可以认为，《兵车行》是杜甫在天宝以来玄宗进行一系列开边黩武战争的基础上，特别是在天宝八载与吐蕃的石堡城之战及十载征南诏之败这两次战役的基础上，提炼概括而成的反黩武战争的诗篇。

诗一开头，就展现出一幅惨绝人寰的咸阳桥头送别征人的画面：车声辚辚，马声萧萧，出征的士兵腰间都佩带上了弓箭。征人的父母妻子奔走相送，人马杂沓，尘埃蔽天，连咸阳桥也被遮挡得不见踪影。送行的人们牵扯着征人的衣裳，顿足捶胸，呼天喊地，号啕大哭，哭声一直上冲云霄。这幅活动着的画面，显然是为了揭示这场战争违背人民意愿的非正义性质，说明征人是被迫上前线的。特别是“牵衣顿足拦道哭”一句，连用三个动作（牵衣、顿足、拦道）来渲染句末的“哭”字，不仅传达出眼睁睁看着亲人被迫赴死的士兵家属悲痛欲绝的心情，而且透露出他们对这场不义之战及发动这场战争的统治者内心强烈的怨愤。不妨说，这幅图景本身就是对黩武战争的强烈控诉。这个开头，确如前人所评，笔势如风潮骤涌，具有强烈的冲击力和震撼力。在给人以强烈的视、听感受的同时，给人以心理上的强烈震撼。

诗人在这首诗中，是以一个目击者和见证者的身份出现的。因此，在描绘上述图景之后，就自然引出了“道旁过者问行人”及行人的回答，以交代这幅惨绝人寰的图景的由来，并通过行人之口逐层深入地揭露抨击黩武战争造成的苦难和严重后果。这个“道旁过者”就是诗人自己。“行人但云”以下，从表面看，全是行人的回答。但揆之实际，杜甫当年即使真的目击了咸阳桥头哭送征人上前线的场景，并和其中的某个行人有过问答，但下面的这一大段答辞，显然不可能全出于行人之口，而是包含了杜甫多年来对现实生活的体验和思考。

“点行频”三字，一篇眼目。“或从”四句，用前后交错的句式，揭示出战争的旷日持久和点行之频。唐制：二十服役，六十而罢。天宝三载改为二十三岁征点，五十岁老免。诗中的这位征人，十五岁便被抽了到西北边疆防秋，直到四十岁还在那里屯田戍守，初次入伍时由于年少连头巾都是由年长的里正代裹的，好不容易挨到头白还乡，却又被强征入伍，赶往前线。“或从”句与“去时”句重合，“便至”句与“归来”句承接，“十五”“四十”的久远时间差距，“归来”与“还戍边”的对应，将这位士兵数十年的经历与战争之久、点行之频融为一体，写得简洁而不费力。

“边庭流血成海水，武皇开边意未已。”这样旷日持久的战争造成的一个直接严重后果，就是前线士兵的大量牺牲，诗人用“边庭流血成海水”的夸张渲染突出了牺牲之巨大与惨烈，可是最高统治者开边扩张的意愿却并没有止境。这两句是对全篇主旨的集中揭示，矛头直指唐玄宗，可见诗人的强烈正义感和可贵的诗胆。较之李白《古风》其三十四将矛头指向杨国忠更进一层。

“君不闻”四句，特意用乐府套语提起另一层意，将对黩武战争的揭露向深广处延伸。由于长期进行黩武开边战争，华山以东广大地区的农业生产遭到严重破坏，千村万落，田地上长满了荆棘，一片荒芜景象。纵使有妇女在田地上持锄扶犁耕作，种出来的庄稼也是行不成行，杂乱丛生，收成浇薄。“点行”之频，战争之久，使广大的中原地区丁壮都上了前线，田地荒芜，生产凋敝。这不仅从地域的广阔上进一步揭示出黩武战争造成的破坏波及范围之广，而且从动摇国家的根本上深刻地揭示出其为祸之烈。封建社会的经济，是以农业为立国根本的小农经济，一旦广大地区的农业生产遭到严重破坏，就必然会动摇立国的根基，造成一系列的矛盾和危机。因此这四句诗对全诗思想内容的开拓与深化起着至关重要的作用。《兵车行》之所以有别于一般的反黩武战争的诗，主要就在于杜甫看问题并不局限于战争本身给士兵及其家人带来的痛苦牺牲和生离死别，而是联系到整个国家的前途命运，看到了它对农业生产这个根基造成的破坏。李白在《古风》其十四中抨击唐玄宗“劳师事鼙鼓”的同时也曾言及“三十六万人，哀哀泪如雨。且悲就行役，安得营农圃”，但仅一笔带过；而杜甫则在诗中将这种破坏淋漓尽致地展示出来，加以大笔濡染，其警动的效果便明显不同。

“况复”四句，又从昔时回到眼前，从“山东”回到关中，申述关中地区的百姓因为“耐苦战”而遭到统治者反复多次的驱遣，简直视同鸡犬，语气中充满怨愤和无奈。明说自己岂敢发泄怨愤，实际上内心极度怨恨朝廷草菅民命，只不过敢怒而不敢言而已。

“且如”四句，又转进一层。先说今冬接连征调“关西卒”以遥承“点行频”；再揭示人虽征役，租税却不能免，朝廷急索租税，但家中既无人从事生产，又哪里能上缴租税呢？这里不仅反映出统治者为了进行开边黩武战争，已经毫不讲章法，而且透露出关中地区也同时面临着田地荒芜、生产凋敝的局面。然则整个北方地区所遭到的破坏都已极其严重。这和杜甫在《忆昔》诗中所描绘的“开元全盛日”的景象简直有天壤之别。这在正史之中并没有记载，人们的印象中，天宝中后期，政治虽日趋腐败，经济仍相当繁荣，杜甫的《兵车行》正可补史之阙。

不但广大北方地区的生产遭到严重破坏，连社会心理也因长期黩武战争的影响而出现了变化。原来重男轻女的传统心理，由于男丁被大量赶往前线白白送死，而一变为“信知生男恶，反是生女好”，因为生女尚能嫁给近邻，总能生聚相见，而生男却只能葬身沙场，随百草同枯。语气极沉痛而愤激。“信知”“反是”，用强调的口吻透露出这完全是一种扭曲的社会心理。这种反常的心理正反映出长期的黩武战争给人民带来的深重苦难和心理创伤，是对黩武战争更深一层的揭露。

“君不见，青海头，古来白骨无人收。新鬼烦冤旧鬼哭，天阴雨湿声啾啾！”这四句紧接“生男埋没随百草”句而来，遥承“边庭流血成海水”，却将反黩武战争的主旨一直向古代延伸，说明古往今来，从汉到唐，统治者好大喜功，发动开边黩武战争，以致青海湖边，白骨累累，无人收埋，新鬼旧鬼，烦冤哭泣，天阴雨湿之时，啾啾之声，更是凄绝不忍闻。四句抵得上李华一篇《吊古战场文》。这既是被强征的征人对黩武战争的沉痛控诉，也是诗人对黩武战争的强烈抗议，二者水乳交融，浑然一体。

从来写反黩武战争的诗，其主要着眼点都集中在战争造成的惨重牺牲上。与杜甫同时代的诗人刘湾的《云南曲》说："去者无全生，十人九人死。"李白的《古风》其三十四也说："千去不一回，投躯岂全生?"李颀的《古从军行》亦云："年年战骨埋荒外，空见葡萄入汉家。"杜甫却比一般的诗人想得更深更远，他想到长期黩武战争给广大地区的农业生产带来严重的破坏，造成了广大农村经济的凋敝，而这又进一步造成"县官急索租，租税从何出"的恶性循环，造成百姓对统治者的怨恨。这一切，都会动摇国家的根本，形成经济、政治的危机。《兵车行》的深刻性，正在于此；杜甫为其他同时代诗人所不及，亦在于此。

《兵车行》是杜甫所创作的"即事名篇，无复倚傍"的新乐府诗中以反映国计民生重大问题为题材的首篇。它继承了汉代乐府"感于哀乐，缘事而发"的创作精神和长于叙事的传统，用通俗明畅、富于表现力的语言叙事记言绘景，表达富于时代意义的深刻主题和深广的现实生活内容。诗人的笔触，由眼前咸阳桥头哭声震天的场景向广远的时空延伸，不但延伸到"山东二百州"的千村万落，"白骨无人收"的青海湖边，而且由现在延伸到过去，由唐朝延伸到古代，从现实生活延伸到社会心理，从而极大地拓展了诗的历史现实内涵，深化了诗的反黩武、伤凋敝、忧国运的主题。从此之后，忧国忧民，便成为杜诗的主旋律，杜甫和同时代的其他诗人，也就显示出鲜明的区别。

《兵车行》表现出杜甫善于将深广的生活内容严密有序地组织成艺术整体的杰出才能。诗中先记事，后记言。在记言中先述已往之事，再说眼前之事。在行文的勾连照应（包括"君不闻""君不见""况复""且如"等词语的恰当提引和顶针手法的运用，以及围绕"点行频"这个诗眼，反复以"武皇开边意未已""未休关西卒""新鬼烦冤旧鬼哭"等诗句作照应渲染等等）和内在意蕴的潜在关联上（如开头的咸阳桥头的人哭和结尾的青海湖边的鬼哭），都可看出其用思之细密巧妙。而随着内容的推进而不断变化的韵律和长短参差的句式更增添诗的生动性和鲜明的节奏感。

但更值得注意的是诗的想象虚构成分。这首诗虽采用叙事体，但并非单纯的生活实录，而是经过诗人的提炼加工，作了集中概括的。咸阳桥头的惨痛场景，可能是杜甫所亲历，但下面一大段"道旁过者"与"行人"的问答，特别是行人答话中的某些内容，显然有假托的痕迹。一个"归来头白还戍边"的老兵从他的切身遭遇出发，对黩武开边战争怀有怨愤是很自然的，但这位老兵竟能从“山东二百州”的生产凋敝谈到“秦兵”被多次驱遣，从征行的频繁谈到租税的苛急，恐怕就不再是生活的原生态的记录。这位“行人”所说的话，大部分也是诗人要说的话，不过借行人之口，用问答的方式表达出来而已。一个艺术才能平庸的诗人，很可能用下述方式来表达这首诗所反映的生活内容，即在开头描写送行场景之后，就由作者自己出面，发一通议论和感慨。从戍边时间之长、死伤之惨重，对广大地区生产破坏之严重以及对社会心理影响之深刻等方面来论述黩武战争的严重恶果。这样写，就内容的深广来说，与杜甫的原作可以说没有多少区别，但诗歌的形象性、真实感和艺术感染力却大大削弱了。杜甫没有这样作，他把自己对黩武战争的深切感受与认识，通过艺术的想象与加工，化为咸阳桥头哭声震天的生离死别场面，化为“道旁过者”与“行人”的问答，将主观的议论化为客观的叙述描绘。这样的艺术构思，就大大增强了作品的生活气息和真实感、现场感。这种通过艺术的想象和提炼加工，将自己耳闻目睹的情景与生活中得来的种种感受、认识熔为一炉的典型化手段，是杜甫现实主义艺术创造精神的突出表现。

醉时歌〔一〕

诸公衮衮登台省〔二〕，广文先生官独冷〔三〕。甲第纷纷厌粱肉〔四〕，广文先生饭不足。先生有道出羲皇〔五〕，先生有才过屈宋〔六〕。德尊一代常坎坷〔七〕，名垂万古知何用〔八〕！杜陵野客人更嗤〔九〕，被褐短窄鬓如丝〔一〇〕。日籴太仓五升米〔一一〕，时赴郑老同襟期〔一二〕。得钱即相觅，沽酒不复疑〔一三〕。忘形到尔汝〔一四〕，痛饮真吾师〔一五〕。清夜沉沉动春酌〔一六〕，灯前细雨檐花落〔一七〕。但觉高歌有鬼神〔一八〕，焉知饿死填沟壑〔一九〕。相如逸才亲涤器〔二〇〕，子云识字终投阁〔二一〕。先生早赋归去来〔二二〕，石田茅屋荒苍苔〔二三〕。儒术何有于我哉〔二四〕！孔丘盗跖俱尘埃〔二五〕。不须闻此意惨怆〔二六〕，生前相遇且衔杯〔二七〕。

校注

〔一〕题下原注：赠广文馆博士郑虔。《旧唐书·玄宗纪》："天宝九载七月，国子监置广文馆，徙生徒为进士业者。"广文馆有博士四人，助教二人，均为学官。郑虔（691—759），字趋庭，郑州荥阳人。开元中，任左监门录事参军。开元末，任协律郎。因私修国史，贬官十年。天宝九载（750），"玄宗爱虔才，欲置左右，以不事事，更为置广文馆，以虔为博士……虔善著书，时号郑广文"（《新唐书·文艺传·郑虔》）。天宝末迁著作郎。安史乱军陷长安，伪署水部郎中，称疾不就，以密章潜通在灵武的肃宗朝廷。乱平，以次三等治罪，贬台州司户参军，后卒于贬所。杜甫与郑虔友善，集中有寄赠怀念郑虔的诗十八首。虔多才艺，曾自书其诗并画，呈玄宗，御题"郑虔三绝"。此诗中提及"日籴太仓五升米"之事，据《旧唐书·玄宗纪》：天宝十二载，"八月，京城霖雨，米贵，令出太仓米十万石，减价粜于贫人"。又言及"动春酌"，则当作于十三载春。

〔二〕衮衮，众多貌，从相继不绝之义引申而来。台，指御史台，包括台院、殿院、察院，是中央政府的监察机构。省指中书省、门下省、尚书省（包括吏、户、礼、兵、刑、工六部）。台省泛称中央政府的枢要部门。

〔三〕官独冷，指与权势无缘的闲官冷职。广文馆博士就是这样一个冷官。李商隐在任太学博士时也称自己"官衔同画饼，面貌乏凝脂"《咏怀寄秘阁旧僚二十六韵》）。

〔四〕甲第，豪门贵族的宅第。《史记·孝武本纪》："赐列侯甲第，僮千人。"裴骃集解引《汉书音义》："有甲乙第次，故曰第。"或曰"第，馆也；甲，言第一也。"（《文选·张衡〈西京赋〉》"北阙甲第"薛综注）粱肉，泛指精美的饭食。

〔五〕出，超越。羲皇，指传说中的古圣君伏羲氏。

〔六〕屈宋，屈原、宋玉。战国时楚国的杰出诗人，楚辞的代表作家。

〔七〕德尊一代，道德为一代所尊崇。此句上承"有道出羲皇"。坎坷，困顿不得志。

〔八〕名垂万古，名传于万代。此句上承"有才过屈宋"。

〔九〕杜陵野客，杜甫祖籍京兆杜陵，故以"杜陵野老"自称。嗤，讥笑。

〔一〇〕被褐，穿着粗布短衣。褐衣古代为贫贱者所穿。

〔一一〕太仓，古代京师储谷的官仓。唐司农寺下设太仓署，掌廪藏之事。买入谷米曰“籴（dí）”，卖出曰“粜”。太仓粜米事参见注〔一〕。

〔一二〕郑老，郑虔比杜甫年长二十余岁，故称。同襟期，同敞怀抱。

〔一三〕不复疑，毫不迟疑。

〔一四〕忘形，不拘形迹。到尔汝，到以你我相称的程度，表示相互间关系亲密，为忘年之交。《文士传》：“祢衡与孔融为尔汝交，时衡年二十余，融年五十。”

〔一五〕谓郑虔在痛饮方面真称得上吾师。这是谐谑的话。

〔一六〕清夜，寂静的夜晚。沉沉，深沉貌。鲍照《代夜坐吟》：“冬夜沉沉夜坐吟，含声未发已知心。”动春酌，饮春酒。

〔一七〕檐花，屋檐边树上的花。或云檐前细雨因灯光映射，闪烁如花，亦通。

〔一八〕高歌，指高声吟诗。有鬼神，谓若有鬼神相助。

〔一九〕填沟壑，填尸于山谷。《孟子·滕文公下》：“志士不忘在沟壑，勇士不忘丧其元。”赵岐注：“君子固穷，故常念死无棺椁没沟壑而为恨也。”

〔二〇〕逸才，超逸出众之才。《史记·司马相如列传》：“文君夜亡奔相如，相如乃与驰归。家徒四壁立……相如与俱之临邛，尽卖其车骑，买一酒舍沽酒，而令文君当垆。相如身自着犊鼻裈，与保佣杂作，涤器于市中。”

〔二一〕子云，扬雄字。识字，指扬雄能识古文奇字。《汉书·扬雄传》：“王莽时，刘歆、甄丰皆为上公。莽既以符命自立，即位之后欲绝其原以神前事，而丰子寻、歆子棻复献之。莽诛丰父子，投棻四裔，辞所连及，便收不请。时雄校书天禄阁上，治狱使者来，欲收雄，雄恐不能自免，乃从阁上自投下，几死。莽闻之曰：‘雄素不与事，何故在此？’间请问其故，乃刘棻尝从雄学作奇字。雄不知情，有诏勿问。”

〔二二〕晋陶渊明辞彭泽令归家时，作《归去来辞》，表明归隐田园之志。此谓郑虔早有归隐之志。

〔二三〕石田，沙石之田，指贫瘠的田。

〔二四〕儒术，指儒家之道。何有，有什么用。

〔二五〕盗跖，姓柳下，名跖。春秋时著名的大盗。

〔二六〕此，指《醉时歌》。惨怆，凄楚忧伤。

〔二七〕衔杯，饮酒。《晋书·张翰传》：“或谓之曰：‘卿乃可纵适一时，独不为身后名邪？’答曰：‘使我有身后名，不如即时一杯酒。’时人贵其旷达。”末句从此化出。

笺评

王嗣奭曰：此篇总是不平之鸣，无可奈何之词，非真谓垂名无用，非真薄儒术，非真齐孔、跖，亦非真以酒为乐也。杜诗“沉饮聊自遣，放歌破愁绝”，即可移作此诗之解。而他诗可以旁通。自发苦情，故以《醉时歌》命题。（《杜臆》卷一）

卢世漼曰：《醉时歌》纯是天纵，不知其然而然，允矣“高歌有鬼神”也。开手复无端波及台省诸公，“世人皆欲杀”，恐不独青莲矣。（《杜诗胥钞馀论·论七言古诗》）

黄周星曰：此先生饭既不足，酒亦安得有馀。真是块垒填胸，不得不借斗酒浇之耳。诗特豪横奔腾，不可一世。（《唐诗快》卷六）

仇兆鳌曰：首叹郑公抱负不遇。（次段）此叙同饮情事。“时赴”，公过郑也；“相觅”，公要郑也。痛饮吾师，正见襟怀相契。（三段）此痛饮以尽欢，承上“杜陵”一段。春夜灯前，饮之候；高歌动神，饮之兴。相如子云，借古人以解慰也。（末段）此痛饮以遣意，应上“广文”一段。郑欲归去，以轗轲之故。孔跖尘埃，见名垂无用；相遇衔杯，欲其及时行乐也。此章前二段，各八句；后二段，各六句。划然四段，宾主配讲到底，格律整齐。按圣人至诚无息，与天合德，其浩然正气，必不随死俱泯，岂可云圣狂同尽乎？诗云“孔跖俱尘埃”，此袭蒙庄之放言，以泄醉后之牢骚耳，其词未可以为训也。欧阳公作颜跖诗，说生前死后胸怀品格，悬隔霄壤，方是有功名教之文。（《杜少陵集详注》卷二）

浦起龙曰：分两大段。前段，先嘲广文。次自嘲，而以“痛饮真吾师”作合，是我固同于先生也。后段，先自解，次为广文解，而以“相遇且衔杯”作合，是劝先生尝与我同也。“广文先生”“杜陵野客”，迭为宾主，同归醉乡。（《读杜心解》卷二）

何焯曰：目空一世而不露轻肆之迹，人但以为旷达耳。（《义门读书记》）

张谦宜曰：《醉时歌》，衰飒事以壮语扛之，所谓救法也。如“灯前细雨檐花落”，苍莽中忽下幽秀句，人不诧其失群，总是气能化物。（《絸斋

诗谈》卷四）

《唐宋诗醇》："清夜沉沉"两语，写夜饮之景，妙不容说，"但觉高歌"二句，跌宕不羁中权有此，使前后文势倍觉生色。

沈德潜曰：（"先生有道"二句下批）转韵出韵，此诗偶见。（"清夜沉沉"六句下批）悲壮淋漓。（篇末批）本《庄子·盗跖》篇，见贤愚同尽，不如托之饮酒，而不平之意仍在。（《重订唐诗别裁集》卷六）

张上若曰：开手以富贵形贫贱，起得排宕。（《杜诗镜铨》卷二引）

杨伦曰：（"清夜"句）接法。（"相如"）二句言自古文人不遇者多，非独我两人也。悲壮淋漓之至，两人即此自足千古。（《杜诗镜铨》卷二）

翁方纲曰：《渔洋评杜摘记》："相如二句应删。结似律，不甚健。"按：此……实谬误。"相如""子云"一联，在"高歌"一联下，以伸其气，乃觉"高歌"二句倍有力也。此犹之谢玄晖《新亭渚别范云诗》"广平""茂陵"一联，必借用古事，以见两人心事之实迹也。渔洋乃于玄晖诗亦欲删去"广平"一联，以为超逸，正与评杜诗此二句之应删，其谬同也。愚尝谓空同、沧溟以格调论诗，而渔洋变其说曰神韵。神韵者，格调之别名耳。渔洋意中，盖纯以脱化超逸为主，而不知古作者各有实际，岂容一概相量乎！至此篇末"生前相遇且衔杯"一句，必如此乃健，而何以反云"似律，不健"耶！且此句并不似律，试合上一句读之，若上句第二字仄起，而此收句"生前""前"字平声，则似与七律相近也。今上句"不须""须"字亦是平声，而此收句第二字又用平声，则正与律不相似矣。何云"似律"乎！（《石洲诗话》卷六）

宋宗元曰："清夜"四句，兴往情来，淋漓酣适。一路豪爽之笔，挥洒自如，却有结构。（《网师园唐诗笺》）

梁运昌曰：歌诗至少陵始不拘每解四句。篇中或四句、五句，或六句、八句，长短迟速，随手称心，无不合折。如此篇前用仄韵叠紧，而后平声放慢，却于平声中用叠句韵，寓紧于慢，尤觉繁音促节，娓娓动听，乃至临了却空一句不押韵，则仍是放缓也，妙极！空一句不押韵，东坡往往有之，然置于篇中即不见此妙矣。（《杜园说杜》卷七）

《十八家诗钞》引张曰：满纸郁律纵宕之气。

方东树曰：（起四句）起叙广文耳。每句用一衬为曲笔，避直也。（"灯前"四句）四句惊天动地。此老胸襟笔性惯如此，他人不敢望也。

（《唐宋诗举要》卷二引）

施补华曰：《醉时歌》为郑虔作。虔从禄山而云“道出羲皇”、云“德尊一代”，标榜失实，学者当戒。然如“春夜沉沉”一段，神情俱到，最足摹拟也。（《岘佣说诗》）

吴汝纶曰：“清夜”以下，神来气来，千古独绝。（“不须闻此”二句下批）收掉转。（《唐宋诗举要》卷二引）

困居长安十年期间，杜甫在求仕的道路上屡遭挫折，备受屈辱，不但生活上越来越困顿，精神上也越来越痛苦。在此期间所写的不少诗中，都沉痛愤慨地描写了其困顿的生活和内心的屈辱痛苦。其中为读者所熟知的，如“骑驴三十载，旅食京华春。朝扣富儿门，暮随肥马尘。残杯与冷炙，到处潜悲辛”（《奉赠韦左丞丈二十二韵》），“此身饮罢无归处，独立苍茫自咏诗”（《乐游园歌》），“长安苦寒谁独悲，杜陵野老骨欲折……饥卧动即向一旬，敝衣何啻联百结。君不见空墙日色晚，此老无声泪垂血”（《投简咸华两县诸子》）。一个怀着“致君尧舜上，再使风俗淳”“会当凌绝顶，一览众山小”的理想抱负的才人，竟沦落到如此困顿的境地，这正是杜甫能写出《兵车行》《丽人行》《同诸公登慈恩寺塔》等一系列关注人民痛苦与国家命运、抨击上层统治集团奢侈淫逸的优秀诗篇的生活基础。但上述诗作，虽令人同情扼腕，有时却不免感到过于压抑，杜甫性格中豪纵不羁、诙谐旷放的一面在生活的重压下似乎消失了。而这首《醉时歌》，却在抒发一肚子牢骚不平、愤激悲慨的同时寓含着一股豪纵不羁之气，使人感到这才是真正的杜甫。

据题下原注，这首诗是赠给广文馆博士郑虔的。但全诗内容，却既写郑虔的坎坷境遇，又写自己的困顿生活；既写两人之间的交谊和醉酒痛饮，又抒发内心的愤激不平，实际上是借醉酒抒写彼此的坎坷困顿境遇和激愤悲慨的诗。

诗一开头，就用两两相对的四个排偶句，通过鲜明的对比，来突出渲染郑虔仕途的坎坷和生活的贫困：一方面，是衮衮诸公连续不断地登上了台省的高位；另一方面，是广文先生独自做着博士这样的冷官。一方面，是高官显宦的豪华第宅中纷纷厌倦了精美的肴馔；另一方面，是广文先生却连饭都吃不饱。“诸公衮衮”自是泛指，仿佛有一笔扫尽之嫌，但当时的朝廷在杨国忠把持下，一批有才能德行和时名但不为其所用的台省官员都陆续遭到清洗，登上高位的衮衮诸公大都非庸才即奴才，杜甫此语作大面积的否定嘲讽，实非无的放矢。说“官独冷”，似乎也有些过度渲染。但国子监的官吏本就是无权势的学官，更加上广文馆本就是玄宗因欣赏郑虔的书画而又感到他“不事事”而临时增设的机构，完全是一种照顾性的人事安排。据《新唐书·文艺传》，玄宗“更为置广文馆，以虔为博士。虔闻命，不知广文曹司何在。诉宰相，宰相曰：‘上增国学，置广文馆，以居贤者，令后世言广文博士自君始，不亦美乎?’虔乃就职。久之，雨坏庑舍，有司不复修完，寓治国子馆，自是遂废”。连办事衙门毁坏了都没人修的广文馆博士，也真够得上“官独冷”的称号了。至于“甲第”二句所描绘的情景，杜甫自己就有切身体会，上引诗句和《丽人行》中所写“犀箸厌饫久未下”的对照，可为此二句作注脚。以上四句，起得突兀，一气直下，语气口吻在谐谑中寓有愤激不平。

接下来四句，将这种愤激不平之气进一步发泄出来。广文先生之所以“官独冷”“饭不足”，并不是因为其无德无才，相反，是德超羲皇，才过屈宋，但却遭遇坎坷，困顿沉沦，因此诗人愤慨地说：“德尊一代常坎坷，名垂万古知何用!”对郑虔的赞誉不无渲染，不必看作认真的评价，重要的是诗人有一肚子才而不遇的牢骚愤慨，不吐不快。前二句连以“先生有道”“先生有才”排比而下，后两句更用对句痛抒愤激之情，淋漓痛快中寓有深沉的悲慨。以上八句，均写郑虔之不遇，为其代抒悲愤不平，也寄寓自己的牢骚激愤，至“德尊”二句，已分不清是代郑虔抒愤还是为自己抒愤了。这就自然转入下段写自己的困顿。

“杜陵野客人更嗤，被褐短窄鬓如丝。”在同时的其他诗中，杜甫已自称“杜陵野老”，这次因为面对郑虔这样的长者，自当改称“杜陵野客”，但诗人笔下的这幅自画像，却是标准的衣衫褴褛、鬓发如丝的苍老文士形象，着一“更”字，说明自己的困顿境遇较郑虔更甚。连个冷官闲职也没有，自然更遭人冷眼、嗤笑。“日籴太仓五升米，时赴郑老同襟期。”贫困之况，以“日籴太仓五升米”一事概之。说明其时的杜甫，已经沦落到城市贫民，需要国家救助的地步，但即使如此，却豪性不减，经常到郑虔处畅叙怀抱。“时赴”句引出郑虔，下四句即接写两人亲密交谊。

“得钱即相觅，沽酒不复疑。忘形到尔汝，痛饮真吾师。”这四句写“沽酒”“痛饮”，照应题面，突然改用五字句，节短势促，渲染出彼此酒酣耳热之际忘年忘情复忘愁的豪情，似乎可以听到尔汝相谑的笑声和激动跳荡的心声，深具象外之趣。以上八句，从自己的困顿境遇叙到两人的交谊和醉酒情景，感情从悲慨转为豪旷，节奏从舒缓转为促急，为下一段高潮的到来作了充分的酝酿。

“清夜沉沉动春酌，灯前细雨檐花落。但觉高歌有鬼神，焉知饿死填沟壑。”这四句紧承“痛饮”，写对饮高歌的动人场景。这是一个寂静的春夜。夜深人静，灯前细雨飘洒，檐前春花飘落，一对生性豪爽旷放的忘年之交就在这种既凄寂又温馨的氛围中痛饮春酒，乘兴赋诗。酒酣耳热之际，高歌朗吟新成的诗作，但觉诗思洋溢，有如神助，哪里还去考虑什么饿死埋尸沟壑之事呢！发泄牢骚的诗常易一泻无余，此诗却在痛愤悲慨之中有顿挫，有蕴藉，有深远的意境；诉说穷愁的诗每易陷于凄苦低沉，此诗却既悲慨深沉，又豪放健举，虽苦中作乐，却充满了对美好情谊、情境的热爱。“焉知饿死填沟壑”之句虽悲慨入骨，但充溢在诗歌意境中的温馨美好的气息和高歌朗吟的豪放情怀却冲淡了这种悲慨。历代评家多盛赞此四句为神来之句，其实这正是杜诗中特有的妙境，无论是《赠卫八处士》《彭衙行》还是《北征》中，都有此类境界，关键原因，就在于杜甫在任何困境中都始终保持着对理想的追求和对生活的热爱。

“相如”二句，承“焉知饿死填沟壑”，进一步举古代才人的遭际为例，来自作宽解。连司马相如那样的文豪在穷困时尚不免开酒店谋生，亲自洗涤器具，连扬雄那样的才士也受株连而被逼投阁，那么像我们这样，有冷官可做，有太仓米可籴，有春酒可痛饮的境遇又算得了什么！这里自然也有才士不遇、古今一概的感慨，但举古的目的在于慰今，尽管这种慰不免有点苦涩。

最后一段六句，主客双收，表明归隐之志与旷达情怀。“先生早赋归去来，石田茅屋荒苍苔。”赞扬郑虔面对如此时世，早已有归欤之志，其实杜甫也早已表明这“白鸥没浩荡，万里谁能驯”的意愿，用他在《自京赴奉先县咏怀五百字》中的话来说，就是“非无江海志，潇洒送日月”。因此，赞郑也是自表心迹。但接下来的两句诗却让熟悉杜甫的读者大吃一惊：“儒术何有于我哉！孔丘盗跖俱尘埃。”笃信儒术的杜甫在困守长安八年之后得出的结论竟是儒术无用！这固然是愤语，却是实情。说明在当时的政治生活中，只有借助钻营攀附之术、阴谋诡计之术方能飞黄腾达。而真正信仰儒家仁政爱民之道的人却只能做冷官、被短褐，这是对儒术不行于世而误才士之身的极大痛愤。在这种情况下他甚至喊出"孔丘盗跖俱尘埃"的愤慨声音。现实中贤愚不分，黑白颠倒，窃国者侯，使世代奉儒守官的杜甫愤激到了离经叛道之言不择口而出的程度。这是全诗在痛饮之后乘醉酒而发出的痛愤之音，也是全诗情感的最高潮，痛快淋漓，有如李白的痛饮狂歌；较之李白的"古来圣贤皆寂寞，唯有饮者留其名"，态度更激烈、言论更大胆、感情更沉痛。

最后两句，由激愤而转为稍加和缓，说郑老不必因为我写的这首痛愤激切的《醉时歌》而感情凄楚忧伤，还是像古人那样，且乐生前一杯酒，何须身后千载名吧。"且衔杯"的"且"字透出在旷达中的无奈和悲哀。

作为一首抒发怀才不遇的牢骚和痛愤的诗，《醉时歌》既不流于叹老嗟卑、诉苦哭穷，也不流于一味地宣泄和痛骂，而是用诙谐嘲谑的笔调，豪纵旷放的风格，淋漓尽致地表现出胸中的块垒不平。诗人的感情虽激愤悲慨，却并不阴郁绝望，显示出对困顿生活精神上的承受力。特别是诗中渲染深夜对饮高歌的情景，更显示出诗人对生活的热爱。这种感情境界，使杜诗在抒写苦难的同时永远显现出生活的亮色。给人以美的感受和对生活的执着乐观信念。

诗虽写得豪纵旷放，但构思却严谨缜密。在这方面，浦起龙的《读杜心解》有较精到的分析。和李白的《将进酒》作对照，可以看出这一点。

赠卫八处士〔一〕

人生不相见，动如参与商〔二〕。今夕复何夕〔三〕，共此灯烛光！少壮能几时〔四〕，鬓发各已苍〔五〕。访旧半为鬼〔六〕，惊呼热中肠〔七〕！焉知二十载，重上君子堂〔八〕。昔别君未婚，儿女忽成行〔九〕。怡然敬父执〔一〇〕，问我来何方。问答未及已〔一一〕，儿女罗酒浆〔一二〕。夜雨剪春韭，新炊间黄粱〔一三〕。主称会面难，一举累十觞〔一四〕。十觞亦不醉，感子故意长〔一五〕。明日隔山岳〔一六〕，世事两茫茫〔一七〕。

校注

〔一〕黄鹤注：处士，隐者之号，以有处士星，故名。唐有隐逸卫大经，居蒲州。卫八亦称处士，或其族子。蒲至华，止一百四十里，恐是乾元二年(759)春在华州时至其家作。山岳指华岳言。(仇兆鳌《杜少陵集详注》引)按：卫八处士名不详。或引《唐史拾遗》谓“公与李白、高适、卫宾相友善，时宾最年少，号小友”，均难以征信。肃宗乾元元年六月，杜甫由左拾遗贬华州司功参军。冬，由华州赴洛阳。翌年三月，由洛阳返华州。此诗当作于乾元二年由洛返华途中。

〔二〕动如，动辄就像。参(shēn)，二十八宿中的参宿，西方白虎七宿的末一宿，即猎户座的七颗亮星。商，二十八宿中的心宿，也称“大辰”“大火”。参星在西，商星在东，此出彼没，永不相见。此喻朋友隔绝。曹植《与吴质书》：“面有逸荣之速，别有参商之阔。”

〔三〕《诗·唐风·绸缪》：“绸缪束薪，三星在天。今夕何夕，见此良人。”

〔四〕汉武帝《秋风辞》：“少壮几时兮奈老何！”

〔五〕苍，灰白色。

〔六〕访旧，询问亲故旧友。曹丕《与吴质书》：“昔年疾疫，亲故多离(罹)其灾……观其姓名，已为鬼箓。”

〔七〕热中肠，心里火辣辣地难受。

〔八〕君子，诗人称卫某。王粲《公宴诗》：“高会君子堂。”

〔九〕行(háng)，列。成行，言其从长至幼序列成行。

〔一〇〕怡然，高兴的样子。父执，父亲的朋友。语本《礼记·曲礼》：“见父之执。”执为接之借字，指父亲接近的朋友。

〔一一〕未及，原作“乃未”，《全唐诗》校：“一作未及。”兹据改。

〔一二〕儿女，《全唐诗》校：“一作驱儿。”酒浆，此指酒。不包括菜饭。

〔一三〕间(jiàn)，掺杂。黄粱，即黄小米。《楚辞·招魂》：“挐黄粱些”洪兴祖补注引《本草》：“黄粱出蜀、汉，商、浙间亦种之。香美逾于诸粱，号为竹根黄。”

〔一四〕累(lěi)，叠加连续。觞，酒杯。

〔一五〕故意，朋友的情谊，旧谊。

〔一六〕隔山岳，指相互离隔分别。山岳指华山。

〔一七〕世事，指时世和彼此的个人身世遭遇。茫茫，形容前途命运茫不可知，难以预料。

刘辰翁曰：（末二句下评）《阳关》之后此语为畅。（《唐诗品汇》卷八引）

陈世崇曰：久别倏逢，曲尽人情，想而味之，宛然在目下。（《随隐漫录》卷一）

唐汝询曰：此遇故友而作也。言人生一别，便成参商。不意今夕得会于此。因感少壮不长，旧交零落，我得升君子堂，幸也。处士于是见其子女，旨酒嘉蔬以饮食之，是以既感其情，又惜其别也。（《唐诗解》卷六）又曰：凡诗，情真者不厌浅，钟、谭虽喜深，不能删此作。（《汇编唐诗十集》）

钟惺曰：（首四句）写情寂寂。（"问我"句下批）只叙真境，如道家常，欲歌欲哭。（"夜雨"二句）幽事着色。（《唐诗归》）

谭元春曰：（"怡然"句）"父执"二字凄然，读之使人自忘。（同上）

周敬曰：情真，浅不堕肤。淡雅，的然陶派。（《删补唐诗选脉笺释会通评林·盛五古》）

周甸曰：主宾情义，蔼然于久别之馀。（同上引）又曰：前曰"人生"，后曰"世事"，前曰"如参商"，后曰"隔山岳"，总见人生聚散不常，别易会难耳。（仇注引）

陆时雍曰：此诗情胜乎词。（同上引）

王嗣奭曰：信手写去，意尽而止。空灵宛畅，曲尽其妙。（《杜臆》）

王夫之曰：每当近情处，即抗引作浑然语，不使泛滥。熟吟"青青河畔草"，当知此作之雅。杜赠送五言，能有节者，唯此一律。（《唐诗评选》）

《漫斋诗话》："怡然敬父执，问我来何方。"若他人说到此，下须更有数句，此便接云："问答未及已，驱儿罗酒浆。"直有抔土障黄流气象。（仇兆鳌《杜少陵集详注》卷三引）

李因笃曰：老气古质，平叙中有嵚崎历落之致。（《杜诗集评》卷

一引）

吴农祥曰：一气读，一笔写，相见寻常事，却说得骇异不同，此人人胸臆所有，人不道耳。（同上引）

查慎行曰：感今怀旧，如风行水上，自然成文。若涉一毫客气，便成两橛。（《初白庵诗评》）

陈式曰：至问答以下，叙款待风味真率，两意缠绵。则又谓后此之别，悲于前此之别。盖前此之别，别幸复会；后此之别，别未必会耳。苏、李“河梁”，三复殆无以过。（《问斋杜意》卷一）

黄生曰：末语见客途经此。写故交久别之情，若从肺腑中流出。手未动笔，笔未蘸墨，只是一“真”。然非沉酣于汉、魏而笔墨与之俱化者，即不能道只字。因知他人未尝不遇此真境，却不能有此真诗，总由性情为笔墨所隔耳。此诗口头烂熟，毕竟其色如新。苏、李《十九首》亦如此。可知诗有尘气者，皆由身分不足故也。（《杜诗说》卷一）

仇兆鳌曰：（“人生”四句）首叙今昔聚散之情。（“少壮”十句）次言别后老少之状。（“问答”十句）末感处士款待，因而惜别也。此章，首段四句，下二段，各十句。（《杜少陵集详注》卷六）

浦起龙曰：古趣盎然，少陵别调。一路皆属叙事，情真、景真，莫乙其处。只起四句是总提，结两句是去路。（《读杜心解》卷一）

乔亿曰：情事曲折，以空气行之，自然浑古。此汉京之音也。（《杜诗义法》卷上）

张溍曰：全诗无句不关人情之至，情景逼真，兼极顿挫之妙。（《杜诗镜铨》卷五）

蒋弱六曰：（“夜雨”二句）处士家风宛然。（同上引）

杨伦曰：“问我来何方”下，他人必尚有数句，看他剪裁净练之妙。又曰：结处对处士感客子，隐然无限。（《杜诗镜铨》卷五）

何焯曰：句句转……“夜雨剪春韭”，虽然仓卒薄设，犹必冒雨剪韭，所以见其恭也。“新炊间黄粱”，宋子京书作“闻黄粱”非常生动。（《义门读书记》）

翁方纲曰：且如五古内《赠卫八处士》之类，何尝作《选》调，亦不可但以杜法概乙之也。此如右军临钟太傅《丙舍》《力命》诸帖，未尝不借以发右军之妙处耳。（《石洲诗话》）

薛雪曰：晁以道藏宋子京手抄杜诗……“新炊间黄粱”为“闻黄粱”，

以道跋云："前辈见书自多，不似晚生少年，但以印本为正也。"余谓此是好事愚人伪作宋钞本欺世……"间"字有"老少异粮"之训，何等委曲！换却……"闻"字，呆板无味，损尽精采。(《一瓢诗话》)

张曰：此等诗纯任自然，纯是清气往来，然其造句及通体接换处，固极精妙也。(《十八家诗钞》引)

这可能是杜诗中最易读而又耐读的作品之一。说它易读，是因为它用最朴实无华、如道家常的表达方式叙写了与阔别二十年的老朋友一夕会面的情景，几乎毫无阅读障碍，便能进入诗人所创造的氛围情境之中；说它耐读，则是因为它在朴实无华的生活场景之中蕴含着深沉的人生感慨，而这种感慨又必须结合特定的时代背景和诗人的有关创作才能深入体味。

这首诗作于肃宗乾元二年（759）春天，杜甫从洛阳回华州途中。这时，安史之乱已经进行了三年半时间，两京虽已收复，但战争局势却时有反复。就在这年三月，郭子仪等九节度遭遇了相州大溃败，"官军大奔，弃甲仗器械，委积道路。子仪等收兵断河阳桥保东京……留守崔圆、河南尹苏震、詹事高适、汝州长史贾至百余人南奔襄、邓"（《册府元龟》卷四百四十三），杜甫自洛阳归华州，正好碰上相州之溃，官府强征兵丁入伍，著名的"三吏""三别"即创作于其时。这一特定的时代与创作背景可以帮助我们理解《赠卫八处士》诗中未直接描写却弥漫渗透在全诗的肌理血脉之中的那种沉郁苍凉的情调和氛围。

诗的开头四句，写与卫八处士的今夕相会，像是交代事件，却写得曲折有致，感慨深沉。本要写两人的相遇，却从"人生不相见"的感慨开始。用"动如参与商"来形容"人生不相见"，是为了突出"不相见"乃是常态，从而加倍渲染今夕得以相会的偶然和可喜可珍。但在承平年代，"九州道路无豺虎，远行不劳吉日出"（《忆昔》之二），卫八所居又在京洛通衢之地，与杜甫的家乡巩县相距不远，按说旧友之间的相见不是太难。而安史乱起，两京沦陷，干戈阻绝，函关内外，也宛若天壤了。因此这"人生不相见，动如参与商"的感慨当中便融入时代乱离的色彩而变得更加深沉了。

"今夕复何夕，共此灯烛光。"正因为乱离时代相见之不易，今夕在匆匆旅途中的偶然相逢便格外令人兴奋喜悦。"今夕何夕"是《诗·唐风·绸缪》

的成句，本用以渲染新婚妻子“见此良人”的喜悦，杜甫顺手拈来，借以抒写重逢旧友的兴奋之情，可谓恰到好处。在“今夕”与“何夕”之间，着一“复”字，突出强调了“今夕”之可珍，诗人的感情亦随之汩汩流溢。而紧接着的“共此灯烛光”又化叙事为写境，用省净的笔墨勾画出一幅故友重逢、秉烛相对的图景。烛光周围的一大片暗影衬出了烛光的明亮和对烛而坐的两人，其效果有如舞台上的聚光灯将焦点集中在这上面，从而突出渲染了一种亲切、温煦而又如梦似幻的气氛。不必更着一语具体叙述两人秉烛夜谈的内容，在默默相对的无语交流中已包含了万语千言，句首的那个“共”字就含蓄透露了其中的消息。

表面上看，开头这四句写得似乎很朴素平易，实则起首突起直抒感慨，已给人一种天外飞来的突兀无端之感，接下来两句，又撇开一切具体情事的叙写，用充满感情的咏叹笔调和化实为虚的笔法渲染重逢的喜悦与对烛叙旧、情景浑融的意境，可以说一开头便奠定了全诗极富抒情气氛、极富感情内蕴的基调，而剪裁之省净自不待言。以下便进入重逢情事的抒写。

“少壮能几时，鬓发各已苍。”写这首诗时，杜甫四十八岁。两人昔日之别是在二十年前的“开元全盛日”，正值“裘马清狂”的少壮之年。今日相见，双方的第一印象便是“鬓发各已苍”。“各”字透露出这正是双方同有的感慨。联系杜甫的志事遭际，特别是“窃比稷与契”“居然成濩落”“况我堕胡尘，及归尽华友”等诗句，还不难体味出其中包含的岁月蹉跎、志事无成的悲慨。

“访旧半为鬼，惊呼热中肠。”对烛话旧，“访旧”自是必然会涉及的话题，但打听的结果却使诗人大出意料之外，这些旧友当中竟有半数已沦为鬼物了。这使诗人不禁失声惊呼，心里热辣辣地难以禁受。这两句在前面平缓的语调之后突起波澜，感情趋于激愤。旧友的年岁应与双方相仿，却已“半为鬼”，这在承平年代是不大可能发生的事。杜甫的这两句诗，在意蕴上和《古诗十九首》“所遇无故物，焉得不速老”之句及曹丕《与吴质书》“昔年疾疫，亲故多离其灾。徐、陈、应、刘，一时俱逝”一段有些渊源关系，而二者均与战争乱离的时代背景有密切关系。可以体味出这“访旧半为鬼”的惊心事实与四年的战乱，叛军所到之处，“杀戮到鸡狗”的现象有着必然的联系。因此这“惊呼热中肠”的诗句中也自然包含了对战乱之祸的痛愤之情。“穷年忧黎元，叹息肠内热”，杜甫曾为“忧黎元”而“肠内热”，这一次又因安史叛军掀起战火，祸及士庶而“惊呼热中肠”。从朋友阔别叙旧访旧中透露出来的，正是乱离时代的讯息。

“焉知二十载，重上君子堂。”这两句如果接在“人生”二句或“今夕”二句后面，从叙事的顺序看，均无不可，诗人却特意将它安排在“访旧半为鬼，惊呼热中肠”这一感情高潮之后，以倒叙的方式出之，是为了避免平直，同时也使诗的节奏有急有缓，富于变化。在意蕴上也就带有特殊的含义。由于旧友亲故半数已列鬼箓，今夕能在二十载之后“重上君子堂”便显得特别不同寻常。“焉知”二字，既含有“生还偶然遂”的感慨，又含有意想不到的惊喜。亦悲亦喜，亦慨亦慰。

以上十句，写主客双方今夕相会，侧重抒写诗人一方久别重逢的欣喜与感慨。以下十句，便转入对主人一方儿女言行与盛情款待的叙写。

“昔别君未婚，儿女忽成行。”二句紧承“二十载”，将“昔别”与“今逢”时主人的情况作鲜明对照。卫某的年岁，大约与杜甫相当，二十年前正值意气风友的盛年，尚未结婚，在杜甫记忆中，也始终保持着当年英爽的风貌，二十年后重逢，却已是鬓发苍苍，儿女成行了，“忽”字、“成行”字均极传神。诗人仿佛惊奇地发现，当年的英爽青年身旁忽然冒出了一长串自长至幼的儿女，感到既意外又欣喜，或许还有些人事更迭、世移代改的感慨。想想自己，不也同样是“儿女成行”吗？这里的“儿女忽成行”正照应上文的“鬓发各已苍”，不但岁月催人老，儿女也在催人老。不过较之上面的“已”字，这里的“忽”字似乎欣喜惊奇的成分多于感慨，这是从下两句当中可以明显体味出来的。

“怡然敬父执，问我来何方。”两句写出孩子们的彬彬有礼和天真好奇情态。“问我来何方”句透露出他们根本就不知道父亲的挚友中有杜甫这个人，也不知道他的行踪，说明诗人此次与卫某久别重逢纯属偶然。这就更增添了重逢的意外与惊喜。这两句颇有些类似贺知章的“儿童相见不相识，笑问客从何处来”，纯用白描，富于戏剧性。

有问自当有答，但诗并非生活的实录，诗人的笔毫不黏滞，一下子就从“问答”跳到了“罗酒浆”。这种高度省净的剪裁功夫，前人论之已详。其实，这倒是生活中常见的情事，那边正在问答，这边主人已经催赶快上酒，透露出一种热烈而匆忙的气氛。

有酒自必有饭菜。古往今来，写待客饭菜之美者恐怕非“夜雨剪春韭，新炊间黄粱”二语莫属。处士乡居，自无山珍海味，杜甫亦非贵客。山野本地风光方是处士待客本色。今人时尚饮食讲究环保无污染，此理古人早明，无非一鲜二嫩再加色香味俱全而已。春天的韭菜最鲜嫩味美，客人刚到，事先并无准备，故须至菜园中现剪，正值夜雨潇潇，春韭在细雨的滋润下更显得鲜嫩碧绿，翠色欲滴；而现煮的二米饭中又特意掺入了黄澄澄的清香扑鼻的黄粱。黄白相间的饭和碧绿鲜嫩的菜，香味浓郁的黄粱和酒，新炊的热气腾腾，展现在诗人和读者面前的不仅是视觉和味觉、嗅觉的山野盛宴，而且是主人殷勤待客的真挚情谊，而在烛光摇曳中的这席盛宴，又透露出令人神远的诗情。诗人自己的那种欣喜、新鲜、温暖乃至兴奋的感受也在这工整而极富色彩美的对句中曲曲传出。

“主称会面难，一举累十觞。”二句写主人。因为深感会面之难，唯有举杯痛饮方能表达心中的兴奋喜悦，故有“一举累十觞”的痛饮。

“十觞亦不醉，感子故意长。”二句写客人。上句是果，下句是因。无论是主人的“一举累十觞”还是客人的“十觞亦不醉”，总因久别意外重逢的兴奋喜悦，在杜甫则更因“感子故意长”。这五个字总束上文，实际上也集中揭示出了诗人“今夕”的主要感受。这是全诗的第二个感情高潮。与上一个感情高潮侧重于抒写深沉的人生感慨有别，这一段主要是抒写意外重逢的兴奋喜悦。当然这种兴奋喜悦仍和战乱流离的时代背景引起的“会面难”密切相关，不同于一般情况下的久别重逢的欣喜。

“明日隔山岳，世事两茫茫。”短暂的“今夕”在“共此灯烛光”的对床夜语中即将过去，明日自己又将踏上征途，从此相隔山岳，世事茫茫，又不知何时方能相见。“世事”包括时事和人事。干戈未靖，战乱未已，战争的局势和前途尚茫茫难以预料；而自己的命运与前途也同样像去路的茫茫云山重叠一样，茫茫未可逆料。这并非临别前一般的应酬语，而是动乱多变的时代和艰难多蹇的仕途在杜甫心中的投影，就在此别之后的四个月，诗人就弃官远游，开始了辗转漂泊西北、西南和荆楚湖湘的生活，再也没有机会回到京洛，[illegible]验了诗一开头所慨叹的“人生不相见，动如参与商”。

[illegible]在整首诗中始终没有出现有关战争的字眼，但诗人的人生感慨、兴奋喜悦、惊呼悲叹乃至世事茫茫的预感，都或隐或显地与已经进行了近四年的[illegible]场战乱有着密切的关联。如果在欣赏视野中抽掉了战争离乱这个大背[illegible]，诗中写得最动人的那些诗句，特别是像“今夕复何夕，共此灯烛光”这[illegible]抒情境界，“访旧半为鬼，惊呼热中肠”这种抒情场景，“夜雨剪春韭，新炊间黄粱”这种宴饮场面，都将大大减弱其感人的艺术力量而变得平淡无奇，缺乏动人的光辉。正是由于战争乱离的大背景，和京洛道上兵荒马乱、

生离死别的悲剧在不断地上演的具体背景，以及诗人仆仆风尘，奔波于京洛道上的具体行役经历，使这场阔别二十载的意外重逢变得特别珍贵，也使旧友话旧、“共此灯烛光”的场景显出了别样的温煦和光辉，而“夜雨剪春韭，新炊间黄粱”的山野田园平常风味也成了乱离时代充满和平生活之美和人情温煦之美的象征而永远保留在诗人的记忆之中。尽管许多不了解作诗背景的读者也会直觉地感受到此诗的艺术魅力，但这恰恰是因为诗人在创作时已经将乱离时代所形成的特殊心态、感受自然地渗透在字里行间的缘故。知人论世的解诗赏诗原则在先入为主、脱离文本、任意比附发挥的情况下错误地运用，往往带来对诗意的曲解；但这是运用者的失误，而非知人论世原则本身的错误。

读这首诗，会使我们自然联想起诗人的《彭衙行》。同样是战争乱离的背景，同样写到旅途上友人的盛情款待，题材类似，又同样运用白描的手法，同样学习汉魏古诗的写法，但两首诗的风貌却同中有异。《彭衙行》更侧重于叙事和写实，而《赠卫八处士》则更侧重于抒情和意境的创造。尽管后者也有一个自“今夕”至“明日”，自“会面”至分别的叙事间架，但它的特点和魅力却主要不在叙事和写实，而是化实为虚、化叙事为抒情，将二十年前少壮时的相聚，二十年后的意外重逢，打乱分散在“今夕”“共此灯烛光”的叙旧宴饮的抒情场景之中。一切与抒情境界无关或关系不大的情事统统删去，只留下最能表现人生感慨、悲喜交并、人情温煦的场景意境。可以说，它所要着意表现的并不是具体的情事，而是一种氛围感，一种充满诗情的人生体验。因此在叙事的框架中充溢渗透的乃是感情的琼浆。这正是此诗之所以显得特别空灵，也特别具有艺术魅力的原因。

同诸公登慈恩寺塔〔一〕

高标跨苍穹〔二〕，烈风无时休〔三〕。自非旷士怀〔四〕，登兹翻百忧〔五〕。方知象教力〔六〕，足可追冥搜〔七〕。仰穿龙蛇窟〔八〕，始出枝撑幽〔九〕。七星在北户〔一〇〕，河汉声西流〔一一〕。羲和鞭白日〔一二〕，少昊行清秋〔一三〕。秦山忽破碎〔一四〕，泾渭不可求〔一五〕。俯视但一气〔一六〕，焉能辨皇州〔一七〕！回首叫虞舜〔一八〕，苍梧云正愁〔一九〕。惜哉瑶池饮〔二〇〕，日晏昆仑丘〔二一〕。黄鹄去不息〔二二〕，哀鸣何所投？

君看随阳雁〔二三〕，各有稻粱谋〔二四〕！

校注

〔一〕作于天宝十一载（752）秋。诸公，指同登慈恩寺塔（即大雁塔）并赋诗的高适、岑参、储光羲与薛据。薛诗今不传，高、岑、杜、储四人之作今均存。详参岑参《与高适薛据同登慈恩寺浮图》注〔一〕。原注："时高适、薛据先有作。"故杜甫此作题为《同诸公登慈恩寺塔》，同，即"和"，酬和之意。

〔二〕高标，指高耸特立的塔。苍穹，青天。穹，《全唐诗》原作"天"，校云："一作穹。"兹据改。

〔三〕烈风，猛烈的风。

〔四〕旷士，超旷之士。鲍照《代放歌行》："小人自龌龊，安知旷士怀？"

〔五〕兹，此，指慈恩寺塔。翻，反而。作"翻动"解亦通。仇注引王粲《登楼赋》："登兹楼以四望兮，聊假日以销忧。"并曰："此云翻百忧，盖翻其语也。"

〔六〕象教，指佛教。释迦牟尼逝世，诸人弟子想慕不已，刻木为佛，以形象教人，故称佛教为象教。象教力，指建塔。无佛教则无此塔。

〔七〕冥搜，尽力寻找、探幽。孙绰《游天台山赋》："非夫远寄冥搜，笃信通神者，何肯遥想而存之？"黄生曰："冥搜犹探幽也。登塔，则足不至而目能至之，故曰追。"二句谓方知登此佛塔，足可以骋目探寻幽胜。或谓唐人多以"冥搜"指苦心作诗，"此处所谓冥搜，其实是揭露现实"（萧涤非《杜甫诗选注》）。但上下文均写登塔，此处似不宜突然阑入作诗之事。

〔八〕龙蛇窟，指塔内各层之间的蹬道弯曲盘旋，向上攀登，如穿行于龙蛇之窟穴。

〔九〕枝撑，指塔内用以支撑的交错斜柱。"始出枝撑幽"，是指方越过层层幽暗支撑的斜木而登塔顶。仇注引黄山谷曰："塔下数级，皆枝撑洞里，出上级乃明。"

〔一〇〕七星，指北斗七星。北户，北向开的窗户。

〔一一〕河汉，指银河。

〔一二〕羲和，古代神话传说中驾驭日车的神。《楚辞·离骚》："吾令羲和弭节兮，望崦嵫而勿迫。"王逸注："羲和，日御也。"传说日乘车，驾以六龙，羲和为御者。

〔一三〕少昊，古代神话传说中司秋之神。亦作“少皞”。《吕氏春秋·孟秋》：“孟秋之月，日在翼，昏斗中，且毕中，其中庚亲，其帝少皞。”高诱注：“庚辛，金日也……少皞……以金德王天下，号为金天氏，死配金，为西方金德之帝，为金神。”《礼记·月令》：“孟秋之月，其帝少昊。”

〔一四〕秦山，指长安以南之终南山，为秦岭山脉之一部分，故称。朱鹤龄注：“秦山谓终南诸山，登高望之，大小错杂如破碎然。”按诸山为云雾笼罩，只露若干峰顶，故云“破碎”。

〔一五〕泾渭，泾水、渭水。泾水系渭水之支流，出泾谷之山，流经今陕西中部，东南流至今陕西高陵县入渭水。不可求，谓看不清泾水和渭水。

〔一六〕但一气，形容一片模糊之状。

〔一七〕皇州，指京城长安。

〔一八〕虞舜，古代传说中与唐尧并称的圣君，即有虞氏之部落首领，受尧禅让为君。

〔一九〕苍梧，《礼记·檀弓上》：“舜葬于苍梧之野。”《山海经·海内经》：“南方苍梧之丘，苍梧之渊，其中有九疑山，舜之所葬，在长沙零陵界中。”九疑山在今湖南宁远县南。

〔二〇〕《列子·周穆王》：“（穆王）升昆仑之丘，以观黄帝之宫……遂宾于西王母，觞于瑶池之上。”《穆天子传》卷三：“乙丑，天子觞西王母于瑶池之上。”瑶池为古代传说中昆仑山上池名，西王母所居。

〔二一〕昆仑，古代神传说中山名，上有瑶池、阆苑、增城、县圃等仙境。《庄子·天地》：“黄帝游夫赤水之北，登乎昆仑之丘。”

〔二二〕黄鹄（hú），健飞的大鸟。《商君书·画策》：“黄鹄之飞，一举千里。”古代常用以比喻高才贤士。《文选·屈原〈卜居〉》：“宁与黄鹄比翼乎？将与鸡鹜争食乎？”刘良注：“黄鹄，喻逸士也。”

〔二三〕随阳雁，雁为候鸟，随着太阳的偏向北半球和南半球而北迁南徙，故称。

〔二四〕稻粱谋，指禽鸟觅食，常以喻人之谋求自身衣食。

张戒曰：人才各有分限，尺寸不可强。同一物也，而咏物之工有远近；

皆此意也，而用意之工有浅深……刘长卿《登西灵寺塔》云："化塔凌虚空，雄视压山泽。亭亭楚云外，千里看不隔。盘梯接元气，坐辟栖夜魄。"王介甫《登景德寺塔》云："放身千仞高，北望太行山。邑屋如蚁冢，蔽亏尘雾间。"此二诗语虽稍工，而不为难到。杜子美则不然。《登慈恩寺塔》首云："高标跨苍天，烈风无时休。自非旷士怀，登兹翻百忧。"不待云"千里""千仞""小举足""头目旋"，而穷高极远之怀，可喜可愕之趣，超轶绝尘而不可及也。"七星在北户，河汉声西流。善和鞭白日，少昊行清秋。"视东坡"侧身""引导"之句，陋矣。"秦山忽破碎，泾渭不可求。俯视但一气，焉能辨皇州?"岂特"邑屋如蚁冢，蔽亏尘雾间"，"山林城郭，漠漠一形，市人鸦鹊，浩浩一声"而已哉！人才有分限，不可强乃此。又曰：杜子美《登慈恩寺塔》云："回首叫虞舜，苍梧云正愁。惜哉瑶池饮，日宴昆仑丘。"此但言其穷高极远之趣尔，南及苍梧，西及昆仑。然而叫虞舜，惜虞舜，不为无意也。（《岁寒堂诗话》卷上）

胡仔曰：此诗讥切天宝时事也。"秦山忽破碎"，喻人君失道也。"泾渭不可求"，是清浊不分也。"焉能辨皇州"，伤天下无纲纪文章，而上都亦然也。"虞舜""苍梧"，思古圣君而不可得也。"瑶池""日晏"，言明皇方耽于淫乐而未已也。贤人君子，多去朝廷，故以黄鹄哀鸣比之。小人贪恋禄位，故以阳雁稻粱刺之。（仇兆鳌《杜少陵集详注》卷二引）

范梈曰：承以"烈风无时休"五字，令人能之否！"方知象教力，足可追冥搜"，游、观、寺、诗，十字同到。（《删补唐诗选脉笺释会通评林·盛五古》引）

钟惺曰：登望诗不独雄旷，有一段精理冥悟，所谓"令人发深省"也，浮浅人不知。又曰：他人于此能作气象语，不能作此性情语，即高、岑搁笔矣。（首六句下批）（"俯视"二句）此十字止敌得"青未了"三字，繁简各妙，非居高望远不知。（"回首"句）"叫"字奇，不善用则粗矣。末四句悠然、寂然，若不相关，正是此处语。（《唐诗归》）

谭元春曰：（"七星"二句）奇！（同上）

钱光绣曰：淹密尽临眺之神。（《删补唐诗选脉笺释会通评林·盛五古》引）

周启琦曰：力可搏犀缚象。（同上引）

王嗣奭曰：钟（惺）云："登望诗不独雄旷，有一段精理冥悟，所谓'令人发深省'也。"又评"旷士""冥搜"句云："他人于此能作气象语，不能作此性情语。”余谓信手平平写去，而自然雄超，非力敌造化者不能。如“高标”句，气象语也，谁能接以“烈风无时休”？又谁能转以“旷士怀”“翻百忧”？然出之殊不费力。“七星北户”“河汉西流”，已奇，而用一“声”字尤妙。“秦山”近在塔下，故云“忽破碎”，真是奇语……末后“黄鹄”四句，若与塔不相关，而实塔上所见，语似平淡，而力未尝弱，亦以见“旷士”之怀，性情之诗也。“君看”正照题面诸公，其缜密如此。（《杜臆》）

钱谦益曰：高标烈风，登兹百忧，岌岌乎有漂摇崩析之恐，正起兴也。“泾渭不可求”，长安不可辨，所以回首而思叫虞舜。“苍梧云正愁”，犹太白云“长安不见使人愁”也。唐人多以王母喻贵妃。瑶池日晏，言天下将乱，而宴乐之不可以为常也。（《钱注杜诗》卷一）

李长祥、杨大鲲曰：此诗自“虞舜”以下，本似有所指。予谓有意思人，登高望远，意中笔下，别有一种精灵飘忽流荡其间，杳杳冥冥，无端无绪，忽出此，忽入彼，如有神光怪光奔放不可得遇也。读者徒以慈恩寺当贞观中高宗在春宫为文德皇后立，遂谓“苍梧”句是引借娥皇、女英以喻文德之意；又谓唐太宗受禅高祖，故引用虞舜；甚谓托虞舜思高宗，托西王母思文德皇后；甚谓黄鹄比贤人隐遁，鸿雁比小人嗜利。信如此，则羲和、少昊又作何解？挽古人之意以就己之意，穿凿附会，将诗之妙尽失矣。说诗之害如此。（《杜诗编年》卷二）

朱彝尊曰：“翻百忧”者，“对此茫茫，百感交集”。后“苍梧”“黄鹄”，皆于望中生感。“仰穿”以下，所谓“浑涵汪茫，千汇万状”，正是登高奇语。（清刘濬《杜诗集评》卷一引）

黄生曰：鲍照诗：“安知旷士怀。”孙绰《天台山赋》：“非夫远寄冥搜笃信通神者，何肯遥想而存之？”登时正怀百忧，三、四反言之耳。浮图本西方象教，冥搜，犹言探幽也。登塔则足不能至而目能至之，故曰“追”。枝撑，斜柱也，语出王延寿《鲁灵光殿赋》。“河汉声西流”，“声”字似无理，不知正形容登时去天尺五，若或闻之耳。时明皇巡游无度，故以虞舜、周穆反正为比。是日风霾必甚，远望无所见，故有“秦山”四句。《汉书》中山靖王曰：“云蒸烈布，杳冥昼昏，尘埃抪覆，昧不见泰山。何则？物有蔽之也。”四句之意本此。靖王盖谓廷臣蒙蔽主聪，谗间宗室。今明皇亦为奸臣所蔽，遗弃贤才，故以为喻。读末四语，意益显矣。“黄鹄”，喻君子，“随阳雁”，喻小人。君子无路上进，而君侧小人但

为身谋，不为国计，时事可知。此识者之隐忧也。高、岑皆有作，皆不及。以比兴处微婉顿挫，远逊之也。（《杜诗说》卷一）

仇兆鳌曰：（黄）鹤注："梁氏编在天宝十三载，不知何据。应在禄山陷京师之前，十载奏赋之后。"首言塔不易登，领起全意。塔高，故凌风。百忧，悯世乱也。（"方知"四句）此叙登塔之事。象教，建塔者；冥搜，登塔者。穿窟出穴，所谓"冥搜"也。卢注：磴道屈曲，如穿龙蛇之窟；历尽盘错，始出枝撑之幽。（"七星"八句）此记登塔之景。上四，仰观于天，见象纬之逼近；下四，俯视于地，见山川之微渺，总是极摹其高。星河，夜景；西流，秋候之象。羲和，昼景；鞭日，秋光短促也。忽破碎，谓大小错杂；不可求，谓清浊难分，皇州莫辨，薄暮阴翳矣。（"回首"八句）末乃登塔有感，所谓百忧也。"回首"二句，思古。以虞舜苍梧，比太宗昭陵也。"惜哉"二句，伤今，以王母瑶池，比太真温泉也。朱（鹤龄）注：末以黄鹄哀鸣自比，而叹谋生之不若阳雁。此盖忧乱之词。此章前二段，各四句；后二段，各八句。又曰：同时诸公题咏，薛据诗已失传。岑、储两作，风秀熨贴，不愧名家。高达夫出之简净，品格亦自清坚。少陵则格法严整，气象峥嵘，音节悲壮。而俯仰高深之景，盱衡今古之识，感慨身世之怀，莫不曲尽篇中，真足压倒群贤，雄视千古矣。三家结语，未免拘束，致鲜后劲。杜于末幅，另开眼界，独辟思议，力量百倍于人。（《杜少陵集详注》卷二）

《杜诗博议》：高祖号神尧皇帝，太宗受内禅，故以虞舜方之。（仇注引）

朱鹤龄曰：回首叫舜，寓意在太宗，旧谓泛思古圣君，非也。（仇注引）

王士禄曰："秦山忽破碎"，凭高奇句。他人定费语言，不能五字便了。（《唐宋诗醇》引）

王士禛曰：唐人章八元《题慈恩寺塔》诗云："回梯暗踏如穿洞，绝顶初攀似出笼。"俚鄙极矣。乃元、白激赏之不容口，且曰："不意严维出此弟子！"论诗至此，亦一大劫也。盛唐诸大家有同登慈恩塔诗，如杜工部云："七星在北户，河汉声西流。"又云："秦山忽破碎，泾渭不可求。俯视但一气，焉能辨皇州。"高常侍云："秋风昨夜至，秦塞多清旷。千里何苍苍，五陵郁相望。"岑嘉州云："下窥指高鸟，俯听闻惊风。"又，"秋色从西来，苍然满关中。五陵北原上，万古青濛濛"。已上数公，如大将旗

鼓相当，皆万人敌。视八元诗，真鬼窟中作活计，殆奴仆台隶之不如矣。元、白岂未睹此耶？（《带经堂诗话·推较类》）

吴瞻泰曰：此伤长安也。登高远，百忧皆集。三、四两句，为一篇扼要……意奇法变，纵横跌宕，非可以寻常规矩求之也。（《杜诗提要》卷一）

周篆曰：此诗因"仰穿""俯视""回首""君看"八字布置错落。所以不可摹捉。（《杜工部诗集集解》卷二）

何焯曰：（"回首"句以下）此下意有所托，即所谓"登兹翻百忧"也。身世之感，无所不包，却只说塔前所见，别无痕迹，所以为风人之旨。（《义门读书记》）

《唐宋诗醇》：以深秀见长者，逊其高深；以清古推胜者，让其奇杰。"回首"以下，寄兴自深。前半力写实境，奇情横溢。

沈德潜曰：后半"回首"以下，胸中郁郁硉硉，不敢显言，故托隐语出之。以上皆实境也。钱牧斋谓通首皆属比语，恐穿凿无味。又曰："登兹"句伏后。（"七星"四句）仰望。（"秦山"四句）俯视。（《重订唐诗别裁集》卷二）

浦起龙曰：诗本用四句领势。次段言登塔所见。后段言登塔所感也。然乱源已兆，忧患填胸，触境即动，祇一凭眺间，觉山河无恙，尘昏满目。于是追想国初政治之隆，预忧日后荒淫之祸，而有高举远患之思焉。顾此诗之作，犹在升平京阙间也。恐所云"秦山破碎""不辨皇州"，及"虞舜""云愁""瑶池""日晏"等语，比于无病而呻。故起处先着"旷士""百忧"二语，凭空提破怀抱，以伏寓慨之根，此则匠心独苦者也。〇"仰穿"二句，刻划登塔。"七星"二句，形其高。"羲和"二句，见时序。〇说是诗者，三山（按：指胡仔）谓讥切时事，邵长蘅非之，谓祇是登高警语，愚则以为忧危所迫也。讥切则轻薄，忧危则忠厚。毫芒之辨，心术天渊矣，若泛作登高写景，则语意又太涉荒淼。楚既失之，齐亦未为得也。（《读杜心解》卷一）

黄子云曰：少陵度越诸子处安在？……若嘉州与少陵同赋慈恩塔诗，岑有"秋色正西来，苍然满关中。五陵北原上，万古青濛濛"四语，洵称奇伟；而上下文不称；末乃逃入释氏，不脱伧父伎俩。而少陵自首至结一气，横厉无前，纵越绳墨之外，激昂霄汉之表，其不可同年而语，明矣！（《野鸿诗的》）

杨伦曰：（首四句）凭空写意中语。人便尔耸特，亦早伏后一段意。（“仰穿”二句）先写登。（“七星”四句）仰望，（“秦山”四句）俯望，各极神妙。（“黄鹄”四句）《文章正宗》引师尹注：黄鹄哀鸣，以比高飞远引之徒；阳雁稻粱，以比附势贪禄之辈。又曰：前半写尽穷高极远，可喜可愕之趣，入后尤觉对此茫茫，百端交集，所谓浑涵汪茫、千汇万状者，于此见之。视同时诸作，其气魄力量，自足压倒群贤，雄视千古。（《杜诗镜铨》卷一）

李子德曰：岑作高，公作大；岑作秀，公作奇；岑作如浩然《洞庭》，终以公诗“吴楚东南坼，乾坤日夜浮”为大。（《杜诗镜铨》卷一引）

梁运昌曰：将同时高适、岑参二诗参看，乃知公诗命意之高，语语是说时事，而语语只是说登临。妙在起四句从后文忧危意倒转而出，已见阢陧之象。如此笔意，岂元、白辈所有！（《杜园说杜》卷一）

鉴赏

《同诸公登慈恩寺塔》的写作时间比《兵车行》只晚了半年，但杜甫在《兵车行》中因黩武战争而引发的对生产凋敝、百姓怨愤的担忧，在这首诗中已经发展为一种对唐王朝整个统治的强烈忧患感。由于同时登塔赋诗的有当时著名的诗人岑参、高适、储光羲（薛据的诗未流传下来），杜甫诗与其他几位诗人之作的显著区别也就成了衡量大家与名家、伟大作家与优秀作家间区别的一个重要标志。

登高赋诗，是由来已久的文学传统。对于登慈恩寺塔这样一个题材，描绘塔的高峻雄伟，以及登塔望远所见的景物，均为题中应有之义。杜甫此诗也同样具有上述内容。但和其他三位诗人截然不同的是，杜诗所抒写的主要并非对塔本身的赞赏以及登高望远时的快感，而是一种强烈的忧患感。而且，杜甫本人似乎有意强调自己与其他几位诗人的区别。这在诗的一开头便已鲜明地显示出来了。

诗的开头四句，是全篇的提纲，或者说，是全诗内容的浓缩。首句写塔高耸矗立、跨越苍穹的高峻雄伟形象。高七层的大雁塔，孤耸突起于周围的建筑物之上。称得上是整个长安城的地标，用“高标”来称它，是最适当不过的了。天似圆穹笼盖，而高塔耸峙，站在塔的顶层，感到塔身比周边的天际高出了很多，故用“跨苍穹”来形容。如果说这一句还只是比较精练地描绘出塔之高峻雄伟，那么第二句就已带有诗人特定的感情色彩。因为塔高，故风大。但用“烈风”来形容风之猛烈而迅疾，却使人感到它的震撼力、威慑力，一种紧张惊悚、难以禁受、骚屑不宁的情绪渗透于字里行间。且接以“无时休”三字，上述感受便更加突出而持久。

三、四两句便直截了当揭出登塔时的感受。“自非旷士怀”虽是翻用鲍照诗语，但联系诗题下的原注“时高适、薛据先有作”，特别是对照高、岑、储三人之作均不同程度地表现出登高览眺时常有的高旷超逸情怀，这句诗的现实针对意味便相当明显。岑诗结尾悟净理而明觉道，表明“挂冠”之意；储诗结尾谓“俯仰宇宙空，庶随了义归”，高诗结尾亦云“斯焉可游放”，均可以“旷士怀”概之。上句从反面说，下句“登兹翻百忧”从正面直接揭出登高之际胸怀百忧的情形。这一句可以说是全诗的点眼，也表明了自己的感受、自己的诗与其他几位诗人的根本区别。至于“百忧”的具体内容，则留待下面作具体的抒写。读这首诗的人可能会觉得叙事的次序有些颠倒，一开头已说“烈风无时休”“登兹翻百忧”，显然已登塔顶，下面却又回过头去写登塔过程，好像次序颠倒。明白了开头四句是全篇的总冒和提纲，这个疑问便可消除。

“方知象教力，足可追冥搜。”五、六句承首句，谓佛教所建的高出苍穹的塔，足可追踪冥搜探幽之功，盖谓登高方可望远。这里先放开一步，以反跌下文“秦山”数句。

“仰穿”二句，概写登塔过程，谓仰头向上，穿越各层之间弯曲盘旋的蹬道，如同穿越龙蛇的洞窟，通过交错支撑的斜柱，最后才到达顶层，豁然开朗。写登塔，突出塔内之幽暗，与攀登之艰难，既极形塔之高，又显出时已暮。

“七星”二句，写仰望天穹所激起的想象。此诗所写虽为晚暮之景，但并非夜景，故此二句所写当为想象中的景色。由于塔耸入云霄，诗人感到自己宛如置身天上，北斗七星仿佛就在北边的窗户旁边，银河也仿佛正向西流动，其声汩汩可闻。评家往往激赏李贺《天上谣》之“银浦流云学水声”之句，不知杜甫此诗“河汉声西流”之句已得先机，而且较贺诗更近自然，可以说是运用通感曲喻，幻中有幻，却能达到浑成境界的范例。

“羲和鞭白日，少昊行清秋。”二句亦登塔远望所见，上句点出时已晚暮，白日依山，行将沦没；下句点明时值清秋，秋色苍然。上句用羲和驾车的神话传说，而以“羲和鞭白日”的神奇想象透露出时光消逝之迅疾，有

“日忽忽其将暮”的迟暮之感；下句用少昊司秋的神话传说，透露出时序更易之迅速，有“日月忽其不淹兮，春与秋其代序”二句之意。或以为此二句有更深的政治托寓，恐近穿凿。

“秦山”以下四句，写俯视所见景象。南望秦岭诸山，在云雾笼罩中只露出一个个孤立的峰顶，似乎整个秦山忽然之间变成了零星的碎片，东望泾、渭二水，由于暮色迷茫，雾气弥漫，也再难寻觅它们的踪影。俯视茫茫大地，但见云封雾锁，一气混茫，哪能再分辨哪里是皇州京城呢？这显然是暮色渐浓、暮霭笼罩大地时所见的景象。作为对特定时间登高望远景象的描写，自然也很真切形象。但联系一开头的“登兹翻百忧”，其中的政治托寓同样相当明显。说“秦山”二句象喻山河破碎、清浊难辨可能求之过深。(杜甫对时局虽有强烈的忧患，但恐怕还不至于预料到会出现山河破碎的局面，而“泾渭不可求”也只是说视野中不见泾渭，而非难辨清浊。即使能见度极好时，登塔恐亦难辨泾渭之清浊。）但从“俯视但一气”之句看，这四句象喻整个京城畿辅之地为一片昏暗所笼罩，政治腐败黑暗则属无疑。周振甫先生引《通鉴·天宝十一载》云：“‘上（玄宗）晚年自恃承平，以为天下无复可忧，遂深居禁中，专以声色自娱。悉委政事于李林甫。林甫媚事左右，便会上意，以固其宠。杜绝言路，掩蔽聪明，以成其奸；妒贤嫉能，排抑胜己，以保其位；屡起大狱，诛逐贵臣，以张其势。’‘凡在相位十九年，养成天下之乱。’杜甫已经看到了这种情况，所以有百忧的感慨。”李林甫卒于天宝十一载（752）。同年，杨国忠为相，政治更为腐败，而玄宗之昏暗亦更甚。李、杨的把持朝政，是引起诗人“百忧”的直接而主要的原因；而玄宗的信任奸邪，亦是其中的原因。

“回首叫虞舜，苍梧云正愁。”由于现实政治的腐败、君主的昏愦，诗人自然怀念起理想中的圣贤之君。这里的“虞舜”，理解为实指传说中的远古时代的圣君虞舜固亦可通，但根据杜甫诗中屡称唐太宗（如《北征》之“煌煌太宗业”），将其视为理想中的贤君来看，理解为借指唐太宗似更切合杜甫的思想实际。太宗受高祖之禅，故以继尧而帝的虞舜喻之；“苍梧”则借指太宗之陵墓昭陵（在九嵕山）。唐人在慨叹忧虑现实政治之昏暗与国运之颓败时，常起“望昭陵”之思，以寄寓对太宗盛时的追慕，如杜牧之“欲把一麾江海去，乐游原上望昭陵”即是，故这里的“叫虞舜”、望“苍梧”，正寄寓了对唐初贞观盛世的向往追慕。一“叫”字传达出诗人感情的强烈，而“苍梧云正愁”又似乎连昭陵上空也弥漫着一片愁云，透露出太宗英灵对不肖子孙治绩的忧愁叹息。传神空际，笔意超妙，而感慨深沉。九嵕山在长安之北，故须由东望泾渭而“回首”眺望。

“惜哉瑶池饮，日晏昆仑丘。”两句由追慕太宗盛世而转回慨叹现实中的玄宗荒淫逸乐，正如古时的周穆王那样，与西王母宴饮于昆仑山上的瑶池。联系《自京赴奉先县咏怀五百字》诗中段有关玄宗、贵妃与贵戚权臣在骊山歌舞宴饮，耽于享乐的描写，及杜诗中将杨妃喻为西王母的情况，这两句当是隐喻玄宗与贵妃在骊山上宴饮享乐的情景，用“惜哉”二字表达对这种现象强烈的痛惜，与上句“云正愁”呼应。而“日暮”二字则透露出了昏暗没落的时代气氛，与上句“惜哉”联系起来体味，好景不长的感喟自见。同时，也说明杜甫登塔时正值日暮，故有“羲和鞭白日”及“秦山”等句“俯视但一气”的描写。

以上八句，均写登塔时引发的时世之忧。“黄鹄”以下四句，则转写身世之忧。“黄鹄”二句，写望中黄鹄高飞远举，哀鸣不已，不知所投，这当是借喻值此昏暗时世，贤能之士只能避而远引却找不到自己的归宿，其中自然包括诗人自身（《奉赠韦左丞丈二十二韵》有“今欲东入海，即将西去秦”之句，可与此互参），而各有稻粱谋的“随阳雁”则指那些能适应政治气候的人们各自都能找到自己的谋生之路。“君看”二句语气似羡似讽，透露出诗人感情之复杂，并不是单纯嘲讽小人，与“黄鹄”二句相参，其中寓含慨叹自己在混浊时世谋生乏术之意。身世之慨与时世之忧，均包于“登兹翻百忧”的“百忧”之中。

这首登览诗最突出的思想内容，自然是贯串全诗的忧患感。由于面对的是一个表面上仍然繁华实际上危机四伏的时世，诗人的忧患感便显得特别敏锐而具洞察力，使人不得不为诗人深沉的思想感情所动容、所警醒，深感识兆乱的敏感比许多政治人物要锐敏得多，也比同时登塔的其他诗人对现实的认识深刻得多。这自然和杜甫困居长安期间的政治遭遇、生活困顿和亲历耳闻各种政治弊端的实践有关。如果不是亲历“骑驴十三载，旅食京华春。朝扣富儿门，暮随肥马尘。残杯与冷炙，到处潜悲辛”的生活，目睹咸阳桥头哭送征人的惨痛场景，他对现实危机的感受就不可能超越同时代人而达到如此深刻的程度。在艺术上，此诗最突出的成就是将写实与象征融为一体，将黄昏时分登高览眺的真切感受与览眺时所引发的时世身世之感打成一片，不露刻意设喻之迹，而寓慨自然融合在所写景物之中，故内容虽有别于盛唐诗，艺术上仍保持了高浑的盛唐风貌。就描绘塔之高峻雄伟气势及所见景物来看，杜诗不如岑诗，但杜诗自有“登兹翻百忧”的主旨，自然也不必用同一标尺来衡量了。

丽人行〔一〕

三月三日天气新〔二〕，长安水边多丽人〔三〕。态浓意远淑且真，肌理细腻骨肉匀〔四〕。绣罗衣裳照暮春，蹙金孔雀银麒麟〔五〕。头上何所有？翠微㔩叶垂鬓唇〔六〕。背后何所见？珠压腰衱稳称身〔七〕。就中云幕椒房亲〔八〕，赐名大国虢与秦〔九〕。紫驼之峰出翠釜〔一〇〕，水精之盘行素鳞〔一一〕。犀箸厌饫久未下〔一二〕，鸾刀缕切空纷纶〔一三〕。黄门飞鞚不动尘〔一四〕，御厨络绎送八珍〔一五〕。箫鼓哀吟感鬼神〔一六〕，宾从杂遝实要津〔一七〕。后来鞍马何逡巡〔一八〕，当轩下马入锦茵〔一九〕。杨花雪落覆白蘋〔二〇〕，青鸟飞去衔红巾〔二一〕。炙手可热势绝伦〔二二〕，慎莫近前丞相嗔〔二三〕！

校注

〔一〕诗末提到的“丞相”指天宝十一载（752）十一月起任右丞相的杨国忠。此诗当作于十二载三月。

〔二〕三月三日，上巳节。汉以前以农历三月上旬巳日为上巳，魏晋以后，定为三月三日，不必取巳日。《后汉书·礼仪志上》：“是月上巳，官民皆絜于东流水上，曰洗濯祓除去宿垢为大絜。”宋吴自牧《梦粱录·三月》：“三月三日上巳之辰，曲水流觞故事，起于晋。唐朝赐宴曲江，倾都禊饮踏青，亦是此意。”诗中所写，即长安士女于三月三日游宴曲江及赐宴贵戚于曲江之事。

〔三〕水边，指曲江。在今陕西西安市东南。秦为宜春苑，汉为乐游原，有河水水流曲折，故名。康骈《剧谈录》卷下：“曲江池，本秦世隑洲。开元中疏凿，遂为胜境。其南有紫云楼、芙蓉苑，其西有杏园、慈恩寺。花卉环周，烟水明媚。都人游玩，盛于上巳、中和之节……上巳即赐宴臣僚，京兆府大陈宴席，长安、万年两县以雄盛相较，锦绣珍玩无所不施。百辟会于山亭，恩赐太常及教坊声乐。池中备彩舟数只，唯宰相、三使、北省官与翰林学士登焉。每岁倾动皇州，以为盛观。”

〔四〕态浓，姿态浓艳。意远，神情闲远。淑且真，美丽端庄。王粲《神女赋》：“惟天地之普化，何产气之淑真。”肌理细腻，皮肤细嫩光滑。骨肉匀，骨肉匀称，不胖不瘦。唐代崇尚妇女体态丰满，此“骨肉匀”所体现的正是这种审美眼光。

〔五〕蹙（cù）金，一种刺绣方法，用金线绣花而皱缩其线纹，使其紧密而匀贴。二句谓罗衣上用金银线绣成孔雀、麒麟的图案，光彩照耀暮春景物。

〔六〕微，《全唐诗》校：“一作为。”㔩叶，妇女发髻上装饰的花叶。翠微㔩叶，仇兆鳌注引赵次公曰：“言翠微布于㔩彩之叶。”鬓唇，鬓边。

〔七〕腰衱（jié），腰带。腰带上缀以珍珠，压其下垂，以免被风吹起。故云“珠压腰衱”。稳称身，服帖称身。

〔八〕就中，其中，指众多丽人之中。“就中”系唐人的口语。云幕，轻柔飘洒如云雾的帐幕。《西京杂记》卷一：“成帝设云帐、云幄、云幕于甘泉紫殿，世谓三云殿。”椒房，汉代皇后所居宫殿。殿内以花椒子和泥涂壁，取其温暖、芬芳，且象征多子。《三辅黄图·未央宫》：“椒房殿在未央宫，以椒和泥涂，取其温而芬芳也。”椒房亲，指皇帝的姻亲，即下文被“赐名大国虢与秦”者。

〔九〕《旧唐书·玄宗杨贵妃传》：“太真资质丰艳，善歌舞，通音律……有姊三人，皆有才貌，玄宗并封国夫人之号：长曰大姨，封韩国；三姨，封虢国；八姨，封秦国。并承恩泽，出入宫掖，势倾天下。”

〔一〇〕紫驼之峰，即紫色骆驼之驼峰。驼峰炙为唐代贵显之家的珍贵菜品。翠釜，精美的炊器。

〔一一〕水精，即水晶。行，传递。素鳞，白鳞鱼。

〔一二〕犀箸，犀牛角做的筷子。厌饫（yù），吃得腻了。久未下，迟迟不下筷子。

〔一三〕銮，一作“鸾”。銮刀，环上有小铃的刀。《文选·潘岳〈西征赋〉》：“雍人缕切，銮刀若飞。”刘良注：“銮，刀上铃。”缕切，细切。空纷纶，空自忙乱了一阵。

〔一四〕黄门，指宦官。鞚（kòng），马勒头，代指马。飞鞚，飞马。

〔一五〕八珍，八种珍贵的食品，泛指美食。《周礼·天官·膳夫》：

“珍鞚八物。”本指八种烹饪法，后转义为指珍馐美味。《三国志·魏书·卫觊传》：“饮食之肴，必有八珍之味。”

〔一六〕鼓，《全唐诗》校：“一作管。”哀吟，形容箫鼓之声动人。古以悲哀之声为美。

〔一七〕宾从，宾客和随从。杂遝（tà），众多貌。实要津，塞满了交通要道。或谓“要津”指国忠兄妹，恐非。此“实要津”即李商隐《正月十五夜闻京有灯不得观》“香车宝辇隘通衢”之意。

〔一八〕逡巡，徘徊缓慢貌。“后来”者指杨国忠。

〔一九〕轩，敞开的厅堂。锦茵，锦绣的地毯。

〔二〇〕白蘋，白色的蘋花。亦称四叶菜、田字草，多年生草本植物，生浅水中，叶有长柄，柄端四片子叶呈田字形，夏秋开小白花。《尔雅·释草》：“苹，蓱，其大者蘋。”《尔雅翼》：“苹之大者曰蘋，五月有花白色，谓之白蘋。”《埤雅》卷十六：“世说杨花入水化为浮萍。”可见古人认为杨花、萍、蘋实出同源。《旧唐书·杨贵妃传》：“而国忠私于虢国，而不避雄狐之刺。每入朝，或联镳方驾，不施帷幔。”又北朝后魏名将杨大眼之子杨华（本名白华）与胡太后私通，后杨华惧祸逃南朝归梁，胡太后追思作《杨白花》歌，其中有“杨花飘落入南家”及“愿衔杨花入窠里”之句，解者以为此句用“杨花覆蘋”影射杨国忠与其从妹虢国夫人之间的暧昧关系，同时暗用《杨白花》歌以影射其淫乱。

〔二一〕青鸟，神话中为西王母传递信息的使者。《艺文类聚》卷九十一引《汉武故事》：“七月七日，上（指汉武帝）于承华殿斋，正中，忽有一青鸟从西方来，集殿前，上问东方朔，朔曰：‘此西王母欲来也。’有顷，王母至。有两青鸟如乌，使侍王母旁。”此借指情人间传递消息的信使。红巾，妇女所用红手帕，此处借指表示爱情的信物。

〔二二〕炙手可热，喻杨国忠权势气焰之盛。《新唐书·崔铉传》：“铉所善者郑鲁、杨绍复、段瑰、薛蒙，颇参议论，时语曰：‘郑、杨、段、薛，炙手可热。’”盖“炙手可热”为唐人习用语。绝伦，无与伦比。

〔二三〕丞相，指杨国忠。嗔，恼怒。

许彦周曰：老杜作《丽人行》云：“赐名大国虢与秦”，其卒曰：“慎

莫近前丞相嗔。”虢国、秦国何预国忠事，而近前即嗔邪？东坡言：“老杜似司马迁。”盖深知之。（《许彦周诗话》）

黄鹤曰：天宝十二载，杨国忠与虢国夫人邻居第，往来无期。或并辔入朝。不施障幕，道路为之掩目，冬，夫人从车驾幸华清宫，会于国忠第。于是作《丽人行》。此当是十二年春作，盖国忠于十一年十一月为右丞相也。（仇兆鳌《杜少陵集详注》卷二引）

刘辰翁曰：三、四语便尔亲切，盖身亲见之，自与想象次第不同，此亦所当识也。又曰：画出次第宛然。“杨花”“青鸟”二语，极当时拥从如云、冲拂开合、绮丽骄捷之盛。作者之意，自不必人人通晓也。（张含、杨慎合选《李杜诗选》引）

钟惺曰：本是讽刺，而诗中直叙富丽，若深羡不容口者，妙，妙！如此富丽，一片清明之气行其中，标出以见富丽不足为诗累。（《唐诗归》）又曰：“态浓意远”“骨肉匀”，画出一个国色。状姿色曰“骨肉匀”，状服饰曰“稳称身”，可谓善于形容。

陆时雍曰：诗，言穷则尽，意亵则丑，韵软则庳。杜少陵《丽人行》、李太白《杨叛儿》一以雅道行之，故君子言有则也。又曰：色古而厚。点染处，不免墨气太重。（《唐诗镜》）

周敬曰：起结中情，铺叙得体，气脉调畅，的从古乐府摹出，另成老杜乐府。（《删补唐诗选脉笺释会通评林·盛七古》）

吴山民曰：“头上”数语是真乐府，又跌宕而雅。（同上引）

周珽曰：“态浓”以后十句，模写丽人妖艳入神。想其笔兴酣时不觉，大家伎俩自不可禁。（同上）

王嗣奭曰：自“态浓意远”至“穿凳银”（按：杨慎谓松江陆深见古本，于“稳称身”后尚有二句：“足下何所著？红蕖罗袜穿登银。”）极状姿色、服饰之盛。而后接以“就中云幕”二句。突然又起“紫驼之峰”四句，极状馔食之丰侈。而后接以“黄门飞鞚”二句，皆弇州所谓倒插法，唯杜能之者……“紫驼之峰”二句，语对、意对而词义不对，与“裙拖六幅”“髻挽巫山”俱别一对法，诗联变体……至“杨花”“青鸟”两语，似不可解，而驺徒拥从之盛可想见于言外，真化工之笔。（《杜臆》）

王夫之曰：“赐名大国虢与秦”，与“美孟姜矣”“美孟弋矣”“美孟庸矣”一辙，古有不讳之言也，乃《国风》之怨而悱、直而绞者也。夫子存而弗删，以见卫之政散民离，人诬其上，而子美以得“诗史”之誉。

（《姜斋诗话》）又曰：可谓"入不言兮出不辞，乘回风兮载云旗"矣。是杜集中第一首乐府，杨用修犹嫌其末句之露，则为已甚。（《唐诗评选》）

黄周星曰：通篇俱描绘豪贵浓艳之景而讽刺自在言外，少陵岂非诗史！（首二句）实有所指，转若无所指，故妙。（"态浓"句）何以体认亲切至此。（《唐诗快》）

钱谦益曰：《明皇杂录》："虢国夫人出入禁中，常乘紫驼，使小黄门为御。紫骢之骏健，黄门之端秀，皆冠绝一时。"此所谓"黄门飞鞚"也。又曰：乐府《杨白花》歌曰"杨花飘荡落南家"，又曰"愿衔杨花入窠里"，此句（指"杨花雪落覆白蘋"句）亦寓讽于杨氏。又曰：乐史《外传》：十一载李林甫死，以国忠为右相。十二载加国忠司空。扈从之时，每家为一队，队着一色衣，五家合队，相映如百花焕发。遗钿坠舄，珠翠灿于路歧可掬。曾有人俯身一窥其车，香气数日不绝。驼马千馀头匹，以剑南旌节器仗前驱。及秦国先死，独虢国、韩国、国忠转盛。虢国又与国忠乱。每入朝谒，国忠与韩、虢联辔，挥鞭骤马、以为谐谑。（《钱注杜诗》。仇注引）

卢元昌曰：中云"赐名大国虢与秦"，后云"慎莫近前丞相嗔"，玩此二语，则当时上下骄淫，渎伦乱礼，已显然言下矣。（仇注引）

朱鹤龄曰：国忠与虢国为从兄妹，不避雄狐之刺，故有"近前丞相嗔"之语，盖微词也。（《杜工部诗集辑注》。仇注引）

仇兆鳌曰：此诗刺诸杨游宴曲江之事。首叙游女之佳丽也。三言丰神之丽，四言外貌之丽，五、六言服色之丽。头、背四句，举上下前后，而通身之华丽俱见。本写秦、虢冶容，乃概言丽人以隐括之，此诗家含蓄得体处。（"态浓"句）浓如红桃裛露，远如翠竹笼烟，淑如瑞日祥云，真如澄川朗月，一句中写出绝世丰神。次志秦虢之华侈也。"驼峰"二句，言味穷水陆。"犀箸"二句，言饮食暴殄。"黄门"二句，言宠赐优渥。"箫管"，言声乐之盛；"宾从"，言趋附者多。末仍指言国忠，形容其烜赫声势也。秦、虢前行，国忠殿后。鞚马逡巡，见拥护填街，按辔徐行之象，当轩下马，见意气洋洋，旁若无人之状。杨花青鸟，点暮春景物，见唯花鸟相亲，游人不敢仰视也。一时气焰，可畏如此。末句仍用倒插作收。此章前二段，各十句，后段，六句收。此诗语极铺扬，而意含讽刺，故富丽中特有清刚之气。（《杜少陵集详注》卷二）

张溍曰：通篇皆极口铺张作赞，却句句是贬，真《三百篇》之旨。（《读书堂杜工部诗集注解》卷二）

卢元昌曰：通篇眼目，前段在“赐名大国虢与秦”一句，后段在“慎莫近前丞相嗔”一句。群臣骄淫，失伦乱理，显然言下。（《杜诗阐》卷三）

吴瞻泰曰：本是讽刺，而直叙富丽，若深羡不容口者，故自佳。前写姿容、服饰、肴核、音乐、宾从，本应一气平叙，而间以“就中云幕”二句，以乱其辞。“后来鞍马”二语，与“炙手可热”二句，本应直接，而间以“杨花”“青鸟”以疏其势，前以主间宾，后以宾间主，皆间也，皆断续也。今人不论诗之主宾断续，而以“杨花”为切中时事，则将古人极曲折用意之笔，而视为直口布袋之言，不几冤却少陵也哉！（《杜诗提要》卷五）

佚名曰：此诗刺天宝诸杨之骄横，由于上之宠禄过也……此篇当与《兵车》参看。读《兵车行》，而见暴君之不恤民命，其流离之苦如彼；读《丽人行》，而见荒主之不戢嫔御，其骄盈之失若此，上慢下暴，恩义睽绝，岂复有君国子民之道！（《杜诗言志》卷二）

李因笃曰：先泛泛写出水边容色衣服之盛，“就中”一联，方入虢、秦，又极力写其供奉之奢，方转入内赐一段，然后转入国忠雄狐正意，托刺深厚，大类《国风》。（《杜诗集评》卷五引）

黄生曰：写丽人意态、肌肤、服饰，无所不备，以从楚些来，故庄而不佻，华而不靡。美人有态有质，咏态易，咏质难。《国风》“倩”“盼”二语，非不妙极形容，亦止写其态而已。如“肌理细腻骨肉匀”七字，写美人形质，真毫发无憾。古来美人，首推玉环、飞燕，然不无剩肉露骨之恨。“骨肉匀”三字，可谓跨杨而摄赵矣，“匐”遏合切，“谙”入声。《学记》注：“匐采，妇人花髻饰。”……郭注《尔雅》：“衱，衣后裾。”赵汸谓是裾腰，予谓当是裾襕，恐其飞扬，故以珠缀之，故曰“稳称身”也。“实”即“满”也，然“满”字自然，“实”则使之然，下字故自不苟。“后来鞍马”即丞相也。然要留“丞相”二字煞韵，使读者得讽刺之意于言外。先时丞相未至，观者犹得近前，及其既至，则呵禁赫然，远近皆为辟易。此段具文见意，隐然可想。“红巾”似指树间所挂之彩，如李约讥游宴之侈云：“远山孖翠幕遮。”古松用彩物裹，此正其类。“杨花”二句，语含比兴，谓其气焰薰灼，花亦若触而落，鸟亦如避之而飞耳。酝酿汉魏之风骨，齐、梁小儿直气吞之。若其铺叙繁华，侈陈贵盛，则效《鄘风》之刺宣姜，但歌其容服之美，而所刺自见者也。(《杜诗说》卷三)

《杜诗话》:《卫风·硕人》，美之曰“其硕”。自手而肤而领而齿，而首而眉，而口而目，一一传神，此即《洛神赋》蓝本。《丽人行》为刺诸杨作，本写秦、虢冶容，首段却泛写游女以檃括之。曰“肌理细腻骨肉匀”，状其体貌之丽也；“绣罗衣裳照暮春，蹙金孔雀银麒麟”，状其服色之丽也；头上“翠微匐叶”、背后“珠压腰衱”，通身华丽俱见，较《洛神赋》另样写法。若如杨升庵伪本，添出“足下何所著”，尚成何诗体耶！

浦起龙曰：起四句提纲。“态浓意远”“肌腻肉匀”，先标本色也。“绣罗”一段，陈衣妆之丽。“紫驼”一段，陈厨膳之侈。而秦、虢诸姨，却在两段中间点出，笔法活变。其束处“宾从”句，又是蒙上拖下之文。末段以国忠压后作收，而“丞相”字直到煞句点出，冷隽。要之，“椒房”是主，“丞相”是客。说“丞相”，正以丑“椒房”耳。“杨花雪落”“青鸟衔巾”，隐语秀绝，妙不伤雅。无一讥刺语，描摹处，语语刺讥。无一慨叹声，点逗处，声声慨叹。(《读杜心解》卷二)

沈德潜曰：极言姿态服饰之美，音乐宾从之盛，微指“椒房”，直言丞相。大意本“君子偕老”之诗，而风刺意较显。“态浓意远”下，倒插秦、虢；“当轩下马”下，倒插丞相。他人无此笔法。(《重订唐诗别裁集》卷六)

李光地曰：欧阳文忠言《春秋》之义，痛之深则词益隐，子般卒是也；刺之切则旨益微，“君子偕老”是也。此诗实与美目巧笑、象揥绉絺同旨。诗至老杜，乃可与风雅代兴耳。(《杜诗镜铨》卷二引)

宋辕文曰：唐人不讳宫掖，拟之乐府，亦《羽林郎》之亚也。(同上引)

蒋弱六曰：美人相、富贵相、妖淫相，后乃现出罗刹相，真可笑可畏。(同上引)

何焯曰：国忠孽子而淫乱若此。是以无根之杨花，覆有根之白蘋也。青鸟红巾，几于感帨矣。(同上引)

杨伦曰:《困学纪闻》：王无功《三月三日赋》：“聚三都之丽人。”杜语本此，(“态浓”句)淑真，妇人美德，公反言以刺之也。(“黄门”句)又添一波，非常助色。(“当轩”句)继乃备言狎昵之态。(“杨花”)二句隐语。(“炙手”句)顶“要津”字下。(“慎莫”句)微词。

（《杜诗镜铨》卷二）

施补华曰：《丽人行》前半竭力形容杨氏姊妹之游冶淫佚，后半叙国忠之气焰逼人，绝不作一断语，使人于意外得之，此诗之善讽也。通篇皆先叙后点。“就中云幕椒房亲，赐名大国虢与秦”，结杨氏姊妹；“炙手可热势绝伦，慎莫近前丞相嗔”，结国忠。章法可学。（《岘佣说诗》）

《丽人行》和《兵车行》，称得上是杜甫在安史之乱以前作的“即事名篇，无复倚傍”的乐府歌行的双璧。如果说，《兵车行》在揭露黩武战争的罪恶和严重后果的同时将关注的目光集中投向广大的下层百姓所遭受的苦难，那么，《丽人行》便将讽刺的笔锋集中指向上层统治者的骄奢淫逸。而造成这两种现象的原因则同出于最高统治者的好大喜功和昏愦腐败。

从题材看，《丽人行》所歌咏的只是长安曲江上巳的春游，并不直接涉及政治。但由于诗人所关注的是云集的仕女中一群特殊人物的春游，而她们的身份地位，做派气势，待遇享受又无不与最高统治者的恩宠密切关联。因此，这首表面上描绘贵戚春游的诗，就具有明显的政治意义，它实质上是一首政治讽刺诗。

这首诗在整体构思上有一个突出的特点，就是逐层脱卸。一开头，并不急着亮出诗人所特别关注的对象，而是从泛写上巳曲江春游着笔。“三月三日天气新，长安水边多丽人。”两句点出时间、地点、人物，于仕女云集中先点出“丽人”，照应题面。“天气”之“新”，见春光之明媚，正衬出“丽人”之“丽”。以下八句，便从各个不同的方面细腻地描绘“丽人”之“丽”。“态浓意远淑且真”，是形容这群贵妇人的姿态风神气质之美：风姿浓艳，神情悠闲，仪态端庄，显得华贵而雍容。“意态由来画不成”，诗人却是一出手就先画其风神意态不同于民间小家碧玉。“肌理细腻骨肉匀”，是形容其皮肤细嫩光滑，体态纤秾合度。“肌理细腻”须仔细观察，“骨肉匀”则须整体打量，说明诗人观察既细致而又注意通体。唐代对女性体态美的审美标准不同于汉代之尚纤瘦，“骨肉匀”即透露了这方面的消息。“绣罗”二句，描绘其服饰之华丽。罗衣上用金、银线绣成孔雀、麒麟的图案，光彩熠熠，照耀暮春。“头上”四句，改用设问口吻，分写其头饰与腰饰，用“翠”“珠”突出其饰物之华丽，用“垂鬓唇”与“稳称身”分写其衬托出面庞与腰身之美。这一段纯用赋法，写丽人们的丰神体态服饰之美。表面上看，纯属赞美之词，丝毫不露贬义，像“态浓意远淑且真”这种形容，甚至有点热烈赞美乃至艳羡的味道。这里当然有一个全体与部分的关系问题，下面要着重写到“虢与秦”，虽同属“丽人”，却未必能代表全部丽人，而且就丽人中的“虢与秦”来说，这只是诗人的一种欲抑先扬的艺术手段。是否真的“淑且真”，对照下文自见。说这是一种“春秋笔法”，也大体符合实际。

第二段用“就中”二字提起，从“长安水边多丽人”中脱卸出“虢与秦”，即杨贵妃的两位姊姊虢国夫人与秦国夫人。云幕，当是指她们为春游在曲江边临时搭建的帷幕彩棚。《开元天宝遗事》卷下：“长安富家子……每至暑伏中，各于林亭内植画柱，以锦绮结为凉棚，设坐具……为避暑之会。”又：“长安贵家子弟，每至春时，游宴供帐于园圃中，随行载以油幕，或遇阴雨，以幕覆之，尽欢而归。”“都人士女，每至正月半后，各乘车跨马，供帐于园圃，或郊野中，为探春之宴。”两句中的“椒房亲”与“赐名”二语，对全诗意旨的表达而言，至关重要，不可忽略。它不但揭示了她们身为皇帝姻亲贵戚的特殊身份，而且揭示了皇帝对她们的特殊恩宠。“赐名大国虢与秦”，就是唐玄宗的爱屋及乌之举，同时也暗示了她们与皇帝的关系不同寻常。

接下来八句，便集中笔力渲染其宴饮之豪奢和宾从之“杂遝”。肴馔是用名贵的炊具烤炙而成的驼峰肉，用水晶盘盛着的珍贵白鳞鱼。“紫驼之峰”对“水精之盘”，“翠釜”对“素鳞”，使肴馔与器具交错为对，而上句用“出”，下句用“行”，句法整齐中有错综变化。不仅给人以味觉联想，而且给人以视觉冲击。这对于“朝扣富儿门，暮随肥马尘。残杯与冷炙，到处潜悲辛”“饥卧动即向一旬”的诗人来说，心理上受到的震撼可想而知。可就是这样珍贵的肴馔，她们手中举着犀角筷子，却迟迟不肯下筷，使烹制这些珍肴的厨师鸾刀细切，白白忙活了半天。这就不仅是豪奢，而且是暴殄天物，糟蹋珍肴了。但诗人并不正言厉色，情溢乎辞，只用一“久”字，一“空”字暗暗透出。一边在糟蹋，一边仍在络绎传送“黄门飞鞚不动尘，御厨络绎送八珍。”点出“黄门”“御厨”，说明这水陆珍奇乃是出自皇帝的恩赐，而“飞鞚不动尘”的细节描写则显示了太监们在传送：珍肴时何等小心翼翼，从而更突出地渲染了两位国夫人的身份地位之烜赫。宴饮之际，不仅有动人的音乐伴奏助兴，而且有一大帮宾客侍从前呼后拥，人数众多，几乎把一条通津要道都塞满了。“宾从”句只一笔轻点，分量可不轻，暗透出作为“椒房亲”的杨家权势之烜赫，捧场者之众多，并为下一段另一个大人物的出现作引线。

第三段又从“赐名大国虢与秦”自然引出“后来鞍马何逡巡”，这是最后一层脱卸。题为《丽人行》，但诗中真正的主人公却是权倾天下、身为宰相、兼数十使的杨国忠。最重要的人物总是要在众“宾从”的翘首等待中最后一个出场。“后来”一语，似不经意而笔意冷隽。它和“鞍马何逡巡”的描写结合起来，显示出这位大人物故意摆谱，慢吞吞地大摇大摆地骑马前来的姿态。可他到达之后，却径自下马，踏着锦绣地毯进入内室，显示出一派目中无人的架势。这种故意摆谱显威风的行径，恰恰是杨国忠这种出身微贱的政治暴发户的典型特征。

值得注意的是，写到“入锦茵”，诗人却忽然掉转诗笔，去写外面的春天景物：杨花如雪，纷纷飘落，覆盖在水中的浮萍之上；青鸟飞去，衔着一方妇女用的红手帕。于紧要处忽着如此闲笔，实有深意。注家从杨花、白蘋本属一物及“杨花”暗用《杨白花》歌，“青鸟”为情人信使等方面揭示出这两句明为写景，实为影射杨国忠与虢国夫人间的暧昧关系。妙在它虽深寓讽刺，却不露痕迹；虽揭露丑行，却不涉污秽。显示出大诗人在暴露丑恶时应有的分寸和风范。读到这里，再回过头去品味“态浓意远淑且真”的形容，便会感到对“虢与秦”而言，这不过是在表面的雍容端庄中包蕴着放荡淫逸而已。

“炙手可热势绝伦，慎莫近前丞相嗔！”图穷而匕首见，诗末方明点出这位“后来”者便是“势绝伦”的当朝宰相。虽未直呼其名，却已洞若观火。但诗人仍不用直接斥责的口吻，而是以冷刺作收。面对气焰熏天的“丞相”，千万别靠得太近，以免遭到他的怒骂。点到即止，丞相何以怒嗔，是抖威风还是怕隐私被窥，均在不言之中。

诗的直接讽刺对象，虽是“虢与秦”和“丞相”，但诗人内心深处真正的忧愤恐怕还是政治的腐败和国家的命运。皇帝好色，爱屋及乌，使姻亲贵戚享受荣华富贵，这在封建社会中本极常见，如控制在一定限度内，也未必会引起祸乱。但像唐玄宗这样，将军政大权交给杨国忠这样一个不学无术、品行极坏，毫无治国才能，只会擅作威福的外戚，政治的腐败和社会矛盾的激化便属必然。诗中一再提及“椒房亲”“炙手可热势绝伦”，其深意正是隐讽玄宗竟然因政治上的裙带关系而重用了这样的人物，国家前途可想而知。作为一首政治讽刺诗，这正是诗人真正的用意所在。

在艺术上，这首诗却寓深刻的讽刺于不动声色的客观描写之中。全篇除最后两句以告诫的口吻略露讽意外，其他描写竟丝毫不显露诗人的感情倾向，让它从客观的描写中自然流露出来。这种写法的成功运用，显示出杜甫现实主义诗歌的纯熟技巧。

自京赴奉先县咏怀五百字〔一〕

杜陵有布衣〔二〕，老大意转拙〔三〕。许身一何愚〔四〕，窃比稷与契〔五〕。居然成濩落〔六〕，白首甘契阔〔七〕。盖棺事则已〔八〕，此志常觊豁〔九〕。穷年忧黎元〔一〇〕，叹息肠内热〔一一〕。取笑同学翁〔一二〕，浩歌弥激烈〔一三〕。非无江海志〔一四〕，潇洒送日月〔一五〕。生逢尧舜君〔一六〕，不忍便永诀〔一七〕。当今廊庙具〔一八〕，构厦岂云缺〔一九〕。葵藿倾太阳〔二〇〕，物性固难夺〔二一〕。顾惟蝼蚁辈〔二二〕，但自求其穴〔二三〕。胡为慕大鲸〔二四〕，辄拟偃溟渤〔二五〕。以兹悟生理〔二六〕，独耻事干谒〔二七〕。兀兀遂至今〔二八〕，忍为尘埃没〔二九〕。终愧巢与由〔三〇〕，未能易其节〔三一〕。沉饮聊自适〔三二〕，放歌破愁绝〔三三〕。岁暮百草零〔三四〕，疾风高冈裂。天衢阴峥嵘〔三五〕，客子中夜发〔三六〕。霜严衣带断，指直不得结〔三七〕。凌晨过骊山〔三八〕，御榻在嵽嵲〔三九〕。蚩尤塞寒空〔四〇〕，蹴蹋崖谷滑〔四一〕。瑶池气郁律〔四二〕，羽林相摩戛〔四三〕。君臣留欢娱〔四四〕，乐动殷胶葛〔四五〕。赐浴皆长缨〔四六〕，与宴非短褐〔四七〕。彤庭所分帛〔四八〕，本自寒女出。鞭挞其夫家〔四九〕，聚敛贡城阙〔五〇〕。圣人筐篚恩〔五一〕，实欲邦国活〔五二〕。臣如忽至理〔五三〕，君岂弃此物！多士盈朝廷〔五四〕，仁者宜战栗〔五五〕。况闻内金盘〔五六〕，尽在卫霍室〔五七〕。中堂舞神仙〔五八〕，烟雾蒙玉质〔五九〕。暖客貂鼠裘〔六〇〕，悲管逐清瑟〔六一〕。劝客驼蹄羹〔六二〕，霜橙压香橘。朱门酒肉臭〔六三〕，路有冻死骨〔六四〕。荣枯咫尺异〔六五〕，惆怅难再述。北辕就泾渭〔六六〕，官渡又改辙〔六七〕。群冰从西下〔六八〕，极目高崒兀〔六九〕。疑是崆峒来〔七〇〕，恐触天柱折〔七一〕。河梁尚未坼〔七二〕，枝撑声窸窣〔七三〕。行旅相攀援〔七四〕，川广不可越〔七五〕。老妻寄异县〔七六〕，十口隔风雪。谁能久不顾，庶往共饥渴〔七七〕。入门闻号咷〔七八〕，幼子饥已卒〔七九〕。吾宁舍一哀〔八〇〕，里巷亦呜咽〔八一〕。所愧为人父，无食致夭折。岂知秋禾登〔八二〕，贫窭有仓卒〔八三〕。生常免租税〔八四〕，名不隶征伐〔八五〕。抚迹犹酸辛〔八六〕，平人固骚屑〔八七〕。默思失业徒〔八八〕，因念远戍卒〔八九〕。忧端齐终南〔九〇〕，澒洞不可掇〔九一〕。

校注

〔一〕天宝十三载（754）夏，杜甫携家眷移居于长安城南十五里之下杜城。是年秋，长安霖雨六十余日，关中大饥。因乏食，将家眷安置奉先县（今陕西蒲城县，在长安东北，属京兆府管辖）。复返长安。十四载十月，任右卫率府兵曹参军（看守兵甲器仗、管理门禁锁钥的小官）。十一月，离京赴奉先县探家。此时，安禄山已在范阳反叛，但消息尚未传到长安。而杜甫已预感到国家的严重危机。他将此次奉先之行的见闻感受以“咏怀”为题，写成这首划时代的杰作。

〔二〕杜陵，在长安城南。秦置杜县，汉宣帝筑陵于东原上，因名杜陵，并改杜县为杜陵县，北周废。杜甫远祖杜预为京兆杜陵人，杜甫天宝十三载又移居于此，故以“杜陵布衣”自称。杜甫作此诗时虽已授官，但尚未上任，故仍自称布衣。古代平民百姓穿麻布衣。

〔三〕老大，杜甫时年四十四，古人四十即常称“老”。拙，笨拙，工巧的反面。迂执不通世故、不知权变之意，实际上是强调自己的理想抱负、品格操守之坚定。“拙”是自嘲的口吻，正话反说。

〔四〕许身，自许、自期。“愚”与上句“拙”义近。

〔五〕窃，对自己的谦称。稷，周的祖先，舜时的农官，教百姓种五谷，契（xiè），商的祖先，舜时的司徒，掌文化教育。稷契是古人心目中理想的辅佐圣君的贤臣。《孟子·离娄下》：“稷思天下有饥者，犹己饥之也。”

〔六〕居然，果然。濩落，大而无用之意，同“瓠落”。《庄子·逍遥游》：“魏王贻我大瓠之种，我树之成而实五石，以盛水浆，其坚不能自举也。剖之以为瓢，则瓠落无所容。”

〔七〕契阔，辛勤劳苦。

〔八〕《韩诗外传》卷八：“孔子曰：‘学而已，阖棺乃止。’”则，乃。

〔九〕此志，指效法稷契之志。觊（jì），希望。豁，达到。

〔一〇〕穷年，终年，一年到头。黎元，老百姓。

〔一一〕肠内热，犹忧心如焚。

〔一二〕同学翁，与自己年辈相当的先生们。萧涤非谓“翁字外示尊敬，实含讥讽”。

〔一三〕浩歌，高歌。弥，更加。

〔一四〕江海志，隐逸避世之志。《庄子·刻意》：“就薮泽，处闲旷，钓鱼闲处，无为而已矣。此江海之士，避世之人。”

〔一五〕潇洒，无拘无束貌。送日月，打发日子。

〔一六〕尧舜君，指唐玄宗。玄宗即位后的一段时期内，励精图治，任用贤相，开创“开元之治”，故称。《南史·李膺传》：“膺字公胤，有才辩……（梁）武帝悦之，谓曰：‘今李膺何如昔李膺？’对曰：‘今胜昔。’问其故，对曰：‘昔事桓、灵之主，今逢尧、舜之主。’”

〔一七〕永诀，长别。杜甫困居长安期间，也曾有过离开长安，浪迹江湖之想，但因为想辅佐皇帝做一番事业，故不忍心与之长别。

〔一八〕廊庙具，能在朝廷上担任要职的栋梁之材。具，才具。江淹《杂体诗》：“大厦须异材，廊庙非庸器。”

〔一九〕构厦，构建国家的大厦。

〔二〇〕葵，向日葵。藿，豆叶。曹植《求通亲亲表》：“若葵藿之倾叶，太阳虽不为之回光，然终向之者，诚也。”葵有向阳的特性，藿并无此物性。此系用曹植表中语，故连类而及。

〔二一〕难，原作“莫”，校云：“一作难。”兹据改。夺，强行改变。

〔二二〕顾惟，转思。蝼蚁辈，指只知营求自己私利的庸小之辈。

〔二三〕但，只。自求其穴，营求自己的安乐窝。

〔二四〕胡为，何为。

〔二五〕辄拟，老是打算。偃，游息。溟渤，茫无边际的大海。

〔二六〕悟，一作“误”。生理，处世之道，人生的原则。

〔二七〕干谒，指干求谒见权贵。

〔二八〕兀兀，劳苦貌。

〔二九〕尘埃没，沦落湮没于尘埃，终身潦倒无成。

〔三〇〕巢，巢父。由，许由。尧时的两位高士。传说尧想将帝位传给许由，许由听了，跑到河边去洗耳。《高士传》载许由逃尧之让，告巢父，巢父说："何不隐汝形，藏汝光，非吾友也!"

〔三一〕其，杜甫自指（第三人称的特殊用法）。节，节操、志节。指"窃比稷与契"之志节。

〔三二〕聊，姑且。适，《全唐诗》校："一作遣。"自适，悠然闲适而自得其乐。《庄子·骈拇》："夫适人之适，而不自适其适，虽盗跖与伯夷，是同为淫僻也。"

〔三三〕放歌，纵情高歌。破，一作"颇"。破愁绝，消除内心极度的愁闷。

〔三四〕零，凋零枯萎。

〔三五〕天衢，天空。天空广阔如通衢，故称。峥嵘，本状山之高峻，此处形容天空阴云密布，黑压压的，如山势之峥嵘。

〔三六〕客子，杜甫自指。中夜发，半夜从长安出发。

〔三七〕得，《全唐诗》校："一作能。"

〔三八〕骊山，在长安东面六十里，山麓有温泉。每年十月，唐玄宗率杨贵妃及其姊至华清宫避寒，岁末方归。《雍录》："温泉，在骊山。秦、汉、隋、唐，皆常游幸，惟玄宗特侈。盖即山建立百司庶府，各有寓止。于十月往，至岁尽乃还宫。又缘杨妃之故，其奢荡益著。大抵宫殿包裹骊山，而缭墙周遍其外。观风楼下，又有夹城可通禁中。"

〔三九〕御榻，皇帝的床。借指玄宗。嵽嵲（dié niè），山高峻貌，此即指高耸的骊山。

〔四〇〕蚩尤，传说中的古代九黎族首领，以金作兵器，与黄帝战于涿鹿，失败被杀。相传其与黄帝作战时雾塞天地。故以"蚩尤"借指雾气。《史记·五帝本纪》"遂禽杀蚩尤"裴骃集解引《皇览》曰："蚩尤冢在东平寿张县阚乡城中，高十丈，民常十月祀之，有赤气出，如匹绛帛，民名为蚩尤旗。"

〔四一〕蹴蹋，踩踏。

〔四二〕瑶池，神话传说中神仙西王母与周穆王宴会之地。此借指骊山温泉。郁律，水汽蒸腾弥漫貌。

〔四三〕羽林，皇帝的禁卫军，即羽林军。摩戛，摩擦碰撞。

〔四四〕君臣，《全唐诗》校："一作圣君。"留欢娱，留在骊山上寻欢作乐。

〔四五〕殷（yīn），震。《文选·司马相如〈上林赋〉》："车骑雷起，殷天动地。"郭璞注："殷，犹震也。"胶葛，深远广大貌。《上林赋》："置酒乎颢天之台，张乐乎胶葛之寓。"此指广远的天空。

〔四六〕长缨，长帽带，大官僚的服饰，指权贵。《旧唐书·安禄山传》："玄宗宠安禄山，赐华清池汤浴。"

〔四七〕与宴，参与宴会。短褐，粗布短衣，指平民百姓。

〔四八〕彤庭，朝廷。古代宫殿楹柱地面多用朱红色涂饰。

〔四九〕其，指寒女。

〔五〇〕聚敛，聚集搜刮。城阙，指京城。

〔五一〕筐篚，盛物的竹器，方曰筐，圆曰篚。筐篚恩，指皇帝的赏赐之恩。《诗·小雅·鹿鸣序》："《鹿鸣》，燕群臣嘉宾也。既饮食之，又实币帛筐篚，以将其厚意。然后群臣嘉宾，得尽其心矣。"《通鉴·天宝八载》：二月，"引百官观左藏，赐帛有差。是时州县殷富，仓廪积粟帛，动以万计。杨钊（即国忠）奏诸所在粜变为轻货，及征丁租地税皆变布帛输京师。屡奏帑藏充牣，古今罕俦，故上帅群臣观之。上以国用充衍，故视金帛如粪壤，赏赐贵宠之家，无有限极"。此句所谓"筐篚恩"即指玄宗在赐宴赐浴的同时赏赐贵宠币帛之事。

〔五二〕邦国活，国家昌盛繁荣。

〔五三〕忽，忽视。至理，最高的原则，天经地义的道理。

〔五四〕多士，百官。《诗·大雅·文王》："济济多士，文王以宁。"

〔五五〕仁者，指多士中之仁者，即百官中有良心的。战栗，触目惊心。

〔五六〕内金盘，宫廷内府的金盘，泛指珍贵宝器。

〔五七〕卫霍室，指贵戚之家。汉代卫青系汉武帝皇后卫子夫之弟，霍去病系卫皇后姊之子（外甥）。此以卫、霍借指杨贵妃家族如杨国忠兄弟、韩国夫人、虢国夫人、秦国夫人等。玄宗对他们滥行赏赐。

〔五八〕中堂，指贵戚府邸的大厅。舞神仙，指府中女乐翩翩起舞，有若神仙。

〔五九〕烟雾，指歌舞女子身上所披之轻纱雾縠。司马相如《子虚赋》："杂纤罗，垂雾縠……眇眇忽忽，若神仙之仿佛。"蒙，《全唐诗》原作"散"，校："一作蒙。"兹据改。蒙，罩。玉质，指女子洁白的肌体。

〔六〇〕暖客，使客暖。貂鼠裘，紫貂一类皮做的袄。

〔六一〕管、瑟，分别泛指管乐与弦乐。“悲”与“清”形容乐声之动人与清亮。句意谓丝竹合奏，其声互相紧随。

〔六二〕驼蹄羹，骆驼蹄作的珍贵菜肴。

〔六三〕朱门，指豪贵人家。

〔六四〕冻死骨，冻饿而死的人。“路”即指诗人经过骊山东去的道路。

〔六五〕荣，指富贵豪奢，承“朱门”。枯，指贫困饥寒，承“冻死骨”。咫尺异，指华清宫墙内外，仅咫尺之隔，而荣枯迥异。

〔六六〕北辕，车辕向北，指路转向北。就，靠近。泾、渭，关中八水之二水，合流于昭应县。杜甫自京赴奉先，由长安向东经骊山，然后向北渡过昭应县泾渭二水合流处的渡口，再向东北方向走。

〔六七〕官渡，指官家设在泾渭二水合流处的渡口。改辙，改道。指官家渡口迁移至他处。

〔六八〕冰，《全唐诗》校：“一作水。”按：当作“冰”。十一月泾、渭二水当已开始封冻。

〔六九〕崒兀（zú wù），高峻貌。

〔七〇〕崆峒，山名，在今甘肃平凉市。相传是黄帝问道于广成子之所。见《庄子·在宥》。泾渭二水均源于陇西，故云“疑是崆峒来”。

〔七一〕天柱，神话传说中支撑天的柱子。《楚辞·天问》：“天极焉加？八柱何当？”《淮南子·墬形训》：“昔者共工与颛顼争为帝，怒而触不周之山，天柱折，地维绝。”二句形容河冰汹涌而下，有天崩地塌之感。

〔七二〕河梁，河上的桥梁。坼（chè），裂，散架。

〔七三〕枝撑，桥的支柱。窸窣，形容桥被河冰撞击时晃动发出的声音。

〔七四〕行旅，指行旅之人。攀援，搀扶。

〔七五〕不，《全唐诗》校：“一作且。”按：上句指行旅之人互相搀扶着小心翼翼走过危桥。下句慨叹泾渭合流处由于官渡迁移河流广阔无法渡越。

〔七六〕异县，别县，指奉先。

〔七七〕庶，表示希望的副词。

〔七八〕号咷，放声痛哭。

〔七九〕饥，《全唐诗》校：“一作饿。”

〔八〇〕宁，即使，纵使。舍，割舍。

〔八一〕里巷，犹邻里、街坊。

〔八二〕禾，原作“朱”，校：“一作禾。”兹据改。十一月秋收早已完毕。登，收成，指庄稼成熟。

〔八三〕贫窭（jù），贫穷人家。仓卒（cù），本义为急遽，此处引申为突然发生的意外事故或灾祸。

〔八四〕唐代制度，凡皇亲贵戚，或家有品爵官职者，均可免缴租税，免服兵役，见《唐六典》卷三。杜甫祖、父都做过中央或州郡的官吏，故可免除租税、兵役。

〔八五〕隶，属。谓名字不列入征兵的名册。

〔八六〕抚迹，回想自己的经历，指幼子饿死之事。

〔八七〕平人，平民百姓。固，本当。骚屑，纷扰不安、骚动不安。

〔八八〕失业徒，失去土地的破产农民。业，产业。唐初实行均田制，农民按规定可以有一定的永业田和口分田，永业田可传承。后因豪强兼并，使许多农民失去土地，均田制遭破坏。

〔八九〕远戍卒，久戍不归的士兵。唐初实行府兵制，百姓服兵役定期轮番更替，后因战争不息，服役期满长期不能更代，甚至出现《兵车行》中所描写的“或从十五北防河，便至四十西营田。去时里正与裹头，归来头白还戍边”的情况。

〔九〇〕忧端，忧愁的心绪。

〔九一〕澒（hòng）洞，水势浩大无边貌。此状忧思之广远。掇，收拾。仇兆鳌曰：此承“忧端”来，是忧思烦懑之意，赵（汸）注谓比世乱者未然。

笺评

罗大经曰：（“彤庭”十句）此段所云，即尔俸禄民脂民膏之意。士大夫诵此，亦可以悚然惧矣。（仇兆鳌《杜少陵集详注》卷四引）

黄彻曰：《孟子》七篇，论君与民者居半。其馀欲得君，盖以安民也。观杜陵“穷年忧黎元，叹息肠内热”“胡为将暮年，忧世心力弱”，《宿花石戍》云：“谁能叩君门，下令减征赋。”《寄柏学士》：“几时高议排金门，各使苍生有环堵。”宁令“吾庐独破受冻死亦足”，而志在“大庇天下寒士”，其心广大，异乎求穴之蝼蚁辈，真得孟子所存矣。东坡问老杜何如人。或言似司马迁，但能名其诗耳。愚谓老杜似孟子，盖原其心也。（《碧溪诗话》卷一）又曰：观《赴奉先咏怀五百字》，乃声律中老杜心

迹论一篇也。（同上卷十）

张戒曰：少陵在布衣中，慨然有致君尧舜之志，而世无知者，虽同学翁亦颇笑之，故“浩歌弥激烈”“沉饮聊自遣”也。此与诸葛孔明抱膝长啸无异。读其诗，可以想其胸臆矣。嗟夫！子美岂诗人而已哉！其云：“彤庭所分帛，本自寒女出。鞭挞其夫家，聚敛贡城阙。圣人筐篚恩，实欲邦国活。臣如忽至理，君岂弃此物。多士盈朝廷，仁者宜战栗。”又云：“朱门酒肉臭，路有冻死骨。荣枯咫尺异，惆怅难再述。”方幼子饿死之时，尚以常免租税、不隶征伐为幸，而思失业徒、念远戍卒，至于“忧端齐终南”，此岂嘲风咏月者哉！盖深于经术者也，与王吉、贡禹之流等矣。（《岁寒堂诗话》卷下）

钟惺曰：读少陵《赴奉先咏怀》《北征》等篇，知五言古长篇不易作，当于潦倒淋漓、忽反忽正、若整若乱、时断时续赴，得其篇法之妙。又曰：（“许身”句）“许”字道尽志大。言大人病痛。（“以兹”二句）有此二语才有本领。（“指直”句）汉乐府语。（“鞭挞”句）此语痛甚。（“朱门”二句下批）“凌晨过骊山”至此，极道骄奢暴殄，隐忧言外，似皆说秦，其实句句是时事，所谓借秦为喻也。（“贫窭”句）五字非暴贫不知，非惯贫不知。（“默思”二句）饥困忧时，婆心侠气。“似欲忘饥渴”，归后情也！“庶往共饥渴”，归前情也。悲欢不同，各有其妙，同一苦境。（“庶往”句下批）（《唐诗归》卷十九）

谭元春曰：少陵不用于世，救援悲悯之意甚切。遇一小景小物，说得极悲愤、极经济，只为胸中有此等事郁结，读其长篇自见。（“朱门”二句下批）“骨”“肉”语可怜。（同上）

王嗣奭曰：人多疑“自许稷契”之语，不知稷契无他奇，惟此己溺己饥之念而已。伊得之而纳沟为耻，孔得之而立达与共。圣贤皆同此心。篇中忧民活国等语，已和盘托出。东坡引舜举十六和秦时用商鞅为证，何舍近而求远耶！又曰：叙父子夫妇之情，极其悲惨，寄迹他乡，故秋禾虽登，而无救于贫。（仇兆鳌《杜少陵集详注》卷四引）又曰：自“凌晨过骊山”至“路有冻死骨”，叙当时君臣晏安独乐而不恤其民之状，婉转恳至，抑扬吞吐，反复顿挫，曲尽其妙。后来诗人，见杜忧国忧民，往往效之，不过取办于笔舌耳……故“彤廷分帛”“卫霍金盘”“朱门酒肉”等语，皆道其实，故称诗史。（《杜臆》）

胡夏客曰：诗凡五百字，而篇中叙发京师、过骊山、就泾渭、抵奉先，不过数十字耳。馀皆议论感慨成文，此最得变《雅》之法而成章者也。又曰：《赴奉先咏怀》全篇议论，杂以叙事；《北征》则全篇叙事，杂以议论。盖曰“咏怀”，自应以议论为主；曰“北征”，自应以叙事为主也。（仇兆鳌《杜少陵集详注》卷四引）

卢世㴶曰：呜呼！君子之仕也，行其义也。《赴奉先县》及《北征》，肝肠如火，涕泪横流，读此而不感动者，其人必不忠。又曰：作长篇古诗，布势须要宽转。此二条（按：指“穷年忧黎元”至“放歌破愁绝”）各四句转意，抚时慨己，或比或兴，迭开迭合，备极排荡顿挫之妙。（《杜诗胥钞馀论·论五言古诗》）

朱鹤龄曰：《旧书·玄宗纪》，天宝十四载，冬十月，上幸华清宫。十一月丙寅，禄山反。公赴奉先时，玄宗正在华清宫，所以诗中言骊山事特详。十一月九日，禄山反书至长安，玄宗犹未信，故诗中但言“欢娱”“聚敛”，乱在旦夕，而不及禄山反状。又曰：卫、霍皆汉内戚，以比杨国忠。“神仙”“玉质”，指贵妃诸姨。又曰：禄山反书至，帝虽未信，一时人情恇扰，议断河桥为奔窜地，所以行李攀援而急渡也，观“河梁幸未坼”句可见。（《杜工部诗集辑注》）

李长祥、杨大鲲曰：此诗与《北征》诗，变化之妙尽矣。《北征》之变化在转折，此诗之变化在起伏。起伏中亦自转折，然转折即在起伏中。转折中亦自起伏，然起伏即在转折中。其篇法极幻，总之，极变化捉摹不得。《北征》之大议论在篇后，此诗之大议论在中幅。此不同处，又皆变化处。（《杜诗编年》卷二）

黄生曰：起八句，一篇冒子。“居然”句，言生事落魄。“白首”句，言室家阻阔。胸中有致君尧舜本领，便知自比稷、契，言大非夸。志在匡时，故以古人自拟。身耻幸进，故与时辈背驰。“穷年”至“愁绝”一段，宛转透发，以申首段之意。“蝼蚁”四句，言大小有分，世之干谒幸进者，皆不安其分者也。“瑶池”，比汤泉；“羽林”，离宫卫士也。《上林赋》：“张乐乎胶葛之寓。”注：“旷远貌。”“彤庭”十句，本说朝廷赏赉无节，然但归咎臣下虚靡主上之赐，立言得体。“况闻”至“再述”一段，叙杨氏奢汰之事，只用一“况”字转下。“中堂”二句，指女乐而言。“烟雾蒙玉质”，谓隔帘奏乐也。“荣枯咫尺异”，言经过所见如此。“生常”八句，言身异齐民，然犹抚迹酸辛如此，况平民失业远戍，其骚屑当更何如。然则忧在一家者浅，忧在四海内实深也。大意言志在苍生，故于身家之谋甚拙，所以咏怀者如此。然前面从国事转入家事，后面却如何回抱转去，读者试为设想，想不来，方知此老笔力不可及处。旧编为天宝十四载十一月初作，则是时公已授官，诗不应不叙及此，盖未得官以前之作也。（《杜诗说》卷一）

仇兆鳌曰：前三段，从咏怀叙起。（第一段八句）此自叙生平大志。公不欲随世立功，而必期圣贤事业，所谓意拙者，在比稷契也。“甘契阔”，安于“意拙”；“常觊豁”，冀成稷、契。（第二段十二句）此志在得君济民。欲为稷契，则当下救黎元，而上辅尧舜。此通节大旨。江海之士远世，公则切于慕君而不忍忘。廊庙之臣尸位，公则根于至性而不敢欺。此作两形，以解同学之疑。浩歌激烈，正言咏怀之故。明皇初政，几侔贞观。迨晚年失德，而遂生乱阶，曰“生逢尧舜君”，望其改悟自我，复为令主，惓惓忠爱之诚，与孟子望齐王同意。（第三段十二句）此自伤抱志莫伸。既不能出图尧舜，又不能退作巢由，亦空负稷契初愿矣。居廊庙者，如蝼蚁拟鲸，公深耻而不屑于；游江湖者，若巢由隐身，公虽愧而不肯易。仍用双关，以申上文之意，放歌破愁，欲藉咏怀以遣意。作长篇古诗，布势须要宽展。此二条，各四句转意，抚时慨己，或比或兴，迭开迭阖，备极排荡顿挫之妙。中四段，自京赴奉先，记中途所见之事。（第一段八句）此则过骊山而有慨也。岁暮阴风，将涉仲冬矣。夜发晨过，去京止六十里也。公诗常用“峥嵘”，“旅食岁峥嵘”，年高也；“峥嵘赤云西”，云高也；“天衢阴峥嵘”，阴盛也。（第二段八句）此记骊山游幸之迹。上四，见不恤苦寒；下四，讥恣情荒乐。“塞寒空”，旌旗蔽天也；“崖谷滑”，冰雪在地也。“郁律”，温泉气升；“摩戛”，卫士众多。“君臣欢娱”，不恤国事；“赐浴”“与宴”，从官邀宠也。（“蚩尤”句）钱笺：此正十一月初，借蚩尤以喻兵象也。（第三段十句）此记当时赐予之滥。上四叙事，下六托讽。筐篚赐予，欲其活国；今诸臣皆玩忽不知，则此物岂虚掷者乎！“战栗”，当思报称也。（第四段十二句）此刺当时后戚之奢。前八叙事，后四托讽。勋戚奢侈而不念民穷，其致乱盖有由矣。“分帛”“金盘”二条，即指骊山宴赏，《杜臆》则概指平日（略）。下三段，至奉先而伤己忧人，仍是咏怀本意。（第一段十句）此忆途次仓皇情状。上六，言水势；下四，言行人。群水西来，其汹涌如此，犹幸河梁未拆耳。攀援争渡为川广不能飞越也。自京赴奉先，从万年县渡浐水，东至昭应县，去京六十里。又从昭应渡泾渭，北至奉先县，去京二百四十里。骊山在昭应东南二里，温泉出焉。又泾渭二水，交会于昭应，故云“北辕就泾渭”，其官渡改辙，在唐时亦迁徙无常，大抵在昭应之间，为奉先便道耳。（第二段十二句）此述家人困穷境况。上四，在途而叹；下八，至家而悲。（第三段）末以悯乱作结，身世之患深矣。天宝季年，边帅穷兵，故民苦租税征伐，公在事外，尚且酸辛，况平人之失业、远戍者乎！念及此，而忧积如山，不能掇去。又回应忧黎元意。此章分十段，八句者四段，十二句者四段，十句者两段，错综而自见整齐。（《杜少陵集详注》卷四）

吴瞻泰曰：长诗须有大主脑，无主脑则绪乱如丝。此诗身与国与家，为一篇之主脑。布衣终老，不能遂稷、契之志，其为身之主脑也；廊庙无任事之人，致使君臣荒宴，其为国之主脑也。前由身事入国事，转入家事；后即由家勘进一层，缴到国事。绪分而联，体散而整，由其主脑之明故也……善用曲笔，非徒纡折以为能，贵断续耳。题本自京赴奉先县，开口一字不提，先总发两段大议，忧国忧民，已见本领。然后又客子长征，又不即及妻子，偏于途次发三段大议，使当时淫乐女宠佞幸毒害生民之态，皆已毕露。然后遥接抵家，读者必谓到头结穴矣，而一结忽又放去，思失业徒、远戍卒，断而复续，续而复断，烟云缭绕，不知其笔之何所止，真神化之文也。（《杜诗提要》卷一）

佚名曰：嗟乎！少陵生平之志尽在于此。其作诗之旨，尽由此而发。故遇有关君国之大，则托喻以规切；时政之得失，则剖切以敷陈。而怀才不遇者，必引为同心，误国怀奸者，必诛锄其隐慝。至于宽闲之野，寂寞之滨，每寓其天怀之乐，而淡泊明志，宁静致远，未必不处处流露，岂膏粱富贵粉华气焰中人哉！自比稷、契，抗怀伊、吕，良非诬也。（《杜诗言志》卷二）

浦起龙曰：是为集中开头大文章，老杜平生大本领，须用一片大魄力读去，断不宜如朱、仇诸本，琐琐分裂。通篇只是三大段，首明赍志去国之情，中慨君臣耽乐之失，末述到家哀苦之感。而起手用“许身”“比稷契”二句总领，如金之声也。结尾用“忧端齐终南”二句总收，如玉之振也。其稷、契之心，忧端之切，在于国奢民困。而民惟邦本，尤其所深危而极虑者。故首言去国也，则曰“穷年忧黎元”；中耽安乐也，则曰“本自寒女出”；末述到家也，则曰“默思失业徒”。一篇之中，三致意焉。然则其所谓比稷、契者，果非虚语，而结忧端者，终无已时矣。首大段，在未出京前，直从《孟子》去齐、宿昼等篇脱出。此覆契之素志、忧端之在夙昔者。“意转拙”三字，全局涵盖。“居然”四句，又为本段提笔，“忧黎元”为本段主笔。“非无”四句，欲意蹈而不忍也。“当今”四句，恋君恩之至性也。“顾惟”四句，揣分引退之词。“以兹”四句，浩然归隐之概。“终愧”四句，虽秉藏身之节，仍怀不舍之志也。自“非无”至此，一气读下，乃见曲折。注家以“蝼蚁辈”指居廊庙者，大乖口吻。中大段是中途所触，直从《孟子》雪宫、明堂等篇翻出。此稷契之忠悃、忧端之在目击者。“岁暮”四句，上承“中夜”，下起“凌晨”，而“过骊山”乃本段感事之根。“蚩尤”四句，状旌旗卫士之盛。“君臣”四句，为本段主笔。以下皆分应“长缨”“与宴”也。“彤庭”四句，推“筐篚”之由来，以见不堪暴殄也。“圣人”四句，言厚赐群臣，望其活国，如共佚豫，便同弃掷矣。此以责臣者讽君也。“多士”二句，束上“分帛”，渡下“赐宴”。“卫霍”“神仙”，就“赐宴”上借点诸杨。“暖客”四句，隔联对法，统言与宴诸人。“朱门”四句，以穷民相形，动人主之恻隐也。而“荣枯”“咫尺”，亦正与己相对，又暗挑下段矣。以上“分帛”“赐宴”二条，意平而局侧，文家化板法也。末大段，叙至家时事，正言赴奉先之故。恋国而不顾家者，非情也。此虽一己之忧端，而后又复转到民穷上，仍然稷契之存心也。“北辕”二句，提清过骊山后赴奉先之路。“群冰”八句，点缀行役景色，自不可少。“老妻”四句，在途内顾之思。“入门”四句，到家所值恶趣。“所愧”四句，借子死跌落家贫，乃本段主笔。“生常”四句，就身贫引动结意。言免租免役之平人，犹不免如此之苦。下文“失业徒”，乃不免租税者；“远戍客”，乃常隶征伐者。此正与前幅“黎元”“寒女”等意一串，在本段为带笔，在全篇却是主笔也。时禄山反信即至矣，篇中不及之，盖此诗乃自述生平致君泽民之本怀，意各有主也。（《读杜心解》卷一）

沈德潜曰：与《北征》诗如故相避，自是互相表里之作也，前半未免有语意重复处，然各有脉络，正见反复顿挫沉绵之妙。入题后看去似离题甚远，却正是自京赴奉先路上语也。“多士”二句，“荣枯”二句，所谓插入咏怀也。正未尝一字离题，尤见奇绝也。后幅是本事，然试移“盖棺”“放歌”等语作结便庸。此犹在就事竟住，语殊未了，言外含情处无限也。前叙抱负，次叙道路所经，末叙到家情事，自际困穷，心忧天下，自是希稷、契人语也。中间叙事夹议论以行，此种诗深得变《雅》之体。（《杜诗偶评》卷一）又曰：“忧黎元”至“放歌愁绝”，反反复复，淋漓颠倒，

正古人不可及处。(《唐诗别裁》卷二)

《唐宋诗醇):此与《北征》为集中巨篇。抒郁结,写胸臆,苍苍茫茫,一气流转。其大段有千里一曲之势,而笔笔顿挫,一曲中又有无数波折也。甫以布衣之士,乃心帝室,而是时明皇失政,大乱已成,方且君臣荒宴,若罔所知。甫从局外,蒿目时艰,欲言不可,盖有日矣,而一于此诗发之。前述平日之衷曲,后写当前之酸楚,至于中幅,以所经为纲,所见为目,言言深切,字字沉痛,《板》《荡》之后,未有能及此者。此甫之所以度越千古,而上继《三百》者乎!(卷九)

张溍曰:文之至者,止见精神不见语言,此五百字真恳切到,淋漓沉痛,俱是精神,何处见有语言!岂有唐诸家所能及!(《读书堂杜工部诗集注解》。《唐宋诗醇》卷九引)

李光地曰:此篇金声玉振,可为压卷。(杨伦《杜诗镜铨》卷二引)

杨伦曰:首从咏怀叙起。每四句一转,层层跌出自许稷、契本怀。写仕既不成,隐又不遂,百折千回,仍复一气流转,极反复排荡之致。次叙自京赴奉先道途所闻见,而致慨于国奢民困,此正“忧端”最切处。(“岁暮”句)接陡健。(“霜严”二句)张云:写出严寒之状。(“君臣留欢娱”十四句)蒋云:叙事中夹议论,不觉发上指冠,大声如吼,即所谓“激烈”“愁绝”者。李云:(“朱门”)四句束上起下,并有含蓄,是长篇断犀手。(“路有”句)拍到路上无痕。末叙抵家事,仍归到“忧黎元”作结,乃是咏怀本意。张云:只此家常事,曲折如话,亦非人所能及。穷困如此,而惓惓于国计民生,非希踪稷、契者,谁克有此!又曰:五古前人多以质厚清远胜,少陵出而沉郁顿挫,每多大篇,遂为诗道中另辟一门径。无一语蹈袭汉魏,正深得其神理。此及《北征》尤为集内大文章,见老杜平生大本领,所谓巨刃摩天,乾坤雷硠者,惟此种足以当之。半山、后山,尚未望见。(《杜诗镜铨》卷三)

李子德曰:太史公谓《国风》好色而不淫,《小雅》怨悱而不乱,《离骚》兼之。公《咏怀》足以相敌。(《杜诗镜铨》卷三引)

翁方纲曰:《奉先咏怀》一篇,《羌村》三篇,皆与《北征》相为表里。此自周《雅》降《风》以后,所未有也。迹熄《诗》亡,所以有《春秋》之作。若《诗》不亡,则圣人何为独忧耶?李唐之代,乃有如此大制作,可以直接六经矣。渔洋以五平、五仄体近于游戏,此特指有心为之者言。若此之“凌晨过骊山,御榻在嵽嵲”“忧端齐终南,澒洞不可掇”……

于五平五仄之中，出以叠韵，并属天成，非关游戏也。（《石洲诗话》）

方南堂曰：《赴奉先县五百字》当时时歌诵，不独起伏关键，意度波澜，煌煌大篇，可以为法，即其琢句之工，用字之妙，无一不是规矩，而音韵尤古淡雅正，自然天籁也。（《辍锻录》）

方东树曰：杜公时出见道语、经济语，然惟于旁见侧出，忽然露出乃妙。若实用于正面，则似传注、语录而腐矣。或即古人指点，或即事指点，或即物指点，愈不伦不类，愈若妙远不测。苦语亦然，不宜自己正述，恐失之卑俭寒气；若说则索兴说之，须是悲壮苍凉沉痛，令人感动心脾。如《奉先》《述怀》等作。（《昭昧詹言·通论五古》）

吴汝纶曰：第一段（开首至"放歌"句）一句一转，一转一深，几于笔不着纸。而悲凉沉郁，愤慨淋漓，文气横溢纸上，如生龙活虎不可控揣。太史公、韩昌黎而外，无第三人能作此等文字，况诗乎！诗中唯杜公一人也。（"彤庭"二句以下）此下忽捉笔发生绝大议论，警湛生动，独有千古。（"圣人"二句）再回护朝廷一笔。此等处掉转最难，而文势益超骏矣。（"路有"句）一句折落，悲凉无际。第二段因过骊山而叹骄淫之蕴乱。（第三段）归家恸子因发无穷远感。（《唐宋诗举要》卷一引）

这是杜甫诗歌创作历程中一首里程碑式的作品，也是中国古代诗歌史上一首深刻反映历史转折时代社会生活本质的史诗性作品。它作于天宝十四载（755）十一月，当时，安禄山已在范阳发动叛乱。但消息尚未传到长安（十一月初九安禄山反，十五日玄宗方得知消息）。一场使唐王朝由极盛急剧转衰、长达八年的大动乱已经拉开序幕，但在骊山华清宫过着骄奢淫逸生活的唐玄宗和他的宠妃、宠臣们却对此浑然不觉。而这时的杜甫，在经历了长安十年的困顿屈辱生活的磨炼和对社会生活的深切体察之后，已经对大唐王朝面临的深重危机有了相当深刻的感受与认识，创作出了《兵车行》《同诸公登慈恩寺塔》《丽人行》等深刻反映唐王朝统治的腐败和危机的优秀作品。这首《自京赴奉先县咏怀五百字》便是在上述感受、体察和认识的基础上，结合此次赴奉先之行的见闻感受写成的带有总结性的篇章。

诗分三大段。开头一大段却完全撇开题内"自京赴奉先县"而单刀直入，凭空起势，反复抒怀。前十二句为一层，表明自己比稷契、忧黎元的志向情怀。“杜陵有布衣，老大意转拙。”杜甫当时已经有了一个右卫率府兵曹参军的官职，但一开头却郑重地宣称自己的“布衣”身份，这恐怕不是一时疏忽，也未必是因为官品低而不屑提，而是在思想意识上感到自己和当权的统治集团是不同的两路人。正如林庚先生所说，“杜甫之所以骄傲于布衣的，则正是那‘窃比稷与契’的政治抱负上”（《诗人李白》）。尽管诗人用了“拙”“愚”“窃比”这一系列带有自贬、自谦口吻的词语，但其真实的感情却是强调这种志向抱负的宏大与坚定。当然，这在有些人看来，未免太“拙”而“愚”了。说“老大意转拙”，“转”字深可玩味。本来，年龄老大，仕途困顿，屡次碰壁之后应该清醒意识到此志之难以实现，而有所改变甚至放弃，但却反而更加迂拙，更加执着。这是为什么呢？问题的答案就是国家危机和人民苦难的不断加深。这一点，随着诗中内容的展开，将会看得更加清楚。正因为自己既愚且拙地坚守稷契之志，果然就落得个无所用于世的结果，“居然”二字，是既在意料之中又对这一结果深感痛心疾首的口吻。但即使如此，自己也心甘情愿地为志向的实现而辛勤到老。“居然”与“甘”，一抑一扬，越衬出志向的坚定。“盖棺”二句，就是对这种坚定意志的进一步强调。不但老而弥坚，而且不到盖棺之时就始终希望抱负的实现。说“盖棺事则已”，意在强调不盖棺则实现志向的努力永不停歇。

“穷年”二句，是对稷契之志的核心内容的揭示。《孟子·离娄下》：“禹思天下有溺者，犹己溺之也；稷思天下有饥者，犹己饥之也。”稷契之志，就是这种己溺己饥的忧念百姓的情怀和济苍生安黎元的抱负。怀稷契之志者，遇治世明君，辅佐君主使国家繁荣昌盛，百姓富足安康；而遇衰世昏主，则不能不“穷年忧黎元”而“叹息肠内热”了。因此这两句又带有明显的时代色彩，抒发的实际上是危机深重时代忧民之疾苦、救民于水火的稷契之志。

一介布衣而怀此宏远抱负，自不免“取笑同学翁”，被讥为徒出大言，迂阔不切实际，但诗人却慷慨高歌，情怀更加激昂热烈。“浩歌弥激烈”是比喻性的说法，却展现出诗人不畏讥嘲的坚定意志和慷慨激昂的风采。

以上十二句为一层，主要是正面抒发自己比稷契的志向抱负和忧黎元的热烈情怀，并用自嘲自谦中透出自负，正反抑扬中显出坚定的口吻语调，表现出这种志向抱负的至死不移。下面一层八句，便进一步从“江海志”与“稷契志”的对照中揭示自己的这种志向是出于本性，不能改变。

杜甫并不讳言自己也曾有过浪迹江海，“潇洒送日月”的隐逸之志，也承认当今能构建朝廷这座大厦的栋梁之材很多，并不缺自己这块料，但却因为生逢尧舜之君，不忍心就此远离朝廷与之永诀，自己就像葵藿之始终朝向太阳一样，难以改变自己忠于君主的本性。杜甫称玄宗为“尧舜君”，有真有假，感情颇为复杂。以现在的玄宗所作所为，杜甫肯定认为他不是什么尧舜君，但玄宗毕竟有过励精图治、任用贤臣、开创开元之治的业绩，因此虽对其当前的行为极感失望痛切，但在内心深处仍希望其能及早醒悟，重整朝纲。“不忍便永诀”的“不忍”二字正透露了这种复杂矛盾的感情，这正是所谓“物性固难夺”。这一层通过自我解剖、表白心迹，将稷契之志、忧民之怀所以老而弥坚的原因作了更深刻的揭示。

“顾惟”以下十二句为第三层。主要是通过“蝼蚁”与“大鲸”两种对立的人生追求的对照比较，进一步坚定了“偃溟渤”的宏伟抱负和“耻干谒”的人生原则。“蝼蚁辈”指但知营求个人私利而趋事干谒的庸鄙小人；“大鲸”则指怀有宏大抱负的志士，亦即比稷契、忧黎元的人们。诗人用设问的口吻提出这两种对立的人生追求之后，并不用通常方式作答，而是宕开一笔，说自己正是因为从这两种鲜明对立的人生追求中懂得了人生的道理，深以趋事干谒，自营其穴为耻。“独耻”二字，分量很重，也很沉痛。长安十年的求仕生涯中，杜甫也曾不断地干谒过权贵，但在“朝扣富儿门，暮随肥马尘。残杯与冷炙，到处潜悲辛”的屈辱与辛酸中，他不但深感上层统治者的冷酷，而且深感人格所受的侮辱与精神的痛苦。“独耻”二字，正是这种痛苦人生体验的总结。也说明虽趋事干谒而不以为耻者大有人在。

“兀兀遂至今，忍为尘埃没。终愧巢与由，未能易其节。”因为耻事干谒，故辛勤劳苦至今而沉沦不遇，恐怕不得不没于尘埃之中了。“忍为”二字，透露出诗人既不甘又无奈的感慨。尽管如此，但是自己还是不愿效仿巢父、许由避世高隐，不愿改变自己追踪前贤、忧念黎元的志节。巢、由是历来公认的品格高洁的隐者，杜甫自不能说自己不仿效巢、由，而是用“终愧”二字，委婉地表达自己未能追随他们的坚定志节。

仕既无望，隐又不愿；既不屑与蝼蚁为伍，自营其穴，又不能如大鲸之游息溟渤，施展抱负；既耻于趋事干谒，又不忍为尘埃之没。无可奈何，只有用饮酒放歌来聊且自适，消除胸中的愁愤。这正是《醉时歌》中所说的“但觉高歌有鬼神，焉知饿死填沟壑”。

整个这一大段，围绕着“窃比稷与契”“穷年忧黎元”这个中心，通过层层对比映照、层层曲折反复，既逐层深入又一气流注地充分表现了自己的坚定志向抱负。正如俞平伯先生所说，“千回百转，层层如剥蕉心。出语的自然圆转，虽用白话来写很难超得过他。把文言用得像白话一般，把诗做得像散文一般。这种技巧，不但对古诗为‘空前’，即在杜集中亦系‘仅有’之作”。

第二大段从“岁暮百草零”到“惆怅难再述”，共三十八句，叙自京赴奉先途经骊山所见所闻所感。也可分为三层，逐层递进。第一层十二句，写自京出发到骊山的路上天寒风疾霜严雾浓，行路艰苦的情景。先点出“岁暮”这个特定的季节，为下面写道中严寒张本。点行程，只用“客子中夜发”“凌晨过骊山”二句，其余均极力渲染严寒。写寒风劲厉，曰“疾风高冈裂”；写严霜之凛冽，曰“指直不得结”；写天空之阴森，曰“阴峥嵘”；写雾气之弥漫，曰“塞寒空”。这些都给人一种严寒刺骨，阴森昏暗的感受，不必深求“蚩尤塞寒空”是否更有象征寓意，即上述景物，自能构成一种特殊的氛围，隐隐透出特定的时代气息。其中“御榻在嵽嵲”一句，点出玄宗此时正在骊山避寒；“瑶池气郁律，羽林相摩戛”二句更写出骊山温泉水汽蒸腾氛氲，羽林军士兵甲相互摩擦击撞之情状，闻见之间，已可想见华清宫内君臣逸乐之状，故下一层即转入对玄宗君臣在骊山享乐情景的描写与议论。

自“君臣留欢娱”至“仁者宜战栗”十四句，只前四句写君臣欢娱、赐浴与宴情景，且多出之想象，因为在宫墙之外行路的诗人，虽或可听到“乐动殷胶葛”之声响，却无从看到宫内宴饮赐帛之场景，且“凌晨”正是“留欢娱”的“君臣”酣卧之时，非宴饮作乐之时，故对欢娱情景只略点即过，主要是就“分帛”一事发抒激烈的议论。诗人一针见血地指出，皇帝赐给宠臣们的布帛，都是由贫寒人家的妇女千丝万缕辛勤织成。而聚敛的官吏鞭挞她们的丈夫，搜刮聚集，贡献给朝廷。这四句可以说是封建社会，特别是衰乱之世司空见惯的现象，但自古迄杜甫作诗之时，却未见有诗人如此直截了当地揭示出朝廷和官吏残酷掠夺人民的本质。话说得如此赤裸裸，正因为掠夺方式之赤裸裸。接下来四句，却先放缓语气，说皇帝赏赐群臣，本意是为了使臣下尽忠效力，治理好国家。如果臣子忽视了这个最根本的道理，皇帝岂不是白白丢弃了这些用民脂民膏凝成的财物！说到这里，诗人已控制不住内心的激愤，痛心疾首斥责道：衮衮诸公充满了整个朝廷，这当中如有“仁者”应当为之战栗戒惧！说“仁者宜战栗”，实即谓这盈朝的“多士”中间都是些麻木不仁的权奸佞人和“但自求其穴”的小人。浦起龙说“圣人”四句是“以责臣者讽君”，从诗人的本意看，确有讽君之意，但也显有回护之词。如此将民脂民膏滥行赏赐，哪里还谈得上“实欲邦国活”呢？不仅臣忽“至理”，皇帝也同样将此“至理”丢到九霄云外了。

“况闻内金盘”以下十二句，专写外戚之豪奢而归结到贫富的悬殊和危机的深重。用“况闻”二字另提，明示此下又转进一层，也透露此下所写贵戚豪奢情景均出之想象。杨国忠兄妹在骊山华清宫旁均有私第，《旧唐书·杨国忠传》：“玄宗每年冬十月幸华清宫，常经冬还宫。国忠山第在宫东门之南，与虢国相对，韩国、秦国甍栋相接。”可见，由一般的臣下写到贵戚杨氏兄妹之家，并不离骊山这个特定地点。先说久闻宫中珍品，尽在贵戚之室，不仅揭示玄宗对他们恩宠无比，滥行赏赐，而且意在表明其权势之烜赫。“中堂”二句写歌舞，“暖客”四句写宴饮，或用缥缈之笔状其声色享受，或用扇对之法形其豪奢饮食，均为铺叙渲染之法，将贵戚之奢华推向极致，为下面两句最尖锐的揭露作充分的铺垫。天宝后期政治的腐败和危机的深化，玄宗对杨国忠的宠信和对杨氏家族的滥行赏赐，是一个突出的表征。诗人将外戚的豪奢放在“朱门”二句之前加以突出描绘渲染，正是有鉴于此。

“朱门酒肉臭，路有冻死骨。”就在贵戚府邸、华清宫殿歌舞宴饮、奢华极乐的同时，宫墙之外的道路上却横陈着因冻饿而死的穷人的尸骨。这触目惊心的鲜明对照，使诗人从心底涌出这一震撼千古的名句。“朱门”句是对“君臣留欢娱”以下一大段描绘的概括和提炼，也是诗人对长安十载所历上层统治集团豪奢生活的总结性揭露，而“路有冻死骨”则正是此刻目击的惨痛现象。由于有深刻的生活体验和亲眼目睹的现象作基础，这两句诗便不是孤立的议论，而是亲历目睹、铁证如山的深刻概括。杨伦说“路有”句“拍到路上无痕”，正说明了这一点。

诗情发展到此，已达感情的沸点和全篇的高潮，下面如再就此发抒议论，反成蛇足。诗人就此顿住，用“荣枯咫尺异”一语概括宫墙内外，咫尺之隔，而荣枯顿异，展示出两个不同的世界。面对此情景，心中的愤激、焦虑、悲痛、无奈，百感交集，却只用“惆怅难再述”一语带过。“难再述”，正是因为所感万端，难以尽述，也不忍再述了。举重若轻，无言中蕴含的是无比丰富的感情内容和无比深沉的感慨。

这一大段是全诗的重心，其中第三层尤为重中之重。前面的所有记述、描写和议论，都是为“朱门”两句蓄势。开头一层写道路的风霜严寒，正与下两层写宫中府内的歌舞宴饮场景的热闹奢华，与“瑶池气郁律”“暖客貂鼠裘”的温暖如春形成鲜明对照，以凸现“荣枯咫尺异”。而“君臣留欢娱”一层的“赐浴”“与宴”又是为了脱卸出下一层贵戚之家的极度豪奢，从而逼出“朱门酒肉臭”的集中揭露。对下层贫民的生活前面虽未充分描写，但有“寒女”数句的铺垫，又有“路有冻死骨”的集中展示，因此“朱门”二句对贫富悬殊和对立这种社会危机深重现象的揭露便如水到渠成，毫无突兀之感。

第三大段写过骊山后北上奉先途中所历及到家后所遇所感，共三十句，也可分为三层。第一层十句写北上赴奉先途中所历，只集中笔墨写渡泾渭时情景。突出渡越的艰危。这固然是“自京赴奉先”的题意所需，但诗人对艰危情景的描写却透露出一种战兢惶惧的心态和险象环生的氛围，这自然是时代气氛在诗人心中的投影。其中“群冰”四句，用夸张笔墨渲染冰凌奔泻而下的情状，更带有明显的象征色彩，“恐触天柱折”之句尤为寓意国家危机的点眼之笔，说明诗人已强烈地感受到时代的危机。

“老妻”以下十二句，写到达奉先家中突遇幼子饿卒的变故。这一层虽是用极朴素的口头语如实抒写，但却写得极反复深至，真挚感人。先写途中内心活动，说老妻相隔于异县，十口之家正在风雪之外遥遥相隔，自己作为一家之主，谁能久不相顾，即使前往同饥共渴也对家人对自己都是一种慰藉，其中有思念，有同情，有愧疚，有希望，说来只如道家常。不料入门之后却惊闻一片号啕大哭之声，原来幼子因为贫穷饥饿，已经不幸夭折。对生性慈爱的杜甫来说，这不啻是晴天霹雳。但他却强自抑制，强作宽解，说自己纵使能舍弃丧子的悲哀，但街坊邻里却为这惨痛的景象呜咽流涕，不能自止。先用假设口气退后一步，再用侧面烘托手法转进一层，将自己和妻子的悲哀渲染得更加沉痛。接着又深深自责，“所愧为人父，无食致夭折”。杜甫当然知道“无食”的真正原因是整个国家的深重危机所导致的社会大范围贫困使邻里之间失去了最起码的救助能力，但他却只是自愧自责。在杜甫固然是由衷之言，但读者却不能不联想到那个残酷现实所造成的社会极端不公。这种不怨天不尤人的自责，比呼天抢地的控诉更令人感慨歔欷。“岂知秋禾登，贫窭有仓卒。”秋禾登场之后的季节，本不应饿死人，但贫困之家竟然遭此意外的变故。可见当时关中地区的贫困已经臻于极致。在杜甫也只是如实写出自己的出乎意料，但这正反映出大动乱到来之前人民生活已濒于绝境。杜甫在这样说的时候，已不知不觉地把自己放到“贫窭”者的行列中了。要是换一个人，自命贫窭，我们或许会觉得他言过其实，言不由衷，但杜甫这样说，却非常自然，因为他有“幼子饥已卒”的惨痛遭遇。生活对一个人的世界观、人生观的形成与改变具有决定性作用。没有亲身经历的“幼子饥已卒”的生活体验，对于广大人民的疾苦就不可能有真正的己溺己饥的切肤之痛，就会只停留在悲天悯人的人道主义同情的水平上。相对于整个国家的危机来说，杜甫的“幼子饥已卒”只是个人的家庭悲剧；但对杜甫世界观、人生观的改变，对他忧国忧民情怀的深化来说，这件事却起着至关重要的作用。

最后一层八句，杜甫又推己及人，由家而国，想到广大人民的深重苦难和整个国家的深重危机而忧思浩茫，澒无边际。自己出身奉儒守官的家庭，祖、父世代为官，享有不缴租税、不服兵役的特权，回顾平生经历，尚且如此惨痛辛酸，那么一般的平民百姓自更悲惨而骚动不安。想起那些远戍不归的士兵和失去产业的农民，他们的处境和心情，想起由此形成的国家的危机，感到自己的忧愁就像终南山一样高，像浩瀚的大海那样汹涌澎湃，无法收拾。一篇由郑重抒写稷、契之志，忧民之怀开篇的作品，中间又有“朱门酒肉臭，路有冻死骨”这样深刻的揭露、高度的概括，结尾如果在幼子饿死的深悲中收束，那必然会让人感到头重脚轻，收束不住。因此结尾这八句由己及人的推想、由身及国的忧思乃是全篇成败的关键。推己及人固然是儒家的古训，但杜甫的推己及人由于有自身的惨痛遭遇作基础，这种联想便十分真实而自然；“生常免租税，名不隶征伐”的奉儒守官之家尚且沉沦困顿濒于绝境，则天下百姓的处境和整个国家的忧患更不必说。杜甫的推己及人、由家而国便是这样极真实而自然的过渡。这首题为“咏怀”的诗，从写忧国忧民之情志开始，然后写“自京赴奉先”途中亲身经历，最后以到奉先后的惨痛遭遇进一步证实国家危机、人民苦难之深重结束。篇末的“忧端齐终南，澒洞不可掇”，正是忧国忧民之情在实践中进一步深化的表现，给人以“篇终接混茫”“心事浩茫连广宇”之感。如此收束，才与开篇铢两相称。

中国古代抒情诗，从先秦直到初盛唐，除极少数篇章（如屈原《离骚》、宋玉《九辩》、蔡琰《悲愤诗》和李白少数带有自叙传性质的作品如《经乱离后天恩流夜郎忆旧游书怀赠江夏韦太守良宰》等）较长以外，基本上都是短章。像阮籍《咏怀》、陈子昂《感遇》、李白《古风》这种咏怀组诗，也都是篇幅短小、各自独立的作品。短小的体制不能不影响到它所表现的感情容量和生活容量。上面提到的屈、宋、蔡、李的篇幅较长的抒情诗，又大都以抒写个人的遭际情怀为主，对广阔的社会现实生活与矛盾较难展开正面的充分的描写；即使像《离骚》这样伟大的作品，也因其运用浪漫主义式的手法和神话传说，而对楚国的政治现实较少正面的描写。杜甫的《自京赴奉先县咏怀五百字》虽以咏怀为主轴，但他的志与怀不是狭隘的个人志向情怀，而是“穷年忧黎元”的稷契之志、匡世济时之志，而他所遇之时又是一个“朱门酒肉臭，路有冻死骨”的危机四伏之时。因此他的述志抒怀就自然地与忧怀国事、反映社会矛盾与危机融合在一起，成为一种将个人志向抱负、经历遭遇与人民苦难、国家命运融为一体的新的诗歌体制，一种既是个人抒怀又是政治抒情，融抒怀、叙事、描写与议论为一体的体制。这是适应转折时代的需要而产生的一种史诗式的体制（与西方史诗从神话中来，主要是叙事不同）。

杜诗从宋代起便号称诗史，但对此要有正确的理解，不能理解为用诗歌形式写的历史。那样不是提高而是贬低了杜诗的价值，将它降为押韵的历史散文。实际上，如果单纯从反映历史事件、历史事实方面去要求，即使像《自京赴奉先县咏怀五百字》这样的杰作，也没有给我们提供太多的历史图景。杜甫的这类作品，与一般的历史不同，他是用深沉炽热的诗人感情去熔铸经过典型化的社会生活，所以是诗；而他所抒写的感情又密切地关联着时代风云、人民生活，因此又有史的特色。这种亦诗亦史的特征，表现在这首诗的具体写法上，就是一方面抒怀述志、纵横议论，有浓郁的诗的韵味和强烈的诗的激情；另一方面，这种抒情议论又和记叙描写社会生活密切结合。全诗既是诗人生活与内心的抒写，又是时代和社会生活的写真；既是心史，又是社会历史的艺术反映。如果把诗中的记叙描写删去，只有抒情议论，诗的内容自然会流于空泛，广阔的社会生活、时代面貌就不可能得到真切而充分的反映；反之，如果仅仅记述途经骊山及赴奉先途中的见闻和家庭的变故，那么诗人那种深沉悲愤的感情就很难充分表现出来。诗中对时代的反映，也绝不仅仅靠上述记叙描写就能完成，而是得力于渗透全诗的那种危机感、动荡感、忧患感。可以说，这首诗给人印象最强烈的正是这种融记叙描写与抒情议论为一体的危机感，诗的最高潮处出现的“朱门酒肉臭，路有冻死骨”就是集中体现危机感的典型。

对国家命运深沉强烈的忧患感和高度的责任感，是一个伟大作家思想感情最可宝贵的部分，也是作品具有思想深度和崇高感的基础。杜甫的这种忧患感，在天宝十一载（752）写的《同诸公登慈恩寺塔》中已有出色的表现，但那毕竟是一种比较朦胧的不祥预感；而到了《自京赴奉先县咏怀五百字》，才是基于对社会矛盾切实而深刻的感受与认识，因而显得特别深沉凝重。如果我们将与杜甫同时代的诗人在天宝十四载作的诗作一个系年，就会发现杜甫的忧患感在同时代的诗人中显得特别突出。据《通鉴·天宝十二载》："是时中国盛强，自安远门（长安城西面北来第一门）尽唐境万二千里，闾阎相望，桑麻翳野，天下称富庶者，无如陇右。"在许多诗人还沉醉于繁荣昌盛的表象时，杜甫已经清晰地预感到了大动乱的来临，不仅在诗中揭露了尖锐的贫富两极的对立，而且在安史之乱的消息尚未传到长安时就发出了"恐触天柱折""忧端齐终南"这样的声音。这种强烈深沉的忧患感不仅表明他对国家命运的无比关切，更显示出他对现实感受与认识的无比深刻。面对深重的危机，作为一介布衣，他既不逃避，也不消极慨叹，而是更加激发起对国家的责任感。"许身一何愚，窃比稷与契""穷年忧黎元，叹息肠内热"。既不愿效巢由，潇洒送日月，更鄙弃蝼蚁辈但自求其穴。从而使本来比较低沉压抑的忧患感升华为一种非常积极坚毅的精神力量，具有一种崇高的美感，诗人的人格美也得到充分的体现。

杜诗的典型风格"沉郁顿挫"，在这首诗中也表现得非常鲜明突出。沉郁一般指思想感情的深厚博大、深沉凝重，在这首诗中则集中表现为上面着重说到的对国家命运的深沉强烈的忧患感和高度责任感。顿挫，偏重于艺术表现方法和艺术风格，在这首诗中突出表现为结构、行文上的波澜起伏与曲折变化。第一大段咏怀，或两句一个波澜（第一层），或四句一个回旋（二、三两层），抑扬反复，剖析自己的内心矛盾，展示内心世界。第二大段集中揭露上层统治集团的奢侈淫逸，不是连贯直下，而是分三层逐步上扬、逐步深入，显得有顿挫，有回旋，给人以层波叠浪，一浪高过一浪的感受，显示出忧愤的无比深广。第三大段对第一、二两大段而言，是一个大的回旋。第一大段提到"穷年忧黎元"，第二大段展示"路有冻死骨"的惨痛景象。第二大段通过默思失业徒、远戍卒，展示了内心更深远的忧患。通过"幼子饥已卒"，展示了连"生常免租税"的人也不免此祸，说明社会危机已经到了下层无法生活下去，上层也不能照旧统治下去的地步了。因此它对第一、二两大段是一种螺旋式的上升。

将鲜明的对比运用于表现社会矛盾，使之成为诗歌创作艺术典型化的一种重要手段，是杜诗的一种重要创新。对比这种艺术手法虽很古老，但除古代民歌偶有将其运用于揭露社会矛盾外，在文人诗中却很少见。这主要是由于他们中大多数人看不到或不敢正视、不愿揭露尖锐的社会矛盾，或缘于对这种现象的麻木。杜甫在这首诗中，基于“穷年忧黎元”的情怀，将他对于社会上贫富对立现象的深刻感受，通过鲜明的对比，概括为“朱门酒肉臭，路有冻死骨”这一警动千古的名句，产生了极其巨大深远的社会效果和艺术效果。它不仅深刻揭示了封建社会尖锐的阶级对立，而且概括了一切不合理反人道的社会制度的腐朽本质，对于人们认识腐朽制度的本质，永远是伟大的启蒙。揭露得越深，概括得越广。此后，中晚唐不少诗人运用对比揭露社会矛盾，成为一种风气，这固然是由于时代的影响，但杜甫对他们的启示也是不可否认的。可以说两句诗开创了一个新的诗世界。

杜诗中运用对比揭露社会矛盾的名句，此后还陆续出现，如“高马达官厌酒肉，此辈杼轴茅茨空”“富家厨肉臭，战地骸骨白”“百姓疮痍合，群凶嗜欲肥”。但却都再也未达到“朱门”两句的艺术高度，除了艺术的重复这个因素外，还由于它们与“朱门”二句相比，不仅艺术概括程度有高低，形象的鲜明饱满程度有差别，感情的深沉强烈程度也有不同。更重要的是，“朱门”二句在全篇中并非孤立出现的奇峰，而是在此前一大段对上层统治集团的骄奢淫逸已经有了充分的揭露，对下层人民遭鞭挞搜刮的情况也有了相应的描写，因此它的出现无论就作品本身或读者的接受来说，都已有了充分的酝酿与准备。“朱门”句是对上层奢侈淫逸情况的高度概括，而“路有”句则正是眼前所见，与一般作抽象概括有别，因此这两句诗既深刻有力，令人惊心动魄，又极富生活实感。

《自京赴奉先县咏怀五百字》还塑造了鲜明的诗人自我形象。如果说读《咏怀》以前的杜甫优秀诗作，诗人的自我形象还不那么鲜明，那么通过《咏怀》这首诗，诗人的形象，他的志向抱负、思想感情、性格特征已经鲜明可触了。站在我们面前的是一位有着自比稷契的宏大抱负、“穷年忧黎元”的深厚感情、“白首甘契阔”的坚定志行的杜甫，又是一位带有几分愚忠色彩的杜甫，明知玄宗昏聩淫侈，却眷恋而时加回护。他自许甚高，却决不自命为天生的圣贤，而是丝毫不讳饰自己的内心矛盾；他是深沉的，看得很深，想得很远，又是敏感的，在统治集团还沉醉于歌舞升平中时就预感到了祸乱的发生；他是真诚坦率的，顽强执着的，又不免带有几分迂阔；他忧念关切百姓，也爱自己的妻室儿女，跟一个普通的丈夫、父亲一样。这一切，都浮雕一般展现在读者面前。他的崇高的人格美，正与上述特征相融为一体，因此诗人的形象是鲜活而富于个性特征的。

哀江头[一]

少陵野老吞声哭[二]，春日潜行曲江曲[三]。江头宫殿锁千门[四]，细柳新蒲为谁绿[五]？忆昔霓旌下南苑[六]，苑中万物生颜色[七]。昭阳殿里第一人[八]，同辇随君侍君侧[九]。辇前才人带弓箭[一〇]，白马嚼啮黄金勒[一一]。翻身向天仰射云[一二]，一笑正坠双飞翼[一三]。明眸皓齿今何在[一四]？血污游魂归不得[一五]。清渭东流剑阁深[一六]，去住彼此无消息[一七]。人生有情泪沾臆[一八]，江水江花岂终极[一九]！黄昏胡骑尘满城[二〇]，欲往城南望城北[二一]。

校注

〔一〕江，指曲江，在唐长安城东南，为游赏胜地。详参《丽人行》注〔三〕。江头，江边。诗作于肃宗至德二载（757）春，与《春望》大体同时。

〔二〕少陵，汉宣帝许皇后的陵墓，因其比汉宣帝的陵墓杜陵小，故名。程大昌《雍录》：“少陵原在长安县西南四十里，宣帝陵在杜陵县，许后葬杜陵南园。”杜甫祖籍京兆杜陵，又曾在此住过家，故自称“杜陵野客”“杜陵布衣”或“少陵野老”。少陵在杜陵附近。

〔三〕潜行，暗地行走。曲江曲，曲江的角落。

〔四〕江头宫殿，指曲江边的紫云楼、芙蓉苑、杏园等。《史记·孝武本纪》：“于是度为建章宫，千门万户。”《旧唐书·文宗纪》：“上好为诗，每诵杜甫《曲江行》云：‘江头宫殿锁千门，细柳新蒲为谁绿！’乃知天宝以前，曲江四岸皆有行宫台殿，百司廨署，思复升平故事，故为楼殿以壮之。”

〔五〕康骈《剧谈录》：“曲江池花草周环，烟水明媚。江侧菰蒲葱翠，柳阴四合，碧波红蕖，湛然可爱。”

〔六〕霓旌，缀有五色羽毛的旗帜，帝王仪仗之一。南苑，指曲江东南之芙蓉苑。

〔七〕生颜色，犹增光生辉。

〔八〕昭阳殿，汉殿名。《汉书·外戚传》谓赵飞燕之妹被立为昭仪，绝受宠幸，居昭阳殿。而《三辅黄图》卷三则谓赵飞燕居昭阳殿。唐人常以赵飞燕借指杨贵妃，如李白《宫中行乐词》：“汉宫谁第一，飞燕在昭阳。”《清平调词》：“借问汉宫谁得似，可怜飞燕倚新妆。”

〔九〕辇，皇帝的车。君，指唐玄宗。《汉书·外戚传》：“成帝游于后庭，尝欲与婕妤同辇载，婕妤辞曰：‘观古图画，圣贤之君，皆有名臣在侧。三代末主，乃有嬖女，今欲同辇，得无近似之乎！’上善其言而止。”“同辇”“侍君侧”出此，有讽意。

〔一〇〕才人，唐代宫中女官名。《新唐书·百官志》：“（内官）才人七人，正四品。掌叙燕寝，理丝枲，以献岁功。”此指射生的女官。

〔一一〕嚼啮，咬啮。黄金勒，黄金做的马衔勒。何逊《拟轻薄篇》：“柘弹随珠丸，白马黄金勒。”

〔一二〕仰射云，仰射云中飞鸟。

〔一三〕一笑，《左传·昭公二十八年》：“昔贾大夫恶，娶妻而美，三年不言不笑，御以如皋，射雉获之，其妻始笑而言。”又《汉书·外戚传》：“北方有佳人，绝世而独立。一顾倾人城，再顾倾人国。”此“一笑”似兼用二事，指杨贵妃。正坠双飞翼，暗寓玄宗、杨妃后来马嵬坡的死别。

〔一四〕明眸皓齿，指杨妃之美色。

〔一五〕血污游魂，指杨妃在马嵬驿兵变中被缢身死事。

〔一六〕清渭，指渭水，古有泾浊渭清之说。马嵬驿南滨渭水。剑阁，指剑门关古栈道，在今四川剑阁县北，玄宗奔蜀所经。

〔一七〕去住彼此，分指赴蜀的玄宗和死葬马嵬的杨妃。

〔一八〕臆，胸膛，胸襟。

〔一九〕水，《全唐诗》校：“一作草。”句意谓：曲江流水，年年长流；江边之花，年年长开，岂有穷尽之时！以反跌“情”之无已。

〔二〇〕胡骑，指安史叛军。

〔二一〕城南，指杜甫此时所居之地。望城北，《全唐诗》原作“忘南北”，校：“一作望城北。”兹据改。望城北，肃宗行在时在灵武，在长安之北。“望城北”者，正所谓“日夜更望官军至”也。萧涤非《杜甫诗选注》谓：“王安石集句诗曾两用此句，皆作‘望城北’，必有所据。”或解：“望城北”者，望太宗昭陵。其意盖近同时所作《哀王孙》之末句“五陵佳气无时无”，不过未明言城北九嵕山之昭陵耳。

元稹曰：近代唯诗人杜甫《悲陈陶》《哀江头》《兵车》《丽人》等，率皆即事名篇，无复倚傍。余少时与友人乐天、李公垂辈，谓是为当，遂不复拟赋古题。（《乐府古题序》）

苏辙曰：老杜陷贼时有诗曰："少陵野老吞声哭""欲往城南忘城北"。予爱其词气如百金战马，注坡蓦涧，如履平地，得诗人之遗法。如白乐天诗词甚工，然拙于纪事，寸步不遗，犹恐失之，此所以望老杜之藩垣而不及也。（《栾城集》卷八）

张戒曰：杨太真事，唐人吟咏至多，然类皆无礼。太真配至尊，岂可以儿女语黩之也！惟杜子美则不然。《哀江头》云："昭阳殿里第一人，同辇随君侍君侧。"不待云"娇侍夜""醉和春"，而太真之专宠可知；不待云"玉容""梨花"，而太真之绝色可想也。至于言一时行乐事，不斥言太真，而但言辇前才人，此意尤不可及。如云"翻身向天仰射云，一笑正坠双飞翼"，而一时行乐可喜事，笔端画出，宛在目前，"江水江花岂终极"，不待云"比翼鸟""连理技""此恨绵绵无绝期"，而无穷之恨，黍离麦秀之悲，寄于言外。题云"哀江头"，乃子美在贼中时，潜行曲江，睹江水江花，哀思而作。其词婉而雅，其意微而有礼，真可谓得诗人之旨者。《长恨歌》在乐天诗中为最下，《连昌宫诗》在元微之诗中，乃最得意者，二诗工拙虽殊，皆不若子美诗微而婉也。元、白数十百言，竭力摹写，不若子美一句，人才高下乃如此。（《岁寒堂诗话》卷上）

刘辰翁曰：（"细柳"句）如何一句道尽！第常诵之云尔。（《删补唐诗选脉笺释会通评林·盛七古》引）

李耆卿曰：此诗妙在"清渭"二句。明皇、肃宗，一去一住，两无消息，父子之间，人所难言，子美能言之，非但"细柳新蒲"之感而已。（《唐诗广选》凌宏宪集评引）

单复曰：词不迫而意已独至。（《删补唐诗选脉笺释会通评林·盛七古》引）

周敬曰："吞声哭"三字含悲无限。"清渭"二语怨深却又蕴藉，所以高妙。（同上）

陆时雍曰：总于起结见情。中间叙事，以老拙见奇。（同上引）

吴山民曰："潜行"二句有深意，尾句从"潜行"字说出。（同上引）

王嗣奭曰：曲江头，乃帝与贵妃平日游幸之所，故有宫殿。公追溯乱根，自贵妃始，故此诗直叙其宠幸宴游，而终之以血污游魂，深刺之以为后鉴也。“一箭”，山谷定为“一笑”，甚妙。曰“中翼”，则箭不必言，而鸟下云中，凡同在者虽百千人，无不哑然失笑，此宴游乐事。（《杜臆》）

黄生曰：《哀江头》与《哀王孙》相次，非哀贵妃而何？不敢斥言贵妃，故借行幸之处为题目耳。“辇前”四句，当时游燕之事，不可胜书，但举一事，而色荒禽荒之故，已无不尽。“一笑”或作“一箭”，非。自“昭阳第一”至“血污游魂”一段，情事俱属贵妃，“一笑”二字，正借用如皋射雉事。“欲往城南”反忘其路而向城北，承上“往”字而言，王、陆不识其句法，各以意改之，俱陋。此诗半露半含，若悲若讽。天宝之乱，杨氏实为祸阶。杜公身事明皇，既不可直陈，又不敢曲讳，如此用笔，浅深极为合宜。善叙事者但举一事而众端可以包括。使人自得于其言外。若纤悉备记，文愈繁而味愈短矣。《长恨歌》古今脍炙，而《哀江头》无称焉。雅音之不谐俗耳如此？（《杜诗说》卷三）

仇兆鳌曰：（“少陵”四句）此见曲江萧条而作也。首段，有故宫离黍之感。曰“吞声”、曰“潜行”，恐贼知也。曰“锁门”、曰“谁绿”，无人迹矣。（“忆昔”八句）此忆贵妃游苑事，极言盛时之乐。苑中生色，佳丽多也；昭阳第一，宠特专也。同辇侍君，爱之笃也；射禽供笑，宫人献媚也。（“明眸”八句）此慨马嵬西狩事，深致乱后之悲。妃子游魂，明皇幸剑，死别生离极矣。江草江花，触目增愁。城南城北，心乱目迷也。此章四句起，下二段，各八句。又曰“清渭东流剑阁深”，唐注谓托讽玄、肃二宗，朱注辟之云：“肃宗由彭原至灵武，与渭水无涉。”朱又云：“渭水，杜公陷贼所见；剑阁，玄宗适蜀所经。‘去住彼此’，言身在长安，不知蜀道消息也。”今按：此说亦非。上文方言马嵬赐死事，不应下句突接长安。考马嵬驿在京兆府兴平县，渭水自陇西而来，经过兴平。盖杨妃藁葬渭滨，上皇巡行剑阁，是去住东西，两无消息也。惟单复注合于此旨。又曰：潘氏（耒）《杜诗博议》云：“赵次公注引苏黄门尝谓其侄在进云：‘《哀江头》，即《长恨歌》也。《长恨歌》费数百言而后成，杜言太真被宠，只“昭阳殿里第一人”足矣；言从幸，只“白马嚼啮黄金勒”足矣；言马嵬之死，只“血污游魂归不得”足矣。’”（潘）按：黄门此论，止言诗法繁简不同耳。但《长恨歌》本因《长恨传》而作，公安得预知其事而为之兴哀？《北征》诗：“不闻殷夏衰，中自诛褒妲。”公方以贵妃之死，

卜国家中兴，岂应于此诗为天长地久之恨乎！（《杜少陵集详注》卷四）

佚名曰：此因春游曲江而动兴亡之感，以见明皇之失败，至不能保其妃后也。夫人君富有四海，苟能任贤图治，不失临御天下之道，则虽宠爱一二妃后，岂遂为过。无如信用非人，假以权柄，至宴游于深宫，不知祸乱之将及。一旦事起，仓促下殿，遂至众恶所归，及其所爱，忍心裁断，流恨无极，至求为田家夫妇而不可得，岂不可哀！（《杜诗言志》卷三）

陈讦曰：当日明皇仓卒蒙尘，马嵬惨变，尤为意外。且倥偬奔避，渭水、剑阁，两不相顾，一死一生，真天长地久，此哀无极。公诗并不铺排事实，而“明眸”四句，哀孰甚焉！视《长恨歌》《连昌宫词》，尤简括超妙。（《读杜随笔》卷上）

朱之荆曰：（末句）写低头暗思，景象如画，此为善写“潜行”二字。（《增订唐诗摘抄》）

张谦宜曰：叙事檃括，不烦不简，有骏马跳涧之势。（《絸斋诗谈》）

浦起龙曰：起四，写哀标意，浮空而来。次八，点清所哀之人，追叙其盛。“明眸”以下，跌落目前，而“去住彼此”，并体贴出明皇心事。“泪沾”“花草”，则作者之哀声也。又回映多姿。“黄昏”一结，愤贼而不咎其君，诗人忠厚，所由接《三百》，冠千古者，以此。又中间“双飞翼”之下，“明眸皓齿”之上，不搀入“六军不发”“宛转马前”等语。苏黄门论此诗，谓若百金战马，注坡蓦涧，如履平地，正言此处也。更可识忠厚之道。〇旧谓：“讽玄、肃父子。”朱谓：“忆明皇在蜀。”总属曲说。潘耒（《杜诗博议》）之说亦非也。黄门之意，谓与《长恨》同旨，非谓预知其传而赋之。至以《北征》例此诗，则又迂甚。语有之：“对此茫茫，百端交集。”告中兴之主，《北征》自应庄语；过伤心之地，《江头》定激哀衷。发情止义，彼是两行。一派头巾气，未可与言诗已矣。（《读杜心解》卷二）

蒋弱六曰：苦音急调，千古魂消。（杨伦《杜诗镜铨》卷三引）

邵长蘅曰：转折矫健，略无痕迹。苏黄门谓如百金战马，注坡蓦涧，如履平地，信然。（同上引）

王士禄曰：乱离事只叙得两句，“清渭”以下，纯以唱叹出之，笔力高不可及。（同上引）

杨伦曰：此公在贼中时，睹江水江花哀思而作。因帝与贵妃常游幸曲江，故以《哀江头》为名。（《杜诗镜铨》）

沈德潜曰：结出心迷目乱，与入手“潜行”关照。（按：《别裁》末句作“欲往城南望南北”。）（《重订唐诗别裁集》卷六）

《唐宋诗醇》：所谓对此茫茫，百端交集，何暇计及风刺乎！叙乱离处全以唱叹出之，不用实叙，笔力之高，真不可及。（按：此杂取浦起龙、王士禄之评而成。）

施补华曰：亦乐府。《丽人行》何等繁华！《哀江头》何等悲惨！两两相比，诗可以兴。（《岘佣说诗》）

高步瀛曰：“一箭”句叙苑中射猎，已暗中关合贵妃死马嵬事，何等灵妙。（“江水”句）悱恻缠绵，令人寻味无尽。（《唐宋诗举要》卷二）

吴汝纶曰：（“人生”句）更折入深处。（《唐宋诗举要》卷二引）

鉴赏

安史之乱是唐王朝由盛而衰的分水岭。曲江的盛衰，则是唐王朝盛衰的一面镜子。而乱前玄宗、贵妃的多次宴游逸乐与乱后无复游幸，又正是曲江盛衰的突出标志。杜甫在安史乱前，曾多次到曲江一带游赏，亲眼目睹曲江的繁华和上层统治集团骄奢淫逸的情景。乱后身陷长安，春日重游曲江，对比今昔，不禁触动无限今昔盛衰的感慨和对这种沧桑巨变原因的思考。这首《哀江头》就是以曲江的今昔盛衰为主要内容，以玄宗、贵妃为主要角色，反映时代巨变的作品。

诗的开头四句，概写春日重游曲江所见所感，可以视为全篇的一个引子。杜甫诗中称老，虽自天宝后期即已开始（如《投简咸华两县诸子》之自称“杜陵野老”，《秋雨叹》《官定后戏赠》之称“老夫”），但在身陷长安时期则越来越多，反映出其时他的心态愈趋悲凉。此诗一开头就写出自己“吞声哭”“潜行曲江曲”的形象。国家与人民遭受的巨大灾难，使诗人的心情十分悲痛，但却不敢放声痛哭，只能“吞声”饮泣；走在路上，也只能悄悄地行走，以免引起叛军的注意。这两个细节，透露出沦陷的长安城中弥漫的恐怖气氛。接下来两句，描绘出曲江周围，往日豪华的行宫台殿，千门紧闭，一片荒凉冷寂的景象；春天虽然又来到了曲江，嫩绿的柳枝、抽芽的蒲草，依然展示出自然界的活力和生机，可是眼前的曲江，却是一片空寂，往日车水马龙，游人如织，仕女会集的繁华景象荡然不存。诗人用了一个“锁”字，便透露出一个繁华时代的悄然逝去；而“为谁绿”三字，更有力地反衬出大好春光无人欣赏的悲凉。这就自然引起对曲江昔日繁华的追忆，转入下面一段。

“忆昔”八句，写昔日玄宗、杨妃游幸曲江的盛况。先总写帝妃出游南苑，使苑中万物增辉添彩；再写杨妃同游，用“昭阳殿里第一人”突出其在后宫中的尊贵地位，用“同”“随”“侍”反复渲染其备受玄宗的专宠。“同辇”句暗用班婕妤辞与帝同辇之语，暗示玄宗之弃贤臣而宠嬖女，远逊圣贤之君而近乎末主之行，讽意含婉不露。“辇前”四句，集中笔墨专写游幸过程中令射生宫女射鸟以取悦贵妃的情景。射鸟的情景特用铺叙渲染之笔，写她佩带弓箭，骑着黄金嚼勒的白马，翻转身子，对着天空高处的云层，射出一箭，一对比翼双飞的鸟立时坠落马前，优雅而高超的射技引来贵妃的粲然一笑。这个场景写得生动传神，宛若一组活动的画面。说明在这出游的场面中，杨妃是画面的中心，无论是君主还是才人，都要取悦于她。妙在写到游幸场面的最高潮时，却似无意似有意地用了一句带象征暗示色彩的诗句：“一笑正坠双飞翼。”这正应了“乐不可极”的古训。在穷欢极乐的同时，一场大动乱即将降临，玄宗、杨妃双飞比翼的生活就要结束了。把“一笑”和“正坠双飞翼”联系起来，正暗示穷欢极乐的享乐生活是双飞折翼的悲剧的前奏。寓讽寄慨极深，却又不显刻露的痕迹，让读者自己去品味其中包蕴的弦外之音，艺术手腕极为高妙。由“正坠双飞翼”，而自然引出了对玄宗、杨妃悲剧和曲江今日情景的深沉悲慨。

“明眸皓齿今何在？血污游魂归不得。”两句由“忆昔”转而慨今。短短十四个字中，实际上包括了安史乱起、两京沦陷、玄宗贵妃仓皇奔蜀、马嵬兵变、贵妃赐死等一系列惊天动地的大事件。但诗题为“哀江头”，诗人的笔就决不旁骛杂出，而是紧扣曲江的今昔盛衰下笔。如今的曲江，满目萧条荒凉，杨妃的明眸皓齿，巧笑百媚，再也见不到了，马嵬坡惨死的杨妃游魂，血污尘蒙，即使想回到往日游幸的曲江，恐怕也自惭形秽了。“今何在”与“归不得”均紧贴曲江而言。由前一段的极乐忽然跳到这两句的极悲，中间省略了一系列大事件，却一点不显突兀，不显匆遽，笔力极横放劲健，转接却极紧凑自然，苏辙所盛赞的“如百金战马，注坡蓦涧，如履平地”，正突出体现在这转接之处。

“清渭东流剑阁深，去住彼此无消息。”这两句又由杨妃之“归不得”转进一层，说玄宗奔蜀，道经深险的剑阁，而杨妃则死葬马嵬与东流的渭水做伴，往日比翼双飞，共游曲江，如今却是一去一住，生死隔绝，永远不通消息了。这是对昔日曲江游幸的两位主角今天悲剧结局的深沉悲慨。“清渭东流剑阁深”的自然景物点染，隐含了悲剧主角的悠悠长恨和深悲。

“人生有情泪沾臆，江水江花岂终极！”这两句由玄宗、杨妃的悲恨进一步引出诗人自己的悲慨。对于玄宗宠幸杨妃，沉迷享乐，荒废朝政，酿成祸乱，诗人自有清醒的认识，在《丽人行》《自京赴奉先县咏怀五百字》等诗中对其酿乱之责、淫奢之行进行过严肃的批判或讽刺。但值此国家和民族遭到巨大灾难的时刻，对于国家的代表和象征的玄宗的悲剧，又怀有深刻的悲悯同情，国家、民族的灾难固然使诗人泪沾胸臆，玄宗、杨妃在这场灾难中遭遇的悲剧同样使他感慨流泪。这正是“人生有情泪沾臆”一语中所包含的复杂情感。而紧接着的“江水江花岂终极”一句，又紧贴眼前的曲江景物抒慨，说自己的这种深悲难道也要像江水江花一样年年如斯，永无终极之时？从痛切的反问口吻中正透出诗人对早日结束这场变乱的渴望。

“黄昏胡骑尘满城，欲往城南望城北。”不知不觉当中，黄昏已经降临，在暮色苍茫中，但见胡骑纵横，尘满京城，眼前的城阙蒙尘、敌寇猖獗的景象更激起诗人对早日平定叛乱的期盼，以致欲归城南居处却不由自主地瞻望城北。“望城北”，无论是指肃宗行在还是指太宗陵寝，都寄托着诗人对恢复旧京、重整山河的殷切期望。类似的感情，表现在这一时期（陷贼与为官时期）的一系列诗中。

这首诗是唐人诗歌中最早创作的以玄宗、杨妃之事为题材，反映安史之乱这场大变乱所造成的沧桑巨变的作品。由于以曲江之今昔盛衰为主要内容，来反映时代沧桑，抒发盛衰之慨，它在构思上的突出特点便成为一种为后代诗人学习仿效的范型。元、白的《连昌宫词》《长恨歌》，都可明显看出对《哀江头》的承袭，《长恨歌》中的“比翼鸟”之喻和“天长地久有时尽，此恨绵绵无绝期”的主旨更和“双飞翼”之语以及“人生有情泪沾臆，江水江花岂终极”的悲慨有着明显的联系。而李商隐的《曲江》则在整体构思上继承了《哀江头》以曲江今昔抒国运盛衰的艺术表现方式。诗中对玄宗、杨妃的复杂矛盾感情，“半露半含，若悲若讽”的感情表达方式，也成为此后一系列性质近似的作品的范型。

述　怀〔一〕

去年潼关破〔二〕，妻子隔绝久〔三〕。今夏草木长，脱身得西走〔四〕。麻鞋见天子〔五〕，衣袖露两肘。朝廷愍生还〔六〕，亲故伤老丑〔七〕。涕泪授拾遗〔八〕，流离主恩厚〔九〕。柴门虽得去〔一〇〕，未忍即开口〔一一〕。寄书问三川〔一二〕，不知家在否。比闻同罹祸〔一三〕，杀戮到鸡狗〔一四〕。山中漏茅屋〔一五〕，谁复依户牖〔一六〕？摧颓苍松根〔一七〕，地冷骨未朽〔一八〕。几人全性命，尽室岂相偶〔一九〕？嵚岑猛虎场〔二〇〕，郁结回我首〔二一〕。自寄一封书，今已十月后〔二二〕。反畏消息来，寸心亦何有〔二三〕！汉运初中兴〔二四〕，生平老耽酒〔二五〕。沉思欢会处〔二六〕，恐作穷独叟〔二七〕。

校注

〔一〕钱谦益《杜工部集笺注》：“唐授左拾遗诰：‘襄阳杜甫，尔之才德，朕深知之。今特命为宣议郎、行在左拾遗。授职之后，宜勤是职，毋怠！命中书侍郎张镐赍符告谕。至德二载五月十六日行。’右敕用黄纸，高广皆可四尺，字方二寸许。年月有御宝，宝方五寸许。今藏湖广岳州府平江县裔孙杜富家。”（敕文载林侗《来斋金石考略》）诗中提及“授拾遗”之事，当作于至德二载（757）五月十六日之后。

〔二〕天宝十五载（756）六月，安史叛军攻破潼关。

〔三〕天宝十五载六月潼关失守，杜甫携家逃难，经彭原、华原、三川，至鄜州羌村。八月，闻肃宗在灵武即位，只身奔赴，中途为叛军所获，押送至长安，从此与家人隔绝。“隔绝久”应指天宝十五载八月到写这首诗时，已相隔达十个月。

〔四〕陶渊明《读山海经十三首》（其一）：“孟夏草木长。”今夏，指肃宗至德二载四月。脱身西走，指由长安脱逃奔赴凤翔。凤翔在长安之西，故云。

〔五〕麻鞋，麻编的鞋。新疆吐鲁番出土的唐代麻鞋，状类草鞋。天子，指肃宗。

〔六〕愍，同“悯”，怜悯。生还，指从贼中脱身生还。

〔七〕亲故，亲友故交。此句即《喜达行在所三首》（其一）“所亲惊老瘦”之意。

〔八〕授，他本多作“受”。按：作“授”亦可通，两句一意贯串，谓自己在流离之中得授拾遗，深感君主之厚恩而涕泪交流。唐代官制，左拾遗属门下省，右拾遗属中书省，从八品上。掌供奉讽谏，大事廷议，小则上封事。官品虽不高，但为皇帝近侍之谏官。杜甫所任之官为左拾遗，而《唐书》本传作“右拾遗”，误。其《春宿左省》《晚出左掖》等诗之“左省”“左掖”指门下省，可证其所任者为门下省所属之左拾遗。

〔九〕流离，因战乱流转离散。

〔一〇〕柴门，穷苦人家用树枝木柴编的门。此指自己的贫家。

〔一一〕开口，指开口告假。官吏任职后按例可告假回家安顿家小。

〔一二〕三川，唐县名，在鄜州之西南，杜甫的家寓居于此。

〔一三〕比闻，最近听说。罹祸，遭难。

〔一四〕句意谓连鸡狗都遭到叛军杀戮。言外则人更难逃劫难。朱鹤龄注：《通鉴》：禄山初反，自京畿鄜坊至于歧陇皆附之，所在寇夺，故以家之罹祸为忧。（仇注引）

〔一五〕漏茅屋，破旧漏风雨的茅屋。指自己的家。

〔一六〕牖，窗户。句意谓还能有谁活着倚户牖而望。

〔一七〕摧颓，摧折衰败。系“苍松”之形容语。或谓指骨头的撑拄狼藉，恐非。

〔一八〕骨，指家人的骸骨。因想象其罹祸的时间还不大长，故云“骨未朽”。

〔一九〕尽室，全家。相偶，相聚。蔡梦弼曰：甫复预料必有得全其性命者，虽尽室获保全其生，亦无得相偶聚，必至于东西散徙也。

〔二〇〕嵚岑，山势高峻貌。此状“猛虎场”的险恶。猛虎场，喻叛军残暴肆虐的战场。

〔二一〕郁结，心情郁闷纠结。回首，指时时回头瞻望。

〔二二〕二句谓自己初陷长安贼中时曾寄信回家，至此已经有十个月（天宝十五载八月至至德二载五月，首尾正好十个月）。

〔二三〕谓心中一片空虚失落。

〔二四〕汉运，借指唐朝的国运。初中兴，初现中兴气象，即《喜达行在所三首》（其二）之“司隶章初睹，南阳气已新”之意。

〔二五〕耽酒，嗜酒。

〔二六〕欢会处，指战争胜利，大家欢聚庆祝时。

〔二七〕穷独叟，穷困孤独的老头。

王君玉曰：子美之诗，词有近质者，如“麻鞋见天子”“垢腻脚不袜”之句，所谓转石于千仞之山，势也。（《苕溪渔隐丛话》引）

陈师道曰：（“自寄”四句）不敢问何如。（《唐诗品汇》卷八引）

刘辰翁曰：（“自寄”四句）极一时忧伤之怀。赖自能赋，而毫发不失。（同上引）

钟惺曰：（“涕泪”句）草草中写出忠孝。（“反畏”句）又深一层，非久客不信。（《唐诗归》）

谭元春曰：（“麻鞋”句）好笑。（“涕泪”句）涕泪受官，比慕爵者何如？（同上）

王嗣奭曰：他人写苦情，一言两言便了。此老自“寄书问三川”至末，宛转发挥，蝉联不断，字字俱堪堕泪。又曰：草木丛长，故可潜身西走。挥涕受官，以流离而感主恩也。故不忍开口言归。（《杜臆》）

申涵光曰：“麻鞋见天子，衣袖露两肘”，一时君臣草草，狼藉在目。“反畏消息来，寸心亦何有”，非身经丧乱，不知此语之真。此等诗，无一语空闲，只平平说去，有声有泪，真《三百篇》嫡派。人疑杜古铺叙太实，不知其淋漓慷慨耳。（仇兆鳌《杜少陵集详注》卷五引）

《杜工部集五家评》：首尾结构，无毫发遗憾，使读者想见逃贼从君，间关受职，顾念家门，不能舍君言者。千古之下，悲苦凄然。诗可以观，尚观于此。（卷二）

李因笃曰：《北征》如万顷之松，中蔚烟霞；《述怀》如数尺之竹，势参霄汉。忠爱之情，忧患之意，无一语不入微，真颊上三毫矣。如子长叙事，遇难转佳，无微不透。而忠厚悱恻之意，缠绕笔端。非公至性过人，未易企此。其最妙处有一唱三叹、朱弦疏越之音。公不顾家而西走，及得去而不敢言归，大忠直节，岂后世可及！亦是一句一转，极其沉痛，千载而下，如复见之。（《杜诗集评》卷一引）

黄周星曰：（“流离”句下评）至性语，令人堕泪。（“反畏”句）宋延清“近乡情更怯，不敢问来人”十字妙矣，此以五字括之。（《唐诗快》）

仇兆鳌曰：（一段）此受职行在，而回念室家也。（二段）此寄书至家，恐其遭乱难保也。破屋谁依，室无人矣；摧颓骨冷，死者久矣；居民稀少，故猛虎纵横。（末段）末伤家信杳然，又恐存亡莫必也。书断则疑，书来则畏，正恐家室尽亡，将来欢会之处，反成穷独之人耳。此章，前二段各十二句，末段八句收。（《杜少陵集详注》卷五）

黄生曰：（“妻子”句）先伏此句。“麻鞋”二句，乱离中朝仪草率光景，一笔写出。“寸心”句，言不知所以为心也。篇中写公义私情，无不曲尽。（《杜诗说》卷一）

吴瞻泰曰：昔人谓此诗只平平说去，又谓杜古诗铺叙太实。不知其波澜突起，断续无踪，其笔正出神入圣也。题曰“述怀”，世难未平，心唯恋国；世难稍定，心又思家。此公隐隐伤怀，无可向人述者也。（《杜诗提要》卷二）

查慎行曰：真情苦语，道得出。（《初白庵诗评》）

浦起龙曰：诗人一片至情流出。自脱贼拜官后，神魂稍定，因思及室家安否也。首十二句，详叙来历，而起手即提破“妻子隔绝”，以为一篇为主。后以“得去”“未忍”顿住。暗从国尔忘家意化出。中十二句，叙遥忆之情。为寄书去后，但有传闻恶耗，久无的实回书也。后八句，回应中段，而“穷独叟”仍绾定妻子，收束完密。（《读杜心解》卷一）

沈德潜曰：（少陵）又有反接法。《述怀》篇云：“自寄一封书，今已十月后”，若云“不见消息来”，平平语耳。今云“反畏消息来，寸心亦何有”，斗觉惊心动魄矣。（《说诗晬语》卷上）又曰：妙在反接。若云“不见消息来”，意浅薄矣。（《重订唐诗别裁集》卷二）

杨伦曰：（“地冷”句）言新死者众。亦以朴胜，诗旨深厚，却非元、白率意可比。公诗只是一味真。（《杜诗镜铨》卷三）

施补华曰：“自寄一封书，今已十月后。反畏消息来，寸心亦何有！”乱离光景如绘，真至极矣，沉痛极矣。（《岘佣说诗》）

张廉卿曰：（“流离”句下评）真朴之中，弥复湛至。（《唐宋诗举要》卷一引）

吴汝纶曰：（“地冷”句）突起。（“沉思”二句下批）收极凝重，所谓收得水住者。又曰：此等皆血性文字，至情至性郁结而成，生气淋漓，千载犹烈。其顿挫层折行气之处，与《史记》、韩文如出一手，此外不可复得矣。（同上引）

鉴赏

这是杜甫初授拾遗后忧念家室之作。题为“述怀”，所述之“怀”虽主要是对家室存亡的忧怀，但由于处在安史之乱的战乱流离的大背景下，这种家室之忧就和国家危难密不可分，充分体现出家室之忧的时代特殊性，并从一个侧面对战乱流离的时代作了真切的反映。它既是杜甫内心情感的抒写，也是时代的写真。

诗共三段。开头一段十二句，抒写自己初授拾遗后思念家室又不忍告假探亲的矛盾心情。开篇两句是一篇之主。“去年潼关破”，点出国家残破、京都沦陷、战乱流离的大背景；“妻子隔绝久”，点明自己与妻子儿女长久相互隔绝、不通音讯的事实。这两句为下面两段对家室的千回百转的忧念奠定了基础，可以说是全诗的纲领。

接下来两句，写自己从沦陷的长安城脱身西走，投奔肃宗。杜甫潜逃出京在孟夏四月，其时草木繁茂，可以隐蔽间道潜行的诗人，故说“脱身得西走”。与妻子儿女隔绝已久，但一有脱身机会，并不是先去探寻家室，而是投奔凤翔的肃宗，正见出先国后家是诗人的自觉行动。

“麻鞋”六句，写抵凤翔见肃宗得授拾遗的情景，写得极朴质、真切、生动、细致。拜见肃宗时，脚上穿着麻鞋，破旧的衣袖露出两个胳臂肘，完全是间道逃奔途中的狼狈形象，可以想见麻鞋上还沾有斑斑的污泥，衣衫上处处留下荆棘的痕迹。这样不加任何整饰地去拜见肃宗，正透露出其心情的急切和对君主的一片赤诚，也透露出在非常时期君臣朝仪的草率不拘。原生态的生活细节即用极朴质的原生态表达方式来呈现，收到的是极生动真切的艺术效果。千载之下，犹可想见当时情景。细节传神，朴俗传真，正是这两句诗的魅力，也是这一时期杜甫的诗歌创作共同的艺术取向。正因为狼狈的形象透露出一片忠君爱国的赤诚，因此朝廷上下悯其幸得生还，而亲朋故旧则伤其形容憔悴，皇帝也为其忠诚所感动，亲授拾遗之职，自己则深感在颠沛流离之中君主的厚恩，不免涕泪交零。这四句写自己在朝廷上下，亲朋故旧和君主眼中的形象，同样不加掩饰，不避“老丑”，真情所至，淋漓尽致。

这六句乍看与忧念家室的主题似乎关系不大，实则正是由于自己一片忠君爱国的赤诚和君主的厚遇才逼出这一段的最后两句。“柴门虽得去，未忍即开口。”国家仍在危难之中，君恩又如此深厚，自己怎能开口告假探视家人？“未忍”二字中正含有忠于君国与忧念家室的内心矛盾，这才引出下面两段千回百转的至情至性之文。

“寄书”以下十二句，抒写对家室存亡未卜的忧念和悲慨。因未忍开口告假，故有“寄书问三川”之举，但由于久与家人隔绝，音信不通，不知道家究竟还在不在三川。这两句是一层。“比闻”以下，因新近听到传言说，那一带的百姓因遭战祸，惨遭叛军杀戮，已经到了鸡犬不留的程度，因而不能不想到自己的家室恐怕也难逃此劫难。“山中”四句，便是对家室罹祸的想象：三川山中那漏雨漏风的茅屋里，此刻还能有谁在倚窗户而相望呢？也许都已惨遭杀戮，在摧折衰败的苍松之根，尸骨狼藉，地虽冷而骨尚未朽吧。“地冷”句，体贴入微而又沉痛彻骨。诗人的心似乎和家人的尸骨一起感受到异乡土地的寒冷。但毕竟“杀戮到鸡狗”的景象只是出之传闻，因此诗人意中仍有所犹疑，“几人全性命，尽室岂相偶”二句便是这种心理的反映。在这种“杀戮到鸡狗”的情况下，有几个人能侥幸保全性命呢？就算有人侥幸活命，全家人又岂能相聚？这虽是对情况的泛测，却也透露出诗人意中或存此想。虽然比全家尽遭劫难似乎好一点，但同样是家室残破的悲剧。这又是一层。叛军的杀戮使京城周边的大片地区成了险恶的猛虎肆虐的场所，自己心情郁结，难以解释，只能频频回首了。从“不知家在否”到“地冷骨未朽”，再到“尽室岂相偶”，意凡三层，有转进，有曲折，充分表现出在音讯隔绝、只凭传闻的情况下诗人对家室存亡情况的种种预测与想象，语极沉痛。而“嵚岑”二句作一收束，意更沉郁悲凉。

“自寄”以下八句，承上“寄书问三川”，追溯到去年八月与家人隔绝后音讯不通的情况，转出“反畏消息来”的心理和“恐作穷独叟”的深悲。在叛军肆行杀戮的战乱背景下，十个月来音讯不通，未接家书，诗人的心理便从长期的盼家书转为害怕有关家人消息的到来，生怕传来的消息竟是家人罹难的噩耗。因为长期得不到家书的客观事实很可能预示着家人早已不在人间。这种不祥的预感随着时间的进程愈积愈强烈，愈执着，最后便由“切盼”演变为“反畏”。处于对立两极的心理这种出人意料的变化，却最真实深刻地反映了战乱给诗人心理上造成的巨大创伤。这种心理描写，确实非亲历者不能道。而“寸心亦何有”五字，则将诗人“反畏消息来”时那种既惶恐不安又一片茫然的心境和盘托出。"汉运初中兴"，国运初显转机，这是值得庆幸和欣然的，但个人的命运却不可预料，只能借酒遣闷，沉思默想将来庆祝胜利欢会之时，自己只能是孑然一身，孤独终老了。国家的中兴，将来的欢会，反而更衬托出了个人悲剧的命运。

全篇运用传统的赋法抒写战乱年代家室离散，存亡未卜的忧悲。诗人的真实愿望自然是盼望家人无恙，合家团聚；但战乱的现实，特别是叛军肆意杀戮的暴行和久未接家书的客观事实却使诗人对家室的忧念越来越深，从而产生一系列不祥的预感和想象，千回百转，如层波叠浪，不能自已。而这一切，都只用最朴质的家常语道出，至情至性，感人至深。陶诗的朴质，是于朴质中见平淡；而杜此诗的朴质，是于朴质中见沉痛。此正两人的不同处。

彭衙行〔一〕

忆昔避贼初〔二〕，北走经险艰。夜深彭衙道，月照白水山〔三〕。尽室久徒步〔四〕，逢人多厚颜〔五〕。参差谷鸟吟〔六〕，不见游子还〔七〕。痴女饥咬我，啼畏虎狼闻。怀中掩其口，反侧声愈嗔〔八〕。小儿强解事〔九〕，故索苦李餐〔一〇〕。一旬半雷雨〔一一〕，泥泞相牵攀〔一二〕。既无御雨备〔一三〕，径滑衣又寒〔一四〕。有时经契阔〔一五〕，竟日数里间〔一六〕。野果充糇粮〔一七〕，卑枝成屋椽〔一八〕。早行石上水〔一九〕，暮宿天边烟〔二〇〕。少留同家洼〔二一〕，欲出芦子关〔二二〕。故人有孙宰〔二三〕，高义薄曾云〔二四〕。延客已曛黑〔二五〕，张灯启重门〔二六〕。暖汤濯我足〔二七〕，剪纸招我魂〔二八〕。从此出妻孥〔二九〕，相视涕阑干〔三〇〕。众雏烂熳睡〔三一〕，唤起沾盘餐〔三二〕。誓将与夫子〔三三〕，永结为弟昆〔三四〕。遂空所坐堂〔三五〕，安居奉我欢〔三六〕。谁肯艰难际，豁达露心肝〔三七〕。别来岁月周〔三八〕，胡羯仍构患〔三九〕。何当有翅翎〔四〇〕，飞去堕尔前。

校注

〔一〕彭衙，指彭衙故城，今称彭阳堡。《汉书·地理志》：左冯翊有衙县。师古注：“即《春秋》所云‘秦、晋战于彭衙’。”《元和郡县图志·关内道·同州》：“白水县，本汉粟邑县之地……又为汉衙县地，春秋时秦、晋战于彭衙是也。”《太平寰宇记》谓彭衙故城在白水县东北六十里。天宝十五载（756）四月，杜甫赴奉先携家至白水县依舅氏崔顼。六月，潼关失守，复携家逃难，经彭衙、华原、三川至鄜州羌村。此诗记叙从白水经彭衙道向北逃难的一段经历。仇兆鳌《杜少陵集详注》引黄希曰：“公避寇，在天宝十五载，此云‘别来岁月周’知诗是至德二载（757）追忆避贼时事。”杜甫从凤翔回鄜州，路经彭衙之西，回忆起一年前逃难的旧事，因不能绕道访故人孙宰，故作此诗以志感。作于是年秋。

〔二〕避贼初，指一年前从白水县向北逃难之事。“忆昔”二字直贯至“豁达露心肝”。

〔三〕白水山，泛指白水城附近的山。

〔四〕杜甫在《送重表侄王砅评事使南海》诗中忆及当年逃难情形时说：“往者胡作逆，乾坤沸嗷嗷。吾客左冯翊，尔家同遁逃。争夺至徒步，块独委蓬蒿。”可见本有坐骑，后被人抢夺而不得不徒步行走。尽室，全家。

〔五〕厚颜，羞惭。《书·五子之歌》：“颜厚有忸怩。”

〔六〕参差，不齐貌。形容鸟鸣声或先或后，或高或低，或长或短。谷鸟，山谷中的鸟。吟，《全唐诗》校：“一作鸣。”

〔七〕游子还，指逃难的人往回家的路上走。

〔八〕反侧，翻来覆去转动身体。嗔，恼怒。

〔九〕强解事，稍稍懂事。

〔一〇〕故，通“固”。索，索取。苦李，庾信《归田诗》：“苦李无人摘。”

〔一一〕谓十日之内却有一半日子下雷雨。

〔一二〕谓人在泥泞之中相互牵攀着艰难行进。

〔一三〕御雨备，防雨的工具。

〔一四〕衣又寒，指衣服单薄又为雨湿，故感到它特别寒冷。

〔一五〕契阔，本为辛苦之意，此指艰辛的地段。

〔一六〕竟日，一整天。

〔一七〕餱粮，干粮。

〔一八〕卑枝，本指低矮的树枝，此指矮树。屋顶的圆木条称椽，屋椽即指屋顶。

〔一九〕石上水，因下雨，故水漫流石径之上。

〔二〇〕天边烟，天边烟雾笼罩处。句意谓夜间露宿。

〔二一〕少留，暂时停留。同家洼，地名，即孙宰的家所在。

〔二二〕芦子关，关名，在今陕西安塞县西北，系由山西太原向陕、甘西进所经的重要关隘。杜甫本想携家出芦子关至肃宗行在灵武，故云"欲出芦子关"。

〔二三〕孙宰，宰是唐人对县令的尊称，这位姓孙的朋友曾做过县令，故称。

〔二四〕薄，逼近。曾云，层云。谓其高情厚谊直薄云天。

〔二五〕延客，邀请客人（杜甫一家）。熏黑，天色昏暗。

〔二六〕张灯，张设灯烛。启重门，开启一重又一重的门。屋有多进，故有重门。

〔二七〕暖汤，烧热水。濯，洗。

〔二八〕古代有剪纸作旐幡以招魂的风俗。亦可招生人之魂。因担心杜甫一家路上受惊，故有剪纸招魂之举。

〔二九〕从此，谓在暖汤濯足、剪纸招魂之后。出妻孥，唤出自己的妻子儿女。

〔三〇〕阑干，纵横貌。

〔三一〕众雏，指杜甫自己的儿女们。烂熳，杂乱繁多貌。烂熳睡，犹杂乱睡，形容孩子们因为疲累，横七竖八地睡得正酣畅。

〔三二〕沾，有蒙受厚赐之意。餐，一作"飧"。飧，晚餐。

〔三三〕夫子，孙宰称杜甫。二句系诗人代述孙宰语。

〔三四〕弟昆，弟兄。

〔三五〕空，腾出。所坐堂，延客列坐的厅堂。

〔三六〕奉我欢，给予我欢情。

〔三七〕豁达，豪爽大方貌。露心肝，犹肝胆相照，敞露心胸。

〔三八〕岁月周，指满一周年。

〔三九〕羯，古代民族名，曾附属匈奴。胡羯，泛指北方民族。此指安史叛军。构患，犹作乱。

〔四〇〕何当，犹安得、怎能。浦起龙说："结则所谓'静言思之，不能

奋飞'也。"《读杜心解》卷一)

笺评

胡仔曰:《学林新编》云:"《冷斋夜话》曰:'杜子美《彭衙行》押二"餐"字。'"某按:《彭衙行》曰:"小儿强解事,故索苦李餐。"又曰:"众雏烂熳睡,唤起沾盘飧。"二字者,义不同……按《广韵》上平声一十三"魂"字韵中有"飧"字,二十五"寒"字韵中有"餐"字。子美《彭衙行》于两韵中通押,盖唐人诗文中用韵如此。(《苕溪渔隐丛话》)

钟惺曰:("小儿"二句)自家奔走穷困之状,往往从儿女、妻孥情事写出,便不必说向自家身上矣。("延客"二句下批)以下描写卒客卒主草率亲昵,情事如见。("剪纸"句下批)要哭。("唤起"句下批)"沾"字可怜。又曰:小心厚道,一味感恩,忘却自家身分,乃知自处高人才士,见人爱敬,以为当然而直受者,妄浅人也。(《唐诗归》)

谭元春曰:("痴女"四句)小儿不解事性情,此老专要描写。(同上)

郑继之曰:杜诗雅与朴俱妙,叙实事不嫌于朴,此类似也。(胡震亨《李诗通》卷三引)

王嗣奭曰:感孙宰之高谊,故隔年赋诗。感之极,时往来于心,故写逃难之苦极真。返思其苦,故愈追思其恩……"暮宿天边烟",逃难之人,望烟而宿,莫定其处,虽在天边,不敢辞远,非实历不能道。(《杜臆》)

黄周星曰:("尽室"二句)可伤。("剪纸"句)未死何云招魂,此一语真可泣鬼神。(《唐诗快》)

邵长蘅曰:《彭衙行》《羌村》是真汉魏古诗,但不袭其面目耳。解人得之。(《杜诗镜铨》卷四引)

黄生曰:此首用古韵,真、文、寒、删、元、先通叶。当以真、文韵读之。谢灵运诗:"高义属云天。""痴女"四句,乱离实事,难再写得出。"烂熳"字用得新,细思不过换却"熟"字耳。字出新创,能如此确老便妙。"夫子",孙谓杜也。下文"谁肯"二字正应此。结处只述怀思之意,方是真交情;若作感激语,反近套矣。此诗本怀孙宰,后人制题,必云怀某人矣。然不先叙在途一节饥寒困苦之状,则不显此人情意之浓,并已感激之忱,亦不见刻挚。如此命题,如此构篇,可悟呆笔叙事与妙笔传神,

相去天壤。（《杜诗说》卷一）

李长祥、杨大鲲曰：少陵长诗，佳意佳事，十分无馀，掩卷思索，山穷水尽，忽转一意一事，忽接一意一事，只如现成，皆意中笔下所有，意中笔下人却不能到。（《杜诗编年》卷三）

陈式曰：此事后追想之作。篇中叙起尽室暴露，儿女幼稚，与避贼奔窜，故人艰难款洽之情状，令读者宛如目击。（《问斋杜意》卷三）

张溍曰：写人不能写处，真极朴极，亦趣极，惟杜老能之。此诗无一字袭汉魏，却逼真汉魏，且有汉魏人不能到处。或疑其太真，试观《焦仲卿妻》长篇，有一语不真否？（《读书堂杜诗注解》卷三）

仇兆鳌曰：（"忆昔"十四句）此叙携家远行，儿妇颠连之苦。鸟鸣无人，一路荒凉之景。（"一旬"十句）此叙雨后行蹇，困顿流离之状。（"少留"八句）此记孙宰晋接之情。据诗意，孙宰当在同家洼。遇孙之后，因寄妻子于鄜州，遂欲从芦子关以达灵武。朱（鹤龄）注：鄜州在白水县北，延州在鄜州西北，芦关又在延州北。时公欲北诣灵武，故道出芦关也。（"从此"八句）备志孙宰周恤之情。"出妻孥"，出见宰也；众雏，指儿女。烂熳，熟睡貌。申涵光曰："烂熳"二字，写稚子睡态入神。（"谁肯"六句）末忆别后追思之意。此章四句起，六句结。前二段各七句，后二段各八句。此诗用韵，参错不一，经朱注考订，知各本古韵也。至于分析段落，诸家颇混，今钩清眉目，庶朗然易见耳。（《杜少陵集详注》卷五）

浦起龙曰：疑亦还鄜时，路经彭衙之西，回忆去岁孙宰周旋之谊，不克枉道相访，聊作此志感，公笃厚性成，于斯可见。〇孙宰必白水人。同家洼当是白水乡村之名，即孙宰所居也。公因取白水之古名，命题作歌，以表其人。故曰"彭衙行"。非路出彭衙后，再历一旬之泥涂，然后到同家洼，遇孙宰也……起四，即点"彭衙"，是先出题法。"尽室"以下，乃追叙初起身至彭衙一旬以内所历之苦，正以反蹴下文"延客""奉欢"一段深情也。看其写小儿女态，画不能到。由奉先至白水，本无一旬之行程，不应迟迟若此。故前后用"尽室徒步""竟日数里"点破之。"小留"以下，备述孙宰高义。先着"欲出"一句，益显得高义出，见此来本非有意驻足，而款留不放，全由故人情重也。下则先叙安顿自身，次叙安顿妻孥，再总写四句，再致感两句。非此入情曲笔，那显此曾云高义。结则所谓"静言思之，不能奋飞"也。（《读杜心解》卷一）

何焯曰：（“早行”二句下）名句。望见白水，以为晓光，几堕深渊；遥指晚烟，以为村落，仅宿空林。深山间道，奔窜之苦，尽此十字矣。（《义门读书记》）

张谦宜曰：《彭衙行》写避难时光景真。落到感激孙公处，不烦言而意透。此争上截法，不知者只谓是叙事。（《絸斋诗谈》卷四）

乔亿曰：世人但目皮色苍厚、格度端凝者为杜体，不知此老学博思深，笔力矫变，于沉郁顿挫之极，更见微婉。试举五古，自前后《出塞》、“三吏”、“三别”、《彭衙行》外，如《玉华宫》等篇，学杜者视此种曾百得一二与？（《剑溪说诗》）又曰：间道经涉之苦，故人止宿之义，层层写到缱绻，细琐不遗。而以“忆昔”二字领起，将实事尽纳入虚际矣。情词缱绻，神妙无穷。（《杜诗义法》卷上）

沈德潜曰：通篇追叙，故用“忆昔”二字领起。末四句收出本意。（《重订唐诗别裁集》卷二）

《唐宋诗醇》：通篇追叙，琐屑尽致，神似汉魏。

杨伦曰：子美一饭之德不忘，自处于厚，真诗所从出也。先极写道路颠连，愈见孙宰情谊之厚。“忆昔”二字贯全篇，（“欲出”句）带说。（“故人”以下一段）此极言其接待体恤之周。末四句结出本意。（《杜诗镜铨》卷四）

《彭衙行》和“三吏”、“三别”、《赠卫八处士》一样，都算得上是杜甫诗集中为数不多的叙事诗，“三别”和“三吏”中的《石壕吏》具有较强的故事性，而《彭衙行》和《赠卫八处士》则以纪行写景、朋友相聚为主要内容，但通篇贯串叙事的线索。

对《彭衙行》的评论鉴赏，存在一个普遍的误区，这就是将前面一大段避难行程的描写仅仅看作后面一大段描写故人孙宰高情厚谊的一种衬托，认为这首诗“本怀孙宰，后人制题，必云怀某人矣。然不先叙在途一节饥寒困苦之状，则不显此人情意之浓，并己感激之忱，亦不见刻挚。如此命题，如此构篇，可悟呆笔叙事与妙笔传神，相去天壤”。黄生的这段评论，后来评者多从之，颇具代表性。但并不符合诗的内容立意和艺术构思的实际。

这首诗题为“彭衙行”，彭衙故城虽在白水县东北六十里，但题内的

“彭衙”其实就是白水县的异名，而诗中的“彭衙道”则泛指由白水县向北经彭衙故城的道路，诗中所记叙的则是从白水县经彭衙道向北逃难的一段十来天的避难经历，其中夜宿同家洼，受到故人孙宰热情接待的经历也包括在其中。在作者的意识中，徒步逃难的艰险经历和夜宿同家洼的温暖经历都已成为永不磨灭的深刻记忆，其间并无主次重轻之别。这从诗的前段二十四句写逃难，后段二十二句写夜宿同家洼及对孙的思念，篇幅上大体平均也可看出。题之所以不称“同家洼行”“夜宿同家洼”或“忆孙宰”，正缘于此。

前段二十四句，可以分成三个层次。第一层八句，总写道途情况。“忆昔避贼初，北走经险艰”二句，是全段的提纲，“避贼初”点明特定的时代背景，“北走”标明此行的方向，“经险艰”则概括此行特点，分领二、三两层。而篇首的“忆昔”二字则直贯到“豁达露心肝”，串起前后两大段。“夜深彭衙道，月照白水山”二句除点明题目“彭衙行”外，兼写深夜从白水县出发时情景（《自京赴奉先县咏怀五百字》也写到“客子中夜发”），“白水山”则正是白水县城附近一带的山。虽系交代行程，却像一幅轮廓分明的剪影，显现出凄清冷寂的气氛。“尽室久徒步，逢人多厚颜”二句，点明此行系拖家带口，徒步逃难。据杜甫晚年所作《送重表侄王砯评事使南海》诗，知诗人本有坐骑，后遭人抢夺，故只能徒步而行。大约杜甫觉得自己大小是个京官，故路上碰到熟人，不免感到羞惭。这实际上说明杜甫一家当时跟普通的流亡百姓已经没有多大差别，这也正是一路上历尽“险艰”的重要原因。“参差谷鸟吟，不见游子还”二句，是说一路上只听到山谷中的鸟鸣声时高时低，时长时短，此起彼落，却见不到从外地归来的游子，显示出道路上的荒凉冷寂，杳无人影。

“痴女”六句，主要写道途所历之饥饿和危险，而集中笔墨写儿女的表现。幼小的女儿因为饥饿而又哭又闹，缠着诗人要吃的（“咬”是唐人口语，求恳之意），诗人深恐啼哭声引来虎狼，情急中将怀里的女儿掩住口不让出声，但幼小不懂事的孩子却闹得更凶，在怀中翻来覆去挣扎扭动，声音更充满了恼怒。这四句所写的情景，在杜甫之前的诗中似乎从未出现过，大约诗人们觉得这是难以入诗的材料。杜甫却以极素朴生动的语言和写实手法如实写出，遂成逃难遇险的绝诣，今日更成影视作品中描绘险境的常用手段。“小儿”二句，仍承“饥”而来，小儿因为年龄稍大，故稍懂人事，看到道旁有苦李树，便苦苦要求摘来充饥。可见所谓“强解事”，仍是不解事。口吻之中，流露出一种半是哀怜，半是无奈的幽默，读之令人心酸。

“一旬”以下十句，为第三层，主要写道途所历之艰。农历六月正值北方雨季，“一旬半雷雨”所反映的正是实况。这一句是主句，由此引出了以下九句。陕北黄土高原遇到这种连日雷雨滂沱的天气，行人只能在泥涂中相互攀牵，艰难行进；再加上没有雨具，身上被雨淋得透湿，原就单薄的衣裳更显得寒冷；天雨路滑，有时经过特别艰难的路段，一天只能走几里路；山路荒凉，杳无人家，只能摘野果当干粮充饥，在矮树下休息避雨。早晨上路，踩着漫水的石径；晚上露宿，在烟雨笼罩的天穹之下。这一层将雷雨季节逃难艰难、缓慢、饥寒交迫的情景渲染得极其真切生动，如一幅活动的画面，而语言则通俗朴质，自然流动。与第二层主要运用细节描写突出饥饿危险情景有别，这一层主要采用生动的叙述，笔法有变化。“平行”二句，为全段作一收束。至此，“北走”进贼途中所历之艰险饥寒已经得到充分的表现，以下便自然转入下一段

“少留同家洼，欲出芦子关。故人有孙宰，高义薄曾云。”和前段起四句为全段之纲一样，这四句是后段的纲。“同家洼”点地，“孙宰”点人，“高义”点事见情，揭示出这一段所叙写的就是暂留同家洼，受到故人孙宰热情款待的事，而“欲出”句则补充交代了“北走”的目的地是出芦子关直奔灵武行在。

“延客”十二句，紧承“高义薄曾云”句，详写孙宰热情延接款待的情景。按时间次序逐层叙写：先写延客进门。杜甫一家人到达时，天色已经昏暗。孙宰命人张设灯烛，开启重门，像迎接贵客那样热烈隆重。“熏黑”的天色和明亮的灯光所形成的鲜明对照，使诗人仿佛在连日“暮宿天边烟”的黑暗昏蒙环境中突然见到人间的亮光，心也一下子被照亮了。接着，便是“暖汤濯我足，剪纸招我魂”。烧了热气腾腾的水让我烫脚，不但解除这一路的疲累困乏，更温暖了历经饥寒的旅人的心灵；剪了招魂的旗幡挂在门外，为历经艰险、备受惊吓的旅人招魂，更使屡日颠沛流离于道途上的旅人的灵魂仿佛回到了温暖的家园。而孙宰对诗人无微不至的关怀亦于此二事中灼然可见。然后才唤出自家的妻子儿女与诗人相见，“相视涕阑干”一语，透露出孙宰一家过去即与诗人夫妇熟悉，今日于乱离颠沛之中重逢，不禁悲喜交集，涕泗横流。虽未写言语，而深情厚谊，万千感慨，尽在“相视”而“涕阑干”的情态之中。但其时诗人的儿女却因一路上的劳累饥困，早已呼呼大睡。“众雏烂熳睡”五字，描摹儿辈睡态入神。“烂熳”系联绵词，有杂乱繁多、散乱之义，当是形容众儿女横七竖八地躺了一床，睡得十分酣畅，而言

外则透出诗人的无限怜爱之情。将他们从酣睡中唤醒，与主人及家人相见自不必费辞，而“沾盘餐”之事却必须点明，因为这对“野果充餱粮”的孩子来说实在是最大的享受。只一“沾”字，孩子们的兴奋喜悦之状，诗人的沾溉感激之情均曲曲传出。“誓将与夫子，永结为弟昆”，是诗人转述孙宰的话，正透出其延请款待杜甫一家，是出于真挚的兄弟情谊。最后才写到安排客人休息：“遂空所坐堂，安居奉我欢。”一下子接待杜甫全家老少，自然只能腾出堂屋作客房，但这对连日幕天席地、露宿野外的杜甫一家来说，已经是最好的安居之所了，“安居奉我欢”五字正表现出诗人的喜悦与感慨。主人的安排招待细致入微，杜甫的叙述描写也点滴不漏。

“谁肯艰难际，豁达露心肝。”这两句是对上文的总结。“艰难际”，即避乱途中历尽的艰险，而“豁达露心肝”则是对孙宰热情待客所有行动所包含的“高义”的集中揭示。由此又从“忆昔”自然过渡到当前对孙宰的思念。“别来岁月周”点明同家洼一别至今，已经整整一年；“胡羯仍构患”则回应篇首的“避贼初”，再次点明战乱的背景。在这种情况下回念在“艰难际”加深的情谊，不禁发出“何当有翅翎，飞去堕尔前”的深情期盼。

诗的前段写避乱途中所历的种种艰难惊险，饥困劳顿，展现出一幅在战乱大背景下颠沛流离的真切生动图景，为安史之乱带给广大人民的灾难留下了历史的记录，是诗化的历史，具有一般史籍记载所不具备的生动性和形象性，特别是其中的细节描写，更传神地表现了避乱途中的饥困艰险。诗的后段则集中描叙了战乱背景下故人孙宰热情待客的深厚情谊，充满了浓郁的人情味。由于在战乱的背景和历经艰险的情况下受到故人如此热情的款待，诗人对孙宰的“高义”的感受便特别强烈而深刻，孙宰的真挚深厚的感情和真淳品质便愈显突出；反过来，夜宿同家洼一夕所表现出来的人情人性之美愈显突出，战争所带给普通人的灾难与不幸也愈加突出，二者相互衬托，相得益彰。战争使美好的人性愈显出其珍贵的价值和美好的光辉，而人性的美好光辉又更彰显出战争的灾难。杜甫在这首诗中表达的，正是这样一种对战争和人性的深切体验。这种体验，使全诗的情调在战乱的黑暗中透出人性的亮色，使人在饥寒艰困中体验到友情的温煦，给人以生活的热情和希望。

北　征[一]

皇帝二载秋[二]，闰八月初吉[三]。杜子将北征[四]，苍茫问家室[五]。维时遭艰虞[六]，朝野少暇日[七]。顾惭恩私被[八]，诏许归蓬荜[九]。拜辞诣阙下[一〇]，怵惕久未出[一一]。虽乏谏诤姿[一二]，恐君有遗失[一三]。君诚中兴主，经纬固密勿[一四]。东胡反未已[一五]，臣甫愤所切[一六]。挥涕恋行在，道途犹恍惚[一七]。乾坤含疮痍[一八]，忧虞何时毕[一九]！靡靡逾阡陌[二〇]，人烟眇萧瑟[二一]。所遇多被伤[二二]，呻吟更流血。回首凤翔县，旌旗晚明灭[二三]。前登寒山重[二四]，屡得饮马窟[二五]。邠郊入地底[二六]，泾水中荡潏[二七]。猛虎立我前，苍崖吼时裂[二八]。菊垂今秋花，石戴古车辙[二九]。青云动高兴[三〇]，幽事亦可悦[三一]。山果多琐细，罗生杂橡栗[三二]。或红如丹砂[三三]，或黑如点漆[三四]。雨露之所濡[三五]，甘苦齐结实[三六]。缅思桃源内[三七]，益叹身世拙[三八]。坡陀望鄜畤[三九]，岩谷互出没[四〇]。我行已水滨[四一]，我仆犹木末[四二]。鸱鸮鸣黄桑[四三]，野鼠拱乱穴[四四]。夜深经战场，寒月照白骨。潼关百万师[四五]，往者散何卒[四六]！遂令半秦民[四七]，残害为异物[四八]。况我堕胡尘[四九]，及归尽华发[五〇]。经年至茅屋[五一]，妻子衣百结[五二]。恸哭松声回[五三]，悲泉共幽咽[五四]。平生所娇儿[五五]，颜色白胜雪[五六]。见耶背面啼[五七]，垢腻脚不袜[五八]。床前两小女，补绽才过膝[五九]。海图坼波涛[六〇]，旧绣移曲折[六一]。天吴及紫凤[六二]，颠倒在裋褐[六三]。老夫情怀恶[六四]，呕泄卧数日[六五]。那无囊中帛[六六]，救汝寒凛栗[六七]！粉黛亦解包[六八]，衾裯稍罗列[六九]。瘦妻面复光，痴女头自栉[七〇]。学母无不为，晓妆随手抹[七一]。移时施朱铅[七二]，狼藉画眉阔[七三]。生还对童稚，似欲忘饥渴。问事竞挽须[七四]，谁能即嗔喝[七五]。翻思在贼愁[七六]，甘受杂乱聒[七七]。新归且慰意，生理焉得说[七八]！至尊尚蒙尘[七九]，几日休练卒〔八〇〕。仰视天色改〔八一〕，坐觉妖氛豁〔八二〕。阴风西北来，惨澹随回纥〔八三〕。其王愿助顺〔八四〕，其俗善驰突〔八五〕。送兵五千人，驱马一万匹〔八六〕。此辈少为贵〔八七〕，四方服勇决〔八八〕。所用皆鹰腾〔八九〕，破敌过箭疾〔九〇〕。圣心颇虚伫〔九一〕，时议气欲夺〔九二〕。伊洛指掌收〔九三〕，西京不足拔〔九四〕。官军请深入，蓄锐可俱发〔九五〕。此举开青徐〔九六〕，旋瞻略恒碣〔九七〕。昊天积霜露〔九八〕，正气有肃杀〔九九〕。祸转亡胡岁〔一〇〇〕，势成擒胡月〔一〇一〕。胡命其能久〔一〇二〕，皇纲未宜绝〔一〇三〕。忆昔狼狈初〔一〇四〕，事与古先别〔一〇五〕。奸臣竟菹醢〔一〇六〕，同恶随荡析〔一〇七〕。不闻夏殷衰，中自诛褒妲〔一〇八〕。周汉获再兴〔一〇九〕，宣光果明哲〔一一〇〕。桓桓陈将军〔一一一〕，仗钺奋忠烈〔一一二〕。微尔人尽非〔一一三〕，于今国犹活。凄凉大同殿〔一一四〕，寂寞白兽闼〔一一五〕。都人望翠华〔一一六〕，佳气向金阙〔一一七〕。园陵固有神〔一一八〕，洒扫数不缺〔一一九〕。煌煌太宗业〔一二〇〕，树立甚宏达〔一二一〕。

校注

〔一〕北征，指肃宗至德二载（757）闰八月杜甫自凤翔行在归鄜州羌村探家之行。鄜州在凤翔东北，故称“北征”。诗作于抵鄜州后。诗中提及回纥送兵助顺事，据《通鉴》所载，在是年九月初，故诗当作于九月中旬。题下原注：“归至凤翔，墨制（由皇帝亲笔书写，不经外廷盖印而直接下达的命令）放往鄜州作。”此次放还鄜州省亲，是在杜甫因上疏救房琯触怒肃宗后，被皇帝疏远的结果。参《羌村三首》注〔一〕引《新唐书·杜甫传》。诗中所叙所议，并不尽是“北征”途中所见所感，“况我堕胡尘”以下，均归后家庭情事及对时局的议论。汉班彪曾作《北征赋》，此用其字面为题。

〔二〕皇帝二载，即唐肃宗至德二载，公元757年。

〔三〕初吉，月初的吉日，即朔日（初一）。《诗·小雅·小明》：“明明上天，照临下土。我征徂西，至于艽野。二月初吉，载离寒暑。心之忧矣，其毒大苦。”此句句法仿“二月初吉”之句，而“我征徂西”之句，亦与“北征”之题相关。

〔四〕杜子，杜甫自指。

〔五〕苍茫，匆遽貌。或解为迷茫、怅惘，与下文“恍惚”相应，义似更长。问，探望。

〔六〕维，发语词。维时，犹是时。艰虞，艰难忧患（指国家）。

〔七〕暇日，闲暇的时日。

〔八〕顾惭，自顾惭愧。恩私被，指皇帝恩泽独加于自己。

〔九〕诏许，即题注所谓“墨制放往”。蓬荜，蓬门荜（荆条竹片）户，穷苦人家所居。此指自己的贫家。

〔一〇〕诣，到。阙下，指朝廷。

〔一一〕怵惕，形容心情惶恐不安。

〔一二〕姿，姿质、才干。杜甫时任左拾遗，职司谏诤。这里谦称自己虽缺乏谏诤官之姿质。

〔一三〕遗失，疏漏失误。

〔一四〕经纬，纺织时纵线为经，横线为纬。借指治国的方略。密勿，勤勉努力。

〔一五〕东胡，指安史叛军。因其军中多胡人，故云。

〔一六〕臣甫，用奏章语。愤所切，痛愤最深切之事。

〔一七〕行在，指凤翔。因心系国事，故身在道途，仍心情恍惚。

〔一八〕疮痍，创伤。

〔一九〕忧虞，忧虑。

〔二〇〕《诗·王风·黍离》：“彼黍离离，彼稷之苗。行迈靡靡，中心摇摇。知我者，谓我心忧。不知我者，谓我何求。”《诗序》云：“《黍离》，闵宗周也。周大夫行役至于宗周，过故宗庙宫室，尽为禾黍，闵周室之颠覆，彷徨不忍去而作是诗也。”靡靡，步履迟缓沉重貌。阡陌，田间小路。

〔二一〕眇，稀少。萧瑟，景象萧条。

〔二二〕被伤，受伤。

〔二三〕明灭，此指夕阳照在旌旗上，飘动时光线时明时灭。

〔二四〕重，重叠。寒山重，重重叠叠的秋山。

〔二五〕饮马窟，行军时饮马的水窟。句意盖谓随时可见战争的痕迹。
乐府有《饮马长城窟行》。

〔二六〕邠，邠州，今陕西彬县。杜甫此行，由凤翔至麟游，再至邠州，然后经宜君至鄜州。因站在重叠的高山回望邠郊，故有“入地底”之感。

〔二七〕泾水东滨邠州。中，指邠州的郊原中间。荡潏（yù），河水涌流貌。

〔二八〕二句谓苍黑的岩石像蹲踞的猛虎，突立于前，像是要发声怒吼，震动欲裂。或谓此系实写，“下句‘吼’字已证实写的是真虎，谓虎吼声粗大，可以裂石。杜甫诗中其他提到‘虎’的地方，也往往实指，以渲染环境的险恶”（文研所《唐诗选》上册第256页）。

〔二九〕戴，《全唐诗》校：“一作带，一作载。”句意谓石上留有古代的车行辙印。

〔三〇〕高兴，高逸的情致。

〔三一〕幽事，指山中幽美的景物。

〔三二〕罗生，罗列丛生。橡栗，栎树之果实，似栗而小。

〔三三〕丹砂，即朱砂，色赤红。

〔三四〕点漆，状山果小而黑亮。

〔三五〕濡，沾润。

〔三六〕谓或味甘，或味苦，同样都能结实。

〔三七〕缅思，遥想。桃源，指陶渊明在《桃花源记》中所描绘的远离战乱的世外桃源。其云：“（村中人）自云先世避秦时乱，率妻子邑人来此绝境，不复出焉。”

〔三八〕拙，困窘。

〔三九〕坡陀，冈陵起伏不平貌。鄜畤，春秋时秦文公所筑的祭西方之神白帝的坛场。此即指鄜州。

〔四〇〕句意谓但见山峦沟壑相互出没。

〔四一〕水滨，水边，指低处河谷之地。

〔四二〕犹，尚，仍。木末，树梢。由山下回望山上的仆夫，似在树梢之上。

〔四三〕鸱鸮，猫头鹰。黄桑，犹枯桑。

〔四四〕拱乱穴，用力顶动或掀开杂乱的洞穴。或解：如人之拱手而立于乱穴中间。古有“拱鼠”之名。刘宋刘敬叔《异苑》卷三：“拱鼠形如常鼠，行田野中，见人即拱手而立，人近欲捕之，跳跃而去，秦川有之。”似以后说为优。

〔四五〕据《旧唐书·哥舒翰传》：“及安禄山反，上以封常清、高仙芝之败，召翰人，拜为皇太子先锋兵马元帅……河陇、朔方兵与高仙芝旧卒共二十万，拒贼于潼关……杨国忠恐其谋己，屡奏使出兵……中使相继督责。

翰不得已，引师出关。六月四日，次于灵宝之西原。八日，与贼交战……死者数万人，号叫之声动天地……十不存一二。军既败，翰与数百骑驰而西归，为火拔归仁执降于贼。”二句指哥舒翰潼关之败。“百万”系夸张之辞。

〔四六〕往者，犹昔日。散，溃散、溃败。卒，仓促、急遽。

〔四七〕半秦民，一半的关中百姓。

〔四八〕为异物，化为异物（鬼），即死亡。

〔四九〕堕胡尘，指陷于叛军占领的长安。

〔五〇〕及归，指间道奔归凤翔。杜甫在陷于长安时已云“白头搔更短”，归至凤翔时已白发满头。

〔五一〕经年，自天宝十五载八月离开鄜州羌村到这次回到家，已经一年有余。

〔五二〕百结，指衣服缝满补丁。

〔五三〕句意谓恸哭之声与松涛之声响成一片，仿佛回荡于松林之间。

〔五四〕句意谓连泉水也发出低声呜咽的悲音，似与人共同悲泣。

〔五五〕所娇儿，所宠爱的儿女。《得家书》云：“熊儿幸无恙，骥子最怜渠。”熊儿、骥子指其二子宗文、宗武。

〔五六〕白胜雪，或谓指过去养得很白净，与下“垢腻”对照。按：“白胜雪”形容其肤色白净，与“垢腻”并不矛盾。或谓指面色苍白，亦非。

〔五七〕耶，即爷，父亲。

〔五八〕垢腻，脸上、身上沾满污垢。脚不袜，脚上没有穿袜子。

〔五九〕补绽，缝补拼凑起来的衣裳。才过膝，指衣裳太短，刚过膝盖。

〔六〇〕海图，绣有海景的图障，其上有波涛及水神天吴的图案。坼，裂，拆开。参“天吴”句。

〔六一〕旧绣，旧的绣衣，上面绣有紫凤的图案。参“天吴”句。

〔六二〕天吴，水神名。《山海经·海外东经》：“朝阳之谷，神曰天吴，是为水伯……其为兽也，八首人面，八足八尾，皆青黄。”紫凤，指旧绣衣上的紫凤图案。或谓，《山海经·大荒北经》：“大荒之中有山，名曰北极天柜，海水北注焉。有神九首，人面鸟身，名曰九凤。”九凤即紫凤。

〔六三〕裋（shù）褐，粗陋的布衣。裋，《全唐诗》校：“一作短。”以上四句承“补绽才过膝”，谓两个女儿的衣服是用绣有海景的旧图障和旧绣衣裁剪拼凑成的，海图上的波浪图案、水神天吴图像，以及旧绣衣上的紫凤图案，或是曲折错乱，不能连接，或是颠倒歪斜，不成整体。

〔六四〕情怀恶，情绪很坏。

〔六五〕呕泄，又吐又泻。

〔六六〕那无，岂能没有。参下“衾裯稍罗列”句。

〔六七〕寒凛栗，冷得战抖。

〔六八〕粉，铅粉。黛，青黛，画眉用。

〔六九〕衾，被。裯，帐。

〔七〇〕栉，梳头。

〔七一〕随手抹，信手乱涂乱抹一气。

〔七二〕移时，费了很长时间。施朱铅，在脸上搽红色铅粉。

〔七三〕狼藉，杂乱不修整。白居易《上阳白发人》：“小头鞋履窄衣裳，青黛点眉眉细长。外人不见见应笑，天宝末年时世妆。”可见天宝末年妇女画眉仍以细长为美，此言“画眉阔”，是形容小女孩不会画眉，乱涂一气，将眉毛画得又粗又乱。

〔七四〕问事，问这问那。竞，争着。须，胡须。

〔七五〕嗔喝，生气喝止。

〔七六〕翻思，回头想想。

〔七七〕杂乱聒，杂乱的吵闹。

〔七八〕生理，生计。

〔七九〕至尊，指皇帝肃宗。其时两京尚未收复，故说“尚蒙尘”。古代称皇帝避乱流落在京都之外为“蒙尘”

〔八〇〕谓何时方能停止练兵，结束战争。

〔八一〕观，《全唐诗》校：“一作看。”天色改，天色起变化。

〔八二〕坐觉，顿觉。氛，原作“气”。《全唐诗》校：“一作氛。”兹据改。妖氛，指安史叛军的不祥之气。豁，开朗、澄清、散去。

〔八三〕惨澹，犹惨淡，形容回纥衣服惨白之色。回纥，古代部族兼国名。初受突厥统辖，天宝三载（744）灭突厥后建立可汗政权。《旧唐书·回纥传》：至德二载九月，“回纥遣其太子叶护领其将帝德等兵马四千余众，助国讨逆。肃宗宴赐甚厚。又命元帅广平王与叶护，约为兄弟，接之颇有恩义。叶护大喜，谓主为兄”。《通鉴》卷二百二十：至德二载九月，“郭子仪以回纥兵精，劝上益征其兵以击贼。怀仁可汗遣其子叶护及将军帝德等将精兵四千来至凤翔”。胡小石曰：“二句影射回纥衣饰……《留花门》诗有‘连云屯左辅，百里见霜雪’句，亦状回纥之服色，按回纥奉摩尼教，其色尚白。”（《杜甫〈北征〉小笺》）廖仲安曰：“按董仲舒《春秋繁露·治水五行》：‘金用事，其色惨淡而白。’……可见‘惨淡’二字确实是形容白色。”（《杜甫诗歌赏析集》第118页）

〔八四〕助顺，帮助顺乎天理的唐王朝，与“助逆”相对而言。

〔八五〕驰突，奔驰冲突，指骑兵冲锋陷阵。

〔八六〕一人两匹马，故五千人有马万匹。

〔八七〕此辈，指回纥兵。杜甫主张借回纥兵应少而精，担心多借后掠夺百姓。或谓“少”为少壮、壮健之意。

〔八八〕勇决，骁勇果敢。

〔八九〕鹰腾，鹰之飞腾，形容回纥兵之威猛。

〔九〇〕过箭疾，极力形容其破敌之迅速。

〔九一〕虚伫，虚心期待，指对借回纥之力破敌抱有很高期望，对他们提出的要求均加以满足。

〔九二〕句意谓其时朝廷上对借回纥兵事虽有议论，但慑于皇帝的威严，都不敢公开发表反对意见。气欲夺，谓气沮。赵次公曰：无用外兵而用官军，此即当时之议。（仇注引）按：此说恐非。见鉴赏。

〔九三〕伊洛，今河南省内二水名，流经洛阳。此指东都洛阳一带。指掌收，轻而易举即可收复。

〔九四〕西京，指长安。不足拔，不值得用力攻克。

〔九五〕蓄锐，指经过休整训练的精锐部队。俱发，一齐发动攻势。

〔九六〕此举，承上指官军深入，蓄锐俱发之举。开，打开，犹克服。青徐，青州、徐州。泛指今山东一带。

〔九七〕旋瞻，转眼可见。略，攻取。恒碣，恒山、碣石山。泛指今山西、河北一带。

〔九八〕昊天，秋天。《淮南子·天文训》：“西方曰昊天。”高诱注：“西方金白色，故曰昊天。”

〔九九〕句意谓上天的正气正要发挥其涤荡摧残的威力，喻唐王朝的正义之师要发挥其摧枯拉朽的威力。《抱朴子·用刑》：“盖天地之道，不能纯和。故青阳阐陶育之和，素秋厉肃杀之威。”

〔一〇〇〕句意谓祸福随时运而转移，眼下已到亡胡（消灭安史叛军）之年。

〔一〇一〕势，指时势。擒胡月，生擒叛军首领之月。

〔一〇二〕其，岂。

〔一〇三〕皇纲，唐王朝的纲纪。

〔一〇四〕狼狈初，指天宝十五载六月，玄宗仓皇出奔之事。狼狈，艰难窘迫。狼狈初，犹艰难窘迫之时。

〔一〇五〕古先，指古代，即下文所提到的夏商周三代之事。别，不同。

〔一〇六〕奸臣，指杨国忠。《通鉴》卷二百十八："至马嵬驿，将士饥疲，皆愤怒。陈玄礼以祸由杨国忠，欲诛之。因东宫宦者李辅国以告太子，太子未决。会吐蕃使者二十馀人遮国忠马，诉以无食，国忠未及对。军士呼曰：'国忠与胡虏谋反！'或射之中鞍。国忠走之西门内，军士追杀之，屠割支体，以枪揭其首于驿门外。并杀其子户部侍郎暄，及韩国、秦国夫人。御史大夫魏方进曰：'汝曹何敢害宰相！'众又杀之。"菹醢（zū hǎi），（剁成）肉酱。

〔一〇七〕同恶，指杨国忠之子户部侍郎杨暄、御史大夫魏方进。见上注。荡析，扫荡离析。

〔一〇八〕夏殷衰，像夏桀和殷纣王那样的王朝衰亡之事。中自，中间由于。褒，褒姒，周幽王的宠妃。妲，妲己，殷纣王的宠妃。夏桀宠妹喜，殷纣宠妲己，周幽王宠褒姒，均亡国。而唐玄宗宠杨贵妃，并未导致亡国，诗人认为这是因为诛杀了像褒姒、妲己这样的女宠的缘故。两句意谓，唐朝之所以没有出现像夏商周三代那种因女宠而衰亡的结局，是因为中间诛杀了杨妃这种女宠的缘故。顾炎武曰："不言周，不言妹喜，此古人互文之妙。"（《日知录》卷二十七）两句系互文，上句举夏殷则包周，下句举褒姒则包妹喜。萧涤非曰："中自，即主动。唐玄宗赐杨贵妃死，实出于被动，但不好正面揭穿，只好从侧面点破，观下文明言陈玄礼'仗钺奋忠烈'可见。"杨妃被赐死事，详两《唐书·杨贵妃传》及《通鉴》。《通鉴》卷二百十八于记载军士杀杨国忠后续载："军士不应。玄礼对曰：'国忠谋反，贵妃不宜供奉，愿陛下割恩正法。'上曰：'朕当自处之。'入门，倚杖倾首而立，久之，京兆司录韦谔前言曰：'今众怒难犯，安危在晷刻，愿陛下速决。'因叩头流血。上曰：'贵妃常居深宫，安知国忠反谋？'高力士曰：'贵妃诚无罪，然将士已杀国忠，而贵妃在陛下左右，岂敢自安！愿陛下审思之。将士安，则陛下安矣。'上乃命力士引贵妃于佛堂缢杀之。舆尸置驿庭，召玄礼等入视之，玄礼等乃免胄释甲，顿首请罪。上慰劳之，令晓谕军士，玄礼等皆呼万岁，再拜而出。于是始整部伍为行计。"

〔一〇九〕指周宣王中兴、汉光武中兴。西周时厉王无道，为国人所逐。厉王死于彘。周、召立其子静，是为宣王，用仲山甫、尹吉甫、方叔、召虎等，北伐猃狁，南征荆蛮、淮夷、徐戎，是称中兴。汉光武帝刘秀，汉高祖九世孙。西汉灭亡后，刘秀起兵于南阳，后建立东汉王朝，史称光武中兴。

〔一一〇〕宣、光，指周宣王、汉光武帝，借指唐肃宗。明哲，明智睿哲。《墨子·天志中》："明哲维天，临君下土。"

〔一一一〕桓桓，威武貌。陈将军，指陈玄礼，时为左龙武大将军，护卫唐玄宗出奔至蜀，马嵬事变中的主谋，见注〔一〇六〕〔一〇八〕。

〔一一二〕仗钺，护卫皇帝。钺，斧。奋忠烈，发扬忠烈，指冒死实行兵谏，杀杨国忠劝玄宗赐贵妃死事。

〔一一三〕微尔，如果没有你。人尽非，谓人民将为异族（指安史叛军）所统治，沦为非类。《论语·宪问》："微管仲，吾其被发左衽矣！"此用其语意。

〔一一四〕大同殿，在京城长安南内兴庆宫勤政楼北门内，系玄宗接受群臣朝见之处。

〔一一五〕白兽闼，即白虎门，系西内太极宫之北门（又据《三辅黄图》，汉未央宫有白虎殿）。因避唐高祖李渊祖父李虎讳，改称白兽闼。因其时西京尚未收复，故云"凄凉""寂寞"。

〔一一六〕翠华，皇帝仪仗中以翠鸟羽毛为饰的旗帜或车盖。望翠华，盼望皇帝还都。

〔一一七〕金阙，金饰的宫阙。

〔一一八〕园陵，皇帝的陵墓，指玄宗之前的唐帝陵。

〔一一九〕洒扫，祭祀扫墓。数，礼数。

〔一二〇〕煌煌，辉煌。太宗业，指唐太宗的贞观之治所建立的功业。

〔一二一〕树立，建树。杜甫《咏怀》之一："本朝再树立，未及贞观时。"宏达，宏伟昌盛。二句以唐太宗建树的宏伟功业激励肃宗。

苏轼曰：《北征》诗，识君臣大体，忠义之气，与秋色相高，可贵也。（仇兆鳌《杜诗详注》引）

范温曰：孙莘老尝谓：老杜《北征》诗胜退之《南山》诗。王平甫以谓《南山》诗胜《北征》，终不能相服。时山谷尚少，乃曰："若论工巧，则《北征》不及《南山》；若书一代之事，此与《国风》《雅》《颂》相为表里，则《北征》不可无，而《南山》虽不作，未害也。"二公之论遂定。（《潜溪诗眼》）

魏泰曰：唐人咏马嵬之事多矣，世所称者，刘禹锡曰："官军诛佞幸，天子舍妖姬。群吏伏门屏，贵人牵帝衣。低回转美目，风日为无辉。"白居易曰："六军不发争奈何，宛转蛾眉马前死。"此乃歌咏禄山能使官军皆叛，逼迫明皇，明皇不得已而诛杨妃也。噫！岂特不晓文章体裁，而造语蠢拙，抑已失臣下事君之礼矣。老杜则不然，其《北征》诗曰："忆昔狼狈初，事与古先别。""不闻夏殷衰，中自诛褒妲。"乃见明皇鉴夏商之败，畏天祸过，赐妃子死，官军何预焉！《唐阙史》载郑畋《马嵬诗》，命意似矣，而诗句凡下，比说无状，不足道也。（《临汉隐居诗话》）

叶梦得曰：长篇最难。晋、魏以前，诗无过十韵者。盖常人以意逆志，初不以叙事倾尽为工。至老杜《述怀》《北征》诸篇，穷极笔力，如太史公《纪》《传》，此固古今绝唱也。（《石林诗话》卷上）

唐庚曰：古之作者，初无意于造语，所谓因事以陈词。如杜子美《北征》一篇，直纪行役耳，而忽云"或红如丹砂，或黑如点漆。雨露之所濡，甘苦齐结实"此类是也。文章只如人作家书乃是。（《唐子西文录》）

周紫芝曰：韩退之《城南联句》云："红皱晒檐瓦，黄团系门衡。""黄团"当是瓜蒌，"红皱"当是枣。退之状二物而不名，使人瞑目思之。如秋晚经行，身在村落间。杜少陵《北征》诗云："或红如丹砂，或黑如点漆。"此亦是说秋冬间篱落所见，然比退之颇是省力。（《竹坡诗话》）

黄彻曰：子美世号"诗史"，观《北征》诗云："皇帝二载秋，闰八月初吉。"……史笔森严，未易足也。（《䂬溪诗话》）

曾季貍曰：韩退之《南山》诗用杜诗《北征》诗体作。（《艇斋诗话》）

葛立方曰：杜甫："天吴与紫凤，颠倒在裋褐。"皆巧于说贫者也。（《韵语阳秋》）

刘辰翁曰：（"青云动高兴"八句下批）长篇自然不可无此。愁结中，得以容风刺，如此语，乃大篇兴致。又曰：（"况我"一大段）《北征》精神，全得一段尽意。他人窘态有甚，不能自言，又盖置勿道。（《唐诗品汇》引）

黄鹤曰：此诗述及在路及到家之事，当在《羌村》后，至德二载九月作，故云“菊垂今秋花”。（《杜少陵集详注》卷五引）

罗大经曰：唐人每以李、杜并称，至宋朝诸公，始知推尊少陵。东坡云：“古今诗人多矣，而惟杜子美为首。岂非以其饥寒流落，一饭未尝忘君乎？”又曰：《北征》诗识君臣大体，忠义之气，与秋色争高，可也。（《杜少陵集详注》卷五引）

胡应麟曰：杜之《北征》《述怀》，皆长篇叙事，然高者尚有汉人遗意，平者遂为元、白滥觞。（《诗薮·内编》卷二）

钟惺曰：（首四句）只似作文起法，老甚、质甚。（“人烟”句下批）时事后才人征途，次第妙。（“幽事”句下批）往往奔走愁寂，偏有一副极闲心眼，看景入微入细。（“补绽”句下批）此下一段说入门，妻妾非悲非喜，非笑非哭，非吞非吐，非忙非闲。口中难言，目中如见。（“狼藉”句下批）（“学母”）四句已是一首《娇女诗》矣。（“至尊”句下批）儿女语态正说不了，忽入“至尊蒙尘”一段，应首段意思。深忧长虑，谁信饥瘦穷老，有此想头，其篇法幻妙。若有照应，若无照应；若无穿插，若有穿插，不可捉摸。又曰：“臣甫”用章奏字面，如对君语。（《唐诗归》卷十八）又曰：当于潦倒淋漓，忽反忽正，若整若乱，时断时续处，得其篇法之妙。（同上卷十九）

申涵光曰：“丹砂”数句，混然元化。“我行”二句，俨然画图。（仇兆鳌《杜少陵集详注》卷五引）

周甸曰：途中所历，有可伤者，有可畏者，有可喜者，有可痛者。（同上引）

王嗣奭曰：昌黎《南山》，韵赋为诗；少陵《北征》，韵记为诗，体不相蒙……《南山》琢镂凑砌，诘屈怪奇，自创为体，杰出古今，然不可无一，不可有二，固不可学，亦不必学，总不脱文人习气。《北征》故是雅调，古来词人亦多似之。即韩之《赴江陵》《寄三学士》等作，庶可与之雁行也。（《杜臆》）

李长祥曰：杜诗每有起得极厚，而无头重之嫌；收得极详，而无尾大之迹。《北征》中间，历言室家情绪，乃本题正意，故不见腹胀之痛。（《杜少陵集详注》卷五引）

唐汝询曰：杜五言古，体情莫妙于“三别”，叹事莫核于“三吏”，自诉莫苦于“纨绔”（按：指《奉赠韦左丞丈二十二韵》），经济莫备于《北征》。《梦李白》《写怀》，见其高；《望岳》《慈恩寺》，取其壮。他若《留花门》、前后《出塞》、《玉华》、《九成》诸作，胸中罗宇宙，无所不有，斯见其人。（同上引）

吴山民曰：说造化，神工简至；描旅行，真景入微。“粉黛亦解包”，看此老殷勤意，好笔！千辛万苦中，忽写出一段情景说话，读之，几人抚掌绝倒。结收煞得俊伟。（《删补唐诗选脉笺释会通评林·盛五古》引）

黄周星曰：（“苍茫”句下评）笔法妙绝，古今未有。（“我行”句下）绝好画图。（“天吴”句下）又有此闲点染，益见文字之妙。（“问事”句下）情状如见。又曰：长篇缠绵悱恻，潦倒淋漓。忽而儿女喁喁，忽而老夫灌灌，似骚似史，似记似碑，诚如涪翁所言，足与《国风》《雅》《颂》相表里。（《唐诗快》）

金圣叹曰：《北征》诗通篇要看它忽然转笔作突兀之句，奇绝人。“岩谷互出没”五字，便是一幅平远图，写得鄜州远已不远，近还未近，已是目力所及，尚非一蹴所至，妙绝。陡然转出“至尊”，笔势突兀之至。（“至尊”四句评）下“凄凉”“寂寞”字妙，如此恶字，却有用得绝妙时。（“凄凉”四句评）（《杜诗解》）

查慎行曰：序事言情，不伦不类，拉拉杂杂，信笔直书，作者亦不知其所以然，而家国之感，悲喜之绪，随其枨触，引而弥长，遂成千古至文，独立无偶。（《初白庵诗评》）

王士禛曰：五七言有二体：田园丘壑，当学陶、韦；铺叙感慨，当学杜子美《北征》等篇也。（《师友诗传续录》）

李因笃曰：大如金鹏浮海，细如玉管候灰，上关庙谟，下具家乘。举隅而词自括，繁引而气弥疏，而直追《三百》矣。其才则海涵地负，其力则拔山倒岳。以比辞赋事之微，写爱国忠君之情。有极尊严处，有极琐细处。繁处有千门万户之象，简处有缓弦促柱之悲。元江南谓具一代兴亡，与《国风》《雅》《颂》相表里，其《北征》之谓乎？（《杜诗集评》卷一引）又曰：（首四句）古调高文，竟用文笔叙起，老气无敌。（“煌煌”二句）结得住，一语千钧。（《杜诗镜铨》卷四引）

黄生曰：首四句提起作一冒。“青云”八句，道路仓卒中尚尔写景，心有馀暇，笔亦有馀趣。“况我”句，言秦民死者过半，已之骨肉离散又何足道哉！故用“况”字转下。“平生”廿馀句，叙儿女琐事入细，全从生还快乐心坎中描出。“至尊”句，言天子且尔，馀人尚得骨肉相聚足矣，生理姑置勿道。“尚”字是应上，非转下，与前“况”字同法。“阴风”廿馀句，回纥目中无敌，故欲急战，此圣心所以“虚伫”；官军则欲直捣幽燕，覆其巢穴，贼可立破，故欲“蓄锐”以俱发，而肃宗不从其计，此时议所以气夺也。“桓桓”二句，诛杨氏所以泄天下之愤，愤泄然后足以鼓动忠义之气而恢复可望，故归功于陈如此。“园陵”二句，言祖宗有神，不使洒扫数缺，必当默佑成功也。数，犹礼也。“煌煌”二句，似乎语气宽缓，收束不住，不知说到中兴已是此诗到头结穴处，末段不过馀气衍逸而已。大诗文固与大风水同一结构也。五言古但相其神骨而已，体制之长短不必论也。苟神骨于古有合，则千言不厌其多，数语不嫌其少，岂可以长短较优劣哉！杜公《北征》自当擅美千古。而或议其冗长，以为魏晋无此，将欲如近代之篇摹句仿，而后谓之不失古意乎？此诗有大笔，有细笔；有闲笔，有警笔；有放笔，有收笔。变换如意，出没有神。若笔不能换，则局势平衍，真成冗长矣。此诗分四大段：辞阙一段，在路一段，到家一段，时事一段。若各叙自可互为数题，亦无害各为佳篇，然杜公偏于合叙见本事。盖一篇用笔，忽大忽小，忽紧忽松，使人急忙转换不来，而公把三寸弱翰，直似一杆铁枪，神出鬼没，使人应接不暇，此真万夫之特也。尤妙在末后一段，本是辞阙时一副说话，却留在后找完，即文章巨擘如昌黎见之，亦当汗流气慑矣。（《杜诗说》卷一）

仇兆鳌曰：首段，（四句）从北征问家叙起。次述辞朝恋主之情。上八，欲去不忍，忧在君德；下八，既行犹思，忧在世事。（“靡靡”三十六句）此历叙征途所见之景。既逾越阡陌，复回顾凤翔。自此而过邠郊，望鄜畤，家乡渐近矣。大约“菊垂”以下，皆邠土风物，此属佳景。“坡陀”以下，乃鄜州风物，此属惨景。（“况我”三十六句）此备写归家悲喜之状。“袒褐”以上，乍见而悲，极夫妻儿女至情；“老夫”而下，悲过而喜，尽家室曲折之状。“生理焉得说”，忧在君父也。此句起下。（“至尊”十六句）此忧借兵回纥之害。“妖氛豁”，天意回矣。回纥助，人心顺矣。此兴复大机也。但借兵外夷，终为国患，故云“少为贵”；“虚伫”，帝望回纥；“气夺”，群议沮丧。赵次公曰：“无用外兵而用官军，此即当时之议。”前二段，分应北征问家；后三段，申恐君遗失之故。（“伊洛”十二句）此陈专用官军之利。是时名将统兵，奇正兼出。可以收两京、定河北而擒安史。此为制胜万全之策。朱（鹤龄）注：“当时李泌之议，欲令建宁并塞北出，与光弼椅角，以取范阳，所见正与公同。”（张）綖注：

“公以乞师回纥为非计，故云：‘圣心颇虚伫，时议气欲夺。’又谓官军直可乘胜长驱，故云：‘此举开青徐，旋瞻略恒碣。’”唯此议不行，回纥果为唐患，而河北迄非唐有。其云“虽乏谏诤姿，恐君有遗失”，盖为此也。公尝自比稷契，其经纶概见于此矣。（“忆昔”十二句）此借鉴杨妃，隐忧张良娣也。许彦昭曰：“祸乱既作，唯赏罚当，则能再振，否则不可支矣。陈玄礼首议诛国忠、太真。无此举，虽有李、郭，不能奏匡复之功，故以活国许之。”欲致兴复，当先去女戎。（“凄凉”八句）终以太宗事业，望中兴之主。当时旧国思君，陵寝无恙，其光复在指顾间矣。此章大旨，以前二节为提纲。首节，北征问家，乃身上事，伏第三、四段。次节，恐君遗失，乃意中事，伏五、六、七段。公身为谏官，外恐军政之遗失，内恐宫闱之遗失。凡辞朝时意中所欲言者，皆罄露于斯，此其脉理之照应也。若通篇构局，四句起，八句结。中间三十六句者两段，十六句者两段。后面十二句者两段，此又部伍之整严也。（《杜少陵集详注》卷五）

张谦宜曰：此正是善学《孔雀东南飞》。前半正叙地险，忽及时序草木。闲情一气隔，方不径直，亦不寂寞，所谓笔力冷细也。抵舍后，愁苦已无解法，用朝廷大事故乱其词，所谓绝处逢生也。说诗者徒赞其忠正，未知用笔神妙。言此时方以朝廷为急，安能尽为家谋，却是自掩其穷厄无聊，此文家自救法。（《絸斋诗谈》卷四）

吴瞻泰曰：以皇帝始，以皇帝终，是一篇大结撰。看其说家事中，必带国事；说国事中，并无一语及家事。故虽呶呶絮语，绝非儿女情多也。长诗之妙，于接续结构处见之，又于闲中衬带处见之。全在能换笔也。不能换笔，则无起伏；无起伏，则俗所云“死龙死凤，不如活鸡活蛇”也。此作有大有小，有提有束，有急有闲，有擒有纵，故长而不伤于冗，细而不病于琐。然又须看其忽然转笔，突兀无端，尤属神化。（《杜诗提要》卷二）

浦起龙曰：《北征》为杜古眉目，直抒胸臆，浑浩流转，不以烹词炼句为工。宋、元而后，论赞盖详。小子敢复以醯鸡之智，测量沧海哉！姑参定段落，标明节旨，以便雒诵云。〇通首但分五大段。归省家人，本事也。回念国事，本心也。第一段，叙清还鄜事迹。先以“问家室”三字提出省家，随以“遭艰虞”三字提出念国，复申之以“拜辞”十二句。盖内“顾”则思家，陛“辞”则恋主，私谊公忠，一时迸露，遂为一诗之纲领。第二段，详叙归途景物。所值之景，好恶不齐；所触之怀，伤残满目。所以节末就“月”中“白骨”，追愤“潼关”一败，见近畿“残害”，皆由于此。然此尚属带笔。此处主意，只是铺写途景也。第三段，备述到家景况。于篇法为中腹，于题目为正面。俗情妙语，时以诙谐破涕。而节末“翻思”四句，忽然借径搭入国事，是下半转关处。第四段，拨家计而忧国恤，为当时反正之急务。深以速收金阙，直捣贼巢为望。其云“此辈少为贵”，“时议气欲夺”，在叙借助回纥处，须下此分寸语，其实不重。文势直赶到“蓄锐可俱发”，仍以“回纥”“官军”总统言之。盖此时所急，尤在克服，不与《留花门》同旨。朱、仇诸家，忒煞版看，遂使文气纵缓。节末数语，犹岳少保所谓“与诸君痛饮”者也。第五段，追颂上皇圣断，预卜新主中兴，亟反神京，重开治象，直欲追盛业于贞观之初，为通篇大归宿。又曰：玄礼为亲军主帅，纵凶锋于上前，无人臣礼。老杜既以“诛褒妲”归权人主，复赘“桓桓”四语，反觉拖带。不如并隐其文为快，愿与海内有识者商之。〇读《咏怀》，见杜子一生学识；读《北征》，见杜子一腔血性。按：还鄜诗古律凡数首，俱不及救琯被放事。意未上疏前，先许归省，本传与年谱漏也。（《读杜心解》卷一）

《唐宋诗醇》：以排天斡地之力，行属词比事之法，具备万物，横绝太空，前无古人，后无来者，自有五言，不得不以此为大文字也。“问家室”者，事之主；“愤艰虞”者，意之主。以皇帝起，太宗结，恋行在，望匡复，言有伦脊，忠爱见矣。道途感触，抵家悲喜，琐琐细细，靡不具陈，极穷苦之情，绝不衰馁。严羽谓李、杜之诗如金鸡擘海，香象渡河，下视郊、岛辈，有类虫吟草间者，岂不然哉！……中唐以下，惟李商隐《西郊》诗等作有此风力，特知之者少耳。（卷十）

沈德潜曰：（“靡靡”句）下叙途中所经。（“我行”二句）一幅旅行名画。（“菊垂”句）以下所见佳景。（“鸱鸮”八句）以下所见惨景。（“海图”六句）到家后叙琐屑事，从《东山》诗“有敦瓜苦，烝在栗薪”悟出。（“至尊”六句）叙到家后，悲喜交集，词尚未了，忽人“至尊蒙尘”，直起突接，他人无此笔力。（“不闻”四句）归美于君，立言得体。“褒妲”应“妹妲”，偶误笔耳。（“园陵”四句）“皇帝”起，“太宗”结，收得正大。汉、魏以来，未有此体，少陵特为开出，是诗家第一篇大文。公之忠爱谋略，亦于此见。（《重订唐诗别裁集》卷二）

张溍曰：凡作极要紧极忙文字，偏向极不要紧极闲处传神，乃夕阳反照之法，惟老杜能之。如篇中“青云”“幽事”一段，他人于正事实事尚铺写不了，何暇及此。此仙凡之别也。（《杜诗镜铨》卷四引）又曰：（“虽乏”二句）曲折沈至。

卢德水曰：《赴奉先》及《北征》，肝肠如火，涕泪横流，读此而不感动者，其人必不忠。（同上引）

杨伦曰：（“苍茫问家室”）先伏中段意。（“君诚中兴主”）伏结末意。（“经纬固密勿”）紧接上句，斡旋得妙。（“东胡反未已”）伏后段意。首叙辞朝恋主之情，即总伏一篇意。（“所遇”二句）是乱后景。（“回首”二句）一路叙述，用无限低徊出之。此历叙征途所见之景。（“青云”四句）此最僻之路，若别一身世。（“夜深”六句）上无人烟，此出孔道矣。六句又关合“疮痍”本意，跌入自家，真化工之笔。（“平生”十句）随手写出，俱作奇文。此备写归家悲喜之状。（“瘦妻”十四句）此老亦善诙谐乃尔，极情尽致。叙儿女事可悲可笑，乃从《东山》诗“果赢”“瓜苦”等得来，故不嫌琐屑伤雅。（“新归”二句）蒋（弱六）曰：忽然截住，万钧之力。（“至尊”二句）此处又从家入国。突接“尚”字，亦从上“且”字生来，节拍甚警。此段目击时艰而致其祝颂。因借点回纥，望以两京收复，直捣贼巢，为当时反正之急务。（“圣心”二句）二语规讽不露。（“祸转”二句）应起处“东胡”。二句特作快语，“皇纲”句却又开下。（“忆昔”句）重追溯。（“桓桓”四句）上面极周旋，此处仍不失实。是为诗史。末复追溯初乱，终以开创之大业，属望中兴，以今皇帝起，以太宗结，是始末大章法。如此长篇，结势仍复了而不了，所谓“篇终接混茫”也。（《杜诗镜铨》卷四）

《十八家诗钞》：张曰：（“或黑”句下批）此与“夜深经战场”数语，就途中所见随手生出波绉，兴象最佳，须玩其风神萧飒闲淡之妙。（“颠倒”句下批）此一段叙到家以后情事，酣嬉淋漓，意境非诸家所有。

施补华曰：《奉先咏怀》及《北征》是两篇有韵古文，从文姬《悲愤诗》扩而大之者也。后人无此才气，无此学问，无此境遇，无此襟抱，断断不能作。然细绎其中阳开阴合，波澜顿挫，殊足增长笔力。百回读之，随有所得。（《岘佣说诗》）

吴汝纶曰：（“菊垂”四句）哀痛恻怛之中，忽转入幽事可悦，此谓之天矫变化。（“阴风”二句下）此下至末，气势驱迈，淋漓雄直。（末八句）收极英迈壮烈。（《唐宋诗举要》卷一引）

胡小石曰：《北征》为杜诗中大篇之一。盛唐诗人力破齐梁以来宫体之桎梏，扩大诗之领域，或写山水，或状田园，或咏边塞，较前此之幽闭宫阁低回思怨者，如出永巷而骋康庄，至杜甫兹篇，则结合时事，加入议论，撤去旧来藩篱，通诗与散文而一之，波澜壮阔，前所未见，亦当时诸家所不及，为后来古文运动家以“笔”代“文”者开其先声。（《杜甫〈北征〉小笺》）

《北征》与《自京赴奉先县咏怀五百字》为杜甫长篇五言古诗后先辉映的双璧。《咏怀》作于安史之乱虽已爆发但消息尚未传到长安之时，诗的主要价值在揭示统治集团的奢侈淫逸和贫富的尖锐对立，预示大变乱的降临；而《北征》则作于安史之乱已进行将近两年，形势发生重要转折的时刻，诗的主要价值在通过“北征”省家途中及到家后所见所感，揭示战乱造成的巨大创伤，抒写关心国运的情怀和对军政大事的见解，表现对胜利的乐观信念。《咏怀》以“忧端齐终南，澒洞不可掇”结，《北征》以“煌煌太宗业，树立甚宏达”结，正从一个重要方面显示出两首诗的不同主旨。

全诗可分五大段。第一大段二十句，主要抒写行前忧虑国事、忧君失误的心理。开头四句，用类似奏疏体的行文语气，郑重其事地大书“皇帝二载秋，闰八月初吉”，自己将北行探家。用这种方式来点明“北征”的题目，当然跟诗的内容涉及军国大事有关，但恐怕主要用意还是为了渲染一种严肃郑重的气氛，为下面要着重抒写的“恐君有遗失”的心理蓄势。杜甫写这首诗时的身份是职司谏诤的左拾遗，谏君之失是他的政治责任；但由于上疏救房琯之事触怒肃宗，实际上他已处于不被信任的境地，墨制放往鄜州探家，就是疏远他的一种表现。因此在行前心情既感到失落的茫然，又感到必须尽自己的谏诤之责。在讲到自己“将北征”“问家室”时，用了“苍茫”二字。“苍茫”一般情况下有匆遽、仓皇之意，但这里似乎透露出皇帝这次“墨制放往”的诏命下得很突然，自己思想上毫无准备，感到有些茫然不知所措。下面六句，从“维时遭艰虞”到“怵惕久未出”，讲自己在朝野少暇的艰虞之时蒙恩诏许归家，诣阙拜辞的情形。拜辞之际究竟说了些什么，诗人没有正面交代，只用“怵惕久未出”一语带过。联系上疏救房琯触怒肃宗及下文“虽乏谏诤姿”六句，不难寻味出杜甫表面上似乎对皇帝的恩顾表示感激惭愧，内心里却对皇帝的疏远既惶恐不安又不无怨意；表面上似乎检讨自己缺乏谏诤的姿质，内心里却认为君主未必没有过失。不过，话说得极为委婉。在赞颂肃宗是英明的中兴之主，治国方略周密而又黾勉从事的同时，用“诚”“固”与“虽”“恐”作呼应，曲折迂回地表达出“恐君有遗失”这一全段的主意。语气口吻就像是拜辞时想对肃宗说而因心存怵惕终于未说的一番话。它既含有对此前自己的谏诤之言行作检讨又辩解的意味，又为下面第四大段对军政大事的议论埋下伏笔。“东胡”二句联系安史之乱未平的现实，表明自己的痛愤激切，也自然含有“恐君有遗失”是出于对国家前途命运的担忧，故在谏诤时就不免因此而“乏谏诤姿”了。这些弦外之音，当事者自不难体会。“挥涕”以下四句，写挥涕辞阙登途之际，心情恍惚，若有所失，想到乾坤饱受创伤，生灵遭受涂炭，忧虑之情，缠绕不已，进一步揭示出忧国与忧君之间的联系。这一大段自我抒情，写法类似《咏怀》首段，但《咏怀》重在心灵的自我解剖；而《北征》却像是在想象中与皇帝对话，因此表达更加曲折委婉，有不少含而未宣的意思须要仔细寻味。但只要把握住“维时遭艰虞”这个特定背景和“恐君有遗失”这个核心内容，对全段的意蕴便不难解会。

第二大段三十六句，写北征途中见闻感受，可以分为三个层次。第一层从“靡靡逾阡陌”到“苍崖吼时裂”十二句，写从凤翔到邠州一带途中所见可伤可畏之景。“靡靡”二字，用《诗·王风·黍离》“行迈靡靡”之语，读者心中自然会浮现出诗人离开凤翔时忧心忡忡，行道迟迟，充满黍离之感的形象。一路上所见到的，是人烟萧瑟、寒山重叠的萧条凄寒景象，和受伤致残、呻吟流血的士兵百姓，随处可遇的战马饮水的窟穴。回首凤翔，旌旗在夕阳映照下闪烁明灭；登高俯瞰，邠郊如在地底；近看前路，苍崖如虎，蹲踞欲吼。总之，随处可见战争的遗迹和创伤。

“菊垂今秋花”至“益叹身世拙”十二句，写山间所见幽美景色，境界为之一变。道路旁边，开放着今秋的菊花；山谷的石径上，留下古代车辙的印迹。“今”与“古”的对照，显示出时间的流逝，使人似乎回到了久远的历史年代。仰望天穹，青云飘荡流动，引发出高情逸兴。一刹那间，战争的印迹似乎远去了。眼前的“幽事”更使诗人一时心情变得愉悦起来。这“幽事”便是在橡栗之间罗列丛生的琐细山果。它们或红如丹砂，或黑如点漆，鲜艳耀眼。在雨露的滋润下，或甘或苦，一齐结出饱满的果实。这段描写，向为诗评家所盛赞，但大都从艺术角度着眼，如“偏向极不要紧极闲处传神”（张溍）、“夭矫变化”（吴汝纶）之类，罕有言及其思想感情内蕴，以及这些描写的意义作用者。实则在诗人固然是书其即目所见，未必有意造文，但之所以有此种不嫌琐细的描写，当是目接此景时感情上有所触动。如果是一篇平常的纪游写景诗中有这样一段文字，不过山中幽景而已，但当它们夹在“所遇多被伤，呻吟更流血”“前登寒山重，屡得饮马窟”和“夜深经战场，寒月照白骨”“遂令半秦民，残害为异物”当中出现时，就有了不同寻常的思想意义。使人倍感自然界中充满了生机和活力，这种生机和活力，是任何残酷的战争也摧毁不了的。尽管不远处就是战场，但今秋的菊花照样开放，各种山果照样结实。与此同时，诗人也好像从充满战争创伤和印迹的世界进入到一个远离流血牺牲、争斗残杀的世外桃源式的世界，对比之下，更感到深受战争之害的自己身世遭遇的不幸，这就是“缅思桃源内，益叹身世拙”二句所包含的感慨。这充满生机活力、远离战争气息的山中幽境固然使诗人的心灵感到片时的愉悦与安静，但旋即又不得不面对残酷的现实世界，因此这里的一时愉悦，反而更衬托出战争的残酷。

自“坡陀望鄜畤”至“残害为异物”十二句，写行近鄜州时途中所见景物与感受联想。开头四句，纪行程而写景如画。由坡陀起伏的山冈上下瞰鄜州，但见高岩低谷，相互出没。由于归家心急，诗人已经下到水边，回望仆夫，却仍在山上的树端。类似景象，在盛唐的山水诗中也出现过，但均为静观欣赏，这里却是身在画中的活动画面，而且透出了急匆匆赶路的意味。“鸱鸮”四句，写黄昏到夜深时所见凄厉荒凉之景：猫头鹰在橘黄的桑树上号鸣，野鼠拱立于乱穴之间。深夜经过一年前的战场，但见一轮凄寒的圆月，映照着散乱狼藉的白骨。这景象，既令人恐怖不安，又令人触目惊心。“寒月照白骨”之句，较之“青是烽烟白是骨”似更具心灵的震撼力。由眼前的累累白骨，诗人又自然联想起往日的潼关之败，感慨于统治者指挥的失当和相互的掣肘，遂使广大的关中地区百姓，半数化为鬼物。语气的激愤，感情的沉痛，与“夜深经战场，寒月照白骨”二句不相上下。

第三大段三十六句，写到达鄜州羌村家中与妻子儿女团聚的情况，可以分为两个层次。第一层从“况我堕胡尘”至“颠倒在裋褐”十六句，写初到家时见到妻子儿女鹑衣百结、垢腻不袜的情状和全家恸哭的悲伤场景。对自己和老妻，仅用“尽华发”及“衣百结”一语带过，而陷贼期间忧愤之深重与生活之艰辛可想。举家同悲的情景亦仅以二语稍作点染。重点放在对“娇儿”和“两小女”的描写上。写娇儿，只用了两个细节，一是原本“白胜雪”的肌肤，现在却是满身污垢，时已深秋，却光着脚连袜子也没有；二是见到满头白发、形容憔悴的父亲，竟“畏我复却去”，转过身子去啼哭。写“两小女”，则集中笔墨写她们那补绽才过膝而又东拼西凑，割裂旧绣海图而成的衣裳。这种种情态景象，透露出在战乱时期，连杜甫这样世代奉儒守官的家庭生活也穷困到了这种程度，则一般的平民百姓生计之艰难更可想而知。“两小女”的服饰，看了令人发笑，却更令人酸心刺骨。以貌似滑稽的现象写生活的悲剧，其艺术感染力较之直接的诉说更加强烈。

第二层从“老夫情怀恶”到“生理焉得说”二十句，写归家数日后与妻子儿女相聚之乐。先用“老夫情怀恶，呕泄卧数日”二句作为由初到家之悲到数日后之乐的过渡，然后写诗人解开从凤翔带回的脂粉包和衾裯之类的物品，使妻女均为之开颜。于“瘦妻”，亦仅以“面复光”二字带过，而集中笔墨写“痴女”梳妆打扮的天真情态，妙在“学母无不为”五字，明写女儿之胡涂乱抹、狼藉画眉的娇痴，却同时暗透杨氏夫人之精心梳妆打扮，施朱铅而巧画眉。而孩子们对父亲，也不像刚到家时那样感到陌生而“背面啼”了，而是坐在父亲膝盖上问这问那，竞挽胡须。看到这一切情景，侥幸生还的诗人似乎连饥渴都忘掉了，儿女们的吵吵闹闹在他听来也是最美妙的享受。“新归且慰意，生理焉得说”二句就是此际诗人心情的概括。生计虽然艰难，但侥幸生还。家人团聚的乐趣使诗人的心灵得到极大的安慰。但这毕竟又是战乱未平、万户多难、全家生计艰难情况下的天伦之乐，因此这乐中又透出苦涩与无奈，上句的“且”，下句的“焉”都透露出了这种复杂的情感。如果说上一层写两小女的衣裳补绽，是在貌似滑稽可笑中透出彻骨的辛酸，那么这一层写痴女的梳妆打扮便是从滑稽可笑中透出无比的怜爱。而怜爱之中又仍不免寓含苦涩。妙在全用白描手法和通俗朴素的家常语，而传神阿堵，画笔难到。虽说左思的《娇女诗》对杜甫写小儿女娇痴情态不无启发，但左思笔下的娇女只是日常生活中的情态，而杜甫笔下的儿女，却是在“乾坤含疮痍”的战乱背景下的情态。这就像第二大段写途中幽事景物一样，都透露出自然界和人生中照样充满了生机活力，透露出诗人对和平安乐生活的热爱与渴望，透露出诗人对未来的乐观希望。这正是上述描写最深层的思想意义，也是这些描写具有特殊艺术魅力的根本原因。

写到这里，从辞阙登程到途中情景再到抵家团聚，《北征》的题意似乎已经写尽，但下面却转出两大段有关时局和大唐王朝前途命运的大议论来。这是因为，杜甫虽被肃宗疏远，“恩准”还家，但他的心却始终系念着时局和国家命运。一开头所说的“东胡反未已，臣甫愤所切”“虽乏谏诤姿，恐君有遗失"，正是杜甫在"将北征"之时萦念忧愤不已的大事。因此，在"北征"抵家之后，必然要郑重表达的内容就是对时局的看法和对国家命运的关切。在他人，这未必是《北征》题中应有之义；在杜甫，则是北征抵家后必尽之责。杜甫虽未必真把这首诗当成日后向皇帝进的奏疏（其中述及到家后情景及小儿女情状，恐"渎圣听"），但强烈的政治责任感和对国家命运的关切使他在想象中与皇帝进行这番对话。这正是四、五两大段议论之所以产生的内在依据。如果要跟题目挂钩，不妨说这两大段是"北征"到家后的建议和期望。

第四大段二十八句，写对时局的看法和对军政大事的建议。也可以分成两个层次。第一层十六句，自"至尊尚蒙尘"至"时议气欲夺"集中表达对朝廷借助回纥兵的看法。先用"至尊尚蒙尘"一语，遥承首段的"东胡反未已"，从上一大段的述家事自然转入述国事，并以"几日休练卒"遥承首段的"忧虞何时毕"，表达对早日结束战争、平定叛乱的渴望。"仰观"二句，则是对战略全局的总看法，用形象的语言显示时局已出现重大转机。在此前提下，杜甫一方面对回纥王的"助顺"之举和回纥兵的善驰突与骁勇表示赞许，认为借助其力可收破敌迅疾之效；另一方面又对回纥抱有隐忧。在后来所作的《留花门》诗中，诗人集中地表达了对朝廷依赖回纥之力的不同看法。从"胡为倾国至，出入暗金阙。中原有驱除，隐忍用此物"等诗句看，杜甫认为用回纥兵对付安史叛军，只是权宜之计，而且不宜过分依赖，担心日后给国家带来严重的后患。这和《北征》诗中"此辈少为贵"的议论是一致的。从"圣心颇虚伫，时议气欲夺"两句中，可以看出杜甫对肃宗将破敌的希望过多寄托在回纥身上，是有微词的，而且认为肃宗的态度使朝廷中对此持不同意见的人为之气沮，诗人自己的意见自然也属于"气欲夺"的"时议"之列。杜甫说这番话，也正是首段"恐君有遗失"的具体表现，是作为被疏远的谏诤之臣对皇帝的劝告和建议。

第二层十二句，从"伊洛指掌收"到"皇纲未宜绝"，承上"妖氛豁"，抒写诗人对战略大反攻形势的畅想。自宋赵次公谓"无用外兵而用官军，此即当时之议"以来，历代颇多从其说者。但细味整个一大段文字，对用回纥兵一事的看法，至"时议气欲夺"句已经结束，所谓"时议"，实际上也就是杜甫所说的"此辈少为贵"，并不涉及更大范围的对整个战略形势的看法。"伊洛指掌收"以下十二句，与其说是什么对战略计划的看法和主张，倒不如说是一首充满乐观展望的浪漫主义畅想曲。在杜甫的想象中，形势已经到了“祸转亡胡岁，势成擒胡月”的大转折关头。不但两京的收复指日可待，而且官军蓄锐俱发，深入敌占区，便可一举克复青徐，平定河北，直捣贼穴，行正气肃杀荡涤一切污秽的使命。“胡命其能久，皇纲未宜绝”二句，就是诗人对前途的乐观信念的结论性表述。从其后的形势发展来看，两京的迅速收复虽如诗人所言，但“开青徐”“略恒碣”“亡胡岁”的畅想未免过于乐观。其实这段文字如理解为军事战略谋划，未免有些空泛不切实际，如理解为诗人的浪漫畅想，倒可切实感受到诗人激情澎湃的爱国情怀和对前途的乐观信念，感受到其中洋溢的诗情。拿它和《洗兵马》一诗对照，“畅想”的性质自明。

写到“胡命其能久，皇纲未宜绝”，东胡之叛将平，乾坤重归一统，似乎可以住笔了，但诗人情犹未已，又从军事形势的转折联想起政治形势的大转折，由皇纲不绝想到中兴之业可望。第五大段二十句，便是抒写对唐室中兴的乐观展望。也可分为两个层次。第一层从“忆昔狼狈初”到“于今国犹活”十二句，集中写马嵬事变，认为唐玄宗宠杨贵妃之事虽与前代类似，但却终于未蹈前代因女宠而亡国的覆辙，原因就在于当机立断，诛杀了奸臣及其同恶，以及“褒妲”式的女宠，这才使整个形势有了巨大的转折。而在这一关键时刻，起关键作用的则是“仗钺奋忠烈”的陈玄礼。论者每集中注意这段文字中对玄宗是否有所回护，其实对照杜甫对陈玄礼的热烈赞扬，他对玄宗的真实态度已经昭然若揭。真正值得注意的倒是杜甫赞扬陈玄礼的背后所隐寓的微意。陈玄礼此举，说是兵谏也好，说是兵变乃至政变也好，以他的身份，势必要得到更有权势者的支持至少是默许，否则就可能落下犯上作乱的罪名而身败名裂。据史载，陈在诛杨国忠之前是已经通过东宫宦者李辅国告知太子李亨（即后来的肃宗），太子虽“未决”，却也未表示反对，实际上是默许此举。因此，热烈赞扬陈玄礼的“仗钺奋忠烈”，实际上也隐含有赞颂肃宗在关键时刻同意或默许实行“兵谏”的意思。这才是杜甫这段议论的真实用意，即肃宗在唐朝皇纲面临存亡的关键时刻，表现出“中兴主”的“明哲”和气度。这才是“周汉获再兴，宣光果明哲”两句所包含的深层意蕴。也只有这样理解，这一大段的前后两个层次才不至于成为互不相干的两截，而是以“中兴”贯通的整体。“微尔人尽非，于今国犹活”这样崇高评价的背后，隐含的正是对当今“宣光果明哲”的赞颂，否则，将置正统率大军与安史叛军作战的郭子仪、李光弼于何地？又置当今皇帝于何地？

第二层八句，从“凄凉大同殿”到“树立甚宏达”，以百姓渴望神京克复，祖宗神灵护佑，园陵洒扫不缺，表达对胜利的信心，并以“煌煌太宗业，树立甚宏达”作结，而为诗人期望的“中兴主”树立了宏伟的目标与样板。诗从“皇帝”始，以“太宗业”结，正集中表达了诗人对肃宗继承太宗伟业，建立中兴大业的热切渴望。

《自京赴奉先县咏怀五百字》已经开创了以纪行为线索，以咏怀为主体，熔叙事、写景、抒情与议论为一体的史诗式长篇体制，《北征》在这方面更有新的发展。主要表现在两个方面：一是进一步加强了议论的成分，使之成为表达全诗思想感情的重要手段。诗的第四、五两大段，主要用议论；第一大段则在叙事、抒情的同时杂以议论；第二大段虽以叙事、写景为主，但其中也有像“缅思桃源内，益叹身世拙”这种画龙点睛式的议论；第三大段虽以叙事描绘为主，其中亦有“翻思”数句带有议论的色彩。这固然由于诗的主要内容是关乎国运兴衰和中兴大业的军政大事，同时也跟诗的主要陈述对象是当今皇帝有密切关系。诗人虽未必日后将此诗呈献给肃宗，但在下笔时显然将肃宗作为他的陈述对象，这从第一段的“虽乏”六句，第四段的“此辈”二句、“官军”十句，第五段的“忆昔”十二句都看得比较清楚。这种章表奏疏式的行文口吻与风格，正是以议论为主要表述方式、以皇帝为陈述对象而造成的。但由于在议论中渗透了强烈的感情，这些议论并不显得枯燥乏味，而是或缠绵沉至，或淋漓慷慨，或郑重庄严，或大气磅礴，令人在挟情韵以行的议论中感受到诗人的品格胸襟，感受到诗人对国家命运的强烈责任感和深沉炽热情怀，从而使它有别于有韵的散文而成为具有诗心诗情的诗史。

二是大大增强了对途中景物和生活琐事的细致描写，使之成为全诗中最具诗情诗趣的部分，并与庄重严肃的议论融为有机的艺术整体。《咏怀》虽亦以纪行为线索，但对途中景物、到家情景均不作细致描绘，或出以象征之笔，或仅作简单叙写。而《北征》诗在途一段，则对途中景物、情境有相当细致的描绘渲染。如“靡靡逾阡陌，人烟眇萧瑟”“回首凤翔县，旌旗晚明灭”“夜深经战场，寒月照白骨”等句，重在气氛的渲染；“邠郊入地底，泾水中荡潏”“我行已水滨，我仆犹木末”，重在画境的描绘；而“山果”一段，则又出以铺叙之笔，笔法变化多姿。尤为出色的是到家一段写小儿女情事，细致入微，生动传神，于幽默风趣之中透露出生活的艰辛；而在生活的艰辛中又透出团聚的乐趣和对生活的热爱。而无论是途中亲历或联想到的战争带来的苦难，到家后所感受到的妻儿生计之艰和生还团聚之乐，又都和诗的主旨——对唐室中兴的渴望紧密相关，成为它的有力凭借和生活基础，使诗人的有关国运的大议论和诗人目击的时艰、亲历的家庭艰辛融为一个不可分割的艺术整体。使宏大的议论不致空泛，使细致的描绘不致琐屑。这两方面的完美融合，充分体现了诗人的艺术魄力。

羌村三首（其一）〔一〕

峥嵘赤云西〔二〕，日脚下平地〔三〕。柴门鸟雀噪，归客千里至〔四〕。妻孥怪我在〔五〕，惊定还拭泪〔六〕。世乱遭飘荡，生还偶然遂〔七〕。邻人满墙头，感叹亦歔欷〔八〕。夜阑更秉烛〔九〕，相对如梦寐〔一〇〕。

校注

〔一〕《全唐诗》题内无“三首”二字，据他本增。至德二载（757）五月十六日，杜甫任左拾遗。同月丁巳，房琯罢相。《新唐书·杜甫传》：“（甫）与房琯为布衣交，琯时败陈涛斜，又以客董廷兰，罢宰相。甫上疏言：‘罪细，不宜免大臣。’帝怒，诏三司杂问，宰相张镐曰：‘甫若抵罪，绝言者路。’帝乃解……然帝自是不甚省录。”闰八月初一，墨制放还鄜州探望家人，自凤翔出发经麟游、邠州、宜君至鄜州羌村。蔡梦弼注引《图经》曰：“（鄜）州治洛交县。羌村，洛交村墟也。”这组诗系刚到家不久所作。所选的是第一首。羌村旧址在今陕西省富县岔口乡大申号村。

〔二〕峥嵘，山峰高峻貌，此形容云的形状如山峰之高峻。赤云，红色的晚霞。赤云西，犹西边天空的晚霞。

〔三〕日脚，太阳透过云层射下来的光线。岑参《送李司谏归京》：“雨过风头里，云开日脚黄。”与“雨脚”形容密集如线而落的雨点同一用法。或谓古人不知地转，以为太阳在走，故有“日脚”之说，恐非其原意。

〔四〕归客，杜甫自指。从凤翔至鄜州近七百里，“千里”泛言其远。此次杜甫系徒步归家，其《徒步归行》诗有“凤翔千官且饱饭，衣马不复能轻肥。青袍朝士最困者，白头拾遗徒步归”之句。陆贾《新语》：“乾雀噪而行人至。”

〔五〕妻孥，本指妻子儿女，此处偏义指妻子。怪，惊讶。

〔六〕惊定，惊讶之情刚平息。

〔七〕遂，遂愿。

〔八〕歔欷，哽咽悲叹。

〔九〕阑，深。秉，持。

〔一〇〕梦寐，犹睡梦之中。

笺评

刘辰翁曰：当时适然。千载之泪，常在人目，《诗三百》不多见也。（《唐诗品汇》卷八引）

唐汝询曰：此写到家之景与妻孥相见之情也。盖公陷贼中，家人果疑其死矣。今言乍见而惊，惊定然后泣。叙事真切如此。因言遇贼而见害者甚众，我得生还，特偶然耳。邻人隔墙而窥我者，亦以我归为幸也。是以喜不自禁，至夜阑而秉烛相对，恍然如在梦寐间也。（《唐诗解》卷六）

钟惺曰：（“妻孥”句）“怪”深于喜，又在喜前。（“惊定”句）五字却藏得有“喜”字在内。（《唐诗归》）

谭元春曰：（“邻人”句）光景真。（末二句）住得妙。再添一二句，不惟不佳，且不苦矣。（同上）

王慎中曰：三首俱佳，第一首尤绝。一字一句，镂出肺肠，令人莫知措手，而婉转周至，跃然目前，又若寻常人所欲道者。真《国风》之义，黄初之旨。而结体终始，乃杜本色耳。（仇兆鳌《杜少陵集详注》卷五引）

申涵光曰：杜诗“邻人满墙头”与“群鸡正乱叫”，摹写村落田家情事如见。今人谓苦无诗料者，只是才弱胆小。观此等诗，何者非料耶！（同上引）

王嗣奭曰：（“峥嵘”四句）荒村晚景，摹写如画。又曰“妻孥怪我”二句，总是一个喜……“生还偶然遂”，正发“怪我在”之意，见其可喜。“邻人满墙头”，乡村真景，而“感叹歔欷”，却藏喜在。前有《述怀》《得家书》二诗，公与家人，已知两存矣，此云“妻孥怪我在”“生还偶然遂”，何也！盖此时盗贼方横，乘舆未回，人人不保，直至两相面，而后知尚存，此乱世实情也。（《杜臆》）

桂天祥曰：全首珠玑。末句是耶非耶，极佳。（《批点唐诗正声》）

周敬曰：知不是梦，忽忽心未稳，意味深长。“如”字妙。（末二句下批）（《删补唐诗选脉笺释会通评林·盛五古》）

吴山民曰：结写出“怪”情。（同上引）

周珽曰：无一字不可泣神雨粟。（同上）

黄周星曰：《羌村》诗三首俱佳，而二、三之“娇儿”“父老”，此首足以兼之。（“邻人”句）宛然如见。（《唐诗快》）

李因笃曰：遭乱生还，事出意外，仓卒情景，历历叙出。叙事之工不必言，尤妙在笔力高古，愈质愈雅。（《杜诗集评》卷一引）

黄生曰：不曰“喜”而曰“怪”，情事又深一层，只作惊怪疑惑之想，情景如画。（《杜诗说》卷一）

仇兆鳌曰：（“峥嵘”四句）此旅人初至家而喜也。《杜臆》：“荒村晚景，摹写如画。”（“妻孥”八句）此记悲欢交集之状。家人乍见而骇，邻人遥望而怜，道出情事逼真。后二章俱发端于此。乱后忽归，猝然怪惊，有疑鬼疑人之意。“偶然遂”，死方幸免；“如梦寐”，生恐未真。司空曙诗：“乍见翻疑梦，相悲各问年。”是用杜句。陈后山诗“了知不是梦，忽忽心未稳”，是翻杜诗。此章，上四句，下八句。（《杜少陵集详注》卷五）

吴瞻泰曰：此是还鄜州初归之词。通首以“惊”字为线。始而鸟雀惊，继而妻孥惊，继而邻人惊，最后并自己亦惊。总是乱后生还，真如梦寐，妙在以傍见侧出见之。（《杜诗提要》卷二）

金圣叹曰：“怪我在”，用《论语》成奇句不必道，偏看他笔墨倔强，不写几死幸生、相煦相沫之语，一则曰“怪我在”，一则曰“偶然遂”，人已归矣，还作十成死法相待，岂非异致！（《杜诗解》）

王尧衢曰：三首哀思苦语，凄恻动人。总之，身虽到家，而心实忧国也。实境实情，一语足抵人数语。（《古唐诗合解》卷一）

何焯曰：（“世乱”二句）跌宕。（《义门读书记》）

浦起龙曰：“邻人”“感叹”，生发好。“秉烛”“如梦”，复疑好。公凡写喜，必带泪写，其情弥挚。（《读杜心解》卷一）

沈德潜曰：《羌村》前章，与《绸缪》诗“今夕何夕，见此良人”“见此粲者”，《东山》诗“有敦瓜苦，烝在栗薪”同一神理。（《说诗晬语》卷上）又曰：（末二句）不再添一语，高绝。（“妻孥”二句）先惊后悲，真极。字字镂出肺肝，又似寻常人所能道者。变《风》之义，与汉京之音

与？（《重订唐诗别裁集》卷二）

杨伦曰：（“妻孥”二句）摹写入神。（“邻人”二句）二句亦村居真景，与野老来看客同妙。此初抵家惊喜之象。（《杜诗镜铨》卷四）

《唐宋诗醇》：真语流露，不假雕饰，而情文并至。

翁方纲曰：“归客千里至”五字，乃“鸟雀噪”之语。下转入妻子，方为警动。（鸟雀知远人之来，而妻子转若出自不意者，妙绝！妙绝！）若直作少陵自说千里归家，不特本句太实太直，而下文亦都逼紧无伸缩之理矣。此等处诗家关捩，而评杜者皆未及。苏诗“塔上一铃独自语，明日颠风当断渡”，下七字即塔铃之语也，乃少陵已先有之。（《石洲诗话》卷一）

施补华曰：《羌村三首》，惊心动魄，真至极矣。陶公真至，寓于平澹；少陵真至，结为沉痛。此境遇之分，亦性情之分。（《岘佣说诗》）

《羌村三首》分写初到家时情景、还家后苦闷心境、邻里造访情景，恰似一组还家的连环画。其中第一首写得最出色，内容也相对独立。

前四句写刚到村时所见。经过长途的艰难跋涉，傍晚时分，诗人终于到达了羌村。西边的天空，布满一片形状高峻如同险峰似的晚霞，红艳夺目；快要落山的太阳透过云层，将条条光线射向地面。这种景象，虽为晴日傍晚的山村所常见，但对一个久客在外的归客来说，却感到既绚丽奇异，又亲切熟悉。开头两句是刚进村远望所见，三、四两句便移步换形，进一步写行至家门时所闻。在与妻子儿女长期隔绝的一年中，诗人曾经多次想象过自家的“柴门”，但却总是杳不可即。如今，熟悉的“柴门”已经在望，家门口的鸟雀见到有人走近，发出一阵喧闹的声音，像是在欢迎归客的到来。古有“乾雀噪而行人至”的俗谚，今民间犹有“喜鹊叫，客人到”之俗谚，因此在“柴门鸟雀噪”之后便自然引出了“归客千里至”这一首段中的主句。总的来说，这四句中的前三句点染羌村暮景，从远景到近景，从见到闻，从赤云、日脚到鸟雀，都是为“归客千里至”渲染环境氛围的，所描绘的景象是既绚丽奇异，又朴素平凡；既熟悉，又陌生。诗人的心情则是既激动兴奋，又有些忐忑不安，很微妙地透露了诗人当时特有的感觉和心境。

以下八句，便依时间次序逐层描写进家后与妻子相见、邻人围观及夜阑秉烛这三个不同的场景。

"妻孥怪我在，惊定还拭泪。"妻孥的本义是妻子儿女，这里是偏义复词，实指妻子杨氏。杜甫在刚任左拾遗时写的《述怀》诗中尚未接到家书，担心家人已经罹难。其后终于得到家书，知道妻子儿女平安，仍在鄜州羌村旧居，则家人亦已得知杜甫健在。但当夫妻见面时，妻子的头一个反应却是"怪我在"，仿佛根本不相信丈夫还活在世上。这是因为，长期音讯隔绝造成的极度忧念已经造成了她的一种心理定势，即使接到杜甫来信，感情上仍有些不敢相信这是真的。何况分隔两地，只要一天未见面，总是始终不能不为其安全担心。加上杜甫此次归来，事先来不及先写信告知家人，因而当形容憔悴、华发满头的丈夫突然出现在面前时，妻子见到的是一个既熟悉又陌生的杜甫，思想感情上毫无准备，自不免惊讶得发愣，似乎不相信站在面前的竟是自己日思夜想的丈夫了。"怪我在"三字中正蕴含有无限深厚曲折的感情背景。当然，这种惊讶之情只是在初见的刹那之间的反应，等到确认眼前的丈夫是完全真实的存在时，过去一年间所遭受的种种艰难困苦，特别是时刻忧念丈夫的生死存亡而杳无音信的心灵痛苦，便一齐涌上心头，不禁悲从中来，热泪横流；但又旋即感到，这是应该庆幸的大喜事，因而又迅即拭去脸上的泪痕。这从"怪"到悲、由悲转喜的心理感情变化，诗人只用"妻孥怪我在，惊定还拭泪"这极朴质的十个字，便毫不费力、真切细腻、生动传神地表现了出来。其表现人的心灵的艺术功力，确实到了出神入化的程度。

"世乱遭飘荡，生还偶然遂。"这是诗人目睹妻子的表情、心理的变化，自己的心灵也受到巨大震撼的同时发自内心的感慨。萧涤非先生说："'偶然'二字中含有极丰富的内容和无限的感慨。杜甫陷叛贼数月，可以死；脱离叛军亡归，可以死；疏救房琯，触怒肃宗，可以死；即如此次回鄜，一路之上，风霜疾病，盗贼虎豹，也无不可以死。现在竟得生还，岂不是太偶然了吗？妻子之怪，又何足怪呢！"（《百家唐宋诗新话》第204页）结合杜甫这一年来的遭遇，对这两句诗所概括的生活内容和感情容量作了深入细致地分析。而这两句诗客观上所展示的，则是一种具有更大普遍性和更高典型性的乱世人生体验与感慨，能唤起一切遭受战乱流离、妻离子散、音讯隔绝、侥幸生还的人们的心灵共鸣，包含了深刻的乱世人生的哲理。在整首诗中，它是主旨的集中表达，也是思想感情深化的集中体现。它使诗中所抒写的"世乱遭飘荡"的生活提升到哲理的高度与深度。有它作为全诗的核心和点睛，诗的思想内容得到了深化，艺术风格也更深沉凝重了；有它在诗中作为过渡的枢纽，前后的诗句也都染上了浓郁苍凉的色彩。

“邻人满墙头，感叹亦歔欷。”上句所描绘的，是农村来客时常见的景象。农村平常很少有外人来往，一旦见到或听说谁家来了人（客人或由外面归来的家人），都会不约而同地围在农家的矮墙外想看个究竟，这正是小农经济下的农村典型的人文景观，写来犹如风俗画，透出一种淳朴的生活气息。但接下来的“感叹亦歔欷”却透露出了特定的时代气息。他们也为这一家人在音讯隔绝、生死未卜近一年之后终于团聚而感慨，而叹息，而歔欷悲泣。五个字当中有同情，有悲慨，有庆幸。如果说“妻孥”两句是从妻子的表情动作和心理变化中体现“世乱遭飘荡，生还偶然遂”，那么这两句便是从邻人的围观和感叹悲泣中进一步显示乱世中飘荡在外的人生还之偶然，而村民们真淳的感情也得到鲜明的表现。

但诗人的笔却并不就此停住，也不像一些平庸的作者那样在邻人围观感叹之后缀上两句自己的议论或作一般化的抒情，而是顺着时间的推移，由暮入夜，展现出一幅极具情调、氛围、意境之美的画面：“夜阑更秉烛，相对如梦寐。”夜深人静，邻人早已散去，孩子也均已入睡。在四周一片寂静的氛围中，华发生还的诗人和衣衫百结的妻子在摇曳不定的烛光映照下，默然相对，感觉到这意外的相逢就好像是一场梦境一样，虚幻而不真实。陆游《老学庵笔记》卷六云：“杜诗‘夜阑更秉烛’，意谓夜已深矣，宜睡，而复秉烛，以见久客喜归之意。”不能说这当中没有喜归之意，但从“相对如梦寐”的情境中，透露出的恐怕主要是一种虚幻不实之感，而烛光的摇曳不定与四周的暗影相映衬，是增强了这种是邪非邪、疑真疑幻之感。这种虚幻不实之感，反映了诗人内心深处“生还偶然遂”的悲慨：即使“生还”已成事实，仍然不敢相信这一切是真实的，可见“世乱造飘荡”的惨痛经历所造成的心灵创伤是何等深巨。“更秉烛”可以作多种理解：一是原未燃烛，夜阑而秉烛相对；二是原已燃烛，夜阑烛残而续添；三是持烛而照。不同的理解都不影响“如梦寐”的情调和氛围感，不影响诗歌意境中所蕴含的深沉悲慨。诗写到这里，悠然收住，而读者则仍沉浸在这如梦似幻的境界中，咀味着战乱飘荡的人生无限的悲凉。

结尾二句所创的意境，是古代诗史上全新的艺术意境。它与“世乱遭飘荡，生还偶然遂”的哲理性抒慨互为表里，相互渗透，对乱世侥幸生还的情境作了典型的概括。从此之后，它就作为一种范型，为后世的诗家词人所学习模仿，创造出一系列类似的意境。从司空曙的“乍见翻疑梦，相悲各问年”（《云阳馆与韩绅宿别》），到晏几道的“今夜剩把银釭照，犹恐相逢是梦中”（《鹧鸪天》），我们可以看到杜诗所首创的这一意境的艺术生命力。

洗兵马〔一〕

中兴诸将收山东〔二〕，捷书夜报清昼同〔三〕。河广传闻一苇过〔四〕，胡命危在破竹中〔五〕。只残邺城不日得〔六〕，独任朔方无限功〔七〕。京师皆骑汗血马〔八〕，回纥喂肉葡萄宫〔九〕。已喜皇威清海岱〔一〇〕，常思仙仗过崆峒〔一一〕。三年笛里关山月〔一二〕，万国兵前草木风〔一三〕。成王功大心转小〔一四〕，郭相谋深古来少〔一五〕。司徒清鉴悬明镜〔一六〕，尚书气与秋天杳〔一七〕。二三豪俊为时出〔一八〕，整顿乾坤济时了〔一九〕。东走无复忆鲈鱼〔二〇〕，南飞觉有安巢鸟〔二一〕。青春复随冠冕入〔二二〕，紫禁正耐烟花绕〔二三〕。鹤驾通宵凤辇备〔二四〕，鸡鸣问寝龙楼晓〔二五〕。攀龙附凤势莫当〔二六〕，天下尽化为侯王〔二七〕。汝等岂知蒙帝力〔二八〕，时来不得夸身强〔二九〕。关中既留萧丞相〔三〇〕，幕下复用张子房〔三一〕。张公一生江海客〔三二〕，身长九尺须眉苍。征起适遇风云会〔三三〕，扶颠始知筹策良〔三四〕。青袍白马更何有〔三五〕，后汉今周喜再昌〔三六〕。寸地尺天皆入贡〔三七〕，奇祥异瑞争来送〔三八〕。不知何国致白环〔三九〕，复道诸山得银瓮〔四〇〕。隐士休歌紫芝曲〔四一〕，词人解撰河清颂〔四二〕。田家望望惜雨干〔四三〕，布谷处处催春种〔四四〕。淇上健儿归莫懒〔四五〕，城南思妇愁多梦〔四六〕。安得壮士挽天河〔四七〕，净洗甲兵长不用〔四八〕！

校注

〔一〕原注：“收京后作。”题内“马”字，王嗣奭《杜臆》、仇兆鳌《杜少陵集详注》均作“行”。黄鹤注：“当是乾元二年（759）仲春作。按：相州兵溃在三月壬申，乃初三日。其作诗时，兵尚未败也。”（仇注引）按：至德二载（757）九月收复长安，十月收复洛阳，安庆绪与其党奔河北，退守邺城。此云“收京后”，是较宽泛的时间概念。本篇宋人赵次公及清钱谦益系于乾元元年（758）春。詹锳《谈杜甫的〈洗兵马〉》从其说，莫砺锋《杜甫评传》亦赞同此说。似以赵、钱之说较优。洗兵马，谓洗净甲兵，祈望太平。

〔二〕杜甫诗中常称肃宗为“中兴主”，以汉光武帝中兴汉室比拟肃宗中兴唐室。这里的“中兴诸将”也以辅汉光武帝兴复汉室之诸将（以邓禹为首的二十八人）喻当时领军讨伐安史叛军的成王李俶、郭子仪、李光弼等人。山东，此指华山以东的广大地区。包括安史叛军的巢穴河北一带。

〔三〕夜，原作“日”，校：“一作夜。”兹据改。此句可两解：一谓捷报夜传之消息与白天传来的消息内容相同，见捷报之可信。一谓捷报昼夜频传，见胜利消息之不断。似以后解为优。

〔四〕《诗·卫风·河广》：“谁谓河广，一苇杭之。”一张苇叶即可渡过，极言其易。

〔五〕胡，指安庆绪（时安禄山已死）、史思明。《晋书·杜预传》：“今兵威已振，势如破竹，数节之后，迎刃而解。”萧涤非《杜甫诗选注》引《唐书·肃宗纪》：“至德二载十一月下制曰：朕亲总元戎，扫清群孽。势若摧枯，易同破竹。”认为“杜甫也兼乘用了制文”。

〔六〕残，余、剩。邺城，即唐之相州，今河南安阳市。乾元元年（758）十月，九节度之师克复卫州，安庆绪逃往邺城，遂围之。乾元二年二月，九节度即将对邺城发动总攻，故有“不日得”之语。

〔七〕朔方，此指朔方节度使郭子仪。据《旧唐书·郭子仪传》，天宝十四载（755），安禄山反。十一月，以子仪为卫尉卿，兼灵武郡太守，充朔方节度使。诏子仪以本军东讨。此后屡建功绩。乾元元年十月，子仪自杏园渡河，围卫州。安庆绪与其骁将悉其众来援，贼众大败，遂收卫州。进军赴邺，与贼再战于愁思冈，贼军又败，乃连营围之。故云“无限功”。肃宗于乾元元年九月，诏九节度之师讨安庆绪，以子仪、光弼俱是元勋，难相统属，故不立元帅，唯以中官鱼朝恩为观军容宣慰使。唐军虽众，因军无统师，自冬及春，竟未破贼。此云“独任”，表明主张朝廷应专任郭子仪，以之为全军统帅。因九节度不设元帅，导致乾元二年三月的相州溃败。

〔八〕京师，指长安。汗血马，汉代西域大宛有骏马，流汗如血，故名。《汉书·武帝纪》：“四年春，贰师将军广利斩大宛王首，获汗血马来。”颜师古注引应劭曰：“大宛旧有天马种，蹋石汗血，汗从前肩膊出，如血，号一日千里。”此指来自回纥之良马。其时回纥派骁骑助唐王朝讨安史叛军，见《北征》“阴风西北来，惨澹随回纥”一节及注。

〔九〕《通鉴·至德二载十月》：“回纥叶护自东京还，上命百官迎之于长乐驿，上与宴于宣政殿。”葡萄宫，汉上林苑宫殿名，汉宣帝曾宴单于于此。此以“葡萄宫”借指唐代宫苑。此句，王嗣奭《杜臆》谓：“复京师后，帝宴回纥于宣政殿，而云‘喂肉葡萄宫’盖为朝廷讳，故用汉元帝待单于事，而且以禽兽畜之，此老杜《春秋》笔也。”萧涤非亦谓“这两句在铺张中含有讽意，杜甫始终反对借用回纥兵”。按：杜甫对朝廷倚重回纥兵虽有微词，但以“喂肉”讽其为禽兽，恐难以置信。此句承上，似指回纥士兵在汉宫苑喂马，但马食草料，而此云“喂肉”，可疑。二句总谓两京收复而回纥势盛。

〔一〇〕海岱，渤海、泰山。指今山东省渤海至泰山之间的地带。《书·禹贡》：“海岱惟青州。”

〔一一〕仙仗，借指皇帝的仪仗。崆峒，山名。《括地志》：笄头山，一名崆峒山，在原州平凉县西百里。《庄子·在宥》：“黄帝立为天子十九年，令行天下，闻广成子在于空同之上，故往见之。”此谓天下平定之后，当进而修明政治，令行天下。系向往之词。《新唐书·苏颋传》：“陛下拨定祸乱，方当深视高居，制礼作乐，禅梁父，登空同。”意可互参。崆峒，又作空同。

〔一二〕三年，指安史之乱爆发以来的三年。自天宝十四载（755）十一月至乾元二年（759）二月，为三年零四个月。如此诗作于乾元元年春，则首尾四年，实为二年零四个月。作三年较切合。《关山月》，乐府横吹曲名，曲辞多抒征戍之情。句意谓三年间，战争不断，笛中传出的尽是征人的思乡伤别之情。

〔一三〕万国，犹万方。泛指全国各地。兵前草木风，浓缩“草木皆兵”“风声鹤唳”二典。《晋书·苻坚载记》记淝水之战前，“坚与苻融登城而望王师，见部阵齐整，将士精锐。又北望八公山上草木，皆类人形，顾谓融曰：‘此亦勍敌也，何谓少乎！’怃然有惧色”。既为晋军所败，遁逃途中“闻风声鹤唳，皆谓晋师之至”。此谓三年战乱，全国各地均深受战乱流离之苦，见草木、闻风声鹤唳而均疑战祸将至。此二句上承“常思”句。或谓指“会兵邺城，如风卷叶”（王嗣奭语），恐非。

〔一四〕成王，指唐肃宗之子李俶。乾元元年三月，自楚王徙封成王。五月立为皇太子。诗不称其为太子，正可证其作于乾元元年五月之前。在收复两京的战争中，封为天下兵马元帅。故云“功大”。心转小，谓其小心谨慎，居安思危。刘昼《慎言篇》：“楚庄王功立而心惧，晋文公战胜而绝忧，非憎荣而恶胜，乃功大而心小，居安而念危也。”

〔一五〕郭相，指郭子仪。至德元载，“太子即位灵武，诏征师。子仪与光弼率步骑五万赴行在。时朝廷草昧，众单寡，军容缺然，及是国威大振，拜子仪兵部尚书，同中书门下平章事，仍总节度”。乾元元年八月，进中书令。谋深，指其在战争中善用谋略，如卫州之役，“安庆绪与其骁将安雄俊、崔乾祐、薛嵩、田承嗣悉其众来援，分为三军。子仪阵以待之，预选射者三千人伏于壁内，诫之曰：‘俟吾小却，贼必争进，则登城鼓噪，弓弩齐发以迫之。’既战，子仪伪遁，贼果乘之，及垒门，遽闻鼓噪，俄而弓弩齐发，矢注如雨，贼徒震骇，子仪整众追之，贼徒大败。是役也，获伪郑王安庆和以献，遂收卫州”（《旧唐书·郭子仪传》）。

〔一六〕司徒，指李光弼，在平定安史之乱的过程中与郭子仪并建大功，号称郭、李。至德二载四月封司徒。《旧唐书·李光弼传》：“光弼御军严肃，天下服其威名，每申号令，诸将不敢仰视。”曾预料史思明诈降终必复反，故云“清鉴悬明镜”。

〔一七〕尚书，指王思礼，高丽人，时为兵部尚书。杳，远。《旧唐书·王思礼传》谓其“立法严整，士卒不敢犯”。气与秋天杳，谓其严肃之气度像秋天的高空那样杳远。乾元二年，与子仪等九节度围安庆绪于相州。思礼领关内及潞府行营步卒三万、马军八千。大军溃，唯思礼与李光弼两军独全。此亦其治军严整之显例。《八哀诗·赠司空王公思礼》赞其“禁暴靖无双，爽气春淅沥”。

〔一八〕二三豪俊，指郭、李、王等人。为时出，犹应运而生。

〔一九〕整顿乾坤，指上述诸人重新整顿被安史叛军扰乱破坏了的国家，使之转危为安。济时了，完成匡救时局的大业。

〔二〇〕《世说新语·识鉴》：“张季鹰（翰）辟齐王东曹掾，在洛见秋风起，因思吴中菰菜羹、鲈鱼脍，曰：‘人生贵得适意尔，何能羁宦数千里以要名爵！’遂命驾便归。”《晋书·张翰传》作“菰菜、蒪（莼）羹、鲈鱼脍”。句意谓如今像张翰那样想东归尝家乡美味的人便可径自东去，不再因战乱道路梗阻而空自想念了。

〔二一〕曹操《短歌行》：“月明星稀，乌鹊南飞，绕树三匝，何枝可依。”以南飞之乌鹊无枝可依喻人民流离失所。句意谓如今想南归的人民也可有所栖托，不致流离失所了。

〔二二〕青春，春天的景象。冠冕，指朝廷官吏。入，指入紫禁城。

〔二三〕紫禁，皇宫。古以紫微垣比喻皇帝居处，因称宫禁为紫禁。耐，宜。

〔二四〕鹤驾，太子的车驾。《列仙传》载，王子乔（即周灵王太子晋）尝乘白鹤驻缑氏山头。后因称太子车驾为鹤驾。此指肃宗所乘的车驾。凤辇，皇帝的车驾。此指玄宗车驾。

〔二五〕问寝，早起问安。龙楼，皇帝所住的楼，此指玄宗所居。浦起龙曰："此二句正须看得活相，益显天伦之乐。'鹤驾'既来，'凤辇'亦备，父子相随以朝寝门，欢然交忻，龙楼待晓。岂不休哉！此以走马为对仗，乃杜公长技。"恐非。其时李俶未立为太子。二句意谓：昔之太子今之皇上通宵都备好了车驾，准备早起至太上皇所居的楼殿问安。玄、肃父子之间有矛盾，玄宗自蜀返京后，晚景凄凉，此处可能有以祝颂寓婉规之意。

〔二六〕攀龙附凤，语本《法言·渊骞》："攀龙鳞，附凤翼。"此处指攀附有权势者以谋取富贵之辈。旧说指王屿、李辅国等人，实际所指范围当更广，参下句。

〔二七〕《汉书·叙传下》："舞阳鼓刀，滕公厩驺，颍阳商贩，曲周庸夫，攀龙附凤，并乘天衢。"又："云起龙骧，化为侯王。"王嗣奭曰："'天下尽化为侯王'，微有风刺，当时封爵滥，甚至以官赏功，给空名告身，凡应募入军者一切衣金紫，公实痛之，故先言'攀龙附凤'，明谓其凭藉宠灵，而又以'蒙帝力'申言之。"（《杜臆》）

〔二八〕汝等，鄙视之词，指上攀龙附凤而化侯王猎富贵之辈。《击壤歌》："日出而作，日入而息。凿井而饮，耕田而食。帝力何有于我哉！"《汉书·张耳传》："且先王亡国，赖皇帝得复国，德流子孙，秋豪皆帝力也。"此反用之。萧涤非说："'明帝力'三字，婉而多讽。明斥王侯的无能无耻，暗讽肃宗的偏私。"

〔二九〕句意谓尔等不过适逢其时，因缘成事，岂可自夸才能高强。

〔三〇〕关中，指今陕西省关中平原一带地区，因地处函谷关、武关、散关、萧关四关之中，故称。萧丞相，指萧何。汉王刘邦以萧何留守关中，补充兵员给养，关中成为巩固的后方基地。《史记·萧相国世家》："夫上与楚相距五岁，常失军亡众逃身遁者数矣。然萧何常从关中遣军补其处……夫汉与楚相守荥阳数年，军无见粮，萧何转漕关中，给食不乏，陛下虽数亡山东，萧何常全关中以待陛下。此万世之功也。”此借指房琯。钱谦益曰：“‘萧丞相’，指房琯也，琯自蜀郡奉册，留相肃宗，故曰‘既留’。或以谓指杜鸿渐，据《新书》‘卿乃吾萧何’语，非也。”（《钱注杜诗》）

〔三一〕张子房，指张良。《史记·留侯世家》：“汉六年正月，封功臣。良未尝有战斗功，高帝曰：‘运筹策帷帐中，决胜千里外，子房功也。’……乃封张良为留侯，与萧何等俱封。”此借指张镐。钱谦益曰：“琯既罢，张镐代琯为相，故曰‘复用张子房’。琯以至德二载五月罢相，以镐代；八月，出镐于河南，次年（乾元元年）五月，镐罢。六月，琯贬邠州。琯、镐皆上皇旧臣，遣赴行在。肃宗疑之，用之而不终者也。”

〔三二〕张公，指张镐。江海客，浪迹四方，放情江海之人。此指张镐本为隐逸之士。《旧唐书·张镐传》言其“风仪魁岸”，故下句云“身长九尺须眉苍”。独孤及《张公颂》谓镐隐居终南三十年，故云“江海客”。

〔三三〕征起，被征召起用。风云会，指动乱时世的君臣遇合。《易·乾》：“云从龙，风从虎，圣人作而万物睹。”意谓同类相感应，故以风云会比喻遇合。《旧唐书·张镐传》：“肃宗即位，玄宗遣镐赴行在所。镐至凤翔，奏议多有弘益，拜谏议大夫，寻迁中书侍郎、同中书门下平章事……时方兴军戎，帝注意将帅，以镐有文武才，寻命兼河南节度使，持节都统淮南等道诸军事。”此正所谓“适遇风云会”。或引其“以褐衣初拜左拾遗”事，非。此天宝末杨国忠为相时“以声名自高，搜天下奇杰，闻镐名，召见荐之，自褐衣拜左拾遗”。非所谓“适遇风云会”。

〔三四〕扶颠，拯救危亡。筹策，谋划计策。《旧唐书·张镐传》：“时贼帅史思明表请以范阳归顺，镐揣知其伪，恐朝廷许之，手书密表奏曰：‘思明……包藏不测，禽兽无异。可以计取，难……以义招。’又曰：‘滑州防御使许叔冀，性狡多谋，临难必变，望追入宿卫。’肃宗计意已定，表入不省……肃宗以镐不切事机，遂罢相位……后思明、叔冀之伪皆符镐言。”

〔三五〕《梁书·侯景传》：“普通（梁武帝年号）中，童谣曰：‘青丝白马寿阳来。’后景果骑白马，兵皆青衣。”侯景亦胡人，作乱反梁，此以喻指安史叛军。更何有，谓其转眼即可消灭。

〔三六〕后汉，东汉；今周，指周室。均借指唐。喜再昌，以汉光武帝中兴、周宣王中兴喻肃宗中兴唐室。

〔三七〕寸地尺天，极言全国各地每一寸土地。

〔三八〕谓各地争献奇祥异瑞以庆捷。

〔三九〕致，奉献。白环，白玉环。《竹书纪年》："帝舜九年，西王母来朝，献白环、玉玦。"

〔四〇〕银瓮，银质盛酒器。古代传说常以为祥瑞之物，政治清平，则银瓮出。《初学记》卷二十七引《瑞应图》："王者宴不及醉，刑罚中，人不为非，则银瓮出。"

〔四一〕紫芝曲，隐者之歌。相传秦末东园公、绮里季、夏黄公、角里先生避乱隐居商山，称商山四皓。作歌曰："漠漠商洛，深谷威夷。晔晔紫芝，可以疗饥。皇农邈远，余将安归？驷马高盖，其忧甚大。富贵而畏人，不如贫贱而轻世。"此谓隐逸避乱者不必再歌唱《紫芝曲》，因为天下已经平定，可以出而入仕了。

〔四二〕解撰，懂得撰写。《宋书·临川烈武王道规传》附《鲍照传》载："元嘉中，河、济俱清，当时以为美瑞。照为《河清颂》，其序甚工。"此谓文人们纷纷撰写歌颂升平的文字。

〔四三〕望望，急切盼望貌。

〔四四〕布谷，鸟名，以鸣声似"布谷"，又鸣于春天播种时，故相传以为劝耕之鸟。

〔四五〕淇上健儿，指围困安庆绪叛军于邺城的唐军战士。淇，水名，在邺城附近。归莫懒，意谓凯旋归家后不要耽误了春耕的时间。

〔四六〕城南思妇，泛称后方的征人妻子。愁多梦，指挂念前方的丈夫，忧愁而多梦。二句盖祝早日克复邺城，战士归而耕种，以免思妇思念。

〔四七〕挽天河，牵引银河。

〔四八〕甲兵，铠甲与兵器。《说苑·权谋》载，武王代纣，风霁而乘以大雨。散宜生曰："此非妖与？"王曰："非也，天洗兵也。""洗兵"语本此。

张戒曰：山谷云："诗句不可凿空作，对景而生便自佳。"……然此乃众人所同耳。惟杜子美则不然，对景亦可，不对景亦可。喜怒哀乐，不择所遇，一发于诗，盖出口成诗，非作诗也。观此诗闻捷书之作，其喜气乃可掬，真所谓"情动于中而形于言，言之不足，不知手之舞之、足之蹈之"也。其曰"东走无复忆鲈鱼，南飞觉有安巢鸟"，言人思安居，不复避乱也。曰"寸地尺天"，曰"皆入贡"，曰"争来送"，曰"不知何国"，曰"复道诸山"，皆喜跃之词也。"隐士休歌紫芝曲"，言时平当出也；"诗人解撰河清颂"，言当作颂声也；"淇上健儿归莫懒，城南思妇愁多梦"，言戍卒之归休，室家之思忆，叙其喜跃，不嫌于亵，故云"归莫懒""愁多梦"也。至于"鹤驾通宵凤辇备，鸡鸣问寝龙楼晓"，虽但叙一时喜庆事，而意乃讽肃宗，所谓主文而谲谏也。"攀龙附凤势莫当，天下尽化为侯王。汝等岂知蒙帝力，时来不得夸身强"，虽似憎恶武夫，而熟味其言，乃有深意。《易·师》之上六曰："开国承家，小人勿用。"《三略》亦曰："还师罢军，存亡之阶。"子美于克捷之初，而训敕将士，俾知帝力。"不得夸身强"，其忧国不亦至乎！子美吐词措意皆如此，古今诗人所不及也。山谷晚作《大雅堂记》，谓子美诗好处，正在无意而意已至，若此诗是已。（《岁寒堂诗话》卷下）

刘辰翁曰：（"三年笛里"二句）悲壮少及。（"青春复随"二句）有气象，有风韵。（"汝等岂知"二句）事外句外，常有馀力，（总评）此篇对律甚严，而春容酝藉。（《唐诗品汇》卷二十八引）

吴师道曰：老杜七言长篇，句多作对，皆深稳矫健。《洗兵马行》除首尾、"攀龙附凤"云云两句不对，"司徒""尚书"一联稍散异，馀无不对者，尤为诸篇之冠。（《吴礼部诗话》）

范梈曰：七言长古篇法"归题"乃篇末一二句缴上起句，又谓之"顾首"，如《蜀道难》《古别离》《洗兵马行》是也。（《木天禁语》）

胡应麟曰：七言律最宜伟丽，又最忌粗豪。中间毫末千里，乃近体中一大关节，不可不知。……老杜"三年笛里关山月，万国兵前草木风"，以和平端雅之调，寓愤郁凄惋之思，古今言壮句者难及此也。（《诗薮》）

唐汝询曰：此肃宗还京之后，子仪收复山东时，少陵……作此以纪中兴之盛。而惜馀寇未除，盖有安不忘危之意。言诸将破胡，捷书连至，夜所报者与昼合。乃知官军渡河击贼如破竹矣。虽邺城残败不日可复，诸将咸有功，惟子仪朔方军为多。时回纥率兵助战，其马尚留京师，且以离宫馆之也。既清海岱，便当礼贤，故思仙仗之过崆峒耳。然海内困于兵已久，今赖诸豪俊克定之力，使贤者无遁志，苍生有安堵，冠冕重整朝班，人主修复子道，而此有功之臣咸被爵赏为侯王矣。然非汝等能致此勋业，亦由帝力使之然耳。故非独武将得人，谋臣亦皆称职。如萧华留守、张镐参谋，何减汉之人杰耶！是以胡寇顿平，焕乎周汉之中兴也。今四方皆人贡矣，祥瑞争来献矣，风雨调而民安其业矣。战士得无有怠心乎？苟戍役未已，室家怨思，亦非垂拱燕安之秋也。须涤荡馀寇，洗甲兵而不用乃可耳。其后肃宗果怠于政，卒罢汾相，将士无主，而使思明复猖獗，子美可谓有深虑矣。（《唐诗解》卷十四）又曰：《洗兵马》一篇，有典有则，雄浑阔大，足称唐雅。识者详味，当不在《老将行》下。（仇兆鳌《杜少陵集详注》引）

陆时雍曰："攀龙附凤"四语，忧深思远，非浅襟所到。（《唐诗镜》）

周珽曰："苇过"，言易也；"破竹"，喻捷也，"喂肉"，寓刺也；"淇上"二句，见兵未能洗。全篇总是志喜而致戒，题曰"洗兵马"，厌乱思治，其本旨也。（《删补唐诗选脉笺释会通评林·盛七古》）

王嗣奭曰：一篇四转韵，一韵十二句，句似排律，自成一体，而笔力矫健，词气老苍，喜跃之象浮动笔墨间。禄山反经三年矣，避乱离乡者亦三年，故云"三年笛里关山月"，悲之也；万国兵前，如风卷叶，暗用草木皆兵、风声鹤唳事，喜之也。云"独任朔方无限功"，又云"郭相谋深古来少"，当时收山东者诸将，而公独注意于郭，见公识高虑远。使肃宗果能"独任朔方"而不同于阉竖，则太宗之业可复完矣。即此一语系唐室安危，可以诗人目之哉！其称张镐有"扶颠""筹策"语，人或疑之。余考史：至德二年四月，罢房琯而相镐。至次年二月，因论史思明凶险不可假威权，又论许叔冀多诈，临难必变。上不喜，且事不中要，故罢相。已而思明果反，而叔冀果降思明，其料事之审如此。至收复两京，俱在相镐之日，即宰相之功也。蔡宽夫谓收复两京时不闻别有奇功，非"见与儿童邻"邪？（《杜臆》卷三）

钱谦益曰：肃宗即位，下制曰："复宗庙于函、雒，迎上皇于巴蜀。道銮舆而返正，朝寝门而问安，朕愿毕矣。"上皇至自蜀，即日幸兴庆宫。肃宗请归东宫，不许。此诗援据寝门之诏，引太子东朝之礼以讽喻也。鹤驾龙楼，不欲其成乎为君也。颜鲁公《天下放生池碑》云："迎上皇于西蜀，申子道于中京，一日三朝，大明天子之孝；问安侍膳，不改家人之礼。"东坡云："鲁公知肃宗有愧于是，故有此谏也。"（《钱注杜诗》）又曰：肃宗即位，（李）泌谒见于灵武，调护玄、肃父子之间，为张良娣、李辅国所恶。及上皇东行有日，泌求去不已，乃听归衡山。公以四皓拟泌，盖借其有羽翼之功而飘然引去也。（仇注引）

朱鹤龄曰：中兴大业，全在将相得人。前曰"独任朔方无限功"，中曰

"幕下复用张子房"，此是一诗眼目。使当时能专任子仪，终用张镐，则洗兵不用，旦夕可期，而惜乎肃宗非其人也。王荆公选工部诗，以此压卷，其大旨不过如此。若玄肃父子之间，公尔时不应遂加讥切也。（《杜工部诗集辑注》附《杜诗补注》）

沈寿民曰：两京克复，上皇还宫，臣子当时当若何欢忭。乃逆探移仗之举，遽出诽刺之词。子美胸中，不应峭刻如此。（仇注引）

潘耒曰：《洗兵马》一诗，乃初闻恢复之报，不胜欣喜而作，宁有暗含讥刺之理。上皇初归，肃宗未失子道，岂得预探后事以责之？诗人以忠厚为本，少陵一饭不忘君。即贬谪后，终其身无一言怨怼，而钱氏乃谓其立朝之时，即多隐刺之语，何浮薄至是！噫！此岂所以为牧斋欤！又曰：天子之孝，在乎安国家、保宗社。明皇既失天下，肃宗起兵朔方，收复两京，再造唐室，其孝亦大矣。晚节牵于妇寺，省觐阔疏，子道诚有未尽。若谓其猜忌上皇，并忌其父之臣，有意剪锄，则深文矣。移宫仓卒，上皇不乐，容或有之。儿为兵鬼之言，出自《力士传》。稗官片语，乃以实肃宗之罪，至比商臣、杨广，论人当若是耶？房琯虽负重名而鲜实效，丧师辱国，门客受赇，罢相亦不为过。子美论救，固是为国惜贤。虽蒙推问，旋即放免，逾年乃谪官，不知坐何事。今言其坐琯党，亦臆度之辞耳。子美大节，在自拔贼中归行在，不在救房琯也。钱氏直欲以此为杜一生气节，欲推高杜，则极赞房，遂痛贬帝。明末党人，多依傍一二大老，脱失路，辄言坐某人故牵连贬谪，怨悱其君，无所不至。此自门户习气。杜公心事，如青天白日，安有是哉！以是推之，牧斋而秉史笔，三百年人物，枉抑必多。绛云一炬，有自来矣。（仇兆鳌《杜少陵集详注》卷六引）

仇兆鳌曰：（"中兴"十二句）此闻河北捷音，而料王师之必克。邺城之师，军无统制，故欲独任子仪，以收战功；又恐肃宗还京，渐生逸豫，故欲念其起事艰难，而思将士之勤苦。下四句有规讽意。（"成王"十二句）此言命将得人，而喜王业之方兴。成王，广平王俶也；郭相，子仪也；司徒，李光弼也；尚书，王思礼也。"东走"句，见士庆弹冠；"南飞"句，见民蒙安宅。青春、紫禁，朝仪如故；鹤驾、鸡鸣，帝修子职也。（"攀龙"十二句）此叹扈从者滥恩，望宰相得人以致太平。（"寸地"十二句）末记祯符迭见，及欲时收功，以慰民心也。张远注：前六，颂其已然；后六，祷其将然。此章四段，各十二句。（《杜少陵集详注》卷六）

浦起龙曰：时庆绪围困，官军势张，公在东都，作《洗兵马》以鼓舞其气，皆忻喜愿望之词。统言之，六韵四段，章法整齐。前二段，注意将。任将专，则现在廓清之功立奏。后二段，注意相。良相进，则国家治平之运复开。此本朱鹤龄氏所谓："中兴大业，全在将相得人。前云'独任朔方'，后云'复用子房'，为一诗眼目。"其说最为的当矣。细绎之，则首段仍是全局总冒。先言邺即捷，贼即清，以预为欣动。而"常思仙仗""笛月""兵风"等句，便是图治张本，其神直贯后幅也。至次段，总是归功诸将，见将帅得人如此，行且人安旧业，官庆随班，君得从容以全慈孝，皆将见之寇尽之馀。此即篇首意而申之。第三段，乃出议论，先以滥恩宜抑，引起任相需贤。贤相久任，则馀寇不足平，盛业不难再。是皆本于人君图治之心，正与"常思仙仗"相应。末段，纯作注想太平、满心满愿语，紧承"后汉今周"说下。至结处"淇上"四句，又兜转围邺之事，遥应发端。警之祝之，仍是全局总收也。〇"鹤驾""鸡鸣"，钱氏以为刺肃宗不能尽子道，朱氏非之，吴江潘氏驳之，允矣。但其立说，止据《博议》，以此二句望肃宗能修人子之礼也。愚谓大错。夫"鹤驾"，太子故实也。而移之天子，不仍然钱氏"不欲其成乎君"之旨哉！《收京》诗不云乎："羽翼怀商老，文思忆帝尧。"盖兼父道子道言之也。先是广平有大功，良娣忌而谮之，动摇岌岌。至是已立为太子，谮竟不行。乃若上皇长庆楼置酒之衅，全然未启。公此时深幸外寇将尽，而内嫌不生，特为工丽之辞，铺张盛美。其曰"鹤驾通宵"，言东宫早晚入侍，爱子之诚，无嫌无疑也；其曰"鸡鸣问寝"，言南内晨昏恋切，孝亲之道，尽礼尽制也。或问："凤辇"天子所御，何可移之太子？"问寝"，乃《文王世子》语，何偏以此为帝孝？余曰：不然，此二句正须看得活相，益显天伦之乐。"鹤驾"既来，"凤辇"亦备，父子相随以朝寝门，欢然交忻，龙楼待晓。岂不休哉！此以走马为对仗，乃杜公长技。至《文王世子》之文，本属帝王通用。观颜鲁公《请立放生池表》云："一日三朝，大昭天子之孝；问安视膳，不改家人之礼。"亦尝以此颂帝矣。故余断以此二句为兼父子言之也。彼驳钱者，忘却太子一边，强就肃宗回护，未足关其口矣。〇钱氏以"萧相"坐实房琯，以"关中"一段为琯、铺既罢而讽之，其言曰：肃宗猜忌其父，因而猜忌其父之臣云云。潘氏驳之……愚按：牧斋借面吊丧，次耕顶门下砭，快绝矣！但房之贬，实以丧师；杜之谪，自因琯党，事迹本明明白白。钱以罢房为忌疾父臣，诚属深文。潘以谪杜为不知所坐，亦滋疑案。一因护杜故，而推房以贬帝；一因驳钱故，而挽杜以斥房，皆意见之未化也。〇此篇是初唐四家体，貌同而骨自异。今人好以乱头粗服，优孟少陵，而于四家之清词丽句，妄加嗤点，不知少陵固尝为之，曾不贬损其气格也。（《读杜心解》卷二）

张谦宜曰：他人古诗用骈句，只为补虚；少陵古诗用骈句，乃有馀勇。换韵转笔，陡健如龙腰突起。（《絸斋诗谈》卷四）

田雯曰：子美为诗学大成，沈郁顿挫，七古之能事毕矣。《洗兵马》一篇，句云“三年笛里关山月，万国兵前草木风”，犹是初唐气格。王、李、高、岑诸家，各有境地。开元、大历之间，观止矣。（《古欢堂杂著》卷二）

吴乔曰：《洗兵马》是实赋。（《围炉诗话》卷二）

《唐宋诗醇》：平仄相间，对偶整齐。王、李、高、岑，上及唐初，声调如是。乃杜集七古之整丽可法者。至于此诗之作，自是河北屡捷，贼势大蹙，特为工丽之章，用志欣幸。中间略有寄意，全无讥讽。

夏力恕曰：义正辞严，情深气壮，通体除起结外皆属对，而浑浩流转，无复骈偶之痕。（《杜诗增注》卷五）

沈德潜曰：（“中兴”句）河北。（“已喜”四句）仙仗过崆峒，追思昔日播迁。下言笛奏关山、兵惊草木，不忘起事艰难也。（“鹤驾”二句）肃宗即位，下制曰（略）。诗中指此，意并非刺讽。牧斋所笺，俱深文未允。诗共四段，每段平仄相间，各用六韵。此古风变体。两京光复，上皇还宫，正臣子欣幸之时，安有预探移宫之事而加以诽议乎！钱笺比之商臣、杨广，过用深文，少陵忠爱，必不若是。（《重订唐诗别裁集》卷六）

王士禄曰：（“已喜”以下十句）气势如春潮三折，排山倒海。（《杜诗镜铨》卷五引）

邵长蘅曰：“鹤驾”二句，自见书法。（同上引）

蔡世远曰：是时将帅恃功骄纵，必酿尾大不掉之祸，先生豫知之，故正词以警。又曰：镐之才胜于琯，乃公所尤注意以赞中兴者，故申说独详。（同上引）

陶开虞曰：“三年笛里关山月，万国兵前草木风”，雄亮悲壮，恍如江楼闻笛，关塞鸣笳。“青春复随冠冕入，紫禁正耐烟花绕”，写得收京后，春日暄妍，百官忭豫，一种气象在目。（同上引）

杨伦曰：（“中兴”四句）从本事叙起。（“只残”二句）邺城竟以无元帅致溃。（“已喜”四句）插入四句，尤极抑扬顿宕之致。（“常思”句）安不忘危，大臣之议。（“成王”六句）再详叙诸将，品评不苟。（“鹤驾”二句）言鹤驾通宵，备凤辇以迎上皇；鸡鸣报晓，趋龙楼以伸问寝也。青春重整朝仪，人主复修子道，皆将见之寇尽之馀。语亦以颂寓规。盖移仗事虽在后，而是时张（良娣）、李（辅国）用事，当已有先见其端者。与《收京》诗“文思忆帝尧”同旨。正见公深爱切挚处。深文固非，即泛说亦非也。（“攀龙”四句）此更以滥恩宜抑引起任相需贤。（“关中”句）萧主相谓房琯自蜀奉册，留相肃宗。一说：蔡梦弼谓指杜鸿渐。《唐书》：“肃宗按军平凉，鸿渐首建朔方兴复之谋，且录军资器械储廥上之。肃宗喜曰：‘灵武吾关中，卿乃吾萧何也。’”按：鸿渐为人无勋德，且非公所喜，自当指琯为是。（“后汉”句）以汉光、周宣比肃宗，言能专用镐，则馀寇不足平而太平可坐致也。（“寸地”二句）承上句，再极其愿望。（“田家”二句）点入时景。（“淇上”四句）结仍应转起处。〇此及《古柏行》多用偶句，对仗工整，近初唐四家体。少陵偶一为之，其气骨沉雄，则仍系公本色。（《杜诗镜铨》卷五）

鲁通甫曰：杜七古中第一篇。他篇尚可摹拟，此则高词伟义，峻拔天表，后人更无从望其项背。通篇四转韵，每韵十二句，整齐极矣。看去却疏动变化，夭矫盘曲，不可方物。由其才气横绝，故严重中有不可羁绁之势……少陵新乐府，题多创获。若《兵车行》《丽人行》，尚于古人有所因藉；《哀江头》《哀王孙》《悲陈陶》《悲青坂》，皆随事撰成，空所依傍。至《洗兵马》一篇，题更奇特，点在篇终，尤见点睛飞去之妙。窃意古人成诗而后有题。篇终混茫，踌躇满志，无以命题，而直揭篇末“洗兵马”三字大书其上，其时不知如何叫绝也！（《鲁通甫读书记·七古》）

施补华曰：《洗兵马》对仗既整，章节亦谐，几近初唐四家体。然苍劲之气，时流楮墨，非少陵不能作也。（《岘佣说诗》）

鉴赏

这首诗的写作时间，直接关系到对诗的基调的理解。如果按照黄鹤的编年，系此诗于乾元二年（759）仲春，不但与题注“收京后作”不合[此时离至德二载（757）九月收复长安已达一年零五个月，离十月收复洛阳亦已一年四个月]，而且与诗中“三年”之语亦不符[自天宝十四载（755）十一月安史乱起至乾元二年二月，首尾已五年，按当时纪年数惯例，绝不可能说成三年]。应从赵次公、钱谦益之说，系于乾元元年（758），时间当在三月李俶自楚王徙封成王稍后。此时距两京收复只有半年左右，谓“收京后作”，时间较合。且诗中提到的“京师皆骑汗血马，回纥喂肉葡萄宫”的现象，与克复两京的时间有密切联系；“鹤驾”四句写到的“鸡鸣问寝”景象亦在至德二载十二月玄宗返京以后，均距乾元元年三月稍后作诗的时间较近。尤可注意者，为诗中重点称颂的宰相张镐，乾元元年三月已在任上，与“幕下复用张子房”之语正合。如作于乾元二年二月，则其时镐已罢相七个月，用五句诗来专门颂扬一个已不在位的宰相，几乎不可理解。再有一点，安庆绪自洛阳被唐军收复后即逃往邺城，到至德二载十二月，因史思明之降，而“沧、瀛、安、深、德、棣等州皆降。虽相州（邺城）未下，河北卒为唐有矣”（《通鉴》卷二百二十），与诗中“中兴诸将收山东”“只残邺城不日得”之语完全符合。正是在这样一个时间节点上，诗人才会强烈感到安史之乱的平定已是指日可待，从而创作出一阕胜利的畅想曲。如果将作诗的时间延至乾元二年仲春，则其时史思明复反，围邺诸军“既无统帅，进退无所禀……城久不下，上下解体”“诸军乏食，人思自溃”，形势已非昔比。

全诗四十八句，分四段，每段十二句，平仄韵交押。第一段十二句押平声韵，总叙破敌平叛的大好形势，抒发对胜利的畅想。前六句为一层，谓中兴诸将收复华山以东的广大地区，捷报频传，昼夜相继。黄河虽广，一苇可渡；官军破竹之势已成，胡命危浅，亡在旦夕之间。眼下只剩下邺城尚未攻取，其陷落亦指日可待。前五句一气直下，以夸张渲染的笔调传达出胜利在望的兴奋喜悦之情，第六句以“独任朔方无限功”重笔收束，点明这一切胜利均缘于皇帝对朔方节度使郭子仪的“独任”。《通鉴·至德二载》：“十一月，广平王俶、郭子仪来自东京，上劳子仪曰：‘吾之家国，由卿再造。’”从肃宗的评价中可以看出他在收复两京前对郭的倚重。正是由于对郭子仪的专任，这才有“捷书夜报清昼同”的大好形势和诸将共建的“无限功”。这也说明，诗当作于乾元元年九月诏九节度之师讨安庆绪，且不设统帅之前。如作于乾元二年二月，则其时肃宗早已不“独任朔方”，歌颂赞扬之语也变成皮里阳秋的讽喻了。

“京师”以下六句为另一层，在“已喜皇威清海岱”，庆祝已经取得的辉煌胜利的前提下，对回纥势力的炽盛表示隐忧。借回纥之力击安史叛军，是唐肃宗的既定方针。《通鉴》载：“初，上欲速得京师，与回纥约曰：‘克城之日，土地士庶归唐，金帛子女归回纥。'"后虽因广平王的劝说，回纥未即在长安进行掠夺，但破东京后则"如约"大掠，直到广平王"入东京，回纥竟犹未厌，俶患之，父老请率罗锦万匹以赂回纥，回纥乃止"。可见肃宗这种急功近利的方针给百姓带来的祸害。"京师皆骑汗血马，回纥喂肉葡萄宫"二句，在貌似渲染京师回纥战马之多、军士之众的笔调中，隐隐透露出诗人对这种现象的忧虑。这也是杜甫的一贯态度。与此同时，诗人还寓劝于赞，指出在取得辉煌胜利的时刻，要"常思仙仗过崆峒"，进一步修明政治，令行天下。"三年笛里关山月，万国兵前草木风"二句，就是对三年来全国各地饱受战乱之苦的艺术概括。上句是说笛里吹奏出的尽是征戍离别之音。下句是说各地百姓受尽战争惊吓，"兵前草木风"五字，浓缩"草木皆兵""风声鹤唳"的故实，造语新奇而警拔。两句对仗工整，词采清丽，意境宏阔，韵味深长，是杜诗中著名的对句。由于是在欢庆胜利的时刻回想过去，情调便不显得那样沉重忧伤，而是无形中透露出一种轻快明朗的气息。

第二段十二句改押仄声韵，对"中兴诸将"的才能、品格、气度进行赞颂，对他们"整顿乾坤"、收复两京后带来的新气象热情讴歌。诸将人数众多，这里只着重揭举四人：成王李俶（即后来的代宗）、郭子仪、李光弼、王思礼。以李俶为首，是因为在克复两京的过程中，他担任天下兵马元帅，"功大心转小"，则是赞其不居功自傲，而是更加小心谨慎。长安克复之日，回纥叶护要如约抢掠，广平王的劝阻是起了作用的，以至入城之日，"百姓军士胡虏，见俶拜（于叶护马前，请暂勿俘掠），皆泣曰：'广平王具华夷之主'"。郭、李同为元勋，在克复两京时功勋卓著，诗人一赞其"谋深"、一赞其"清鉴"，一赞其才，一赞其识，各有侧重；于王思礼，则赞其气度之高远。以上四人，所赞均不重在功绩（因收两京、收山东已足以证明），而在其才能、品质、气度，这正是"中兴诸将"异于一般将帅之处。称李俶为"成王"，正说明诗作于乾元三月李俶自楚王徙封成王后不久，至五月，俶已立为皇太子，不得再以"成王"称之。"二三豪俊为时出，整顿乾坤济时了"二句，总束以上四句，用"整顿乾坤"概括他们的业绩，正是对他们"收拾山河""再造唐室"功绩的热情讴歌。以上六句为一层，下一层六句转入对乾坤新气象的描绘渲染。"东走"二句谓士庶百姓出行道无豺虎，安居有巢可栖，互文见义，虽用典而流走畅达，内容与语言风格和谐统一。"青春"二句，谓京城收复，春天的明丽景象又来到了长安，朝臣们冠冕齐整，朝仪如旧；紫禁城上笼罩着春天的烟霭花树，相互辉映，分外壮丽。二句全用明丽锦绣之词，渲染出一派喜庆景象，正是中兴气象。“鹤驾”二句，谓自蜀迎归上皇，从此父子相聚，可以朝起问寝，尽天伦之乐、父子之礼了。玄、肃之间有矛盾，历时已久，马嵬事变实为仓促之际的一场政变。这里特意渲染家人父子之间其乐融融的景象，是以祝愿赞颂微寓婉规，希望玄、肃父子之间能出现这种融洽无间的关系和景象。

第三段十二句又转押平声韵。这一段两层，前一层四句，揭示两京收复、论功行赏时出现的封爵过滥的现象。《通鉴》载，至德二载十二月戊午，“上御丹凤楼，赦天下……立广平王俶为楚王，加郭子仪司徒、李光弼司空，自馀蜀郡、灵武扈从立功之臣，皆进阶赐爵加食邑有差……立皇子南阳王係为赵王、新城王僅为彭王、颖川王僩为兖王、东阳王侹为泾王、僙为襄王、倕为杞王、偲为召王、佋为兴王，侗为定王”。在这一大批封王赐爵的人当中，有的根本就没有任何功勋，却因“时来”之故“尽化为侯王”，杜甫对这种滥行封王赐爵的现象深表不满，语气中有讽刺、有斥责、有蔑视，实际上也婉转表达了对肃宗的批评。“关中”以下八句，转出另一层意，谓中兴之业，关键在任相得人。“关中”二句，谓肃宗先留房琯，再用张镐，二人均为济危扶颠之良相，房琯至德二载五月已罢相，张镐代相，作此诗时镐仍在任上（乾元元年五月罢）。虽并举房、张，而侧重在张。正因张镐在任期间，两京先后克复之故。因此下面不吝笔墨，用了四句诗对张镐的出身品格、仪表气度、逢时而起、扶颠筹策进行多角度的渲染描绘，最后以“青袍白马更何有，后汉今周喜再昌”二句总束以上六句，谓得此张良式的贤相运筹帷幄，方能建此中兴之伟业。对张镐的赞颂可谓无以复加，词亦淋漓尽致。这一段前后两层，看似有些脱节，实则均着眼于中兴之业的政治层面，也是使中兴之业得以继续推进的根本。前者望肃宗勿滥行封赏，后者望肃宗任用贤相，又都统一于用人这一为政的主要方面。唐太宗开创贞观之治，关键即在用人与纳谏，今日肃宗中兴正应着眼于此。但前四句讽刺斥责之意明显，“势莫当”“尽化”“岂知”“不得”等语，连贯而下，诗人对这种与中兴气象不和谐的现象的愤激不屑亦溢于言表；后者则于抑扬有致、潇洒轻快的笔调中抒发对肃宗任用贤相的赞扬和对贤相精神风貌的景仰，至“青袍”二句已将对中兴局面的赞颂推至高潮。前后两层，情感由愤转喜，语调由讽转赞，构成鲜明对照，显得跌宕多姿。

第四段十二句，又转用仄声韵。这一段的前六句，紧承“后汉今周喜再昌”，对伴随着中兴局面出现的各地争送奇祥异瑞、纷纷歌功颂德的现象作了或尖锐、或委婉的讽刺。如果说上一段的头一层是讽为君者不可因胜利而滥行封赐，那么这一段的头一层则是讽为臣者不可因胜利而阿谀逢迎、投君所好。这二者都是封建政治在形势稍好时极易出现的腐朽现象。对于各地纷呈祥瑞，诗人用“寸地尺天”“奇祥异瑞”“皆入贡”“争来送”“不知”“复道”等语进行尖锐的嘲讽，讽刺地方官为了逢迎邀宠而刻意弄虚作假，唯恐落后；对词人之歌功颂德则仅以“解撰”一语作含蓄的婉讽，且以“隐士休歌紫芝曲”之正面描叙作对照，使讽意不致过于刻露。诗人揭示上这种种与“中兴”伴生却又与之不和谐的现象进行或显或隐的讽刺，正说明在一片大好形势的喜庆气氛中应始终保持着清醒的头脑。诗人意中，实希望地方官们关心民瘼，注重生产。下一层的开头两句“田家望望惜雨干，布谷处处催春种”就透露了这一消息。前面均为大段叙述议论，此处“忽入时景”，仿佛突兀，实则与上词断神连。与其争送祥瑞、歌功颂德，不如踏踏实实做一点有利于百姓和生产的实事。“淇上”二句，遥承首段“只残邺城不日得”，紧接“催春种”，用充满祈望的语气，希望早日攻克邺域，使“淇上健儿”归家从事农耕，与家人团聚。“归莫懒”“愁多梦”，语带调侃，情则亲切，表达出人民对和平生活的渴望。末二句乃就势收束，希望壮士力挽天河，洗净甲兵，使百姓永不受战争之害。直至篇末方直接点明题旨。看似又显突兀，实则在此前的所有喜庆胜利，赞颂中兴新气象的叙述描绘和议论中，都贯串着早日结束战争，使人民安享和平生活的意蕴。故篇末点睛，正是水到渠成，结得既自然又有力。

在安史乱起以后的十五年中，杜甫遇到的最使他兴奋喜悦的国家大事，除了广德元年（763）的“闻官军收河南河北”，安史之乱最终平定外，就是这次“中兴诸将收山东”的局面。《闻官军收河南河北》被称为杜甫“生平第一快诗”，这首《洗兵马》也称得上是他的另一首“快诗”。为了充分表达对胜利局面、中兴事业、和平生活的欣喜、庆祝和祈望，渲染热烈欢快的喜庆气氛，他特意采用了词采鲜丽、对仗工整、形式齐整的转韵体。这实际上是杜甫在“初唐四杰”七言歌行的基础上改造的颂体诗。但它并不以铺排为特色，而是在淋漓尽致、抑扬顿挫的抒情性议论中贯串着劲健的气势，故华而不靡，丽而有骨。王安石取此为杜诗压卷之作，洵称有识。

新安吏〔一〕

客行新安道〔二〕，喧呼闻点兵〔三〕。借问新安吏："县小更无丁〔四〕？""府帖昨夜下〔五〕，次选中男行〔六〕。""中男绝短小〔七〕，何以守王城〔八〕？"肥男有母送〔九〕，瘦男独伶俜〔一〇〕。白水暮东流，青山犹哭声〔一一〕。莫自使眼枯〔一二〕，收汝泪纵横〔一三〕。眼枯即见骨〔一四〕，天地终无情〔一五〕！我军取相州〔一六〕，日夕望其平〔一七〕。岂意贼难料〔一八〕，归军星散营〔一九〕。就粮近故垒〔二〇〕，练卒依旧京〔二一〕。掘壕不到水〔二二〕，牧马役亦轻〔二三〕。况乃王师顺〔二四〕，抚养甚分明〔二五〕。送行勿泣血，仆射如父兄〔二六〕。

校注

〔一〕题下原注："收京后作。虽收两京，贼犹充斥。"仇兆鳌《杜少陵集详注》引师氏曰："从《新安吏》以下至《无家别》，盖纪当时邺师之败，朝廷调兵益急。虽秦之谪戍，无以加也。"仇兆鳌曰："此下六诗，多言相州师溃事，乃乾元二年自东都回华州时，经历道途，有感而作。钱氏以为自华州之东都时，误矣。"据《通鉴·乾元二年》："郭子仪等九节度使围邺城，筑垒再重，穿堑三重，壅漳水灌之。城中井泉皆溢，构栈而居，自冬涉春，安庆绪坚守以待史思明，食尽，一鼠直钱四千，淘墙䴬及马矢以食马。人皆以为克在朝夕，而诸军既无统帅，进退无所禀；城中人欲降者，碍水深，不得出。城久不下，上下解体。思明乃自魏州引兵趣邺……诸军乏食，人思自溃。思明乃引大军直抵城下，官军与之刻日决战。三月，壬申，官军步骑六十万陈于安阳河北，思明自将精兵五万敌之，诸军望之，以为游军，未介意。思明直前奋击，李光弼、王思礼、许叔冀、鲁炅先与之战，杀伤相半；鲁炅中流矢。郭子仪承其后，未及布陈，大风忽起，吹沙拔木，天地昼晦，咫尺不相辨。两军大惊，官军溃而南，贼溃而北，弃甲仗辎重委积于路。子仪以朔方军断河阳桥保东京。战马万匹，惟存三千，甲仗十万，遗弃殆尽。东京士民惊骇，散奔山谷，留守崔圆、河南尹苏震等官吏南奔襄、邓，诸节度各溃归本镇。士卒所过剽掠，吏不能止，旬日方定。惟李光弼、王思礼整敕部伍，全军以归。”此即“相州师溃”之详情。为补充溃散伤亡的兵源，统治者四处抓丁，连未成丁的中男、白发老妪、刚成婚的新郎、子孙阵亡尽的老翁、无家可归的阵败士兵均被征调入伍。诗人在三月初相州兵溃之后由洛阳返回华州的途中，见到上述种种惨绝人寰的情景，写下著名的组诗《新安吏》《潼关吏》《石壕吏》（即所谓“三吏”），《新婚别》《垂老别》《无家别》（即所谓“三别”）。其中“三吏”系有诗人在内的问答叙事体，“三别”则纯为主人公之自述，但都具有明显的叙事诗特征。除《潼关吏》一首系写与关吏的对话，发表自己对守关的见解以外，余五首均写被征百姓的悲惨遭遇。《新安吏》系写与新安吏的对答与强征中男入伍的送行场景。新安，县名，唐属河南府，在东都以西七十里，今河南新安县。

〔二〕客，杜甫自指，犹《兵车行》之“道旁过者”。

〔三〕点兵，按名册点名征兵。

〔四〕两句系杜甫向新安吏发问。丁，指成年的壮丁。杜甫看到征集的队伍中有未成丁的中男，故问新安吏：难道是因为县小，再也抽不到壮丁了吗？新安县仅有两乡，故云“县小”。

〔五〕府帖，唐实行府兵制，故称军帖（征兵文书）为府帖。

〔六〕次选，依次征调。中男，未成丁的男子。《唐会要》载：“天宝三载十二月赦文……自今以后，百姓宜十八岁已上为中男，二十三岁已上为成丁（按《旧唐书·食货志》：唐高祖武德七年，原定十六为中，二十一为丁）。”中男按天宝三载（744）改制当指十八岁至二十三岁的男子。以上二句为新安吏的答话。

〔七〕绝短小，甚矮小。

〔八〕王城，指洛阳。洛阳为东周之王城。以上二句为杜甫对吏的答话的反问。其时最紧迫的任务是守卫东都洛阳，免得再次沦于叛军之手，动摇全国军民的信心。

〔九〕肥男，长得肥壮一点的中男。可能家境稍好，故“有母送”。

〔一〇〕伶俜，孤苦伶仃的样子，形容其无家人送行。

〔一一〕白水，新安南濒谷水。此白水当指谷水而言。犹哭声，好像仍然隐隐传出一片哭声。

〔一二〕眼枯，眼泪哭干。此下至篇末，是杜甫对送行的家人说的话，也可以理解为杜甫内心想说的话。

〔一三〕汝，指送行者。视篇末“送行勿泣血”句可知。

〔一四〕见骨，显出眼骨。

〔一五〕天地，泛指。不必指实。

〔一六〕相州，即邺城。

〔一七〕日夕，早晚。此句即注〔一〕引《通鉴》“人皆以为克在朝夕”之意。平，平定、克复。

〔一八〕贼难料，敌情难以预料。

〔一九〕归军，指九节度使的溃退之师。星散营，形容溃退之师如流星之四散而各归本镇，或退守河南扎营。

〔二〇〕就粮，到有粮食的地方就食。故垒，旧有的营垒。

〔二一〕练卒，训练新兵。旧京，指东京洛阳。

〔二二〕壕，战壕。不到水，形容壕浅。

〔二三〕牧马，放牧战马。役，劳役。

〔二四〕王师顺，朝廷的军队为正义之师，顺乎天道民心。“顺”与“逆”相对而言。

〔二五〕抚养，将帅爱护士兵。甚分明，非常清楚、毋庸置疑。

〔二六〕仆射，指郭子仪。肃宗至德二载（757）五月，曾为左仆射。九月，从广平王率蕃汉之师十五万进收长安。作诗时子仪官中书令，此处仍以“仆射”旧官称之，以示亲切，且云“仆射如父兄”，是因为朔方军将士思子仪，如子弟见思父兄，说明子仪素有爱护士卒的美誉（详参萧涤非《杜甫诗选注》第114页引《通鉴》卷二百二十三）。《旧唐书·郭子仪》载子仪薨后，德宗降诏，亦赞其“训师如子，料敌若神”。

笺评

白居易曰：李（白）之作，才矣奇矣，人不逮矣，索其风雅比兴，十无一焉。杜诗最多，可传者千馀篇……然撮其《新安吏》《石壕吏》《潼关吏》《塞芦子》《留花门》之章，“朱门酒肉臭，路有冻死骨”之句，亦不过三四十首。（《与元九书》）

张戒曰：韩退之之文，得欧公而后发明；陆宣公之议论，陶渊明、柳子厚之诗，得东坡而后发明；子美之诗，得山谷而后发明。后世复有扬子云，必爱之矣，诚然诚然。往在桐庐见吕舍人居仁，余曰：“鲁直得子美之髓乎？”居仁曰：“然。”……余曰：“……《壮游》《北征》，居仁能之

乎？如‘莫自使眼枯，收汝泪纵横。眼枯即见骨，天地终无情。’此等句鲁直能到乎？”（《岁寒堂诗话》）

王深父曰：此篇哀出兵之役夫。古者遣将有推毂分阃之命，今弃师于敌也，虐至于无告。如诗之所感，君臣岂不可刺哉！然子仪犹宽度得众，故卒美焉。（《唐诗品汇》卷七引）

范梈曰：天地无情而仆射如父兄，当时人心可知，朝廷之大体可悲矣。（同上引）

钟惺曰：（“中男”四句下批）“绝短小”“肥男”“瘦男”等字，愁苦人读之失笑。（“莫自”句）“莫自”二字怨甚。“甚分明”三字，驭众之言。（“抚养”句下）（末二句）读此语，仆射不得不做好人。（《唐诗归》）

谭元春曰：（末二句下）用意深厚，有美有规。（同上）

王嗣奭曰：“借问”二句，公问词；“府帖”二句，吏答词；“中男”二句，公叹词。就中男内，看他或瘦或肥，有母无母，及同行送行之人，一齐俱哭，而以“哭声”二字括之，何等笔力！下不言朝廷而言天地，讳之也。此不言军败而云“归军”，亦讳之也。子仪时已进中书令，而仍称旧官，盖功著于仆射，而御士素宽，此就其易晓者以安之也。（仇注引）又曰：此诗炉锤之妙，五首之最……“短小”是不成丁者，盖长大者早已点行而阵亡矣。又就“短小”中分出肥、瘦、有母、无母、有送、无送。此必真景，而描写到此，何等细心！此时瘦男哭，肥男亦哭，肥男之母哭，同行同送者哭，哭者众，宛若声从山水出，而山哭，水亦哭矣。至暮，则哭别者已分手去矣，白水亦东流，独青山在，而犹带哭声，盖气青色惨，若有馀哀也。止着一“哭”字，犹属青山，而包括许多哭声，何等笔力！何等蕴藉！……“泣血”与“哭”异，乃有涕无声者。临别则哭，既行则悲，用字斟酌如此。（《杜臆》）

张綖曰：凡公此等诗，不专是刺。盖兵者凶器，圣人不得已而用之。故可已而不已者，则刺之；不得已而用者，则慰之、哀之。若《兵车行》、前后《出塞》之类，皆刺也，此可已而不已者也；若《新安吏》之类，则慰也；《石壕吏》之类，则哀也，此不得已而用者也。然天子有道，守在四夷，则所以慰、哀之者，是亦刺也。（《杜工部诗通》卷七）

许学夷曰：《石壕》《新安》《新婚》《垂老》《无家》等，叙情若诉，苦心精思，尽作者所能，非卒然信笔所能办也。（《诗源辩体》卷十九）

陆时雍曰：善作苦语。（《唐诗镜》卷二十一）又曰：少陵五古，材力作用，本之汉魏居多，第出手稍钝，苦雕细琢，降为唐音。夫一往而至者，情也；苦摹而出者，意也。意死而情活，意迹而情神，意近而情远，意伪而情真。情、意之分，古今之所由判矣。少陵精矣刻矣，高矣卓矣，然而未齐于古人者，以意胜也。假令以《古诗十九首》与少陵作，便是首首皆意。假令以《新安》《石壕》诸什与古人作，便是首首皆情，此皆有神往神来、不知而自至之妙。（《诗镜总论》）

黄生曰："肥男"二句，见先时长男赴役，其母尚在，今母已死。是"肥""瘦"二字，见先时犹有粮粒，今已乏食饥羸，犹不免征戍之苦。无限情事，只用十字叙之，笔力如此！"白水"二句，言人心悲惨，故闻流水之声，有似青山之哭。末语如闻其声，明"中男"以下皆其父送之之语。本系强勉宽慰之辞，翻令千载而下，读者为之喉哽。（《杜诗说》卷一）

仇兆鳌曰：（"客行"八句）从点兵起，一时问答之词，"客行"，公自谓。（"肥男"八句）此于临行时，作悲悯之语。"白水流"比行者；"青山哭"，指居者。（"我军"十二句）此为送行者作宽慰之语。前军溃散，后军继行。恐人心惶惧。曰"就粮"，见有食也；曰"练卒"，非临阵也；曰"掘壕""牧马"，见役无险也。且"师顺"则可制胜，"抚养"则能优恤，俱说得恺至动情。此章前二段，各八句，后段十二句收。（《杜少陵集详注》卷七）

施闰章曰：杜不拟古乐府，用新题纪时事，自是创识，就中《潼关吏》《新安》《石壕》《新婚》《垂老》《无家》等篇，妙在痛快，亦伤太尽。（《蠖斋诗话》）

浦起龙曰：按系乾元二年三月后事。六诗皆戍河阳。《新安吏》，借题邺城军溃也。统言点兵之事，是首章体。如《石壕》《新婚》《垂老》《无家》等篇，则各举一事为言矣。分三段。首叙其事，中叙其苦，未原其由。先以恻隐动其君上，后以恩谊劝其丁男。义行于仁之中，此岂寻常家数。起处不叙初选正丁，突提次点中男，见抽丁之极弊。"天地无情"，固是为朝廷讳，然相州之败，实亦天地尚未悔祸也。篇中"守王城""依旧京"，皆点清戍守眉目处。（《读杜心解》卷一）

邵长蘅曰：《新安》至《无家》为六首，皆子美时事乐府也。曲折、凄怆，直堪泣鬼神。（《杜诗集说》卷五引）又曰：结意深厚。（《杜诗镜

铨》卷五引）

沈德潜曰：诸咏身所见闻事，运以古乐府神理，惊心动魄，疑鬼疑神，千古而下，何人更能措手！（《重订唐诗别裁集》卷二）

杨伦曰：（“肥男”二句）无父在言外，尤惨。（“白水”六句）初极其悲悯。（“岂意”二句）军败事叙得浑。（“况乃”四句）次复为安慰。（《杜诗镜铨》卷五）

宋宗元曰：“眼枯”二句，沉痛斯极！末二句，婉而多风。（《网师园唐诗笺》）

张云：昔人谓《古诗十九首》惊心动魄，惟子美深得此秘。“三吏”“三别”，尤其至者。（《十八家诗钞》引）

王闿运曰：分“肥”“瘦”，好整以暇。（《手批唐诗选》）

马茂元曰：“犹哭声”，谓犹如闻到哭声。……盖新兵及送行者去后，杜甫为悲哀所吸引，陷于沉思之中，山空野旷，哭声犹如在耳。这哭声，是一种听的幻觉，来源于诗人的心境……下文“莫自使眼枯，收汝泪纵横……”宽慰新兵家属的话，也是写内心活动，是诗人在自言自语，而非实叙。这种空际着笔，纯以神行，不仅标明了艺术上高超的造诣，同时也深化了诗的主题思想。它表现了诗人同情人民、忧念国事的情怀，已经进入如痴如醉的迷惘状态了。又此诗关于新兵出发时的情况，正面描写，仅有“肥男有母送，瘦男独伶俜”二句，接着便说“白水暮东流，青山犹哭声”，从“哭声”二字中，行者和送者的惨苦情怀，“牵衣顿足拦道哭，哭声直上冲云霄”的悲哀场境，可以想见。最后用“送行勿泣血”申足上文，神完气固，远掉无痕，结构之妙，尤见匠心。“肥男”二句，谓被点出征的中男，有胖有瘦，有的有母送，有的孤零零的连送行的人也没有。上下句错举而文义互见，非以“有母送”专属“肥男”，而“独伶俜”单指“瘦男”也。造语简劲浑括。于此等处，可以悟出杜诗的句法。（《百家唐宋诗新话》第206页）

《新安吏》是“三吏”的头一篇，也是杜甫离开洛阳西行头一天遇见的场景。新安离洛阳七十里，正好是一天的路程。诗人到达新安县城时，已是日暮黄昏的时分，也是旅人投宿的时刻，但他在新安道上所见所闻的情景，却使他心灵上受到强烈的震撼。

正当诗人在接近新安县城的路上行进时，不远处传来一阵阵喧呼吆喝声，原来是县里征兵的差吏正在对入伍的新兵逐一点名。起手两句，以客观叙事点明题目。“点兵”二字，实际上涵盖了整个“三吏”“三别”，具有统摄两组诗的作用。“喧呼”二字，略透战争时期紧张匆遽的气氛，吏之大呼小叫、作威作福之状亦依稀可见。

接下来两句，是诗人问新安吏的话，问话只五字，却包含着许多情事，或者说揭过了许多情事。一是在新兵队伍中，几乎是清一色的半大男孩，这显然违反朝廷的兵役制度；二是见此情状，诗人暗自忖度：是不是因为新安县太小（只辖两个乡），征不到足够的壮丁，这才把半大孩子拉来充数，因心有此疑，故有“县小更无丁”的发问。在杜甫宁愿把事情往好处想，但吏的回答却令诗人感到震惊：“府帖昨夜下，次选中男行。”上头的军书文书昨夜刚刚下来，要立即依次征选中男入伍出发。这回答透露出，并非因为县小，而是这一带的成年壮丁早就抽光了，这才不得不次选中男入伍；说明并非下面擅作主张，而是上面的明文规定，“昨夜下”而今日即征集成行，更透露出军情之紧急。

“中男绝短小，何以守王城？”这两句又是诗人的反问。中男的个头如此矮小，怎么能靠他们去“守王城”？这问题吏不可能回答，也无须作答，故只有问而无答。它透露出杜甫对“中男”们的怜悯同情，更透露出对王城守卫的担忧。而怜悯与担忧之中，又表现出诗人面对这一矛盾时的无奈。

以上八句为一节，通过新安道上所闻所见及与吏的问答揭示朝廷急征中男入伍这一事件的反常和不合理。以下八句，便转入对送行场景的描绘渲染。

“肥男有母送，瘦男独伶俜。”或谓二句系上下句错举而文义互见，但“独伶俜”显然专属“瘦男”而不能兼指“肥男”。实则在诗人意中，无论“肥男”“瘦男”，均为未成丁的“中男”，都是不合理的兵役制度的承担者，都值得悲悯，这是一；“肥男有母送”看似比“瘦男独伶俜”差可安慰，但“有母送”的另一面却是“无父送”，他们的父亲或许早就战死沙场了，这是二；相形之下，父母双亡，“独伶俜”的“瘦男”就更显得悲惨可怜，此其三。

写到这里，诗人却立即煞住，宕开写景“白水暮东流，青山犹哭声。”仇兆鳌注：“白水流，比行者；青山哭，指居者。”这个解释为后来的许多注家所承，不过说法稍有变化。文研所《唐诗选》说："这两句渲染行者东去后，送者悲泣的气氛。"所谓"行者东去""送者悲泣"就是从仇注来的。萧涤非说："两句妙在能融景入情，从而构成一种仿佛山川也为之感动的悲惨气氛。如果直言儿子已去，母亲还在哭，便单薄无力量。"仇注坐实"白水流，比行者；青山哭，指居者"无疑太死，把诗的情调、气氛、意境都破坏了，萧先生指出了融景入情的特点及构成的山川同悲的气氛，但似乎还未能将诗的意境充分表达出来。这两句从时间场景上说，确实是写新兵队伍开拔后的情景，但它绝非直接以"白水""青山"设喻。这两句首先是赋，是描绘新兵走后的情景和诗人对这种情景的主观感受：白水在苍茫的暮色中无语东流，而青山好像仍然隐隐传出一片哭声。这是一种融写实与象征为一体的艺术境界，诗人只是如实地将他当时所历的情景和所引起的感受表达出来，并不一定考虑过运用什么艺术手法，但他所创造的这个境界本身又确实经得起咀嚼吮味，能引起读者很丰富的联想。

首先是那"白水暮东流"的景象所透露出的寂寥、沉默的气氛。这种气氛，既是对新兵队伍出发后情景的逼真描绘，又让我们自然联想起那些中男正在沉默无言、黯然神伤、痛苦无告中开赴前线。你说"白水"就是直接的比喻吧，也不，诗人并没有刻意设喻，将"白水"比作"行者"；你说这里面一点暗示没有吧，也不，因为"白水暮东流"的整体形象在特定背景下确实可以唤起上述联想。这就叫作寄兴在有意无意之间。

其次"青山犹哭声"，这是一种幻觉式的主观感受，"犹"字传神空际，是意境表达的主要凭借。透过这个"犹"字，可以想象，在送行的时候，肯定是一幅哭声震天、惨绝人寰的图景。"肥男"和送行的母亲，生离死别，当然是哭成一片；"放伶俜"的"瘦男"连送别的亲人也没有，触景伤情，自然哭得更伤心。整个旷野和天宇，仿佛被哭声塞满了。新兵的队伍开走后，送行的人也陆陆续续往回走，剩下的就是在暮色苍茫中东流的白水和四围的青山，以及少数几个送行的亲人还在嘤嘤地饮泣。也许是刚才那一阵震天动地的哭声太强烈了，尽管队伍已经走了，送行者也大部分走了，但四围的青山好像还隐隐地传出一阵阵哭声。这当然是诗人在心灵受到极大震撼以后的幻觉式感受，但这种幻觉感受的产生自有其合理的依据，这就是所谓"听觉暂留"，即此前震天动地的哭声在听者耳膜中的余波和回响。而传说中古战场有时会传出兵戈杀伐之声的现象也为"青山犹哭声"的感受提供了理解的依据。这也就反过来证明，这"哭声"决不是指送行者的哭声，"青山"

更不是居者的象喻。而“山川也为之感动”的说法也并不符合诗人的原意。因为诗人在这里强调的并不是青山也带上了人的感情，而是说青山仿佛隐隐传出哭声。这是一种似真似幻的意境。说它幻，是因为青山作为自然景物，当然不可能有哭声；说它具，是因为它传神地表现了诗人在心灵上受到强烈震撼后出现的一种迷幻状态，一种神思恍惚、疑真疑幻的状态。正是这种状态，深刻表现了诗人对百姓的苦难的同情。

“莫自使眼枯，收汝泪纵横。眼枯即见骨，天地终无情！”这是从幻觉式感受中回过神来的诗人对送行者说的话，意思是说，不要白白地哭干了眼泪，把纵横满面的泪水收起来吧。眼泪哭干了就显出骨头，但天地却总是那样冷酷无情！表面上是劝慰，实际上是激愤的控诉。“天地”一语，注家多以为讳词，实指朝廷。其实不然。人在极度愤激无告的情况下呼天抢地、控诉天地是常情，看似泛指，实则涵盖极广。“天地”可以包括“朝廷”，但“朝廷”却不能代替“天地”，说“天地终无情”，则举凡征兵的官吏、上自朝廷下至州县的各级官吏乃至整个社会制度，都可以涵盖在“无情”二字之中。这种宜作宽泛理解的词语，正无须拘泥指实。四句的重心虽落在末句上，但末句之所以有爆发力和震撼力，却是由前三句步步进逼、反激的结果。先用“莫自”和“收”，反复强调不要空自流泪，再用“眼枯即见骨”的惨烈反逼出天地之无情，且以“终”字着意渲染流泪、眼枯、见骨之无用，因此末句的迸发便因前面的一系列反向渲染积聚了极大的能量而释放出巨大的震撼力，可谓“惊心动魄，一字千金”。这种抒情手段，是杜甫最擅长的绝招，像“安危大臣在，不必泪长流”“不眠忧战伐，无力正乾坤”，都是显例。

诗写到这里，感情达到最高潮，似乎难以为继，但诗人却不得不继。这是因为，“中男”们所要面对是一场维护国家统一的伐叛战争。对人民遭受的苦难表示悲悯同情，对“天地”进行激愤的控诉，自是有良心有正义感的诗人应有的态度，但对正在进行的伐叛战争，却还必须支持。诗的末段十二句，就是在支持伐叛战争的前提下引发出来的对送行者的宽慰。十二句分三层意思。第一层四句讲相州之败，这是“中男”们被急征入伍的原因。本来这次相州之败，与最高统治者的错误决策（不设统帅，无统一指挥）有密切关系，但杜甫不可能直接揭示这一点，只能说形势本来很好，相州旦夕可平，哪知道贼情难料，因此导致九节度各归散本镇的结果。仿佛情况完全出于偶然，这显然是不得已的回护之词，于轻描淡写、含糊其词中正可看出诗人的良苦用心——使听者不致对战争的前途失去信心。第二层四句分别讲新兵此去，有粮食可以吃饱，不会挨饿；先进行操练，并不立即上前线打仗；平日的劳役也很轻，只是掘掘浅壕，放牧战马而已。总之无饥饿苛役之苦，赴死作战之危，家人尽可放心。第三层四句进一步指出带兵的统帅就是爱护士卒的老仆射郭子仪，他待士兵就如同父兄，对自己的子弟，因此送行之际，不必伤心泣血。这里还有一句关键性的诗句——“况乃王师顺”，指出“中男”们所参加的是顺乎天理民心、伐叛讨逆的正义之师，担负的是守卫东京的光荣使命，这既是为了激励家人的正义感光荣感，也是为了加强对胜利的信心。

全篇三段二十八句，劝慰一段占了近一半的篇幅，可见诗人对此的重视。前两段的叙写，笔墨极省净而富蕴含，这一段却反复中说叮咛，不嫌絮叨，对照之下，更可见诗人的用心良苦。但平心而论，这首诗最深刻感人的地方是中段对送行情景的描写和对天地无情的激愤控诉，而劝慰一段，无论是就内容的真实性或艺术感染力而言，都显得有些虚假和苍白。王师确实是正义之师，但“抚养甚分明”又怎么能谈得到呢？“府帖昨夜下，次选中男行”，急切地征发“中男”入伍的“府帖”就是当时总揽军政大权的节度使发下来的。尽管客观形势有此需要，但如此毫无章法的征兵，又怎样能说“抚养甚分明”呢？杜甫沿路看到的乱抓丁现象，就是为郭子仪的部队输送兵员。发生在谷水河边的这幕惨剧，有力印证了“天地终无情”的血泪控诉，却不免使“仆射如父兄”的劝慰打了折扣。在这方面，《新安吏》有其特殊的缺陷。与《新婚别》《垂老别》对照，更可看出这一点。

石壕吏〔一〕

暮投石壕村〔二〕，有吏夜捉人。老翁逾墙走，老妇出门看〔三〕。吏呼一何怒〔四〕！妇啼一何苦！听妇前致词〔五〕：三男邺城戍〔六〕。一男附书至〔七〕，二男新战死〔八〕。存者且偷生，死者长已矣〔九〕！室中更无人，惟有乳下孙〔一〇〕。有孙母未去〔一一〕，出入无完裙〔一二〕。老妪力虽衰〔一三〕，请从吏夜归。急应河阳役〔一四〕，犹得备晨炊〔一五〕。夜久语声绝，如闻泣幽咽〔一六〕。天明登前途，独与老翁别〔一七〕。

校注

〔一〕石壕，村名，在今河南陕县东南七十里。杜甫离新安后，先至陕县石壕，再至潼关。“三吏”将《潼关吏》置于《新安吏》之后，《石壕吏》之前，从事情发生的时间看，或误。

〔二〕投，投宿。

〔三〕门看，《全唐诗》校：“一作看门。”

〔四〕一何，多么、怎么这样。

〔五〕前致词，在差吏跟前述说。

〔六〕三男，三个儿子。邺城戍，在邺城（即相州）前线当兵打仗。

〔七〕一男，（三个儿子中的）一个儿子。附书至，托人捎信回来。

〔八〕二男，另外两个儿子。新战死，指在不久前的邺城大溃败中战死。

〔九〕长已矣，永远完了。

〔一〇〕乳下孙，正在喂奶的小孙儿。

〔一一〕未去，未离开家庭。

〔一二〕以上二句《全唐诗》校：“一作孙母未便出，见吏无完裙。”

〔一三〕老妪，老妇自称。

〔一四〕河阳，今河南孟州市。时郭子仪退守河阳。役，差役。

〔一五〕备晨炊，准备早饭。

〔一六〕泣，低声而哭，抽泣。幽咽，形容哭声低而时断时续。“泣幽咽”者当是儿媳，即乳下孙之母。

〔一七〕暗示老妇已被吏带走。

笺评

桂天祥曰：语似朴俚，实浑然不可及。风人之体于斯独至，读此诗泣鬼神矣。（《批点唐诗正声》）

陆时雍曰：其事何长，其言何简！“吏呼一何怒，妇啼一何苦”二语，便当数十言写矣。文章家所谓要会，以去形而得情，去情而得神故也。末四语酸楚殊甚。（《唐诗镜》卷二十一）

许学夷曰：子美《石壕吏》与《新安》《新婚》《垂老》《无家》等作不同。《石壕》效古乐府而用古韵，又上、去二声杂用，另为一格。但声调总与古乐府不类，自是子美之诗。（《诗源辩体》卷十九）又曰：杨用修云："宋人以子美能以韵语纪时事，谓之'诗史'，鄙哉！夫六经各有体，若《诗》者，其体、其旨，与《易》《书》《春秋》判然矣。《三百篇》皆意在言外，使人自悟。杜诗含蓄蕴藉者盖亦多矣，宋人不能学之；至于直陈时事，类于讦讪，乃其下乘末脚，而宋人拾以为己宝，又撰出'诗史'二字以误后人。如诗可兼史，则《尚书》《春秋》可以并省矣。"愚按：用修之论虽善，而未尽当。夫诗与史，其体、其旨，固不待辩而明矣。即杜之《石壕吏》《新安吏》《新婚别》《垂老别》《无家别》《哀王孙》《哀江头》等，虽若有意纪时事，而抑扬讽刺，悉合诗体，安得以史目之？至于含蓄蕴藉虽子美所长，而感伤乱离，耳目所及，以述情切事为快，其亦变《雅》之类耳，不足为子美累也。（同上）

邢昉曰：述情陈事，琐屑近俚，翻极高古。此种皆法《孔雀东南飞》，绝得其奥妙。（《唐风定》）

王嗣奭曰：此首易解，而言外意人未尽解。此老妇盖女中丈夫，至今无人识得。"吏夜捉人"，老翁走，此妇出门，便见胆略，而胸中已有成算。老翁之逃，妇教之也，吏呼则真，而妇啼一半妆假，前致辞未必尽真也。三男亡其二男，存者偷生而不敢归，家下惟一乳孙，母恋子故未去，然无完裙，不堪偕汝去，宁使老妪随至河阳执炊，不敢辞也。吏虽怒，而到此亦心软矣。非不知有老翁在，而姑带老妇以覆上官，必且代妇致辞而纵之使归，所谓"备晨炊"，设词也，吏不知也。此妇当仓卒之际，而智如镞矢，勇如贲、育，辩似仪、秦，既全其夫，又安其孤幼。（《杜臆》）

周珽曰：一篇苦情实状难读。末四语酸楚更甚。唐祚不几岌岌乎！（《删补唐诗选脉笺释会通评林·盛五古》）

吴山民曰：起二句劲。吏怒、妇啼，何等光景。"三男戍"，死其二，惨；"惟有乳下孙"，危；"出入无完裙"，可伤。"急应河阳役"二句，语非其心，强作硬口。"夜久语声"二句，泣鬼神语。结句尤难为情。（同上引）

徐增曰：一篇述老妪意，只要藏过老翁。用意精细，笔又质朴，又妙在一些不露子美身分。（《而庵说唐诗》）

施闰章曰：近阅旧刻本，作"老妇出门首"，则"走"音同韵；既立门首，则张皇顾望，情势跃然，不言"看"而意在其中矣。只六句连换三韵，与"青青河畔草"诗同体。（《蠖斋诗话》）

张谦宜曰：含蓄二字，诗文第一妙处。如少陵前、后《出塞》，“三吏”“三别”，不直刺主者，便是含蓄。机到神流，乃造斯境。（《絸斋诗谈》卷一）又曰“三吏”“三别”，乃乐府变调，倾吐殆尽，而不妨其厚，爱人之意深也，此用意妙诀。（同上卷四）

王尧衢曰：子美诗，如《无家别》《垂老别》《新婚别》与此，俱语语沉痛，如此诗叙事质朴，意极精细，独见手法之妙。（《古唐诗合解》）

黄生曰：“惟有”句，明室中更无男人也。“有母”句，特带说耳。心虚口硬，形情口角，俱出纸上。曰“独与老翁别”，则老妪之去可知矣，此下更不添一语，便是古诗气韵、乐府节奏。（《杜诗说》卷一）

吴冯栻曰：此一百二十字，即一百二十点血泪。举一石壕，而唐家百二十州，何处非石壕！举一石壕之吏，而民间十万虎狼，又何一非此吏！即所见以例其馀，为当时痛哭而道也。（《青城说杜》）

仇兆鳌曰：首叙征役驱迫之苦。此诗各四句转韵，村、人与门叶古八真韵。二段，备叙老妇诉吏之词，公盖宿于其家也。“三男”以下，言行者之惨。“新战死”，指邺城之败。“室中”以下，言居者之苦。《新安吏》，驱民守东都；《石壕吏》，驱民守河阳也。末结老翁潜归之状。妇随吏诉官，故其媳泣声，吏驱妇夜去，故其夫晓回。前途别，乃公与之别，非妇与翁别也。此章，首乞求各四句。中三段，各八句。古者有兄弟，始遣一人从军。今驱尽壮丁，及于老翁。诗云“三男戍”“二男死”“孙方乳”“媳无裙”“翁逾墙”，妇夜往，一家之中，父子兄弟，祖孙姑媳，惨酷至此。民不聊生极矣。当时唐祚亦岌岌乎哉！（《杜少陵集详注》卷七）

浦起龙曰：《石壕吏》，老妇之应役也。丁男俱尽，役及老妇，哀哉！首尾各四句叙事，中二段叙言。“老翁”首尾一见，中间在老妇口中，偏以个个诉出，显其独匿老翁，是此诗作意处。起有猛虎攫人之势。前云“逾墙走”，后云“与翁别”，明系此翁为此妇所匿。盖翁不匿，则老亦不免；妇出应，则身犹可脱也。偏云“力衰”“备炊”，偏不告哀祈免，其胆智俱不可及。此意《杜臆》语焉而不详。至所事之惨苦，更不待言。“河阳役”与《新安吏》之“守王城”，同一役也。河阳在东都东甚迩。仇氏分作两处，误矣。“三吏”夹带问答叙事，“三别”则纯托送者、行者之词。（《读杜心解》卷一）

李因笃曰：急弦则响悲，促节则意苦，最近汉、魏。（《唐宋诗举要》卷一引）

杨伦曰：（“吏呼”二句）顿挫。（“室中”四句）独匿过老翁，家中人偏一一数出。“三吏”兼问答叙事，“三别”则纯托为行者、送者之词，并是古乐府化境。（《杜诗镜铨》卷五）

陈景寔曰：杜工部《石壕吏》诗：“暮投石壕村，有吏夜捉人。老翁逾墙走，老妇出门看。”写实诗也。《草堂诗笺》《唐宋诗醇》均作“出门看”，他本以韵不叶，改之。苏涧公本、《杜诗详注》俱作“出看门”，《唐诗合解》又作“出门迎”，海盐刘氏更作“出门首”，以叶“走”字韵，各有理由。然以当时情理推想，定是“出门看”无疑也。且刘向《列女颂》，“人”读如延切，吴迈远《长相思》诗，“看”读丘虔切。古韵亦叶。况此篇音节既美，声韵无阻，即读“人”字、“看”字本音，未尝不可。《三百篇》谁为之韵耶！适口而已矣。（《观尘因室诗话初集》）

吴闿生曰：此首尤呜咽凄凉，情致凄绝。（《唐宋诗举要》卷一）

王闿运曰：此用乐府体，亦开一法门。（《手批唐诗选》）

高步瀛曰：此诗子美用古韵也。《唐韵》村魂韵、人真韵、看寒韵古韵皆可相通。后人不明古韵，纷纷改之，非也。又曰：结与翁别为起二句之去路，此一定章法，非独结老翁前归而已。（《唐宋诗举要》卷一）

这首诗与《新安吏》《潼关吏》虽同为“夹带问答叙事”（浦起龙语），同有诗人自己在场，但《新安吏》《潼关吏》都写了诗人与新安吏、潼关吏的问答，《新安吏》还有过半篇幅是写诗人对送行者的同情劝慰，诗人本身的言行在诗中显得相当突出。而在《石壕吏》中，诗人的身影仅在首尾“暮投石壕村”“天明登前途，独与老翁别”中一现，在作为诗的主体的绝大部分篇幅中（从“有吏夜捉人”至“如闻泣幽咽”），写的是吏捉人的事件和吏与老妇的问答，诗人自己只是作为事件的亲历者在旁听闻，并不直接出现在事件与场景之中，是不发表任何见解或评论。这就使《石壕吏》较之《新安吏》《潼关吏》，更像一首首尾完整，有情节，有场景，有人物，有开端，有高潮，有结局的叙事诗，一篇第一人称的诗体短篇小说。全诗写了一个事件的过程。从“暮投”到“夜捉”，再到“夜久”“天明”，这是故事发生的时间线索。开头四句写日暮投宿，点明差吏捉人的事件，是故事的开端。“吏呼”以下十六句写暴吏怒索威逼下的老妇的致词，依次写出老妇始则企图以一家人的惨重牺牲打动差吏；继则企图以一家人的贫困悲惨境遇哀告差吏，并为老翁打掩护；终则在暴吏威逼下挺身应役。这是故事的高潮，也是全诗的主体。“夜久”四句写诗人彻夜未眠与天明启程，这是故事的结局。

诗写得极其朴素，全篇硬是没有用一个形容词（连形容妇啼之苦、吏呼之怒，都有意不用，而是用“一何”这样的副词），没有任何背景的叙述、环境的描绘，也几乎没有气氛的渲染和对人物（包括诗人自己）的心理刻画，好像就是那样不动声色地叙述了一个故事。习惯了诗歌要有一点文采、一点色泽的读者可能觉得它过于质木无文。《新安吏》已经写得够朴素了，但毕竟还有“白水暮东流，青山犹哭声”这样出色的气氛渲染和环境描写，还有“眼枯即见骨，天地终无情”这种惊心动魄的强烈抒情。《石壕吏》比起它来，更进了一步，称得上是“皮毛落尽”了。但绝不意味着这首诗在艺术上是没有经过锤炼的，恰恰相反，它的锤炼功夫很深，已经锤炼到不仔细体味就不容易发现锤炼痕迹的地步，这是艺术上高度成熟、达到炉火纯青程度的一种标志，是艺术上的归真返璞的表现。

首先是选材的典型性。“三吏”“三别”除《潼关吏》外，每一首诗都写一桩悲惨事件，选材都相当典型，但最集中、最典型的无疑是《石壕吏》。讲到选材的典型性，首先要明确这首诗的题材究竟是什么。诗一开头就直书“有吏夜捉人”，而且后来真把老妇抓走了，似乎诗的题材就是写“有吏夜捉人”的事件和过程。但奇怪的是，诗里对如何“捉人”的事几乎没有任何正面描写，只是在最后“独与老翁别”中暗示了一下，却详细记述了“捉人”之前老妇的一段长达十三句（占全诗篇一半以上）的致词。是杜甫不懂作诗的起码常识，离题了吗？当然不是。这里就存在一个究竟什么才是《石壕吏》的题材的问题。其实，诗人是要通过“夜捉人”的事件来反映这一家人的悲惨境遇，这才是《石壕吏》的题材。仇兆鳌说“三男戍”“二男死”“孙方乳”“媳无裙”“翁逾墙”，妇夜往，一家之中，父子兄弟，祖孙姑媳，惨酷至此。“民不聊生极矣。”“民不聊生极矣”是杜甫目击“三吏”“三别”中所描绘的生活现象时最突出的感受，在某种意义上说，也是这两组诗的总主题（说“某种意义上”，是因为这两组诗还有劝勉、赞扬人民挺身赴国难的另一面）。对于这样一个主题来说，“有吏夜捉人”，而且捉的又是一个年老力衰的老妇的事件，当然已经相当典型了，但比起在“三男戍，二男死，孙方乳，媳无裙，翁逾墙”的情况下仍将老妇抓走的事件，后者自然更为突出，更为典型。可见，作者的本意，并不只是要写“在捉人”这一事件，而是要通过“夜捉”这一事件，写出这一家七口惨绝人寰的悲剧，以充分表现“民不聊生极矣”的主题。简单地将这首诗的题材说成是“有吏夜捉人”，对诗的选材的典型性就不可能有正确的理解，而对选材的典型性缺乏正确理解，对诗的一系列艺术表现手段也不可能很好理解。

其次是情节的提炼与剪裁。陆时雍说：“其事何长，其言何简！‘吏呼一何怒，妇啼一何苦’二语，便当数十言写矣。”这段话指出了这首诗写得很简练，每为鉴赏者所称引。但单纯从字数上看问题，不免有些表面化和绝对化。作品叙述描绘的繁与简，离不开题材与主题。如果这首诗的题材是“有吏夜捉人”，主题亦仅为揭露吏的凶残横暴，“吏呼一何怒，妇啼一何苦”这十个字究竟是概括精练，还是空洞贫乏呢？我看是空洞贫乏。同样，如果是这样一个题材和主题，老妇致词一大段究竟是详细具体还是繁冗噜苏呢？恐怕难免不被讥为繁冗噜苏。反之，正因为题材是一家七口惨绝人寰的悲剧，主题是“民不聊生极矣”，作者才把“吏呼”和“妇啼”写得那么简括，惜墨如金，而对老妇的致词则写得那么详细具体（具体到媳妇的“出入无完裙”），因为这是构成题材、体现主题的要素和凭借。诗人根据题材和主题的需要，对许多次要的素材作了巧妙的剪裁，以突出一家七口惨绝人寰的悲剧这个重点。下面作一些具体分析。

开头两句写日暮到老翁家投宿，夜里碰上差吏来抓人。这是交代事件缘由的，写得极精练，简直像十个字的写作提纲。根据这个提纲，可以敷衍出一大篇文章来。比如说诗人是在什么情况下到石壕村的（总该交代一下兵荒马乱的时代背景吧），又如何找到老翁家投宿，主人是如何接待的，夜里吏又是如何来敲门抓人的。可到了诗人这里，却一概剪去，只剩下光秃秃的“暮投石壕村，有吏夜捉人”十个字，对照一下题材情境类似的晚唐诗人唐彦谦的《宿田家》：

> 落日下遥峰，荒村倦行履。停车息茅店，安寝正鼾睡。忽闻扣门急，云是下乡隶。公文捧花柙，鹰隼驾声势。良民惧官府，听之肝胆碎。阿母出搪塞，老脚走颠踬。小心事延款，□馀粮复匮。东邻借种鸡，西舍觅芳醑。再饭不厌饱，一饮直呼醉。明朝怯见官，苦苦灯前跪。使我不成眠，为渠滴清泪。民膏日已瘠，民力日愈弊。空怀伊尹心，何补尧舜治？

平心而论，这首诗在晚唐算得上是比较优秀的作品。它主要揭露下乡吏对农民的威吓和敲诈勒索，对吏的丑恶嘴脸和农民的畏惧哀告和小心侍奉之状自然要作比较具体的描写，但开头四句那样噜苏絮叨实无必要，因为这与诗的主题也是无关的。杜甫“暮投”一句，足抵唐的四句。

下面老妇致词一段，分三层。这三层内容并不是老妇一口气讲下来的，也不是平心静气，像叙家常一样讲的，而是在吏的不断催逼怒喝声和老妇的啼哭哀求声中断断续续地进行的。当老妇讲到三个儿子都参加了攻打邺城的战役，其中两个已经牺牲了之后，吏肯定要紧接着喝问：你家里难道就没有别的男人了吗？就你一个老婆子吗？因为吏是来“捉人”的，不是来听老妇哭诉的，因此老妇为了掩护“逾墙走”的老翁，连忙声明“室中更无人，惟有乳下孙。有孙母未去，出入无完裙”。家里再无能服役的男人，只有还在喂奶的孙子和媳妇，媳妇连一件完好的裙子都没有，根本无法出来见官，更不用说前去服役了。在这种情况下，吏肯定会大发脾气，再三威逼，甚至提出要把媳妇带走，老妇哀求无效，这才挺身而出，表示自己可以去河阳前线服役，为大军烧饭。而老妇提出“请从吏夜归”的请求后，根据下面的“夜久语声绝”一句，肯定还有其他的对话和情节，如吏起先不依，嫌老妇不顶用，后来看看实在没有人，只好抓老妇去交差；而老妇临行前也可能跟媳妇作了些交代，等等。这一切，由于跟主题无关或关系不大，统统剪裁掉了。总之，老妇的层层诉说，用实写，明承“吏呼”“妇啼”；暴吏的步步威逼喝问，用虚写，暗承“吏呼”“妇啼”。从妇的层层诉说中，可以窥见吏的穷凶极恶的嘴脸，收到“无字处皆其意”的艺术效果。此外，老妇被带走和老翁回到家中，是作为暗场处理的，诗中用“夜久语声绝”和“独与老翁别”作了暗示。这些剪裁，都是为了突出致词中所反映的一家人的悲惨遭遇。经过这样大刀阔斧的剪裁之后，情节被提炼得非常精纯，它的典型性被凸显出来，诗的主题——“民不聊生极矣”便得到了集中而深刻的表现。从这里也可以悟出，这首诗所要控诉的绝不仅仅是石壕吏的凶暴和兵役制度的不合理，而是像《新安吏》里所控诉的那样，“眼枯即见骨，天地终无情”！一个社会，一个制度，一个统治集团，怎么能让这样惨绝人寰的现象发生。至少在客观上，它导致的结论是这样的。

三是寓情于事，寓主观感情于客观叙述之中。这是杜甫诗歌写实性的突出特点。表面上看，这首诗从头到尾都是客观的叙述描写，诗人自己一直没有正面出现在悲剧发生的场景中，是没有像《新安吏》那样发出激愤的控诉。但描述的客观性绝不等于没有倾向性。梁启超说杜甫“做这首《石壕吏》诗时，他已化身做那位儿女死绝、衣食不继的老太婆，所以他说的话，完全和他们自己说一样”，“这可以说是讽刺文学中的最高技术”，正因为诗人亲历了这幕惨剧发生的全过程，对诗中所描述的情享有极痛切的感受，才能如此真切地感同身受地将它展现出来，并在貌似不动声色的客观描述中渗透自己深厚的感情。不妨对诗中一些客观描述的句子作一些分析。

一开头就是“暮投石壕村”。说“暮宿石壕村”行不行，当然，“投”和“宿”都可以说明晚上在石壕村住下来这个客观事实，但所表现的气氛不同，所表现的诗人主观感受也不同。萧涤非说：“‘投’字兼写出大乱时一种苍黄急遽之状。贾岛诗：‘落日恐行人’在乱世更有此感觉。”这个感受很真切细腻。“投”和“宿”虽义近，但“宿”字比较中性，用来表现正常情况下心情比较安闲的投宿比较恰当，且能给人一种归宿感，但用在这里就写不出气氛和诗人的感情色彩，而“投”字则给人一种在兵荒马乱中匆匆投奔之感，可以体味出当时紧张的气氛和诗人的惶遽不安心理。

“有吏夜捉人”，不说“征兵”“点兵”，而说“捉人”，而且是“夜捉人”，这样的“吏”，就跟闯到人家家里绑架的强盗差不多。古代史书讲求“春秋笔法”“以一字寓褒贬”，这个“捉”字就是以一字寓褒贬。直书其事，不稍掩饰，本身就是尖锐的揭露批判。

“老翁逾墙走，老妇出门看。”那里一“捉人”，这里就“逾墙走”，紧接着老妇就出门看动静，说明在这一带，“夜捉人”的事件发生过多次，老百姓对付“夜捉”的经验已经很丰富，动作也很熟练。仿佛只是客观叙述，但其中却含有对这种把老百姓搞得鸡犬不宁的“捉人”行为的厌恶乃至痛恨。

“吏呼一何怒！妇啼一何苦！”不说吏如何可恨，老妇如何可怜，只以浑括的“一何”二字出之，它所具有的强烈感情色彩自然会引发读者对吏的凶恶狰狞面目和妇的悲哀无告神情的想象。

“夜久语声绝，如闻泣幽咽。”这个“如”字很值得细细体味。“幽咽”的是媳妇。丈夫“新战死”，只留下一个还在吃奶的小孩。家里的生活本来就十分艰困，连一件完好的裙子都没有。这天夜里，公公跳墙逃跑了，婆婆又被抓去应差，家里只剩下她和吃奶的小孩。一切不幸，仿佛都集中在她一个人身上，内心极度悲痛，该是号啕大哭的，但为了不惊醒孩子、惊动家里的客人，只能极力抑制悲痛，独自抽泣。而且连抽泣的声音大了也怕惊动客人，只能低声饮泣，抽泣一阵，又强忍一阵，这种情景，在杜甫笔下，就成了“如闻泣幽咽”。这五个字，把媳妇强忍悲痛但又抑制不住，断断续续低声抽泣的情景非常逼真传神地表现了出来，也把诗人自己怀着无限关切和同情，侧耳细听，又听不真切的情状非常真切细腻地表现了出来，和“夜久语声绝”联系起来，透露出整个一夜，杜甫都没有入睡。比较唐彦谦的“使我不成眠，为渠滴清泪”，后者的浅露便显而易见。

“天明登前途，独与老翁别。”昨天傍晚投宿时，是老翁老妇一起接待的，今晨登路，却只剩下老翁一人与之告别。在经历了昨夜那一幕惨剧，耳闻了老翁一家的悲惨境遇之后，再与老翁一人告别，心中翻腾的悲慨肯定是非常复杂的，但诗人却一句话也没有说，只是默默登上前途。除了从艺术上看，一切抽象的议论都是苍白无力的，更主要的恐怕还是悲愤之至，反而说不出话来。

以上分析的是作者的叙述语言中所寓含的感情，下面再看一看纪言部分所蕴含的感情。不妨举一个例子“存者且偷生，死者长已矣!”这两句话对于情节叙述来说，无关紧要；但对老妇及诗人的感情表达来说，却具有艺术的震撼力。这样一个家庭，三个儿子都上了前线，其中两个为国家献出了生命，照理说应该得到政府的抚恤和照顾，结果反而横遭新的迫害。“死者长已矣”，为国牺牲的人就这样无声无息地死去了，永远完了，谁也不会记起他们，谁也不会来同情他们的家庭。“存者且偷生”，可冷酷的现实却是连幸存的老人也不让他们苟延残喘。这里面的潜台词其实就是“天地终无情”，是身受其害的老妇对当权者对这个社会和世道的愤激控诉，也曲折地表达了诗人的愤激与控诉。

有一种比较流行的看法，认为“三吏”“三别”这种带有纪实色彩的诗是诗中的报告文学。这可能会导致误解，以为这类迅速反映时事的诗艺术上锤炼不够，缺乏长久的艺术生命力。上面的分析说明它实际上在题材和主题上经过了典型化提炼与概括，并据此对生活素材进行了精心的提炼剪裁，文字表达上极其精练传神。可以说，在诗歌史上提供了用叙事诗的形式直接迅速地反映时事，而在艺术上又精雕细刻、精益求精的典范。

新婚别〔一〕

兔丝附蓬麻〔二〕，引蔓故不长〔三〕。嫁女与征夫，不如弃路旁。

结发为妻子〔四〕，席不暖君床。暮婚晨告别，无乃太匆忙〔五〕。君行虽不远，守边赴河阳〔六〕。妾身未分明〔七〕，何以拜姑嫜〔八〕？父母养我时，日夜令我藏〔九〕。生女有所归〔一〇〕，鸡狗亦得将〔一一〕。君今往死地，沉痛迫中肠〔一二〕。誓欲随君去，形势反苍黄〔一三〕。勿为新婚念，努力事戎行〔一四〕。妇人在军中，兵气恐不扬〔一五〕。自嗟贫家女，久致罗襦裳〔一六〕。罗襦不复施〔一七〕，对君洗红妆〔一八〕。仰视百鸟飞，大小必双翔。人事多错迕〔一九〕，与君永相望〔二〇〕。

校注

〔一〕《新婚别》《垂老别》《无家别》，合称“三别”，均为乾元二年(759)三月自东京归华州途中据所见乱征兵现象而作。三首均为代言体，用第一人称口吻。此首托为新婚妻子送别丈夫之辞，另二首则为被征的老翁与妻子作别、战败归来重被征召入伍的单身汉无家可别之辞。

〔二〕兔丝，藤蔓植物，依附在其他植物枝干上生长。蓬，蓬草；麻，麻类植物。蓬草与麻均矮小。《古诗》：“与君为新婚，兔丝附女萝。”

〔三〕引蔓，伸展茎蔓。故，《全唐诗》校：“一作固。”二句以兔丝依附蓬或麻而生故引蔓不长为喻，比女子嫁给征夫，很难白头到老。

〔四〕结发，指成婚。古礼，成婚之夕，男女左右共髻束发，故称。或谓古代男二十岁，女十五岁开始束发插簪，表示已成年，可以结婚。《文选·苏武诗四首》之三“结发为夫妻”李善注：“结发，始成人也。谓男年二十、女年十五，取笄、冠为义也。”

〔五〕无乃，岂非。

〔六〕萧涤非曰：“二句有言外之意，弦外之音。守边竟守到河阳，守到自己家里来了。与李白诗‘天津（洛阳桥名）成塞垣’同一用意。”

〔七〕身，身份。《礼记·曾子问》：“三月而庙见，称来妇也。”孔疏：“此谓舅姑亡者，妇入三月之后而于庙中以礼见于舅姑。”此为古礼。唐代习俗，嫁后三日始庙见，并上坟，新妇的身份地位才正式确定。诗中新妇“暮婚”而“晨告别”，在家中的身份地位尚未定，故云“未分明”。

〔八〕姑嫜，丈夫的母亲、父亲，即婆婆、公公。

〔九〕藏，指藏于闺中。

〔一〇〕归，古称女子出嫁。

〔一一〕将，相随。宋庄季裕《鸡肋编》卷下：“杜少陵《新婚别》云：‘鸡狗亦得将。’世谓谚云‘嫁得鸡逐鸡飞，嫁得狗逐狗走’之语也。”亦得将，亦当相随。萧涤非引王建《促刺词》：“少年虽嫁不得归，头白犹著父母衣。田边旧宅非所有，我身不及逐鸡飞。”谓唐时已有嫁鸡随鸡之谚。

〔一二〕往死地，指上前线打仗，随时都有牺牲的可能。迫，煎迫。中肠，犹内心。

〔一三〕苍黄，喻变化不定、反复无常。此承上句谓本欲随君前去，但又担心将局面弄得更加复杂（指使士气不扬）。

〔一四〕戎行（háng），本指军队。此指军旅征战之事，即打仗。

〔一五〕兵气，士气。扬，高昂。《汉书·李陵传》：“我士气少衰，而鼓不起者，何也？军中岂有女子乎？陵搜得，皆剑斩之。”

〔一六〕久致，很久才置办。罗襦裳，丝绸的短衣。指新嫁衣。

〔一七〕施，用，指穿。

〔一八〕洗红妆，洗去脸上的脂粉。

〔一九〕错迕，不如意。

〔二〇〕永相望，永远相望相守，表示忠贞不渝。

笺评

罗大经曰：《国风》：“岂无膏沐？谁适为容。”盖古之妇人，夫不在家，则不为容饰，此远嫌防微之意也。杜诗：“罗襦不复施，对君洗红妆。”“尤可悲矣。《国风》之后唯杜陵不可及者，此类是也。（《鹤林玉露》。仇注引）

王回曰：先王之政，有新婚者，期不役政，出于刑名，则一切便事而已。此诗所怨，尽其常分，而能不忘礼义。余是录之。（《唐诗品汇》卷七引）

刘辰翁曰：曲折详至。缕缕凡七转，微显条达。（《唐诗品汇》卷七引）

范德机曰：颠沛流离之际，犹有若是妇人。为人臣而不知《春秋》之义者，何心哉！（同上引）

《雨航杂录》：杜子美《新婚别》云：“誓欲随君去，形势反苍黄。”

《无家别》云："存者无消息，死者为尘泥。"又："久行见空巷，日瘦气惨凄。"杳渺之极。

钟惺曰："无乃"二字，新妇口吻，只得如此。（"形势反苍黄"）五字吞吐难言，羞、恨俱在其中。（"勿为"二句）绝是妇人对男子勉强离别口吻。（"对君"句）"对君"二字有意，妙，妙！总评：军中诗，男子要他忠厚，女子要他贞烈，看老杜胸中三代。（《唐诗归》）

王嗣奭曰：通篇作新人语。起用比意，逼真古乐府，是《三百篇》兴体。"君今生死地"，妙有馀思；或作"往死地"，语便直致。此代为妇人语，而揣摩以发其隐情。"暮婚晨告别"，是诗柄。篇中有极细心语，如"妾身未分明"二句、"妇人在军中"二句是也。有极大纲常语，如"勿为新婚念"二句、"罗襦不复施"二句是也。真《三百篇》嫡裔。（《杜臆》。《杜少陵集详注》卷七引）

卢元昌曰：呜呼！乱不废礼，礼必顺情，先王之制也。况民生有欲，莫大于婚。既弃其礼，又怫其情，至于暮婚晨别，是何等时事！《东山》"零雨"篇云："其新孔嘉，其旧如之何！"先王曲体人情如此。咏公此诗，益念范氏人道使民之说。（《杜少陵集详注》卷七引）

周珽曰：起兴"兔丝"，愿情"鸡狗"，羡心"百鸟"，合情理、事势、节义。以劝勉誓守，如怨如诉，如泣如慕，一腔幽衷，令人读不得。（《删补唐诗选脉笺释会通评林·盛五古》）

胡应麟曰：起四语，子美之极力于汉者也。然音节太亮，自是子美语。（同上引）

陆时雍曰：此作气韵不减汉、魏。"妾身未分明，何以拜姑嫜"，建安中亦无此深至语。（《唐诗镜》卷二十一）

吴山民曰："自嗟"二字，含几许凄恻，又极温厚。（《删补唐诗选脉笺释会通评林·盛五古》引）

黄周星曰：少陵《新安》《石壕吏》与《新婚》《垂老》《无家别》五篇皆可泣鬼，而此篇尤为悲惨。（《唐诗快》）

吴农祥曰：新婚遽别，惨矣。乃妇人之戒其夫者，有"努力事戎行"之语，婉转勉励，有同仇之志焉，有谁因谁极之思焉。怨而不怒，此诗有之。（《杜诗集评》卷二引）

黄生曰：三题相似，此独用兴起，亦以新婚之妇难为辞故。古婚三月而后庙见，未庙见而死者，归葬于父母之家，示未成妇也。所以必三月者，古人重廉耻，夫妇之道，久而后成。后世以日易月，古道丧矣。暮婚晨别，是犹未及三日，其未成妇可知。"未分明"三字，立言甚妙。诸诗自制新题，便有千古自命之意，盖亦极厌六朝人拟作之不情耳。诗人好拟古，譬好妄语者，虽说实话，人亦不信。可以一笑。（《杜诗说》卷一）

仇兆鳌曰：（"结发"八句）此叙初婚惜别，语意含羞。（"父母"八句）此忆前后情事，词旨惨切。（"勿为"八句）上二段，夫妇分离，愁绪万端，此发乎人情者也；此一段，既勉其夫，且复自励，乃止乎礼义者也。（"仰视"四句）末用比意收，终望夫妇之相聚也。陈琳《饮马长城窟行》，设为问答，此"三吏""三别"诸篇所自来也。而《新婚》一篇，叙室家离别之情及夫妇始终之分，全祖乐府遗意，而沉痛更为过之。此诗"君"字凡七见。"君妻""君床"，聚之暂也；"君行""君往"，别之速也；"随君"，情之切也；"对君"，意之伤也；"与君永望"，志之贞且坚也。频频呼君，几乎一声一泪。（《杜少陵集详注》卷七）

查慎行曰：语浅情深，从古乐府得来。（《初白庵诗评》）

浦起龙曰：《新婚别》，送者之词也。比体起，比体结，语出新人口，情绪纷而语言涩。依仇本琐琐分段为合。"结发"八句……此点题处。"父母"八句……此柔肠九回时。"勿为"八句……至此激于义愤，淋漓出之，忘乎其为新人矣。（《读杜心解》卷一）

夏力恕曰：无穷义理，无限节操，却从新嫁娘口中说出，只此便是有唐乐府，临阵歌之，可以激励将士。（《杜诗增注》卷五）

沈德潜曰：起、结皆兴。"君今往死地"以下，层层转换，发乎情，止乎礼义，得《国风》之旨矣。与《东山》"零雨"之诗并读，时之盛衰可知矣。《文中子》欲删汉以后续经，此种诗何不可续。（《重订唐诗别裁集》卷二）又曰：少陵《新婚别》云："嫁女与征夫，不如弃路旁。"近于怨矣，而"君今往死地"以下，层层转换，勉以努力戎行，发乎情止乎礼义也。（《说诗晬语》卷上）

李光地曰：小窗嚅喁，可泣鬼神。此《小戎》"板屋"之遗调。《杜诗镜铨》卷五引）

杨伦曰：（"兔丝"二句）此言兔丝当附于松柏，今附蓬麻，故引蔓不长也。（"妇人"二句）少不得此英雄语。《杜诗镜铨》卷五）

《新婚别》是“三别”的头一首，写一位新婚女子与丈夫告别时说的话。古代征兵制度，新结婚的男子，在一周年内不服役。但这首诗中的丈夫，却是头天晚上刚结婚，第二天清晨就上前线。这种情况的发生，自然跟相州兵溃，部队急需补充兵源的特殊背景有密切关系，但也说明当时这一带乱征兵的状况确实到了毫无章法、惨无人道的程度。

与《垂老别》《无家别》系以赴征的士兵为主角不同，《新婚别》的主角是出征士兵的新婚妻子。这种选择可能是出于艺术上的考虑，即使主人公的命运更令人同情，使主人公的自诉更令人动容。

开头四句是一组比喻，用兔丝攀附在蓬和麻这种矮小植物身上不能充分伸展枝蔓比喻女子嫁给当兵的，不可能长久相守，白头偕老。古诗有“与君为新婚，兔丝附女萝”之句，是用兔丝与女萝这两种蔓生植物互相缠绕依附，象喻夫妇之间的紧密相依关系。杜甫用其词而不袭其意，用“兔丝附蓬麻”来兴起并象喻女子所托非可以依附的对象来揭示其命运的悲惨，用古而别出新意。第三句明白点出所嫁者为“征夫”，第四句更作哀怨愤激之语，说嫁给时刻有生命危险的征夫，还不如一生下来就丢弃在路边。这种强烈的怨愤语透露出她所嫁的“征夫”不同于平常情况下的从军出征，而是特殊情况下“往死地”的出征。因此开头这四句在全篇虽只是一个起兴，但悲愤哀怨之气已流注于笔端。

接下来八句，正面点题，围绕“暮婚晨告别“这个主句反复深入地抒发怨情。用“席不暖君床”的细节来突出渲染“暮婚晨告别”的相聚之短、别离之速，极富生活气息；而“无乃太匆忙”的强烈嗟叹则倾泻了女主人公对“暮婚晨告别”的哀怨与无奈。“君行”二句，点出新婚丈夫所往之地——河阳，交代了这首诗所写的“暮婚晨告别”的悲剧发生的特殊战争背景。“虽不远”先退一步，离家不远，似稍可安慰；但“守边赴河阳”却逼进一步，家乡河阳一带已经成了边疆。这既是对战争形势危急的一种点醒，也意味着卫国与保家的关系从来没有像现在这样密切。这也正是女主人公勉励丈夫“勿为新婚念，努力事戎行”的重要原因，在似不经意的交代中已为女主人公感情的变化预设了伏笔。“妾身”二句，又回过头来写新娘子在家庭中的尴尬处境：虽已“结发为妻子”，却因“暮婚晨告别”而没有来得及拜庙上坟，还算不上夫家的正式家庭成员。这样不清不楚的身份，叫我如何去拜见公婆呢！在实际生活中，兵荒马乱的年代，又是贫苦人家，也许没有那么多礼数上的讲究，新娘子这样说，也许只是为了在新婚丈夫面前表达自己的难堪和怨意，但却生动逼真地传达出女主人公的口吻神情和忐忑不安的心理。

“父母养我时”以下八句，紧扣“新婚”，写女主人公誓欲相随而不能的痛苦。女主人公虽是贫家女，但从小也秉承礼教，养于闺中，长大嫁人，则生死相随，遵守嫁鸡随鸡，嫁狗随狗的礼俗。但如今丈夫却身往随时都会遭遇不测的“死地”，这怎能不沉痛万分，肝肠寸断呢？刚刚结婚，面对丈夫，“君今往死地”的话是轻易不会出口的，但这又是不得不面对的严酷现实，可以想象她在说出这句话时内心确实沉痛到了极点。因此接下去的“誓欲随君去”，无非是表示死也要死在一块儿的意愿，但立即又想到，这是根本不可能的，只会使局面反而弄得更糟。一扬一抑、一纵一收之间，突出了欲随而不能的实际境遇，剩下来的唯一选择便是勇敢地面对离别。“形势反苍黄”句启下。

“勿为新婚念”以下八句，是清醒地意识到离别必不可免、反叛战事理当支持的女主人公对新婚丈夫的勉励和自誓。叛军已经压到了家门口，河阳成了最前线，家乡如重新沦为敌占区，带来的将是更大的劫难。“勿为新婚念，努力事戎行”的深情嘱咐与勉励中正包含有家国一体的切身感受。这使得女主人公的言行真实可信。“妇人”二句是对“誓欲”二句的说明。据史籍记载，当时实有妇女结伴参军之事（见《旧唐书·肃宗纪·乾元元年》），但那是打仗，至于普通兵士家属随军，那是绝不允许的，因为那会影响士气。“自嗟”四句，向丈夫诉说自己本是贫家女子，好不容易才为嫁人而置办了一套比较像样的新嫁衣，为了表明自己的忠贞不贰，今天当着你的面就把它脱下，并且洗去新婚之夕的红妆。这番话说得既婉曲又坚决，既深明大义又饱含深情，是提升人物精神境界、塑造人物形象的点睛之笔。

末四句即景抒情，仍以比兴结。仰视天上，百鸟无不结伴双飞，可人世间的事却难得如意顺心。但不管怎样，我都会永远相守，与你彼此相望。“与君永相望”之中，既含有对前途未卜的忧虑和渺茫，更有坚贞相守的自誓。女主人公虽明知“君今往死地”，团聚的愿望非常渺茫，但仍不丧失生活的信心和对胜利的信念。

如果说“三吏”主要是以事件为中心，那么“三别”便明显是以人物为中心，以刻画人物心理、塑造人物形象为用力的重点。这首诗中的新婚女子，既对不合理的兵役制度所造成的“暮婚晨告别”的悲剧境遇充满了强烈的怨愤，对自己的悲剧命运表示了强烈的怨嗟，对新婚丈夫身赴死地的境遇表现了强烈的沉痛，但面对叛军迫近家园、家国一体的严酷现实，又发自内心地勉励丈夫从戎杀敌，保国卫家。显得既温柔缠绵，又刚强坚决；既深婉多情，又理智清醒；既沉痛无奈，又自强自信。显得既可亲、可信而又可敬。看得出来，诗人是要塑造出一位在国家、民族和家庭的灾难面前深明大义、勇敢面对严酷现实的妇女形象。前面的怨愤使后面的勉励显得更难能可贵，也更合情合理。

因为是新婚送别，诗采用了第一人称面对面诉说的方式。这种方式，极大地增强了现场感和亲切感；而频频呼“君”，又使全诗自始至终充满了新婚妻子对丈夫的一往深情。诗中“君”字凡七见，均出现在感情的发展加深和转折变化处，次第展现出女主人公由怨嗟、愤激到沉痛，到无奈，再转而为坚贞不渝、永远相望的变化过程。既是女主人公在临别之际心路历程的展示，又加强了诗的节奏感。

诗的语言朴素亲切，富于生活气息，符合贫家女和新婚妻子的身份。口吻于略带羞涩中透露出深挚缠绵，即使是怨愤语，也符合新婚女子的身份处境，而起、结均用比兴，更增强了诗的民间色彩和生活气息，也增添了婉曲缠绵的情致。

垂老别〔一〕

四郊未宁静〔二〕，垂老不得安。子孙阵亡尽，焉用身独完〔三〕！投杖出门去〔四〕，同行为辛酸〔五〕。幸有牙齿存，所悲骨髓干。男儿既介胄〔六〕，长揖别上官〔七〕。老妻卧路啼，岁暮衣裳单。孰知是死别〔八〕，且复伤其寒。此去必不归，还闻劝加餐。土门壁甚坚〔九〕，杏园度亦难〔一〇〕。势异邺城下〔一一〕，纵死时犹宽〔一二〕。人生有离合，岂择衰盛端〔一三〕！忆昔少壮日，迟回竟长叹〔一四〕。万国尽征戍〔一五〕，烽火被冈峦。积尸草木腥，流血川原丹〔一六〕。何乡为乐土〔一七〕？安敢尚盘桓〔一八〕！弃绝蓬室居〔一九〕，塌然摧肺肝〔二〇〕！

校注

〔一〕垂老，将近老年。此诗写一位子孙阵亡的老人投杖从戎，与老妻告别之词。

〔二〕四郊，都城四周的地区，此指东都洛阳近郊地区。《礼记·曲礼上》："四郊多垒，此卿大夫之辱也。"首句用其意。

〔三〕焉用，何用。完，完好。身独完，独自活着。

〔四〕投杖，摔掉拐杖。

〔五〕同行，指一起被征入伍的士兵。为辛酸，为之伤心。

〔六〕介胄，甲衣和头盔，此用作动词，即穿上甲衣戴上头盔。《史记·绛侯周勃世家》："（文帝）至营，将军亚夫持兵揖曰：'介胄之士不拜。'请以军礼见。"故下句云："长揖别上官。"

〔七〕长揖，拱手从上至极下为礼。上官，指州县长官。

〔八〕孰知，犹熟知，深知。死别，永别。

〔九〕土门，土门口，又名井陉口，在今河北井陉县，系著名的隘口。《元和郡县图志·河北道·恒州》：井陉县："井陉口，今名土门口，县西南十里，即大行八陉之第五陉也。四面高，中央下，似井，故名之。"或谓此句"土门"当在河阳附近，非井陉之土门。似是。壁，壁垒。

〔一〇〕杏园，在今河南卫辉市。度，度越。《九域志》：卫州汲县有杏园镇。《旧唐书·郭子仪传》："乾元元年……十月，子仪自杏园渡河，围卫州。"即此杏园。系黄河渡口。

〔一一〕句意谓形势与不久前邺城军溃之时不同。

〔一二〕句意谓即使战死，也还有相当长一段时日，意盖指河阳的防守相当坚固，不会轻易被攻破而战死。

〔一三〕二句谓人生有离有合，有聚有散，哪能自己选择是盛年还是衰岁时来离别呢。意即衰岁亦不免分离。盛，原作"老"，校："一作盛。"兹据改。端，犹"头"，一头。

〔一四〕迟回，徘徊不前貌。

〔一五〕万国，泛称全国各地。

〔一六〕川原，河川与原野。

〔一七〕《诗·魏风·硕鼠》："誓将去女，适彼乐土。乐土乐土，爰得我所。"乐土，和平安乐之地。

〔一八〕盘桓，逗留。

〔一九〕蓬室，犹茅屋。

〔二〇〕塌然，颓丧伤心貌。摧，裂。

王回曰：军兴之际，至于老者亦介胄，则有甚于闾左之戍矣。（《唐诗品汇》卷七引）

钟惺曰：（“男儿”二句）老人强作壮语，悲甚。（“此去”二句）此二语好。合上二句看，反觉气缓了些，不若单承上二句警策。（“何乡”二句下批）可住。（《唐诗归》）

陆时雍曰：《石壕吏》《垂老别》诸篇，穷工造境，逼于险而不括。（《诗镜总论》）又曰：语多诀别，痛有馀情。“男儿既介胄，长揖别上官”，此语犹有少年意气。（《唐诗镜》卷二十一）

吴山民曰：首四句，痛极、怨极。（《删补唐诗选脉笺释会通评林·盛五古》引）

单复曰：写其老而即戎之心，慷慨不畏缩，而夫妇之情，叙亦浓至可伤。（同上引）

周凯曰：“孰知”四语，哀恋极情，痛心酸鼻。（同上引）

王嗣奭曰：“男儿既介胄，长揖别上官。”极苦痛中，又人壮语，才有生色。“老妻卧路啼”，如优人登场，当远行时，必有妻子牵衣哭别，才有情致。（《杜臆》）

卢元昌曰：《周礼》：乡大夫之职，辩其所任者，其老者皆舍。句践灭吴，有父母耆老无兄弟者，皆遣归。魏公子无忌救赵，亦令独子无兄弟者皆归养。子孙亡尽，老者从戎，如《垂老别》者，亦可伤矣。（《杜诗阐》。《杜少陵集详注》卷七引）

胡夏客曰：《新安》《石壕》《新婚》《垂老》诸诗，述军兴之调发，写民情之怨哀，详矣。然作者之意，又不止此。国家不幸多事，犹幸有缮兵中兴之主上能用其民，下能应其命，至杀身弃家不顾，以成一时恢复之功，故娓娓言之，义合风雅，不为诽谤耳。若势极危亡，一人束手，四海离心，则不可道已。（同上引）

吴农祥曰：《石壕》则老妇之别其夫，《垂老》则老人之别其妻，合读

不堪。(《杜诗集评》卷二引)

施闰章曰:《垂老别》云:“老妻卧路啼,岁暮衣裳单。孰知是死别,且复伤其寒。”曲折已明。又云:“此去必不归,还闻劝加餐。”观王粲《七哀》:“路逢饥妇人,抱子弃草间。未知身死处,焉能两相完?驱马弃之去,不忍听此言。南登灞陵岸,回首望长安。”蕴藉差别。(《蠖斋诗话》)

邵长蘅曰:(“老妻”四句)互相怜痛,声情宛然。(《杜诗镜铨》卷五引)

蒋弱六曰:通首心事,千回百折,似竟去又似难去。至“土门”以下,一一想到,尤肖老人声响。(同上引)

朱鹤龄曰:“土门”四句,宽解其妻;“人生”以下,又自为宽解,而终之以决绝。(同上引)

黄生曰:“男儿”二句,同行者皆然,独于老翁见其矍铄之状,可悲亦可笑。“孰知”二句,夫伤妻也;“此去”二句,妻劝夫也。不得病其意复。(《杜诗说》卷一)

仇兆鳌曰:通篇皆作老人语。首(四句)为垂老从戎而叹也。(“投杖”六句)此叙出门时慷慨前往之状,乃答同行者。(“老妻”六句)此叙临别时夫妇缱绻之情,乃对其妻者。夫伤妻寒,妻劝夫餐,皆永诀之词。(“土门”八句)此慰妻而兼为自解之词。上四,言此行不至死亡;下四,言离合莫非定数。卢注:“邺城之役,贼为主,我为客。土门杏园之守,我为主,贼为客也。劳逸不同,故曰‘势异’。”远注:“离合之端,岂因衰老而免。特身非少壮,不觉迟回耳。”(“万国”八句)此伤乱而激为奋身之语。言与其遭乱而死,不如讨贼而亡。毅然有敌忾勤王之义。前云“迟回长叹”,尚以年迈自怜;此云“安敢盘桓”,不复以身家为念矣。此章,四句起。前二段,各六句;后二段,各八句。(《杜少陵集详注》卷七)

浦起龙曰:《垂老别》,行者之词也。《石壕》之妇,以智脱其夫;《垂老》之翁,以愤舍其家。其为苦则均。凡三段,首段叙出门,用直起法,开首即点。“子孙”二句,抵《石壕》中十六句。中段叙别妻,忽而永诀,忽而相慰,忽而自奋,千曲百折。末段又推开解譬,作死心塌地语,犹云无一寸干净地。愈益悲痛。考史:是时官军既溃而南,退保东京。史思明还屯邺,杀安庆绪,使其子朝义留守而去。至十月,思明且济河会汴,势日益逼。则邺城以北，官军安得越境而守之？朱注以“土门”为井陉关。井陉在邺北六七百里，渐近范阳贼巢矣。诗乃反云“势异邺城”“纵死犹宽”耶？何不考之甚也！至以李光弼救常山为证，犹钱笺之引颜鲁公志，皆系天宝末禄山初反时事，与此何涉！即以“杏园”为汲县镇，虽在邺南，亦恐未合。《唐书》云：“子仪自杏园渡河，围卫州。”“自”之云者，从此处渡过也，其地在河以南审矣……大抵即在河阳左近也。（《读杜心解》卷一）

杨伦曰：（“四郊”二句）直起。（“子孙”二句）沉痛。（“势异”二句）正深伤邺城之败也。（《杜诗镜铨》卷五）

《唐宋诗醇》：王粲《七哀诗》，实此诗之权舆。《古诗》“十五从军征”一首，则《无家别》所自出也。

宋宗元曰：“孰知”四句，愈推宕，愈沉迫。（《网师园唐诗笺》）

吴见思曰：（“孰知”四句）此行已成死别，复何顾哉！然一息尚存，不能恝然，故不暇想己之死，而又伤彼之寒也；乃老妻亦知我不返，而犹以加餐相慰，又不暇念己之寒，而悲我之死也。（《杜诗论文》）

《垂老别》写一位“子孙阵亡尽”的老翁应征入伍，与老妻诀别的情景，其遭遇与《石壕吏》中的老翁一家相似，可见当时这一带此类现象的普遍。所不同的是，《石壕吏》中的老翁在“有吏夜捉人”的情况下“逾墙”逃跑，最后不得不由老妇挺身而出，“急应河阳役”，才暂时保全了这个已经付出重大牺牲的家庭；而《垂老别》中的老翁却在“子孙阵亡尽”的情况下，慷慨赴征，为国效力，奏出了一曲悲壮激昂的离别之歌。

全诗三十二句，可以分为四段。第一段八句，写投杖应征；第二段八句，写夫妻诀别；第三段八句，写慰妻自叹；第四段八句，写自励别家。

起四句陡直起势，直截了当地点明“垂老”别离出征的主旨。“四郊”句暗用“四郊多垒，此卿大夫之辱也”之语，而归结到“垂老不得安”，便暗含对当权者未能迅速平定叛乱的不满，而自己不得不以垂老之年挺身而出的意蕴也自寓其中。“子孙”二句，用“子孙阵亡尽”的惨痛牺牲反激出“焉用身独完”，感情极沉痛、极悲愤，也极壮烈：子孙都为国家献出了生命，留下我这把老骨头活在世上又有什么意义！正是由于这种感情的驱使，才有“投杖出门去”的毅然决然的行动。“投杖”二字，活现出主人公不顾老弱之身，奋起应征的情景，但同行的应征者看到龙钟老人投杖出门，奋不顾身的情景却无不为之辛酸。垂老应征的悲苦，从旁观者的反应中写出，更显出其情之可悯。“幸有”二句，一扬一抑，“幸有牙齿存”是庆幸自己还不至于老得掉完牙齿的地步。“所悲”句是悲慨自己毕竟已是骨髓干枯的衰老之身。两句相互映照，不仅“悲”者可悲，连“幸”者也显得可悲了。“骨髓干”还暗含生活的艰困乃至遭受敲骨吸髓的诛求的意蕴，使“悲”意更显深沉。以上八句，写投杖出门应征，行动本身是壮烈的，却用“子孙阵亡尽”的惨痛牺牲，“同行为辛酸”的旁观反应，“牙齿存”与“骨髓干”的相互映衬，作层层衬托映照，使壮烈行动中蕴含的沉痛和悲愤得到充分的表现。

“男儿”八句，写夫妻诀别。先用“男儿既介胄，长揖别上官”二句交代自己应征入伍后已正式穿戴了铠甲头盔，别过了地方长官，接下来便是出发上路。自称“男儿”，表现出不服老的意志，而穿甲戴盔，长揖上官的举动更透出一种飒爽的英姿，与前段“投杖”的举动遥相呼应，透露出老翁虽以垂老之年应征，却具有奋发的精神状态和义无反顾的精神力量。接下来六句，便集中描写在出发的路旁与老妻的诀别。先写自己眼中的老妻，僵卧路旁，岁暮天寒，却只穿着单薄的衣衫，冻得瑟瑟发抖，坚持着前来与自己作别。接着便深入抒写自己的内心活动：明明知道自己这一去便和妻子永别，但看到眼前妻子衣衫单薄的情景，仍不免怜悯她的寒冷。按理说，既明知已成死别，那还有什么顾念的呢？但数十年相濡以沫的共同生活，却不能忍心看着老伴在寒风中瑟缩送行的情景。先用“死别”之无可顾惜来突出情之可以割舍一切，再用“且复伤其寒”来突出情之亦难割舍，一反一正，越衬出内心的伤痛难以抑制消除。这是从自己方面写。妻子方面呢？也同样如此：明明知道丈夫此去绝不可能再归来，但临别之际却还深情嘱咐丈夫要珍重身体，努力加餐。由于是从主人公的眼中来写对方的临别嘱咐，便不单写出了老妻的缱绻深情，而且透露出自己内心的感怆。“孰知”句与“此去”句意似复，但由于分别从自己与老妻两方面说，故似重而非重，“且复”“还闻”着意。这四句写夫妻诀别而双方俱不言死别，仍像平常一样“伤其寒”“劝加餐”，正深一层透露出双方都强抑死别的悲痛，怕对方因触及这个话题而加重精神负担。纯用细节描写，却能传神阿堵。

“土门”八句，是主人公对老妻的慰解与自慰自叹。前四句系对老妻所说：此去从军戍守，无论是壁垒坚固的土城，还是难以度越的杏园渡口，都是易守难攻之地，和邺城之围我军进攻、叛军防守的形势完全不同，纵然是死也还有相当的时日。前面已经一再明言“死别”“必不归”，这里自然不能故作乐观之词，说自己或可生还，而是用“纵死时犹宽”这种似乎旷达的话来慰解对方。但实际上这种貌似旷达的话却更透露出内心的悲慨：明知难免一死，只能以死期尚早宽慰。“人生”四句，转为对自己的慰解和自叹：人生总是有离有合，有盛有衰，而分离的时间究竟是在壮盛之年还是在衰老之岁，并不能由自己选择。言外是垂老别家抛妻，是万方多难的时代造成的，自己只能因时而行，投杖出征。这是以人生命运的偶然来宽解自己，但垂老而逢此多难之时，又不能不深感悲哀。故虽欲宽解自慰而实无法宽慰。由垂老而逢乱世，又引发对少壮年代的回忆，当时正值河清海晏的太平年月，对比现在的干戈离乱，不禁迟回长叹，这两句感情复杂，而出语浑含。像是对往昔太平年代和少壮岁月的不胜恋，又像是对眼前离乱年代和垂老岁月的不胜悲慨。

“万国”以下八句，忽从迟回长叹中振起，放眼全国各地，到处充满了征戍的气氛（当时广大的南方尚未被叛军占领，但征调军队粮草，支援北方战事，同样充满征戍气氛），战争的烽火遍布山冈峰峦，堆积的尸体使草木都散发出腥气，流淌的鲜血染红了河川原野。在这种情况下，哪里还有安静太平的乐土呢？自己又怎能不奋起从军，奔赴战场，而迟回长叹，盘桓流连呢？这六句，悲壮淋漓，慷慨激昂，情感由悲转壮，音调由低转亮，达到全诗的高潮。但诗人并没有使这种情调一直持续到篇末，而是在即将离开故土、离开蓬室和老妻时，不禁颓然而悲，感到肝肠断绝的悲痛。这个结尾，并没有影响主人公悲壮慷慨的情怀，而是使这种情怀的抒发更加真实可信。

诗人笔下的老翁，不过是一个普通的百姓，诗人也并没有把他作为英雄人物来描写。诗中描绘他的心理活动，曲折细腻，真实感人。从一开始的悲慨“四郊未宁静，垂老不得安”，到“子孙阵亡尽，焉用身独完”的沉痛悲愤，再到“投杖出门”的毅然从军，感情逐步上扬，而“幸有”二句，又流露出深沉的悲慨。这是一个曲折的“之”字形感情回旋。第二段则先扬后抑。先是穿上戎装、长揖别官的行动中透露出不服老的气势和义无反顾的精神，继则因老妻卧路衣单而引发缱绻的深情和诀别的深悲。第三段作宽解语，情绪似稍舒展，但旷中含悲，悲慨更甚，本身就包含曲折反复。第四段前六句一路上扬，悲壮淋漓，但末二句仍以深沉悲慨作收。通过多次的曲折反复，将一位已经为平叛战争作出巨大牺牲的老翁，在面对自身的苦难和国家的灾难时迸发出的爱国感情和报国行动描绘得倍加深刻、真实。在人物描写特别是心理描写的成功方面，《垂老别》与《新婚别》都达到了很高的水平。

无家别〔一〕

寂寞天宝后〔二〕，园庐但蒿藜〔三〕。我里百馀家〔四〕，世乱各东西〔五〕。存者无消息，死者为尘泥〔六〕。贱子因阵败〔七〕，归来寻旧蹊〔八〕。久行见空巷〔九〕，日瘦气惨凄〔一〇〕。但对狐与狸，竖毛怒我啼〔一一〕。四邻何所有？一二老寡妻。宿鸟恋本枝〔一二〕，安辞且穷栖〔一三〕。方春独荷锄〔一四〕，日暮还灌畦〔一五〕。县吏知我至，召令习鼓鼙〔一六〕。虽从本州役，内顾无所携〔一七〕。近行止一身，远去终转迷〔一八〕。家乡既荡尽〔一九〕，远近理亦齐〔二〇〕。永痛长病母，五年委沟谿〔二一〕。生我不得力〔二二〕，终身两酸嘶〔二三〕。人生无家别，何以为蒸黎〔二四〕！

校注

〔一〕此首系战败归来重被征召至本州服役的单身汉的自述。因无家可别，故题为“无家别”。

〔二〕寂寞，寂寥荒凉。天宝后，指天宝十四载（755）十一月安史之乱爆发以后。

〔三〕园庐，田园房屋。但，只。蒿藜，蒿草和藜草，泛指丛生的杂草。

〔四〕里，乡里。我里，即主人公的家乡。

〔五〕各东西，指逃奔漂泊各地。

〔六〕为，《全唐诗》校：“一作委。”

〔七〕贱子，主人公自称。阵败，指日前九节度兵溃邺城下之事。

〔八〕旧蹊，旧日的道路，指田家的道路。

〔九〕久，原作“人”，校：“一作久”，兹据改。

〔一〇〕日瘦，日惨淡无光貌。

〔一一〕怒我啼，冲着我发怒嗥叫。

〔一二〕宿鸟，归巢栖息的鸟。本枝，原本宿息的树。喻人恋本土。

〔一三〕安辞，哪能离去。穷栖，困苦地生活下去。

〔一四〕荷锄，扛起锄头。

〔一五〕灌畦，浇灌园中的菜地。

〔一六〕习鼓鞞，练习军旅打仗之事。军中战鼓，大者为鼓，小者为鞞。

〔一七〕内顾，谓举目环视家中。无所携，无所离，指家中无人可以离别。

〔一八〕终转迷，终究会更感到迷茫无着落。

〔一九〕荡尽，被战争破坏扫荡殆尽。

〔二〇〕无论是在本州服役或赴远地征戍，情形都是一样的。

〔二一〕五年，指安史之乱爆发以来的五个年头。谿，山谷、沟壑。委沟谿，委弃在山沟谿谷之间，指母死尸骨无人收埋。

〔二二〕不得力，没有得到儿子的奉养。

〔二三〕酸嘶，辛酸痛苦。声破曰嘶，形容痛哭失声。母子均饮恨，故曰“两酸嘶”。

〔二四〕蒸，同“烝”，众。黎，黑。蒸黎，百姓。

笺评

王回曰：先王于惠困穷，苟推其所不忍，达之于其所忍，则天下无败乱之兆矣。噫！此诗何为而作乎！（《唐诗品汇》卷七引）

刘克庄曰：《新安吏》《潼关吏》《石壕吏》《新婚别》《垂老别》《无家别》诸篇，其述男女怨旷，室家离别，父子夫妇不相保之意，与《东山》《采薇》《出车》《杕杜》数诗相为表里。唐自中叶以徭役调发为常，至于亡国。肃、代而后，非复贞观、开元之唐矣。新、旧唐史不载者，略见杜诗。（《后村诗话》新集卷一）

刘辰翁曰：（“日瘦”句）经历多矣，无如此语之在目前者。（“近行”四句）写至此，亦复无馀恨，此其所以泣鬼神者。（《唐诗品汇》卷七引）

钟惺曰：（“日瘦”句）“日”何以“瘦”？摹写荒悲在目。此老胸中偏饶此等字面。（“家乡”二句）说得无家人入细。（末二句）即《小雅》

"靡有黎"意，翻得纤妙。(《唐诗归》)

陆时雍曰："日瘦气惨凄"一语备景略尽。故言不必多，惟其至者。"家乡既荡尽，远近理亦齐"，老杜诗必穷工极苦，使无馀境乃已。李青莲只指点大意。(《唐诗镜》卷二十一)

王嗣奭曰："空巷"而曰"久行见"，触处萧条。"日"安有肥瘦？创云"日瘦"，而惨凄宛然在目。狐啼而加一"竖毛怒我"，形状逼真，似虎头作画。此五首非亲见不能作，他人虽亲见亦不能作。公以事至东都，目击成诗，若有神使之，遂下千秋之泪。又曰：《新安》，悯中男也，其词如慈母保赤；《石壕》作老妇语，《垂老》《无家》其苦自知而不能自达，一一刻画宛然。同工异曲，随物赋形，真造化手也。(《杜臆》卷三)

卢元昌曰：先王以六族安万民，使民有有家之乐。今《新安》无丁，《石壕》遣妪，《新婚》有怨旷之夫妇，《垂老》痛阵亡之子孙，至战败逃归者，又复不免。"人生无家别，何以为蒸黎？"收足数章。(《杜诗阐》卷七)

陈继儒曰：老杜"三吏""三别"等作，触时兴思，发得忠爱慨叹意出，真性情之诗，动千载人悲痛。浑厚苍峭，为世绝调，有不待言说者。(《删补唐诗选脉笺释会通评林·盛五古》)

王夫之曰："三别"皆一直下，唯此尤为平净。《新婚别》尽有可删者，如"结发为君妻"二句，"君行虽不远"二句、"形势反苍黄"四句，皆可删者也。《垂老别》"忆昔少壮时"二句，亦以节去为佳。言有馀则气不足。(《唐诗评选》)

王士禛曰：唐人乐府，惟有太白《蜀道难》《乌夜啼》，子美《无家别》《垂老别》，以及元、白、张、王诸作，不袭前人乐府之貌而能得其神者，乃真乐府也。(《然灯记闻》)

黄生曰："内顾"，言无妻也；"永痛"，言无母也。上无母，下无妻，两意合来，始逼出"无家"二字。详此人盖母死妻去者。母死明说，妻去暗说，看其用笔藏露之妙。母死妻去，意已伏"存者"二句内。自《新安吏》以下，述当时征戍之苦，天下丁壮老弱，几无一人得免。其源出于变《风》变《雅》，而植体于苏、李、曹、刘之间，故当于盛唐诸公共推之。(《杜诗说》卷一)

仇兆鳌曰：通章代为征人之语。首（八句）言乱后归乡，情、景并叙。（"久行"十二句）此段叙事，言归而无家也。上六，说故里荒凉之状；

下六，说暂归旋役之苦。日瘦，谓日色无光，气象惨凄。（“虽从”十二句）此段叙情，言无家又别也。上六，伤只身之莫依；下六，痛亲亡之不见。上章结出报国之忠，此章结出思亲之孝，俱有关于大伦。杜诗有数句叠用开阖者，如云从役本州，幸之也；内无所携，伤之也；只身近行，非比远去，又以本州为幸矣；家乡既尽，远近齐等，即在本州亦伤矣。语意辗转悲痛。无所携，无与离别者；终转迷，言往无定所；两酸辛，谓母子饮恨；为蒸黎，不得比于人数也。此章八句起。后两段，各十二句。又曰：唐人作诗，多言遣戍从军之苦，而宋元以下无闻焉，盖唐用府兵，兵即取之于民，故有别离家室，远罹锋镝。及亲朋送行，历历悲惨之情。宋明之师，或用召募，或用屯军，出师临战，皆其身所习熟，而分所当为者，故诗人亦不复为哀苦之吟矣。（《杜少陵集详注》卷七）

浦起龙曰：《无家别》亦行者之词也。通首只是一片。起八句，追叙无家之由。“久行”六句，合里无家之景。“宿鸟”以下，始入自己，反踢“别”字。言既归来，虽无家，且理生业耳。“县吏”四句，引题。“近行”八句，本身无家之情。其前四极曲，言远去固艰于近行，然总是无家，亦不论远近矣。翻进一层作意，旧未得解。末二，以点作结。“何以为蒸黎”，可作六篇总结。反其言以相质，直可云“何以为民上?”“三别”体相类，其法又各别，一比起，一直起，一追叙起。一比体结，一别意结，一点题结。又《新婚》，妇语夫；《垂老》，夫语妇；《无家》，似自语，又似语客。（《读杜心解》卷一）

杨伦曰：（“久行”二句）写尽满目荒凉。（“虽从”二句）虽从役本州，内顾而无与离别，则已伤矣。（“近行”二句）乃今复迫之远去，将来未知埋骨何所。（“家乡”二句）然总是无家，亦不论远近矣。此处语意共有三层转折，强作旷达而愈益悲痛。自六朝以来，乐府题率摹拟剽窃，陈陈相因，最为可厌。子美出而独就当时所感触，上悯国难，下痛民穷，随意立题，尽脱去前人窠臼。《苕华》《草黄》之哀，不是过也。乐天《古乐府》《秦中吟》等篇，亦自此出，而语稍平易，不及杜之沉警独绝矣。（《杜诗镜铨》卷五）

《唐宋诗醇》：安史之乱，唐之不亡，幸耳。相州一溃，河阳危迫，驱民从役，势不得已，然其困亦极矣。甫于行役所经，上悯国难，下痛民穷，加以所遇不偶，怀抱抑郁，程形赋音，几于一字一泪，觉千古不可磨灭。使孔子删诗，当在变《雅》之列，岂复区区字句之间，声调之末，与

他人较工拙哉！（卷十）

宋宗元曰：“家乡”二句旷达语，由痛极作，笔有化工。（《网师园唐诗笺》）

钱咏曰：杜之前、后《出塞》、《无家别》、《垂老别》诸篇，亦曹孟德之《苦寒行》、王仲宣之《七哀》等作也。（《履园谭诗》）

沈德潜曰：少陵……又有透过一层法，如《无家别》篇中云：“县吏知我至，召令习鼓鞞。”无家客而遣之从征，极不堪事也。然明说不堪，其味便浅；此云：“家乡既荡尽，远近理亦齐。”转作旷达，弥见沉痛矣……皆此老独开生面处。（《说诗晬语》卷上）

鉴赏

在“三别”中，《无家别》具有鲜明的特色。《新婚别》中的新娘，《垂老别》中的老翁，尽管“暮婚晨告别”“子孙阵亡尽”，境遇非常悲惨，但毕竟还有告别和倾诉的对象，而《无家别》中的主人公，则是战败归来、又被征召的单身汉，孑然一身，无家可别。一切痛苦，都无处诉说，较之《新婚别》《垂老别》中的主人公，不但多了一份全家荡尽的痛苦，而且多了一种无可宣泄的痛苦，全诗的情调也因此少了《新婚别》中的勉励和期待，《垂老别》中的慷慨与悲壮，而表现为一种“何以为蒸黎”式的强烈悲愤。也正由于无家可别，故通篇均为主人公的自述自诉，或者说是主人公与自己的心灵对话。

全诗三十二句，以“归来寻旧蹊”与“召令习鼓鞞”为主句，可以分为前后两段。前段十六句，写主人公阵败归家所见所感，其特色在景物描写；后段十六句，写县令重征其入伍后的内心活动，其特色在心理描写。

前段十六句，各以“归来寻旧蹊”“久行见空巷”为主句，可以分成两个层次。头一个层次是对时代背景、故里情况的概括描写和主人公的自我交代。“寂寞天宝后，园庐但蒿藜。”开头两句更可视为对全段乃至全诗内容意蕴的提示。“寂寞”二字，不但透露出安史之乱爆发以来受战乱之祸最烈的京洛一带地区荒凉萧条、凄清冷寂的景象，而且透露出主人公目击这种景象时心头的苍凉冷寂之感。“园庐但蒿藜”即是对“寂寞”二字的进一步描写，展示出昔日车马络绎不绝、人烟密集相接的京洛大道近旁，如今已是田园荒芜，杂草丛生，一片荒凉，“但”字更透露出杳无人迹，不闻鸡犬之声的景象。

“我里百馀家，世乱各东西。存者无消息，死者为尘泥。”接下来四句，由泛写这一带的“园庐”进而具体写到“我里”的情况。由于多年战乱的影响，这个原有百余家的村庄，早已东逃西散，侥幸还活着的人杳无讯息，死去的人早就化为尘泥。这“死者”当中，就包括了主人公的亲属。

“贱子因阵败，归来寻旧蹊。”这两句交代了主人公的身份和行踪，点明他是新从相州前线兵溃后逃归故乡的士兵。“寻旧蹊”三字，颇堪玩味。诗中的主人公离乡出征的时间不会太久，最多不会超过天宝末安史之乱爆发时。几年的时间，按常情故里的情景应该变化不大，但此番归来，却几乎是面目全非，到了不得不探寻旧日家乡的道路的程度了。这三个字中所包含的那种陌生感、迷茫感，透露出展现在主人公面前的故里带给他的是一种恍如隔世之惑。

第二层八句，紧承“寻旧蹊”，以“久行”二字领起，展开对故里情况的具体描绘。“久行”而唯“见空巷”，显示出这个百余家的村子，已经是室空人杳，一片荒寂。和前面的“寻”字联系起来体味，正传神地表现出主人公到处寻觅人踪而唯见空廓无人的里巷时那种空茫失落之感。而紧接着的一句“日瘦气惨凄”，则更极富创意地传达出这位阵败归来的士兵对周围景物、氛围的特殊感受。“日”而曰“瘦”，见日色之惨淡，这在平常情况下，未必会引起人的注意，但久行于空廓无人的村巷，主人公的心境本就感到凄清黯淡，适见惨淡的日光斜照空巷，遂倍感空巷之凄清、日色之黯淡、整个氛围的凄惨。这是客观环境、景物与主人公的心境相互作用的情况下形成的特殊主观感受。乱世荒凉凄黯之境，借此传神。

“但对狐与狸，竖毛怒我啼。”昔日聚居的房舍，已经成了狐狸的窟穴。年深日久，它们俨然成了这里的主人，看到有人行近，不仅不惊慌躲避，反而竖起毛来发怒嗥叫。这说明，房屋的原主人早就不在这里，狐狸占为窟穴的时日已久，故而有这种反客为主的激烈反应。再细访四邻，所见的也仅仅是“一二老寡妻”而已，说明不仅是青壮年，甚至连《垂老别》中那样的老翁也都上了前线，年轻的妇女和小孩也走的走，死的死，因而只剩下一两个老年孀妇在艰难地苦熬时日。

“宿鸟恋本枝，安辞且穷栖。”面对如此荒凉残破的“故里”，主人公虽然感到伤痛凄凉，但毕竟是从小生长的家乡，故而就像栖宿树上的鸟总是留恋原来的树枝一样，仍然留恋这残破的故乡，打算在这里住下去。“且穷栖”

的“且”字，透露出一种聊且度日的无奈意绪。

整个这一段，写主人公阵败归来所见故里的荒凉残破景象，总的来说，都是为“无家别”提供一个典型的背景和环境。一个原有百余家的村庄，现在竟成了狐狸的窟穴，只剩下“一二老寡妻”苟延残喘，则可见所谓“无家”，实为当时这一带地区的普遍现象，并非主人公这个特例。这就更显示出主人公悲剧境遇的典型性与普遍性。

从“方春”以下十六句，才正面写到主人公的“无家”之“别”。“方春”二句，紧承“且穷栖”，写他春日荷锄耕种，日暮浇灌菜园，打算过一段虽艰难却平静的日子。这原是虽“无家”而恋乡的主人公最微末的生活愿望，但残酷的现实却使他连这样的愿望也无法实现。“县吏知我至，召令习鼓鞞。”大概是由于这一带久无年青男子出现，故主人公的归来马上就引起县令的注意，召令他到县里参加军事操练，准备上面一有需要，便立即重上战场。这两句叙事，语调比较平淡，透露出经历战场生死，考验的主人公对“习鼓鞞”之事并不感到惊慌失措。接下来六句，便层层转进地抒写接到这个命令后的内心活动。“虽从本州役，内顾无所携”，虽然在本州服役，离家乡比较近，但环顾家中，空无一人，连告别的对象也没有，则离家虽近，也实无意义。至此始正面点出“无家”可“别”的主意。“近行止一身，远去终转迷”，近行至本县本州，似是幸事，但全家只有一人，无人可别，又是憾事；设想他日一旦形势需要，远赴战场，更不知有何着落，因而倍感迷茫。则目前的“近行”固有无家可别的遗憾，将来的“远去”更有不知结果的茫然与悲凉。由“近行”之憾到“远去”之悲，意思又转进一层。“家乡既荡尽，远近理亦齐”，家乡既已被战事破坏扫荡殆尽，无论是自己的家或同村多数人的家均已不存，则无论怎样念家恋乡均无意义，近行也好，远去也好，情况都没有什么两样。这好像是作旷达语来安慰自己，实际上则更透露出“无家”可“别”的悲凉。以上六句三层，层层转进地揭示了主人公在接到征召命令后内心深沉的悲慨，根源都在“无家”可“别”这一点上。

接下来两句，又沿着“无家”可“别”的主旨集中抒写丧母的悲痛。主人公当是安史之乱刚爆发时被征入伍的，故至今已有五个年头。离家时家中原有长年多病的母亲，由于无人侍奉，在自己离家不久后已不幸去世，无人收葬，只能委弃沟壑。生不能养，死不能葬，这对母亲和自己，都是终生的痛苦和遗憾。看来，主人公出征前的家庭成员也就是母亲一人，丧母即“无家”，故最后两句即顺势点出全诗的主旨：“人生无家别，何以为蒸黎!”

“人生无家别”是全诗的主要内容，从这一点引出“何以为蒸黎”的结论，是思想感情上的一种飞跃。它的潜台词就是：人生在世，到了这种无家可别的惨境，还怎么能当一个老百姓呢？还怎么活下去呢？浦起龙说：“反其言以相质，直可云：‘何以为民上？’”将老百姓逼到这种惨境，统治者又怎么能心安理得地照旧统治呢？当事者和诗人在这样说的时候虽未必有更进一步的思考，但客观的效果则不能不引向对统治者合理性的怀疑。

“三吏”“三别”中除《潼关吏》主要是劝诫守关的将领不要轻易出战而应固守以外，其他，五首都贯串着爱国与爱民的矛盾。当他亲眼看到人民的苦难、统治者不顾人民死活、肆意征兵时，他将深厚的同情倾注在人民身上，对官吏的残暴、天地的无情进行了愤激的控诉。但大敌当前，从整个国家、民族的利益出发，他又感到必须支持这场伐叛统一的战事，在壮丁缺乏的情况下，鼓励人民走上战场。如何正确对待和处理这一矛盾，就成为杜甫这两组诗无法回避的问题。从整体看，杜甫的态度是正确的，既充分表现了人民所遭受的巨大痛苦，又没有因为统治者肆意滥征的暴行而否定战争本身的正义性，而是通过直接的劝勉或间接的方式（用人物本身的言行）表示对伐叛战争的支持与肯定，使这组诗既是同情人民疾苦，揭露统治者残暴的诗篇，又是爱国主义的诗篇。其思想性之所以高，就是由于诗人在很大程度上按照人民的方式来处理这个矛盾。当时的百姓就是既痛愤于统治者的残酷不仁，又强忍悲痛，含泪走上战场的。

具体地说，五首诗按照不同的情况采取了不同的处理方式，大体上可分成三种类型。一类以《新安吏》为代表，诗人直接出面表示鲜明态度，既激愤控诉统治者的无情，又对人民进行劝勉安慰；一类以《石壕吏》《无家别》为代表，全篇只写人民惨痛遭遇，诗人并不直接出来劝勉或由人物本身的言行表现对战争的拥护支持；一类以《新婚别》《垂老别》为代表，一方面充分反映人民的悲惨遭遇，揭露兵役制度的残酷，另一方面又发掘人物本身的爱国主义精神，勉励自己或亲人走上战场，将矛盾统一于爱国。从创作的实践效果看，《新安吏》这种类型与方式得失参半，揭露极充分而深刻，对人民的深厚同情也得到淋漓尽致的表达，但诗人的劝勉中不免有所讳饰，艺术上也比较苍白。《无家别》《石壕吏》这种类型对统治者的揭露和对人民的同情都非常深刻强烈，至少超过了《新婚别》《垂老别》这种类型，但对伐叛战争的态度却不像另两类那样鲜明，透露出在惨绝人寰的悲剧面前，诗人的感情天平倒向了百姓苦难一边，似乎不忍心由自己出面或由人物自己出面，讲勉励或自励的话。《垂老别》《新婚别》这种类型，处理矛盾的方式比较好，既把人民的痛苦写够，也通过人物自身的言行将人民的爱国精神写足，从而使诗人思想感情中爱国与爱民的矛盾得到较好的统一。这样的诗，既有较强的揭露性，又具有一种刚烈悲壮的美感和鼓舞人心的力量，比较符合时代的需要。

佳　人〔一〕

绝代有佳人〔二〕，幽居在空谷〔三〕。自云良家子〔四〕，零落依草木〔五〕。关中昔丧乱〔六〕，兄弟遭杀戮。官高何足论〔七〕，不得收骨肉〔八〕。世情恶衰歇〔九〕，万事随转烛〔一〇〕。夫婿轻薄儿〔一一〕，新人美如玉〔一二〕。合昏尚知时〔一三〕，鸳鸯不独宿〔一四〕。但见新人笑，那闻旧人哭〔一五〕。在山泉水清，出山泉水浊〔一六〕。侍婢卖珠回，牵萝补茅屋〔一七〕。摘花不插发〔一八〕，采柏动盈掬〔一九〕。天寒翠袖薄，日暮倚修竹〔二〇〕。

校注

〔一〕乾元二年（759）深秋作于秦州。诗中的“佳人”是一位美丽而高洁的被丈夫遗弃的女子。身上也有诗人自己的影子。

〔二〕绝代，冠绝当代、举世无双。汉李延年歌曰：“北方有佳人，绝世而独立。一顾倾人城，再顾倾人国。宁不知倾城与倾国，佳人难再得！”

〔三〕幽居，深居。

〔四〕良家子，出身世家的子女。《后汉书·陈蕃传》：“初，桓帝欲立所幸田贵人为皇后，蕃以田氏卑微，窦族良家，争之甚固。”《晋书·后妃传上·武元杨皇后》：“泰始中，帝博选良家以充后宫……名家盛族子女，多败衣瘁貌以避之。”下云“官高”，可见非一般所谓清白人家子女。

〔五〕零落，飘零。依草木，指幽居于山野，与草木为伴。应上“幽居在空谷”句。

〔六〕关中，指函谷关以西的关中中原一带地区。丧乱，指安史叛军攻陷长安。

〔七〕官高，指佳人出身于仕宦人家，兄弟曾任高官。

〔八〕收骨肉，指收兄弟之尸。

〔九〕恶衰歇，厌恶衰败。句意慨叹世态炎凉。因自己娘家遭乱衰败，故夫家亦随之厌弃自己。

〔一〇〕转烛，风中烛光摇曳不定，称“转烛”。喻世态之不常。

〔一一〕轻薄儿，轻佻浮薄子弟。

〔一二〕新人，指丈夫新娶的妻子。《诗·魏风·汾沮洳》：“彼其之子，美如玉。”

〔一三〕合昏，即合欢花，又名夜合花、马缨花。其羽状复叶朝开夜合，故曰“知时”。

〔一四〕鸳鸯常成双成对，形影不离，共同游憩，故曰“不独宿”。

〔一五〕旧人，佳人自指。说明已被丈夫遗弃。

〔一六〕二句设喻，但对喻义的理解颇为分歧。详参“笺评”所录诸家解说。疑以出山泉水浊反衬“在山泉水清”，而表示要坚守自己高洁幽独的品格。

〔一七〕萝，指藤萝、松萝或女萝一类藤蔓植物。

〔一八〕谓不事修饰。

〔一九〕谓自甘清苦。柏子味苦。掬，犹“把”

〔二〇〕修竹，修长的竹子，以映衬坚贞的品格。

刘辰翁曰：（“世情”四句）闲言馀语，无不可感。（“合昏”八句）似悲似诉，自言自誓，矜持慷慨，修洁端丽，画所不能如，论所不能及。（“摘花”四句）字字矜到而不艰棘，尽不容尽。（《唐诗品汇》卷八引）

唐汝询曰：此为弃妇之辞以写逐臣况也。首四句总叙其事。而“关中”以下乃佳人自述之辞。言我兄弟亦尝为高官而俱死于贼，夫婿见我门户衰歇，遂娶新人而弃逐我。吾想合昏尚知时局不失常度，鸳鸯不独处以全始终，今夫婿爱新而忘旧，则合昏、鸳鸯之不若也。此兴也。又言泉水在山则清，以比新人见宠而得意；出山而浊者，以比己见弃而失度也。于是卖珠自给，葺屋以居，妆饰无心，采柏供食，艰楚极矣。又以衣单而倚修竹，其飘零孰甚焉！此诗叙事真切，疑当时实有是人。然其自况之意，盖亦不浅。夫少陵冒险以奔行在，千里从君，可谓忠矣。然肃宗慢不加礼，一论房琯而遂废斥于华州，流离艰苦，采橡栗以食，此与“倚修竹”者何异耶？吁！读此而知唐室待臣之薄也！（《唐诗解》卷六）

钟惺曰：（“侍婢”二句）卖珠、补屋，故家暴贫真境，未经过者以为迂。（末二句）清境难堪，然自不恶。（《唐诗归》）

吴山民曰：语虽浅，当是《谷风》后第一首。“世情”二语，人情万端，可叹。“夫婿”以下六语，写情至此，直可痛哭。（《删补唐诗选脉笺释会通评林·盛五古》引）

周珽：以《骚》为经，以《选》为纬，高踞汉魏之顶。（同上）

郭濬曰：转折流美，又极凄怨。（同上引）

陆时雍曰：“在山”二句，语何自持；“天寒”二句，益更矜重，端人不作佻语。（同上引）

王嗣奭曰：大抵佳人事必有所感，而公遂借以写自己情事。（《杜臆》卷三）

黄周星曰：题只“佳人”二字耳，初未尝云“叹佳人”“惜佳人”也。然篇中可胜叹惜乎！此诗盖为佳人而发，但不知作者果为佳人否？则观者果当作佳人观否，请试参之。（首二句）只此二语，令人凄然欲泪。（“自云”句）“自云”二字亦伤心。（“零落”四句下）伤心。（“那闻”句下）可哭。（末二句下）悄然。（《唐诗快》）

徐增曰：（“在山”二句）此二句，见谁则知我？泉水，佳人自喻；山，喻夫婿之家。妇人在夫家，为夫所爱，即是在山之泉水；世便谓是清的；妇人为夫所弃，不在夫家，即是出山之泉水，世便谓是浊的。（《而庵说唐诗》卷一）

黄生曰：“在山”二句，似喻非喻，最是乐府妙境。末二语，嫣然有韵。本美其幽闲贞静之意，却无半点道学气。《卫风》咏硕人，所以刺庄公也，但陈庄姜容貌服饰之美，而庄公之恶自见。此诗之源盖出于此。偶然有此人，有此事，适切放臣之感，故作是诗。全是托事起兴，故题但云“佳人”而已。后人无其事而拟作与有其事而题必明道其事，皆不足与言古乐府者也。（《杜诗说》卷一）

仇兆鳌曰：司马相如《长门赋》：“夫何一佳人兮，步逍遥以自娱。”此为陈皇后见废而作，诗题正取之。（“绝代”八句）首言佳人遭乱，致零落失依。“自云”二字，并贯下段。“官高”应“良家子”。（“世情”八句）次言兄弟既丧，因见弃于夫。上四，慨世伤心；下四，托物兴感。“新人”叠言，即《卫风》“宴尔新婚，如见兄弟”，“宴尔新婚，不我屑以”之意。（“在山”八句）末言妇虽见弃，终能贞节自操。上四，应“幽居在空谷”；下四，应“零落依草木”。此段赋中有比。山泉，比守节不污；采柏，比贞心不改。补茅屋，室之陋也；不插发，容之悴也；翠袖倚竹，寂寞无聊也。此章三段，各八句。按天宝乱后，当是实有其人，故形容曲尽其情。旧谓托弃妇以比逐臣，伤新进猖狂、老成凋谢而作，恐悬空揣意，不能淋漓恺至如此。杨亿诗：“独自倚栏干，衣襟生暮寒。”本杜“天寒翠袖”句，而低昂自见，彼何以不服杜耶！（《杜少陵集详注》卷七）

张谦宜曰：“在山泉水清，出山泉水浊。”古腰锁法。云横山腰，似断不断，此所以妙。（《絸斋诗谈》卷四）

佚名曰：此先生自喻之诗。自古贤士之待职于朝，犹女子之待字于夫。其有遭谗间而被放者，犹之被嫉妒而被弃……老杜自省中出为华州，明非至尊之意，则其受奸人之排挤者，已非一日。一生倾阳之意，至此无复再进之理。故于华州犹惧其难安，是以弃官而去，其于仕进之途绝矣，复何望乎！乃托绝代之佳人以为喻。（《杜诗言志》）

吴瞻泰曰：观此诗气静神闲，怨而不怒，使千载下人读之起敬起爱，何其移人情若此也！自述一段，只“新人美如玉”一句怨及夫婿。后段全以比兴错综其间，而一种贞操之性，随寓而安景象，真画出一绝代佳人，跃出纸上。一起一结，翩翩欲飞。（《杜诗提要》卷二）

浦起龙曰：依仇本分三段。“幽居在空谷”一句领一篇，笔高品高。此段叙不得宗党之力。提出“良家子”三字，见其出身正大。中段叙见弃其夫之由。末段美其洁净自矢之操。“在山清”“出山浊”，可谓贞士之心，化人之舌矣。建安而下，齐梁而上，无此见道语。只以写景作结，脱尽色相。此感实有之事，以写寄慨之情。（《读杜心解》卷一）

沈德潜曰：“在山”二句，自写贞洁也。或以“在山”比新人，“出山”比旧人，终觉未安。结句不着议论，而清洁贞正意，隐然言外，是为诗品。（《重订唐诗别裁集》卷二）

夏力恕曰：“官高何足论”，既免另叙，又衬起身份，只此便可悟省笔法也。《佳人》名篇，亦左徒迟暮之意，盖因所见而写成，以自誉且自嘲耳。（《杜诗增注》卷五）

杨伦曰：此因所见有感，亦带自寓意。（“夫婿”二句）言以兄弟既丧，遂为夫所弃。（“那闻”句下批）“自云”至此，皆述语。以上述佳人之遭遇，以下写佳人之志节。（“在山”二句）接转又插一喻，语浅义深，逼真汉魏，仇注：“谓守正清而改节浊也。”他说皆未当。（“侍婢”六句）乐府神理。（“采柏”句）亦取其贞心不改。（《杜诗镜铨》卷五）

李因笃曰：（“摘花”二句）落落穆穆，写出幽真本色。（《杜诗镜铨》卷五引）

宋宗元曰：“在山泉水清”至末，落落写来，不着议论，而神韵弥隽。（《网师园唐诗笺》）

李锳曰：（“在山”二句）忽人比喻对偶句，气则停蓄，调则高起，最妙。（《诗法易简录》）

陈沆曰：仇注、卢解皆谓此必天宝之后，实有其人其事，非寓言寄托之语。试思两京鱼烂，四海鼎沸，而空谷茅屋之下，乃容有绝代之佳人、卖珠之侍婢，曾无骨肉，独倚暮寒，此承平所难言，岂情事之所有？若谓幽绝人境，迹类仙居，则又何自通之问讯，知其门阀，诉其夫婿，详其侍婢？此真愚子说梦，难与推求者也。夫放臣弃妇，自古同情。守志贞居，君子所托。“兄弟”谓同朝之人，“官高”谓勋戚之属，“如玉”喻新进之猖狂，“山泉”明出处之清浊。摘花不插，膏沐谁容？竹柏天真，衡门招隐。此非寄托，未之前闻。（《诗比兴笺》）

施鸿保曰：今按《容斋随笔》，言朱庆馀“洞房昨夜停红烛”一首，通篇不言其人之美，而端庄佳丽，见于言外，非第一人不足当之。此诗题目“佳人”，通篇亦不言其人之美，至结二句云：“天寒翠袖薄，日暮倚修竹。”则端庄佳丽，亦非第一人不足当之，觉子建《洛神赋》，犹为词费也。（《读杜诗说》卷七）

张远曰：此诗只起、结四句叙事，中间俱承“自言”二字来，备极悲凄。至末二句，益难为情。（《杜诗会粹》）

马茂元曰：诗中“合昏尚知时”四句，以上二句兴起下二句。合昏知时，鸳鸯双栖，对新人来说，与新婚宴尔之乐正复相同，故“笑”；对旧人来说，则物犹如此，人何以堪！睹物伤情，故“哭”……古诗中写夫妻同居或离别，用合昏、鸳鸯之类的事物起兴，抒写欢娱或孤独之情，是屡见不鲜的。这里的“新人”和“旧人”，“哭”和“笑”相对照，从正反两个方面着笔，双承其义，则是杜诗语言艺术上的独创。（《百家唐宋诗新

话》第212～213页）

萧涤非曰：黄生云："偶有此人，有此事，适切放臣之感，故作此诗。"此解最确。因有同感，所以在这位佳人身上看到诗人自身的影子和性格。我认为这首诗的写作过程和白居易的《琵琶行》差不多，只是杜甫没有明白说出"同是天涯沦落人，相逢何必曾相识"而已。（《杜甫诗选注》）

不妨暂时撇开这首诗所写的"佳人"在当时是否实有其人其事的争议，先直接进入诗的情节和境界。

诗分三段，每段八句，先叙其身世和家庭变故；次叙其为丈夫所遗弃的遭遇；末写其幽居生活与气韵风神。前两段除开头两句外，均为女主人公的自述，末段则为诗人的描述。

"绝代有佳人，幽居在空谷。"开头两句，不妨视为全诗的提纲。上句用汉李延年歌，由此自可想见其人的绝代容颜风姿，但联系全诗，诗人所着意赞美的主要是其人气韵风神、节操品格。下句交代其居处，曰"幽"曰"空"，不但表现出其人所居的深幽空寂，也透露出其处境的孤独寂寞和幽独自守的情怀，诗人的情感，既有同情，也有赞美。十个字将主人公的处境遭遇、诗人的赞美同情均概括无遗。

"自云"以下六句，是佳人自述出身门第和家庭变故。说自己本来出身于世家高门，如今却飘零沦落，寄身于山野草木。原因是关中地区遇上了战乱，兄弟都遭到了叛军的杀戮。纵然是生前身居高官又有什么用，死后连尸骸都无力收殓。从高门显宦的烜赫突然跌落到"零落依草木"的地步，这今昔沧桑的巨变，对女主人公造成的巨大心理冲击自不难想见。而造成这一切的原因则是战乱。对悲剧遭遇原因的揭示，使这首诗带上了鲜明的时代色彩。

但这还只是悲剧的开始，紧接着，女主人公又遭受了自身婚姻的悲剧。由于身居高位的兄弟突然遭戮，家道也随即中落。而当今的世态人情却是趋炎附势，厌恶衰歇，人情冷暖之间的变化，就像风中摇曳转动的烛光那样飘忽不定。自己的丈夫原本就是轻佻浮薄的子弟，这时马上抛弃了自己，而另娶新人。战乱和人情世态的双重原因导致了女主人公的双重悲剧——家庭的悲剧和自身婚姻的悲剧。对于一个从小生活在太平盛世和优裕环境中的女子来说，无疑是极沉重的打击。“合昏”四句，便是女主人公在遭受打击后发出的悲愤呼声。上两句悲慨自己的命运不如草木禽鸟，“尚知”“不独”四字见意。下两句对轻薄无情的丈夫发出愤激的控诉，“但见”“那闻”四字见意。

写到这里，“佳人”的悲剧遭遇已经得到较充分的表现。如果就此顺势发一点议论收束，也不失为一首有特定时代色彩的弃妇诗。但诗人的用意和表现的着力点却主要不在女主人公的悲剧命运，而是处在这种境遇中的女主人公所表现出来的气韵风神、节操品格之美。第三段的开头，紧承上两段的叙事，忽插入两句比兴语——“在山泉水清，出山泉水浊。”“佳人”幽居于山谷之中，清澈的泉水是其幽居环境的组成部分，也是她清高莹洁精神气韵的一种象征。而“出山泉水浊”则是污浊世俗社会和炎凉世态的一种象喻。诗人以“浊”衬“清”，承上启下，以下六句，便转入对“佳人”清高莹洁精神气韵的描写，“侍婢卖珠回”，上承“良家”“官高”，暗示佳人生活的清苦；但“牵萝补茅屋”的描写所显示的却不仅仅是居处的简陋，而是展现出一种在清苦境遇中随遇而安的生活态度和随意修饰而美感自见的幽居生活之美。侍婢如此，主人更不问可知。“摘花不插发”是形容女主人公不重外在的容饰，不追求世俗的艳丽；“采柏动盈掬”是表现其清苦自甘的品格。而结尾两句“天寒翠袖薄，日暮倚修竹”则像一幅传神写意的画图，集中展示了“佳人”的风神意态、精神气韵之美。日暮天寒，佳人身穿单薄的衣衫，默默无言地独自倚傍着翠绿的修竹。翠袖与翠竹融为一体，使人感到那莹洁挺拔的翠竹就是佳人的化身。

如果说前两段所叙述的佳人悲剧遭遇，跟生活中的弃妇还比较相似，那么末段着意表现的佳人的风神意态、精神气韵之美，就离实际生活中的弃妇比较远，或者说跟绝大多数弃妇诗所表现的感情、心理、精神状态有着明显的区别。历来的弃妇诗，无论是《诗经》中的《谷风》《氓》，还是汉乐府古诗中的《白头吟》《上山采蘼芜》，或哀怨，或愤激，或决绝，或谴责，大抵不离哀与愤，而此诗则虽亦有对夫婿的怨愤语，重点却在表现弃妇精神上的挺然自立和清苦自甘的风标。从诗的末段的描写看，所赞美的并非封建礼教、道德所赞扬的所谓坚贞节操，而是一种不为困厄清苦的境遇所屈的高洁风标。这当中明显融入了诗人的感情，带有理想化的色彩。这也正是本篇寄托的痕迹比较显露的地方。

不妨作这样的推测，杜甫在秦州的深山幽谷之中，确实遇见过有着上述身世遭遇的女子，并且偶见其在茅屋外独倚修竹的身影。由于这位女子的身世境遇在某一点上与诗人自己的境遇正好契合——都是因战乱而流离转徙、因世情反复而见弃于时，因此遂以“佳人”为题，在叙写佳人身世境遇的同时寄托自己的困顿境遇，寄托自己的人生态度和高洁风标。这种寄托，由于只是在某一点上受到触发，因此绝不可能像陈沆所说的那样，作亦步亦趋的比附式寄托，而是一种若即若离式的寄托，一种画龙点睛式的寄托。而这首诗的末段，就是全篇寄托的点睛。从侍婢“牵萝补茅屋”的行动，到女主人公“摘花不插发，采柏动盈掬”的举动，再到“天寒翠袖薄，日暮倚修竹”，反复渲染的就是一种在困厄清苦的境遇中清高自守、淡泊自甘的人性之美。在这里，我们看到的更多的是诗人的思想感情、理想情操。由于不是从封建道德的角度出发赞赏弃妇的贞节，而是从人性的角度来渲染其美好的风神品格，因此正如黄生所评：“末二语，嫣然有韵。本美其幽闲贞静之意，却无半点道学气。”

梦李白二首〔一〕

死别已吞声〔二〕，生别常恻恻〔三〕。江南瘴疠地〔四〕，逐客无消息〔五〕。故人入我梦，明我长相忆〔六〕。恐非平生魂〔七〕，路远不可测〔八〕。魂来枫林青〔九〕，魂返关塞黑〔一〇〕。君今在罗网〔一一〕，何以有羽翼〔一二〕？落月满屋梁，犹疑照颜色〔一三〕。水深波浪阔，无使蛟龙得〔一四〕。

浮云终日行，游子久不至〔一五〕。三夜频梦君，情亲见君意〔一六〕。告归常局促〔一七〕，苦道来不易〔一八〕。江湖多风波，舟楫恐失坠〔一九〕。出门搔白首，若负平生志〔二〇〕。冠盖满京华〔二一〕，斯人独憔悴〔二二〕。孰云网恢恢〔二三〕，将老身反累〔二四〕。千秋万岁名，寂寞身后事〔二五〕！

校注

〔一〕乾元二年（759）秋作于秦州。杜集中有关李白的诗有十余首，主要集中在安史之乱前与李白同游期间及其后一段时间、秦州流寓期间。在秦州期间作的还有《天末怀李白》《寄李白二十韵》。至德二载（757）李白因参加永王李璘幕府获罪，被系于浔阳狱中。乾元元年长流夜郎，二年春中途遇赦放还。由于战乱隔绝，杜甫并不知道李白已经放还的消息。因想念李白，积思成梦，写了这两首诗。

〔二〕已，止。此言死别止于吞声饮泣而已。

〔三〕恻恻，悲凄貌。谓生离却长久地悲凄牵挂，痛苦甚于死别。

〔四〕江南，李白系浔阳狱与流放夜郎，二地均在长江之南。瘴疠，瘴气。南方气候湿热，瘴气积聚，人每感染成疾，故云"瘴疠地"。

〔五〕逐客，被贬谪放逐的人，此指李白。据"逐客"语，杜甫已知李白被流放夜郎的消息。至德二载（757）十二月，郑虔贬台州司户，杜甫有诗送之，同月，李白长流夜郎，时杜甫在长安，当知其事。此云"无消息"，是指被放逐以后杳无消息。

〔六〕二句意谓，故人入我梦中，是因为知道我在经常思念他。明，明白，知晓。

〔七〕平生魂，平日所见李白的魂。怀疑梦中所见或系李白死后的魂。古人以为生者的魂亦可游离身体之外，故有招生魂之俗。

〔八〕远，《全唐诗》校："一作迷。"路远，当指流放夜郎的道路遥远。不可测，指遭到不测。下句解释上句。正因路远易遭不测，故疑其非平生之魂。或解"路远"指魂之来与去之路，恐非。

〔九〕《楚辞·招魂》有"湛湛江水兮上有枫，目极千里兮伤春心，魂兮归来哀江南"之句，此化用其语。上云"江南瘴疠地"，故想象李白的魂从江南前来时枫林一片青黑。

〔一〇〕关塞，指诗人所在的秦川，因其地处边塞，又有陇关等关隘，故云。魂之来去，均在暗夜，故云"枫林青""关塞黑"。

〔一一〕在罗网，指身陷朝廷的法网之中，失去人身自由。定罪流放也可以说"在罗网"，不必定指身系狱中。

〔一二〕以，《全唐诗》校："一作似。"魂来魂去，似不受拘束，故云"何以有羽翼"。

〔一三〕二句写梦醒时恍惚迷茫情景。颜色，指李白的容颜。

〔一四〕蛟龙，南方水深多蛟。吴均《续齐谐记》：汉建武中，长沙人欧回，见一人自称三闾大夫，曰："吾尝见祭甚盛，然为蛟龙所苦。"此句暗用此事。二句对李白魂之归去表示关切担忧，希望他要不为蛟龙所获。"蛟龙"喻恶人。

〔一五〕《古诗十九首》之一："浮云蔽白日，游子不顾反。"曹丕《杂诗二首》其二："西北有浮云，亭亭如车盖。惜哉时不遇，适与飘风会。吹我东南行，行行至吴会。吴会非我乡，安得久留滞。弃置勿复陈，客子常畏人。"古诗常以浮云喻游子。此反其意。游子指李白。

〔一六〕二句谓三夜频频梦见你，足见你对我的情亲意挚。

〔一七〕告归，指李白之梦魂辞别归去。局促，指时间紧迫不能久留。

〔一八〕苦道，再三地说。

〔一九〕或谓此二句连上"来不易"均为李白之魂告辞时所说的话，但上首结尾"水深波浪阔，无使蛟龙得"与此二句意近，恐亦为诗人之担忧。

〔二〇〕搔白首，形容李白告别时苦闷郁愤，频搔白发的神态。故下句说"若负平生志"。

〔二一〕冠盖，指达官贵人的冠帽和车盖，借指达官贵人。京华，京城。

〔二二〕斯人，指李白。《论语·雍也》："斯人也，而有斯疾也。"杜甫《殿中杨监见示张旭草书图》："斯人已云亡，草圣秘难得。"杜牧《沈下贤》："斯人清唱何人和，草径苔芜不可寻。""斯人"一语在运用时每含赞叹追思之意。憔悴，困顿不得志。

〔二三〕《老子》第七十三章："天网恢恢，疏而不漏。"恢恢，广大貌。谓天道如大网，虽稀疏而无漏失，喻作恶者逃不过上天的惩罚，以示天道之公平合理。此用"孰云"的反问口气对"天网"之公平合理表示怀疑与否定。

〔二四〕李白时年五十九，故云"将老"。身反累，谓身陷法网。此句申足上句之意，对天网恢恢的怀疑否定即因李白之不幸遭遇而生。

〔二五〕二句谓李白之声名定当传之千秋万岁，但遗憾的是其死后却非常寂寞。或谓：李白一定有不朽的声名，不过这是寂寞之身亡没以后的事情。言外之意，如果能不负平生志，对于李白才是真正的安慰。"寂寞"，就李白晚年的遗遇说。

笺评

蔡絛曰：（白）风神超迈，英爽可知。后世词人，状者多矣，亦间于丹青见之。俱不若少陵“落月满屋梁，犹疑照颜色”。熟味之，百世之下，想见风采。此与李太白传神诗也。（《苕溪渔隐丛话》引）

刘辰翁曰：（第一首）起意，使其死矣，当不复哭矣；乃使人不能忘者，生别故也。“落月”二语，偶然实境，不可更遇。（《删补唐诗选脉笺释会通评林·盛五古》引）又曰：（第二首）起语，千言万恨；次二句，人情鬼语，偏极苦味。“告归”六句，梦中宾主语具是。“冠盖”二句，语出情痛自别。又曰：结极惨黯，情至语塞。（《杜诗镜铨》引）

胡应麟曰：“明月照高楼，想见馀光辉”，李陵逸诗也。子建“明月照高楼，流光正徘徊”，全用此句而不用其意，遂为建安绝唱。少陵“落月满屋梁，犹疑照颜色”，正用其意而少变其句，亦为唐古峥嵘。今学者第知曹、杜二句之妙，而不知其出于汉也。（《诗薮》）

郝敬曰：（“故人”一段）读此段，千载之下，恍若梦中，真传神之笔。（《杜少陵集详注》卷七引）

杨慎曰：“落月满屋梁，犹疑照颜色。”言梦中见之，而觉其犹在，即所谓“梦中魂魄犹言是，觉后精神尚未回”也。诗本浅，宋人看得太深，反晦矣。传神之说非是。（《升庵诗谈》卷十一）

唐汝询曰：（第一首）少陵此作，本摹“凛凛岁云暮”一篇，其曰“魂来枫林青，魂返关塞黑。君今在罗网，何以有羽翼”，即古诗“既来不须臾，又不处重闱。亮无晨风翼，焉得凌风飞”之意。观此，可以知作诗变化法，非若今人公道劫略也。（第二首）此以浮云起兴而发叹也。言浮云无日不行，游子乃不复顾返，乃魂梦相亲而已。然其告归每每局促，得非道路艰阻，梦来亦不易耶？吾又念其流窜风波，恐有舟楫覆坠之患，则所梦非生人矣。于是沉忧怀想，若负已志，正以人皆显荣，斯人独被放斥，天网非密，白惟一身而无所容，是将老而反为身所累也。纵令芳名万古不灭，亦身后事耳，苦其生前犯难，可胜痛哉！（《唐诗解》卷六）又曰：（“君今”）二语更见变化。（《唐诗归折衷》引唐曰）

吴逸一曰：子美有《天末怀李白》诗，其尾联云：“应共冤魂语，投诗赠汨罗。”今上篇云：“水深波浪阔，无使蛟龙得。”此又云：“江湖多风波，舟楫恐失坠。”疑是时必有妄传太白堕水死者，故子美云云。后世遂有“沉江骑鲸”之说，盖因子美诗附会也。太白卒于当涂令李阳冰家，葬于谢家青山，二史可考，安有沉江事乎？世俗所传，东野之谈耳。（《唐诗解》卷六引）

钟惺曰：无一字不真，无一字不幻。又曰：精感交通，交情中说出鬼神。杜甫《梦李白》诗安得不如此！（“故人”二句）到说自己身上，妙，妙。（“魂返”句下批）暗用《招魂》语事，妙。（以上第一首）（“三夜”二句下批）“明我长相忆”“情亲见君意”，是一片何等精神往来！（“告归”二句）述梦语，妙！（“冠盖”二句）悲怨在“满”字、“独”字。（《唐诗归》）

谭元春曰：（“魂返”句下批）幽冥可怯。（末二句下）只转二韵，极见相关之情。此音外之音。（同上）

王世贞曰：余读刘越石“岂意百炼刚，化为绕指柔”二语，未尝不欷歔罢酒，至少陵此诗结语（按：当指第二首结语），辄黯然低徊久之。（《唐诗广选》引）

蒋一梅曰：二诗情意亲切，千载而后，犹见李、杜石交之谊。（《删补唐诗选脉笺释会通评林·盛五古》引）

王嗣奭曰：（第一首）瘴地而无消息，所以忆之更深。不但言我之忆，而且故人入梦，为明我相忆……故下有“魂来”“魂返”之语。而又云“恐非平生魂”，亦幻亦真，亦信亦疑，恍惚沉吟，此“长恻恻”实景。（第二首）前篇止云“入我梦”，又云“恐非平生魂”，而此云“情亲见君意”，则魂真来矣，更进一步……而“江湖多风波”，所以答前章“无使蛟龙得”之语也。交情恳至，真有神魂往来。止云泣鬼神，犹浅。（《杜臆》卷三）

陆时雍曰：是魂是人，是梦是睹，都觉恍忽无定。亲情苦意，无不备极矣。（《唐诗镜》卷二十一）

黄周星曰：（第一首）（“魂来”句下批）本是幻境，却言之凿凿，奇绝。（第二首）（第一句）“行”字妙。（“三夜”四句）情至苦语，人不能道。（末二句）竟说到身后矣，今人岂敢开此口。（《唐诗快》）

徐增曰：（第一首）子美作是诗，肠回九曲，丝丝见血，朋友至情，千载而下，使人心动。（《而庵说唐诗》）

黄生曰：（第一首）此诗以错叙成章。“君今”二句，本在“恐非”二句之上；“落月”二句，本在“魂来”二句之上。乍疑乍信，反复尽情。

至“枫青”“塞黑”“浪阔”“波深”，则又极其慰劳忧念之意。总之，交非泛交，故梦非泛梦，诗亦非泛作。若他人交情与诗情均不至，自难勉强效颦耳。（第二首）“告归”六句，并述李梦中之语。“冠盖”六句，则承“若负”句而言，代述其意，而为之深致不平也。造物于人以千秋，必吝人以九列，二者尝不可得兼，往往终身憔悴而后偿以不朽之名，而才人亦遂乐之。不恤见前，而独急其身后，究竟为造物所愚耳。读末二语，无限感慨。（《杜诗说》卷一）

方宜田曰：少陵《梦李白》诗，童而习之矣。及自作《梦友》诗，始益恍然于少陵语语是梦，非忆非怀。乃知读古人诗文以为能解，尚有欠体认者在。（《兰丛诗话》引）

张谦宜曰：《梦李白》，惜其魂之往来，更历艰险，交道文心，备极曲折，此之谓“沉着”。（《絸斋诗谈》）

仇兆鳌曰：（第一首）首（四句）叙致梦之由。瘴地而无消息，恐死生难定，故心常恻恻。（“故人”四句）“君今”二句，旧在“关塞黑”之下，今从黄生本移在此处，于两段语气方顺。（“故人”六句）此述梦中相接之情。白系浔阳，故云“罗网”，“恐非平生”，疑其死于狱也。（“魂来”六句）末记觉后相思之意。“枫林”，白所在；“关塞”，公所居。“水深”“浪阔”，又恐死于溺也。此章次序，当依黄氏更定，分明一头两脚体，与下篇同格。此拈“逐客无消息”，故有“路远”之状，“水深”之虑。次章拈“情亲见君意”，故写“局促”之情，“憔悴”之态。皆章法照应也。按太白本传：白喜纵横击剑，为任侠，杜公向赠诗云：“飞扬跋扈为谁雄。”盖恐其负才任气，至于偾事也。后来永王璘起兵，迫致不能自脱，观其作《东巡歌》云：“永王正月东出师，天子遥分龙虎旗。”又云：“二帝巡游俱未回，五陵松柏使人哀。”又云：“南风一扫胡尘静，西入长安到日边。”尚以勤王望永王，意中实未尝忘朝廷也。及璘败，而白遂系狱，殆尽所遭时势之不幸耳。少陵惓惓系念，亦曲谅其苦心，而深为之悲痛耳。（第二首）（“浮云”四句）首以频梦叙起。“情”“意”皆属李，“情”就梦时言，“意”就平日言。（“告归”六句）此代述梦中心事，曲尽仓皇悲愤情状。“告归”四句，梦闻其言；“出门”二句，梦见其形。上章以“平生魂”起下，此章以“平生志”起下。（“冠盖”六句）此伤其遭遇坎坷，深致不平之意。身累名传，其屈伸亦足相慰。但恻恻交情，说到痛心酸鼻，不是信将来，还是悼目前也。此章四句起。下二段，各六句。此因频梦而作，故诗语更进一层。前云是“明我忆”，是白知公；此言“见君意”，是公知白。前云“波浪”“蛟龙”，是公为白忧；此言“江湖”“舟楫”，是白又自为虑。前章说梦处，多涉疑词；此章说梦处，宛如目击。形愈疏而情愈笃。千古交情，惟此为至。然非公至情，不能有此至情；非公至文，亦不能写此至性。（《杜少陵集详注》卷七）

浦起龙曰：人之相知，贵相知心。公当日文章契交，太白一人而已。二诗传出形离精感心事，笔笔神来。首章处处翻写。起四，反势也。说梦先说离，此是定法。中八，正面也，却纯用疑阵，句句喜其见，句句疑其非。末四，觉后也。梦中人杳然矣，偏说其神犹在，偏与叮咛嘱咐，此皆意外出奇。从来说别离者，或以死别宽生别，或以死别况生别，此反云“死”则“已”矣，“生常恻恻”，亦是翻法。“入梦”，我忆彼也；此竟云彼“魂来”，亦是翻法。（第二首）次章，纯是迁谪之慨。为彼耶？为我耶？同声一哭。起法，簇前十二句为四句。中八，述其语，揣其情。述语而曰“局促”“风波”，暗从“无使蛟龙得”来。揣情而曰“负志”“憔悴”，则予怀耿耿，情见乎辞矣。末四，则所谓彼我同声者也。厄其身而永其名，已是慰劳苦语。今且云“名”亦“寂寞”，此老下笔后，直使来者没处转身。始于梦前之凄恻，卒于梦后之感慨，此以两篇为起讫也。“入梦”，明我忆；“频梦”，见君意。前写梦境迷离，后写梦语亲切。此以两篇为层次也。（《读杜心解》卷一）

《唐宋诗醇》：沉痛之音发于至情，情之至者文亦至，友谊如此，当与《出师》《陈情》二表并读，非仅《招魂》《大招》之遗韵也。“落月屋梁”，千秋绝调。（卷十）

蒋弱六曰：（“死别”三句）起便阴风忽来，惨澹难名。（《杜诗镜铨》卷五引）

杨伦曰：（第一首）（“故人”二句）仿佛欣慰。（“恐非”二句）旋又惶惑。（“魂来”二句）二句抵宋玉《招魂》一篇。（“君今”二句）二句又疑其非。（“落月”二句）二句又信其是。（“水深”二句）末二忧其远谪而遭患也。自浔阳至夜郎，当泛洞庭上峡江，故屡以风波为虑。（第二首）（“三夜”句）补前所未及。（“孰云”二句）言朝廷宜加宽典。（“千秋”二句）言所相许独此耳。（《杜诗镜铨》卷五）

宋宗元曰：“魂来”四句，全用《招魂》意点缀，愈惝怳，愈沉挚。（《网师园唐诗笺》）

马位曰：老杜《梦李白》云："冠盖满京华，斯人独憔悴。"昌黎《答孟郊》诗："人皆馀酒肉，子独不得饱。"同一慨然。而古人交情，于此可见。（《秋窗随笔》）

施补华曰："魂来枫林青"八句，本之《离骚》，而仍有厚气；不似长吉鬼诗，幽奇中有惨淡色也。（《岘佣说诗》）

吴汝纶曰：（第一首）（"死别"二句）一字九转，沉郁顿挫。（"魂来"二句）此等奇变语，世所惊叹，然在杜公犹非其至者。（"落月"句）撑起。（"犹疑"句）亲切悲痛。（"水深"句）再转。（"无使"句）剀切沉郁。（第二首）（"浮云"句）先垫一句以取逆势。（"冠盖"句）再垫再挺。（"斯人"句）咏叹淫泆。（"孰云"二句）此中删去几千百语，极沉郁悲痛之致。（"千秋"句）逆接。（"寂寞"句）致慨深远。（《唐宋诗举要》卷一引）

高步瀛曰：（第一首）"长相忆"下倒接"恐非平生魂"二句，疑真疑幻之情，千古如生。再以"魂来""魂返"写其迷离之状，然后入"君今"二句，缠绵切至，恻恻动人。若依黄本仇本移"君今"二句于"长相忆"下，神气索然尽矣。（《唐宋诗举要》卷一）

汪薇辑《诗论》：真朋友必无假性情。通性情者诗也，诗至《梦李白二首》，真极矣。非子美不能作，非太白亦不能当也。以诗品论，得《骚》之髓，不撮汉魏之皮。或曰"唐无古诗而有其古诗"，然乎哉！

鉴赏

在杜甫诸多怀念李白的诗作中，《梦李白二首》无疑是最真挚感人的篇章。杜甫对李白的深刻理解、深厚情谊和深挚怀念，自然是这两首诗之所以感人的思想感情基础，另外还有两个重要的因素值得注意。一是当时杜甫并不知道李白的存亡。从"逐客"之语，可以肯定杜甫已得知李白长流夜郎的消息，但长流以来直至写这两首诗时有关李白的情况，由于战乱阻隔，杜甫却一无所知。从诗中"恐非平生魂""寂寞身后事"之语可以揣知，在杜甫的潜意识中，已预感到李白或许不在人世，但又不能证实。这就使杜甫对李白的怀念带上了一种生死存亡未卜的意味，从而更增添了感情的悲怆。二是这种怀念是以梦的形式表现出来的，两首诗均为纪梦之作。这就使诗的境界增添了迷离惝恍、疑幻疑真的情致和色彩。这两重因素的叠合交织，使这两首诗在以写实为重要特色的杜诗中显得非常引人注目，但所表达的感情又极深挚沉至，带有杜甫的特殊印记。

第一首是初梦李白后所作。起四句是交代入梦之由的，却写得极沉痛曲折而耐人寻味。论者或谓诗人系以“死别”止于“吞声”来反托“生别”之“常恻恻”尤为可悲。但“生别”而如有对方确切的消息，甚至是平安的消息（比如得知李白已中途遇赦放还），则亦止于挂念怀想而已，不致“常恻恻”。因此这“生别常恻恻”必须和“江南瘴疠地，逐客无消息”联系起来，才能深切理解。李白长流的夜郎之地，是极偏僻遥远的瘴疠之乡，即使是常人前往游历，也冒着为瘴气所染的危险，更何况是以“逐客”之身份，何时放还又遥遥无期的情况！在这种情况下，“逐客无消息”便显然带有生死存亡未卜的意味。这才是“生别常恻恻”的真正原因。虽是“生别”，却是“往死地”的生别，又是杳无消息的生别，这种连对方的生死存亡都茫然无知的生别，才使怀念者每时每刻都经历着痛苦的感情折磨。张籍的《哭没蕃友人》云：“欲祭疑君在，天涯哭此时。”杜甫当时的感情，与此或有些相似。正是由于“逐客无消息”所透露的生死存亡未卜的忧虑，才有下面“恐非平生魂”的疑惑。

“故人”四句，接写入梦。不说自己因为长久思念李白而积思成梦，而说“故人入我梦，明我长相忆”，仿佛是由于李白明了自己长相忆念的感情而特意主动入梦。从对面着笔，不仅表现了知己朋友之间心灵的相通感应，而且表现了自己在“逐客无消息”的情况下乍见故人的欣喜与感动。但面对故人憔悴的面容身影（这从第二首可以看出），诗人在转瞬之间忽生疑问：这恐怕不是平日所见李白的生魂吧。长流夜郎的路途如此遥远，生死存亡实在难以预料。日有所思，夜有所梦；正因为平日在潜意识中已有李白或许在流放途中遭遇不测的预感，故而梦中才有“恐非平生魂，路远不可测”的疑虑。感情由喜而疑而悲，变化倏忽，正是梦中情感流程的真实反映。

“魂来”四句，承上“入梦”，续写李白梦魂来去往返的情景和自己的疑惑。“枫林”系李白梦魂所在和出发之地，“关塞”系杜甫所在和李白梦魂折返之地。上句化用《楚辞·招魂》“湛湛江水兮上有枫，目极千里兮伤春心，魂兮归来哀江南”句意，紧贴“枫”“魂”“江南”等字，以示李白之梦魂从江南多枫之地前来，句末着一“青”字，仿佛魂来之时，枫林突显一片青苍之色，使本来静止的青枫林具有了动感，下句写法相同，仿佛魂返之际，苍茫的关塞突显一片苍黑之色，“黑”字同样具有动感。总的都是为了渲染李白梦魂来去之时那种倏忽变幻的景象和诗人的迷离惝恍之感。

魂之来去，如此倏忽，仿佛天马行空，不受任何羁束，这本是对梦魂的写真。但转瞬之间，诗人又不禁生疑："君今在罗网，何以有羽翼？"你现在正被统治者的罗网所控制羁束，怎么能像长了翅膀似的来去自由呢？将李白的现实处境与梦境一加对照，不禁更强化了对李白现实处境的深悲。

最后四句，写李白梦魂离去之后的情景和诗人对归魂的深情遥嘱。梦醒之际，落月的光洒满了屋梁，朦胧之中仿佛还能见到故人的面容颜色。这是在梦初醒的迷离恍惚中一时的错觉与幻觉。似有似无，疑具疑幻，极饶神韵，极具意境之美。妙在"犹疑"二字，尽传迷离惝恍，是耶非耶的情致。

转瞬之间，幻觉消失，故人的梦魂已杳不可寻，遂转为对归魂的深情遥嘱：此去千里江南，水深浪阔，千万不要被蛟龙所获。这里的"蛟龙"，带有政治象征色彩，是对那些攻击陷害李白的"魑魅"之辈的称呼，表现了诗人对李白处境命运的忧虑。

第二首是"三夜频梦君"之后所作。起手二句以"浮云终日行"从反面兴起"游子久不至"，运用传统的起兴手法既新颖独特又自然贴切。浮云的意象，除了作为游子飘荡无依、飘浮不定的象征之外，还兼有象征谗佞奸邪之徒的意蕴。联系李白诗"总为浮云能蔽日""紫阙落日浮云生"等句，也不排斥"浮云终日行"可能兼有象喻政治昏暗，奸邪充塞的意味，而这又正是造成"游子久不至"的主要原因。正因为"游子久不至"，而有"三夜频梦君"的现象，诗人把这归结为李白对自己的一片深厚情意。这和第一首将故人入梦归结为"明我长相忆"是同一思路，不说自己情亲意殷，而说对方情意亲切，正表现出对李白情谊的重视。前四句和上首一样，也是述入梦之由的，但上首以沉重的悲慨发端，显得意蕴深沉郁结，而此首则从"浮云"引出"游子"，由"终日行"引出"久不至"，又由"久不至"引出"频梦君"，而归为"见君意"，辗转相引，显得亲切而自然。这或许是"三夜频梦君"所致吧。

"告归"四句，由君之来直接跳到君之归。先转述梦中李白告归之态与告归之语。每次"告归"，总是显得那样匆忙局促，仿佛有无形的力量在催逼；而告归时又总是强调自己前来会面之不易，仿佛有强大的力量在压制。梦中浮现的李白的这种情态与语言，正透露出在杜甫心目中，李白的现实处境是没有任何自由的。或以为"江湖"二句也是李白梦中告归之语，但联系上首结语，似理解为诗人对告归的李白的忧虑更为切当。

"出门"四句，写李白的梦魂告别出门时的情态和诗人的感慨。昔日豪迈不羁、神采飞扬的李白如今在"告归"时已无复"仰天大笑出门去，我辈岂是蓬蒿人"的气概，而是频频搔首，白发萧疏，好像为自己辜负了平生志而苦闷悲慨。这里拈出"平生志"三字，正反映出杜甫对李白的深刻理解。李白的"平生志"，就是"申管晏之谈，谋帝王之术，奋其智能，愿为辅弼，使寰区大定，海县清一"。杜甫在壮岁与李白同游的过程中当不止一次地听到李白对自己宏图大志的申述。如今，却陷罗网，为逐客，平生志，尽成空。这正是李白一生最大的悲剧，最深的憾事。达官贵人的高冠华盖充斥着京城，而杰出才人却困顿憔悴，遭受放逐，这又正是时代的最大的悲剧，人间的最大不平。写到这里，诗人已由李白的梦中情态跳出，转为对现实社会的深沉感慨，并由此引出结尾四句更深沉的感慨。

"孰云网恢恢，将老身反累。"说什么天网恢恢，疏而不漏，如今的现实却是奸佞邪恶者网漏吞舟之鱼，而胸怀大志、才华盖世者却垂老而身陷缧绁、遭受流放，还有什么天道可言！这是对现实政治的愤激控诉。诗情至此，发展到最高潮。接下来两句，却转为深沉的感慨："千秋万岁名，寂寞身后事！"诗人坚信，李白必将名垂千秋万代，但这样一位杰出的才人不但生前困顿憔悴，恐怕身后也不免寂寞凄凉。这是为李白的悲剧遭遇深表悲慨，也是为古往今来一切志士才人的共同悲剧抒发悲慨。由李白这一特殊的才人的悲剧遭遇联及广大才人的悲剧，并上升为更具普遍性的感慨，使诗的思想感情得到升华和深化，这正是《梦李白二首》的深刻之处。

两首纪梦诗，前首侧重于对梦境的描写，极具迷离恍惚、疑真疑幻的情致色彩、情韵意境；后者侧重于对李白梦中情态的描写和诗人悲慨的抒发。前者飘忽变幻，后者沉痛悲愤。但飘忽变幻之中亦有开头四句那样沉重的悲慨，沉痛悲愤之中亦有开头四句那样亲切自然的抒情，色调并不单一。而两首之间，既有明显的勾连照应（如前云"逐客无消息"，后云"游子久不至"；前云"故人入我梦"，后云"三夜频梦君"；前云"明我长相忆"，后云"情亲见君意"；前云"君今在罗网"，后云"将老身反累"；前云"水深波浪阔，无使蛟龙得"，后云"江湖多风波，舟楫恐失坠"），又有明显的递进发展，感情由悲转愤，由浅而深，从而形成一个有机的艺术整体。

前出塞九首（其六）〔一〕

挽弓当挽强，用箭当用长。
射人先射马，擒贼先擒王〔二〕。
杀人亦有限〔三〕，列国自有疆〔四〕。
苟能制侵陵〔五〕，岂在多杀伤！

校注

〔一〕《乐府诗集》卷二十一横吹曲辞有《出塞》，解题引《晋书·乐志》曰：“《出塞》《入塞》曲，李延年造。”杜甫有《前出塞九首》《后出塞五首》，均为有计划创作的组织严密的乐府组诗。两组诗均以一个从军出征的士兵作为主角贯串各首。《全唐诗》题下原注：“草堂本，《前出塞》编入天宝未乱以前京师作。诸本均与《后出塞》同编。《前出塞》为征秦陇之兵赴交河而作，《后出塞》为征东都之兵赴蓟门而作也。”王嗣奭《杜臆》云：“《前出塞》云‘赴交河’，《后出塞》云‘赴蓟门’，明是两路出兵。考唐之交河，在伊州西七百里，当是天宝间哥舒翰征吐蕃时事，诗亦当作于此时。”朱鹤龄亦从其说。这里所选的是组诗的第六首。

〔二〕张綖注：章意只在“擒王”一句，上三句皆引兴语。下四句，申明不必滥杀之故。（仇兆鳌注引）贼，《文苑英华》作“寇”。

〔三〕有限，有限度。

〔四〕列，《全唐诗》校：“一作立。”按：《文苑英华》作“列”。《广雅·释诂二》：“列，阵也。”又《释诂三》：“列，布也。”故“列”有阵列、布置之义，“列国”即建置国家。疆，疆界。

〔五〕制侵陵，制止外敌的侵略。陵，《文苑英华》作“凌”，通。

笺评

刘辰翁曰：此其自负经济者，军中常有此人。（《唐诗品汇》卷七引）
张綖曰：上三句兴，下一句即起。末二句意言朝廷果有制敌之道，不

在劳师以用武也。(杨伦《杜诗镜铨》卷二引)

钟惺曰：此四句与下四句非两层，擒斩中正寓不欲多杀之意，所谓“歼其渠魁，胁从罔治”也。(前四句下批)(《唐诗归》)

谭元春曰：仁义节制之师。(后四句下批)(同上)

陆时雍曰：语语筋力，前四语不知何自，或是成语，或是已出，用得合拍，总归佳境。(《唐诗镜》卷二十一)

《杜诗选注》：此篇言为战之法。射马擒王，盖不欲多杀也；能制侵陵，则不在多杀也。修德明礼，此王者制侵陵之道也。远交近攻，此霸者制侵陵之道也。(卷一)

王嗣奭曰：他人有前四句，必无后四句。兼此八句，方是仁者无敌之师。三代而下，谁复领此。“论兵迈古风”，此老盖自道也。(《杜臆》)

贺裳曰：此军中自励之言。上四句亦即《毛诗》“岂敢定居，岂不日戒”意，下四句更有“薄伐来威”之旨。(《载酒园诗话又编》)

黄生曰：前四语似谣似谚，最是乐府妙境。战阵多杀，始自秦人，盖以首级论功，先时无是也。至出塞之举，则始于汉武。当时卫、霍虽屡胜，然士马大半物故，一将功而枯万骨，亦何取哉！明皇不恤中国人民而远慕秦皇、汉武之事，杜公此诗，托讽实深。(《杜诗说》卷一)

仇兆鳌曰：六章，为当时黩武而叹也。上半叠用成语，擒王则众自降，即所谓“歼厥渠魁，胁从罔治”者。《书》“不愆于六伐七伐乃止齐焉”，所谓“杀人有限”也；马援立铜柱为界，所谓“列国有疆”也。(《杜少陵集详注》卷二)

吴瞻泰曰：此为九首扼要之旨，大经济语，借戍卒口中说出，托刺甚深。“立国自有疆”，讽谏微妙，使开边者猛然自省。(《杜诗提要》卷一)

浦起龙曰：六章，已在功名之会矣。尚是矢志语，未是对敌事。上四如此飞腾，下四忽然掠转。兔起鹘落，如是如是！要是上四作开势，下四归本旨也。如此方是下好义而上好仁。此为赴敌之始，故复提寓规之意。(《读杜心解》卷一)

杨伦曰：六章忽作闲评论一首，复提醒本意。(后四句)大识议，非诗人语。(《杜诗镜铨》卷二)

沈德潜曰：前四语即寓不多杀伤意，所谓节制之师。诸本“杀人亦有限”，惟文待诏作“无限”，以开合语出之，较有味。文云：“古本皆然。”从之。(《重订唐诗别裁集》卷二)

《前出塞九首》是杜甫现存作品中创作时间最早的精心结撰的组诗。浦起龙《读杜心解》说："汉、魏以来诗，一题数首，无甚铨次。少陵出而章法一线。如此九首，可作一大篇转韵诗读。"萧涤非先生指出其表现方面的特点是："一、用点来反映面，只集中描写一个征夫的从军过程。二、全部用第一人称来写，让这个征夫直接向读者诉说。由于寓主位于客位，转能畅所欲言，并避免直接批评时政的罪状。三、结构非常紧凑，从第一首的出门，到第九首的论功，循序渐进，层次井然，九首只如一首。四、掌握人物特征，着重心理刻划，从而塑造了一个来自老百姓的淳厚、勇敢和谦逊的士兵形象。"（《杜甫诗选注》）他们的论述，对于了解这组诗的结构章法之严密与表现手法的特点很有帮助。在这九首诗中，其他各首在士兵的自我叙述和抒情中，都有情节或细节描写，独有所选的第六首，全篇均用议论，且集中地表现出抒情主人公以及诗人自己对战争的看法（亦即整组诗的主旨），在组诗中居于关键地位，本身又具有相对的独立性，历来广为流传。故特意拈出，以见组诗之一斑。

前四句连用四个结构相同的排句精练地概括出战争的取胜之道：挽弓当挽硬弓，射箭当用长箭，盖弓硬箭长方能使射出去的箭射程远、力度强，增强杀伤力，致敌于死命。但射箭当先射马，盖马蹶则敌仆，即可轻易使之束手就擒；擒贼当先擒王，盖敌酋就擒则敌军自溃，即可迅速取得战争的胜利。古代与北方外族作战，多用骑兵。骑兵行动迅疾，长兵器弓箭成为重要的武器，故骑、射相连不可分。这一整套作战经验应是华夏民族在与北方游牧民族长期战斗中总结出来的。四句从挽弓、用箭，到射马、擒王，环环相扣，一气直下，既通俗易懂，又精练概括，极似军中用来指导士兵作战的格言或歌诀，可称得上是军中"二十字诀"。而挽弓用箭、射人射马，最后又都归结为"擒王"，直制敌之要害。黄生赞此四句"似谣似谚，最是乐府妙境"，甚是。汉乐府古诗中就颇多"百川东到海，何时复西归。少壮不努力，老大徒伤悲"（《长歌行》）、"生年不满百，常怀千岁忧。昼短苦夜长，何不秉烛游"（《古诗十九首·生年不满百》）一类人生经验的格言式表述。但它们在议论中均渗透强烈的抒情，而杜甫此作则纯属议论。

后四句由"擒王"制胜进一步发表对战争的看法。战争自然免不了有杀伤，但杀人也应有个限度，这个限度就是有效地制止对方的"侵陵"。建置国家，本就有一定的疆域边界，不能因统治者的好大喜功和贪欲而任意扩张自己的领土。如果说“杀人亦有限”这一句是表明了对战争中消灭敌人有生力量一事的态度，反对借口保证战争的不再发生而滥杀敌兵乃至无辜的百姓，那么“列国自有疆”这一句便表明了对黩武战争的鲜明反对态度。而实际上，所谓黩武战争，其主要特征，一是以开边为目的，二是以多杀人为手段。因此这两句也可以说是从反面来表达反对进行黩武战争的主旨。七、八两句则承第五句，进一步对“有限”作出界定：只要能够制止对方的侵扰就可以了，岂能以“多杀伤”为战争的目的呢？这两句可以说高度概括了一切正义之战的本质，战争的目的只在于保卫国家的疆土和人民，制止敌人的侵略，而不是为了多杀伤对方的士兵乃至无辜的百姓。要之，战争是为了自卫，而非开疆拓土，滥行杀戮，中国古代的军事理论、军事思想中本就有“不战而屈人之兵”的思想，因此这“苟能制侵陵，岂在多杀伤”的诗句中实际上还可包含更深刻的战略思想。

在一组以一位出征士兵为中心的带有叙事性的诗中插入这样一首纯用议论的诗，既可视为代士兵立言，发表他对战争的看法，实际上也是诗人自己发表对战争的看法。这种看法，代表了绝大多数人特别是普通百姓的看法。人民热爱和平，反对战争，尤其厌恶统治者发动的以开边为目的，不惜牺牲本国人民的生命，肆行杀戮对方的士兵与百姓的黩武战争；对于外族发动的掠夺性、侵略性战争，则坚决主张自卫，但目的是为了制止侵略而非以杀戮之多为目的。在唐朝国力昌盛时期发表的这种看法，充分说明华夏民族是一个爱好和平的民族，可以说是华夏民族在它的昌盛时期发表的和平宣言。

这首诗纯用议论写法，在以抒情为基本特征的中国古代诗歌中显得相当特别。但由于诗人在议论中渗透了自己的强烈感情，又运用了通俗明快和精练概括的语言，读来只感到它在一气直下之中富于深刻的蕴含，经得起咀味并启人思考。杜甫的这首诗，不但直接将批判的矛头指向当时统治者所奉行的黩武开边政策，对当时某些边塞诗中过分渲染武力尤其是战争中的杀戮之众也不无针对性。

后出塞五首（其二）〔一〕

朝进东门营〔二〕，暮上河阳桥〔三〕。落日照大旗，马鸣风萧萧〔四〕。平沙列万幕〔五〕，部伍各见招〔六〕。中天悬明月，令严夜寂寥。悲笳数声动〔七〕，壮士惨不骄〔八〕。借问大将谁〔九〕，恐是霍嫖姚〔一○〕。

校注

〔一〕乐府汉横吹曲有《出塞》《入塞》。杜甫有乐府组诗《前出塞九首》《后出塞五首》。仇兆鳌《杜少陵集详注》卷四于此组诗题下引鲍钦止曰："天宝十四载，三月壬午，安禄山及奚、契丹，战于潢水，败之，故有《后出塞五首》，为出兵赴渔阳也。"仇氏按云："末章是说禄山举兵犯顺后事，当是天宝十四载冬作。"今之学者多从仇说。按：《后出塞五首》和《前出塞九首》同为以一个士兵为主角的带有自叙传性质的组诗。《后出塞五首》中的主角，从少壮离家从军，到初次行军宿营，再到讽君主好大边将邀勋，以及边将位崇气骄，最后因安禄山即将发动叛乱而间道逃归故里，前后时间长达二十年，等于一篇幽蓟从军记。这里所选的是组诗的第二首。

〔二〕东门，洛阳城东面门有上东门，唐代在此有镇。军营设在上东门，故称东门营。

〔三〕河阳桥，晋杜预于古孟津（唐属孟州河阳县，在今河南孟州西）所建的跨黄河浮桥。安禄山反于范阳，封常清议断河阳桥。可证赴幽州须经此桥。

〔四〕《诗经·小雅·车攻》："萧萧马鸣，悠悠旆旌。"三、四二句从此化出。

〔五〕平沙，指平旷的沙地。列万幕，整齐地排列着千万顶军营的帐幕。

〔六〕部伍，军队的编制单位，部曲行伍。《史记·李将军列传》："及出击胡，而广行无部伍行陈，就善水草屯，舍止，人人自便。"司马贞索隐："《百官志》云'将军领军皆有部曲。大将军营五部，部校尉一人，部下有曲，曲有军候一人'也。"句意谓部队的各战斗单位分别整队集合。

〔七〕悲笳，悲壮的胡笳声。军中用作静营的号角。

〔八〕惨，心情凄惨悲伤。

〔九〕《全唐诗》句下有注云："天宝二年，禄山入朝，进骠骑大将军。"此"大将"当指招募丁壮入伍并统军的将领，未必指安禄山。

〔一〇〕霍嫖姚，汉代名将霍去病。《史记·卫将军骠骑列传》中记载，霍去病善骑射，再从大将军，受诏与壮士，为嫖姚校尉。此以“霍嫖姚”借指招募统军大将。张綖曰：将从霍嫖姚，盖武皇开边，而去病勤远，故托言之。（仇注引）

笺评

许顗曰：诗有力量，犹如弓之斗力，其未挽时，不知其难也。及其挽之，力不及处，分寸不可强。若《出塞》曲云：“落日照大旗，马鸣风萧萧。”“鸣笳三四发，壮士惨不骄”……此等力量，不容他人到。（《彦周诗话》）

刘辰翁曰：欲复一语如此，殆千古不可得。其时，其境，其意，即曹子建思愧自负横槊间意，赞说不能尽也。（“落日”二句下批）又曰：此诗之妙，可以招魂复起。（《唐诗品汇》引）

唐汝询曰：此言军容整，号令严肃。然大将果何人哉？得非汉之嫖姚耶？则亦内宠鄙臣耳。此盖为禄山发也。（《唐诗解》卷五）

陆时雍曰：写景一一入神，色象绝不足道。（《删补唐诗选脉笺释会通评林·盛五古》引）

周启琦曰：言风发而思泉流，望其气不可复羁。（同上）

陈继儒曰：劈空出想，乃是风骨雄奇。（同上）

王嗣奭曰：言号令之严，亦军中常事，而写得森肃。前篇（指第一首）唾手封侯，何等气魄！而至此“惨不骄”，节奏固应如是，而情景亦自如是也。诗云：“萧萧马鸣”，“萧萧”原非马鸣声……但得一“风”字，更觉爽豁耳。（《杜臆》）

黄周星曰：少陵前、后《出塞》共十四首，童时即诵此一首，颇喜其风调悲壮；及今反复点勘，仍不出此一首。李、钟两家并选之，岂为无见！（《唐诗快》）

钟惺曰：“萧萧马鸣”，经语也，加一“风”字，便有飒然边塞之气矣。又曰：《出塞》前、后，于鳞独取此首，孟浪之极。应为“落日照大旗”等句，与之相近耳。盖亦悦其声响，而风骨或未之知耳。（《唐诗归》）

贺裳曰：“朝进东门营，暮上河阳桥。落日照大旗，马鸣风萧萧。”军前风景如画。"平沙列万幕，部伍各见招"二语尤妙。凡勇士所之，无不欲收为己用者，此语直传其神。"中天悬明月，令严夜寂寥"，"寂寥"妙甚，深见军中纪律之肃。"悲笳数声动，壮士惨不骄。借问大将谁，恐是霍嫖姚。"古来名将甚多，而独举霍氏。史称去病，士卒乏食，而后军馀粱肉。殊带怵惕意，却妙在一"恐"字，语意甚圆。（《载酒园诗话又编》）

吴敬夫曰："萧萧"自是说风。合十字看，想见边塞晚景惨凄，与经语形容马鸣自别。又曰：于诸作中，气最高，调最响，固应入于鳞彀中。（《唐诗归折衷》引）

唐曰：于鳞孟浪则有之。若论风骨，十三首中，原无此雄浑。（《唐诗归折衷》引）

仇兆鳌曰：二章记在途之事。上六，薄暮景事；下六，夜中情景。上言军容之整肃，下言军令之森严。（《杜少陵集详注》卷四）

浦起龙曰：二章，写军容也。又点清征兵之地。前后各章，俱极有兴，不可无此约束。"进营"，始就伍也。"上桥"，初登程也。"落日"将暮，则须列幕安营。初从军者纪律未娴，故部伍须"招"。此时尚觉嚣扰，入夜则寂无声矣。"悲笳"，静营之号也。"大将"指召募统军之将，故以"嫖姚"比之。盖去病尝从大将军卫青出塞者。注家即指禄山，非，时尚未到也。须看层次精密，又须看夹景夹叙，有声有彩。（《读杜心解》卷一）

杨伦曰：二章言入军。五首只如一首，章法相衔而下。前诗（指第一首）何等高兴，至是束于军令，乃"惨不骄"矣。（《杜诗镜铨》卷三）

吴昌祺曰：诗如宝马出匣，寒光逼人。（《删订唐诗解》）

王国维曰：境界有大小，不以是而分优劣。"细雨鱼儿出，微风燕子斜"，何遽不若"落日照大旗，马鸣风萧萧"；"宝帘闲挂小银钩"，何遽不若"雾失楼台，月迷津渡"也！（《人间词话》）

《后出塞五首》的第一首，写主人公应召入伍赴蓟门与乡亲告别时的豪情，第二首接着写初入军营行军宿营的情景，以意境的阔大悲壮著称。

开头两句叙事，简洁明快，分别点出新兵入营与开拔。"朝进"而"暮上”，说明时间之短促与军情之紧急。“东门营”在洛阳上东门外，补充交代了主人公当是在洛阳附近应召入伍的。“河阳桥”在洛阳东北约八十里，从东门军营出发，正好是一天的路程。乍入营旋即开拔，踏上赴蓟门的征途，主人公的心情是激动喜悦而怀着对行伍生活的新鲜感的。从诗的明快流畅、摇曳有致的格调中似乎可以窥见主人公轻快的步伐和跃动的心律。

“落日照大旗，马鸣风萧萧。”这是呈现在主人公面前的一幅极具氛围感的行军图景。暮色苍茫中，一轮殷红的落日映照着正在行进中的主将的大旗，红旗猎猎，风声萧萧，远处传来战马的长啸。这幅图景，有声有色，动静相间，情景两浃，境界壮阔悠远，声韵浏亮朗爽，韵味隽永悠长。既描绘出壮盛的军容和雄浑的气象，又隐隐传出主人公目接此境时那种新鲜感、庄严感和苍茫感。《诗经·小雅·车攻》中“萧萧马鸣，悠悠旆旌”的诗句，境界于阔远中透出闲静的意致，经诗人化用改造，顿觉极雄浑悲壮之致，关键就在增添了落日的余晖映照和“风萧萧”与“马鸣”的配搭。

接下来两句，写列幕宿营：“平沙列万幕，部伍各见招。”在一望无际的平展的沙地上，有序地排列着千万张宿营的帷幕，各个基层战斗单位的军官在分别集合自己的战士。前一句是静景，于阔远之境中显出列幕之齐整有序和军容之壮盛；后一句是动景，于活动的画面中透出军纪之整肃。

“中天悬明月，令严夜寂寥。”时间已由暮而入夜。中天之上，一轮明月高悬，四周一片寂静。在寂寥的深夜，时或传来几声威严的口令声，更衬出了整个氛围的寂寥。夜间宿营，有哨兵值勤，遇有人行，则喝问口令。在寂静的夜间，听来特别警动人心，故云“令严”。或解“令严夜寂寥”句为军令森严，故夜间军营寂静无声，亦通。但似以解令为“口令”，更饶以声显寂之神韵。

“悲笳数声动，壮士惨不骄。”笳指胡笳，其声悲壮。《文选·李陵〈答苏武书〉》云：“凉秋九月，塞外草衰，夜不能寐，侧耳远听，胡笳互动，牧马悲鸣，吟啸成群，边声四起。”所描绘的是深秋塞外夜间边声四起的情景，杜诗“悲笳数声动”当是化用了其意境而单举“悲笳”之声以点染夜间静营的号角响过数声以后军营上弥漫着一种悲壮、严肃、静寂的氛围。这种特有的氛围，使初入军营的壮士原来那种满怀雄心壮志、热烈激动的精神状态猛然间变得有些惨然而悲，不再那样浪漫张扬了。这“胡笳数声动”所酿造的军营氛围，像是使初入伍的壮士经受了一次军队生活的心灵洗礼。

“借问大将谁，恐是霍嫖姚。”末二句是夜不能寐的主人公的自问自答：

如此壮盛的军容军威和整肃的军纪，这位统军的大将恐怕是汉代骠骑将军霍去病一类的人物吧。以汉代年轻有为的大将霍去病喻指主将，口吻是敬畏赞美而非讽刺。文中主人公“跃马二十年”，其初入伍时当在开元二十三四年（735、736）前后，其时安禄山还只是幽州节度使张守珪部下的一员将领，根本未跻身“大将”之列。何况，此首所写系行军宿营情景，“大将”非指边将，而是招募统军之将。不能因为后面写到安禄山反叛而将此首的“大将”也误解为安禄山。

组诗中的主人公，在“跃马二十年”的长时间中，思想感情和对边地情况的认识有一个逐渐变化的过程。刚开始应募入伍时充满了立功封侯的浪漫幻想。及至军营，则在行军宿营中强烈感受到悲壮整肃的气氛，心情有所变化。到蓟门后，逐渐看清皇帝开边、边将邀勋的真相，以及边将由骄横跋扈演为叛乱的过程。组诗的第二首正是主人公亲历行军宿营生活后心理状态变化的展现。十二句诗，时间从朝至暮，自暮至夜，地点由东门营而河阳桥，由河阳桥而平沙旷野，景物由落日、大旗、马鸣、风萧萧而中天明月、悲笳声动，主人公的心情也由一开始的激动喜悦而逐步感受到日暮行军特有的雄浑悲壮、阔远苍茫气氛和夜间宿营特有的整肃寂寥氛围，接受了一次初入戎旅的心灵洗礼。序次井然，而境界之雄浑阔远、悲壮混茫尤为出色。

成都府〔一〕

翳翳桑榆日〔二〕，照我征衣裳〔三〕。我行山川异〔四〕，忽在天一方〔五〕。但逢新人民，未卜见故乡〔六〕。大江东流去〔七〕，游子日月长〔八〕。曾城填华屋〔九〕，季冬树木苍〔一〇〕。喧然名都会〔一〇〕，吹箫间笙簧〔一二〕。信美无与适〔一三〕，侧身望川梁〔一四〕。鸟雀夜各归，中原杳茫茫〔一五〕。初月出不高，众星尚争光〔一六〕。自古有羁旅，我何苦哀伤！

〔一〕成都府，今四川成都市。《新唐书·地理志·剑南道》：“成都府蜀

郡，赤。至德二载曰南京，为府。上元元年罢京。”乾元二年（759）十月，杜甫由秦州出发，前往同谷（今甘肃成县），在同谷度过了一段极为艰难贫困的生活。十二月，由同谷出发入蜀，年底抵达成都。此诗系初抵成都时所作。

〔二〕翳翳，晦暗朦胧貌。桑榆日，即傍晚的落日。《初学记》卷一引《淮南子》：“日西垂景在树端，谓之桑榆。”

〔三〕征衣裳，客子所穿的衣裳。阮籍《咏怀》：“灼灼西隤日，馀光照我衣。”二句化用阮诗。

〔四〕山川异，指由秦州辗转至同谷、至成都，所历山川各异。

〔五〕成都在全国的西南，故云“天一方”。

〔六〕未卜，未料、难以预料。

〔七〕大江，指岷江。古代以岷江为长江正源。

〔八〕日月，《全唐诗》原作“去日”，校：“一作日月。”兹据改。此句意谓自己这位游子将长期过着漂泊异乡的生活。

〔九〕曾，通“层”。曾城，犹重城。成都有大城、少城。填，充满、密布。华屋，华美的房屋。

〔一〇〕成都气候温暖，故虽暮冬而树木苍郁青翠。

〔一一〕喧然，喧阗热闹的样子。唐代除东、西二京外，扬州、益州均为全国著名的都市，有“扬一益二”之称。

〔一二〕间，夹杂。

〔一三〕信美，确实美好。无与适，无所适从、无所归依。此句化用王粲《登楼赋》“虽信美而非吾土兮，曾何足以少留”句意。

〔一四〕侧身，侧转身体。川梁，岷江和江上的桥梁。此句盖谓侧身东望川梁而思故乡，有川广不可渡越意，从上句来。张衡《四愁诗》：“我之所思在太山，欲往从之梁父艰，侧身东望涕沾翰。”

〔一五〕上句兴起下句。因见傍晚鸟雀各自归巢而思归故乡，而故乡杳远渺茫，遥不可见。

〔一六〕黄生曰：“‘初月’二句，寓中兴草创，群盗尚炽。”此本杜田注而稍有变化，恐过凿。

笺评

刘辰翁曰：（首二句）有何深意，到处自然。（“信美”四句）愤怒悲感，天性切至，读之黯然。（“初月”二句）语次写景，注者屑屑附会，可厌。（《唐诗品汇》卷七引）

桂天祥曰：萧散沉降备至。“层城”以下句雄丽。“鸟雀夜各归，中原杳茫茫”，羁旅之思可悲。“初月”二句比喻。末复自解，可谓神于变化者矣。（《批点唐诗正声》）

唐汝询曰：此子美初至成都未得所依而有是作。日在桑榆照我征衣者，以比国步陵夷，而我适当此时也。是以飘泊一方未能遽返，徒羡大江之东逝耳。然蜀都岂僻陋而不可居哉？华屋填城，乔木苍翠，箫管之音不绝，可谓盛矣。顾虽美而无可往，遂至孤立怅望，鸟雀不如，途穷若此。皆因朝廷荒乱，使贤者无依，故又以所见之景为此。“初月出不高”者，肃宗初立无远志也；“众星尚争光”者，四方之僭逆未除也。因言古人遭世难而奔走风尘者众矣，我何敢独抱哀伤乎！此与《寒峡》结语同义。（《唐诗解》卷六）

吴山民曰：丹青其言，然巧笔不能写。“但逢”“未卜”二语，甚动情。“鸟雀”句有美意。结自宽。（《删补唐诗选脉笺释会通评林·盛五古》引）

陆时雍曰：“鸟雀夜各归”四句，气韵高雅，意象更入微茫。（《唐诗镜》）

王夫之曰：俗目或喜其“近情”，毕竟杜陵落处，全不关“近情”与否。如此诗篇，只有一“雅”。（《唐诗评选》）

杨德周曰：此诗寄意含情，悲壮激烈。公复有俯仰六合之想。（《杜少陵集详注》卷九引）

朱鹤龄曰：此诗语意，多本阮公《咏怀》。“翳翳桑榆日，照我征衣裳”，即阮之“灼灼西颓日，馀光照我裳”也；“侧身望川梁”，即阮之“登高望九州”也；“鸟雀夜各归，中原杳茫茫”，即阮之“飞鸟相随翔，旷野莽茫茫”也；“自古有羁旅，我何苦哀伤”，以自广也。“初月出不高，众星尚争光”，则本子建《赠徐干诗》：“圆景光未满，众星粲以繁”。公云“熟精《文选》理”，于此益信。杜田注：“桑榆”，明皇在西内；“初月”，喻肃宗；“众星”，喻史思明之徒。此最为曲说。王伯厚《困学纪闻》亦引之，吾所不解。(《杜工部诗集辑注》)又曰：盛称都会，愈见故乡可怀。即所谓“成都万事好，岂若归吾庐”也。(《杜诗镜铨》引)

黄生曰：王粲《登楼赋》：“境虽美而非吾土。”“侧身望”三字，出张衡《四愁诗》。古诗：“欲济川无梁。”《四愁》本寓思王室之意。“信美”二句，言入蜀非已所乐，第归朝无路，不得已而为此计耳。“初月”二句，寓中兴草创，群盗尚炽，末二句姑为自解之辞。(《杜诗说》卷一)

仇兆鳌曰：(“翳翳”八句)初见成都人物，而叹游子不归也。此以江水东流，兴己之棲泊。(“曾城”八句)又闻成都歌吹，而叹中原遥隔也。此以鸟雀归巢，兴己之无家。张远注：“公初至成都，而辄动乡关之思”，所谓“成都万事好，不如归吾庐”也。(“初月”四句)此心伤羁旅，而聊为自宽之词。薄暮方至，故云“桑榆”；既而黄昏，故云“鸟归”；久之星出月升，盖在下弦之候矣。此章前二段，各八句，末段四句收。(《杜少陵集详注》卷九)

浦起龙曰：前后各八，中四句。前后皆言游子羁旅之情，是税驾语，亦是二十四首总结语。只中四，还成都正面。“信美”而“望川梁”者，见“鸟雀各归”，而伤故乡之不可归也。所以然者，由寇扰中原，如星争月彩，人思避乱，是以不免“羁旅”也。比意侧重“众星”。朱氏以《困学》借喻为曲说，不知不借喻，则结联如何缀属?(《读杜心解》卷一)

杨伦曰：(“翳翳”四句)似《十九首》。(“初月”二句)比出门时，磊落星月，又一意境。(“自古”二句)言世乱未平，亦且暂谋安息耳。是二十四首总结语。(《杜诗镜铨》卷七)

《唐宋诗醇》：语意多本古人，虽气度少舒而忧思未尝忘也。“初月”四语，上承“中原”一句，王应麟以肃宗初立，盗贼未息，最为得解。盖至此身事少定，不觉念及朝廷，甫岂须臾忘君者哉!

 乾元二年(759)十月到十二月，杜甫在从秦州至同谷、从同谷至成都的艰难旅程中，写了两组各十二首的纪行山水组诗。这二十四首诗，以写实手法，再现了秦陇、陇蜀道上奇险雄峻的山川景物和它们不同的个性特征，为山水诗的创作开拓了崭新的境界。本篇是二十四首的最后一首，前人或谓是二十四首诗的总结。不过它的风格却显然不同于其他各篇之雄肆奇崛、削刻生新，而是在朴素平易的叙述描写中蕴含着浓郁的抒情色彩，近乎汉魏古诗的风貌。

开头四句写初抵成都的情景：傍晚西斜的夕阳余光，映照着我这个跋山涉水从秦至蜀的征人的衣裳。一路之上，经历了风貌殊异的万水千山，如今又忽然来到远在西南一隅的蜀地殊方。这四句调子比较轻快舒畅，透露出诗人在历经三个月的艰困生活和道途艰险之后终于抵达此行终点时心情的放松和愉悦。“翳翳”二字，形容夕阳余光的朦胧黯淡，但它映照在游子征衣上的时候，却使人感到一种亲切的抚慰。“山川异”是对以往行程经历的概括，其中亦包含饱览不同山川胜景的新奇感，而“忽在天一方”的“忽”字则透出了历经秦蜀间崇山峻岭、忽见平野千里、富庶繁华的天府之国时的欣喜。

“但逢”四句，续写入城路上所见所感。一路上，只遇到声音装扮不同的异乡百姓，却不知道何时才能见到自己的故乡。滔滔不绝的岷江水，东流而去，我这漂泊天涯的游子客居异乡的日月还正悠长。这四句分别以眼前所见的“新人民”和“大江东流”兴起“故乡”之思和“游子”之情，在景物描写的同时织入了对故乡的思念和游子漂泊生涯的感慨。但感情并不悲伤激烈，而是在舒缓平和的调子中寓有对异乡风物的新鲜感和对游子悠长岁月的某种期待和希望，透露出历经奔波跋涉的“一岁四行役”之后的诗人渴望有一个平静安适的栖息之地的内心要求。联想和兴起的自然，使这四句诗同样具有隽永的情味。

“曾城”四句，写成都的繁华热闹。成都是唐代除西京长安、东都洛阳之外全国最著名的繁华都会之一，它与濒海的扬州并称，有“扬一益二”之称。《新唐书·地理志》载，成都府有户十六万九百五十，口九十二万八千一百九十九，杜甫诗中亦称成都“城中十万户”，诗人来到这里时，尚称“南京”，可以想见其繁华。四句以“喧然名都会”为主句，一句写城池之重叠、房舍之华美，以一“填”字写出其户口之众多和房舍的鳞次栉比，以见其繁华富庶；一句写其气候之温暖宜人，虽处隆冬，而树木苍郁青翠；一句写其生活之安乐和市面的热闹，箫管笙簧之声喧然相杂。这一切，对于一个经历了三年战乱生活的诗人来说，无疑是一个远离干戈烽火的和平安乐富庶繁华的天府之国。面对这样一个“喧然名都会”，诗人的最初感受是欣喜、新鲜、喜悦、赞叹，隐然含有不意忽见如此繁华安定之都的惊喜之情。

但这种感情转瞬之间就起了变化，诗人马上意识到，这是一个虽然美好却无所与适的地方，在那层城华屋之中，箫管笙簧之旁，哪里能找到自己的归宿？侧身东望，但见川广桥横，而自己却无法渡越；但见暮色苍茫中鸟雀各自归栖夜宿，而自己中原的故乡却杳远渺茫，遥在天外。一种茫然无所归宿的异乡漂泊感，一种欲归而不得的忧思和茫然萦绕在字里行间。诗情至此一变，乍到和平富庶之乡的欣喜化为无着落的羁旅忧思，但感情并不沉重。

最后四句，时间由暮而入夜。初月东升，遥挂天边，繁星闪烁，正像与初月争光。异乡的第一个夜晚就这样降临了。这夜晚，既熟悉又陌生，既美丽又神秘，面对异乡和平安静的夜空，诗人的心情又逐渐平静下来，他自我宽慰道：自古以来就有无数羁旅漂泊之人，我又何必为此苦苦哀伤呢！

整首诗交织着对“天一方”的和平富庶、繁荣热闹的成都府的景物人事、山川风物的新鲜感、喜悦感和身在异乡的漂泊感、陌生感，交织着对新山川、新人民的欣喜和对中原故乡的怀念忧思。但总的情调并不沉重悲伤，而是在朴素的叙述描写中渗透悠长而浓郁的诗情。这种浓郁的诗情，正透露了诗人对生活的热爱和执着。以这样的诗篇结束艰难的秦陇、陇蜀之旅，正说明诗人对新的和平安适生活的深情期盼。

茅屋为秋风所破歌〔一〕

八月秋高风怒号，卷我屋上三重茅。茅飞度江洒江郊，高者挂罥长林梢〔二〕，下者飘转沉塘坳〔三〕。南村群童欺我老无力，忍能对面为盗贼〔四〕。公然抱茅入竹去〔五〕，唇焦口燥呼不得〔六〕，归来倚杖自叹息。俄顷风定云墨色〔七〕，秋天漠漠向昏黑〔八〕。布衾多年冷似铁〔九〕，骄儿恶卧踏里裂〔一〇〕。床头屋漏无干处〔一一〕，雨脚如麻未断绝〔一二〕。自经丧乱少睡眠〔一三〕，长夜沾湿何由彻〔一四〕！安得广厦千万间，大庇天下寒士俱欢颜〔一五〕，风雨不动安如山！呜呼，何时眼前突兀见此屋〔一六〕，吾庐独破受冻死亦足！

〔一〕上元二年（761）八月作于成都浣花草堂。

〔二〕挂罥（juàn），缠绕、悬挂。长林梢，高树之颠。

〔三〕塘坳，低洼积水处。塌，地面低洼处。

〔四〕能，这样。忍能，忍心这样。对面，面对面，与下“公然”义近。

〔五〕公然，明目张胆地。竹，指竹林。

〔六〕呼不得，形容因竭力呼唤顽童弄得唇焦口燥再也喊不出声的情状。或解为“喝不住”，似非原意。

〔七〕俄顷，顷刻间。

〔八〕秋天，秋天的天空。漠漠，阴沉昏暗貌。向，趋向。

〔九〕布衾，布被。

〔一〇〕骄，一作“娇”。恶卧，睡相不好。踏里裂，将被里蹬裂。

〔一一〕床头，《全唐诗》原作“床床”，校：“一作床头”，兹据改。

〔一二〕雨脚，形容雨下得很密，如直泻而下，连成一线。

〔一三〕丧乱，指安史之乱。

〔一四〕彻，彻晓。何由彻，怎样才能挨到天亮。

〔一五〕寒士，贫寒的士人。

〔一六〕突兀，高耸的样子。见，同“现”。

笺评

王安石曰：吾观少陵诗，为与元气侔。力能排天斡九地，壮颜毅色不可求……惜哉命之穷，颠倒不见收。青衫老更斥，饿走半九州。瘦妻僵前子仆后，攘攘盗贼森戈矛。吟哦当此时，不废朝廷忧。尝愿天子圣，大臣各伊周。宁令吾庐独破受冻死，不忍四海赤子寒飕飕。伤屯悼屈止一身，嗟时之人我所羞……（《杜甫画像》）

黄彻曰：老杜《茅屋为秋风所破歌》云：“自经丧乱少睡眠……吾庐独破受冻死亦足！”乐天《新制布裘》云：“安得万里裘……天下无寒人。”……皆伊尹身任，一夫不获辜也。或谓子美诗意，宁苦身以利人；乐天诗意，推身利以利人。二者较之，少陵为难，然老杜饥寒而悯人饥寒者也……则老杜之仁心差贤矣。（《碧溪诗话》）

李沂曰：“安得广厦千万间”，发此大愿力，便是措大想头，申凫盟此语最妙。他人定谓是老杜比稷、契处矣。（《唐诗援》）

许学夷曰：《茅屋为秋风所破歌》，亦为宋人滥觞，皆变体也。（《诗源辩体》卷十九）

钟惺曰：（“南村”二句）好笑！好哭！“入竹”，妙，妙。（《唐诗归》）

谭元春曰：（“娇儿”二句）尽小儿睡性。（同上）

王嗣奭曰：“广厦万间”“大庇寒士”，创见故奇，袭之便觉可厌……“呜呼”一转，固是曲终馀意，亦是通篇大结。（《杜臆》）

吴农祥曰：因一身而思天下，此宰相之语，仁者之怀也。中间夹说无衣受冻，故结兼言之。针线之密，不可及也。（《杜诗集评》卷五引）

黄生曰：中段叙屋漏事入骨，若前比兴，后述怀，在公直家常语耳。（《杜诗说》卷十一）

仇兆鳌曰：（“八月”五句）此记风狂而屋破也。（“南村”五句）此叹恶少陵侮之状。（“俄顷”八句）此伤夜雨侵迫之苦。在第三句换韵。（“安得”五句）末从安居推及人情，大有民胞物与之意。此亦两韵转换。此章，前后三段，各五句。中段八句。（《杜少陵集详注》卷十）

浦起龙曰：依仇本截。起五句完题，笔亦如飘风之来，疾卷了当。“南村”五句，述初破不可耐之状，笔力恣横。单句缩住黯然。“俄顷”八句，述破后拉杂事，停“风”接“雨”，忽变一境；满眼“黑”“湿”，笔笔写生。“自经丧乱”，又带入平时苦趣，令此夜彻晓，加倍烦难。末五句，翻出奇情，作矫尾厉角之势。宋儒曰：包与为怀。吾则曰：狂豪本色。结仍一笔兜转，又复飘忽如风，《楠树》篇峻整，《茅屋》篇奇奡。彼从拔后追美其功而惜之，此从破后究极其苦而矫之，不可轩轾。（《读杜心解》卷二）

蒋弱六曰：此处（指“自经”句以下）若再加叹息，不成文矣。妙竟推开自家，向大处作结，于极潦倒中却有兴会。（《杜诗镜铨》卷八引）

邵长蘅曰：此老襟抱自阔，与“蝼蚁辈”迥异。（同上引）又曰：诗亦以朴胜，遂开宋派。

杨伦曰：（“南村”二句）叙事笔力恣横。（“归来”句）单句束住黯然。（“自经”句）直感到此，亦即起下。彻，晓也。夜雨之苦，乃因屋破而究极言之。（“风雨”句）还说穷话，妙。（《杜诗镜铨》）

《唐宋诗醇》：极无聊事，以直写见笔力。入后大波轩然而起，叠笔作收，如龙掉尾，非仅见此老胸怀。若无此意，则诗亦可不作。

朱鹤龄曰：白乐天云：“安得布裘长万丈，与君都盖洛阳城。”同此意。（《唐宋诗醇》引）

何焯曰：元气淋漓，自抒胸臆，非出外袭也。“自叹息”三字，直贯注

结处。（“风雨”句）“风”字带收前半。（《义门读书记》）

宋宗元曰：“安得”三句，因屋破而思广厦之庇，转说到“独破”不妨，想见“胞与”意量。末二句，有意必尽，惟老杜用笔喜如此。（《网师园唐诗笺》）

施补华曰：后段胸襟极阔，然前半太觉村朴，如“南村群童欺我老无力，忍能对面为盗贼”四语，及“骄儿恶卧踏里裂”之语，殊不可学。（《岘佣说诗》）

张曰：沉雄壮阔，奇繁变化，此老独擅。（《十八家诗钞》引）

上元二年（761）八月，一场突然袭来的狂风，将杜甫草堂前一株二百年的老楠树连根拔起，卷走了辛苦经营而成的茅屋上的三重茅草。紧接着暴雨倾盆而至，床头屋漏，无一干处。在漫漫长夜何时彻晓的痛苦等待中，杜甫思前想后，从个人遭受的痛苦联想到累年战乱所造成的国家忧患和广大人民的困苦，写下这首感人至深的诗篇。

“八月秋高风怒号，卷我屋上三重茅。”八月仲秋，正是秋高气爽的季节，却骤然狂风怒号，卷走了屋上的三重茅草。第一句“八月秋高”与“风怒号”之间，实际上有个转折，说明天气的反常和情况的突然。第二句的“三重茅”，是说屋顶上的三重茅草都被掀起卷走，可见风力之凶猛，这样，才有下面的“床头屋漏无干处”。

“茅飞度江洒江郊，高者挂罥长林梢，下者飘转沉塘坳。”茅草被狂风吹飞过江，洒落在江边一带。飞得高的挂在高高的树梢上，飞得低的飘飞翻转，沉落在池塘洼地里。以上五句写茅屋为秋风所破，着力写茅草：先写风，次写茅卷，再写茅飞，茅挂树梢、沉塘坳，次第井然。表面上只是写风卷茅飞，实际上随着茅卷、茅飞、茅挂、茅沉，处处跟着一双充满焦急、痛惜而又无可奈何的神情的眼睛。因此这些描写中渗透了诗人的感情，而要理解诗人眼睁睁地看着狂风破屋卷茅时焦急、痛惜的感情，又必须了解这些年来诗人经历的颠沛流离的生活和经营草堂所付出的努力，如果说草堂是他多年颠沛流离之后获得的暂时安定生活的象征，那么狂风卷茅就意味着安定生活的破坏甚至结束。诗人在《楠树为风雨所拔叹》的结尾说：“我有新诗何处吟，从此草堂无颜色。”楠树被拔，使草堂顿失颜色；茅屋被破，则无安身立命之处了。

“南村”四句，写飞洒江郊的茅草被南村的一群顽童抱走。称“群童”为“盗贼”，是生气中夹着几分哭笑不得神情口吻的话，就跟老人嗔笑顽皮的孩子为“小强盗”差不多。这帮顽皮孩子，看杜甫年纪大，又是有点迂腐的读书人，加上隔着一条浣花溪，知道奈何他们不得，便故意大摇大摆地抱着茅草钻进竹林，消失得无影无踪，任凭杜甫喊得唇焦口燥也不加理睬。杜甫笔下的这群顽童，既调皮又带几分天真稚气。这个场景，在焦急生气中还带点无奈的幽默，给全诗的悲剧气氛注入了一点别样的喜剧色彩。杜甫是擅长此道的。

“归来倚杖自叹息。”这是一个单句，是全篇的过脉。浦起龙说：“单句缩住黯然。”回到家中，又气又累，只好倚杖叹息，叹息什么呢？没有说。叹息中有沉思，有丰富的蕴含，末段的祈望和抒怀都于此伏脉。

“俄顷风定云墨色，秋天漠漠向昏黑。”风停云黑，天色阴暗，是暴雨来临的前兆。“向”字富于动感，本来明朗的天空忽然变得灰蒙蒙一片，像是接近黄昏暗夜的样子。这两句由“风”过渡到“雨”，由茅卷过渡到“屋漏”，写景中渗透着一种紧张不安、沉重压抑的气氛，这正是当时诗人心绪的反映。

“布衾多年冷似铁，骄儿恶卧踏里裂。床头屋漏无干处，雨脚如麻未断绝。”这四句要连起来读，写的是夜间大雨屋漏的苦况。大雨密集直泻，茅卷屋破，到处漏雨，床上也没有一块干的地方。布被子用了多年，内胎早已板结，冷得像块铁板，再加上被漏雨沾湿，更又冷又温。孩子们睡相本就不老实，加上被子又湿又冷又硬，更难受得辗转反侧，脾气上来，竟将被里蹬开了一个大口子。说布衾多年冷似铁，而不说“硬似铁”，正说明这陈年旧被早就过了使用的期限，布已经敝败不堪，故虽“冷似铁”，却是一踹就破。可见草堂闲居的杜甫，生活其实相当穷困。这床多年的布被恐怕已经随着颠沛流离的主人走遍许多地方了。这四句夜雨屋漏之苦，却用骄儿恶卧蹬破被子的细节来表现，既令人心酸，又透出一种无奈的幽默，一种含泪的自嘲。这种描写，跟传统的典雅风格相去十万八千里，故不免某些评家的村俗之讥。但却愈俗愈真。

“自经丧乱少睡眠，长夜沾湿何由彻。”由眼前的这个狂风卷茅、夜雨屋漏的夜晚，联想起这些年来无数个不眠之夜。上句由眼前宕开，诗境亦随之拓开，将五六年来国家的丧乱和自身的“少睡眠”联系起来，将国家的命运与个人的不幸联系起来，这就为下一段诗境的升华准备了条件。秋天夜渐长，但这里的“长夜”，主要是一种主观感受，由于床头屋漏，无法入睡，只有坐等天明，故特别感到长夜之难挨。这“长夜沾湿何由彻”由于紧接“自经丧乱少睡眠”，也就自然带有一些象征意味，给人一种“长夜漫漫何时旦”的感觉。

“安得广厦千万间，大庇天下寒士俱欢颜，风雨不动安如山。呜呼！何时眼前突兀见此屋，吾庐独破受冻死亦足!”前三句是由自己的困窘处境产生的祈望和畅想。推己及人，故因己之切盼安居的广厦而希望有千万间广厦，庇护天下寒士使之俱展欢颜。这里的“寒士”，自指和自己处境类似的穷寒士人，不必从字面上另作他解，但从情理上说，则比自己及一般的寒士更困苦，甚至连破茅屋也没有的穷人自然更需要安居之所。从杜甫一贯的思想，特别是联系《自京赴奉先县咏怀五百字》中“生常免租税，名不隶征伐。抚迹犹酸辛，平人固骚屑。默思失业徒，因念远戍卒”所表现的思想感情逻辑来说，在这屋破雨漏的不眠之夜，他想到的绝不只是个人床头屋漏、衣被沾湿的痛苦，他还会联想到更多连破茅屋也没有的百姓。前面写到茅草被顽童抱走后“归来倚杖自叹息”的沉思中，恐怕也含有对“群童”“不为困穷宁有此”的体谅。因此，从精神实质上看，他的这种祈望和畅想自然也涵盖了普天下住无安居的穷苦百姓的愿望。诗人在这里特意破偶为奇，于“大庇天下寒士俱欢颜”之后缀上一句“风雨不动安如山”，不但强化了这种祈望的迫切和力度，使之更为酣畅淋漓，而且自然结合了前面的狂风卷茅、骤雨屋漏的描写。写到这里，诗人的思想感情已由哀一己之困窘升华到悯天下寒士的境界，似乎已到高潮，诗人却又紧接着以更强烈的感叹“呜呼”发端，由推己及人进一步升华出舍己为人的精神境界，而在抒发这种感情时又仍紧扣“庐破受冻”之事，并不旁骛离题。诗就在感情发展到最高潮、境界升华到最高处时猛然刹住，结得极饱满而自然。

一个生活困窘的读书人，在风雨卷茅破屋、床头屋漏之夕感慨处境之艰难，是常有的事。论困窘艰难的程度，孟郊或许更甚于杜甫；但除了《寒地百姓吟》之外，孟诗基本上只专注于自身的穷困寒苦，诗境不免寒俭。但杜甫却由床头屋漏、长夜难眠想到国家多年的丧乱，想到天下寒士的困苦处境，由眼前的破屋想到大庇天下寒士的千万间广厦，更进一步想到用自己的受冻换取天下寒士的温暖。一次秋风破屋的事件引出了忧国忧民的大文章。但我们读的时候，丝毫不感到杜甫是小题大做，不怀疑这种感情的虚假，相反地，却倍感其感情的真挚与强烈。这固然与杜甫长期受儒家思想中积极的因素的熏陶、影响分不开，但更根本的是由于他在长期穷困潦倒、颠沛流离的生活经历基础上思想感情逐渐靠近人民的结果。拿这首诗来说，如果不是由于茅卷屋漏、彻夜难眠的生活经历，末段的祈望、畅想乃至"吾庐独破受冻死亦足"的表白便显得缺乏基础，而使人感到空洞、苍白甚至虚假。因此，从根本上说，是生活本身成就了杜甫的这首充满人道主义光辉的诗篇。

这首诗的高潮虽集中体现在末段五句的抒情，但高潮的出现却离不开前三段（大风卷茅、群童抱茅、夜雨屋漏）的一系列叙述描写。先是突如其来的狂风怒号，卷茅破屋，连用"怒号""卷""飞""渡""洒""挂罥""飘转""沉"等动感强烈的动词，再加上句末一连五个带有拗怒音调的韵脚，不但使人宛见狂风卷茅、四散飘洒的情景，而且宛闻狂风呼啸怒号的声音，诗人目接耳闻之际那种惶恐、焦急之状亦如在目前。接着写群童抱茅之事。这一段乍看似与末段的抒情关系不大，但细参自有内在关联，群童抱茅而去，除了欺负诗人"老无力"外，还有穷困的因素在起作用。诗人在气愤焦急无奈之余，自然会想到这群孩子"不为困穷宁有此"，甚至会想到这点茅草根本无助于他们的困穷，只有"广厦千万间"才能真正解决问题。总之，由眼前的群童抱茅这件事，使他对社会的普遍贫困有更直接的感受，并由此联想开去。紧接着一个单句"归来倚杖自叹息"，这叹息中包含了丰富的内容，说明诗人的思想感情波澜已经被激发起来了，只是还没有达到高潮，故轻点即收。再接着又写风起云黑、天色昏暗，诗人的感情也转为沉闷、压抑，然后是雨脚如麻、床头屋漏。不但漏，而且"无干处"；不但雨密，而且"未断绝"，再加上小儿恶卧，把"冷似铁"的旧被也蹬裂了。这样层层加码、逼进，使人感到这样的生活实在无法忍受。长夜无眠，天明难挨，思前想后，国家的灾难、人民的困苦和自身的困窘融为一体。这才会更深切地体验到和自己一样穷困、今夜同遭屋漏之苦的"天下寒士"是多么需要"风雨不动安如山"的"广厦千万间"，才会涌现出末段的强烈抒情。

丹青引赠曹将军霸〔一〕

将军魏武之子孙〔二〕，于今为庶为清门〔三〕。英雄割据虽已矣〔四〕，文采风流犹尚存〔五〕。学书初学卫夫人〔六〕，但恨无过王右军〔七〕。丹青不知老将至〔八〕，富贵于我如浮云〔九〕。开元之中常引见〔一〇〕，承恩数上南熏殿〔一一〕。凌烟功臣少颜色〔一二〕，将军下笔开生面〔一三〕。良相头上进贤冠〔一四〕，猛将腰间大羽箭〔一五〕。褒公鄂公毛发动〔一六〕，英姿飒爽来酣战〔一七〕。先帝天马玉花骢〔一八〕，画工如山貌不同〔一九〕。是日牵来赤墀下〔二〇〕，迥立阊阖生长风〔二一〕。诏谓将军拂绢素〔二二〕，意匠惨淡经营中〔二三〕。斯须九重真龙出〔二四〕，一洗万古凡马空〔二五〕。玉花却在御榻上〔二六〕，榻上庭前屹相向〔二七〕。至尊含笑催赐金〔二八〕，圉人太仆皆惆怅〔二九〕。弟子韩幹早入室〔三〇〕，亦能画马穷殊相〔三一〕。幹惟画肉不画骨〔三二〕，忍使骅骝气凋丧〔三三〕。将军画善盖有神〔三四〕，必逢佳士亦写真〔三五〕。即今漂泊干戈际〔三六〕，屡貌寻常行路人〔三七〕。途穷反遭俗眼白〔三八〕，世上未有如公贫〔三九〕。但看古来盛名下，终日坎壈缠其身〔四〇〕！

校注

〔一〕丹青，丹砂和青雘，可作绘画用的红绿颜料。此指绘画。引，乐曲体裁之一，亦指诗体名称。《历代名画记》："曹霸，魏曹髦（曹操曾孙）之后。髦画称于后代，霸在开元中已得名，天宝末每诏写御马及功臣，官至左武卫将军。"蔡梦弼《草堂诗笺》："霸玄宗末年得罪，削籍为庶人。"《宣和画谱》著录其《逸骥》《玉花骢》等画迹十余种。此诗约作于代宗广德二年（764）。

〔二〕魏武，指三国魏武帝曹操。参注〔一〕引《历代名画记》。

〔三〕庶，庶人，普通百姓。清门，犹寒门，寒素之家。《左传·昭公三十二年》："三后之姓，于今为庶。"

〔四〕英雄割据，指魏武帝创建的三分割据的霸业。已矣，成为过去。

〔五〕文采风流，横溢的才华和潇洒的风度。指曹操在文艺方面的才华风采。刘勰《文心雕龙·时序》："魏武以相王之尊，雅爱诗章。"绘画亦艺事之一，故云"文采风流犹尚存"。盖谓操之文采风流后继有人。犹，《全唐诗》校："一作今。"

〔六〕书，书法。卫夫人，卫铄（272—349），晋代女书法家，字茂漪，汝阴太守李矩妻，世称卫夫人。师蔡邕、钟繇，参以卫氏家学之精髓，融会贯通之。张怀瓘《书断》称其隶书尤善，如“碎玉壶之冰，烂瑶台之月，婉然芳树，穆若清风”，王羲之早年曾从其学书法。

〔七〕无过，未能超越。王右军，王羲之，东晋大书法家，官至右军将军、会稽内史，世称“王右军”。草书、楷书、行书兼擅，在书法史上有继往开来之巨大贡献，被后世推为“书圣”。张怀瓘《书断》：“篆、籀、八分、隶书、章草、飞白、行书、草书，通谓之八体，惟王右军兼工。”

〔八〕《论语·述而》：“发愤忘食，乐以忘忧，不知老之将至。”句意谓曹霸专精绘画，热爱艺术，不知老之将至。

〔九〕《论语·述而》：“不义而富且贵，于我如浮云。”句意谓霸淡泊功名富贵。

〔一〇〕引见，指皇帝接见臣下或宾客时由有关大臣引导入见。《汉书·两龚传》：“征为谏大夫，引见。”《后汉书·儒林传上·戴凭》：“自系廷尉，有诏敕出，后复引见。”

〔一一〕南熏殿，在唐南内兴庆宫中。

〔一二〕凌烟功臣，《大唐新语》卷十一：“贞观十七年（643），太宗图画太原倡义及秦府功臣赵公长孙无忌、河间王孝恭、蔡公杜如晦、郑公魏征、梁公房玄龄、申公高士廉、鄂公尉迟敬德、郧公张亮、陈公侯君集、卢公程知节、永兴公虞世南、渝公刘政会、莒公唐俭、英公李勣、胡公秦叔宝等二十四人于凌烟阁。太宗亲为之赞，褚遂良题阁，阎立本画。”少颜色，指因年代已久，故画上的颜色褪色。

〔一三〕开生面，指重新画像，使之面目如生。《左传·僖公三十年》：“狄杜人归其（先轸）元，面如生。”

〔一四〕良相，二十四位功臣中如长孙无忌、房玄龄、杜如晦、魏征等均一代名相。进贤冠，古时朝见皇帝的一种礼帽。原为儒者所戴，唐时文官皆戴用。《后汉书·舆服志下》：“进贤冠，古缁布冠也，文儒者之服也。前高七寸，后高三寸，长八寸。公侯三梁，中二千石以下至博士两梁，自博士以下至小史私学弟子，皆一梁。”《新唐书·车服志》：“进贤冠者，文官朝参，三老五更之服也。”

〔一五〕猛将，二十四功臣中，如尉迟敬德、程知节、李勣、秦叔宝等皆为著名武将。大羽箭，《酉阳杂俎》称唐太宗好用四羽大杆长箭，当是一种长箭。

〔一六〕褒公，褒国公段志宏（二十四功臣中第十人）。鄂公，鄂国公尉迟敬德（第七人）。二人均为猛将。两《唐书》有传。毛发动，须眉头发开张貌。

〔一七〕飒爽，豪迈英俊貌。酣战，痛快淋漓地厮杀。

〔一八〕先帝，指唐玄宗。玄宗于代宗宝应元年（762）四月逝世。玉花骢，唐玄宗所乘骏马。《历代名画记》卷九："时主好艺，韩君间生。遂命悉图其骏，则有玉花骢、照夜白等。"玉花骢，以其面白，又称玉面花骢。

〔一九〕画工如山，形容画工人数之众多。貌不同，画得不像真马。貌，作动词用。

〔二〇〕赤墀，宫殿的赤色台阶。亦称"丹墀"。

〔二一〕迥立，昂首挺立。阊阖，天子宫门。生长风，形容骏马飞动骏迈的神采气势，如有长风生于脚下。

〔二二〕拂绢素，在白色绢上画马。"拂"字形容其下笔之熟练轻巧。

〔二三〕意匠，构思。惨淡经营，形容作画时先用浅淡颜色勾勒轮廓，苦心构思，经营位置。六朝齐谢赫《古画品录》以经营位置为绘画六法之一。

〔二四〕斯须，不一会儿。九重，指皇宫。天子之门九重，故称。真龙，马高八尺为龙，真龙指曹霸画的马犹如真马那样生动传神。

〔二五〕一洗，犹一扫。句意谓曹霸所画之马神骏无比，使万古之凡马均为之一扫而空。

〔二六〕玉花，指玉花骢。所画之马置于皇帝的坐榻之旁，栩栩如生；而御榻边本不应有真马，故云"玉花却在御榻上"。

〔二七〕榻上的画马与庭前的真马屹然兀立，两相对向，真假莫辨，故云。

〔二八〕至尊，指玄宗。

〔二九〕圉人，养马的人。太仆，太仆寺（掌管皇帝车马的机构）的官员。惆怅，感慨惊叹之状。

〔三〇〕韩幹（？—780），唐代著名画家，工人物、鞍马。《历代名画记》卷九："韩幹，大梁人（《唐朝名画录》谓其京兆人）。喜写貌人物，尤工鞍马。初师曹霸，后自独擅……遂为古今独步。"早入室，早已成为曹霸的入室弟子，得其嫡传。《论语·先进》："由也升堂矣，未入于室也。"邢昺疏："言子路之学识深浅，譬如自外之内，得其门者。入室为深，颜渊是也，升堂次之，子路是也。”

〔三一〕穷殊相，穷尽马的各种不同的形象。

〔三二〕画肉，幹所画之马，体形肥硕，故云。画骨，画出马之骨骼神骏。韩幹作画重写生，主张以自然实物为师，尝为玄宗宫中骏马一一图之，故所作皆穷形极相。

〔三三〕骅骝，泛称骏马。气凋丧，神采气骨丧失。

〔三四〕画善盖有神，绘画之善，盖在于能传物的精神气韵。

〔三五〕必，《全唐诗》校：“一作偶。”写真，画肖像画。

〔三六〕漂泊干戈际，因避战乱而四处漂泊之时。

〔三七〕貌，画。寻常行路人，普通的百姓。

〔三八〕魏阮籍因心情苦闷，“率意独驾，不由径路，车迹所穷，辄恸哭而返”（《世说新语·栖逸》刘孝标注引《魏氏春秋》）。“能为青白眼，见礼俗之士，以白眼对之”（《晋书·阮籍传》）。“途穷”“眼白”用此。句意则谓曹霸因晚年处境困窘而遭到世俗之士的蔑视。

〔三九〕《全唐诗》校：“一作他富至今我徒贫。”

〔四〇〕坎壈，困顿不得志。

笺评

许顗曰：老杜作《曹将军丹青引》云：“一洗万古凡马空。”东坡《观吴道子壁画》诗云：“笔所未到气已吞。”吾不得见其画矣。此二句，二公之诗各可以当之。东坡作《妙善师写御容》诗，美则美矣，然不若《丹青引》之“将军笔下开生面”，又云“褒公鄂公毛发动，英姿飒爽来酣战”。后说画玉花骢马，而曰：“至尊含笑催赐金，圉人太仆皆惆怅。”此诗微而显，《春秋》法也。（《彦周诗话》）

杨万里曰：七言长韵古诗，如杜少陵《丹青引曹将军画马》《奉先县刘少府山水障歌》等篇，皆雄伟宏放，不可捕捉。学诗于李、杜、苏、黄诗中，求此等类，诵读沉酣，深得其意味，则落笔自绝矣。（《诚斋诗话》）

黄彻曰：老杜“途穷反遭俗眼白”，本用阮籍事，意谓我辈本宜以白眼视俗人；至小人得志，嫉视君子，是反遭其眼白，故倒用之。（《䂬溪诗话》）

葛立方曰：杜子美《曹将军丹青引》云：“将军魏武之子孙，于今为庶为清门。”元微之《去杭州》诗亦云：“房杜王魏之子孙，虽及百代为清门。”则知老杜于当时已为诗人所钦服如此。残膏剩馥，沾丐后代，宜哉！（《韵语阳秋》）

刘辰翁曰：（“将军”二句）起语激昂慷慨，少有及此。（“英雄”二句）接得又畅。（“学书”四句）突兀四语，能事志意，毕竟往复浩荡，只在里许。自是笔意至此，非思致所及。（“迥立”句）“迥立”，意从容。（“斡惟”二句）名言。又曰：首尾悲壮动荡，皆名言。（《唐诗品汇》卷二十八引）

吴师道曰：又凡作诗，难用经句。老杜则不然。“丹青不知老将至，富贵于我如浮云。”若自己出。（《吴礼部诗话》）

钟惺曰：（“丹青”句）此语非负真癖人不知。（“诏谓”二句）“意匠惨澹经营中”，此入想光景，无处告诉，只“颠狂此技成光景”。上句俦众中有之，下句幽独中有之，苦心作诗文人知此二语之妙。（“至尊”句）五字说出帝王鉴赏风趣在目。（“斡惟”句）骂尽凡手。（“忍使”句下）韩斡名手，老杜说得如此，是何等胆识！然今人犹知有韩斡马而不闻曹霸，安知负千古盛名，非以画肉之故乎？（“必逢”句）写即有品。（“即今”二句）可怜。（《唐诗归》）

谭元春曰：（“斡惟”二句）骨气挺然语，古今豪杰停读。（同上）

顾璘曰：直语，亦是有生动处。（《删补唐诗选脉笺释会通评林·盛七古》引）

陆时雍曰：“斯须九重”二语是杰句，“斡唯画肉”二语，此便是画家妙语，不类泛常题诗。（同上引）

周珽曰：选语妙合处如龙行空中，鳞爪皆化为烟云。（同上）

王嗣奭曰：余谓此诗借曹霸以自状，与渊明之记桃源相似。读公《莫相疑行》而知余言之不妄。（《杜臆》卷六）又曰：（“学书”四句）其舍书而工画，同能不如独胜也。（“迥立”三句）迥立生风，已夺天马之神，而惨淡经营，又撰出良工心苦。（“玉花”八句）于“立”曰“迥”，于“相向”曰“屹”，便见马骨之奇。又得韩斡一转，然后意足而气完。斡能“入室”“穷殊相”，亦非凡手，特借宾形主，故语带抑扬耳。（“但看”二句）盛名之下，坎壈缠身，此亦借曹以自鸣其不平，读公《莫相疑行》可见。（《杜少陵集详注》卷十三引）

邢昉曰：沉雄顿挫，妙境别开，气骨过王、李，风韵亦逊之，谓诗歌

之变体，自非虚语。（《唐风定》）

申凫盟曰：首尾振荡，句句作意。（《唐诗援》引）

南村曰：叙事历落，如生龙活虎，真诗中马迁。而“画肉”“画骨”一语，尤感慨深长。（《唐风怀》引）

黄周星曰：（起二句）此又是一起法，笔力俱足千钧。（“褒公”二句）闪烁怕人，“子璋髑髅”之句可以辟疾，何不用此句乎！（“意匠”句）使观者亦复惨淡。（“斯须”二句）忽然眼张心动。（“忍使”句）骅骝丧气乎？英雄丧气乎？（“途穷”句）俗眼青尚不可，何况于白！然不白不成其俗。（《唐诗快》）

金圣叹曰：波澜叠出，分外争奇，却一气混成，真乃匠心独运之笔。（《杜诗解》）

徐增曰：此歌起处，写将军之当时，极其宠炏；结处写将军之今日，极其慷慨。中间叙其丹青之恩遇，以画马为主；马之前后，又将功臣、佳士来衬。起头之上，更有起头，结尾之下，又有结尾。气厚力大，沉酣天矫。看其局势，如百万雄兵团团围住，独马单枪杀进去又杀出来，非凡小可。子美，歌行中大将，此首尤为旗鼓，可见行兵、行文、作诗、作画，无异法也。（《而庵说唐诗》）

叶燮曰：杜甫七古长篇，变化神妙，极惨淡经营之奇。就《赠曹将军霸丹青引》一篇论之。起于“将军魏武之子孙”四句，如天半奇峰，拔地陡起。他人于此下便欲接“丹青”等语，用转韵矣。忽接“学者”二句，又接“老至”“浮云”二句，却不转韵，诵之殊觉缓而无谓；然一起奇峰高插，使又连一峰，将来如何撒手？故即跌下坡陀，沙砾石确，使人褰裳委步，无可盘桓，故作画蛇添足，拖沓迤逦，是遥望中峰地步。接“开元引见”二句，方转入曹将军正面。他人于此下，又便下御马玉花骢矣，接“凌烟”“下笔”二句。盖将军丹青是主，先以学书作宾；转韵画马是主，又先以画功臣作宾，章法经营，极奇而整。此下似宜急转韵入画马，又不转韵，接“良相”“猛士”四句，宾中之宾，益觉无谓。不知其层次养局，
1226 故纡折其途，以渐升极高极峻处，令人目前忽划然天开也。至此方入画马正面。一韵八句，连峰互映，万笏凌霄，是中峰绝顶处。转韵接“玉花”“御榻”四句，峰势稍平，蜿擅游衍出之。忽接“弟子韩幹”四句，他人于此必转韵。更将韩幹作排场，仍不转韵，以韩斡作找足语。盖此处不当更以宾作排场，重复掩主，便失体段。然后永叹将军善画，包罗收拾，以

感慨系之篇终焉。章法如此，极森严，极整暇。余论作诗者不必言法，而言此篇之法如是，何也？不知杜此等篇，得之于心，应之于手，有化工而无人力，如夫子从心不逾之矩，可得以教人否乎？使学者首首即此篇以操觚，则窒板拘牵，不成章矣。决非章句之儒，人功所能授受也。又曰：若五七言古风长篇，句句俱佳，并无优劣，其诗亦不必传。即如杜集中……《丹青引》真绝作矣，其中“学书须学卫夫人，但恨无过王右军”，岂非累句乎！譬之于水，一泓澄然，无纤翳微尘，莹净彻底，清则清矣，此不过涧沚潭沼之积耳，非易竭，即易腐败，不可久也。若大海之水，长风鼓浪，扬泥沙而舞怪物，灵蠢毕汇，终古如斯。此海之大也，百川欲不朝宗，得乎？（《原诗·外篇下》）

张谦宜曰：《丹青引》与《画马图》一样做法。细按之彼如神龙在天，此如狮子跳掷，有平涉、飞腾之分：此在手法上论。所以古人文章贵在超忽变化也。“褒公鄂公毛发动，英姿飒爽来酣战”，人是活的，马是活的可想。映衬双透，只用“玉花宛在御榻上”二句已足，此是何等手法！（《絸斋诗谈》卷四）

申涵光曰：“将军魏武之子孙”，起得苍莽大家。“玉花却在御榻上”，此与“堂上不合生枫树”同一落想。“榻上庭前屹相向”，出语更奇，与上“牵来赤墀”句相应，此章首尾振荡，句句作意，是古今题画第一手。（《杜少陵集详注》卷十三引）

黄生曰：就家室起，起法从容；不即入画，先赞其书，更从容。不云继迹右军，而云“但恨无过”，赞语妙绝。“丹青”二句，全用经语，惟有画，诗故妙。于功臣但写褒、鄂，举二公以见其馀，想其画像尤生动耳。“毛发动”三字写猛将已如生矣，谓从酣战而来，尤非庸笔所及。“意匠”句，所谓小心布置；“斯须”句，所谓大胆落笔。书、画总是一理。将军兼善写真，故并圉人太仆而图之。人马在前，两两相向，毫发无憾。非“惆怅”二字，不能尽马官踌躇审顾之状。然画人意只从前后写真处映出，故妙。若明叙人马并画即成俗笔矣。“弟子”四句，乃抑彼扬此法。插此四句，更觉气局排荡。末引古人以解之，亦有同病相怜之意，诸题画诗，皆七言古神境，此首尤宛转跌荡。（《杜诗说》卷三）

李因笃曰：仿之太史公，此篇如《信陵君传》，自堪压卷。其叠呼“先帝”，忠爱缠绵，与《画马引》同。（《杜诗集评》卷六引）

仇兆鳌曰：（“将军”八句）首叙曹霸家世，及书画能事。“英雄割据”，谓魏武霸业；“文采风流”，似孟德父子。“丹青”二句，言其用力精而志不分。（“开元”八句）此记其善于写真。“少颜色”，旧迹将灭；“开生面”，新像重摹也。（“先帝”八句）此记其画马神骏。“生长风”，御马飞动；“真龙出”，画马工肖也。（“玉花”八句）此申言画马贵重，名手无能及者，榻上画马，庭前御马，彼此交映，故云“屹相向”。（“将军”八句）此又以言随地写真，慨将军之不遇，不写佳士而写常人，已落魄矣，况遭俗眼之白，穷益甚矣，故结语含无限感伤。此章五段，分五韵，各八句。（《杜少陵集详注》卷十三）

吴瞻泰曰：发端十四字，已将官职、家世、门第、削籍一笔写尽，而将军一生盛衰俱见……将人世荣枯之遇，与时俗炎凉之态，两边对照，如灯取影，笔笔活现。（《杜诗提要》卷六）

浦起龙曰：读此诗，莫忘却“赠曹将军霸”五字，犹《入奏行》之“赠窦侍御”，《桃竹杖引》之“赠章留后”也。通篇感慨淋漓，都从此五字出。自来注家只解作题画，不知诗意却是感遇也，但其盛其衰，总从画上见，故曰《丹青引》。起四句，两层抑扬，总为下文四段作地。“于今为庶”，照到末段“漂泊”“途穷”。“文采尚存”，照起中三段奉诏作画。而“学书”二句乃陪笔，“丹青”二句乃点笔也。中三段，是追昔之盛；末一段，是叹今之衰。析言之，则“开元”八句，叙奉诏重画功臣，四总提，四分写，抽写也。“先帝”八句，叙奉诏画“玉花骢”，二衬笔，二生马，二画态，二画妙也。“玉花”八句，再就画马申赞。“榻上”是貌得者，“庭前”是牵来者，写生出色，又以韩幹作衬，非贬韩，乃尊题法也。而三段中人略马详，章法相同。以上总言其盛，应篇首“文采风流”句。末段，“画善”句，总笔束前；“佳士”句，补笔引下。须知将军画不止前二项，故以写佳士补之。其前只铺排奉诏所作者，正与此处“屡貌寻常”相照耀，见今昔异时，喧寂顿判，此则赠曹感遇本旨也。结联又推开作解譬语，而寄慨转深。此段极言其衰，与篇首“于今为庶”应，其命意作法盖如此。至于摹写丹青之绝特，前人论之详矣。此白傅《琵琶行》等诗所自出。（《读杜心解》卷二）

杨伦曰：此诗每八句一转韵，亦属创见之格。（“丹青”二句）用经入化，（“褒公”二句）写得奕奕有神。（“斯须”二句）神来之笔。（“即今”二句）与凌烟功臣对。（“但看”二句）隐为自家呜咽。（《杜诗镜铨》卷十一）

邵长蘅曰：（"弟子"四句）纵笔所如，无非神境。（《杜诗镜铨》卷十一引）

张惕庵（甄陶）曰：此太史公列传也。多少事实，多少议论，多少顿挫，俱在尺幅中。章法跌宕纵横，如神龙在霄，变化不可方物。（同上引）

邵沧来曰：写画人却状其画功臣，写画马却状其画玉花骢，难貌者已有神，而常人凡马更不待言。乃前画功臣御马，能令至尊含笑；后画行路常人，反遭俗子白眼，有无限感慨！然曹唯浮云富贵，则虽贫贱终身，亦足以自慰耳。（同上引）

沈德潜曰：（"英雄"句）不以正统与之，诗中史笔。（"凌烟"二句）以画人引起。（"斯须"二句）神来纸上，如堆阜突出。（"幹惟"二句）反衬霸之尽善，非必贬幹也。（"途穷"句）霸为左卫将军，后削籍。（"但看"二句）推开作结。画人画马，宾主相形，纵横跌宕，此得之心，应之于手，有化工而无人力，观止矣。（《重订唐诗别裁集》卷七）

《唐宋诗醇》：起笔老横。"开元之中"以下，叙昔日之遇，正为末段反照，丹青之妙，见赠言之义明矣。通篇浏漓顿挫，节奏之妙，于斯为极。

方东树曰：起势飘忽，似从天外来。第三句宕势，此是加倍写法。四句合，乃不直率。"学书"一衬，就势一放，不至短促……"开元"句笔势纵横。"凌烟"句，又衬。"良相"二句，所谓放之中能字字留住，不尔便直率。"丹青"句点题，"富贵"句顿住，伏收意。"褒公"二句，与下"斯须"句、"至尊"句，皆是起棱，皆是汗浆。于他人极忙之处，却偏能闲雅从容，真大手笔也。古今惟此老一人而已。所谓放之中，要句字留住，不尔便伤直率。"先帝"句又衬，又出波澜。叙事未了，忽入议论，牵扯之妙，太史公文法。"迥立"句夹写夹议。"诏谓"以下，磊落跌宕，有文外远致。"玉花"句转峡停蓄，"圉人"句顿住。"弟子"句又一波澜，奇妙。"幹唯"句夹议。"将军"以下咏叹收，如水入峡，回风助澜。此诗处处皆有开合，通身用衬，一大法门。（《昭昧詹言》）又曰：此与《曹将军画马图》有起有讫，波澜明画，轨度可寻。而其妙处在神来气来，纸上起棱。凡诗文之妙者无不起棱，有浆汁，有兴象。不然，非神品也。（同上）

施补华曰：《丹青引》画人是宾，画马是主。却从善书引起善画，从画人引起画马；又用韩幹之画肉，垫将军之画骨。末后搭到画人，章法错综

绝妙，学者亟宜究心。唯收处悲飒，不可学。（《岘佣说诗》）

高步瀛曰：（“丹青”二句）前人有谓作诗戒用经语，恐其陈腐也。此二句令人忘其为用经者，全在笔妙。（“是日”两句）二句写真马何等气魄！（“斯须”二句）二写写画马，何等抱负！（“玉花”二句）二句真马画马合写，何等精灵！（《唐宋诗举要》卷二）

吴汝纶曰：（“良相”四句）此皆义所应耳，非故作闲态。（按：此针对方东树“极忙中偏能闲雅从容”之评而发）（《唐宋诗举要》卷二引）

在杜甫后期的七言歌行中，《丹青引赠曹将军霸》是具有标志性成就的作品。历代注家评家对此诗虽赞誉交并，好评如潮，但对此诗的深层意蕴却少有抉发，“百年歌自苦，未见有知音”，诗人的这种感慨，殆非虚发。

诗共四十句，分五段，每段八句，平仄韵交押。首段叙其家世门第、学书工画，在全篇中是一个总叙或提纲。这种起法，在带有叙事色彩的作品中，似乎是常调。但读来却让人感到其中别有寓慨。“将军魏武之子孙”，陡然而起，远处取势，仿佛着意上扬；“于今为庶为清门”，陡然而落，收到当前，却似重重一抑。扬抑之间，昔盛今衰之慨自见。“英雄割据虽已矣”，承次句，谓祖上英雄割据的霸业今已风流云散，仿佛又一抑，而“虽”字着意，却逼出下句“文采风流犹尚存”，又一扬。这层抑扬，透出了这一段的主意，表面上是说魏武之“文采风流”如今正体现在其子孙曹霸的文艺成就上，而与前几句对照起来体味，便隐然含有功名富贵有时而尽，文采风流自传于后的意味。以此句为枢纽，又自然引出了下面四句“学书初学卫夫人，但恨无过王右军。丹青不知老将至，富贵于我如浮云。”未写学画，先写学书，自是其学艺过程的真实反映，也透露出其最后专工绘画，乃是在实践的过程中选择了最能发挥自己才能和优势的专业。且书画艺术样式虽异，艺术规律却相通，古来善画者大都工书，由书入画，亦是常事。“但恨”句既是其书法成就的客观反映，更透露出其艺术追求的高标准。有此高标准的追求，在绘画上才能达到高境界。“丹青”二句，正体现出一位纯粹的艺术家热爱艺术，专精独诣，孜孜不倦，不知老之将至，摒弃一切外在功名富贵的私欲，沉潜于艺术创造之中的高尚品格和忘我境界。古往今来，这正是一切大艺术家成功的关键。这两句，可视为对曹霸人品、艺品的总赞，评家莫不赞赏它用经语不着痕迹，宛如己出，自是实情，但更值得注意的是，它体现了一种人生价值观，即将对艺术创造的追求置于世俗的对功名富贵的追求之上，对照李白的诗句“屈平词赋悬日月，楚王台榭空山丘”，其义自见。

“开元”以下八句为一段，叙其承恩奉诏重画功臣图像。这不是一般的画人，而是盛世的盛大艺事。凌烟图像，本就是盛世之盛典，当年阎立本为功臣图像，被视为一种殊荣。如今在“开元”盛世，重新为功臣图像，更是一种难得的机遇。“常引见”与“数上”相应，说明曹霸当时在绘画界的地位。“少颜色”与“开生面”相应，显示曹霸此次为功臣重新画像，并非对阎立本旧画的机械摹写，而是别开生面的艺术创造。旧画因年代久远，颜色模糊，已经失去人物的神采，曹霸的重画，使人物精神风貌栩栩如生，其中自然融合了画家对人物的理解。“良相”二句，先概写一笔，以“头上进贤冠”与“腰间大羽箭”标明其“良相”“猛将”身份。“褒公”二句，于“猛将”中专挑两位个性鲜明的人物画像作特写。“毛发动”三字，简洁而传神。如果说李颀《古意》“须如蝟毛磔”虽形象却仍是静态描写，那么“毛发动”便是将原本是静态的画像写“活”了，令人感到那画上的人物头发开张、须眉皆动，仿佛立时要从画上跑出来，而补上一句“英姿飒爽来酣战”，更织入了想象的成分，似乎他们正在气概豪迈地与敌人进行激烈的战斗。杜甫当年在长安时当欣赏过曹霸重绘的功臣图像，事隔多年，当年观画时留下的印象还如此鲜明，可见画的艺术魅力。这一段写曹霸为功臣重新绘像，用最概括的语言来形容，就是生动传神，亦即诗人所说的“开生面”。

“先帝”以下八句，写曹霸奉诏为御马画像。以“先帝”提起，便含有对盛世的追怀之意。先说“玉花骢”早经众多画工图形写像，却都“貌不同”——未能尽传其精神。以为下文曹霸画马作衬垫。“是日”二句，先写御马玉花骢的出现。“迥立”，即高高地屹立，突现出马的高大伟岸、昂然挺立的风姿。“生长风”三字，正像上文“毛发动”一样，以想象之笔，渲染出马的俊迈奔腾的气势，仿佛它在赤墀之下、阊阖之中那么一站，立时宛见四蹄之间长风飙起，是则马虽“迥立”，而势欲腾空。如此写马，真把马写活了。而如此神骏的御马，也必须有真正的高手方能绘形传神。这是进一步以真马的神骏来突出画马之不易与传神的可贵，再垫一笔。

“诏谓”二句，方正式写到奉诏画马。皇帝下诏命其在御前对马作画，自是隆重的盛事，“拂绢素”三字，却说得轻巧，仿佛可以在绢上一拂而就，重与轻之间的对照显示出皇帝对曹霸艺术才能的信任和倚重。面对如此重大的盛事和信任，画家却不敢掉以轻心，而是精心构思，经营位置，做到成竹在胸，意在笔先，这正是一个真正的艺术家对待艺术严肃认真的态度。等到一切均已烂熟于心之时，方挥毫泼墨，一挥而就："斯须九重真龙出，一洗万古凡马空。""斯须"极言时间之短，与前之"惨淡经营"正形成鲜明对照。构思时至精至密，下笔时方能纵笔挥洒，落纸云烟，须臾之间，真龙突现于九重宫阙之上，使古往今来的一切凡马均一洗而空！"凡马"或谓指历代画工所画的凡俗之马，恐非。杜甫这里是以画中的真神骏与世上的真凡马作对照，强调这虽是画中之马，却比古往今来所有凡俗的真马都强百倍，在这样的"真龙"面前，一切凡俗的真马都黯然失色。原因就在于它传出了骏马的神采。"一洗"句句法极奇警遒劲，句末的"空"字尤其劲健。它将对曹霸画马艺术成就的赞颂推向所向无敌的极致。

纵笔至此，对曹霸画马的赞颂似乎已无从措手，诗人却从画成之后真马与画马的对照，至尊与圉人太仆的反应，以及与韩幹画马的对比中层层推衍，摇漾出另一段文章，使奇峰之外复有奇峰，形成层峦叠嶂的奇观。先写御榻旁的画马与庭前的真马的对照。玉花马本不可能出现在御榻之旁，着一"却"字，点出此景象的奇特乃至反常，亦透出当日在场者那种惊诧不已的神态，而榻上的画马与庭前的真马挺然屹立，彼此相向，竟是真假难辨，更渲染出现赏者眼花缭乱的情景，而曹霸画马之笔夺造化亦自见于言外。"至尊"二句，再写皇帝含笑催促赏赐，圉人太仆感慨称叹的情景，因是从不同的观赏者角度写画马之精彩，但二者对照，却寓含着一层言外之意。国人和太仆官吏是负责养真玉花骢的，曹霸则是画玉花骢的，但皇帝却只顾催促给曹霸杰出的画技以奖赏，却对养真马的圉人太仆不直一词，对比之下，养真马者不免感到自愧不如了。"惆怅"一词，含蓄丰富，除称赏外，欣美自愧之意亦存焉。这种艺术效应，正说明艺术虽源于生活，却高于生活。到这里，可以发现诗人对曹霸画马的赞颂分明的三个递进的层次：画中真龙胜过世上凡马，这是第一层；画中玉花与庭前玉花真假莫辩，这是第二层；画马的效应与价值超过了真马，这是第三层。真正的艺术品，不仅师法造化、逼真造化，而且要妙夺造化。这正是这段精彩的描写所寓含的道理。诗人虽未必自觉意识到这一点，但其中自可引出这个结论。写到这里，似乎又山穷水尽，无以为继，诗人就势引出同是画马的名手韩幹作比衬，说明曹霸之画马所以有如此惊人的艺术效果，关键在于韩幹只画肉而不画骨，致使他笔下的骅骝失去了神骏之气，而曹霸之画马，则重在画骨，亦即重在传神。在杜甫看来，真正的神骏大都神清骨峻，而非痴肥之辈，所谓“胡马大宛名，锋棱瘦骨成”即是此意。韩幹所画皆“厩中万马”，而皇家马厩之马，多丰满肥硕，幹之画马，又强调写生，故杜甫有“画肉不画骨”之讥。韩幹在绘画史的地位，自有公论，杜甫之意，盖在强调画马必须画其骨骏，传其神采，以突出曹霸的艺术成就，不必拘泥于他对韩幹的看法与评价。

由画人到画马，二、三、四三段已将曹霸潜心于丹青所达到的成就作了充分的描写，末段开头一句“将军画善盖有神”总束以上三段，而以“有神”二字对其艺术成就作了高度概括，以下便转为对其当前困穷境遇的感慨。安史之乱以后，曹霸也像杜甫一样，漂泊流落到成都。在写这首诗的同时，杜甫还写过一首《韦讽录事宅观曹将军画马图歌》，对曹霸的《九马图》备极赞赏。故这一段写其当前境遇，仍紧扣其画家的身份。先说“将军画善盖有神，必逢佳士亦写真”，遥承上画功臣像一段，谓曹霸过去一定要遇到“佳士”才为之图像写真；下二句一转，跌落当前：“即今漂泊干戈际，屡貌寻常行路人。”在干戈离乱之世，曹霸既失去了将军的显赫身份，沦为庶民，又失去了生活来源，只能“屡貌寻常行路人”，以卖画维持生计了。“途穷”二句，便集中描叙其当下的困顿失意，遭受白眼的境遇，其中也隐隐渗透诗人对自己类似境遇的悲慨，同病相怜之意自寓其中。“但看古来盛名下，终日坎壈缠其身！”结尾二句，推开一层，仿佛是对曹霸的劝慰，又仿佛是自慰，而悲慨更深。古往今来，负有盛名的杰出才人有哪一个不是终日坎壈，一世坎坷，困顿终身的呢？“千秋万岁名，寂寞身后事”，杰出才人不但身后寂寞，生前亦如此贫困潦倒，令人悲慨无穷。

末段是全诗的结穴，也是全诗主旨和内在意蕴的集中体现。杜甫写这首诗，并不单纯是要表彰曹霸的艺术成就，为一代才人立传，而是在赞扬“将军画善盖有神”的同时，写出一代才人的悲剧命运。杜甫的经历命运，与曹霸有相似之处，其《莫相疑行》说：“忆献三赋蓬莱宫，自怪一日声辉赫。集贤学士如堵墙，观我落笔中书堂。往时文彩动人主，此日饥寒趋路旁。晚将末契托年少，当面输心背面笑。”昔之烜赫，今之饥寒，正与曹霸相似，故在抒写曹霸昔盛今衰的命运的同时，正深寓着诗人自己的命运感慨。评家之中，真正看到这一点的是浦起龙，他说：“自来注家只解作题画，不知诗意却是感遇也。”但只看到这一点还未真正领会其内在意蕴与主旨。盖曹霸的昔盛今衰的命运，与时代的治乱盛衰密切相关。诗中描绘渲染曹霸昔日之盛，着意点明“开元之中”的盛世，标明“先帝”“至尊”对艺事、才人的重视，明显是把重绘凌烟功臣、殿前为玉花骢图像作为盛世的艺术盛典来描绘的，其中渗透了对盛世的无限缅怀追恋。在诗人看来，一个繁荣昌盛的时代，才能有文艺事业的繁荣，才能有重视文艺事业的君主，才能有才人的殊遇；而一个干戈离乱的衰世，则只有导致才人的困穷漂泊和艺术的衰落。因此在悲慨曹霸昔盛今衰命运的同时，正深寓有时代的今昔盛衰的感慨。杜甫后期所写的许多写自己、写别人的悲剧命运的诗，无不贯串了这一深层意蕴。无论是《观公孙大娘弟子舞剑器行》《江南逢李龟年》还是本篇，都在这一点上有着共同的主旨。

观公孙大娘弟子舞剑器行并序〔一〕

大历二年十月十九日，夔府别驾元持宅〔二〕，见临颍李十二娘舞剑器〔三〕，壮其蔚跂〔四〕。问其所师，曰："余公孙大娘弟子也。"开元五载〔五〕，余尚童稚〔六〕，记于郾城观公孙氏舞剑器浑脱〔七〕，浏漓顿挫〔八〕，独出冠时〔九〕，自高头宜春、梨园二伎坊内人〔一〇〕。洎外供奉〔一一〕，晓是舞者〔一二〕，圣文神武皇帝初〔一三〕，公孙一人而已。玉貌锦衣〔一四〕，况余白首〔一五〕；今兹弟子，亦匪盛颜〔一六〕。既辨其由来〔一七〕，知波澜莫二〔一八〕。抚事慷慨〔一九〕，聊为《剑器行》〔二〇〕。昔者吴人张旭〔二一〕，善草书、书帖〔二二〕，数常于郏县见公孙大娘舞《西河剑器》〔二三〕，自此草书长进，豪荡感激〔二四〕，即公孙可知矣〔二五〕。

昔有佳人公孙氏〔二六〕，一舞剑器动四方〔二七〕。观者如山色沮丧〔二八〕，天地为之久低昂〔二九〕。㸌如羿射九日落〔三〇〕，矫如群帝骖龙翔〔三一〕。来如雷霆收震怒〔三二〕，罢如江海凝清光〔三三〕。绛唇珠袖两寂寞〔三四〕，晚有弟子传芬芳〔三五〕。临颍美人在白帝〔三六〕，妙舞此曲神扬扬。与余问答既有以〔三七〕，感时抚事增惋伤〔三八〕。先帝侍女八千人〔三九〕，公孙剑器初第一〔四〇〕。五十年间似反掌〔四一〕，风尘澒洞昏王室〔四二〕。梨园子弟散如烟〔四三〕，女乐馀姿映寒日〔四四〕。金粟堆前木已拱〔四五〕，瞿塘石城草萧瑟〔四六〕。玳筵急管曲复终〔四七〕，乐极哀来月东出。老夫不知其所往〔四八〕，足茧荒山转愁疾〔四九〕。

校注

〔一〕公孙大娘，开元年间著名舞蹈家。剑器，舞蹈名。唐代健舞类舞蹈之一。《明皇杂录》："开元中，有公孙大娘善剑舞。"《乐府杂录》："健舞曲有《稜大》《阿莲》《柘枝》《剑器》《胡旋》《胡腾》。"据载，公孙大娘所擅剑器舞有《西河剑器》《剑器浑脱》《裴将军满堂势》《邻里曲》等。《文献通考·乐考·乐舞》引张尔公《正字通》云："《剑器》，古武舞之曲名，其舞用女妓雄妆空手而舞。"但从杜甫此诗所描叙的情景及姚合《剑器词》三首、敦煌写卷《剑器诗》三首等作所记叙的情况看，舞者当执剑而舞。唐郑嵎《津阳门》诗："公孙剑伎皆神奇。"自注："有公孙大娘舞剑，当时号为神妙。"尤可证。据序，诗即作于大历二年（767）十月十九日观舞后。

〔二〕别驾，州郡刺史的佐吏。《新唐书·地理志》："夔州云安郡，下都督府。"《百官志四下》："下都督府……别驾一人，从四品下。"持，《全唐诗》校："一作特。"

〔三〕临颍，唐河南道许州有临颍县，今属安徽。李十二娘，公孙大娘弟子。

〔四〕蔚跂，雄浑多姿。"蔚"有"盛大"义，"跂"有"飞腾"义。"蔚跂"连文，或形容剑器舞之壮盛飞腾的气势。

〔五〕五，原作"三"，《全唐诗》校："一作五。"按：开元三年（715），杜甫方四岁，似不大可能记得当时情事。五年为六岁，已开始记事，与"余尚童稚"之语亦较合。兹据改。

〔六〕童稚，幼年。

〔七〕郾城，唐河南道许州县名，今属河南。浑脱，舞名。《旧唐书·郭山恽传》："将作大匠宗晋卿舞浑脱。"《通鉴》卷二百九记其事，胡三省注："长孙无忌以乌羊毛为浑脱毡帽，人多效之，谓之赵公浑脱，因演以为舞。"剑器浑脱，是剑器与浑脱舞（浑脱舞是一种不断抛接乌羊毛所制毡帽的舞蹈）的融合。

〔八〕浏漓顿挫，流利飘逸而抑扬顿挫，富于节奏感。

〔九〕独出冠时，独树一帜，冠绝当时。

〔一〇〕高头，上头，前头，在皇帝跟前，接受皇帝正面观赏。《教坊记》："右教坊在光宅坊，左教坊在延政坊，右多善歌，左多工舞。妓女入宜春院，谓之内人，亦曰前头人，常在上前头也。"宜春院，唐代长安宫内官妓居住的院名，开元二年置，在京城东面东宫内。梨园，唐玄宗时教练宫廷歌舞艺人之处。《雍录》卷九："梨园在光化门北，光化门者，禁苑南面西头第一门，在芳林、景曜门之西也。开元二年正月，置教坊于蓬莱宫，上自教法曲，谓之梨园弟子。至天宝中，即东宫置宜春北苑，命宫女数百人为梨园弟子，即是梨园者按乐之地，宜春院皆不在梨园之内也。"伎坊，唐皇宫内教练歌舞艺人的机构，即教坊。内人，宫人。

〔一一〕洎（jì），及。外供奉，设在宫外的左右教坊的歌舞艺人。仇注本"外供奉"下有"舞女"二字。

〔一二〕晓，通晓。

〔一三〕圣文神武皇帝，玄宗尊号，开元二十七年所加。初，初年。

〔一四〕玉貌锦衣，谓开元五年自己见到公孙大娘舞剑器浑脱时，她还是有着青春容颜、衣饰华丽的妙龄女子。

〔一五〕况余白首，何况我如今已是白发老人。此连上句，寓含今昔沧桑之慨。

〔一六〕兹弟子，此弟子，指李十二娘。匪，非；盛颜，青春容颜。

〔一七〕辨其由来，弄清了李十二娘的师授渊源。

〔一八〕波澜莫二，形况李十二娘的舞蹈，风貌与公孙大娘没有什么两样，即赞其得公孙大娘之真传。

〔一九〕抚事，追怀往事。慷慨，感慨激动。

〔二〇〕聊，姑且。《剑器行》，即指《观公孙大娘弟子舞剑器行》这首诗。

〔二一〕张旭，盛唐著名书法家，号"草圣"。生平详张旭小传。

〔二二〕草书、书帖，《全唐诗》原作"草书帖"，据仇注本增补。书帖，书写简帖。

〔二三〕数，屡次。邺县，唐河北道相州邺县，今河北省临漳县西南。《西河剑器》，剑器舞的一种，西河（黄河以西地区），当指用其地乐曲伴奏。

〔二四〕豪荡感激，形容其草书风格奔放激越，不受拘束。按：李肇《唐国史补》卷上："旭尝言，吾始见公主担夫争路，而得笔法之意；后见公孙氏舞剑器，而得其神。"沈亚之《叙草书送山人王传义》序亦云："昔张旭善草书，出见公孙大娘舞剑器浑脱，鼓吹既作，言能使孤蓬自振，惊沙坐飞。而旭归为之书，则非常矣。”又张彦远《历代名画记》卷九：“开元中，将军裴旻善舞剑，道玄观旻舞剑，见出没神怪，既毕，挥毫益进。时又有公孙大娘，亦善舞剑器。张旭见之，因为草书，杜甫歌行述其事。”而《乐府杂录》则云：“开元中有公孙大娘善舞剑器，僧怀素见之，草书遂长，盖准其顿挫之势也。”此当是传闻异辞。

〔二五〕即，则。

〔二六〕佳人公孙氏，指年轻貌美的公孙氏女子，亦即序中所云“玉貌锦衣”。

〔二七〕动四方，名动四方，名扬天下。

〔二八〕如山，形容观者之众，重叠如山。色沮丧，因舞姿之气势壮盛，惊心动魄而色为之变，神为之夺。

〔二九〕低昂，上下晃动震荡。

〔三〇〕㸌，光芒闪烁貌。《淮南子·本经训》：“尧之时，十日并出，焦禾稼，杀草木……尧乃使羿……上射十日。”高诱注：“十日并出，羿射去九。”此句形容剑光闪烁，如后羿射九日落时的情景。

〔三一〕矫，夭矫。群帝，诸天神。骖龙翔，驾着龙车飞翔。夏侯玄赋：“又如东方群帝兮，骖龙驾而翱翔。”

〔三二〕雷霆收震怒，萧涤非曰：“剑器舞有声乐（主要是鼓）伴奏，大概舞者趁鼓声将落时登场，故其来也如雷霆之收震怒，写出舞容之严肃。”

〔三三〕江海凝清光，形容剑舞罢时剑光如江海清光之凝结。舞剑时如翻江倒海，故舞罢如江海之凝。

〔三四〕绛唇，犹朱唇，此借指公孙大娘其人。珠袖，缀珠的衣袖，此借指公升大娘之舞姿。句意谓如今公孙大娘的容颜舞姿均已寂然不见。

〔三五〕晚，《全唐诗》原作“况”，校：“一作晚。”兹据改。晚，晚年。传芬芳，传承公孙大娘的技艺。

〔三六〕临颍美人，指李十二娘。白帝，指夔州。

〔三七〕既有以，既有由来，指序中所述师承之事。

〔三八〕感时抚事，有感于时代之盛衰，追缅往日所历的旧事。

〔三九〕先帝，指唐玄宗。

〔四〇〕初，本。

〔四一〕五十年间，自开元五年（717）至大历二年（767），首尾五十一年。反掌，犹转瞬。喻时间之短暂。《旧唐书·僖宗纪》："亦有方从叛乱，能自回翔，移吉凶于反掌之间，变福祸于立谈之际。"

〔四二〕风尘，喻战乱。澒洞（hòng tóng），弥漫。风尘澒洞，指安史之乱及其后的内乱外患，绵延不绝。

〔四三〕安史乱起，京师乐工伶人，多四散流落，如李龟年之流落江南。"梨园子弟"见注〔一〇〕。

〔四四〕女乐馀姿，指李十二娘的容颜姿貌不再年轻。映寒日，时已十月入冬，故云。

〔四五〕金粟堆，即金粟山，在蒲城县东北，玄宗陵墓所在。《旧唐书·玄宗纪》："上元二年四月甲寅，崩于神龙殿，时年七十八，初，上皇亲拜五陵，至桥陵，见金粟山冈有龙盘凤翥之势，复近先茔，谓侍臣曰：'吾千秋后宜葬此地，得奉先陵，不忘孝敬矣。'至是追奉先旨，以创寝园，以广德元年三月辛酉，葬于泰陵。"按：自广德元年（763）三月至大历二年（767）十月，已历时四年半，故陵墓上的树木已可两手合围。

〔四六〕瞿塘石城，指夔州白帝城，城在白帝山上。草萧瑟，切初冬之候。

〔四七〕玳筵，指夔州别驾元持宅所设的盛筵。急管，宴会上节拍急促的管乐。

〔四八〕老夫，诗人自指。

〔四九〕足茧，脚底长了厚厚的老茧，形容行动迟缓。转愁疾，更加忧愁。疾，甚。

刘克庄曰：《舞剑器行》，世所脍炙绝妙好词也。内云："先帝侍女八千人……乐极哀来月东出。"余谓此篇与《琵琶行》一如"壮士轩昂赴敌场"，一如"儿女恩怨相尔汝"。杜有建安、黄初气骨，白未脱长庆体耳。（《后村诗话》新集卷一）

刘辰翁曰：浓至惨酷，如野笛中断，闻者自不堪也。（《唐诗品汇》卷二十八引）又曰：（"燿如"四句评）名状得意。"收"字谓其犹隐隐然有声也。但舞一剑，若谓其如雷如霆则非也。（《删补唐诗选脉笺释会通评林·盛七古》引）

唐汝询曰：此因观剑舞而追伤天宝之乱也。言公孙氏之舞剑器，奇伟如此，今其人寂然无闻，而有弟子传其馀芳，以舞于白帝之间者，乃神妙不群，使我异而问之。遂与剧谈往事，而兴感慨也。昔先帝待女八千，而以公孙剑器为首冠，盖日耽声色矣，未几而胡尘犯阙，诸乐星散，天子升遐，而陵间之木已拱。民人流窜，而城市之草深。当此酒阑曲罢之时，正我乐往哀来之际，而又以对此明月，经此荒山，身无所归，足立疲敝，而觉老病弥添耳。（《唐诗解》卷十五）

钟惺曰：题是公孙大娘弟子，而序与诗，情事俱属公孙氏，便自穆然深思。（“罢如”句）此一句独妙。（《唐诗归》卷二十）

周启琦曰：“罢如江海凝清光”，妙。连上三句，觉有精采。（《删补唐诗选脉笺释会通评林·盛七古》引）

王嗣奭曰：“来如雷霆收震怒”，凡雷霆震怒，轰然之后，累累远驰，赫有馀怒，故“收”字之妙。若轰然一声，阒然而止，虽震怒不为奇也。诗云“感时抚事增惋伤”，则“五十年间似反掌”数句，乃其赋诗本旨；“足茧荒山”从此而来，尤使人穆然深思也。（《杜臆》卷八）又曰：此诗见剑器而伤往事，所谓“抚事慷慨”也。故咏李氏，却思公孙；咏公孙，却思先帝。全是为开元、天宝五十年治乱兴衰而发。不然，一舞女耳，何足摇其笔端哉！（《杜少陵集辑注》卷二十引）

桂天祥曰：沉着痛黯，读者无不感慨。（《批点唐诗正声》）

卢世㴶曰：《观公孙大娘舞剑器》序与诗，俱登神品。盖因临颍美人而溯及其师，又追想圣文神武皇帝，抚时感事，凄惋伤心。念从风尘澒洞以来，女乐梨园，俱付之寒烟老木，况自身业已白首，而美人亦非盛颜，则五十年间，真如反掌，以此思悲，悲可知矣。一篇中具全副造化，波澜莫有阔于此者。（《杜诗胥钞馀论·论七言古诗》）

李因笃曰：绝妙好词。序以错落妙，诗以整妙。错落中有悠扬之致，整中有跌宕之风。又：纵横排着，如韩信背水破赵，纯以奇胜。又：不难其壮，难其工；不难其工，难其老。（《杜诗集评》卷六引）

黄周星曰：乐极哀来，何以即接“日东出”。倒句自奇。一起有排山倒海之势，后却平平。（《唐诗快》）

田雯曰：余尝谓白香山《琵琶行》一篇，从杜子美《观公孙大娘弟子舞剑器行》诗得来。“临颍美人在白帝，妙舞此曲神扬扬。与余问答既有以，感时抚事增惋伤”，杜以四语，白成数行，所谓演法也。凫胫何短，

鹤胫何长，续之不能，截之不可，各有天然之致，不惟诗也，文亦然。（《古欢堂集杂著》卷三）

张谦宜曰：《观公孙大娘弟子舞剑器行》，只“传芬芳”“神扬扬”六句，已将前叙舞态勾起，不用再说，此烦简相生之妙。（《𬦆斋诗谈》卷四）

黄生曰：《教坊记》：曲名有《醉浑脱》《西河剑器》。又《明皇杂录》及《历代名画记》皆称公孙大娘善舞《西河剑器》《浑脱》，观《浑脱》之名，似以空手作舞剑势耳，俗以序中“浑脱”属下为六字句，又讹言张旭观舞剑而草书进，皆坐不读书之故。观舞细事耳，《序》首特纪岁月，盖与“开元三年”句打照，并与诗中“五十年间”针线。无数今昔之悲、盛衰之感，均于纪年见之。“浏漓顿挫”四字，极尽舞法。或问何以知之，曰：余不学舞，而尝学书，于临池稍有所窥，张公因舞而悟书，予盖因书而悟舞也。特书尊号于声色之事，非微文刺讥，盖欲与上文文势相配耳。石崇《思归引序》波澜不异。“天地”句形容舞旋之妙，观者目眩如此。“㸌如”二句，按《教坊记》有软舞，有健舞，此健舞也。故《序》云“壮其蔚跂”，此云云四语取喻俱非凡境，后一语尤妙，不尔，则是一雄装健儿矣。白乐天《琵琶行》亦为妓女而作，铺叙至六百字。由命意苦不远，只在词调上播弄耳。此诗与李问答，只一句略过，胸中本有无限寄托，何暇叙此闲言语哉！后段深寓身世盛衰之感，特借女乐以发之，其所寄慨，初不在绛唇朱袖间也。末二句承“乐极哀来”再申一笔。人有此境，只杜公写得出耳。又曰：（“㸌如”二句）二句状舞时，（“来如”句）将舞。（“罢如”句）舞罢。（《杜诗说》卷三）

仇兆鳌曰：（“昔有”八句）从公孙善舞写起。“沮丧”，谓神奇可骇；“低昂”谓高卑易位；“㸌然”下垂，如九日并落；“矫”然上腾，如驾龙翻空。其来忽然，如雷霆过而响尚留；其罢陡然，如江海澄而波乍息，皆细摹舞态也。（“绛唇”六句）此见李舞而感怀。“寂寞”，伤公孙已逝；“芬芳”，喜李氏犹存。（“先帝”六句）此先朝盛衰之感。“风尘”指禄山陷京，“馀姿”，即临颍舞态。（“金粟”六句）此当席聚散之态。“金粟”，承“先帝”；“瞿唐”，承“白帝”；“乐极”，承“妙舞”；“哀来”，承“抚事”。“足茧”行迟，反愁太疾，临去而不忍其去也。此章八句起，后三段，各六句。（《杜少陵集详注》卷二十）

吴瞻泰曰：叙事以详略为参差，亦以详略为宾主，主宜详而宾宜略，一定之法也。然又有宾详而主反略者。如此诗公孙大娘，宾也；弟子，主也。乃叙公孙舞则八句，而天地日龙雷霆江海，凡舞之高低起止，无所不具，是何其详！叙弟子则四句，而言舞则“神扬扬”三字，抑何其略！究其诗意，非为弟子也，为公孙大娘也，则公孙大娘固为主，而弟子又为宾，仍是主详宾略云耳。学诗者得详略之宜，尽参差之变，思过半矣。（《杜诗提要》卷六）

浦起龙曰：序从弟子逆推之公孙，诗从公孙顺拖出弟子。首八句，先写公孙剑器之妙；忽然而伏，忽然而起，状其舞态也；忽然而来，忽然而罢，总始末而形容也。有末句，益显上三句之腾踔，有上三句，尤难末句之安闲。序所谓“蔚跂”者正如此。“绛唇”六句，落到李娘，为篇中叙事处，舞之妙，已就公孙详写，此只以“神扬扬”三字括之，可识虚实互用之法。“感时抚事”句，逗出作诗本旨。“先帝”六句，往事之慨，此本旨也。言公孙而统及女乐，言女乐却是感深先帝。故下段竟以“金粟堆”作转接。此下正写惋伤之情，一句着先帝，一句收归本身。“玳筵”，“哀”“乐”，并带别驾宅。结二语，所谓对此茫茫，百端交集。行失其所在，止失其所居，作者读者，俱欲嗷然一哭。（《读杜心解》卷二）又曰：舞剑器者，李十二娘也；观舞而感者，乃在其师公孙大娘也。感公孙者，感明皇也。是知剑器特寄托之端，李娘亦兴起之藉。此段情景，正如湘中采访使筵上，听李龟年唱“红豆生南国”，合坐凄然，同一伤惋，观命题之法，知其意之所存矣。序中“公孙大娘弟子”句及“圣文神武皇帝”句，为作诗眼目。“玉貌”忆公孙；“白首”，悲今我。特属闲情衬贴，而所谓“抚事增慨”者，则在前所云云也。末引张颠以显其舞之神妙，又公诗所称“馀波绪丽为”者。

何焯曰：序亦曲折三致。（《义门读书记》）

乔亿曰：此篇及《观曹霸九马图》之作，并追感玄宗，一则激壮淋漓，一则缠绵凄怆，词气不同，而各致其极。（《杜诗义法》卷下）

沈德潜曰：咏李氏思及公孙，因公孙念及先帝。身世之戚，兴亡之感，交集腕下，若就题还题，有何兴会！（《杜诗偶评》卷二）又曰：（“先帝”一段）注重此段。（《重订唐诗别裁集》卷七）

《唐宋诗醇》：前如山之嶙峋，后如海之波澜，前半极其浓至，后半感叹，“音响一何悲，弦急知柱促”也。

蒋弱六曰：序中浏漓顿挫，豪荡感激，便是此诗妙境。（《杜诗镜铨》

卷十八引）

邵长蘅曰：（“五十年间”句）忽然收转，真是笔有神助。（同上引）

杨伦曰：（“爧如”四句）形容尽致。（“与余”句）省得妙。（“先帝”四句）大拓开步。（同上）

方东树曰：“感时”句是一篇前后脉络章法也。却入于出题中藏之。“金粟堆”又似先帝意中起棱，但觉身世之戚，兴亡之感，交赴腕下。此诗亦“豪宕感激，浏漓顿挫，独出冠时”，自大历至今，先生一人而已。（《昭昧詹言·杜公》）

汪灏曰：题是“观李十二娘舞剑器”，诗直从公孙说起，方写出五十年一段大关系。举一剑器，可该万事。（《树人堂读杜诗》卷二十）

施补华曰：读《公孙大娘弟子舞剑器行》，叙天宝事只数语而无限凄凉，可悟《长恨歌》之繁冗。（《岘佣说诗》）

张廉卿曰：“瞿唐”句一语收入，笔力超绝，而著语不即不离，尤极浑妙。它手为之，便不免钝滞矣。（《十八家诗钞》引）

吴汝纶曰：“感时”句顿挫，以起下文。（《唐宋诗举要》卷二引）

莫砺锋曰：此诗确实具有与公孙大娘“流漓顿挫”的舞蹈及张旭“豪宕感激”的书法相似的风格，形成这种风格的主要因素是大起大落的跌宕和变化急促的节律。杜甫本因李十二娘的舞蹈而有感作诗，但此诗却以五十年前观看李十二娘（当为“公孙大娘”）舞蹈的动人情景为开始，而且极力渲染其场面之壮观，气氛之热烈，舞技之精妙，从而使读者随着诗人的思绪回到了创造于太平盛世的那个艺术境界之中。然而，正像公孙的舞蹈戛然而止一样，诗的语气也一落千丈，佳人已逝，舞者亦不可复睹，“绛唇珠袖两寂寞”一句，语似平淡，但其中包含着多么深沉的感伤！然而杜甫到底与众不同，他并没有就此陷入颓丧之境，而是立即以李十二娘“妙舞此曲神扬扬”之事把语气再度振起，至“先帝侍女八千人”二句，笔势也一转折，思绪又回到五十年前，就像一位善射的将军数度盘马弯弓之后箭才离弦而去，又像江河之水经过几道堤坎的拦阻把水位提得很高后才开闸倾泻而下，杜甫经过几度蓄势，才让自己感情的洪流随着诗歌的语气奔泻出来。“五十年间似反掌”明写时间流驰之快，“瞿塘石城草萧瑟”明写空间转换之大，在这大幅度时空变换之背景下，唐帝国由盛转衰的时代巨变及其在诗人感情上引起的汹涌波澜都被纳入玄宗墓木已拱、女乐飘落如烟的意象，这是何等笔力！由于“瞿塘”句已暗中结合了诗人自身的遭遇，所以末四句就自然地过渡到夔府观舞的本事上来，不但缴足题面，而且在叙述中重申乐极哀来之意，使全诗呈现余波未息之状，读者的心情也因之久久不能平静……此诗不题作《观李十二娘舞剑器行》而题作《观公孙大娘弟子舞剑器行》，在序中与诗中又处处以公孙为主，以李为辅，这种腾挪错综的结构是为其主题（即通过舞蹈艺术的盛衰以抒国家兴亡之感）服务的，因为只有这样的结构才能表现出诗人对时代和人生的巨大感慨。（《杜甫评传》第224～225页）

这是杜甫晚年七古的巅峰之作，感慨的深沉，笔力的豪健，风格的顿宕起伏、抑扬变化，都达到了出神入化的程度。

盛唐是一个文化艺术的空前繁荣期。这一时期的文化艺术，无论诗歌、绘画、音乐、舞蹈、书法、建筑、雕塑，都体现出强烈的时代精神，体现出封建社会臻于顶峰时期特有的时代气息，从而成为那个充满健康活力时代的一种象征。杜甫是盛唐时代文化艺术土壤上孕育成长起来的，他对盛唐时代的记忆因此总是与那个时代的文化艺术紧密相连。听一首盛唐时代流行的歌曲，看一段盛唐时代风行的舞蹈，见到一位盛唐时期著名的艺人，都会情不自禁地联想到那个繁荣昌盛的时代。这种情感，在他晚年漂泊西南天地间的时期，当中兴希望濒于破灭，盛唐已经成为一个遥远的难以重现的旧梦的时候，便变得越来越经常而强烈，成为他晚年感情世界的一个重要特征。这首《观公孙大娘弟子舞剑器行并序》便是因观舞而触发对盛唐时期的深情追忆，抚今追昔，抒发深沉的时代盛衰之慨的杰出诗篇。

诗前一篇长达一百八十字的序，记述了创作这首《观公孙大娘弟子舞剑器行》的缘由，大历二年（767）十月十九日，杜甫在夔州别驾元持家见到临颍李十二娘舞剑器，深为其壮盛飞动的气势所吸引，问她的师承，说："我就是公孙大娘的弟子。"这使诗人马上回忆起开元五年（717）自己还是幼童时期在郾城观看公孙大娘舞剑器浑脱的情景，那可真是流利飘逸而抑扬顿挫，出神入化，冠绝当代。当时无论是皇帝跟前的内教坊歌舞伎人还是宫外左右教坊的艺人，通晓擅长此舞的，也就是公孙一人而已。当年玉貌锦衣、色艺双绝的公孙如今早已不在人世，连自己这个当年童稚的观众也已是皤然白首的老人；如今连她的弟子也不再是青春盛年的容颜了。既然弄清了李十二娘的师承，才明白她的舞姿确实是得公孙真传。追怀往事，不禁深有感慨，于是写下这篇《剑器行》。先前吴人张旭善草书、书帖，听说是由于在郾县多次见到公孙大娘舞西河剑器，触类旁通，从此草书大有长进，风格奔放激越，不受拘束，即此一端，公孙大娘舞技之出神入化也就可想而知了。历来认为杜甫长于诗而拙于文，但他的这篇序却写得既感慨淋漓又含蓄蕴藉，且极饶诗的情韵，完全可以独立出来成为一篇极有情致的抒情散文。从序中可以看出，李十二娘舞剑器，只是触发诗人对往日公孙大娘舞剑器的记忆的一个契机和凭借，而对公孙大娘舞剑器的追怀，又和对开元时代和玄宗早年盛时的记忆联结在一起。但对盛世的追缅本身不是目的，追昔之盛乃是和慨今之衰（包括时代之衰和个人之衰）紧密联结的。“抚事慷慨”，这“事”既包括昔之盛，也包括今之衰。因此这篇序，不但交代了这首诗创作的缘起，点明了其“抚事慷慨”的主旨，而且揭示了其艺术构思，是理解诗的钥匙。

诗共二十六句，分四节，前两节押平声韵，后两节押入声韵。第一节八句撇开题内“弟子舞剑器”而直接从公孙入手，这是因为诗人虽由李十二娘舞剑器而追忆昔之公孙大娘舞剑器，但作为盛世艺术的代表、时代精神的体现却是公孙大娘而非李十二娘，故一上来便以充满感情的赞叹追怀口吻叙说公孙大娘舞剑器之名动四方。这个“昔”，便是诗人一再追怀的“开元全盛日”，也就是序中所说的“圣文神武皇帝初”。从“一舞剑器动四方”的形容中，不但可见其时公孙大娘之名扬天下，而且可以窥见其时人们对艺术的普遍喜好。接下来四句，先总写一笔观者对公孙舞剑器的强烈反应。人山人海的观众，因公孙气势壮盛的舞姿，感到惊心动魄，色变神骇，“色沮丧”三字，出色地渲染其舞姿对观者的震撼力和慑服力，而“天地为之久低昂”更从观者的幻觉中生动地表现出舞时天旋地转的情景和观者目眩神迷的情态，给人以笔未到而气已吞的感觉。以下四句乃分写舞姿的闪烁、夭矫、初动、既罢。“㸌如”句，是形容剑光闪烁，自上而下，犹如羿射九日，倏然而落；“矫如”句，是形容舞姿夭矫，犹如天神们驾龙车飞翔；“来如”句，是形容刚起舞时，是踩着雷霆般隆隆作响的鼓点登场的，鼓声乍停，舞者现身；“罢如”句，是形容剑舞罢歇时，原来如同翻江倒海的舞姿突然停住，如同江海清光之凝结。作诗不可能像赋那样尽情铺排渲染，只能选取最能表现其特征的几个点来突出描写，前两句从横的方面写其闪烁、夭矫，意在突出舞姿之迅疾而富于变化，后两句从纵的方面写其开始与结束，意在突出其舞姿的壮盛气势和戛然而止时的静态，目的都是为了以点带面，以起结见全过程。笔墨简省而其舞技之出神入化已灼然可见。特别是“罢如江海凝清光”一句，恰如京剧武打结束时的亮相，极具雕塑美，而此前的翻江倒海的动态之美已暗含其中，是非常聪明而经济的写法。

“绛唇珠袖两寂寞”一句，突然从五十年前的剑器舞现场拉回到今夜夔州李十二娘当筵起舞的现场。往昔佳人公孙氏的美好容颜和动人舞姿都已成为过去，所幸晚年有弟子传承她的舞技。如今在古老的白帝城又看到临颍美人李十二娘的剑器舞，她妙舞一曲，神态昂扬，仿佛可见当年公孙的舞姿。她和“我”问答之间，已然了解了她的师承，“我”却因此追忆往事，感慨时世，增添了无限伤感。这一段六句，主要是叙述“公孙大娘弟子舞剑器”的情形，对李十二娘的舞姿不再作具体描写，仅以“妙舞此曲神扬扬”一语带过，因为上段对剑器舞已有笔酣墨貌的描写，读者从公孙的舞姿中自可想见。诗人把重点放在叙述中寓感慨上。开头的“绛唇珠袖两寂寞”一句，便寓含着对一代舞蹈大师兼绝代佳人逝去的无限追缅，情致苍凉而缠绵，仿佛在宣告一个舞蹈时代的结束。这句重重一抑，下句“晚有弟子传芬芳”又稍稍上扬，仿佛给人以些许安慰和庆幸。但观舞对答之余，又反增“感时抚事”之悲，感情又再次一抑。在抑扬反复之间，诗人的感情随之变化，而诗的顿挫曲折之致也得到生动展现。“感时抚事”一句，是全诗的主句，以此为枢纽，连接起前二段与后二段，以下便转入“感时抚事增惋伤”的具体描写。

“先帝”六句，围绕公孙及其弟子，抒写时代盛衰之慨。前两句写昔，追忆当时玄宗有侍女（包括宫女、宫妓）八千人，其中公孙的剑器舞号称第一。这两句上承首段。中两句写时代巨变，五十年来，世事沧桑变化，安史之乱和接踵而至的内忧外患，使全国在风尘弥漫中蒙受长期灾难，李唐王室也因此而长期笼罩着昏暗的阴影。后两句写当今，由于长期战乱，众多的梨园弟子都四散流落，如同云烟，歌妓舞女的残余人员如今正在寒日的照映下凄凉起舞。昔与今之间横亘着那场改变了唐王朝面貌的大变乱。所谓“感时抚事”，正指由极盛到衰的巨变。表面上看，诗人似乎是悲慨梨园弟子、歌妓舞女的聚散盛衰，实际上诗人正是由梨园弟子、歌妓舞女的聚散盛衰而追本溯源，悲慨时代的由盛而衰。写到这里，全诗的旨意已经显露，以下一段便收归现境，回到自身。

“金粟堆前木已拱”，上承“先帝”句，以泰陵墓木已拱标示盛唐时代的消逝，下句“瞿塘石城草萧瑟”立即转到诗人所在的夔州，以“草萧瑟”点冬日凄寒景象，也暗寓自身衰世暮年的衰飒凄凉之感。“玳筵”二句，写曲终舞罢，皓月东升，“乐极哀来”四字，明写舞罢筵散而哀感油然而生，而联系上文“五十年间似反掌，风尘澒洞昏王室”之语，则更大范围的时代巨变引发的“乐极哀来”之慨也隐见言外。结尾二句写曲终是散的诗人，在荒山寒月的映照下，茫然而行，不知所往，心中的愁绪越来越深重，正显示出由观舞而引起的时代盛衰的悲慨已经使衰老的诗人心情十分沉重，不胜负荷了。“疾”是急剧猛烈之意，“转愁疾”是愁绪更加急剧猛烈的意思，或解为“足茧行迟，反愁太疾，惜去而不忍其去”，恐非。

杜甫亲历了中国封建社会由繁荣昌盛的顶峰急剧跌落下来，陷于长期战乱的由盛转衰的时代。时代今昔盛衰的体验感受特别强烈而深刻。而盛唐乐舞，作为那个繁荣昌盛时代精神文化的标志与象征，在他心中留下了永难磨灭的深刻记忆。在衰颓时世，衰暮之年，漂泊留滞异乡的境遇中重睹盛唐时风靡四方的剑器舞，引起的时代盛衰之慨无疑是极深沉而强烈的。这首诗所抒发的今昔盛衰之慨，客观上反映了一个大的时代社会转折在诗人心灵中留下的深重烙印。从这方面看，自有它深刻的历史内涵和认识意义。

房兵曹胡马〔一〕

胡马大宛名〔二〕，锋棱瘦骨成〔三〕。
竹批双耳峻〔四〕，风入四蹄轻〔五〕。
所向无空阔〔六〕，真堪托死生〔七〕。
骁腾有如此〔八〕，万里可横行〔九〕。

校注

〔一〕《全唐诗》题末有“诗”字。据仇注本等删。兵曹，即兵曹参军。据《新唐书·百官志》，十六卫、太子府、王府及外州、府均设此职官。此房兵曹具体情况未详。诗可能作于开元二十九年（741）由齐、赵归洛阳后。

〔二〕大宛，汉西域国名，在今中亚乌兹别克斯坦共和国境内费尔干纳盆地，都贵山城（今中亚卡散赛），产良马。《史记·大宛列传》：“大宛在匈奴西南，在汉正西，去汉可万里。其俗土著耕田，田稻麦。有蒲陶酒。多善马，马汗血，其先天马子也。”

〔三〕锋棱，此指马的骨骼瘦硬，棱角分明，如物之锋芒、棱角。

〔四〕批，削。竹批，斜削之竹筒。峻，尖锐。《齐民要术》谓“马耳欲得小而促，状如斩竹筒”。

〔五〕《拾遗记》卷七：“（曹）洪以其所乘马上帝（魏武帝曹操），其马号曰白鹄。此马走时唯觉耳中有风声，足不践地……时人谓乘风而行。”刘昼《新论·知人》：“故孔方谭之相马也，虽未追风逐电，绝尘灭影，而迅足之势固已见矣。”崔豹《古今注》谓：“秦始皇有骏马名追风。”

〔六〕无空阔，不知有空阔，视空阔为无有，形容马疾驰时所向无前。

〔七〕托死生，以自己的死生相托付。

〔八〕骁腾，骁勇飞腾（的良马）。

〔九〕横行，纵横驰骋。《史记·季布栾布列传》：“上将军樊哙曰：‘臣愿得十万众，横行匈奴中。’”杨素《出塞二首》之一。“横行万里外，胡运百年穷。”二句谓有如此骁勇飞腾之良马，自可凭借其立功于万里之外，扫荡胡尘。

笺评

张耒曰：马以神气清劲为佳，不在多肉，故曰“锋棱瘦骨成”。（《杜少陵集详注》引）

方回曰：自汉《天马歌》以来，至李、杜集中诸马诗始皆超绝。苏、黄及张文潜画马诗亦然，他人集所无也。学者宜自检视。（《瀛奎律髓》卷二十七）

刘辰翁曰：仿佛老成，亦无玄黄，亦无牝牡。（《唐诗品汇》卷六十二引）

赵汸曰：前辈言咏物诗戒粘皮着骨。公此诗，前言胡马骨相之异，后言其骁腾无比，而词语矫健豪纵，飞行万里之势，如在目中，所谓索之于骊黄牝牡之外者。区区模写体贴以为咏物者，何足语此！（《杜律赵注》卷下）

张綖曰：前表其相之异，后状其用之神。四十字内，其种其相，其才其德，无所不备。而形容痛快，凡笔一字不可得。（《杜工部诗通》卷一）

王慎中曰："竹批"二字亦险而陋。（《五色批本杜工部集》）

王世贞曰：篇法、句法、字法无不称意。（同上引）

唐汝询曰："大宛"，见所产非凡；"锋棱"，见骨相尤异。耳峻如竹之批，蹄轻若风之举，其神骏又不止锋棱矣。是真所向无前，死生堪托者也。夫马之骁腾若此，君独不可横行万里之外以取奇勋哉！（《唐诗解》卷三十四）又曰：咏物诗最雄浑者。（《汇编唐诗十集》）

钟惺曰：读此知世无痴肥俊物。（首二句下）世人疑"与人一心成大功"句，请从此五字（指"真堪托死生"五字）思之。（《唐诗归》）

谭元春曰：赠侠士诗。（同上）

王嗣奭曰："风入四蹄轻"，语俊。"真堪托死生"，咏马德极矣，又如"与人一心成大功"亦然。"万里横行"，则并及兵曹。（《杜臆》）

赵云龙曰：以雄骏之语发雄骏之思，子昂画马恐不能如此之工到。（《删补唐诗选脉笺释会通评林·盛五律》引）

周珽曰：次句咏其骨格之美。（同上）

冯舒曰：落句似复。（《瀛奎律髓汇评》引）

冯班曰：力能扛鼎，势可拔山。（同上）

何焯曰：第五，马之力；第六，马之德。（同上）"锋棱瘦骨成"，相士失之贫，相马失之瘦。"所向无空阔"，言瞬息万里，不更有空阔也，含下"可"字。（《义门读书记》）

纪昀曰：后四句撇手游行，不踢于题，妙。仍是题所应有，如此乃可以咏物。（同上）

无名氏（甲）曰：凡经少陵刻画，便成典故，堪与《史》《汉》并称。（同上）

黄生曰：汉武欲取大宛善马，铸铜马立宫门为式。一、二暗言此马合法相也。三、四承上，五、六起下。五句着马说，八句着人说。"批"字即仄声"削"字，因《马经》"削筒"字欠雅，故以"竹批"代之。"峻"，耳竖貌。双耳峻似竹批，四蹄轻如风入，倒装成句，对法有十字一气者，谓走马对，言其势不住也。极言其善走，凡语无可为喻，乃造成"所向无空阔"五字，此杜自谓良工心独苦者，而后人不知赏也。六言人以马为命，马疾则追者莫及，有生无死，亦妙在"托死生"三字。五奇而创，六正而深，前半形马之相，后半极马之才。"有如此"三字，挽得有力。八句期房立功万里之外，结处必见主人，此唐贤一定之法。（《杜诗说》卷

四）又曰：尾联见意格。前六句说马，一结挽到房兵曹身上。五句说马，八句说人，意固不重。（《唐诗矩·五言律诗二集》）

查慎行曰："竹批"句小巧，对得飘忽。五、六便觉神旺气高。（《初白庵诗评》）又曰：壮心如见，老杜许多马诗，此为最警。前半只说骨相，后半并及性情，何等章法。（刘濬《杜诗集评》卷七引）

徐增曰："胡马"二字，如于空中立一石柱，下面二十八字方得牢硬。唐人名手作咏物诗，往往如此。又曰：子美诗神化乃尔。（《而庵说唐诗》）

叶矫然曰：少陵咏马及题画马诸诗，写生神妙，直空千古，使后人无复着手处。（《龙性堂诗话初集》）

仇兆鳌曰："无空阔"，能越涧注坡；"托死生"，可临危脱险。下句蒙上，是走马对法。（《杜少陵集详注》卷一）

毕致中曰："真堪托死生"，味一"真"字，无限感慨。君臣朋友，当其指天誓日，谁不以死生相托，时移事去，覆雨翻云，不为悠悠行路者鲜矣。曰"真堪"，隐然见世之握手论心者，徒虚语耳。不若逸群伏枥中，犹有张邈之臧洪、李固之王成、田横之五百士也。感时悼俗，痛哭流涕之谈，莫轻易读过。（清顾宸《辟疆园杜诗注解》五律卷一引）

张溍曰：前四句已将马之形与才说尽。"所向"二句，又就马之气概有用堪倚重者言之，亦从来赞马者所未及。"有如"三字，挽上有力，与"从来多古意"法同。"万里横行"，谓兵曹得此马可立功万里外，推开看方不重上。（《读书堂杜工部诗集注解》卷一）

王士禛曰：此诗落笔有一瞬千里之势。"批""峻"字，今人以为怪矣。（《带经堂诗话》）又曰：有此笔力，方许作此题诗。（《五色批本杜工部集》）

陆辛斋曰：对仗变动。（刘濬《杜诗集评》卷七引）

宋荦曰：赋马警语，不涉牝牡骊黄。（同上）

李天生曰：如咏良友大将，此所谓沉雄。写其骨相，正超于牝牡骊黄之外。（同上）

吴庆百曰：起拙，正以拙胜。次联尽其形，三联得其性，非公不闻此言。（同上）

史流芳曰：劈头"胡马"即点题面，以下通说马。（《固说》）

吴昌祺曰："无空阔"，即旦刷幽燕、夕秣荆越意，而妙以"空"胜。

（《删订唐诗解》）

浦起龙曰：此与《画鹰》诗，自是年少气盛时作，都为自己写照。前半先写其格力不凡，后半并显出一副血性，字字凌厉。其炼局之奇峭，一气飞舞而下，所谓啮蚀不断者也。（《读杜心解》卷三之一）

杨伦曰：（“锋棱”句）所谓不比凡马空多肉也。（《杜诗镜铨》卷一）

朱之荆曰：前半形马之状，后半极马之才。（《闲园诗抄》）

沈德潜曰：（“骁腾”句）句束住。前半论骨相，后半并及性情。“万里横行”指房兵曹，方不粘着题面。（《重订唐诗别裁集》卷十）

《唐宋诗醇》：孤情迥出，健思潜搜，相其气骨亦可横行万里，此与《画鹰》二篇，真文家所谓沉着痛快者。

屈复曰：结“万里”句与“所向”句稍复，虽云五着马，八着人，细看总有复意。前半先写骨骼神骏，后半能写出血性。（《唐诗成法》）

邓献璋曰：虽是写马，而意都在言外。句句峭拔，笔笔腾空。曰“真堪”，曰“有如此”，隐然逸群长嘶，伏枥悲鸣，弦上飒飒有声。（《艺兰书屋精选杜诗评注》卷一）

宋宗元曰：良马精神毕现。（《网师园唐诗笺》）

李因培曰：行神如空，行气如虹，与歌行各篇一副笔墨。（《唐诗观澜集》）

卢彝曰：三、四工警，人尽知赏。五、六作白话，用旺气出之，质而能壮，雄而不犷。此关气魄，跃跃然，都无笔墨。不知者将无目之学究语？结亦乃称。（《闻鹤轩初盛唐近体读本》）

冒春荣曰：“所向无空阔，真堪托死生。”马之德性调良，俱以十字传出。（《葚原诗说》）

施补华曰：五言律亦可施议论断制，如少陵“胡马大宛名”一首，前四句写马之形状，是叙事也。“所向”二句，写出性情，是议论也。“骁腾”一句勒，“万里”一句断。此真大手笔，虽不易学，然须知有此境界。（《岘佣说诗》）

鉴赏

杜甫虽不专以咏物名家，却是诗史上杰出的咏物诗大家。在他现存诗中，咏物诗达百首以上，其中以马为吟咏对象的名篇尤为出色。这首作于其青年时代的咏马名作，称得上是不即不离、不黏不脱、借形传神、形神兼备的典范之作。

首句直接入题，交代马的产地，指明这是匹产自大宛的千里马。历史典籍中有关汉武帝伐大宛以取名马的记载，特别是它那“汗血”的特征，使其增添了神奇的色彩。故此句虽平起直叙，却能唤起读者“此马非凡马”的联想，为下面的一系列描写议论预留了充分的地步。

次句即从总体上描绘大宛名马最突出的特征：“锋棱瘦骨成。”它长成一副锋棱突起的骨架和一身劲瘦结实的肌肉，一望而知是能日行千里的神骏，和那些看上去油光水滑，实经不起长途奔驰的“痴肥”之辈完全不同。会相马者先审其骨相，看其整体，这句正是房兵曹的大宛名马给诗人的整体印象、第一印象。这最初的印象便抓住了神骏的总体特征。

第三句从整体转到局部，对神骏作更细致的观察与描绘：“竹批双耳峻。”《齐民要术》谓“马耳欲得小而促，状如斩竹筒”，可见双耳如斜削的竹筒尖锐劲挺，乃是古人在长期观察良马的过程中积累的鉴别经验。“峻”字不但画出马耳尖锐竖起的外形，也透露出马的精神抖擞、活力四射之神情，并不单纯是静止的外形描绘。

至此，对大宛名马的总体特征、局部特征都已作了概括而精练的描写，第四句便转入对神骏的动态描写。大宛马之所以出名，首先在于它奔驰之迅疾，因此这一句也是对其外形鉴识的一种验证，是决定其是否神骏的关键。前人或谓前四句均写其形，不免失之笼统。写马奔驰之疾，靠一般性的形容或夸张都会显得吃力而呆滞，必须靠适当的参照使它真正活起来。东汉后期的马踏龙雀的雕塑，马三足腾起，一足轻点在鸟背上，用飞鸟不及躲闪的回首惊愕之状烘托其风驰电掣的奔腾气势，构思极为巧妙。杜诗此句则从“追风”一语得到启发，用“风”作了烘托参照，但并不是说“追风逐电”，而是用了一个“入”字，一个“轻”字，将马疾驰时仿佛腾空飞行，脚不沾地，但闻呼呼风声，掠过四蹄的态势描绘得极生动而传神，不但写出了马的飞腾，连骑手的神奇美妙的感受也传达出来了。

第五句紧承第四句，从大宛马奔驰之迅疾进一步写到它一往无前的气势。或谓此句指其能日行千里，不管多么遥远的路程都不在话下，这样理解可能有失原意，也与上句犯复。“空阔”非指路程之阔远，而是指征途上遇到的沟涧山壑等通常认为难以逾越的险阻，“无空阔”即无视上述障碍险阻。

在“空阔”之上安一“无”字，已显示出其非凡的气势和履险如夷的才能，其前又叠加“所向”二字，则其所向披靡、一往无前的雄迈气概如在目前。如果说第四句是写其“腾”，那么第五句就是写其“骁”。已经从写马的才能进到写马的精神——勇的领域。

第六句由第五句写马的勇敢精神进一步写到它的忠诚品格——“真堪托死生”，赞颂神骏可以将自己的生命相托付的忠诚品格。它和上句写马之神勇无前有联系，但不是一回事。良马之可贵，除了它奔跑之迅疾、勇敢的精神以外，最可贵的还在它对主人的忠诚。它的才能和精神为“托死生”提供了必要的条件，但没有忠诚的品格，则虽奔驰如飞、所向无前，亦无以“托死生”。“真堪”二字，贯注着诗人对神骏的忠诚品格发自内心的赞赏。写马，至此已进入最高境界。它是马，但又被赋予了人的色彩，从马身上，可以联想到“托死生”的良朋、义侠、忠臣。其时诗人方当壮岁，此句未必有更深的寄托。但联系诗人《赠李白》的“二年客东都，所历厌机巧”之句，则“真堪托死生”的感慨当非凭虚而发，其中也包含了诗人在交游中的人生体验。

第七句总束上六句。句即“有如此之骁腾”之意，将“有如此”三字后直，着意强调渲染，也是极力赞叹，末句就势得出“万里可横行”的结论，笔酣墨饱，神完意足。末联意凡三层。作泛论说，意谓有如此骁勇奔腾之良马，则自可横行万里，而毫无阻碍，这是表层之意。因题称“房兵曹胡马”，兵曹职参军事，故自含房兵曹有此神骏，自可横行敌国，建不巧之功勋，这是切合题面的里层之意。而杜甫睹此神骏，跃然而起横行万里，报效国家之志而自蕴其中。这是拍合到自己身上的深层之意，言外之意。上句一笔兜转，收得拢，下句纵情开放，意蕴深厚，一合一开，极具豪纵健举的气势。

此诗在结构章法上先总后分，最后又加总结发挥，二至六句，先形后神，先整体后局部，先才能次精神后品格，每句之间，既有紧密关联，又逐层递进深化，故新意迭现，毫不重复。体现出杜甫早期五律已具法度谨严，气势飞动，意态沉雄的特征。其中炼字炼句，如“风入四蹄轻”“所向无空阔”，均为奇警之佳句。

画　鹰〔一〕

杜甫

素练风霜起〔二〕，苍鹰画作殊〔三〕。
攫身思狡兔〔四〕，侧目似愁胡〔五〕。
绦镟光堪摘〔六〕，轩楹势可呼〔七〕。
何当击凡鸟，毛血洒平芜〔八〕！

校注

〔一〕这是一首咏画诗，约作于诗人壮岁时。

〔二〕风，《全唐诗》校：一作“如”。素练，白色的绢。此指这幅画系绢画。风霜起，形容画中的鹰凶猛威严，如挟带着一股风霜肃杀之气。朱鹤龄注：此即《画马》诗“缟素漠漠开风沙”意。

〔三〕画作，绘画作品。殊，异，出众。

〔四〕攫（sǒng）身，竦身。形容苍鹰挺身而立，若有所注视之状。

〔五〕侧目，斜目而视。《汉书·李广传》：“侧目而视，号曰苍鹰。”愁胡，忧愁焦虑之胡人。王延寿《鲁灵光殿赋》：“胡人遥集于上楹……状若悲愁而危处。”孙楚《鹰赋》：“深目蛾眉，状若愁胡。”魏彦深《鹰赋》：“立如植木，望似愁胡。”因胡人深目，状似悲愁，故云。朱鹤龄注：傅玄《猿猴赋》云：“扬眉蹙额，若愁若瞋，既似老公，又似胡儿。”所谓“愁胡”也。或谓“愁胡”指焦虑凝神的胡孙。

〔六〕绦，丝绳。镟，转轴。画中的鹰用丝绳将足系在金属转轴上。光堪摘，形容画中的丝绳和转轴光亮耀眼，似乎伸手可以摘取。

〔七〕轩楹，堂前的廊柱。谓如置于轩楹，势可呼，其神态似可呼之欲出。

〔八〕平芜，平展的草地。班固《西都赋》：“风毛雨血，洒野蔽天。”张上若曰：“天下事皆庸人误之，末有深意。”

笺评

张孝祥曰：首联倒插，言鹰之威猛，如挟风霜而起也。（仇兆鳌《杜少陵集详注》引）

方回曰：此咏画鹰，极其飞动。"擭身""侧目"一联，已极尽其妙。"堪摘""可呼"一联，又足见为画而非真。王介甫《虎图行》亦出于此耳。"目光夹镜当坐隅"，即第五句也；"此物安可来庭除"，即第六也。"何当击凡鸟，毛血洒平芜"，子美胸中愤世疾邪，又以寓见深意，谓安得烈士有如真鹰，能搏扫庸缪之流也，盖亦以讥夫貌之似而无能为者也。诗至此神矣！（《瀛奎律髓》卷二十七）

赵汸曰：末联兼有疾恶意。（《杜律赵注》仇注引）

王嗣奭曰："画作殊"，语拙。然"绦镟"句亦见其画作之殊也。（《杜臆》）

金圣叹曰：句句是鹰，句句是画，犹是常家所讲。至于起句之未是画已先是鹰，此真庄生所云"鬼工"矣。"绦镟""轩楹"是画鹰者所补画，则亦咏画鹰者所必补咏也。看"堪摘""可呼"语势，亦全为起下"何当"字，故知后人中四句实填之丑。"击凡鸟"，妙。不击恶鸟而击凡鸟，甚矣。凡鸟之为祸，有百倍于恶鸟也，有家国者，不日诵斯言乎！"毛血"五字，击得恁快畅，盖亲睹凡鸟坏事，理应如此。（《杜诗解》卷一）

张谦宜曰：首句未画先衬，言下便有活鹰欲出。次点"画"字以存题，以下俱就生鹰摹写，其画之妙可知。运题入神，此百代之法也。一结有千觔力，须学此种笔势。（《絸斋诗谈》卷四）

黄生曰：劈首一句，苍鹰已轩然欲出，下文但足其意耳。题画似真，不异人意，在公便思及不畏强御之士，自非忠鲠素具，不能随处见到耳。（《杜诗说》卷六）又曰：尾联寓意格。未说苍鹰，突从素练上说一句"起"，使人陡然一惊，然后接入次句，定睛细看，方知是画工神妙所至，笔法稍一倒置，便失其神理矣。（《唐诗矩》）

仇兆鳌曰：次句点题，起下四句，曰"擭"曰"侧"，摹鹰之状；曰"摘"曰"呼"，绘鹰之神，末又以画鹰中想出真鹰，几于写生欲活。每咏一物，必以全副精神入之，故老笔苍劲中，时见灵气飞舞。又曰：律诗八句，须分起承转阖。若中间平铺四语，则堆垛而不灵。此诗三、四承上，固也。五、六仍是转下语。欲摘去绦镟，而呼之出击，语气却紧注末联。

知此可以类推矣。(《杜少陵集详注》卷一)

吴瞻泰曰：善画者意在笔先，善诗者意在言先。此本写画鹰，忽下“素练风霜”一语，遂使鹰之精神全体毕露，然后轻拉一语，曰“画作殊”，乃上呼下法也。三、四虚写，五、六侧写，无一字粘着。尤妙在拓开作结，虚事偏作实写，若写鹰，却又不是写鹰；若写画鹰，却又若写真鹰，变幻无可端倪。(《杜诗提要》卷七)

边连宝曰：笔力矫健，有龙跳虎卧之势，其疾恶如仇，矶律不平之气，都从十指间拂拂出矣。又，鹰、马二物，故为神骏，故公遇此二题，无不入妙，而此二篇尤为郁怒遒紧，盖绝唱也。要亦借酒杯，浇垒块，都为自己写照耳。(《杜律启蒙》五律卷一)

庄咏曰：《胡马》作，直笔起入，极突兀之势。《画鹰》先作虚描，后用实点，未尝作突兀，而更饶妩媚。此诗末联，似兼有疾恶意。虽以真鹰作结，然曰“何当”，则仍为画鹰作托笔也。总之，每咏一物，必以全副精神入之，故老笔苍劲处，时见灵气飞舞。此与《胡马》一诗，工力悉敌，各尽其妙。(《杜律浅说》上卷)按“每咏一物”四句袭仇评。

纪容舒曰：此诗通身从画鹰上写出一真鹰来，其妙处尤在一起用烘云托月之法。明明见素练有一真鹰立于其上，故以下句句是真鹰，亦句句是画鹰，是一是二，妙不可言。公之学问，淹贯古今，咏画即得画家三昧，于此可见一斑也。(《藏云山房杜律详解》五律卷一)

纪昀曰：虚谷云：“盖亦以讥夫貌之似而无能为者也。”无此意。起笔下神，所谓顶上圆光。五六请出是画，“何当”二字仍有根。(《瀛奎律髓汇评》引)

冯班曰：如此咏物，后人何处效颦？山谷琐碎作新语，去之千里。唐人只赋意，所以生动；宋人粘滞，所以不及。(同上)

陆贻典曰：咏物只赋大意，自然生动，晚唐更伤于纤巧。(同上)

查慎行曰：全篇多用虚字写出画意。(同上)又曰：极动荡之致，到底不离“画”字。结句若说真鹰，何足为奇？惟以写画鹰，便见生色。(同上引)

何焯曰：落句反醒“画”字，兜裹超脱。(同上)

许印芳曰：凡写画景，以真景伴说乃佳。此诗首联说画，次联说真。三联承首联，尾联承次联。其归宿在真景上，可悟题画之法。惟第七句“凡鸟”当作“妖鸟”，老杜下字尚有未稳处。诗盖作于中年，若老年则所

谓“老节渐于诗律细”，无此疵颣矣。（同上）

袁枚曰：起即“堂上不合生枫树”句意，此较精警。（《唐诗成法》）

王士禛曰：（首句）五字已摄画鹰之神。（杨伦《杜诗镜铨》卷一引）

朱鹤龄曰：起句与“缟素漠漠开风沙”义同。末因画鹰而思真者之搏击，则《进雕赋》意也。（《唐宋诗醇》引）

王士禛曰：命意精警，句句不脱“画”字。（同上引）

沈德潜曰：（三）联写画。（末二句）怀抱俱见。（《重订唐诗别裁集》卷十）

浦起龙曰：与《胡马》篇竞爽。入手突兀，收局精悍。起作惊疑问答之势，言此素练也，而风霜忽起，何哉？由来苍鹰画作，殊绝动人也，是倒插法，又是裁对法。“攫身”“侧目”，此以真鹰拟画，又是贴身写。“堪擿”“可呼”，此从画鹰见真，又是饰色写。结则竟以真鹰气概期之。乘风思奋之习，疾恶如仇之志，一齐揭出。（《读杜心解》卷三）

李锳曰：“风霜起”三字，真写出秋高欲击之神，已贯至结二句矣。“素练”本无风霜，而忽若风霜起于素练者，以所画之鹰殊也。如此用笔，方有突兀半空之势。若一倒转，便平衍无力。（《诗法易简录》）

范廷谋曰：中四句实写其“画作殊”。三、四状其形。五言其设色之鲜，六言其飞动如生，呼之欲下。（《唐宋诗举要》卷四引）

邵长蘅曰：句句画鹰，然佳处不在此。余评杜屡及此意，所谓不必太贴切也。（同上引）

吴汝纶曰：咏鹰咏马皆杜公独擅。此二诗以寥寥律句具古风捭阖之势为尤难。（同上引）

唐代诗人中，杜甫的咏画诗（之所以称咏画诗而不曰题画诗，是因为唐代这类诗只是赞咏图画，并不题于画上）写得非常出色。这首作于壮岁的咏画诗，将赞画、咏物和述志融为一体，尤为精彩。

与《房兵曹胡马》诗以“胡马大宛名”平直叙起，径点题面不同，这首咏画诗却撇开画鹰，凌空起势。画是用白绢作材料的，故曰“素练”。明明是白绢上画着鹰，却说“素练风霜起”，意谓素练之上似乎突然起了一股风霜肃杀之气。这好像有点故作惊人之笔，其实是写初见画时最直观、最强烈的感受。鹰每于秋高气爽、风霜凛冽、草木枯黄时大显身手，追逐狐兔，因此它身上似乎天然带有一股风霜肃杀之气，使被猎的对象不寒而栗。正由于这幅鹰画特别传神，因此诗人初见画时仿佛还来不及静下心来观赏，就马上被画面上传出的这股风霜肃杀之气所震慑。这种强烈的艺术感受，既说明画之传神，也说明观画的诗人对艺术的敏锐感受和整体把握。诗人眼里，似乎无鹰的存在，只感受到一股风霜之气，这正是对画鹰的神魂的把握，也是对自己最初直观感受的生动写照。所谓笔未到而气已吞，形未见而神已传，称得上得勾魂摄魄之笔。比起他的《奉先刘少府新画山水障歌》开头的“堂上不合生枫树，怪底江山起烟雾”，虽然手法相似，但《画鹰》的首句显然更离形得似，传神空际，因为后者毕竟讲到了画中的枫树、烟雾、江山，虽以画为真，却未离画中的具体景物之形。

次句方从容款接，交代这是一幅苍鹰图。句末的那个“殊”字，虽有点拙涩，却相当准确表达了这幅画给自己带来的突出感受——特异、杰出、不同凡响。“画作殊”三字，起下颔、腹二联。

颔联是静下心来观赏画作时的感受：画中的苍鹰竦身挺立，似乎在想着追逐搏杀狡兔；侧目而视，神态像含愁蹙额的胡人。画面上的鹰自然是静止不动的，但诗人却从它竦身而立的姿态中读出了它的心情，传出了它欲搏未搏之际的动态感，“思”字就是透露这种心情和姿态的句眼。侧目而视，状若愁胡，好像是纯粹写形，但那个“愁”字，却又透露出它虽“思狡兔”而未能的焦愁不安。这“思”和“愁”，正和尾联的“击凡鸟”遥相呼应，隐逗“何当”二字。

腹联出句是写画中的鹰，脚用丝绳系着，拴在金属的转轴上。这原是实际生活中的猎鹰在未猎居家时的常态，着“光堪摘”三字，当是形容系鹰足的白丝绳和拴绳的金属转轴光亮耀眼，仿佛伸手可以摘取。这好像是赞画上“绦镟”之生动逼真，但句末的那个“摘”字却透露出诗人意中希望鹰能摘除绦镟对它的束缚而翱翔高空。对句是说此画挂在轩楹之间，看上去那画中的鹰就像是呼之欲下一样。说“势可呼”，和出句的“光堪摘”一样，都是赞画之生动传神，同时也传出了画中之鹰跃跃欲动的态势，这离尾联的“击凡鸟”已经只有半步之遥了。

尾联“何当去凡鸟，毛血洒平芜！”首先是因画中鹰的神情姿态而有此悬想，也不妨说是代画鹰抒写其内心迫切的愿望。什么时候，才能翱翔秋空，搏击凡鸟，使其羽毛纷坠、血洒平芜呢？“何当”上承“思狡兔”“似愁胡”“光堪摘”“势可呼”，期盼将内心的愿望化为奋然搏击的行动，水到渠成，自然合理。而在代鹰抒情的同时，也透露了诗人渴望奋飞翱翔，搏击长空，干一番轰轰烈烈事业的宏愿。壮岁时期的杜甫，既有“嫉恶怀刚肠”之性格，又有鄙弃庸俗凡近，祝“俗物多茫茫”（《壮游》）的宏远抱负。所谓“去凡鸟”，不必深求具体所指，但可肯定是上述性格抱负的自然流露。这个结尾，较之《房兵曹胡马》的尾联感情更加强烈，更具血性男儿的气概，形象也更鲜明生动。

咏画诗的通常构思套路是以画为真，以乱真赞画。这首诗自然也沿袭了这种构思套路，诗中像“素练”“画作”固是明点所咏对象为画，它如“忠”“似”“堪”“可”“何当”等语，亦暗示其仍为画鹰。但诗人的着力点显然放在以画鹰为真鹰上。首句“风霜起”固是先声夺人的追魂摄魄之笔，而“攫身”“侧目”“光堪摘”“势可呼”等描写，亦在绘形的同时写出其神情姿态乃至心理状态。而这一切，又都通向“何当去凡鸟，毛血洒平芜”的精神气概，达到了亦鹰亦人的境界。而在将鹰写活、人化的同时，诗人的鄙弃凡俗、疾恶如仇的情志也水到渠成地得到了表现。咏画、咏物和言志就这样得到了和谐的统一。

综观诗人壮岁所作的三首著名代表作，可以看出以下几个特点：其一，所咏对象均为具有崇高、壮美感的事物，如巍峨的泰山、骁腾的骏马、威猛的雄鹰。它们既能体现盛唐时代精神风貌，又能体现诗人的个性抱负和人生追求。其二，无论是纪游写景还是咏物赞画，均与抒写诗人的性格抱负和人生追求密切结合，既是写景纪游、咏物赞画诗，也是个人抒情言志诗。其三，由于诗人的精神性格与所咏的对象高度契合，构思写作时又全神贯注，心物相融，因此不但能传所咏对象之神，亦能传诗人自己的精神风采。

夜宴左氏庄〔一〕

风林纤月落〔二〕，衣露净琴张〔三〕。
暗水流花径，春星带草堂〔四〕。
检书烧烛短〔五〕，看剑引杯长〔六〕。
诗罢闻吴咏〔七〕，扁舟意不忘〔八〕。

校注

〔一〕左氏庄，左姓人家的庄园。左氏不详何人。诗约为开元末天宝初杜甫在洛阳期间所作。

〔二〕风林，《全唐诗》校：一作“林风”。纤月，指一弯上弦新月。

〔三〕净，《全唐诗》校：一作“静”。张，本指拉紧琴弦，此处引申为操琴弹奏。江淹《恨赋》：“浊醪夕引，素琴晨张。”

〔四〕带，映照、映带。阴铿《渡青草湖》：“带天澄迥碧，映日动浮光。”

〔五〕检书，寻检图书。

〔六〕看剑，观赏宝剑。引杯，举杯，即饮酒。引杯长，指一边喝酒，一边细赏剑，故不觉时间已长。看剑，《全唐诗》校：一作“说剑”，一作“煎茗”。均非。

〔七〕吴咏，用吴地方言吟咏（刚做成的诗）。座客中或有吴人，故用吴语吟咏。

〔八〕杜甫开元二十年（732）至二十三年曾游吴越。其地多水，常舟行，故云：“扁舟意不忘”。此处虽用范蠡乘扁舟游五湖的字面，但意与隐逸无关。其《壮游》云：“东下姑苏台，已具浮海航。到今有遗恨，不得穷扶桑。王谢风流远，阖庐丘墓荒。剑池石壁仄，长洲荷芰香。嵯峨阊门北，清庙映回塘。每趋吴太伯，抚事泪浪浪。枕戈忆勾践，渡浙想秦皇。蒸鱼闻匕首，除道哂要章。越女天下白，鉴湖五月凉。剡溪蕴秀异，欲罢不能忘。归帆拂天姥，中岁贡旧乡。”可见此次漫游吴越，曾到过金陵、苏州、越州等地，访问过当年的名胜古迹。此句所谓“扁舟意不忘”当指对当年吴越之游的一系列美好记忆，而非乘扁舟浮五湖的隐逸之意，此时之杜甫正热衷于功名仕进之事，不可能产生隐逸之志。

笺评

黄彻曰：“检书烧烛短”，烛正不宜观书，检阅时暂可也。（《碧溪诗话》）

赵彦材曰：唯其闻“吴咏”，故动扁舟之兴。（《九家集注杜诗》）

刘辰翁曰：（首句）是起兴。（“春星”句）景语闲旷。（末联下评）豪纵自然，结语萧散。（《唐诗品汇》卷六二引）

赵汸曰：寄兴闲远，状景纤悉，写情浓至。而开阖参错，不见其冗，乃此诗妙处。（《杜律赵注》卷上）

王慎中曰：无限情景，甚工。结虽潇洒，终属牵凑。（《五色批本杜工部集》）

李维桢曰：景象既真，口气又不凡。托兴写景，闲旷萧散，横纵自然。（《唐诗隽》）

胡应麟曰：（五律）仄起高古者："故乡杳无际，日暮且孤征"……苦不多得。盖初盛多用工偶起，中晚卑弱无足观，觉杜陵为胜："严警当寒夜，前军落大星"，"不识南塘路，今知第五桥"，"今夜鄜州月，闺中只独看"，"带甲满天地，胡为君远行"……皆雄深浑朴，意味无穷。然律以盛唐，则气骨有馀，风韵稍乏。唯"风林纤月落，衣露静琴张"，"花隐掖垣暮，啾啾栖鸟过"绝工，亦盛唐所无也。（《诗薮·内编》卷五）

唐汝询曰：此因夜饮而起避世之想也。月落露濡，净琴始设，入夜而饮也。暗水春星，写景之幽；花径草堂，纪地之逸。检书烧烛，论文之久也；看剑引杯，豪士之饮也。于是，坐客诗成，有为吴咏，使我闻之而意在扁舟，盖将浮五湖而慕鸱夷也，（《唐诗解》卷三十四）

陆时雍曰：中联精卓，是大作手。（《唐诗镜》）

张伯复曰：诗家妙处，只在虚字。古今传子美佳句，至"春星带草堂"，无不绝赏。然春星、草堂有何妙处？只一"带"字，便点出空中景象。如"玉绳低建章"，"低"字亦然。（明范濂《杜律选注》卷一引）

王嗣奭曰："风林"应作"林风"，才与"衣露"相偶，而夜景殊胜。若作"风林"，则似月落林间，而意味索然矣。"衣"，琴衣也。衣已沾露，净琴犹张，见主人高兴。琴未弢衣，故用"净"字，新而妙。吴咏、巴歈皆古曲名，犹今之昆山（腔）、弋阳（腔）是也。束语触目生情，豪纵萧散。（《杜臆》）

周珽曰：风流跌宕，玉媚花明，置之七宝台中，恐随风飞去。（《删补唐诗选脉笺释会通评林·盛五律》）

唐陈彝曰：末有深思。（同上引）

钱谦益曰：此诗作于游吴之后，故闻吴咏而起扁舟之兴也。（《钱注杜诗》）

朱鹤龄曰：公未得乡贡之前，游吴越；下第之后，游齐赵。此诗云："诗罢闻吴咏，扁舟意不忘。"则是游齐赵时作。未详左氏庄在何郡，旧次

在《过宋之问旧庄》后，亦当在河南。（仇兆鳌《杜少陵集详注》卷一引）

顾宸曰：看此诗，鼓琴看剑，检书赋诗，生平乐事无不具。风林初月、夜露春星，以及暗水花径、草堂扁舟，天文地理，重叠铺叙一首中，浑然不见痕迹，却逐联紧接，一气说下，八句如一句，总说得“夜宴”二字。（《辟疆园杜诗注解》五律卷一）

王夫之曰：自然好律诗，不愧其祖。（《唐诗评选》）

黄生曰：夜景有月易佳，无月难佳。三、四就无月时写景，语更精切。“暗水流花径”，妙在“暗”字，乃闻其声而知之。“春星带草堂”，妙在“带”字，与“江满带维舟”，一则形容维舟之孤，一则形容春星之密。用意俱各精绝。五、六下三字因上二字，谓之“上因句”。“罢”字即平声成字，此客诗成，喉中作吴音，朗然高咏，想见可笑，有三分诗七分读之意。赵子常云：“闻吴咏而思昔游，是摆开说”，予谓宴会诗作如此结，可知席上宾主皆无足与周旋矣。用意高傲，人却不知。诗中写景，则有风、露、星、月，叙事则有琴、书、剑、诗、酒，而不见堆塞，叹其运用之妙。（《杜诗说》卷四）又曰：尾联拓开。（《唐诗摘抄》卷一）

王士禛曰：起甚有风趣。结远。（《带经堂诗话》）

陆辛斋曰：前四极鲜藻之思，仍是浑浑。（刘濬《杜诗集评》引）

朱彝尊曰：五、六二句雅所不喜。（同上引）

邵长蘅曰：起句可画，接又别。（《五色批本杜工部集》）

查慎行曰：好景只要眼前，写得远近离合，不可端倪。（《杜诗集评》引）

李天生曰：“夜宴”只轻带。通首拈景说，格力最高。（同上引）

吴庆百曰：秀润是初唐体。（同上引）

许晦堂曰：清丽。起联六朝语，景语闲旷，结趣萧散。（同上引）

史流芳曰：四十字中只得一“杯”字，说“夜”字处偏多。盖说“宴”字俗，说“夜”字雅，此系虚胜系实也。（《固说》）

吴昌祺曰：三承二，四承一，中有暗脉。（《删订唐诗解》）

何焯曰：月落露滋，夜转深矣。星残烛灺，将达曙矣。鸣琴检书，说剑赋诗，所以终夜引杯，宾主不厌倦也。旧游因此不忘，况兹夕有不往来于怀者乎？“暗水流花径”，入夜群动俱息，乃闻暗水，此句最妙。“看剑引杯长”，题是夜宴，故以引杯总上言之。（《义门读书记》）

仇兆鳌曰：月落露浓，静琴始张，入夜方饮也。水暗星低，夜宴之景；检书看剑，夜宴之事。公弱冠曾游吴越，故闻吴咏而追思其处。（《杜少

陵集详注》卷一）

周篆曰：检书以考证，看剑而吟哦，此时正赋诗也。末句“诗罢”乃倒插法。（《杜少陵集详注》卷一引）

贺裳曰：“检书烧烛短，看剑引杯长。”一作“说剑”，“说”字不如“看”字之深。（《载酒园诗话》）

吴乔曰：“检书烧烛短，看剑引杯长。”村夫子语。昔人谓此诗非子美作，余以此联定之。（《围炉诗话》）

浦起龙曰：此诗意象都从“纤月落”三字涵咏出来，乃春月初三、四间天清夜黑时作也。“月落”则坐之，故接“衣露”字。“静琴张”，设而未必弹也。三、四中有诗魂。“烛短”“杯长”，已到半酣时节，知前半皆宴时景也。“吴咏”恐是櫂歌欸乃之声，故忽动“扁舟”之兴。此声正得之吟成之顷者，故以“诗罢”字作点逗。自然流出，静细幽长。黄生云：“夜景有月易佳，无月难佳。”按：此偏于无月中领趣。（《读杜心解》卷三）

杨伦曰：结有远神。（《杜诗镜铨》卷一）

黄叔灿曰：通首俱写夜景。（《唐诗笺注》）

胡本渊曰：写景浓至，结意亦远。杜律如此种，骨气有馀，不乏风韵。虽雅近王、孟，实为盛唐独步。（《唐诗近体》）

陈贻焮曰：诗写得很妩媚很别致……描绘琐细而浑然不见痕迹，只觉风韵绝妙，情意深长。（《杜甫评传》上册第65页）

鉴赏

秦观谓“杜子美之诗，实积众家之长……穷高妙之格，极豪逸之气，包冲淡之气，兼峻洁之姿，备藻丽之态，而诸家之作所不及焉”（《淮海集》卷二十二《韩愈论》）。王世懋亦谓：“少陵故多变态，其诗有深句，有雄句，有老句，有秀句，有丽句，有险句，有拙句，有累句。后世别为‘大家’，特高于盛唐者，以其有深句、雄句、老句也；而终不失为盛唐者，以其有秀句、丽句也。”（《艺圃撷馀》）胡应麟则指出“盛唐一味秀丽雄浑，杜则精粗、经细、巧拙、新陈、险易、浅深、浓淡、肥瘦靡不毕具”（《诗薮·内编》卷四）。这些关于杜诗风格多样性的论述，似乎并没有引起评家、选家应有的注意。习惯了杜诗浓郁顿挫、苍老劲健、雄浑阔大诗风的选家，往往对《夜宴左氏庄》这类别具一格的作品视而不见，甚至武断地认为其非杜作。其实这首诗绝不仅仅是“藻丽”“秀丽”或“有秀句、丽句”而已，而是写出了具有浓郁诗情、鲜明画意而又极具氛围感的境界。

这是一个美好的春夜在左氏庄园举行的文士雅集。名虽曰“夜宴”，实则饮酒只是雅集的一项内容，而且目的不在饮酒本身，而是用以助兴的一种手段。明白这种雅集的性质，才能更好地领略品味诗境。

一上来先写“夜宴”的环境氛围：春夜温煦的微风轻轻地掠过树林，发出飒飒的声响，一弯纤纤新月，已经落下去了；衣裳上开始感到有露水的湿润，洁净的素琴已经调好琴弦，正在操琴弹奏，发出如流水般淙淙的清音。上弦月落得早，“纤月落”表明时已入夜；从“纤月落”到感知衣上沾露，暗示时间推移，夜已渐深。与贵显之家的宴会钟鸣鼎食不同，文士的雅集弹奏的是典型的清雅之乐——素琴。“琴”而曰“净”，正反映出与宴者的身份与品位。弹琴本身，就是文士雅集的一项内容。这一联写了飒飒风声、琮琮琴声，但整个氛围给人的感受却是静谧清幽，和煦的微风和素琴的清韵反倒给月落后的暗夜增添了一份静谧感。试想连衣裳沾露都能为与宴者所感知，则周遭之寂静可知，与会者侧耳静听素琴之清韵之状亦可想。

三、四两句仍续写环境氛围。出句仰视，对句俯听。月落之后，繁星闪烁、布满夜空。在暗夜朦胧之中，但闻流水之声潺潺，猜想当是沟水缓缓淌过花径发出的声响；草堂之上，繁星点点，映照闪烁。两句中“暗”字“带”字，均极精工细腻而传神。水流花径之景，如在日间，则为极平常的景色，但在夜间，却只能凭细致敏锐的听觉方能感知，且只有在周遭环境一片静谧时才能察觉，着一“暗”字，境界全出，不但仿佛可见暗夜中水流花径之状，而且可见诗人侧耳倾听、细加欣赏之态，连周围的静谧氛围也透露出来了。草堂上空有星光闪烁，亦属常景，着一“带”字，则不但可见星光照映下草堂模糊的剪影，而且可见春星低垂于草堂之上的情景，极具画意。这一联较之首联，似乎纯写环境氛围而无人的活动（首联犹有“净琴张”的活动），实则整个夜宴就在这种氛围中进行。从诗人的用笔看，似感兴趣的并不单是夜宴的各项活动（如开头提及的弹琴，后面提到的检书、看剑、赋诗），而且似乎更对“夜宴左氏庄”的整个环境氛围感兴趣。正像在喧嚣嘈杂、繁华热闹的大酒店参加宴会与在风景佳胜的大自然环境中参与雅集，感觉完全不同。在“暗水流花径，春星带草堂”这样一个静谧、温煦，充满诗情画意的环境中参与雅集，这氛围本身就是心灵的美妙享受。

腹联正面描写文士雅集的两项活动：一是寻检书籍，二是观赏宝剑。二者分别代表文士雅好的两个方面：文事与武事。书与剑，在唐代士人的诗中每相并提，如高适《入日寄杜二拾遗》之“一卧东山三十春，岂知书剑老风尘”，温庭筠《过陈琳墓》之“莫怪临风倍惆怅，欲将书剑学从军”。士人雅集，谈论学问，相互辩论，吟诗作赋，数典用韵，不免要寻检有关的书籍，因为寻找的时间比较长，故蜡烛已经烧短，也表明夜宴已经进行了相当长的一段时间。主人或来客中有宝剑，引起大家的浓厚兴趣，互相仔细观赏称叹，一边喝酒，一边细赏，喝酒的时间也拖得很长。两句都写出在“检书”“看剑”的过程中时间的推移，也透露出与宴者兴致之浓。

尾联提及文士雅集的另一项活动——赋诗，却并不像“检书”“看剑”那样作具体描写，而是就势推开作结。文士雅集，赋诗应是一项主要活动。实际上这项活动从一开始就在进行，在弹琴、听乐、检书、看剑乃至观赏周遭景物的过程中一直伴随着诗的构思与吟哦，但诗人均隐而不发，至此方用“诗罢”二字轻轻点出，笔墨经济而笔意超妙，显示出与会的文士们写诗乃是伫兴而就，而非刻意苦吟。正当诗成之际，忽闻座中有人用吴地方言吟咏自己的新诗，勾起诗人对此前来扁舟畅游吴越旧事的美好回忆，全诗就在这荡漾不尽的余情中悠然收住，展现出悠远的境界。这个结尾，与“夜宴左氏庄”这个题目若即若离，透露出诗人在充分领略夜宴的美感与快感的同时，对于更广远世界的向往。

诗的风格明秀清丽，极具诗的情韵、意境和浓郁的氛围感，又极具鲜明的画面感——包括静态和动态的画面，其中又隐隐透出安定繁荣的时代气息。

春日忆李白〔一〕

白也诗无敌〔二〕，飘然思不群〔三〕。
清新庾开府〔四〕，俊逸鲍参军〔五〕。
渭北春天树〔六〕，江东日暮云〔七〕。
何时一樽酒，重与细论文〔八〕？

校注

〔一〕作于天宝六载（747）春杜甫到长安后不久。

〔二〕无敌，无敌手，无与伦比。《礼记·檀弓上》："为伋也妻者，是为白也母。"或谓语本此。

〔三〕飘然，形容诗思之高远飘逸。思不群，诗思卓越不凡。左思《咏史》之三："功成不受赏，高节卓不群。"

〔四〕庾开府，即庾信。原仕梁，后入北周，为骠骑大将军、开府仪同三司。生平详参《周书》及《北史》本传。

〔五〕俊逸，俊迈洒脱。鲍参军，即鲍照。刘宋著名诗人，曾任临海王子顼前军参军。生平详参《宋书》及《南史》本传。

〔六〕渭北，渭水北岸。此借指诗人所在的长安。

〔七〕江东，长江以东的吴越地区。此指李白当时所在的浙江一带。李白诗中曾称越州会稽为江东。如《重忆一首》："欲向江东去，定将谁举杯？稽山无贺老，却棹酒船回。"

〔八〕论文，即论诗。

笺评

蔡宽夫曰：予为进士时，尝客于汴中逆旅，数同行亦论杜诗。旁有一押粮运使臣，或顾之曰："尔亦尝观杜诗乎？"曰："平生好观，然多不解。"因举"白也诗无敌"相问："既言'无敌'，安得却似鲍照、庾信？"时座中虽笑之，然亦不能遽对，则士亦不可忽也。（《蔡宽夫诗话》）

姚宽曰：杜甫《忆李白》诗云："俊逸鲍参军。"亦有讥焉。（《西溪丛语》卷下）

胡仔曰：庾不能俊逸，鲍不能清新，白能兼之，此其所以"无敌"也。武弁何足以知之！（《苕溪渔隐丛话》）

陈正敏曰：或谓评诗者，以甫期白太过，反为白所诮。王荆公曰："不然，甫赠白诗，则曰：'清新庾开府，俊逸鲍参军。'但比之庾信、鲍照而已。"又曰："'李侯有佳句，往往似阴铿。'铿之诗，又在鲍、庾下矣。'饭颗'之嘲，虽一时戏剧之谈，然二人者，名既相轧，亦不能无相忌也。"（《诗林广记》引《遁斋闲览》）

赵彦材曰：此诗破头两句已对呼人名为某也，起于《左传》。（《九家集注杜诗》）

洪迈曰：李太白、杜子美在布衣时，同游梁、宋，为诗酒会心之友。以杜集考之，其称太白及怀、赠之篇甚多，如“李侯金闺彦，脱身事幽讨”……“白也诗无敌，飘然思不群。”凡十四五篇。（《容斋随笔》）

杨慎曰：杜工部称庾开府曰“清新”。清者，流丽而不浊滞；新者，创见而不陈腐也。（《升庵诗话》卷九《清新庾开府》）

王慎中曰：“渭北春天树”，淡中之工。（《五色批本杜工部集》）

李维桢曰：友情友义，一字一心。又曰：渭北，子美所居；江东，白之所居。因地起怀，因怀起咏。（《唐诗隽》）

郎瑛曰：杜言李白“世人皆欲杀，吾意独怜才”，“李白斗酒诗百篇”，“清新庾开府，俊逸鲍参军”。似皆重其才也。（《七修类稿》）

胡应麟曰：杜用事门目甚多，姑举人名一类，如“清新庾开府，俊逸鲍参军”，正用者也。（《诗薮·内编》卷四）

唐汝询曰：白诗所以无敌者，由思之能迈越侪伍，才足以笼络庾、鲍耳。盖二家各有所长，李能兼之，则无敌矣。如是之人，正宜以文相友。今我居渭北，彼游江东，春树暮云，景各抱怅，安得共此一樽，复如曩日之论文乎！（《唐诗解》卷三十四）

唐陈彝曰：“飘然思不群”五字，得白之神。（《删补唐诗选脉笺释会通评林·盛五律》）

唐孟庄曰：杨用修谓杜以“细”讥李之粗，是苏、黄调谑，恐李、杜未必有此。（同上引）

王嗣奭曰：前四句真传神手，至今李白犹在。五、六但即彼己所在之景，而怀自可想见；所以怀之者，欲与“论文”也。公向与白同行同卧论文旧矣，然于别后，另有悟入，因忆向所与论犹粗也。（《杜臆》）按：仇注引末数句为“因忆向与言，犹粗而未精，思重与论之。此公之笃于交谊也”。

金圣叹曰：先生之爱李侯，乃至论文不敢一毫假借，但未脱身时，或得细论；既脱身后，遂不得细论，此所以思之不置也。又曰：岂谓李侯“诗”又“无敌”，“思”又“不群”耶？如是岂复成语！盖是一纵一擒言之……“白也”对“飘然”，妙绝！只如戏笔。“白也”字出《檀弓》。又曰：此诗不独当时针砭李侯，亦且嘉惠后贤多少！（《杜诗解》）

朱鹤龄曰：公与太白之诗，皆学六朝，前诗以李侯佳句比之阴铿，此又比之庾、鲍，盖举生平所最慕者以相方也。王荆公谓少陵于太白，仅比以鲍、庾，阴铿则又下矣。或遂以“细论文”讥其才疏也，此真瞽说。公诗云“颇学阴何苦用心”，又云“庾信文章老更成”，又云“流传江鲍体，相顾免无儿”。公之推服诸家甚至，则其推服太白为何如哉！荆公所云，必是俗子伪托耳。（仇兆鳌《杜少陵集详注》卷一引）

黄周星曰：此诗日日在人眼前，日日在人口中，然反复观之，终不可废。（《唐诗快》）

徐增曰：此作前后解，截然分开，其明秀之气，使人爽目……“渭北春天树，江东日暮云”，“渭北”下装“春天树”，“江东”下装“日暮云”，三字奇丽，不灭天半朱霞也。前后六句赞他者，是诗；与他细论者，也是诗。而此二句忽从两边境界写来，凭空横截，眼中直无人在。（《而庵说唐诗》）

黄生曰：两句对起，却一意直下，诗中多用此法。唯其“思不群”，所以“诗无敌”，又是下因法。清新似庾开府，俊逸似鲍参军，径作五字，是谓硬装句，五句寓言己忆彼，六句悬度彼忆己。七、八遂明言之：何时重与樽酒相对，细酌论文，以分装成句。六朝以来，通谓诗为“文”。一结绾尽通篇之意。六季绮靡，惟庾、鲍独有骨气，在当时诚出群之英。今白之才思飘然不群，清新俊逸，惟庾、鲍可拟，目前洵无其敌也。从来怀人之作，多因时物以起兴，但出景不同，则系其人之手笔。如此诗本以清新、俊逸目李，五、六二语，不必有意拟似，觉“清新”“俊逸”四字意象浮动其间，此以神遇，不以力造者也。（《杜诗说》卷四）又曰：对渭北春天树，望江东日暮云，头上藏二字，名“藏头句”。五己地，六彼地，怀人诗，必见其所在之地；送人诗，必见其所往之地，诗中方有实境移不动。（《唐诗摘抄》卷一）

朱之荆曰：庾信为开府之官，鲍照为参军之官。五、六两地拆开，方叫得起末句。上四称其才，下乃春日有怀，论文应转前半。（《增订唐诗摘抄》）

顾宸曰：天宝五载春，公归长安，白被放浪游，再入吴，诗必此时所作。（仇兆鳌《杜少陵集详注》卷一引）

王士禛曰：止许其清新、俊逸耳，尚嫌不细。拈出“细”字，亦是阅者意之所及，非及作者之意。（刘濬《杜诗集评》引）

宋荦曰：颔联铢两恰当。（同上引）

查慎行曰：前云“似阴铿”，此乃拟之庾、鲍，总不以时流目之，同一推许意。（《初白庵诗评》）又曰：通首以“诗”字作主。（《杜诗集评》引）

李天生曰：“清新”“俊逸”，尽诗之能事矣。（《杜诗集评》引）

陆辛斋曰：通首有气格。（同上引）

宋长白曰：太白生于武后圣历二年己亥，子美生于睿宗先天元年壬子，相望已十四年，则太白实前辈也。杜诗于人，或称官阀，或称爵里，或曰丈人，或曰先生，而于太白辄呼其名者，意是忘年之交，不妨尔汝也。（《柳亭诗话》）

史流芳曰：“白也”二字直点题，“诗”字吃紧，下三句赞诗，所以怀白也。“渭北”“江东”，言地之远也，为下“何时”字作势，一点“春”字，一点“日”字。末二句正“怀”字意。（《固说》）

仇兆鳌曰：上四，称白诗才；下乃春日有怀。才兼庾、鲍，则思不群而当世无敌矣。杯酒论文，望其竿头更进也。公居渭北，白在江东，春树暮云，即景寓情，不言怀而怀在其中。（《杜少陵集详注》卷一）

何焯曰：“清新庾开府”一联，承“无敌”；“渭北春天树”四句，“春日忆”。（《义门读书记》）

张谦宜曰：“渭北春天树，江东日暮云。”景化为情，造句三昧也。似不用力，十分沉着。（《絸斋诗谈》卷四）

浦起龙曰：公归长安，白在东吴，思之而作也。此篇纯于诗学结契上立意。方其聚首称诗，如逢庾、鲍，何其快也。一旦春云迢递，细论无期，有黯然神伤者矣。四十字一气贯注，神骏无匹。或以“细论文”为讥其才疏，或以为别后悟入，比前更细。又或以五、六为怀其人，前后为怀其文。种种瞽说，皆当一扫而空。（《读杜心解》卷上）

乔亿曰：杜诗“俊逸鲍参军”，“逸”字作“奔逸”之逸，才托出明远精神，即是太白精神，今人多作闲逸矣。（《剑溪说诗》卷上）

纪容舒曰：公与白周游齐、鲁，彼此赠答，盖尝细论矣。今别后追思，觉他人无可与语，故欲得白重细论之。但渭北、江东，遥遥难即，樽酒相对，未知在何时耳。眷眷不忘，实有“微斯人，吾谁与归”之感。或以为太白之诗豪而未细，或公欲以法律针砭之，则不特未悉二公之本末，并本句“重”字亦未留意矣。（《杜律详解》卷一）

《唐宋诗醇》：颔联遂为怀人粉本，情景双关，一何蕴藉。（卷十三）

沈德潜曰：少陵在渭北，太白在江东，写景则离情自见。（《重订唐诗别裁集》卷一）

黄叔灿曰：此诗最妙在首二句，领得有神。（《唐诗笺注》）

吴瑞荣曰：诗得洒然，于太白本分无一语夸张。（《唐诗笺要》）

杨伦曰：首句是阅尽甘苦上下古今，甘心让一头地语。窃谓古今诗人，举不能出杜之酒围，惟太白天才超逸绝尘，杜所不能压倒，故尤心服，往往形之篇什也。（《杜诗镜诠》卷一）又引蒋云"细"字对三、四句看，自有微意。（眉批）

李调元曰：杜少陵诗："白也诗无敌，飘然思不群。清新庾开府，俊逸鲍参军。渭北春天树，江东日暮云。何时一樽酒，重与细论文。"又不似称白诗，亦直公自写照也。（《雨村诗话》卷下）

鉴赏

自从天宝三载（744）初遇李白到写这首诗时，杜甫已经陆续写了《赠李白》五古、七绝各一首，又有《与李十二白同寻范十隐居》《冬日有怀李白》各一首。这首作于天宝六载春的《春日忆李白》是杜甫天宝年间赠李诸诗中流传最为广远的一首。它本是一首充满深挚情谊的思念远方诗友的作品，却因李、杜在后世的齐名并称与评论者的抑扬轩轾而引发对诗意的误解，这恐怕是李、杜当时根本就没有料想到的。

对杜甫来说，李白最使他倾倒的无疑是其杰出的诗才，数载同游的生活中，登临怀古，饮酒赋诗，是一项重要的内容。因此，这首怀想李白的诗，首先便从赞其诗写起。首联赞其诗名与诗思。李白年长杜甫近一纪，称得上是杜甫的前辈诗人，但杜甫却直以"白也"开端，直呼其名，显示出两人之间情同手足的亲切关系。仇注说"白也"是用《礼记·檀弓》上的"是为白也母"的句法，把本来是朋友间亲切称呼"白也"（相当于李白啊）变成掉书袋，未免有些煞风景。作此诗时，李白的一大批代表性作品虽已问世，但其后还有相当长的一段创作历程，诗歌的内容和风格都还有重要发展，杜甫却已下了断语，称其"诗无敌"。杜甫一生，称美的前代和当世的诗人甚多，但从来没有用"诗无敌"来称扬他人的。即此三字，就可扫却历代一切妄加猜测的评论。仔细想来，这"诗无敌"的赞语又十分中肯，即以李白当时已经取得的创作成就而论，确实已超越了同时代的所有诗人而居于"无敌"的地位。

第二句“飘然思不群”是极赞其诗思的。诗思所包含的内容甚广，既包括诗歌所表现的思想情趣、风采个性，也包括诗的构思和表现，甚至可以包括对自然社会人生的一切具有诗意的景象的感受、捕捉能力。对这种杰出的诗思，杜甫除了用“不群”来突出其卓越不同凡响和富于个性以外，又用“飘然”来形容其高远飘逸，具有“诗仙”的色彩。这种诗思，既有别于一切苦咏之辈，也有别于杜甫之沉郁顿挫。这两句可能存在着因果关系（前果后因），但读来却似一气呵成。妙在对偶工整，尤妙在以“白也”对“飘然”，虚字句中为对，却极富诗趣而无酸腐之气，可称创举。

颔联盛赞其诗风。庾信与鲍照，是六朝诗人当中杜甫经常提到并给予很高评价的。庾信对杜甫诗歌创作的影响尤其深巨。但杜甫对庾信的继承，主要在其“老成”的一面，此处却标举其“清新”的一面来盛赞李白。李白诗歌，既豪放而又飘逸，但都具有“清水出芙蓉，天然去雕饰”的共同风格，以“清新”赞李白之基本诗风，可谓慧眼。鲍照诗歌对李白七言歌行的影响亦同样深巨，此处以“俊逸”称其诗，当指其诗风俊迈洒脱，超群拔俗。乔亿《剑溪说诗》卷上：“鲍明远五言轻俊处似三谢，至其笔力矫捷，直欲与左太冲、刘越石中原逐鹿矣。七言歌行，寓廉悍于藻丽中，江东三百年，允称独步。”又云：“杜诗‘俊逸鲍参军’，‘逸’字作‘奔逸’之逸，才托出明远精神，即是太白精神。”既提到其“俊”，又提及其“逸”。他所理解的“逸”实与今称李白的诗风既豪放又飘逸相近。然则这一联可以说正概括了李白诗既豪放飘逸又清新自然的特征。一千三百年前同时代的杜甫，对李白诗风的把握如此精到，不得不令人叹服。或以为杜甫仅以庾、鲍许李白，是小看了李白，这是对诗意的误解。杜甫的原意是赞李诗清新处似庾，俊逸处似鲍，并没有说李白之诗才及成就如庾、鲍。而且杜甫即使再极赞李白，也不大可能对一个在世的诗友作盖棺论定式的历史地位的评价。后世的评论者在李、社的历史地位已定之后，责怪杜甫止以庾、鲍许李，没有肯定其在唐代乃至诗史上的地位，未免太缺乏历史观念了。何况如前所说，单凭“白也诗无敌”一语，就可看出杜甫对李白在当世诗坛崇高地位的认识是何等明确而坚定了。更何况，怀念诗友的诗，即使有赞扬评论其诗歌的内容，也非论诗诗，更非科学的论文。这首诗的前两联，赞李白之诗才诗思诗风，实际上都是“忆“的内容，是在对往昔同游论交的美好回忆中浮现其“飘然思不群”的诗人风貌和“清新”“俊逸”的诗风。今之读者觉得似乎是抽象评赞的诗句，在诗人构思和表现过程中却是伴随着鲜活的形象的。这两联对李白的评论固然精致，但在一气贯注中流露的对李白的倾倒羡慕和亲切热烈的感情同样使人受到强烈感染。

如果说前两联是回忆作为诗人的李白，那么腹联便是怀念作为友人的李白，尽管这两方面密不可分，但诗人在抒写时不妨有所侧重。这两句中“江东”“渭北”分别点李、杜二人所在之地，“春天”点季候，“日暮”点时间。“云”“树”点两地景物，分开来看，可以说每一个都极平常，但当诗人将它们组成一个没有任何动词，只有名词和方位词的对句之后，却创造出情寓景中、兴在象外、含蓄无穷的艺术意境。不但显示出两位昔日的诗友如今一处渭北、一在江东，天各一方的情景，且表现出彼此面对眼前的云树（“春天树”与“日暮云”，系互文），默默思念对方的同时，遥想对方此时也正默默思念自己。妙在无一“忆”“思”之语，而无限思念之情溢于言表，以致“云树之思”成为朋友阔别之后互相思念的成语，“云树”也成了朋友阔别远隔的典型意象，白居易的“云树三分隔，烟波恨一津”（《早春西湖闲游怅然兴怀寄微之》），李商隐的“嵩云秦树久离居，双鲤迢迢一纸书”（《寄令狐郎中》），均从杜诗化出，后者更是可与杜甫此诗相媲美的名作。

尾联双绾以上两层意思作收：什么时候，才能重逢把酒，细论诗文呢？唐代是一个诗的时代，朋友之间作别赠诗，重逢谈诗，是唐人诗意生活的重要内容，更何况是诗友兼知音的重逢和把酒论诗呢？只有设身处地去想象那个浸透浓郁诗歌氛围的时代，才能真正体会到这两句诗中所充溢着的浓郁诗情和深挚友情。

在杜甫的五律中，这大概是写得最不着力、最自然流丽的作品，通篇看不到任何锤炼的痕迹，但却在一片神行中充满了深浓的情思，具有令人神远的意境。应该说，这仍然是典型的盛唐之音。

月　夜〔一〕

今夜鄜州月〔二〕，闺中只独看。
遥怜小儿女，未解忆长安〔三〕。
香雾云鬟湿〔四〕，清辉玉臂寒。
何时倚虚幌〔五〕，双照泪痕干？

校注

〔一〕天宝十五载（756）六月，潼关失守，杜甫携家逃难至鄜州之羌村。八月，闻肃宗在灵武（治今宁夏灵武西南）即位，只身奔赴，途中为叛军所俘，押送至已沦陷之长安。此诗即是年八月对月思念妻子儿女之作。

〔二〕鄜（fū）州，关内道鄜州洛交郡，治所在今陕西富县，南距长安四百七十七里。

〔三〕未解，不懂得。“忆长安”意可兼指小儿女与妻子之忆。忆，思念。

〔四〕香雾，形容妻子云鬟上涂抹的膏沐使笼罩着她的雾似乎也带上了香气。

〔五〕时，《全唐诗》校：“一作当。”虚幌，薄而透明的窗帷。

笺评

刘克庄曰：如《月夜》诗云“香雾云鬟湿，清辉玉臂寒”，则闺中之发肤，云浓玉洁可见。又曰：“何时倚虚幌，双照泪痕干。”其笃于伉俪如此。（《后村诗话》

刘辰翁曰：愈缓愈悲，俯仰具足。（“未解”句下批）（《唐诗品汇》卷六十二引）

方回曰：八句皆思家之言，三、四及“儿女”，六句全是忆内，与乃祖诗骨格声音相似。（《瀛奎律髓》卷二十二）

钟惺曰：“泪痕干”，苦境也，但以“双照”为望，即“庶往共饥渴”意。（《唐诗归》）

谭元春曰：“遍插茱萸少一人”“霜鬓明朝又一年”，皆客中人遥想家中相忆之词，已难堪矣。此又想其“未解忆”，又是客中一种愁苦。然看得前二绝意明，方知“遥忆”“未解”之趣。（同上）

王嗣奭曰：意本思家，而偏想家人之思我，已进一层。及念及儿女不能思，又进一层。须溪云：“愈缓愈悲。”是也。“云鬟”“玉臂”，语丽而情更悲。至于“双照”，可以自慰矣，而仍带“泪痕”说，与泊船悲喜、惊定拭泪同，皆至情也。又曰：鬟湿臂寒，看月之久也；月愈好而苦愈增，语丽情悲。末又想到聚首时对月舒愁之状，词旨婉切，见此老钟情之

至。（仇兆鳌《杜少陵集详注》引）

冯舒曰：只起二句，已见家在鄜州矣。第四句说身在长安，说得浑合无迹。五、六紧应“闺中”，落句紧接“鄜州”“长安”。如此诗是天生成，非人工碾就，如此方称诗圣。（《瀛奎律髓汇评》引）

王士禛曰：不言思儿女，情在言外。（《五色批本杜工部诗集》引）又曰：五、六二语不喜之。（同上）

吴庆百曰：苦语写来不枯寂，此盛唐所以擅场也。又曰：《月夜》奇妙。盖身在贼中而心思家室，代闺人言之也。“未解忆长安”，言不知长安消息，知汝父存亡何如。下代闺人，与月相并而论，凄绝痛绝。（《杜诗镜铨》引）

仇兆鳌曰：公对月而怀室人也。前说今夜月，为“独看”写意。末说来时月，以“双照”慰心。（《杜少陵集详注》卷四）

吴瞻泰曰：怀远诗说我忆彼，意只一层；即说彼忆我，意亦只两层。唯说我遥揣彼忆我，意便三层，又遥揣彼不知忆我，则层折无限矣。此公陷贼中，本写长安之月，却偏陡写鄜州之月。本写自已独看，却偏写闺中独看，已得遥揣神情。三、四又脱开一笔，以儿女不解忆，衬出空闺之独忆，故“云鬟湿”“玉臂寒”而不知也。沉郁顿挫，写尽闺中深情苦境。（《杜诗提要》卷七）

李因笃曰：苦语写来不枯寂，此盛唐所以擅场也。犹善画者，古木寒鸦，正是须一倍有致。（《杜诗集评》卷七引）

《拙存堂文集·杜诗纪闻》：此在长安月夜忆鄜州也。翻从鄜州说起，又不说闺中忆我，却说不解忆长安。忆鄜州，正面也；忆长安，对面也。去此两层单写旁面小儿，离奇变化，益见深情苦忆，笔法不可思议矣。王或庵先生云：“‘闺中只独看’之下，自应说闺中之忆长安，却接儿女二字，此借叶衬花也。”总之，古人善用反笔，善用旁笔，故有隐笔，有奇笔，今人曾梦见否？

何焯曰：“香雾云鬟湿”一联，衬拓“独”字，逼起落句，精神百倍，转变更奇。（《义门读书记》）

黄生曰：（“今夜鄜州月”）见地。（“遥怜”二句）流水对，上下映带。（“香雾”句）硬装句。（末二句）意在言外。又曰：子可言忆，内不可言忆，故题只云“月夜”。闺中虽有儿女相伴，然儿女不解见月即忆长安，我知闺中远忆长安，对月独垂清泪，香雾下而云鬟为湿，清辉照而玉臂生寒，何时人月双圆，庶几可干泪眼耳。言不忆见忆，是句中藏句法，言“干”见不干，是言外见意法。“照”字应“月”字，“双”字应“独”字。语意玲珑，章法紧密，五律至此无忝称圣矣。后人作此题，必不解入“鄜州”字，即其命题亦自不同，必云“月下忆内”，题下注云“时在鄜州”矣。不知学唐人之题，又安能学唐人之诗乎？俗解五、六径指儿女，只知承上联来耳。岂知上联正说闺中，儿女不过带见。首言“独”，末言“双”，紧紧相照，何曾离去半字！每叹注杜者如小乘禅，不能解粘去缚，岂能转如来正眼法藏哉！“倚”，犹“傍”也。（《杜诗说》卷四）又曰：尾联见意格。结云云，则今夕天各一方，泪无干痕可知。此加一层用笔法，题是“月夜”，诗是思家，看他只用“双照”二字，轻轻绾合，笔有神力。（《唐诗矩》）又曰：通首一气贯注，次联独看之故，三联实写独看，七合首句，八点“独看”。（《唐诗摘抄》卷一）

浦起龙曰：心已驰神到彼，诗从对面飞来。悲婉微至，精丽绝伦，又妙在无一字不从月色照出也。是时肃宗在灵武。自鄜北出，亦为贼得，知京畿旁邑皆戎马场矣。（《读杜心解》卷三）

沈德潜曰：“只独看”正忆长安。儿女无知，未解忆长安者苦衷也。反复曲折，寻味不尽。五、六语丽情悲，非寻常秾丽。（《重订唐诗别裁集》卷十）

纪昀曰：言儿女不解忆，正言闺人相忆耳。故下文直接“香雾云鬟湿”一联。虚谷以为未及儿女，殊失诗意。入手便摆落见境，纯从对面着笔，蹊径甚别。后四句又纯为预拟之词。通篇无一笔着正面，机轴奇绝。（《瀛奎律髓汇评》引）

许印芳曰：《三百篇》为始祖，少陵此等诗从《陟岵》篇化出。对面着笔，不言我思家人，却言家人思我；又不直言思我，反言小儿女不解思我，而思我者苦衷已在言外。五、六紧承“遥怜”，按切“月夜”。写闺中人，语要情悲。结语“何时”与起句“今夜”相应，“双照”与起句“独看”相应。首尾一气贯注，用笔精而远法密，宜细玩之。（同上引）

钱良择曰：（“未解”二句）映出上“独看”也。意虽直下，字句未尝不对。（《唐音审体》）

朱之荆曰：有儿女，则不独矣，而“解忆”长安者，只有闺中一人也。五、六是对月忆远，久立无聊景象。已忆闺中，反忆闺中忆己，对面着笔，更见深厚。（《增订唐诗摘抄》

杨伦曰："独""双"二字，一诗之眼。（《杜诗镜铨》卷三）

邵长蘅曰：一气如话。（《杜诗镜铨》卷三引）

卢𬀩曰：此杜老初年始解言情之作。三、四正用形闺中独看人可念耳。五、六仍极写之，结笔正无聊作兴语。（《闻鹤轩初盛唐近体读本》）

黄叔灿曰：通首意在"只独看"三字。（《唐诗笺注》）

吴瑞荣曰：起笔平浅，后面便易见长。（《唐诗笺要》）

管世铭曰："香雾云鬟湿，清辉玉臂寒。"伉俪之情也。（《读雪山房唐诗钞》）

李调元曰：诗有借叶衬花之法。如杜诗"今夜鄜州月，闺中只独看"，自应说闺中之忆长安，却接"遥怜小儿女，未解忆长安"，此借叶衬花也。总之，古人善用反笔，善用傍笔，故有伏笔，有起笔，有淡笔，有浓笔。今人曾梦见否？（《两村诗话》）

施补华曰：诗犹文也，忌直贵曲。少陵"今夜鄜州月，闺中只独看"，是身在长安，忆其妻在鄜州看月也。下云："遥怜小儿女，未解忆长安"，用旁衬之笔。儿女不解忆，则解忆者独其妻矣。"香雾云鬟""清辉玉臂"，又从对面写，由长安遥想其妻在鄜州看月光景，收处作期望之词，恰好去路。"双照"紧对"独看"，可谓无笔不曲。（《岘佣说诗》）

吴汝纶曰：专从对面着想，笔情敏妙。（《唐宋诗举要》卷四引）

鉴赏

读这首诗，要避免两个误区：一是将诗人发于自然的深挚感情理解为刻意追求用意与笔法的深曲；二是将诗人的感情神圣化，不敢面对诗中已经明显表现出来的绮思柔情。不走出这两个误区，都不可能真正了解真实的杜甫。

这是一首在战乱年代的大背景下，身处沦陷区的诗人在京城长安对月思家的诗。题为"月夜"，这月便是诗中所有思绪的触发物和寄托物。但诗的一开头却似完全撇开身处长安，对月思家这层诗人原就存在的感情意绪，而直书"今夜鄜州月，闺中只独看"，于是便有种种"从对面写来"一类的分析。其实，诗人这样写，完全是长安对月时自然产生的联想。由于自己身处长安，对月思家，便自然联想起在鄜州的妻子，此刻也正在对月怀想自己。在诗人来说，这原是长安对月的瞬间自然引发的感情，并非有意要运用"从对面写来”的艺术手法来表达自己思家的感情，而这种感情已自然包蕴其中了。感情深挚的夫妻之间这种由己及人的推想，完全发自内心，想到的首先是对方的处境与心情，这正是所谓深情体贴。这一联虽说直抒诗人对月时所想，但每一个词语都值得细加体味。说“今夜鄜州月，闺中只独看”，则意中自有往日在鄜州乃至长安时两人共对明月的情景作为参照。彼时虽或举家逃难，或生计艰难，但总能夫妻团聚，相濡以沫，而“今夜”之鄜州月，妻子却只能一人独看了。说“闺中只独看”，而己之独对长安月之意亦包于内。“独”字明写对方，实绾双方。而“看”字则“看”中含思，而思亦不单纯是思念，还包含着对对方处境的想象，安危的焦虑。“只”与“独”似重而非重，“独”强调的是一人独处的客观处境，“只”强调的是主观感情，是对这种处境的同情与体贴。“只独看”三字，直贯前三联，并暗逗结联。

“遥怜小儿女，未解忆长安。”这一联似又撇开“闺中”而另提“儿女”，其实，说小儿女不懂得思念在长安的父亲，正暗透妻子的“忆长安”。“忆长安”正是对第二句“独看”的“看”字的内涵的揭示。但这一联除暗透妻子之思念自己这层意思外，还直接流露出对小儿女的无限怜爱关切之情。小儿女不懂事，还不懂得思念处于危境中的父亲，这好像是庆幸他们的无忧无虑，实际上更透露出内心的悲悯，“怜”字中正含有深刻的意蕴。“未解”句还可以有另一层意思，即小儿女不理解母亲对远在长安的父亲的思念，这同样衬托出闺中妻子“独看”的孤寂和思念之苦。

“香雾云鬟湿，清辉玉臂寒。”这是诗人对远在鄜州的妻子今夜“独看”明月时情景的想象。由于久久凝望，思念在危城中的丈夫，不知不觉中夜已经深了，缥缈而似乎散发着香气的薄雾沾湿了如云的发鬟，月亮的清辉映照着洁白的手臂，似带寒意。“湿”“寒”二字，透露出凝望驰思时间之长，不言思忆而思忆之情自深，更体现出诗人对妻子的深情体贴，虽远隔却能细致入微地体察对方的感受，“寒”字还透露出对方的凄寒孤寂处境与心境。这一联词语相当绮艳，尤其是“香雾”“云鬟”“玉臂”等语，几近后世香艳词中用语，以致有的评家误以为这是诗人“初年始解言情之作”，而有的评家则囿于诗庄词媚的传统观念或出于对杜甫圣贤形象的固定看法，而“不喜之”，或认为此联非写其妻。其实，此联紧承“只独看”与“忆长安”，其所指对象极明显。关键是对杜甫其人，脑子里已经形成了严肃而稍带迂腐的印象，觉得如此绮艳的字眼用在年过四十的妻子身上，未免过于浪漫而不符合脑子里的杜甫形象罢了。其实，真正的杜甫是一个感情极真挚、极深厚、极丰富的诗人，无论对国家、人民、君主、朋友、妻子儿女乃至自然界的一切美好事物，都怀有至深至浓的感情。杜诗感染力之强烈而持久，这是一个至关重要的因素。梁启超说杜甫是“情圣”，这是独到而深刻的见解，既如此，在思念妻子的诗里既表现出自己的深情体贴，又表现出想象中妻子的美丽，就完全合乎情理，也符合杜甫的实际。王嗣奭说这一联“语丽而情更悲”，固然不错，但情悲与对妻子的怜爱并不矛盾，与写妻子形象的美丽也并不冲突。相反，这倒是给思念之深之苦增添了一点温婉清丽的色彩，使诗情诗境变得更加丰富动人了。

末联即由深长的思念引出，由“独望”思忆之苦之深引出对“双照”的热烈期盼。“倚虚幌”，即倚窗望月之省，但这回不再是“独望”，而是合家团圆，夫妻重聚，在明月清辉的映照下，双双拭去悲喜交集的泪痕了。说“双照泪痕干”，则今夜长安、鄜州两地对月，因思念而泪不干的情景自在言外。“倚虚幌”“双照”之语，想象中带有温煦的期盼；而“何时”一语，又在热烈期盼中带有渺茫无期的叹息。感情复杂，情味隽永。

全篇没有一字直接写到战乱的背景，但这绝非一般情况下的夫妻离别和相互思念。透过“只独看”“忆长安”“泪痕干”等词，可以感受到在长安、鄜州的阻隔中隐现出战乱的特殊氛围，联系杜甫在沦陷的长安域中所目睹耳闻的一系列战乱造成的残破景象和令人触目惊心的事物（像《春望》《哀江头》《哀王孙》《悲青坂》《悲陈陶》诸诗中所描绘的那样），可以体味出在“独看”“忆长安”中所包含的干戈离乱中特有的担心与焦虑、惶恐与不安。这正是此诗比一般写夫妻离别思念的诗更深挚动人的原因。

春　望〔一〕

国破山河在〔二〕，城春草木深〔三〕。
感时花溅泪，恨别鸟惊心〔四〕。
烽火连三月〔五〕，家书抵万金。
白头搔更短〔六〕，浑欲不胜簪〔七〕。

〔一〕春望，此指春天登高眺望（长安城）。作于唐肃宗至德二载（757）三月，杜甫在沦陷的京城长安期间。

〔二〕国破，国家残破。或谓“国”指京城长安，疑非。当时的中国北方大部分地区已在安史叛军铁蹄蹂躏之下，不仅是国都沦陷而已。如解为国都，与“山河在”配搭不上。

〔三〕城春的“春”与上句“破”字对文，带有动词意味。“城春”指春天又到来了长安城。草木深，形容草木因无人修整，杂乱荒芜。

〔四〕时，指时局、时事。二句谓因有感于国家残破的艰难时局而看花溅泪，因怀家人离散之恨而听鸟惊心。

〔五〕连三月，有二解：一谓从去年三月到今年三月，一谓春天中接连的三个月。似以后解为优。因为从去年三月到八月，杜甫一直和家人在一起，不存在“家书抵万金”的问题。

〔六〕搔，指因忧愁焦虑而下意识地用手搔头。

〔七〕浑，简直。不胜，不能承受。鲍照《拟行路难》：“白发零落不胜冠。”（按：《草堂诗笺》作“簪”）

笺评

司马光曰：古人为诗，贵于意在言外，使人思而得之，故言之者无罪，闻之者足以戒也。近世诗人，唯杜子美最得诗人之体。如“国破山河在，城春草木深。感时花溅泪，恨别鸟惊心”。山河在，明无馀物矣；草木深，明无人矣。花鸟，平时可娱之物，见之而泣，闻之而悲，则时可知矣。他皆类此，不可遍举。（《温公续诗话》）

方回曰：此第一等好诗，想天宝、至德以至大历之乱，不忍读也。（《瀛奎律髓》卷三十二）

刘辰翁曰：更深更长，乃不及此。（《李杜二家诗钞评林》引）

赵汸曰：“烽火”句，应“感时”；“家书”句，应“恨别”。但下句又因上句而生。发白更短，愁乱思家所致。（仇兆鳌《杜少陵集详注》卷四引）

唐汝询曰：此禄山陷京师，子美在贼而作。国破无馀，所存者山河耳。

城者，民人所居，当春而多草木，则无瞧类矣。花鸟所以消愁，今遇之而溅泪惊心，情绪可知也。盗多烽火，音书隔绝。日搔首其发，至于短不胜簪，非无聊之极耶！（《唐诗解》卷三十四）

钟惺曰：（“感时”二句）所谓“愁思看春不当春”也。（“家书”句）此句烂熟，入口不厌，于此更见身份。（《唐诗归》）

陆时雍曰：语语气浑。（《唐诗镜》）

周珽曰：末句流离老困，空白兴怀。又曰：气浑语楚。（《删补唐诗选脉笺释会通评林·盛五律》）

王嗣奭曰：落句方思济世，而自伤其志。簪，朝簪也。公诗有“归朝日簪笏”之句。（《杜臆》）

胡应麟曰：唐五言（律）多对起，沈、宋、王、李，冠裳鸿整，初学法门，然未免绳削之拘。要其极至，无出老杜，如“国破山河在，城春草木深”……浓淡深浅，动夺天巧，百代而下，当复无继。（《诗薮·内编·近体中》）

吴乔曰：“国破山河在，城春草木深”，言无人、物也。“感时花溅泪，恨别鸟惊心”，花鸟乐事而溅泪惊心，景随情化也。“烽火连三月，家书抵万金”，极平常语，以境苦情真，遂同于六经中语之不可动摇。（《围炉诗话》卷二）

陆辛斋曰：觉四十字更不可复益。（《杜诗集评》引）

邵长蘅曰：全首沉痛，正不易得。（《五色批本杜工部集》引）

查慎行曰：杜诗后人引作故实者，如“万金”，“屋乌”之类，不必更寻出处也。（《杜诗集评》引）

李天生曰：此诗之妙，前贤已悉言之，然正取景色相涵，不呆为情事刻语也。（同上）

吴庆百曰：促节急拍，自道苦肠，人皆知此怀，不能道出。（同上）

吴昌祺曰：从“搔首”透一步，而不复言明忧闷。（《删订唐诗解》）

黄生曰：簪，搔头具也。鲍照诗：“白头零落不胜簪。”此诗诸家竞选，反以为熟减价，兼语意亦少含蕴。有怪予不收此作者，以卢纶《长安春望》七言一律示之。（《杜诗说》卷十二）

仇兆鳌曰：此忧乱伤春而作也。上四春望之景，睹物伤怀。下四，春望之情，遭乱思家。（《杜少陵集详注》卷四）

佚名曰：写春望离乱，偏用“花溅”“鸟惊”字面，使其情更悲，而其

气仍壮，故能异于郊寒岛瘦，而与酸馅蔬笋者异矣。（《杜诗言志》卷三）

何焯曰：起联笔力千钧……“感时”心长，“恨别”意短，落句故置家言国也。匡复无期，趋朝望断，不知此身得睹司隶章服否，只以“不胜簪”终之，凄凉含蓄。（《义门读书记》）

浦起龙曰：温公说是诗有人、物散亡，意在言外之叹。赵汸说是诗明照应相生、引伸作法之端。其实词旨显浅，不须疏解。（黄）鹤云：“三月”，季春三月也。按：自禄山祸起，至此已一年馀，鹤说良是。但如此则不成句法矣。考史：上年之春，潼关虽未破，而寇警不绝。此云“连三月”者，谓连逢两个三月。诗作于季春，故云然耳。（《读杜心解》卷三）

纪昀曰：语语沉着，无一毫做作，而自然深至。（《瀛奎律髓刊误》）

黄叔灿曰：“搔更短”“不胜簪”，总不肯寻常下一语。（《唐诗笺注》）

张谦宜曰：“烽火连三月，家书抵万金”，侧串乃见其妙。（《絸斋诗谈》）

沈德潜曰：“溅泪”“惊心”，转因花、鸟，乐处皆可悲也。又曰：五、六直下。（《重订唐诗别裁集》卷十）

施补华曰：“感时花溅泪，恨别鸟惊心”，“无风云出塞，不夜月临关”，是律句中加一倍写法。（《岘佣说诗》）

王闿运曰：此等悲壮句，杜所独擅。（《手批唐诗选》）

陈衍曰：老杜五律，字调似初唐者，以“国破山河在”一首为最。（《石遗室诗话》）

吴汝纶曰：字字沉着，意境直似《离骚》。（《唐宋诗举要》卷四引）

这是杜甫在沦陷了的京城长安写的一首感时恨别的五律。从头一年八月身陷长安到写这首诗时，已经八个月了。因为诗是写春天登高眺望长安时的所见所感，故题为“春望”。

“国破山河在，城春草木深。”起联正面点明题目“春望”，“山河”“草木”都是望中所见。“国破”点明特定的时代背景，“春”点明时令。国家残破了，山河还依然在目；春天又来到了长安城，眼前所见却是草木丛生，一片荒芜景象。两句感情深沉凝重，表现凝练含蓄。“国破”二字当头喝起，概括了自天宝十四载（755）十一月安禄山从范阳起兵反叛，长驱南下，连续攻陷洛阳、潼关、长安，玄宗仓皇奔蜀，北中国的大片国土沦于叛军铁峰之下的惨状和人民遭到的巨大灾难，为全诗抒情写景提供了一个大的时代背景。“山河在”，表面上是说，山河还存在，还依然如故，但这里面却包蕴深厚丰富，感慨深沉凝重，关键就在句末那个看来很平常的“在”字，当它和“国破”一联系起来，就有了特殊的含义：山河虽然还在，但诗人所熟悉和热爱的某些最宝贵的东西已经不在了；山河虽然似乎没有变化，但社会面貌却发生了沧桑巨变。杜甫亲身经历的“开元全盛日”，已经随着“国破”而“不在”了。山河不改，而江山易主。沦陷了的长安域，看到的是“群胡归来血洗箭，仍唱胡歌饮都市”的景象；放眼河山，则“青是烽烟白是骨”。因此这“在”正透露出另一面的“不在”，曲折含蓄而又沉痛，表达了诗人对国家人民所遭受的历史灾难的深沉感慨。

春天的长安城，本来是一片花团锦簇般的繁华景象。而现在呢？登高眺望，唯见“草木深”而已。这一“深”字也同样看似平易而实则十分锤炼。草木繁茂葱郁，本是春天特有的景象，平常它给人的感受是生机蓬勃，但着一“深”字，却变繁茂葱郁为杂乱丛生，变生机蓬勃为荒芜凄凉。满目春光，反而成了长安城萧条冷落的突出标志。从这里可以联想到遭受安史叛军洗劫焚烧后的长安城，到处是一片废墟，杳无人迹，寂无人烟，几乎变成一座死寂的空城了。而诗人目接此景时那种今昔盛衰的深沉感慨，触目惊心的强烈感受，也统统熔铸在这个“深”字当中。

“感时花溅泪，恨别鸟惊心。”“感时”的“时”特指时局，即国家残破的局面；“恨别”，即因长期与家人离别而抱恨。杜甫当时独自困居沦陷了的长安，一家老小则在鄜州，存亡未卜。“花”“鸟”二字之上实际上分别省略了“看”字“闻”字。两句互文，意谓由于感慨国事，深悲别离，因此看到花开反而迸泪，听到鸟鸣反而心惊。“感时”承上二句，“恨别”启下二句。花、鸟，紧扣题内“春”字，花开、鸟鸣，正春天登眺所见所闻。这本是使人心情愉悦的景象，但在国破、家散的情况下，反而引起内心的强烈悲痛。因为它和整个时代环境（国破），和眼前长安域的一片荒芜萧条的景象（草木深），和自己因感时恨别而陷于无限伤痛的感情太不协调了。它不但没有给整个环境增添一点明朗欢乐的色彩，反而因为与环境的不协调而使诗人感情上受到强烈的刺激。因而情不自禁地“溅泪”“惊心”。“溅”字“惊”字，正透露出花开鸟鸣给予诗人的刺激何等强烈！有一种理解认为“花溅泪”“鸟惊心”是拟人化的写法，但说带露的花好像在流泪似可理解，但说鸟鸣声也透露出心惊就难以想象。这一联和上一联，从创作过程来说，都是触景生情，但在表现手法上却并不雷同。首联是寓情于景，这一联是借景抒情。

“烽火连三月，家书抵万金。”“烽火”亦登望所见，即前引“青是烽烟白是骨”的景象，“连三月”则正紧扣题内“春”字，此句承“国破”“感时”。“家书”句承“恨别”。杜甫《述怀》中说：“去年潼关破，妻子隔绝久……自寄一封书，今已十月后。反畏消息来，寸心亦何有！”这首诗写于至德二载（757）初夏，可证杜甫困居长安沦陷区时确曾写信寄往鄜州，但一直得不到回信，故有“家书抵万金”的感慨。这一联用流水对，上句“感时”，下句“恨别”，上句是因，下句为果。两句一意贯串，着重写“恨别”，国事、家事紧密相连。“连”字“抵”字，都是锤炼而不露痕迹的字眼，前者突出战火的连绵不断，并给人以烽火满目的视觉形象；后者突出切盼家书的感情之强烈和家书的可贵。只有像杜甫这样，经历过国破家散的痛苦磨难，才能深切理解其感情的深沉厚重。

“白头搔更短，浑欲不胜簪。”杜甫这一年才四十六岁，正值壮岁。由于长期在沦陷的长安城困居，目击时艰，忧伤国事；思念家人，存亡未卜，精神痛苦，头发几乎全白了。（《北征》诗云：“况我堕胡尘，及归尽华发。”）由于心情忧郁愁闷，不断搔头，原本就逐渐稀疏的白发越来越短越少，简直连发簪都快承受不住了。从“白头搔更短”的描绘中，正透露出诗人面对国难家离，忧心如焚的情态。这里虽未明写“望”字，但出现在我们面前的却是一个在凝望中带着深沉忧郁神情搔首踟蹰的诗人形象，用杜甫自己的诗句来形容，那就是“白头吟望苦低垂”。

这首诗是杜甫伤时感乱之作的优秀代表。它在内容上的一个显著特点，就是对国家前途命运的悲慨和对个人命运的悲叹水乳交融般地联为一体。正因为“国破”，所以诗人不仅深刻体验到国土沦亡的悲痛，山河易主的悲愤，体验到这场战乱对和平繁荣局面的巨大破坏，而且饱尝了颠沛流离、妻离子散的痛苦。他的“感时”之痛既为国家的灾难而发，同时也为千千万万像他一样饱受战乱之苦的人民而发；他的“恨别”之情既是个人的，同时也代表了广大遭受战乱之苦的普通人的感情，是属于整个时代的。由于二者的水乳交融，诗里所抒写的“感时”之痛就有深厚的生活基础，所抒写的“恨别”之情也就具有普遍的时代意义。“烽火连三月，家书抵万金”，明明是写诗人自己在战乱中切盼家书的感情，但读者从中却感受到所有和杜甫有类似遭遇处境的人们的共同心声。之所以将它作为内容的特点而不是表现手法的特点提出来，是因为并非杜甫刻意用什么手法将二者捏合在一起，而是生活本身使诗人深切感受到国难与家愁之密不可分，因此很自然地将国破的感时之痛与家离的恨别之情融为一体。

诗的情调虽然深沉凝重，但并不绝望。“国破山河在，城春草木深。”尽管深痛国家的残破、山河的蒙难、京城的荒凉，但神州大地仍然存在，恢复仍存希望，“神尧旧天下，会见出腥臊”的企望同样蕴含在字里行间。最深刻的痛苦总是缘于最深挚的爱。杜甫对国家、对生活、对家人的热爱使他在最艰困的情况下也永不绝望。从感时恨别的忧愤中正透露出对胜利、对和平团聚生活的渴望。

这首诗所写的是“国破”这样一个特定的时代背景，“春”天这样一个特定的季节中诗人的感时恨别之情。“国破”与“春”二者之间就构成一种矛盾，为反衬手法的成功运用创造了条件。具体来说，就表现为在春天这样一个富于生机的季节，诗人面对的却是国家和山河的破碎、长安城的荒凉、连绵不断的烽火，从而构成极尖锐的矛盾；花、鸟作为春天的标志，本当使人愉悦，但因“感时”“恨别”却反而增悲添恨。总之，“国破”的时代大背景使“春望”所见之景成为“感时”“恨别”之情的有力反衬，这正是“以乐景写哀，以哀景写乐，一倍增加哀乐”的艺术辩证法。而“国破”所包含所引发的种种令人伤痛悲慨的情事，又使诗的情、景和事既矛盾对立，又融合统一，构成有机的整体。

喜达行在所三首（其二）〔一〕

愁思胡笳夕〔二〕，凄凉汉苑春〔三〕。
生还今日事，间道暂时人〔四〕。
司隶章初睹〔五〕，南阳气已新〔六〕。
喜心翻倒极，呜咽泪沾巾〔七〕。

〔一〕题下原注："自京窜至凤翔。"仇兆鳌《杜少陵集详注》题作《自京窜至凤翔喜达行在所》，题下校云："从《英华》，诸本无上六字。"按《文苑英华》卷一百九十题作《喜达行在所三首》，题下原注："自京窜至凤翔。"与本集诸本全同，不知仇氏所称《英华》系何种版本。此三首作于肃宗至德二载（757）四月及五月。是年二月，肃宗行在（皇帝外出巡游临时驻扎之地）自彭原移至凤翔（今属陕西），杜甫于四月由长安冒险前往投奔肃宗。五月被任命为左拾遗。此三诗未必同时作，第一首作于刚到时，第二首作于初到见行在新气象时，第三首则作于授官之后。所选的系其中的第二首。行在所，本指天子所在之地。《汉书·武帝纪》"征诣行在所"颜师古注："天子或在京师，或出巡游，不可豫定，故言行在所耳。不得亦谓京师为行在也。"故后专指皇帝外出巡游时所在之地。

〔二〕愁，《全唐诗》校："一作秋。"

〔三〕汉苑，借指唐代宫苑。此二句历来注家均解为追忆身陷长安时愁苦境况，谓向夕则闻胡笳之声而愁思难堪，当春则见汉苑春色而倍感凄凉。汉苑指曲江、芙蓉苑等地，下句犹"江头宫殿锁千门，细柳新蒲为谁绿"之意。此解固可通。但此三首组诗，内容上按时间先后次序有明确分工。第一首写自京逃奔凤翔途中情景。第二首写刚到行在所时所闻所见所感。第三首则写授官后的感触。第一首结尾已提及"所亲惊老瘦，辛苦贼中来"，说明已到凤翔初见亲知。第二首开头两句似不应再回叙陷贼时情景。疑此二句乃写初达凤翔时所见所闻，详下笺评、鉴赏。

〔四〕间（去声）道，走偏僻的小道。暂时人，暂时为人，形容随时都会遇到生命危险。

〔五〕司隶，此指汉光武帝刘秀，借比肃宗。《后汉书·光武纪》："更始（更始帝刘玄）将北都洛阳，以光武行司隶校尉，使前修整宫府。于是致僚属，作文移，从事司察，一如旧章。三辅吏士……及见司隶僚属，皆欢喜不自胜。老吏或垂涕曰：'不图今日复见汉官威仪。'由是识者皆属心焉。"章，典章制度。谢朓《始出尚书省诗》："还睹司隶章，复见东都礼。"

〔六〕南阳，汉光武帝起兵之地。《后汉书·光武帝纪》："（王）莽末，天下连岁灾蝗，寇盗锋起，诸家宾客多为小盗。光武避吏新野，因卖谷于宛（属南阳郡）。宛人李通等以图谶说光武云：'刘氏复起，李氏为辅。'光武初不敢当，然独念兄伯升素结轻客，必举大事，且王莽败亡已兆，天下方乱，遂与定谋，于是乃市兵弩。十月，与李通从弟轶等起于宛。”又：“望气者苏伯阿为王莽使，至南阳，遥望见舂陵郭，唶（叹）曰：‘气佳哉！郁郁葱葱然。’”光武帝为南阳蔡阳人，此以“南阳”指肃宗行在所凤翔。

〔七〕翻倒，犹翻转。极，极点。二句谓因目睹中兴气象激动喜悦之极，不禁呜咽流涕。泪，《全唐诗》校：“一作涕。”

笺评

刘辰翁曰：（“间道”句）五字可伤。即“旦暮人”耳。“暂时”，更警。（“司隶”四句）此岂随人忧乐语。（《唐诗品汇》卷六十二引）

赵汸曰：题曰“喜达行在所”，而诗多追说脱身归顺，间关跋涉之情状，所谓痛定思痛，愈在于痛时也。（仇兆鳌《杜少陵集详注》卷五引）又曰：先言“生还”，亦倒装法。以光武中兴比肃宗兴复，所喜在此。（《删补唐诗选脉笺释会通评林·盛五律下》引）

钟惺曰：（“生还”二字）此意他人十字说不出。（末二句）喜极而泣，非实历不知。（《唐诗归》）

王嗣奭曰：“胡笳”“汉苑”，追言贼中愁悴之感。直到今日，才是生还，向在“间道”，不过“暂时人”耳。说得可伤。“司隶”二句，以光武比肃宗之中兴。喜极而呜咽者，追思道途之苦，以死得生也。（《杜臆》）

周珽曰：少陵心存王室，出自天性。故身陷贼中，奋不顾死，间关归朝。虽悲喜交集，人情固然，而一腔忠爱无已。如此三诗，神骨意调具备。（《删补唐诗选脉笺释会通评林·盛五律下》）

黄生曰：（“愁思”二句）对起。（“生还”二句）倒叙联。（“间道”句）承首句。（“司隶”二句）借古为喻。（“南阳”句）折腰句。又曰：前叙贼中脱走事，后叙喜达行在意。无夕不然曰“夕”，已经改岁曰“春”。四写冒险脱走，语简而意透，然不得上句，亦托不出。“间道暂时人”，意中必死；“书到汝为人”，意外幸生。皆善述离乱之苦者。七、八真情实语，亦写得出、说得透。从五、六读下，则知其悲其喜，不在一己之死生，而关宗室之大计。此章若答所亲之语。（按首章末联云：“所亲惊老瘦，辛苦贼中来。”）又曰：当时陷贼者无数，而奔赴行在者，惟子美一人。其为此计，实出万死一生，得达行在者，幸耳。由此观之，诸人之不敢轻窜者，非畏死乎？推子美拼死之心，设贼污以伪官，知必以死相拒，不若王（维）、郑（虔）辈隐忍苟活也。然而伪命不及者，以布衣初膺末秩，名位甚微，故得免于物色。为公计者，潜身晦迹，以待王师之至，亦何不可？而必履危蹈险，以归命朝廷，岂非匡时报主之志，素存于中，不等诸人之碌碌，故虽履虎涉冰而不恤乎！不幸遭猜忌之主，立朝无几，辄蒙放弃，一腔热血，竟洒于屏匽之内。肃之少恩，岂顾问哉！（《杜诗说》卷四）

仇兆鳌曰：（首章，自京赴凤翔），下二章，喜达行在所。此承上"贼中来"，故接以"愁思笳夕"。今日生还，得睹中兴气象，间道暂免，尚觉呜咽伤心。三、四分领。下段，说出喜极而悲。苑中花木之地，春尚凄凉，以胡骑蹂躏其中也。"暂时人"，谓生死悬于顷刻。又曰：今按，首章曰"心死"，次章曰"喜心"，末章曰"心苏"，脉络自相照应。首章见亲知，次章至行在，末章对朝官，次第亦有浅深。（《杜少陵集详注》卷五）

李因笃曰：三诗于仓皇情事写得到，推得开，老气横披，真绝调也。摹写处觉人人意中所有，笔下所无，如太史公神到之篇，使读者可歌可泣。《杜诗集评》卷七引）

浦起龙曰：题眼在一"喜"字，三章逐层下。一章，从未达前落到初达，是"喜"字根苗。又曰：二章，写初达时之情事气象，是"喜"字正面。前首从未达起也，却预忆行在。此则写初达之情矣，起反转忆贼中，笔情往复入妙。三、四，洗发"窜至"二字。而此四句正对"所亲惊老瘦"，作叹息声也。五、六，明写"达"，暗写"喜"。七、八，明言"喜"，反说"悲"。而喜弥深，笔弥幻矣。此为"喜"字点睛处，看翻点法。（《读杜心解》卷三）文章有对面敲击之法，如此三诗写"喜"字，反详言危苦情状是也。言言着痛，笔笔能飞，此方是欲歌欲哭之文。（《读杜心解》卷三）

何焯曰：按上"贼中来"。忽贼中，忽行在，笔势出没无端。（"愁思"句下评）（《义门读书记》）

杨伦曰：（"生还"句）沉着语，有深痛。昨日还未知决有是事。（"间道"句）当时犹不知是人是鬼也。末句言喜极反悲也。（《杜诗镜铨》）

邵长蘅曰：（"司隶"句）接得气色。（《杜诗镜铨》卷三引）

吴汝纶曰：（"间道"句）五字惊创独绝。（《唐宋诗举要》卷四引）

这是组诗的第二首。第一首写间道奔赴凤翔途中情景，末联云“所亲惊老瘦，辛苦贼中来”，写乍到时旧知见其老瘦惊怪之状，己则告以历尽辛苦艰危刚从贼中逃出，系写终脱虎口之“喜”。第二幸接写到达后见闻感触，正是顺理成章。

“愁思胡笳夕，凄凉汉苑春。”首联写乍到之夜，听到军中胡笳之声，犹疑身在贼中，不免勾起愁思，至晓而睹见行在春色，仍不免有凄凉之感。较之肃宗初即位之灵武，凤翔因为近畿郡府，但其时京西地区仍为战场，行在虽有临时宫苑作为中央政府办事之地，但总较简陋，故有凄清之感，此正与太平盛世之长安宫苑鲜明不同。杜甫到时正当四月，春季刚过，但郊野绿遍，有春色仍在感觉也很自然。两句一写夕闻，一写朝见，夕闻犹疑贼中，朝见始知已在凤翔。两相对照，有一种恍惚和疑幻疑真之感，这就自然引出下联的感慨。

“生还今日事，间道暂时人。”两句若用通常的方式顺叙，应当是“间道暂时人，生还今日事”（姑不考虑平仄押韵），但不免情味大减，关键在于“生还”句是紧接首联写夕闻朝见时那种恍恍惚惚、疑真疑幻的感觉写的。诗人身虽已在凤翔，但总有点不大相信这是真事。等到清楚意识到自己已到达日夜盼望的行在时，这才认定自己的确是“生还”了。说“生还今日事”，正透露出“今日”之前根本想不到竟能脱虎口而生还，其中既有今日竟能生还的意外庆幸和欣喜，更有对过去长达八个月的陷城经历不堪回首的悲慨和在此期间濒于绝望的心情。而紧接着的“间道暂时人”，不但本身极生动传神地描绘出了间道窜行时那种随时随地都可能遇到危险、悬生命于一线的惊恐感受，与上句连读，更表现出一种危定思危、不堪回首的心态，一种痛定思痛的悲哀。“暂时人”之语，确实是古今未有的独创语，没有深切乃至痛切的生活体验，断乎不能创此奇辟之语。但这两句诗不但纯用白描，而且纯用极朴质的口语，可谓真正的“用常得奇”的范例。后来像陈后山学杜，就专学此种，但较之杜诗，仍显用力着意之痕。

“司隶幸初睹，南阳气已新。”腹联变白描为用典。两句均用汉光武帝事，以喻肃宗中兴，极为贴切。“章”指典章制度。《诗·大雅·假乐》：“不愆不忘，率由旧章。”这里指设在凤翔行在临时中央政府建立的典章制度已经初具规模，说“初睹”是指诗人而言。其中透露出一种新鲜感、欣喜感。尽管“章初睹”，诗人却又敏锐地感受到新朝廷所显现的郁郁葱葱、充满生机的新气象，故说“南阳气已新”。“初”“已”两个虚字，前后呼应。前者或见之具体的制度规章乃至街市秩序的井然安然，后者则是实中见虚，从具体的现象中感受其蓬勃生机和无限希望了。其时朝廷正议收复两京，行在由彭原迁凤翔，正是为了靠前指挥，表明朝廷的信心，诗人从中感到中兴有望，气象已新应非虚语。从“间道暂时人”的极悲转到腹联的新鲜、喜悦、庆幸之感，诗情起伏转折幅度很大，但这种新鲜、喜悦、庆幸之感又正缘“间道”奔赴行在时的危惧感和思想此情景时的痛切感而生，故转折又很自然合理。

“喜心翻倒极，呜咽泪沾巾。”末联紧承腹联，明点题内“喜”字，但这“喜”却不是一般单纯的喜，而是“喜心翻倒极”的同时情不自禁地“呜咽泪沾巾”之喜。前人每说此联为喜极而悲。此说固然不错，但需要说明的是，并不是任何喜（包括喜到极点的狂喜）都能转化成悲、引发出悲。必须是在“喜”之前经历过一系列刻骨铭心的大悲，才会出现“呜咽泪沾巾”的情况。仇兆鳌说：“今日生还，得睹中兴气象，间道暂免，尚觉呜咽伤心”，似乎呜咽伤心，只是因为在目睹中兴气象时忆及间道逃奔行在途中危险惊惧之苦况，未免将诗人之悲理解得太狭隘了。国家的中兴，是杜甫长期以来梦寐以求的理想。天宝以来政治的腐败，形成国家深重的危机和百姓长期服役及酷重赋税的痛苦，也给自己的生活带来长期的困窘和屈辱；安史乱起，更亲历国家残破、生灵涂炭、京城焚掠的巨大灾难，自己则辗转逃难、被困贼中、家人远隔、生死未卜。这种种悲痛，加上间道奔窜时命悬旦夕的危险境况，在目睹行在新气象时都百感交集，一齐涌上心头，这才使得他在一瞬之间悲从中来，不能自已，而“呜咽泪沾巾”了。大喜之后的大悲，正源于大喜之前的深悲巨痛，这深悲巨痛，首先是国家民族、百姓人民之痛，而不仅仅是一己之痛。杜甫诗中，抒写此类情绪，最为感人，如“老妻怪我在，惊定还拭泪”，“剑外忽传收蓟北，初闻涕泪满衣裳”等皆为人传诵，此实缘于生活体验之深刻，遂自然流出，非关文字技巧。

秦州杂诗二十首（其七）〔一〕

莽莽万重山〔二〕，孤城山谷间〔三〕。

无风云出塞，不夜月临关[四]。
属国归何晚[五]，楼兰斩未还[六]。
烟尘独长望[七]，衰飒正摧颜[八]。

校注

〔一〕秦州，唐陇右道州名。天宝元年（742）改为天水郡，乾元元年（758）复为秦州，治上邽县。今甘肃天水市。因关中饥馑，加上对朝政的失望，杜甫于乾元二年七月，弃去华州司功参军的官职，携家远赴秦州，在秦州居住了三个月左右。《秦州杂诗二十首》是他在秦州期间创作的大型五律组诗，本篇是组诗的第七首。

〔二〕万重山，指秦州周围的山。《元和郡县图志》载："嶓冢山，在（上邽）县西南五十八里。"其西南有朱圉山，东北有大陇山、小陇山。陇山高约二千余米，山势陡峻。

〔三〕孤城，指秦川州治上邽县。城北濒渭水，四周均山，故云"孤城山谷间"，秦州向为西边军事重镇。

〔四〕关，泛称秦州城的城门，非指陇关。

〔五〕属国，用汉苏武出使匈奴被囚困十九年始归汉，拜为典属国（主管外交事务的官）之事。事见《汉书·苏武传》。此以"属国"借指唐廷出使吐蕃的使臣。

〔六〕用傅介子斩楼兰王首而归事，事见《汉书·傅介子传》。参王昌龄《从军行》（青海长云）注〔四〕。

〔七〕长望，（向西）极望。

〔八〕衰飒，景象衰败萧索貌。摧颜，使人面容忧愁。

笺评

赵彦材曰：风飘则云散，故"云出塞"。以其无风月临关，所以"不夜"。（《九家集注杜诗》）

李维桢曰：无风塞、不夜城，本色。（《唐诗隽》）

唐汝询曰：此亦哀时作也。秦州城在山谷之间，山气奔腾，故无风而云自出关门。"不夜"，以月之方临也。时李之芳出使为吐蕃所留，故用"属国""楼兰"事，因言己方哀时，远望而秋气正深，徒使容颜憔悴耳。（《唐诗解》卷三十四）

钟惺曰：（"无风"二句）奇语不厌共知。（《唐诗归》）

周珽曰：起见秦州地形，次见关塞气象。三以古事见时事。（《删补唐诗选脉笺释会通评林·盛五律》）

赵云龙曰：寄意深远。（同上引）

王嗣奭曰：时吐蕃作乱，征西士卒，络绎出塞。出则虽无风而烟尘随以去，故云"无风云出塞"。边关入夜，人烟阒寂，白沙如雪，兼之秋冬草枯木脱，虽夜不黑，常如有月，故云"不夜月临关"。非目见不能描写至此。刘云："妙处举目得之。"钟云："奇语，不厌共知。"说梦可笑。"属国"正谓吐蕃，属国未归，将士无功未还，所以有出塞之云，无入塞之云也。（《杜臆》卷三）

毛先舒曰：昔人称老杜字法，如"碧知湖外草，红见海东云"，句法如"无风云出塞，不夜月临关"。余谓此等皆杜句之露巧者，浑读不妨大雅，拈出示人，将开恶道。（《诗辩坻》）

邵长蘅曰："无风""不夜"，不着地名解更警。（《五色批本杜工部集》引）

吴庆百曰：上四句画出边城。"无风""不夜"，正不以事实为佳。（同上引）

仇兆鳌曰：咏使臣未还也。山多，故无风而云常出塞；城迥，故不夜而月先临关。二句写出阴云惨淡、月色凄凉景象。下则有感于时事也。往属国者未归，岂为欲斩楼兰乎？故四望而忧形于色耳。按：之芳出使在大历间，不在乾元时。（《杜少陵集详注》卷七）

张谦宜曰："无风云出塞，不夜月临关。"二字一逗，三字一逗，下申上法。（《絸斋诗谈》）

吴昌祺曰：如雕鹗盘空，雄健自喜。（《删订唐诗解》）

浦起龙曰：忧吐蕃之不庭也。一、二，身所处。三、四警绝，一片忧边心事，随风飘去，随月照着矣。五、六，言西人向化无期也。"长望""摧颜"，忧何时解！（《读杜心解》卷三）

沈德潜曰：起手壁立万仞。奇景偶然写出，或以"无风""不夜"为地名，不但穿凿，亦令杜诗无味。（《重订唐诗别裁集》卷十）又曰：起手贵突兀，王右丞“风劲角弓鸣”，杜工部“莽莽万重山”，“带甲满天地”，岑嘉州“送客飞鸟外”等篇，直疑高山坠石，不知其来，令人惊绝。（《说诗晬语》卷上）

杨伦曰：（“无风”二句）神句。二句写出边境苍凉景象。（“属国”二句）时必有出使吐蕃，留而未还若李之芳者。《杜诗镜铨》卷六）

黄叔灿曰：秦州直接西塞，山川险阻，孤城一望，莽莽天涯，觉风云日月俱异样悲凉。二联之妙，几出鬼工。（《唐诗笺注》）

何焯曰：含独“长望”（《义门读书记》）

《唐宋诗醇》：气调苍深。

陈德公曰：苍莽之笔，前四尤厉，足征雄分。（《闻鹤轩初盛唐近体读本》）

卢麰曰：三、四独辟之句，正以无所缘藉，乃成奇迥。（同上）

宋宗元曰：气象万千。（《网师园唐诗笺》）

“莽莽万重山，孤城山谷间。”首联陡起壁立，大处落墨，概写秦州险要的地理形势。秦州坐落在陇东山地的渭河上游河谷中，北面和东面，是高峻绵延的六盘山和它的支脉陇山，南面和西面，有嶓冢山、朱圉山，更西有鸟鼠山。四周山岭重叠，群峰环绕，是当时边防上的重镇。“莽莽”二字，写出了山岭的绵延长大和雄奇莽苍的气势；“万重”则描绘出它的复沓和深广。在“莽莽万重山”的狭窄山谷间矗立着的一座“孤城”，由于四周环境的衬托，越发显出了它那独扼咽喉要道的险要地位。同是写高山孤城，王之涣的《凉州词》“黄河远上白云间，一片孤城万千仞山”，雄浑阔大中带有闲远的意态，而“莽莽万重山，孤城山谷间”则隐约透露出一种严峻紧张的气氛。沈德潜说“起手壁立万仞”，这个评语不仅道出了这首诗发端雄峻的特点，也表达了这两句诗所给予人的感受。

“无风云出塞，不夜临关。”首联托出雄浑莽苍的全景，次联缩小范围，专从“孤城”着笔。云动必因风，这是常识；但有时地面无风，高空则气流运动而云层飘移；从地面上的人看来，就有云无，风而动的感觉。不夜，就是未入夜。上弦月升起得很平，天还没未黑就高悬天上，所以有不夜而月已照临的直接感受。云无风而动，月不夜而临，一属于错觉，一属于特定时间的景象，孤立地写它们，几乎没有任何意义。但当诗人将它们和“关”“塞”组合在一起时，便立即构成奇警的艺术境界，表达出特有的时代感和诗人的独特感受。在唐代全盛时期，秦州虽处交通要道，却不属边防前线。安史乱起，吐蕃乘机夺取河西、陇右之地，地处陇东的秦州才成为边防军事重镇。生活在这样一个充满战争烽火气息的边城中，即使是本来平常的景物，也往往敏感到其中仿佛蕴含着不平常的气息。在系心边防形势的诗人感觉中，孤城的云，似乎离边塞特别近，即使无风，也转瞬间就飘出了边境；孤城的月，也好像特别关注防关戍守，还未入夜就早早照临着险要的雄关。两句赋中有兴，景中含情，不但警切地表现了边城特有的紧张警戒气氛，而且表达了诗人对边防形势的深切关注，正如浦起龙《读杜心解》所评的那样：“三、四警绝，一片忧边心事，随风飘去，随月照着矣。”

三、四两句在景物描写中已经寓含边愁，因而五、六两句便自然引出对边事的直接描写：“属国归何晚，楼兰斩未还。”苏武出使匈奴，被扣留十九年，归国后，任典属国。第五句的“属国”即“典属国”之省，指唐朝使节。大约这时唐朝有出使吐蕃的使臣迟留未归，故说“属国归何晚”。第六句反用傅介子斩楼兰王首还阙事，说吐蕃侵扰的威胁未能解除。两句用典，同赋一事，而用语错综，故不觉复沓，反增感怆。苏武归国、傅介子斩楼兰，都发生在汉王朝强盛的时代，他们后面有强大的国家实力作后盾，故能取得外交与军事上的胜利。而现在的唐王朝，已经从繁荣昌盛的顶峰上跌落下来，急剧趋于衰落，像苏武、傅介子那样的故事已经不可能重演了。同样是用后一个典故，在盛唐时代，是“黄沙百战穿金甲，不破楼兰终不还”（王昌龄《从军行》）的豪语，而现在，却只能是“属国归何晚，楼兰斩未还”的深沉慨叹了。对比之下，不难体味出这一联中所寓含的今昔盛衰之感和诗人对于国家衰弱局势的深切忧虑。

“烟尘独长望，衰飒正摧颜。”遥望关塞以外，仿佛到处战尘弥漫，烽烟滚滚，整个西北边地的局势，正十分令人忧虑。目接衰飒的边地景象，联想起唐王朝的衰飒趋势，不禁使自己疾首蹙额，怅恨不已。“烟尘”“衰飒”均从五、六生出。“独”“正”两字，开合相应，显示出这种衰飒的局势正在继续发展，而自己为国事忧伤的心情也正未有尽期。全诗在雄奇阔大的境界中寓含着时代的悲凉，表现为一种悲壮的艺术美。这也是整个《秦州杂诗》的共同艺术特征。

月夜忆舍弟〔一〕

杜甫

戍鼓断人行〔二〕，秋边一雁声〔三〕。
露从今夜白〔四〕，月是故乡明。
有弟皆分散〔五〕，无家问死生〔六〕。
寄书长不达〔七〕，况乃未休兵〔八〕！

校注

〔一〕乾元二年（759）秋白露节作于秦州。舍弟，对人称自己的弟弟，此犹言弟。杜甫有弟颖、观、丰、占，作诗时唯杜占相随。

〔二〕戍鼓，将入夜时戍楼上所击的禁止人行的鼓声。戍鼓声响过以后，即禁人行，故云。

〔三〕秋边，秋天的边塞。《全唐诗》校："一作边秋。"一雁，即孤雁。

〔四〕时值白露节，故云。

〔五〕时其弟杜颖、杜观、杜丰分散在山东、河南，故云。

〔六〕无家，指河南巩县故乡的家已毁于战火。

〔七〕达，《全唐诗》原作"避"，校："一作达。"兹据改。

〔八〕未休兵，指征讨安史叛军的战争仍在进行。乾元二年九月，史思明复攻陷洛阳及齐、汝、郑、滑四州。此诗当作于八月，东都当已吃紧。

笺评

王得臣曰：杜子美善于用事及常语，多离析或倒句，则语峻而体健，意亦深稳，如"露从今夜白，月是故乡明"是也。（《麈史》卷三）

俞文豹曰：杜工部流离兵革中，更尝患苦，诗益凄怆。《忆舍弟》诗……其思深，其情苦，读之使人忧思感伤。（《吹剑录》）

刘辰翁曰：浅浅语使人愁。（《删补唐诗选脉笺释会通评林·盛五律》引）

杨慎曰：此二句（指"露从"二句）妙绝古今矣。原其始从江淹《别赋》"明月白露"一句四字翻作十字，而精神如此，《文选》真母头哉！

（《李杜诗选》）按：《五色批本杜工部集》引此作“自江淹《别赋》”明月白露“一句分作两句，剪裁之妙，发挥之深，真盗狐白裘也”。

王慎中曰：三、四佳。然上句雅而下句陋，此难辨也。五、六皆古，然上句浅而下句深，此亦难辨。（《五色批本杜工部集》引）

唐汝询曰：夜鼓动而行人绝，此时闻孤雁之声，已念及其弟，又况露经秋而始白，月照故乡而明乎！因言弟各分散而无家问其死生，以不知所在耳。平时寄书尤患不达，况征战未休，道路隔绝，安有音尘之望哉！（《唐诗解》卷三十四）

钟惺曰：只说境，含情往复，不可言。（《唐诗归》）

周珽曰：三、四言月夜，五、六言忆弟。末句应起句。结联所谓“人稀书不到，兵在见何由”也。征战不已，道路阻隔，音书杳漠，存亡难保，伤心断肠之语，令人读不能终篇。（《删补唐诗选脉笺释会通评林·盛五律》

王嗣奭曰：只“一雁声”便是忆弟。对明月而忆弟，觉露增其白，但月不如故乡之明，忆在故乡兄弟故也，盖情异而景为之变也。（《杜臆》卷三）又曰：闻雁声而思弟，乃感物伤心。（仇注引）

吴乔曰：《月夜忆舍弟》之悲苦，后四句一步深一步。（《围炉诗话》）

李天生曰：起处无人，独立闻雁，而动在原之思。白露后则秋清而月倍明，故曰“故乡明”，乃硬下语。然不照骨肉则虚也。“月是故乡明”，正以照故乡之人也。月是人非，故思乡益切。情景相关，细寻始得。（《杜诗集评》引）

吴庆百曰：“戍鼓”是领句，突接“雁声”，妙。又曰：句句转。（同上引）

张谦宜曰：“戍鼓断人行，秋边一雁声。”若作“雁一声”，便浅俗，“一雁声”，便沉雄。诗之贵炼，只在字法颠倒间便定。（《絸斋诗谈》卷四）

黄生曰：前后分两节叙题。“一”字即平声字“孤”字。一、二起得响，以“一”字换“孤”字更响。“露从今夜白”，晨朝降白露，皆纪八月之候也。三句见分散又经一秋，四句见故乡空悬明月。景中见情，已暗度下意。“无家”即“无处”，以不得回耗，故知其书不达，故无处访死生存亡。寄书尚且不达，况兵革未休，敢望会面之期耶！后四语本一气叙出，却有言外之意未□（疑为“抒“”字，或为“申”字），直率处仍有含蓄。后云“书到汝为人”，正可与此诗反照。（《杜诗说》卷六）

仇兆鳌曰：上四，月夜之景；下四，忆弟之情。“故乡”句，对月思家，乃上下关纽。“今夜白”，又逢白露节候也；“故乡明”，犹是故乡月色也。公携家至秦，而云“无家”者，弟兄离散，东都无家也。（《杜少陵集详注》卷七）

何焯曰：“戍鼓”兴“未休兵”；“一雁”兴“寄书”。五、六，正括“忆弟”。（《义门读书记》）

浦起龙曰：上四，突然而来，若不为弟者，精神乃字字忆弟，句里有魂也。“书长不达”，平时犹可，“况未休兵”，可得无事耶？二句从五、六申写。不曰“月傍”，而曰“月是”，便使两地皆悬。（《读杜心解》卷三）

杨伦曰：凄楚不堪多读。又曰：起突兀。（《杜诗镜铨》卷六）

宋宗元曰：煞有神会。（《网师园唐诗笺》）

纪昀曰：平正之中，自饶情致。（《瀛奎律髓汇评》引）

陈德公曰：章法老密。（《闻鹤轩初盛唐近体读本》）

卢麰曰：五、六直作质语，反觉生情。（同上）

这首思念诸弟的诗，通篇纯用白描手法和质朴清新的语言写景抒情，却极饶顿挫曲折、含蓄蕴藉的情致，耐人讽咏寻味。

前两联写月夜之景，而情寓景中。起联“秋边”二字点明时地。入夜之后，戍楼上的禁鼓响起，边城的道路上便断绝了行人的踪迹，长空之中，传来孤雁凄清的叫声。上句透露出战争时期入夜后的边城特有的警戒气氛，暗透结句“未休兵”，为题内的“忆”字渲染出特定的战争氛围。下句不仅进一步渲染出边城月夜的孤清氛围，且以失群的孤雁暗寓兄弟的离散（古以“雁行”之整齐有序喻兄弟），但并不着迹。两句纯从听觉上写景，而边城秋夜凄寂孤清的气氛如在目前。

颔联转从视觉角度写边城秋夜露白月明之景，采用上一下四的特殊句式，使读者的注意力自然集中在句首的“露”和“月”上。“露从今夜白”是写实，这一天恰逢白露节气，故云。但从诗人特意强调的语气口吻中却分明可以感受到诗人伫立遥思，不觉白露渐滋的情景和袭上心头的丝丝寒凉之意，虽写节令物候，却透露出一种孤清的意绪，而时光流逝，离散经年的意绪也暗寓其中。“月是故乡明”，则是由眼前的边地月夜引发的对故乡的遥想。明月普天同照，自无所谓故乡之月独明之理，但这却绝对是主观感情的真实。从最普泛的意义上说，由于主观感觉中故乡的美好，因而一切与故乡相关的景物、人物也就显得特别美好，包括故乡的月亮。从特殊的意义上说，由于过去的太平年月，全家在故乡团聚，共对明月，倍感故乡之月明，如今遭逢战乱，身在边城，兄弟离散，似感边城之月也显得暗淡无光，不如故乡之明月了。因此“月是故乡明”就不仅仅是表现了对故乡的思念，而且寓含了对往日兄弟团聚、共对明月的美好情景的追忆。“是”字强调的意味更重，将似乎无理的事说得如此肯定，正是为了引导读者寻味其中寓含的意蕴。浦起龙说：“上四，突然而来，若不为弟者，精神乃字字忆弟，句里有魂也。”堪称具眼。

后两联正面抒写忆弟之情。腹联十字作一气读，系流水对。单读上句，仿佛平直无奇，两句合看对读，乃倍感其感情的悲怆和表达的顿挫有力。“有弟”而“皆分散”，已是极大的憾事；“有弟”而“无家”，则虽有弟而彼此均无归依团聚之地，更增悲慨；更何况因为战事阻隔，消息不通，生死存亡未卜，想问一问这方面的讯息也根本不可能，则哀莫甚焉。往日最亲密的同胞兄弟，今日不但天各一方，而且连问死生消息的地方也没有，内心的沉痛自不待言。“有”与“无”的鲜明对照中，寓含着无限悲慨。“死生”之语，亲人骨肉之间向所讳言，而直云“问死生”，更蕴含着一种近乎绝望的悲怆。

“寄书长不达，况乃未休兵。”正因为“无家”，故寄给诸弟的信也就总是不能到达他们手中，杳无回音。更何况战争形势又重新吃紧，休兵之日正遥遥无期，则眼前这种诸弟离散、存亡不知的情况还不知道要继续到什么时候。第七句中足第六句“无家”，第八句用“况乃”二字更进一层，从眼前的形势遥想将来，将兄弟离散之悲与国家干戈离乱的形势联系起来，家国之恨，融为一体。曲折中有顿挫，平直中有蕴蓄。

蜀　相〔一〕

丞相祠堂何处寻〔二〕？锦官城外柏森森〔三〕。

映阶碧草自春色〔四〕，隔叶黄鹂空好音〔五〕。
三顾频烦天下计〔六〕，两朝开济老臣心〔七〕。
出师未捷身先死〔八〕，长使英雄泪满襟〔九〕！

校注

〔一〕上元元年（760）春作。蜀相，指三国蜀汉王相诸葛亮。建安二十六年（221），刘备在蜀即帝位，以诸葛亮为丞相，此诗为杜甫初到成都后不久，游武侯祠后所作。

〔二〕丞相祠堂，即武侯祠。在今四川成都市南郊，一称昭烈庙、蜀相祠，系祭祀蜀汉先主刘备与丞相诸葛亮的合庙。本为刘备陵庙，称惠陵祠、昭烈庙。孔明庙始建于西晋末成汉时，在成都旧城内。唐初在昭烈庙侧建武侯祠（因诸葛亮生前封武乡侯，死后谥忠武侯）。李商隐《武侯庙古柏》有“蜀相阶前柏，龙蛇捧閟宫。阴成外江畔，老向惠陵东”之句。

〔三〕锦官城，成都的别称。成都旧有大城、少城。少城古为掌织锦官员之官署，故称锦官城，后用作成都之别称。《华阳国志·蜀志》：“州夺郡文学为州学，郡更于夷里桥南岸道东边起文学，有女墙，其道西城，故锦官也。锦工织锦，濯其中则鲜明，他江则不好，故命曰锦里也。”柏森森，指武侯祠前的古柏。顾宸注引《儒林公议》曰：“成都先主庙侧有诸葛武侯祠，祠前有大柏，系孔明手植，围数丈，唐相段文昌有诗刻存焉。”森森，枝叶繁茂貌。

〔四〕映，掩。自春色，空自呈现出一片春色。“自”字与下句“空”字对文义近。

〔五〕隔叶，隔着树叶。隔叶黄鹂，指藏在树叶茂密处的黄莺。空好音，空自发出悦耳的鸣叫声。

〔六〕三顾，指诸葛亮初隐于隆中时，刘备曾三次前往拜访，恳请其出山相助。《三国志·蜀书·诸葛亮传》：“时先主屯新野，徐庶见先主，先主器之，谓先主曰：‘诸葛孔明者，卧龙也，将军岂愿见之乎？’先主曰：‘君与俱来。’庶曰：‘此人可就见，不可屈致也。将军直枉驾顾之。’由是先主遂诣亮，凡三往，乃见。”诸葛亮《出师表》有“先帝不以臣卑鄙，猥自枉屈，三顾臣于草庐之中，咨臣以当世之事”之语。频烦，即频繁，一而再，再而三之意。或谓“频烦”指多次烦劳，与下句“开济”不对，疑非。天下计，统一天下的战略方针，即诸葛亮在《隆中对》中提出的“东连孙权，北抗曹操，西取刘璋”，进而夺取中原的统一中国的方针。

〔七〕两朝，指先主刘备、后主刘禅两朝。开济，开创基业、匡救危局。或解：指开创基业，济美守成。老臣心，即诸葛亮在《出师表》中所称的“鞠躬尽瘁，死而后已”的精神。

〔八〕出师，指诸葛亮于后主建兴五年（227）开始的多次出兵伐魏的战争。《三国志·诸葛亮传》：“（建兴）十二年春，亮悉大众由斜谷出，以流马运，据武功五丈原，与司马宣王（懿）对于渭南……相持百馀日。其年八月，亮疾病，卒于军，时年五十四。”

〔九〕英雄，指后世和诸葛亮一样有远大抱负的英雄豪杰、志士才人。“英雄”可以兼包诗人自己，但不局限于此。

笺评

王安石曰：“映阶碧草自春色，隔叶黄鹂空好音。”此止咏武侯庙，而托意在其中。（《钟山语录》）

胡仔曰：半山老人《题双庙诗》云：“北风吹树急，西日照窗凉。”细详味之，其托意深远，非止咏庙中景物而已……此深得老杜句法。如老杜题蜀相庙诗云：“映阶碧草自春色，隔叶黄鹂空好音。”亦自别托意在其中矣。（《苕溪渔隐丛话》）

赵彦材曰：悼之深矣。（《九家集注杜诗》）

郭知达曰：闵其志不遂也。（同上）

刘辰翁曰：全首如此，一字一泪矣。又曰：写得使人不忍读，故以为至。又曰：千年遗下此语，使人意伤。（《唐诗品汇》卷八十四引）

方回曰：子美流落剑南，拳拳于武侯不忘。其《咏怀古迹》于武侯云：“伯仲之间见伊吕，指挥若定失萧曹。”及此诗，皆善于颂孔明者。（《瀛奎律髓》卷二十八）

李沂曰：起语萧散悲凉，便堪下泪。（《唐诗援》）

黄益曰：次联只用一“自”字与“空”字，有无限感怆之意。（《删补唐诗选脉笺释会通评林·盛七律》引）

吴山民曰：次句纪地。三、四纪祠之冷落。“天下计”见其雄略，“老

臣心”见其苦衷。结语逗漏宋人议论。（同上引）

王嗣奭曰：此与“诸葛大名”一篇意正相发……出师未捷，身已先死，所以流千古英雄之泪者也。盖不止为诸葛悲之，而千古英雄有才无命者，皆括于此，言有尽而意无尽也。（《杜臆》卷四）

唐汝询曰：此访武侯庙而惜其功业无成也。盖平时深慕孔明，故至蜀即问其庙之所在，乃于城外大柏森然之处而得之。既至，而见庭宇荒凉如此，曰：思先主所三顾茅庐，频繁若是者，正欲委武侯以重任。武侯即辅佐两相，以开国济民为事，老臣之心一何忠耶！情乎！天命不佑，竟以出师未捷而死，常使英雄挥泪而怀之也。（《唐诗解》卷四十一）

金圣叹曰：先寻祠堂，后至城外，妙。（《贯华堂选批唐才子诗》）

张世炜曰：悲凉慷慨，吊古深情，淋漓于椿墨之间。胡元瑞谓结句滥觞宋人，浅视之矣。（《唐七律隽》）

黄周星曰：呜呼！诗之感人至此，益信圣人“兴、观、群、怨”之言不妄。（《唐诗快》）

邵长蘅曰：牢壮浑劲，此为七律正锋。（《五色批本杜工部集》引）

李因笃曰：高志绝伦……结语为万古英雄才高不遇统一洒泪。（《杜诗集评》引）

吴农祥曰：今细研之，上四语序事，下四语序人，包括顿挫，自是杰作。宋人丐其馀馥，万不能及堂奥一也。（同上）

黄生曰：起联设为问答。三、四点祠堂之景，五、六叙孔明出处大略，七、八寓凭吊之意。因谒祠堂，必写祠景，后半方人事。唐贤多如此，不特少陵为然。此方是诗中真境。若后人三、四便思发议论矣，岂能为诗留馀地，为风雅留性情哉！后四句叙公始末，以寓慨叹，笔力简劲，恨宋人专学此种，流为议论一派，未免并为公累耳。曰“自春色”，曰“空好音”，确见入庙时低回想象之意，此诗中之性情也。不得其性情，而得其议论，少陵一宗，安得不灭！《晋书》庾亮表：“频烦省闼。”《刘琨传》：“琨忠亮开济。”（《杜诗说》卷八）又曰：前后两截格。（《唐诗摘抄》卷三）

朱之荆曰：《刘玉琨传》：“琨忠亮开济。”公之为武侯恨，正所以自恨也。（《增订唐诗摘抄》）

仇兆鳌曰：此公初至成都时作。上四，祠堂之景；下四，丞相之事。首联，自为问答，记祠堂所在。草自春色，鸟空好音，此写祠庙荒凉，而感物思人之意，即在言外。“天下计”，见匡时雄略；“老臣心”，见报国苦衷。有此两句之深挚悲壮，结作痛心酸鼻语，方有精神。宋宗忠简公临殁时，诵此二语，千载英雄，有同感也。直书“丞相”，尊正统君臣也。朱子《纲目》，大书“丞相亮出师”，先后同旨。题作“蜀相”，仍旧称耳。（《杜少陵集详注》卷九）

周甸曰：薛逢《筹笔驿》诗：“出师表上留遗恨，犹自千年激壮夫。”罗隐《武侯祠》诗：“时来天地虽同力，远去英雄不自由。”吁！汉运告终，天啬其寿，使不能尽展其才，以光复大业。读二三君子之诗，未尝不流涕叹息也。（《杜少陵集详注》卷九引）

杨慎曰：正德戊寅，于武侯祠，见壁间有诗云：“剑江春水绿沄沄，五丈原头日又曛。旧业未能归后主，大星先已落前军。南阳祠宇空秋草，西蜀关山隔暮云。正统不惭传万古，莫将成败论三分。”此诗始终皆武侯事，虽子美或未过之，惜不知其姓氏耳。（仇兆鳌《杜少陵集详注》卷九引）仇按：杜诗先祠庙而后吊古，此诗先吊古而后祠庙。其云“春水”，指当时出师之时；又云“秋草”，乃后人谒祠之日。结用“万古”“三分”，亦本杜《咏怀》诸葛诗，但杜是以虚对实，此则以实对虚，尤为斟酌耳。此诗升庵阙其姓名，后阅《七修类稿》载戴天锡集句，知是元人吴澄作也。（同上）

胡以梅曰：“森森”二字有精神。（《唐诗贯珠串释》）

吴瞻泰曰：吊古诗，须具真性情，乃能发真议论。三、四是人祠堂低回叹息之神。惟五、六二句，始就孔明发论，结仍归自己，直将夔州血泪，滴向五丈原鞠躬尽瘁之时，此诗人之性情也。不得其性情，而贪发议论，则古人自古耳，与诗人何与！（《杜诗提要》卷十一）

浦起龙曰：因谒庙而感武侯，故题止云“蜀相”。一、二，叙事老境。三、四，堂、柏分承。此特一诗之缘起也。五、六，实拈，句法如兼金铸成，其贴切武侯，亦如镕金浑化。七、八，慷慨涕泪，武侯精爽，定闻此哭声。后来武侯庙诗，名作林立，然必枚举一事为句，始信此诗统体浑成，尽空作者。（《读杜心解》卷四）

俞犀月曰：真正痛快激昂，八句诗便抵一篇绝大文字。（《杜诗镜铨》卷七引）

杨伦曰：自始至终，一生功业心事，只用四语括尽，是如椽之笔。（或以此数句为邵长蘅评）又曰“频烦”即点三顾说，当指先主说，旧注非是。天下计，言非为一己之私。（“两朝”句）言以先主之弹丸而能立国，以后主之昏庸而能嗣位，皆武侯一片苦心也。（《杜诗镜铨》卷七）

吴昌祺曰：起句率。（《删订唐诗解》）

何焯曰：后半深叹其止以蜀相终也。（《瀛奎律髓汇评》引）

纪昀曰：前四疏疏洒洒，后四句忽变沉郁，魄力绝大。（同上引）

赵熙曰：沉郁、博大。（同上引）

《唐宋诗醇》：老杜入蜀，于孔明三致意焉。其志有在也。诗意豪迈哀顿，具有无数层折，后来匹此，惟李商隐《筹笔驿》耳。世人论此二诗，互有短长，或不置轩轾，其实非有定见。今略而言之，此为谒祠之作，前半用笔甚淡。五、六写出孔明身份，七、八转折而下，当时后世，悲感并到，正意注重后半。李诗因地兴感，故将孔明威灵撮入十四字中，写得十分满足，接笔一转，几将气焰扫尽。五、六两层折笔，末仍收归本事，非有神力者不能。二诗局阵各异，工力悉敌，悠悠耳食之论，未足与论也。

沈德潜曰：（“三顾”二句）檃括武侯生平，激昂痛快。“开济”，言开基济美，合二朝言之。（《重订唐诗别裁集》卷十三）

宋宗元曰：只下“何处”二字，已见祠宇荒芜。“三顾”至尾，沉雄檃括，抱负自见。（《网师园唐诗笺》）

杨逢春曰：五、六人武侯，实写。总其生平之事业悃忱而隐括出之，镕炼精警。（《唐诗绎》）

范大士曰：前四句伤其人之不可见，后四句叹其功之不能成，凭吊最深。（《历代诗发》）

黄叔灿曰：先提唱以“何处寻“三字，便有追慕结想之意。（《唐诗笺注》）

佚名曰：此篇则专伤其功业之未成，亦所以自喻也。（《杜诗言志》）

方东树曰：此亦咏怀古迹。起句叙述点题。三、四写景。后半议论缔情，人所同有，但无其雄杰明卓，及沉痛真至耳。（《昭昧詹言》）

陈德公曰：五、六稳尽，结亦洒然。评：三、四写祠堂物色，只着“自”“空”二句眼于中，便已悲凉欲绝，而肃穆深沉之象，更与荒芜零落者不同。（《闻鹤轩初盛唐近体读本》）

《十八家诗钞》：张云：后四句极开阖驰骤、沉郁顿挫之妙，须作一气读，乃得其用意湛至处。

王文濡曰：悲壮雄劲，此为七律正宗。（《历代诗评注读本》）

吴汝纶曰：起庄严凝重，此为正格，然亦自有开阖，不可平直。（“三顾”二句）提笔赞叹。（“出师”二句）顿挫作收，用笔提空，故异常得势。（《唐宋诗举要》卷五引）

鉴赏

在凭吊追思诸葛亮的诗作中，《蜀相》无疑是最出色的篇章。除了艺术上的完美之外，与将诸葛亮作为一个既具有杰出才能，更具有高尚精神品格，既建立了不朽业绩，又未能完成终极目标的悲剧人物来歌咏，同时又寄寓了深沉的现实感慨和身世适逢之感有密切的关系。

题称“蜀相”，而不称“谒武侯祠”，说明诗的主意在人而不在祠。但诗人对蜀相的追思凭吊却是从谒武侯祠引发的。诗的首联，用自问自答的叙述方式交代了武侯祠所在的地方和环境特点。森森古柏，既是诸葛亮坚贞忠诚的不朽精神品质的象征，又是后人睹树思人、追思凭吊的寄托（李商隐《武侯庙古柏》说：“大树思冯异，甘棠忆召公。”即可为参证），同时它又渲染出一种庄严肃穆的气氛，与上句的“何处寻”相呼应，传达出郑重专程寻访、追思凭吊的气氛。律诗讲究精练，这个起联却写得相当疏朗，如果目的只在交代武侯祠所在，则“锦官城外武侯祠”一句即可。现在这样写，正是为了用这种音情摇曳、顿挫生姿、富于抒情咏叹意味的诗句传达出一种特定的情调气氛，为赞颂、悲悼伏脉。

“映阶碧草自春色，隔叶黄鹂空好音。”颔联正面写进入武侯祠所见所闻春天景物。祠堂前的台阶旁，碧草萋萋，呈现出一片春色；祠前的柏树中，黄莺在茂密的树叶后面欢快地鸣叫，传出美好的歌唱。这景色在通常情况下原能给人以悦目、娱耳的美好感受，但它既与武侯祠庄严肃穆的整个环境气氛不协调，又和诗人此时崇敬追思、哀挽悲悼的感情不协调，因而感到它们只是空自呈现春色、空白传出好音而已。“自”“空”互文见义，诗人将这两个虚字放在句眼的位置上，顿时使原来悦目娱耳的景物成为崇敬追思、悲悼哀挽之情的一种有力反衬，从而更突出了庄严肃穆的整个氛围和诗人的追思悲悼之情。这正是以乐景写哀，倍增悲感的范例，“自”“空”二字就是起到转化作用的关键字眼。

在正面渲染、反面衬托，酿足庄严肃穆、哀挽悲悼气氛的基础上，腹联便自然过渡到对诸葛亮的赞颂追思上来。“三顾频烦天下计，两朝开济老臣心。”上句写诸葛亮在先主刘备屡次拜谒求教的情况下，为他定下了统一天下的战略方针，亦即《隆中诗》提出的“跨有荆、益，保其岩阻，西和诸戎，南抚夷越，外结好孙权，内修政理；天下有变，则命一上将将荆州之军以向宛洛，将军身率益州之众出于秦川”的先图三分鼎立之霸业，后进而统一中国、兴复汉室的总方针。这一句写出了诸葛亮的卓越见识才略和宏伟远大的抱负，大有未出茅庐而天下之事已成竹在胸的气度。下句赞其辅佐蜀汉两代皇帝，开创鼎足三分的霸业，匡济刘禅在位时蜀汉的危局，充分表现了老臣忠贞报国的品质。“开济”的“济”，或引《晋书·刘琨传》“琨忠亮开济”之语，谓指“济美”，但按之实际，刘禅昏庸，嬖昵小人，信任宦官，其在住时蜀汉的局势正如诸葛亮在《出师表》一开头所明白揭示的，是“益州疲弊，此诚危急存亡之秋也”。也正由于是匡济危局，才越发显示出“老臣”的忠贞亮节，亦即《后出师表》所说的“鞠躬尽瘁，死而后已”的精神。诸葛亮辅佐刘备，是“受任于败军之际，奉命于危难之间”；辅佐刘禅，更是“五月渡泸，深入不毛”，六出祁山，北伐曹魏，殚精竭虑，身歼军务，知其不可为而为之。这就是所谓“老臣心”。诸葛亮一生的事迹很多，如果不从大处着眼，大处落墨，就很难在一联之中概括出他一生的才能抱负、品质业绩；没有对描写对象透彻的了解，没有对其作出准确的历史评价的能力，就无法作出这样的艺术概括。

“出师未捷身先死，长使英雄泪满襟。”五、六两句，极赞其“天下计”“老臣心”，第七句却突作转笔，痛悼其“出师未捷身先死”的悲剧结局，表面上看，似乎硬转突接，实则在匡济危局的“老臣心”中已经暗藏“天下计”之难为甚至不可为，因此这句的大开仍显得很自然。作为一个著名的政治家、军事家，诸葛亮确实是“功盖三分国”，建立了三足鼎立的霸业，但由于客观条件的限制，最终未能成就兴复汉室，统一中国的王业，又是一生最大的憾事。这种因客观条件限制未能完成终极目标的遗恨，在历代志士仁人中具有很大的普遍性，诗人抓住这一点，写出了诸葛亮的悲剧结局在后世志士仁人中所引起的深沉感慨和强烈共鸣，从而使这首诗在五、六两句的基础上另辟新境，更出警策，结束得极为圆满、有力而富于余韵。

杜甫入蜀以后，写了一系列咏诸葛亮的诗篇，除本篇外，像《咏怀古迹》之五《诸葛大名垂宇宙》、《八阵图》、《古柏行》等都是脍炙人口的篇章。这些诗篇不但表现了诸葛亮的才略事功、精神品质，而且表现了诸葛亮的悲剧结局和遗恨；不但具有历史的真实性，而且寓含深沉的现实感慨和人生感慨。这和他后期活动的地区在巴蜀夔巫之地有关，更与时代环境与个人境遇有关。国家的危难和个人漂泊的境遇，都使他对诸葛亮这样一个历史人物怀有特殊的感情，希望当世有这样富于才略的人物出来整顿乾坤、匡救危局。同时，他自己那种自许稷契、致君尧舜的抱负不得伸展、才大难为用的遗恨，在诸葛亮的“出师未捷身先死”的悲剧结局面前，也极易引发共鸣。因此，这首诗在歌颂诸葛亮的才略事功、精神品质的同时，渗透了诗人对现实中出现类似人物的渴望；在悲悼哀挽诸葛亮悲剧结局的同时，又寄寓着诗人自己抱负难伸、才而不遇的悲慨。正是由于这种现实感慨和人生感慨，才使诗人在歌咏诸葛亮时倾注了深沉的感情，所谓“长使英雄泪满襟”的“英雄”之中，就包含了诗人自己在内。

古来贤相代不乏人，而杜甫独钟情于诸葛亮，主要不是因为他的才略事功高出其他贤相，而是因为诸葛亮是一个遭遇乱世、拯救危局、支撑局面的宰相，一个具有鞠躬尽瘁、死而后已的精神的宰相，一个因悲剧结局而愈益彰显其崇高精神的宰相。杜甫的《蜀相》在构思立意上正是将诸葛亮作为一个才德兼备、建立了光辉业绩但又未完成其终极目标的悲剧性人物来追思凭吊、哀悼悲慨的。“出师未捷身先死”的悲剧结局，使此前的一切“受任于败军之际，奉命于危难之中”的努力，以及艰难创立的霸业最后尽付东流，从这个意义上说，无论是雄图大略的“天下计”，还是“两朝开济”的光辉业绩，都成了悲剧结局的有力铺垫，使“出师未捷身先死”的悲剧更显得强烈而具悲壮感。另一方面，诸葛亮的鞠躬尽瘁、死而后已的精神品质，知其不可为而为之的拯救危局的努力又使“出师未捷身先死”的悲剧结局更显出其崇高感。因此，诗的结尾，既使人无限低回，也使人在心灵上得到陶冶，得到净化。

杜甫以前的七律，主要是抒情写景，从杜甫开始，大量引入议论。但他不是让抒情、写景、议论等因素各自孤立，而是以抒情贯串记叙描写和议论。这首诗从表面看，前两联是记叙描写，后两联是议论，但实际上从头到尾，都贯串着抒情的主线，贯串着诗人的追寻凭吊、哀挽悲慨的感情。由于抒情贯串了写景和议论，就使我们感到那古柏森森的祠堂，那映阶碧草、隔叶鹂音，那“天下计”“老臣心”“英雄泪”互相关联，互相映带，融为一个整体。这种以抒情贯串叙述、描写和议论的写法，也为后来很多咏怀古迹的诗开了不二法门。

这首诗在结构上还有一点值得注意，就是全篇在高潮中结束。律诗的通病，是颔、腹两联比较用力，经常出现警句，而末联往往疲弱，显得仓促、敷衍，甚至草率，成为强弩之末，甚至蛇足。即使是杜甫这样的七律大家，也有相当一部分优秀作品显得后劲不足，像我们熟悉的《登楼》《宿府》《登高》都不免此病，这首诗不但前几联精彩，末联更在前几联的基础上将诗境升华到一个具有崇高悲剧美的境界，这一点和它的构思立意是密切相关的。

江　村〔一〕

清江一曲抱村流〔二〕，长夏江村事事幽。
自去自来堂上燕〔三〕，相亲相近水中鸥〔四〕。
老妻画纸为棋局〔五〕，稚子敲针作钓钩〔六〕。
多病所须惟药物〔七〕，微躯此外更何求〔八〕？

校注

〔一〕作于上元元年（760）夏。是年春，在亲友资助下，杜甫在成都城西南三里之浣花溪畔，建成草堂，并于暮春迁入。这首诗作于迁居草堂后不久。诗题“江村”即指草堂所在的村庄。其《为农》云：“锦里烟尘外，江村八九家……卜宅从兹老，为农去国赊。”所云“江村”即此。

〔二〕清江，指浣花溪，锦江支流。

〔三〕《全唐诗》校：“来，一作归。”“堂，一作梁。”

〔四〕《列子·黄帝》：“海上之人有好沤（鸥）鸟者，每旦之海上，从沤鸟游，沤鸟之至者百住而不止。其父曰：‘吾闻鸥鸟皆从汝游，汝取来，吾玩之。’明日之海上，沤鸟舞而不下也。”此句暗用此事，谓自己无机心，故禽鸟与己相亲。

〔五〕棋局，棋盘。

〔六〕稚子，指自己的幼小孩子宗文、宗武。

〔七〕《全唐诗》校：“一作但有故人供禄米。”按：《文苑英华》作“但有故人供禄米”。

〔八〕微躯，谦称自身，犹贱躯。

蔡梦弼辑《杜工部草堂诗话》:《萤雪丛说》:"老妻画纸为棋局，稚子敲针作钓钩。"以"老"对"稚"，以其妻对其子，如此之亲切，又是闺门之事，宜与智者道。

刘辰翁曰：全首高旷，真野人之能言者。三联语意近放。(《删补唐诗选脉笺释会通评林·盛七律》引)

范椁曰：七言律诗篇法二字贯穿。三字栋梁在内。《江村》(诗略)。(《木天禁语》)

胡应麟曰：(杜七言律)太易者，"清江一曲抱村流"之类……杜则可，学杜则不可。(《诗薮·内编·近体上·七言》

许学夷曰：(杜甫)七言律，如"清江一曲""一片花飞""朝回日日"等篇，亦宛似宋人口语。(《诗源辩体》

周敬曰：最爱其不琢不磨，自由自在，随景布词，遂成《江村》一幅妙画。(《删补唐诗选脉笺释会通评林·盛七律》)

单复曰：此可见公胸次洒落，殆外声利，不以事物经心者。(同上引)

陆时雍曰：自生幽兴。(同上引)

钱光绣曰：眼前口边，妙，妙。(同上引)

金圣叹《杜诗解》：瞿斋云：先生以夔、龙、伊、吕自待者，起手便着"事事幽"三字，真乃声声泪、点点血矣。何必读终篇而见其不堪耶！

申涵光曰：此诗起二语，尚是少陵本色，其馀便是《千家诗》声口。选《千家诗》者，于茫茫杜集中，犹简此首出来，亦是奇事。(《杜少陵集详注》引)

毛奇龄曰：此总承"事事幽"也。宋人第以五、六击节，而不知前四之妙，便失自然一地步矣。(《唐七律选》

黄生曰："事事幽"，言人与物各适其适也。三字领一篇之意。棋枰曰局，本以木为之，趋简者始用纸，故与"敲针"句对意相称。若不知其意，又何求人咏？"棋局动随幽涧竹"，则木枰也，若不知其意，"随"字亦不见工矣。微躯多病，所须唯药物耳，此外更何求！纸可为局，针可为钩，言外有苟且自足之意，结遂正言之。公律不难于老健，而难于轻松，此诗可取处在此。(《杜诗说》卷九)

仇兆鳌曰：江村幽事，起中四句。梁燕属村，水鸥属江，棋局属村，钩钓属江，所谓“事事幽”也。末是江村自适，有与世无求之意，“燕”“鸥”二句，见物我忘机；“妻”“子”二句，见老少各得。盖多年匍匐，至此始得少休也。又曰：王介甫《悼鄞江隐士王致》诗云：“老妻稻下收遗棅，稚子松间拾堕樵。”二语本此。杜能说出旅居闲适之情，王能说出高人隐逸之致。句同意异，各见工妙。又曰：此诗见萧洒流逸之致。（《杜少陵集详注》卷九）

陈醇儒曰：“画纸”属老妻，“敲针”属稚子，写出一副淡然无营、洒然无累神理，无限天趣。燕本近人，自来自去，偏若无情；鸥本远人，相亲相近，偏若有情。此杜诗刻画处。《书巢笺注杜工部七言律诗》卷二）

冯舒曰：不必粘题，无句脱题，不必紧结，却自收得注，说得煞；不必求好，却无句不好。圣人！神人！何处分情、景？（《瀛奎律髓汇评》引）

纪昀曰：工部颓唐之作，已逗放翁一派。以为老境，则失之。（同上引）

许印芳曰：通体凡近。五、六尤琐屑近俗，杜诗之极劣者。（同上引）

无名氏（乙）曰：次联近情乃尔。（同上引）

浦起龙曰：萧闲即事之笔。（《读杜心解》卷四）

杨伦曰：诗亦潇洒清真，遂开宋派。（三、四）二句物色之幽，（五、六）二句人事之幽。（《杜诗镜铨》卷七）

袁枚曰：论诗区别唐、宋，判分中、晚，余雅不喜……“老妻画纸为棋局，稚子敲针作钓钩。”琐碎极矣，得不谓之宋诗乎？（《随园诗话》）

王寿昌曰：昔人谓狮子搏象用全力，搏兔亦用全力。余以为杜诗亦然，故有时似浅而实不浅，似淡而实不淡，似粗而实不粗，似易而实不易。此境最难，然其秘只在“深入浅出”四字耳。如“舍南舍北皆春水（下略）”，浅矣而不可谓之浅；“清江一曲抱村流（下略）”，淡矣而不可谓之淡。（《小清华园诗谈》）

真正的大家，都不止一种笔墨，在主要风格之外兼有多种风格。胡震亨谓杜诗“精粗巨细，巧拙新陈，险易浅深，浓淡肥瘦，靡不毕具”（《唐音癸签》卷六），就揭示出杜诗在“沉郁顿挫”的主要风格之外具有多种多样的风格。其中提及的“易”“浅”“淡”的风格特征，就反映了杜甫在定居草堂初期相当一部分作品的艺术风貌。这一时期，他刚刚结束了安史之乱爆发以来多年的颠沛流离、奔波跋涉的历程，生活较为安定，心境也比较闲适，反映在诗歌创作上，就是写了一系列以日常生活情事、自然景物为题材，表现闲适情趣，风格萧散自然的诗篇。其中有不少七律佳作，《江村》就是其突出的代表。

首联点明题目、题旨，提挈全篇主意。首句用自然明快的语言描摹江村环境，宛若画图。曰“一曲”、曰“抱”，显示出一曲清江环绕着村庄缓缓流过，使这只有八九家人家的小村像是惬意地躺在美丽的大自然的怀抱之中。这景象，极平常又极典型，仿佛在许多地方都见到过。这平常而美丽的江村本身便给人以幽闲之感。时值长夏，绿树成荫，更显出村庄的静谧。次句点出“事事幽”三字，为全篇意境点睛。所谓“事事幽”，既指江村自然景物、环境气氛之幽，又指江村人事之幽。颔、腹两联，便进一步对此作具体的描写。

“自去自来堂上燕，相亲相近水中鸥。”此联写景物之幽，“堂上”贴“村”，“水中”贴“江”，着意处在“自去自来”与“相亲相近”。堂上燕子，自己来来去去，自由自在；飞去飞回，一任自然，不受人的任何干扰。水中鸥鸟，与人相亲相近，彼此之间，毫无防范之意和机诈之心。虽是江村最平常的眼前景，但却透露出人与自然之间高度的和谐。

“老妻画纸为棋局，稚子敲针作钓钩。”腹联写人事之幽。这里的“幽”，既含幽静之意，又含幽闲之趣。上联所写系江村所见最平常的景物，此联所写系家人长夏闲居情事，更是琐屑平凡之极。但拈出的这两个日常生活细节，却饶有诗趣。夏日昼长，下棋自是最好的消遣。棋局考究者多以玉石为之，家贫自不能致，老妻便画纸为棋局，虽简陋却自有一种朴野的情致和幽趣。稚子的兴趣则在清江垂钓，但江村地僻，钓钩无处可买，干脆就地取材，敲针而做。将直的钢针弯成钓钩，磨出倒钩，极费时间，而稚子则乐此不疲，极有耐心。二事均透露生活与心境的幽闲，也透露出环境的幽静，仿佛可以听到在长夏永昼中敲针做钓钩的清脆声响，可以感受到画纸作棋局时周围的一片寂静。两个细节，均为传幽闲之趣、幽静之境的妙笔。

以上两联，分写景物、人事之幽，诗人自己虽不在内，但却都是通过诗人的眼睛所看到、所感受到的。因此，在写“堂上燕”之“自去自来”、“水中鸥”的“相亲相近”，老妻画棋局、稚子做钓钩的同时，也透露诗人自己的幽闲情趣和对这一切景物、人事的亲切感、愉悦感。诗人的身影已呼之欲出，尾联便直接转到对自身的抒写上来。

“多病所须惟药物，微躯此外更何求？”晚年在历经战乱播迁、颠沛流离之后，得此江村闲居幽境，已感到非常满足，除了身体多病，需要药物医治之外，还有什么企求的呢！两句用“多病所须惟药物”反衬“微躯此外更何求”，表明自己对目前的处境的愉悦和满意。尽管生活并不宽裕，但心境却是安恬闲适的。此联出句《文苑英华》作“但有故人供禄米”，仇兆鳌《杜少陵集详注》从之，谓：“‘局’字‘物’字，叠用入声，当从《英华》为是。且禄米分给，包得妻子在内。”朱瀚亦谓：“通首神脉，全在第七句，犹言‘万事俱备，只欠东风’，与‘厚禄故人书断绝’参看。若作‘多病所须惟药物’意味顿减，声势亦欠稳顺。”所言虽有一定道理，但均不能证明“多病所须惟药物”之非。实则此诗第七句并非强调非故人供禄米则不能维持生活，而是对目前的闲适自在生活略感美中不足之意，盖谓如有药物以疗多病之身，则更无他求矣。如作“但有故人供禄米”则禄米不继，闲适生活全无，此恐非杜甫此诗本意。

这虽是一首七律，却写得极为圆转流走，丝毫看不到格律的束缚。诚如新编《中国文学史》所评，“杜甫律诗的最高成就，可以说就是在把这种体式写得浑融流转，无迹可寻，写来若不经意，使人忘其为律诗”。

恨别〔一〕

洛城一别四千里〔二〕，胡骑长驱五六年〔三〕。
草木变衰行剑外〔四〕，兵戈阻绝老江边〔五〕。
思家步月清宵立〔六〕，忆弟看云白日眠。
闻道河阳近乘胜〔七〕，司徒急为破幽燕〔八〕。

校注

〔一〕据此诗尾联所纪时事，诗当作于上元元年（760）夏。恨别，与家人骨肉离别之恨。

〔二〕洛城，指东都洛阳，亦为河南府治所在。杜甫家乡巩县，属河南府管辖，故“洛城”亦指其家园所在。据《旧唐书·地理志》，成都距东都洛阳三千二百一十六里，此云“四千里”，盖取成数。

〔三〕胡骑，指安史叛军。天宝十四载（755）十一月，安史之乱爆发，至上元元年（760），已经历六个年头，故云“五六年”。

〔四〕宋玉《九辩》：“悲哉秋之为气也，萧瑟兮草木摇落而变衰。”此指草木凋零衰歇的秋冬季节。剑外，剑门关以南地区。杜甫于上一年冬末抵达成都，故云“草木变衰行剑外”。

〔五〕兵戈阻绝，因战乱而与故乡亲人隔绝。江，指锦江。江边，指浣花草堂住所。

〔六〕步月，在月夜漫步徘徊。清宵，犹清夜。立，伫立。

〔七〕《通鉴》卷二百二十一：“上元元年……二月，李光弼攻怀州，史思明救之，光弼逆战于沁水之上，破之，斩首三千馀级……三月……庚寅，李光弼破安大清于怀州城下。夏四月壬辰，破史思明于河阳西渚，斩首千五百馀级。”“河阳近乘胜”，即指李光弼此一系列胜利而言。河阳，今河南孟州市。

〔八〕司徒，至德二载（757），李光弼加检校司徒。上元元年春正月，以李光弼为大尉兼中书令，馀如故。此仍其旧称，盖当时习称李光弼为司徒，犹称郭子仪为仆射。《洗兵马》“司徒清鉴悬明镜”即其例。幽燕，指安史叛军的老巢幽州一带地区。

笺评

顾宸曰：破幽燕之策，当时见及者，不过数人。清河李萼，告颜真卿，请分兵开崞口，讨汲、邺以北，至于幽陵，时哥舒翰守潼关。郭子仪、李光弼上言，请引兵直取范阳，覆其巢穴，此潼关未破前事也。又李泌对肃宗，请令光弼自太原出井陉，子仪自冯翊入河东。来春，命建宁为范阳节度大使，并塞北出与光弼南北犄角，以取范阳，破其巢穴。此禄山未死时事也。及禄山死，河东平，泌劝上如前策，遣安西及西域之众，并塞西北，自归檀南取范阳，永绝根本，此长安未复时事也。尊与李、郭之策不行，是以有灵武之奔；泌之策不行，是以有九节度之溃。至上元元年，光弼乘河阳之胜，遂平怀州。此时长安已复，庆绪已死，直捣幽燕，万万不容更缓，故下“急”字，盖深惜前三策之不早用耳。（《杜少陵集详注》卷九引）

王嗣奭曰：宵立昼眠，起居外庚，恨极故然。“司徒急为破幽燕”，则故乡可归，别可免矣。（《杜臆》）

张溍曰：前三联，写夜立昼眠，失其常度。曰“步”，又曰“立”；曰“看”，又曰“眠”。忽行忽止，忽起忽卧，颠倒错乱，不能自定。二语善写恨状。（《读书堂杜诗注解》卷六）

黄生曰：对月思家，望云忆弟，皆诗中常意。然步而又立，看而复眠，则其情绪无聊之状，非常人摹写所能到矣。是盖有其思路，而笔力不足以赴之。杜公所以过人者，无他，善造句而已矣。对起，是双开门法。中二联，各承一扇。结联关合次句，而首句即暗关其中。盖幽燕一破，则洛城可归，骨肉可聚，乃言外之意也。人以为此诗近实，而结处单关一边，留一边在言外，此天马行空之笔，其何足以知之。（《杜诗说》卷九）

佚名曰：少陵前后皆驱驰播越之境，唯此成都草堂，得以闲居者数年。此初至时，作诗以伤其旅泊之由也。（《杜诗言志》）

王慎中曰：终于情，景不稳贴，无味故也。（《五色批本杜工部集》引）

邵长蘅曰：格老气苍，律家上乘。（同上引）

钱良择曰：望李临淮之直捣贼巢也。（《唐音审体》）

仇兆鳌曰：首二，领起恨别。“四千里”，言其远；“五六年”，言其久。“行剑外”承“四千里”；“老江边”，承“五六年”。思家忆弟，伤洛城阻乱；乘胜破燕，望胡骑早平。“剑外”，剑门之外；“江边”，锦江之边。“宵立”“昼眠”，忧而反常也。（《杜少陵集详注》卷九）

吴瞻泰曰：言外之意，曲折之笔，收挽之力，如天马行空，忽然回辔，岂寻常控驭之法能及哉！（《杜诗提要》卷十一）

浦起龙曰：人知上六为恨别语，至结联，则曰望切寇平而已。岂知“恨别”本旨，乃正在此二句结出，而其根苗已在次句伏下也。公之长别故乡，由东都再乱故也。解者不察，则七、八为游骑矣。夏间闻河阳克捷而作。河阳即在洛城，公之故乡也。言故乡长别者，为数被兵也。是以凌寒入蜀，判“老江边”，“步月”“看云”，宵反立，昼反眠，恨之至，不觉失其常度矣。何幸忽闻破贼，其为我径抵贼巢以除祸本，庶将造反乎？此与卷后《闻官军收河南河北》同意。“草木变衰”，乃来蜀时之景，非作诗时之景。错解者编入秋后，与“闻道”句戾矣。诗本雪亮，苦为坊本所蒙。特与湔浣。（《读杜心解》卷四）

蒋弱六曰：清宵反立，白日反眠，二句曲尽忧愤。（《杜诗镜铨》卷

七引）

《杜诗镜铨》引旧注曰：当时用兵之失，在于专事河阳，与贼相持，而不为直捣幽燕之举，公诗盖屡言之。尝制郭子仪自朔方直取范阳还定河北。制下旬日，为鱼朝恩所阻，次年光弼遂有邙山之败。此云“急为”者，见此机会更不可失也。下首（指《散愁二首》之一）“司徒下燕赵”亦此意。

何焯曰：“清宵立”“白日眠”，兼写出老态来。“老”字正与结句“急”字呼应。“近”字“急”字，并应“五六年”。（《义门读书记》）

纪昀曰：六句是名句，然终觉“看云”不贯“眠”字。（《瀛奎律髓刊误》）

无名氏（甲）曰：末二句为篇结穴，最宜着眼。（《瀛奎律髓汇评》引）

沈德潜曰：若说如何思，如何忆，情事易尽，“步月”“看云”，有不言神伤之妙。又曰：（“闻道”二句）见公将略，与李泌建议同。（《重订唐诗别裁集》卷十三）

许印芳曰：“眠”与“看”云不贯，眠时不可看云乎？若谓夜眠不合，诗固明云“白日眠”矣。此二句全在转换处用意。盖“清宵”本是眠时，偏说“立”而“步月”，“白日”本是“立”时，偏说“眠”而“看云”，所以见思家、忆弟之无时不然也。沈归愚云：“若说如何思，如何忆，情事易尽，步月看云，有不言神伤之妙。”此又见其措词浑含，为诗人之极轨矣。起句对。（《瀛奎律髓汇评》引）

杨逢春曰：此闻河阳克捷而作。（《唐诗绎》）

范大士曰：前四句双起双承，五、六言颠倒错乱，极形思忆之状。（《历代诗发》）

《唐宋诗醇》：老笔空苍，任华所云“势攫虎豹，气腾蛟螭”者，尺幅中能有其象。至于直捣幽燕之举，未尝无计及者，而良谋不用，莫奏肤功，甫诗盖屡及之。此用兵得失之要，足见甫之识略矣。若建都荆门，甫尤以为非计。彼其流离漂泊，衣食不暇而关心国事，触绪即来，所谓发乎情，止乎忠厚者，寻常词章之士，岂能望其项背哉！

万俊曰：万壑千山自响，涌出松涛；匹夫战马遥闻，凛然军令。非独格老气苍，更为古调独弹。律家上乘。（《杜诗说肤》卷四）

陈德公曰：起二笔力矫拔而意绪淋漓。三、四亦是骨立峭笔，为复沉痛。五、六字字琢叠，情真力到。结语引开，正照起绪。似此峭削章笔，

更尔沉着刻挚，绝无率瘦之笔，当是情至气郁，律细工深，四合成章，乃无遗憾。（《闻鹤轩初盛唐近体读本》）

方东树曰：起四句，先点一“别”字，以下极写“恨”之事。收反“恨”作喜望语，所谓出场。起、收雄浑直迈。（《昭昧詹言》）

焦袁熹曰：末联十四字，何字为妙？识得此字（指“急”字）之妙，则诗家关捩子已得之矣。（《此木轩五七言律选读本》）

这是一首将思家忆弟、自伤漂泊之情与忧国伤时、感乱恨别之情密切结合的诗篇。境界的阔远与感情的浓郁是此诗的突出特征。

起联点明恨别之旨与恨别之由。杜甫家乡在巩县，属河南府管辖，是东都洛城的郊畿之地。“洛城一别”也就是家园一别；而“胡骑长驱”则正是造成“洛城一别”的根由。“四千里”，极言地之远；“五六年”，极言时之久。两句分别从空间的阔远与时间的久远两方面显示出别恨之深长。起势奇峭迅疾而境界阔远雄浑，虽用工整的对仗，却一气蝉联，直泻而下。而“胡骑长驱”四字则概括了五六年间叛军长驱直入，烧杀掳掠，神州大地遭受蹂躏，生民涂炭的情景，语气沉痛。

颔联分承“洛城一别“与“胡骑长驱”，写自己漂泊西蜀的情景。出句写自己在上一年的草木凋衰的严冬季节来到离乡数千里之外的剑南。“草木变衰”用宋玉《九辩》，虽点时令，亦寓心境。《成都府》明说“季冬草木苍”，而此则云“草木变衰”，盖前者写实，以见成都气候之温暖；后者用古，以见心境之凄凉，亦暗寓自己年岁之衰暮。下句写自己因战乱不已、兵戈阻绝，只能终老于锦江之边了。“老”字着意，语极沉痛，漂泊之感，难归之恨，无奈之情，均于其中包蕴。参读“此生那老蜀，不死会归秦”之句，其意更显。

腹联正面抒写“忆别”之情。“思家”“忆弟”即是“恨别”的具体内容，二者互文对举，意则兼容。清夜思家忆弟，则夜不能眠，或步月徘徊，或月下伫立，而心驰天外；白天思家忆弟，则凝望白云，空劳悬念，因心情烦闷无聊，兼夜不成寐，故往往昼而反眠。“看云”与“忆弟”的关系，古今注家未及。实则当暗用“南云”之典。陆机《思亲赋》：“指南云以寄款，望归风而效诚。”陆云《感逝》：“眷南云以兴悲，蒙东雨而涕零。”“南云”

常用以寄托思乡念亲之情，与杜甫思家忆弟之情正合。二陆家乡在南方，故“指南云以寄款”，而杜甫家乡在北，故不用“南云”字面而曰“看云”。两句用白描手法，通过看来似乎反常、实则极其真实的生活细节表现了对家园亲人的深挚思念，连用“思”“步”“立”“忆”“看”“眠”六个动词，传神地表达了心境的郁闷无聊、烦躁不安和无可奈何。

恨别之情达到极致，便自然引出对平叛战争胜利的渴望：“闻道河阳近乘胜，司徒急为破幽燕。”听说李光弼的部队近日乘胜破贼于河阳，战争形势一片大好，祈望来此时机，直捣幽燕贼巢，取得平叛战争的最后胜利，一“急”字渲染出诗人对平叛战争获得全胜的迫切心情。“恨别”之情既因“胡骑长驱”而生，则消除“恨别”之情的唯一途径也只能是“破幽燕”、捣贼巢。尾联因“恨别”而归结到“破幽燕”，正是全篇的自然结穴。个人的骨肉离散之恨的产生与消除，却紧密联系着国家的安危，由“恨别”始，以“急为破幽燕”结，正是生活的真实，也是情感发展的必然。这一结，使全篇的情调由悲而趋壮，由沉郁而昂扬，结得劲拔有力。评家或解为诗人中破幽燕之策，似不免拔高，将平常人的盼捷心理误为策士的献计，反失本意，亦减诗情。

春夜喜雨〔一〕

好雨知时节，当春乃发生〔二〕。
随风潜入夜〔三〕，润物细无声。
野径云俱黑〔四〕，江船火独明。
晓看红湿处，花重锦官城〔五〕。

校注

〔一〕约上元二年（761）春作于成都浣花草堂。

〔二〕乃，一作“及”。发生，犹出现，指春雨。或谓指万物发生，参下引王嗣奭评。

〔三〕潜，暗暗、悄悄。

〔四〕句意谓田野上的小路笼罩在一片带着浓浓雨意的黑云之下。

〔五〕花重，花经雨而沾湿，故加重。梁简文帝《赋得入阶雨》："渍花枝觉重。"锦官城，成都城，参详《蜀相》注〔三〕。

笺评

刘辰翁曰："随风潜入夜，润物细无声。"善为诗者，以此为相业，亦有味乎其言。其言果尔有味，方与言诗也已矣。（《唐诗品汇》引）

方回曰："红湿"二字，或谓唯海棠可当。此诗绝唱。（《瀛奎律髓》卷十七）按：杨慎亦云："红湿"二字，非海棠不足以当之。见《五色批本杜工部集》引。

王慎中曰：宛得风味。（《五色批本杜工部集》引）

胡应麟曰：咏物起于六朝，唐人沿袭，虽风华竞爽，而独造未闻。唯杜诸作自开堂奥，尽削前规，如题月："关山随地阔，河汉近人流。"雨："野径云俱黑，江船火独明。"雪："暗度南楼月，寒深北浦云。"夜："重露成涓滴，稀星乍有无。"皆精深奇邃，前无古人，后无来者，然格则瘦劲太过，意则寄寓太深。他鸟兽花木等多杂议论，尤不易法。（《诗薮·内编》卷四）

钟惺曰：（首句）五字可作《卫风》灵雨注脚。（《唐诗归》）

谭元春曰：（"随风"二句）浑而幻，其幻更不易得。"江船火独明"，此句为雨境尤妙。"红湿"字已妙于说雨矣，"重"字尤妙。不湿不重。（同上）

王嗣奭曰："好雨知时节"，谓当春乃万物发生之时也，若解作雨发生则陋矣。三、四用意灵幻，昔人以此为相业，有味其言之也。"野径云俱黑"，知雨不遽止，盖缘"江船火独明"，径临江上，从火光中见云之黑，皆写眼中实景，故妙。不然，则"江船"句与"喜雨"无涉，而黑云焉得在野径耶？谭评"江船"句云："以此为雨境尤妙。"安见其妙也？钟、谭评诗，往往作影响语以欺人。束语"重"字妙，他人不能下。（《杜臆》）

周珽曰：此诗妙在春时雨，首联便得所喜之故，后摹雨景入细。而一结见春，尤有可爱处。（《删补唐诗选脉笺释会通评林·盛五律》）

邢昉曰："花重"涉纤。少陵佳处岂在此！（《唐风定》）

朱彝尊曰：五、六粘定是夜中雨。（《杜诗集评》引）

李天生（因笃）曰：诗非读书穷理，不到绝顶，然一堕理障书魔，带

水拖泥，宋人转逊晋人矣。公深入其中，掉臂而出，飞行自在，独有千古。此诗妙处有疏疏朴朴之致，非其人不知。（同上引）

吴庆百曰：起以朴胜，三、四细腻。刘辰翁欲比相业，则宋人之见也。“江船”句反映法。结语是暗料其如此也。（同上引）

俞犀月曰：绝不露一“喜”字，而无一字不是“喜雨”，无一笔不是“春夜喜雨”。结语写尽题中四字之神。（同上）

查慎行曰：此种景，画家所不能绘，唯诗足以发之，微嫌结句落纤巧家数，与前六句不称。（《初白庵诗评》）

申涵光曰：“好雨知时节”，此《毛诗》所谓“灵雨”也。（《杜少陵集详注》卷十引）

顾宸曰：雨随风，固是恒事，好在“潜入夜”三字；雨润物，固是常理，好在“细无声”三字。不觉其入夜，而已潜随风而入夜；不闻其有声，而已细润物于无声。盖当此春时，固喜雨之发生，而发生大骤，致风狂物损，安在其为好也。公可谓绘水绘声矣。（《辟疆园杜诗注解》五律卷四）

黄生曰：（“好雨”二句）对起，呼应起。（“随风”二字）流水对。（“野径”句）宕开。发生万物，气化主之，雨其吏也。及时而雨，其喜固宜，然非“知时节”三字，则写喜意亦不透，此其出手警敏绝人处。“及”字旧作“乃”，句颇不亮，依钱本正之。雨细而不骤，才能润物，又不遽停，才见“好雨”。五、六写雨境妙矣，尤妙在能见“喜”意。盖云黑则雨浓可知。六衬五，五衬三，三衬四，加倍写。“润物细无声”五字，即是加倍写“喜”字。结语更有风味。春雨万物无所不润，花其一耳。此诗四句既言发生之功，七、八拖一笔，独惬幽居之趣。三、四是诗人胸襟，七、八是诗人兴趣。本领深厚，而下笔又饶风韵者，杜公一人而已。（《杜诗说》卷四）

仇兆鳌曰：潜入细润，正状好雨发生。云黑火明，雨中夜景。红湿花重，雨后晓景。应时而雨，如知时节者。雨骤风狂，亦足损物，曰“潜”曰“细”，写得脉脉绵绵，于造化发生之机，最为密切，三、四属闻，五、六属见。“细无声”，即《盐铁论》所谓“雨不破块”也。（《杜少陵集详注》卷十）

张谦宜曰：“野径云俱黑，江船火独明。”此是借“火”衬“云”。“晓看红湿处，花重锦官城。”此是借“花”衬“雨”。不知者谓止是写花，

"花"下用"湿"字，可见其意。（《岘斋诗谈》卷四）

浦起龙曰：起有悟境，从次联得来。于"随风""润物"悟出"发生"，于"发生"悟出"知时"也。五、六拓开，自是定法。结语亦从悟得，乃是意其然也。通身下字，个个咀含而出。"喜"意都从罅缝里迸透。上四俱流对。写雨切夜易，切春难，此处着眼。（《读杜心解》卷三）

李文炜曰：小雨应期而发生，则知时节之当然矣，宁不谓之好雨乎？其随风也，知当昼则妨夫耕作，而潜入夜焉；其润物也，知过暴则伤其性情，而细无声焉。是其能因风以泽物，而不爽乎时，不违乎节矣。何喜如之？然而无声之雨，何以知其细而能润物也？待晓看锦官城之花，垂垂而湿，较不雨尤加重焉，而不见其飘残，此雨之所以好，此雨之所以可喜也。（《杜律通解》）

何焯曰：及时之雨而又无所不遍，所以为可喜也。"野径""江船""锦城"，以见雨之沾足，都非漫下。"野径云俱黑"，此句暗；"江船火独明"，此句明；二句皆剔"夜"字。"晓看红湿处"二句"细""润"，故重而不落，结"春"字工妙。（《义门读书记》）

纪昀曰：此是名篇，通体精妙，后半尤有神。"随风"二句虽细润，中、晚人刻意或及之。后四句传神之笔，则非馀子所可到。（《瀛奎律髓汇评》卷十七引）

杨伦曰：解杜旧多穿凿，宋人有以三、四为相业者，殊属可笑。（"随风"二句）是春雨。（《杜诗镜铨》卷八）

卲长蘅曰：（"野径"二句）十字咏夜雨人神。（同上引）

《唐宋诗醇》：近人评此诗云："写得脉脉绵绵，于造化发生之机，最为密切。"是已。然非有意为之，盖其胸次自然流出而意已暗会，所谓"不涉理路，不落言诠"者如此，若有意效之，即训诂语耳。

朱之荆曰：首剔"春"字，次点"春"字。三点"夜"字。四、五明画"夜"字，六傍托"夜"字。五、六承"无声"来，只写"夜"字耳。《初月》诗末句"晴"字，此末句"湿"字，结合处并无着力瞻顾之痕。（《增订唐诗摘抄》）

宋宗元曰：起结多不脱"喜"意。（《网师园唐诗笺》）

沈德潜曰："知时节"，即所云"灵雨既零"也。三、四传出春雨之神。（《重订唐诗别裁集》卷十）

施补华曰："野径云俱黑，江船火独明。"确是暮江光景。（《岘佣

说诗”》）

古代咏雨的诗汗牛充栋，其中不乏名篇佳制，但像杜甫的《春夜喜雨》这样，既传春天夜雨之灵性与神韵，又传诗人对春天夜雨美好境界的喜悦赏爱之情的，却不多见。

首联径直而起，一“好”字笼盖全篇。“知时节”三字，是对“好雨”的诠释，而“当春乃发生”又是对“知时节”的进一步说明。“知”字将春雨拟人化，将它描写得仿佛极具灵性，正当春天万物萌发生长的季节，亟须雨水的滋润时，它就飘然而至了。“当”字“乃”字，是“知”的具体化，说明它不迟不平，来得正值其时。而诗人对雨的喜悦赏爱之情，也渗透在“好”“知”“当”“乃”等一系列词语之中。这两句是叙述议论，却写得很饶情韵，关键就在写出了春雨体贴人们需要的那份温情与灵性。

赞赏春雨之“知时节”，是因为它能润泽滋养万物。颔联便进而从“润物”的角度写春夜细雨的特征和神韵。出句明点“夜”字，说它随着春天的和风悄悄地在夜间降临了。“潜”字极富神韵，说明这雨是暗暗地、悄悄地随风飘然而至的，是在人们不知不觉中忽然降临的，这正传出了春天夜雨轻柔幽细的特征，可以说是传“细”字之神。那么，诗人又是如何感知到这“潜入夜”的春雨的呢？或谓是凭听觉，但对句明说“无声”，可见这雨已经细到落地悄无声息的程度。其实从“随风”二字中可以揣知，诗人是凭借风吹细雨飘洒而下时带来的那丝凉意湿意而感知到它“潜入夜”的，这种细致入微的描写不但写出了春天夜雨看不到、听不见的特征，而且传出了诗人在锐敏感知其“潜入夜”时的那份惊喜。正因为“细”，它才能最有效地润泽滋养花草树木、田间作物，对句“润物细无声”便集中显示了春雨的这种特征、功能乃至品格。“细”字既是对“无声”的一种说明，又是对“润物”功能的一种强调。这两句描摹春天夜雨确实到了出神入化的程度。人们在吟味玩赏其风神气韵的同时可能会引发对生活中类似人物的精神风貌的某种联想，这是具有典型特征的艺术形象的客观作用，却未必是诗人有意的兴寄。如果泥定其中的寓意，反失诗情与诗趣。

前四句用流水对写雨当春而生、随风入夜、润物无声的过程，一气直下，略无停顿，格调轻快，充分表现出诗人的喜悦之情，腹联乃略作顿宕，转写望中雨夜景物情境，但意脉则仍承“春夜喜雨”而一意贯串。“野径云俱黑”，即“野径与云俱黑”之意。在平常无雨的暗夜，田野上的小径虽隐约模糊，但总有一点白色的反光与周围田野区分开来，而此刻却因浓密的黑云遮盖，全然不见踪影。而写云之黑，正所以透露雨意之浓，暗示这细无声的春雨下得绵绵脉脉地一直飘洒降落下去。“江船火独明”，放眼江上，只有渔船上的灯火独自在暗夜中闪烁明亮。这一句与上句正形成一明一暗的鲜明对照，相互反衬，使“黑”者愈显其黑，明者愈显其明。一方面，周围的一片浓密的黑暗愈加突出了江船上的一星灯光的明亮；另一方面，这独明的江船灯火又反过来愈益衬出整个暗夜的黑暗。从诗人的用意看，自然是以“江船火独明”反衬“野径云俱黑”，以渲染雨意之浓、雨势之霖淫未已；但从所描绘的意境看，则这在浓密黑暗中的江船灯火，又极具诗情画意，给人一种诗意的遐想和美感。这两方面的意蕴，均为此联所有，不可只强调“江船”句对“野径”句的衬托作用。写黑云笼罩下的暗夜，很难写得富于美感，杜甫这一联却将它的特有的美感写得极其出色，这正是因为诗人从内心深处对春天的雨夜怀有一份深深的喜爱，因而能发现它的特殊的美。这一联表面上没有一字写到雨，但读者从中却可想象出那浓黑的雨云正络绎不绝地飘洒出如丝的细雨，洒遍田地、野径、春江，使土地渗透浸润，使草木庄稼得到充分的滋润，甚至似乎可以听到它们拔节生长的声响，不言喜而喜悦之情自含其中。

尾联写晓来所见锦官城花团锦簇的美景，以反托春在细雨润物之功。这两句或理解为诗人夜间想象之词，这样理解自有它的动人遐想之处，但理解为晓来目击，似乎更能淋漓尽致地表达对春夜好雨的赞美和喜悦。在脉脉绵绵、悄无声息的一夜春雨中悄然入睡，一觉醒来，但见千枝万树，一片“红湿”，枝头的花苞花朵，浸透了水分洗出夺目的鲜红，挂着晶莹的水珠，分外饱满，变得沉甸甸的，整个锦官城似乎变成了一座花的城市。两句中的“红湿”和“重”，都是着意渲染的传神写照之笔，它们不但写出了一夜春雨滋润后花的分外鲜艳、明洁、润泽、饱满，而且写出了春雨的城市美容师的作用。“锦官域”这个词语在这里作为成都的别称加以运用，也恰到好处地起了点染情境的作用，使整座城市花团锦簇的面貌得到充分的展示。

诗在时间上由暮至夜，由夜至晓，随着时间的流逝，所写的景物不断变化，诗人喜悦的感情也随之不断加强，至尾联而“喜”雨之情达到极致，诗也就在感情的高潮中悠然收来，结得极为圆满而富于余韵。

野　望〔一〕

西山白雪三城戍〔二〕，南浦清江万里桥〔三〕。
海内风尘诸弟隔〔四〕，天涯涕泪一身遥〔五〕。
惟将迟暮供多病〔六〕，未有涓埃答圣朝〔七〕。
跨马出郊时极目〔八〕，不堪人事日萧条〔九〕。

校注

〔一〕上元二年（761）作于成都浣花草堂。野望，在郊野眺望。据末句，或在秋冬之际。

〔二〕西山，指成都西边远处的岷山主峰，因终年积雪，故又称“雪岭”，或称“西岭”。三城戍，唐朝为防备吐蕃侵扰，在成都西北的松州、维州、堡城三城分别设戍。三城戍，《全唐诗》原作“三奇戍”，校：“一作城。”兹据改。按：《新唐书·地理志》：彭州导江县有三奇戍。但“三奇戍”离西山雪岭较远，当以作“三城戍”为是。《西山三首》之二云：“辛苦三城戍，长防万里秋”，可证。

〔三〕《元和郡县图志·剑南道》：成都府成都县：“万里桥，架大江水，在县南八里。蜀使费祎聘吴，诸葛亮祖之，叹曰：‘万里之行，始于此桥。’因以为名。”大江，即汶江，一名流江，亦即锦江。杜甫草堂在万里桥西。《狂夫》诗：“万里桥西一草堂。”

〔四〕风尘，指战尘。诸弟，指杜颖、杜观、杜丰。

〔五〕一身，指诗人自身。

〔六〕这一年杜甫五十岁，故云“迟暮”。供，奉献。

〔七〕涓埃，细流微尘，喻指微小的贡献。

〔八〕极目，放眼远望。

〔九〕人事日萧条，指民生日益凋敝，国势日益衰弱，所包甚广。

郭知达曰：公以离乱，一身入蜀，兄弟遂相隔也。（《九家集注杜诗》）

方回曰：此格律高耸，意气悲壮，唐人无能及之者。（《瀛奎律髓》卷十三）

叶羲昂曰：涕泪多端，更有不能忘情者。（《唐诗直解》）

《唐诗训解》：谓出自家衷臆，妙在真处。然一身只以“供多病”而不以“报圣朝”，则“天涯涕泪”，岂徒以哭吾私。

陆时雍曰：后四语率怀摅写。（《唐诗镜》）

梅鼎祚曰：铿然苍然，有韵有骨。（《删补唐诗选脉笺释会通评林·盛七律》引）

周秉伦曰：第四句，悲语。第六，忠念。（同上引）

朱鹤龄曰：按：是时分剑南为两节度而西山三城列戍，百姓罢于调役。高适尝上疏论之，不纳。公诗当为此作，故有人事萧条之叹。（《杜工部诗集辑注》）

毛奇龄曰：风景不殊，而人事异也。（《唐七律选》）

查慎行曰：中二联用力多在虚字，结意尤深。（《初白庵诗评》）

李因笃曰：可称高浑。前四句第五字皆数目相犯，学者宜忌。（《杜诗集评》引）

吴农祥曰：悃愫吐尽，可咏可歌。（同上引）

朱翰曰：不堪人事萧条，欲忘忧，反添忧也。时国步多艰，虽有天命，亦由人事，故结句郑重言之。（《杜诗解意》）

胡以梅曰：五、六承四而下，结出野望，自有一种大方浑融之气。起用对偶，对仗亦工。“供”字妙。（《唐诗贯珠串释》）

张谦宜曰：前四句先写情事索漠，末乃云：“跨马出郊时极目，不堪人事日萧条。”触目感伤，言简意透。（《絸斋诗谈》卷四）

仇兆鳌曰：此因野望而寄慨也。上四，野望感怀，思家之念；下四，野望抚时，忧国之情。临桥而望三城，近虑吐蕃；天涯而望海内，远愁河北也。五、六，属自慨；末句，乃慨世。出郊极目，点醒本题。（《杜少陵集详注》卷十）

黄生曰：起二句即极目所见，结处乃点明之。“南浦”句虽近景，然以“万里”为名，则目不至而心已至之，此所以与上句相称。而“人事萧条”，盖不止目前所见而已。三、四骨肉睽离之戚，五、六阙廷疏远之怀，此则“人事”之最切者。跨马出郊之际，极目伤心，宜首及此。“供”字工甚。迟暮之身，尚思效力朝廷，岂意第供多病之用，此自悲自恨之词。（《杜诗说》卷九）（“西山”二句）对起。（“海内”句）上因句。（“天涯”句）倒因句。（“惟将”二句）实眼句。（“跨马”二句）应起联。

浦起龙曰：国患家离，两两系心。“三城戍”，提忧国。“万里桥”，提思家。三、四顶次句，思家之切也。五、六顶首句，忧国之忱也。题中“望”字意，皆暗藏在内。七点清，八总收。中四，思家忧国，分中有合。（《读杜心解》卷四）

范大士曰：笔意流动，亦复凄凄恻恻。（《历代诗发》）

杨伦曰：思家忧国，首二并提，起势最健。（“海内”二句）沉着。（《杜诗镜铨》卷八）

沈德潜曰：前半思家，后半思国。（《重订唐诗别裁集》卷十三）

纪昀曰：此首沉郁。（《瀛奎律髓汇评》卷十三引）

许印芳曰：起句排对，杜律多此。（同上引）

《唐宋诗醇》：孙仅所云：敻邈高耸，若凿太虚而嗷万窍，此类是已。流连光景，何足语此！

方东树曰：此诗起势写望而寓感慨。中四句题情。三、四远，五、六近。收点题出场，创格。此变律创格，与“支离东北”同。读此深悟山谷之旨。（《昭昧詹言》）

李锳曰：首二句凭空先写望中之景，已含家国之景。三、四句点到本身情事，不胜思家之感。五、六句复承“一身”发慨，传出忧国之心。第七句始点到“望”字，第八句家国总收。（《诗法易简录》）

在杜甫的七律中，这一首以境界的阔大和感情的沉郁著称。题称“野望”，即第七句所谓“跨马出郊时极目”之意，但望中有联想、有深思、有悲慨，内涵丰富，表情含蓄。

起联破空而来，大处落笔，先写东西极目所见宏阔杳远之境，景中寓情。出句写向西远眺，但见岷山主峰白雪皑皑，山下松维各州，三城列戍防守，以防吐蕃入侵。“西山白雪”，是极目远眺所见，“三城戍”则是想象，其中已寓含对西边形势的忧虑。对句写锦江浦口，水清如镜，江上横跨着著名的万里桥。这句是草堂近景，但“万里桥”的悠久历史和“万里之行，始于此桥”的掌故，却能引发对于悠远时空的想象，特别是对清江所向的广远长江中下游地区的想象，黄生谓“虽目不至而心已至之”，甚是。其中也蕴含有对少壮时曾历的吴越一带自然风光和人文胜景的追恋向往。两句用工整的对仗起，构成极其宏阔广远的江山万里画图，而对时势的隐忧，对祖国山川广远的热爱自寓其中。

颔联承次句“万里”转到自身。“海内”“天涯”对应“万里”。上句抒写对流离四散的诸弟的思念，“风尘”点出战争的背景，也是造成“诸弟隔”“一身遥”的原因，上承“三城戍”，下逗“人事萧条”。下句写自己一身遥居蜀地，因思家念弟，忧虑战局而涕泪沾襟。两句境虽阔大而意绪悲凉，写出在广阔空间境界中的阻隔感和孤独感。

“惟将迟暮供多病，未有涓埃答圣朝。”腹联承“一身遥”续写野望中的沉思与悲慨。杜甫困守长安时已经得了肺病，疟疾，入蜀后又患头风，年已迟暮，且兼多疾，看来自己的残年只能在老病交侵中打发日子了。“供”字惨然。一个身怀稷契之志，一心想着“致君尧舜上，再使风俗淳”的志士，按说应是“烈士暮年，壮心不已”，如今却只能将馀生交传给缠绵交侵的疾病，这真是莫大的悲哀。想到朝廷内外交困，安史之乱连延七年，尚未平定；西边的吐蕃，又时时觊觎入侵，自己身为前朝旧臣，在内忧外患交织之时却无微小的贡献来报效朝廷，心情既感到愧疚，又感到无奈。其时杜甫已完全是在野的布衣之身，生活又相当困窘，却以困窘之身而怀报国之志、忧国之心，令人倍感其胸襟的宽广博大。

“跨马出郊时极目，不堪人事日萧条。”尾联是全篇的结穴。出句点明题目，也透露前面六句所写全是出郊极目（即野望）时所见所思所慨所悲，而对句则集中揭示“野望”时的感受，亦即全篇主意。“人事萧条”包蕴甚广，举凡国势之衰微，民生之凋敝、郊野景象之荒凉乃至已身之衰暮均可包括在内。史载，这年二月，党项、奴剌进攻宝鸡，烧大散关，南侵凤州，大掠而西；李光弼被中使所迫攻洛阳，大败，死数千人；洛阳西面数百里，因叛军内乱，州县皆为丘墟；四月，蜀中梓州刺史段子璋反，自称梁王；五月，西川节度使崔光远与东川节度使李奂攻绵州，斩段子璋，牙将花惊定恃功大掠，乱杀数千人。九月，江淮大饥，人相食。蜀中的战乱更直接造成了民生的凋敝和百姓的死亡。这一切，诗人在极目远望时，或目击萧条凋敝景象，或遥想衰乱景象，均不免悲从中来，而自己以在野布衣之身，却对此无能为力，故曰“不堪人事日萧条”。虽写得虚涵概括，但感慨则极深沉。

水槛遣心二首〔一〕

去郭轩楹敞〔二〕，无村眺望赊〔三〕。澄江平少岸，幽树晚多花。细雨鱼儿出，微风燕子斜。城中十万户〔四〕，此地两三家。

蜀天常夜雨，江槛已朝晴。叶润林塘密，衣干枕席清。不堪祗老病，何得尚浮名？浅把涓涓酒，深凭送此生〔五〕。

校注

〔一〕水槛，傍水的有栏杆的亭轩类建筑。杜甫在上元元年（760）修建浣花草堂的同时，修建了供观赏垂钓的水槛（水亭）。其《江上值水如海势聊短述》云：“新添水槛供垂钓。”即指此。心，《全唐诗》校：“一作兴。”约作于上元二年。

〔二〕郭，指成都城郭。轩楹，廊柱。敞，宽。

〔三〕赊，阔远。

〔四〕《新唐书·地理志》：成都府，“户十六万九百五十，口九十二万八千一百九十九”。

〔五〕凭，依仗、凭借。

叶梦得曰：诗语固忌用巧太过，然缘情体物，自有自然工妙，虽巧而不见刻削之痕。老杜“细雨鱼儿出，微风燕子斜”，此十字殆无一字虚设。雨细着水面为沤，鱼常上浮而淰，若大雨则伏而不出矣。燕体轻弱，风猛则不能胜，唯微风则受以为势，故又有“轻燕受风斜”之语。至“穿花蛱蝶深深见，点水蜻蜓款款飞”，“深深”字若无“穿”字，“款款”字若无“点”字，皆无以见其精微如此。然读之浑然，全似未尝用力，此所以

不碍其气格高胜，使晚唐诸子为之，便当如“鱼跃练波抛玉尺，莺穿丝柳织金梭”矣。（《石林诗话》卷下）

刘辰翁曰：（次章）结细润有味。（《杜诗镜铨》卷八引）

赵汸曰：此诗八句皆言景，每句中自有曲折。题曰“遣心”，而诗不言情者，盖寓有不乐，登水槛，览景物而赋之，以自释也。（《赵子常选杜律五言注》卷中）

李璁佩曰：少岸、多花，亦属恒语。曰“平少岸”，分明一望渺然，则澄江愈澄矣。曰“晚多花”，如见夕阳掩映，则幽树愈幽矣。用字平易，只如不觉，若入晚唐，便添许多痕迹矣。（《辟疆园杜诗注解》五律卷五引）

仇兆鳌曰：（第一首）此章咏雨后晚景，情在景中。中四，皆水槛前所眺望者。末联，遥应郭、村，以见郊居之清旷。八句排对，各含遣心。（第二首）次章说初晴晓景，下四言情。“叶润”承“雨”，“衣干”顶“晴”。老病忘名，酒送馀生，此对景而遣怀也。蜀中雅州常多阴雨，号曰漏天。（《杜少陵集详注》卷十）

张谦宜曰：“澄江平少岸，幽树晚多花。细雨鱼儿出，微风燕子斜。”此白描写生手。彼云杜诗粗莽者，知其未曾细读也。（《絸斋诗谈》卷四）

浦起龙曰：首章横写。从槛外之景，空阔纵目也。一、二，从置槛处起，是首章体。“无村”，槛外即江也，恰接第三。江岸有树，恰接第四。五、六，接江边写。七、八，应转一、二。偏说有“家”，正使“无村”益显。次章竖写。就槛内之身，安排送老也。上四，从外入内，从景及身，渐渐逼近，亦逐句顶，引动下四矣。下四亦一滚。“浮名”不“尚”，则寄此生于此间，不言槛而槛见也。细密乃尔，勿曰平平。（《读杜心解》卷三）

杨伦曰：（“城中”句）应“去郭”。（“此地”句）应“无村”。（次章）（“叶润”句）承“雨”。（“衣干”句）承“晴”。（《杜诗镜铨》卷八）

《水槛遣心二首》，抒写诗人水亭晚眺晨赏的感受，在杜甫五律中是别具一格之作。

首章起联从水槛所在的处所落笔。“去郭”二字，一篇之根。由于远离城市，这一带住家稀少，周围没有成片的村落，凭轩览眺，视野显得非常阔远。“轩楹”（廊柱）本未必宽，因所眺者远，故觉其“敞”。“轩楹敞”即因“眺望赊”而来，两句对仗，而意则互补。不仅勾画出一片远离尘嚣的空旷境界，而且透露出诗人凭轩极目之际宽舒闲适的心境。“敞”字“赊”字，即隐含“遣心”之意。

颔联分写眺望中的远景、近景。春夏之交，锦江水涨，远远望去，江水几乎与对岸齐平，往日水浅时的高岸已不复见；近处，草堂内外，幽树丛生，在这寂静的黄昏，盛开着各色各样的花朵。江岸与江面齐平，益添阔远之感；繁花与黄昏相伴，愈增幽寂之趣，两句远近相映，阔远幽静相衬，使两个方面都显得更为突出。而无论远眺近观，又都统一于闲适之境。“少”字“多”字，似平易而实精工。

腹联分写俯视、仰望所见景物。槛外江面上，正下着蒙蒙细雨，形成一个个小水泡。水底的鱼儿时时浮出水面，在雨泡中欢快地游动；在微风中，轻盈的燕子正借着风势倾斜着身子掠过江天，准备归巢。这一联向为评家所赏，叶梦得的评语更每为鉴赏此诗者所称引。不过，叶氏只说到了诗人体物入微的一面，而忽略了隐藏在这后面的诗人那一份悠闲从容、欣喜轻快的心情。在细致入微地观赏景物的同时，诗人那久经丧乱的受到创伤的心，也似乎得到了抚慰熨帖，“遣心”的意蕴也就得到进一步的表现。

尾联回抱首联。“城中十万户”，极言成都之繁盛，用意却在反跌下句“此地两三家”，以见草堂这一带的闲远清旷。而这旷远的“去郭”之地，正是诗人得以纵目遣心的地方。浦起龙说：“偏说有‘家’，正使‘无村’益显。”可谓善体作者之意。

这一首每联都用工整的对仗，但读来却毫无板重之感。诗中既有首尾两联那种大处落墨的疏宕有致的笔法，又有颔腹两联那种细处着眼的精工刻画的笔法。浓密疏淡相间，对法又灵活多变，遂显得不单调不平板。而且精细处能传神写意，不落于纤巧；疏宕处亦不废锤炼，无浅率之弊。尾联出句先重笔放开，对句却淡淡着笔，徐徐收住，益见摇曳不尽之致与萧散自得之趣。

次章写水槛朝晴所见所感。起联以“蜀天常夜雨”的普遍现象反托“江槛已朝晴”的特殊情况（蜀中多雾苦雨，晴日少见，李商隐的《初起》诗至有“三年苦雾巴江水，不为离人照屋梁”之句），不言欣赏而欣赏之意自含其中，“已”字正微露意外的喜悦。“江槛”点题，“夜雨”“朝晴”承上章“晚”“雨”，是联章体照应勾连的写法。

三、四两句，分承“夜雨”“朝晴”。由于夜雨的浸润，林塘上本已繁茂的树叶，变得更加清润而茂密；而夜间原觉潮腻的衣衫枕席，却因朝来转晴变得干爽洁净了。如果说上句从视觉方面写出了自然景物的变化与节序的渐进，那么下句则从触觉方面传达出身心的舒适愉悦。“干”“清”二字，暗切题内“遣心”。上句侧重写景，下句侧重写人的感受，这就由景到人，过渡到下面两联。

“不堪祗老病，何得尚浮名?”经历多年的困顿流离，杜甫的身体已经衰弱多病。老而多病，本已困苦，着一“祗”字，见平生夙愿，尽成虚幻，唯余老病之身，故说“不堪”。既然如此，还怎能再去追求浮名呢？这“浮名”实即功名事业的贬称。既然连功名事业都看透了，那么剩下的日子便自然只有用酒来打发了，因此尾联接着表示：“浅把涓涓酒，深凭送此生。”

浦起龙说：“次章竖写。就槛内之身，安排送老也。上四，从外入内，从景及身，渐渐逼近，亦逐句顶，引动下四矣。下四亦一滚。‘浮名’不‘尚’，则寄此生于此间，不言槛而槛见也。细密乃尔，勿曰平平。”如果从结构章法和表面的意思看，浦氏的评述是相当精彩的。但细加寻绎，便不难发现，在后幅仿佛非常旷达闲逸的外表下，正蕴含着一种深沉的悲哀。“何得”二字，下笔很重，仿佛对“浮名”采取彻底否定态度，但骨子里却透出一种无可奈何的深悲，在自我告诫的口吻中正反映出内心深处对功名事业的不能忘情。“浅把涓涓酒”，好像极悠闲自得，但一和下句，特别是和“深”“送”二字联系起来，内心的痛苦便无法掩饰。一个怀着致君尧舜抱负的诗人，竟落得只能深凭杯酒来“送”走为日无多的衰病缠身的晚年，其处境之可悲、内心之沉痛可想而知。酒送残生，这也是一种“遣心”，但又是怎样一种痛苦的排遣啊！

像杜甫这样的诗人，生活中自然也有闲逸的一面，也有表现这种心境的诗，而且有时可以比某些生活闲适的诗人体物更细，刻画更工。但由于他那种始终关怀国事、面对现实的精神，总是很难长久保持闲适的心境。一时的陶醉与安闲并不能消融理想与现实的矛盾。因此，有时即使在旷达冲淡的表白中也不由自主地透露出了内心的苦闷。从这个角度看，割裂联章体的格局而独取前一首，是容易让读者产生错觉的。

闻官军收河南河北〔一〕

剑外忽传收蓟北〔二〕，初闻涕泪满衣裳。
却看妻子愁何在〔三〕，漫卷诗书喜欲狂〔四〕。
白日放歌须纵酒〔五〕，青春作伴好还乡〔六〕。
即从巴峡穿巫峡〔七〕，便下襄阳向洛阳〔八〕。

校注

〔一〕唐代宗宝应元年（762）十月，唐王朝各路大军由陕州发动反攻，再次收复洛阳，并相继平定河南各郡县。十一月，进军河北。叛军将领薛嵩、李抱玉、李宝臣、田承嗣、李怀仙等纷纷纳地投降。第二年（广德元年，763）春正月，叛军头子史朝义（史思明之子）兵败自杀。延续七年零三个月的安史之乱，终于宣告平定。这年春天，杜甫因为避军阀徐知道作乱，流寓在梓州（今四川三台县），听到胜利的喜讯，写下这首诗。

〔二〕剑外，剑门关以南的蜀中地区。蓟北，指安史叛军的老巢幽蓟地区，今京津地区及河北北部地区。

〔三〕却看，回看。妻子，妻子儿女，与下句“诗书”对文，均为复合名词。但实际上偏义于指妻。

〔四〕漫卷，胡乱地收卷。

〔五〕白日，阳光普照的晴朗日子。放歌，放声高歌。纵酒，纵情痛饮。

〔六〕青春，指春天。

〔七〕巴峡，《太平御览》卷六五引《三巴记》云：“阆、白二水合流，自汉中至始宁城下，入武陵，曲折三曲，有如巴字，亦曰巴江，经峻峡中，谓之巴峡。”阆、白二水即今嘉陵江之上游，杜甫从梓州出发东归，当经此巴峡。巫峡，长江三峡之一，在湖北巴东县西，与重庆市巫山县接界。

〔八〕诗人自注：“余田园在东京。”襄阳，今湖北襄阳市。襄阳县是杜甫祖籍。洛阳附近的巩县（今巩义）是杜甫的家乡。

笺评

范温曰：古人律诗亦是一片文章，语或似无伦次，而意若贯珠……“剑外忽传收蓟北，初闻涕泪满衣裳”，夫人感极则悲，悲定而后喜，忽闻大盗之平，喜唐室忽见太平，顾视妻子，知免流离，故曰“却看妻子愁何在”；其喜之至也，不觉手之舞之，足之蹈之，故曰“漫卷诗书喜欲狂”，从此有乐生之心，故曰“白日放歌须纵酒”；于是率中原流寓之人同归，以青春和暖之时即路，故曰“青春作伴好还乡”。言其道途则曰“即从巴峡穿巫峡”；言其所归则曰“便下襄阳向洛阳”。此盖曲尽一时之意，惬当众人之情，通畅而有条理，如辩士之语言也。（《潜溪诗眼》）

胡应麟曰：老杜好句中迭用字，惟“落花游丝”妙极。此外，如……“便下襄阳向洛阳”之类，颇令人厌。（《诗薮》）

黄克缵、卫一凤《全唐风雅》：（“却看”二句）写喜意真切，愈朴而近。自然是喜意流动得人，结复何等自然。喜愿之极，诚有如此，他语不足易也。

王嗣奭曰：说喜者云喜跃。此诗无一字非喜，无一字不跃。其喜在“还乡”，而最妙在束语直写还乡之路，他人决不敢道。（《杜臆》卷五）又曰：一气流注，而曲折尽情，绝无妆点，愈朴愈真。（仇氏《详注》引）

卢世㴶曰：“剑外忽传收蓟北，初闻涕泪满衣裳。”纯用倒装，在起手尤难。（《读杜微言》，即《杜诗胥钞馀论》）

金圣叹曰：此等诗，字字化境，在杜律中为最上乘也。（《金圣叹选批杜诗》）

黄周星曰：写出意外惊喜之况，有如长江放溜，骏马注坡，直是一往奔腾，不可收拾。（《唐诗快》）

吴乔曰：少陵七律，有一气直下，如“剑外忽传收蓟北”者。（《围炉诗话》卷二）又曰：如“剑外忽传收蓟北”等诗，全非起承转合之体，论者往往失之。（《答万季野诗问》）

毛奇龄曰：即实从归途一直快数作结，大奇。且两“峡”两“阳”作跌宕句，律法又变。（《唐七律选》）

顾宸曰：杜诗之妙，有以命意胜者，有以篇法胜者，有以俚质胜者，有以仓卒造状胜者。此诗之“忽传”“初闻”“却看”“漫卷”“即从”“便下”，于仓卒间，写出欲哭欲歌之状，使人千载如见。（《杜少陵集详注》

卷十一引）按：《辟疆园杜诗注解》七律卷二引此作黄维章评。

朱瀚曰："涕泪"，为收河北；狂喜，为收河南。此通章关键也。而河北则先点后发，河南则先发后点。详略顿挫，笔如游龙。又地名凡六见。主宾虚实，累累如贯珠，真善于将多者。（同上引）（《杜诗七言律解意》）

李因笃曰：转宕有神，纵横自得，深情老致，以为七律绝顶之篇。律诗中当带古意，乃致神境。然崔颢《黄鹤》以散为古，公此篇以整为古，较崔作更难。（《杜诗集评》卷十一引）

邵长蘅曰：一片真气流行，此为神来之作。（《五色批本杜工部集》引）

查慎行曰：由浅入深，句法相生，自首至尾一气贯注。似此章法，香山而外，罕有其匹。（《初白庵诗评》）

陆嘉叙曰：狂喜之气，流溢言外。（《杜诗集评》卷十一引）

吴农祥曰：全首历落奔射，浑茫无际，想情属真切，作者亦不知也。（同上引）

钱良择曰：预算归程，写出"喜欲狂"之态。（《唐音审体》）

杨逢春曰：通首一气挥洒，曲折如意，所谓试帖诗笔已如神者也。（《唐诗绎》）

谭宗曰："白首"不能"放歌"，要须"纵酒"而歌；"还乡"无人"作伴"，聊请"青春"相伴。对法整而乱、乱而整。又曰：一气注下，格律清异。（《近体秋阳》）

黄生曰：（"便下"句）掉字句，对结。此通首叙事之体。杜诗强半言愁，其言喜者，仅寄弟数作及此作而已。言愁者真使人对之欲哭，言喜者真使人又对之欲笑，盖能以其性情达之纸墨，而后人之性情类为之感动故也。学杜者不此之求，而区区讨论其格调，剽拟其字句，以是为杜，抑末矣。喜极而哭，逼真人情，徒然说喜，犹非真喜也。三、四往日愁怀忽然顿释，此情无可告诉，但目视其妻子而已。狂喜之至，则诗书无心复问，急急卷而收之。二语亦逼肖尔时情状。"剑外"见地，"青春"见时，是杜家数。"青春作伴"四字尤妙。盖言一路花明柳媚，还乡之际，更不寂寞。四字人演作一联，正未必能佳也。此诗结语与《恨别》如桴鼓之相应，读此益知彼作之妙。（《杜诗说》卷九）

仇兆鳌曰：上四，闻收复而喜，下四，急还故乡也。初闻而涕，痛忆乱离；破愁而喜，归家有日也。"纵酒"承"狂喜"，"还乡"承"妻子"。末乃还乡所经之路。（《杜少陵集详注》卷十一）

张谦宜曰：一气如话，并异日归程一齐算出。神理如生，古今绝唱也。（《䌹斋诗谈》卷四）

佚名曰：看他八句一气浑成中，细按之却有无限妙义，真是情至文生。（《杜诗言志》）

浦起龙曰：八句诗，其疾如飞。题事只一句，馀俱写情。得力全在次句，于神理妙在逼真，于文势妙在反振。三、四，以转作承。第五，仍能缓受。第六，上下引脉。七、八，紧申“还乡”。生平第一快诗也。（《读杜心解》卷四）

范大士曰：惊喜之至，层层翻人。（《历代诗发》）

杨伦曰：（“初闻”句）妙在此句一折。即喜极涕零意。（“却看妻子”）四字一读。（《杜诗镜铨》卷九）

蒋弱六曰：寇乱削平，愁怀顿释，一时无可告诉，但目视其妻子，至书卷无心复问，且卷而收之。二语确肖当日情状。（《杜诗镜铨》卷九引）

沈德潜曰：一气流注，不见句法字法之迹。对结自是落句，故收得住；若他人为之，仍是中间对偶，便无气力。（《重订唐诗别裁集》卷十三）

《唐宋诗醇》：惊喜溢于字句之外，故其为诗一气呵成，法极无迹。末联撒手空行，如懒残履衡岳之石，旋转而下，非有伯昏瞀人之气者不能也。

孙洙曰：一气旋折，八句如一句。而开合动荡，元气浑然，自是神来之作。（《唐诗三百首》）

陈德公曰：所谓狂喜，其中生气莽溢行间。结二尤见踊跃如鹜。作诗有气，岂在字句争妍。（《闻鹤轩初盛唐近体读本》）

方东树曰：此亦通篇一气，而沉着激壮，与他篇曲折细致者不同，题各有称也。起四句沉着顿挫，从肺腑流出，故与流利轻滑者不同。后四句又是一气，而不嫌其直致者，用意真，措语重，章法断结曲折也。（《昭昧詹言》）

鲁一同曰：用虚字之妙，备尽此篇。（《鲁通甫读书记》）

李锳曰：一气呵成。第五句“放歌”“纵酒”承第四句“喜欲狂”，作一宕折，再转出第六句“好还乡”来，方不径直。“青春作伴”是加一倍写法，更见喜跃之情。至末二句预计归程，紧承第六句来，尤为透趋法之显然者。（《诗法易简录》）

施补华曰："剑外忽传收蓟北"，今人动笔，便接"喜欲狂"矣。忽拗一笔云："初闻涕泪满衣裳"，以曲取势，活动在"初闻"二字。从"初闻"转出"却看"，从"却看"转出"漫卷"，才到喜得还乡正面，又不遽接还乡。用"白首放歌"一句垫之，然后转折还乡。收笔"巴峡穿巫峡""襄阳向洛阳"，正说还乡矣，又恐通首太流利，作对句锁之。即走即守，再三读之思之，可悟俯仰用笔之妙。（《岘佣说诗》）

延续八年的安史之乱，终于在代宗广德元年（763）春平定，这是当时的军事政治大事，也是杜甫一生中所经历的大事。具有"诗史"称号的杜诗，对这件大事的反映却并没有用长篇五古或七古这种便于详尽叙事的诗歌样式，而是用格律极为精严的七律这种形式来淋漓尽致地抒情。这个事实，似乎有些出人意料，却非常符合杜甫当时的心境，刚听到胜利的消息，他的头一个创作冲动就是要尽情释放压抑了多年的感情，而不是记录这一长段历史；而他之所以采取七律这种形式，则又说明他对这种形式的掌握已经达到随心所欲而不逾矩的程度。

"剑外忽传收蓟北，初闻涕泪满衣裳。"第一句叙事，点明题目，注意那个"忽"字。平定安史之乱，恢复国家的统一，是杜甫多年来一直盼望的。但由于唐王朝统治集团政治上的腐败、军事上的失策，使这场叛乱年复一年地延续，杜甫也就一次又一次地失望。现在，这突然传来的特大喜讯，既是想望已久的，又是出乎意料的，所以说"忽闻"。听到这天大的喜讯，应该欢天喜地，怎么反会"涕泪满衣裳"呢？评家均以为这是喜极而悲，是因为惊喜而掉泪。这恐怕未必。喜极不一定就悲。如果所喜的那件事本身和生活经历中悲的情事没有联系，喜极也无非就是狂喜而已，并不会"涕泪满衣裳"。这一句必须结合杜甫的生活经历，才能体会到它的真切与强烈。杜甫是一个忧国忧民而又饱经丧乱的诗人，多年来一直为国家的残破而感到极度沉痛，为国家的命运而担心、流泪。"不眠忧战伐，无力正乾坤"。他自己在这场旷日持久的战争中也吃尽了苦头。乍一听到安史之乱终于平定的消息，在意外惊喜的同时，过去长时期中亲身经历的国家的灾难、百姓的痛苦和个人的颠沛流离、艰难困苦统统化为一股强烈的感情的潮流，一下子涌上心头，热泪不禁夺眶而出，洒满了衣裳。杜诗中类似的描写，像"妻孥怪我在，惊定还拭泪”，“喜心翻倒极，呜咽泪沾巾”，都和生活经历中悲的情事密切相关，喜极而悲，必定是在喜的瞬间唤起了对过去悲苦经历情事的追忆而悲从中来，尽管这种反应十分迅疾，有时连当事者自己都未必明确意识到。唯其如此，更加真切。不说“沾衣裳”而说“满衣裳”，也正见感情冲击力之强烈。

“却看妻子愁何在，漫卷诗书喜欲狂。”这一联紧承第二句，写悲痛过后接着产生的狂喜。用了两个生活细节（却看妻子、漫卷诗书）来渲染“愁何在”“喜欲狂”的感情，极其真切传神，这两个细节都是在极度喜悦、兴奋的情况下一种情不自禁的近乎下意识的举动。在听到特大喜讯，心情极度兴奋时，总是抑制不住地想和别人交流一下内心的喜悦，正好朝夕相处的妻子就在旁边，于是情不自禁地回过头来就要跟她交流一下内心的激动喜悦，由于对方是对自己的思想感情、生活经历了若指掌的老伴，所以连“胜利了”“终于等到了这一天”这样的话都无须说，只要迅速看上一眼，交换一个欣喜的目光，彼此的心情就迅速得到了交流。双方都立即感到历年来郁积的一切忧愁苦闷、精神上的一切重压，在一刹那间都烟消云散。“愁何在”三字，正道出了精神上大解放的快感。“漫卷诗书”也同样是在极度兴奋的情况下不自觉地做出来的一种下意识的动作。人在这种场合，往往会控制不住地手舞足蹈或者手足无措。因为喜欲狂，不知不觉地将摊开的书卷胡乱地卷成一团。或谓“漫卷诗书”是因为杜甫想到立刻回家，忙不迭地收卷诗书，这恐怕是将无意识的举动理解为目的性非常明确的归家准备，反失诗趣。上一联写初闻消息后的惊喜与悲从中来，这一联写悲过之后的欣喜若狂，感情的发展完全符合生活逻辑。

“白日放歌须纵酒，青春作伴好还乡。”这一联承上启下。上句承“喜欲狂”，用“放歌”“纵酒”来渲染内心的兴奋喜悦；下句由狂喜进一步发展为“还乡”的渴望。同样是春天，在国破家散的情况下，是“感时花溅泪，恨别鸟惊心”，而在平叛战争胜利的情况下，却感到阳光也变得特别灿烂明亮，春天也变得特别多情了。“白日”不只是写出了艳阳高照的天气，也写出了人的心理感受；“青春作伴”，不只是趁着春天还乡的意思，而且把春天拟人化了，仿佛春天有意为胜利还乡的诗人做伴，可以说同时写出了诗人心里的春天。两句中的“须”“好”两个虚字强调的意味很重，很传神。“须”者，应该也。大有此时不饮，更待何时的味道，充分表达出诗人兴会淋漓的情状。如果改成“兼”字，便兴味索然。“好”者，正好也，着一“好”字，便有天从人愿、天助人兴之感。若改成“可”字，同样情味顿失。放歌纵酒，似乎和我们印象中杜甫那种迂夫子的形象不大相符，但这的的确确是彼时彼地的杜甫。有那种长期积郁的忧愁苦闷，才会有胜利的消息传来后抑制不住的豪情狂态。

“即从巴峡穿巫峡，便下襄阳向洛阳。”“巴峡”，指从梓州到渝州（今重庆市）这一带的巴江江峡。旧解“巴峡”为巴东三峡中的巴峡不是旅程的起点，不能说“从”。峡险而窄，故曰“穿”，同时也写出舟行如箭、一穿而过的迅疾感、轻快感。穿过巫峡以后，就到了今湖北境内的江陵，出峡顺水而迅速，故说“下”。由江陵到洛阳，要由水路改成陆路，先到襄阳，再到洛阳，这里不说“下江陵”，而说“下襄阳”，主要是与上句两“峡”字叠字对应，同时也因襄阳是诗人的祖籍，而“洛阳”是诗人的家乡，对于“还乡”而言，“襄阳”与“洛阳”二地具有标志性意义。“向”字具有“直指”的意味。这一联紧承第六句“还乡”，预想还乡时所取的路线和目的地。这一段路约有三千多里，在古代交通不便的情况下，要花几个月时间，但杜甫因为极度兴奋，归心似箭，巴不得一步就跨到家，所以在畅想中竟把这三千余里的水陆行程描叙得似乎可以朝发夕至。两句中一连用了四个带有叠字的地名（巴峡、巫峡、襄阳、洛阳），又接连用了“即从”“穿”“便下”“向”四个词语，将它们组合在一起，就好像在读者面前接连闪过几个迅速变换的叠印镜头，使人眼花缭乱，目不暇接。空间的距离似乎根本不存在，一转眼就到了洛阳。就描写来说，这是高度的夸张；但就表现杜甫当时的心情来说，却是高度的真实。在句式上，这一联采用了流水对这种一意贯串的句式，更加强了其疾如飞的气势，诗也就在这种神驰天外的淋漓兴会中结束。

与《春望》并读，会更突出地感受到杜甫的喜怒哀乐和国家的安危息息相关。尽管这两首诗，一悲一喜，感情上是两个极端，但思想感情基础却同是对祖国深沉、强烈的爱。尽管这首诗除第一句叙事外，其他七句全是抒情，抒情诗句当中也没有任何政治术语，没有一处直接涉及时事，但它的确是典型的政治抒情诗，关键就在于诗里蕴含的感情与时代政治、国家命运紧密相连。

浦起龙称这首诗为杜甫“生平第一快诗”，可以说抓住了它的突出特点。首先是感情的痛快淋漓。从初闻消息时的“涕泪满衣裳”，到“愁何在”“喜欲狂”，到“放歌”“纵酒”，到渴望还乡，最后发展成对还乡行程的畅想，可以说整首诗的感情都是处在一种大悲大喜，完全放纵的状态。故读来倍感痛快淋漓，无复往日那种迂回曲折、抑扬吞吐的情味。但在痛快淋漓之中，又蕴含着一种内在的沉郁，这就是诗人对国家命运的深切关注和对祖国的深沉强烈的爱，同时还包含诗人多年来颠沛流离、艰难困苦的生活经历所造成的深沉积郁。没有这，就不可能有“涕泪满衣裳”的感情表现和“喜欲狂”的感情爆发，就不可能产生这种“泼血如水”式的诗。这种诗，可以说不是做出来的，而是喷涌出来的。但我们不能只看到它喷涌而出时的淋漓痛快，还应想想它何以有这样巨大的喷涌力量。生活基础的深厚、思想感情的深沉，是这首诗感情痛快淋漓的基础。因此这种“痛快”，是沉着痛快，而不是轻快或轻飘。方东树说此诗“通篇一气，而沉着激壮……与流利轻滑者不同”，可谓知言。

其次，是艺术风格上的“快”。读这首诗，八句诗句句紧接，逼着读者非一口气读完不可，确实给人以一气直下，其疾如飞之感。思想感情的“快”又和艺术风格的“快”和谐统一。但只看到这一点还比较表面，还应看到在“快”之中有递进发展。尽管这首诗整个来说都是抒写刚听到胜利消息后短时间内产生的感情，而且这种感情又是爆发性的、奔迸式的，但却是一个合乎逻辑的递进发展过程，即“初闻”而“悲”（涕泪满衣裳），继之而“愁何在”“喜欲狂”，再接着是“放歌纵酒”的狂态，和“还乡”的渴望，最后发展成为对归程的“畅想”。这样一个感情发展过程，可以说是瞬息万变的，却被诗人非常准确细致地、有层次地表现出来了。去掉其中一个层次或改变层次的次序都不行。可以说是在充满浪漫主义激情的感情发展描写中体现出严谨的现实主义精神。

“快”之中有生动细致的细节描写。“快”与“细”是有矛盾的。感情的痛快、发展的迅疾，容易产生粗放的毛病。而粗放，没有生动的细节描绘，抒情就会流于空泛，缺乏生活气息。这首诗的一个优点，就是快中有细。像“却看妻子”和“漫卷诗书”这两个细节，就是完全从生活中来的传神写照之笔。如果没有它，“愁何在”“喜欲狂”的感情就得不到真切而富有感染力的表达。

“快”之中有语言的精心锤炼。这首诗抒发的是一种奔泻而出的痛快淋漓的感情，发展又非常迅疾多变，按说应该用七古这种体裁来抒写。七律这种形式，字句、格律都有严格限制，很少回旋余地，似乎不大适合表现这种状态的感情。杜甫却出奇制胜，创造性地在每一句都用一个经过精心锤炼的虚字，即“忽”“初”“却”“漫”“须”“好”“即”“便”。八个虚字就像一条纽带，把全诗连成一个不可分割的整体。它们既在各自的句子中有独立的表情达意的作用，又互相配合、呼应（忽与初、却与漫、须与好、即与便），把诗人当时那种兴会淋漓的情状传神地表达了出来，而且使全诗显得一气贯注，一气呵成。一般地说，七律不宜多用虚字，否则容易缺乏遒劲的骨格。这首诗却好像故意触犯这个忌讳，句句都用，而且都用得非常精彩。这在具体分析每一句时已经涉及。这里不妨从相反方面作一个假设，即把这些传神的虚字去掉或换掉，削成一首五言八句的诗：

人传收蓟北，涕泪满衣裳。
看妻愁何在，卷书喜欲狂。
放歌兼纵酒，春日可还乡。
巫峡穿巫峡，襄阳向洛阳。

不管通不通，似乎还是诗，但那种火山爆发式的感情大大减弱了，神采也不见了。可见虚字的运用下了很大功夫。然则虽是"快诗"，看来写得却未必"快"，甚至还可能是"新诗改罢自长吟"。总之，这首诗在杜甫的七律中虽为变格，但变中仍不失其沉郁顿挫的本色。

有感五首（其三）〔一〕

洛下舟车入〔二〕，天中贡赋均〔三〕。
日闻红粟腐〔四〕，寒待翠华春〔五〕。
莫取金汤固〔六〕，长令宇宙新〔七〕。
不过行俭德，盗贼本王臣〔八〕。

〔一〕黄鹤注："此广德元年，逐时有感而作，非止成于一时。"（仇兆鳌注引）杨伦《杜诗镜铨》云："此诗或编在广德元年之春，事迹既多不合；或编在是年冬，方当蕃寇披猖，乘舆播迁，岂宜有'慎勿吞青海'语？且此时而欲议封建，则亦迂矣。详其语意，当是收京后广德二年春作。盖吐蕃虽退，而诸镇多跋扈不臣，公复忧其致乱，作此惩前毖后之词。未几仆固怀恩遂引吐蕃、回纥入寇，亦已有先见。所谓编次得，诗意自明者也。”按：仇注引卢（元昌）注已谓：“五章当收京后，追述当年时事，盖痛其前又勉其后也。”杨伦当本卢注。这里选的是组诗的第三首，系借议论迁都洛阳之事而主张朝廷应行俭德而恤百姓。

〔二〕洛下，即洛阳。舟车入，指水陆交通便利。

〔三〕天中，天下之中。《史记·周本纪》：“成王在丰，使召公复营洛邑，如武王之意。周公复卜申视，卒营筑，居九鼎焉。曰：‘此天下之中，四方入贡道里均。’”天中贡赋均，谓四方入贡，道里均等。

〔四〕日闻，经常听说。红粟腐，《汉书·食货志》：“太仓之粟，陈陈相因，腐败而不可食。”按：此本《史记·平准书》：“至今上即位数岁，汉兴七十馀年间，国家无事，非遇水旱之灾，民则人给家足，都鄙廪庾皆满，而府库馀货财，京师之钱累巨万，贯朽而不可校。太仓之粟陈陈相因，充溢露积于外，至腐败不可食。”红粟，指储藏过久腐败变色的粮食，句意讽统治者任意糟蹋聚敛来的粮食，任其腐烂。

〔五〕寒，指贫寒的百姓。翠华，皇帝仪仗中以翠羽为饰的旌旗，借指天子。春，名词作动词用，犹言恩煦、温暖。

〔六〕莫取，不要只考虑。金汤固，城池的坚固。语本《汉书·蒯通传》：“必将婴城固守，皆为金城汤池，不可攻也。”颜注：“金以喻坚，汤喻沸热不可近。”句意谓建都之事，不要只考虑城池之坚固。

〔七〕宇宙新，指天下百姓安居乐业，国家有新气象。

〔八〕本王臣，本是皇帝的臣民。

笺评

顾宸曰：是年天兴圣节，诸道节度使献金饰器用、珍玩骏马，共值缗银二十四万。常兖上言请却之，不听。代宗渐有奢侈之志，故以俭德规之。（《杜少陵集详注》卷十一引）

钱谦益曰：自吐蕃入寇，车驾东幸，程元振劝帝都洛阳以避蕃乱，郭子仪附章论奏，其略曰：“东周之地，久陷贼中，宫室焚烧，十不存一。矧其土地狭隘，才数百里间，东有成皋，南有二室，险不足恃，适为战场。明明天子，躬俭节用，苟能抑竖刁、易牙之权，任蘧瑗、史鳝之直，

则黎元自理，寇盗自息。”公此意，正檃括汾阳论奏大意。（《杜少陵集详注》卷十一引）

朱鹤龄曰：唐江淮之粟，皆输洛阳，转运京师。时刘晏主漕，疏浚汴渠，故言洛下舟车无阻，贡赋大集，当急布春和，散储粟以赡穷民。（同上引）

王道俊曰：《伤春》诗有“近传王在雒”及“沧海欲东巡”之句，则此诗为传闻代宗将幸东都而作也。史称丧乱以来，汴水湮废，漕运自江汉抵梁、洋，迂险劳费。广德二年三月，以刘晏为河南江淮转运使。时兵火之后，中外艰食，晏乃疏汴水，岁运米数十万石以给关中。公之意，唐建东都，本备巡幸。今汴洛之间，贡赋道均，且漕运已通，仓粟不乏，只待翠华之临耳。忽谓洛阳陿阸，无金汤可守，乘此时而赫然东巡，号令天下，则宇宙长新矣，盖能行恭俭之德，则率土皆臣，盗贼岂足虑哉！王导论迁都云：“能弘卫文大帛之冠，无往不可。若不织其麻，则乐土为墟。”公意正此意也。（同上引）仇兆鳌按：已上两说不同，今主钱氏，有子仪筹策可据也。

黄生曰：七律之《诸将》，责人臣也；五律之《有感》，讽人君也。然《有感》虽讽人君，未尝不责人臣，以疆事、国事败坏至此，皆人臣之罪也。公平日谆谆论社稷忧时事者，大指尽此五首……（其三）时代宗用程元振之谋，将都洛阳，因郭子仪附章论奏而止。公意盖亦主迁都之说。一以关中数遭残破，其险已不足恃；一以朝廷贡赋仰给东南，诸道上供，不以时至。洛阳昔称天中，舟车四达之地，居中以受四方之贡赋，所以便事也。后半盖言关中虽金城汤池，已非所论于今日。况保天下者在德不在险，欲为社稷灵（久）长之计，惟以俭德先天下，则物力可纾，元气可复，民心国脉，于此攸关，盗贼本是王臣，革面易心，可坐而致，奚必用兵而后得志乎？此章盖申上章未尽之旨。又曰：《有感五首》，在公生平为大抱负，即全集之大本领。（《杜诗说》卷六）

仇兆鳌曰：此章，叹都洛之非计。上四，述时议；下四，讽时事。议者谓帝幸东都，其地舟车咸集，贡赋道均，且传仓多积粟，春待驾临。此特进言者之侈谈耳。岂知国家欲固金汤而新宇宙，实不系于此。若能行俭德以爱人，则盗贼本吾王臣耳，何必为此迁都之役耶！（《杜少陵集详注》卷十一）

浦起龙曰：五诗大意，总为河北藩镇而发。是年（广德元年）春，仆固怀恩奏留降将，意在豢贼，朝廷厌苦兵革，因而授之。魏博、卢龙，形势连络，又习见安、史已事，擅命之势已成，公有忧之。一章云“云台旧拓边”，二章言“诸侯春不贡”，三章言“盗贼本王臣”，四章言“未有不臣朝”，五章言“胡灭人还乱”，皆明指河北，全不及吐蕃。钱、仇诸人援据纷纷，蕃、藩错出，几如乱丝难理，何其过欤！时虽吐蕃不久入寇，然此诗固各有所指也。（三章）钱笺以此章为避吐蕃，幸陕州，程无振劝都洛阳，郭子仪附章论之，谓东周险不足恃，天子躬俭节用，则寇盗自见，公正隐括其意。愚谓如钱所引，则诗当作于十月以后矣，何无一语及吐蕃陷京事耶？盖尝考之：洛阳为关中漕运咽喉，自兵兴陷没，道梗迂费，关中百姓，挼穗以给禁军，公私两竭久矣。时则东京再收，而元载、刘晏以宰相领度支，颇好言财利。必有议复旧运，而以迁都就饷之说进者。虽浚汴通漕之事尚在明年，而诸臣预筹国计，所必然也。公得之传闻，喜与惧交至焉。喜国用之复充，而惧根本之轻动及专利之渐长也。上四，传述所闻；下四，条陈理势，句句有下落。“日闻”，言近日有闻，此二句直贯两句，谓传闻驾将东幸也。“金汤”指洛下。“宇宙新”，起下“行俭”以安反侧。（《读杜心解》卷三）

邵长蘅曰：五诗皆纪时事，气格深浑，是大家数。（其三）此欲其行俭德以消逆乱。（《杜诗镜铨》卷十一引）

杨伦曰：（“寒待”句）去冬有迁都洛阳之议。（“莫取”二句）言立国不在乎地利，但能修德自强，节俭爱民，宇内自有更新气象也。（《杜诗镜铨》卷十一）（“不过”二句）仁人之言。

李锳曰：通首一气转折，气足神完。议论尤为醇正。（《诗法易简录》）

鉴赏

此诗写作时间，有广德元年（763）春、广德元年秋、广德元年冬、广德二年春诸说。根据此诗内容涉及迁都洛阳之议，当以广德元年冬或广德二年春之说为是。《旧唐书·郭子仪传》：“自西蕃入寇，车驾东幸，天下皆咎程元振，谏官屡论之。元振惧，又以子仪复立功，不欲天子还京，劝帝且都洛阳以避蕃寇，代宗然之，下诏有日。子仪闻之，因兵部侍郎张重光宣慰田，附章论奏曰（按：其内容钱笺已节引，不录）。代宗省表，垂泣谓左右曰：'子仪用心，真社稷臣也。可亟还京师。'十一月，车驾自陕还宫。"则程元振迁都之议及代宗然之之事，当在广德元年十月吐蕃陷长安，十一月代宗还京之间，子仪附幸论奏亦在其时。杜甫此诗，写作时间可能稍晚，则广德元年冬及二年春均有可能。或以此诗未提及吐蕃入寇事而编元年秋，与迁都之议提出的时间不合，当非。

"洛下舟车入，天中贡赋均。"首联先从洛阳所处的优越地理位置写起。两句是说，洛阳居于全国中心，水陆交通便利，四方入贡赋税，到这里的路程也大致相等。这里所说的内容也就是主张迁都洛阳的人所持的主要理由。诗人用肯定的口吻加以转述，是因为单就地理位置而论，洛阳确有建都的优越条件。这里先让一步，正是为了使下面转出的议论更加有力。这是一种欲擒故纵的手法。

"日闻红粟腐，寒待翠华春。"颔联紧承"舟车""贡赋"，翻出新意。两句是说，我常听说，洛阳的国家粮仓里堆满了已经腐败的粮食，贫寒的老百姓正延首等待皇上能给他们带来春天般的温暖呢。话说得很委婉。实际上杜甫是反对迁都洛阳的，但他一则旁敲侧击，说"天中"只不过提供了聚敛贡赋之便，这些取之于民的粮食并不用之于民，而让它们在粮仓里白白烂掉；一则反话正说，明言百姓所待以见百姓所怨。当时持迁都之议的人们中，必有以百姓盼皇帝东幸洛阳为辞的，诗人接过这个话茬，含而不露地反唇相讥说：百姓所望的是"翠华春"，是皇帝给老百姓带来春天般的温煦，而不是一场因迁都而劳民伤财的灾难。

主张迁都洛阳的人还将洛阳的地险作为迁都的理由，于是诗人又针对这种议论而发表见解道："莫取金汤固，长令宇宙新。""莫取"，就是"不要只着眼于"的意思。杜甫并不是否认"金汤固"的作用，但他认为，对于巩固封建国家政权来说，根本的凭借是不断革新政治，使百姓安居乐业，使全社会长期保持新的气象。两句一反一正，一谆谆告诫，一热情希望，显得特别语重心长。诗写到这里，已经从具体的迁都问题引申开去，提高升华到根本的施政原则，因此下一联就进一步说到怎样才能"长令宇宙新"。

"不过行俭德，盗贼本王臣。"答案原极简单而平常：只不过是皇帝躬行俭德，减少靡费，减轻人民的负担罢了。要知道，所谓"盗贼"，本来都是皇帝的臣民呵！腹联"莫取""长令"，反复叮咛，极其郑重，末联却轻描淡写地拈出"不过"二字。这高举轻放的戏剧性转折，使得轻描淡写的"不过"更加引人注目，更增含蕴。它暗示皇帝躬行俭德的重要性，历代帝王无不耳熟能详，甚至经常挂在口头，但真正能付诸实践，作为施政根本原则的却寥寥无几。“不过”二字，正揭示出统治者不能也不愿真正实行这个简单而有效的施政原则的情形。为了进一步强调“行俭德”的重要，诗人又语重心长地补上一句“盗贼本王臣”，一针见血地揭示了封建统治者的奢侈淫逸、肆意诛求搜刮，而导致民穷为盗的事实，思想的深刻、感情的深沉和语言的明快尖锐，在这里被和谐地统一起来了。

杜甫这首诗的内容与郭子仪反对迁都的论奏大意的相合，看来不是出于偶然。很有可能是杜甫在得知代宗因郭子仪之论奏罢迁都洛阳之议以后，而写了这首诗。实际上，反对迁都在诗中只是一个话题，诗人的真正意图是希望皇帝行俭德，施仁政，惠百姓，从具体的问题上升到施政的根本原则。

诗富于政论色彩，又具有强烈的艺术感染力，是带有杜甫独特个性的作品。如果说将议论引入五律这种通常用来抒情写景的形式，并以之贯串全诗，是杜甫的一种有意义的尝试，那么议论挟情韵以行，便是杜甫成功的艺术经验。

登　高〔一〕

风急天高猿啸哀〔二〕，渚清沙白鸟飞回〔三〕。
无边落木萧萧下〔四〕，不尽长江滚滚来〔五〕。
万里悲秋常作客〔六〕，百年多病独登台〔七〕。
艰难苦恨繁霜鬓〔八〕，潦倒新停浊酒杯〔九〕。

校注

〔一〕朱鹤龄注：旧编成都诗内。按：诗有“猿啸哀”句，定为夔州作。诗作于大历二年（767）深秋。

〔二〕天高，秋高气爽，秋空高远明净，故云。三峡多猿，民谣有“巴东三峡巫峡长，猿鸣三声泪沾裳”之句，《水经注·江水》谓：“每至晴初霜旦，林寒涧肃，常有高猿长啸，属引凄异，空谷传响，哀啭久绝。”故云“猿啸哀”。

〔三〕渚，江中小洲。也可指江边沙洲。回，回旋。

〔四〕落木，落叶。《楚辞·九歌·湘夫人》："袅袅兮秋风，洞庭波兮木叶下。"萧萧，象声词，此处状草木摇落声。

〔五〕滚滚，《全唐诗》原作"衮衮"，通。此据仇注本改。

〔六〕句意即万里作客常悲秋。

〔七〕百年，犹一生。

〔八〕苦恨，犹忧愁、愁恨。繁霜鬓，白发日繁。

〔九〕潦倒，指身体衰弱多病。浊酒，质量差的酒。杜甫因肺疾戒酒，故云"新停浊酒杯"。

笺评

罗大经曰：杜陵诗云："万里悲秋常作客，百年多病独登台。"盖万里，地之远也；秋，时之凄惨也；作客，羁旅也；常作客，久旅也；百年，齿暮也；多病，衰疾也；台，高迥处也；独登台，无亲朋也。十四字之间含八意，而对偶又精确。（《鹤林玉露》乙编卷五）

杨万里曰：又"无边落木萧萧下，不尽长江滚滚来"二句，亦以"萧萧""滚滚"唤起精神。又曰："词源倒流三峡水，笔阵独扫千人军""无边落木萧萧下，不尽长江滚滚来"，前一联蜂腰，后一联鹤膝。（《诚斋诗话》）又曰：全以"萧萧""滚滚"唤起精神，见得连绵，不是赘语。（《唐诗广选》引）

刘克庄曰："无边落木萧萧下，不尽长江滚滚来。万里悲秋常作客，百年多病独登台。"此二联不用故事，自然高妙，在樊川《齐山九日》七言之上。（《后村诗话》新集卷二）

刘辰翁曰：（"无边"二句）句自雄畅。（"艰难"二句）结复郑重。（《唐诗品汇》卷八十四引）

方回曰：此诗已去成都分晓，旧以为在梓州作，恐亦未必。当考公病而止酒是何年也。长江滚滚，必临大江耳。（《瀛奎律髓》卷十六）

李东阳曰："无边落木萧萧下，不尽长江滚滚来。万里悲秋常作客，百年多病独登台。"景是何等景，事是何等事！宋人乃以《九日蓝田崔氏庄》为律诗绝唱，何耶？（《麓堂诗话》）

王世贞曰：何仲默取沈云卿《独不见》，严沧浪取崔司勋《黄鹤楼》为七律压卷。二诗固胜，百尺无枝，亭亭独上，在厥体中，要不得为第一也

……老杜集中，吾甚爱“风急天高”一章，结亦微弱。(《艺苑卮言》)

王慎中曰：起、结皆臃肿逗滞，节促而兴短，句句实，乃不满耳。(《五色批本杜工部集》)

胡应麟曰：杜“风急天高”一章五十六字，如海底珊瑚，瘦劲难名，沉深莫测，而精光万丈，力量万钧。通章章法、句法、字法，前无古人，后无来学。微有说者，是杜诗，非唐诗耳。然此诗自当为古今七言律第一，不必为唐人七律第一也。(元人评此诗云：“一篇之内，句句皆奇；一句之中，字字皆奇。”亦有识者)又曰：若“风急天高”，则一篇之中，句句皆律；一句之中，字字皆律。而实一意贯串，一气呵成。骤读之，首尾若未尝有对者，胸腹若无意于对者；细绎之，则锱铢钧两，毫发不差，而建瓴走坂之势，如百川东注于尾闾之窟。至四句用字，又皆古今人必不敢道、决不能道者，真旷代之作也。然非初学士所当究心，亦匪浅识者所能共赏。又曰：此篇结句似微弱者，第前六句既极飞扬震动，复作峭快，恐未合张弛之宜，或转入别调，反更为全首之累。只如此软冷收之，而无限悲凉之意，溢于言外，似未为不称也。(《诗薮·内编·近体中·七言》)

胡震亨曰：无论结语膇重，即起处“鸟飞回”三字，亦勉强属对，无意味。(《唐音癸签》卷十)

张綖曰：少陵诗有二派。一派立论宏阔，如此篇“万里悲秋常作客，百年多病独登台”及“二仪清浊还高下，三伏炎蒸定有无”等作，其流为宋诗，本朝庄定山诸公祖之；一派造语富丽，如“珠帘绣柱围黄鹄，锦缆牙樯起白鸥”“鱼起细浪摇歌扇，燕蹴飞花落舞筵”等作，其流为元诗，本朝杨孟载诸公祖之。(《杜少陵集详注》卷二十引)

唐汝询曰：此客中登眺感迟暮也。言登高而当秋风摇落之时，沙渚清幽之处，故啼猿飞鸟各自有情。落木江波，一望无际，是所见者万里皆秋，而以久客值此，其悲可知。百年多病而又独身登台，其愁更可想矣。盖客久则艰难备尝，病多则潦倒日甚，是以白发弥添，酒杯难举，将何以慰此穷愁也哉！(《唐诗解》卷四十三)

陆时雍曰：三、四是愁绪语。(《唐诗镜》)

陆深曰：杜格高，不尽合唐律。此篇声韵，句句可歌，与诸作又别。(《删补唐诗选脉笺释会通评林·盛七律》引)

蒋一葵曰：虽起联两句中各自对，老杜中联亦多用此法。(同上引)

吴山民曰：次联若大海奔涛，四叠字振起之。三联“常”“独”二字，

何等骨力！（同上引）

周珽曰：章法句法，直是蛇神牛鬼佐其笔战。（同上）

王夫之曰：尽古来今，必不可废。结句生僵，不恶。要亦破体特断，不作死板语。（《唐诗评选》）

王士禛曰：正当好诗，千回讽之不厌。（《五色批本杜工部集》引）

查慎行曰：对起有飒沓之势，结句亦对。（《初白庵诗评》）又曰：七律八句皆属对，创自老杜。前四句写景，何等魄力！（《瀛奎律髓汇评》引）

李因笃曰：高调古质，吴冠正声。（《杜诗集评》引）

吴农祥曰：八句对，一气折旋，意含百炼而成，句用千回而就。此诗唯胡元瑞知其奇绝。他人苛细，皆不知也。（同上引）

朱瀚曰：律贵匀稳，亦须著一、二得力字面，即通体生动，如武帝《秋风词》、荆轲《易水歌》，神采全在“风”字，此作亦尔。起手二字，是其得力处。惟“风急”，故猿啸哀绝，鸟飞却回，落木为之萧萧，长江为之滚滚，此传神法。“艰难”应“作客”，“霜鬓”则又年老，何堪萍转！“潦倒”应“多病”，止酒倍加寂寞，何以消愁！此进步法。胡元瑞谓结联为软冷，此隔靴之见。（《杜诗七言律解意》）

陈式曰：此诗读者亦谓五、六备极顿挫，不知此诗一句有一句之顿挫；合看两句，有两句之顿挫；合看通篇，有通篇之顿挫。顿挫为公独得之妙，此诗政当于字字顿挫求之。（《问斋杜意》卷十七）

杨逢春曰：此是辍饮独登而作。前四劈空写景。（《唐诗绎》）

吴昌祺曰：太白过散，少陵过整，故此诗起太实，结亦滞。（《删订唐诗解》）

胡以梅曰：对起对结，浑厚悲壮，大家数。此在夔州所作。江山境界，能助诗神。“风急天高”，极得“登高”之神情。（《唐诗贯珠串释》）

张谦宜曰：《登高》通体用紧调，雄健严肃，七律第一格。通体紧调最不易学，其声色气象齐到处，正是养得足。（《絸斋诗谈》卷四）

赵臣瑗曰：“悲秋”“多病”，公盖隐以宋玉、马卿自况。“常作客”，根“万里”二字来，“独登台”，倒结出题面，只是常调，无足异者。妙在一结。客久则“艰难”备尝，病多而“潦倒”为甚。发无可白，酒不能倾，当此凭高极目之时，真有不觉百端之交集者。诸家独赏“万里”“百年”之精确，而反嫌结语卑弱，其又足为定论乎哉！（《山满楼笺注唐诗七言律》卷二）

黄生曰：前景后情，自是杜诗常格。起联转联，并三折句，工整有力。结联宜稍放松，始成调法。今更板对两句，通体为之不灵。《九日》《恨别》《野望》诸诗，并不得登甲集，皆以起结欠灵故也。（《杜诗说》卷九）

仇兆鳌曰：此章总结。（按：此前有《九日五首》，亦大历二年夔州作，故仇氏云云）上四，登高闻见之景；下四，登高感触之情。"登高"二字，明与首章相应。（按：《九日五首》之一云"重阳独酌杯中酒，抱病起登江上台。"）猿啸鸟飞，落木长江，各就一山一水对言，是登台遥望所得者，而上联多用实字摹景，下联多用虚字摹神。此诗八句皆对，黄生谓结调略须放松。（《杜少陵集详注》卷二十）

浦起龙曰：此辍饮独登之总慨也。望中所见，意中所触，层层清，字字响。胡应麟谓古今七律第一。（《读杜心解》卷四）

何焯曰："百年""万里"，恨为后人作佣。（《唐诗偶评》）又曰：远客悲秋，又以老病止酒，其无聊可知。千绪万端，无首无尾，使人无处捉摸。此等诗如何可学！"风急天高猿啸哀"，发端已藏"独"字……"潦倒新停浊酒杯"，顶"百年多病"，结凄壮，止益登高之悲，不见九日之乐也，前半先写登高所见。第五插出"万里作客"，呼起"艰难"，然后点出"登台"在第六句中，见排奡纵横。（《义门读书记》）

沈德潜曰：八句皆对。起二句，对举之中仍复用韵，格奇变。昔人谓两联俱可截去二字，试思"落木萧萧下""长江滚滚来"，成何语耶？好在"无边""不尽""万里""百年"。（《重订唐诗别裁集》卷十三）又曰：结句意尽语竭，不必曲为之讳。（《杜诗偶评》卷四）

纪昀曰：此是名篇，无用复赞。归愚谓"落句词意并竭"，其言良是。（《瀛奎律髓汇评》引）

《唐宋诗醇》：气象高浑，有如巫峡千寻，走云连风，诚为七律中希有之作。后人无其骨力，徒肖之于声貌之间，外强而中干，是为不善学杜者。（卷十六）

范大士曰：对起，用迭架法。通首都是对仗，而以浩气往来。只觉悲凉，不嫌呆板。（《历代诗发》）

杨伦曰：（"风急"四句）登高所见。四句俱分俯仰说。（"万里"二句）登高所感。两句中包无限意。（"艰难"二句）久客则"艰苦"备尝，痛多则"潦倒"日甚。下二句亦用分承。时公以肺病断饮。又曰：高浑一

气，古今独步。为杜集七言律诗第一。（《杜诗镜铨》卷十七）

黄叔灿曰：次联着“无边”“不尽”二字，悲壮中更极阔大。盖不如此，振不起下半首。又曰：通首下字皆不寻常。（《唐诗笺注》）

许印芳曰：七言律八句皆对，首句乃复用韵，初唐人已创此格，至老杜始为精密耳。此诗前人有褒无贬，胡元瑞尤极口称赞，未免过夸，然亦可见此诗本无疵颣也。至于沈归愚评语，今按所选《别裁集》评此诗云：“格奇而变，每句中有三层。中四句好在‘无边’‘不尽’‘万里’‘百年’。或谓两联俱可截去上二字，试思‘落木萧萧下’‘长江滚滚来’，成何语耶！”归愚之言止此。晓岚称其贬落句为词意并竭，所引未审出于何书。果有是言，勿论所评的当与否，而一口两舌，沈之胸无学识，亦是虚谷一流耳。落句即结句。（《瀛奎律髓汇评》引）

宋宗元曰：上四句登高所见，下四句高所感。八句皆对，而一气贯串，全以神行。（《网师园唐诗笺》）

方东树曰：前四句景，后四句情。一、二碎，三、四整，变化笔法。五、六接递开合，兼叙点，一气喷薄而出，此放翁所常拟之境也。收不觉为对句，换笔换意，一定章法也。而笔势雄骏奔放，若天马之不可羁，则他人不及。（《昭昧詹言》卷十七）

李锳曰：前四句凭空写景，突然而起，层迭而下，势如黄河之水天上来，澎湃潆回，不可端倪。而以五、六句承明作客、登高情事，是何等神力！末二句对结，“苦限”与“新停”对，“苦”字活用。（《诗法易简录》）

施补华曰：《登高》一首，起二“风急天高猿啸哀，渚清沙白鸟飞回”，收二“艰难苦恨繁霜鬓，潦倒新停浊酒杯”，通首作对而不嫌其笨者，三、四“无边落木”二句，有疏宕之气；五、六“万里悲秋”二句，有顿挫之神耳。又首句妙在押韵，押韵则声长，不押韵则局板。（《岘佣说诗》）

《十八家诗钞》：张曰：此孙仅所谓“夐邈高耸，若凿太虚而号万窍”者。

张世炜曰：四句如千军万马，冲坚破锐；又如飘风骤雨，折旆翻盆。弇州极爱之。真有力拔泰山之势。（《唐七律隽》）

吴汝纶曰：大气盘旋。（《唐宋诗举要》卷五引）

何满子曰：反复讽诵全诗，结句终究给人一种气力不足之感。但此句之不足为全诗病者，在于它和前七句气脉贯穿，前面三联一气排闼之势犹有充沛的馀力足以济穷，足以包容其荏弱，足以维持其全诗的雄浑苍凉之气于不坠。这样，末句在全诗完整的意象上还能尽其构成上的一份功能；它融入整体，然后显得它的存在具有意义。全诗八句四联，句句皆对，又对得圆浑自然，不见斧凿之痕，充分显示了诗人驾驭语言的工力。起句的峭急，续以第二句的略作纡馀，前者诉诸听觉，后者诉诸视觉，既有感情节奏上的妙用，又有艺术观照上的对比效果。如无颔联苍茫浩荡的气势，便映带不出颈联"万里""百年"的沉郁悲壮；反之，没有颈联的感慨深厚，也无以与颔联的萧森雄迈相对。至于末联之于全诗，等于两句补语，或如高潮之后的下降，主体既佳，全诗自美。艺术作品也正如人体一样，不能苛求十个指头一般长的。（《历代名篇赏析集成》第865～866页）

这是杜甫单篇七律中最著名的一首。同时所作的《九日五首》，今存四首，或以此首足之，虽未能定，但前回首（特别是第一首七律）与此首辞、意多同，则是显著的事实。在解说鉴赏这首诗时，不妨联系比较，相互印证。

诗系大历二年（767）客居夔州时重阳节登高而作。"万里悲秋常作客"一句，即全诗之主句，亦全诗主旨所在。而"悲秋"之意绪，即因登高时所闻见的秋景而触发，故开头即写登高所见秋景。

"风急天高猿啸哀，渚清沙白鸟飞回。"发端两句意象密集，十四个字写了六种具有夔峡地域特征的深秋景象。其中"风急""天高"四字是贯串前两联的主要意象。时值寒秋，又立足于高台之上，故益感风之急疾猛烈，所谓"高台多悲风"。"急"字即含有"悲"意。由于"风急"，故扫荡浮云万里，益见秋空之高远明净，故曰"天高"。巴东三峡多猿，晴初霜旦、林寒涧肃的寒秋季节，猿声显得特别凄异，加上疾风的传送，哀啭的猿声仿佛被放大了许多倍，故曰"猿啸哀"。这一句写登高仰望平视所见所闻所触所感（"天高"写所见，"猿啸"写所闻，"风急"则既写听觉，又写触觉，"哀"写感觉）。下一句则全从视觉角度写俯视所见景象。由于天高气爽，云雾散尽，故江中的沙洲和岸边的沙地显得特别清朗明净、洁白无垢。由于"风急"，故鸟只能在低空盘旋来回。如果说上句所写景象，透露出一种骚屑峻疾、凛寒悲哀的意绪，那么下句所写景象，则多少具有幽洁明净中略带凄清的色彩。两句所写均为秋景的特征，而格调则一疾一徐，显得张弛有致。

颔联写登高远视所见，一则写山，一则写水。时值深秋，三峡两岸的山峦上，层层叠叠的树林在经霜后，树叶凋黄，在疾风的吹拂下，纷纷陨落，耳畔似闻一片萧萧的落叶之声。这句所写景象，显然与《楚辞·九歌·湘夫人》的“袅袅兮秋风，洞庭波兮木叶下”有渊源关系，但情调却有显著区别。《九歌·湘夫人》中的“秋风”，是“袅袅”的轻盈舒徐之风，故所掀起的洞庭之波亦是微波动荡，而“木叶”之“下”也自然是一片两片地往下掉落。整个意境是阔大明净中具轻盈柔美之致，适宜于表现湘夫人的柔美情思。而《登高》中的秋风则是急疾猛烈的风，在它的强劲吹送下，千山万壑，丛林高树，木叶尽脱。着“无边”二字，既充分展示出境界之阔远，更渲染出在广远的空间中疾风席卷落叶的气势；而“萧萧”这一象声的叠字加在“下”字之上，更使读者如亲历其境，听到风卷无边落叶的声音，从而将“悲哉秋之为气也，草木摇落而变衰”的悲秋意蕴渲染到极致。整个情调是阔大悲壮，具有强烈的动荡感，适宜于表达诗人“万里悲秋”的意绪。下一句写长江之水东流，着“不尽”“滚滚”四字，不仅展现出万里长江，自西向东，绵延伸展的广远空间，而且渲染出长江波涛汹涌，奔腾咆哮，一泻千里的气势。而上句无边落叶萧萧而下的景象，又使人自然联想起在广阔宇宙中生命凋衰的阔大悲凉；万里长江，滚滚东流的景象也同样极易唤起在悠悠不尽的历史长河中时间与生命的消逝的联想，从而为诗的后幅抒写“悲秋”之情作好了充分的铺垫。这一联与上一联之意象密集正好相反，只写了“落木”与“长江”两个意象，以它为中心，分别用“无边”与“不尽”，“萧萧”与“滚滚”，“下”与“来”加以尽情渲染，创造出极为阔远悲壮的境界，笔意显得非常疏宕。与上联正形成一密一疏的鲜明对照。

腹联转而抒写登高之情，“万里”“百年”即从上联“无边”“不尽”的广远之境中自然引出，故丝毫不显突兀。从叙事的角度看，这一联只不过说了客中登高而悲秋这样一件事（“多病”也可包于“悲秋”之意中）。但由于用“万里”“百年”“常”“独”等词语分别加以形容渲染，加上意象之间的互相映衬渗透，遂使读者感到其中包含的感情意绪极其复沓多重，极具抑扬顿挫的情致。前代评家对这一联十四个字中所包含的多重意蕴已有细致入微的分析，不必重复。妙在虽意蕴多重，却具鲜明的整体感，似乎诗人于此并未作着意的经营琢炼，只是随口说出。而上句概括了诗人安史之乱以来悲剧性的处境与心境，下句则紧贴诗题“登高”，突出强调了“悲秋”意蕴中所包含的生命衰飒的悲慨，从而自然转到尾联。这种化繁复于单纯明快的艺术功力，也许更值得称赞。

尾联直承“多病”“悲秋”，说自己由于历尽艰难困苦，尝尽愁苦恼恨，白发日繁；又因身体衰病，新近不得不戒了酒，连借酒浇愁的机会也没有了。或据《九日五首》之一的头两句“重阳独酌杯中酒，抱病起登江上台”，认为杜甫因病停杯之说为曲说。单看“独酌”之语，似乎有理，但诗人此下紧接着说“竹叶于人既无分，菊花从此不再开”（竹叶、菊花，指竹叶酒、菊花酒），则因病戒饮之说仍可成立，否则“既无分”“不再开”就无法解释。作为全篇感情的结穴，这个结尾确实有点“黯然而收”。就杜甫的实际处境而言，这样的结尾自是无可厚非，但就诗的艺术意境而言，尾联（特别是末句）只是顺延敷衍腹联的意蕴，而乏新意，也是事实，尽管并不至于影响诗的整体。

诗所抒写的虽是“悲秋”之意绪，但正如《秋兴八首》的“秋兴”包蕴极为丰富深厚一样，这里所抒的“悲秋”意蕴亦绝不仅仅是对自然界秋景的感受，而是包含了身世之悲、家国之忧的丰富内涵。因此，所谓“艰难苦恨”也不仅仅是属于诗人一身之境遇，这正是整首诗虽抒悲秋之意，而境界却极高远阔大、雄浑悲壮的内在原因。

绝句二首（其一）〔一〕

迟日江山丽〔二〕，春风花草香。
泥融飞燕子〔三〕，沙暖睡鸳鸯〔四〕。

校注

〔一〕作于广德二年（764）春重归成都草堂时。

〔二〕迟日，形容春天的太阳阳光温暖、光线充足的样子。《诗·豳风·七月》：“春日迟迟。”朱熹集传：“迟迟，日长而暄也。”

〔三〕因泥融化湿润，燕子衔泥作巢，故飞来飞去。

〔四〕因阳光照射，晴沙温暖，故鸳鸯贪睡。

罗大经曰：杜少陵《绝句》云："迟日江山丽，春风花草香。泥融飞燕子，沙暖睡鸳鸯。"或谓：此与儿童之属对何以异？余曰：不然。上二句，见两间莫非生意；下二句，见万物莫不适情。于此而涵泳之、体认之，岂不足以感发吾心之真乐乎！大抵古人好诗，在人如何看，在人把作甚么用……只把作景物看亦可，把作道理看，其中亦尽有可玩索处。大抵看诗，要胸次玲珑活络。（《鹤林玉露》乙编卷二）

王世贞曰：谢茂榛论诗，五言绝以少陵"日出东篱水"作诗法。又宋人以"迟日江山丽"为法。此皆学究教小儿号嗄者。（《艺苑卮言》卷四）

仇兆鳌曰：此章言春景可乐。摹写春景，极其工秀，而出语浑成，妙入化工矣。"丽"字"香"字，眼在句底；"融"字"暖"字，眼在句腰。杨慎谓绝句者，一句一绝，起于《四时咏》"春水满四泽，夏云多奇峰。秋月扬明辉，冬岭秀孤松"是也。今按此诗，一章而四时皆备。又吴筠诗云："山际见来烟，竹中窥落日。鸟向檐上飞，云从窗里出。"是一时而四景皆列。杜诗"迟日江山丽，春风花草香"四句似之。王半山诗"日净山如染，风暄草欲薰。梅残数点雪，麦涨一溪云"又从此诗脱胎耳。此诗皆对语，似律诗中幅，何以见起承转阖？曰：江山丽而花草生香，从气化说向物情，此即一起一承也。下从花草说到飞禽，便是转折处，而鸳、燕却与江山相应。此又是收阖法也。范元实《诗眼》曾细辩之。（《杜少陵集详注》卷十三）

浦起龙曰：只写春景，未出意。截中四体。（《读杜心解》卷六）

黄叔灿曰：有惜春之意，有感物之情，却含在二十字中，妙甚。（《唐诗笺注》）

绝句主风神，贵含蓄，尚疏宕，杜甫此类对起对结，全篇写景，一句一景，且均为实景的写法，每为诗评家所诟病，或讥为半律，或讥为儿童属对。但杜甫现存的三十一首五绝中，这种对起对结的体式达二十二首，可见他是有意为之，将它作为主要体式进行试验。在这二十多首诗中，本篇是艺术上比较成功的例证。它的好处是体物细致入微，描绘工整秀美，色彩秾艳绚丽，用字精工锤炼，而全篇仍能构成浑融完整的意境，传达出春日特有的气氛和诗人观赏景物时的感受。

诗虽两联皆对，一句一景，但并非平列四景，首句“迟日江山丽”实为一篇之主，其中“迟日”尤为起关键作用的核心意象，是全篇景物、境界的总根由。“迟日”虽本《诗·豳风·七月》之“春日迟迟”，但并不能径解为“春日”，其中自含对暮春时节的阳光温暖、明亮的形容乃至光照时间久长的意思。这样的“这日”才能使“江山丽”“花草香”“泥融”“沙暖”，才能出现一系列令人悦目娱情、令人心醉神怡的境界。而首句“迟日江山丽”乃是一个全景镜头，展现出在春日灿烂阳光的映照下，视野所及的江山阔远之境无不呈现出一片明丽的景象。“江山”既包下三句所写的地上花草、空中飞燕、沙上鸳鸯，而一“丽”字则尽括以下三句所描绘的境界的总特点。以下三句，便紧扣“迟日”特点从各个方面具体描绘江山丽景。

次句“春风花草香”，写骀荡的春风吹拂下，繁花似锦，碧草如茵，散发出阵阵醉人的香气。花红草碧，是春日最富特征的景象，这里却主要突出其袭人的芳香，以传达诗人对浓郁春意的嗅觉感受，较之写花草的颜色形状更能表现人的心理感受，一种微醺的醉意。表面上看，这香气似乎是“春风”传送的，但究其实，如果不是春天晴日的照映，则花草也不大可能传出袭人的香气。江淹《别赋》:“闺中风暖，陌上草薰。”“草薰”须“风暖”，“风暖”须晴日，故此句所写景象的真正主角仍是“迟日”。

三、四两句，转从视觉感受角度写春日江山丽景，而一写仰望所见空中景象，一写俯视所见沙上景象，一为动景，一为静景。燕子飞翔，春夏秋三季均常见，而衔泥筑巢则是春燕的特征。日暄天暖，泥土融化湿润，燕子正可衔以筑巢，着一“飞”字，写出春燕往返飞翔、穿梭而行的繁忙身影和春天的热闹气氛。而作为句眼的“融”字，则不仅传出了温煦的春天气息，而且表现出“迟日”的关键作用。由于晴日照耀，江边的沙洲被阳光晒得非常温暖，成对的鸳鸯便惬意地在晴沙上安然入睡。写鸳鸯，不写其撇波戏水的动态，而写其酣卧晴沙的睡态，却更能生动地表现出温煦的春意，点眼处正在那个“暖”字。夏日炎炎，则晴沙烫热，自不宜眠沙，唯有春阳温煦，不冷不热，才营造出催眠的环境。这句虽写静态景象，却把春天的温煦暖意和鸳鸯在这种环境中的舒适感和甜蜜意态描绘得非常生动传神。而诗人在仰视俯视之际那种喜悦安闲的意绪也被生动地表现出来了。

全篇不用一个虚字，也没有承接勾连的字眼，意象密集，色彩秾艳。但围绕“迟日江山丽”这个主句所描绘的三个场景，却把春天的温煦和生机，春天的色彩和气息，组成了一个浑融完整、令人陶醉的意境。实中寓虚，这“虚”便是那股浓郁的春意和诗人对它的愉悦微妙感受。

登　楼〔一〕

花近高楼伤客心，万方多难此登临〔二〕。
锦江春色来天地〔三〕，玉垒浮云变古今〔四〕。
北极朝廷终不改〔五〕，西山寇盗莫相侵〔六〕。
可怜后主还祠庙〔七〕，日暮聊为梁甫吟〔八〕。

校注

〔一〕作于代宗广德二年（764）春自阆州初回成都时。

〔二〕首二句倒装，谓自己在万方多难时登此高楼，故虽目睹近楼之春花而伤心。客，诗人自指。

〔三〕句意谓锦江春色，弥天盖地而来。

〔四〕玉垒，山名。在四川省汶川县东北。《元和郡县图志·剑南道》：茂州汶川县：“玉垒山，在县东北四里。”又：彭州导江县：“玉垒山，在县西北二十九里。”导江县即今四川都江堰市。汶川与都江堰市，一在玉垒山之西，一在玉垒山之东。这一带是唐与吐蕃交界处，常发生战争。作此诗之前数月（广德元年冬十二月），吐蕃陷松、维、保三州。杜甫有五律《岁暮》诗纪其事，云：“岁暮远为客，边隅还用兵。烟尘犯雪岭，鼓角动江城。”

〔五〕北极，北极星，喻朝廷。《晋书·天文志上》：“北极，北辰最尊者也……天远无穷，三光迭曜，而极星不移，故曰‘居其所而众星共之’。”故以喻帝王或朝廷。广德元年七月，吐蕃陷长安，立广武王李承宏为帝，改元，置百官，留十五日而退。十二月，代宗由陕州返长安，故曰“北极朝廷终不改”。

〔六〕西山，即西岭、雪岭，岷山主峰。西山寇盗，指广德元年十二月吐蕃陷松、维、保三州事。《通鉴》卷二百二十三：广德元年十二月，“吐蕃陷松、维、保三州及云山新筑二城，西川节度使高适不能救，于是剑南西山诸州亦入于吐蕃矣”。

〔七〕后主，指蜀后主刘禅。还，仍。成都城南有昭烈帝祠，祀蜀先主刘备，附祀后主，故云“还祠庙”。

〔八〕《梁甫吟》，古歌曲名。《三国志·蜀书·诸葛亮传》：“亮躬耕陇亩，好为《梁甫吟》”。此句以《梁甫吟》借指所吟之《登楼》诗。

叶梦得曰：七言难于气象雄浑，句中有力，而纤徐不失言外之意。自老杜“锦江春色来天地，玉垒浮云变古今”与“五更鼓角声悲壮，三峡星河影动摇”等句之后，尝恨无复继者。（《石林诗话》卷下）

方回曰：老杜七言律一百五十九首，当写以常玩，不可暂废。今于“登览”中选此为式。“锦江”“玉垒”一联，景中寓情。后联却明说破道理如此，岂徒模写江山而已哉！（《瀛奎律髓》卷一）

刘辰翁曰：先主庙中乃亦有后主，此亡国者何足祠！徒使人思诸葛《梁父》之恨而已。《梁甫吟》亦兴废之感也，武侯以之。（《唐诗品汇》卷八十四引）

钟惺曰：对花伤心，亦诗中常语，情景生于“近高楼”三字。（“锦江”二句）动不得，却不板样。（“可怜”句）七字蓄意无穷。（《唐诗归》）

谭元春曰：常人以“花近高楼”，何伤心之有？心亦有粗细雅俗，非其人不知。（同上）

陆时雍曰：三、四空头，且带俚气。凡说豪说霸，说高说大，说奇说怪，皆非本色，皆来人憎。第五句有疵。结二语浑浑大家。（《唐诗镜》）

唐汝询曰：按代宗广德元年十月，吐蕃陷京师，帝幸陕州。郭子仪复京师，车驾还。明年春，甫在成都，因登楼而有是作也。见花而伤心者，以登临当多难之时也。锦江春色乃从天地而来，玉垒浮云则尽古今之变，眺望愈远而心愈悲矣。时子仪已复京师，故言朝廷终不可动，吐蕃何事而相侵乎？然凡此多难者，皆由君德不明，谗邪得志耳。因见后主有祠，而云此亡国之君不宜在庙，于是作《梁父吟》以伤世道也。黜后主者，所以警时主耳。（《唐诗解》卷四十一）

周敬曰：三、四宏丽奇幻。结含意深浑，自是大家。（《删补唐诗选脉

笺释会通评林·盛七律》）

蒋一葵曰：起二句呼应，后六句皆所以伤心之实。第三句野马细缊，极目万里；第四句苍狗变化，瞬息万年。五、六因登楼而望西北。末上句有兴亡之感，落句自况。（同上引）

徐中行曰：天地、古今，直包括许多景象情事。（同上引）

郭濬曰：此诗悲壮，句句有力，须看他用字之妙。（同上引）

黄家鼎曰：触时感事，一读一悲怆。（同上引）

周珽曰：酸心之语，惊心之笔，落纸自成悲风凄雨之壮。（同上）

王嗣奭曰：此诗妙在突然而起，情理反常，令人错愕。而伤之故，至末始尽发之，而竟不使人知，此作诗者之苦心也……首联写登临所见，意极愤懑。词犹未露，此亦急来缓受，文法固应如是。言锦江春水与天地俱来，而玉垒浮云与古今俱变，俯视宏阔，气笼宇宙，可称奇杰。而佳不在是，止借作过脉起下。云"北极朝廷"如锦江水源远流长，终不为改；而"西山寇盗"如玉垒浮云，倏起倏灭，莫来相侵。……"终""莫"二字有微意在。（《杜臆》卷三）又曰：结语忽入后主，深思多难之故，无从发泄，而借后主以泄之。又及《梁甫吟》，伤当国无诸葛也。而自伤不用，亦在其中。不然，登楼对花，何反作伤心之叹哉！（《杜少陵集详注》卷十三引）

邢昉曰：胸中阔大，亦自诸家不及。（《唐风定》）

金圣叹曰：伤心原不在花，在于万方多难。一到登临之际，忽已如箭攒心。（《金圣叹选批杜诗》）

钱谦益曰："可怜后主还祠庙"，其以代宗任用程元振、鱼朝恩致蒙尘之祸，而托讽于后主之用黄皓乎！"日暮聊为梁父吟"伤时恋主，自负亦在其中，其兴寄微婉如此。（《钱注杜诗》）

冯舒曰：后六句皆从第二句生出。（《瀛奎律髓汇评》引）

冯班曰：拘情景便非高手。（同上引）

查慎行曰：发端悲壮，得笼罩之势。（同上引）又曰：破题多少感慨，他人便信手点过。（《初白庵诗评》）

邵长蘅曰：此是杜集中有数五好。登临气壮，凭吊伤心，可谓扬之高华，抑之沉实。（《五色批本杜工部集》引）

李因笃曰：造意大，命格高，真可度越诸家。（《杜诗集评》引）

吴农祥曰：一起骇叹，唐人无能为此言者。接二语壮阔，而时趋世变，

亦全包于此。结语另有寄托，自是奇警。（同上引）

朱瀚曰：俯视江流，仰观山色。矫首而北，矫首而西，切“登楼”情事。又矫首以望荒祠，因念及卧龙一段忠勤，有功于后主，伤今无是人，以致三朝鼎沸，寇盗频仍，遂傍徨徙倚，至于日暮，犹为《梁父吟》，而不忍下楼，其自负亦可见矣。（《杜诗七言律解意》，《杜少陵集详注》卷十三引）

申涵光曰：“北极”“西山”二语，可抵一篇《王命诰》（向上引）

毛奇龄曰：自“花近高楼”起便意兴勃发，下句虽奇廓，然故平实有至理，总是纵横千万里，上下千百年耳。（《唐七律选》）

杨逢春曰：此在蜀而伤吐蕃之不靖也。因登楼发感，故即以命题。通首即景摄情，以情合景，融洽互显，一气顶接。体格极雄浑，作法亦极细密。（《唐诗体》）

胡以梅曰：五、六与“今”字有血脉。结则吊古之意。（《唐诗贯珠串释》）

黄生曰：（“花近”二句）反装起，总冒起。（“锦江”二句）缩脉句。三承上，四起下。首二句，在后人必云：“花近高楼此一临，万方多难客伤心。”盖不知唐贤运意曲折，造句参差之妙耳。若尾联之寓意深曲，更万非所及也。锦江玉垒，后主祠庙，登临所见；北极朝廷、西山寇盗，登临所怀。锦江玉垒，兴而比也；北极西山，赋也；后主祠庙，赋而比也。风景不殊，人情自异，因万方多难，故对花亦自伤心耳。锦江春色，依旧来天地；玉垒浮云，一任变古今。承上启下之辞。古今递变如浮云，以治乱兴亡相寻不已也。然今日国祚灵长，如天时终古不忒，虽有小丑，安能为患！故若呼寇盗而告之。语虽警寇盗，而意实讽朝廷。故终托喻后主。而《梁父》成吟，则比已登楼有作焉尔。广德二（当作元）年，吐蕃陷京师，代宗出幸奉天，赖郭子仪收复，乘舆反正。五、六盖谓此。代宗亲任竖宦，疏远忠良，正与后主相似。祠庙虽曰即目，讽喻实极深切，后人多未之审。解者不易，作者奚怪其难乎？五言“欻忆吟梁父，躬耕也未迟”，正与末句相发，谓诸葛亮当躬耕时年尚少，故遭际未为迟暮。今已虽以诸葛自负，其年岂能得乎！亦仿效《梁父》为吟而已。此意全在“日暮”二字见之。镜花水月，有象无痕，吾盖不测其运笔之所以神所以化矣。全诗以“伤客心”二字作骨。（《杜诗说》卷八）

朱之荆曰：次句只了“伤客心”三字，下最难接。看此词句浑雅，而

兴韵无亏，绝不堕怒骂一流。（以下抄黄生《杜诗说》不录）（《增订唐诗摘抄》）

仇兆鳌曰：上四，登楼所见之景，赋而兴也。下四，登楼所感之怀，赋而比也。以天地春来，起朝廷不改；以古今云变，起寇盗相侵，所谓兴也。时郭子仪初复京师，而吐蕃又新陷三州，故有“北极”“西山”句，所谓赋也。代宗任用程元振、鱼朝恩，犹后主之信黄皓，故借祠托讽，所谓比也。《梁父吟》，思得诸葛以济世耳。“伤心”之故，由于“多难”，而“多难”之事，于后半发明之。其辞微婉，而其意深切矣。（《杜少陵集详注》卷十三）

佚名曰：当此万方多难之时，而高楼之花自近。登楼者不能从时而玩，反以目击而伤心。此固有心世道者，所贵有康济之业者也。（《杜诗言志》）

浦起龙曰：声宏势阔，自然杰作。须得其一线贯串之法，盖为吐蕃未靖而作也。“花近高楼”，春满眼前也。“伤客心”，寇警山外也。只七字，函盖通篇。次句申说醒亮。三从“花近楼”出，四从“伤客心”出，五从“春来天地”出，六从“云变古今”出。论眼内，则三、四实，五、六虚；论心事，则三、四影，五、六形也。而两联俱带侧注，为西戎开示，恰好接出后主祠庙来。“后主还祠”，见帝统为大居正，非幺麽得以妄干矣，是以《梁甫》长吟，“客心”虽“伤”，而不改其浩落也。于正伪久暂之间，勘透根源，彼狡焉启疆者，曾不能以一瞬，不亦太无谓哉！使顽犷有知，定当解体。“西山寇盗”四字浑读，只当“吐蕃”二字用，勿粘定蜀边看，恐与“北极朝廷”拍合不上也。注家以“后主”比天子，无理之甚。“梁甫吟”句，兼对严公，盖以诸葛勖名望之也。（《读杜心解》卷四）

沈德潜曰：（首二句）妙在倒装，若一倒转，与近人诗何异。（末二句）望世有诸葛其人，何等抱负。气象雄伟，笼盖宇宙，此杜诗之最上者。（《重订唐诗别裁集》卷十三）

屈复曰：三、四虽见地，然语含比兴。（《唐诗成法》）

范大士曰：虚处取神，其实一字不闲设；逐句接递，故为奇绝。（《历代诗发》）

宋宗元曰：雄浑天成，笼罩一切。（《网师园唐诗笺》）

纪昀曰：何等气象，何等寄托！如此种诗，如日月终古常见而光景常新。沈归愚谓“首二句若倒装，便是近人诗”（按：沈德潜谓“首二句妙

在倒装，若一倒转，与近人诗何异”，沈氏误引，许印芳已指出），其论甚微。（《瀛奎律髓刊误》）

《唐宋诗醇》：律法极细，隐衷极厚，不独以雄浑高调之象陵轹千古。

杨伦曰：首二句倒装突兀。（“锦江”二句）承“高楼”句。（“玉垒”句）言治乱相寻不已也。（“可怜”二句）结意深，亦是登楼所感。伤时无诸葛之才，以使三朝鼎沸，寇盗频仍，是以吟想徘徊，至于日暮而不能自已耳。并自伤不用意亦在其中，其兴寄微婉若此。（按：末数语袭朱瀚、王嗣奭等人之笺而稍加变化）（《杜诗镜铨》卷十一）

吴东岩曰：“可怜”字、“还”字、“聊为”字，伤心之故，只在吞吐中流出。（同上引）

方东树曰：起二句分点题面，各纬以情事，则不同平语。三句写景，乃从登楼所见如此言之，雄警阔大。四句治乱相寻。五、六情，而措语深厚沉着。吐蕃陷京，郭公反正吐蕃。收出场，亦即所见以志感。（《昭昧詹言》）

李锳曰：“花近高楼”者，楼高则所见者远，故田野之花皆如近在檐下也。值此无边春色，足以惬登临之目矣，却陡以“伤客心”三字接之，便已动魄惊心。（《诗法易简录》）

施补华曰：起得沉厚突兀。若倒装一转“万方多难此登临，花近高楼伤客心。”便是平调。此秘诀也。（《岘佣说诗》）

邓绎曰：“锦江春色来天地，玉垒浮云变古今。”意象超远，若峨眉之积雪，唐代诗人莫能及也。（《藻川堂谭艺》）

《唐宋诗举要》：（首联）范曰：意在笔先，起势峻耸。（卷五）

高步瀛曰：（尾联）（钱）说殊失之凿。盖意谓后主犹能祠庙三十馀年，赖武侯为之辅耳。伤今之无人也。故聊为《梁父吟》以寄慨，大意如此，不可深求。浦氏驳钱说是已，又谓以诸葛勋名望于严武，亦曲说也。祠庙犹言能守其宗庙社稷。鲁季钦引《通鉴》颜真卿请代宗先谒陵庙然后还宫事（蔡笺引），赵彦材又引《后主传》后主谓亮政由葛氏祭则寡人之语，皆就字而傅会，实不足取。（《唐宋诗举要》卷五）

萧涤非曰：末二句就登楼所见古迹以寄慨，寓感极深，用意甚曲，故向来解说，亦颇纷歧。大意是说，像蜀后主这样一个昏庸亡国之君，本不配有祠庙，然而由于先主和武侯对四川人民做过一些好事，人心不忘，所以还是有了祠庙。何况大唐立国，百有余年，当今皇上（代宗），又不比后主更坏，即使万方多难，寇盗相侵，也决不会就此灭亡。这句和《北征》结语“煌煌太宗业，树立甚宏达”同旨。但这只是一方面。另一篇，杜甫对信任宦官程元振和鱼朝恩以致造成万方多难寇盗相侵这一局势的负责人——代宗，也给予了尖锐而深刻的讽刺，因为他把代宗比作后主，则代宗之为代宗，就可够可怜了。总之，这句诗，确是话中有话的。末句是自伤寂寞。杜甫是一个“济时肯杀身”“时危思报主”的人，可是，当此万方多难之时，自己却只能像躬耕陇亩时的诸葛亮“好为《梁甫吟》”一样，在这里登高楼，吟吟诗，岂不无聊，岂不可叹！……这里的《梁甫吟》，即指这首《登楼》诗。（《杜甫诗选注》第219～220页）

鉴赏

钱锺书先生在《谈艺录·七律杜样》中指出：“少陵七律兼众妙，衍其一绪，胥足名家。”并谓世人之所谓“杜样”者，乃指雄阔高浑，实大声弘一类，此外另有细筋健骨、瘦硬通神一类。《登楼》正是杜甫七律“雄阔高浑，实大声弘”一类的杰出代表，这也是其七律的主要类型，具有范型意义。

七言律不难在颔腹二联，难在发端与结句，这首诗可谓工于发端的范式。诗评家大都推崇此诗首联因倒装而造成的突兀之势，诗人所登之楼附近当有花木扶疏，值此三春时节，更是花团锦簇，一片明艳景象。这本是赏心悦目之景，但诗人却在“花近高楼”四字之下突接“伤客心”三字。这一出乎常情的转折，造成了巨大的落差和冲击力，也设置了疑问和悬念。下句“万方多难此登临”七字，便以极大的概括力揭示出此次登楼的特殊时代背景，从而回答了何以“花近高楼”而“伤心”的原因。“万方多难”四字，概括甚广，举凡藩镇割据、吐蕃入侵、蜀中战乱、浙右“盗贼”、民生凋敝等均可包蕴其中。这四个字，感情沉重而声调洪亮，本身就给人以悲壮之感，下接“此登临”三字，“此”字重重向下一抑，突出强调了这样一个令人悲慨的时间登楼的意蕴，读来有一种强烈的沉重感，仿佛可以听见诗人不胜心理的重压而缓慢艰难登楼的脚步声。这一联起势突兀，境界高远，万方多难的时局和花近高楼的春景形成强烈的反照，逼出“伤客心“这一全篇感情的主调，具有笼罩全局的气势。

“锦江春色来天地，玉垒浮云变古今。”颔联写登楼览眺所见景色，而情寓景中，兴在象外。锦江源出都江堰市，流经郫县、成都而入岷江。“春色来天地”，上承“花近高楼”，着一“来”字，使本来处于静态的春色具有鲜明的动感，仿佛随着锦江流水，弥天盖地，扑面而来。而“锦江”的字面与“春色”的配搭，更使眼前无边的春色显得特别壮丽，给人以天地山河一片锦绣之感，称得上是咏天府之国春天丽景的名句，其中既蕴含了诗人对它的热爱，也隐寓自然界的春色，终古常新的意蕴，暗逗腹联的“终不改”，意脉上下贯通。下句明写望中所见远景，而其内在意蕴则更为深微。玉垒山一带，是唐与吐蕃接壤地区，自初唐直到晚唐，唐蕃之间一直在这里进行争夺。因此，这玉垒山的浮云变化不定的景象便不是单纯的自然景物描绘，而是带有对人事的象喻意味，使人从中联想到边境形势的变幻不定，暗逗腹联的“西山寇盗”。而“变古今”三字，织入对悠远历史的想象，使诗人的视野和思绪更加悠远。这一联目极天地，思接古今，具有极广阔的空间感和悠远的时间感，境界壮阔雄浑，能引发读者深广悠远的联想，是杜甫诗中咏登临的名联。

“北极朝廷终不改，西山寇盗莫相侵。”腹联上承“万方多难”与“玉垒浮云”，正面揭出诗人心中最忧念的时局形势。写这首诗的前一年，长达八年的安史之乱刚告平定，藩镇割据的局面尚未结束，却接连发生了两起吐蕃入侵的严重事件。头年十月，吐蕃攻陷长安，立广武王李承宏为帝，代宗仓皇出奔陕州，后经郭子仪收复长安，代宗方还京，故说“北极朝廷终不改”，“终”字着意，既对唐廷统治地位的巩固表明信念，对战争的结局表示庆幸，也含蓄地透露出诗人对这种局面的忧虑担心。就在代宗还京的同时，吐蕃又连续攻陷松、维、保三州及云山新筑二城，“剑南西山诸州亦入于吐蕃”“西山寇盗相侵”正指此近事。着一“莫”字，在意脉上自是紧承上句之“北极朝廷终不改”，表明这次入侵并不会动摇唐廷统治的全局，但其中也同样隐寓对其再次相侵的忧虑。细加吟味，还不难感到几分无奈。

“可怜后主还祠庙，日暮聊为梁甫吟。”蜀后主祠庙，亦为登高所见。但诗人于连为一体的蜀先主庙、武侯祠、后主祠中独拈出后主祠来，当是有感而发。“可怜”与“还”着意。可叹的是像刘禅这样昏庸无能的皇帝至今仍然保留了他的祠庙，与诸葛武侯一起配祀先主刘备，不由得令人感慨万端，自己虽欲像武侯那样，开创基业，匡济危局，却有志难伸，只能在暮色苍茫中，聊为《梁甫》之吟，来寄托自己的悲慨。这里所说的《梁甫吟》，实借指正在吟诵的《登楼》诗。诗人虽未必将当今的皇帝代宗比作蜀后主刘禅，但在览眺抒慨中，寓含了对自己所遭衰颓时世的感受，则不难体会。诗人之所以“伤心”，不但由于“万方多难”，更因遭逢衰世、有志难伸，无力拯救危局。因此尾联实际上是诗的意蕴的深化。

宿府〔一〕

清秋幕府井梧寒〔二〕，独宿江城蜡炬残〔三〕。
永夜角声悲自语〔四〕，中天月色好谁看〔五〕。
风尘荏苒音书绝〔六〕，关塞萧条行路难〔七〕。
已忍伶俜十年事〔八〕，强移栖息一枝安〔九〕。

校注

〔一〕广德二年（764）六月，成都尹兼剑南东西川节度使严武表署杜甫为检校工部员外郎、节度参谋。这首诗是广德二年秋留宿幕府有感而作。

〔二〕古代行军，以帐幕为府署，故称“幕府”。此指剑南西川节度使府署。古代每于井边植梧桐树或桃李，故称“井梧”。

〔三〕江城，指成都，因滨锦江，故称。

〔四〕此句与下句均为四二一句法，吟读时应于此句“声”字“悲”字、下句“色”字“好”字处略顿。“自语”，指角声。

〔五〕谁看，谁来观赏。“看”字平声。

〔六〕风尘，指战尘。荏苒，辗转迁徙。

〔七〕关塞萧条，指因战乱破坏，关塞荒凉萧瑟。

〔八〕伶俜，困苦貌。自天宝十四载（755）安史之乱爆发到写这首诗时（764），已经十年。

〔九〕强移，勉强移身。栖息一枝，指托身于严武的幕府。《庄子·逍遥游》：“鹪鹩巢于深林，不过一枝。”

笺评

郭知达曰：甫时寓严武幕为参谋，此一枝之安也。（《九家集注

杜诗》）

方回曰：此严武幕府秋夜直宿时也。三、四与“五更鼓角声悲壮，三峡星河影动摇”同一声调，诗之样式极矣。（《瀛奎律髓》卷十二）

刘辰翁曰：（“永夜”一联）上、下沉着。（《唐诗品汇》卷八十四引）

唐汝询曰：八句皆对，韵度不乏，非老杜不能。（《汇编唐诗十集》）又曰：此宿于幕府而作也。言府中秋气凄其，独宿不寐，烛残则夜深矣。角声愈悲，如人之自语；月色虽好，谁复能玩之乎。因想兵戈侵寻而乡书久绝，关塞萧条而道路难行，我之飘零于四方者十年矣，今在幕府宁得已乎，亦勉就一枝以栖息耳。（《唐诗解》卷四十一）

孙矿曰：通首俱是伤叹之意，而不点出伤叹字，读完自见，最有深味。（《杜律》七律卷一）

王嗣奭曰：“永夜角声悲”“中天月色好”为句，而缀以“自语”“谁看”，此句法之奇者，乃府中不得意之语……余初笺将三、四联“悲”“好”连上为句法之奇，今细思之，终不成语。盖“悲”“好”当作活字看。（《杜臆》）

虞伯生曰：第二联雄壮工致，当时夜深无寐独宿之情，宛然可见。（《删补唐诗选脉笺释会通评林·盛七律》引）

唐陈彝曰：“悲自语”三字，说角声，妙，妙！妆点联结，在“荏苒”“萧条”四虚字。（同上引）

唐孟庄曰：好不能看，方见其苦。（同上引）

周珽曰：孤衷幽绪，低徊慨切。（同上）

朱瀚曰：“一枝”应“井梧”，“栖息”应“独宿”，格意精切。（《杜少陵集详注》卷十四引）

胡以梅曰：此诗对起对结，而气自流走。（《唐诗贯珠串释》）

冯舒曰：三、四之高妙，亦不在于声调。又曰：第四说宿幕府，意致情事，无穷之极。（《瀛奎律髓汇评》引）

李因笃曰：造意大，命格高，真可度越诸家。又曰：不落时艳，所以为难。（《杜诗集评》卷十一引）

吴农祥曰：八句皆对，既极严整从容，复带错综变化，此公之神境。（同上引）

吴昌祺曰：“自语”，公自语也。三、四正“独宿”意。弇州每祖此二

语。（《删订唐诗解》）

黄生曰：前半宿府之景，后半宿府之怀。角声之悲，如人自语，惟独宿乃觉其然。月色虽好，不耐起看，亦枕上无聊之语。五、六“音书绝”，非止谓亲友，盖言起废之命无闻耳。“栖息”，应转“幕府”字。音书既绝，行路又难，强就幕职，甚非已志。然因乱离，心事不遂，既已忍耐十年之久，则移枝栖息亦始安焉可耳，何事长怀郁郁乎！此盖无聊中强自宽释之辞。（《杜诗说》卷九）

仇兆鳌曰：此秋夜宿幕府而有感也。上四叙景，下四言情。首句点“府”，次句点“宿”。角声惨栗，悲哉自语；月色分明，好与谁看。此独宿凄凉之况也。乡书阔绝，归路艰难，流落多年，借栖幕府。此独宿伤感之意也，玩“强移”二字，盖不得已而暂时依幕下耳。《杜臆》……将“角声悲”“月色好”连读于下两字未妥。（《杜少陵集详注》卷十四）

浦起龙曰：“独宿”二字，一诗之眼。“悲自语”“好谁看”，正即景而伤“独宿”之况也。“荏苒”“萧条”，则从“自语”“谁看”中追写其故，而总束之曰“伶俜十年”，见此身甘任飘蓬矣，今乃“移息一枝”而“独宿”于此，亦姑且相就之词。盖初就幕职所作。“府”字起讫一点。（《读杜心解》卷四）

杨伦曰：（“永夜”二句）句有三折。二句言独宿凄凉之况。（《杜诗镜铨》卷十）

邵长蘅曰：浑壮。（《杜诗镜铨》卷十一引）

纪昀曰：八句终有拙意。（《瀛奎律髓汇评》引）

许印芳曰：八句对。八句收到“宿府”，回应首句，法律细密。晓岚以词语之工拙苛求古人，吾所不取。（同上引）

《唐宋诗醇》：多少心事，于无聊中出之，字字沉郁。（卷十六）

范大士曰：写“独宿”之境，真至悲惋，令人想见其枕上踌躇，不能成寐。（《历代诗发》）

黄叔灿曰：十年劳苦，暂息一枝，此情此景，不堪卒读。（《唐诗笺注》）

卢麰曰：三、四峭。“永夜”则更悲，“中天”则堪看，着四字乃益增情。五、六隐括老尽，对结尤为沉挚。（《闻鹤轩初盛唐近体读本》）

方东树曰：章法同《登楼》，亦是起二句分点“府”“宿”，而以情景纬之。三、四写宿，景中有情，万古奇警。五、六情，收又顾“宿”字，

此正格。（《昭昧詹言》）

施补华曰："永夜角声悲自语，中天月色好谁看。""悲"字"好"字，作一顿挫，实七律奇调，今人读烂不觉耳。（《岘佣说诗》）

吴闿生曰："永夜"二句皆中夜不眠凄恻之景，而不明言，故佳。（《唐宋诗举要》卷五引）

这首七律写秋夜独宿幕府、辗转不寐的情况下所引发的丰富复杂情感。虽写当下情景，但却植根于安史之乱爆发以来诗人"十年伶俜"的生活经历，意境相当深远。

首联以对仗起，而句则倒装。出句先点染幕府的凄清冷寂氛围，对句方点醒"独宿"情事，逆笔取势，显得清迥峭拔，两句中"江城""幕府"点地、"清秋"点时，"独宿"点事，一篇之抒情要素已备。而出句的"清秋"与"井梧寒"，渲染出弥漫在幕府中的一片清寒孤寂气氛，夜间虽看不清井梧的颜色，但从那个"寒"字当中却可以想象出梧桐树叶发黄凋零的形状，对句的"独宿"与"蜡炬残"，则透露出诗人辗转反侧，长夜难寐的情景。杜甫家住城外的浣花草堂，幕府晨入昏归，回家路远，常宿幕府，像这样的"独宿"情景，经历已经多次，故对"独宿"况味的感受特深，这跟偶尔当值夜宿者所感自异。

颔联写夜宿幕府所闻所见，而所感自寓其中。两句均为四一二的句式，句法新奇，而意境清迥悲凄，极饶情韵。军中的画角声，本就给人以凄清悲凉之感，在这不眠的漫长秋夜，萦回不绝于耳际的画角声更引发"独宿"者挥之不去、缠绵不已的悲凄意绪和对于干戈战乱时代氛围的感触。妙在"悲"下着"自语"二字，突出渲染诗人对角声的特殊感受：这长夜萦回不绝的角声，仿佛在自言自语。它传出了夜间角声低回呜咽，如泣如诉的神韵，也传出了听角的诗人低回悲凄的心声。秋夜的中天月色，清辉普照，正是最值得观赏的景象，可是月色虽"好"，又复"谁看"。"好"下突接"谁看"二字，亦复含蕴丰富。黄生说："月色虽好，不耐起看，亦枕上无聊之语。"体会可谓真切。诗人长夜辗转，枕上见中天月色正佳，却丝毫提不起观赏的兴致。故曰"好谁看"。无心赏月，自是由于意绪索寞悲凉，而背后的原因则是由于长期干戈离乱，兄弟失散，彼此隔绝，见明月反而会增添离散之苦。写到这里，五、六两句抒情的内容已经呼之欲出。

“风尘荏苒音书绝，关塞萧条行路难。”这一联是永夜辗转不寐的诗人对阔远时空的联想与想象。“风尘”句紧承“中天”句。“风尘”指战尘。战尘弥漫，战火绵延，兄弟分散，音书断绝。“音书绝”正是对“中天月色好谁看”原因的一种说明。“关塞”句承“永夜”句。由于战乱尚未彻底平定，此伏彼起，关塞残破荒凉，归家的行程还很漫长而艰难。“行路难”正是对“永夜角声”所透露的战乱氛围的一种点醒。出句着眼于悠长的时间，对句着眼于广阔的空间。而骨肉分散，音书断绝，关塞荒凉，有家难回的悲凉，更加深了“独宿”者的孤寂悲凉意绪。

“已忍伶俜十年事，强移栖息一枝安。”尾联从悠远的时空回到眼前的幕府独宿。“伶俜十年事”总括安史之乱爆发以来自己所历的一切颠沛流离、艰难困苦的情事，而五、六二句所抒之情自亦包蕴其中，用“已忍”二字冠于其上，透露出一种难以忍受又不得不忍受的无奈意绪；而“栖息一枝安”之上冠以“强移”二字，则透露出栖身幕府，既非己之所愿，更难求得身心安恬的意绪。杜甫之入严武幕，乃因武之诚挚相邀，但入幕之后，却遭到同僚的猜疑嫉忌，心情并不愉快，其《莫相疑行》《遣闷呈严公二十韵》都透露了这一消息。尾联将“伶俜十年”所历的颠沛流离、艰难困苦与寄身幕府的不如意、不适应的感慨联结在一起，使“独宿”幕府的悲慨更增添了一份无奈和无聊的意绪。“一枝”暗切首句“井梧”，“栖息”遥承次句“独宿”，首尾呼应，律法细密。

绝句四首（其三）〔一〕

两个黄鹂鸣翠柳，一行白鹭上青天。
窗含西岭千秋雪〔二〕，门泊东吴万里船〔三〕。

校注

〔一〕代宗广德二年（764）三月，因友人严武再任成都尹兼剑南节度使，有信邀杜甫入幕，乃携家自阆州复回成都。这组七绝是杜甫刚回成都草堂后不久所作。所选的是第三首。

〔二〕西岭，即岷山雪岭，系岷山主峰。其上积雪终年积雪，历时久远，故云“千秋雪”。

〔三〕东吴万里船，驶向万里之外的长江下游吴地的船。范成大《吴船录》：“蜀人入吴者，皆从合江亭登舟，其西则万里桥。”杜甫的草堂在万里桥西，濒江，故云“门泊东吴万里船”。

程大昌曰：诗思丰狭，自其胸中来。若思同而句韵殊者，皆象其人，不可强求也。张祜送人游云南，固尝张大其境矣，曰“江连万里海，峡入一条天”。至老杜则曰“窗含西岭千秋雪，门泊东吴万里船”，又曰“路径滟滪双蓬鬓，天入沧浪一钓舟”，以较祜语，雄伟而又优裕矣。（《演繁露》卷四）

佚名曰：诗中有拙句，不失为奇作。若……子美诗云：“两个黄鹂鸣翠柳，一行白鹭上青天”之类是也。（《漫叟诗话》）

曾慥曰：子美诗云：“两个黄鹂鸣翠柳，一行白鹭上青天。窗含西岭千秋雪，门泊东吴万里船。”东坡《题真州范氏溪堂》诗云：“白水满时双鹭下，绿槐高处一蝉吟。酒醒门外三竿日，卧看溪南十亩阴。”善用杜老诗意也。（《高斋诗话》）

曾季貍曰：韩子苍云：老杜“两个黄鹂鸣翠柳，一行白鹭上青天”古人用颜色字，亦须配得相当方用。“翠”上方见得“黄”，“青”上方见得“白”，此说有理。（《艇斋诗话》）

范季随曰：杜少陵诗云：“两个黄鹂鸣翠柳，一行白鹭上青天。”王维诗云：“漠漠水田飞白鹭，阴阴夏木啭黄鹂。”极尽写物之工。（《陵阳先生室中语》，《诗人玉屑》引）

杨慎曰：绝句四句皆对，杜工部“两个黄鹂”一首是也。然不相连属，即是律中四句也。绝句者，一句一绝，起于《四时咏》：“春水满四泽，夏云多奇峰，秋月扬明辉，冬岭秀孤松”是也。或以为陶渊明诗，非。杜诗“两个黄鹂鸣翠柳”实祖之。（《升庵诗话》卷十一）

胡应麟曰：杜之律，李之绝，皆天授神诣。然杜以律为绝，如“窗含西岭千秋雪，门泊东吴万里船”等句，本七言律壮语，而以为绝句，则断锦裂缯类也。李以绝为律，如“十月吴山晓，梅花落敬亭”等句，本五言

绝妙境，而以为律诗，则骈拇枝指类也。（《诗薮》）

顾元庆曰：长江万里，人言出于岷山，而不知无从雪山万壑中来。山亘三千馀里，特起三峰，其上高寒多积雪，朝日曜之，远望日光若银海。杜子美草堂正当其胜处，其诗曰“窗含西岭千秋雪”。（《夷白斋诗话》）

王嗣奭曰：此四诗盖作于入居草堂之后，拟客居此以终老，而自叙情事如此。其三，是自适语，草堂多竹树，境亦超旷，故鸟鸣鹭飞，与物俱适，窗对西山，古雪相映，对之不厌，此与拄笏看爽气者同趣。门泊吴船，即公诗“平生江海心，夙昔驻扁舟”是也。公盖尝思吴，今安则可居，乱则可去，去亦不恶，何适如之！（《杜臆》）

李因笃曰：化古人“白鹭一一飞上天”为整调，馀则配足之耳。（《杜诗集评》卷十五引）

吴农祥曰：极熟诗，却用意陶铸者。（《杜诗集评》卷十五引）

仇兆鳌曰：三章，咏溪前情景。此皆指现前所见，而近远兼举。（《杜少陵集详注》卷十三）

浦起龙曰：“鹂”止“鹭”飞，何滞与旷之不齐也！今“西岭”多故，而“东吴”可游，其亦可远举乎！盖去蜀乃公素志，而安蜀则严公本职也。蜀安则身安，作者有深望焉。上兴下赋，意本一串。注家以四景释之，浅矣。（《读杜心解》卷六）

杨伦曰：（“门泊”句）句亦寓下峡意。（《杜诗镜铨》卷十二）

《唐宋诗醇》：虽非正格，自是绝唱。

李思敬曰：这首诗第三句“窗含西岭千秋雪”，杜甫没有用“临”“迎”“邻”等字样，而用了个“含”字。偌大的一座山竟然可以“含”在窗内，实在是用透视的眼光观察到的。这句诗与“隐几唯青山”不同，那纯然是从窗口向外看山，而“窗含西岭千秋雪”主要是看窗，是把窗外西岭之雪连同方形的窗口放在一个平面上来欣赏的。这“窗”，犹如油画的框，而“西岭千秋雪”，则是框中的画。这就是第三句的情趣所在。“千秋雪”是说西山很高，高得积雪终年不化，高到雪线以上。这么高的山可以嵌在（含在）小小的窗中，可见西岭之远，不远则“含”不入。所以说这句诗表明他的观察、描绘是合乎透视学原理的。第四句诗“门泊东吴万里船”，是说诗人欣赏过以窗为框的西山雪景之后，再把眼光投向院门，又看到辽远的水面上漂着东去的航船。那船因为太远了，所以觉不出它在动，只像停泊在那里一样。泊在哪里呢？就泊在杜宅院门的门框中间。他把辽远的

"万里船"和杜宅院门压在一个平面上来欣赏，这又是一个合乎透视学原理的描绘。只有这样来理解第四句诗，才能明白杜甫何以把"门泊"和"万里船"这两个无法联系在一起的意念联系起来，才能领悟这句诗的意境。统观全诗，老杜只用四句便描绘出近、远、更远、极远这四种景物，好像一个画家画一幅练笔的小幅水彩一样，信笔点染，毫不费力。而最值得称道之处全在于运用透视学原理来观察、处理景物，从而显现出逼真的画境。（《百家唐宋诗新话》第260～261页）

《绝句四首》，均咏草堂景物。这一首写草堂近观远眺所见景物，每句一景，对起对结，乍读似各自独立，不相连属，实则都贯注着诗人流眺景物时的喜悦感情和广远襟怀。

前幅写草堂附近景物，时值春末夏初，草堂周围的柳树，一片翠绿，两只黄鹂在柳树丛中欢快地鸣啭歌唱；草堂近处的江天上，一行白鹭正振翅直上云霄。这本是春夏之交郊野常见的景物，但经诗人的着意点染，却显得色彩鲜明，生机盎然。"黄"和"翠"、"白"与"青"的色彩配搭组合，使前者更加鲜妍明丽，充满生机，使后者更加对比鲜明，境界高远。而数量词"两个"和动词"鸣"之间的配搭，则不但传达出了黄鹂鸣声的欢快清脆，而且创造出一种成双成对、物遂其性的和悦气氛；"一行"与"上"之间的配搭，则不仅使江天寥廓的境界借以显现，而且使整个画面充满了动感，仿佛可见白鹭凌波而起，排成整齐的一行，直上青天的态势。而诗人在目接耳闻之际那种对自然界鲜妍明丽、高远寥廓情境的愉悦感受也自然流露于笔端。

后幅分写草堂远眺近观之景。"窗含西岭千秋雪"，是在窗前向西北远眺所见。"含"字极富创意，向为评家所赏。西山雪岭，高远巍峨，广大磅礴，而方广不过数尺的"窗"却可将它尽收眼底，故曰"含"。或谓诗人将窗框想象成画框，而"西岭千秋雪"则像是窗框中的一幅画；或谓此系运用透视学原理来观察、描绘景物，所言皆是。但我更欣赏这"含"字中所透露的那份纳须弥于芥子的怡然自得的情趣。"雪"而曰"千秋"，自是由于岷山主峰上的积雪终年不化之故，但不说"终年雪"而曰"千秋雪"，则已在直观景物的同时融入了想象的成分，广远的空间又叠加了悠远的时间，则此"窗"

所“含”者不仅有广远的空间，且有悠远的时间，其中所蕴含的情趣又不单是怡然自得，且有一种对广远时间的悠然神往之情了。

“门泊东吴万里船”。草堂的门前就是锦江的支流浣花溪，东边不远处就是“万里之行始于此”的万里桥。《野老》诗前幅说：“野老篱边江岸回，柴门不正逐江开。渔人网集澄潭下，贾客船随返照来。”可见草堂的门外就能见到贾客的商船，着一“泊”字，说明这船此刻正停泊在门外，写的是近景，但特意标出“东吴万里船”，则在目接之际同样包含了想象和神驰的成分。这一方面是由于“万里桥”的名称和掌故的触发，另一方面则是基于诗人在日常生活中的观察了解。但更重要的是诗人对青年时代曾游历的吴越之地始终怀有强烈的向往。其《壮游》诗追忆吴越之游时说：“东下姑苏台，已具浮海航。到今有遗恨，不得穷扶桑。王谢风流远，阖庐丘墓荒。剑池石壁仄，长洲荷芰香。嵯峨阊门北，清庙映回塘。每趋吴太伯，抚事泪浪浪。枕戈忆勾践，渡浙想秦皇。蒸鱼闻匕首，除道哂要章。越女天下白，鉴湖五月凉。剡溪蕴秀异，欲罢不能忘。”在夔州时所作的《夔州歌十绝句》（其七）云：“蜀麻吴盐自古通，万斛之舟行若风。长年三老长歌里，白昼摊钱高浪中。”《解闷十二首》（其二）云：“商胡离别下扬州，忆上西陵故驿楼。为问淮南米贵贱，老夫乘兴欲东游。”联系上述诗作，可以体味出“门泊东吴万里船”之句中蕴含的对往昔壮游经历的回忆，以及今日在战乱平定后重游东吴的祈望。所见者虽为门前停泊的船只，所思者却是万里之外的东吴和壮岁时的漫游经历。“东吴万里船”的意象，由于融入了想象，使诗歌境界在空间、时间上都极大延伸了。而“窗含西岭千秋雪”与“门泊东吴万里船”的工整对仗，更使整个诗境在空间上西起岷山雪峰，东极东吴大地，横贯华夏大地，时间上由几十年前的壮游上溯到“千秋”万代。这广远的时空境界，不但使短小的绝句展现出前所未有的阔大悠远之境，而且表现了诗人身在草堂，而思接千载，视通万里的胸襟。

旅夜书怀〔一〕

细草微风岸，危樯独夜舟〔二〕。
星垂平野阔〔三〕，月涌大江流〔四〕。
名岂文章著〔五〕，官应老病休〔六〕。

飘飘何所似？天地一沙鸥〔七〕！

校注

〔一〕此诗旧编代宗永泰元年（765）杜甫离成都乘舟东下至忠州之旅途中，与领联描绘之阔大景象不符。今依陈尚君说，系于晚年客居江陵前舟行之际，时约在大历三年（768）春。

〔二〕危樯，高高的桅杆。

〔三〕“星垂”与“平野阔”互相关联：因见繁星点点，高垂天宇，而益感平野之阔；因平野宽阔，而见广阔的天空中繁星如垂。

〔四〕“月涌”与“大江流”亦互相关联：因见月光之随波涌动而益感大江东流滚滚的气势；因大江之波涛涌动，故见月影随波而涌的景象。

〔五〕这句表面的意思是说，自己岂因工诗能文而著名？似自负语，实则深寓壮志不遂、空以文章著名的感慨。

〔六〕应，《全唐诗》原作“因”，校“一作应”。兹据改。杜甫因疏救房琯而获罪，由左拾遗贬华州司功参军，后又弃官远游。但这是贬官弃官，而非休官。且系十年前的旧事。此处所说的“官”，当指永泰元年杜甫辞严武幕职后，严武奏请朝廷任命他为检校工部员外郎这一官职。杜甫本拟去蜀入朝为官，但在夔峡、江陵一带羁留漂泊日久，始终得不到朝廷任用的消息，故云“官应老病休”，“应”是揣测之辞，也是愤懑牢骚之语。

〔七〕以天地之间一沙鸥形况自己的飘荡无依和渺小孤独。

笺评

赵彦材曰：“细草”，春时也。（《九家集注杜诗》）

黄鹤曰：当是永泰元年，去成都，舟下渝、忠时作。（《杜少陵集详注》卷十四引）

罗大经曰：诗要健字撑柱，活字斡旋。如“红入桃花嫩，青归柳叶新”“弟子贫原宪，诸生老服虔”，“入”与“归”，“贫”与“老”字，乃撑柱也……“名岂文章著，官应老病休”……“岂”与“应”字，乃斡旋也。撑柱，如屋之有柱，斡旋，如车之有轴。诗以字，文以句。（《鹤林玉露》）

吴沆曰："星垂平野阔，月涌大江流"等数诗，皆雄健警绝。又曰：如"月涌大江流"，人犹能道；"星垂平野阔"，则人不能道矣，为一"垂"字难下。(《环溪诗话》)

刘辰翁曰：等闲星月，着一"涌"字，夐觉不同。(《唐诗品汇》卷六十二引)

方回曰：老杜夕、暝、晚、夜五言律近二十首，选此八首洁净精致者，多是中二句言景物，二句言情。若四句皆言景物，则必有情思贯其间。痛愤哀怨之意多，舒徐和易之调少。以老杜之为人，纯乎忠襟义气，而所遇之时，丧乱不已，宜其然也。(《瀛奎律髓》卷十五)

范德机曰：作诗要有惊人语，险诗便惊人。如子美……"星垂平野阔，月涌大江流"……李贺"黑云压城城欲摧，甲光向日金鳞开"，此等语，任是人道不到。(《唐诗训解》引)

谢榛曰：子美"星垂平野阔，月涌大江流"，句法森严。"涌"字尤奇，可严则严，不可严则又放过些子。若"鸿雁几时到，江湖秋水多"意在一贯，又觉闲雅不凡矣。(《四溟诗话》卷一)

胡应麟曰："山随平野尽，江入大荒流"，太白壮语也；杜"星垂平野阔，月涌大江流"，骨力过之。(《诗薮》)

郭濬曰：描写情、景都入妙。"星垂"二句壮远，意实凄冷。(《增定评注唐诗正声》)

王世贞曰：结语学之便袭。(《五色批本杜工部集》引)

王慎中曰：宏壮。(同上引)

李维桢曰：首二句言夜景，景近而小者；中一联言（夜）景，景大而远者。后乃言情作结。(《唐诗隽》)

唐汝询曰：此叹生平之不遇也。依岸而宿，就舟而居，星月之景远矣。而言名不当以文章著，今勋业不就而至于此。"官应老病休"，顾不当以论事罢也。今此身漂泊，寄迹扁舟，正犹天地间一沙鸥耳。可慨矣夫！(《唐诗解》卷三十四)

许学夷曰：子美律诗，大都沉雄含蓄，浑厚悲壮。然有句法奇警而沉雄者，有意思悲感而沉雄者，有声气自然而沉雄者。五言如……"星垂平野阔，月涌大江流"……皆句法奇警而沉雄者。(《诗源辩体》卷十九)

周敬曰：写景妙，传情更妙。(《删补唐诗选脉笺释会通评林·盛五律》)

陆时雍曰：三、四寡趣，稍近于呆。（《唐诗镜》）

王嗣奭曰：前四句是旅夜，后四句是书怀。（《杜臆》）

金圣叹曰：通篇是黑夜舟面上作，非僵卧篷底语也。先生可谓耿耿不寐，怀此一人矣。（“星垂”二句）千锤百炼，成此奇句。（尾联）夫天地大矣，一沙鸥何所当于其间，乃言一沙鸥而必带言天地者？天地自不以沙鸥为意，沙鸥自无日不以天地为意。然则非咏天地而带有沙鸥，乃咏沙鸥而定不得不带有天地也。（《杜诗解》卷三）

王夫之曰：颔联一空万古，虽以后四语之脱气，不得不留之，看杜诗常有此憾，“名岂文章著”自是好句。“天地一沙鸥”则大言无实也。（《唐诗评选》）

李因笃曰：起联幽细。次联浑雄。五、六书怀。结语承上而气象廓然，收得全诗住。中二联皆一字起头，亦小失检点。（《杜诗集评》卷九引）

查慎行曰：此舟中作，题中四字，分作上下两截写，各极其妙。（同上引）

邵长蘅曰：三、四警联，不易得。（《五色批本杜工部集》引）

吴庆百曰：精紧。三、四蜀道之景而想不到。“名岂文章著”，谓非科第也。“官应老病休”谓非朝命也。婉转自恨，岂人所识！（同上引）

叶矫然曰：杜“星垂平野阔，月涌大江流”，又“野流行地日，江入度山云”，说得江山气魄与日月争光，罕有及者。（《龙性堂诗话初集》）

史流芳曰：次句即点“夜”字。“星”“月”承“夜”字来，下四句写“书怀”。（《固说》）

黄生曰：（首联）对起。（“星垂”句）下因句。（“月涌”句）双眼句。（“名岂”句）折腰句。（“官应”句）双关字。又曰：姚崇有“听草遥寻岸”句，起语较浑妙矣，此初盛句法之别也。三、四，上二字因下二字，李白亦有“山随平野尽，江入大荒流”句，句法略同，然彼止说得江、山，此则野阔、星垂、江流、月涌，自是四事也。“岂”“应”二字，上下关互。七、八，言外亦有二字蒙上文也。“一沙鸥”，何其渺！“天地”字，何其大。合而言之，曰“天地一沙鸥”，作者吞声，读者失笑。后半言志存勋业，不在文章；念切归朝，不甘老病。今尚孤旅寄于此，名岂应以文章著耶？官岂应以老病休耶？飘飘天地，岂应竟似一沙鸥耶？此有怀莫诉，怪而自叹之辞。此诗与《客亭》工力悉敌，不差累黍，格同意同，但语异耳。"圣朝无弃物，老病已成翁。多少残生事，飘零任转蓬!"此不敢怨君，引分自安之语，"名岂文章著，官应老病休。飘飘何所似？天地一沙鸥"。此无所归咎，抚躬自怪之语，虽然语异矣，意仍不异。彼有"圣朝"字，故不敢怨；此无"圣朝"字，故可以怨。其不敢怨者，其深于怨者也。故曰"意仍不异"也。(《杜诗说》卷五)

仇兆鳌曰：上四，旅夜；下四，书怀。微风岸边，夜舟独系，两句串说。岩上星垂，舟前月涌，两句分承。五属自谦，六乃自解。末则对鸥而自伤漂泊也。(《杜少陵集详注》卷十四)

顾宸曰：名实因文章而著，官不为老病而休，故用"岂""应"二字反言以见意，所云"书怀"也。(《杜少陵集详注》引)

吴昌祺曰："星""月"二句胜太白"山随平野"二句。(《删订唐诗解》)

张谦宜曰："星垂平野阔，月涌大江流"气象极佳。极失意事，看他气不疲苶，此是骨力定。(《絸斋诗谈》卷四)

吴瞻泰曰：前半旅夜之景，后半书怀。然"独夜舟"三字，直贯后半；"一沙鸥"三字，暗抱前半。(《杜诗提要》卷九)

浦起龙曰：起不入意，便写景，正尔凄绝：三、四，开襟旷远。五、六揣分谦和。结再即景自况，仍带定"风岸""夜舟"，笔笔高老。(《读杜心解》卷三)

沈德潜曰：胸怀经济，故云名岂以文章而著；官以论事罢，而云老病应休。立言之妙如此。(《重订唐诗别裁集》卷十)

杨伦曰：上四旅望，下四书怀。("星垂"二句)雄浑。末句应舟中。(《杜诗镜铨》卷十二)

纪昀曰：通首神完气足，气象万千，可当雄浑之品。(《瀛奎律髓汇评》引)

何焯曰：首句已领"独"字。三句顶"独"字、"岸"字，四句顾"樯"字。(《义门读书记》)

宋宗元曰：("星垂"二句)十字写得广大，几莫能测。(《网师园唐诗笺》)

《唐宋诗醇》："小市常争米，孤城早闭门。"写荒凉之景，如在目前。若此孤舟夜泊，著语乃极雄杰，当由真力弥满耳。太白"山随平野"一联，语意暗合，不分上下，亦见大家才力天然相似。

卢𬱟曰：三、四雄大而有骨，不入虚枵，此居可辩。五、六亦大峭健，必无时弱。且二联一景一情，肉骨称适，章法最整。首联必是对起，又每用“独”字，此老杜所独。（《闻鹤轩初盛唐近体读本》）

潘德舆曰：门人陆梦月欲学诗，请法于予。予手书“细草微风岸”“江上日多雨”二律示之曰：“此二篇近人以为佳诗耳，深观之，乃知少陵诗非有事在也。”“名岂文章著”，此语道不得知诗来，“官应老病休”，此语道不得不知诗教。（《养一斋诗话》）

施补华曰：“星垂平野阔，月涌大江流”，是雄壮语。（《岘佣说诗》）

李少白曰：胡元瑞曰：“‘山随平野尽，江入大荒流。’此太白壮语也，子美‘星垂平野阔，月涌大江流’二语骨力过之。”丁友龙解之曰：“李是昼景，杜是夜景；李是行舟暂视，杜是停舟细观。未可概论。”以予观之，二说皆非定评。杜句警练，李句雄浑。警练则力大，雄浑则气长。以品而论，李句当在杜句之上，赏音者各以其好可也。（《竹溪诗话》卷一）

这首著名的五律写出了一种雄浑壮阔境界中的孤独感和漂泊感，在杜甫“漂泊西南天地间”时期的诗作中具有代表性。

首联写旅夜泊舟江岸。大江岸边，春天的微风吹拂着细草，诗人所来的船，桅杆高竖，正孤独地停泊着。细草、微风，透露出时令正值春天。如果说首句所写的景象还多少带有春天傍晚和煦安闲的气息，那么次句的“危”“独”二字就明显传出一种孤独、不安的感受。两种不同景象所形成的对照，正透露出在这个和煦的春夜，孤舟泊岸的诗人内心的那份孤独不宁的心绪。

颔联写诗人舟上仰观俯视所见壮阔雄浑景象。仰望天穹，繁星密布，遥接天际，平原旷野，广阔无边；俯视大江，但见月影随波涌动，粼粼波光，闪烁不定，滔滔江水，汹涌奔流。这一联境界极壮阔雄浑，两句中的“垂”字“阔”字、“涌”字“流”字则是构成此种境界的句眼。特别是“垂”字尤为奇警而贴切。广阔无垠的江汉大平原上，四望无阻，天似圆盖，笼盖四野。这种天地相接、浑然一体的景象使人的视觉感受产生天似乎低垂于人的头顶。这正是“星垂”二字所描绘的境界。而星之低垂，正衬托出天穹的阔远；而天穹的阔远，又正显示出它所笼盖的平野的广阔。一“垂”字而天之广、野之阔毕现。或谓这两句均为“下因句”即下三字为因，上二字为果，其实，诗人虽字烹句炼，但两句均为浑沦一体、直书即目所见。即使景象之间有因果关联，也是互为因果。正因为所写为一浑沦的整体，故虽锤炼而仍具浑成之致。上句所写本为静景，因“垂”字而使其带有某种动感，下句所写更是动感强烈的景象，不仅具有奔腾的气势，而且因“大江”之“流”而展示出更为阔远的境界。评家每以此联与李白“山随平野尽，江入大荒流”一联作比较，正说明李、杜这两联所写的景象在地理上的相近。旧说杜甫此诗作于自成都至忠州的旅途中，陈尚君已提出“江水流至戎、泸诸州，多在群山中穿行。至渝、忠二州，已渐入峡谷，两岸山势更为险峻。舟中很难见到‘星垂平野阔’这样开阔的平原景色。”甚是。而李白《渡荆门送别》“山随”一联则明显是写荆门以外的江汉平原景象。李、杜此二联虽有昼景、夜景之别，但所描绘的开阔景象同属江汉平原一带则灼然可见。且杜甫永泰元年（765）春夏之交由成都动身，中途在嘉州、戎州、泸州、渝州均有停留，有纪行诗，据陈贻焮《杜甫评传》所考，端阳节前抵嘉州，与族兄杜某相聚，稍作盘桓，五月十五月圆前后过青溪驿，五月底六月初舟次戎州，受到杨刺史接待，至渝州又因候严六侍御而有耽搁。按其时令，早就过了春天，无复此诗首句所写“细草微风岸”之春日景象了。而大历三年（768）三月，由夔州抵达江陵，此诗如作于抵江陵前，时令正合。

腹联由前幅旅途夜泊所见之景转而书怀。“名岂文章著，官应老病休。”“岂”“应”二虚字，开合相应，是这一联中传情达意的句眼。“岂”字在这里含有“岂应”的意味，意思是说，声名岂能因文章而著称于世呢？这是带有反问语气的话。杜甫的理想抱负是“致君尧舜上，再使风俗淳”，“窃比稷与契”，并不以“文章惊海内”为自己的人生追求，但由于政治的腐败、时局的动乱，使自己的宿志落空，徒以诗名著称于世，这实在是极大的悲哀。故“名岂文章著”之句，在仿佛是自负的口吻中透露出的正是志业不遂的深沉悲慨。名本不应因文章而著而竟因文章而著，“岂”字中所寓含的正是这种事与愿违的悲哀。与“岂”字相应，“官应老病休”的“应”字，则含有理所应当的意味。杜甫当时的境况是“老病有孤舟”，朝廷虽然给了他一个检校尚书工部员外郎的官职，却一直没有实授，如今自己既老且病，看来理所应当成为“圣朝”的“弃物”了。而杜甫的实际想法却是“落日心犹壮，秋风病欲苏。古来存老马，不必取长途”，虽然老病，却壮心不已，仍希为国效力。因此，这句表面上是说，官理应因老病而休，而实际上对此既心有不甘，又对朝廷的冷漠心怀牢骚愤懑，感到自己虽老而壮心犹在，却被朝廷看成无用的“弃物”了。

“飘飘何所似？天地一沙鸥。”既因老病而为朝廷所弃，又贫困无依，只能随孤舟到处漂泊，自己的境况就像是广阔天地之间一只渺小的沙鸥，飘飘然无所依傍止宿了。时值夜间，沙鸥飘飞的景象自非目接，但不妨因日间所见而引发联想。沙鸥的意象，在杜甫诗中经常出现，但在不同的诗作中，具有不同的寓含。天宝七载（748）所作的《奉赠韦左丞丈二十二韵》结尾说：“白鸥没浩荡，万里谁能驯？”这里出现的“白鸥”，是自由无拘、不受驯服意态的象征，表达了当时杜甫虽困顿失意却仍保持着傲岸不羁的性格和心态。而这首诗中出现的“沙鸥”，却因广阔天地的衬托而愈显其孤单、渺小，它那“飘飘”的身影也成了漂泊者的象征。比起“残生随白鸥”的诗句，感情虽不像那样沉痛，但在仿佛是超旷的口吻中仍可品味出一种无奈的凄凉。

就诗人的处境而言，这首诗所反映的无疑是晚年杜甫老病交加、漂泊无依、孤独寂寞的困境，但全诗的意境却并不局促、感情也不颓唐，而是雄浑壮阔，气象万千，显示出诗人虽穷困老病而仍具阔大的胸襟气魄。这当中，颔联所描绘的境界起着至关重要的作用。它虽非直接书怀，却体现出诗人阔大的胸怀。

宿江边阁〔一〕

暝色延山径〔二〕，高斋次水门〔三〕。
薄云岩际宿〔四〕，孤月浪中翻。
鹳鹤追飞静〔五〕，豺狼得食喧。
不眠忧战伐，无力正乾坤〔六〕！

〔一〕大历元年（766）在夔州西阁居住期间所作。江边阁，即西阁。大历元年秋自山腰移居西阁，二年春，自西阁迁居赤甲山。

〔二〕暝色，犹暮色。延，延伸。延山径，从山间小路逐渐延伸而至。

〔三〕高斋，即题内“江边阁”。次，临。水门，指瞿塘峡口。作者《长江》云：“众水会涪万，瞿塘争一门。”亦即夔门。《西阁二首》之一：“层轩俯江壁，要路亦高深。”即此句意。

〔四〕宿，停驻不动。

〔五〕鹳鹤，泛指鹤类。静，《全唐诗》校：“一作尽。”

〔六〕正，整顿。

笺评

蔡絛曰：诗之声律，成于唐，然亦多原六朝旨意。何逊《入西塞诗》云：“薄云岩际出，初月波中上。”至少陵《江边水阁》诗则云：“薄云岩际宿，孤月浪中翻。”虽因旧而益妍。此类獭髓补痕也。（《西清诗话》。《苕溪渔隐丛话》引）

黄鹤曰：鹳鹤喻军士，豺狼喻盗贼，起下“战伐”，时蜀有崔旰之乱。（仇兆鳌《杜少陵集详注》卷十七引）

刘辰翁曰：自是仙骨。（《删补唐诗选脉笺释会通评林·盛五律》引）

吴山民曰：“翻”字佳，作对语结整有力。（同上引）

周启琦曰：阴铿有（按：当作何逊）“薄云岩际出，初月波中上”，杜有“薄云岩际宿，孤月浪中翻”，又阴有“花逐下山风”，杜有“云逐度溪风”，所谓祖述有自，青出于蓝也。若今人病为盗袭矣。（同上引）

王嗣奭曰：“无力正乾坤”，无限感慨。（《杜臆》卷九）

田同之曰：《西清诗话》云云如此。以予论之，“出“与“上”，“宿”与“翻”，四字各有意会，各有见地，所谓同而不同，并不可以言优劣。且杜句着力，而何句乃在有意无意之间，识者自得之。（《西圃诗说》）

黄生曰：（首联）对起，实眼句。（颔联）三、四承上，语含比兴。（腹联）五、六起下，语含比兴。（尾联）对结。又曰：“延”“次”，字法并真而确。三、四又用意在“薄”字“孤”字，喻也。“浪中翻”，飘泊无定。“岩际宿”，暂此依栖意。五起八意。五喻贤人远举，六喻盗贼纵横。故己虽有忧时之心，难为独济之力也。（《杜诗说》卷七）又曰：尾联见意格。五句喻贤人远举，六句喻盗贼纵横，与结尾二句榫缝密密相接。字字协律。（《唐诗矩》）

仇兆鳌曰：“延暝色”，将宿之时；“次水门”，西阁之地。上二点题。

中四，分承山、水。云过山头，停岩似宿；月浮水面，浪动若翻。此初夜之景。鹳鹤飞静，水边所见；豺狼喧食，山上所闻，此夜深之景。忧乱萦怀，故竟夕不寐。“薄云岩际出，初月波中上”，何仲言诗尚在实处摹景。此用前人成句，只换转一二字，便觉点睛欲飞。此诗八句皆对。（《杜少陵集详注》卷十七）

李因笃曰：写时、地毫无遗憾，结正稷、契分中语。全诗雄健，足以副之。（《杜诗集评》卷九引）

浦起龙曰：上四，相承而下，亦于写景中含旅泊意。五、六，引起结联，亦于写景中含稔乱意。“追飞静”，姑息了事也，隐讽鸿渐。“得食喧”，攻杀不休也，盖指崔、杨。结语沉著，却能以“不眠”二字顾题。（《读杜心解》卷三）

陈德公曰：“延”“次”字法高老。三、四袭古。可知前人好古，心摹手追，不嫌直用。如此后半作庄语，亦有正气在。评：水部句亦自佳。但“出”“上”二字无甚分别，少陵易“出”以“宿”，易“上”以“翻”，一静一动，意象各殊……且“宿”字切合夜景，而“翻”字尤写得月涌江流，涵光弄碧，上下不定，正从“不眠”中领略得来，故当让此公青出。（《闻鹤轩初盛唐近体读本》）

鉴赏

这首五律写夜宿西阁，忧念国事，彻夜难眠的情景。通体皆对，却情景相生，一气浑成。

首联对起，点明时地。“暝色”点暮，暗透题内“宿”字；“高斋”即题内“江边阁”。对面的山上，暮色苍茫，一条弯曲的山径，蜿蜒而下，逐渐加深的暮色也随着山径延伸而下，弥漫开来。“延”字富于动态感，不仅显示出苍然暮色，自远而近的动态，而且透露出时间的渐进和暮色的逐渐加深。诗人在薄暮中有些黯淡的心情也似乎随着暮色的延伸而弥漫开来，次句写西阁下临瞿塘峡口的夔门，见地势之高峻，亦点题内“江边”。

颔联写在江边阁上的眺望所见。上句写山景，承首句。淡薄的云彩缭绕在山间，停滞不动，像是在那里栖宿一样。下句写江景，承次句。一轮孤月，照映在江中，随着波浪的奔腾起伏，水中的月影也在不停地翻动。上句静景，下句动景。乍读此联，似是单纯的即景描写，但细加品味，又感到其中含有诗人面对此景时的一种感触。浮云的意象，常是游子飘零身世境遇的象征。所谓“浮云游子意”。因此这栖宿于山岩边上的薄云似乎和诗人眼前在漂泊中暂时得栖托的境遇有着某种类似之处。“孤月”的意象，也常用作孤子境遇的象征，所谓“永夜月同孤”。而在随波动荡不已的水中孤月，似乎正透露出处境孤孑的诗人内心的动荡起伏。只不过，这只是诗人触景而生的一种联想，而非刻意设喻。与其说是有意的比兴，不如说是一种自然的联想，一种在有意无意之间的“兴”。

“鹳鹤追飞静，豺狼得食喧。”腹联从前两联写目眺所见转为耳闻，时间也由前两联的分写薄暮、初夜之景转为深夜之景。句末的“静”“喧”二字透露出这一联系从听觉角度写。“鹳鹤”系水禽，承二、四写江边之景；“豺狼”为猛兽，承一、三写山上之景。在这异乡山城的深夜，鹳鹤在追飞中发出不断的鸣叫声，至夜深时分，终于静寂下来；而山间的豺狼，却因为攫取到了食物而在喧哗吼叫。较之颔联，这一联的比喻象征意味便相当明显。如果说上句是当时蜀中一带动乱不靖局面的象喻，那么下句便是军阀混战，残害百姓的象喻。比兴而由隐而显，正透露出诗人感情的强烈愤激。“喧”字尤为明显。

尾联紧承五、六，直抒悲慨。“不眠”二字，点醒上文均为不眠之夜江边阁所见所闻，“忧战伐”则是“不眠”中所感。落句却突作转折，揭出自己“无力正乾坤”的悲愤。豺狼肆虐，正是乾坤颠倒之世，亟须英雄豪杰之士出而整顿，使之重现正常的秩序，自己也素有稷契之志，“忧黎元”之心，但却为统治者所弃置，辗转漂泊，忽已衰暮，虽有正乾坤之志，却无“正乾坤”之“力”了。这是诗人晚年悲愤境遇、悲剧心态的集中反映，也是其处困穷之境而怀济世之志的精神品格的集中表现，虽悲慨深沉，却力重千钧。二句虽用对结，而意则一贯；上句从正面抒忧国之情，下句从反面抒“无力”济世之愤，扬抑纵收之间，倍见顿挫曲折之姿，亦倍增沉郁之情。全诗在感情达到最高潮时作收，收得极圆满而淋漓尽致。

全篇以“不眠忧战伐”为中心，以时间的渐进为线索，次第展现由暮而夜、由初夜而深夜的进程中所见所闻景物的变化，以及由此引起的感触与联想。情由隐而显，逐渐强化深化，象喻也由“有意无意之间”到明显自觉。虽是短章，却有层次、有发展，显得自然而合理，浑然一体。

阁　夜〔一〕

杜甫

岁暮阴阳催短景〔二〕，天涯霜雪霁寒宵〔三〕。
五更鼓角声悲壮〔四〕，三峡星河影动摇〔五〕。
野哭几家闻战伐〔六〕，夷歌数处起渔樵〔七〕。
卧龙跃马终黄土〔八〕，人事依依漫寂寥〔九〕。

校注

〔一〕阁，指诗人在夔州所居之西阁。据首联，诗当作于大历元年（766）冬。

〔二〕阴阳，指日月交替运行。短景，犹短日。冬日昼短，故云。

〔三〕天涯，指僻远的夔州。雨过天晴曰霁，此处形容霜雪映照寒宵有如晴霁。兼写晓雾之景。

〔四〕《通典》卷一百四十九："行军在外，日出日入，挝鼓千捶。三百三十三捶为一通。鼓声止，角声动，吹十二声为一叠。角音止，鼓音动。如此三角三鼓，而昏明毕之。"又见《李卫公兵法》。

〔五〕星河，指天上的银河。影，指江中银河倒影。

〔六〕几，《全唐诗》校："一作千。"

〔七〕夷歌，彝人之歌，指巴东一带少数民族之歌。数，《全唐诗》校："一作是。"仇注本作"几"。起渔樵，起于渔人樵夫之口。左思《蜀都赋》："陪以白狼，夷歌成章。"李善注："白狼夷在汉寿西界，汉明帝时作诗三章以颂汉德。"

〔八〕卧龙，指诸葛亮。《三国志·蜀书·诸葛亮传》："诸葛孔明者，卧龙也。"跃马，指公孙述。西汉末恃蜀中地险，时局动乱，据益州自称白帝，又述曾改鱼腹县为白帝，建武十二年（36）为汉军所灭。《后汉书》卷十三有传。左思《蜀都赋》："公孙跃马而称帝。"诸葛亮、公孙述在夔州均有活动及遗迹。有白帝庙、孔明庙。

〔九〕人事，人间世事。依依漫，《全唐诗》校："一作音尘日，一作音书颇。"仇注本作"音书漫"。依依，依稀隐约貌。漫，空自，徒然。

苏轼曰：七言之伟丽者，杜子美云："旌旗日暖龙蛇动，宫殿风微燕雀高。""五更鼓角声悲壮，三峡星河影动摇"，尔后寂寞无闻焉。（《东坡题跋》）

蔡絛曰：作诗用事，要如禅家语，水中着盐，饮水乃知盐味。此说诗家秘密藏也。如"五更鼓角声悲壮，三峡星河影动摇"，人徒见凌轹造化之工，不知乃用事也。《祢衡传》："挝渔阳操，声悲壮。"《汉武故事》："星辰动摇，东方朔谓民劳之应。"则善用事者，如系风捕影，岂有迹邪！（《苕溪渔隐丛话·前集》卷十引《西清诗话》）

周紫芝曰：凡诗人作语，要令事在语中而人不知……"五更鼓角声悲壮，三峡星河影动摇"盖暗用迁语，而语中乃有用兵之意。诗至于此，可以为工也。（《竹坡老人诗话》）

赵彦材曰：英雄皆不免于死，人事依依，何至漫自寂寥乎！（《九家集注杜诗》）

刘辰翁曰：第三第四句对看，自是无穷俯仰之悲。（《唐诗品汇》引）又曰：三、四二句只见奇丽，若上句何足异？评诗未易，以此。（《唐诗广选》引）

方回曰：此老杜夔州诗，所谓"阁夜"，盖西阁也。"悲壮""动摇"一联，诗势如之。"卧龙跃马终黄土"，谓诸葛、公孙，贤愚共尽，"孔丘盗跖俱尘埃""玉环飞燕皆尘土"一意。感慨豪荡，他人所无。（《瀛奎律髓》卷一《登览类》）又曰：三、四东坡所赏，世间此等诗，唯老杜有之。（《瀛奎律髓》卷十五《暮夜类》）

胡应麟曰：老杜七律全篇可法者……《阁夜》……气象雄盖宇宙，法律细入毫芒，自是千秋鼻祖。异时微之、昌黎，并极推崇，而莫能追步。（《诗薮·内编·近体中·七言》）

桂天祥曰：全首悲壮慨慷，无不适意。中二联皆将明之景。首联雄浑动荡，卓冠千古，次联哀乐皆眼前景，人亦难道。结以忠逆同归自慰，然音节尤婉曲。（《批点唐诗正声》）

叶羲昂曰：光芒四射，若令人不敢正视。（《唐诗直解》）

陆时雍曰：三、四意尽无馀。（《唐诗镜》）

蒋一梅曰：鼓角，阁上所闻；星河，阁上所见；"野哭""夷歌"，是

倒装法。(《删补唐诗选脉笺释会通评林·盛七律》引)

唐汝询曰：此阁中候晓而作也。言岁暮而光景促，夜寒而霜雪严，晴雾则鼓角之声壮，将晓则星河之影动也。然星辰动摇，本民劳之应，故遂言民俗厌兵，一闻战伐则哭声遍野，渔樵之人尽为渔歌，则中国半为左衽矣。盖蜀中华夷杂处，华人畏兵而哭，夷人乐战而歌也，末因其地有诸葛、公孙之庙而感，忠逆贤否，同归于尽，则人生徒自悲苦耳，故我于人事音书任其寂寥而已。(《唐诗解》)

周启琦曰：杜《刈稻咏怀》云："野哭初闻战，樵歌稍出村。"只此五、六意，说诗者何必多喙！(同上引)

单复曰：结语愈缓而意愈切。(同上引)

王嗣奭曰：此诗全于起结着意，而向来论诗止称"五更"一联，并不知其微意之所在也。"卧龙"句总为自家才不得施、志不得展而发，非笑诸葛也。(《杜臆》)

卢世㴶曰：杜诗如《登楼》《阁夜》《黄草》《白帝》《九日二首》，一题不止为一事，一诗不止了一题。意中言外，怆然有无穷之思，当与《诸将》《古迹》《秋兴》诸章相为表里，读者宜知其关系至重也。(《杜少陵集详注》卷十八引)(按卢氏《杜诗胥钞馀论》于"怆然"句下有"十分筋两，十分关系"八字。"读者"句作"读者切宜郑重，至视至视")

冯舒曰：无首无尾，自成首尾，无转无接，自成转接。但见悲壮动人。诗至此而《律髓》之选法于是乎穷。(《瀛奎律髓汇评》引)

陆贻典曰：五、六妙绝，盖言天下皆干戈，惟此一隅尚有安稳渔樵耳。(同上引)

查慎行曰：对起，极警拔。三、四尤壮阔。(同上引)

金圣叹曰：通篇悲愤之极。悲在夜，愤在阁(《贯华堂选批唐才子诗》)又曰：一解写"夜"……笔势又浓郁，又精悍，反复吟之，使之增长意气百倍。(前四句下评)(《杜诗解》)

毛奇龄曰："三峡星河"二句，在夜起时常有此境。(《西河诗话》)

李因笃曰：壮采以朴气行之，非泛为声调者比。(《杜诗集评》引)

吴农祥曰：起四语精紧，后亦称。(同上)

何焯曰：感慨与人同，自是气势迥绝。(《唐律偶评》)

杨逢春曰：此因寄居西阁，出峡无期，乡书不至，寒宵辗转，枨触见闻，不胜"催短景"之感，故结处聊为宽解之词。(《唐诗绎》)

吴昌祺曰：气极沉雄。（《删订唐诗解》）

黄生曰：（首联）对起。（颔联）三折句。（腹联）倒剔句。（“卧龙”句）陡接。（“人事”句）反言见意。又曰：“几家”，一作“千家”，似太闹。钱云：“晋本作此二字（几家）。”今从之。“野哭”字出《檀弓》，“夷歌”字出左思《蜀都赋》，各有来处，始见其工。若三、四“声悲壮”“影动摇”，亦诗中常语，未必定出《祢衡传》及《汉武故事》也。“星临万户动”“星月动秋山”“含星动双阙”“落月动沙虚”，杜屡言之，岂皆用元光星动事耶？又，上句“悲壮”字，偶与《祢衡传》相合，遂亦以掺抙事傅之，即谓二语俱非虚设。星动民劳，以刺时事；鼓声悲壮，又将何指？杜之命意精切，属对工致，必不尔也。自蔡絛凿为此说，解者遂若获一珠船。以今观之，空腹者固不可注杜，即腹笥便便者，亦未必果皆中的。暗！难言哉！五、六顺之本云：战伐几家闻野哭，渔樵是处起夷歌。必倒剔成句者，乍闻野哭，审听乃征人之妇；初闻夷歌，徐觉是渔樵之人也。夷歌非渔樵本色，乃至此属亦效其声，盖隐然辛有之忧矣。“漫寂寥”，漫忧其寂寥也。卧龙跃马，因夔州祠庙而言。人寿无几，贤愚同尽，况堪为忧患所煎迫耶！人事音书，亦任其寂寥可耳，无为抱此戚戚也。目前之人事，远地之音书，皆不足赖，情怀极恶，而姑为自宽之辞。题云“阁夜”，诗顾及晓景，乃知此老为人事音书之故，彻晓不寐，猛然思及公孙、诸葛，真是一场扯淡，人生波劫，亦何益耶！（《杜诗说》卷八）

仇兆鳌曰：此在阁夜而伤乱也。上四，阁夜景象；下四，阁夜情事。鼓角，夜所闻；星河，夜所见。野哭夷歌，将晓所伤感者，末则援古人以自解也。鼓角之声，当更尽而悲壮、星河之影，映峡水而动摇。皆宵雾之景。吴论悲壮、动摇下两字当另读。思及千古贤愚，同归于尽，则目前人事，远地音书，亦漫付之寂寥而已。“千家”“几处”，言哭多而歌少。（《杜少陵集详注》卷十八）

浦起龙曰：“天涯”“短景”，直呼动结联。而流对作起，则以阴晴不定，托出“寒宵”忽“霁”。三、四，从“霁寒宵”生出。“鼓角”不值“五更”，则声不透；五更，最凄切时也。再著“悲壮”字，直刺睡醒耳根也。“星河”不映“三峡”，则“影”不烁，三峡，最端激处也。再著“动摇”字，直闪蒙胧眼光也。于“寂寥”中对此，况触以“野哭”“夷歌”得不戚然伤心耶！老去伤多，焉能久视，故想到近地古迹，转自宽解焉。彼“定乱”之“卧龙”，起乱之“跃马”，总归黄土，则“野哭”“夷歌”，行且霎时变灭，顾犹以耳“悲”目“动”，寄虚愿于纷纷漠漠之世情，天涯短景，其与几何！曰“漫寂寥”，任运之旨也。噫！其词似宽，其情弥结矣。（《读杜心解》卷四）

杨伦曰：（首句）题前写一句。三、四正从“宵雾”后见出。鼓角天晴则更亮。蒋云：三峡最湍激处，加霜雪照耀，故见星河动摇。又在“声悲壮”里觉得，足令人惊心动魄。（末二句）言贤愚同归于尽，则寂寥何足计哉！末二句仍借古人以自解也。（《杜诗镜铨》卷十五）

吴瞻泰曰：“人事”绾上“野哭”“夷歌”；“音书”绾上“天涯”“三峡”，关锁极密。（《杜诗镜铨》引）

佚名曰：而吾唯于此《阁夜》一首，独爱其气骨之雄骏，更为集中之杰出者。不禁三复而乐道之……读此诗令人增长气魄，开拓胸襟，非直为咏歌而已也。（《杜诗言志》）

纪昀曰：前路凌跨一切，结句费解。凡费解便非诗之至者。三、四只是现景，宋人诗话穿凿可笑。（《瀛奎律髓汇评》卷一引）又曰：总是主持太过。（卷十五引）

无名氏（乙）曰：大名独步，何可比肩。（同上引）

许印芳曰：结虽费解，却无不可解处，不能以小疵废之。（同上引）

沈德潜曰：此西阁夜中作。结言贤愚同尽，则目前人事，远地音书，亦付之寂寥而已。（《重订唐诗别裁集》卷十三）

范大士曰：洞阳公曰：中四句叹时事，结二句叹人世，其感益深。（《历代诗发》）

宋宗元曰：三、四与“锦江春色”同一笔力。（《网师园唐诗笺》）

赵翼曰：“五更鼓角声悲壮，三峡星河影动摇”“锦江春色来天地，玉垒浮云变古今”，亦是绝唱。然换却“三峡”“锦江”“玉垒”等字，何地不可移用？则此数联亦不可无议。只以此等气魄从前未有，独创自少陵，故群相尊奉为劈山开道之始祖，而无异词耳。自后亦竟莫有能嗣响者。（《瓯北诗话》卷二）

《唐宋诗醇》：音节雄浑，波澜壮阔，不独“五更鼓角”“三峡星河”脍炙人口为足赏也。

卢𪊲曰：前四写景，后四言情，笔力坚苍，两俱称惬。千古绝调，公独擅之。（《闻鹤轩初盛唐近体读本》）

方东树曰：起二句夜。三、四切阁夜，并切在蜀，东坡赏此二句，此

自写景，钱以为星摇民乱，不必如此解，五、六情。（《昭昧詹言》）

马鲁曰：句法有上五下二者……“五更鼓角声悲壮，三峡星河影动摇”。（《南苑一知集》）

张云卿曰：勿学其壮阔，须玩其沉至。（《十八家诗钞》引）

《阁夜》是杜甫七律正格的代表作，以风格之沉雄悲壮、意境之阔大苍凉著称。

题曰“阁夜”，首句却从题前写起。又是一年将尽的岁暮季节，隆冬日短，太阳和月亮此落彼起，匆匆交替，仿佛在催促着短暂的白天赶快消逝。“岁暮”而“短景”，已使人深感岁月易逝，流光难驻，着一“催”字，更突出地渲染了时间消逝的迅疾和日月更替催人老的意蕴。虽系点时，却透露出一种浓烈的生命匆匆消逝的悲凉。

次句点地。“天涯”指僻处西南一隅的夔州。“寒宵”点题内“夜”字。这是一个霜雪初停、分外凛冽的寒夜，着一“霁”字，不仅形象地显示出霜雪交映的寒夜一片银白的光辉，而且在一片银白的光影中更透露出凛冽彻骨的寒意，诗人目接此境时的凛然生寒的感受亦自然寓含在其中。这一联虽点时、地和题内“夜”字，而诗人的迟暮之感、天涯羁旅之慨和孤寂悲凉之情也都自然融合在“阴阳催短景”“霜雪霁寒宵”的境界中。“霁寒宵”三字兼写寒宵将尽时的晴霁之色。

颔联写寒宵将尽时阁上所闻所见景物。天阴雨温则鼓皮松弛而声沉浊，天晴雪霁则鼓皮紧绷而声响亮，五更将晓之时，四围一片静寂，城头上的鼓角之声显得分外悲壮。夔州虽是偏僻的山城，但因蜀中连年战乱，这原本宁静的山城也染上了浓重的战争气息，在饱经战乱的诗人听来，这破晓时分的鼓角声就显得分外悲壮了。上句从听觉角度写，下句从视觉角度写。三峡的上空，星河西斜，倒映入江，因江水的汹涌澎湃而其影动荡不已。前人或谓星辰动摇系民劳之象，系用事，实过凿。此虽实写眼前壮观之景，但在雄壮阔大中有飞动之势，且透露出诗人目接此境时动荡起伏的情思，与上句所写雄浑悲壮之境融合，极沉雄悲壮之致。

“野哭几家闻战伐，夷歌数处起渔樵。”腹联全从听觉角度写阁上所闻。“几家”或作“千家”，恐非。夔州是个小城，“千家”正是它的大致户数，

《秋兴八首》之三“千家山郭静朝晖”可证。如说“千家”，则夔州全城皆闻哭声，即使是夸张渲染之词，亦不免太过。仍以“几家”为是。诗人伫立西阁，遥闻四野传来哭声，从哭声中联想到蜀中战乱不断，民间因征战或兵乱而死者，而家人离散者不少，故闻野哭几家而如闻战伐之声。这句与颔联出句之“鼓角声悲壮”正紧相承接。下句写在阁上听到当地少数民族的百姓的歌谣，联想到值此寒夜将尽、天已破晓之际，他们一天的渔樵劳动生活又要开始了，点眼处在“夷歌”二字，在天涯羁泊的诗人听来，这“夷歌”之声不免使他更增添了羁泊异乡的孤寂感。

“卧龙跃马终黄土，人事依依漫寂寥。”尾联多异文，通行本多作“人事音书漫寂寥”，颇具音律宛转低回之美，但前代注家评家对此句的解说多嫌牵强，萧涤非谓“朝廷记忆疏”是人事方面的寂寥，“亲朋无一字”是音书方面的寂寥，似乎可通。但联系全诗，总觉“音书”寂寥之慨有些突然，虽说“天涯”“夷歌”等字中亦略透羁泊天涯异域之意，但作为总收，仍嫌与上文有些脱节。所谓“人事”，当紧承上句“卧龙跃马终黄土”而言，指人间世事，亦即贺知章《回乡二首》“近来人事半销磨”、鹿虔扆《临江仙》词“烟月不知人事改”之“人事”。“依依”依稀隐约貌，形容历史上的英雄人物如号称“卧龙”的诸葛亮和跃马称帝的公孙述均已化为黄土，他们的事迹和音容如今已依稀隐约，只存留于人们的想象中了。想到这一点，诗人不免有萧条异代不同时的寂寞之感，故说“人事依依漫寂寥”。这种感慨，明显地流露在他的《上白帝城二首》中，其一云：“英雄馀事业，衰迈久风尘”，其二说：“白帝空祠庙，孤云自往来……勇略今何在，当年亦壮哉！”都可旁证此诗“人事依依”乃指公孙述、诸葛亮的英雄事业如今只依稀地留存在人们记忆想象中，而自己已经是衰暮之年，又长期羁滞异乡，虽追慕前代英雄亦不可能有所作为，只能空自寂寥了。这是因其地有公孙、诸葛的遗迹、祠庙而引发的历史感慨和人生感慨。

总的来看，这首诗的首联点明时地、题目，带有总写的性质，以下三联，便分别从所闻、所见、所想的角度来写，内容既有对战乱时世、人民苦难的忧悯，也有对自身羁滞天涯、无所作为境遇的悲慨，还有对夔峡寒夜雄浑壮伟景色的描绘。但多方面的内容又统一在沉雄悲壮的基调之中。

八阵图〔一〕

功盖三分国〔二〕，名成八阵图〔三〕。
江流石不转〔四〕，遗恨失吞吴〔五〕。

校注

〔一〕八阵图，古代用兵的一种阵法。八阵，指天、地、风、云、龙、虎、鸟、蛇八种阵势。东汉窦宪曾勒八阵以击匈奴。班固《封燕然山铭》："勒以八阵，莅以威神。"李善注引《杂兵书》："八阵者，一曰方阵，二曰圜阵，三曰牝阵，四曰牡阵，五曰冲阵，六曰轮阵，七曰浮阻阵，八曰雁行阵。"唐李筌《神机制敌太白阴经·阵图》谓指天、地、风、云、龙、虎、鸟、蛇八阵。此从之。《三国志·蜀书·诸葛亮传》："推演兵法，作八阵图。"《晋书·桓温传》："初，诸葛亮造八阵图于鱼腹平沙之下，垒石为八行，行相去二丈。温见之，谓：'此常山蛇势也。'文武皆莫能识之。"八阵图遗迹除夔州奉节县南江边（即鱼腹平沙）最为著称之外，尚有沔县东南诸葛亮墓东（《水经注·沔水》）、新都县八阵乡（《太平寰宇记》）等多处。此诗所指则为奉节县江边之八阵图。《刘宾客嘉话录》："王武子曾在夔州之西市，俯临江岸沙石，下看诸葛亮八阵图，箕张翼舒，鹅形鹳势，聚石分布，宛然尚存。峡水大时，三蜀雪消之际，澒涌滉漾，可胜道哉！大树十围，枯槎百丈，破硙巨石，随波塞川而下，水与岸齐，雷奔山裂，则聚石为堆者，断可知也。及乎水落川平，万物皆失故态。唯诸葛阵图，小石之堆，标聚行列，依然如是者。仅已六七百年。年年淘洒推激，迨今不动。"《太平寰宇记》引《荆州图副》谓，阵聚细石而成，八阵各高五尺，广十围，纵横棋布，中间相去九尺，正中开南北巷道，广五尺。凡六十四聚。诗约作于大历元年（766）夏杜甫初抵夔州时。

〔二〕魏、蜀、吴三国之中，曹操挟天子以令诸侯，孙权据有江东六郡，均有所凭借，唯诸葛亮辅佐刘备，"受任于败军之际，奉命于危难之间"，取荆、益，建蜀汉，创业最为艰难，故曰"功盖三分国"。

〔三〕谓诸葛亮因八阵图而名扬后世。

〔四〕石不转，指八阵图聚石为阵的阵形遗迹历久不改，不被汹涌的江流所冲毁。参见注〔一〕引《刘宾客嘉话录》。《诗·邶风·柏舟》有“我心匪石，不可转也”之句，“石不转”，用其语。

〔五〕此句主要有以未能吞吴为恨及以失策于吞吴为恨两种说法。从历史记载看，似以后说较为符合诸葛亮的本意。《三国志·蜀书·先主传》：“（章武元年六月）车骑将军张飞为其左右所害。初，先主忿孙权之袭关羽，将东征，秋七月，遂帅诸军伐吴。孙权遣书请和，先主盛怒不许……二年……夏六月……陆议大破先主军于猇亭，将军冯习、张南等皆没。先主自猇亭还秭归，收合离散兵，遂弃船舫，由步道还鱼复，改鱼复县曰永安……（三年三月）先主病笃，托孤于丞相亮，尚书令李严为副。夏四月癸巳，先主殂于永安宫。”又《法正传》：“先主既即尊号，将东征孙权以复关羽之耻，群臣多谏，一不从。章武二年大军败绩，还住白帝。亮叹曰：‘法孝直若在，则能制主上，令不东行；就复东行，必不倾危矣。’”但亦可作他解。

笺评

苏轼曰：仆尝梦见人，云是杜子美，谓仆“世多误会予诗《八阵图》云：‘江流石不转，遗恨失吞吴。’世人皆以谓先主武侯欲与关羽复仇，故恨不能灭吴。非也。我意本谓吴、蜀唇齿之国，不当相图。晋之所以能取蜀者，以蜀有吞吴之意。以为恨耳。”其理甚近。（《东坡题跋》卷二《记子美〈八阵图〉诗》）

周珽曰：洒英雄之泪，唾壶无不碎者矣。（《删补唐诗选脉笺释会通评林·盛五绝》）

钱谦益曰：史，昭烈败秭归，诸葛亮曰：“法孝正若在，必能制主上东行。就使东行，必不倾危。”观此，则征吴非孔明意也，子美此诗，正谓孔明不能止征吴之举，致秭归挫辱，为生平遗恨。东坡之说殊非。（《杜少陵诗集详注》卷十五引）

刘逴曰：孔明以江上奇才，制为江上阵图，至今不磨。使先主能用其阵法，何至连营七百里，败绩于猇亭哉！欲吞吴而不知阵法，是则当时之遗恨也。（同上）

卢世㴶曰：至诸葛丞相，则几于食寝梦寐以之矣。屡入其祠，古其柏，徬徨其阵图，言之不足，磋叹之不足，恻恻于三致意焉。（《杜诗胥钞·大凡》）

李因笃曰：只四句，檃括生平。“遗恨失吞吴”，是大议论，乃上句“江流石不转”，则似归咎山水。蜀东入吴为下流，而不能折回中原，地势使然，故长令英雄遗恨也。化大议论为无议论，妙不可言。（《杜诗集评》卷十五引）

黄生曰：《水经注》：亮作八阵图，因曰：“八阵既成，自今行师更不覆败。”《三国志·法正传》（略）。观《水经注》及《法正传》之语，知其本意谓伐吴犹不足恨，所恨者行师无法，故致大败耳。杜公咏阵图，盖推孔明之心而言之。意谓公之灵爽默示，后人依此立阵，宜如山之不可拔。如先主志欲吞吴，乃疏于立阵，连营七百里，不知进退分合之法，以至一败涂地，岂非千古之大恨哉！诗本咏阵图，自当从行阵立意，不宜泛及天下大计。子瞻所云，故是作史断主见，偶于杜诗发之耳。《志林》一书，凡不欲直言，便托之梦寐，不第此条为然。解杜诗者辄信其说，直痴人不可说梦也。刘逴曰：“末句谓先主猇亭之败，连营七百里，何不以八阵吞吴？东坡梦中语误。”按此注先得我心，世间未尝无明眼人也。（《杜诗说》卷十）

仇兆鳌曰：今按：下句有四说：以不能灭吴为恨，此旧说也；以先主之征吴为恨，此东坡说也；不能制主上之东行，而自以为恨，此《杜臆》、朱注说也；以不能用阵法而致吞吴失师，此刘氏之说也。又曰：“江流石不转”，此阵图之垂名千载者，所恨吞吴失计，以致三分功业，中遭跌挫耳。下二句用分应。（《杜少陵集详注》卷十五）

浦起龙曰：说是诗者，言人人殊。大率皆以吞吴失计之恨，与武侯失于谏止之恨，坐煞武侯心上着解。抛却“石不转”三字，致全诗走作，岂知“遗恨”从“石不转”生出耶？盖阵图正当控扼东吴之口，故假石以致其惋惜。云此石不为江水所转，天若欲为千载留此遗恨迹耳。如此方是咏阵图之诗。彼纷纷推测者，皆不免脱母。（《读杜心解》卷六）

杨伦曰：诗意谓吴、蜀唇齿之国，本不应相图，乃孔明不能谏止征吴之举，致秭归挫辱，为生平遗恨。亦以先主崩于夔州，故感及之。一说，刘逴曰（略）。如此说两句，似较融洽。（《杜诗镜铨》卷十二）

《唐宋诗醇》：遂使诸葛精神，炳然千古，读之殷殷有金石声。（卷十七）

沈德潜曰：吴、蜀唇齿，不应相仇。“失吞吴”，失策于吞吴，非谓恨未曾吞吴也。隆中初见时，已云“东连孙权，北拒曹操”矣。（《重订唐

诗别裁集》卷十九)

李锳曰:"失吞吴",东坡谓失在吞吴之举,此确解也。前题《武侯庙》,故写出武侯全部精神;此题《八阵图》,故只就阵图一节写其遗恨,作诗切题之法有如是。(《诗法易简录》)

俞陛云曰:武侯之志,征吴非所急也。乃北伐未成,而先主猇亭挫败,强邻未灭,剩有阵图遗石,动悲壮之江声。故少陵低徊江浦,感遗恨于吞吴,千载下如闻叹息声也。(《诗境浅说》续编)

刘永济曰:首句极赞武侯,次句入题,三句就八阵图说。"江流"句,从句面看似写聚石不为水所冲激,实已含末句"恨"字之意。末句说者聚讼,大概不出两意,一则恨未吞吴,一则恨失于吞吴……盖鼎足之势,在刘备不忍一时之忿,伐吴兵败,致蜀失吴援而破裂,遂使晋能各个击破……"石不转"有恨不消之意,知此五字亦非空设。杜甫运思之细,命意之高,于此可见。(《唐人绝句精华》)

萧涤非曰:"遗恨"二字即承上"石不转"而来。石实无所谓恨不恨,诗人往往无中生有,这也是诗的妙用……(浦)说最通达。诸葛亮的联吴,其实是吞吴的一种手段,并不是他的目的。(《杜甫诗选注》)

这是杜甫一首著名的咏怀古迹诗,因夔州奉节县八阵图古迹而联及诸葛亮一生的功绩与遗恨,抒发对英雄人物志事不遂的悲慨。

首句用高度概括之笔赞颂诸葛亮的功绩。三国时代,英雄豪杰纷起并出,竞相驰远,其中曹操、孙权、诸葛亮更是建立鼎足三分霸业的关键人物。但在杜甫看来,曹操"挟天子以令诸侯",政治上具有特殊的依凭和号召力,孙权据有江东,已历三世,国险民附,也具有可靠的依凭。只有诸葛亮辅佐刘备,是"受任于败军之际,奉命于危难之间",在毫无基础与依傍的条件下,靠超人的智慧和杰出的才能,靠正确的战略战术,攻取荆、益,建立起蜀汉政权的,其建功立业的艰难程度远超曹操和孙权,因此,国虽三分鼎足,功则超越曹、孙而成为那个时代的最杰出的英雄。特别是刘备死后,他辅佐昏庸的后主刘禅,更是竭精殚虑,匡济危时,鞠躬尽瘁,死而后已。"两朝开济"之功,确实称得上是三国时代的盖世英雄。一锤定音的崇高评价中寓含着诗人的崇敬追思之情。

"名成八阵图",次句紧扣题目,赞颂其名垂后世和杰出的军事才能。诸葛亮的出名当然不能单纯归结为八阵图,但八阵图的著名古迹确实使后世很多人因此而了解了诸葛亮的生平事迹、不朽业绩和杰出才能。次句正应从这个意义上去理解。

既功盖当世,又名垂后世,对诸葛亮的"功"与"名"的赞颂仿佛已臻极致,第三句似难以为继,诗人却就八阵图古迹经数百年江流的汹涌冲击而屹立不动的特点,将对诸葛亮功名事业、才能智慧的赞颂更进一层,表明其功名业绩之亘古不磨,永驻人心。"江"之"流"与"石"之"不转",形成鲜明的对比,前者象征性地显示了历史的变迁,时代的更迭,后者则象征性地显示了诸葛亮光辉业绩的永存。

一首只有四句二十个字的五绝,竟用四分之三的篇幅赞颂诸葛亮功盖当时,名垂后世、功业长存,末句似乎只能循此轨迹再作发挥,诗人却突接"遗恨失吞吴"一句,揭示出这位英雄人物的深沉遗恨。实际上,这正是全诗主旨的集中体现。

关于"失吞吴"的"遗恨",如果联系诸葛亮的隆中对策——"外结好孙权""可与为援而不可图"和他日后的具体行事——"遣使聘吴,团结和亲,遂为与国"来看,他显然是反对对东吴用兵,认为刘备征吴之举是失策的。因此苏轼、钱谦益以及多数注家、评家的理解似乎比较符合诸葛亮本人的一贯主张和行事。但联系杜甫的《蜀相》,特别是诗的尾联"出师未捷身先死,长使英雄泪满襟",却不难看出,所谓"遗恨失吞吴",实际上和"出师"二句所表达的悲慨并无二致。因为,诸葛亮一生追求的政治目标,并不只是成鼎足三分的"霸业",而且要成就兴复汉室的"王业"。"兴复汉室,还于旧都",进而统一全国,这才是他的终极目标。"吞吴"之"失",正在于它极大地影响了其终极目标的实现。从这个最终目标看,无论是"北定中原",还是"吞吴"都是题内应有之义。因此,"出师未捷身先死"和"失吞吴"一样,都是志业未竟的悲剧,也都是诸葛亮这个悲剧英雄人物的"遗恨"。杜甫这首诗,和《蜀相》一样,都是在赞颂其盖世功业的同时着重抒发了其志业未竟的悲剧结局和绵绵长恨,而对其功业的赞颂又正成为悲剧结局和遗恨的有力铺垫,使得这种悲剧结局和遗恨更加震撼人心。

诗用大概括、大议论,如此短小的篇幅,本极易流于空泛抽象,但读来却感到通篇洋溢着饱满的感情,寓含着深沉的感慨,这是因为与诗人所咏对象精神上高度契合,对诸葛亮的悲剧有深刻的理解与同情的缘故。读这首诗的末句，也仿佛可以听到诗人所发出的“长使英雄泪满襟”的悲慨。

白帝[一]

白帝城中云出门[二]，白帝城下雨翻盆[三]。
高江急峡雷霆斗[四]，翠木苍藤日月昏[五]。
戎马不如归马逸[六]，千家今有百家存[七]。
哀哀寡妇诛求尽[八]，恸哭秋原何处村[九]。

校注

〔一〕白帝，指白帝城。此亦登白帝览眺有感而作。据末句，约作于大历元年（766）秋。

〔二〕白帝城建在白帝山上，常有云雾缭绕。时值雨前，故登城楼而见云从城门腾涌而出。

〔三〕雨翻盆，形容暴雨倾盆而下的气势。

〔四〕暴雨倾盆，江水涨满，故云“高江”；水涨而峡紧束江水，使江水更加湍急，故云“急峡”。雷霆斗，形容江涛的巨响。

〔五〕翠，《全唐诗》校：“一作古。”日月，系复词偏义，指日色。

〔六〕戎马，指作战之马。归马，指从事生产的马。语本《书·武成》：“乃偃武修文，归马于华山之阳，放牛于桃林之野。”逸，安逸，安闲。

〔七〕谓因战乱影响，人民死伤惨重，十不存一。

〔八〕诛求，强行征收勒索。

〔九〕哭声遍野，不辨发自何处，故云“何处村”。

笺评

郭知达曰：民死于役，故多寡妇；暴赋横敛，故多诛求。此言军旅之际，民不聊生也如此。（《九家集注杜诗》）

胡应麟曰：崔曙“汉文皇帝有高台，此日登临曙色开”，老杜“野老篱前江岸回，柴门不正逐江开”，“白帝城中云出门，白帝城下雨翻盆”……

虽意稍疏野，亦自有一种风致。（《诗薮·内编》卷五）

钟惺曰：（首句）奇景，移用不得。（《唐诗归》）

谭元春曰：（“戎马”句）此句丑，下句不然。（同上）

许学夷曰：子美七言律……至如“黄草峡西”“共忆荆州”“白帝城中”……等篇，以歌行入律，是为大变。宋朝诸公及李献吉辈虽多学之，实无有相类者。（《诗源辩体》卷十九）

王嗣奭曰：首四句因骤雨而写一时难状之景，妙。（斗、昏）二字写峡中雨后之状更新妙，然实兴起“戎马”以写乱象，非与下不相关也。（《杜臆》）又曰：前叙雨景，便兴下乱象，戎马指作乱者。不如归马逸，笑其劳而无益。（仇注引）

贺裳曰：（杜甫）唯七言律，则失官流涉之后，日益精工，反不似拾遗时曲江诸作，有老人衰飒之气。在蜀时犹仅风流潇洒，夔州后更沉雄、温丽，如……写景则“高江急峡雷霆斗，古木苍藤日月昏”……真一代冠冕。（《载酒园诗话又编》）

张谦宜曰：一气喷礴，不关雕刻。拗格诗，炼到此地位也难。“高江急峡雷霆斗，古木苍藤日月昏”，险怪夺人魄，却自文从理顺，与鬼窟中伎俩有天渊之别。（《絸斋诗谈》卷四）

蒋弱六曰：（首联）云在城中出，雨在城下翻，已想见此山城风景。（《杜诗镜铨》卷十三引）

邵长蘅曰：奇警之作。不曰急江高峡，而曰高江急峡，自妙于写此江此峡也。（杨伦注引）

吴农祥曰：起横逸。三、四苍老雄杰，不易再得也。后四语稍减，然比《滟滪》作似过，彼拙中之拙，此拙中带工也。（《杜诗集评》引）

黄生曰：三喻干戈相寻，四喻朝廷昏乱，此苍生所以不得苏息也，故接后半云云。何处村间，寡妇恸哭秋原，必因诛求已尽之故，岂不重可哀乎！此亦漫兴成诗，摘首二字为题者。三、四写景既奇，比兴复远。人谓杜诗不宜首首以时事影附，然此类即景寓意者，其神脉自相灌注，岂可不为标出！第俗解强生枝叶，则失之耳。甲集不选此诗，以起作歌行体，转联句中掉字为卑调故也。然三、四之写景，七、八之句法，则乙集之所必登也。（《杜诗说》卷九）

仇兆鳌曰：此章为夔州民困而作也。上四，峡中雨景；下四，雨后感怀。江流助以雨势，故声若雷霆之斗；树木蔽以阴云，故昏霾日月之光，此阴惨之象也。戎马之后，百家仅存，户口销于兵赋；故寡妇哭于秋村。此为崔旰之乱而发欤！又曰：杜诗起语，有歌行似律诗者，如“倚江楠树草堂前，故老相传二百年”是也。有律体似歌行者，如“白帝城中云出门，白帝城下雨翻盆”是也。然起四句一气滚出，律中带古何碍？唯五、六掉字成句，词调乃稍平耳。（《杜少陵集详注》卷十五）

浦起龙曰：自是率语。结语少陵本色。（《读杜心解》卷四）

杨伦曰：（“戎马”句）偶因所见言之。（《杜诗镜铨》卷十三）

范大士曰：前四句写雨景豪壮，后四句写离绪惨凄。（《历代诗发》）

陈德公曰：五、六反是婉笔，故作白话，不见俚率。结转痛切。此篇四句截，上下如不相属者。评：起二末三字，最作异。三、四写得奇险。（《闻鹤轩初盛唐近体读本》）

徐孟芳曰：前四写雨，后四言情，妙在绝不相蒙而意仍贯。（同上引）

方东树曰：此所谓意度盘薄，深于作用，力全而不苦涩，气足而不怒张。他人无其志事者学之，则成客气，是不可强也。《暮归》首结二句亦然。（《昭昧詹言》）

鉴赏

这首古风式的七律拗体，写登白帝高城所见暴雨倾盆景象和农村荒凉凋敝情景，境界雄奇动荡，感情激切沉痛，具有浓郁的时代气息和地域色彩。

开头两句用复沓句式写登白帝高城所见云涌雨泻景象。白帝城依山而建，登上高处的城楼，但见整个白帝城中，云涛汹涌，翻腾而出城门；白帝城下，暴雨如泻，倾盆而下。时值秋高气爽的季节，但夔峡之中，气候变幻不常，高秋之际，忽遇此汹涌狂暴的骤雨，自然景象本身便给人一种突兀奇特之感，透露出诗人内心的骚屑不宁、汹涌动荡的心态。两句连用“白帝城中”“白帝城下”。于复沓中见目不暇接之态；而下三字“云出门”与“雨翻盆”的紧相承接，更见风起云涌而暴雨随之倾泻的急骤之势。这一切，都使这开篇两句显得奇横而峭急，突兀而劲健。

三、四两句，用工整的对仗写暴雨倾泻下的夔峡景物，上句写水，下句写山。“高江急峡”，或谓本当作“急江高峡”，或云“高江”形容此段长江地势之高，恐非。站在一个点上看某一段长江，并不会感到其地势之高；至于江水之“急”，峡中平时亦然。此句之“高”与“急”，均因次句“雨翻盆”而生。暴雨倾泻，江水猛涨，如山洪暴发，往日在低处流泻的江水突然变得高了，故云“高江”。夔门天险，平常水流就极湍急，这时上游奔腾倾泻而下的洪水被狭窄的夔门紧紧束住，更使江水湍急激荡，奔腾驰突，形成奇观。这“急”字既显示了水势的湍急，也显示了夔峡紧束江水的态势。汹涌澎湃，奔腾咆哮的江水向紧束的夔峡冲击，水石激荡，发出雷霆争斗般的巨响。这一句将暴雨倾泻、江水猛涨、洪水与夔峡激荡的奇观描绘得极为雄奇宏肆，令人惊心动魄。下一句转写夔峡两旁的高山上，翠木苍藤，遮天蔽日，此刻都被笼罩在一片浓云暗雾之中，令人感到整个天地都呈现出昏暗的色彩。如果说上句所描绘的境界，以雄奇峭险为特点，那么下句所描绘的境界，则以幽深昏暗为特点。这两种境界，都带有鲜明的夔峡一带的地方色彩，使人一望而知为夔峡一带具有神奇原始色彩的山水。注家或谓二句有具体喻义，如黄生谓“三喻干戈相寻，四喻朝廷昏乱”，恐过于着实拘泥。但也不是单纯的写景，而是在写景之中自然渗透或融合了诗人对那个动乱不宁、昏暗惨淡的时代氛围的感受。它不是有意设喻或借景象征，而是在观赏、描绘景物的同时不自觉地流露了自己的上述感受与心态。它比较接近传统的“兴”。一种有意无意之间的联想，而不是以自然景象作明显的政治比附。这两句对仗极工整（不但出句与对句对仗，且句中自对），音律和谐，意象密集，色彩浓郁，与前两句之疏宕正形成鲜明对照，读来倍感其节奏音律格调的富于变化。

“戎马不如归马逸，千家今有百家存。”腹联又改用复沓句式与疏宕笔法，写骤雨初歇之际所见农村荒凉残破景象。“戎马”即战马，当是眼前所见。这里需要稍稍交代一下时局。上一年（永泰元年，765）闰七月，汉州刺史崔旰攻剑南节度使郭英乂，郭奔简州，晋州刺史韩澄杀之，邛州牙将柏茂琳、泸州牙将杨子琳等举兵讨崔旰，蜀中大乱。永泰二年二月，命杜鸿渐以宰相充成都尹、剑南西川节度使，使平蜀乱。八月，鸿渐至蜀，请以崔旰为成都尹，柏茂琳任夔州都督。览眺而见“戎马”，正反映出其时蜀乱虽暂时平息，战争气氛仍存。“戎马不如归马逸”的感慨，正是诗人由眼前所见而发出的对战乱时局的憎厌，对和平安乐生活的渴望。而“千家今有百家存”，则是累年战乱对蜀地造成巨大破坏的概括，是“戎马”所导致的恶果。这种景象，在杜甫的蜀中诗中经常出现，如“十室几人在，千山空自多。路衢惟见哭，城市不闻歌”（《征夫》），“一国实三公，万人欲为鱼……谈笑行杀戮，溅血满长衢”（《草堂》），“二十一家同入蜀，惟残一人出骆谷”

（《三绝句》）。而今，连偏僻的山城夔州也出现了“千家今有百家存”的景象，可见吐蕃的侵扰和军阀的混战所造成的惨祸之烈。两句流走的格调与惨痛的内容形成强烈反差，使后者在对照中更显突出。

尾联写登高所闻，在腹联写人民死伤之惨的基础上进一步写诛求之烈。茫茫秋原之上，一片残破荒凉景象，只听到远处传来一片寡妇哀伤的哭声。农村中的男丁，不是战死就是饿死了，只剩下穷苦无告的寡妇。秋天本是收成的季节，而寡妇却因诛求之严苛而家无余粮，只能哀号痛哭。在高处览眺，远处村庄的哭声本不易听到，此刻却只听到寡妇哀痛的啼哭声此伏彼起，连成一片，以致诗人不辨其发自何处。说“何处村”，正说明村村哭声。两句出语似畅达，而意则曲折层递，情则沉痛愤激。全篇即在感情发展到最高潮时收束，悲慨极深。

诗的前后幅之间，乍读似不相属，但在前幅的景物描写中已渗透对战乱时代氛围的感受，故后幅写战乱带来的惨祸正与前幅神连。

白帝城最高楼〔一〕

城尖径仄旌旆愁〔二〕，独立缥缈之飞楼〔三〕。
峡坼云霾龙虎卧〔四〕，江清日抱鼋鼍游〔五〕。
扶桑西枝对断石〔六〕，弱水东影随长流〔七〕。
杖藜叹世者谁子〔八〕，泣血迸空回白头〔九〕。

校注

〔一〕白帝城，在重庆市奉节县东，瞿塘峡西口之长江北岸。相传为西汉末公孙述所筑。奉节秦时称鱼复，西汉末公孙述割据时，迁鱼腹于此，称白帝城。《水经注·江水》：“白帝山城，周回二百八十步，北缘马岭，接赤岬山，其间平处，南北相去八十五丈，东西七十丈。又东傍瀼溪，即以为隍。西南临大江，瞰之眩目。唯马岭水差逶迤，犹斩山为路，羊肠数转，然后得上。”《元和郡县图志·山南道·夔州》：“奉节县，本汉鱼复县……白帝山，即州城所据也，与赤甲山接。初，公孙述殿前井有白龙出，因号白帝城。城周回七里，西南二里，因江为池，东临瀼溪，惟北一面小差，逶迤羊肠，数转然后得上。”白帝城城楼不止一座，此曰“最高楼”，当指诸城楼中最高者。代宗大历元年（766）夏初，杜甫由云安抵夔州，此诗当是初抵夔州时所作。

〔二〕白帝城在白帝山上，其山尖峭，最高楼正在山尖上，故曰“城尖”。仄，《全唐诗》原作“昃”，据仇注本改。径仄，指通向最高楼的路径狭仄险峻，所谓“斩山为路，羊肠数转“。旌旆，军旗。

〔三〕缥缈，高远隐约貌。飞楼，凌空而建，其势若飞的高楼，即白帝城最高楼。

〔四〕峡坼，峡裂。白帝城在夔门之前，峡坼正指夔门天险如山峡从中裂开。云霾，浓云遮蔽。龙虎卧，形容峡中奇形怪状的岩石如龙虎睡卧。卧，《全唐诗》校：“一作睡。”

〔五〕鼋（yuán），大鳖。鼍（tuó），俗称猪婆龙，即扬子鳄。日抱鼋鼍游，日照清江，江波湍急动荡，有如鼋鼍之游。“抱”字形容日光笼盖之状。

〔六〕扶桑，神话传说中的神木，日出于扶桑之下，拂其树杪而升。《楚辞·九歌·东君》：“暾将出兮东方，照吾槛兮扶桑。”王逸注：“日出，下浴于汤谷，上拂其扶桑，爰始而登，照曜四方。”断石，指石峡，即前所谓“峡坼”。

〔七〕弱水，神话传说中的水名。《山海经·大荒西经》：“（昆仑之丘）其下有弱水之渊。”注：“其水不胜鸿毛。”长流，指长江。

〔八〕杖藜，拄着藜茎做的拐杖。

〔九〕回白头，掉转白头，不忍再眺望。

笺评

赵彦材曰：颔联言峡壁开坼，而云气霾龙虎之睡；江水澄清，而日光抱鼋鼍之游。腹联则为张之之语，以见楼之最高也。（《九家集注杜诗》）

张戒曰：杜子美《登慈恩寺塔》云：“回首叫虞舜，苍梧云正愁。惜哉瑶池宴，日晏昆仑丘。”此但言其穷高极远之趣尔，南及苍梧西及昆仑，然而叫虞舜，惜瑶池，不为无意也。“扶桑西枝对断石，弱水东影随长流。”使后来作者如何措手？东坡《登常山绝顶广丽亭》云：“西望穆陵关，东望琅邪台。南望九仙山，北望空飞埃。相将叫虞舜，遂欲归蓬莱。”袭子美已陈之迹，而不逮远甚。（《岁寒堂诗话》卷上）

杨慎曰：韩石溪廷延语余曰："杜子美《登白帝最高楼》云：'峡坼云霾龙虎卧，江清日抱鼋鼍游。'此乃登高临深，形容疑似之状耳。云霾坼峡，山木蟠拿，有似龙虎之卧；日抱清江，滩石波荡，有若鼋鼍之游。"余因悟旧注之非。（《升庵诗话》卷一）

胡应麟曰：杜七言律……太险者，"城尖径昃旌旆愁"之类，杜则可，学杜则不可。（《诗薮》）

王慎中曰：此古体诗也。（《五色批本杜工部集》引）

孙矿曰：突然起"旌旆愁"，煞是奇险，次句用"之"字，以文句入诗，自奇。颔联宏壮。颈联气象……东举西言，西举东言，尤奇。结自称自叹，豪迈自肆。"迸空"字，奇险与上称。（《杜律》七律卷二）

唐汝询曰：字字琢炼，字字奇古。（《汇编唐诗十集·壬集二十》）

王嗣奭曰：此诗真惊人之语，总是以忧世苦心发之，以自消其垒块者……"扶桑"一联，亦形容所立之高，不意想头到此。"叹世"二字，为一章之纲。"泣血迸空"，起于叹世，以"迸空"写高楼，落想尤奇。（《杜臆》卷七）

王士禛曰：唐人拗体律诗有二种，其一苍茫历落中自成音节，如老杜"城尖径昃旌旆愁，独立缥缈之飞楼"诸篇是也；其一，单句拗第几字，则偶句亦拗第几字，抑扬抗坠，读之如一片宫商，如许浑之"溪云初起日沉阁，山雨欲来风满楼"，赵嘏之"湘潭云尽暮山出，巴蜀雪消春水来"是也。（张宗柟附识：予弟咏川述蒿芦先生云：按前一种即老杜集中所谓"吴体"，大抵八句皆拗。）（《带经堂诗话》卷一）

黄生曰：（"峡坼"二句）语含比兴，折腰句，近景，实景。（"扶桑"二句）意见言外，承三、承四，远景，虚景。旌旆，城上所植。曰"愁"者，危之也。下"缥缈"字应此意。拗律本歌行变化，故得用"之"字。《郑县亭子》"涧之滨"亦然。中二联并作景语，分一远一近，一实一虚。三、四望之所及见，五、六望之所不及见。写景阔大，至此二语极矣。"断石"承"峡"字来，"长流"承"江"字来。弱水本西流，今极目江源，浩渺无际，疑弱水之影亦随而东；东望惟为峡壁所封，不然，扶桑西枝，固宜可见耳。二语刻划题中"最高"字，可谓尽情。扶桑、弱水，皆目所不及者，偏能取为极目之景，奇绝险绝，前俱写景，尾联始出意，然"叹世"二字，亦非凭空吐此，盖有中二联暗为针线。三、四乃英雄伏处、宵小近君之喻；五、六即"回首扶桑铜柱标，冥冥氛祲未全销。沧海未全归禹贡，蓟门何处尽尧封”之意，比兴见于言外，尤觉力大思沉。“城尖径仄”，与“花近高楼”寓慨一也。“花近高楼”，以“伤心”而直陈其事；“城尖径仄”以“泣血”而微见其辞。直陈其事，不失和平温厚之音；微见其辞，翻成激楚悲壮之响。若以本集较之，“花近高楼”，正声第一；“城尖径仄”，变声第一。（《杜诗说》卷八）

吴乔曰：子美之“峡坼云霾龙虎卧，江清日抱鼋鼍游”，晚唐人险句之祖也。（《围炉诗话》）

邵长蘅曰：奇气奡兀。此种七律，少陵独步。（《五色批本杜工部集》引）

李因笃曰：浑古之极，不可名言。律不难于工而难于宕，律中古意不难于宕而难于劲。此首次句着一“之”字，其力万钧。（《杜诗集评》引）

吴农祥曰：郭美命极赏此作，盖雕刻之极，归于自然；纵放之馀，时见精理者。（同上引）

仇兆鳌曰：首写楼高。次联近景。三联远景，皆独立所想见者。末乃感慨当世，尖，城角也；径，步道也。旌旆亦愁，言其高且险也。曹植诗“东观扶桑曜，西临弱水流”，是正言东西也；此诗“扶桑西枝”，是就东言西，“弱水东影”，是就西言东。东自扶桑，西及弱水，所包世界甚阔，故下有“叹世”句。（《杜少陵集详注》卷十五）

李长祥曰：通首作意造句，极奇凿之诗，却又元气流行，自然成文，所以似奇凿，以境奇而意到故也。（《杜诗编年》卷十二）

吴瞻泰曰：刻划山川，一瞬万里。亦不嫌其雕琢之奇。因叹此天险之国，宜多窃据也。然却不显露，只以“叹世”二字见意，含蓄无穷。此拗律中之歌行也，横绝一世。（《杜诗提要》卷十一）

佚名曰：老杜以稷契自命立身，当生民流离之日，一肚皮热泪迫于暮年，故当独立最高之地，蓦然打动。见此乾坤景象……不能自禁，不禁喟然兴叹，冲口而出，形之于诗。（《杜诗言志》）

浦起龙曰：二句起，二句结。“独立”“叹世”四字，以两头交贯中腹。“峡坼”“江清”之外，“西枝”“东影”之间，此中有无数起倒，无限合离，皆于“独立”时览之，是以“叹世”者悲之也。胸含元气，眼穷大荒，才配得题中“最高”二字。“云霾”中，能收“龙虎”使不动，故曰“卧”；“日抱”处，能烛“鼋鼍”使不昏，故曰“游”。“扶桑”出海外，故曰“断”；“弱水”言“影”，影能回曜，故曰“随”。（《读杜心解》

卷四）

杨伦曰：拗体，歌行变格。（“旌旆愁”）三字便含末二句意。（末句）应“独立”。（《杜诗镜铨》卷十二）

蒋弱六曰：三、四身在云霄，目前一片云气茫茫，平低望去，峡中多少怪怪奇奇之状，隐约其际。惟下视江流，不受云连，却受日光，遂觉如日抱之。而波光日光两相涌闪，亦怪奇难状，以一语该万态，妙绝千古。（《杜诗镜铨》卷十二引）

朱鹤龄曰：（“扶桑”二句）峡之高，可望扶桑西向；江之远，可望弱水东来。与“朱崖著毫发，碧海吹衣裳”同义。（同上引）

邵二泉曰：“扶桑西枝”，以西言东；“弱水东影”，以东言西。谢灵运诗“早闻夕飚急，晚见朝日暾”，略同此句法，而此尤奇横绝人。（同上引）

屈复曰：此与《玉台观》“中天秋翠”一篇同一作法，七律中三唐所无也。（《唐诗成法》）

沈德潜曰：句法古体，对法律体，两者兼用之。（《重订唐诗别裁集》卷十三）

《唐宋诗醇》：笔势险绝，与题相配。

何焯曰：城当云顶，日漾江中，惨淡变幻。弱水无力，犹随江流朝宗，叹息我老独不能出峡也。（《义门读书记》）

范大士曰：世多将此诗人近体，细看作歌行为当。（《历代诗发》）

翁方纲曰：拗律如杜公“城尖径仄”一种，历落苍茫，然亦自有天然斗笋处，非如七古专以三平为正调也。（《石洲诗话》）

方东树曰：此亦造句用力之法。句法字字攒炼。起句促簇。次句疏直而阔步放纵，乃立命之根，通首根此所见也。中四句，二近景，二远景，以下三字形上四字，句法已奇。五、六更出奇采，所谓意相高妙，与康乐“早闻夕飚急，晚见朝日暾”同其奇。于东见其西，于西见其东。极形高处所见之远，出寻常想外，只完题“最高”二字。收句气格历落，用意疏豁，非是则收不住中四句之奇崛。如此奇险，寻其意脉，却文从字顺，各识其职。（《昭昧詹言》）

林昌彝曰：少陵《白帝城》，以古调入律也。（《海天琴思录》）

施补华曰：七律有全首拗调如古诗者，少陵“主家阴洞”一首、“城尖径仄”一首之类是也，初学不可轻效。（《岘佣说诗》）

李兆元曰：通体平仄入古，其源自庾开府《乌夜啼》等作来，而气魄特盛，宋陆放翁尤多此作。（《十二笔舫笔录》）

这是杜甫一首著名的拗体七律。全篇除中间两联用对仗，第三句平仄合律外，其余七句全不合律。且其音律较之一般古诗更凸显出佶屈聱牙、不顺畅、不谐和的特点，二、四、六句后三字甚至全为平声，是律诗最忌的三平调。很显然，诗人之所以独创此体，不仅是为了在艺术体裁上求新求变，而且是为了表达特定的情思。

首句写最高楼的地势，突兀而起。白帝城依山而建，最高楼处于山巅，亦即城墙的最高处，故曰“城尖”。无论是由下往上望，或由上往下望，最高楼处于城之尖端的感受都非常突出。因此这个“尖”字既用得奇峭，又非常形象，给人以突兀感、真切感。“径仄”，是形容通往最高楼的走道狭窄逼仄，突出道路的险峻。最高楼上旌旗飘扬，看上去似乎带着愁绪。“旌旆”是无知之物，本无所谓“愁”，因所处极高，下临大江，登楼犹感目眩，故感到眼前的旌旆也似乎临高而惧，不胜其愁了。“愁”字实际上是登楼的诗人主观感情的投影。一句中连用“尖”“仄”“愁”三个带有尖锐感、逼仄感和愁闷感的字眼，渲染出一种峭急不平和郁闷不舒的气势，为全篇设定了总的基调与氛围。

第二句“独立缥缈之飞楼”点明题目。“缥缈”和“飞”都是形容“最高楼”的，前者极状其高，四周云雾弥漫，高楼似置于半空，缥缈隐约；后者状其飞动之态，楼建于山顶，凭空而立，其势若飞。“独立”二字置于句首，顿有凭空独立，苍茫百感之意。上一句意象密集，这一句却疏宕有致，疏密相映，使起联在渲染郁闷不平氛围的同时兼具跌宕的气势，散文化的句式更加强了这种疏宕之致。

颔联写高楼登望所见近景。上句写峡。白帝城的东面就是瞿塘峡的西口，峡口即夔门，峭壁千仞，宛如刀削，中贯一江，形如大门，有“夔门天下雄”之称。“峡坼”正指夔门天险，两山岈裂中断。夔峡一带，云雾弥漫，奇形怪状的岩石在云雾的遮蔽下，变得恍惚迷离，看上去犹如龙蹲虎卧。下句写江。日光透过云雾，洒满江面，清澈的江水，湍流翻腾，漩涡滚动，看上去像是日光抱着鼋鼍在遨游。这一联所写的本是云遮峡壁、日照江波的平常景象，却因诗人的想象而变幻出“龙虎卧”“鼋鼍游”的惊心骇目景象和奇险诡异境界，而诗人胸中的郁结不舒之气也得到生动的展现。

腹联写高楼东西极望的远景。上联写怪石峭壁、急流漩涡，虽以龙虎鼋鼍为喻，毕竟是写实景，这一联却纯从想象着笔，借神话传说中的意象描绘虚景。向东极望，那神话传说中日出之处的扶桑神树，正伸展出长长的西枝，遥对着中断的峡壁；向西极望，昆仑山下的弱水，它的身影似乎正一直东移而与长江相接。这样一幅东极沧海日出之处，西极昆仑弱水之源的广远画面，已经完全脱离了实际生活经验的范围，也超越了一般的艺术夸张，而成为一种完全用虚构想象之笔创造出来的幻境，通过这种幻境，不但将“最高楼”的“最高”二字作了淋漓尽致的渲染，而且将诗人登临之际那种企图超越现实世界的强烈愿望和恍惚迷离的神情也透露出来了。

尾联从神驰天外收归登临现境，集中抒发登临之际强烈的感慨。上句以设问起，引出一个衰病缠身、杖藜独立的老人——诗人自己，以“叹世”二字集中揭示其登高临眺时的感情。所叹的内容，诗人虽未明言，但从诗人的一系列诗作中不难窥见其具体所指不外乎战乱未休、诛求不已、民生凋敝、政治昏暗等方面。这一切“叹世”之情，使凭高览眺的诗人心情极度悲痛激愤，不但悲泣，而且“泣血”；不但“泣血”，而且“迸空”，其激愤强烈的程度已经到了无法抑制，也无法忍受的程度，只能回转白头，不再面对了。全篇就在感情发展到高潮时猛然收束，迸发出极大的艺术震撼力。

诗以凭空独立，满怀愁绪开端，以叹世泣血结束，感慨痛愤激切，完全可以看出是由于现实的触发。但中间两联写景，却撇开现实的生活情事。出之以迷离惝恍的想象虚构之笔。这种虚境，虽未必有具体的托喻与象征意义，但可以体味出，诗人是借这种迷离惝恍的虚境来宣泄磊落不平、郁勃不舒之气，来寄托胸中的愤激沉痛之情。因此，尾联的“叹世”“泣血”，正是其感情发展的自然归宿。

秋兴八首〔一〕

其　一

玉露凋伤枫树林〔二〕，巫山巫峡气萧森〔三〕。

江间波浪兼天涌[四]，塞上风云接地阴[五]。
丛菊两开他日泪[六]，孤舟一系故园心。
寒衣处处催刀尺[七]，白帝城高急暮砧[八]。

其　二

夔府孤城落日斜，每依北斗望京华[九]。
听猿实下三声泪[一〇]，奉使虚随八月槎[一一]。
画省香炉违伏枕，山楼粉堞隐悲笳[一二]。
请看石上藤萝月[一三]，已映洲前芦荻花[一四]。

其　三

千家山郭静朝晖[一五]，日日江楼坐翠微[一六]。
信宿渔人还泛泛[一七]，清秋燕子故飞飞[一八]。
匡衡抗疏功名薄[一九]，刘向传经心事违[二〇]。
同学少年多不贱，五陵衣马自轻肥[二一]。

其　四

闻道长安似弈棋，百年世事不胜悲[二二]。
王侯第宅皆新主，文武衣冠异昔时[二三]。
直北关山金鼓振[二四]，征西车马羽书驰[二五]。
鱼龙寂寞秋江冷[二六]，故国平居有所思[二七]。

其　五

蓬莱宫阙对南山[二八]，承露金茎霄汉间[二九]。
西望瑶池降王母[三〇]，东来紫气满函关[三一]。
云移雉尾开宫扇[三二]，日绕龙鳞识圣颜[三三]。
一卧沧江惊岁晚[三四]，几回青琐点朝班[三五]。

其　六

瞿塘峡口曲江头〔三六〕，万里风烟接素秋〔三七〕。
花萼夹城通御气〔三八〕，芙蓉小苑入边愁〔三九〕。
珠帘绣柱围黄鹤〔四〇〕，锦缆牙樯起白鸥〔四一〕。
回首可怜歌舞地〔四二〕，秦中自古帝王州〔四三〕。

其　七

昆明池水汉时功〔四四〕，武帝旌旗在眼中。
织女机丝虚夜月〔四五〕，石鲸鳞甲动秋风〔四六〕。
波漂菰米沉云黑〔四七〕，露冷莲房坠粉红〔四八〕。
关塞极天惟鸟道〔四九〕，江湖满地一渔翁〔五〇〕。

其　八

昆吾御宿自逶迤〔五一〕，紫阁峰阴入渼陂〔五二〕。
香稻啄馀鹦鹉粒〔五三〕，碧梧栖老凤凰枝〔五四〕。
佳人拾翠春相问〔五五〕，仙侣同舟晚更移〔五六〕。
彩笔昔曾干气象〔五七〕，白头吟望苦低垂〔五八〕。

校注

〔一〕秋兴，秋日的情怀。西晋潘岳有《秋兴赋》《秋兴八首》是杜甫在夔州创作的一系列组诗中最著名的七律组诗。据“丛菊两开他日泪”之句，这组诗当作于他来到夔州的第二年秋天——大历元年（766）秋。与其他组诗中的每一首诗分开可独立成篇不同，这组诗的八首有严密的组织结构，次序很难移易，每首也很难独立，必须作为一个艺术整体来阅读吟诵，感受理解。

〔二〕玉露，晶莹的露水。凋伤枫树林，指枫林经霜后颜色变红，凋衰陨落。李密《淮阳感秋》：“金风荡初节，玉露凋晚林。此夕穷途士，郁陶伤寸心。”杜诗此句用其语意。

〔三〕《水经注·江水》："江水历峡，东径新崩滩，其下十馀里有大巫山，其间首尾百六十里，谓之巫峡，盖因山为名也。自三峡七百里中，两岸连山，略无阙处，重岩叠嶂，遮天蔽日。自非亭午夜分，不见曦月。"萧森，萧瑟阴森。

〔四〕江间，指这一带的长江。兼天，连天。

〔五〕塞上，指险峻的巫山。第七首"关塞极天惟鸟道"之"关塞"同此。非指想象中的边塞。仇兆鳌注引陈廷敬（泽州）注："塞上即指夔州。《夔府书怀》诗：'绝塞乌蛮北。'"《白帝城楼》诗："城高绝塞楼"可证。二句所写均为眼前景象。接地，连地。

〔六〕他日，昔日、往日。去年秋天诗人已在夔州云安，见丛菊开而思念故乡，伤心落泪；今年秋天仍滞留夔州，见丛菊再开而再次触动乡愁落泪。

〔七〕催刀尺，用剪刀尺子赶裁衣服。

〔八〕急暮砧，傍晚的捣衣砧杵声一声紧似一声。裁制衣裳之前，先将衣料用砧杵捣之使软。

〔九〕北，原作"南"，《全唐诗》校："一作北。"兹据改。京华，指京城长安。《晋书·天文志上》："北斗七星在太微北……斗为人君之象，号令之主也。"故后以北斗喻帝王，亦可喻指帝都。仇兆鳌云："赵、蔡两注俱云秦城上直北斗。长安在夔州之北，故瞻依北斗而之。"浦起龙云："盖紫微垣为天帝座，以象帝京。北斗正列垣旁，又名帝车，故依此以望耳。"

〔一〇〕《水经注·江水》："每至晴初霜旦，林寒涧肃，常有高猿长啸，属引凄异，空谷传响，哀转久绝。故渔者歌曰：'巴东三峡巫峡长，猿鸣三声泪沾裳。'"

〔一一〕张华《博物志》卷十：旧说天河与海通，近世有人居海渚者，年年八月见有浮槎去来，不失期。遂立飞阁于槎上，赍粮乘槎而去，十余日至天河。又《荆楚岁时记》，汉武帝令张骞使大夏，寻河源，乘槎经月而至一处，见城郭如州府，室内有一女织，又见一丈夫牵牛饮河。此句"奉使""八月槎"合用此二书所载，喻指诗人自己参严武幕之事。杜甫为严武辟署为节度参谋，故曰"奉使"。《奉赠萧使君》云："昔在严公幕，俱为蜀使臣。"可证"奉使"正指参幕。杜甫本拟日后随严武还朝，但严武于永泰元年（765）夏突然去世，这一愿望遂落空，故云"虚随八月槎"。

〔一二〕画省，指尚书省。《汉官仪》："尚书省中，皆以胡粉涂壁，青紫界之，画古贤人烈女。尚书郎更直，给女侍史二人，执香炉烧熏，从入护衣服。”伏枕，指卧病。永泰元年春，杜甫离严武幕后，严武奏请朝廷任命杜甫为检校尚书省工部员外郎。此句谓自己因为卧病而违离朝廷，不能在尚书省就职寓直。疑另有解，见鉴赏。

〔一三〕山楼，指夔州城楼。粉堞，城上涂以白色的女墙。隐悲笳，悲凉的笳声隐现萦回。

〔一四〕藤萝月，照映在藤萝上的月光。洲，江边沙洲。芦荻花，即芦花。二句写夜间时间的推移，原先照在山石上藤萝的月光，不知不觉中已经映在沙洲上芦花之上了。

〔一五〕千家山郭，指夔府山城。

〔一六〕日日，原作“一日”，《全唐诗》校：“一作日日。”兹据改。翠微，指青翠的山色。

〔一七〕信宿，连宿两夜。再宿曰信。还，仍也。泛泛，漂浮貌。

〔一八〕故，仍，还。与上句“还”互文同义。

〔一九〕《汉书·匡衡传》：“荐衡于上，上以为郎中。迁博士、给事中。是时，有日蚀、地震之变，上问以政治得失，衡上疏（略）。上说其言，迁衡为光禄大夫，太子少傅。”抗疏，向皇帝上疏直言。杜甫任左拾遗时，曾上疏救房琯，得罪了肃宗，遭到贬斥。这句说自己虽然像匡衡那样，上疏直言，但却因此遭到贬斥，功名不遂，官位低微。上四字以匡衡抗疏自比，下三字自慨。下句同。

〔二〇〕《汉书·刘向传》：“向字子政，本名更生……初立《穀梁春秋》，征更生受穀梁，讲论五经于石渠。……成帝即位……更名向。……诏向领校中五经秘书。”钱谦益曰：“刘向虽数奏封事不用，而犹居近侍，典校五经。公则白头幕府，深愧平生，故曰心事违也。”传经，指刘向典校五经，使经书得以流传。杜甫家世奉儒，故以传经之刘向自比，但却连在朝廷典校经书亦不可得，故曰“心事违”。

〔二一〕五陵，西汉长安渭北五座皇帝的陵墓（长陵、安陵、阳陵、茂陵、平陵）。元帝之前每建陵墓，辄迁四方富豪及外戚居此，供奉园陵，故五陵之地为豪杰贵戚所聚。《论语·雍也》：“乘肥马，衣轻裘。”衣马，即裘马。

〔二二〕似弈棋，形容长安政局如棋局之互相争斗、此消彼长、变化不定。百年世事，泛指近百年来所历之政局变化。

〔二三〕二句承上“似弈棋”，极言朝廷政局变化之大，未必有具体所指，是对政局变幻的一种概括与悲慨。

〔二四〕直北，正北。《史记·封禅书》：“汉文帝出长安门，若见五人于道北，遂因其直北立五帝坛，祠以五牢具。”直北关山金鼓振，指北面边塞一带，金鼓震天，回纥时常入侵。

〔二五〕征西，指征讨西面吐蕃入侵。羽书，传送紧急军情的文书，插羽其上，以示紧急。驰，原作“迟”，《全唐诗》校：“一作驰。”兹据改。羽书驰，羽书快马传送，交驰于途。

〔二六〕鱼龙寂寞，点秋景。《水经注》：“鱼龙以秋日为夜。龙秋分而降，蛰寝于渊，故以秋日为夜也。”

〔二七〕故国，指故都长安。平居，平日、平素。杜甫《赠特进汝阳王二十韵》：“晚节嬉游简，平居孝义称。”

〔二八〕蓬莱宫阙，指唐大明宫。《唐会要》卷三十：“龙朔二年，修旧大明宫，改名蓬莱宫，北据高原，南望爽垲。”南山，即终南山。大明宫建于长安城北龙首原上，正遥对长安城南的终南山。

〔二九〕承露，承露盘。金茎，铜柱。班固《西都赋》：“抗仙掌以承露，擢双立之金茎。”汉武帝迷信神仙，于建章宫筑神明台，立铜仙人舒掌捧铜盘承接甘露，冀饮以延年。《史记·封禅书》：“其后则又作柏梁铜柱承露仙人掌之属矣。”唐代宫中并无承露盘及铜柱，此借汉事以形容宫殿建筑之崔巍宏丽。

〔三〇〕《穆天子传》卷三：“乙丑，天子觞西王母于瑶池之上。”西王母系神话传说中的人物，瑶池系西王母所居。其地在极西，故云“西望”。降，下降。西王母下降事，见《汉武内传》。

〔三一〕《关尹内传》：“关令尹喜常登楼，望见东极有紫气西迈，曰：应有圣人经过。果见老君乘青牛东来。”函关，函谷关。老子从洛阳入函谷关，故曰“东来紫气”。以上二句，或谓借指玄宗宠杨妃、好道术，或谓为帝京设色。

〔三二〕云移雉尾，雉尾障扇像云彩一样移动分开。《唐会要》卷二十四：“开元中，萧嵩奏：每月朔望，皇帝受朝于宣政殿，宸仪肃穆，升降俯仰，众人不合得而见之。乃请备羽扇于殿两厢，上将出，扇合，坐定，乃去扇。”《新唐书·仪卫志》：“唐制，人君举动必以扇，大驾卤簿仪物则有曲直华盖，六宝香灯大伞、雉尾障扇、雉尾扇、方雉尾扇、花盖子雉尾扇、朱画图扇、俾倪之属。”

〔三三〕龙鳞，皇帝所穿衮衣上所绣的龙文图案。以上二句，形容朝仪之盛。

〔三四〕沧江，指夔州，因其滨江，故云。岁晚，切“秋”，兼指自己年已迟暮。

〔三五〕点，原作“照”，《全唐诗》校：“一作点。”兹据改。青琐，指宫门。《汉官仪》卷上：“黄门郎，每日暮，向青琐门拜，谓之夕郎。”点，传点。杜甫《至日遣兴奉寄北省旧阁老两院故人》（其一）：“去岁兹辰捧御床，五更三点入鹓行。”朝臣早晨上朝时听到传报五更三点时依官职大小依次排班入殿，故云“点朝班”。此句当指玄宗朝唐王朝盛时至今，又不知换了几朝皇帝，几回朝班。

〔三六〕瞿塘峡口，夔州奉节县东即瞿塘峡之西口。曲江头，曲江边。“曲江”见《哀江头》诗注〔一〕。

〔三七〕风烟，风尘烟雾迷蒙的景象。素秋，指秋天。秋当西方，属金，色白，故曰素秋。

〔三八〕花萼，唐长安兴庆宫内楼名。《唐六典》：“兴庆宫在皇城之东南，宫之南曰通阳门，通阳之西曰花萼楼。”原注：“兴庆宫即今上（指唐玄宗）龙潜旧宅也。开元初以为离宫。至十四年，又取永嘉、胜业坊之半以置朝，自大明宫东夹罗城复道，经通化门磴道潜通焉。”《旧唐书·玄宗纪》：“开元二十年六月，遣范安及于长安广花萼楼，筑夹城，至芙蓉园。”芙蓉园在曲江。夹城，两边筑有高墙的通道。唐代长安东边的城墙共两道，中为复道（即夹城），由北至南，直达曲江。供皇帝后妃游幸专用。御气，天子之气。

〔三九〕芙蓉小苑，即芙蓉园，见上句注。钱谦益笺：“禄山反报至，帝欲迁幸，登兴庆宫花萼楼，置酒，四顾凄怆，此所谓‘小苑入边愁’也。”

〔四〇〕鹤，《全唐诗》校：“一作鹄。”按：鹤、鹄通。

〔四一〕锦缆，游船上锦制的缆绳。牙樯，汉象牙为饰的桅杆。

〔四二〕歌舞地，承上指曲江游赏享乐之地。

〔四三〕秦中，指关中地区。《汉书·娄敬传》：“秦中新破，少民，地肥饶，可益实。”颜师古注：“秦中谓关中，故秦地也。”谢朓《鼓吹曲》：“金陵帝王州。”西周、秦、西汉、北周、隋、唐均建都长安。

〔四四〕昆明池，在长安西南，汉武帝元狩三年（前120）开凿以习水战，池周围四十里，广三百三十二顷。《汉书·武帝纪》：“（元狩三年春）发谪吏穿昆明池。”颜师古注引臣瓒曰：“《西南夷传》有越巂、昆明国，有滇池，方三百里。汉使求身毒国，而为昆明所闭。今欲伐之，故作昆明池象之，以习水战。在长安西南，周围四十里。”《史记·平准书：“大修昆明池，列观环之。治楼船高十馀丈，旗帜加其上甚壮。”《西京杂记》卷下：“昆明池中有戈船楼船各数百艘，楼船上建楼橹，戈船上建戈矛，四角悉垂幡旄旍葆麾盖，照灼涯涘。”杜甫《寄贾严两阁老》：“无复云台仗，虚修水战船。”可证唐玄宗曾置船于昆明池。此盖以汉武喻玄宗。

〔四五〕《文选·班固〈西都赋〉》：“集乎豫章之宇，临乎昆明之池。左牵牛而右织女，似云汉之无涯。”李善注引《汉宫阙疏》曰：“昆明池有二石人，牵牛织女象。”曹毗《志怪》：“昆明池作二石人，东西相望，象牵牛织女。”虚夜月，空对夜月。

〔四六〕《西京杂记》卷上：“昆明池刻玉石为鲸，每至雷雨，鱼常鸣吼，鬐尾皆动。汉世祭之以祈雨，往往有验。”

〔四七〕《西京杂记》卷上：“太液池边皆是雕胡、紫箨、绿节之类，菰之有米者，长安人谓之雕胡。”菰米，茭白所结之实，又称雕胡米，可以作饭。

〔四八〕唐时昆明池中种植莲藕，白居易、韩愈等人诗中均有提及。韩愈《曲江荷花行》云：“问言何处芙蓉多，撑舟昆明渡云锦。”注云：昆明池周回四十里，芙蓉之盛如云锦也。此句写昆明池中露凝莲房，粉红色的莲花陨落。

〔四九〕关塞，指夔州附近的险峻高山。极天，上至于天，极形其高。鸟道，飞鸟才能越过的道路。

〔五〇〕江湖满地，指身之所处的夔州，因滨长江，故云。“江湖”多指隐逸者居处。《南史·隐逸传序》：“或遁迹江湖之上，或藏名岩石之下。”一渔翁，诗人自指。

〔五一〕《汉书·扬雄传》：“武帝广开上林，东南至宜春、鼎湖、御宿、昆吾。”晋灼曰：“昆吾，地名也，有亭。”师古曰：“御宿在樊圃西也。”《三秦记》：“樊川一名御宿川。”逶迤，曲折连绵貌。自长安至渼陂，必经昆吾、御宿。

〔五二〕紫阁，长安城南终南山峰名。张札《游城南记》：“圭峰、紫阁粲在目前。”注曰：“圭峰、紫阁在终南山祠之西。圭峰下有草堂寺，紫阁之阴即渼陂，杜诗‘紫阁峰阴入渼陂’是也。”紫阁峰在圭峰东，旭日照之，烂然而紫，其形上耸，若楼阁然，故名。《长安志》：“渼陂在鄠县西。”《十道志》：“陂鱼甚美，因名之。”渼陂湖水源于终南山，出谷后潜流地下，隐渡十里天桥，复涌成泉，汇流成陂，陂水甘美。杜甫有《渼陂行》。

〔五三〕此句倒装，意即香稻乃鹦鹉啄馀之粒。香稻，《草堂》本作“红豆”。

〔五四〕此句亦倒装，意即碧梧乃凤凰栖老之枝。

〔五五〕拾翠，拾翠羽。曹植《洛神赋》：“或采明珠，或拾翠羽。”后遂作为妇女游春的代称。相问，互相赠送礼物。

〔五六〕《后汉书·郭太传》：“太与李膺同舟而济，众宾望之，以为神仙焉。”仙侣，指志同道合的朋友。杜甫曾与岑参兄弟同游渼陂。其《渼陂行》云：“岑参兄弟皆好奇，携我远游来渼陂……船舷暝戛云际寺，水面月出蓝田关。”此即“仙侣同舟晚更移”之例。移，移舟。

〔五七〕干气象，上冲云霄天象，形容诗之风格宏伟遒上。明张綖曰：气象指山水之气象。干者，言彩笔所作，气凌山水也。（仇注引）

〔五八〕吟望，吟诗遥望（京华）。苦低垂，忧伤愁苦地低垂着。

第一首

赵彦材曰：盖公于夔州见菊者二年矣，方从菊之两开，皆是他日感伤之泪也。（《九家集注杜诗》）

刘辰翁曰：（“丛菊”句）此七字拙。（《唐诗品汇》卷八十四引）

范椁曰：作诗实字多则健，虚字多则弱，如此诗“丛菊”“孤舟”一联，语亦何尝不健。（《杜少陵集详注》卷十七引）

王慎中曰：“兼天”“接地”四字终不佳。（《五色批本杜工部集》引）

胡震亨曰：七言律压卷，迄无定论。宋严沧浪推崔颢《黄鹤楼》，近代何仲默、薛君采推沈佺期“卢家少妇”，王弇州则谓当从老杜“风急天高”“老去悲秋”“玉露凋伤”“昆明池水”四章中求之……“玉露凋伤”较前二章似匀称，然觔两自薄，况“一系”对“两开”，“一”字甚无着落，为瑕不小。（《唐音癸签》卷十）

王维桢曰：“江间”承峡，“塞上”承山。菊开山际，舟系江中，四句

错综相应。（《杜律颇解》）

王嗣奭曰：前联言景，后联言情，而情不可极，后七首皆胞孕于（五、六）两言中也。又约言之，则“故园心”三字尽之矣。发兴四句，便影时事，见丧乱凋残景象。后四句，乃其悲秋心事。此一首便包括后七首。（仇注引）又曰：余谓“故园心”三字为八篇之纲，诚不易之论，然与名客思归者不同。身本部郎，效忠有地，盖欲归朝宣力，以救世之乱。又曰“丛菊”“孤舟”，目所见；“刀尺”“暮砧”，耳所闻。（《杜臆》卷八）

周甸曰：江涛在地而曰“兼天”，风云在天而曰“接地”，见汹涌阴晦，触目天地间，无不可感兴也。（《删补唐诗选脉笺释会通评林·盛七律》引）

屠隆曰：杜老《秋兴》诸篇，托意深远，如“江间”“塞上”二语，不大悲壮乎！（同上引）

蒋一葵曰：五、六不独“两开”“一系”为佳，有感时溅泪，恨别惊心之况。末句掉下“一声”，中寓千声万声。（同上引）

周珽曰：天钧异奏，人间绝响。（同上）

王夫之曰：笼盖包举一切，皆在“丛菊两开”句，联上景语，就中带出情事，乐之如贯珠者，拍板与句，不为终始也。捱句截然，以句范意，则村巫傩歌一例，以俟知音者。（《唐诗评选》）

钱谦益曰：“玉露凋伤”一章，秋兴之发端也。江间、塞上，状其悲壮；丛菊、孤舟，写其凄紧。末二句结上生下。江间汹涌，则上接风云；塞上阴森，则下连波浪，此所谓悲壮也。丛菊两开，储别泪于他日；孤舟一系，僦归心于故园，此所谓凄紧也。以节则杪秋，以地则高城，以时则薄暮。刀尺苦寒，急砧促别。末句标举兴会，略有五重，所谓嵯峨萧瑟，真不可言。公孙白帝城，亦英雄割据之地，此地闻砧，尤为凄断。《上白帝城》诗云：“老去闻悲角”，意亦如此。（《钱注杜诗》卷十五）又曰“丛菊两开”，即公《客舍》诗“南菊再逢人病卧”；“孤舟一系”，即公《九日》诗“系舟身万里”。（同上）

朱鹤龄曰：公至夔已经三秋，时艤舟以俟出峡。故再见菊开，仍陨他日之泪；而孤舟乍系，仍动故园之心。（《杜少陵集详注》引）

金圣叹曰：若谓玉树斯零，枫林叶映，虽志士之所增悲，亦幽人之所寄托，奈何流滞巫山巫峡，而举目江间，但涌兼天之波浪；凝眸塞上，惟阴接地之风云。真为可痛可悲，使人心尽气绝。此一解总贯八首，直接

"佳人拾翠"末一解，而叹息"白头吟望苦低垂"也。"波浪兼天涌"者，自下而上一片秋也；"风云接地阴"者，自上而下一片秋也。(《杜诗解》卷三) 又曰：前解从秋显出境来，后解从境转出人来，此所谓"秋兴"也。(《金圣叹选批杜诗》)

黄周星曰：此即八首之一也，较有别致，故独收之。(《唐诗快》)

李因笃曰：首篇时地在目，景情相涌，不旁借一语，清雄圆健，更为杰出。(《杜诗集评》引)

吴农祥曰：惊心动魄，不可以句求，不可以字摘。后人言"兼天""接地"之太板，"两开""一系"之无谓，岂不知工中有拙，拙中有工者也。(同上引)

杨逢春曰：首章，八首之纲领也。明写秋景，虚含兴意，实拈夔府，暗提京华。(《唐诗绎》)

徐增曰：此是《秋兴》第一首，须看其笔下何等齐整。(《而庵说唐诗》)

顾宸曰："催刀尺"，制新衣；急暮砧，捣旧衣。曰"催"曰"急"，见御寒者有备，客子无衣，可胜凄绝。(《辟疆园杜诗注解》。仇注引)

吴乔曰：《秋兴》首篇之前四句，叙时与景之萧索也。"泪"落于"丛菊"，"心"系于"归舟"，不能安处夔州，必为无贤地主也。结不过在秋景上说，觉得淋漓悲戚，惊心动魄，通篇笔情之妙也。(《围炉诗话》卷四)

黄生曰：杜公七言律，当以《秋兴》为袭领，乃公一生心神结聚之所在也。八首之中，难为轩轾。"闻道长安"作虽稍逊，然是文章之过渡，岂可废之？"凋伤"二字连用，以字法助句法。巫山巫水，分山、水二项。三、四喻乾坤扰乱，上下失位之象。花如他日，泪亦如他日，非开花也，开泪而已。身在孤舟，心在故园，非系舟也，系心而已，故云云。结处虚点"秋兴"之意，以后数章始得开展。(《杜诗说》卷八)

仇兆鳌曰：首章，对秋而伤羁旅也。上四，因秋托兴；下四，触景伤情。(《杜少陵集详注》卷十七)

浦起龙曰："秋"为寓"夔"所值，"兴"自"望京"发慨，八诗总以"望京华"作主，在次章点眼，钱氏所谓"截断众流"句也。说者俱云：前三章主夔，后五章乃及长安，大失作者之旨，且于八章通体结构之法，全未窥见。首章，八诗之纲领也。明写"秋"景，虚含"兴"意，实拈

"夔府"，暗提京华。（按：此数语与杨逢春《唐诗绎》同）首句拈"秋"，次句拍"夔"。"江间""塞上"，紧顶"夔"。"浪涌""云阴"，紧顶"秋"。尚是纵笔写。五、六，则贴身起"兴"，"他日""故园"四字，包举无遗。言"他日"，则后七首所云"香炉""抗疏""奕棋""世事""青琐""珠帘""旌旗""彩笔"，无不举矣；言"故园"，则后七首所云"北斗""五陵""长安""第宅""蓬莱""曲江""昆明""渼陂"，无不举矣。舍蜀而往，仍然逗留。历历前尘，屡洒花间之泪；悠悠去国，暗伤客子之心。发兴之端，情见乎此。第七仍收"秋"，第八仍收"夔"，而曰"处处催"，则旅泊孤寒之况，亦吞吐句中，真乃无一剩字。（《读杜心解》卷四）

何焯曰：中四句，虚实蹉对。"江间波浪兼天涌"二句，虚含第二首"望"字。"丛菊两开他日泪"二句，虚含"望"之久也。（《义门读书记》）

屈复曰：此第一首，无不包举。（《唐诗成法》）

沈德潜曰：首章乃八章发端也。"故园心"与四章"故国思"隐隐注射。（《重订唐诗别裁集》卷十四）

宋宗元曰：首从"秋"入，见因秋起兴，为八章发端，次点所寓之地。下六句总写萧疏之况。（《网师园唐诗笺》）

黄叔灿曰：起联陡然笔落，气象横空，着眼在"气萧森"三字。（《唐诗笺注》）

张谦宜曰：其一"秋"起"秋"结，"丛菊"二句，兴也。（《絸斋诗谈》卷四）

佚名曰：此第一首，从"秋"字上笼盖而起。下历举"兴"之所由生。看他开口一句，将造物神奇一笔写出。（《杜诗言志》）

李锳曰：末二句写出客子无家之感，紧顶"故园心"作结，而能不脱"秋"字，尤佳。（《诗法易简录》）

方东树曰：起句秋，次句地，亦兼秋。三、四景，五、六情。情景交融，兴会标举。起句下字密重，不单侧佻薄，可法，是宋人对治之药。三、四沉雄壮阔。五、六哀痛。收别出一层，凄紧萧瑟。（《昭昧詹言》）

赵星海曰：（"丛菊"二句）花如他日，泪亦如他日，非开花也，直开泪耳。身在孤舟，心在故园，非系舟也，直系心耳。……归结到底，只是忠君爱国之一心。（《杜解传薪七律摘抄》）按：此多袭黄生说。

施鸿保曰：此言乘舟至夔，一系以来，已经二载不乘也，亦急于出峡

之意。（《读杜诗说》）

萧涤非曰：首二句点出所在地点，开门见山。（“江间”二句）写景物萧森阴晦之状，自含勃郁不平之气。身世飘零，国家丧乱，一切无不包括其中，语长而意阔。（“丛菊”二句）落到自身，感叹身世之萧条。“开”字双关，菊开泪亦随之而开。此诗“他日泪”，亦犹“前日泪”。见得不始于今秋，乃是流了多年的老泪。杜甫把回乡的希望都寄托在一条船上，然而，这条船却总是停泊江边开不出去，所以说“孤舟一系故园心”，“系”字也是双关。（末二句）处处催，见得家家如此，言外便有客子无衣之感。（《杜甫诗选注》第252页）

第二首

赵彦材曰：末句想像扁舟之行如此。（《九家集注杜诗》）

刘辰翁曰：（“听猿”句）语苦。（《唐诗品汇》卷八十四引）又曰“画省香炉”虽点缀意，然亦朴。（《删补唐诗选脉笺释会通评林·盛七律》引）

郎瑛曰：通篇悲惋。“实”“虚”“违”“隐”，又是篇中之目。（《七修类稿》）

吴山民曰：三、四根“京华”句说来。（同上引）

周珽曰：精笃快思，异情自溢。（同上）

王嗣奭曰：“望京华”，正故园所在也，望而不得，奚能不悲？又曰：公虽不奉使，然朝廷授以省郎……公不赴任，实以病故，是“画省香炉”，因“伏枕”而“违”也。（《杜臆》）

王夫之曰：斡旋善巧。尾联故用活句，以留不尽。（《唐诗评选》）

金圣叹曰：第一首悲身之在客，此首方及客中度日也。前以“暮”字结，此以“落日”起。唐人诗，每用“秋”字，必以“暮”字对。秋乃岁之暮，暮乃日之秋也。都作伤心字用。（《金圣叹选批杜诗》）又曰：三，应云“听猿三声实下泪”今云然者，句法倒装，与第七首三、四一样奇妙……“请看”二字妙，意不在月也。“已”字妙，月上山头，已穿过藤罗，照此洲前久矣，我适才得见也。先生唯有望京华过日子，见此月色，方知又是一日了也。（《杜诗解》）

钱谦益曰：“每依北斗望京华”，皎然所谓“截断众流句”也。孤城砧断，日薄虞渊，万里孤臣，翘首京国。虽又八表昏黄，绝塞惨淡，惟此望阙寸心，与南斗共其色耳。此句为八首之纲骨。（《钱注杜诗》）

吴乔曰：子美在夔，非是一日，次篇乃薄暮作诗之情景。蜀省屡经崔、段等兵事，夔亦不免骚动，故曰“孤城”。又以穷途而当日暮，诗怀可知。“依南斗”而“望京华”者，身虽弃逐凄凉，而未尝一念忘国家之治乱，“处江湖之远则忧其君”，与范希文同一宰相心事也。猿声下泪，昔于书卷见之；今处此境，诚有然者，故曰“实下”。浮查，犹上天，已不得还京，故曰“虚随”。离昔年之画省，而独卧山楼寂寞之地，故曰“画省香炉违伏枕，山楼粉堞隐悲笳”。日斜吟诗，诗成而月已在藤萝芦荻，只以境结，而情在其中。（《围炉诗话》卷四）

李因笃曰：承接之间，缓急俱好。（《杜诗集评》引）

吴农祥曰：起语怅然，中联沉着。（同上引）

徐增曰：前以暮字结，此以落日起。落日斜，装在“孤城”二字下，惨澹之极，又如亲见子美一身立于斜阳中也。（《而庵说唐诗》）

黄生曰：起语紧接上章末句来。次句意，杜诗中时时见之，盖本“日近长安远”意耳。钱牧斋云：“此句为八首之纲骨，章重文叠，不出于此。”《荆楚岁时记》以乘槎犯斗为张骞事，公承袭用之耳。闻猿下泪，奉使随槎，皆古语。今我淹留此地。闻猿下泪，盖实有之。若夫依北斗而京华，尚不能至，则乘搓犯斗，非事实可知。用“虚”“实”二字点化古事，笔圆而法老。三、四、五、六，承“夔府”“京华”，两两分应。七、八言如此情怀，又度却一日，故下章以“日日”字接之。诗中只是身在此，心在彼，恨不能去；身在此，日不可度。光阴催人，借长歌以代痛哭，此秋之不能已于兴，秋兴之不能已于八也。钱牧斋云：“‘每依北斗望京华’，盖无夕而不然也。”石上之月，已映洲前，又是依斗望京之候矣。“请看”二字，紧映“每”字，无限凄断，见于言外，如云已又过却一日矣，不知何日得见京华也。（《杜诗说》卷八）

仇兆鳌曰：二章，言夔州暮景。依斗在初夜之时，看自在夜深之候，此上下层次也。亦在四句分截。京华不可见，徒听猿声而怅随搓，曷胜凄楚！以故伏枕闻笳，卧不能寐，起视月色于洲前耳。陈泽州注：杜诗“白帝夔州各异城。”白帝在东，夔府在西。听猿堕泪，身历始觉其真，故曰“实下”；孤舟长系，有似乘槎不返，故曰“虚随”。香炉直省，卧病远违。堞对山楼，悲笳隐动，皆写日落后情景，萝间之月，忽映洲花，不觉良宵又度矣。“听猿”“悲笳”，俱言暮景；八月芦荻，点还秋景。又曰：唐人七律，多在四句分截，杜诗于此法更严。张性《演义》，拈“夔府”“京华”作主，以“听猿”“山楼”应“夔府”，以“奉使”“画省”应“京华”，逐层分顶，似整齐。然未知杜律章法，而琐琐配合，全非作者本意。后面“长安”“蓬莱”“昆明”“昆吾”四章，旧注各从六句分段，俱未合格。今照四句截界，方见章法也。（《杜少陵集详注》卷十七）

佚名曰：通首重“望京华”三字，盖“望京华”者，乃少陵之至性所钟，生平命脉，皆在于此。所谓与身而俱来，寝食不忘者也。（《杜诗言志》卷十一）

浦起龙曰：二章，乃是八章提掇处。提“望京华”本旨，以申明“他日泪”之所由，正所谓“故园心”也，如八股之有承题然。首句，明点“夔府”。次句，所谓“点眼”也。三、四，申上“望京华”，起下“违伏枕”。“奉使”向无的解，仇指严武为节度使，其说是也。“虚随”者，随使节而成虚也。五、六，长去“京华”，远羁“夔府“也。“伏枕”即所云“一卧沧江”，不必说病。“藤萝月”，应“落日”；“芦荻花”，含“秋”字。此章大意，言留南望北，身远无依，当此高秋，讵堪回首！正为前后筋脉。旧谓夔州暮景，是隔壁话。（《读杜心解》卷四）

张谦宜曰：其二兴起秋结。又曰“奉使虚随八月槎”，时以京官留幕府，故称“奉使”。海边槎依时而至，而我拟还京，年年不果，故曰“虚随”。（《絸斋诗谈》）

何焯曰：后此皆“望京华”之事，三字所谓诗眼也。以“夔府”“京华”磋对……上承“日斜”，下起“月映”，忽晦忽明，曲折变化。（《义门读书记》）

沈德潜曰：“望京华”八章之旨，特于此章拈出。身羁夔府，心恋京华，望而不见，不能不为之黯然也。（《重订唐诗别裁集》卷十四）

屈复曰：七、八情景合结，又应起句。（《唐诗成法》）

宋宗元曰：首句接上“白帝城”来。次及三、四言，“望”字生感，恨不得身往。五以“京华”言，六以“夔府”言，七句应“落日”，八句点秋景。（《网师园唐诗笺》）

杨伦曰：此首言才看落日，已复深更，正见流光迅速，总寓不归之感，故下章接言“日日”。（“每依”句）此八诗之骨。（“请看”二句）对结无痕。八首篇篇映带秋意。（《杜诗镜铨》卷十二）

胡本渊曰：《秋兴》诗虽以雄瞻擅名千古，实乃唯此作与“玉露”“昆明”二篇为胜。然“玉露”篇独“丛菊”一联叫绝，“昆明”篇结语不

出，虽强为之解者，累墨连楮，而总无裨于实理，又不如此篇深细见情，婉折可爱也。（《近体秋阳》）

陈德公曰："虚""实"作句眼、字法，杜陵每用之。盖亦无端，此更有力。五、六"违"既自言，"隐"亦在己，二句琢叠，弥费安吟，遂成沉郁。结语回映"日斜"。"八月"二句绪道所迟暮之感，意流语对，乃见萧疏。评：此首以"夔府"二字为纽，以下俱属夔府情景。（《闻鹤轩初盛唐近体读本》）

方东树曰：正言在夔府情事。结句乃叹岁月蹉跎，又值秋辰，作惊惋之惰，以致哀思。乃倒煞题"秋"字，收拾本篇，即从次句"每"字生来。"每"者，二年在此，常此悲思，而今忽又值秋辰，玩末章末句可见。（钱）《笺》乃妄解，引皎然盲说，以次句为"截断众流"。此诗词意景物，皆主夔府言，不主长安，何谓"截断众流"也？（《昭昧詹言》）

吴汝纶曰：（尾联）指点生动。（《唐宋诗举要》卷五引）

第三首

赵彦材曰："五陵衣马"，言贵公子也。（《九家集注杜诗》）

刘辰翁曰："泛泛"，无所得也。（"匡衡"二句）既前后不相涉，只用二人名，亦莫知其意之所在，落落自可。（《唐诗品汇》卷八十四引）

胡震亨曰：诗家虽讥刺中，要带一分含蓄，庶不失忠厚之旨。杜甫《秋兴》"同学少年多不贱，五陵衣马自轻肥"，着一"自"字，以为怨之，可也；以为羡之，亦可也。何等不露！（《唐音癸签》）

王嗣奭曰：公在江楼，暮亦坐，朝亦坐。前章言暮，此章言朝，承上言光阴迅速，而日坐江楼，对翠微，良可叹也。故渔舟之泛，燕子之飞，此人情、物情之各适。而从愁人观之，反觉可厌。曰"还"、曰"故"，厌之也。（《杜臆》卷八）

李梦沙曰：（后）四句合看，总见公一肚皮不合时宜处，言同学少年既非抗疏之匡衡，又非传经之刘向，志趣寄托，与公绝不相同，彼所谓富贵显赫，自鸣其不贱者，不过"五陵衣马自轻肥"而已，极意夷落语，却显如叹羡，乃见少陵立言蕴藉之妙。（顾裳注引）

钱谦益曰：第三首正中《秋兴》各篇大意，古人所谓文之心也。千家山郭，朝晖冷静，写出夔府孤城也。"信宿渔人"，不但自况，以其延缘荻苇，携家啸歌，羁栖之客，殆有弗如。又曰：《七歌》云："长安卿相多少年。"所谓"同学"者，盖"长安卿相"也。曰"少年"，曰"轻肥"，公

之目当时卿相如此。(《钱注杜诗》)

王夫之曰：此与下作(指第四首)，皆以脱露显本色，风神自非世间物。(《唐诗评选》)

金圣叹曰：此夜已过，又是明日。“山郭”，言其僻也；“千家”，言其高也；“静朝晖”，言其冷寂也；“日日”，言每日朝晖时也。“翠微”，山之浮气，当朝晖时而浮气未净，或者是江楼之偶然。(《金圣叹选批杜诗》)又曰“千家山郭”下加一“静”字，又加一“朝晖”字，写得何等有趣，何等可爱!“江楼坐翠微”，亦是绝妙好致，但轻轻只用得“日日”二字，便不但使江楼翠微生憎可厌，而山郭朝晖俱触目恼人。(《杜诗解》)

吴乔曰：第三篇乃晨兴独坐山楼，望江上之情景。故起语云“千家山郭静朝晖，日日江楼坐翠微”。一宿曰宿，再宿曰信。“信宿”与“日日”相应。“信宿渔人还汎汎”，言渔人日日泛江，则己亦日日坐于江楼，无聊甚也。“清秋燕子故飞飞”，言秋时燕可南去，而正飞于江上，似乎有意者然，子美此时有南适衡湘之意矣。“匡衡抗疏功名薄”，言昔救房琯次律而罢黜也。“刘向传经心事违”，言己之文学，传自其祖审言，将以致君泽民，今不可得也。“同学少年多不贱，五陵衣马自轻肥”，既无贤地主，又无在朝忆穷交之故人，夔州之不可留也决矣。(《围炉诗话》卷四)

李因笃曰：老极，然自新；淡极，然自壮。(《杜诗集评》引)

赵臣瑗曰：其旨微，其文隐而不露，深得立言蕴藉之妙。此章前四句结上，后四句起下，乃八篇中之关键也。(《山满楼笺注唐诗七言律》)

张谦宜曰：秋起兴结。(《𫍲斋诗谈》卷四)

黄生曰：首联时与地，皆从上章接来。上章写晚景，此章乃写朝景。上云“每依”，此云“日日”，可知早夜无时暂释矣。坐翠微，对翠微而坐也。集中多以物能去，形已不去，此三、四又怪渔人、燕子可去偏不去，自翻自意。衡、向皆历事两朝者，喻己立朝，亦更玄、肃两主，其始有同抗疏之匡衡，而功名远逊，其后不及传经之刘向，而心事重违。意盖不满肃宗，而其辞则“可以怨”矣。“薄”字即平声“微”字耳。抗疏虽似匡衡，功名何薄!传经仅比刘向，心事甚违。公盖不欲以文章名世，即五言所谓“名岂文章著”者，特借用刘向事耳。衣马轻肥，反取“与朋友共”意，言长安知旧，不惟不相援引，并周急恤友之意亦无之矣。“同学少年”者，易之之辞。此诗气脉深浑，首尾全不关合，乃诗腹之体也。(《杜诗说》卷八)

仇兆鳌曰：三章，言夔州朝景。上四咏景，下四感怀。秋高气清，故朝晖冷静；山绕楼前，故坐对翠微。渔人、燕子，即所见以况己之淹留。远注：“匡衡抗疏”“刘向传经”，上四字一读；“功名薄”“心事违”，属公自慨。顾注：“同学少年”，不过志在轻肥，见无关于轻重也。末句“五陵”，起下“长安”。以“故”对“还”，是依旧之词，非故意之谓。（《杜少陵集详注》卷十七）

浦起龙曰：三章，申明“望京华”之故，主意在五、六逗出，文章家原题法也。“山郭”“江楼”，仍从“夔”起。“静朝晖”，即含“秋”意。“日日”，含留滞无聊意。“渔人”“燕子”，日日所见，由漂泊者见之，故着“泛泛”“飞飞”字，其所以触绪依违者何哉？“功名”其遂已矣，“心事”其难副矣，“五陵”同学，长此谢绝已乎！前二首“故园”“京华”，虽已提出，尚未明言其所以，至是说出事与愿违衷曲来。是吾所谓“望”之故。钱氏所谓“文之心”也。他说概谓夔州朝景，岂不辜负作者！（《读杜心解》卷四）

何焯曰：“五陵”起下“长安”。（《义门读书记》）

沈德潜曰：以上就夔府言，以下就长安言，此八诗分界处也。或谓末句“五陵”逗起“长安”，此又失之于纤矣。（“信宿”二句）二句喻己之漂泊。（“匡衡”二句）二句概己之不遇。（《重订唐诗别裁集》卷十四）

屈复曰：此伤马齿渐长，而功名不立于天壤也……有言此首首尾全不关合者。一、二即暗含“京华”，五、六言“京华”事，七、八正接五、六，非不关合也。（《唐诗成法》）

宋宗元曰：首二句有身羁夔府、日月如流之感。三四喻己之漂泊。五、六慨己之不遇。（《网师园唐诗笺》）

佚名曰：此第三首，承上，言我之飘泊于孤城而怀抱难堪者，岂徒悲己志之无成哉！（《杜诗言志》）

杨伦曰：（“同学”二句）直是目空一世，公之狂不减乃祖。“同学少年”指“长安卿相”，言谋国者用此等人，宜乎如奕棋之无定算矣，即起下章意。“故飞飞”，即公诗“秋燕已如客”意。（《杜诗镜铨》卷十三）

陈德公曰：三、四亦寓迟暮之感。五、六使事能自入情，不为泛率。评：此首以“江楼”二字作纽。“信宿”二句，江楼所见之景，下则江楼之情。（《闻鹤轩初盛唐近体读本》）

方东树曰：以“坐江楼”为主，以下只是江楼所见所思。结句出场，

兴会陡入，如有神助。反结不测入妙。（《昭昧詹言》）

施鸿保曰：作“日日”非但重字太多，与“千家”字亦不对。（按“日日”，一作“一日”，一作“百处”。）（《读杜诗说》）

第四首

刘克庄曰：公诗叙离乱多至百韵，或五十韵，或三四十韵，惟此篇最简而切也。（《后村先生大全集》卷一八二）

方回曰：八首取一。广德元年癸卯冬十月，吐蕃入长安，代宗幸陕。安、史死久矣，而又以有此事，故曰“奕棋”。然首篇云“巫山巫峡气萧森”，即大历初诗也。（《瀛奎律髓》卷三十二）

查慎行曰：三、四紧承“似奕棋”。若如评语，则首句反无着落。（《汇评》引）

王嗣奭曰：遂及国家之变。则长安一破于禄山，再乱于朱泚，三陷于吐蕃，如奕棋之迭为胜负，而百年世事，有不胜悲者。百年，谓开国至今。又曰：思故国平居，并思其致乱之由，易“故园心”为“故国思”者，见孤舟所系之心，为国非为家也，其意加切矣。（《杜臆》）

王夫之曰：末句连下四首，作提纲章法，奇绝。（《唐诗评选》）又曰：至若“故国平居有所思”，“有所”二字，虚笼喝起，以下曲江、蓬莱、昆明、紫阁，皆所思者，此自《大雅》来。又曰“子之不淑，云如之何”，“胡然我念之”，“亦可怀也”，皆意藏篇中，杜子美“故国平居有所思”，上下七首，于此维系，其源出此。俗笔必于篇终结锁，不然则迎头便喝。（《姜斋诗话》卷上）

钱谦益曰：肃宗收京后，委任中人，中外多故，公不以移官僻远，慭置君国之忧，故有长安世事之感。“每依北斗望京华”，情见乎此。白帝城高，目瞻故园，兼天波浪，身近鱼龙，曰“平居有所思”，殆欲以沧江遗老，奋袖屈指，覆定百年举棋之局，非徒伤畹畹，如昔人愿得入帝京而已。又曰：天宝中，京师堂寝已极宏丽，而第宅未甚逾制，然卫国公李靖庙已为嬖人杨氏厩矣。及安史作逆之后，大臣宿将，竞崇栋宇，人谓之木妖。（《钱注杜诗》）又曰：玄宗宠任蕃将，而肃宗信向中官，俾居朝右，文武衣冠皆异于昔时矣。所谓“百年世事”者如此。

陈廷敬曰：“故国平居有所思”，犹云“历历开元事，分明在眼前”。此章末句，结本章以起下数章。（《杜少陵集详注》卷十七引）又曰：广德元年，吐蕃入寇，陷长安。二年，仆固怀恩引回纥、吐蕃入寇，又吐蕃寇醴泉、奉天，党项羌寇同州，浑奴剌寇盩厔。是时西北多事，故金鼓振而羽书驰。或谓吐蕃入长安时，征天下兵莫至，故曰“羽书迟”，非也。又曰：公诗“愁看直北是长安”，指夔州之北；此云“直北关山金鼓震”，指长安之北。（同上引）

顾宸曰：“有所思”，从“寂寞”来。故国平居之事，当秋江寂寞，历历堪思也。“秋江”二字，点“秋兴”意。（《杜少陵集详注》卷十七引）

金圣叹曰：前首结“五陵裘马”，故此以长安起……此一首望京华而叹其衰。（《金圣叹选批杜诗》）又曰“闻道”，妙，不忍直言之也，也不敢遽信之也。二字贯全解。世事可悲，加“百年”二字妙，正见先生满肚真才实学，非腐儒呴吁腹非迂论。“迟”字上用“羽书”妙，羽书最急，而复迟迟，想见当时世事。“故国”下用“平居”字妙，我自思我之平居尔，岂敢于故国有所怨讪哉！（《杜诗解》）

李因笃曰：似极力言之，仍自悠然不尽。（《杜诗集评》引）

张谦宜曰：兴起秋结。又曰：其四，上二句冒下六句格。（《絸斋诗谈》卷四）

吴乔曰：“闻道长安似弈棋，百年世事不胜悲”，悲世即悲身也。第三首犹责望同学故交，此则局面更不同矣。“王侯第宅皆新主，文武衣冠异昔时”，别用一番人，更无可望也。“直北关山金鼓震，征西车马羽书迟”，北边能振国威，西边不至羽书狎至，宜若京都安静，有可还居之理。“鱼龙寂寞秋江冷，故国平居有所思”，鱼龙川在关中，秋以谓夔江，欲还京则无人援引，欲留夔则人情冷落，去住俱难，末句真有“匪兕匪虎，率彼旷野”之叹。李林甫一疏，贺野无遗才，而使贤士沦落至此，玄宗末年政事，其不亡者幸也。（《围炉诗话》卷四）

黄生曰：首句接上章“五陵”字来。言长安经乱，人事多有变更。乃今吐蕃内逼，祸尚未弭，天涯羁旅，回思故国平居之事，不胜寤寐永叹耳。金鼓轰而直北之关山俱振，羽书急而征西之车马自迟，横插二字成句。七句陡然接入，得此一振，全篇俱为警策，言外实含比兴。意谓世事纷纭，志士正宜乘时展布，奈何龙蟠鱼伏，息影秋江！回思昔日，亦尝侧足朝班矣，乃令一跌不振，谁实为之？下章“一卧沧江”“几回青琐”之句，分明表白此意。八句结本章而起下四章之义，下四章不过长言之以舒其悲耳。或谓寓讥明皇神仙、游宴、武功之事，是犹其人方痛哭流涕，而诬其嬉笑怒骂，岂情也哉！（《杜诗说》卷八）

仇兆鳌曰：回忆长安，叹其洊经丧乱也。上四，伤朝局之变迁；下四，忧边境之侵逼。故园有思，又起下四章。邵注："王侯之家，委弃奔窜，第宅易为新主矣。文武之官，侥幸滥进，衣冠非复旧时矣。"北忧回纥，西患吐蕃，事在广德、永泰间，或指安史馀孽为北寇者非。（《杜少陵集详注》卷十七）

佚名曰：此第四首，则悲时事之甚失也。承上章言我之生平既未得其志，而时事之可悲者又有甚焉者。（《杜诗言志》）

浦起龙曰：四章，正写"望京华"，又是总领，为前后大关键。"奕棋""世事"不专指京师沧陷。观三、四单以"第宅""衣冠"言可见。"百年"，统举开国以来，今昔风尚之感也。三、四，即衣马轻肥而推广言之，以映己之寂寞。曰"皆新"，曰"异昔"则寓甲卒新贵。冠裳倒置之慨。是时朝局如此。"鼓震""书驰"，见乱端不已，归志长违，所以滞"秋江"而怀"故国"，职此之由也。带定"夔""秋"，不脱题面。"故国思"，缴本首之"长安"，应前首之"望京"，起后诸首之分写，通首锁钥。通观八首，带言国事处，总是慨身事也。人知每饭不忘，不知立言宗主，征引国故，文庞义杂。记曰：夫言岂一端而已，夫各有所当也。（《读杜心解》卷四）

屈复曰：中四皆长安今事，故曰"闻道"。（《唐诗成法》）

沈德潜曰：前半指朝廷之变迁，后半指边境之侵逼，北忧回纥，西患吐蕃，追维往事，不胜今昔之感。（《重订唐诗别裁集》卷十四）

宋宗元曰：七句点"秋"意，末应上"悲"意，以笼起下四诗。（《网师园唐诗笺》）

杨伦曰：（"王侯"句）公在京往还如汝阳王琎、郑驸马潜曜之类。（"文武"句）如诸蕃将封王，及鱼朝恩判国子监事之类。（"直北"句）谓回纥内侵。（"征西"句）谓吐蕃入寇。（"鱼龙"句）自比。（"故国"句）三、四言朝局之变更，五、六言边境之多事。当此时而穷老荒江，了无所施其变化飞腾之术，此所以回忆故国，追念平居而不胜慨然也。此首承上起下，乃文章之过渡。前三章皆主夔州言，此下五章乃及长安事。前首慨身，此首慨世，皆是所以依斗望京之故。（《杜诗镜铨》卷十三）

陈德公曰：一结束上三章，起下四章。（《闻鹤轩初盛唐近体读本》）

方东树曰：第四首思长安。自此以下，皆思长安。"奕棋"言迭盛迭衰，即鲍明远《升天行》意，而此首又总冒。三、四近，皆"闻道"事，承明上二句。五、六远，忽纵开，大波澜起，既振又换。结“秋”字陡入悲壮，勒转收足五、六句意。而“思”字又起下四章，章法入妙无痕。又曰：此诗浑浩流转，龙跳虎卧。（《昭昧詹言》）

施鸿保曰：“百年”只是虚说，即第六章“秦中自古帝王州”意。若就唐开国以来说，则高祖、太宗、高宗时，未可云“长安似奕棋”也。（《读杜诗说》）

郭曾炘曰：“长安似奕棋”上着“闻道”二字，疑当时有此语。“百年”乃统举开国以来言之。此二句乃发端感叹之词，下乃入时事。（《读杜札记》）

吴汝纶曰：（首句）开拓好。（《唐宋诗举要》卷五引）

第五首

赵彦材曰：“一卧沧江”者，公自谓也。“几回青琐点朝班”，则想望省中诸公之朝也。青琐者，汉未央宫中门名。（《九家集注杜诗》）

刘辰翁曰：（“西望”二句）律句有此，自觉雄浑。（《唐诗品汇》卷八十四引）

王嗣奭曰：极言玄宗当丰亨豫大之时，享安富尊荣之盛。不言致乱，而乱萌于此。语若赞颂，而刺在言外。（《杜臆》卷八）

徐常吉曰：以下几诗，但追忆秦中之事，而故宫离黍之感，因寓其中。“蓬莱宫阙”，言明皇之事神仙；“瞿塘峡口”，言明皇之事游乐；“昆明池水”，言明皇之事武功；而末但寓感慨之意。（《删补唐诗选脉笺释会通评林·盛七律》引）

吴山民曰：起联皇居之壮。（同上引）

蒋一葵曰：因开宫扇，故识圣颜，有映带法。（同上引）

周明辅曰：只就实事赋出，沉壮温厚无不有。（同上引）

梅鼎祚曰：八首皆有大声响，余得“玉露”“蓬莱”“昆明”尔。（同上引）

金圣叹曰：因故国之思而想及百年之事，盖当日亦不可谓非全盛也。（《金圣叹选批杜诗》）又曰“点”字妙。先生此时之在朝班，只如密雨中之一点耳，虽欲谏议，亦复何从。（《杜诗解》）

王夫之曰：无起无转，无叙无收，平点生色。八风自从，律而不奸。真以古诗作律。后人不审此制，半为皎然老髡所误。（《唐诗评选》）

钱谦益曰：此诗追思长安全盛，叙述其宫室崇丽，朝省尊严，而伤感则见于末句。盖自灵武回銮，放逐蜀郡旧臣，自此中官窃柄，开元、天宝之盛世，不可复见。而公坐此移官，沧江岁晚，能无三叹于今昔乎！几回青琐，追溯其近侍奉引，时日无几也。嗟乎！“西望瑶池”以下，开、宝之长安也；“王侯第宅”，以下，肃宗之长安也。徘徊感叹，亦所谓重章而共述也。（《钱注杜诗》卷十五）又曰：仪卫森严之地，公以布衣召见，所谓“往时文采动人主”也。末句“朝班”，方及拾遗移官之事。天宝元年，田同秀见老君降于永昌街，云有灵宝符在函谷关尹喜宅傍，上发使求得之。（同上。仇兆鳌《杜少陵集详注》卷十七引）

吴乔曰：此诗前四句，言玄宗时长安之繁华也。第五、六句，叙肃宗时扈从还京，官左拾遗，作《春宿左省》《晚出左掖》《送大南海勒碑》《端午赐衣》《和贾至早朝》《宣政殿退朝》《紫宸殿退朝》《题省中壁》诸诗之时，故言宫扇开而得见圣颜也。“一卧沧江惊岁晚”，言今日已衰老也。“几回青琐点朝班”，回，还也，归也。点，去声，义同“玷”字，谦词也。此语有“梦”字意，含在上句“卧”字中，在他人为热中，在子美则不忘君也。凡读唐人诗，孤篇须看通篇意，有几篇者须会看诸篇意，然后作解，庶可得作者之意，不可执着一、二句一、二字轻立论也。《秋兴八首》俱是追昔伤今，绝无讥刺。且肃、代时干戈扰攘，日不暇给，何曾有学仙之事？《宿昔》诗之“王母”是比杨妃，此八首中绝无此意。宋人诗话谓此诗首句言天子，次句讥学仙。次联应首句，第三联应次句，名为二句贯串格。其胸中无史书时事，固非所责，独不可于八首中通求作者之意乎？唐人诗被宋人一说便坏，莫如之何！此诗前六句皆是兴，结以赋出正意，与《吹笛》篇同体，不可以起承转合之法求之也。（《围炉诗话》卷四）

徐增曰：“有所思”，正思此长安全盛之日也。昔当太平，主上无事，辄好神仙之事，而宫阙之壮丽亦如仙境。故前四句纯用蓬莱、金茎、王母、紫气等字，非有讥刺于其间也……蓬莱，海上三神山之一，唐取以名宫，盖有意于长生也。前对终南，终南亦习仙之处。承露盘又求仙之事。如是起，则下不得不如是承。承又凑手。南对终南，则以西望瑶池，东来紫气承。承露盘在通天台，招仙人、候神人者也。王母恰是仙人，玄元恰是神人。“霄汉间”，是高，故有“降”字、“满”字，真是天衣无缝。公自谓“老去渐于诗律细”，律，非另有一个别法，只在起承转合间用意，下字一丝不错是也。“蓬莱宫”只三字，乃敷成如许二十八字，如来千百

亿化身，可见更无有二身也。其律法如此，王母、玄元又何必多方拟议哉！（《而庵说唐诗》）

贾开宗曰：律诗对偶，在他人得其上句，即可测知下句，唯杜少陵不然。试取一诗，覆其对句而射之，十不得一、二，及发覆视之，绝出人之意外。反复细玩，却又各如人意之所欲出。《秋兴八首》，对语凡十六，皆极俪词之能事。如此首额联二语，对偶错综，不惟三、四与六、七互错，即二与五亦相综。其推班出色之妙，匪彝所思。（《秋兴八首偶评》）

李因笃曰：前六句追想盛时，极其叙写，第七句忽一转，结句仍缴上。（《杜诗集评》引）

吴农祥曰：极刺时事而雄浑不觉。（同上引）

陈廷敬曰：此诗前六句，是明皇时事；一卧沧江，是代宗时事；青琐朝班，是肃宗时事。前言天宝之盛，陡然截住，陡接末联。他人为此，中间当有几许繁絮矣。（《杜少陵集详注》卷十七引）又曰：唐公主如金仙、玉真之类，多为道士，筑观京师，"西望瑶池"，盖言道观之盛。（同上）

徐士新曰：蓬莱宫阙言明皇之事，神仙不若指贵妃为当。（《杜诗集评》引）

黄生曰：此思己立朝得觐天颜之作也。初以蓬莱宫阙起兴，次句承"南山"而言。金茎虽入霄汉，实因南山之高，以为高耳。山高则望远，故又以三、四承之。四亦蒙上"望"字。"瑶池王母""函关紫气"，不过与"承露金茎"作一副当说话。前半只了得"对南山"三字。五、六方贴"蓬莱宫"叙及早朝，结故以"点朝班"三字挽之。"雉尾"即宫扇，"开"，言驾坐而扇撤也。曰"云移"，则宫扇之多可知。"龙鳞"指衮衣，"识"字云者，前此尚未辨色，至日出而后睹穆穆之容耳。"几回"字，见立朝不久，一"点"字，更觉官卑之可怜。立朝曾几何时，而一卧沧江遂惊岁晚矣，自伤不得再觐天颜也。赋长安景事，自当以宫阙为首。"不睹皇居壮，安知天子尊"，正是此诗立局之意。"西望""东来"，不过铺张皇居门户之广大耳，以为讥明皇之好仙，真小儿强作解事。（《杜诗说》卷八）

仇兆鳌曰：五章，思长安宫阙，叹朝宁之久违也。上四，记殿前之景；下四，溯入朝之事。宫在龙首冈，前对南山，西眺瑶池，东瞰函关，极言气象之巍峨轩敞，而当时崇奉神仙之意，则见于言外。"卧沧江"，病夔州；"惊岁晚"，感秋深；"几回青琐"，言立朝止几度也。此章用对结。

末两章亦然。又曰：卢德水疑上四用宫殿字太多，五、六似早朝诗语。今按赋长安景事，自当以宫殿为首，所谓“不睹皇居壮，安知天下尊”也。公以布衣召见，感荷主知，故追忆人朝觐君之事，没齿不忘。若必全首俱说秋景，则笔下有“秋”，意中无“兴”矣。此章下六句，俱用一虚字、二实字于句尾，如“降王母”“满函关”“开宫扇”“识圣颜”“惊岁晚”“点朝班”，句法相似，未免犯上尾、叠足之病矣。（《杜少陵集详注》卷十七）

张谦宜曰：兴起秋结。又曰：“西望瑶池降王母，东来紫气满函关”，极言殿基之高，无远不见。“王母”“函关”，借人、地点注东、西字耳。（《絸斋诗谈》卷四及卷八）

佚名曰：此第五首，追忆太平宫阙之盛，为孤忠之所爱慕不忘也……通首博大昌明，铿铉绮丽，举初盛早朝、应制诸篇，一齐尽出其下，真杰作也。（《杜诗言志》）

浦起龙曰：五章以后，分写“望京华”。此溯宫阙朝仪之盛。首帝居也，而意却在曾列朝班，是为所思之一。一、二，点宫阙。三、四，表形胜。其“金茎”“瑶池”“紫气”等，总为帝京设色。盖以上帝高居，群仙拱向为比。旧云讥册贵妃、祀玄元，泽州既非之矣。而说者以此四句，专指天宝之盛，亦非通论也。看五、六即入身预朝班，系肃宗朝事，则上四便不得坐煞天宝，打成两橛。大段言帝居壮丽，显显然在心目间，而扇影威颜，朝班曾点，不可复得于“沧江”“一卧”时矣。如此乃一片。“沧江”带“夔”，“岁晚”，本言身老，亦带映“秋”。圣子神孙，钟虡无恙，于宫阙自不得参入今昔盛衰等语。识得文章体制，才可与言诗。（《读杜心解》卷四）

屈复曰：此思昔日之得觐天颜也。七开笔说今日，八合，方是追昔。（《唐诗成法》）

沈德潜曰：前对南山，西眺瑶池，东接函关，极言宫阙气象之盛，无讥刺意。追思长安全盛时，宫阙壮丽，朝省尊严，而末叹己之久违朝宁也。（《重订唐诗别裁集》卷十四）

宋宗元曰：上半盛写宫阙之壮丽，五、六写朝省之尊严。（《网师园唐诗笺》）

杨伦曰：此思长安宫阙之盛，而叹朝宁久违也。前六句直下，皆言苦之盛，第七一句打住，笔力超劲。旧注以王母比贵妃之册为太真，紫气句指玄元之降于永昌，虽记天宝承平盛事，而荒淫失政亦略见矣。今按西眺瑶池，东瞰函关，只是极言宫阙气象之宏敞，而讽意自见于言外。公诗每有此双管齐下之笔。（《杜诗镜铨》卷十三）

陈秋田曰：下四首不用句面呼吸，一片神光动荡，几于无迹可寻。（同上引）

管世铭曰：杜公“蓬莱宫阙对南山”，六句开，两句合；太白“越王勾践破吴归”，三句开，一句合，皆是律、绝中创调。（《读雪山房唐诗序例》）

陈德公曰：结二方是此时意绪，上六止写入结内一“朝”字耳，章法极为开动。结语仍是对出。起二警亮。五、六郁丽，弥见沉挚。（《闻鹤轩初盛唐近体读本》）

方东树曰：思宫阙。高华典丽，气象万千。起句大明宫南望终南。三、四远，五、六近，忽断，接追序事。此不加振纵，而换笔换意，用阴调平调，又一法也。结句收五、六句，忽跳开出场，归宿自己，收拾全篇，苍凉凄断。此乱后追思，故极言富盛，一片承平瑞气，而言外有馀悲，所以为佳。（《昭昧詹言》）

施鸿保曰：公律诗中复字亦多，此两“宫”字，“宫阙”字实，“宫扇”字虚，且本不复也。（《读杜诗说》）

高步瀛曰：钱（谦益）说此诗以“西望”二句为讽，得之。浦（起龙）氏谓五、六即入身预朝班，系肃宗时事，则上四便不得坐煞天宝，打成两橛。殊为谬戾，非也。钱、陈皆以前六句为玄宗时事，即以“云移”二句为子美为拾遗时事，在肃宗朝，正自无碍。时代虽移，宫阙如故，安得目为两橛乎！若如浦氏所言，大段言帝居壮丽，然则王母、函关不泛滥无归邪？阎百诗《潜丘札记》卷三谓二句皆借古事以咏今，讽刺隐然。惟钱独得其解，而非朱长孺辈所能梦见，谅哉！（《唐宋诗举要》卷五）

第六首

刘辰翁曰：（“花萼”二句）两句写幸蜀之怨怀。故京之思，不分远近，如将见其实焉。（“珠帘”二句）对句耳，不足为雅丽。（《唐诗品汇》卷八十四引）

王慎中曰：起语惟此老有之，终非正法。（《五色批本杜工部集》引）

唐孟庄曰：“入”字莫轻看，见自我致之。（《删补唐诗选脉笺释会通评林·盛七律》引）

徐常吉曰："歌舞地"，今戎马场；"帝王都"，今腥膻窟，公之意在言表。（同上引）

王嗣奭曰：此章直承首章而来，乃结上生下，而仍归宿于故国之思也。又曰：城通御气，前则敦伦勤政；苑入边愁，后则耽乐召忧。见一人之身，理乱顿殊也。因想边愁未入之先，江上离宫，珠帘围鹄；江间画舫，锦缆惊鸥。曲江歌舞之地，回首失之，岂不可怜！然秦中自古建都之地，王气犹存，安知今日之乱，不转为他日之治乎？（《杜臆》卷八）

钱谦益曰："万里风烟"，即所谓"塞上风云接地阴"也。又曰：禄山反报至，帝欲迁幸，登兴庆宫花萼楼，置酒，四顾凄怆，所谓"小苑入边愁"也。又曰："珠帘绣柱"，指陆地帘幕之妍华；"锦缆牙樯"，指水嬉櫂柑之炫耀。（《钱注杜诗》卷十五）

金圣叹曰："御气"用一"通"字，何等融和；"边愁"用一"入"字，出入意外。先生字法不尚纤巧，而耀人心目如此。（《金圣叹选批杜诗》）

王夫之曰：揉碎乱点，掉尾孤行以显之，如万紫乘风，回飙一合。"接素秋"，妙在"素秋"二字，止此之外，不堪回首。（《唐诗评选》）

陈廷敬曰：上章长安宫阙，此下三章，长安城外池苑。此章曲江也。上下四章，皆前六句长安，后及夔州。此章在中。首二句便以瞿唐、曲江合言，亦章法变换处。然以下只言曲江，不言瞿唐，以详于首章故也。曲江与乐游园、杏园、慈恩寺素相近，地本秦汉遗迹，唐开元中疏凿，更为胜境，故曰"回首可怜歌舞地，秦中自古帝王州"由衰忆盛，感慨无穷。（《杜律诗话》卷下）

顾宸曰：宫殿密而黄鹄之举若围，舟楫多而白鸥之游忽起。此皆实景。旧云柱帷绣作黄鹄文者非。（同上引）

吴乔曰："瞿塘峡口曲江头，万里风烟接素秋"，言两地绝远，而秋怀是同，不忘魏阙也。故即叙长安事。而曰"花萼夹城通御气"，言此二地是圣驾所常游幸。而又曰"芙蓉小苑入边愁"，则转出兵乱矣。又曰"珠帘绣柱"不围人而"围黄鹄"，"锦缆牙樯"无人迹而"起白鸥"，则荒凉之极也。是以"可怜"。又叹关中自秦、汉至唐皆为帝都，而今乃至于此也。（《围炉诗话》卷四）

吴农祥曰：本言黍离麦秀之悲，乃反拟秦中富盛，立言最有含蓄。（《杜诗集评》引）

徐士新曰：讥明皇之事逸游误矣。（同上引）

赵臣瑗曰：（“花萼”二句）此二句则谓之顺便成对，种种神奇，不可思议，勿但以工丽赏之。（《山满楼笺注唐诗七言律》）

张谦宜曰：其六秋起兴结。（《絸斋诗谈》卷四）

黄生曰：此思曲江之游也。首句接上章“沧江”字来，一、二分明言在此地思彼地耳，却只写景。杜诗至化处，景即是情也……四句叙禄山陷长安事，浑雅之极；稍粗率，即为全诗之累。三、四句藏“初时”“后来”四字。五、六应三句，七、八应四句，又总挽首句。当边愁之未入也，宫殿舟楫，备极繁华，可怜藏歌贮舞之地，一朝化为戎马之场。因思秦中历代所都，胜迹里非一处，益令人不堪回首耳。下二章遂复以池苑之属起兴。珠帘绣注，苑内之宫殿；锦缆牙樯，江中之舟楫。“围黄鹄”者，水穿其内也；“起白鸥”者，舟满其间也。鹄可驯，故曰“围”，鸥易惊，故曰“起”。极形繁华之景，秾丽而不痴笨，紧要在句眼二字。后人学盛唐，易入痴笨者，由不能炼句眼故也。（《杜诗说》卷八）

仇兆鳌曰：六章，思长安曲江，叹当时之游幸也。上四，叙致乱之由；下四，伤盛时之难再。瞿峡曲江，地悬万里，而风烟遥接，同一萧森矣。长安之乱，起自明皇，故追叙昔年游幸始末。“帝王州”又起下汉武帝。（《杜少陵集详注》）

佚名曰：此第六首，则叙次及于巡幸之地，而兼伤其变乱之所由生……上言宫阙，则极其盛。此首言胜地，则带言其衰。此自互文，而亦见立言有体，且得杼柚，饶有变化也。（《杜诗言志》）

浦起龙曰：六章，就“曲江头”写“望京华”。次池苑也，为所思之二。此诗开口即带夔州，法变。“瞿峡”“曲江”，相悬万里，次句钩锁有力，趁便嵌入“秋”字，何等筋节！中四，乃申写曲江之事变景象，末以嗟叹束之。总是一片身亲意想之神，亦不必如俗解说衰说盛之纷纷也。若黏定玄宗，则为追咎先朝；若泛说君王游幸，今昔改观，则将使子孙尤效而后可乎！俱非著述之体。（《读杜心解》卷四）

屈复曰：此首格奇。（《唐诗成法》）

沈德潜曰：见“有德易以兴，无德易以亡”意。此追叙长安失陷之由：城通御气，指敦伦勤政时；苑入边愁，即所云“渔阳鼙鼓动地来”。上言治，下言乱也。下追叙游幸之时，见盛衰无常，自古为然。言外无穷猛省。（《重订唐诗别裁集》卷十四）

宋宗元曰：此思失陷后之长安。（《网师园唐诗笺》）

翁方纲曰：论者但知"故国平居有所思"一句，领起下四首，皆忆长安景事，此亦大概粗言之耳。其实"瞿唐峡口"一首，首尾以两地回环，其篇幅与"蓬莱""昆明""昆吾"三首皆不同，而转若与"闻道长安"一首之提振有相类者。盖第四首以"长安""故国"特提，而"蓬莱"一首以实叙接起，第六首以"曲江""秦中"特提，而"昆明""昆吾"二首以实叙接起，则中间若相间，插入"瞿唐"一首作沉顿回翔者，此大章法之节奏也。若后四首皆首首从长安景事叙起，固伤板实；即不然，而一章特提，一章实叙，又成何片段耶？今第五首实叙，而第七、八首又实叙，中一首与末二首层叠错落，相间出之，乃愈觉"闻道长安""瞿唐峡口"二首之凌厉顿挫，大开大合。在杜公则随手之变，虚实错综，本无起伏错综之成见耳。（《杜诗附记》卷下）

杨伦曰：此思长安之曲江而伤乱也。此章起处即及夔州，法变。《隋书·天文志》："天子气内赤外黄，天子欲有游往处，其地先发此气。"通御气，言自南内至曲江，俱为翠华行幸处耳，与敦伦勤政意无涉。（"花萼"）二句言以御气所通，即为边愁所入，正见奢靡为亡国之阶，耽乐乃危身之本。下更又反复唱叹言之。（"珠帘"二句）回忆当日"珠帘绣柱"，曲江殿宇之繁华；"锦缆牙樯"，曲江水嬉之炫耀。宫室密，故黄鹄之举若围；舟楫多，故白鸥之游惊起。（"回首"句）公《乐游园歌》："曲江翠幙排银牓，缘云清切歌声上"，诗所言当即指此。（"秦中"句）言秦中本古帝王崛兴之地，今以歌舞之故而致遭沦没，亦甚可怜也已。（《杜诗镜铨》卷十三）

姚鼐曰：瞿唐乃杜公即目之语，蒙叟谓指明皇幸蜀，谬也。（《五七言今体诗抄》）

方东树曰：思曲江。他篇或末句结穴点"秋"字，或中间点"秋"字，此却易为起处，横空贯入，又复错综入妙。瞿唐，己所在地；曲江，所思长安地，却将第二句回合入妙，点"秋"字，较"隔千里兮共明月"健漫悬绝。……凡六句一气。首二句正点，中四句虚写曲江景物，浅深大小，远近虚实。末句兜回，收全篇，无限低徊，所谓弦外之音。（《昭昧詹言》）

张廉卿曰：收句雄远奇妙，它人不能到。（《十八家诗钞》引）

施鸿保曰："珠帘绣柱"之间，但"围黄鹄"，"锦缆牙樯"之处，亦

“起白鸥”也。意本衰飒，而语特浓丽，犹下章“织女”“石鲸”等句。（《读杜诗说》）

萧涤非曰：（“花萼”二句）上句故毫无讽意，下句“入边愁”三字，讽刺之意亦轻，惋惜之意反重。（“珠帘”二句）撇开边愁，再极力追叙曲江之繁华景象，正是下文“可怜”二字的张本。末二句承上陡转，但语极吞吐，意在言外，须细心寻玩……“回首可怜”，是说回想当初的繁华，不能不使人可怜现在的荒凉落寞。“回首”二字缴前，“可怜”二字却没有着落，因为作者并未说出，黄生谓此句为“歇后句”，很对。末句放开，由曲江一地说到整个秦中，由当代说到自古，意在借古讽今，激励执政者的自强，并警戒统治者的荒淫佚乐。以“自古帝王州”这般形胜之地，一朝化戎马交驰之场，岂止令人可怜，简直让人愧煞。（《杜甫诗选注》第258～259页）

第七首

叶梦得曰：禅宗论云间有三种语：其一为随波逐浪句，谓随物应机，不主故常；其二为截断众流句，谓超出言外，非情识所到；其三为函盖乾坤句，谓泯然皆契，无间可伺。其深浅以是为序。余尝戏为学子言，老杜诗亦有此三种语，但先后不同。“波漂菰米沉云黑，露冷莲房坠粉红”，为函盖乾坤句，以“落花游丝白日静，鸣鸠乳燕青春深”为随波逐浪句，以“百年地僻柴门回，五月江深草阁寒”为截断众流句。若有解者，当与渠同参。（《石林诗话》卷上）

杨慎曰：客有见余拈“波漂菰米”之句而问曰：“杜诗此首中四句，亦有所本乎？”余曰：“有本，但变化之极其妙耳。”隋任希古《昆明池应制》诗曰：“回眺牵牛渚，激赏镂鲸川。”便见太平宴乐气象。今一变云：“织女机丝虚夜月，石鲸鳞甲动秋风。”读之则荒烟野草之悲见于言外矣。《西京杂记》云：“太液池中有雕菰，紫萚绿节，凫雏雁子，唼喋其间。”《三辅黄图》云：“宫人泛舟采莲，为巴人棹歌。”便见人物游嬉，宫沼富贵。今一变云：“波漂菰米沉云黑，露冷莲房坠粉红。”读之则菰米不收而任其沉，莲房不采而任其坠，兵戈乱离之状具见矣。杜诗之妙在翻古语，《千家注》无有引此者，虽万家注何用哉？因悟杜诗之妙。如此四句，直上与《三百篇》“牂羊羵首，三星在罶”同，比之晚唐“乱杀平人不怕天”“抽旗乱插死人堆，岂但天壤之隔！（《升庵诗话·波漂菰米》）

王世贞曰：秾丽况切，惜多平调，金石之声微乖耳。（《艺苑卮言》）

胡震亨曰："昆明池水"，前四语故自绝，奈颈联肥重，"坠粉红"尤俗。（《唐音癸签》）

钟惺曰：此诗不但取其雄壮，而取其深寂。又曰：中四语（指"织女"四句）诵之，心魄谡谡。（《唐诗归》）

黄家鼎曰：写怨怀思，劲笔深情，言外自多馀想。（《删补唐诗选脉笺释会通评林·盛七律》引）

周珽曰：风华韵郁，静想其得力，不独以诗学擅富者。（同上）

王嗣奭曰：其七与后章俱言秦中形胜……汉武将征昆明夷而穿此池以习水战，亦前代帝王之雄略也，故首及之，而谓旌旗犹在眼中……且"织女""石鲸"，铺张伟丽，壮千载之观；"菰米""莲房"，物产丰饶，溥生民之利，予安能不思？乃剑阁危关，才通"鸟道"，欲归不得，而留滞峡中；"江湖满地"，而漂泊如"渔翁"，与前所见之"信宿泛泛"者何异？（《杜臆》卷八）

金圣叹曰："在眼中"，妙。汉武武功，固灿然耳目，百代一日者也。三、四即承上昆明池景，而寓言所以不能比汉之意。织女秋丝既虚，则杼柚已空；石鲸鳞甲方动，则强梁日炽，觉夜月空悬，秋风可畏，真是画影描风好手，不肯磕唐突语磕时事也。（《杜诗解》）又曰：此因曲江而更及昆明池也。最为奇作。前诸作皆乱后追想，此特于事前预虑。千年来，人只当平常读去，辜负先生苦心久矣，可叹也。（《金圣叹选批杜诗》）

王夫之曰："旌旗"字入得分外光鲜。尾联藏锋极密，中有神力，人不可测。（《唐诗评选》）

钱谦益曰：今人论唐七言长句，推老杜"昆明池水"为冠，实不解此诗所以佳。昔人叙昆明之盛者，莫如孟坚、平子。一则曰"集乎豫章之馆，临乎昆明之池，左牵牛而右织女，若云汉之无涯"；一则曰"豫章珍馆，揭焉中峙，牵牛立其左，织女处其右，日月于是乎出入，象扶桑与蒙汜。"此杨用修所夸盛世之文也。余谓：班、张以汉人叙汉事，铺陈名胜，故有"云汉""日月"之言，杜公以唐人叙汉事，摩挲陈迹，故有"夜月""秋风"之句。何谓彼颂繁华，而此伤丧乱乎？菰米莲房，此补班张铺叙所未及，沉云坠粉，描画素秋景物，居然金碧粉本。池水本黑，故赋言"黑水玄阯"，菰米沉沉，象池水之玄黑，乃极言其繁殖也。用修言兵火残破，菰米漂沉不收，不已倍乎。又曰：今谓"昆明"一章紧承"秦中自古帝王州"一句而申言之，故时则曰"汉时"，帝则曰"武帝"。"织女""石鲸”“莲房”“菰米”，金堤灵沼之遗迹，与戈船楼橹并在眼中，因自伤其僻远，而不得见也。于上章末句，克指其来脉，则此中叙致，褶叠环锁，了然分明矣。如是而曰：七言长句果以此诗为首，知此老亦为点头矣。末二句正写所思之况。“关塞极天”，岂非“风烟万里”；“满地一渔翁”，即“信宿”“泛泛”之渔人耳，上下俯仰，亦在眼中，谓公自指一渔翁则陋。（《钱注杜诗》卷十五）

李因笃曰：末联自述其播迁绝域，寄慨深而措辞雅，无妙不臻，殆难为怀。（《杜诗集评》引）

吴农祥曰：此篇杨用修批为确。世人惘惘，去取逞偏说以驰骋。伯敬指为深寂，孝辕目之俚俗，皆劣见耳。（同上引）

吴乔曰：汉凿昆明池，武帝游幸之盛事，犹可想见。今则“织女机丝”已“虚夜月”；“石鲸鳞甲”惟“动秋风”。菰蒲沉没，莲房坠露，荒凉之极。至于“关塞极天”，非夷狄即叛臣，一家漂荡于乱世，可悲孰甚焉！（《围炉诗话》卷四）

黄生曰：此思昆明之游也。诗皆赋秋景，亦承上章“万里风烟”之句而来。武帝凿昆明，本以习水战，故用“旌旗”二字，“在眼中”，想象之意也。谢康乐诗：“想见山阿人，薜荔若在眼。”三字出此。三、四与“画省香炉违伏枕，山楼粉堞隐悲笳”并倒押句，顺之则“夜月虚织女机丝，秋风动石鲸鳞甲”也。句法既奇，字法亦复工极。五、六比赋句。菰米、莲房，赋也；云、粉，比也。又双眼句，以句中“漂”字“沉”字、“冷”字“坠”字皆眼也。七言道阻难归，八言旅泊无定。公思归不得，多以道远为辞，盖本张衡《四愁》之旨。“江湖满地”即“陆沉”二字变化出之。说者多以汉武指明皇，然自“蓬莱宫阙”以后，并叙己平居游历之地，以伸故国之思耳，何必首首牵入人主？况昆明以下诸处，皆前代之迹，诗已明言“自古帝王州”矣。后人都不细绎，故其知者则以为思明皇，其不知者遂以为讥明皇荒淫失国。肤见小生，强作解事，竟使杜公冤沉地下。“文章千古事，得失寸心知。”公盖已预料后人不能窥其潭奥矣。噫！或曰：五言《宿昔》《能画》《斗鸡》诸作，固皆指切明皇，子何所见而谓《秋兴》必无讥乎？曰：凡说诗，当审其命意所在，而后不以文害辞，不以辞害志。如“望京华”“思故国”乃《秋兴》之本意也。以此意逆之，自然丝丝入扣，叶叶归根。若云讥及明皇，支离已甚，其害辞害志岂细乎？而谓与《宿昔》诸诗可同日而语乎？（《杜诗说》卷八）

仇兆鳌曰：七章，思长安昆明池，而叹景物之远离也。“织女”二句，记池景之壮丽，承上“眼中”来。“波漂”二句，想池景之苍凉，转下“关塞”去。于四句分截，方见曲折生动。旧说将中四句作伤感其衰，《杜臆》作追溯其盛，此独分出一盛一衰，何也？曰：织女、鲸鱼，亘古不移；而菰米、莲房，逢秋零落，故以兴已之漂流衰谢耳。穿昆明以习水战，其迹起于武帝，此云旌旗在眼，是借汉言唐，若远谈汉事，岂可云“在眼中”乎？公《寄岳州贾司马》诗：“无复云台仗，虚修水战船。”则知明皇曾置船于此矣。身阻鸟道，而迹比渔翁，以见还京无期，不复睹王居之盛也。范季随《陵阳室中语》曰：少陵七律诗，卒章有时而对，然语意皆收结之词，今人学之，于诗尾作一景联，一篇之意，无所归宿，非诗法也。（《杜少陵集详注》卷十七）

张谦宜曰：其七兴起兴结，中四句带入“秋”字。起、结各二句格。中四句妙在壮丽语写荒凉景。又曰“昆明池水汉时功，武帝旌旗在眼中”，只“在眼中”三字，已知不指汉武。若板定汉武，不知少陵何年曾见汉武旌旗而游昆明乎？若说借映，于明皇独不可借映乎？“织女”“石鲸”四句，皆言昔盛今衰，带写秋来零落之象。钱牧斋耑主盛时，便不是。自禄山、回纥、吐蕃三乱，昆明尚如初乎？若靠汉武，与本题本事有何交涉！（《䌹斋诗谈》卷四、卷八）

佚名曰：此第七首，因上文“自古帝王”之语，遂引汉武以为明皇之比……末二语言天下大势坏乱已极，忧之者唯己一人也。此一首追咎明皇喜开边，而宠任贼臣之过也。（《杜诗言志》）

浦起龙曰：就“昆明池”写“望京华”。次武事也，为所思之三。前诗尾云“回首”，此章起云“在眼”，可知皆就身亲见之设想。三、四切“昆明”傅彩，五、六从“池水”抽思，一景分作两层写。其曰“夜月”“秋风”“波漂”“露冷”，就所值之时，染所思之色。盖此章秋意，即借彼处映出，故结到夔府不复带秋也。“极天鸟道”，夔多高山也；“江湖满地”，犹云漂流处处也。钱云“自伤僻远而不得见”，此得情之论也。必欲定盛象衰象之是非，则诗如孔翠夺目，色色变现，不可得而捉摸矣。（《读杜心解》卷四）

杨伦曰：此思长安之昆明池而借汉以言唐也。昆明在唐屡为临幸之地，与曲江相类，故次及之。中四句特就昆明所有清秋节物，极写苍凉之景，以致其怀念故国旧君之感，言外凄然。纷纷言盛言衰，聚讼总觉无谓。

（末联）极天、满地，乃俯仰兴怀之意。言江湖虽广，无地可归，徒若渔翁之漂泊，昆明旧事，何日而能再睹也哉！（颔联）二句池畔。（腹联）二句池中。（《杜诗镜铨》卷十三）

屈复曰：中四昆明秋色景物皆在眼中者。结自伤远客，不得再如昔游也。（《唐诗成法》）

沈德潜曰：借汉喻唐，极写苍凉景象。结意身阻鸟道，迹比渔翁，见还京无期也。中间故实，点化《西京赋》及《西京杂记》中语意。（《重订唐诗别裁集》卷十四）

范大士曰：极状昆明清秋景物非复汉时。（《历代诗发》）

宋宗元曰：此承上末句思古帝王之长安，借汉喻唐。（《网师园唐诗笺》）

姚鼐曰：蒙叟谓"渔翁"即"信宿""泛泛"之"渔人"，谓公自指则陋，此谬解也。公以垂纶自命，诗本数见，何陋之有！结句若非自指，何以收拾本篇？（《五七言今体诗抄》）

方东树曰：思昆明池。中四句分写两大景、两细景。收句结穴归宿，言己流落江湖，远望弗及。气激于中，横放于外，喷薄而出，却用倒煞，所谓文法高妙也。沉着悲壮，色色俱绝。此"渔翁"公自谓，乃本篇结穴。（钱）《笺》乃谓指"信宿"之"渔人"，成何文理！此借汉思唐，以昆明迹本于武帝也。《笺》乃以为思古长安，可谓说梦。试思"菰米""莲房"亦指汉物乎？（《昭昧詹言》）

陈德公曰：三、四，十二实字，只着二活字作眼，雄丽生动，遂成一悲壮名句。五、六自"菰米""莲房"相属字外，一不现成，逐字琢叠，吟安定竭工力，成兹郁语，如见盘错，岂容可几（讥？）评：菰米沉黑，莲房坠红，即景言情，乱离无人之状，宛然在目。（《闻鹤轩初盛唐近体读本》）

施鸿保曰："沉云"字不当连读，犹下句"坠粉"也。（《读杜诗说》）

萧涤非曰：这首诗的结构和"蓬莱宫阙"一首最相似，因为都是前六句说长安说过去，末二句才回到夔州回到现在的，都应在第六句分截。前人狃于律诗以四句为一解的说法，便多误解。又曰：夔州四面皆山，故曰"惟鸟道"，一"惟"字便将上文所说的旌旗、织女、石鲸、菰米、莲房等等一扫而空，见得那些东西只存在于个人想象之中，而眼前所见，则只有"峻极于天"的鸟道高山，岂不大可悲痛！但如果没有前六句的煊赫，也

就难于衬出末二句的凄凉。（《杜甫诗选注》第260页）

第八首

李颀曰：杜子美诗云："红稻啄馀鹦鹉粒，碧梧栖老凤凰枝。"此语反而意奇。退之诗云："舞鉴鸾窥沼，行天马度桥。"亦效此理。（《古今诗话》）

刘辰翁曰：（"香稻"二句）语有悲慨，可念。（"佳人"二句）甚有风韵，"春"字又胜。（《唐诗品汇》卷八十四引）

范梈曰：错综句法，不错综则不成文章。平直叙之，则曰："鹦鹉啄馀红稻粒，凤凰栖老碧梧枝。"而用"红稻""碧梧"于上者，错综之也。（《诗学禁脔》）

胡应麟曰：七言如……"香稻啄馀鹦鹉粒，碧梧栖老凤凰枝""听猿实下三声泪，奉使虚随八月槎"，字中化境也。（《诗薮》）

王嗣奭曰：地产香稻，鹦鹉食之有馀；林茂碧梧，凤凰栖之至老……此诗止"仙侣同舟"一语涉渼陂，而《演义》云："专为渼陂而作。"误甚。"香稻"二句，所重不在"鹦鹉""凤凰"，非故颠倒其语，文势自应如此，而《诗话》乃以"舞镜鸾窥沼"拟之，真同说梦。（《杜臆》卷八）

周珽曰：次联撰句巧致，装点得法。……要知此句法，必熟练始得，否则不无伤雕病雅之累也。故王元美有曰："倒插句非老杜不能"，正谓不能臻此耳。此妙在"啄馀""栖老"二字。（《删补唐诗选脉笺释会通评林·盛七律》）

张远曰：此诗末联，与上章末联，皆属对结体，"昔曾"对"今望"，意本明白，旧作"吟望"，乃字讹耳。（《杜诗会粹》）

钱谦益曰：今更指昔游之地，谓亦连蹑上章而来。又曰：公诗云："气冲星象表，词感帝王尊。"所谓彩笔昔曾干气象也。（《钱注杜诗》）

朱鹤龄曰："气象"句，当与《题郑监湖上亭》"赋诗分气象"参看，钱解作赋诗干主，非也。（《杜工部诗集辑注》）

金圣叹曰：末一首乃其眷恋京华之至也。又曰：此解与"玉露凋伤枫树林"句命意相似，盖极写秋之可兴也。（《金圣叹选批杜诗》）

王夫之曰：一直荡下。八首中，此作最为佳境，为不恭乃祖，俗论不谓然。（《唐诗评选》）

陈廷敬曰："香稻""碧梧"，属昆吾、御宿；"拾翠""同舟"，属渼陂。公《城西泛舟》诗："青蛾皓齿在楼船，横笛短箫悲远天。"所谓"佳人拾翠春相问”也；又《与岑参兄弟游渼陂行》：“船舷暝戛云际寺，水面月出蓝田关。”所谓“仙侣同舟晚更移”也。又曰：（末句）此“望”字与“望京华”相应，既望而又低垂，并不能望矣。笔干气象，昔何其壮；头白低垂，今何其惫。诗至此，声泪俱尽，故遂终焉。（仇兆鳌《杜少陵集详注》卷十七引）

顾宸曰：旧注以香稻一联为倒装法，今观诗意，本谓香稻乃鹦鹉啄馀之粒。碧梧则凤凰栖老之枝，盖举鹦鹉、凤凰以形容二物之美，非实事也。重在稻与梧，不重在鹦鹉、凤凰。若云“鹦鹉啄馀香稻粒，凤凰栖老碧梧枝”，则实有鹦鹉、凤凰矣。少陵倒装句固不少，惟此一联，不宜牵合。首联记山川之胜，此联记物产之美，下联则写士女游观之盛。（《辟疆园杜诗注释》）

徐增曰：子美躬遭乱离，依栖夔府，辄又虑及东南，天下无一宁宇，因深忆长安风土之乐……“佳人”句娟秀明媚，不知其为少陵笔。如千年老树挺一新枝……吾尝论文人之笔，到苍老之境，必有一种秀嫩之色，如百岁老人有婴儿之致。又如商彝周鼎，丹翠烂然也。今于公益信……子美嶙峋处，至今使人咄咄。然子美非自夸张，总要反衬出“白头吟望苦低垂”七字来也。昔少年，今白头矣。“吟”，吟此《秋兴》也；“望”，望归长安。今羁栖夔府，那得便归，即此便是苦，头只管低下去，泪只管垂出来……独此一句苦，若非此首上七句追来，亦不见此句之苦也。此句又是先生自画咏《秋兴》小像也。吾当题其上曰：“好个诗丞相，秋霜两鬓寒。头重扶不起，老眼泪难干。”（《而庵说唐诗》卷十七）

吴乔曰：“昆吾御宿”三联，皆叙昔之繁华，必玄宗时事。肃宗草草，无此事也。“彩笔”句，追言壮年献赋，及天宝六载就试尚书省，并疏救房琯事也。献赋不得成名，就试为李林甫所掩，奔进贼中，九死一生，以至行在，仅得一官。又以房琯事被斥，忍饥匍匐以入蜀。幸得严武以父友亲待，而武不久又死，孑居夔门，进退维谷，其曰“白头吟望苦低垂”，千载下思之，犹为痛哭。若宋人作此八首诗，自必展卷知意，不须解释，而看过即无回味。此诗及义山之《无题》、飞卿之《过陈琳墓》、韩偓之《惜花》诸篇，皆是一生身心苦事在其中。作者不好明说，读者即不能解……“昔年文采动天子，今日饥寒趋道旁”，是“彩笔”句之注脚。（《围炉诗话》卷四）

李因笃曰：第七句总收，第八仍转到蜀夔旅泊，无一意不圆足。且不

止结此篇，并八诗皆缴住，真大手笔。（《杜诗集评》卷十一引）

黄生曰：此思昆吾以下诸游也。“逶迤”兼下句而言。“红豆”，一作“香稻”，非。钱注引草堂本及沈存中《笔谈》正之，是也。三、四旧谓之倒装法，余易名“倒剔”，盖倒装则韵脚俱动，倒剔不动韵脚也。设云“鹦鹉啄馀红豆粒，凤凰栖老碧梧枝”，亦自稳顺，第本赋红豆、碧梧，换转即似赋凤凰、鹦鹉矣。杜之精意固不苟也，《诗》：“杂佩以问之。”“拾翠”字出《洛神赋》，而意则暗用汉皋解佩事，此熔化古人处。三、四咏景中之物，五、六咏景中之人。要形容士女游宴之盛，非必有所指。乃仙侣同舟，解者动辄以岑参兄弟当之；然则佳人拾翠，又将以何诗为证耶？其陋极矣。七、八予尝疑其似对结，而以中二字不侔为恨，又疑“吟”字当作“今”字。后阅钱牧斋本，乃作“昔游”，而注云：“一作曾。”予始大悟，上句当以“游”字为正，下句则“今”字无疑也。（按：黄解本作“彩笔昔游干气象，白头今望苦低垂”）“昔游”“今望”，对结既不可易，而二字又皆横插成句。且一“游”字，不但收尽一篇之意，兼收尽“曲江”以下数篇之意，而“望”字则又遥应第二首“望”字，因叹公诗经营密致，殆同织锦。不幸为误本所汩没，安得人人而梦告之？（《杜诗说》卷八）

仇兆鳌曰：八章，思长安胜境，溯旧游而叹衰老也。“香稻”二句，记秋时之景，连属上文。“佳人”二句，忆寻春之兴，引起下意，仍在四句分截。《演义》：“公自长安游渼陂，必道经昆吾御宿，及至，则见紫阁峰阴，入于渼陂，所谓‘半陂以南纯浸山’”是也。唐解、赵注以“香稻”一联为倒装句，诗意本谓香稻则鹦鹉啄馀之粒，碧梧乃凤凰栖老之枝，盖举鹦、凤以形容二物之美，非实事也。若云“鹦鹉啄馀香稻粒，凤凰栖老碧梧枝”，则实有凤凰、鹦鹉矣。（按“诗意”以下一段袭用顾宸之解）“春相问”，彼此问遗也；“晚更移”，移舟忘归也。（《杜少陵集详注》卷十七）

吴农祥曰：三、四浓艳，五、六流逸。结本“今望”，非“吟望”，是对结体，当从。（《杜诗集评》引）

张谦宜曰：其八兴起兴结。“红豆”二句，暗藏“秋”字。（《絸斋诗谈》卷四）

佚名曰：此第八首，承上文“昆明池”，而次及于“昆吾御宿”“紫阁”“渼陂”诸胜，以追忆昔游之不可复得也……前数首皆慷慨君国，以

极其怨慕之意。此一首则悼己身之盛衰，亦先公后私之义也。（《杜诗言志》）

浦起龙曰：卒章之在“京华”无专指，于前三章外，别为一例。此则明收入自身游赏诸处，所谓“向之所欣，已为陈迹，情随事迁，感慨系之”，此《秋兴》之所为作也，为八诗大结局。一、二，罗列长安诸胜，皆身所历者。“鹦鹉粒”，即是红豆；“凤凰枝”，即是“碧梧”，犹饲鹤则云鹤科，巢燕则云燕泥耳。二句铺排精丽，要亦借影京室才贤之盛，如《诗》咏萋萋，赋而比也。不著秋景说，旧解俱谬。“拾翠”“同舟”，则当时身历实事，泽州以《城西陂泛舟》及《与岑参兄弟游渼陂》证之，最合。“彩笔”句七字承转，通体灵动。末句以今日穷老哀吟结本章，即结八首。再着一“望”字，使八首“京华”之想，眼光一亮，而又曰“低垂”，则嗒焉自丧之状如见。八首虽皆以“望京华”为主，然首首不脱夔秋，或疑此首中因不黏“秋”说，便脱却矣。殊不知作者于此，偏将当日京华，写出春夏丽景，末但用“吟望”“低垂”一语翻转，而夔远秋高之况，悠然言表，所谓意到而笔不到者此也。杜公《秋兴》，三尺童子皆知道之。兹只疏言其命意引脉，布局谋篇之大凡。至其魄力气骨如何高妙，不敢妄赞一词。（《读杜心解》）

何焯曰：安溪云：稻馀鹦粒而栖老凤枝，佳人拾翠，仙侣移掉，皆因当年景物起兴。隐寓宠禄之多而贤士远去，妖幸之惑而高人遁迹也。末联入己事，宛与此意凑泊。按：师说更浑融，亦表里俱彻也。（《义门读书记》）

屈复曰：此思昆吾诸处之游也。一、二诸处地名，三、四诸处所见之景物，五、六诸处之游人。七昔游，结后四首；八今望，结前四首，章法井然。（《唐诗成法》）

沈德潜曰：此章追叙交游，一结并收拾八章。所谓“故园心”“望京华”者，一付之苦吟怅望而已。（《重订唐诗别裁集》卷十四）

宋宗元曰：此追叙昔游之长安。三、四有秋景如昨意。五、六叙宴游渼陂情事。七句指献赋，言兴怀壮盛，俯仰摇落，唯将一段“望京华”苦衷付之白头闲吟。末句恰总收八章。（《网师园唐诗笺》）

杨伦曰：此思长安之渼陂也。上三首皆言国事，归到自己忆旧游作结。（“香稻”二句）言陂中物产之美。（“佳人”二句）此首复借春景作反映。（“彩笔”二句）俞（玚）云：“用作诗意总结，并八篇俱缴，真大家

手笔。”公诗：“赋诗分气象。”即指集中《渼陂行》诸篇，谓山水之气象，笔足凌之也。（《杜诗镜铨》）

陈德公曰：章法、结法亦同前篇，中联亦关吟琢，特用跳脱之笔。评：第二隽句。末语乃极沉郁。（《闻鹤轩初盛唐近体读本》）

方东树曰：思渼陂。起点明地方。三、四景。五、六与“云移”同追昔游，即指岑参兄弟也。末二句收本篇，兼收八首。以七、八结五、六，与第五同。（《昭昧詹言》）

萧涤非曰：（末联）二句与《莫相疑行》之“往时文采动人主，今日饥寒趋路旁”同意。钱解最得要领。《秋兴八首》的写作核心，本在君国身世，不在景物气象，故必如钱解，方通结得八首，如指山水之气象，则只结得这一首，至多也只结得后四首，却结不得八首。再说“昔曾”，二字也久交代，难道昔日文章能干山水之气象，而今日文章反不能了吗？我们不能这样看，杜甫也不会这样想。杜甫是有政治抱负的诗人，所以他有时也颇以文章自负，但并不是或主要不是为了能摹山范水于大自然之气象，而是为了能够同时也曾经打动过人主干天子之气象。这也就是杜甫为什么老是念念不忘献赋那件事的原因。当此日暮穷途，遥望京国，又复想起这件得意的事，更是十分自然的。……此句承上，再极力一扬，有“鸢飞戾天”之势，转落下句，方更有力。这也就是所谓顿挫。“吟望”是仰首，“低垂”是俯首，“苦低垂”是苦苦的只管低垂着，一味地低垂着……在这里，我们清楚地看到诗人杜甫给他自己塑造的形象。（《杜甫诗选注》第262页）

总评

刘辰翁曰：八诗大体沉雄富丽。哀伤无限，尽在言外，故自不厌。惟实小家数乃不可仿佛耳。（《集千家注批点杜工部诗集》卷十五）

吴渭曰：诗有六义，兴居其一。凡阴阳寒暑，草木鸟兽，山川风景，得于适然之感而为诗者，皆兴也。《风》《雅》多起兴，而楚骚多赋比。汉魏至唐，杰然如老杜《秋兴八首》，深诣诗人之阃奥，兴之入律者宗焉。（《杜少陵集详注》卷十七引）

张綖曰：《秋兴八首》，皆雄浑丰丽，沉着痛快。其有感于长安者，但极言其盛，而所感自寓其中。徐而味之，则凡怀乡恋阙之情，慨往伤今之意，与夫夷狄乱华，小人病国。风俗之非旧，盛衰之相寻，所谓不胜其悲者，固已不出乎言意之表矣。卓哉一家之言，敻然百世之上，此杜子所以

为诗人之宗仰也。（《杜工部诗通》卷十四）

郝敬曰：《秋兴八首》，富丽之词，沉浑之气，力扛九鼎，勇夺三军，真大方家如椽之笔。王元美谓其藻绣太过，肌肤太肥，造语牵率而情不接，结响凑合而意未调，如此诸篇，往往有之。由其材大而气厚，格高而声弘，如万石之钟，不能为喁喁细响，河流万里，那得不千里一曲？子美之于诗，兼综条贯，非单丝独竹，一戛一击，可以论宫商者也。（《唐宋诗醇》引）又曰：八首才大气厚，格高声宏，真足虎视词坛，独步一世。（《杜诗镜铨》卷十三引）

钟惺曰：《秋兴》偶然八首耳，非必于八也。今人诗拟《秋兴》已非矣，况舍其所为秋兴，而专取盈于八首乎？胸中有八首，便无复秋兴矣。杜至处不在《秋兴》，《秋兴》至处亦不在八首也。（《唐诗归》）

《唐诗训解》：《秋兴八首》是杜律中最有力量者，其声响自别。

唐汝询曰：秋兴者，值秋而作也。前三章感秋而叹事，后五章感事而悲秋。首章盖总序时景而伤羁旅也。（次章）怀京师也。（三章）叹己之不遇也。（四章）叹朝政之昏乱也。（五章）追刺明皇惑于神仙以阶乱也。（六章）因曲江遭乱而追叹明皇之荒游也。（七章）此因明皇征南诏以罢（疲）中国，故借汉武昆明事以发黍离之悲也。（八章）追思壮游以自叹也。（《唐诗解》卷四十一）具体解说从略。

王嗣奭曰：《秋兴八首》以第一首起兴，而后七首俱发中怀。或承上，或起下，或互相发，或遥相应。总是一篇文字，拆去一章不得，单选一章亦不得……起来发兴数语，便影时事，见丧乱凋残景象。“故园心”三字固是八首之纲，至第四章“故国平居有所思”，读者当另着眼。“故国思”即“故园心”，而换一“国”字，见所思非家也，国也。其意甚远，故以“平居”二字语之。而后面四章，皆包括于其中。如人主之荒淫、盛衰之倚状、景物之繁华、人情之逸豫，皆足以召乱，而平居思之，已非一日，故当时彩笔上干，已有忧盛危明之思，欲为持盈保治之计，志不得遂，而漂泊于此，人已白头，匡时无策，止有吟望低垂而已。此中情事，不忍明言，不能尽言，人当自得于言外也。（《杜臆》卷八）

陈继儒曰：云霞满空，回翔万状，天风吹海，怒涛飞涌，可喻老杜《秋兴》诸篇。（《杜少陵集详注》卷十七引）

宗子发曰：《秋兴》诸作，调极铿锵而能沉实，词极工丽而尤耸拔，格极雄浑而兼蕴藉，词人之能事毕矣，在此体中可称神境。乃世犹有訾议此

八首者，正昌黎所谓“群儿愚”也。（《唐诗援》引）

王夫之曰：八首如正变，七音旋相为宫而自成章。或为割裂败神，体尽失矣。选诗者之贼不小。笼盖包举，一切皆生。（《唐诗评选》卷四）

钱谦益曰：潘岳有《秋兴赋》遂以名篇。又曰：此诗一事叠为八章，章虽有八，重重钩摄，有无量楼阁门在。今人都理会不到，但少分理会，便恐随逐穿穴，如鼷鼠入牛角中耳。（《钱注杜诗》卷十五）

朱鹤龄曰：前三章俱主夔州，后五章乃及长安事。（《杜工部诗集辑注》）

金圣叹曰：此诗八首凡十六解，才真是才，法真是法，哭真是哭，笑真是笑。道他是连，却每首断；道他是断，却每首连。倒置一首不得，增减一首不得。分明八首诗，直可作一首诗读。盖其前一首结句，与后一首起句相通。后来董解元《西厢》，善用此法。题是《秋兴》，诗却是无兴。作诗者，满肚皮无兴，而又偏要作《秋兴》，故不特诗是的的妙诗，而题又是的的妙题，而先生的的妙人也。试看此诗第一首纯是写秋，第八首纯是写兴，便知其八首是一首也。（《杜诗解》）

毛奇龄曰：八首意极浅，不过抚今追昔四字而已，而诗甚伟练。旧谓杜诗以八首冠全集，又谓八首如一首，阙一不得，皆稚儿强解事语。（《唐七律选》）

徐增曰：《秋兴八首》，规模弘远，气骨苍丽，脉络贯通，精神凝聚。痛真是痛，痒真是痒，笑真是笑，哭真是哭，无一假借，不可动摇。论才情，真正是才情；论手笔，真正是手笔。七字之内，八句之中，现出如是奇观大观，直使唐代人空，千秋罢唱。寄语世间才人，勿再和《秋兴》诗也。秋兴者，因秋起兴也。子美一肚皮忠愤，借秋以发之，故以名篇也。子美律诗必作二解，《秋兴八首》分开有十六解。独其诗前首结一句与后首起一句意相通，直作一首诗读可也。（《而庵说唐诗》卷十七）

王士禛曰：近日王梦楼太史云：“子美《秋兴》八篇，可抵庾子山一篇《哀江南赋》。”此论亦前人所未发。（《杜诗镜铨》卷十三引）

陈廷敬曰：八诗章法绪脉相承。蛛丝马迹，分之如骇鸡之犀，四面皆见；合之如常山之阵，首尾呼应。其命意炼句之妙，自不必言。又曰：前三章，详夔州而略长安；后五章，详长安而略夔州，次第秩然。前人皆云，李如《史记》，杜如《汉书》，予独谓不然。杜合子长、孟坚为一手者也。（《杜诗镜铨》卷十三、《杜少陵集详注》卷十七引）按：陈氏《杜律诗话》卷下与此稍异，见《中华大典》。

俞玚曰：身居巫峡，心忆京华，为八诗大旨。曰“巫峡”、曰“夔府”、曰“瞿塘”、曰“江楼”“沧江”“关塞”，皆言身之所处；曰“故国”、曰“故园”、曰“京华”“长安”“蓬莱”“昆明”“曲江”“紫阁”，皆言，心之所思。此八诗中线索。（《杜诗镜铨》）

邵长蘅曰：《秋兴》自是杜集中有名大篇，八章固有八章之结构，一章亦各有一章之结构。浑浑吟讽，佳趣当自得之。必如《笺》所云如何穿插，如何钩锁，则凿矣。作者胸中定无此见。（《五色批本杜工部集》）

郭美命曰：八首极力撰句，却雄浑不露。（《杜诗集评》引）

陆嘉淑曰：八诗要不可更与评论。反复读之，意气欲尽。（同上引）

吴农祥曰：春容富丽，朴老浑雅，自唐迄今，竟为绝调。八首篇篇映带“秋”意并“夔”地。（同上引）

黄生曰：杜公七言律，当以《秋兴》为裘领，乃公一生心神结聚之所在也。八首之中，难为轩轾，“闻道长安”作虽稍逊，然是文章之过渡，岂可废之？又曰：余尝谓子美之八首，即宋玉之《九辩》，故曰：“摇落深知宋玉悲，风流儒雅亦吾师。”惟能深知其所悲之何故，而师其风流儒雅，此拟悲秋为秋兴，乃所谓善学柳下也。若后人动拟杜之八首，纵能抵掌叔敖，未免捧心里妇。嗟乎！秋之为兴，岂无病而呻，不醉而呰者？所能知其故，所能得其师也哉！（《杜诗说》卷八）

贺裳曰：《秋兴》诗体高格厚，意味深长。乃因秋起兴，非咏秋也。其言忽而蜀中，忽而秦中，忽而写景，忽而言怀，忽而壮丽，忽而荒凉，忽而直陈，忽而隐喻。正所谓哀伤之至，语言失伦，或笑或泣，苦乐自知者。（《载酒园诗话》卷一）

钱良择曰：一题八首，句句稳叶，前后照应，结构森严，此格自公创之，遂为七言律诗之祖。有谓本于左思《咏史》诗者，亦强为之说也。（《唐音审体》）

张谦宜曰：《秋兴》八首，“秋”“兴”二字，或在首尾，或藏腰脊，钩连甚密。毛稚黄嫌其若无题者，何也？其一秋起秋结，“丛菊”二句兴也。其二兴起秋结，其三秋起兴结。其四兴起秋结。其五兴起秋结。其六秋起兴结。其七兴起兴结，中四句带入“秋”字。其八兴起兴结，“红豆”二句，暗藏“秋”字。其四，上二句冒下六句格。其六，后二句擎上六句格。其七，起、结各二句格，中四句妙在壮丽语写荒凉景。（《绚斋诗谈》

卷四）

佚名曰：《秋兴》言当秋日漫兴以为诗也。漫兴诗本无深意，而老杜即于此诗备极淋漓工巧。盖唐人七律，以老杜为最；而老杜七律，又以此八首为最者，以其生平之所郁结与其遭际，暨其伤感，一时荟萃，形为慷慨悲歌，遂为千古之绝调。余尝总而计之，唐人七律，莫盛于早朝、应制诸篇，而未免言之太庄，工丽有馀而生动不足。中晚以后，鲜丽旖旎，而气格寝微。若高华典赡，而望之又如出水芙蕖，妍秀轻灵，而按之又龙文百斛，则推此《秋兴》之为独步也。八首先后次第，彼此映照，如游蓬山，处处豁豁迥别；如登阆苑，层层户牖相通。以言格律，则极其崇闳，议论则极其博大，性情则极其温厚，罕譬则极其精当，然皆其兴会所至，一笔写来，自然妙丽天成，不待安排思索。此天地间至文也，读者详之。（《杜诗言志》卷十一）

吴烶曰：每篇末俱用叹惜结尾，以见题旨，所谓书不尽言，言不尽意者耳。诸选删取数首，并不全刊，是割尺锦而遗天章矣。（《唐诗选胜直解》）

浦起龙曰："秋"为寓"夔"所值，"兴"自"望京"发慨。八诗总以"望京华"作主，在次章点眼，钱氏所谓截断众流句也。说者俱云：前三章主夔，后五章乃及长安，大失作者之旨，且于八章通身结构之法，全未窥见。（《读杜心解》卷四）

吴瞻泰曰：昔人谓《秋兴八首》，其题原于卢子谅，其气取之刘太尉，其文词纵横，一丝不乱，法本于左太冲。此特论其"精熟文选理"也。然少陵一腔忠愤，沉郁顿挫，实得之屈原之《九歌》，宋玉之《九辩》而变化之。至其惨淡经营，安章顿句，血脉相承，蛛丝马迹，则又八首如一首，其序次不可紊焉。一章记夔州之秋兴，为总冒；次章承"急暮砧"，而及夔州之晚景；三章又及夔州之朝景。四章承"五陵衣马"而忆长安，因有"王侯第宅""文武衣冠"之语，遂结云"故国平居有所思"，故下皆思长安游历之地。五章思蓬莱宫之朝班，六章思曲江之游，七章思昆明池之游，八章思渼陂之游。写得长安之盛衰，历历如见，而乃以"昔游""今望"为一大结，仍不脱夔州之秋兴。回环映带，首尾相应，公诗所云："美人细意熨贴平，裁缝灭尽针线迹。"此其是也。苟不得少陵悲秋之故，与夫长篇之法，初拟《秋兴》，以为善学柳下惠，吾不敢也，吾不能也。（《杜诗提要》卷十三）

范廷谋曰：此诗八章，公身居夔州，心忆长安，因秋遣兴而作，故以“秋兴”名篇。八章中，总以首章“故园心”为枢纽，四章“故国平居有所思”为脉络，方得是诗主脑。若浑沦看去，终无端绪可寻。首章以“凋伤”二字作骨，凡峡中天地、山川、草木、人事，无不萧森，已说尽深秋景象。提出“故园心”三字，点明遣兴之由。“暮砧”句，结上生下。“孤城落日”，承上咏暮景。“山阁”“朝晖”，又承上咏朝景。虽俱就夔府而言，细玩次章曰“望京华”，三章曰“五陵衣马”，仍是不忘长安，正所谓“一系故园心”也。四章则直接长安，煞出“故国平居有所思”，将“故园心”三字显然道破。下四章即承此句分叙，抚今追昔，盛衰之感和盘托出。却首首不脱“秋”意。“蓬莱”一章，指盛时言；“瞿塘”“昆明”二章，指陷后言；“昆吾”一章，追忆昔游而言，皆故国平居之所思者。末则以“白头吟望”结出作诗之意，总收全局。统观篇法次第，一首有一首之照应，八首有八首之联贯。气体浑厚，法脉周密，词意雄壮。其间抑扬顿挫，慷慨淋漓，全是浩然之气相为终始。公之心细如发，笔大如椽，已可概见。至于忧国嫉时，怀才不偶，满腔愤闷，却出以温厚和平之语，全然不露圭角，怨而不怒，哀而不伤，《三百篇》之遗响犹存，真所谓大家数也。学诗者熟读细玩，顷刻不离胸次，则思过半矣。（《杜诗直解》七律卷二）

沈德潜曰：怀乡恋阙，吊古伤今，杜老生平，具见于此。其才力之大，笔力之高，天风海涛，金钟大镛，莫能拟其所到。（《杜诗偶评》卷四）又曰：潘岳有《秋兴赋》，言因秋而感兴，重在“兴”不在“秋”也。每章中时见“秋”意。又曰：曰“巫峡”、曰“夔府”、曰“瞿唐”、曰“江楼”“沧江”“关塞”皆言身之所处；曰“故国”“故园”，曰“京华”“长安”“蓬莱”“曲江”“昆明”“紫阁”，皆言心之所思，此八诗中线索也。（按：此似本查慎行语）（《重订唐诗别裁集》卷十四）

屈复曰：此诗诸家称说大相悬绝：有谓妙绝古今者，有谓全无好处者。愚谓若首首分论，不唯唐一代不为绝佳，即在本集亦非至极；若八首作一首读，其虚幻纵横，沉郁顿挫，一气贯注，章法句法，妙不可言。初、盛大家七律一题八首者，谁乎？（《唐诗成法》）

《唐宋诗醇》：如此八首，根源二《雅》，继迹《骚》《辩》，思极深而不晦，情极哀而不伤。九曲回肠，三叠怨调，讽之足以感荡心灵。

袁枚曰：余雅不喜杜少陵《秋兴八首》，而世间耳食者，往往赞叹，奉

为标准。不知少陵海涵地负之才，其佳处未易窥测。此八首，不过一时兴到语耳，非其至者地。（《随园诗话》）

翁方纲曰：七律《秋兴》诸作，皆一气喷洒而出，风涌泉流，万象吞吐，故转有不避重复之处。其他诸作，大都类作。其巨细精粗，远近出人，各自争量分寸之间，不必以略复为疑也。（《石洲诗话》）

方东树曰："秋兴"者，因秋而发兴也。谓之"兴"者，言在于此，意寄于彼，随指一处一事为言，又在此而思他处也。而皆以己为纬，以秋为主，以哀伤为骨。（《昭昧詹言》）又曰：此诗八首，前三首在己所在夔州本地，其下五首皆思长安，而第四首又为长安总冒。其下分思宫阙、曲江、昆明池、渼陂，所谓心在江湖，心殷魏阙，古之忠爱者其情皆如是也。第二首只是言现在夔州己所在地，而以每望京华为言，隐逗后四篇意。（同上）

赵星海曰：少陵《秋兴八首》，即屈原之《九歌》，宋玉之《九辩》也。须深知其所兴之何在，而后不负作者苦心。（《杜解传薪七律摘抄》）

萧涤非曰：《秋兴八首》的中心思想是"故国之思"，是对祖国的无限关怀，个人的哀怨牢骚也是从此出发的。篇中"每依北斗望京华""故国平居有所思"，是全诗的纲目。由于心怀故国，所以虽身在夔州，而写夔州的反少，写长安的反多……由于杜甫所最关心的不是个人狭小的家园，而是整个国家，所以关于长安的描写又全是有关国家兴衰治乱的大去处，如曲江、昆明池等，而对于"杜曲桑麻""樊川秋菊"，反而撇在脑后，全未触及。这种爱祖国胜于爱家园的精神，便是《秋兴八首》的真正价值之所在。《秋兴八首》的结构，从全诗来说，可分两部，而以第四首为过渡。大抵前三首详夔州而略长安，后五首详长安而略夔州；前三首由夔州而思及长安，后五则由思长安而归结到夔州；前三首由现实走向回忆，后五首由回忆回到现实。至各首之间，则亦首尾相衔，有一定次第，不能移易，八首只如一首。《秋兴八首》为杜甫惨淡经营之作，或即景含情，或借古为喻，或直斥无隐，或欲说还休，必须细心体会。（《杜甫诗选注》第251页）

鉴赏

《秋兴八首》是杜甫晚年诗歌创作的巅峰之作，也是他组诗创作的精品。历来的选家、评家对题内的"兴"字所包含的内容意蕴都非常注意，实则

"兴"的内容意蕴离不开"秋"字。诗人的情怀和感慨，因萧瑟的秋色、秋气而引发，故曰"秋兴"。注家或引潘岳《秋兴赋》以释诗题"秋兴"二字所本，其实从精神实质上看，它的真正源头应是宋玉的《九辩》。"悲哉秋之为气也，萧瑟兮草木摇落而变衰"的悲秋音调同样是《秋兴八首》贯串始终的主旋律。具体地说，诗人的因秋而感发的悲秋意蕴主要表现在两个方面：一是因秋色秋气引发的个人的漂泊异乡之悲、栖迟不遇之感和人生衰暮之慨，亦即所谓"故国心"；一是秋色秋气引发的对百年世事、时代盛衰的悲慨，亦即所谓"故国思"。这两方面的悲秋意蕴在宋玉的《九辩》中都有出色的抒写，而以"贫士失职而志不平"的个人失意困顿之悲作为主轴；而在杜甫的《秋兴八首》中，则以"故国思"作为组诗的主要内容，而个人的失意漂沦的悲剧命运则紧紧地联系着时代的盛衰、国家的命运，这是组诗的基本内容和整体构思。

第一首写峡中秋色引发的"故国心"，直接点明"秋兴"的题目和组诗内容意蕴的一个重要方面，可视为前三章的总冒。

首联点明时、地，总写峡中萧森的秋景秋气。"玉露"即白露，晶莹的露水和经霜后一片火红的枫树林，本是绚烂秋色的突出表征，于二者之间着"凋伤"二字，立即改变了景物明丽绚烂的色调，呈现出一片黯淡凋零的景象，透露出诗人面对此景象时凄伤的心情。这句写的是眼前的近景。次句宕开，从广阔的视野概写峡中秋气，诗人身居夔州，处瞿塘峡的入口，在地理上与巫山、巫峡本有一段距离，这里不如实写夔峡夔山，而说"巫山巫峡"，实际上是将三峡中最长的巫峡作为三峡的代称，将巫山作为三峡七百里两岸连山的代称，因此这句虽从眼前景出发，却融入了想象的成分，成为对三峡地区秋色的一个总括。"萧森"，是萧条森寒的意思。不说"景萧森"，而说"气萧森"，固因直承宋玉《九辩》"悲哉秋之为气"之语，同时也透露出诗人所感受的不仅仅是具体的秋景秋色，而且是充溢渗透于天地之间的秋气，一种令人凛然生悲的秋之神魂。这种直取其神的虚笔，与从广阔视野概写三峡秋色正相吻合。

颔联承"气萧森"，进一步具体描绘峡中秋景。到过夔州一带的人都会感到，这一联所描绘的景象不大像是实写夔州夔峡秋景，因为在两岸连山，重岩叠嶂的三峡地区，江流被紧束在两岸的高山之间，不大可能出现在广阔的平原地区才有的"江间波浪兼天涌，塞上风云接地阴"的天地相接的混茫景象。显然，诗人笔下的景象已经经过诗人感情的熔铸改造，带上了想象夸张的成分。从诗中所写的情况看，诗人所面对的是一个阴寒有风的秋日，江间波浪汹涌，那奔腾澎湃的气势像是要直上云霄，与天相接；两岸的高山绝塞，风云屯聚，像是和地上的阴寒之气连成混茫的一片。这种描写，似乎更主要的是抒写诗人的胸中所感。呈现在读者面前的这幅图景，既具壮阔混茫的境界和飞动的气势，又隐隐传出一种阴寒萧森、动荡不宁的气氛。它虽不是诗人有意借景物描写象征时代环境，却是那个动荡不宁、阴寒惨淡的时代环境在诗人心中的投影。故虽非有意用象征手法，却具有象征色彩。从中不但可以联想到时代的动荡不安、萧森阴寒，而且可以隐见诗人澎湃起伏的心潮。

以上两联，均写夔峡秋景，腹尾两联，转抒滞留峡中羁旅漂泊之感与思念故园之情。“丛菊”点秋。诗人于去年春夏间离蜀沿江东下，于重阳节前抵达云安，因肺疾发作而留滞，“丛菊”开放之时正在云安；至今年（大历元年，766）初夏移居夔州，到写这组诗时，他在峡中已经经历二秋，故云“丛菊两开”。“他日泪”，指昔日泪，亦即去年丛菊开时因留滞思乡而流之泪。今年再开，仍复留滞峡中，不禁触动旧日的记忆而再次流泪。是今年之泪，犹复去年之泪，故云“两开他日泪”。妙在“两开”二字，似乎菊开即泪开，泪即因菊之开而流，将触物伤情的情景表现得新颖别致。对杜甫说，菊花不仅是秋天物候的表征，而且是故国的象征。长安杜陵，是他的祖籍（十五世祖杜畿，京兆杜陵人），他自己又曾长期居住在这里，《九日五首》之四说：“故里樊川菊，登高素浐源。他时一笑后，今日几人存。”由眼前的夔州之菊，联想到故里樊川之菊而勾起怀念故园之情，原极自然。故下句即直接点出全诗的核心“故园心”。上下句对照，可知无论是他日之泪、今日之泪，皆为怀念故园而流。妙在将“孤舟一系”与“故园心”组接，含蕴丰富，韵味无穷。“孤舟”是诗人归乡的凭借，也是其思乡之情的寄托，更是其晚年漂泊生涯和孤孑身世的象征（所谓“亲朋无一字，老病有孤舟”）。而“系”既有牵系之义，又有牢系之义。停泊在江边的那一叶孤舟既无时无刻不在牵系引起诗人迫切希望归乡的心情，但它却一动不动地停靠着，又像是牢牢地拴住了诗人迫切返乡的希望，使归乡之愿无法实现。“系”字的双重含义，在这里起了奇妙的作用，使本来平常的诗句变得隽永而富于含蕴。

就在诗人因丛菊之开、孤舟之系而引动故园之思、流淌思乡之泪的过程中，天色已经向晚，暮色苍茫中，伫立在白帝高城上的诗人，耳畔传来一阵紧似一阵的清亮的捣衣砧杵声，像是催促家家户户拿起刀尺，赶制冬衣。“急暮砧”点秋。前三联写玉露、枫林、巫山、巫峡、波浪、风云、丛菊、孤舟，均为目接之景，从视觉角度写，末尾改从听觉角度，写“急暮砧”所代表的秋声。又到了一年将暮的寒秋季节，那清亮而凄清的砧杵声使长期漂泊羁留异乡的诗人倍感孤寂凄凉，使本已萦绕胸间的“故园心”更加深浓强烈了。着一“急”字，不仅传出诗人对砧声一声紧似一阵的突出感受，而且使人感到这一声声凄清的砧声似乎都敲在诗人的心上，砧声和诗人凄伤寂寞的心声融为一体，砧声亦即心声，其中都渗透着浓郁的秋意。

这一首写夔峡秋色秋景秋气秋声，意绪沉郁悲凉而意象高华美丽，意境壮阔飞动，给人以凄悲而华美、哀伤而激壮的突出感受。全篇基本上是写景，“故园心”只总提一笔，而诗人的感情意绪却渗透在所有景物描写中，可称寓情于景、情与境偕的范例。如果把整个组诗看成一部大型交响乐，这一首便像是它的序曲。

第二首紧承上首“暮砧”，写夔府孤城从“落日斜”到月映洲前的情景。首句点时、地，唐代的夔州郡城，是一个仅有千家的偏僻山城，它孤零零地处于群山万壑之中，故曰“孤城”。如此僻远的山城，又值暮色苍茫的“落日斜”时分，更加重了羁旅漂泊者孤寂凄凉的况味。这一句虽似叙述交代诗人所在之地之时，却透过“孤城”和“落日斜”的意象，点染出特有的环境气氛，为次句重笔叙写作势。长安在夔州之北，其上正值北斗；而北斗又向为帝王、帝都的象喻，故有“依北斗而望京华”的诗句。看到北斗星，就联想到其下的帝京。但虽可“依”北斗而遥望“京华”，而京华实不可望见，故所谓“望”，实即伫望而遥思。“望”中有萦回缠绕的感情活动、心灵活动。这一句向为评家所称引，谓是八首之主意。从组诗的主要内容是写诗人身处夔州，时刻思念长安这一点来说，这一句确实是对组诗主意的提挈。曰“每依”，则月明之夜，夜夜如此，“望”之频繁，“思”之执着可知。对杜甫来说，“京华”既是朝廷所在，亦是家园所在，“故园心”与“故国思”是完全统一在同一“京华”上的。故这“望”中之“思”，蕴含原极丰富，此处亦只总提一笔，浑沦而书，随着以下的抒写，自会逐次展开。

颔联紧承“夔府孤城”与“望京华”，分写身羁孤城的孤寂凄凉和未能随严武返朝的悲慨。三峡多猿，夜间猿声响于山谷，在静寂中尤显凄凉。民谣素有“巴东三峡巫峡长，猿鸣三声泪沾裳”之语，今日亲历其境，方觉其语之真实可信，故曰“听猿实下三声泪”。“奉使”句兼用《博物志》与《荆楚岁时记》乘槎之典，说自己参西川严武幕，犹如奉使乘槎，本企日后随其还朝，不料严武遽然去世，还朝之望成空，故曰“奉使虚随八月槎”。两句分用“听猿”“乘槎”二典，将自己羁留峡中心情的凄苦孤寂和还朝无望的悲慨表达得曲折有致。“实”与“虚”的鲜明对照，强化了现实处境的凄凉和希望成空的悲慨。“听猿”“奉使”分别上承“夔府”与“望京”。

腹联出句“画省香炉违伏枕”承二、四句，进一步具体抒写“望京华”的感情活动。“画省”即尚书省的代称。杜甫离严武幕后，严武奏请朝廷任命其为检校尚书省工部员外郎，故用“画省”典。“违伏枕”，旧解均以为指“因卧病而远违”，固可通。《奉赠萧二十使君》：“旷绝含香舍，稽留伏枕辰。”可证。但详味应劭《汉官仪》“尚书郎给青缣白绫被，以锦被帷帐毡褥通中枕……从直女侍执香炉烧从入台护衣”的记述，疑“伏枕”非指己之卧病峡中，而是指在尚书省直夜住宿，“枕”即所谓“通中枕”，系寓直时所用之卧具。“画省香炉违伏枕”，是慨叹自己徒有尚书员外郎的虚衔，却不能回到长安，真正任职寓职，“违”即违离之意。这样解释，既紧扣原典中的“通中枕”，又与“奉使虚随”句意一贯。

对句“山楼粉堞隐悲笳”承一、三句，写自己身在夔府城楼，入夜之后，白色的女墙外隐隐传来阵阵悲凉的胡笳声，为这座偏僻的山城增添了紧张的军旅气氛，诗人心忧国事的感情和悲凉心绪也隐现于字里行间。

尾联写深夜景色。随着时间的推移，一轮明月，已经升至中天，原先照映在石壁藤萝上的月光，此刻已经移照到江边沙洲前的芦荻花了。三峡层岩叠嶂，非亭午夜分，不见曦月。月映洲前芦花，正是中宵之月。两句用流水对，以“请看”提起，以“已映”照应，从景物的变化中见时间之推移，而诗人伫立“望京华”时间之久，思念之深，心境之孤寂均寓于其中。“芦荻花”点明深秋季候。“请看”二字，仿佛是诗人的心灵自语。

这一首以时间的推移、景物的变化为线索，写从“落日斜”到月映洲前的时间过程中诗人遥望京华而引发的萦回缠绕的思绪和孤寂悲凉的心境。其中“奉使虚随八月槎”“画省香炉违伏枕”的悲慨，正是全篇主意。与上一首着重从广阔的空间着笔写法有别。

第三首紧承第二首尾联月映洲前，写夔州江楼朝坐所见所感。“千家山郭”即夔府山城，“江楼”指所居临江之西阁。清晨时分，独坐西阁，整个夔州山城都沉浸在一片朝晖之中，四围一片寂静，自己所居的江楼，正面对连绵的群山，沐浴在青翠蓊郁的山色之中。“坐翠微”，即坐对翠微之省。不说“对翠微”而说“坐翠微”，仿佛整个人就融化在一片青翠的山色之中。首联写夔州山城朝景，极饶画意，而上句的“静”字、下句的“坐”字尤具神韵，为画笔所难到。这景色原极清新优美、宁静闲远，字里行间也不难感受到诗人面对此景时的愉悦与赏爱。但下句开头的“日日”二字，却隐隐透露出一丝单调重复、孤寂无聊的况味。

颔联续写独坐江楼所见景物，江上渔人，泛舟而渔；清秋燕子，来往飞翔。这种景色，原亦为优美的生活画面和自然景象，但上句着一“还”字，下句着一“故”字，便透露出诗人“日日”面对此景时的单调无聊感受。“还”与“故”对文，互文见义，都是“仍旧”“依旧”之义，或解“故”为“故意”，当非。这种日对佳景而生厌的意绪，正是长久羁留异乡的漂泊者典型的感受。“泛泛”“飞飞”，叠字的运用，加强了这种厌倦感。

以上两联，写“日日”面对夔州江山景物，久而生厌的情绪，原因自不在自然景物本身，而是诗人的境遇遭际所致。腹联便分用匡衡、刘向二典，以古人之得意际遇反托自己的“功名薄”“心事违”。自己虽也像匡衡那样，抗疏上奏，疏救房琯，却因此触忤肃宗，被贬出朝廷。从此名宦不达，坎壈终身；虽也像刘向那样，以奉儒守道、传授经书为己任，却心事乖违，愿望落空。这种境遇，正是虽面对美景而意绪无聊的深刻原因。这也是诗人对自己平生困顿际遇的回顾与概括，句末的“薄”“违”二字，透露出对这种际遇的愤激不平。

尾联由自己的困顿不遇联想到昔日的“同学少年”的得意境遇。所谓“同学少年”亦即《自京赴奉先县咏怀五百字》中的讥笑自己迂拙守志的“同学翁”们，他们但自营其穴，而如今都衣轻裘，乘肥马，成了达官显宦，驰骋于五陵之间，得意扬扬，风光无限。“多不贱”“自轻肥”，以貌似欣羡的口吻，传达出对此辈的轻蔑与不屑。萧涤非说：“意极不平，语却含蓄。”“一‘自’字，婉而多讽。”深得诗意。

以上三首，或写羁泊夔峡、怀念故园之情，或写不能回到京华供职寓直的悲慨，或写自己“功名薄”“心事违”的困顿境遇，每首中虽均写到夔州秋景，但都是作为上述情绪的背景和环境，起着或正面渲染烘托，或反面衬托的作用。由眼前秋景发兴，落脚点都在自己的羁泊、困顿境遇上。从下一首起，诗意开始转向对长安今昔状况的描写和对盛衰之情的抒写。

第三首尾联写到“同学少年多不贱，五陵衣马自轻肥”，虽是用来和自己的羁滞异乡、困顿栖迟的境遇作对照，却已涉及长安今日政坛人物和政坛状况，第四首便自然过渡到对长安政局国家忧患的描写与感慨。首联以“闻道”二字提起，点明以下所述乃是身在夔州山城所听到的情况，切合当下身份。出语平淡而寓慨自深。用“弈棋”来形容比喻长安政局，既揭示出争斗不断，此消彼长，又揭示出其反复无常，变化多端。如果说盛世的政局常具有稳定、和谐的特征，则“似弈棋”的政局正是乱世衰世政局的突出表征。第二句宕开，从广阔的视野俯视百余年来的政局，深感盛衰不常，感慨生悲。这一句写得很概括虚泛，“百年世事”既包括了贞观、开元的盛世，也包括了安史之乱以来的乱世衰世。盛衰的巨变，正是“百年世事”的突出特征，故诗人回顾这一段“世事”，悲慨甚深。论者多以“望京华”或“故园心”“故国思”为八首之主意，固是；但私意以为“百年世事不胜悲”一句似更能揭示八首的内在意蕴。整个组诗就是抒发诗人对唐王朝由极盛而急剧转衰的沧桑巨变的悲慨，以及在这样一个时代中个人的悲剧命运的感慨。这一点，在后四首诗中体现得更为明显。

颔联是对“长安似奕棋”政局的具体叙写。表面上看，“王侯第宅皆新主，文武衣冠异昔时”所描述的似乎是政坛上人事更迭的自然现象和自然规律，但联系杜甫在夔州期间《八哀诗》中对贤相张九龄、名将李光弼等人的追缅，《诸将五首》讽回纥、吐蕃入侵，诸将不能御敌，以及肃、代二朝宠信宦官、滥行封爵等情况，不难体味到诗人对当时王侯第宅中的新主人、朝廷上新封的文武衣冠，是明显带有讥讽之意的。将这两句与上首尾联与此首腹联对照着来读，会更感到其讽意的深长。

“直北关山金鼓振，征西车马羽书驰。”如果说前两联写“似弈棋”的政局是揭示其内部的争夺纷乱，那么这一联便是揭示其外患。出句写回纥扰边，长安北边的关山金鼓震天；对句写吐蕃入寇，朝廷征西的军队车马交驰，羽书飞传，一片警急的景象。杜甫在蜀期间，回纥吐蕃多次入寇。广德二年（764）八月仆固怀恩引回纥、吐蕃十万众将入寇，京师震骇。十月，复引回纥、吐蕃至邠州。永泰元年（765）九月，仆固怀恩复诱回纥、吐蕃、吐谷浑、党项、奴剌数十万人同时入寇，士民惊骇，宦官鱼朝恩欲使代宗去河中避吐蕃，后吐蕃大掠男女数万而去，所过焚毁庐舍、践踏禾稼殆尽。十月，吐蕃又联合回纥入寇，屯兵北原，长安形势危急。这都是杜甫写作《秋兴八首》之前两年内发生的近事。“直北”二句，正是对外患频仍、回纥吐蕃交相入侵形势的艺术概括。这种局面的形成，与当时朝廷上的文武大臣、王侯显贵的腐败无能有密切关联，正如诗人在《诸将五首》之二所抨击的："独使至尊忧社稷，诸君何以答升平!"故"似弈棋"的政局和严重的外患之间有着内在的联系，诗的颔、腹二联之间正是迹断而神连。

以上三联，从长安纷争不已、变化无常的政局写到唐王朝深重的内忧外患，对百余年来盛极而衰的"世事"深表悲慨，"闻道"二字直贯到第六句。尾联突然宕开，收转现境。时值深秋，鱼龙蛰伏，眼前的夔江显得特别清冷寂寞，这是写眼前的夔江秋景，也是写诗人清冷寂寞的处境与心境，从中不难体味出诗人"济时敢爱死，寂寞壮心惊"的感慨。处此清冷寂寞之境，对长安故国的思念，对国家命运的思考，对时代盛衰的悲慨反而变得更加深长执着、强烈深沉，这正是末句"故国平居有所思"所蕴含的内容。

在《秋兴八首》中，这一首是唯一直接涉及政局时事的。在整个组诗中，它居于承前启后的枢纽地位。前三首写夔州秋景，兴起诗人的故国之心和羁滞异乡、困顿栖迟之悲，主要抒写个人的悲剧境遇，而个人的悲剧境遇，又植根于时代的政治，故第四首自然联及长安政局和国家的内乱外患。而政局的纷乱和国家的忧患又正是唐王朝由盛转衰的突出表征，故下四首即由"故园心"转为"故国思"，由个人悲剧境遇的抒写转为对国家命运、时代盛衰的抒写。"故国平居有所思"一句正是后四首内容的一个总括和提示。"故园"和"故国"，尽管具体所指均为长安，但作为自己祖居和第二故乡的长安和作为唐王朝政治中枢的长安，其内在含意并不相同。"故园心"主要指长期羁泊异乡、困顿栖迟的诗人对家园的思念、对个人悲剧境遇的感慨，而"故国思"则主要指对唐王朝由盛转衰局势的悲慨与思考。

第五首抒写对长安宫阙壮盛气象和平朝景象的追思缅怀，是"故国平居有所思"首先涉及的内容。

"蓬莱宫阙对南山，承露金茎霄汉间。"蓬莱宫阙，指长安城北的大明宫。它建在龙首原上，地势高敞，天清气朗之时，可以清楚地看到长安城南四十里的终南山。着一"对"字，既显示出自北而南，纵贯百里的广阔视野，又显示出巍峨壮丽的宫阙与气势雄壮的终南山遥遥相对、竞相比高的态势，以突出大明宫的宏伟壮丽气象。次句将视线收到宫前，描绘承露的铜柱矗立霄汉的景象。有关唐代的文献记载，从未提及大明宫或其他宫前立有承露铜柱及金铜仙人像，故此句显系借汉代故实以喻唐。从它所描绘的景象来看，是要显示宫中建筑的高耸挺拔，与上句的阔远视野正构成一远一高的立体画面。但承露铜柱及金铜仙人之建既为企图求仙长生，而唐玄宗又在好道求仙这一点上与汉武神似，则此句中寓有玄宗好道之意，是可以肯定的。只不过它未必寓有明显的讽刺之意，最多也只是在追忆宫阙的华美壮丽之中微寓感慨而已。这一点，联系三、四两句，会看得更加清楚。

"西望瑶池降王母，东来紫气满函关。"三、四一联，写在蓬莱宫上东西眺望所见景象。向西极望，居住在瑶池仙境的神仙西王母正下降人间，与君主相会；向东极望，紫气东来，正充满了函谷旧关，预示着老子即将入函谷关。两句分别用西王母下降及老子入函谷关之典，所言皆神仙之事；瑶池王母之典又曾被诗人用来借喻杨妃，故注家以为此二句寓讽玄宗好女色、宠杨妃、感神仙。从这两句全用典故、全用虚笔来看，其中有所寓托可以肯定，否则未免写得太虚无缥缈，不着边际。但诗句所流露的感情倾向是追缅中略寓感慨，既渲染皇宫的壮盛气象，又寓含对玄宗宠杨妃、好道术的轻微感慨。如果理解为明显的讽刺，则与追缅长安宫阙的壮盛之整体感情倾向有矛盾。总的来说，后四首在追思缅怀长安昔日之盛的同时都寓有盛衰不常之慨，都不同程度地存在追缅与寓慨的关系如何把握的问题。就诗人的创作而言，寓慨以不破坏总体的追思缅怀倾向为前提；就读者的理解而言，亦当适当把握追缅与寓慨的关系及寓慨的度。

腹联仍就"蓬莱宫阙"着笔，正面描绘早朝景象。由于只有一联十四个字的篇幅，不可能作铺叙渲染，只能抓住雉扇乍开、圣颜初现的瞬间着笔，以表达激动喜悦的感受。宫扇之开如云彩移动，日光照映衮衣如龙鳞闪耀的描写又传达出朝仪的隆重与皇帝的威严。这类描写，如出现在一般的早朝诗中并不见出色，但作为对长安宫阙壮盛景象的追思缅怀，笔端自渗透了浓重的感情。此联或以为写杜甫自己天宝十载（751）献《三大礼赋》，得以觐见玄宗事，或以为写自己在乾元元年（758）任左拾遗时早朝见肃宗事。关于献赋事，《旧唐书·文苑传》只说："天宝末，献《三大礼赋》，玄宗奇之，召试文章"。《新唐书·文艺传》也说："甫奏赋三篇，帝奇之，使待制集贤院，命宰相试文章。"并未提到因献赋得见玄宗事。杜甫自己在《莫相疑行》也只说"忆献三赋蓬莱宫，自怪一日声煊赫。集贤学士如堵墙，观我落笔中书堂。往时文采动人主"，根本未提及曾因献赋而得见玄宗，故此事实属子虚乌有。且诗中所写明为早朝景象，杜甫在玄宗朝既未为京官，自无参加早朝的经历。至于乾元元年任左拾遗时，则确有早朝经历，且写过和贾至的早朝大明宫诗，但此诗前三联所写皆唐王朝盛时宫廷景象，而肃宗时已历安史之乱，急剧衰落，已非乱前景象，从诗的结构说，也不大可能前四句写玄宗时事，五、六句却跳到肃宗朝。比较合理的解释是，诗人根据自己肃宗朝参加早朝的经历，想象玄宗唐王朝盛时早朝景象，而诗人自己并不在朝列，“识圣颜”云云，只是泛说群臣，自己并不在内。

“一卧沧江惊岁晚，几回青琐点朝班。”尾联出句从对盛时宫阙朝廷的壮盛气象的遥想中突然挨转，回到眼前，“沧江”指夔州；“岁晚”点秋深，亦寓迟暮之感、蹉跎之慨。“一卧”与“惊”相呼应，见沉沦时间之长与恍如隔世之感。此句笔力苍劲，感慨深沉，下句却又再转回到长安，说从玄宗朝唐王朝极盛时至今，又不知换了几朝皇帝，几回朝班？故作摇曳不定之语，而无限盛衰之慨即寓其中。大开之后又复大合，更显示出千钧笔力和深沉感慨。

这一首前六句极力渲染唐王朝盛时宫阙之巍峨壮丽与早朝景象之庄严华美，表现出对盛世的深情追缅向往，而在这追缅之中亦对玄宗之崇道术、求长生、宠杨妃微有寓慨。尾联大开大合，一转再转，在“一卧”“惊岁晚”和“几回”“点朝班”中寓含深沉的时代盛衰之慨。

第六首追忆昔日曲江游幸盛况而发今昔盛衰之慨，是“故国”之思的又一内容。紧承上首之追忆宫阙壮丽早朝气象而及于池苑。

首联大处落笔，将身之所在的瞿塘峡口与心所之系的曲江头，通过想象组合在一起，展现出清秋万里，两地风烟遥遥相接的广阔画面。不担抒发了身在夔府的诗人对长安故国的深情思念，而且寓含了对万里江山的深情赞美，具有极广阔的空间感，境界寥廓壮美，音调爽利浏亮。

颔联写当年游幸曲江情事。玄宗由所居的兴庆宫花萼楼出发，通过专门修筑的夹道去曲江芙蓉楼等地游幸。颔联所写实即此情事，妙在两句于“花萼夹城”“芙蓉小苑”之后各缀以“通御气”“入边愁”，含蓄地透露出二者之间的因果关系，暗寓耽于游幸享乐所导致的是无尽的“边愁”。“入边愁”，实即“渔阳鼙鼓动地来”，却不用这类显露的表达方式，仅以轻描淡写的“边愁”隐隐逗出，而乐极哀来的感慨自寓其中。

“珠帘绣柱围黄鹤，锦缆牙樯起白鸥。”腹联承“通御气”，渲染曲江游幸的热闹繁华：“珠帘绣柱“与“锦缆牙樯”均指曲江中的豪华游船，船上有珠帘、画柱，有锦缆、牙樯，见其装饰之华丽。而由于游船众多，密密层层，池中的黄鹤像是被游船所包围；而游船如织，来往穿梭，惊起了池中悠游的白鸥。两句均以“黄鹤”之“围”，“白鸥”之“起”来渲染昔日游幸之繁盛。于貌似客观描绘之中寓含的感情既有追缅向往，也有感慨叹息。

“回首可怜歌舞地，秦中自古帝王州。”尾联承“入边愁”，想象今日曲江的荒凉，抒发今昔盛衰的感慨。第七句“回首”二字从昔日繁华一笔兜转，用“可怜”二字点醒今日的悲慨。秦中自古为帝王建都之州，曲江更为帝王歌舞游乐之地，其形胜与繁华自令人无限追思缅怀，然经历了长达八年的安史之乱和吐蕃的屡次入侵，今日的帝王州和歌舞地恐怕已是一片荒凉凄清景象。无限今昔盛衰之慨，只用“可怜”二字逗出，不作任何渲染描绘，而读者自可意会。此联按自然顺序，应为：秦中自古帝王州，（曲江自古）歌舞地，（今日）回首（只感）可怜了。改用现在这样的句法，于“秦中自古帝王州”之后陡然顿住，倍感“回首可怜”四字寓慨的深沉。或解末句为对国家中兴的前途抱有希望，恐非诗人本意。与上两首尾联陡然转至所居之“沧江”“秋江”，写自己的处境有别，这一首是由忆昔转到伤今，显示出其构思的多样性。

第七首写对昆明池的思忆，是“故国”之“思”的又一内容。但写法上与前二首之由盛而衰，以盛托衰不同，反过来主要写昆明池今日之荒凉冷落，以透露昔日之繁华热闹，寄寓今昔盛衰之慨。

首联从追忆昆明池的开凿写起，首句点明昆明池系汉武帝为伐昆明、练水战而修凿，故次句即据此而展开想象，说今日想起昆明池，眼前就会出现楼船壮丽、旌旗飘扬、戈矛森列的壮观景象。据杜甫的《寄贾严两阁老》诗，唐时昆明池也修造过水战船。无论是就昆明池的开凿追忆汉时昆明池练水军的壮观，还是依唐人借汉喻唐的习惯将这一联理解为唐代昆明池的景象，都是对壮盛时代昆明池景象的追忆，但诗人对昆明池之盛不作铺陈渲染，仅以“旌旗在眼中”五字一笔带过。以下即转入对其今日衰败景象的描绘。

“织女机丝虚夜月，石鲸鳞甲动秋风。”颔联想象昆明池边景物。昆明池边有两石像，东西相望，以象牵牛、织女。刻玉石为鲸，每至雷雨，鱼常鸣吼，鬐尾皆动。这两句化用上述记载，将环境设置为秋天的月夜。想象今日昆明池畔，织女织机上的丝缕，正冷冷清清地空对着夜月，而石鲸身上的鳞甲在秋风的吹拂下，仿佛在翕动开张。这境界，幽冷凄清，空寂虚幻，透露出昔日昆明池上楼船壮丽、旌旗飘扬的热闹景象均已成空，只留下无知的织女石像和石鲸雕像空对着秋风夜月。

“波漂菰米沉云黑，露冷莲房坠粉红。”腹联转写池中景物。池中的波浪漂荡着菰米，逐渐沉落堆积，在湖底堆满了厚厚的一层黑云般的积淀；秋晚露冷，莲花的粉红色花瓣在一瓣瓣地下坠掉落。菰米如沉云之黑，见久无人收，荒废之状可想；莲坠粉红，任其自开自落，见久无人游赏，空寂之境如见。两句中“漂”“沉”“冷”“坠”四字，都是着意锤炼的句眼，透露出一种浓重的荒凉冷寂气息。

颔、腹二联，一写池边，一写池中，均着意渲染想象中今日之昆明池荒凉冷寂之境，言外自有无限世事沧桑、盛衰不常之慨，荆棘铜驼之悲、黍离麦秀之感，或解为忆盛时之昆明，不啻南辕北辙。五代鹿虔扆《临江仙》词中有“藕花相向野塘中，暗伤亡国，清露泣香红”等句，意境颇似“露冷”句，相互参照，杜诗所寓含的感情昭然可见。不妨说，这两联正是对一个已经逝去的壮盛时代的哀挽凭吊。

尾联由想象故国池苑的荒凉冷寂回到身之所处的现境。关塞，指夔州四周的高山；江湖，指长江，亦寓身处江湖之上，远离故国；渔翁自指，寓漂泊之意。眼前所见，唯高峻至天的崇山峻岭，与外界唯鸟道可通，面对满地江湖，深感自己就像一个漂荡无依的渔翁。两句由“故国”之荒凉冷寂，及于己身之漂泊羁滞，家国之盛衰与个人境遇的沉沦融为一体。

第八首追忆渼陂旧游，是“故国”之“思”的内容之四。

首联写赴渼陂所经及到渼陂所见。从长安城内赴渼陂须经昆吾、御宿，“逶迤”形容道路曲折绵延之状。着一“自”字，透出诗人与朋侣沿着曲折绵延的道路缓缓徐行，顾盼流连，赏玩优美风光的自得之情状。或谓此首系忆昆吾、御宿及渼陂等地，是把所经当成目的地了。次句接写到达目的地渼陂后首先映入眼帘的景色：紫阁峰的倒影映入清澈的渼陂之中。山北曰阴。映入湖中的正是紫阁峰北面的影子，故曰“紫阁峰阴入渼陂”。渼陂之所以成为长安近郊风景佳胜，与其靠近终南山，具湖光山影之美有密切关系。杜甫在《渼陂西南台》诗中说：“错磨终南翠，颠倒白阁影。”《渼陂行》亦云：“半陂以南纯浸山，动影袅窕冲融间。”均可证。因此这一句正突出地强调了渼陂给人的第一印象和整体印象，使人仿佛眼前突然一亮。

“香稻啄馀鹦鹉粒，碧梧栖老凤凰枝。”颔联写渼陂周围物产之丰饶与风景之佳胜。由于有一大片广阔的水域，故这一带盛产名贵的香稻，又生长着许多珍奇美丽如碧梧一类的树木。此联前人评论解说甚多，其句法之老健、色彩之秾艳固极突出，实则均是为了渲染香稻之美与碧梧之珍，说这里的香稻乃鹦鹉啄余之粒，碧梧乃凤凰栖老之枝。鹦鹉、凤凰，均非实有，而是诗人因香稻、碧梧之美好珍奇而引发的想象。“香稻”之“馀”、“碧梧”之“老”，均暗寓“秋”字，不过写的是渼陂秋日的丽景而非衰飒凄清之景，这和其他各首均有别。或因第五句写到“春相问”，遂以为此首所写系春景，恐非。

“佳人拾翠春相问，仙侣同舟晚更移。”这一联转写渼陂士女游赏之乐。上句写妇女们在美好的三春季节，游春拾翠，互相赠送礼物；下句写士人结伴泛舟，流连忘返，到傍晚仍移舟更游。上一联“香稻”“碧梧”写的是渼陂秋景，这一联改写春日游赏，见春秋佳日，渼陂美好景色都吸引着长安的游人。“仙侣”句更融进诗人自己与岑参兄弟的一段游历，见注引《渼陂行》，“晚更移”，正见游兴之浓与渼陂景色之美不胜收，写出当时的淋漓兴会。

尾联由渼陂的美好景色追昔慨今。“彩笔昔曾干气象”，是说自己当年曾用彩笔描绘过这一带的美好景色，风格宏伟遒劲，上干云霄之象，但这一切都已成为永难重复的过去，如今的自己，只能吟诗遥望京华，忆念承平气象，吟罢而白头苦苦低垂，心中充满了无限深沉的时代盛衰的悲慨和个人命运的悲慨。或解上句“干气象”为“气冲星象表，词感帝王尊”，谓指天宝末献赋得到玄宗赏识之事，与以上六句写渼陂游赏了不相涉，恐非。“彩笔昔曾干气象”，当指昔年与岑参兄弟游渼陂而赋《渼陂行》，上干山水之气象，见当时意气之风发；而“白头吟望苦低垂”则指今日吟《秋兴》而望京华，不胜国家命运和个人命运的悲慨而白首低垂，可以视为整个组诗的结尾。

《秋兴八首》的思想感情内容，可以用两句话概括，即伤流滞羁泊、坎坷困顿而思故园、忆京华；伤内忧外患、今昔盛衰而思故国、忆长安。夔府秋色，既是引发上述思绪的自然景物、环境氛围，又是表现个人悲剧命运和国家命运的凭借或载体。组诗的前三首，大体上以时间为线索，写夔峡的秋色秋声所引发的“故园心”，或将思绪引向自己“抗疏功名薄”“传经心事违”的困顿境遇，或将思绪引向“奉使虚随八月槎”“画省香炉违伏枕”的欲归不能的失落苦闷。而自身的悲剧境遇和命运又紧紧地联系着国家的安危盛衰。因此，以第四首为转关，便由伤流滞羁泊、坎坷困顿的个人悲剧命运转向忧念国家命运、感慨时代盛衰，由“故园心”转为“故国思”，诗所描绘的主要景象也由夔州移向长安。由“故园心”而“故国思”，由个人悲剧命运而国家命运，是诗人思想感情的自然发展，也是其思想感情的深化与升华。诗人在抒写“故园心”和个人悲剧境遇时，心中常激荡着对动荡不安时代的感受（如“江间波浪”一联）；在抒写“故国思”，感慨时代盛衰时，是常在字里行间寓含对衰乱原因的思考与叹惋（如第五首前幅、第六首领尾二联），并常与自己的沉沦漂泊身世境遇相联系（如其四、其五、其七、其八各首的结尾）。因此整个组诗所显示的，是个人悲剧命运与国家命运、时代盛衰的密不可分。

组诗的后四首，以所忆的对象为线索，从宫阙早朝气象到池苑风景名胜，选择诗人认为最能代表盛世气象的所在进行深情的追思想象，尽管在追思中不无感慨叹惋和思考，但基调是深情的追缅而非讽慨。这使得整个组诗充溢着浓重的怀旧情调。这种情调，不但贯串在夔州时期的诗歌创作中，而且贯串在此后的湖湘诗中。从更广远的范围看，这也是整个中晚唐诗歌的一个重要基调，而杜甫的夔州诗，特别是《秋兴八首》，则为中晚唐的这类感慨时代盛衰的怀古诗、怀旧诗树立了一个创作范型。中国长期的封建社会中出现过几个著名的盛世，但达到巅峰并具有大转折意义的盛世则无疑是开元盛世。不管其时的诗人在抒写盛衰之慨时是否隐约地感受到安史之乱前后的时代盛衰的典型意义，但他们对这种盛衰变化的强烈深刻感受和深沉感慨，至少在客观上显示了封建社会盛世巅峰的消逝。从这个高度看，这类抒写时代盛衰之慨的诗或许有更深远的认识意义和审美价值。它留下的是诗人对封建社会巅峰时期的美好追忆和深情追缅。讽世刺时与感慨时代盛衰固不必绝缘，但毕竟是两种对时世的感情态度。如果刻意去寻求《秋兴八首》这类诗中更多的讽时刺世的内容，不免会感到失望，因既非诗人的本意，亦非诗的主要价值。

正由于诗人的“故园心”和“故国思”如此浓重深沉，缠绕不已，因此在表现这种感情时不但采用了组诗的形式，而且运用了连章复沓、反复回旋的表达方式。具体地说，前三章主要从时间上着眼，写夔峡自朝至暮、自暮至夜、自夜至朝的不同秋景所引发的羁泊异乡、思念故园的情怀和坎坷困顿的人生境遇;后五首主要从空间着眼，写身在夔峡、心系故国的情思，分写长安政局、蓬莱宫阙、曲江池苑、昆明池水、渼陂胜景，而归总为对故国魂牵梦绕的深情追忆，对唐王朝盛世的无限追恋和对时代盛衰的无限感怆。在反复吟咏中将“故园心”“故国思”逐步深化强化。而前三首当中，或由巫山巫峡而心系故园，再由高城暮砧而回到眼前；或由夔府落日而遥忆京华，勾起对画省香炉的思忆，又由山楼闻笳而回到当前的月映洲前芦荻；或由眼前的朝晖映照山郭、渔舟泛而燕子飞的日日坐对的景色而生留滞异乡之感，引发“功名薄”“心事违”的感慨，而顺势忆及衣马轻肥的达官显贵，思绪反复在夔府与长安之间回旋。后五首则或由长安政局而直北关山、征西车马，再回到眼前的寂寞秋江；或由蓬莱宫阙、早朝气象而回到当前的独卧沧江；或由瞿塘峡口而遥忆盛时曲江游幸，复由当年之盛跌入当前之衰，慨叹帝王州、歌舞地之荒乱荒凉；或遥忆昆明池旌旗战舰之盛，而跌入今日之荒凉，又由遥忆回到当前的关塞极天、江湖满地，叹己身之漂泊；或遥忆盛时渼陂之胜与诗兴之高涨，而归结到当前的“白头吟望苦低垂”。诗思反复回翔于夔府、长安之间，诗情则回环于时代盛衰的变化之间。这反复回旋的情思，组成了回肠荡气的交响乐章，使诗人的故园情、故国思得到了最充分的展开、最深入的表现。

组诗在表现方式和艺术风格上还有一个突出的特点，就是以壮阔的境界表现悲凉的情思，以绮丽的语言表现悲哀的情思、盛衰的感慨。像首章的“江间波浪兼天涌，塞上风云接地阴”，就是典型的以壮阔之境抒悲凉之思的例证。而“昆明池水”一首，则是以绮语写荒凉的突出例证。这种表达方式，收到了相反相成的艺术效果，也使这组诗在整体艺术风格上呈现出一种悲而能壮、哀而不伤、华而不靡的可贵特征。

咏怀古迹五首（其三）〔一〕

群山万壑赴荆门〔二〕，生长明妃尚有村〔三〕。
一去紫台连朔漠〔四〕，独留青冢向黄昏〔五〕。
画图省识春风面〔六〕，环佩空归月夜魂〔七〕。
千载琵琶作胡语〔八〕，分明怨恨曲中论〔九〕！

〔一〕《咏怀古迹五首》，分咏夔州辖境内及附近的五处古迹（庾信宅、宋玉宅、昭君村、永安宫、武侯庙），借以抒写自己的情怀，故题曰“咏怀古迹”。当作于大历元年（766）居夔州时。昭君村，在唐归州兴山县北（今湖北兴山县南），相传为汉王昭君故里。归州与夔州邻接，故诗人居夔时前往寻访。其《负薪行》云："若道巫山女粗丑，何得此有昭君村?"可见昭君村即在巫山附近。或云昭君村在荆门山附近，恐非杜甫此诗中所指的昭君村。荆门山在湖北宜都市，已出峡。

〔二〕群山万壑，指三峡两岸的连绵高山和深谷，亦即《水经注·江水》所谓："自三峡七百里中，两岸连山，略无阙处，重岩叠嶂，隐天蔽日，自非亭午夜分，不见曦月"。荆门，山名，在今湖北宜都市西北，长江南岸，隔江与虎门山相对。《水经注·江水》："江水又东历荆门、虎牙之间。荆门在南，上合下开，暗彻山南，有门象虎牙，在北……此二山，楚之西塞也。"至荆门，则"山随平野尽"而"江入大荒流"（李白《渡荆门送别》）。此句概写三峡一带重岩叠嶂、奔赴而东下荆门的山势。

〔三〕谓王昭君生长的村子今尚存。《太平寰宇记》："山南东道归州兴山县，王昭君宅，汉王嫱即此邑之人，故云昭君之村，县连巫峡，即其地。"

〔四〕去，离开。紫台，即紫禁、紫宫，指皇宫。古以紫微垣喻皇帝居处，因称皇帝所居为紫禁、紫宫、紫台。《文选·江淹〈恨赋〉》："若夫明妃去时，仰天太息。紫台稍远，关山无极。"李善注："紫台，犹紫宫也。"朔漠，北方沙漠之地，指匈奴统治地区。《汉书·匈奴传》："竟宁（汉元帝年号）元年，单于（呼韩邪单于）来朝，自言愿婿汉。元帝以后宫良家子王嫱字昭君赐单于。单于欢喜，上书，愿保塞，请罢边备，以休天子之民。昭君号宁胡阏氏，生一男伊屠智牙师，为右日逐王。呼韩邪立二十八年，建始（汉成帝年号）二年死。子雕陶莫皋立，为复株累若鞮单于，复妻王昭君（《后汉书·南匈奴传》谓昭君上书求归，成帝令从胡俗），生二女，长女为须卜居次，小女为当于居次。"

〔五〕青冢，指王昭君墓，在今内蒙古自治区呼和浩特市城南二十里。《太平寰宇记》："其上草色常青，故曰青冢。"

〔六〕《西京杂记》卷二："元帝后宫既多，不得常见，乃使画工图形，案图召幸之。诸宫人皆赂画工，多者十万，少者亦不减五万。独王嫱不肯，遂不得见。匈奴入朝，求美人为阏氏，于是上案图，以昭君行。及去，召见，貌为后宫第一，善应对，举止闲雅。帝悔之，而名籍已定。帝重信于外国，故不复更人。乃穷案其事，画工皆弃市，籍其家，资皆巨万。画工有杜陵毛延寿，为人形，丑好老少，必得其真。安陵陈敞、新丰刘白、龚宪……下阳杜望……樊育……同日弃市。京师画工，于是差稀。"省识，曾识。句意谓元帝当年曾因画图而见识过王昭君的美好容颜，言外之意是竟不辨其美丑而轻嫁于匈奴单于。此“省”字与下句“空”字对文，均为副词。或解为“解识”，恐非。详参张相《诗词曲语辞汇释》第573页。

〔七〕环佩，指妇女身上佩带的玉环、玉佩等佩饰。

〔八〕作胡语，犹作胡音。石崇《王昭君辞并序》：“王明君者，本是王昭君。以触文帝讳，故改之。匈奴盛，请婚于汉。元帝以后宫良家子明君配焉。昔公主嫁乌孙，令琵琶马上作乐，以慰其道路之思，其送明君，亦必尔也。”《琴操》：“昭君在匈奴，恨帝始不见遇，心思不乐，心念乡土，乃作《怨旷思惟歌》。”琴曲有《昭君怨》。此句糅合以上记载。

〔九〕曲中论，曲中诉说。韦庄《小重山》词：“万般惆怅向谁论？凝情立，宫殿欲黄昏。”

笺评

薛梦符曰：《旧经》云：邑人悯昭君不回，立台以祭焉。今有昭君村。（《九家集注杜诗》）

刘克庄曰：《昭君村》云：“画图省识春风面，环佩空归月夜魂。”亦佳句。（《后村诗话》新集卷二）

刘辰翁曰：（“群山”二句）起得磊落。（《唐诗品汇》卷八十四引）

张綖曰：时肃宗以少女宁国公主下嫁回纥，临别之语，闻者心酸，公故借明妃之事以哀之。（《杜工部诗通》）

王慎中曰：妙超。（《五色批本杜工部集》引）

胡震亨曰：“群山万壑赴荆门”，当似生长英雄起句，此未为合作。（《杜诗选》）

唐汝询曰：此经昭君村而咏其事，言我登历山水以入荆门，适睹明妃生长之村庄犹在。因思其人，生则去紫台而就朔漠，没则留青冢以向黄昏也。吾想其初为延寿所误，画图非真，帝罕识其面，然妃意竟不忘君，故既殁而魂犹归国也。且妃以汉人而琵琶犹作胡语，正以投弃于胡而写其怨恨于曲耳。夫明妃以色而被捐，子美以才而见逐，其不遇一也。故借以发怨慕于君之意。（《唐诗解》卷四十一）

吴曰：此篇温雅深邃，杜集中最佳者。钟、谭求深而不能探此，恐非网珊瑚手。（唐汝询《汇编唐诗十集》引）

徐常吉曰：“画图”句，言汉恩浅。不言“不识”，而言“省识”，婉

转。（《删补唐诗选脉笺释会通评林·盛七律》）

郭濬曰：悲悼中，难得如此风韵。五、六分承三、四，有法。（同上引）

周珽曰：写怨境愁思，灵通清回，古今咏昭君无出其右。（同上）

陈继儒曰：怨情悲响，胸中骨力，笔下风电。（同上引）

王嗣奭曰：因昭君村而悲其人。昭君有国色，而入宫见妒；公亦国士，而入朝见嫉，正相似也，悲昭以自悲也……“月夜”当作“夜月”，不但对“春风”，而且与夜月俱来，意味迥别。（《杜臆》卷八）

王夫之曰：只是现成意思，往往点染飞动，如公输刻木为鸢，凌空而去。首句是极大好句，但施之于“生长明妃”之上，则佛头加冠矣。故虽有佳句，失所则为疵颣。平收，不作论赞，方成诗体。（《唐诗评选》卷四）

金圣叹曰：咏明妃，为千古负材不偶者，十分痛惜。“省”作“省事”之省，若作实字解，何能与“空归”对耶？（《杜诗解》）

朱鹤龄曰：画图之面，本非真容，不曰不识，而曰“省识”盖婉词，月夜魂归，明其终始不忘汉宫也。（《杜诗镜铨》卷十三引）

黄周星曰：昔人评“群山万壑”句，颇似生长英雄，不似生长美人，固哉斯言！美人岂劣于英雄耶？（《唐诗快》）

贺裳曰：（“一去”四句）生前寥落，死后悲凉，一一在目。（《载酒园诗话又编》）

吴乔曰：子美“群山万壑赴荆门”等语，浩然一往中，复有委婉曲折之致。温飞卿《过陈琳墓》诗，亦委婉曲折，道尽心事，而无浩然之气。是晚不及盛之大节，字句其小者也。（《围炉诗话》卷四）

王士禛曰：青邱专学此种。（《杜诗镜铨》引）

陶开虞曰：风流摇曳，此杜诗之极有韵致者。（同上引）

李因笃曰：序事如天马行空，光采焕发，而毫无形迹，可称神化之篇。只序明妃始终，无一语涉议论，然意俱包括在内，诸家总不能及。细阅公此篇，凡代明妃作怨望思归者，犹堕议论，未离小家数。（《杜诗集评》卷十一引）

朱瀚曰：起处见钟灵毓秀而出佳人，有几许珍惜。结处言托身绝域而作胡语，含许多悲愤。曲中诉论，正指《昭君怨》诗，不作后人词曲。又曰：此诗“连”字即“（关山）无极”意。“青冢”句，即“芜绝”意。

（江淹《别赋》："望君王兮何期，将芜绝兮异域。"）庾信《昭君词》："胡风入骨冷，夜月照心明。方调琴上曲，变入胡笳声。""琵琶"句，乃融化其语，"连"字写出塞之苦，"向"字写思汉之心，笔下有神。（《杜少陵集详注》卷十七引《杜诗解意七言律》）

邵长蘅曰：咏明妃得如此起，大奇。（《五色批本杜工部集》引）

杨逢春曰：此因村而咏明妃，申怨情也。以"怨恨"二字作骨。（《唐诗绎》）

胡以梅曰：五、六须两句相串读，有深味。（《唐诗贯珠串释》）

黄生曰：一、二见明妃生长之地，便与泛作《昭君怨》者有别。"赴"字上，以之成句，句亦工。起势槎枒宠炊，咏昭君作如此起调更工。三句承上，叙及入宫，又叙及出塞，只七字说尽，在他人必对一联矣。三妙难见，四妙易知。五妙难解，六妙易知。五承三，六承四。五有两层意思，言昭君临行，天子始知其美，若按图索骏，徒为画工所欺，岂省识之耶！以"岂省"为"省"，从《毛诗》出。中二联皆流水对，以出手庄重不觉。"论"字即仄声"写"字，"怨恨"者，怨己之远嫁，恨汉之无恩也。必后世琵琶所传之曲，非华夏正声，故七、八云云。此诗寓意在"画图省识"句。盖如入宫而主不见知，与士怀忠而上不见察，其事一也。公之咏古迹而及昭君也，抑其所以自咏与？（《杜诗说》卷八）

仇兆鳌曰：此怀昭君村也。上四，记叙遗事，下乃伤吊之词。生长名邦，而殁身塞外，此足该举明妃始末。五、六承上作转语，言生前未经识面，则殁后魂归亦徒然耳。唯有琵琶写意，千载留恨而已。（《杜少陵集详注》卷十七）

吴瞻泰曰：发端突兀，是七律中第一等起句，谓山水逶迤，钟灵毓秀，始产一明妃。说得窈窕红颜，惊天动地。（《杜诗提要》卷十二）

赵臣瑗曰：只此二十八字（按：指中四句），已将古往今来无数才人不遇、壮士无成、忠臣抱屈之两行眼泪，都从红颜薄命中，一一掩映而出。（《山满楼笺注唐诗七言律》卷二）

浦起龙曰：因村而咏明妃，悯怨思也。结语"怨恨"二字，乃一诗归宿处。起笔珍重，著遗村说，另为一截。中四，述事申哀，笔情缭绕。"一去"，怨恨之始也；"独留"，怨恨所结也。"画图识面"，生前失宠之怨恨可知；"环佩归魂"，死后无依之怨恨何故！末即借"出塞"声点明。"省识"只在画图，正谓不"省"也。（《读杜心解》卷四）

杨伦曰：（首句）从地灵说入，多少郑重。（《杜诗镜铨》卷十三）

《唐宋诗醇》：破空而来，文势如天骥下坂，明珠走盘，咏明妃者，此为第一。欧阳修、王安石诗，犹落第二乘。（卷十七）

沈德潜曰：咏昭君诗，此为绝唱，馀皆平平。至杨凭“马驼弦管向阴山”，风斯下矣。（“省识”）犹“略识”，临去一见，略识其面也。（“千载”句）指吊明妃者。（《重订唐诗别裁集》卷十四）

宋宗元曰：奔腾而来，悲壮浑成，安得不推绝唱！（《网师园唐诗笺》）

黄叔灿曰：此咏明妃以自悲。（《唐诗笺注》）

李重华曰：音节一道，难以言传。有可略为浅作指示者，亦得因类悟入。如杜律：“群山万壑赴荆门”，使用“千山万壑”，便不入调，此轻重清浊法也。又如龙标绝句：“不斩楼兰更不还”，俗本作“终不还”，便属钝句，此平仄一定法也。（《贞一斋诗说》）

赵翼曰：古来咏明妃者，石崇诗：“我本汉家子，将适单于庭。”“昔为匣中玉，今为粪上英。”语太村俗。唯唐人“今日汉宫人，明朝胡地妾”二句，不着议论，而意味无穷，最为绝唱。其次则杜少陵“千载琵琶作胡语，分明怨恨曲中论”，同此意味也。（《瓯北诗话》卷十一）

梅成栋曰：此等识见已扫尽千古人，其音韵气骨又其馀事矣。（《精选七律耐吟集》）

佚名曰：此第三首，则专咏明妃之事，无一字及于己怀。乃吾正谓此为少陵自咏己怀，非咏明妃……夫明妃抱此怨恨，不可明言，只以托之千载琵琶；而少陵之怨恨，不可明言，又以托之明妃。通篇只重写“怨恨”二字，乃所以写明妃，即所以写己怀也。（《杜诗言志》）

李锳曰：起笔亦有千岩竞秀，万壑争流之势。（《诗法易简录》）

郭曾炘曰：琵琶胡语，怨恨谁论？亦隐寓知音寥落之感。（《读杜札记》）

陈德公曰：三、四笔老峭而情事已尽。后半沉郁，结最缠绵。评：开口气象万千，全为“明妃”“村”三字作势，而下文“紫台”“青冢”亦俱托起矣。且“赴”字、“尚有”字、“独留”字，字字相生，不同泛率，故是才大而心细。（《闻鹤轩初盛唐近体读本》）

吴汝纶曰：庾信、宋玉皆诗人之雄，作者所以自负。至于明妃，若不伦矣，而其身世流离之恨固与己同也。篇末归重琵琶，尤其微旨所寄，若曰虽千载已上之胡曲，苟有知音者聆之，则怨恨分明若面论也，此自喻其

寂寞千载之感也。是三章者固一意所贯矣。（《唐宋诗举要》卷五引）

俞陛云曰：咏明妃诗多矣。沈归愚推此诗为绝唱，以能包举其生平，而以苍凉激楚出之也。首句咏荆门之地势，用一“赴”字，沉重有力。（《诗境浅说》）

《咏怀古迹五首》，分咏庾信、宋玉、王昭君、蜀先主刘备、诸葛亮五位在夔州一带地区有历史遗迹的人物，以寄托自己的身世遭遇、抱负情怀。其中咏王昭君的这一首，由于所咏对象的特殊性，寄慨最为深沉，情韵最为深长，堪称杜甫七律中的精品。

“群山万壑赴荆门，生长明妃尚有村。”起句陡健飞动，雄奇阔远，勾画出三峡一带群山万壑、连绵不绝、奔赴荆门的壮盛气势，为次句昭君村展现出一个阔远的背景。诗人之所以用这样的笔墨来写昭君生长的环境，是因为在他心目中，昭君并不是一般的闺阁女子，而是一位其身世遭遇与国家民族紧密相连、其怨思愁恨具有广远意义的特殊人物，诗人所寄寓的情怀也非常深远的缘故。因此，对于这样一位对象，自不能像歌咏寻常闺阁女子那样，用清澈的香溪水作为其生长的背景，而必须大笔濡染，以“群山万壑赴荆门”之阔远雄奇背景作烘托。“赴”字极富动感和气势。三峡一带，不但重岩叠嶂，略无阙处，而且水平落差很大，“赴”字不但将静止的群山写活了，而且展现出其奔赴东下的连绵态势，写山态山势极富力度。次句点题，“尚有”二字，见事隔千载，遗迹尚存，感怀之情，自寓其中。

“一去紫台连朔漠，独留青冢向黄昏。”颔联由古迹而过渡到人，对昭君一生的悲剧遭遇作出最精练的概括。用“紫台”指代汉宫，是因为它具有鲜明的色彩，可以唤起对帝都长安宫阙壮丽及繁华景象的种种联想，而“朔漠”则给人以广漠无边、荒寒萧索的联想，它们之间，形成鲜明的对照，隔着广远的空间，用一“连”字将它们勾连起来，不但展现出昭君离开故国远赴大漠途中关山迢递、前路漫漫的情景，透露出内心的迷茫凄伤之感；而且因句首“一去”与“连”的呼应，使原本连接遥远空间的“连”字带上了连接长远时间的意味。一去紫台，遂连朔漠，此后的悠长岁月，明君的生命遂和荒寒萧索的大漠连成一体，直至生命的终结，一句话写尽了昭君离京赴胡的大半生，其中“连”字正是绾结广远时空的句眼，却用得自然浑成，不着痕迹。

"独留青冢向黄昏"，这一句悲慨死葬异域，只留下一座青冢寂寞地对着黄昏。这句的意思，如只说死葬异域，则不免质实乏韵，妙处全在情景的渲染。"青冢"与"黄昏"，和上句的"紫台"与"朔漠"一样，也有鲜明的色彩对比。"黄昏"的黯淡和周围一片土黄色的无边大漠越发衬托出了"青冢"的寂寞和孤独，使句首的"独留"二字更加突出而富于形象感；而"青冢"的"青"字又透出了生命乃至青春的气息，使人联想到昭君的"春风面"和她那不死的精魂。"向"字尤具神韵。"向"有"对"义，但却不是单纯的"对"，它具有一种渐进的动态感，仿佛可以看到在浩瀚无垠的一片广漠之中，一座草色常青的孤坟正默默无言地面对着越来越黯淡下去的黄昏。这里所透露出来的是一种永恒的孤独感和寂寞感，一种被"生长"于斯的故国永远抛弃在异域荒原的深沉怨怅和无穷遗恨，远韵远神，令人玩味无尽。

腹联分承三、四，从昭君一生的遭遇转而揭示造成悲剧的原因，抒发其魂灵空归的遗恨。"省识"一语，或解作"略识"，或解作"曾识"，或解作"解识"，但究其实都是感慨皇帝的不辨妍媸。靠画工的图像来取舍召幸对象，画工为取得贿赂，必然会颠倒妍媸；这样，皇帝在画工颠倒妍媸的画像中自然不辨妍媸，不识昭君的"春风面"了。浦起龙说："'省识'只在画图，正谓不'省'也。"此语最为通透。因为即使画像能约略得昭君其形，却难以传其神，所谓"意态由来画不成"是也。正因为元帝按图"省识春风面"，这才造成了昭君被遣异域的悲剧。这一联揭示了悲剧造成的原因，矛盾直指皇帝"选美"方式的荒谬。类似的悲剧，又岂止是宫中选美！

下句承"独留青冢"，想象其魂魄空归。"月夜"承上"黄昏"。昭君尽管被无知的统治者遣送匈奴、死葬异域，但她却始终怀念生长的故国，在清冷的月夜，千里魂归，身上的环佩叮咚作响。这月夜环佩归来的境界，清冷幽寂，而又极具远神，着一"空"字，悲慨深沉。悲剧已经铸成，只能留下绵绵不尽的永恒遗恨。

"千载琵琶作胡语，分明怨恨曲中论！"琵琶本为胡乐，而《琴操》、石崇《王明君辞并序》中又有昭君心念乡土作《怨旷思惟歌》的记载及昭君入匈奴时弹奏琵琶的传闻，琴曲中有《昭君怨》，故诗人据此想象，千载之下，琵琶中所奏出的胡音，分明是昭君的无穷怨恨借乐曲而尽情倾诉！点出"怨恨"二字为全篇意旨点眼。

由于所咏对象是一位女子，因此诗人在诗中所寄寓的情怀便不能像其他四首那样明显直接，如咏庾信之“漂泊西南天地间”“词客哀时且未还”“庾信平生最萧瑟，暮年诗赋动江关”，所咏对象与诗人自身融为一体；咏宋玉之“风流儒雅亦吾师”“萧条异代不同时”和四、五两首之向往“君臣一体”亦然。而本篇的托寓则更注重其内在的神合。诗人于昭君的悲剧命运及其原因，着眼其为不辩妍媸的统治者所远遣、所抛弃的那种悲慨和寂寞感、孤独感。我们从“一去紫台连朔漠，独留青冢向黄昏”的悲慨中，自然会联想起《秋兴八首》中“鱼龙寂寞秋江冷，故国平居有所思”“关塞极天惟鸟道，江湖满地一渔翁”一类诗句。从这一点说，杜甫之于昭君，也是“怅望千秋一洒泪，萧条异代不同时”了。

江　汉〔一〕

江汉思归客，乾坤一腐儒〔二〕。
片云天共远，永夜月同孤〔三〕。
落日心犹壮，秋风病欲苏〔四〕。
古来存老马〔五〕，不必取长途〔六〕。

校注

〔一〕大历三年（768）正月，杜甫由夔州启程出峡，三月，抵达江陵。同年秋，移居公安（今属湖北），诗题为“江汉”，当是大历三年秋天赴公安途中所作。或编寓居江陵时，或系大历四年秋，恐误。江汉系泛指今湖北南部一带地区。

〔二〕腐儒，迂腐不通世务的读书人。杜甫自称，带贬义的称呼中既含自嘲亦含自负，与《咏怀五百字》之“老大意转拙”的“拙”，“许身一何愚”的“愚”意味近似。

〔三〕两句意为自己飘然一身，孤孑无依，与远天的片云同样遥远，与长夜的孤月同其孤单。

〔四〕苏，《全唐诗》原作“疏”，校：“一作苏。”兹据改。苏，苏息，恢复，指病体好转。

〔五〕存，存留，留养。《韩非子·说林上》：“管仲、隰朋从于桓公而伐孤竹，春往而冬反，迷惑失道。管仲曰：‘老马之智可用也。’乃放老马而随之，遂得道。”

〔六〕不必取长途，谓留养老马是为了用其智慧经验，而非取其能长途跋涉、日行千里。借以自喻年虽衰迈而尚能为朝廷献智出谋。

刘攽曰：杨大年不喜杜工部诗，谓为村夫子。乡人有强大年者，读杜句曰“江汉思归客”，杨亦属对。乡人徐举“乾坤一腐儒”，大年默然若少屈。（《中山诗话》）

方勺曰：诗中用“乾坤”字最多且工，唯杜甫，记其十联“乾坤万里眼，时序百年心”，“身世双蓬鬓，乾坤一草亭”，“江汉思归客，乾坤一腐儒”……（《泊宅编》）

陈师道曰：“乾坤一腐儒”，言乾坤之大，腐儒无所寄身。（《杜少陵集详注》卷二十三引）

张表臣曰：予读杜诗云：“江汉思归客，乾坤一腐儒”，“功业频看镜，行藏独倚楼”，叹其含蓄如此。（《珊瑚钩诗话》）

赵彦材曰：公之意，盖比之于老马，虽不能取长途，而犹可以知道解惑也。（《九家集注杜诗》）

吴沆曰：如“江汉思归客，乾坤一腐儒”，即上一句在地，下一句在天。（《环溪诗话》）

方回曰：此诗余幼而学书，有古印本为式，云杜牧之书也。咏之久矣，愈老而见其工。中四句用“云”“天”“夜”“月”“落日”“秋风”，皆景也，以情贯之。“共远”“月孤”“犹壮”“欲苏”八字绝妙。世之能诗者，不复有出其右矣。（《瀛奎律髓》卷二十九）

赵汸曰：中四句情景混合入化。云天夜月，落日秋风，景也。与天共远，与月同孤，心视落日而愈壮，病遇秋风而欲苏，情也。他诗多以景对景，情对情，人亦能效之。或以情对景，则效之者已鲜。若此之虚实一贯，不可分别，则能效之者尤鲜。近唯汪古逸有句云：“年年飞鸟疾，云共此生浮。”近此四句意。（《杜律题注》卷上）

李维桢曰：声口不凡，亘卓今古。又曰：词达气尽，最为佳作。（《唐诗隽》）

胡应麟曰："片云天共远，永夜月同孤。落日心犹壮，秋风病欲苏。"含阔大于深沉，高、岑瞠乎其后。（《诗薮·内编·近体·五言》）

钟惺曰：（末二句）老人厚语。（《唐诗归》）

谭元春曰："韩坤一腐儒"，此老杜累句，今人便称之。（同上）

董养性曰：此篇起联便突兀。或疑中联不应全用天文字，殊不知二联自"归客"上说，三联于"腐儒"上说。况老杜于诗，虽有纵诞，终句句有理，不可以常格拘之，然有极谨严处。学者先当以谨严为法，若首以纵诞为师，必取败也。（《删补唐诗选脉笺释会通评林·盛五律》）

唐汝询曰：此客中言志也。言此临江汉而思归之客，乃乾坤中一腐儒耳。身如片云，去天俱远；永夜无伴，与月同孤。年龄既暮，如日将落而壮心未已，经此凉爽而病骨顿苏，犹足效用也。且古人之存老马，非为其能胜长途而取之，遭其适也，然则腐儒独无老马之用乎哉！（《唐诗解》卷三十四）

王嗣奭曰：公之行事似"腐儒"者不无一二，若以世法绳之，真腐儒也。公自知之，故作此语。乃诗话则美之太过，谭以为累句，皆非也。三、四根"思归"不得来。然日欲落而心犹壮，秋风起而病欲苏，岂肯忘情于斯世哉！老马犹可用，但不必用于取长途也。（《杜臆》卷八）

黄周星曰：壮而实悲。（《唐诗快》）

冯舒曰：妙处不在字眼。又曰：第二联是比。（《瀛奎律髓汇评》引）

贺裳曰：老杜五言律，善写幽细之景，余尤喜其正大者，如……"不过行俭德，盗贼本王臣"，"古来存老马，不必取长途"，真堪羽翼《风》《雅》。（《载酒园诗话又编·杜甫》）

吴乔曰："古来存老马，不必取长途"，怨而不怒。子美何至一弃永不复收耶！（《围炉诗话》卷二）

李因笃曰：乾坤作客，日夜思归，重宵洒然，八面俱澈，思参造化，笔夺天工矣。（《杜诗集评》卷十引）又曰：有议二联相碍者，不知其泛咏羁愁，非定为夜作也。

邵长蘅曰：率尔语，亦难到，结有意味。（《五色批本杜工部集》引）

查慎行曰："片云天共远"二句，东坡《南归》诗云："浮云世事改，孤月此心明。"与老杜千载相合。（《初白庵诗评》）

吴庆百曰：三、四解上二句意，言飘飘泛泛，无所着也。（《杜诗集评》引）

吴昌祺曰：云、日、月、风，亦此诗一病。（《删订唐诗解》）

黄生曰：（首联）对起。（颔联）三、四承首句，参差对。（腹联）（落日句）硬装句。承次句，起七、八。（尾联）对结，意在言外。“远”字，应“江汉”，“孤”字，应“思归客”。本谓共片云在远天，与孤月同永夜，对法欹斜，使人不觉。必以“远”字“孤”字落脚，句始警耳。“一腐儒”上着“乾坤”字，自鄙而兼自负之辞。人见其与时龃龉，未免腐儒目之，然自在草野，心忧社稷，乾坤之内，此腐儒能有几人，可令其孤身远弃乎！今我旧病将痊，壮心未已，犹堪一职自效。若以衰迈见斥，则古人念旧之心尚及老马，非为取长途而赎之，曾谓腐儒一老马之不若耶？此归朝之望，所以不能自已也。此诗怨极矣，然怨而不怒，其源出于《小雅》也。前辈有病此诗日月并见者，不知此咏怀非写景，何病之有！矧落日固晻嵫之喻乎！方采山云：古诗“老骥伏枥，志在千里。烈士暮年，此心不已”，杜用其意，而不必长途，又别有义，乃工也。（《杜诗说》卷五）

仇兆鳌曰：旧编在夔州，今依蔡氏入在湖南诗内，与下首“江汉山重阻”为同时之作，盖大历四年秋也。又曰：此身滞江汉而有感也。上四，言所处之穷；下四，言才犹可用。思归之旅客，乃当世一腐儒，自嘲亦复自负。“天共远”，承“江汉客”；“月同孤”，承“一腐儒”。“心壮”“病苏”，见腐儒之智可用，故以老马自方。（周甸曰：“不必取长途”取其智而不取其力。）又曰：诗家作法虽多，要在摹情写景，各极其胜。杜诗五律，有景到之语……有情到之语……有景中含情者……有情中寓景者……有情景相融，不能区别者，如“水流心不竞，云在意俱迟”，“片云天共远，永夜月同孤”是也……有一句说景，一句说情者……有一句说情，一句说景者……有一景一情，两层叠叙者……其隽语名句，不胜枚举。名家诗集中，未有如此之独盛者。（《杜少陵集详注》卷二十三）

浦起龙曰：公至江陵，本欲北归，此诗见志。前四直下，后四掉转。前见道远而孤，后见气盛宜返。结联云云，寓不应远弃万里意。（《读杜心解》）

邓献璋曰：读此种诗，觉风力气骨，顿长一倍，妙在直写而能曲，近写而能远，浅写而能深。（《艺兰书屋精选杜诗评注》卷九）

何焯曰：言所以思归者，非怀安也。庙堂勿用，因其老以安用？腐儒见弃，则犹可以端委而折冲也。若单点起联，恐未熟读《解嘲》。（《瀛奎律髓汇评》引）

沈德潜曰："落日心犹壮"，见犹可用也。"落日"犹云暮年。（《重订唐诗别裁集》卷十）

纪昀曰：前四句是"思归"。"片云"二句紧承"思归"说出。后四句乃壮心斗发。"落日"二句提笔振起，呼出末二句，语气截然不同。虚谷此评却不差。又曰："落日"二字乃景迫桑榆之意，借对"秋风"，非实事也。（《瀛奎律髓汇评》引）

冒春荣曰：有对而不对，不对而对者……若杜甫"江汉思归客，乾坤一腐儒"，则上句"思归"是联字，下句"腐儒"是联字，合读若对，字实不对，亦不可不知其疵也。（《葚原诗说》）

杨伦曰：（"片云"句）亦取陶诗"万族各有托，孤云独无依"意。"落日"喻暮景。（《杜诗镜铨》卷十九）

这是杜甫晚年离开夔州后开始新一轮漂泊生活时期所写的一首著名五律。写这首诗的时候，他大约正在由江陵赴公安途中。在离开江陵时写的《舟出江陵南浦奉寄郑少尹审》诗中说："更欲投何处？飘然去此都。形骸元土木，舟楫复江湖。社稷缠妖气，干戈送老儒。百年同弃物，万国尽穷途。"可以想见他当时的处境与心境。这首诗就是在这种困境中迸发出来的坚毅精神和积极用世态度，焕发着崇高的人格美。

首联从自己身处的漂泊之地和自己的身份写起。"江汉"指长江、汉水交汇处附近一带地区，也是杜甫来舟出峡头一个漂泊之地。用"江汉"指称身处的漂泊之地，自然会引发读者对江汉浩渺的阔远景象的想象，暗透诗人正在舟行途中。"思归客"自指，漂泊巴蜀湖湘间的十年中，"思归"一直是杜甫诗歌的一个重要主题，出峡以后，由于漂泊无依，辗转各地，"思归"之情更为强烈频繁。但杜甫的"思归"却主要不是盼望回乡，而是渴望回到朝廷，为多难的国家效绵薄之力，这从腹、尾二联可以看得很清楚。次句是对"思归客"的进一步说明。以"腐儒"自称，貌似自贬自嘲，实则寓合自伤与自负。中国古代诗歌语言精练而含蓄丰富，同一个词语，从不同的角度体味，可以有很多含义，多种感情色彩。而且在特定的情况下，这不同的意义和色彩可以并存甚至结合。这首诗中的"腐儒"，从通常的贬义方面看，自然是说自己不过一个迂腐不通世俗的读书人罢了。一般的缺乏实际经验的读书人也确实或多或少有这种毛病，从这方面说，是自谦和自嘲；但从特定的意义上看，这“腐”又往往是顽强、执着、坚守某种正确理念和人生原则的一种特殊表达方式，就跟《自京赴奉先县咏怀五百字》中所说的“老大意转拙“”“许身一何愚”的“拙”和“愚”一样，则这种“腐”便是一种自赏自负了。这样的坚守正确理念与人生态度的人却被视为“腐儒”，言外又含有对世俗之见的一种怨愤和对自己的自伤。因此，“腐儒”一语，在诗中是自谦自嘲和自赏自负、怨愤与自伤多种含义与感情的结合。而在“腐儒”之上冠以“乾坤”与“一”，则此一“腐儒”在浩渺的天地之间的那种孤独感便更加强烈了。

“片云天共远，永夜月同孤。”上句承“思归客”，写自己漂泊异乡远方；下句承“一腐儒”，写自己孤孑清冷处境。这一联虽全用朴素的语言进行白描，却创造出含蓄而富于远神的意境，关键全在于用诗的语言而不是用散文的语言来表达。无论是说“片云与天共远，永夜与月同孤”或是说“如一片浮云飘荡在远天，如一轮孤月独处于长夜”，甚至说“流落异乡，就像跟一片浮云一起在遥远的天边飘荡，孤独无依，就像只有与孤月为伴来度过长夜”，都很难表达这两句所包含的意境和韵味，问题就在于以上这些解说都将原诗中触景而生的自然联想变成了借景为喻的有意比喻。诗人在舟行过程中，眺望广阔的天宇，但见一片浮云，悠悠飘荡，随着逐渐伸展的远天越飘越远，忽然联想到自己也正像这随天远去的片云一样，飘飘然无所着落。这里，诗人所来的小舟是移动的，诗人的视线也是移动的，片云和天随着视线的伸展越来越远，诗人的情思也随着这伸展的远天和飘荡的浮云越来越远，因此，联想的产生既十分自然而又具有远神，使人宛见诗人思随云去、情随天远的神情意态，着一“共”字，更将人与物、情与景浑化为一体。这种纯属于诗的远神远韵，是上述那些散文化的解说所根本无法传达的，也为画笔所难到。下句“永夜月同孤”亦同此。傍晚时分，望见天边的一弯新月，在广阔的天宇中显得分外孤独，不禁联想到自己这个“乾坤一腐儒”也正像它一样孤寂清冷地度过漫漫的长夜。说“永夜“，其中已经包含了对时间的延伸联想，也包含了对自身在无数个寂寞长夜中孤独情境的联想，着一“同”字，同样体现了眼前景与心中情的浑融一体。

“落日心犹壮，秋风病欲苏。”腹联着重抒写在漂泊远方、寂寞孤独境遇中触发的壮思。这情思仍由眼前景触发，但在意蕴上则是重要的转折。“落日”的意象，常引发桑榆暮景的联想，看到行将沉西的落日，自不免联想起自己年已近暮（这一年杜甫五十七岁，离他生命的终结只有两年），但自己报效国家的壮心仍然没有消磨。“落日”与壮心，本是相反的两极，着一“犹”字，便突出强调了年虽衰暮而壮心不已的精神。“秋风”的意象，更常与衰飒凄清相连，但诗人迎着扑面吹来的秋风，却感到自己多病的身体好像正在走向恢复。说“欲苏”，说明这只是诗人的一种主观感觉。这种感觉，固然跟秋凉气爽的天气有关，但更重要的是诗人的主观精神，是诗人永不衰歇的壮心在起作用。精神的力量使诗人仿佛感到，常年多病之身在凉爽的秋风中正在复苏，生命的活力又回到自己身上。

评家或对颔、腹两联连现云、天、夜、月、落日、秋风等自然意象有微词，或对夜月、落日并现有看法，并因日月并现而将“落日”解为纯粹的比喻（喻衰暮之年）。这其实是既不了解此诗中间两联的情思全由客观景物的触发而引起，也不了解在特定情况下完全存在日月并现的景观所致。农历的月初，西边的太阳行将沉落之际，上弦月也孤悬天上的情景是极普通的景象。诗人完全可以在同一时间既看到西沉的落日，又看到孤悬的新月。弄清这一点，对诗的意境韵味至关重要。如果不是由于眼前景的触发而产生联想，诗的现场感就要大为削弱，诗的自然浑成的风格也要大大减色，更无论前面已仔细分析过的远韵远神了。

“古来存老马，不必取长途。”尾联是由“心犹壮”“病欲苏”引发的愿望。因为壮心不已、病体欲苏，所以想到为国效力；但毕竟年已衰暮，且兼多病，所以自不可能如壮岁之奔驰千里，故以识途的“老马”自喻，暗示自己虽不能长途跋涉，驰骋千里，但经验智慧仍可为朝廷提供借鉴。杜甫诗中多次提及“弃物”，对朝廷的漠视冷遇怀有强烈的被抛弃感，也时露被弃的怨愤，但这首诗却完全从正面着笔，表达切盼朝廷任用的意愿。这两句包蕴的思想感情并不单纯。一方面，这里仍表现出对自己才能的自信，表明自己这个被视为“腐儒”的人并非真的迂腐不通世务；另一方面，对朝廷的久不任用和漠视也流露出怨意。古来尚且重视老马的经验智慧而加以留养，而当今现实中，自己这个“留滞才难尽，艰危气益增”的旧臣却被当作一匹残废无用的老马加以抛弃，满腔的报国热情，竟遭到如此冷遇！这层意思，虽表现得很含蓄，但弦外之音，还是完全可以体味出来的。

读这首诗，最突出的感受就是杜甫那种极其强烈而执着的积极用世精神。尤为可贵的是，他是在极其艰困的境遇中表现出这种基于忧国情怀的用世热情。杜甫自困守长安的后期开始，除了在京任左拾遗的短时期内和成都草堂初期生活相对安定，心情较为闲适以外，可以说绝大部分时间都处于困顿流离的境遇中，到了暮年，境况更加萧瑟凄凉。朝廷除了给他一个检校工部员外郎的空职以外，实已视为“弃物”。出峡以后，辗转漂泊，无所依靠；生活上也极为艰难，过着“饥借家家米，愁征处处杯”的窘迫日子；加上身体多病，有严重的肺疾，右臂麻痹，耳亦半聋。可以说已濒于绝境。在这样一种常人难以想象和忍受的艰困境遇中仍然迸发出如此坚定执着的用世精神，正反映出他的忧国情怀的深沉炽热。这种在逆境、困境甚至是濒于绝境中焕发出来的永不衰败的用世精神，在这首诗里表现得非常深刻而饱满，升华到一种崇高的人格美的高度。因此有特别感人的思想艺术力量。

层层深入的反衬，是这首诗表现坚定执着的用世精神特别深刻饱满的重要艺术手段。总的来说，用艰困之境遇反衬报国用世的壮怀，是这首诗的基本艺术构思。具体来说，首联是以“江汉”之远、“乾坤”之大，反衬“一腐儒”之异乡漂泊、孤孑无依。颔联则进一步以辽阔的远天反衬“片云”之“远”，以悠悠的长夜、广阔的天宇反衬夜月之“孤”。而“片云”“孤月”又透露出诗人自身的“远”与“孤”。腹联的“落日”“秋风”，本是衰暮、萧飒的意象，它们对“心犹壮”与“病欲苏”是有力的反衬，而前两联所写的身世境遇之漂泊异乡，远离故国，孤孑无依，对于“心犹壮”而言，又都是有力的反衬。尾联则是对“落日心犹壮”的进一步发挥。通过这层层反衬，诗人于困境中更显壮心的用世精神才得到最饱满有力的表现。而这一切，又使全诗的境界既苍凉，又悲壮；既阔大，又深沉。情和景之间，既相反，又相成，达到悲壮的艺术美与崇高的人格美的统一。

又呈吴郎〔一〕

堂前扑枣任西邻〔二〕，无食无儿一妇人。
不为困穷宁有此〔三〕，只缘恐惧转须亲〔四〕。
即防远客虽多事〔五〕，便插疏篱却甚真〔六〕。
已诉征求贫到骨〔七〕，正思戎马泪盈巾〔八〕。

校注

〔一〕大历二年（767）春，杜甫自夔州西阁迁居赤甲山。三月，赁居瀼西草堂。这年秋天，复迁居东屯。在瀼西居住期间，有一邻家寡妇常来他家堂前扑枣充饥。杜甫迁居东屯后，将瀼西草堂让给一位姓吴的亲戚居住。吴某在堂前插上篱笆，以防邻妇扑枣，杜甫以诗代柬，写了这首诗给吴某，希望他弗禁扑枣。杜甫有《简吴郎司法》云："有客乘舸自忠州，遣骑安置瀼西头。古堂本买藉疏豁，借汝迁居停宴游。云石荧荧高叶曙，风江飒飒乱帆秋。却为姻娅过逢地，许坐曾轩数散愁。"知此年轻的吴姓姻亲曾任州郡的司法参军。

〔二〕任，任凭，放任不加干涉。西邻，指下句所说的"无食无儿一妇人"。

〔三〕此，指到堂前扑枣之举。

〔四〕缘，因。转须，反倒更要。亲，表示亲切。

〔五〕远客，远方作客的人，指吴郎。句意谓邻家寡妇因吴郎插上篱笆便提防疑虑其不让自己前去打枣，虽属多虑，意在为吴郎开脱，言其并无不让邻妇扑枣的主观意图。

〔六〕句意谓你一来居住便插上疏篱却是非常真实的客观事实。言外之意是插篱的事实不能不让邻妇心生疑虑。

〔七〕诉，倾诉。征求，指征收赋税。

〔八〕戎马，指战争。盈，一作"沾"。

笺评

赵彦材曰：末句言取枣之邻妇已告诉为征求所困而贫到骨，下句乃公闻其征求之语，正思因戎马所致，而泪沾巾也。（《九家集注杜诗》）

王慎中曰：不成诗。（《五色批本杜工部集》引）

唐汝询曰：通涉议论，是律中最下乘。（《汇编唐诗十集》）

胡应麟曰：杜七言律，通体太拙者，"闻道云安曲未春"之类；太粗者，"堂前扑枣任西邻"之类……杜则可，学杜则不可。（《诗薮》）

王世贞曰：太白不成语者少，老杜不成语者，如"无食无儿""举家闻""若咳"之类。凡看二公诗，不必病其累句，不必曲为之护，正是瑕瑜不掩，亦是大家。（《四溟诗话》）

钟惺曰：许妇人扑枣，已是细故，况吴郎之枣乎！当看其作诗又呈吴郎，是何念头。“无食无儿”四字不合说不苦，近人以此为不成语，何故？又曰：于困贱人非惟体悉，又生出一段爱敬，彼呼就者何人？又曰：菩萨心肠，经济人话头。（“不为困穷”二句下）（《唐诗归》）

王嗣奭曰：此亦一简，本不成诗。然直写情事，曲折明了，自成诗家一体。大家无所不有，亦无所不可也。（《杜臆》）

卢世㴶曰：语云：“仁人之言，其利溥。”又云：“仁义之人，其言蔼如。”今观子美诗，犹信。子美温柔敦重，一本之恺悌慈祥，往往溢于言表。他不具论，即如《又呈吴郎》一首，极煦育邻妇，又出脱邻妇；欲开示吴郎，又回护吴郎。七言八句，百种千层，非诗也，是乃仁者也。恻隐之心，诗之元也。词客仁人，少陵独步。（《杜诗胥钞·大凡》）（按：上连评论，又见于卢氏之《读杜私言》，语大同小异，不录）

金圣叹曰：前解要吴郎原此一妇人之情，后解为吴郎说普天下一妇人之情。（《金圣叹选批杜诗》）

劭长蘅曰：此诗有说佳者，吾所不解。（《五色批本杜工部集》引）

李因笃曰：盛唐唯公有此等诗，未见超脱。（《杜诗集评》引）

吴农祥曰：两首皆真朴。虽非公佳处，亦可见公爱物济世之心。（同上引）

朱瀚曰：通篇借妇人发明诛求之惨，大旨全在结联，与“哀哀寡妇诛求尽”参看。若使有所仰赖，则当爱人以德。仍瞩吴郎任其扑枣，是为微生，高矣。（《杜诗七言律解意》）

黄生曰：前半叙已向许西邻扑枣之意，以四句转下。“亲”，谓抚慰之也。此妇因吴系远客，不能如杜之托熟，故畏惧而不至，且插篱以自防，此虽彼之多事，然实吴有以使之，故属吴云：彼虽不来扑枣，我缘此转须亲而抚之，何为使彼编插疏篱以防我耶？且彼尝以骨尽征求诉我，当此戎马纷纭之际，穷民无告者何限，特力不能拯救，言之徒令人堕泪耳。日前有此无食无儿之妇，安得惜一果而不给乎！结处有如许说话，却总见之言外，与《题桃树》作意异而同法。许邻妇扑枣，细事耳，念头却从大处起。盖君子得时则大行，不得时则随其分之所得为者，以自尽吾心焉耳。余尝谓读《题挑》、“扑枣”二诗，知公为真正道学种子，岂非聚门徒鼓唇舌，而后谓之道学哉！（《杜诗说》卷十二）

仇兆鳌曰：此章告以恤邻之道也。上四，悯邻妇；下四，谕吴郎。“无食无儿一妇人”句中含四层哀矜意，通章皆包摄于此。三言宜见谅其心，四言当曲全其体。妇防客，时怀恐惧；吴插篱，不怜困穷矣。“诉征求”，述邻妇平日之词；“思戎马”，念乱离失所者众也。又曰：此诗是写真情至性，唐人无此格调。然语淡而意厚，蔼然仁者恫瘝一体之心，真得《三百篇》神理者。又曰：此章流逸，纯是生机；前章（按：指《简吴郎司法》）枯拙，全无风韵。杜诗之真假得失可见矣。（《杜少陵集详注》卷二十）

胡以梅曰：此怜西邻嫠妇，令吴郎弗禁其扑枣也。起得突兀。（《唐诗贯珠串释》）

浦起龙曰：公向居此堂，熟知邻妇之苦，听其窃枣以活。吴郎新到，不知其由，将插篱护圃，公于东屯闻之，喫紧以止之，非既插而责之也。首句提破，次句指出可矜之人，下皆反复推明所以然。三、四，德水所云出脱邻妇，又煦育邻妇者。著“恐惧”字，体贴深至，盖窃食者，其情必恧而怯也。五、六更曲，妇防远客，几以吴为刻薄人，固属多心也；妇见插篱，将疑吴转为我设，其迹似真也。此又德水所谓回护吴郎，又开示吴郎者。末又借邻妇平日之诉，发为远慨。盖民贫由于“征求”，“征求”由于“戎马”，推究病根，直欲为有民社者告焉。而恤邻之义，自悠然言外，与成都《题桃树》同一神味。卢云：“百种千层，莫非仁音”，知言哉！若只观字句，如嚼蜡耳，须味于元味之表。（《读杜心解》卷四）

沈德潜曰：恫瘝一体，意却不涉庸腐。末并见诛求之酷，乱离之惨，所谓其言蔼如者邪！（《杜诗偶评》卷四）

杨伦曰：此与《题桃树作》，皆未可以寻常格律求之。（“堂前”句）即所谓“枣熟从人打”也。（“不为”句）体贴深至。（“只缘”句）恐惧，谓畏人看破也。四句是公自述从前待此妇之事。（“即防”句）言吴郎新来，原未必即为禁止。（“便插”句）使疏篱一插，则妇本防吴郎见拒，甚似真为彼而设，而不复就来矣。（“已诉”句）谓此妇平日诉贫苦于公也，（“正思”句）只轻轻一语，逗露本意。末句推言海内孤寡困穷失所者众，又不止西邻矣。（《杜诗镜铨》卷十七）

边连宝曰：以瘦硬通神之笔，写恫瘝在抱之素。其曲尽人情处，直令千载下读之，犹感激欲泣也。（《杜律启蒙》卷十二）

王闿运曰：叫化腔。亦创格，不害为切至。然卑之甚，纯用议论，亦是新体。（《手批唐诗选》）

郭曾炘曰：全说白话，即白傅集中，似此率直者亦少，在杜公亦偶然为之。惟末二语仍稍见本色耳。（《读杜札记》）

这首以诗代柬的七律，意在劝说吴郎体恤邻家寡妇的困穷而对其堂前扑枣之事不加干涉，通篇纯用极朴素的语言和白描手法，抒发的却是极真挚深厚的感情，而在表达方式上则又极其委婉细腻，体贴备至，是杜甫七律中少见的创格。

写诗的目的是劝说吴郎，首联却从自己过去对邻妇的态度说起"堂前扑枣任西邻，无儿无食一妇人。""任"是任凭、放任不加干涉的意思。之所以任凭西邻来堂前打枣，是因为这位西邻是"无食无儿一妇人"。次句补充说明任其扑枣的原因。语言之通俗直白可谓破天荒，但却正如仇兆鳌所说，"句中含四层哀矜意，通幸皆包摄于此"。无儿无女，则无依无靠，是一层；无食，则贫困至极，是一层；妇人，则维持生计更加困难；独自"一"人，则孤苦伶仃，联系下文的"征求""戎马"很可能家中的男子就死于战乱。诗人对邻家寡妇命运之悲惨、处境之艰困的同情哀悯就渗透在这十分直白却富于包孕的诗句中。

颔联写自己对西邻扑枣一事的看法和态度，是对首句"扑枣任西邻"的进一步发挥。"不为困穷宁有此"，是对邻妇堂前扑枣原因的说明。"困穷"是形容其处境已艰困到濒于绝境的地步。"堂前扑枣"虽是小事，但对一个孤苦无依、生性善良的寡妇来说，跑到别人家里打枣却要鼓起极大的勇气，经历无数次内心的痛苦挣扎，如果不是濒于绝境，万般无奈，是绝不会做出这种举动的。诗人以他对贫苦无告的下层百姓的深刻了解和同情，郑重而充满感慨地揭示出这一点。这种现象在生活中虽时时发生，但历来的诗人有几个像杜甫这样，设身处地替"困穷"者着想？就像"盗贼本王臣"一样，用极朴素的大白话道出的正是深刻的真理。而诗人对"困穷"者的深情体贴较之他所道出的事理却更为感人。

"只缘恐惧转须亲"，下句更进一层。即不但揭示其"扑枣"行为的真实原因，而且感同身受，体贴入微，体察其"堂前扑枣"时的恐惧不安心理，从而对她采取更加亲切温煦的态度。这不仅仅是为了打消她的顾虑，让她得以安心扑枣，而是为了照顾她的尊严，使她不至于因被施舍怜悯而感到难堪，而是能在亲切温煦的气氛中从容地扑枣充饥。深入到对方的内心，照顾到对方的尊严；不仅体恤物质需求，而且体恤其精神需求。较之“扑枣任西邻”，诗人的人道人主义精神显然因“转须亲”的态度而更深一层。以上四句，联翩而下，层层转进，表面上讲的都是自己的感情、看法和态度，实际上又都是对吴郎的一种启示和劝导。只不过不是用一种耳提面命式的教诲口吻，而是用一种亲切如话家常的口气，这样对方反而更易于和乐于接受。

“即防远客虽多事，便插疏篱却甚真。”吴郎在住进瀼西草堂后，就在堂前庭院周围围起了篱笆，邻家寡妇看到以后，自然就不再到堂前扑枣了，故有“即防远客”之语。诗人在这一联里，本意是劝谕吴郎撤去篱笆，任西邻寡妇像以前那样扑枣充饥，但为了照顾吴郎的面子，话说得十分委婉。“即防远客虽多事”，是说西邻寡妇因为吴郎树起了疏篱便心生疑虑，以为吴郎此举是为了阻止自己前去扑枣，未免有些瞎猜疑。言下之意是吴郎树篱也许是为了防止外人路人，并非针对西邻。明明是要批评吴郎，却先批评西邻寡妇提防猜疑吴郎是“多事”，从而轻松而巧妙地为吴郎作了“无主观故意”的开脱，但句中的“虽”字，却为下句的正意预留了地步。下句“便插疏篱却甚真”就势一转，转出正面要表达的意思：你吴郎虽无阻止西邻扑枣的主观意图，但你一到便匆忙地在堂前插上了疏篱却是千真万确的事。言外之意是，即使你插疏篱是为防他人，并不针对西邻，但这道疏篱却在客观上隔绝了西邻的往来，隔绝了邻居间的感情交通。话说到这个份上，意思已很明白，但仍不明说吴郎有阻止西邻扑枣的主观意图，只说插疏篱之事考虑不周，客观上起了阻挡作用。批评中仍有回护，可谓煞费苦心。目的自然还是希望吴郎善待西邻。

“已诉征求贫到骨，正思戎马泪盈巾。”尾联出句承上“无食无儿一妇人”和“困穷”，进一步指出造成西邻农妇悲剧境遇的主要原因是统治者对百姓无尽的诛求。从“已诉”之语看，杜甫在居住瀼西草堂期间，西邻寡妇曾向他倾诉过遭受官府诛求之苦的情况。“贫到骨”之语，跟“眼枯即见骨”一样，令人触目惊心，但诗人的思绪却并未就此停住，而是再深入一层，由统治者无穷尽的诛求想到长期的战乱，进一步揭示出长期的战乱是造成广大百姓“征求贫到骨”的原因。而这一层联想和思考，所触及的就远远超越了眼前的“无食无儿一妇人”，而扩展到天下的困穷百姓，扩展到安史之乱以来战乱频繁的时代现实。诗人既忧心如焚，又无力正乾坤，只能泪满衣巾，悲慨不已了。末句推开一层作结，是这首诗思想感情、精神境界的升华。从为“无食无儿一妇人”而想到为天下困穷百姓而悲，为苦难的时代而悲，诗的境界显得既高远而阔大。如果诗的思想感情自始至终停留在对眼前的“无食无儿一妇人”的体恤上，虽也称得上是仁人之言，却缺乏深刻的思想意义和融忧国与忧民为一体的阔大胸襟。从这个意义上说，末句才是全诗的点睛之笔。杜甫《白帝》诗末联以“哀哀寡妇诛求尽，恸哭秋原何处村”作结，同样是对战乱时代百姓苦难境遇的点睛之笔，但对寡妇的情况，并未展开描写，这首诗则通过堂前扑枣一事对其悲剧境遇作了具体的反映，从而使诗中的“无食无儿一妇人”成为战乱时代人民苦难的代表。从这个意义上说，末联追根溯源，将“戎马”与“征求贫到骨”联系起来，也正是诗人通过“这一个”反映苦难时代的构思本意。

七律从正式创体之时开始，就和歌颂圣德、奉和酬应的题材以及高华典雅的风格结下了不解之缘，从而使作者与评者都形成一种惯性思维，以为七律必以此为正格，而对内容上反映下层百姓生活、语言上不避远俗的作品心存偏见，每斥之为村俗。这首诗在明代不少评家那里，被斥为“不成诗”“通涉议论，是律中最下来”“通体太拙”，正反映出这种思维定式。实际上，这正是杜甫对传统七律的改革，即内容上引入对人民生活的描写，形式上以白描手法和朴素口语实现通俗化的尝试。从这首诗看，这种改革是取得了成功的。

江南逢李龟年〔一〕

岐王宅里寻常见〔二〕，崔九堂前几度闻〔三〕。
正是江南好风景，落花时节又逢君〔四〕。

校注

〔一〕大历五年（770）暮春作于潭州（今湖南长沙市）。江南，长江以南地区。此处特指江湘一带地区。《明皇杂录》卷下：“唐开元中，乐工李龟年、彭年、鹤年兄弟三人，皆有才学盛名。彭年善舞，龟年能歌，尤妙制《渭州》，特承顾遇。于东都大起第宅，僭侈之制，逾于公侯。……其后龟年流落江南，每遇良辰胜赏，为人歌数阕，座中闻之，莫不掩泣罢酒，则杜甫尝赠诗所谓：'岐王宅里寻常见，崔九堂前几度闻。正是江南好风景，落花时节又逢君。'崔九堂，殿中监涤、中书令湜之弟也。"《云溪友议》卷中："李龟年奔迫江潭，杜甫以诗赠之……龟年曾于湘中采访使筵上唱'红豆生南国……'，又'清风明月苦相思……'，此词皆王右丞所制……歌阕，合座莫不望行幸而惨然。"李龟年为盛唐时期著名宫廷乐师，善歌，又善奏羯鼓、筚篥。

〔二〕岐王，唐睿宗之子、唐玄宗之弟李范。《旧唐书·睿宗诸子传》："惠文太子范，睿宗第四子也。睿宗践阼，封岐王。范好学工书，雅爱文章之士。士无贵贱皆尽礼接待。天宝三载，又以惠宣太子（名业，睿宗第五子）男略阳公为嗣薛王。"此岐王黄鹤认为当指嗣岐王，见下句注引。《云仙杂记》卷二引《辨音集》："李龟年至岐王宅，闻琴声，曰：'此琴声。'良久又曰：'此楚声。'主人入问之，则前弹者陇西沈妍也，后弹者扬州薛满。二妓大服。乃赠之破红绡、蟾酥麸。龟年自负，强取妍秦音琵琶、捍拨而去。"此记载可见李龟年之以知音自负及其常出入岐王第宅。

〔三〕原注："（崔九，）殿中监崔涤，中书令湜之弟。"《旧唐书·崔仁师传》："仁师……子挹，挹子湜，湜弟液、涤并有文翰。涤素与玄宗亲密，用为秘书监，后赐名澄。开元十四年卒。"黄鹤曰："开元十四年，公止十五岁，其时未有梨园弟子，公见李龟年必在天宝十载后。诗云'岐王'当指嗣岐王。"仇兆鳌曰："据黄说则所云'崔九堂前'者，亦当指崔九旧堂耳。不然，岐王、崔九并卒于开元十四年，安得与龟年同游耶？"浦起龙曰："考《明皇杂录》，梨园弟子之设在天宝中，时有马仙期、李龟年、贺怀智皆洞知律度者，是则龟年等乃曲师，非弟子也。曲师之得幸，岂在既开梨园后哉！明皇特举旧时供奉为宜春助教耳。则开元以前李何必不在京师？又公《壮游》诗云：'往者十四五，出游翰墨场。'开元十三四年间正公十四五时，恰是少年游京师之始，于岐宅崔堂，更为暗合。"高步瀛曰："浦辨龟年开元前何必不在京，其说殆是。至据《壮游》诗'出游翰墨场'为往来岐宅崔堂，则实傅会不足信。岐王似以嗣王珍为是，崔九亦当指崔氏旧堂。黄、仇说是。浦氏谓杜公十四五已日游王公间，谬矣。"按：诗言"岐王""崔九"，盖因其"推爱文章之士""有文翰"，故杜甫少年时因游岐王宅、崔九堂得与闻李龟年之歌唱；如指"嗣岐王"及崔九旧堂，则嗣岐王、崔涤后人从未闻有"推爱文章之士""有文翰"者，李龟年未必仍与其交往；且诗前二句所写皆开元承平年代盛事，以与乱后情景作鲜明对比，寄寓盛衰之慨。如黄等所说在天宝十载（751）以后，则其时政治日趋昏暗，乱象渐萌，非复开元承平气象矣。故仍以指岐王李范、秘书监崔涤为是，浦举《壮游》诗“往者十四五，出游翰墨场”为证，正当开元十三四年（725、726），则杜甫之见到李龟年或即在开元十三年（李范、崔涤卒前之一年）。

〔四〕落花时节，指暮春时节。

刘辰翁曰：兴来感旧，不觉真率自然。（张舍、杨慎合选《李杜诗选》引）

范梈曰：绝句篇法。藏咏。（《木天禁语》）

王嗣奭曰：落花乃伤春时节，又得逢君，便是江南一好风景矣。言其歌之妙，能令愁者欢，闷者解，春之已去者复回也。此亦倒插法。（《杜臆》卷九）

黄生曰：一、二总藏一“歌”字。“江南”字，见地；“落花时节”，见时，四字将“好风景”衬润一层。“正是”字、“又”字，紧醒前二句，明岐宅、崔堂听歌之时，无非好风景之时也。今风景不殊，而回思天宝之盛，已如隔世。流离异地，旧人相见，亦复何堪。无限馀情，俱藏于数虚字之内。杜有此七言绝，而选者多忽之，信识真者之少也。（《唐诗摘抄》卷四）又曰：（首联）对起。句中藏字。（“正是”句）见地。（“落花”句）见时。意在言外。较刘梦得《赠何戡》之作，彼真伧父面目矣。此诗与《剑器行》同意。今昔盛衰之感，言外黯淡欲绝。见风韵于行间，寓感慨于字里。即使龙标、供奉操笔，亦无以过。乃知公于此体，非不能为正声，直不屑耳。此诗从来诸选皆不见收，始经予友方舟拈出，予已登之《诗矩》。今复录此，以为诸绝之殿。有目公七言绝句为别调者，亦可持此解嘲矣。（《杜诗说》卷十）

仇兆鳌曰：此诗抚今思昔，世境之离乱，人情之聚散，皆寓于其中。（《杜少陵集详注》卷二十三）

吴瞻泰曰：此盛唐绝调也。字字风韵，不觉有凄凉之色，而国家之盛衰，人情之聚散，诗地之迁流，悉寓于字里行间。一唱三叹，使人味之于意言之表。虽青莲、摩诘亦应俯首。（《杜诗提要》卷十四）

邵长蘅曰：子美七绝，此为压卷。（《杜诗镜铨》卷二十引）

沈德潜曰：含意未申，有案无断。（《重订唐诗别裁集》卷二十）

《唐宋诗醇》：言情在笔墨之外，悄然数语，可抵白氏一篇《琵琶行》。“休唱贞元供奉曲，当时朝士已无多”，刘禹锡之婉情；“钿蝉金雁俱零落，一曲伊州泪万行”，温庭筠之哀调。以彼方此，何其超妙，此千古绝调也。（卷十八）

何焯曰：四句浑浑说去，而世运之盛衰，年华之迟暮，两人之流落，俱在言表。（《义门读书记》）

黄叔灿曰：“落花时节又逢君”，多少盛衰今昔之思。上二句是追旧，下二句是感今，却不说尽。偏着“好风景”三字，而意含在“正是”字、“又”字内。（《唐诗笺注》）

佚名曰：无限深情，俱藏裹于数虚字之内，真妙作也。（《唐诗从绳》）

李锳曰：少陵七绝多类《竹枝》体，殊失正宗。此诗纯用正锋、藏锋，深得绝句之体。（《诗法易简录》）

宋顾乐曰：案而不断，神味无穷，老杜绝句，此首最佳。（《唐人万首绝句选》评）

孙洙曰：世运之治乱，年华之盛衰，彼此之凄凉流落，俱在其中。少陵七绝，此为压卷。（《唐诗三百首》）

胡本渊曰：含意未申，有案无断。而世运之治乱，年华之盛衰，彼此之凄凉流落，俱在其中。（《唐诗近体》）（按：此袭沈德潜、孙洙二人之评）

王文濡曰：上二句极言其宠遇之隆，下二句陡然一转，以见盛衰不同，伤龟年亦所以自伤也。（《唐诗评注读本》）

俞陛云曰：少陵为诗家泰斗，人无间言。而皆谓其不成于七绝。今观此诗，馀味深长，神味独绝，虽王之涣之“黄河远上”，刘禹锡之“潮打空城”，群推绝唱者，不能过是。此诗以多少盛衰之感，千万语无从说起，皆于“又逢君”三字之中，蕴无穷酸泪。（《诗境浅说》续编）

刘永济曰：此诗于二十八字中，于今昔盛衰之感，与彼此飘流转徙之苦，会合之难，都无一字明说。但于末句用一“又”字，而往事今情，一齐纳入矣。此等诗非作者感慨甚深，而又语言精妙，不能有此。谁说杜甫绝句不如昌龄、太白！（《唐人绝句精华》）

刘拜山曰：前半写龟年盛时，即以写开元盛世。后半喻世逢衰乱及彼此之飘泊，“又”字既标出重逢，亦回顾昔日。沉郁顿挫，而风神自远。

（《千首唐人绝句》）

这是杜甫绝句中最有情韵、最富含蕴的一篇。只二十八字，却包含着丰富的时代生活内容和深沉的历史感慨、人生感慨。

李龟年是开元、天宝时期"特承顾遇"的著名歌唱家。杜甫初逢李龟年，是在十三四岁"出游翰墨场"的少年时期。当时王公贵族普遍爱好文艺，杜甫即因才华早著而受到岐王李范和秘书监崔涤的延接，得以在他们的府邸欣赏李龟年的歌唱。而一位杰出的艺术家，既是特定时代孕育的产物，也往往是特定时代的标志与象征。在杜甫心目中，李龟年正是和鼎盛的开元时代、也和他自己充满浪漫情调的青少年时期的生活，紧紧联结在一起的。几十年之后，他们又在江南重逢。这时，遭受了八年动乱和其后一系列内忧外患的唐王朝业已从繁荣昌盛的顶峰跌落下来，陷入重重矛盾之中；杜甫自己，则辗转漂泊到潭州，"疏布缠枯骨，奔走苦不暖"，晚境极为凄凉；李龟年这位当年红极一时的歌唱家也流落江南，"每逢良辰胜景，为人歌数阕，座中闻之，莫不掩泣罢酒"（《明皇杂录》）。这种相逢，自然很容易触发杜甫胸中原本就郁积着的无限沧桑之感和时代盛衰之慨。"岐王宅里寻常见，崔九堂前几度闻。"诗人虽然是在追忆往昔与李龟年的接触，流露的却是对"开元全盛日"的深情怀念。这两句用流利的对仗起，下语似乎很轻，含蕴的感情却深沉而凝重。"岐王宅里""崔九堂前"，仿佛信口道出，但在当事者心目中，这两个文艺名流经常雅集之处，无疑是鼎盛的开元时期丰富多彩的精神文化的渊薮，他们的名字就足以勾起诗人对"全盛日"的美好回忆。当年诗人出入其间，接触李龟年这样的艺术明星，原是"寻常"而不难"几度"的，现在回想起来，简直是不可企及和重复的梦境了。这里所蕴含的天上人间之隔的感慨，是要结合下两句才能品味出来的。两句诗在叠唱和咏叹中，流露了诗人对"开元全盛日"的无限眷恋，好像是要有意无意地拉长回味的时间。

梦一样的回忆，毕竟改变不了眼前的现实。"正是江南好风景，落花时节又逢君。"风景秀丽的江南，在承平时代，原是诗人们所向往的作快意之游的所在。如今自己真正置身其间，所面对的竟是满眼凋零的"落花时节"和皤然白首的流落艺人。"好风景"三字，像是顺手拈来，随口道出，却使人自然联想起“风景不殊，正自有山河之异”的过江东晋士大夫的时代沧桑之慨；“落花时节”，像是即景书事，又像是别有寓托，寄兴在有意无意之间。熟悉时代和杜甫身世的读者会从这四个字上头联想起世运的衰颓、社会的动乱和诗人的衰病漂泊，却又丝毫不觉得诗人是在刻意设喻，显得特别浑成无迹。加上两句当中“正是”和“又”这两个虚词一转一跌，更在字里行间寓藏着无限感慨。江南好风景，恰恰成了乱离时世和沉沦身世的有力反衬。一位从开元全盛日走过来的老歌唱家与一位老诗人在漂流颠沛中“又”重逢了，落花流水的风光，点缀着两位形容憔悴的老人，成了时代沧桑的一幅典型画图。它无情地证实“开元全盛日”已经成为历史陈迹，一场翻天覆地的大动乱，使杜甫和李龟年这些经历过盛世的人，沦落到了不幸的地步。感慨是很深的，但诗人写到“落花时节又逢君”，却黯然而收，仿佛一篇大文章刚刚开了头就随即煞了笔，多少治乱兴衰的沧桑变化，多少战乱流离的惨痛经历，多少深沉的历史、人生感慨，多少痛定思痛的悲哀，统统蕴含在这无言的沉默之中。这样一种急刹车似的结尾，留下的恰恰是大段的历史空白和感情空白，可以说将绝句的空灵蕴藉发挥到了极致，也将绝句的情韵风神之美发挥到了极致。四句诗，从岐王宅里、在九堂前的“闻”歌，到落花江南的重“逢”，“闻”“逢”之间，联结着四十年的时代沧桑、人生巨变。尽管诗中没有一笔正面涉及时世身世，但透过诗人的追忆感喟，读者不难感受到给唐代社会物质财富和文化繁荣带来浩劫的那场大动乱的阴影，以及它给人们造成的巨大灾难和心灵创伤。确实可以说“世运之治乱，年华之盛衰，彼此之凄凉流落，俱在其中”。而造成这种治乱盛衰沧桑巨变的原因，更引发读者的思考。正像传统戏曲舞台上不用布景，观众通过演员的歌唱表演，可以想象出极广阔的空间背景和事件过程；又像小说里往往通过一个人的命运，反映一个时代一样。这首诗的成功创作似乎可以告诉人们：在具有高度艺术概括力和丰富生活体验的大诗人那里，绝句这样短小的体裁可以具有很大的容量，而在表现如此丰富的内容时，又能达到举重若轻、浑然无迹的艺术境界。

登岳阳楼〔一〕

昔闻洞庭水〔二〕，今上岳阳楼。

吴楚东南坼〔三〕，乾坤日夜浮〔四〕。
亲朋无一字〔五〕，老病有孤舟〔六〕。
戎马关山北〔七〕，凭轩涕泗流〔八〕。

校注

〔一〕大历三年（768）冬，诗人离公安沿江东下，暮冬抵达岳阳，其《泊岳阳城下》有“岸风翻夕浪，舟雪洒寒灯。留滞才难尽，艰危气益增”之句。这首诗为稍后所作。岳阳楼详孟浩然《临洞庭上张丞相》诗注。

〔二〕洞庭水，即洞庭湖，此句末字宜仄。

〔三〕坼，裂。洞庭湖之东为古之吴地，洞庭湖之南为古之楚地，登楼览眺，洞庭湖广阔无边，汪洋万顷，好像把东边的吴地、南边的楚地这块广阔的原野从中间裂开一样。

〔四〕乾坤，或引《水经注·湖水》：“洞庭湖水，广圆五百馀里，日月若出没其中。”以为当指日、月。实则“乾坤”即天地。（当然也包括天上的日月）句意盖谓整个天地都日日夜夜在广阔的湖面上浮动。

〔五〕无一字，无只语片字的音书。

〔六〕年老多病，生计维艰，所有者唯一叶孤舟。

〔七〕戎马，指战事。《通鉴·大历三年》：“八月，壬戌，吐蕃十万众寇灵武。丁卯，吐蕃尚赞摩二万众寇邠州，京师戒严。邠宁节度使马璘击破之。九月，命郭子仪将兵五万屯奉天以备吐蕃。朔方骑将白元光破吐蕃二万众于灵武。吐蕃释灵州之围而去，京师解严。十一月郭子仪还河中，元载以吐蕃连岁入寇，马璘以四镇兵屯邠宁，力不能拒，乃使郭子仪以朔方兵镇邠州。”可见是年自秋至冬，京城长安西北方向战事一直不断，边防形势严峻。

〔八〕轩，窗。《文选·谢瞻〈答灵运〉》：“开轩灭华烛，月露皓已盈。”李善注：“轩，窗也。”涕泗，涕泪。《诗·陈风·泽陂》：“寤寐无为，涕泗滂沱。”毛传：“自目曰泪，自鼻曰涕。”

笺评

唐庚曰：过岳阳楼，观杜子美诗，不过四十字耳，气象闳放，涵蓄深远，殆与洞庭争雄，所谓富哉言乎者。太白、退之辈率为大篇，极其笔力，终不逮也。杜诗虽小而大，馀诗虽大而小。（《唐子西文录》）

范温曰：老杜诗凡一篇皆工拙相半……如《望岳》诗云："齐鲁青未了。"《洞庭》诗云："吴楚东南坼，乾坤日夜浮。"语既高妙有力，而言东岳与洞庭之大，无过于此。后来文士极力道之，终有限量，益知其不可及。（《潜溪诗眼》）

蔡絛曰：洞庭天下壮观，自昔诗人墨客，斗丽搜奇者尤众。如"水涵天影阔，山拔地形高""回望疑无地，中流忽有山""鸟飞应畏堕，帆远却如闲"皆见称于世。然莫若"气蒸云梦泽，波撼岳阳城"，则洞庭空旷无际，雄壮如在目前。至读杜子美诗，则又不然，"吴楚东南坼，乾坤日夜浮"，不知少陵胸中吞几云梦也。（《金玉诗话》。《苕溪渔隐丛话》引倏《西清诗话》与此略同）

黄鹤曰：一诗之中，如"吴楚东南坼，乾坤日夜浮"一联，尤为雄伟，虽不到洞庭者读之，可使胸次豁达。（《杜少陵集详注》卷二十二引）

陆游曰：今人解杜诗，但寻出处，不知少陵之意，初不如是。且如《岳阳楼》诗："昔闻洞庭水（下略）"，此岂可以出处求哉！纵使字字求得出处，少陵之意益远矣。盖后人无不知杜诗所以妙绝古今者在何处，但从一字亦有出处为工。如《西昆酬唱集》中诗，何曾有一字无出处者，便以为追配少陵，可乎！且今人作诗，亦未尝无出处，渠自不知，若为之笺注，亦字字无出处，但不妨其为恶诗耳。（《老学庵笔记》卷七）

赵彦材曰："关山北"，则言在长安一带也。（《九家集注杜诗》）

吴沆曰：右丞云："……如'吴楚东南坼'，是一句说半天下，至如'乾坤日夜浮'，即是一句说满天下。"环溪云："妙。"（《环溪诗话》）

刘克庄曰：杜五言感时伤事，如"亲朋无一字，老病有孤舟"……八句之中，着此一联，安得不独步千古。若全集千四百篇，无此等句为气骨，篇篇都做"圆荷浮小叶，细麦落轻花"道了，则似近人诗矣。（《后村诗话·前集》卷一）又曰：岳阳楼赋咏多矣，须推此篇独步，非孟浩然辈所及。（《后村诗话》）

刘辰翁曰：（"吴楚"二句）气压百代，为五言雄浑之绝。（《唐诗品汇》卷六十二引）（按：《集千家注批点杜工部诗集》卷十九此下有"下两句略不用意，而情境适等"十一字）

方回曰：岳阳楼天下壮观，孟、杜二诗尽之矣。中两联，前言景，后言情，乃诗之一体也。凡圈处是句中眼（按：方氏于“坼”“浮”二字旁加圈）。尝登岳阳楼，左序毬门壁间，大书孟诗，右书杜诗，后人不敢复题。（《瀛奎律髓》卷一）

赵汸曰：公此诗，同时唯孟浩然临洞庭所赋，足以相敌。后则陈简斋《渡江》及朱文公登定王台所赋，最迫近之。（《杜少陵集详注》卷二十二引）

王慎中曰：三、四句法亦类七言“五更鼓”（《五色批本杜工部集》引）

张綖曰：此诗百代诗人所共推服，无他，以实气对实景，写实情矣。气有馁者，欲不言袭取，终不能欺人。（《杜工部诗通》卷十五）

叶秉敬曰：张祜诗“一宿金山寺（下略）”……四句俱说景，似堆垛而无清味。老杜洞庭只是两句，而下便云“亲朋无一字，老病有孤舟”，方见变化之妙。（《敬君诗话》。《杜少陵集详注》卷二十二引）

王穉登曰：句律浑朴。“吴楚”二句移不去，“坼”与“浮”，句中眼也。时吐蕃入寇。（《唐诗选》参评）

李维桢曰：感时伤事，可以独步。（《唐诗隽》）

胡应麟曰：“气蒸云梦泽，波撼岳阳城”，浩然壮语也，杜“吴楚东南坼，乾坤日夜浮”气象过之。又曰：盛唐“昔闻洞庭水”第一。（《诗薮》）

唐汝询曰：此登楼览景，伤沦落也。言洞庭之水昔尝闻之矣。今登岳阳之楼，始见其广，彼东南乃吴楚之分境，日夜之间视天地若浮，极天下之形胜也。今我临此，而亲朋无一字相问，老病唯孤舟为家，又况吐蕃内侵，戎马在北，故凭轩之际，伤己哀时，不觉涕泗之下也。（《唐诗解》卷三十四）

钟惺曰：洞庭诗，人只写其景之奇耳，不知登临时少此情思不得。又曰：寻不出佳处，只是一气。（《唐诗归》）

许学夷曰：“吴楚东南坼，乾坤日夜浮”……句法奇警而沉雄者。（《诗源辩体》卷十九）

陆时雍曰：“吴楚东南坼，乾坤日夜浮”。自宋人推尊，至今六七百年矣。余直不解其趣。“吴楚东南坼”，此句原不得景，但虚形之耳。安见得洞庭在彼，东南吴楚遂坼为两也？且将何以咏江也？至“乾坤日夜浮”，更是虚之极，以之咏海庶可耳。其意欲驾孟浩然而过之，譬于射，仰天弯

弓，高则高矣，而失过的矣。（《唐诗镜》）

赵云龙曰：句律浑朴，盛唐起语，大率如此。三、四高绝。（《删补唐诗选脉笺释会通评林·盛五律》引）

周珽曰：起见岳阳楼形胜之美，“昔闻”不若今睹之真。（同上）

王嗣奭曰：只“吴楚”二句，已尽大观，后来诗人，何处措手！后面四句只写情，才是自家诗，所谓诗本性情者也。（《杜臆》卷九）

王夫之曰：起二句得未曾有，虽近情而不俗。“亲朋”一联情中有景，为元气，为雄浑壮健，皆不知诗者，从耳食不以舌食之论。（《唐诗评选》）又曰：情、景虽有在心、在物之分，而景生情，情生景，哀乐之融，荣悴之迎，互藏其宅。天情物理，可哀而可乐，用之无穷，流而不滞，穷且滞者不知尔。“吴楚东南坼，乾坤日夜浮”，乍读之若雄豪，然而适与“亲朋无一字，老病有孤舟”相为融浃。（《姜斋诗话》）

谭宗曰：天气浑灏，目无今古。（《近体秋阳》）

冯舒曰：因登楼而望洞庭，乃云“昔闻洞庭水，今上岳阳楼”，是倒入法。三、四“吴楚”“乾坤”，则目之所见，心之所思，已不在岳阳矣，故直接“亲朋”“老病”云云。落句五字总收上七句，笔力千钧。（《瀛奎律髓汇评》引）

冯班曰：次联力破万钧。（同上引）

查慎行曰：杜作前半首由近说到远，阔大沉雄，千古绝唱。孟作亦在下风，无论后人矣。（同上引）

何焯曰：破题笔力千钧。洞庭天下壮观，此楼诚不可负，故有前四句。然我何缘至此哉！故后四句又不禁仲宣之感也。诗至此，面面到矣。（同上引）又曰：先点“洞庭”，后破“登”字，迎刃之势。（《义门读书记》）

李天生曰：八句似各一意，全篇仍自浑然，相贯相承，故为绝调。（同上引）又曰：高立云霄，纵怀身世，其中包涵万象，摆薄二仪，却紧照洞庭岳阳，一语移动不得。（《五色批本杜工部集》引）

俞犀月曰：三、四极开阔。五、六极黯淡，正于开阔处俯仰一身，凄然欲绝。岳阳之胜在洞庭，第一句安顿极好。（同上引）

许印芳曰：一、二点题。三、四承“闻水”写景，“乾坤”句已为五、六伏脉。五、六承“上楼”言情，与“乾坤”句消息相通，神不外散。七句申明五、六伤感之故，亦倒点法。八句扣住登楼总收上文。法律精细如

此，学者宜细心研究，勿徒夸其气象雄浑也。（同上引）

无名氏（乙）曰：中四句与孟工力悉收，而颈联尤老。起、结辣豁。孟只身世之感，而此抱家国无穷之悲，事境尤大云。（同上引）

徐增曰："昔闻"颇乐，"今"见何悲！昔正治平，今有"戎马"；昔尚年少，今成"老病"。治平可待，老病无及矣，悲夫。（《而庵说唐诗》）

王士禛曰：元气浑沦，不可凑泊，千古绝唱。（《五色批本杜工部集》引）又曰：高立云霄，纵怀身世。写洞庭只两句，雄跨今古。（《杜诗镜铨》引）

陆辛斋曰：前四句一气读，故自傲睨。（《杜诗集评》引）

邵长蘅曰："亲朋"句接得好。（《五色批本杜工部集》引）

吴庆百曰：字字精炼，却又纵口成之。孟襄阳作尚培楼，况刘随州耶！（《五色批本杜工部集》引）

史流芳曰：安顿登岳阳楼极稳，与《黄鹤楼》同。三、四句楼头所望见者，下四句又是书怀意。（《固说》）

吴昌祺曰：起手凌空而上。襄阳三、四人所能及，此则不可及矣……五、六空接而不弱，冠古之笔。（《删订唐诗解》）

黄生曰：前后两截。前写登楼之景，后述登楼之怀，一、二交互，言昔闻洞庭水有岳阳楼，今上岳阳楼望洞庭水，遂直接三、四云云。吴在东，楚在南，而湖坼其间。三、四并极力形容之语，然三语巧，四语浑，必四先成，三觅对耳。亲朋无一字相遗，老病有孤舟相伴，各藏后二字，名"歇后句"。题是"登岳阳楼"，诗中便要见出登楼之人是何身分，对此景、作此诗是何胸次。如此诗，方与洞庭、岳阳气势相敌，后人不达此旨，游历所至，胡乱题写，真苍蝇之声耳。（《唐诗摘抄》卷一）又曰：王粲《登楼赋》："凭轩槛以遥望。"张载诗："登崖远望涕泗交。"因是海内名处，故起语云："昔闻洞庭水。"上有岳阳楼，"今上岳阳楼"，纵观洞庭水，因直接三、四云云。吴在东，楚在南，而洞庭坼其间，觉乾坤日夜浮于水上，其为宇内大观，信不虚矣。但凭轩北望，国难方殷，虽念切归朝，其如衰病飘零，亲朋见弃，其能免于涕泗之横流乎！后半开一步，以"凭轩"字绾合。三、四并极力形容之语，然三语巧，四语浑，必四先成，三觅对耳。前半写景如此阔大，转落五、六，身世如此落寞，诗境阔狭顿异。结语凑泊极难，不图转出"戎马关山北"五字，胸襟、气象，一等相称，宜使后人阁笔也。写大景妙在移不动，然徒能写景，而不能见作者身份，譬如一幅大山水，不画人物，终难人格。后人学杜，似乎画家，但学山水，不学人物，又况所画并是顽山死水耶！又曰：（首联）交互对起。（尾句）重字助句。（《杜诗说》卷五）

朱之荆曰：洞庭万顷，天水相连动荡，恍若浮空。（《增订唐诗摘抄》）

张谦宜曰："吴楚东南坼，乾坤日夜浮"。十字写尽湖势，气象甚大。一转入自己心事，力与之敌。（《䌹斋诗谈》卷四）

唐曰：四句说尽题目，后但写情，云不称者，宋儒之论也。又曰：真景实情，凌厉千古。（清刘邦彦《唐诗归折衷》引）

吴敬夫曰：作大题目，须有大气概。不得但作景色语。读襄阳《望洞庭湖》及此诗，可想见两翁胸次。（同上引）

仇兆鳌曰：上四写景，下四言情。"昔闻""今上"，喜初登也。包吴楚而浸乾坤，此状楼前水势，下则自身漂泊之感，万里乡关之思，皆动于此矣。（《杜少陵集详注》卷二十二）

浦起龙曰：不阔则狭处不若，能狭则阔境愈空。然玩三、四，亦已暗逗辽远漂流之象。又曰：孟诗结语似逊。（《读杜心解》卷三）

沈德潜曰：三、四雄跨今古，五、六写情黯淡，著此一联，方不板滞。孟襄阳三、四语实写洞庭，此只用空写，却移他处不得，本领更大。（《重订唐诗别裁集》卷十）

《唐宋诗醇》：元气浑沦，不可凑泊，千古绝唱。

黄叔灿曰：真卓绝千古，唯孟浩然一诗可以相配。（《唐诗笺注》）

宋宗元曰："吴楚"二句雄伟，雅与题称。此作与襄阳《临洞庭》诗同为绝唱，宜方虚谷大书毬门，后人更不敢题也。（《网师园唐诗笺》）

陈德公曰：三、四大欲称题，然对语极开枵庞之习。五、六真至老厉，莽笔所成，使"一"字、"孤"字，都成浑气，篇中警语在此耳。结亦莽莽不衰。评：五、六人情语，骤闻似觉突然，细按之，仍是分承三、四。"东南坼"，则"一字"难通；"日夜浮"，则孤舟同泛。情景相宜，浑成一片。（《闻鹤轩初盛唐近体读本》）

延君寿曰：如工部之《岳阳楼》第五句"亲朋无一字"，与上文全不相连。然人于异乡登临，每有此种情怀。下接"老病有孤舟"，倘无"舟"字，则去题远矣。"戎马关山北"，所以"亲朋无一字"也，以此句醒隔句

"凭轩涕泗流"。亲朋音乖，戎马隔绝，所以"涕泗流"，"凭轩"者，楼之轩也。（《老生常谈》）

徐筠亭曰：孟襄阳诗"气蒸云梦泽，波撼岳阳城"，杜少陵诗"吴楚东南坼，乾坤日夜浮"，力量气魄已无可加，而孟则继之曰"欲济无舟楫，端居耻圣明"，皆以索漠幽渺之情，摄归至小。两公所作，不谋而合。可见文章有定法。若更求博大高深之语以称之，必无可称而力蹶无完诗矣。（《浪迹丛谈》引）

《登岳阳楼》是杜甫晚年五律中"胸襟、气象，一等相称"的杰作，历来将孟浩然的《临洞庭上张丞相》与这首诗并提，视为咏洞庭湖的绝唱。但就诗中表现的诗人胸襟而言，杜诗显然更胜一筹。

"昔闻洞庭水，今上岳阳楼。"题作"登岳阳楼"，开头一句却从"洞庭水"写起。这是因为岳阳的风景名胜，全在洞庭一湖，而观赏洞庭胜景的最佳地点，又全在岳阳楼，凭高览眺，洞庭湖的浩渺景色，全收眼底。可以说岳阳楼就是为览眺洞庭胜景而建造的，岳阳楼之所以成为著名胜迹，就在于它面临洞庭浩渺烟波。因此开头两句就紧扣楼与湖的关系着笔，虚实今昔对照，"昔闻"是虚，"今上"是实。律诗首联本不要求对仗，杜甫在这里用工整的对仗起笔，是为了通过"昔闻"与"今上"的对照来表达复杂的感情。这里包含着两层意思。一是从前早闻洞庭胜景之名，心向往之，如今终于登上神驰已久的岳阳楼，得以饱览八百里洞庭的壮美景色，"昔闻"正衬托出"今上"的喜悦，从对照中突出了如愿以偿的感情。二是"昔"与"今"又分属于两个完全不同的时代。诗人在"开元全盛日"的承平时代闻洞庭之名而心向往之，是为了饱览江山胜景，作快意之游；而今日却是一个动乱的年代，国家面临内忧外患，个人颠沛流离。因此"昔闻"与"今上"的对照中又寓含无穷感慨，蕴含了世事沧桑之感和个人身世之悲，用诗人的话来说，就是"万方多难此登临""百年多病独登台"了。以上这两层意思，矛盾地统一在"昔闻"与"今上"的对照中。为下三联的写景抒情提供了引线。后一层意思更隐逗末联。

"吴楚东南坼，乾坤日夜浮。"颔联主要承首联"宿愿以偿"这层意思，写登楼所见洞庭湖的壮阔景象。这首诗里正面描绘洞庭壮阔景色的就只有这一联。因此必须大处落墨，以高度集中概括之笔展示出洞庭湖的壮美。此前孟浩然已写下了“气蒸云梦泽，波撼岳阳城”的名句，杜甫下笔时，心中很可能有孟浩然的这联警句作为参照，要想与之争胜，很不容易。杜甫这一联的好处，不只是境界较孟诗更加壮阔（由眼前的云梦泽、岳阳楼扩展到吴楚大地和整个天地日月，大有包举宇内之势），更在于它把夸张的形容、丰富的想象和登览时的真实感受和谐地结合起来。在整个舆地图上，洞庭湖和整个吴楚大地相比，自然是一个小的局部，但站在岳阳楼上远眺浩无际涯的洞庭湖，却会产生这样的感觉：由于湖水波涛的强烈振荡，脚下的大地也似乎随之摇撼，以致整个吴楚大地也似乎因此而开裂。同样，比起天地日月，洞庭湖更不过是沧海之一粟，但从登临遥望的人眼中，洞庭湖汪洋万顷，远处为地平线，和天空连成一片，随着波涛的动荡，那天地日月，好像日夜不停地在湖面上漂浮晃动，甚至感到那天地日月也成了洞庭湖的附属物。诗人笔下的洞庭湖，不仅无限辽阔，而且仿佛蕴积着神奇的力量，能裂大地，能载乾坤。而“坼”“浮”这两个句眼所具有的强烈动感和力量，正是传达洞庭湖神奇力量和壮阔境界的关键。

“亲朋无一字，老病有孤舟。”杜甫离开夔州出峡以后，到处漂泊，一叶扁舟，载着全家辗转各地。本来就不容易得到亲朋的书信，加上世态炎凉，人情冷暖，已经很久没有得到亲朋片言只字的音讯了；这一年杜甫五十七岁，形容衰老，且兼多种疾病缠身，生计艰难，所有者唯有像影子一样伴随着自己的一叶孤舟。这一联不仅写出了自己的衰暮老病、贫困艰难，而且写出了自己精神上的孤孑感、漂泊感，那一叶孤舟也仿佛是孤孑无依、漂泊不定身世的一种象征。“无一字”与“有孤舟”的精切对仗，加强了沉痛悲凉之感，“有”字尤为沉痛。这唯一的“有”，正透露此外一切的“无”，包括“致君尧舜上，再使风俗淳”的政治抱负统统成了泡影。

这一联从洞庭湖的阔大景象转到自身境遇上，仿佛转得有些突然，而且诗境一阔一狭，情感一壮一悲，也好像是两个极端，但仔细体味，又会感到转得自然合理。第一，空间的境界，在一定条件下，往往会引发人们的孤孑之感，这个条件就是诗人特定的生活境遇。杜甫出峡后，个人的境遇可以说极为逼窄，时有穷途之恸，登上岳阳楼，直身烟波浩渺的洞庭湖畔，客观环境的无限浩阔和个人境遇的逼窄正形成强烈的反差，因此极易触发身世孤孑艰困之感，涌起“乾坤万里内，莫见容身畔”的深沉感慨。第二，第四句“乾坤日夜浮”所展示的整个乾坤的日夜漂浮的景象也很容易触发自身的漂浮之感。第三，杜甫这时的全部家当就剩下一条破船，这条船此刻就正停泊在岳阳楼下的洞庭湖边。面对着像沧海一样广阔的洞庭湖，那一叶扁舟显得特别渺小而孤零，因而更容易从这孤舟联想到自己的处境。这一联可以说是对自己暮年悲剧境遇的艺术概括。感情极沉痛，但却极富艺术表现的力度。如此强有力的沉悲，才能撑得起、接得住前一联的阔大雄奇之境，而不致突现疲软。

“戎马关山北，凭轩涕泗流。”这两句又陡然一转，由个人境遇转到忧念时局、关注国家命运上来，表面上看，转得似乎又比较突兀，但这正是杜诗思想艺术特征的突出表征。杜甫之所以感慨自己流离漂泊，孤孑无依，并不单纯是由于个人的失意，更主要的是感到自己徒有匡国济时的宏愿却不能为拯救国家的危机尽一点力量。因此，他忧念“戎马关山北”的时局而“凭轩涕泗流”，也就不单纯是忧虑国家的多难，而且含有思尽绵薄之力报效国家而不能的隐痛。这是一方面。另一方面，杜甫总是把个人的不幸、身世的漂泊沉沦与国家的多难联系在一起，深深感到国家多难是个人不幸的根源，因此，当他慨叹个人孤孑困顿境遇时就很自然地联想到造成人间流离困苦的国家忧患，于是就很自然地将视线由眼前的洞庭湖和岳阳楼下的孤舟移向他时刻系念的“戎马关山北”上去了。

这个结尾，既用“关山北”“凭轩”的字面照应了题目，显示出这是登楼览眺时引起的思绪和感情，同时又表现出诗人身处困穷、心忧天下的壮阔胸襟，使尾联又与颔联所展现的壮阔气象达到和谐的统一，即黄生所谓“胸襟、气象，一等相称”。对全诗来说，这个结尾不仅是对以上的总收，更是诗境的升华。如果没有这两句，或结尾顺着五、六两句的意思慨叹自己的不幸，全诗的境界就将大为减色。杜诗每于结联转出新境，提升整首诗的思想艺术境界，这既是艺术，更是思想。